U0138342

2011 不求人文化

2009 懶鬼子英日語

I'm 我識出版集團
I'm Publishing Group
www.17buy.com.tw

2006 意識文化

2005 易富文化

2004 我識地球村

2001 我識出版社

2011 不求人文化

2009 懶鬼子英日語

I'm 我識出版集團
I'm Publishing Group
www.17buy.com.tw

2006 意識文化

2005 易富文化

2004 我識地球村

2001 我識出版社

地表最強日語會話15,000

使用說明

地表最強日語會話 15,000

1 Chapter 6 飲食について 關於飲食

Unit 01 | レストランを選ぶ 選擇餐廳

☆☆ 食事をしましたか。吃過飯了沒？
＝ ご飯は済みましたか。
＝ もうご飯を食べましたか。

食事 名 サ 用餐
ご飯 名 米飯
済む 動 結束

☆☆ まだです。還沒。
① まだだったら、一緒に食べませんか。

一緒に 副 一起
食べる 動 吃

2
＝ お腹が空いた。
＝ お腹がぺこぺこだ。
和此句表達相同意思

＝ お腹がぺこぺこだ。

お腹 名 肚子
空く 動 空缺
ぺこぺこ 形動 凹陷，肚子餓

★ お腹が減って、ぺこぺこです。我快餓昏了。

減る 動 減少，肚子餓

★ お腹が空きませんか。你不餓嗎？

が 格助 當主詞
あまり 副 不太～

① お腹の調子が悪いんです。我肚子不太舒服。
② 何も食べたくないです。我什麼都不想吃。
提供此類問句的２種回答

① お腹の調子が悪いんです。我肚子不太舒服。
② 何も食べたくないです。我什麼都不想吃。

調子 名 狀況
悪い 形 不好的
何 名 什麼
も 副助 也

3 ☆☆ 何か食べに行きませんか。要不要去吃點什麼？
① あんまり食べたくないんです。我不太想吃。
② あんまり食欲がないです。我沒什麼食慾。

4
に 格助 表示目的
行く 動 去
食欲 名 食慾
ない 形 沒有的

に 格助 表示目的
行く 動 去
食欲 名 食慾
ない 形 沒有的

★★ 昼食はどこで食べたいですか。你想在哪裡吃午餐？
① いつものレストランへ行こう。去常去的那家餐廳吧！
② ガイドブックでいいレストランを見付けよう。
從指南找一家好餐廳吧！

昼食 名 午餐
いつも 副 總是
ガイドブック 名 指南
見付ける 動 找到

5
——（累積單字量 7354 個，慣用語量 406 個）

——（累積單字量 7354 個，慣用語量 406 個）

366

》地表最強一｜一定會遇到的情境都在這裡！｜

全書 12 篇章，囊括 131 個單元，收錄各式各樣生活中一定會遇到的情境主題，無論身處哪個情境中，隨手一翻，馬上能找到你最需要的情境會話句，堪稱史上分類最為詳盡的日語會話書。

》地表最強二｜一定要會的句子都在這裡！｜

全書收錄完整的 15,000 句日語會話句，有些會話句可換句話說，也能表達相同意思，所有可以表達的方式及說法，在本書中都可以查找得到，只要善用替換詞彙，更能變化出 30,000 句，甚至 100,000 句，遇到日本人隨機應變不再詞窮。

》地表最強三｜一定要學起來的「最實用」會話句！｜

同一個情境中，有些較為實用、常用的日語會話句，於會話句前方會以★來標示其「實用程度」。並特別邀請日籍教師錄製全書主要會話句，讓你隨時隨地都能將 15,000 句會話帶著走。

★★★：實用程度｜高
★★：實用程度｜中
★：實用程度｜低

★本書附贈 CD 片內容音檔為 MP3 格式。
★音檔即頁碼編號。

》地表最強四｜一定要懂的字彙都在這裡！｜

如果你還著迷於 2,000、7,000 的單字書，不如買一本「日語會話」搭配「日語字彙」的工具書，「日語會話 × 日語字彙」能創造出無限可能，不但立即擴充單字量，15,000 句的會話句，衍生 30,000 個單字／慣用語，學習效果保證完勝。

- 此書單字套色說明｜為了方便讀者閱讀，單字只會於出現第一次時進行套色標示，讓讀者能一目了然。

》地表最強五｜每天的學習進度都在這裡！｜

學習完最為實用的日語會話句後，想知道自己從中獲得的附加價值有多少嗎？每一頁的右下方，貼心地替各位統計所學到的單字及慣用語數量，看著字彙量及慣用語累計的數字慢慢增長，信心也會跟著增強許多。

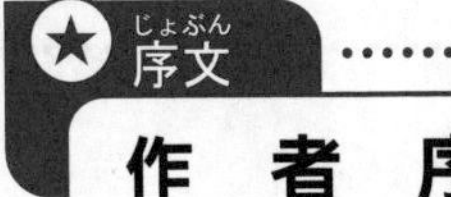

作者序

本書的重點，是希望讀者們能學到日語會話的各種「真實樣貌」。語言書應該每隔一段時間就改寫整理過，因為語言會隨著時間而改變，不斷地產生新字；過去耳熟能詳的單字，現在可能已經變成「死語」；並且由於說話的方便，各式用語也不斷地被省略或簡化，或是產生發音上的改變……等，為了幫助讀者們了解這些問題，本書在編寫時掌握了以下幾個重點：

1｜儘量使用「新語」，避免用到所謂的「死語」。

スチュワーデス（空姐）：這個字在日本已經是「死語」，並未收錄在本書中；而ミニオン（小小兵）、**妖怪ウォッチ**（妖怪手錶）：這些「新語」，則儘量設計在會話中。

2｜儘量「口語化」，涵蓋「常體」、「敬體」與「略語」、「潮語」。

元気だ。我很好。★此句為常體。

ご予約なさいましたか。您有訂房嗎？★此句為敬體。

おこ！我生氣了！★此句為潮語。

なんと**かめる**お爺さん！動作多麼慢的老爺爺啊！

★「かめる」是「亀のように動作が遅い」的「略語」。

3｜加強「語氣」上的表現，適時添加「語氣助詞」，讓句子更生動，更貼近實際生活狀況。

問：宝くじを当てた！我中樂透了！

答：本当？羨ましい**わ**！真的嗎？好羨慕啊！★加入「語氣助詞」來表達心情。

4｜在句子的右邊另闢「關鍵字」專欄，標示出該句的重要語彙，方便讀者記憶。

中華料理にしますか、それとも**西洋料理**にしますか。要吃中餐還是西餐呢？

★「中華料理（名）中餐／西洋料理（名）西餐」為此句的關鍵單字。

5｜將「同義句」的不同表達方式列舉在一起，讓讀者學得更多。

食事(しょくじ)をしましたか。吃過飯了沒？

＝ご飯(はん)を済(す)みましたか。＝もうご飯(はん)を食(た)べましたか。

6｜儘量使用「簡化句」，並列舉出其「完整句」，讓讀者「聽解功力」大增。

元気(げんき)か？→ 元気(げんき)？你好嗎？ ★省略「終助詞」。

髪(かみ)がボサボサだ。→ 髪(かみ)がボサボサ。頭髮亂七八糟的。 ★省略「助動詞」。

行(い)くかもしれない。→ 行(い)くかも。會去也説不定。 ★簡化「副助詞」。

もう切(き)れているよ。→ もう切(き)れてるよ。已經沒有了。 ★省略「輔助動詞」。

7｜本書穿插了虛擬的「情境對話」，以增加趣味性。

▶ **坊間的日語會話書：「自言自語」的「直述句」。**

テレビを見(み)るのは楽(たの)しみの一(ひと)つです。看電視是一種享受。

休(やす)みの日(ひ)はテレビばかり見(み)ないで下(くだ)さい。放假不要一直看電視。

▶ **《地表最強日語會話 15,000》穿插了虛擬的「對話情境」。**

男：アイドルドラマが大嫌(だいきら)いよ。我最討厭偶像劇了。

女：イケメン俳優(はいゆう)を見(み)たいだけよ。我只是想看帥哥演員嘛！

男：どのイケメン？哪個帥哥？

女：ジェリー・エンが一番(いちばん)好(す)きよ。我最喜歡言承旭了。

《地表最強日語會話 15,000》儘量使用「較為生活化」的表現，也解析了「太過口語化」的句子，希望讀者們不要「死背」這些句子，而是「真正理解」後再「多聽幾次專業日籍教師的錄音」，「自然而然地」記下這些句子，然後在會話時「不小心派上用場」，衷心希望讀者們都能説出一口最道地的日語。

2017.05

目次

目　　錄

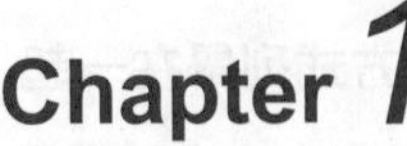

Chapter 1

日本語の勉強は朝から 學日文從一早開始

Chapter 2

意思と気持ちを伝える 表達意思跟情緒

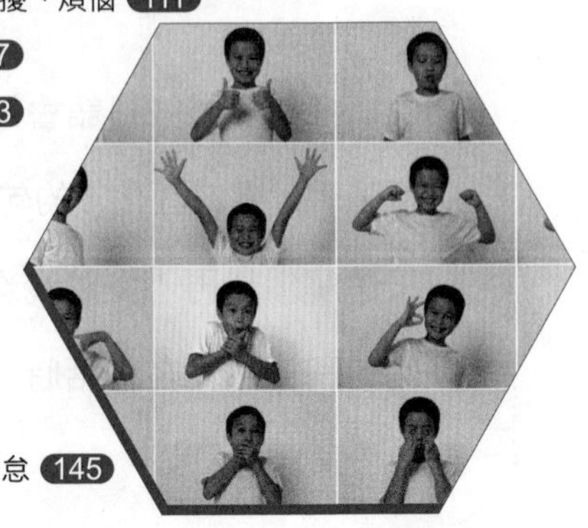

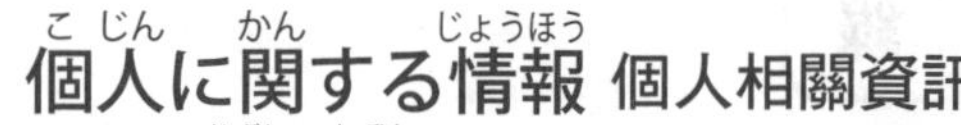

Chapter 3 個人に関する情報 個人相關資訊

Chapter 4 日常生活の色々 日常生活瑣事

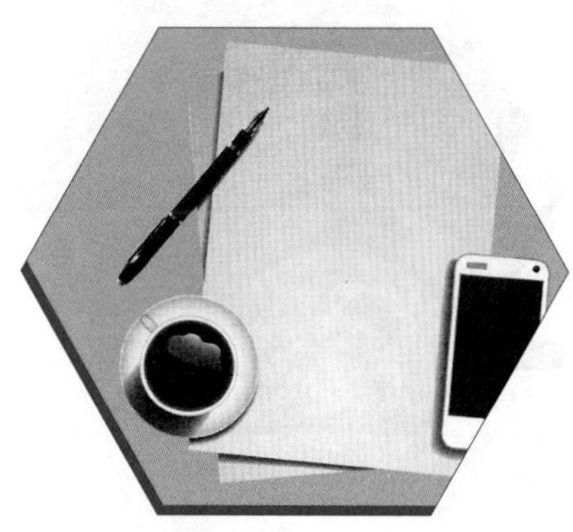

Chapter 5 健全な職場生活 健全的職場生活

目　　錄

Chapter 6 飲食について 關於飲食

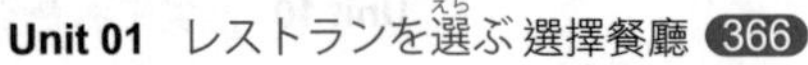

Chapter 7 楽しい旅行 愉快的旅行

Chapter 8

ショッピングについて 關於購物

Chapter 9 レジャー、イベント 休閒、節目

目次

目 錄

Chapter 10 健康とケア 健康與保養

Chapter 11 日本について 關於日本

Chapter 12 環境について 關於環境

Chapter 1

日本語の勉強は朝から

學日文從一早開始

Unit 01 | 起床する 起床

Unit 02 | 洗顔する、歯を磨く、化粧する 洗臉、刷牙、化妝

Unit 03 | 朝食時間 早餐時間

Unit 04 | 身支度する 打扮

Unit 05 | 出掛ける、通勤する、通学する 出門、通勤、通學

Unit 06 | 電話、携帯電話 電話、手機

Unit 07 | 挨拶する 打招呼

Unit 08 | 近況を話す 聊近況

Unit 09 | 初対面、紹介する 初次見面、介紹

Unit 10 | 別れる 道別

Unit 11 | 帰宅する 放學或下班後回家

Unit 12 | 寝る前 睡前活動

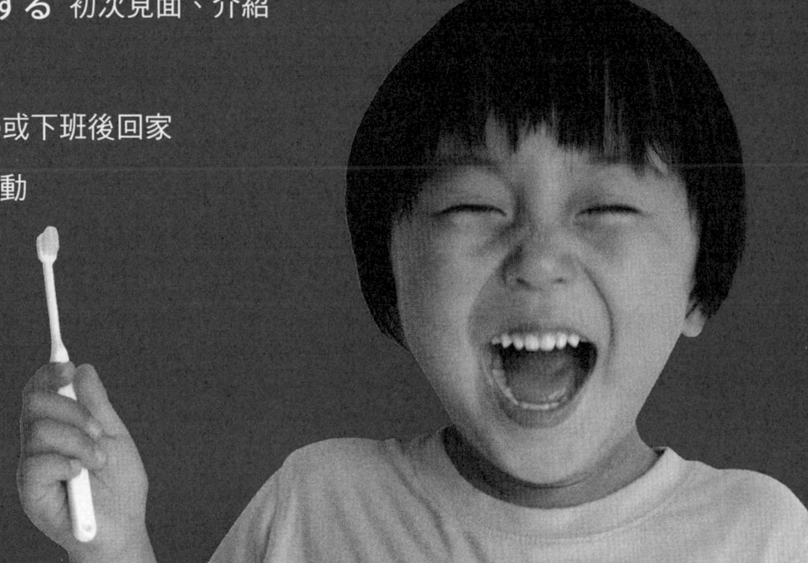

Chapter 1 日本語の勉強は朝から 學日文從一早開始

Unit 01 | 起床する 起床

★★★ 起きる時間よ！ 該起床了！

＝ もう起きる時間だよ！

起きる 動 起床
時間 名 時間

★ 眩しいよ。今、何時だい？ 太亮了啦！現在幾點？

眩しい 形 刺眼的

★★★ もうすぐ七時だよ。 馬上就要七點了。

① え、もうそんな時間？！ 咦，那麼晚了嗎？！

もうすぐ 副 馬上就要
~時 名 ~點鐘
そんな 連體 那麼地

★★ やばいよ。 真糟糕！

やばい 形 糟糕的，不妙的

★★★ しまった！ 完蛋了！

しまった 慣 完蛋，糟糕

★ 寝過した。 睡過頭了。

＝ 寝坊した。

寝過す 動 睡過頭
寝坊 名 サ 晚起

★ 三十分だけ寝るつもりが、二時間も寝ちゃったよ。
本來打算只睡半小時的，卻睡了兩個小時。

つもり 名 打算
寝る 動 睡覺

★★★ 早く起きなさい。 快點起床！

早く 副 快點

★★ 早くしないと遅刻するよ。 不快一點的話，會遲到喔！

＝ 早くしないと遅れるよ。

遅刻 名 サ 遲到
遅れる 動 遲到

★★ 今すぐ起きないと大変だよ。 現在不馬上起床可就麻煩了。

＝ 今すぐ起きないと困るよ。

大変 形動 麻煩
困る 動 困擾

★ もうそろそろ起きないとまずいな。
差不多該起床了，不然可就糟了。

そろそろ 副 差不多
まずい 形 糟糕的

★ この目覚まし時計は止まっているじゃない。
這鬧鐘是不是沒在走？

目覚まし時計 名 鬧鐘
止まる 動 停止

（累積單字量20個，慣用語量1個）

★ 目覚まし時計の音が聞こえなかったのか？ 你沒聽見鬧鐘響嗎？ ① 目覚まし時計を止めて、また寝ちゃったよ。我關掉鬧鐘然後又睡著了。	聞こえる 動 聽見 止める 動 關掉
★ アラーム鳴らなかったよ。 鬧鐘沒響。 ① 目覚まし時計が鳴っていた。 鬧鐘剛才有響。	アラーム 名 鬧鐘 鳴る 動 響
★ アラームをセットするのを忘れていた。 我忘了調鬧鐘了。	忘れる 動 忘記
★ 時間を間違えてセットしているよ。 我調錯鬧鐘了。	間違える 動 弄錯
★ 毎朝自分で起きられるの？ 你每天早上能自己起床嗎？ ① 毎朝お母さんに起こしてもらう。 每天早上都是媽媽叫我起床的。 ② 誰かに起こしてもらわないと、絶対に起きられない。 沒有人叫我，我絕對起不來。	毎朝 名 每天早上 お母さん 名 媽媽 誰 代名 誰 絶対に 副 絕對
★ いつも携帯電話のアラームで起きる。 我都用手機鬧鈴叫我起床。	携帯電話 名 手機
★ 朝六時半にセットしている。 我把鬧鐘設定在早上六點半。 ＝ 朝六時半に設定している。	セット 名 サ 設定 設定 名 サ 設定
★ 私は起きるのに目覚まし時計が必要なんだ。 我需要鬧鐘叫我起床。 ① 目覚まし時計で起きられるの？ 鬧鐘叫得醒你嗎？	私 代名 我 必要 名 形動 必要 起きられる 動 能叫醒
★★ 何で起こしてくれなかったの？ 你怎麼不叫我？ ① 何度も起こしたよ！ 我叫了你好幾次喔！ ② あなたも返事したよ！ 你也有回應我喔！	何で 副 為什麼 何度 名 好幾次 返事 名 サ 回應
★★ 何でもっと早く起こしてくれなかったの？ 你怎麼不早一點叫我？ ① 今日は学校がないって言ってたと思って。 我想你說過今天不用上學嘛！	早く 副 早一點 言う 動 說 思う 動 想
★ それは今日じゃなくて、明日だよ。 明天才不用上學，不是今天啦！ ① また金曜日か。 又是禮拜五了嗎？	また 副 又是 金曜日 名 禮拜五

★★ 今日は学校に遅刻だな。今天上學要遲到了。 ＝ 今日は学校に遅刻するな。	学校 [名] 學校 遅刻 [名][サ] 遲到
★★ 先生に叱られるな。會被老師罵了。	叱る [動] 責罵
★ 会社遅れちゃう。上班要遲到了。 ＝ 会社に遅れてしまう。	会社 [名] 公司 遅れる [動] 遲到
★ 仕事に遅刻するわけにはいかないんだ。上班可不能遲到。	わけにはいかない [慣] 不能
☆★ 起きたの？你醒了嗎？ ① うん、今起きるよ。嗯，我現在起床了。	の [終助] 表示疑問 今 [名] 現在 よ [終助] 表示強調
★ 私は早起きなんだ。我習慣早起。	早起き [名][サ] 早起
★ 私はいつも早く目が覚めるんだ。我總是很早就醒了。	目が覚める [慣] 醒來
★ 私は早く起きられないんだ。我無法早起。 ＝ 私は早く起きることができないんだ。	られる [助動] 表示可能 起きる [動] 起床 できる [動] 能夠
★ 明日は早く起きるつもりなんだ。我明天打算早起。 ＝ 明日は早く起床するつもりなんだ。	明日 [名] 明天 早く [副] 快點
★ 何時に起きるつもり？你打算幾點起床？ ① 三時半に起きることにした。我決定要三點半起床。	に [格助] 表示時間 つもり [名] 打算 半 [名] 一半
★ 何故そんなに早く起きるつもりなの？你為什麼打算那麼早起？ ① 試験が近付いて来たから、勉強しなければならないんだ。考試快到了，不用功不行。	試験 [名] 考試 近付く [動] 靠近 勉強 [名][サ] 用功
☆★ 毎朝何時に起きるの？你每天早上幾點起床？ ① 私は毎朝五時頃に起きる。我每天早上五點左右起床。 ② 私は普段六時に起きる。我平常六點起床。	毎朝 [名] 每天早上 頃 [名] 左右 普段 [名][副] 平常

（累積單字量67個，慣用語量3個）

★ 私の起床時間は決まっていない。我起床的時間不一定。 ＝ 私の起床する時間は決まっていない。	決まる 動 固定 起床 名 サ 起床
★ 私は朝は弱いんだ。我不是早起的人。	弱い 形 不擅長
★ 私は早く起きるのが嫌いだ。我討厭早起。	嫌い 形動 討厭
★ 私は早く起きるのが苦手だ。早起對我來說是件苦差事。	苦手 名 形動 不擅長
★★ 私は朝寝坊だ。我早上喜歡睡懶覺。	朝寝坊 名 喜歡睡懶覺
★ ベッドでだらだらするのが好きだ。我喜歡賴床。	だらだら 副 サ 懶散
★ 私は自然に目覚めるまで寝る。我習慣睡到自然醒。	目覚める 動 醒來
★ あなたは起きるのが遅かった。你今天起得很晚。 ① 私は早く起きる必要はないよ。我沒必要早起啊！ ② 日曜日ぐらいはゆっくり寝ていたいよ。至少在星期日我要好好地睡飽。	遅い 形 晚的 必要 名 形動 必要 ゆっくり 副 サ 好好地
★ いつもこんなに遅くまで寝ているの？你總是睡到這麼晚嗎？ ① 私はいつも遅く起きる。我總是晚起。 ② 休みの日には遅くまで寝ている。假日我睡到很晚。	こんなに 副 這麼地 まで 副助 到～為止 休み 名 假日 日 名 日子
★ 私は寝るのが遅かったせいで、起床が遅くなった。 我晚睡所以晚起。 ＝ 私は寝るのが遅かったので、起床が遅くなった。 ＝ 私は寝るのが遅かったから、起床が遅くなった。	せい 名 表示原因 ので 接 說話者客觀委婉地敘述原因 から 接助 說話者主觀地（認為晚睡理所當然會晚起）敘述原因
★ 昨夜、いびきをかいていたよ。よく眠れた？ 你昨晚一直打鼾。睡得好嗎？ ① あんまりよく眠れなかった。睡得不太好。 ② よく寝た。睡得好飽喔！ ＝ よく眠れた。	昨夜 名 昨晚 いびき 名 鼾聲 眠る 動 睡眠 あんまり 副 不太～ 寝る 動 睡覺
★ 心地よい睡眠ができると、爽やかな気分で起きられる。 睡得好，就能心情舒暢地起床。	心地よい 形 舒暢的 気分 名 心情

（累積單字量92個，慣用語量3個）

★ 十分睡眠をとったので、疲れが取れた。 有充足的睡眠，疲勞都消除了。	疲れ 名 疲倦 取れる 動 消除
☆★ 最近、よく眠れない。 最近都睡不好。	最近 名 最近
☆★ 昨夜は全く眠れなかった。 昨晚完全沒睡。	全く 副 完全
☆★ 今日は寝不足だ。 今天睡眠不足。	寝不足 名 形動 睡眠不足
★ 最近は時々睡眠薬を飲む。 我最近偶爾吃安眠藥。 ＝ 最近は偶に睡眠薬を飲む。	時々 副 偶爾 偶に 副 偶爾
★ いくら寝ても寝足りないな。 無論睡多久都不夠啊！	足りる 動 足夠
★ 起きてからも、寝足りない感じがするよ。 起床後我還是覺得沒睡飽啊！	も 副助 也 感じ 名 感覺
★★ 眠いよ。起きたくないな。 好想睡。不想起床。	眠い 形 想睡的
★ 目が開かない。 眼睛睜不開。	開く 動 睜開
☆★ どうして？ 為什麼？ ① 夕べ夜更かししちゃったんだ。 昨晚熬夜了。 ② 夕べ遅くまで起きていたんだ。 我昨晚很晚才睡。	どうして 副 為什麼 夕べ 名 昨晚 まで 副助 到～為止 起きる 動 醒著
★ 夜更かしするんじゃなかった。 我不該熬夜的。	夜更かし 名 サ 熬夜
☆★ 昨夜は何時に寝たの？ 你昨晚幾點睡？ ① 三時頃だったと思うよ。 我想大概是三點左右吧！ ② 全然寝なかったんだ。 我完全沒睡。	頃 名 左右，時候 全然 副 完全
★ 小さい頃から遅く寝る癖があるんだ。 我從小就習慣晚睡。	癖 名 癖好
★ 目が赤いよ。 你的眼睛紅紅的。 ① うん、徹夜しちゃったんだ。 嗯，我一整晚都沒睡。 ② うん、二時間しか寝てないんだよ。 嗯，我只睡了兩個小時。	赤い 形 紅紅的 徹夜 名 サ 徹夜 ～時間 名 ～小時

（累積單字量115個，慣用語量3個）

★ 昨夜、飲み過ぎたよ。 我昨晚喝太多了。	飲み過ぎる 動 喝太多
★ 暑くて、三回も起きちゃった。 太熱了，我醒了三次。	暑い 形 熱的
★ 悪い夢を見たんだ。 我做了惡夢。	悪い夢 名 惡夢
★★ まだ早いよ。 離起床還早嘛！ ＝ まだ起きるには早いよ。	早い 形 早的 起きる 動 起床
★★ あと十分。 再讓我睡十分鐘。 ＝ あと十分間寝かせて。	あと 副 再 ～分間 名 ～分鐘
★ ふとんから出たくない。 不想從被窩裡出來。	出る 動 出來
★ 夢の続きが見たかったな。 我還想繼續作夢呢！ ＝ 夢を見続けたかったな。	続き 名 後續 続ける 動 繼續
★★ もう少し寝ていたいよ。もう少し寝させて。 想再睡一下。再讓我睡一會兒。	もう少し 副 再稍微
★ あとどれぐらい寝たい？ 你還想再睡多久？ ① 今日はまだあと二時間寝られるんだ。 我今天可以再睡兩個小時。	あと 副 再 まだ 副 還
★ 私に起こしてほしいの？ 要我叫你起床嗎？	起こす 動 叫醒

Unit 02 | 洗顔する、歯を磨く、化粧する 洗臉、刷牙、化妝

★ 顔洗わなきゃ。 得洗臉才行。	顔を洗う 慣 洗臉
★ 顔を洗って目を覚まさなくちゃ。 得洗洗臉讓自己清醒才行。	目を覚ます 動 清醒
★ 洗面所、空いたよ。 洗臉台空著呢！	洗面所 名 洗臉台

★ さっさと顔を洗いなさい。趕快去洗臉。	さっさと 副 趕快
★ ニキビができちゃった。我長痘痘了。 ① 洗顔フォームで丁寧に顔を洗って。用洗面乳仔細地洗臉吧！ ②洗顔石鹸で丁寧に顔を洗わなきゃ。你得用洗面皂仔細地洗臉才行！	洗顔フォーム 名 洗面乳 洗顔石鹸 名 洗面皂 丁寧に 副 仔細地
★ 朝も晩も顔を洗ってるよ。我早晚都有洗臉啊！	晩 名 晚上
★ いつもお湯で顔を洗っているんだ。我總是用熱水洗臉。 ① ぬるま湯か水で顔を洗った方がいいよ。用溫水或冷水洗臉比較好喔！	お湯 名 熱水 ぬるま湯 名 溫水
★ 毎朝ダブル洗顔で、しっかり毛穴の汚れを落としている。 我每天早上重複洗兩次臉，仔細地清除毛孔的髒污。	毛穴 名 毛孔 汚れ 名 髒污
★ 母はヘチマみたいな繊維のスポンジで洗顔する。 媽媽用像菜瓜那樣的纖維海綿洗臉。	ヘチマ 名 菜瓜 スポンジ 名 海綿
★ こんにゃくスポンジで洗顔すると、肌のつっぱりがなくなる。 用蒟蒻海綿洗臉，肌膚變得不緊繃。	こんにゃく 名 蒟蒻 つっぱり 名 緊繃
★ スポンジはお湯で戻し、柔らかくしてから洗顔すると、毛穴に詰まった汚れも洗い流せる。 海綿泡水變軟後洗臉，也洗去了毛孔堆積的髒污。	戻す 動 還原 詰まる 動 塞住 洗い流せる 動 能洗去
★ 電動洗顔ブラシは毛穴の奥までスッキリと洗ってくれる。 電動洗臉機可以徹底清除毛孔深處。	洗顔ブラシ 名 洗臉機 奥 名 深處
★ ちょっと！水出しっ放しだよ。嘿！水沒關耶！	出しっ放し 名 沒關水
★ 洗顔料がないよ。沒有洗面乳了。 ① 試供品でもらったの、使ってみて。之前有拿試用品，用用看吧！	洗顔料 名 洗面乳 試供品 名 試用品
★★ タオルを取ってくれない？可以幫我拿毛巾嗎？	タオル 名 毛巾
★ 少し口臭がする。我有點口臭。 ① さっさと歯を磨きなさい。趕快去刷牙。	口臭 名 口臭 歯を磨く 慣 刷牙

（累積單字量154個，慣用語量5個）

★ 歯磨きには時間が掛かる。 刷牙很花時間。	時間が掛かる【慣】花時間
★ 毎朝、歯と歯の隙間も綺麗にしている。 我每天早上都把牙縫清乾淨。	隙間【名】縫隙 綺麗【形動】乾淨
★ 奥歯や歯の裏側まで丁寧に磨いた。 我連臼齒跟牙齒內側都很仔細地刷了。	奥歯【名】臼齒 裏側【名】內側
★ 歯磨き粉がもうないよ。 牙膏已經沒有了。 = 歯磨き粉、切れてるよ。 ① 戸棚に新しいのが入ってるはずだよ。 櫃子裡應該有新的牙膏。	歯磨き粉【名】牙膏 切れる【動】切斷，用完 戸棚【名】櫃子
★★ ごめん、買い忘れた。 抱歉，我忘記買了。 = ごめん、買うのを忘れた。	忘れる【動】忘記 買う【動】買
★ 今日は取り敢えずマウスウォッシュを使って。 今天暫時用漱口水吧！ = 今日は取り敢えずデンタルリンスを使って。	マウスウォッシュ【名】漱口水 取り敢えず【副】暫時 デンタルリンス【名】漱口水
★ うがい薬でうがいをした。 我用漱口水漱了口。	うがい薬【名】 洗喉嚨用的漱口水
★ 歯磨きが終ると、口を漱いだ。 我刷完牙後，漱了口。	漱ぐ【動】漱口
★★ 今朝は少し喉が痛い。 今天早上喉嚨有點痛。	喉【名】喉嚨
★ なんだか口が粘々しているよ。 總覺得嘴巴黏黏地。	粘々【副】【サ】黏黏地
★ 塩水で口を濯いだ。 我用鹽水清洗了口腔。	濯ぐ【動】清洗
★★ 誰かがトイレに入っている。 有人在廁所裡。	誰か【代名】某個人，有人
★★ 長いな。 上好久喔！	長い【形】長時間的
★ 私は起きると最初にトイレへ行く。 我一起床都先上廁所。	最初に【副】首先
★ トイレで物を考える癖がある。 我有在廁所思考的癖好。	物を考える【慣】思考事情

★★ トイレットペーパーがもうないよ。取(と)ってくれない？ 衛生紙已經沒有了，可以幫我拿嗎？	トイレットペーパー 名 衛生紙
★ トイレが詰(つ)まった。馬桶塞住了。 ① 困(こま)ったなあ、どうしよう。真傷腦筋，該怎麼辦？	詰(つ)まる 動 塞住 困(こま)る 動 困擾
☆☆ シャワー浴(あ)びるよ。我要淋浴。 ＝ シャワーするよ。	浴(あ)びる 動 淋浴 シャワー 名 サ 淋浴
★ シャワーから出(で)たら、ひげを剃(そ)る。淋浴出來後刮鬍子。	ひげを剃(そ)る 慣 刮鬍子
★ 電動(でんどう)カミソリでひげを剃(そ)る。我用電動刮鬍刀刮鬍子。	電動(でんどう)カミソリ 名 電動刮鬍刀
★ 爪(つめ)の手入(てい)れをした。我修整了指甲。	爪(つめ) 名 指甲
★ 爪(つめ)が伸(の)びていたから、爪(つめ)を切(き)った。 因為指甲長了，所以我剪了指甲。	切(き)る 動 剪
★ それから、ヤスリで爪(つめ)を磨(みが)いて、爪(つめ)の形(かたち)を整(ととの)えた。 接著我用銼刀磨指甲，修整指甲的形狀。	それから 接 接著 整(ととの)える 動 修整
★ マニキュアが少(すこ)し剥(は)げている。指甲油有點剝落了。	剥(は)げる 動 剝落
★ 赤(あか)のマニキュアを塗(ぬ)り直(なお)した。我重新塗上紅色的指甲油。	～直(なお)す 動 重新
★ よく気分(きぶん)に合(あ)わせて、マニキュアの色(いろ)を変(か)える。 我常常配合心情變換指甲油的顏色。	合(あ)わせる 動 配合 マニキュア 名 指甲油
☆☆ 髪(かみ)が伸(の)びた。我的頭髮長了。 ＝ 髪(かみ)が長(なが)くなった。 ① そろそろ散髪(さんぱつ)に行(い)かなくちゃ。差不多該去剪頭髮了。	髪(かみ) 名 頭髮 伸(の)びる 動 變長 散髪(さんぱつ) 名 サ 剪頭髮
★ 髪(かみ)がすごく乾燥(かんそう)している。我的頭髮非常乾燥。	乾燥(かんそう) 名 サ 乾燥
★ 髪(かみ)の手入(てい)れをちゃんとしてないから、枝毛(えだげ)になっている。 我的頭髮沒有好好修整，都分叉了。	手入(てい)れ 名 サ 修整 枝毛(えだげ) 名 分叉

（累積單字量194個，慣用語量8個）

★ 今日も髪がボサボサ。今天頭髮也亂七八糟的。 ＝ 今日も髪がボサボサになっている。	今日 名 今天 ボサボサ 副 サ 亂七八糟
★ 今朝はシャンプーする時間がない。我今天早上沒有時間洗頭髮。	シャンプー 名 サ 洗頭髮
★ 戸棚にムースが入っているよ。櫃子裡有慕斯。 ① ありがとう。どうにかなるといいけど。謝謝！希望抹了會有效。	戸棚 名 櫃子 どうにかなる 慣 有效果
★ 髪の毛を梳かさなくちゃ。我得梳梳頭髮。	梳かす 動 梳
★ カーラーで髪を内巻にした。我用髮捲將頭髮往內捲。	内巻 名 往內捲的頭髮
★ 髪にウェーブをかけた。我將頭髮捲出波浪。	ウェーブ 名 波浪
★ ヘアーワックスを塗った。我抹了髮蠟。	ヘアーワックス 名 髮蠟
★ ヘアーアイロンで髪をまっすぐにした。 我用電棒捲將頭髮弄直了。 ＝ コテで髪をまっすぐにした。	ヘアーアイロン 名 電棒捲 まっすぐ 副 直直地 コテ 名 電棒捲
★ ヘアースプレーをかけた。我噴了髮膠。	ヘアースプレー 名 髮膠
★ ドライヤーで髪をセットした。我用吹風機吹整了頭髮。 ＝ ドライヤーを使って髪をセットした。	ドライヤー 名 吹風機 使う 動 使用 セット 名 サ 整理
★ ブラッシングしながらドライヤーでブローした。 我一邊梳頭髮一邊用吹風機吹整出形狀。	ブラッシング 名 サ 梳頭髮 ブロー 名 サ 吹整
★ なかなかうまくセットできないなあ。我沒辦法將頭髮吹整得很好。 ＝ なかなか上手にセットできないなあ。	なかなか 副 相當 上手に 副 厲害地
★ イメチェンして、今日は前髪を前に垂らそう。 今天就讓瀏海垂下來吧！	イメチェン 名 サ 改變形象 垂らす 動 垂下
★ お化粧を全くしない。我完全不化妝的。	化粧 名 サ 化粧
★ 化粧が好きじゃない。我不喜歡化妝。	好き 形動 喜歡

（累積單字量217個，慣用語量9個）

★ お化粧は殆どしない。我幾乎不化妝的。	殆ど 副 幾乎
★ いつも素顔でいたい。我希望總是素顏。	素顔 名 素顏
★★ 今日はスッピンでいいでしょう？ 今天不化妝也行吧？	スッピン 名 沒上妝
★ 今日は遠出するから、お化粧もしなくちゃ！ 今天要出遠門，得化妝才行！ ＝ 今日は遠くへ出掛けるから、お化粧もしなくちゃ！	遠出 名 サ 出遠門 遠く 名 遠方 出掛ける 動 外出
★ 化粧をすることはマナーになっている。 化妝已經變成一種禮貌。 ＝ 化粧をするのはエチケットになっている。	化粧 名 サ 化粧 マナー 名 禮貌 エチケット 名 禮儀
★ 適度な化粧はプラスになる。適度的化妝可以為自己加分。	プラス 名 サ 加分
★★ 今日は薄化粧にしよう。今天就化淡粧吧！	薄化粧 名 サ 化淡粧
★ 普段は厚化粧じゃなくて、薄化粧をする。 我通常不化濃妝，化淡妝。	普段 名 副 通常 厚化粧 名 サ 化濃妝
★★ 今日は気分転換に厚化粧にしてみよう。 今天就變換個心情來試試濃妝吧！	今日 名 副 今天 気分転換 名 サ 變換心情
★★ しっかりメイクをしよう。我來好好地上個妝吧！	メイク 名 サ 上妝
★★ まずコンタクトレンズを付けた。首先，戴上隱形眼鏡。	付ける 動 戴上
★ あっ、コンタクト落としちゃった！啊，隱形眼鏡掉了！	落とす 動 掉落
★ コンタクトレンズを付け直した。重新戴上隱形眼鏡。	付け直す 動 重新戴上
★ そして化粧水をつけた。接著擦上化妝水。	化粧水 名 化妝水
★ 乳液をたっぷりつけた。充分地擦上乳液。	たっぷり 副 サ 充分地
★ 日焼け止めクリームを塗った。擦上防曬乳。	日焼け止め 名 防曬

（累積單字量 239 個，慣用語量 9 個）

★ 外出する時、UV ケアが絶対に必要だと思う。 我認為外出時防曬絕對是必要的。	外出 [名][サ] 外出 UV ケア [名] 防曬
★ ファンデーションを顔全体に塗った。 全臉擦上粉底。	全体 [名] 全體
★ 今日は化粧ののりが悪い。 今天皮膚不吃妝。	のりが悪い [慣] 皮膚不吃妝
★ ニキビを隠すためにコンシーラーを塗った。 為了遮痘痘我擦上遮瑕膏。	ニキビ [名] 青春痘 隠す [動] 遮蔽
★ 顔にチークを塗った。 臉上擦上腮紅。	顔 [名] 臉頰
★ 眉毛を描いた。 我畫了眉毛。	眉毛 [名] 眉毛
★ 目をパッチリ見せるために、黒のアイラインを描いた。 為了讓眼睛看起來很大，我描上黑眼線。	パッチリ [副][サ] 睜大眼睛 アイライン [名] 眼線
★ アイシャドーを塗った。 我擦上眼影。 ＝ シャドーをのせる。	アイシャドー [名] 眼影 塗る [動] 擦上 シャドー [名] 眼影
★ 付け睫毛をした。 我戴上假睫毛。	付け睫毛 [名] 假睫毛
★ ビューラーで睫毛を上向きにカーブさせた。 我用睫毛夾將睫毛往上捲。	ビューラー [名] 睫毛夾 カーブ [名][サ] 捲
★ 睫毛にマスカラを塗った。 我在睫毛塗上睫毛膏。	マスカラ [名] 睫毛膏
★ 元気に見せるために、リップグロスを塗った。 為了看起來有精神，我擦上唇膏。	元気 [形動] 有精神 リップグロス [名] 唇膏
★ もっと明るく見せるために、赤い口紅を塗った。 為了看起來更亮麗，我擦上紅色的口紅。	もっと [副] 更 口紅 [名] 口紅
★ 最後に香水をつけた。 最後擦上香水。	香水 [名] 香水
★ 化粧して大化けしたね。 上妝之後，整個人變得不一樣了。	大化け [名][サ] 煥然一新

（累積單字量 272 個，慣用語量 10 個）

Unit 03 ｜朝食時間 早餐時間

★ 朝食前にジョギングをする習慣がある。 我有在早餐前慢跑的習慣。 ＝ 朝食前にジョギングをすることにしている。	習慣 名 習慣 朝食 名 早餐 ジョギング 名 サ 慢跑
★★★ 朝食の準備をしている。 我在準備早餐。 ＝ 朝食の支度をしている。	準備 名 サ 準備 支度 名 サ 準備
★ やかんに水を入れて、湯を沸かしている。 我在水壺裡裝水，燒著開水。	湯を沸かす 慣 燒開水
★★★ コーヒーを入れようか。 要不要泡咖啡給你喝？ ① ええ、お願い。 好的，麻煩你了。	入れる 動 沖泡 願う 動 拜託
★★★ コーヒーがいい香りだな。 咖啡好香喔！	香り 名 香味
★★ コーヒーをカップに注いでくれる？ 可以幫我把咖啡倒進杯子裡嗎？ ① 熱くて、やけどしそう。 太燙了，我怕會燙到。	カップ 名 杯子 注ぐ 動 倒入 やけど 名 サ 燙傷
★★ しまった。コーヒーを切らしちゃった。 糟糕，咖啡沒了。 ① 時間がないから、インスタントコーヒーにしよう。 沒時間了，泡即溶咖啡吧！ ② 代わりに紅茶を入れようよ。 改泡紅茶吧！	切らす 動 用光 インスタントコーヒー 名 即溶咖啡 紅茶 名 紅茶
★ 朝食にはコーヒーが欠かせない。 我的早餐少不了咖啡。	欠かす 動 缺少
★★ 毎朝コーヒーを飲む。 我每天早上喝咖啡。	飲む 動 喝
★★ いつもブラックコーヒーを飲む。 我總是喝黑咖啡。	ブラックコーヒー 名 黑咖啡
★ コーヒーを飲むと、目が覚めるんだ。 喝了咖啡我就清醒了。	目が覚める 慣 清醒
★★ コーヒーを飲んでリフレッシュする。 我喝咖啡提神。	リフレッシュ 名 サ 提神

（累積單字量 290 個，慣用語量 12 個）

★ お茶が欲しいな。我想要茶。	欲しい 形 想要的
★★ お茶を入れてくれない？可以幫我泡茶嗎？ ① 紅茶にする、それとも麦茶がいい？你要紅茶還是麥茶？	入れる 動 泡茶 麦茶 名 麥茶
★★ ジュースある？有果汁嗎？	ジュース 名 果汁
★ オレンジジュースを飲もうかな。我喝柳橙汁好了。	オレンジ 名 柳橙
★ トースターでトーストを焼いている。我正用烤麵包機烤著土司。	焼く 動 烤
★ トングでトースターからトーストを取り出して。 請用夾子將土司從烤麵包機裡取出來。	トング 名 夾子 取り出す 動 取出
★ トーストが焼けたかどうかチェックして。 確認一下土司烤好了沒。 ① もう少し焼いた方がいい。再烤一下會比較好。	焼ける 動 烤 チェック 名 サ 確認 少し 副 稍微
★ ジャムが欲しいな。我想要果醬。 ① 冷蔵庫からジャムを出して。請從冰箱取出果醬。	冷蔵庫 名 冰箱 出す 動 取出
★ トーストにジャムを塗る。我在土司上塗果醬。	ジャム 名 果醬
★ サンドイッチを作ろう。我來做個三明治吧！ ① レタスとトマトをたっぷり挟んでね。高麗菜跟番茄放多一點喔！	サンドイッチ 名 三明治 レタス 名 高麗菜 トマト 名 番茄
★★ 朝食できたよ。早餐準備好了。	朝食 名 早餐
★ 今日は和食？今天是日式早餐嗎？ ① 今日の朝食は巻き寿司と味噌汁だよ。今天早餐吃飯捲跟味噌湯。	和食 名 和食 巻き寿司 名 飯捲
★ 今日は厚切りピザトーストを作った。今天做了厚片土司披薩。	厚切り 名 厚片
★ 卵、玉ねぎ、にんじんと残したご飯を一緒に炒めて、チャーハンにした。我將剩飯、洋蔥、紅蘿蔔跟蛋一起炒，做成了炒飯。	残す 動 剩下 炒める 動 炒

（累積單字量313個，慣用語量12個）

☆★ 先(さき)に食(た)べて。你先吃吧！	先(さき)に [副] 先
★★ 果物(くだもの)だけでいいよ。我只要水果就好。	果物(くだもの) [名] 水果
★ こんなに沢山(たくさん)食(た)べられないよ。我吃不了這麼多。	沢山(たくさん) [副] 大量
★ ミルクとトーストで十分(じゅうぶん)だよ。我只要牛奶跟吐司就夠了。	十分(じゅうぶん) [形動] 足夠
★ 卵(たまご)、食(た)べる？你要吃蛋嗎？ ① 今日(きょう)はいらない。今天不要。 ② うん、スクランブルがいいな。嗯，我要炒蛋。	卵(たまご) [名] 蛋 いる [動] 要 スクランブル [名] 炒蛋
★ ゆで玉子(たまご)にして。我要水煮蛋。	ゆで玉子(たまご) [名] 水煮蛋
★★ 十五分(じゅうごふん)ぐらい掛(か)かるよ。那要十五分鐘左右喔！ ① いいよ、待(ま)つから。好啊！我可以等。	掛(か)かる [動] 花費 待(ま)つ [動] 等
★ 目玉焼(めだまや)きとベーコン、お願(ねが)い。我要荷包蛋跟培根。	目玉焼(めだまや)き [名] 荷包蛋
★ ゆで加減(かげん)は半熟(はんじゅく)がいいな。我的蛋煮半熟就好。 = ゆで卵(たまご)は半熟(はんじゅく)にして。	~加減(かげん) [接尾] ~程度 半熟(はんじゅく) [名] 半熟
★★ さっさと朝(あさ)ご飯(はん)を食(た)べなさい。趕快吃早餐！ ① いらないよ、もう食(た)べる時間(じかん)がない。不用了，已經沒時間吃了。 ② 途中(とちゅう)で何(なに)か買(か)っていくから。我在路上買點東西吃就好。	朝(あさ)ご飯(はん) [名] 早餐 時間(じかん)がない [慣] 沒時間 途中(とちゅう) [名] 路上
★★ 今朝(けさ)はあまり食(た)べたくないな。我今天早上不太想吃。 = 今朝(けさ)は食(た)べる気(き)がしないな。 = 今朝(けさ)は食(た)べる気(き)になれないな。	今朝(けさ) [名] 今天早上 食(た)べる [動] 吃 気(き) [名] 心情
☆★ 食欲(しょくよく)ないんだ。我沒什麼食慾。	食欲(しょくよく) [名] 食慾
☆★ どうしたの？怎麼了？ ① 夕(ゆう)べ遅(おそ)くに軽(かる)く食(た)べちゃったんだ。昨天很晚時吃了點東西。 ② 二日酔(ふつかよ)いなんだ。我宿醉了。	夕(ゆう)べ [名] 昨晚 軽(かる)く [副] 簡單的 二日酔(ふつかよ)い [名] 宿醉

（累積單字量335個，慣用語量13個）

★ セブンイレブンへ朝食を買いに行きたい。我想去 7-11 買早餐。	セブンイレブン 名 7-11
★ セブンイレブンのサンドイッチを食べたい。 我想吃 7-11 的三明治。	サンドイッチ 名 三明治 食べる 動 吃
★ セブンイレブンの入れ立てコーヒーが飲みたい。 我想喝 7-11 的現煮咖啡。	入れ立て 名 現煮 飲む 動 喝
★ コンビニのレトルト食品を食べてみよう。 我來吃吃看便利商店的微波食品吧！	コンビニ 名 便利商店 レトルト食品 名 微波食品
★ 私はコンビニでお握りとミルクティーを買った。 我在便利商店買了御飯糰跟奶茶。	お握り 名 御飯糰 ミルクティー 名 奶茶
★ 朝食は毎朝取る？你每天早上都吃早餐嗎？ ① 朝食は欠かさずに食べるんだ。我每天一定吃早餐。 ② ううん、朝はコーヒーだけだよ。不，我早上只喝咖啡。	毎朝 名 每天早上 取る 動 取用 欠かす 動 欠缺
★ 朝食は一日の中で最も大切な食事だと思う。 我覺得一天三餐當中，早餐最重要。 ＝ 一日の食事の中で、朝食は一番大切だと思う。	最も 副 最 大切 形動 重要 一番 副 最
★ 私はよくたっぷりの朝食で一日を始める。 我常常用豐盛的早餐當做一天的開始。	たっぷり 形動 豐盛 始める 動 開始
★ あなたも朝食を楽しんで下さい。請你也好好享用早餐。	楽しむ 動 享用
★ 朝食は外食？それとも自炊？早餐是外食，還是自己煮？ ① 殆ど毎日外食だよ。幾乎每日外食。 ② 自炊しているけど、偶に外食する。自己煮，但偶爾外食。	外食 名 サ 外食 自炊 名 サ 自己煮 偶に 副 偶爾
★ 毎日家で朝食を取る。我每天在家吃早餐。	家 名 家
★ 母は毎日朝食を作ってくれる。媽媽每天幫我做早餐。 ＝ 母は毎日朝食を用意してくれる。	作る 動 做 用意 名 サ 準備
★ 母の作ったものが一番美味しいな。媽媽做的東西最好吃了。	美味しい 形 好吃的

（累積單字量360個，慣用語量13個）

★★ 普段、朝ご飯に何を食べているの？ 你平常早餐吃什麼？ ① 通勤の途中で、何か買って食べる。 我會在上班的路上買些東西來吃。	普段 名 副 平常 通勤 名 サ 通勤
★ 今日は外へ行って朝ご飯を食べた。 我今天去外面吃早餐了。	朝ご飯 名 早餐
★★ 今朝の朝食は何を食べた？ 你今天早餐吃了什麼？ ＝ 今朝の朝食は何だった？ ① 朝食はふりかけご飯とたくあんを食べた。 早餐吃了香鬆飯和醃蘿蔔。	今朝 名 今天早上 ふりかけご飯 名 香鬆飯 たくあん 名 醃蘿蔔
★ 朝食に妻の熱々の手作りパンを食べた。 早餐吃了老婆親手做的熱騰騰的麵包。 ① 朝温かい物を食べるのは体にいいんだよ。 早上吃熱食對身體很好喔！	熱々 形動 熱騰騰 手作り 名 親手做 体にいい 慣 對身體好
★★ まだ朝ご飯を食べていない。 我還沒吃早餐。 ＝ まだ朝ご飯を取っていない。	まだ 副 還沒 食べる 動 吃
★★ 今朝朝食を食べる時間がなかった。 我今天早上沒時間吃早餐。	朝食 名 早餐
★ 時々朝食を抜くことがある。 我有時候不吃早餐。	抜く 動 省略
★ 朝食は殆ど食べない。 我大部分都沒吃早餐。	殆ど 副 大部分
★ いつも遅くまで寝ているので、朝食を食べない。 我總是因為睡太晚而沒吃早餐。	いつも 副 總是 まで 格助 到～為止
★ 多くの若者が朝食にパンを食べる。 有很多年輕人早餐都吃麵包。	若者 名 年輕人
★ 多くの中国人が朝食にお粥を食べる。 有很多中國人早餐都吃稀飯。	お粥 名 稀飯
★★ 朝刊読んだ？ 你看過早報了嗎？ ① まだ取ってきてない。 我還沒去拿。	朝刊 名 早報 読む 動 看
★ 朝刊を取ってきてくれる？ 可以去幫我拿早報嗎？	取る 動 拿
★ 新聞を読みながら朝ご飯を食べる。 我一邊看報紙一邊吃早餐。 ① 新聞を読みながら食べないでよ。 不要一邊看報紙一邊吃啦！	新聞 名 報紙 ながら 接助 一邊

（累積單字量 382 個，慣用語量 14 個）

★ 一面にざっと目を通しただけです。 我只瞄一眼頭版而已。	一面 名 頭版
★★ この記事は面白い。 這個報導很有趣。	記事 名 報導
★★ 何の記事？ 什麼報導？ ① 前大統領の孫娘が今日結婚するんだよ。 前總統的孫女今天結婚耶！	大統領 名 總統 孫娘 名 孫女
★ いつも朝食前に新聞に目を通す。 我總是在早餐前將報紙過目一遍。	目を通す 慣 過目
★ 今日は求職情報があまり出てなかった。 今天求職資訊不多。	求職 名 サ 求職
★ ニュース欄しか読んでない。 我只看新聞版。 ① 政治のニュースに一切関心ないよ。 我對政治方面的新聞完全不關心。	政治 名 政治 一切 副 一切
★ 経済面をじっくり読みたい。 我想仔細閱讀財經版。 ① 興味があるのはスポーツ欄だけ。 我只對體育版有興趣。 ＝ スポーツ欄にだけ興味がある。 ＝ スポーツ欄にだけ興味を持っている。	経済面 名 財經版 じっくり 名 サ 仔細地 スポーツ欄 名 體育版 興味を持つ 慣 有興趣

Unit 04 ｜身支度する 打扮

★★ 早く着替えて。 趕快換衣服！ ＝ さっさと着替えなさい。	着替える 動 換衣服 さっさと 副 趕快
★ 私は着る物にかなりこだわりがあるの。 我對服裝很講究。	こだわりがある 慣 講究
★ 毎朝、時間を掛けて服を選んでいるの。 每天早上我都會花很多時間挑選衣服。	服 名 衣服 選ぶ 動 挑選
★ お洒落に見せたいの。 我希望自己看起來很時髦。	見せる 動 讓～看
★★ 今日もちょっとお洒落しよう。 今天也來稍微打扮打扮吧！	お洒落 名 時髦

（累積單字量398個，慣用語量17個）

★ まずは服選びから。先從挑選衣服開始。	服選び 名 選衣服
★★ 何を着ようかな。要穿什麼呢？	着る 動 穿
★★ どの服にしようかな。要穿哪一件呢？	服 名 衣服
★★ このドレス、どう思う？你覺得這件洋裝怎麼樣？ ① 似合ってるよ。很適合你。 ② 超カワ！超可愛的！ ＝ 超可愛い！	ドレス 名 洋裝 思う 動 覺得 カワ 形 可愛的 可愛い 形 可愛的
★★ 素敵だね！很正點！	素敵 形動 正點
★★ オシャレー！超イケてる！好時髦喔！超夯的！	イケる 動 正夯
★ 体にフィットしている。很合身。	体にフィットする 慣 合身
★★ センスがいいね。很有品味。	センスがいい 慣 有品味
★ 魅力的だよ。很有魅力喔！ ＝ 魅力があるよ。	魅力的 形動 有魅力的 魅力 名 魅力
★ このドレスは君の背の低さをカバーできるよ。 這件洋裝可以掩飾妳矮小的身材。	背 名 身高 カバー 名 サ 掩飾
★ ベルトをしめればいい。只要繫上腰帶就可以了。	ベルトをしめる 慣 繫腰帶
★ ベルトでウエストマークできる。用腰帶可以繫出妳的腰線。	ウエストマーク 名 サ 繫出腰線
★ このワンピース、我ながらよく似合うわ。 我自己也覺得這件連身洋裝很適合我。	ワンピース 名 連身洋裝 似合う 動 適合
★ 今日はこのドレスに決めた。今天就決定穿這件洋裝吧！	決める 動 決定
★ このドレスに合うベルトを捜さなきゃ。 我得找條腰帶來搭配這件洋裝。	ベルト 名 腰帶 捜す 動 找

（累積單字量417個，慣用語量20個）

★ 私は着こなしにはあまり自信がない。我對打扮不太有自信。	着こなし 名 打扮
★ 季節の変わり目は何を着たらいいのか、よく迷うよ。 在季節變換時，我常常猶豫著該穿什麼。	季節 名 季節 迷う 動 猶豫
★ このニットカーディガン、私に似合う？這件針織罩衫適合我嗎？ ① 子供っぽいよ。太孩子氣了喔！ ② セクシー過ぎ！太性感了！	ニットカーディガン 名 針織罩衫 子供っぽい 形 孩子氣的 セクシー 形動 性感
★ このニットカーディガンは君の年齢には相応しくない。 這件針織罩衫跟妳的年齡不相符。	年齢 名 年齡 相応しい 形 相符的
★ あなたには派手過ぎるかも。對你來説或許太花俏了。	派手 形動 花俏
★ このニットカーディガンには穴が開いている。 這件針織罩衫有裂縫。	この 連體 這～ 穴 名 裂縫
★ 今日は長袖じゃ暑いかな。今天穿長袖太熱了吧？ ① じゃ、五分袖シャツを着よう。那穿五分袖襯衫好了。	長袖 名 長袖 五分袖 名 五分袖
★★ 素敵なシャツだね！這襯衫真不錯！ ＝ なんて素敵なシャツなんだろう！ ① 気に入っているものなんだ。這是我很喜歡的。	素敵 形動 很棒 なんて 副 何等地 気に入る 慣 喜歡 もの 代名 物品
★ このシャツはタックが入っているから、君の細身をカバーできる。這件襯衫有打摺設計，可以修飾妳的骨感身材。	君 代名 你（妳） 細身 名 骨感身材
☆★★ どこで買ったの？妳在那裡買的？ ① デパートで買った。在百貨公司買的。 ② 地下商店街で買った。我在地下商店街買的。	買う 動 買 で 格助 在 地下商店街 名 地下商店街
★ それはあなたを細く見せてくれる。它讓你看起來很瘦。	細い 形 細瘦的
★ それ、もっと着たほうがいいよ。你應該要常穿它啊！	それ 代名 那個
★ 普段着にも使えるんだよ。平常也可以當成便服穿啊！	普段着 名 便服

★ このシャツ、しわくちゃだ。這襯衫皺巴巴的。 ① うん、このシャツ、アイロンしなきゃ。嗯，這襯衫得燙過才行。	しわくちゃ 形動 皺巴巴 アイロン 名 サ 熨燙
★ 形はいいけど色が…。樣式不錯，可是顏色～。	形 名 樣式
★ ピンク色は膨張色だから、太く見えるよ。 粉紅色是膨脹色，所以會讓妳看起來變胖喔！	ピンク色 名 粉紅色 膨張色 名 膨脹色
★★ 今年の夏は何色が流行っているの？今年夏天正流行什麼顏色呢？	流行る 動 流行
★★ 何色が似合うと思う？你覺得我適合什麼顏色？ ① シャンパンゴールドかな。香檳色吧！	色 名 顏色 シャンパンゴールド 名 香檳色
★ 派手な色は私に似合わないと思う。 我認為花俏的顏色不適合我。	派手 形動 醒目
★ モノトーンが私には一番似合うよ。黑白色系最適合我了。 ① 私もモノトーンはあなたによく合っていると思うよ。 我也認為黑白色系很適合你。	モノトーン 名 黑白色系 よく 副 很 合う 動 適合
★★ 何の柄が好きですか。你喜歡什麼圖案？ ① 私は縞模様の服が似合っていると思います。 我認為我很適合穿條紋圖案的衣服。 ② 菱模様が大好きです。我最喜歡菱形的圖案。	縞 名 條紋 模様 名 圖案 似合う 動 適合 菱 名 菱形
★ チェック柄がすてきね。格紋最棒了。	チェック柄 名 格紋
★ チェック柄は私の一番好きな柄なの。格紋是我最喜歡的花樣。	柄 名 花樣
★ 柄物はあんまり好きじゃない。我不太喜歡有花色的款式。	柄物 名 花色款式
★ 無地の物が好きなんだ。我喜歡素色款。	無地 名 素色款
★ トップを薄めのカラーにするなら、ボトムは濃い色を選ぼう。 上半身選擇淺色的話，下半身就選擇深色好了。	トップ 名 上半身 ボトム 名 下半身

（累積單字量463個，慣用語量21個）

★ このスキニー、いいかな？這件緊身褲好嗎？ ① あんまり綺麗(きれい)じゃない。不怎麼好看。 ② ダサい。俗不可耐。	あんまり 副 不怎麼～ ダサい 形 俗不可耐的
★★★ どういうこと？怎麼說？ ① やぼったく見(み)える。看起來很俗氣。 ② ちょっと地味(じみ)かな。有點太樸素了。	やぼったい 形 俗氣的 ちょっと 副 有點 地味(じみ) 形動 樸素
★★★ ちょっと変(へん)。感覺有點奇怪。 ＝ ちょっと変(へん)な感(かん)じがする。	変(へん) 形動 奇怪 感(かん)じがする 慣 感覺
★ その型(かた)は三年前(さんねんまえ)のものだよ。那款式是三年前的。	型(かた) 名 款式
★★ 安(やす)っぽいよ。看起來很廉價。	安(やす)っぽい 形 廉價的
★ ファッションに疎(うと)い。跟時尚沾不上邊。	疎(うと)い 形 疏遠的
★ オバサンくさい！妳看起來就像個歐巴桑。	オバサン 名 歐巴桑
★ スキニーはふくらはぎの太(ふと)さが気(き)になる人(ひと)にはNG。 緊身褲對在意蘿蔔腿的人來說NG。	スキニー 名 緊身褲 ふくらはぎ 名 小腿
★ 台形(だいけい)スカートを勧(すす)めるよ。我建議妳穿A字裙。	台形(だいけい)スカート 名 A字裙
★ 台形(だいけい)スカートは太(ふと)ももの太(ふと)さやヒップの大(おお)きさをカバーできる。A字裙可以修飾粗大腿跟大屁股。	太(ふと)さ 名 粗胖度 ヒップ 名 屁股
★ 一般的(いっぱんてき)に膝丈(ひざたけ)ぐらいが一番細(いちばんほそ)く見(み)える。 一般來說及膝附近的長度最顯瘦。	膝丈(ひざたけ) 名 及膝長度 見(み)える 動 看起來
★ このズボンを穿(は)きたい。我想穿這件長褲。 ① 悪(わる)くないわ。不錯耶！ ② 背(せ)の高(たか)い人(ひと)はパンツスタイルがすごく似合(にあ)うよ。 高個子的人非常適合褲裝造型。	ズボン 名 長褲 穿(は)く 動 穿 背(せ) 名 身高 スタイル 名 造型
★ ロールアップにしたらどう？捲起褲管如何？	ロールアップ 名 サ 捲起

（累積單字量485個，慣用語量22個）

★ 小柄に見えるから。會看起來比較嬌小。	小柄 形動 矮小的，嬌小的
★★ 今日はスーツスタイルで出掛けよう。今天就以套裝打扮出門吧！ ① 材質がいいね。這套裝材質不錯耶！ ② この材質はガッチリしている。這套裝材質很硬挺。 ＝ この材質はハリがある。	スーツ 名 套裝 材質 名 材質 ガッチリ 副 硬挺 ハリがある 慣 硬挺
★ サイズが大きすぎない？尺寸會不會太大？ ① 袖が長すぎるよ。袖子太長了喔！ ② もう少し丈が短い方がいいよ。長度再稍微短一點比較好。	袖 名 袖子 少し 副 稍微 短い 形 短的
★ スーツコートのボタンを嵌めない方がいいと思う。 我認為西裝外套的扣子不要扣上比較好。	スーツコート 名 西裝外套 嵌める 動 扣上
★ どのネクタイにしようかな？要戴哪條領帶呢？	ネクタイ 名 領帶
★ このシャツには何色のネクタイが似合うかな？ 這件襯衫搭配什麼色的領帶好呢？ ① 何にでも合わせやすそうだね。看起來很容易搭配。 ② コーディネートが難しそう。看起來很難搭配。	色 名 顏色 似合う 動 合適，相稱 コーディネート 名 搭配 難しい 形 困難的
★ 今日はノーネクタイにしよう。今天就不打領帶了。 ＝ 今日はネクタイをしめない。	今日 名 今天 ノーネクタイ 名サ 不打領帶
★ 今日は寒いから、タートルネックのインナーとダウンコートを着よう。今天很冷，穿高領的內搭衣跟羽絨外套吧！	タートルネック 名 高領 インナー 名 內搭衣
★ ダウンコートのジッパーを上げた。把羽絨外套的拉鍊拉上。	ダウンコート 名 羽絨外套
★ ストールで細い首を隠したい。想用披肩遮住過細的脖子。 ① このストール高そうね。いくらした？ 妳這圍巾看起來很貴，妳花了多少錢？	ストール 名 披肩 隠す 動 遮住
★ 靴下が片方ない！ 一隻襪子不見了！	靴下 名 襪子

（累積單字量 509 個，慣用語量 23 個）

★ 片方はたぶん乾燥機の中だわ。另一隻襪子應該在烘乾機裡。 ① 見てみるよ。我去看一下。	片方 名 單～ 乾燥機 名 烘乾機
★ ストッキングが伝線しちゃった。絲襪脫線了。	伝線 名 サ 脫線
★ 新しく買ったハイソックスを履いて。穿新買的高統襪吧！ ① うん、ちょうどロングブーツを履きたかったんだ。 嗯，剛好我想穿長靴。	ハイソックス 名 高統襪 ロングブーツ 名 長靴 履く 動 穿
★ 今日は遊園地へ行くから、スニーカーがいいよ。 今天要去遊樂場，還是穿運動鞋比較好。	遊園地 名 遊樂場 スニーカー 名 運動鞋
★ 小顔に見せたくて、小顔効果のあるボストン型メガネを掛けた。為了讓臉看起來變小，戴上有小臉效果的波士頓眼鏡。	ボストン型メガネ 名 波士頓眼鏡
★ 今日はトートバッグを提げよう。今天提托特包好了！	提げる 動 提

Unit 05 | 出掛ける、通勤する、通学する 出門、通勤、通學

☆★ 急いで支度をしなさい！趕快準備好！	支度 名 サ 準備
☆★ 早く行かなくちゃ！不趕緊出門不行！	早く 副 趕緊
☆★ 忘れ物はないよね。東西都有帶吧？ ① 携帯、どこに置いたっけ？我手機放到哪裡去了？	忘れ物 名 忘記的東西 携帯 名 手機
★★ 傘を持って行くべきかな。我該帶把傘嗎？ ① 傘を持って行った方がいいよ。帶傘去會比較好。	傘 名 雨傘 持つ 動 帶
★★ 今日は傘はいらないだろう。今天大概不需要帶傘吧！ ① 今日は傘を持って行った方がよさそうだなあ。 看起來今天帶傘去會比較好。	今日 名 今天 いる 動 需要 行く 動 去

（累積單字量529個，慣用語量23個）

★ 折り畳みの傘をかばんに入れたよ。我把摺疊傘放進包包裡了喔！	折り畳み 名 摺疊
★★ かばんは三階にある。我的包包在三樓。 ① 取ってきてあげるよ。我去幫你拿。	取る 動 拿
★★ かばんの中身をチェックして。檢查一下包包裡面的東西。	中身 名 裡面
★ 必要な書類が入っているかどうか確認して。 確認一下該帶的文件放進去了沒？	書類 名 文件 入る 動 放進
★★ ポケットに財布は入っているかな。錢包放進口袋了嗎？	財布 名 錢包
★★ 財布の中身を確認して。確認一下錢包裡面的東西。	確認 名 サ 確認
★★ 車の鍵を探してるんだ。我在找車鑰匙。 ① 上着とズボンのポケットを調べて。檢查一下上衣跟褲子的口袋吧！	鍵 名 鑰匙 上着 名 上衣
☆★ 今日は何時に帰るの？你今天幾時會回到家？ ① 分からないな。電話するよ。我不確定，我再打電話給你。	帰る 動 回家 電話 名 電話
☆★ お弁当を忘れないようにね。不要忘了你的便當喔！	弁当 名 便當
★ ゴミ捨て、お願い。麻煩幫我倒垃圾。	ゴミ捨て 名 倒垃圾
★ 帰りに、ついでにパンを買って来てもらえる？ 回家時，可以順便幫我買麵包嗎？	帰りに 副 回家時 パン 名 麵包
☆★ 行ってきます。我走囉！ ① 行ってらっしゃい。気を付けてね。你慢走！小心喔！	行く 動 去 気を付ける 慣 小心
☆★ 今日は遅いの？今天會遲到嗎？ ① 急がないと遅刻だ。不快點的話要遲到了。	遅い 形 遲到的 急ぐ 動 趕快
★ もう少し早足で歩いて。請稍微走快一點。 ① 走らないと遅れるよ。不跑的話會遲到了。	早足 名 快步 走る 動 跑

（累積單字量549個，慣用語量24個）

★★ 電車(でんしゃ)に間(ま)に合(あ)わなかったら、電話(でんわ)して下(くだ)さい。 趕不上電車的話，打電話給我。	間(ま)に合(あ)う 慣 趕得上
★ 家(うち)を出(で)た。我出門了。	家(うち)を出(で)る 慣 出門
★ 学校(がっこう)へ行(い)く。我要去上學。	学校(がっこう) 名 學校
★ 最寄(もよ)りのバス停(てい)まで歩(ある)く。我要走到最近的公車站牌。	最寄(もよ)り 名 最近
★ 仕事(しごと)に行(い)く。我要去上班。	仕事(しごと) 名 工作
★ 仕事場(しごとば)へ行(い)く。我要去工作的地方。	仕事場(しごとば) 名 工作處
★ 小走(こばし)りで駅(えき)に向(む)かう。我要用小跑步的前往車站。	小走(こばし)り 名 小跑步
★ 隣(となり)の人(ひと)に挨拶(あいさつ)をした。我跟鄰居打招呼。	挨拶(あいさつ) 名 サ 打招呼
★ 途中(とちゅう)で近所(きんじょ)の人(ひと)から声(こえ)を掛(か)けられた。路上有附近的人跟我打招呼。	声(こえ)を掛(か)ける 慣 打招呼
★ 交差点(こうさてん)で信号待(しんごうま)ちをしている。我在路口等紅綠燈。	交差点(こうさてん) 名 路口，交叉路口
★ 信号(しんごう)が青(あお)に変(か)わるのを待(ま)っている。我在等綠燈。	信号(しんごう) 名 紅綠燈
★ 赤信号(あかしんごう)かな。是紅燈嗎？	赤信号(あかしんごう) 名 紅燈
☆★ 今日(きょう)はついてないな！今天真是倒楣啊！	ついてる 慣 幸運
★ 信号(しんごう)が変(か)わるのが遅(おそ)いんだよ。變燈號怎麼那麼慢啊！	変(か)わる 動 變換
★★ イライラするよ！真是急死我了！	イライラ 副 サ 焦慮
☆★ 電車(でんしゃ)に遅(おく)れちゃうじゃないか。就要趕不上電車了吧！	電車(でんしゃ) 名 電車
★ 今(いま)は黄色(きいろ)だ。現在是黃燈。	黄色(きいろ) 名 黃燈
★ 早(はや)く青(あお)に変(か)わってくれよ！快點變綠燈啦！	青(あお) 名 綠燈
★ よし、青(あお)になった、急(いそ)いで渡(わた)っちゃえ。 好了，綠燈了，快速過人行道吧！	急(いそ)ぐ 動 趕緊，快速 渡(わた)る 動 通過

（累積單字量565個，慣用語量28個）

★★ どんな手段で通勤しているの？ 你怎麼上下班的？ ＝ どんな方法で通勤しているの？ ＝ どうやって通勤しているの？	手段 名 手段 方法 名 方法 通勤 名 サ 上下班
★★ 毎朝車で会社へ通っている。 我每天早上開車上班。 ＝ 毎朝通勤には車を使っている。 ＝ 毎朝会社へ自動車で通勤している。	毎朝 名 每天早上 会社 名 公司 自動車 名 車子
★★ 運転は得意なの？ 你開車技術很好嗎？ ① 運転が上手いと思うよ。 我認為我開車技術很好。 ② 切符を切られたことはないよ。 我從來不曾被開罰單。	得意 形動 擅長 上手い 形 好的，高明的 切符 名 罰單
★ 出勤と帰宅の時、ラジオ番組を聞く。 我在上下班時間聽收音機的節目。	出勤 名 サ 上班 ラジオ番組 名 收音機節目
★ 雪で、朝の通勤が困難になった。 因為下雪，早上的通勤變得困難了。	困難 形動 困難
★ 渋滞にはまるのが大嫌い。 我最討厭碰到塞車了。	大嫌い 形動 最討厭
★ この先十キロ渋滞だって。 聽說前面塞了十公里。	渋滞 名 サ 塞車
★ なんでこんなに渋滞しているんだろう？ 為什麼會塞成這樣呢？	こんなに 副 這麼地
★ 今日車で出掛けたのは間違いだったかもね。 或許今天不該開車出門的。	車 名 車子 間違い 名 錯誤
★ 遅くなると、会社の近くで駐車する場所を見付けるのは難しい。 太晚的話，公司附近很難找到停車的地方。	駐車 名 サ 停車 見付ける 動 找到
★ 大抵のサラリーマンは郊外から通勤している。 大部分的薪水階級都從郊外通勤。	サラリーマン 名 薪水階級 郊外 名 郊外
★ 殆どの通勤者たちは交通渋滞を当たり前のことだと思っている。 大部分通勤的人們認為塞車是理所當然的。	殆ど 副 大部分 当たり前 形動 理所當然
★ タクシーに相乗りして通勤した方がいい。 共乘計程車上下班比較好。	タクシー 名 計程車 相乗り 名 サ 共乘

（累積單字量590個，慣用語量28個）

☆☆ 毎日電車（まいにちでんしゃ）で通勤（つうきん）している。我每天搭電車上下班。 ＝ 毎日通勤（まいにちつうきん）で電車（でんしゃ）に乗（の）っている。 ＝ 毎日電車通勤（まいにちでんしゃつうきん）をしている。	毎日（まいにち）名 每天 通勤（つうきん）名サ 上下班 乗（の）る 動 搭乘
☆☆ 毎日新幹線（まいにちしんかんせん）で通勤（つうきん）している。我每天搭新幹線上下班。	新幹線（しんかんせん）名 新幹線
★ 当社（とうしゃ）は通勤費用（つうきんひよう）を全額負担（ぜんがくふたん）している。 我們公司負擔全部的通勤費用。	当社（とうしゃ）名 我們公司 負担（ふたん）名サ 負擔
☆☆ 通勤者用（つうきんしゃよう）の定期乗車券（ていきじょうしゃけん）を買（か）った。我買了通勤者用的定期票。	定期乗車券（ていきじょうしゃけん）名 定期票
★ 通勤（つうきん）にはどれぐらい掛（か）かる？上班通勤時間多久？ ① 通勤時間（つうきんじかん）は約一時間半（やくいちじかんはん）だ。通勤時間大約一個半小時。 ＝ 一時間半掛（いちじかんはんか）けて通勤（つうきん）している ＝ 通勤（つうきん）に一時間半掛（いちじかんはんか）かる。	どれぐらい 副 多久，多少 通勤時間（つうきんじかん）名 通勤時間 掛（か）ける 動 花費 掛（か）かる 動 需要
★ 遠距離通勤（えんきょりつうきん）はつらいなあ。遠距離通勤很辛苦。	つらい 形 辛苦的
★ 私（わたし）は遠距離通勤（えんきょりつうきん）はしたくない。我不想要遠距離通勤。	遠距離（えんきょり）名 遠距離
★ 私（わたし）は通勤（つうきん）だけで疲（つか）れてしまう。我光是通勤就累死了。 ＝ 私（わたし）は通勤（つうきん）だけでくたびれてしまう。	疲（つか）れる 動 疲倦 くたびれる 動 精疲力竭
☆☆ 家（うち）から会社（かいしゃ）までの通勤時間（つうきんじかん）はどのくらい？ 你從家裡到公司的通勤時間多長？ ① 一時間（いちじかん）ぐらい。大約一個小時。	家（うち）名 家裡 会社（かいしゃ）名 公司 ぐらい 副助 大約
★★ 次（つぎ）の電車（でんしゃ）は七時十分（しちじじゅっぷん）だよ。下一班電車是七點十分。	次（つぎ）名 下次
☆☆ まだ電車（でんしゃ）に間（ま）に合（あ）うかな。不知道還趕得上電車嗎？ ① 急（いそ）げば間（ま）に合（あ）うよ。動作快一點就趕得上。	急（いそ）ぐ 動 趕快 間（ま）に合（あ）う 慣 趕得上
☆☆ 電車（でんしゃ）が来（き）た！特急（とっきゅう）だ。電車來了！是特急電車。	特急（とっきゅう）名 特急電車
★ 次（つぎ）の普通（ふつう）にしよう。搭下一班的普通車吧！ ① 急行（きゅうこう）の方（ほう）が早（はや）いんじゃない？快車不是比較快嗎？	普通（ふつう）名 普通車 急行（きゅうこう）名 快車

（累積單字量613個，慣用語量29個）

★ そうだけど、各停なら座れるから。 是沒錯啦！但是普通車每站都停才會有位子坐。 ① よし、走ろう！好！我們跑上電車吧！	各停 名 普通車 座れる 動 能坐下 走る 動 跑
★★ 電車がすごく込んでるなあ。 電車上好擠喔！ ① 今は朝のラッシュアワーだ。現在是早上的尖峰時間。	込む 動 擁擠 ラッシュアワー 名 尖峰時間
★★ あいにく朝の通勤ラッシュにぶつかった。 剛好碰上早晨上下班的尖峰時間。 ＝ 具合悪く朝の通勤ラッシュにぶつかった。	あいにく 副 剛好 ぶつかる 動 碰上 具合 名 情況
★ ラッシュ時の通勤時間を避けられない。 無法避開上下班的尖峰時間。	避ける 動 避開
★ 朝の通勤電車で座れることはない。 早上的通勤電車是沒有空位的。 ＝ 朝の通勤電車で座ることはできない。	朝 名 早上 座る 動 坐
★ ラッシュアワーの時間に通学するのは疲れる。 在尖峰時間上下學是很累的。	通学 名 サ 上下學
★★ こんなに混んで、乗れるの？ 這麼擠我們上得去嗎？	混む 動 擁擠
★ よかった、何とか電車に乗り込めた。 太好了，總算擠進電車裡了。	乗り込む 動 擠進
★ 意外に空いているな。 車廂出乎意料地空呢！	意外に 副 出乎意料地
★ この電車は空いていて、とても快適だ。 這電車很空，非常舒服。 ＝ この電車は空いていて、とても心地良い。 ＝ この電車は空いていて、とても気持ちいい。	快適 形動 舒適 心地良い 慣 愉快 気持ち 名 心情
★ 七時十分の快速電車にぎりぎり間に合った。 勉強趕上七點十分的快速電車。	快速電車 名 快速電車 ぎりぎり 副 勉強
★ 走るのが遅くて、電車に間に合わなかった。 我跑得不夠快，沒趕上電車。	走る 動 跑 間に合う 慣 趕得上

（累積單字量633個，慣用語量31個）

★ 私は通勤の時に本を読む。 我在通勤的時候看書。 ＝ 私は通勤中に本を読む。 ＝ 私は通勤時間に本を読む。	～時 接尾 ～的時候 通勤中 名 通勤中 本を読む 慣 看書
★ 私は一つ前の駅で降りて歩いて通勤している。 我提早一站下車，走路上下班。	降りる 動 下車 歩く 動 走路
☆★ 駅に着いた。 到達車站了。	着く 動 到達
★ エスカレーターに乗って、改札口に向かう。 我搭乘電扶梯，往剪票口處走。	乗る 動 搭乘 改札口 名 剪票口
☆★ いつもどうやって通学をしているの？ 你總是怎麼上下學？ ① 以前自転車通学だったけど、今はバス通学だよ。 我以前騎腳踏車，現在坐公車。 ＝ 以前自転車で通学していたけど、今はバスを使っているよ。	いつも 副 總是 以前 副 以前 自転車 名 腳踏車 使う 動 使用
★ いつも徒歩で通学している。 我總是走路上下學。 ＝ いつも歩いて通学している。	徒歩 名 徒步 歩く 動 走路
★ 大抵の学生は徒歩で通学している。 大部分的學生都是走路上下學。	大抵 副 大部分
★ クラスメートの中には自転車通学者の人もいる。 同學裡面也有騎腳踏車上下學的人。	クラスメート 名 同學 人 名 人
★★ 彼は自転車で通学している。 他騎腳踏車上下學。 ＝ 彼は通学のために自転車に乗っている。	ため 名 為了～
★ 彼は自転車を学校の自転車置き場に置く。 他把腳踏車放在學校的腳踏車放置處。	置き場 名 放置處 置く 動 放置
☆★ 毎日バスで通学（を）している。 我每天搭公車上下學。 ＝ 毎日バス通学だ。	毎日 名 每天 通学 名 サ 上下學
★ バスにはまだ十分時間がある。 還有很充分的時間可以趕上公車。	十分 副 充分
★ 車でバス停まで送るよ。 我開車送你到公車站牌吧！	バス停 名 公車站牌

（累積單字量657個，慣用語量32個）

★ 毎日姉と一緒に通学している。 我每天跟姐姐一起通車上學。	一緒に 副 一起
★ 私たちはバスを待っている。 我們在等公車。	待つ 動 等
★★ バスが二十分遅れてるよ。 公車誤點二十分鐘。	遅れる 動 誤點
★★ 一体、いつになったらバスは来るんだ。 公車到底要幾時來呢？	一体 副 到底
★ バスは七時十分に来るはずなんだけど。 公車應該要七點十分來的。	バス 名 公車 来る 動 來
★★ 定期が切れている。 我的定期票過期了。 ＝ 定期券の有効期限が切れてしまった。	定期（券） 名 定期票 有効期限 名 有效期限
★ 自動販売機でチケットを一枚買った。 我在自動販賣機買了一張票。	チケット 名 票
★★ バスに乗った。 我搭上公車了。	乗る 動 搭乘
★ クラスメートはバスの座席に座っている。 我的同學坐在公車的座位上。	座席 名 座位 座る 動 坐
★ 私はバスの中で立っている。 我在公車上站著。	立つ 動 站立
★ バスが揺れているので、吊革に摑まっている。 公車搖晃，我抓著拉環。	吊革 名 拉環 摑まる 動 抓住

Unit 06 ｜電話、携帯電話 電話、手機

★ 電話で彼の居場所を尋ねた。 我用電話詢問他在哪裡。	居場所 名 所在場所
★ 電話で彼の明日のスケジュールを聞いた。 我用電話詢問他明天的行程。	スケジュール 名 行程 聞く 動 詢問
★ 電話で商品について尋ねた。 我用電話詢問商品的相關問題。	商品 名 商品

（累積單字量676個，慣用語量32個）

★ 電話で商品の値段を聞いた。我用電話詢問商品的價格。	値段 名 價格
★ 電話で商品を注文した。我用電話訂購商品。	注文 名 サ 訂購
★ 電話で店の営業時間を尋ねた。我用電話詢問商店的營業時間。	店 名 商店
★ 電話で出前を取った。我用電話叫外送。	出前を取る 慣 叫外送
★ 電話で両親に挨拶した。我用電話問候父母。	挨拶 名 サ 打招呼
☆★ 電話をお借りしてもいいですか。可以跟您借電話嗎？ ＝ 電話をお借りできますか。 ＝ 電話を貸してもらえませんか。 ① もちろんいいですよ。當然可以啊！	借りる 動 借（入） できる 動 可以 貸す 動 借（出） もらう 補動 表示接受 もちろん 副 當然
★ 彼、私の電話番号を聞いてくれないかな？ 他會來跟我要電話號碼嗎？	私 代名 我 電話番号 名 電話號碼
★ 思い切って彼の電話番号を聞いてみよう。 我下定決心問問看他的電話號碼。	思い切る 動 下定決心 彼 代名 他
★ 彼女の電話番号を知りたいな。我想知道她的電話號碼。	知る 動 知道
★ もし彼女の電話番号を知っていたら、彼女に電話できるのに。 如果知道她的電話，就可以打給她了。 ＝ もし彼女の電話番号を知っていれば、彼女に電話できるのに。	もし 副 如果 たら 助動 表示假設 彼女 代名 她 電話 名 サ 打電話
★★ 彼に電話番号を教えてもいい？我可以把妳的電話號碼給他嗎？	彼 名 他
☆★ 電話番号を教えてくれる？可以給我你的電話號碼嗎？ ＝ 電話番号聞いてもいい？ ① いいよ、987 の 6543。好啊！ 987-6543。	教える 動 告知 聞く 動 詢問 いい 形 好的，可以的
★★ 復唱するよ。987 − 6543 だね？ 我重複一遍。是 987-6543 嗎？ ① うん、そうだよ。是的，沒錯。	復唱 名 サ 重複 ね 終助 表示確認

（累積單字量700個，慣用語量33個）

★ 夜はいつもそこにいます。 晚上我都在那裡。	夜 [名] 晚上
★★ 昼間はどこに連絡すればいいですか。 白天要怎麼跟您聯絡呢？ ① 職場にいます。 白天我在工作的地方。 ② 番号は 123 の 4567 です。 電話是 123-4567。	昼間 [名] 白天 連絡 [名][サ] 聯絡 職場 [名] 職場
★ 勤務時間内はその番号のところにいます。 上班時間我都在這支號碼那裡。	勤務時間 [名] 上班時間 番号 [名] 號碼
☆☆ そこに電話して下されば、連絡が取れます。 打這支電話就可以找到我。	そこ [代名] 那裡 連絡が取る [慣] 取得聯絡
☆☆ 内線番号はありますか。 您有分機號碼嗎？ ① ええ、102 です。 有的，是 102。	内線番号 [名] 分機號碼 ある [動] 有
★ 今夜電話してもいいですか。 我今晚打電話給您可以嗎？ ① いつでも大丈夫ですよ。 你隨時可以打電話給我唷！	今夜 [名] 今晚 大丈夫 [形動] 沒問題
★ 火曜日の昼間に電話してもいいですか。 我週二白天打電話給您可以嗎？ ① もし急を要する場合は、私の携帯電話に直接お電話下さい。 如果有急事，請直接打我的手機。	火曜日 [名] 週二 昼間 [名] 白天 急を要する [慣] 有急事 直接 [名][副] 直接
★ 当日、到着した時にあなたに電話してもいいですか。 我當天到達時給您電話好嗎？	当日 [名] 當天 到着 [名][サ] 到達
★ もし列車が遅れていたら、携帯電話に電話するかもしれません。 如果列車誤點的話，我可能會打您的手機吧！ ① ええ、携帯電話で知らせて下さい。 好的，請用手機通知我。	列車 [名] 列車 遅れる [動] 遲到 知らせる [動] 通知
☆☆ 明日電話を待ってるよ。 我明天等你的電話喔！	待つ [動] 等
☆☆ 忘れずに電話してね！ 不要忘了打電話給我喔！	忘れる [動] 忘記
★ 美嘉さんからの電話に出た。 我接了美嘉打來的電話。	電話に出る [慣] 接電話

（累積單字量 721 個，慣用語量 36 個）

★ 徐さんの電話を探して、電話をした。 我找徐先生的電話，打給徐先生。	電話 名 サ 電話 探す 動 找
★★ もしもし。徐さんのお宅ですか。 喂，請問是徐公館嗎？ ① はい、そうです。どちら様ですか。是的，請問您是哪一位？	もしもし 感 喂 どちら 代名 哪一～
★★ 寺村です。美嘉さんいますか。 我是寺村。請問美嘉在家嗎？	いる 動 在
★★ 美嘉さんと話したいのですが。 我想跟美嘉說話。 ① すいませんが、ここには美嘉というものはいませんが。 不好意思，這裡沒有叫美嘉的人。	と 格助 跟 話す 動 說話 もの 代名 此處指人
★★ 何番に掛けていらっしゃいますか。 請問您打幾號？ ＝ 何番にお掛けですか。 ① 987 の 6543 です。987-6543。	何番 名 幾號 か 終助 表示疑問 掛ける 動 打電話
★★ 恐れ入りますが、番号違いのようです。 不好意思，您好像打錯了。	恐れ入る 動 不好意思
★★ この番号にはそんな人はいませんが。 這個號碼沒有這個人喔！	番号 名 號碼
★★ 987 の 6543 番の徐さんのお宅ですか。 請問是 987-6543 的徐公館嗎？ ① ええ、そうですが。是的。	番 名 號 ～さん 名 ～先生（小姐） お宅 名 住家
★ それで、美嘉さんはそちらにいないのですね。 那麼沒有一位叫美嘉的人嗎？ ① ご免なさい、美子とおっしゃったのかと思いました。 抱歉，我以為您說的是美子。	それで 接 那麼 そちら 代名 那邊 おっしゃる 動 說 思う 動 認為
★★ 彼女を呼んで来ます。 我去叫她。	呼ぶ 動 叫
★★ 少々お待ち下さい。 請等一下。	少々 副 稍微
★ 電話を保留にします。 我將電話保留。	保留 名 サ 保留

（累積單字量 744 個，慣用語量 36 個）

★★ 掛け間違えですよ。您打錯了喔！ ① すみません、間違えました。抱歉，我打錯了。 ② ご迷惑をお掛けしてすみません。抱歉，打擾您了。	掛け間違え [名] 打錯 間違える [動] 弄錯 迷惑 [名][サ] 打擾
★★ ただ今、不在ですが。她現在不在。 ＝ 今おりませんが。	ただ今 [名][副] 現在 不在 [名] 不在
★ まだ職場にいます。她還在上班。	職場 [名] 職場
★★ 後でもう一度お電話していただけませんか。 您可以待會兒再打來嗎？	もう一度 [副] 再一次
★★ 彼女は何時戻りますか。她什麼時候回來？ ＝ 彼女は何時お戻りですか。 ① すみません、分かりません。不好意思，我不清楚。 ② 午後二時頃戻るはずです。應該下午兩點左右會回來。	戻る [動] 回來 分かる [動] 知道 午後 [名] 下午 頃 [名] 左右
★★ 一時間で戻ります。她一個小時以內會回來。	~時間 [名] ~小時
★★ 伝言をお残しになりますか。您要留言嗎？ ＝ 伝言を残されますか。 ＝ 伝言をお預かりしましょうか。	残す [動] 留下 預かる [動] 保管
★★ 帰り次第、お電話させます。她回來，我就請她回電。	~次第 [接尾] 一~就
★★ 後でお電話させましょうか。要不要我請她待會兒回電？ ① また後で電話します。我待會再打電話來。 ② ええ、お願いします。好的，麻煩您了。	後 [名] 待會兒 また [副] 再 電話 [名][サ] 打電話
★★ 伝言を預かっていただけますか。我可以留言嗎？ ＝ 伝言をお願いできますか。 ＝ 伝言を残したいのですが。 ① もちろんです。當然可以。	伝言 [名][サ] 留言 願う [動] 拜託 もちろん [副] 當然
★★ 寺村から電話があったことを伝えて下さい。 請告訴她寺村有打電話來。	から [格助] 來自 伝える [動] 傳達

（累積單字量767個，慣用語量36個）

☆★ また電話すると彼女にお伝え下さい。 請告訴她我會再打來。

彼女 [名] 她

☆★ 電話を下さるよう言ってくれますか。 可以請她打電話給我嗎？

下さる [動] 給

☆★ 彼女はそちら（＝向こう）の電話番号を知っていますか。
她知道您的電話號碼嗎？

① 知っています。彼女と電話番号を交換しました。
她知道，我跟她交換過電話。

そちら（＝向こう）[代名] 您
電話番号 [名] 電話號碼
知る [動] 知道
交換 [名] [サ] 交換

★★ 何時に電話すればいいですか。 她要幾點打給您比較好呢？

① 九時過ぎにお願いします。 麻煩她九點過後打給我。

～時 [名] ～點鐘
～過ぎ [接尾] 超過～

★★ 必ずそのように伝えておきます。 我一定會那麼跟她說。

① ありがとう。また電話して下さい。さようなら。
謝謝您！請再來電，再見！

必ず [副] 一定
そのように [副] 那樣地

☆★ 淑芬さんをお願いします。 我可以跟淑芬說話嗎？

① 私ですが。 我就是。
② すみませんが、今、他の電話に出ています。不好意思，她正在電話中。

願う [動] 拜託
他 [名] 其他
電話に出る [慣] 接電話

★★ 後で掛け直してもらえますか。 您可以待會兒再打來嗎？

① では、掛け直します。 那我再打來。
② はい、掛け直させてもらいます。 好的，我會再打給您！

後で [名] 待會兒
掛け直す [動] 重打
では [接] 那麼

★★ 手が放せなくて、電話を掛け直してもいいですか。
我現在有點忙不過來，我再打給您可以嗎？

① 一番早くて何時から電話してもいいですか。 我最早可以幾點打來？
② 一番遅くて何時まで電話してもいいですか。 我最晚可以幾點打來？

放す [動] 放開，釋放，解放
一番 [副] 最
早い [形] 早的
遅い [形] 晚的

★ 私は何時に彼に家電を掛けたら良いかな？
我應該幾時打電話去他家好呢？

① 夜のこんな時間に電話を掛けるもんじゃない。
晚上這個時間打電話不太恰當。

家電 [名] 住家電話
夜 [名] 晚上
こんな [連體] 這樣的
電話を掛ける [慣] 打電話

★ こんな夜更けに彼に電話を掛ける必要はなかったのに。
你實在沒必要半夜打電話給他。

夜更け [名] 半夜
必要 [形動] 必要

★ 今晩誰から電話があっても、私は留守だと伝えて下さい。 今晚無論誰打電話來，都說我不在。	今晩 名 今晚 伝える 動 傳達
★ 彼は私の誕生日には必ず電話を掛けてくれます。 我生日時，他一定會打電話給我。	誕生日 名 生日 必ず 副 一定
★ 私は毎日彼女に電話（を）する。 我每天打電話給女朋友。 ＝ 私は毎日彼女に電話を掛ける。	電話 名 サ 打電話 毎日 名 每天
★ 昨夜、彼女に電話を掛けるのを忘れました。 我昨晚忘記打電話給女朋友了。	昨夜 名 昨晚 彼女 名 女朋友
★ 電話するのを忘れてご免なさい。 真抱歉，我忘了打電話了。	忘れる 動 忘記
★ 彼女は居留守を使っている。 她假裝不在家。	居留守 名 假裝不在家
★ 何度掛けても彼女は電話に出ない。 無論我打幾次，她都沒接電話。	何度 副 幾次
★ いつ電話しても彼女は留守だよ。 無論什麼時候打給她，她都不在。 ＝ いつ電話しても彼女に繋がらないよ。 ＝ 彼女は電話する度に、いないんだよ。	留守 名 不在 繋がる 動 聯繫 度に 副 每次
★ 相手の声が小さ過ぎる。 對方的聲音太小聲了。	相手 名 對方
★ 相手の声がよく聞こえない。 我聽不清楚對方的聲音。	聞こえる 動 聽得見
★ 携帯電話で話した。 我用手機通話。	話す 動 說話
★★ 話の途中で電話を切られた。 電話講到一半被掛斷了。	途中 名 途中
★ 電話は故障しています。 電話故障了。	故障 名 サ 故障
★★ 電話を切った。 我掛了電話。	切る 動 掛電話
★ 携帯電話で友人に電話した。 我用手機打電話給朋友。	友人 名 朋友
★ 携帯電話で会う約束をした。 我用手機約了見面。	約束 名 サ 約定

（累積單字量813個，慣用語量38個）

★ 昨日は誰からも着信ナシだった。昨天都沒有半個人打電話來。	着信ナシ 名 電話沒響
★★ 携帯電話が鳴った。手機響了。	鳴る 動 響
★ この着信メロディーは可愛いね。這來電鈴聲真可愛。 ＝ この着メロは可愛いね。	この 連體 這～ 着（信）メロ（ディー） 名 來電鈴聲
★ ワン切りした。只響一聲就掛斷了。	ワン切り 名 サ 響一聲就掛斷
★ 圏外だから、携帯が使えないよ。收不到訊號，所以不能用手機。	圏外 名 手機收不到訊號
★ 友人の電話番号を携帯に入れた。我將朋友的電話號碼輸入手機。	入れる 動 輸入
★ 携帯電話で友人にメールした。我用手機寄郵件給朋友。	で 格助 用
★ 友人から携帯電話にメールが来た。 我在手機收到了朋友寄來的郵件。	友人 名 朋友 来る 動 來
★ 電車に乗ると携帯電話をマナーモードにした。 搭電車時，我將手機轉為震動模式。	乗る 動 搭乘 マナーモード 名 震動模式
★ 携帯電話で写真を撮った。我用手機拍照。	写真を撮る 慣 拍照
★ 携帯電話で写真を友人に送った。我用手機傳照片給朋友。	送る 動 傳送
★ 写真を保存した。我將照片保存下來。	保存 名 サ 保存
★ 写真を削除した。我將照片刪除。	削除 名 サ 刪除
★ 写真を待ち受け画面にした。我用照片當手機桌布。	待ち受け画面 名 桌布
★ 写真をコンピューターに移した。我將照片轉載在電腦上。	コンピューター 名 電腦
★ 携帯電話を目覚まし時計として使う。我將手機當成鬧鐘來用。	目覚まし時計 名 鬧鐘
★ 毎朝七時にアラームを設定した。我設定每天早上七點的鬧鐘。	設定 名 サ 設定

（累積單字量833個，慣用語量39個）

★ スマートフォンでYouTubeを見(み)た。 我用智慧型手機看 YouTube。	スマートフォン 名 智慧手機 見(み)る 動 看
★ スマートフォンで映画(えいが)をダウンロードした。 我用智慧型手機下載電影。	映画(えいが) 名 電影 ダウンロード 名 サ 下載
★ スマートフォンでこの単語(たんご)を調(しら)べてみよう。 用智慧型手機搜尋看看這個單字吧！	単語(たんご) 名 單字 調(しら)べる 動 查詢
★ スマートフォンで好(す)きな歌手(かしゅ)の曲(きょく)をダウンロードした。 我用智慧型手機下載喜歡的歌手的歌。	歌手(かしゅ) 名 歌手 曲(きょく) 名 歌曲
★ 彼(かれ)の曲(きょく)は150円(えん)だから安(やす)い。他的歌一首 150 日圓，很便宜。	安(やす)い 形 便宜的
★ スマートフォンで人気作家(にんきさっか)の小説(しょうせつ)を買(か)って読(よ)んだ。 我用智慧型手機購買人氣作家的小說來看。	人気作家(にんきさっか) 名 人氣作家 小説(しょうせつ) 名 小說
★ このスマートフォンの容量(ようりょう)は16ギガバイトだ。 這智慧型手機的容量是 16GB。	容量(ようりょう) 名 容量 ギガバイト 名 GB
★ ゲームのアプリをダウンロードした。我下載遊戲的應用程式。	アプリ 名 應用程式
★ 容量(ようりょう)が大(おお)きいから、かなり沢山(たくさん)のゲームがダウンロードできるんだ。因為容量很大，可以下載相當多的遊戲。	かなり 副 很 ゲーム 名 遊戲
★ メモリがいっぱいになったみたいだ。記憶體似乎滿了。	いっぱい 形動 滿滿
★ この小説(しょうせつ)はコンピューターに移(うつ)そう。將這小說轉載到電腦上吧！	移(うつ)す 動 轉載

Unit 07 ｜挨拶(あいさつ)する 打招呼

★★ やあ。嘿！	表示驚訝的語氣。
★★ おはよう（ございます）。早安！	加上ございます更有禮貌。

（累積單字量851個，慣用語量39個）

★☆ こんにちは。午安！	多用於下午。
★☆ こんばんは。晚安！	多用於傍晚。
★☆ お休(やす)みなさい。晚安！	多用於道別或睡前。
★☆ メリークリスマス！聖誕節快樂！	メリークリスマス [名] Merry Christmas
★★ 良(よ)いお年(とし)を！ 新年快樂！（元旦之前說） ＝ 良(よ)いお年(とし)をお迎(むか)え下(くだ)さい！	年(とし) [名] 年 迎(むか)える [動] 迎接
★★ 新年(しんねん)おめでとう！新年快樂！（到了元旦才可以說） ＝ あけましておめでとうございます。	新年(しんねん) [名] 新年
★☆ お待(ま)たせ（しました）。讓你久等了！	待(ま)つ [動] 等
★☆ すみません。不好意思！ ① 構(かま)いません。沒關係！	すみません [感] 用來表示歉意 構(かま)う [動] 在乎
★☆ ご免(めん)なさい。抱歉！ ① 気(き)にしないで下(くだ)さい。別介意。	ご免(めん)なさい [慣] 抱歉 気(き)にする [慣] 介意
★☆ ありがとう（ございます）。謝謝！ ① どういたしまして。不客氣。	加上ございます是更為有禮貌的說法。
★☆ お元気(げんき)（ですか）。你好嗎？ ＝ お元気(げんき)でいらっしゃいますか。 ① お陰様(かげさま)で、元気(げんき)です。托您的福，我很好。 ＝ お陰様(かげさま)で、元気(げんき)でおります。	元気(げんき) [形動] 有精神 いらっしゃる [動] いる的尊敬語 陰(かげ) [名] 庇蔭 おる [動] いる的謙讓語
★☆ 久(ひさ)しぶり。好久不見了。 ＝ お久(ひさ)しぶりですね。 ① 本当(ほんとう)に久(ひさ)しぶりだね。真的是好久不見了耶！	～ぶり [接尾] 間隔～ 久(ひさ)しい [形] 長久的 本当(ほんとう)に [副] 真的

（累積單字量865個，慣用語量41個）

★★ また会えて嬉しいよ。真高興能再見到你。	また 副 再次
★ ここで会うなんて奇遇だね。在這裡遇到你真是巧遇耶！	奇遇 名 巧遇，奇遇
★☆ 時間が経つのは早いね。時間過得可真快。	早い 形 快的
★★ 何年もあなたに会ってなかったね。我好幾年沒看到你了。 ① 最後に会ってから随分経ったね。距離最後一次看見你已經很久了。 ② 長い間連絡をしなくて、ご免なさい。真抱歉，那麼久沒跟你聯絡。	最後に 副 最後 経つ 動 經過 連絡 名 サ 聯絡
★★ いつ以来かな？我們最後一次見面是什麼時候？ ＝ 最後に会ったのはいつだっけ？ ① 二十年ぶりだよ。有二十年了吧！ ② 高校卒業以来だね。高中畢業後就沒見過面了。	以来 副 以來 会う 動 見面 高校 名 高中 卒業 名 サ 畢業
★ もう会えないかと思っていたよ。我還以為不會再見到你了呢！	思う 名 以為
★★ あなたのことが気になっていたんだ。我一直想你過得如何呢！	気になる 慣 在意
★ ここで会うなんて想像もできなかったね。 真沒想到會在這裡碰到你。 ＝ ここで会うなんて想像もしなかったよ。 ＝ ここで会うなんて思いもよらなかったね。	ここ 代名 這裡 想像 名 サ 想像 思い 名 想
★☆ 昔と変わらないね。你都沒變耶！	昔 名 往日
★☆ 本当にちっとも変わってないよ。你真的一點也沒變耶！ ＝ 本当に全然変わってないよ。 ① 嬉しいこと言ってくれるね！真高興你這麼說。	本当に 副 真的 も 副助 也 全然 副 完全 言う 動 說
★☆ 随分変わったね。你變了好多。	随分 副 相當
★★ 見違えたよ。我幾乎認不出是你耶！ ① お互い年を取ったね。我們都老了啊！	見違える 動 認不出 年を取る 慣 上年紀

（累積單字量886個，慣用語量43個）

★★ 覚えていてくれた？你一直都還記得我嗎？ ① もちろん、君がいなくて皆寂しがっていたんだよ。 當然記得，你不在我們都覺得很寂寞呢！	覚える 動 記得 もちろん 副 當然 寂しがる 動 覺得寂寞
★ どうしていたの？元気だった？你過得怎樣？你一直都好嗎？	元気 形動 健康
★ ご家族はお元気ですか。你的家人好嗎？ ① お蔭で皆元気ですよ。他們都很好。 ＝ お蔭で皆元気にしています。	家族 名 家人 蔭 名 庇蔭 皆 名 大家
★ またそのうち会いましょう。我們近期內再碰面吧！ ① ええ、そうしましょう。嗯，就那麼說定了。	そのうち 名 近期 会う 動 碰面 そう 名 那麼
★ マナーは人間が社会で気持ち良く生活していくための知恵だ。禮貌是人們在社會上舒服地生活下去的智慧。	人間 名 人們 知恵 名 智慧
★ 殆どの人はマナーの悪い人が嫌いだ。 大部分的人都討厭沒禮貌的人。	殆ど 名 副 大部分 嫌い 形動 討厭
★ 挨拶はマナーの第一歩だ。打招呼是禮貌的第一步。	挨拶 名 サ 打招呼
★ 挨拶は日常生活に欠かせないエチケットだ。 打招呼是日常生活不可或缺的禮儀。 ＝ 挨拶は日常生活に欠くことのできないエチケットだ。	日常生活 名 日常生活 欠く 動 欠缺 エチケット 名 禮儀
★ 挨拶の形式は文化や時代の様々な習慣によって違う。 打招呼的形式因為文化、時代等種種習慣而不同。 挨拶の形式は文化や時代の様々な習慣によって異なる。 ＝ 挨拶の形式は文化や時代の様々な習慣によって差異がある。	様々 形動 種種 違う 動 不同 異なる 動 不同 差異がある 慣 有差異
★ 挨拶は日常で重要な行為だけでなく、ビジネスマナーでもある。打招呼不只是日常重要的行為，也是職場禮儀。	重要 形動 重要 行為 名 行為
★ 挨拶はビジネスシーンにも大切だ。在職場上，打招呼也很重要。 ＝ 挨拶は職場にも大切だ。	大切 形動 重要 職場 名 職場

（累積單字量911個，慣用語量44個）

★ 挨拶することは社会人として基本のルールだ。 打招呼是作為社會人士的基本規則。 ＝ 挨拶をすることは社会人として基本のルールだ。 ＝ 挨拶を行うことは社会人として基本のルールだ。	社会人 名 社會人士 基本 名 基本 行う 動 進行 ルール 名 規則
★ コミュニケーション・スキルは社会人基礎力の一つだ。 溝通能力是社會人士的基本能力之一。	コミュニケーション・スキル 名 溝通能力
★ 挨拶は、相手とのコミュニケーションを円滑にするツールだ。 打招呼是跟對方順暢溝通的道具。 ＝ 挨拶は、相手とのコミュニケーションをスムーズにするツールだ。 ＝ 挨拶は、相手とのコミュニケーションを順調にするツールだ。	相手 名 對方 円滑に 副 圓滑地 スムーズに 副 順暢地 順調に 副 順利地
★ 挨拶は「目上の人」や「取引先」だからするということではない。打招呼並不是因為對方是「長輩」或「客戶」。	目上 名 長輩 取引先 名 客戶
★ 挨拶は上司、先輩だけでなく、同僚や後輩に対しても必要だ。 打招呼不是只對上司、長輩，對同事、晚輩也有必要。	先輩 名 長輩 同僚 名 同事
★ 上下関係に拘らないで挨拶して下さい。 打招呼請不要拘泥於上下關係。 ＝ 上下関係に拘泥しないで挨拶して下さい。 ＝ 上下関係に固着しないで挨拶して下さい。	上下関係 名 上下關係 拘る 動 拘泥 拘泥 名 サ 拘泥 固着 名 サ 固執
★ 人に会う時には必ず挨拶して下さい。碰到人時請務必打招呼。 ＝ 人に会う時には忘れず挨拶して下さい。	必ず 副 務必 忘れず 連 不要忘記
★ ただ単に挨拶の言葉を言うだけでは、挨拶をする意味がない。 如果單單只是說出打招呼的字眼，就沒有打招呼的意義了。	単に 副 單單 言葉 名 字眼
★ 相手の方向を向き、相手の目をしっかり見て挨拶を行って下さい。請面向對方，好好地看著對方的眼睛打招呼。	方向 名 方向 しっかり 副 サ 好好地
★ 明るく元気に挨拶して下さい。請開朗而有精神地打招呼。	明るく 副 開朗地

（累積單字量935個，慣用語量44個）

★ 口角がキリっと上がった自然な笑顔で挨拶して下さい。 請用嘴角上揚的自然笑臉打招呼。 = 口角がきちんと上がった自然な笑顔で挨拶して下さい。	口角 名 嘴角 笑顔 名 笑臉 自然 形動 自然
★ 少し高めトーンの声で挨拶した方がいい。 用稍微高頻率的聲音來打招呼會比較好。	高めトーン 名 高頻率 声 名 聲音
★ 挨拶しても、心がこもっていなければ、相手にそういう気持ちが通じてしまう。 就算打了招呼，但是如果不是真心的話，對方會感覺到那種心情的。 = 挨拶しても真心が込められていなければ、相手にそういう気持ちが通じてしまう。 = 挨拶しても感情が入られていなければ、相手にそういう気持ちが通じてしまう。	挨拶 名 サ 打招呼 相手 名 對方 気持ち 名 心情 真心 名 真心 感情 名 感情 通じる 動 感覺
★ 挨拶をしても、表情が暗ければ、却ってコミュニケーションの妨げになる。 就算打了招呼，但是表情不愉快的話，反而會妨礙溝通。 = 挨拶をしても、表情が暗ければ、逆に（＝反対に）コミュニケーションの妨げになる。	暗い 形 陰暗的，不愉快的 却って 副 反而 逆に 副 反而 反対に 副 相反地 妨げ 名 妨礙
★ 積極的に挨拶すれば、誠意が伝わって、好感度も上がる。 積極地打招呼，不只可以傳達誠意，更可以提高好感度。 = 積極的に挨拶すれば、誠意が伝わって、好感度も高くなる。 = 積極的に挨拶すれば、誠意が伝わって、好感度も高められる。	積極的に 副 積極地 上がる 動 上升 好感度 名 好感度 高める 動 提高
★ 挨拶は、自分から進んで行って下さい。 打招呼，請從自己做起。	進む 動 進行
★ 先手の挨拶は、相手の好意を感じさせる。 先打招呼，會讓對方感覺到你對他的好意。	先手 名 先行 好意 名 好意
★ 相手の存在に気づいたら、必ず挨拶をして下さい。 一旦意識到對方的存在，請務必打個招呼。	存在 名 サ 存在 必ず 副 務必
こちらから挨拶をして挨拶が帰って来なくても、挨拶をし過ぎたと言うことはない。 主動打招呼而對方沒有回禮，並不會被說成是過度打招呼。	こちら 名 這邊 帰る 動 回來 言う 動 說

（累積單字量963個，慣用語量44個）

★ 日本人はお辞儀をして挨拶をすることが多い。 日本人很常用敬禮來打招呼。	日本人 名 日本人 多い 形 很多的
★ 挨拶を終えるタイミングで、お辞儀を添えてもいい。 打完招呼時，再敬個禮也可以。	終える 動 結束 タイミング 名 時機
★ 同僚や後輩に対しては、手を上げて挨拶してもいい。 對於同事或晚輩，用舉手來打招呼也可以。	後輩 名 晚輩 手を上げる 慣 舉手
★ 誠意を持って挨拶すれば、挨拶する習慣が自然に身に付くはずだ。用誠意打招呼，自然而然會養成打招呼的習慣。	誠意 名 誠意 身に付く 慣 養成
★ 目上の人へ間違った挨拶をすると失礼だよ。 跟長輩錯誤地打招呼是很失禮的。 ＝ 目上の人へ間違った挨拶をすると失礼に当たるよ。	目上の人 慣 長輩 失礼 形動 失禮 当たる 動 相當於
★ 挨拶やお辞儀をする時には、帽子を取った方がいい。 打招呼或敬禮時最好脱帽。 ＝ 挨拶やお辞儀をする時に、脱帽した方がいい。	お辞儀 名 サ 敬禮 帽子を取る 慣 脱帽 脱帽 名 サ 脱帽
★ 目上の人に対して帽子を取って挨拶するべきだ。 跟長輩打招呼應該脱帽。	対する 動 對於 挨拶 名 サ 打招呼
★ 目上の人に対して立ち上がって挨拶するべきだ。 跟長輩打招呼應該站起來。	立ち上がる 動 站起來 べき 助動 應該
★ 廊下などですれ違った場合は、一度立ち止まってから挨拶して下さい。在走廊擦身而過時，請停下來打招呼。	すれ違う 動 擦身而過 立ち止まる 動 停住
★ 階段で会ったとき、相手の通行の妨げにならないように横に避けて下さい。 在樓梯碰到時，請避開到一旁不要妨礙對方通行。 ＝ 階段で会ったとき、相手の通行の妨害（＝邪魔）にならないように横に避けて下さい。	階段 名 樓梯 妨げ 名 妨礙 横 名 一旁 妨害 名 サ 妨害 避ける 動 避開
★ なるべく同じ目の高さで挨拶して下さい。 請盡量用相同高度的目光來打招呼。	なるべく 副 盡量 高さ 名 高度

（累積單字量986個，慣用語量48個）

★ 一度挨拶を交わした相手とすれ違った時、挨拶を怠ってはルール違反だ。 跟一度打過招呼的人擦身而過時，如果輕忽了打招呼是違反規則的。	交わす 動 交換 すれ違う 動 擦身而過 怠る 動 輕忽
★ 一度目のように丁寧にする必要はなく、目礼や会釈をするだけでも十分だ。 沒必要像第一次那麼地慎重，光是用目光致意或點點頭也就夠了。	目礼 名 サ 用目光致意 会釈 名 サ 點點頭

Unit 08 ｜近況を話す 聊近況

☆★ 最近どう？ 你最近好嗎？ ① 最高だよ。 非常好啊！ ② リア充だよ。 我生活相當充實。	どう 副 如何 最高 形動 超好 リア充 名 相當充實 よ 終助 表示強調
☆★ 最近、元気かい？ 你最近好嗎？ ① まあまあかな。 馬馬虎虎吧！ ② 相変わらずだね。 還是老樣子。	最近 副 最近 かい 終助 表示疑問 まあまあ 形動 馬馬虎虎 相変わらず 副 老樣子
☆★ 調子はどう。 你身體好嗎？ ① 元気だよ。 我很好。 ② 悪くないよ。 還不錯。	調子 名 狀況 元気 形動 健康 悪い 形 不好的
☆★ 君は元気そうだね。 你看起來很有精神。 ① 何とかやってるよ。 還過得去。 ② 絶好調！ 再好不過了。	君 代名 你（妳） 何とか 副 サ 想辦法 好調 形動 狀況佳
☆★ 最近、大丈夫かい？ 你最近還好嗎？ ① 前より良いよ。 比過去好了。	大丈夫 形動 不要緊 前 名 之前
★ はい、お陰様で。 嗯，托你的福！	お陰 名 保佑，庇蔭

（累積單字量1008個，慣用語量48個）

★★★ 特に変わりないよ。沒什麼特別改變啊！ ＝ 別に変ったことはないよ。 ＝ 大したことはないよ。	特に 副 特別 別に 副 特別 大した 連體 重大的
★★★ 何してたの？你都做了些什麼？ ＝ 何やっていたの？ ① 去年、アメリカに遊学していた。我去年去美國遊學了。 ② 仕事で中国大陸に行ってたんだ。我去大陸工作了。	する 動 做 やる 動 做 アメリカ 名 美國 遊学 名 サ 遊學 中国大陸 名 中國大陸
★★★ 何かありましたか。你有什麼變動嗎？ ① 先月新竹に引っ越したんだ。我上個月搬到新竹了。 ② 一昨年結婚したんだ。我前年結婚了。	先月 名 上個月 引っ越し 名 サ 搬家 一昨年 名 前年
★★★ 何処に行ってたの？你都去了哪些地方？ ① 暫く留守にしていたんだ。我離開了一陣子。 ② この前、アメリカに留学をしていた。我之前在美國留學。	暫く 副 暫時 留守 名 サ 不在 留学 名 サ 留學
★★★ 最近何か変わったことある？最近有什麼改變嗎？ ① 全て順調だよ。一切都很順利。 ② 相変わらず忙しいよ。還是一樣忙啊！	変わる 動 改變 順調 形動 順利 相変わらず 副 老樣子
★★ 昇進したよ。我升職了。 ① それは調子良さそうだね。聽來你過得還不錯。	昇進 名 サ 升職 調子 名 狀況
★★ 彼女（＝ガールフレンド）ができたんだ。我交女朋友了。	彼女 名 女朋友
★★ 子供ができたんだ。我懷孕了。 ＝ 妊娠したよ。	子供 名 孩子 妊娠 名 サ 懷孕
★ とうとう家を買ったんだ。我終於買房子了。 ① 大きな決断だったよ。這可是個重大決定呢！	家 名 房子 決断 名 サ 決定
★ 二カ月前、上海支社へ転任した。我兩個月前調職到上海分公司了。	転任 名 サ 調職

（累積單字量 1033 個，慣用語量 48 個）

★★ 私はともかく、あなたはどうなの？ 別光説我了，你怎麼樣？ ① 残念ながら、パッとしないね。很不幸，不怎麼樣。 ② ひどいもんだよ。我蠻糟糕的。	ともかく 副 姑且不論 残念 形動 不幸 パッとしない 慣 不起眼 ひどい 形 糟糕的
★ ボーイフレンドと別れたの。我跟男朋友分手了。	別れる 動 分手
★ 先月会社辞めたんだ。我上個月辭職了。	辞める 動 辭職
★☆ こんなところで何してんの？ 你在這裡做什麼？ ① ウインドーショッピングしているんだ。我在逛街。	こんな 連體 這樣的 ショッピング 名 サ 逛街
★☆ 週末は何をしていたの？ 你上週末做什麼去了？ ① 台北へ買い物に行った。我去台北逛街。 ② ボーイフレンドとデートしていた。我跟男朋友去約會了。	買い物 名 サ 購物 ボーイフレンド 名 男朋友 デート 名 サ 約會
★ 仕事で休めなかった。我因為要工作，沒辦法休假。 ＝ 仕事で休みを取れなかった。	仕事 名 工作 休み 名 休假
★ 部屋の模様替えをした。 我把房間的擺設改變了。	模様替え 名 サ 改變擺設
★★ 家でゴロゴロしていた。我在家無所事事。 ＝ 家でのんびりしていた。 ＝ 家でリラックスしていた。	ゴロゴロ 副 サ 無所事事 のんびり 副 サ 悠閒自在 リラックス 名 サ 放鬆
★ 彼女とドライブをしていた。我跟女朋友開車去兜風了。	ドライブ 名 サ 兜風
★ 両親と温泉旅行に行ってた。我跟爸爸媽媽去旅行泡溫泉了。	両親 名 父母
★ 色々と家族サービスをね。我們有很多家族活動。	色々 形動 種種
★☆ 最近どこかへ行った？ 最近有去哪裡走走嗎？ ① 清水寺に行ったよ。去了趟清水寺。 ② 先週の日曜日、木柵動物園へ行ったよ。我上週日去了木柵動物園。	清水寺 名 清水寺 日曜日 名 週日 動物園 名 動物園

☆☆ 最近は特にどこにも行っていない。最近沒有特別去哪裡。

＝ 最近は取り立ててどこにも行っていない。

特に 副 特別
取り立てる 動 值得一提

★ 先月緑島へダイビングしに行った。我上個月去綠島潛水。

＝ 先月緑島へ行って、ダイビングをした。

先月 名 上個月
ダイビング 名 サ 潛水

★★ 出張で一週間南京へ行った。我去南京出差了一個禮拜。

出張 名 サ 出差

★ 昨日友達の結婚式に行った。我昨天去參加了朋友的婚宴。

＝ 昨日友達の結婚式に出席した。
＝ 昨日友達の結婚式に参列した。

結婚式 名 婚宴
出席 名 サ 出席
参列 名 サ 列席

★ 先週の土曜日、お墓参りに行った。我上週六去掃墓了。

墓参り 名 サ 掃墓

★ 初めて日本へ桜を見に行った。我第一次去日本看櫻花。

桜 名 櫻花

★ 一人でオーストラリアを旅するのは初めてだった。
我第一次一個人去澳洲旅遊。

＝ 初めて一人でオーストラリアを旅した。

初めて 名 副 第一次
一人 名 一個人
オーストラリア 名 澳洲

★ 先月、子供の授業参観に行った。
我上個月去了孩子的教學參觀。

参観 名 サ 參觀

★ 中秋節の日に家族で月餅を食べながら月見をした。
中秋節那天全家一起邊吃月餅邊賞月。

月餅 名 月餅
月見 名 サ 賞月

★ ベトナムへ支社の業務の視察に行った。
我去越南視察分公司的業務了。

支社 名 分公司
視察 名 サ 視察

☆☆ 最近忙しいみたいだね。你最近好像很忙耶！

忙しい 形 忙碌的

☆☆ 最近は何やってるの？你最近都在忙什麼？

① 最近ネイルアートを習い始めたんだけど、本当に楽しいよ。
我最近開始學指甲彩繪，真的很有趣。

＝ 最近習い始めたネイルアートが本当に楽しいんだ。

やる 動 做
ネイルアート 名 指甲彩繪
習い始める 動 開始學
本当に 副 真的

☆☆ 最近何か面白いこと、あった？ 最近有沒有什麼新鮮事？

= 最近何か目新しいことあった？

① 別に（何も）。沒什麼特別的。

= 別に何もない。

何か 連 什麼，某些
最近 副 最近
目新しい 形 新奇的
別に 副 特別

☆☆ 最近何をするのが楽しい？ 你最近都喜歡做些什麼？

① 今は育児が何よりも楽しい。現在我最喜歡的就是照顧寶寶了。

② ネットを楽しんでいる。我最近喜歡上網。

= ホームページを見て回って楽しんでいる。

育児 名 サ 育兒
ネット 名 網路
ホームページ 名 網頁
見て回る 動 瀏覽

☆☆ 最近何か楽しいことはあった？ 最近有沒有什麼開心的事？

① この前の合コンが一番楽しかったよ。前幾天的聯誼最開心了。

② 同窓会で二十年ぶりにクラスメートと会ったことかな。
最開心的應該是在同學會，見到了二十年沒見的老同學。

この前 名 前幾天
合コン 名 サ 聯誼
同窓会 名 同學會
クラスメート 名 同學

★ 犬を飼うのがこんなに楽しいなんて思わなかった。
我從來沒有想過養狗是這麼快樂的事。

= 犬を飼うのがこんなに楽しいと思ったことがない。

なんて 副 如此
犬 名 狗
飼う 動 養

★ 初めて一人で旅をしたのが楽しかったな。
最開心的就是第一次自己出國旅行了。

= 初めての一人旅が楽しかったな。

初めて 副 第一次
旅 名 サ 旅行
楽しい 形 開心的

★ 彼女とのお泊りが最高だった。最開心的是跟女朋友共度的那一晚。

最高 形動 最棒

★ 金曜日のバラエティ番組が待ち遠しい。
我期待週五的綜藝節目。

= 金曜日のバラエティ番組を楽しみにしている。

待ち遠しい 形 迫不及待的
バラエティ 名 綜藝
番組 名 節目

★ 今までで一番嬉しかったのは本を出版したことだ。
到目前為止最高興的就是新書出版了。

= 本を出版したことが今までで一番嬉しかったことだ。

嬉しい 形 高興的
出版 名 サ 出版
一番 副 最

★ どんな本なの？ 是哪種新書呢？

① 日本語の語彙に関する本だよ。是跟日文單字有關的書。

語彙 名 語彙
関する 動 關於

（累積單字量1105個，慣用語量49個）

★ 新商品の開発は苦しくも楽しかった。
新商品的開發很辛苦，但是很開心。

開発 名 サ 開發
苦しい 形 辛苦的

★ どんな商品か聞いてもいい？ 可以告訴我是哪種商品嗎？

① 画期的な浄水器だよ。是劃時代的淨水器。

画期的 形動 劃時代的
浄水器 名 淨水器

★ 美弘がどうしているか、知ってる？ 你知道美弘最近如何嗎？

① 彼女には去年会ったけど、元気だったよ。我去年有見到她，她很好。
② 美弘からは、何年も音沙汰なしだよ。我已經好幾年沒有美弘的消息了。

去年 名 去年
から 格助 從
音沙汰 名 音信

★ 最近、淑芬と話した？ 你最近有跟淑芬說話嗎？

① うん、何週間か前に電話を掛けて来たよ。
有，她幾個星期前有打電話給我。

最近 名 副 最近
話す 動 說話
前 名 之前

★ 淑芬には、付き合っている人がいるって知ってる？
你知道淑芬交男朋友了嗎？

① ううん、初耳だな。不知道，我第一次聽說耶！

付き合う 動 交往
知る 動 知道
初耳 名 第一次聽說

★ 純平が離婚したって聞いたよ。我聽說純平離婚了。

① それはただの噂だよ。那只是謠言。

離婚 名 サ 離婚
噂 名 謠言

Unit 09 ｜初対面、紹介する 初次見面、介紹

★★ 以前にお会いしたことがありますか。我們以前見過面嗎？

① いえ、ないと思いますが。不，我想沒有。

以前に 副 以前
ない 形 沒有

★★ 前にお会いしたことがあるように思うんですが。
你看起來有點面熟。

① 失礼ですが、初対面ですよね？不好意思，我們是初次見面吧？
② 失礼ですけど、前に会ったことがなかったですよね？
不好意思，我們以前沒見過面吧？

前 名 之前
思う 動 認為
初対面 名 初次見面
失礼 形動 失禮

（累積單字量 1126 個，慣用語量 49 個）

☆★ どちら様ですか。 您是哪一位？ ＝ どなたですか。	どちら 代名 哪位 どなた 代名 誰
☆★ お名前を教えていただけますか。 可以請教您的大名嗎？ ① 私の名前は陳美華です。 我的名字是陳美華。	教える 動 告知 名前 名 名字
★ 佐藤さんのご紹介で伺いました。 我是佐藤先生介紹來的。	伺う 動 前來
☆★ どこから来ましたか。 您從哪裡來的？ ① 台湾から来ました。 我從台灣來的。	から 格助 從 台湾 名 台灣
☆★ どのぐらい日本に住んでいますか。 您在日本住多久了？ ① 二年間です。 兩年了。 ＝ もう二年になりました。	どのぐらい 名 多久 年 名 年 間 名 期間 に 格助 表示時間
☆★ どうして日本に来たのですか。 您為什麼來日本呢？ ① 日本語を勉強しに来ました。 我是來學日語的。 ＝ 日本語を勉強するために来ました。	来る 動 來 日本語 名 日語 に 格助 表示目的 ため 名 為了
★★ 何処で勉強していますか。 您在哪裡唸書？ ① 筑波大学で勉強しています。 我在筑波大學唸書。	勉強 名 サ 唸書 大学 名 大學
☆★ どこに住んでいますか。 您住在哪裡？ ① おばさんの家に住んでいます。 我住在我阿姨家。	どこ 名 何處 おばさん 名 阿姨
☆★ 田中さんに会ったことはありますか？ 你見過田中先生了嗎？ ＝ 田中さんに会いましたか。 ① 初対面だと思います。 我想我們以前沒見過面。 ＝ 前に会ったことはないと思います。	に 格助 表示對象 初対面 名 初次見面 前 名 之前 こと 名 經驗
★★ 田中さんに会ったことはありませんか。 你沒見過田中先生嗎？	会う 動 見面

（累積單字量1150個，慣用語量49個）

★★ 田中さんに会うのは初めてですか。 你是第一次見到田中先生嗎？ ① ええ、まだ田中さんに会う機会がないんです。 嗯，我還沒機會跟田中先生見面。	初めて 名 初次 まだ 副 還沒 機会 名 機會
★ ご紹介したかと思っていました。 我以為我已經幫你們介紹過了。	思う 動 以為
☆★ ご紹介させていただきます。 讓我來為您介紹一下。	紹介 名 サ 介紹
☆★ 妻の美智子を紹介します。 為您介紹我的太太美智子。 ＝ 妻の美智子をご紹介致します。	妻 名 太太 致す 動 する的謙讓語
★ 私の長男の健太郎です。 這是長男健太郎。	長男 名 長男
★ 次女の美弘です。 這是我的次女美弘。	次女 名 次女
★ これは十五歳の一人息子です。 這是我十五歲的獨子。	一人息子 名 獨子
★ こちらは私の上司の蔣敬祖さんです。 這是我的上司蔣敬祖先生。	上司 名 上司
☆★ 蔣さんには色々とお世話になっています。 我一直受到蔣先生的種種照顧。	世話 名 サ 照顧
☆★ こんにちは、自己紹介させていただきます。 您好！我來自我介紹一下。	自己紹介 名 サ 自我介紹
☆★ 蔣敬祖と申します。よろしくお願いします。 我是蔣敬祖，請多多指教。	申す 動 言う的謙讓語
★ すみません、お名前の字はどう書きますか。 不好意思，請問怎麼寫呢？ ① 草かんむりの「蔣」、尊敬の「敬」、祖先の「祖」です。 草字頭的「蔣」，尊敬的「尊」，祖先的「祖」。	書く 動 寫 草かんむり 名 草字頭 尊敬 名 サ 尊敬 祖先 名 祖先
★ 分かりました、いい名前ですね。 我懂了，真是個好名字啊！	名前 名 名字
★ 蔣さんのことを皆に紹介します。 我要把蔣先生介紹給大家。	皆 名 大家

（累積單字量1170個，慣用語量49個）

★★ あの人は誰ですか。 那個人是誰？ ① あちらは私の編集者です。那位是我的編輯。	誰 [名] 誰 編集者 [名] 編輯
★★ 君の編集者を紹介して欲しいんですが。 我想認識你的編輯。	紹介 [名][サ] 介紹
★★ 私を君の編集者に紹介してもらえますか。 可以介紹我跟你的編輯認識嗎？	私 [代名] 我 君 [代名] 你（妳）
★★ 謝さんに友達を紹介したいのですが。 我想向謝小姐您介紹一位朋友。	友達 [名] 朋友 たい [助動] 想～
★★ こちらは私の部下の李君です。 這是我的部屬小李。	部下 [名] 部下
★★ こちらは出版社の編集者の謝昀蓁さんです。 這是出版社的編輯謝昀蓁小姐。	こちら [代名] 這位 出版社 [名] 出版社
★ 謝さんと気が合うと思いますよ。我想妳跟謝小姐一定會很合得來喔！ ＝ 謝さんと仲良くやっていけると思いますよ。	気が合う [慣] 合得來 仲良い [慣] 感情好
★ 君たち二人には共通点が沢山あるんだよ。 你們兩位有很多共同點。	共通点 [名] 共同點 沢山 [副] 很多
★★ 君たちはいい友達になると思うんだ。 我認為你們一定能成為好朋友的。	君たち [名] 你（妳）們 いい [形] 要好的
★ すみません、お名前がよく聞き取れなかったんですが。 不好意思，我沒聽清楚您的名字。	すみません [感] 抱歉 聞き取る [動] 聽懂
★ 失礼ですが、何とお読みすれば宜しいでしょうか。 不好意思，請問您的大名怎麼唸？ ① 李翔でございます。我叫李翔。 ② 今後ともよろしくお願い致します。今後還請您多多關照！	失礼 [名][サ] 失禮 読む [動] 唸 でございます是です的謙讓語。
★★ これは私の名刺です。 這是我的名片。 ① 頂戴致します。那我就收下了。	名刺 [名] 名片 頂戴 [名][サ] 收下
★★ 申し訳ございません。 真是抱歉。	申し訳 [名] 抱歉

★ ただ今名刺を切らせておりまして。我的名片剛好用完了。	切らす 動 用光
★ この番号で直接私に掛かります。這是我的專線。	直接 副 直接
★★ この番号に電話して下さい。請打這支號碼給我。	番号 名 號碼
★ あなたとは電話でお話ししたことがあります。我和你通過電話。 ① ええ、覚えています。是的，我記得。	話す 動 說話 覚える 動 記得
★ お二人はもう御紹介させて頂いたでしょうか。 有人介紹你們認識了嗎？	二人 名 兩個人 紹介 名 サ 介紹
★★ こちらは寺村さんです。這是寺村小姐。	こちら 代名 這位
★ いとこに当ります。我的堂姊。	いとこ 名 外甥女
★ 今は大学院で勉強しています。目前在研究所念書。	大学院 名 研究所
★ 彼女のこと、きっと気に入るよ。我想你一定會喜歡她。	気に入る 慣 喜歡
★ お二人にはいい友達になって欲しいです。 希望你們兩位能成為好友。	なる 動 成為 欲しい 形 想要
★★ 初めまして。初次見面！ ① 初めてお目にかかります。どうぞよろしく。初次見面，請多多指教。 ＝ 初めてお目にかかります。どうぞよろしくお願い致します。	目にかかる 慣 見面 よろしく 副 指教 願う 動 拜託
★★ 寺村佳子と申します。我叫寺村佳子。 ＝ 名前は寺村佳子です。	申す 動 叫做 名前 名 名字
★★ 何と呼んだらいいでしょう？我該怎麼稱呼您呢？ ① 佳子と呼んで下さい。請叫我佳子。 ② 友達には佳子と呼ばれています。朋友都叫我佳子。	呼ぶ 動 稱呼 友達 名 朋友 呼ばれる 動 被稱作
★★ 蘇さんですよね？您是蘇先生吧？	ね 終助 表示確認
★ 確かパナソニックの方ですよね？您是松下公司的人吧？	確かに 副 確實

（累積單字量1212個，慣用語量53個）

☆★ お知り合いになれて嬉しく存じます。 真的很高興認識你。 = あなたと知り合えて本当によかったです。 ① こちらこそ初めまして。我也很高興認識你。	知り合う 動 認識 存じる 動 認為 本当に 副 真的
☆★ やっとお目にかかれましたね。 我們終於見面了。 ① 誠に光栄です。 真的很榮幸能認識你。	誠に 副 實在 光栄 形動 光榮
★ お噂はかねがね伺っております。 久仰您的大名。 ① 良い噂だけだといいのですが。 希望你聽到的都是好的。	噂 名 傳言 伺う 動 聽到
☆★ お会いできて嬉しいです。 能見到你真是開心。 = 会えて嬉しいです。 ① 私もです。前からお会いしたいと思っていました。 我也是，早就想跟您見面了。	嬉しい 形 開心的 も 副助 也 から 格助 從 思う 動 想
★★ 私は陳さんの同僚です。 我是陳先生的同事。 = 私は陳さんと一緒に働いています。 ① あなたのことは陳さんから聞いています。 陳先生常常提起您。	同僚 名 同事 一緒に 副 一起 聞く 動 聽説
★★ 寺村さんを紹介してくれてありがとう。 謝謝你幫我介紹寺村小姐。 ① 寺村さんを紹介できて良かったです。 我很高興幫你介紹寺村小姐。 = 寺村さんを紹介することができて良かったです。	～さん 名 ～先生（小姐） 紹介 名 サ 介紹 良い 形 好的 できる 動 能夠
★ 前々から引き合わせたかったのです。 早就想介紹你們認識了。	引き合う 動 牽線
★★ どこかでお会いしたような気がするんですが。 我覺得好像在哪兒見過您～。	どこ 代名 哪裡 気がする 慣 感覺
☆★ 前にどこかで会ったことありますか。 我們是不是在哪裡見過面？ ① はい、一度お会いしたことがあります。 是的，我們曾見過一面。 ② 三カ月前のシンポジウムでお会いしました。 我們三個月前在一場座談會上見過。	前 名 之前 一度 副 一次 シンポジウム 名 座談會 で 格助 在

（累積單字量1236個，慣用語量54個）

★ お二人（ふたり）はどういった関係（かんけい）ですか。 你們兩個是怎麼認識的？

= お互（たが）いにどうやって知（し）り合（あ）ったの？

① 彼（かれ）は仕事上（しごとじょう）の知（し）り合（あ）いなんだ。 他是工作上認識的。

② 彼（かれ）とは、林（りん）さんを通（つう）じて知（し）り合（あ）ったのよ。 我是透過林先生認識他的。

- 関係（かんけい） [名] 關係
- 仕事（しごと） [名] 工作
- 通（つう）じる [動] 透過
- 知（し）り合（あ）う [動] 認識

★ お互（たが）いにご存知（ぞんじ）ですか。 你們互相認識嗎？

① ただの知（し）り合（あ）いだよ。 只是知道而已。

② 彼（かれ）は幼馴染（おさななじ）みなんだ。 他是我的青梅竹馬。

- 互（たが）い [名] 彼此
- 知（し）り合（あ）い [名] 認識
- 幼馴染（おさななじ）み [名] 總角之交，青梅竹馬

★★ 彼（かれ）のことはよく知（し）っているの？ 你跟他很熟嗎？

① 彼（かれ）は私（わたし）の親友（しんゆう）なの。 他是我的密友。

② 私（わたし）たち、仲（なか）がいいのよ。 我們很合得來。

= 私（わたし）たち、すごく気（き）が合（あ）うのよ。

- 親友（しんゆう） [名] 密友
- 仲（なか） [名] 交情
- 私（わたし）たち [名] 我們
- 気（き）が合（あ）う [慣] 合得來

★ お二人（ふたり）は長（なが）い付（つ）き合（あ）いですか。 你們兩個認識很久了嗎？

① 私（わたし）たちは昔（むかし）からの友人（ゆうじん）です。 我們是老朋友。

② 実（じつ）は小学校（しょうがっこう）からの友人（ゆうじん）なんです。 事實上，我們從小學就是朋友了。

- 付（つ）き合（あ）い [名] 交往
- 昔（むかし） [名] 以前
- 実（じつ） [名] 事實

★★ 彼（かれ）のことは何時（いつ）から知（し）っているの？ 你認識他多久了？

① 二十年（にじゅうねん）かそれくらいです。 二十年左右。

② もう二十年以上（にじゅうねんいじょう）になると思（おも）うよ。 我想有超過二十年以上了。

- 何時（いつ） [代名] 何時
- 知（し）る [動] 認識
- 思（おも）う [動] 想

Unit 10 ｜別（わか）れる 道別

★★ もうこんな時間（じかん）！ 已經這麼晚了！

- 時間（じかん） [名] 時間

★ 子供（こども）たちを迎（むか）えに行（い）く時間（じかん）だ。
接孩子們的時間到了。

- 迎（むか）える [動] 接

（累積單字量 1254 個，慣用語量 55 個）

★★ 約束があるから、行かなきゃ。 我跟人約好了，我得走了！ ＝ 約束があるから、行かなくちゃ。 ＝ 約束があるから、行かなくちゃいけないんだ。	約束 名 サ 約會 行く 動 去 から 接助 因為
☆★ もう行かなきゃなんない。 不走不行了！	～なきゃなんない 慣 不～不行
★ 帰る途中で買い物をしなくちゃ。 回家的路上我得去採買一些東西。	買い物 名 サ 買東西
☆★ 体の調子がよくない。 我的身體不太舒服。 ＝ 体調がよくない。 ＝ 体調が優れない。	調子 名 狀況 体調 名 身體狀況 優れる 動 優異
★ 今日は早退しなくてはなりません。 我今天必須早退。	早退 名 サ 早退
☆★ では、また明日ね。 明天見囉！ ① 明日また会おうね。明天見！	明日 名 明天 会う 動 見面
★ よし、今日は早く仕事が終わったぞ。 很好，今天的工作提早結束了。	仕事 名 工作 終わる 動 結束
☆★ 飲みに行こうよ。 去喝一杯吧！ ① 今はその気になれないんだ。 我現在不想去。 ② 今日は飲みに行かないよ。 今天不去喝酒了。	飲み 名 喝酒 気 名 心情 今日 名 今天
★ まっすぐ家に帰ろうかなあ。 直接回家吧！	帰る 動 回家
★ 偶には早く家に帰るのもいいものだな。 偶爾早點回家也不賴。	偶に 副 偶爾
☆★ じゃあ、行くね。 那麼，我走了。 ① じゃあ（またね）。再見！	じゃあ 接 那麼 また 副 再
☆★ さようなら。気を付けてね！ 再見！小心點！ ① また会いましょう。再見囉！	さようなら 感 再見 気を付ける 慣 小心

（累積單字量1274個，慣用語量57個）

☆☆ またあとでね。 待會見囉！ ＝ またあとで会(あ)いましょうね。	あと 名 待會兒 で 格助 在～ ね 終助 尋求共鳴
☆☆ 会(あ)えて良(よ)かったです。 能見到你真好！ ＝ お会(あ)いできて良(よ)かったです。	良(よ)い 形 好的 会(あ)う 動 碰面
★★ すぐまた会(あ)えるといいなあ。 希望很快再見到你。	会(あ)える 動 能碰面
★★ できるだけ早(はや)く会(あ)いたいんだけど。 我想盡早跟你見面。 ① 私(わたし)も。 我也是。	早(はや)く 副 盡早地 も 副助 也
★★ 一日(いちにち)も早(はや)く会(あ)いたいんだ。 希望能早一天見到你。	一日(いちにち) 名 一天
★★ デートに誘(さそ)いたいんだけど。 我想約你出去。 ① 何時(いつ)なら空(あ)いてる？ 你什麼時候有空？ ② 私(わたし)はかなり融通(ゆうずう)が利(き)くわよ。 我的時間很有彈性的。	誘(さそ)う 動 邀約 空(あ)く 動 空閒 融通(ゆうずう) 名 サ 通融
☆☆ 都合(つごう)がいいのはいつ？ 你什麼時候方便？ ① 君(きみ)の都合(つごう)に合(あ)わせるよ。 我配合你的時間。 ② 今週(こんしゅう)は忙(いそが)しいから、来週(らいしゅう)はどう？	都合(つごう)がいい 慣 方便 合(あ)う 動 配合 忙(いそが)しい 形 忙碌的
☆☆ 今度(こんど)いつ会(あ)える？ 下次幾時可以碰面？ ① いつでもいいよ。 隨時都可以。 ② 来週(らいしゅう)会(あ)いましょう。 下週見吧！	今度(こんど) 副 下次 いつでも 慣 隨時 来週(らいしゅう) 名 下週
★ できれば、今週中(こんしゅうちゅう)に会(あ)いたいんだ。 如果可以，我想在這個星期跟你碰面。 ① 私(わたし)はそれでいいわよ。 我可以的。	できる 動 能夠 今週中(こんしゅうちゅう) 名 這週 いい 形 可以的
★★ じゃあ、今週(こんしゅう)の土曜日(どようび)に会(あ)いましょう。 那麼，這週六見吧！	土曜日(どようび) 名 週六
☆☆ どこで会(あ)おうか。 我們要在哪裡碰面？ ① あなたが場所(ばしょ)を決(き)めてよ。 場所由你決定。	場所(ばしょ) 名 地方 決(き)める 動 決定

（累積單字量 1296 個，慣用語量 59 個）

★★ 駅(えき)で会(あ)うのはどう？ 在車站碰面如何？ ① 君(きみ)さえ良(よ)ければ、それでいいよ。你說好就好。	駅(えき) 名 車站 ～さえ 副助 只要～
★ じゃあ、土曜日(どようび)の八時(はちじ)にね。 那麼週六八點見囉！ ① うん！気(き)を付(つ)けてね。嗯，小心喔！	～時(じ) 名 ～點鐘 気(き)を付(つ)ける 慣 小心
★ あなたも。 你也是。 ① お休(やす)みなさい。晚安！	あなた 代名 你（妳） 休(やす)む 動 休息
☆★ 良(よ)い一日(いちにち)を。 祝你有愉快的一天！ ＝ 良(よ)い一日(いちにち)をお過(す)ごし下(くだ)さい。	一日(いちにち) 名 一天 過(す)ごす 動 度過
★★ 安全運転(あんぜんうんてん)で帰(かえ)ってね。 注意開車安全喔！	安全運転(あんぜんうんてん) 名 安全開車
★★ 良(よ)い週末(しゅうまつ)を。 祝你有愉快的週末！	週末(しゅうまつ) 名 週末
★★ 良(よ)いご旅行(りょこう)を。 祝你有愉快的旅行！	旅行(りょこう) 名 サ 旅行
★★ 良(よ)い休暇(きゅうか)を。 祝你有愉快的假期！ ＝ 休暇(きゅうか)を楽(たの)しんでね。	休暇(きゅうか) 名 假期 楽(たの)しむ 動 享受
★ 帰(かえ)り道(みち)に気(き)を付(つ)けてね。 回家一路上小心喔！	帰(かえ)り道(みち) 名 回家路上
☆★ お元気(げんき)でね。 保重！	元気(げんき) 形動 健康
☆★ 頑張(がんば)ってね。 加油喔！	頑張(がんば)る 動 加油
★ 幸運(こううん)を祈(いの)っているよ。 祝你萬事如意！	祈(いの)る 動 祈求
☆★ 気楽(きらく)にね。 放輕鬆喔！	気楽(きらく) 形動 輕鬆
☆★ 無理(むり)しないでね。 別太累了喔！ ＝ 無理(むり)しないで下(くだ)さいね。	無理(むり) 名 サ 勉強 下(くだ)さい 補動 請～
☆★ また今度(こんど)。 下次見囉！	今度(こんど) 副 下次

（累積單字量1316個，慣用語量60個）

☆★ 旦那さんによろしく。 代我問候妳先生。

① 伝えておくよ。ありがとう。 我會的，謝謝你。

旦那さん 名 稱呼別人的老公
よろしく 副 指教

★ いつでも寄ってね。 有空來玩。

① ありがとう。そうさせてもらうよ。 謝謝，我會的。

寄る 動 順便來
そう 副 那樣地

☆★ ご家族によろしく（とお伝え下さい）。
代我向妳的家人問好。

＝ ご家族によろしくと伝えて下さい。

家族 名 家人
伝える 動 傳達

☆★ また来てね。 再來喔！

① また来るね。 我會再來的！

また 副 再
来る 動 來

☆★ 今日はありがとう。 今天真謝謝你！

ありがとう 感 謝謝

☆★ 今日はお疲れ様（でした）。 你今天辛苦了！

疲れる 動 疲倦

☆★ ゆっくり休んで（下さい）ね。 好好休息喔！

休む 動 休息

★ お別れの挨拶に来たんだ。 我是來道別的。

挨拶 名 サ 打招呼

★ 来週、高雄に引っ越しするんだ。 我下週要搬去高雄了。

① あなたがいなくなると寂しいです。 你不在我會寂寞的。
② きっと戻って来てね。 一定要再回來喔！

引っ越し 名 サ 搬家
寂しい 形 寂寞的
戻る 動 回來

★★ 私のことを忘れないでね。 不要忘了我喔！

① 忘れられないよ。 忘不了的。
② いつまでも覚えているよ。 我會一直記得你的。

ね 終助 表示請求
よ 終助 表示強調
覚える 動 記得

☆★ またいつか会おうね。 改天再碰面吧！

＝ またいつかお会いしましょうね。

① お会いするのが楽しみです。 期待跟你見面。
＝ お会いするのを楽しみに待ってます。

また 副 再
ね 終助 尋求對方同意
会う 動 碰面
楽しみ 名 期待
待つ 動 等

☆★ またそのうちにね。 近期內再聚一聚吧！ ＝ また近いうちにね。 ＝ またそのうち集まろうね。 ① うん、早く電話してね。 嗯！要盡快打電話給我喔！	そのうち 名 副 近期 ね 終助 尋求共鳴 近い 形 近的 集まる 動 聚集 電話 名 サ 打電話
★★ いつか家に遊びに来てね。 改天來我家玩。 ＝ いつか私の家に来てもらいたいな。	遊ぶ 動 玩 家 名 家裡
★ 新しい住所を教えてね。 告訴我你的新地址。 ① 分かったら、すぐにメールをするよ。 一知道了就會用郵件告訴你的。 ＝ 分かったら、すぐにメールを送るよ。 ＝ 分かったら、すぐにメールで知らせるよ。	教える 動 告知 メールをする 慣 發郵件 メールを送る 慣 發郵件 知らせる 動 通知，告訴
★ 必ずメールをちょうだいね。 一定要發郵件給我喔！ ① 分かったよ。連絡を取り合おうね。 知道了，保持聯絡。	必ず 副 一定 連絡 名 サ 聯絡

Unit 11 ｜帰宅する 放學或下班後回家

★ 時間通りに帰宅した。 我準時回到家了。	時間通り 慣 準時
★ 自宅の駐車場に車を停めた。 我將車子停在自家的停車場。	停める 動 停下
★ 車から出て、玄関まで歩いた。 我下車走到家門口。	玄関 名 門口
★ ドアノブを回し、ドアを開けた。 我轉門把，開了門。	ドアノブ 名 門把
★ 家に入った。 我進入家中。	入る 動 進入
★ 玄関で靴を脱いだ。 我在玄關脱下鞋子。	靴を脱ぐ 動 脱鞋子
★ スリッパを履いた。 我穿上拖鞋。	履く 動 穿

（累積單字量1356個，慣用語量63個）

☆☆ ただいま。 我回來了。 ① お帰りなさい。你回來了。 ② 私も今帰ってきたところなの。我也才剛回來。	帰る 動 回來 私 代名 我 今 名 現在
☆☆ 今日は早いね。 你今天比較早喔！ ＝ 今日は帰りが早いね。 ① 体調が良くないんだ。我身體不太舒服。	早い 形 早的 帰り 名 回家 体調 名 身體狀況
☆☆ ちょっと頭が痛いんだ。 我有點頭痛。 ① たぶん風邪を引いたんだ。可能感冒了。 ② 熱はある？有發燒嗎？	頭が痛い 慣 頭痛 風邪を引く 慣 感冒 熱はある 慣 發燒
☆☆ 遅かったね。 你好晚回來喔！	遅い 形 晚的
☆☆ 今日は残業だったんだ。 我今天加班。 ＝ 今日は残業（を）してたんだ。 ① お疲れ様（でした）。辛苦了。	残業 名 サ 加班 今日 名 今天 疲れる 動 疲倦
★★ 今日は早いって言ってたのに。 你不是說今天會早一點回來嗎？ ① 部長と居酒屋へ行ったんだ。跟部長去了居酒屋。	言う 動 說 居酒屋 名 居酒屋
★ また、飲んできたのね。 你又喝酒了？ ① 少しだけ。我只喝了一點點。	飲む 動 喝 少し 副 一點點
☆☆ どうだった？ 今天過得怎麼樣？ ＝ どうでした（か）？ ① 疲れたよ。くたくただよ。我好累。我筋疲力竭了。	どう 副 如何 疲れる 動 疲倦 くたくた 形動 筋疲力竭
★ 子供たちが帰ってくるまで、ちょっと休んで。 在孩子們回家前，先休息一下吧！	帰る 動 回家 休む 動 休息
★ 上着をハンガーにかけておいてね。 把你的外套掛起來吧！	ハンガー 名 衣架

（累積單字量 1376 個，慣用語量 66 個）

☆★ まず服を着替えて。先換個衣服吧！ ① うん、背広からホームウエア（＝ホームウェア）に着替えるよ。 嗯，我要將西裝換成家居服。	着替える 動 換衣服 背広 名 西裝 ホームウエア 名 家居服
☆★ 雨が降ってきたよ。開始下雨了。	雨が降る 慣 下雨
☆★ 寒かったあ。好冷喔！	寒い 形 寒冷的
☆★ 暗くなったよ。變暗了。	暗い 形 黑暗的
☆★ ご飯は？吃過飯了沒？ ① 食べたよ。吃過了。 ② 昼抜いたから、お腹ぺこぺこなんだ。我中午沒吃，現在肚子好餓。	食べる 動 吃 抜く 動 省略 ぺこぺこ 副 肚子餓
★ 先に晩ご飯にする？それともお風呂？ 你要先吃晚飯還是先洗澡？ ＝ 晩ご飯とお風呂は、どっち先にする？ ① お風呂入ってから晩ご飯にする。我要先洗澡再吃晚飯。	それとも 接 還是 風呂 名 洗澡 どっち 代名 哪個 先 名 先
★ 晩ご飯の後お風呂がいいな。我要先吃晚飯再洗澡。 ＝ 晩ご飯を食べてからお風呂がいいな。	晩ご飯 名 晚餐 後 名 之後
☆★ まず、シャワー浴びるよ。我先淋浴喔！	シャワーを浴びる 慣 淋浴
☆★ まず、お風呂入るよ。我先洗澡喔！	お風呂に入る 名 洗澡
★★ お湯を入れてくれ。幫我放洗澡水。 ① お風呂を入れておいたよ。幫你放好洗澡水了。	お湯 名 熱水 お風呂を入れる 慣 放洗澡水
★ 出たら、ビール飲む？ 洗好後要喝啤酒嗎？	出る 動 出來
☆★ お母さん、ただいま。媽媽，我回來了。 ① お帰りなさい。你回來了。	お母さん 名 媽媽 帰る 動 回來

（累積單字量1395個，慣用語量69個）

☆☆ 今日、学校はどうだった？ 今天在學校如何？ ① 今日はサッカーの練習があった。今天有練習足球。 ② 帰り道に、本屋さんへ寄って来たよ。回來時順便去了書局。	学校 [名] 學校 帰り道 [名] 回家路上 本屋 [名] 書局
☆ 帰る途中、高校時代の先生に会った。 回家途中，遇見了高中老師。 ① 高橋先生？是高橋老師嗎？	途中 [名] 途中 高校 [名] 高中
☆ 電車が止まって、えらい目に遭った。 電車停了，真是倒楣！	えらい目に遭う [慣] 倒楣
☆ おやつはどこ？ 我的點心放在哪裡？ ① 冷蔵庫の中よ。在冰箱裡。	おやつ [名] 點心 冷蔵庫 [名] 冰箱
☆ 塾に行ってくるね。 我要去補習班。 ① 車で送っていくよ。我開車載你去吧！	塾 [名] 補習班 送る [動] 送
☆☆ いま食事の準備をしているんだよ。 我現在正在準備飯菜。 ① 何を作っているの？你在煮什麼？ ② 何か手伝おうか。需要幫忙嗎？	食事 [名][サ] 用餐 準備 [名][サ] 準備 作る [動] 做
☆ 今晩はホイコーローを作ってみたいと思う。 我今晚想試著做回鍋肉看看。	今晩 [名][副] 今晚 ホイコーロー [名] 回鍋肉
☆ 圧力鍋で作った方が速いよ。 用壓力鍋煮比較快。 ① うん、圧力鍋を買うべきね。嗯！我應該要買一個壓力鍋。	速い [形] 快的 べき [助動] 應該
☆☆ 手伝ってくれない？ 可以請你幫忙一下嗎？ ① 喜んで。何でもやるから言って。我很樂意。我什麼都可以幫忙，請！	手伝う [動] 幫忙 喜ぶ [動] 樂意
☆ テーブルの上を片付けてちょうだい。 請幫我整理桌面。	片付ける [動] 整理
☆ オーブンを二百度まで予熱して。 請幫我把烤箱預熱到兩百度。	予熱 [名][サ] 預熱
☆ 食器を並べてくれる？ 你可以幫我擺餐具嗎？	食器 [名] 餐具
☆ お皿とお箸を並べて。 請幫我擺盤子跟筷子。	並べる [動] 擺放

（累積單字量 1417 個，慣用語量 70 個）

★ 缶ビールを冷蔵庫に入れて冷やして。 請幫我把罐裝啤酒放到冰箱冷藏。	冷蔵庫 名 冰箱 冷やす 動 冷藏
★ にんじんを取って。請幫我拿紅蘿蔔。	取る 動 拿
★ 皮剥き器でにんじんの皮を剥いて。 請幫我用削皮器削去紅蘿蔔的皮。	皮剥き器 名 削皮器 皮 名 皮
★ 野菜を洗ってくれない？可以幫我洗菜嗎？	野菜 名 蔬菜
★ マッシュルームは汚れを拭き取って、半分に切って。 請幫我將洋菇拭淨，對半切。	拭き取る 動 擦乾淨 半分 名 對半
★ 葱は食べやすい長さに切ってくれない？ 可以幫我把葱切成容易入口的長度嗎？	葱 名 葱 長さ 名 長度
★ スープ用のお玉を取ってきて。請幫我拿湯勺來。	お玉 名 湯勺
★ スープを見てくれない？可以幫我看著湯嗎？	見る 動 看
★ ドレッシングを作ってもらってもいい？可以幫我做沾醬嗎？	作る 動 做
★ お湯が沸騰したら、餃子を入れて。水滾後，請幫我把餃子放進去。	沸騰 名 サ 水煮滾
★ お鍋、弱火にしてくれる？可以幫我把火調小一點嗎？	弱火 名 微火
★ ガスコンロの火を消して。請幫我關掉瓦斯爐的火。	火 名 火
★★ これを盛り付けて。請把這個裝盤。	盛り付ける 動 裝盤
★ お新香を小皿に分けてちょうだい。請幫我把醬菜分裝到小碟子裡。	新香 名 醬菜
★ サラダを大きなボウルに盛って。請幫我把沙拉裝到大碗裡。	ボウル 名 碗
★ 料理をテーブルに置いて。請幫我把菜端到桌上。	料理 名 菜
★★ はい、夕刊。來，這是晚報。	夕刊 名 晚報
★★ 夕食はすぐにできるわ。晚餐再一下子就好了。	夕食 名 晚餐

（累積單字量1439個，慣用語量70個）

★★★ ご飯ですよ。吃飯了。 ＝ 食事が出来たよ。 ＝ 食事の用意が出来たよ。 ① 今行くよ。我就來。	食事 名 サ 用餐 出来る 動 完成 用意 名 サ 準備 行く 動 去
★★★ いい匂いだね。好香喔！	匂い 名 味道
★★★ 今日の夕食は何？今天晚餐吃什麼？ ① 今日はカレーライスよ。今天吃咖哩飯喔！ ② あなたの大好きな物よ。是你最愛吃的菜。	カレーライス 名 咖哩飯 大好き 形動 最愛 物 代名 東西
★★ 皆揃ってから、いただきましょう。大家都到齊了再一起用吧！	揃う 動 到齊
★★★ 先に手を洗いなさい。先去洗手。	先に 副 事先
★★★ じゃあ、そろそろいただきましょうか。 那麼，我們差不多開動了吧！	じゃあ 接 那麼 そろそろ 副 差不多
★★★ 美味しそうだね。看起來好好吃喔！	美味しい 形 好吃的
★★★ いただきます。我要開動了。	いただく 動 吃
★★★ 味はどう？味道如何？ ① 美味しいよ。很好吃。	味 名 味道 どう 副 如何
★ スープは少し塩が足りないね。湯有一點不夠鹹喔！ ① これでいいと思うよ。我覺得剛剛好。	塩 名 鹽 足りる 動 足夠
★ スープをもう少しもらえる？我可以再喝一些湯嗎？ ① もちろん。まだ沢山あるんだ。當然可以，湯還有很多。	スープ 名 湯 もちろん 副 當然
★ ちょっと冷めちゃったね。有點冷掉了。	冷める 動 冷掉
★ 温め直すわね。我再熱一下。 ① 電子レンジで加熱すればいいよ。你可以用微波爐加熱。	温め直す 動 加熱 電子レンジ 名 微波爐

（累積單字量 1462 個，慣用語量 70 個）

句子	單字
★ 玉葱を残しては駄目よ。把洋葱吃完。 ① でも、苦手なんだよ。可是我不喜歡吃洋蔥。	玉葱 名 洋蔥 苦手 形動 不擅長
★ 野菜は体に良いんだから。吃蔬菜對你身體好。	野菜 名 蔬菜
★ 残さずに食べなさい。把飯菜都吃完。	食べる 動 吃
★ 食べ物の好き嫌いはいけないよ。不可以挑食。	好き嫌い 名 喜好
★★★ ご飯のお代わりは？要不要再盛飯？ ① もういっぱい食べたよ。我已經吃了很多了。	代わり 名 替代 いっぱい 形動 滿滿
★★★ もういいの？你吃飽了嗎？ ① お腹がいっぱいだよ。我吃得很飽了。 ② ご馳走様。美味しかったよ。我吃飽了！謝謝！好好吃喔！	お腹 名 肚子 馳走 名 サ 招待 美味しい 形 好吃的
★★★ 美味しい夕食をありがとう。謝謝你美味的晚餐。	夕食 名 晚餐
★ ワインを飲もうよ。來喝點酒吧！	飲む 動 喝
★ 待って、今、デザートを出すから。等等，我現在正要端甜點出來。	出す 動 端出
★ 今日はケーキを作ったから。我今天做了蛋糕。	ケーキ 名 蛋糕
★ やっぱり我が家が一番だ。還是自己家裡最好。 ＝ やっぱり自分の家は一番だ。	我が家 名 我的家 自分 名 自己
★ テーブルを片付けてくれる？你可以整理桌面嗎？	片付ける 動 整理
★ 食器を流しに運んでね。請把餐具拿到水槽。	流し 名 水槽
★ このグラスは割れやすいから、気を付けてね。 這個玻璃杯很容易破，要小心喔！	割れる 動 破裂 気を付ける 慣 小心
★★ お皿を洗うよ。我來洗碗盤。 ①いいえ、皿洗いは僕がするよ。不，我來洗碗盤。	洗う 動 洗 皿洗い 名 サ 洗碗盤

★ では、お皿を拭くよ。那我來擦碗盤。	拭く 動 擦拭
★ 食器洗浄機（＝食器洗い機）を買おうよ。買洗碗機吧！	食器洗浄機 名 洗碗機
★ 食洗器（＝食洗機）で洗う方が便利だ。用洗碗機洗比較方便。	便利 形動 方便

Unit 12 ｜寝る前 睡前活動

★★ さあ、テレビでも見よう。來看個電視吧！ ① はい、テレビ欄。來，這是電視節目欄。	テレビ欄是電視節目欄；テレビ番組表是電視節目表。
★★ 今夜は何か面白いものやるかな？今晚有沒有什麼有趣的電視節目？ ＝ 今夜は何か面白い番組あるかな？	面白い 形 有趣的 番組 名 節目
★ くだらない番組ばっかりだな。都是一些無聊的節目。 ① 全くそうだね。你說得沒錯。	くだらない 形 無聊的 ばっかり 副助 光是
★ この時間帯は見たい番組が全くないんだ。 現在這段時間完全沒有我想看的節目。	時間帯 名 時間帶 全く 副 完全
★★ テレビをつけた。我打開電視。	つける 動 打開
★ リモコンを使ってテレビを操作した。我用遙控器操作電視。	操作 名 サ 操作
★ 51 チャンネルを見た。我看 51 台。	見る 動 看
★ お菓子を食べながら、歌番組を見た。 我一邊吃零食一邊看歌唱節目。	お菓子 名 零食 歌番組 名 歌唱節目
★ 今、31 チャンネルでは、何をやっているのかな。 現在 31 台在播放什麼？ ① 31 チャンネルは再放送ものが多い。31 台重播的節目很多。	で 格助 在 再放送 名 サ 重播 もの 代名 此處表示節目

（累積單字量 1500 個，慣用語量 71 個）

例句	單字
★ どこかお笑い番組をやっているところはないかな。 有沒有哪一台有搞笑節目呢？ ① 26 チャンネルはお笑い番組があるよ。26 台有搞笑節目。	どこ 名 何處 ところ 名 地方 笑い番組 名 搞笑節目
★ この番組、ひどいなあ。這個節目很糟。	ひどい 形 糟糕的
★ これ以上見ていられないよ。我看不下去了。	以上 名 以上
★ こんな番組をずっと見ていたら、馬鹿になっちゃうと思うよ。 我想如果我一直看這種節目的話，我會變笨。	ずっと 副 一直 馬鹿 形動 笨蛋
★ 本当に時間の無駄だね。真的太浪費時間了。	無駄 形動 浪費
★★ リモコンはどこに置いたの？遙控器放到哪裡去了？	置く 動 放
★★ リモコンを取ってくれる？可以把遙控器拿給我嗎？ ① やたらにチャンネルを変えないでよ。不要亂轉台。	取る 動 拿 やたらに 副 隨便
★★ チャンネルを変えた。我轉台。	変える 動 改變
★ テレビのチャンネルを 65 にした。我將電視頻道轉到 65 台。	チャンネル 名 頻道
★ 八時から野球中継をやるよ。八點開始轉播棒球賽。	中継 名 サ 轉播
★ 九時からニュース見せて。九點開始讓我看新聞喔！	見せる 動 讓～看
★ ニュース番組を見るだけだよ。我只看新聞節目。 ＝ ニュース番組しか見ないよ。	だけ 副助 僅僅 しか 副助 僅僅
★ EBCNews（東森ニュース）を見たい。我想看東森新聞。	ニュース 名 新聞
★ ニュースなんて超つまらない。新聞有夠無聊的。 ① そうだけど、何が起きているのか知っておきたいんだよ。 是沒錯啦！但是還是得知道發生了那些事啊！	超 副 超級 つまらない 形 無聊的 起きる 動 發生
★ ほかのを見ようと思ってたのに。我本來想看其他節目的。	思う 動 想

（累積單字量1522個，慣用語量71個）

例句	單字
★ 九時から新しい韓国ドラマをやるよ。九點有新的韓劇耶！	韓国ドラマ 名 韓劇
★★ 見たかったんだ。我早就想看了。	見る 動 看
★ 今回は録画してね？這次請你把它錄下來好嗎？ ① じゃあ、明日のお楽しみにしよう。那我只好明天再看了。 ② 録画してくれる？你可以幫我錄嗎？ = ビデオに録っておいてくれない？	録画 名 サ 錄影 じゃあ 接 那麼 明日 名 明天 楽しみ 名 享受
★★ 何チャンで？在哪一個頻道？ ① 65 チャンネル。65 頻道。	で 格助 在 チャンネル 名 頻道
★★ 何時に終わる？演到幾點？ ① 一時間半だから、十時半まで。要一個半小時，所以到十點半。	終わる 動 結束 だから 接 因為
★ 予約録画の操作って、すごく複雑だね。預約錄影的操作很複雜。	操作 名 サ 操作
★ うまく設定できないかも。我可能無法正確設定。	設定 名 サ 設定
★ アイドルドラマは大嫌いだよ。我最討厭偶像劇了。	アイドルドラマ 名 偶像劇
★ 主役は皆ナルシストみたいだよ。主角看起來個個都是自戀狂。	ナルシスト 名 自戀狂
★ それにアイドルドラマの台詞は大袈裟だよ。 而且偶像劇的台詞都太誇張了。	台詞 名 台詞 大袈裟 形動 誇張
★ イケメン俳優を見たいよ。我想看帥哥演員嘛！	俳優 名 演員
★ どのイケメン？哪個帥哥？ ① ジェリー、エンが一番好きよ。我最喜歡言承旭了。	イケメン 名 帥哥 一番 副 最
★ 「エフフォー」と「フェイルンハイ」ともかなり人気あったよ。「F4」跟「飛輪海」都曾經相當受歡迎喔！ ① 彼らは最初のアイドルグループだったんだよ。 他們是最開始的偶像團體啊！	かなり 副 相當 最初 名 副 最初 アイドル 名 偶像 グループ 名 團體

（累積單字量 1545 個，慣用語量 71 個）

★ またコマーシャルか。又要廣告了嗎？ ① コマーシャルが多すぎる。廣告太多了。 ② いいところで、いつもコマーシャルだ。 每次在最精采的時候總是進廣告。	コマーシャル 名 廣告 多すぎる 動 太多 ところ 名 時候 いつも 副 總是
★ このコマーシャル長いなあ。- 這廣告好長啊！ ① その間にトイレ行ってこよっと。趁這時候去上個廁所吧！	長い 形 長的 間 名 期間
★ この CM、目がチカチカするよ。這廣告有夠刺眼的。 ① そうね、それにやたらとうるさいよ。是啊，而且吵得要命。 ② 私もこの CM 好きじゃない。我也不喜歡這個廣告。	CM 名 廣告 チカチカ 副 サ 刺眼 うるさい 形 吵鬧的
★★ この女優だれ？見たことない。這個女演員是誰？沒見過。	女優 名 女演員
★★★ 音大きい！下げて！太大聲了，關小聲一點。	下げる 動 降低
★★★ お風呂に入ってくるわ。我先去洗澡好了。 ① まだ掃除してないのよ。我還沒清洗浴缸。 ② 今日は暑いからシャワーにしない？今天很熱，用淋浴的好嗎？	掃除 名 サ 清洗 暑い 形 炎熱的 シャワー 名 サ 淋浴
★ ゆっくり浸かろうと楽しみにしてたのに。 我本來想好好享受泡澡的。 ① すぐ掃除するよ。我馬上去刷浴缸。	ゆっくり 副 好好地 浸かる 動 浸泡 すぐ 副 馬上
★ 温いから熱いお湯足してね。水溫溫的，可以加熱水嗎？ ① 追い焚きしなくちゃ。非再加熱不可。	足す 動 加入 追い焚き 名 サ 加熱
★ お湯出しっ放しだわ。我放熱水放到忘了。	出しっ放し 名 水龍頭沒關
★ バスタブに入浴剤を入れた。我在浴缸中加了泡澡粉。	入浴剤 名 泡澡粉
★★ もうテレビを消しなさい。把電視關掉。	消す 動 關掉
★★★ 宿題は終わったの？你的作業做完了嗎？ ① 終わったよ。做完了。 ② 今日、宿題は出てないよ。今天沒有作業。	宿題 名 作業 終わる 動 完成 出る 動 出（作業）

（累積單字量 1570 個，慣用語量 71 個）

☆☆ 明日の用意はできているの？你明天的東西都準備好了嗎？ ① できているよ。都準備好了。	明日 名 明天 用意 名 サ 準備
☆☆ お風呂に入っていい？我可以先洗個澡嗎？ ① 今、お父さんが入ってるよ。現在爸爸在洗。	風呂 名 洗澡 お父さん 名 爸爸
★★ 長いねえ。他洗好久喔！	長い 形 很久的
☆☆ 気持ちよかったなあ！好舒服啊！	気持ち 名 心情
★ 熱いお風呂に入るとホッとするな。泡泡熱水澡很舒服。	ホット 名 サ 舒服
★ のぼせたんじゃない？你不會頭暈嗎？	のぼせる 動 頭暈
★★ よく温まった？身體很暖和了吧？	温まる 動 暖和
★★ 早く服を着ないと風邪ひくよ。趕快穿衣服，不然會感冒喔！	服を着る 慣 穿衣服
★ やだ、床がびしょびしょじゃない！哎呀！浴室地板怎麼那麼濕啊？ ① ごめん、拭くの忘れた。抱歉，我忘了擦了。	びしょびしょ 形動 潮濕 拭く 動 擦拭
★ 次はちゃんとしてちょうだいよ。下次要記得擦喔！	次 名 下次
★ 風呂上がりのビールって最高だなあ。洗好澡喝啤酒是最高享受。	風呂上がり 名 洗好澡
★★ 夕刊はどこかな？晚報在哪裡？ ① 今日は休刊日よ。今天停刊一天喔！	夕刊 名 晚報 休刊日 名 停刊日
★★ 夜食を作った。我做了宵夜。	夜食 名 消夜
★★ 夜食にラーメンを食べた。我吃拉麵當宵夜。	ラーメン 名 拉麵
★ 小腹が空いたので、夜食にパンを食べた。 我肚子餓了，所以我吃麵包當宵夜。	小腹 名 肚子 パン 名 麵包
★ 夜食にカロリーの少ないものを食べた。 我吃熱量低的東西當宵夜。	カロリー 名 卡路里 少ない 形 少的

（累積單字量 1591 個，慣用語量 72 個）

例句	單字
★ ソファーで寝ては駄目だよ。 不要在沙發上睡覺。	駄目 [形動] 不行
★★ 部屋に入ってよ。 進房間吧！	部屋 [名] 房間
★★★ もう寝る時間だよ。 該是睡覺時間了。 ① じゃあ、もう寝るよ。那睡覺了吧！	もう [副] 已經 時間 [名] 時間
★ 子供たちを寝かせてちょうだい。 妳去哄孩子們睡吧！ ① うん、子供たちに本を読んであげよう。嗯！我要幫孩子們唸故事書。	子供 [名] 孩子 読む [動] 讀
★ 日記を付けよう。 我要寫日記。	日記 [名] 日記
★ 一日の出来事を日記に書こう。 我要將一天發生的事寫在日記上。	出来事 [名] 發生的事
★ 今日、考えたことをノートにメモしよう。 我要將今天所想的事情記在筆記本上。	ノート [名] 筆記本 メモ [名][サ] 作筆記
★ 明日、着ていく服を準備しよう。 我要準備明天要穿的衣服。	準備 [名][サ] 準備
★ 今晩は早く寝よう。 我今天晚上就早一點睡吧！	寝る [動] 睡覺
★★★ 明日六時半に起こすね。 我明天六點半叫你起床喔！ ① 目覚まし七時半にセットしといて。你幫我把鬧鐘設定在七點半吧！	起こす [動] 叫醒 目覚まし [名] 鬧鐘
★★★ 何でそんなに遅いの？ 為什麼那麼晚？ ① 年末会議が十時からなんだよ。年終會議十點才開始。	遅い [形] 晚的 年末会議 [名] 年終會議
★ 明日はゆっくり寝ていなよ。 那你明天請睡飽一點吧！	明日 [名] 明天
★★★ 明日は早く起きなくちゃいけないんだ。 我明天得早起。	早く [副] 早早地
★★★ 電気が付けっ放しだよ。 你沒有關燈。	付けっ放し [名] 開著不關
★★★ 電気消してね。 關燈吧！	消す [動] 關掉
★ 窓に鍵かけるの忘れないでね。 別忘了鎖上窗戶。	鍵 [名] 鑰匙

（累積單字量1612個，慣用語量72個）

★ クーラー、タイマーにしてね。冷氣設定好時間喔！ ＝ クーラー、タイマーを設定してね。	タイマー 名 時間 設定 名 サ 設定
★★ 携帯の充電忘れないで。別忘了將手機充電。 ＝ 携帯の充電を忘れないで下さい。	充電 名 サ 充電 忘れる 動 忘記
★ いびき、かかないでよ。不要打呼喔！	いびきをかかる 慣 打鼾
★ 今夜は冷えそうだよ。今天晚上好像要變冷了。 ① 布団干しといたから、ふかふかだよ。棉被曬過了，很鬆軟喔！ ② 毛布、足元に出しておいたわ。我在你的腳邊放了毛毯。	冷える 動 變冷 布団 名 棉被 毛布 名 毛毯
★★ こんなに遅くまで何をしているの？這麼晚了在做什麼？ ① 小説を読んでいるよ。我在看小說。 ② ブログを書いているよ。我在寫部落格。	何 名 什麼 小説 名 小說 ブログ 名 部落格
★★ まだ起きているの？你還沒睡嗎？ ① もうすぐ寝るよ。馬上就要睡了。 ② どうも目が冴えちゃって。我覺得我還很清醒。	起きる 動 醒著 もうすぐ 副 馬上 目が冴える 慣 清醒
★ あのお茶が濃すぎたのかな。那茶可能太濃了。 ① そうかも。或許吧！ ＝ そうかもしれない。	お茶 名 茶 濃い 形 濃的 かも（しれない） 副助 或許
★★ 私も最近よく眠れないんだ。我最近也都睡不著。 ① 枕が合わないのかも。是不是枕頭不合適？ ② 昼寝し過ぎじゃないの？午覺睡太久了是嗎？	眠る 動 睡覺 合う 動 適合 昼寝 名 サ 睡午覺
★ 毎日午後に一時間だけ寝ているよ。我每天下午只睡一個小時啊！ ① そりゃ長すぎるよ。半時間でいいんだから。 那樣的話太久了，午睡半小時就夠了。	寝る 動 睡覺 長い 形 很久的 半時間 名 半小時
★ ベッドに入って本を読むのが好きなんだ。我喜歡在床上看書。	本 名 書

（累積單字量 1634 個，慣用語量 74 個）

★ 今朝買った商業雑誌をちょっと読もう。 我來看一下今天早上買的商業周刊吧！ ① うん。その雑誌に面白いコラムがいくつかあるよ。 好啊！那本雜誌上有好幾篇有趣的專欄。	今朝 名 今天早上 雑誌 名 雜誌 コラム 名 專欄 いくつ 名 幾～
★ 父は寝る前に運動する習慣がある。 父親有睡前運動的習慣。	習慣 名 習慣
★ 母は睡眠薬を飲まなくては眠れない。 母親都要吃安眠藥才能睡。	睡眠薬 名 安眠藥
★ 私は寝る前にコーヒーを飲むと眠れなくなる。 我睡前喝咖啡會睡不著。	飲む 動 喝 眠れない 慣 睡不著
★ 妹は寝る前にホラー映画を見ると眠れなくなる。 妹妹睡前看恐怖片會睡不著。	ホラー映画 名 恐怖片 見る 動 看
★ 息子は寝る前に音楽を聞くのが好きです。 兒子喜歡睡前聽音樂。	聞く 動 聽
★ 娘は寝る前に赤ワインを飲むのが好きです。 女兒喜歡睡前喝紅酒。	赤ワイン 名 紅酒

Chapter 2

意思(いし)と気持(きも)ちを伝(つた)える

表達意思跟情緒

Unit 01 | 嬉(うれ)しい、楽(たの)しい、感動(かんどう)、懐(なつ)かしい
開心、快樂、感動、懷念

Unit 02 | 羨(うらや)ましい、無関心(むかんしん)、分(わ)からない
羨慕、不在乎、不了解

Unit 03 | 怒(おこ)る、腹立(はらだ)たしい 生氣、憤怒

Unit 04 | 満足(まんぞく)する、不満(ふまん)、ほっとする、自信(じしん)がある
滿足、不滿、放心、有自信

Unit 05 | 残念(ざんねん)、悔(くや)しい、後悔(こうかい)、困(こま)った、悩(なや)み事(ごと)
可惜、委屈、後悔、困擾、煩惱

Unit 06 | 好(す)き、嫌(きら)い、迷(まよ)う、分(わ)からない
喜歡、討厭、猶豫、不解

Unit 07 | 心配(しんぱい)、不安(ふあん)、疑(うたが)わしい、怪(あや)しい
擔心、不安、懷疑、可疑

Unit 08 | 恥(はず)かしい、緊張(きんちょう)、慌(あわ)てる、自信(じしん)がない
害羞、緊張、慌張、沒自信

Unit 09 | 驚(おどろ)く、びっくり、恐(こわ)い、気持(きも)ち悪(わる)い
驚訝、驚嚇、可怕、噁心

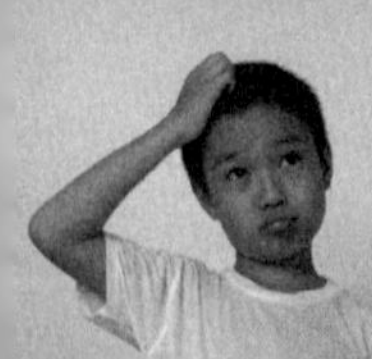

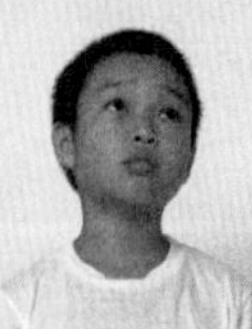
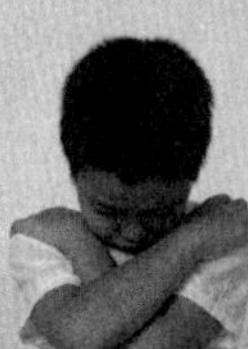

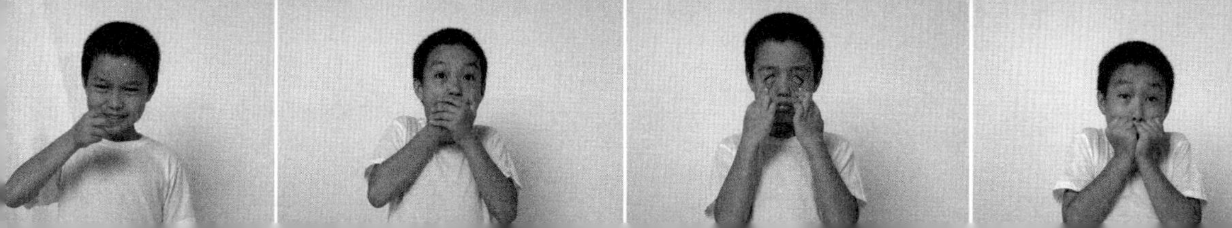

Chapter 2 意思と気持ちを伝える 表達意思跟情緒

Unit 01 | 嬉しい、楽しい、感動、懐かしい 開心、快樂、感動、懷念

☆★ 嬉しそうだね。你看起來很高興的樣子。 ① ええ。李さんにデートに誘われたの。是啊！李先生邀我約會。	嬉しい 形 高興的 誘う 動 邀請
☆★ よかったあ！那太好了！	よかった 慣 太好了
☆★ 楽しんできてね。祝妳玩得開心。 ① 楽しみにしているんだ。我很期待。 ② 待ち切れないよ。我等不及了。	楽しむ 動 期待 楽しみ 名 期待 待ち切れる 動 等不及
★ 私は今、六福村テーマパークにいるよ。我現在在六福村主題樂園。	テーマパーク 名 主題樂園
☆★ どう、楽しんでる？怎麼樣，妳玩得開心嗎？ ① とても楽しんでるよ。我很開心啊！ ② 最高の気分だわ。感覺真是太棒了！	とても 副 很 最高 形動 最棒 気分 名 心情
★★ 試験に受かったよ。你通過考試了。 ① やったあ！我做到了！ ② よかったあ。すごく嬉しいよ。太好了，我好高興喔！	試験 名 サ 考試 受かる 動 通過 すごく 副 很
★★ 成功おめでとう。恭喜你成功了。 ① ありがとう。ツイてるよ！謝謝，我太幸運了！ ② 我ながらよくやったと思うよ。我為自己感到驕傲。	成功 名 サ 成功 ツイてる 動 走運 我ながら 副 連自己都～
☆★ 台湾について、どう思いますか。你覺得台灣怎麼樣？ ① 本当に台湾と台湾人が大好きです。我真的非常喜歡台灣跟台灣人。	思う 動 認為 本当に 副 真的
★ 台湾が好きだと聞いてとても嬉しいです。 聽到你喜歡台灣我非常高興。	好き 形動 喜歡 聞く 動 聽到
★ 台湾人と友達になれて嬉しいです。能跟台灣人做朋友我非常開心。 ① あなたとお話が出来て本当に嬉しいです。能跟你談話真的非常開心。	友達 名 朋友 話 名 談話

（累積單字量1666個，慣用語量76個）

Unit 01｜嬉しい、楽しい、感動、懐かしい 開心、快樂、感動、懷念

★★ これ、君への卒業プレゼント。 這是你的畢業禮物。	君 名 你（妳）
★★ 卒業おめでとう！ 恭喜你畢業了！ ① デジタル一眼レフカメラ！ 是數位單眼相機耶！ ② 嬉しい！ 好高興喔！	卒業 名 サ 畢業 デジタル一眼レフカメラ 名 單眼相機
★★ これがあなたの欲しかったもの？ 這是你想要的嗎？ ① わあ、すごい、超嬉しい！ 哇！真是令人驚喜！	すごい 副 厲害，太棒了 超 副 超級
☆★ どこで買ったの？ 你在哪裡買到的？ ① ネットで買ったんだ。我在網路上買的。	ネット 名 網路 買う 動 買
☆★ めちゃ嬉しいわ。 真是高興得快瘋了！ ① 気に入ってくれてよかった。 你能喜歡這禮物真是太好了！	めちゃ 副 非常地（是めちゃくちゃ的略語）
★ これ見て、ユニクロで買ってあげたシャツだよ。 你看這個，在 UNIQLO 給你買的襯衫。 ① かっこいい！好酷！ ② なんて素敵なシャツ！好棒的襯衫！	これ 名 這個 見る 動 看 なんて 副 多麼地 素敵 形動 極棒
☆★ あなたによく似合うと思う。 我認為它很適合你。 ① ありがとう、大切にするよ。謝謝你，我會好好珍惜的。 ② 幸せな気持ちにしてくれて、ありがとう。謝謝你，讓我感覺好幸福！	似合う 動 適合 大切 形動 重要 気持ち 名 心情
★ 彼女、あなたのこと好きらしいよ。 她好像喜歡上你了。 ① 本当？夢みたいだ。真的嗎？像做夢一樣。 ② それを聞いて嬉しいわ。聽到這我太高興了。	らしい 助動 好像 本当 名 形動 真的 夢 名 夢
★ あなたもずっと前から彼女のこと好きだったんじゃない？ 你也從很久以前開始就喜歡她了不是嗎？ ① うん、ワクワクしてる。嗯，我好興奮啊！ ② 本当に嬉しいな。實在好開心啊！	ずっと前 名 很久以前 ワクワク 副 サ 興奮 本当に 副 實在 嬉しい 形 開心的

★ 彼が来月就職するよ。他下個月就要開始上班了。 ① それはよかった！ 那太好了！ ② こんな嬉しいことはないよ。沒有比這更開心的事了。 ＝ これ以上ハッピーなことはないよ。	来月 副 下個月 就職 名 サ 就業 こんな 連體 這樣的 ハッピー 名 形動 快樂
★ 昨日、プロポーズされたんだ。我昨天被求婚了。 ① おめでとう。恭喜妳！ ② それはいい知らせだわ。那真是一個好消息。 ＝ それはいいニュースだわ。	昨日 副 昨天 プロポーズ 名 サ 求婚 それ 名 那個 知らせ 名 消息 ニュース 名 消息
★★ 君たち出会ってからどのぐらい？ 你們認識多久了？ ① 二年間ぐらい。大約兩年。	出会う 動 認識 どのぐらい 名 多久
★ あなたたちは最高に幸せだね！ 你們實在是太幸福了！ ＝ あなたたちは幸福の絶頂だね！	最高に 副 最，無上，超級 絶頂 名 頂點
☆☆ いい気分だ。我感覺很好。	気分 名 感覺
★ とっても幸せ。我很幸福！	幸せ 名 形動 幸福
★ もうこれ以上何も求めるものはない。已經別無所求了。 ＝ もうこれ以上何も望むことはない。	求める 動 希求 以上 名 以上
☆☆ この映画、どうだった？ 這部電影如何？ ① 超面白かった。超有趣的。 ② あれは期待通りだったよ。跟我預期的一樣。 ＝ あれはまさに私が期待したものだったよ。	映画 名 電影 面白い 形 有趣的，好玩的 ~通り 接尾 按照~ まさに 副 正是
★★ ストーリーって、どう？ 劇情如何？ ① ストーリーが感動的だよ。劇情很令人感動。 ＝ ストーリーが人の心を動かすよ。 ＝ 感動的なストーリーだよ。	ストーリー 名 劇情 どう 副 如何 感動的 形動 令人感動的 心 名 心 動かす 動 打動

（累積單字量 1714 個，慣用語量 76 個）

★ この女優はまだそれほど有名じゃないよね？ 這女演員還不算很有名吧？ ① うん、これ彼女の最初の作品だもん。嗯，這是她的第一部電影。	女優 名 女演員 有名 形動 有名 最初 名 最初
★ あ、デビュー作なの？ 啊！是她出道的作品啊？ ① そうよ。まだ高校生だよ。是啊！她還是個高中生耶！	デビュー作 名 出道作品 高校生 名 高中生
☆☆ このドラマ、どうだった？ 這齣戲如何？ ① とっても素晴らしい！非常棒！ ② とても感動したわ。很令人感動。 = とても感動的だったわ。	ドラマ 名 戲劇 とっても 副 非常 素晴らしい 形 很棒的 わ 終助 表示驚訝或感動
★ 泣いた？ 你有哭嗎？ ① うん、涙が止まらなかったわ。嗯，我的眼淚流個不停。 ② 感動し過ぎて、言葉が出なかったよ。因為太感動了，都說不出話來。 = 感動し過ぎて、物も言えなかったよ。	泣く 動 哭 涙 名 眼淚 止まる 動 止住 言葉 名 話語
☆☆ 今まで見た映画の中で一番いいね。這是我看過最好看的電影。 = 今まで見た一番いい映画だね。 = 人生で最高の一本だね。	一番 副 最 人生 名 人生 最高 形動 第一
☆☆ この小説、どうだった？ 這部小說如何？ ① 超いいよ！超好看的！ = 最高だよ！	小説 名 小說 どう 副 如何 超 副 超級
★ 見終った時は、放心状態だったよ。我看完之後整個人都恍神了。	放心 名 サ 發呆，恍神
★ しばらく余韻に浸ってたね。短暫地沉浸在劇情中。 = しばらく余韻を楽しんでたね。 = しばらくの間、余韻を浸かってたね。	余韻 名 餘韻 浸る 動 沉浸 浸かる 動 沉浸
★ あなたもきっと感動するよ。你一定也會感動的。 ① あなたは感激屋なのね。你就是個容易感動的人。	感動 名 サ 感動 感激屋 名 容易感動的人

（累積單字量1739個，慣用語量76個）

★ 今放送しているのはテレサ・テンの「償い」だ。 現在播放的是鄧麗君的「償還」。 ① あ、懐かしい歌！啊，好令人懷念的歌！	放送 名 サ 播放 償い 名 償還 歌 名 歌曲
★★ 見て。大学時代の写真だよ。你看，大學時期的相片耶！ ① うわ、懐かしい！哇！好懷念喔！ ② まだ若いね。我們都還好年輕喔！	大学時代 名 大學時代 写真 名 照片 若い 形 年輕的
★★ なんて懐かしい写真でしょう。多令人懷念的相片啊！	懐かしい 形 令人懷念的
★★ 私たちの若い頃が懐かしい。我懷念我們年輕的時候。	私たち 名 我們
★ 懐かしい顔ぶれだね！有好多令人懷念的面孔喔！ = 馴染深い顔ぶれだね！ = 見慣れた顔ぶれだね！	顔ぶれ 名 面孔 馴染深い 形 熟悉的 見慣れる 動 看慣
★ あの頃を思い出すね。我回想起那個時候了。	あの頃 慣 那時候
☆★ 一番の思い出は何？你最深的回憶是什麼？ ① 三年生の時に、スピーチコンテストで優勝したことだね。 是大三時在演講比賽中勝出那件事。	思い出 名 回憶 スピーチコンテスト 名 演講比賽
☆★ 一番印象的な思い出は何？你印象最深的是什麼？	印象的 形動 印象深刻的
★ よくいたずらしたもんね。我們常常惡作劇。 = いたずらでいっぱいだったね。 ① ええ、よく先生に叱られたね。嗯，常常被老師罵。	いたずら 形動 惡作劇 いっぱい 形動 很多 叱る 動 責罵
★ この写真を見て、懐かしい昔を思い出した。 看到這張相片，我想起了令人懷念的過去。 = この写真を見たら、懐かしい昔を思い出した。 = この写真を見た時、懐かしい昔を思い出した。	見る 動 看 昔 名 過去 ~時 接尾 ~的時候 思い出す 動 想起
★ 一緒に過ごした大学時代が懐かしいわね。 我懷念我們一起共度的大學時期。	一緒に 副 一起 過ごす 動 度過

（累積單字量1762個，慣用語量77個）

★ 先生たちやクラスメートたちのことが懐かしい。 我懷念老師跟同學們。	先生 名 老師 クラスメート 名 同學
★ 卒業してから、もう二十年にもなるなんて信じられない。 真不敢相信我們已經畢業二十年了。	卒業 名 サ 畢業 信じる 動 相信
★ 君、小学生の時のこと、覚えてるの？ 你記得小學時期的事情嗎？ ① ええ、懐かしい昔のことを話すのが好きなの。 記得啊！我喜歡談論令人懷念的過去。	小学生 名 小學生 覚える 動 記得 話す 動 談論
★ 当時の給食の味が懐かしいな。 我懷念當時營養午餐的味道。 ＝ 当時の給食を懐かしく思うな。	当時 名 當時 給食 名 營養午餐
★ あの時は、ガキ大将だったよ。 我當時可是個孩子王。 ① そうそう！そんなこともあったね。 對對對！有那麼一回事。	ガキ大将 名 孩子王 ある 動 有
★ 李さんによく怒られたよね。 小李常常對我們發脾氣。 ① ああ、そんな人もいたね。 啊！我想起這號人物了。	怒る 動 生氣 そんな 連體 那樣的
★★ 李さんはどうしているかな。 小李現在不知道怎麼樣了。 ＝ 李さんはどうしているかしら。 ＝ 李さんはどうしているだろう？	どう 副 如何 かしら 終助 表示疑問 だろう 助動 表示推測
★ この古い建物は懐かしい味わいがあるね！ 這棟古老的建築物有著懷念的味道。	建物 名 建築物 味わい 名 味道
★★ 最後に見てから、どれぐらいになるの？ 你最後一次看到，距離現在多久了？ ① 十五年以上だね。 有十五年以上了。	最後に 副 最後 どれぐらい 名 多久 以上 名 以上
★ この建物は懐かしい昔を思い出させてくれるね。 這棟建築物讓我想起了令人懷念的過去。	この 連體 這 昔 名 過去
★ 懐かしい思い出に耽った。 我沉溺在令人懷念的回憶當中了。	耽る 動 沉溺

Unit 02 ｜羨(うらや)ましい、無関心(むかんしん)、分(わ)からない 羨慕、不在乎、不了解

★ 宝(たから)くじが当(あ)たった！ 我中彩券了！ ① 本当(ほんとう)？羨(うらや)ましい！ 真的嗎？ 好羨慕啊！	宝(たから)くじ 名 彩券 当(あ)たる 動 中獎
☆★ ラッキーだね！ 你好幸運喔！ ＝ 幸運(こううん)だね！ ＝ ついてるなあ！	ラッキー 名 幸運 ついてる 慣 走運，幸運，運氣真好
★ 母(はは)にワンルームマンション買(か)ってもらっちゃった。 母親買套房給我了。 ① お前(まえ)はいいよな。 你怎麼那麼好啊！ ② お前(まえ)ばかりいい思(おも)いしやがって。 為什麼所有的好處都讓你佔盡了？	ワンルームマンション 名 套房 買(か)う 動 買 ばかり 副助 光是
★ 私(わたし)の方(ほう)がマンションもらってもおかしくないのに。 我才是應該得到套房的人才對。 ① 就職(しゅうしょく)したらお金(かね)を返(かえ)さないといけないんだよ。 我就業後要還她錢啊！	おかしい 形 奇怪 就職(しゅうしょく) 名 サ 就業 返(かえ)す 動 歸還
☆★ 何(なん)か変(へん)だと思(おも)ったんだ。 我就覺得事有蹊蹺。	変(へん) 形動 奇怪
★ 姉(あね)にシャツ買(か)ってもらっちゃった。 姊姊買襯衫給我了。 ① いいご身分(みぶん)だね。 你怎麼那麼好命啊！ ② 私(わたし)も買(か)ってもらいたいな。 我希望她也買給我。	姉(あね) 名 姊姊 シャツ 名 襯衫 身分(みぶん) 名 福份，家境
★ 父(ちち)にカメラ買(か)ってもらっちゃった。 爸爸買照相機給我了。 ① ずるい！ 不公平！ ＝ 不公平(ふこうへい)だ！ ② 私(わたし)もおねだりしてみよっと。 我也要來哀求他買給我。	父(ちち) 名 爸爸 カメラ 名 照相機 ずるい 形 狡猾的 不公平(ふこうへい) 形動 不公平 ねだる 動 哀求
☆★ 兄弟(きょうだい)は何人(なんにん)いるの？ 你有幾個兄弟姊妹？ ① 八人兄弟(はちにんきょうだい)の末(すえ)っ子(こ)だ。 我是八個兄弟姊妹當中的老么。	兄弟(きょうだい) 名 兄弟姊妹 末(すえ)っ子(こ) 名 老么

（累積單字量1806個，慣用語量78個）

★ あなたは兄弟が多くて羨ましいなあ。我羨慕你有很多兄弟姊妹。 ＝ 兄弟が多いあなたが羨ましいなあ。 ＝ 羨ましいことにあなたには兄弟が多いんなあ。	あなた 名 你（妳） 多い 形 很多的 羨ましい 形 羨慕的
★★ 数学の試験で満点を取ったよ。我數學考試一百分。 ① 超羨ましい！超羨慕你的！ ② 私に君の頭があったら良いのに！如果我有你的頭腦就好了！	数学 名 數學 満点 名 一百分 頭 名 頭腦
★ 試験で満点を取った彼が羨ましいよ。我羨慕他考試得了滿分。 ＝ 彼が試験で満点を取ったのが羨ましい。	試験 名 サ 考試 彼 名 他
★ 彼女は嫉妬したくなるほど美人だ。她美得令人忌妒。 ＝ 彼女は妬ましいほど美しい。	嫉妬 名 サ 忌妒 妬ましい 形 令人忌妒的
★ 私は今現在、日本に住んでいる彼女が羨ましい。 我羨慕目前住在日本的她。	住む 動 住 羨ましい 形 令人羨慕的
★ 彼はあなたの生活を羨ましがっている。他羨慕你的生活。	羨ましがる 動 羨慕
★★ 朝食に何食べる？早餐要吃什麼？ ① 何でもいいよ。都可以啊！ ② 君に任せるよ。由你決定囉！	食べる 動 吃 君 名 你（妳） 任せる 動 交付
★ サンドイッチはどう？三明治如何？ ① あなたが望むようにやりなさい。照你希望的做。	サンドイッチ 名 三明治 望む 動 希望
★★ 好きにすれば？你高興就好。 ＝ 好きにしなよ。 ＝ 好きにしなさいよ。	好き 形動 喜歡 する 動 做 なさる 補動 する的尊敬語
★ リリアンが彼と別れたんだって。聽說莉莉安跟她男朋友分手了。 ① ふーん。興味ないなあ。喔～我沒興趣。 ② 他人の恋愛問題には関心無いんだ。我不關心別人的感情問題。	別れる 動 分手 興味 名 興趣 他人 名 別人

★ あなたとリリアンって親しかったよね。 我以為你跟莉莉安很要好。 ① 前はね。でも、もう違うわ。那是以前！現在已經不一樣了。	親しい 形 要好的 でも 副助 但是 違う 動 不一樣
★ 彼女とデートするかも。我可能會跟她約會。 ① どうでもいいよ。我無所謂。 ＝ 関心ないよ。	彼女 名 她 デート 名 サ 約會 関心 名 興趣
★★ どっちでもいいよ。對我來說都沒差。 ＝ 私にはどちらでも関係ないよ。	どっち 名 哪個 どちら 名 哪個
★★ 何でも構わないよ。我完全不在乎。 ＝ どっちにしても、私にはあまり関係ないから。	構わない 慣 沒關係，不在乎 あまり 副 不太～
★ 彼女が再婚するそうだよ。聽說她要再婚了。 ① それがどうかしたの？那又怎樣？	再婚 名 サ 再婚 そうだ 助動 聽說
★★ ほっとけよ。隨便吧！	ほっとく 動 置之不理
★ 彼らのことは放っておけよ。隨便他們吧！	放る 動 放任
★★ 本当に気にならないのか？你真的不在乎嗎？ ① 知ったことか。你看我在乎嗎？	本当に 副 真的 知る 動 了解
★★ 私には関係ない。那跟我無關。 ＝ 私とは関係がない。 ＝ 私には重要じゃない。	私 名 我 ない 形 沒有的 重要 形動 重要
★★ でも…？但是…？ ① 誰が気にするか？誰在乎啊？ ＝ 誰が気にするもんか？ ＝ 誰も気にしないよ。	誰 名 誰 気にする 慣 在乎 もんか 終助 表示否定 よ 終助 表示強調

（累積單字量1851個，慣用語量80個）

★★ この話、もっと詳しく聞きたい？ 這個話題，你想再多知道一些嗎？ ① いや、全く興味ないよ。不，我一點興趣都沒有。	詳しい 形 詳細的 聞く 動 聽
★ 彼が何を言ったって構わない。 他說什麼我都無所謂。	構う 動 在意
★ 私が何をしても彼は一向に気にしてないよ。 無論我做什麼他一向都無所謂。	一向に 副 一向 気にする 動 在乎
★ 彼は他人の言葉には一向に無関心だ。 他一向不在乎別人說什麼。	無関心 形動 不在乎
★ 服装に無関心な女性はいないだろう。 大概沒有不在乎衣著的女性吧！	服装 名 服裝 女性 名 女性
★ 私は専門以外のことには全く無関心だ。 我對專業以外的事情毫不關心。 ＝ 私は専門以外のことには全く関心ない。	専門 名 專業 以外 名 以外 関心 名 興趣
★ 政治に無関心である大学生も少なくない。 不關心政治的大學生也不少。 ＝ 政治に興味がない大学生も少なくない。	政治 名 政治 大学生 名 大學生 興味がない 慣 沒興趣
★★ 申し訳ございません。おっしゃっていることを理解しかねます。 不好意思，我不了解您所說的。 ＝ ご免なさい。おっしゃっていることが分かりませんでした。	申し訳ない 慣 抱歉 理解 名 サ 理解 分かる 動 懂，理解
☆ 何て言ったんですか。 您剛才說什麼？	言う 動 說
☆ どこへ行きたいのですか。 您要去哪裡？	行く 動 去
☆ 申し訳ございません。何とおっしゃいましたか。 不好意思，請問您說什麼？	おっしゃる 動 說 か 終助 表示疑問
☆ もう少しゆっくりとお話しいただけますか。 您可以說慢一點嗎？	ゆっくり 副 慢慢地 話す 動 說
☆ もう少し大きい声でお話しいただけますか。 您可以說大聲一點嗎？	大きい 形 大的 声 名 聲音

（累積單字量1874個，慣用語量82個）

☆☆ もう一度、お願いします。您可以再說一次嗎？ ＝ もう一度、言って下さい。 ＝ もう一度、おっしゃって下さい。	願う 動 拜託 一度 名 一次 下さい 補動 請
☆☆ 日本語はうまく話せません。我不太會說日文。 ＝ 私は日本語があまりうまくありません。	日本語 名 日語 話す 動 說
★★ 中国語の話せる人はいますか。有會說中文的人嗎？ ① 中国語は少し話せます。我會說一點中文。	中国語 名 中文 少し 副 一點點
☆☆ 私の言っていることが分かりますか。你知道我在說什麼嗎？ ① 分かりません。不知道。	私 名 我 分かる 動 知道
☆☆ 私の言いたいことが分かりますか。你知道我想說什麼嗎？ ① あなたの言いたいことが分かりません。我不知道你想說什麼。 ② 何を言おうとしているのですか。你打算說什麼呢？	たい 助動 想～ 何 名 什麼 言う 動 說
☆☆ 意味が分かりますか。你了解意思嗎？ ① どういう意味ですか。那是什麼意思？ ＝ それはどういう意味ですか。 ② もう一度説明して下さい。請再說明一次。	意味 名 意思 どういう 連體 怎樣的 それ 名 那個 もう 副 再 説明 名 サ 說明
★ 書いてくれますか。您可以寫給我看嗎？	書く 動 寫
★ こちらにお書きいただけますか。您可以寫在這裡嗎？	こちら 名 這裡

Unit 03 ｜怒る、腹立たしい 生氣、憤怒

★★ 言い訳は聞きたくないよ。我不想聽你的藉口。	聞く 動 聽
★★ 言い訳はもうたくさん。我聽夠了你的藉口。	たくさん 副 很多

（累積單字量 1895 個，慣用語量 82 個）

☆★★ 渋滞で遅くなっちゃった。我因為塞車，所以遲到了。 = 遅刻したのは、道路が混んでいたからなんだ。 ① 言い訳するなよ。別找藉口了。 ② 弁解がうまいな。你很會找藉口嘛。	渋滞 名 サ 塞車 遅刻 名 サ 遲到 混む 動 壅塞 弁解 名 辯解，藉口
★★ そんなの言い訳にならないよ。那不成理由。	言い訳 名 藉口
★ へ理屈を言うなよ。別說歪理了。	へ理屈 名 歪理
★★ 嘘をついていたのね。你說謊對吧！	嘘をつく 慣 說謊
★ 私はあなたが嘘をつくから怒ったの。我是因為你說謊才生氣的。	怒る 動 生氣
★★ 騙したんだね。你騙了我。	騙す 動 欺騙
★★ 私に何か隠しているよね。你對我隱瞞了一些事情，對吧？	隠す 動 隱瞞
★★ あなたは信用できない。你令人無法信任。	信用 名 サ 信任
★ 私の爪先を踏みましたよ！你踩到我的腳了。	踏む 動 踩到
★ 通路に足を出していたからでしょ！ 是你自己把腳伸出走道的好嗎？！ ① だから何？那又怎樣？	通路 名 走道 足 名 腳 だから 接 所以
☆★★ 何言ってんだ？你說什麼？	言う 動 說
★ 何よ、その言い方？什麼啊！你那是什麼口氣？	言い方 名 說法
★ よくもそんなことが言えるね！你竟然敢說那種話！	よくも 副 竟敢
★ 私のことを無視したのよ！你竟然無視於我！	無視 名 サ 無視
★ 喧嘩を売っているのか？你想跟我吵架嗎？	喧嘩を売る 慣 挑釁
★ あなたには不満でいっぱい！我對你很不滿！	不満 形動 不滿

（累積單字量1914個，慣用語量84個）

★ もう我慢(がまん)の限界(げんかい)！ 我已經忍耐到了極點！ ＝ もう忍耐(にんたい)の限界(げんかい)！	限界(げんかい) 名 極限 忍耐(にんたい) 動 忍耐
★★ 黙(だま)れ！ 閉嘴！	黙(だま)る 動 沉默
☆☆ もう我慢(がまん)できない。 我再也受不了了。	我慢(がまん) 名 サ 忍耐
★ あなたに腹(はら)を立(た)てているのよ！ 我在生你的氣！	腹(はら)を立(た)てる 慣 生氣
★ 黙(だま)らないとぶっ飛(と)ばすぞ。 你再說，我就揍你！	ぶっ飛(と)ばす 動 打
★ ぶん殴(なぐ)ってやりたいよ。 真想好好揍你一頓！ ① 偉(えら)そうなことを言(い)うなよ。 別說大話。 ② いい加減(かげん)にして！ 你最好適可而止！	ぶん殴(なぐ)る 動 毆打 偉(えら)い 形 偉大的 ~加減(かげん) 接尾 ～程度
★ 何(なに)を根拠(こんきょ)に私(わたし)を怒鳴(どな)るの？ 你憑什麼教訓我？	怒鳴(どな)る 動 責罵，斥責
★ 怒(おこ)らせるな！ 不要惹我生氣喔！	な 終助 表示禁止
★ 話(はなし)にならない！ 真不像話！	話(はなし)にならない 慣 不像話
★ 腹(はら)が立(た)つ！ 真氣人！ ＝ ムカつく！ ① 何(なに)もしないのに、何(なん)でそんなに怒(おこ)ったの？ 我又沒惹你，你生什麼氣？ ＝ 怒(おこ)らせるようなことしてないのに、何(なん)でそんなに怒(おこ)ったの？	腹(はら)が立(た)つ 慣 生氣 ムカつく 動 生氣 何(なん)で 副 為什麼 そんなに 副 那樣地 の 終助 表示疑問
★★ 何様(なにさま)のつもりなんだ？ 你以為你是誰啊？	何様(なにさま) 名 哪位，什麼大人物
★ 私(わたし)に向(む)かってその口(くち)の聞(き)き方(かた)はなんだ？ 你憑什麼那樣對我說話？	聞(き)き方(かた) 名 聽和問的態度
★ どうしてそう人(ひと)を困(こま)らせるわけ？ 你為什麼老找我麻煩？	困(こま)る 動 困擾
★★ 馬鹿馬鹿(ばかばか)しい！ 你很無聊耶！	馬鹿馬鹿(ばかばか)しい 形 無聊的
★ ごちゃごちゃ言(い)うな！ 你少囉哩吧嗦的！	ごちゃごちゃ 副 サ 囉哩吧嗦
☆☆ もう話(はな)したくない！ 我不想再講了！	話(はな)す 動 說

（累積單字量 1934 個，慣用語量 87 個）

★ むかつく！真氣人！	むかつく 動 生氣
★★ ひどいね！太過分了！	ひどい 形 過分的
★ 私(わたし)にそんなふうに話(はな)すなんて、君(きみ)は何様(なにさま)だと思(おも)っているんだ？竟敢那樣跟我說話，你以為你是誰啊？	何様(なにさま) 名 哪位，什麼大人物 思(おも)う 動 認為
★★ 頭(あたま)に来(き)た！氣死人了！	頭(あたま)に来(く)る 慣 生氣
★★ 馬鹿(ばか)！笨蛋！	馬鹿(ばか) 名 形動 笨蛋
★ 全(まった)く腹(はら)が立(た)つよ！你快把我氣死了！	腹(はら)が立(た)つ 慣 生氣
★★ 馬鹿(ばか)にしないで！你別把人看扁了！ ＝ 馬鹿(ばか)するな！	馬鹿(ばか)にする 慣 把人看扁了 な 終助 表示禁止
★ 馬鹿(ばか)にするにもほどがあるよ。別把我當笨蛋耍！	ほど 名 程度
★ イライラさせるのはお前(まえ)だろう！你才是令人煩躁的吧！	お前(まえ) 名 你（妳）
★★ わがまま言(い)うなよ。不要這麼任性。 ① 話(はなし)を逸(そ)らすなよ。你不要轉移話題。	わがまま 副 任性 逸(そ)らす 動 轉移
★ マジでムカついてる！我真的很生氣！ ＝ ガチで怒(おこ)ってる！ ＝ ムチャクチャ怒(おこ)ってる！	マジで 副 非常，真的 ガチで 副 非常，真的 ムチャクチャ 副 非常，真的
★ どうかわいがってやろうか。看我怎麼收拾你！	かわいがる 動 教訓
★ からかうなよ！別捉弄我了！	からかう 動 捉弄
★★ 勘弁(かんべん)してくれよ！饒了我吧！	勘弁(かんべん) 名 サ 饒恕
★ 何(なに)も言(い)わなかったことにして。就當我什麼都沒說。	言(い)う 動 說
★★ 馬鹿(ばか)なことを言(い)わないでよ。別說蠢話了！	馬鹿(ばか) 形動 愚蠢

（累積單字量1952個，慣用語量90個）

★ 図々しい奴だ。你臉皮可真厚！	図々しい 形 厚臉皮的
★ 本当に物分りが悪いな。你真的很不懂事！	物分りが悪い 慣 不懂事
★ 欲張るな。你少得寸進尺了！	欲張る 動 貪心
★ いつまでいい加減なことする気だ？你要鬧到什麼時候？ ① それはこっちの台詞だよ。那是我的台詞吧！ ② 切がないじゃないか！別沒完沒了了！	こっち 名 這邊 台詞 名 台詞 切 名 極限
★ 八つ当たりしないでよ。不要對我亂發脾氣！	八つ当たり 名 サ 亂發火
★ そんなつまらないことで怒るなよ。 不要為了那麼無聊的事生氣！	つまらない 形 無聊的
★ おまえって奴は、ああ言えばこう言うなあ。 你這傢伙很會反駁。	奴 名 傢伙
★ 君を相手にするのは疲れるよ。我真懶得理你！	相手 名 對手
★ 文句を言いたいことはまだあるんだ。我還有幾句怨言要說。 ① 文句を言うのは止めろ！不要再抱怨了！	文句を言う 慣 抱怨 止める 動 停止
★★ まだ話は終っていないんだよ。我話還沒說完。 ① やめろよ！停！ ＝ やめてくれ！ ② もうたくさんだ！夠了！	まだ 副 還 話 名 話語 終る 動 結束 もう 副 已經 たくさん 副 很多
★★ おしゃべりだな！你話太多了！	おしゃべり 名 愛講話的人
★★ 聞きたくないよ。我不想聽。	聞く 動 聽
★ もったいぶるな。你擺什麼架子！	もったいぶる 動 擺架子
★★ 何度言ったら分かるの？你要我說幾次才懂？ ① 私に指図しないでよ。不用你告訴我該怎麼做。	何度 副 幾次 指図 名 サ 指使

（累積單字量 1972 個，慣用語量 92 個）

☆☆ ほっといて！ 別管我！ ＝ 放っておいて！	ほっとく 動 置之不理 放る 動 放任
☆☆ 余計なお世話。 你少管閒事！	余計 形動 多餘
★ 嫌な奴だなあ！ 討厭的傢伙！ ＝ 気に障る奴だなあ！	嫌 形動 討厭 気に障る 慣 使人不痛快
★ どっか行け！ 滾開！	どっか 名 どこか的音變
★★ 出て行け！ 滾出去！	出る 動 出去
★ 私を煩わせないで。 不要再煩我了！	煩う 動 煩擾
★ 彼女は怒るととても怖い！ 她生起氣來很可怕！	怖い 形 可怕的
★ 彼女は怒るとすぐ顔に出る。 她一生氣馬上反應在臉上。	顔に出る 動 反應在臉上
★ 彼女が怒るのは当たり前だ。 她生氣是理所當然的。 ＝ 彼女が怒るのは当然だ。 ＝ 彼女が怒るのは無理はない。	当たり前 形動 理所當然 当然 形動 當然 無理 形動 不合理
★ 彼女はそれについて私に怒る権利はない。 關於那一點，她沒有對我生氣的權利。	それ 名 那一點 権利 名 權利
★ 彼女は自分が悪いのに、私を怒る。 她自己不對，還生我的氣。	悪い 形 不對的
★ 私はすぐ怒る人は好きではない。 我不喜歡馬上動怒的人。	好き 形動 喜歡
★ 彼女は些細なことで怒る。 她為了一點小事就動怒。 ＝ 彼女はちょっとしたことで怒る。 ＝ 彼女は取るに足りないことで怒る。	些細 形動 些微 ちょっと 副 一點點 足りる 動 足夠

（累積單字量1988個，慣用語量93個）

Unit 04 | 満足する、不満、ほっとする、自信がある 滿意、不滿、放心、有自信

★★ 新商品の売り上げはどうだった？ 新商品銷售得如何？

① 売り上げは好調です。銷售得還不錯。

② 売り上げは大分増えている。銷售正大幅增加。

＝ 売り上げは大幅に増加している。

新商品 名 新商品
好調 形動 狀況良好
大分 副 頗
大幅に 副 大幅地

★ 電動洗顔ブラシの売り上げは何とか目標達成したよ。
電動洗臉機的銷售額最後終於達到目標了。

＝ 電動洗顔ブラシの売り上げは最後には、目標達成したよ。

＝ 電動洗顔ブラシの売り上げは結局目標達成したよ。

洗顔ブラシ 名 洗臉機
売り上げ 名 銷售額
最後に 副 最後
結局 副 結果

★★ 皆満足してる？ 大家都很滿意嗎？

① 大満足！ 我超滿意的。

② 満足のいくものだったよ。很令人滿意啊！

皆 名 大家
満足 名 サ 滿意
大満足 形動 很滿意

★ 君の上司はきっと上機嫌でしょ。 你們老闆的心情一定很好吧！

① 上司は満足してたよ。老闆很滿意啊！

② 上司は来月皆の給料を上げてくれるんだ。老闆幫大家下個月加薪了。

上機嫌 形動 好心情
来月 副 下個月
給料 名 薪水

★ 何とか納期に間に合ったよ。 總算趕上交貨期限了。

① ああ、良かった。啊啊，太好了！

何とか 副 總算
納期 名 交貨期限

☆★ それを聞いて安心したよ。 聽到那樣我就放心了。

聞く 動 聽

☆★ それは安心したよ。 那我就放心了。

＝ それはホッとしたよ。

＝ それは、やっと気持ちも解放されるよ。

安心 名 サ 放心
ホッと 名 サ 放心
解放 名 サ 放心，解放

★ 暫くドキドキだったけどね。 我之前擔心了好一陣子。

暫く 副 一陣子

（累積單字量2009個，慣用語量93個）

Unit 04 | 満足する、不満、ほっとする、自信がある 滿意、不滿、放心、有自信

★ 想像つくよ。我可以想像。 ＝ 想像できるよ。	想像 名 サ 想像 できる 動 能夠
★ 危なかったね！好險啊！	危ない 形 危險的
★★ やっと助かったよ！總算得救了！	助かる 動 得救
★ 生きた心地がしなかったよ！我還以為我沒救了呢！ ＝ もう助からないと思ったよ！	生きる 動 生存 心地 名 感覺
★ 何とか峠は越えたね。終於渡過難關了！ ＝ 何とか乗り切れたよ。 ＝ 何とか乗り越えたよ。	峠 名 難關 乗り切る 動 度過 乗り越える 動 克服
★ どうなることかと思ったよ。我還以為我死定了呢！	思う 動 認為
★ 粘り勝ちだね。你靠著毅力撐過了。 ＝ 頑張り抜いたね。 ＝ 我慢したね。	粘り勝ち 名 靠毅力取勝 頑張る 動 努力 我慢 名 サ 忍耐
★★ 何か不満があるの？你對我有什麼不滿嗎？ ① 何故そう言ったんだ？你為什麼那麼說？	不満 形動 不滿 何故 副 為什麼
★ いつも不満そうな顔をしてるよ。你總是一臉不滿的樣子。 ＝ いつも不満そうな顔をしているよ。 ＝ いつも不満そうな顔つきをしているよ。	いつも 副 總是 顔 名 臉 顔つき 名 面孔
★ 君は繊細過ぎるんじゃないかと思うよ。我認為你太過敏感了。 ① 別に不満なところはないよ。我沒有什麼特別不滿的地方啊！	繊細 形動 敏感，神經質 別に 副 特別地
★ 何も言わないから。因為你都不說話啊！ ① 神経質にならないで。少神經質了！ ② 仕事に疲れただけだよ。我只是工作太累了而已。	言う 動 說 神経質 名 神經質 疲れる 動 疲倦
★ かなり暇なんですか。你吃飽太閒了是嗎？	暇 名 閒暇

★ 何もすることがないんですか。你是沒事做嗎？	何 名 什麼
★ 何か新しいことを探してやってみてね。 找點新鮮事做做吧！	探す 動 找
★★ 何とかしてよ。仕事を早く終わらせて！ 想想辦法吧！趕快把工作做完！ ① 口で言うのは簡単だよ。你說得倒簡單。 ② 君は口ばっかりだ。你都只出一張嘴而已。	早く 副 趕快 終わる 動 結束 簡単 形動 簡單 口 名 嘴巴
☆☆ 真面目に言っているのよ。我是說真的。	真面目に 副 認真地
★★ 君には不満です。我對你很不滿。	不満 形動 不滿
★★ 苦情を言いたいのですが。我想發一下牢騷。 ＝ 苦情を訴えたいのですが。	苦情を言う 慣 發牢騷 苦情を訴える 慣 發牢騷
☆☆ 文句を言うなよ。不要再抱怨了！	文句を言う 慣 抱怨
★ 君の文句は聞き飽きたよ。我受夠了你的抱怨！	飽きる 動 飽足
★ 君は何にでも文句をつけるんだな。 你什麼事情都要挑剔。	文句をつける 慣 挑剔
★ 君は要求が厳し過ぎるんだよ。你的要求太嚴苛了。	厳しい 形 嚴苛的
★ 来週までにレポート書き終わる？你下個禮拜前可以把報告寫完嗎？ ① 簡単です。那很簡單。 ② 書き終わる自信があります。我有信心可以寫完。	来週 名 下禮拜 レポート 名 報告 書き終わる 動 寫完
★★ そんなに難しくはありませんよ。那沒那麼困難啦！	難しい 形 困難的
☆☆ 私に任せといて。包在我身上！ ＝ 私に任せておいて。 ＝ 私に任せておいて下さい。	私 名 我 任せる 動 交付 下さい 補動 請～

（累積單字量 2050 個，慣用語量 97 個）

★★★ 自信があるのか。你有把握嗎？ ＝ 自信は持っているのか。 ① 楽勝です。那絲毫不費吹灰之力。 ＝ 朝飯前です。	自信がある 慣 有把握 自信を持つ 慣 有把握 楽勝 形動 輕易取勝 朝飯前 形動 小菜一碟
★★★ 私を信じなさい。相信我。 ＝ 私を信じて下さい。	私 名 我 信じる 動 相信
★★ 私にはできます。我辦得到。 ＝ 私ならできます。	できる 動 能夠 なら 助動 ～的話
★★★ 問題はないか？沒問題嗎？ ① 全く問題ありませんよ。完全沒問題的。 ＝ 全く問題ないですよ。	問題 名 問題 ない 形 沒有的 全く 副 完全 よ 終助 表示強調
★★★ 何か問題があったら知らせて。有任何問題請讓我知道。 ＝ 何か問題があったら知らせて下さい。 ＝ 何か問題があれば一声掛けて下さい。	知らせる 動 告知 一声 名 一聲 声を掛ける 慣 叫
★ 耐えられるか？撐得住嗎？ ① 安心して下さい。請放心。	耐える 動 忍耐 安心 名 サ 放心
★ 出来ないなら、出来ないと言いなさい。如果不行就說不行！ ① 分かりました。了解了。	出来る 動 能夠 分かる 動 了解
★ 気合でやるよ！我會盡力的！ ＝ 気合いを入れるよ！	気合 名 幹勁 気合を入れる 慣 鼓足勁
★ ちゃんと遣り遂げますよ。我會好好完成的！	遣り遂げる 動 完成
★★ ご期待通りに！會如你所願的！ ＝ お望みの通りに！	期待 名 サ 期待 望み 名 希望

（累積單字量2070個，慣用語量101個）

☆☆ 頑張ってね。加油！ ＝ 頑張って下さいね。 ① まあ、見ていて下さい。嗯！看我的吧！ ② ご期待を裏切りません。我不會辜負您的期望的。	頑張る 動 加油 見る 動 看 下さい 補動 請～ 裏切る 動 辜負
★ あなたの売りは何ですか。你的強項是什麼？ ① いつも笑顔でいることです。我總是保持笑容。 ② 向上心だけは誰にも負けません。我的上進心不輸任何人。	売り 名 賣點 向上心 名 上進心 負ける 動 輸
★ いつも物事を前向きに考えられることです。 我總是能對事物做正面思考。	いつも 副 總是 前向き 名 正面
★ やると決めたら、絶対に諦めないことです。 我一旦決定要做，就絕不放棄。	絶対に 副 絕對 諦める 動 放棄
★ お子さんに好かれる自信があります。我有自信會被您的孩子喜歡。 ＝ お子さんに好かれると確信しています。	自信 名 自信 確信 名 サ 確信
★ 物事を覚えるのが得意で、記憶力に自信があります。 我很擅長於記東西，所以對記憶力很有信心。	覚える 動 記憶 得意 形動 擅長
★ コミュニケーション能力には自信があります。 我對我的溝通能力有信心。	コミュニケーション能力 名 溝通能力
★ コミュニケーション訓練でも受けたことあるの？ 你受過什麼溝通訓練嗎？ ① いいえ、ただ昔から人と接するのが得意なのです。 沒有，只是從以前開始就擅長與人接觸。	訓練 名 サ 訓練 受ける 動 接受 昔 名 副 以前 接する 動 接觸
★ お客様の力になろうとする気持ちです。 是能為顧客效力的精神。	力になる 慣 有幫助 気持ち 名 精神
★ お客様への説明の丁寧さには絶対の自信があります。 在跟客戶說明的仔細度上，我有絕對的自信。	お客様 名 客戶 丁寧さ 名 仔細
★ 自信満々の口振りですね。聽你的口氣自信滿滿的嘛！	口振り 名 口氣
★ その自信はどこから来るの？那自信是打哪兒來的？	から 格助 從

（累積單字量2095個，慣用語量102個）

★ 自信過剰は禁物だよ。你應該要避免太過自信了喔！ ＝ ジカジョーは禁物だよ。	禁物 名 禁忌 ジカジョー 略 太過自信
★ 彼は自分の業績を自慢している。他對自己的業績感到自豪。 ＝ 彼は自分の業績を誇りに思っている。 ① ええ、いつも自慢げな顔つきをしているね。 嗯，他總是一臉自豪的樣子。 ② 彼は自慢が過ぎると思うよ。我認為他太過自豪了。	業績 名 業績 自慢 名 サ 自豪 誇り 名 誇耀 顔つき 名 面孔 過ぎる 動 逾越，超過

Unit 05｜残念、悔しい、後悔、困った、悩み事
可惜、委屈、後悔、困擾、煩惱

★ 入学試験落ちたんだって？聽說你沒考上？ ① ああ、全く落ち込むなあ。是啊！有夠沮喪的！ ② ああ、本当に憂うつだよ。是啊！有夠憂鬱的！	入学試験 名 入學考試 落ち込む 動 沮喪 憂うつ 形動 憂鬱
★ 惨めだ。好慘啊！	惨め 名 悲慘
☆★ 残念だよ。真是可惜！ ＝ 本当に惜しいよ。	残念 形動 可惜 惜しい 形 可惜的
☆★ もうどうしようもないよ。我已經沒有任何選擇了。 ＝ もう選択肢がないよ。	どう 副 怎麼 選択肢 名 選項
★★ 諦めたよ。我放棄了。	諦める 動 放棄
★★ またチャンスがあるよ。還有機會的。 ① もうしようがないね。已經沒辦法了。 ＝ もう仕方（が）ないね。	また 副 還 チャンス 名 機會 仕方 名 辦法

★★ 随分簡単そうに言うなあ。 你說得太簡單了。	簡単 形動 簡單
★ もう行き詰まっているんだ。 我已經沒轍了。	行き詰まる 動 陷入僵局
★ 我ながら情ないよ。 我對自己感到厭惡。 ＝ 自分にうんざりだ。 ＝ 自分にうんざりする。	我ながら 名 連自己都～ 情 名 同情 うんざり 副 サ 厭惡
★★ お手上げだよ。 實在很無奈啊！	手を上げる 慣 投降
★★ 人生こんなもんさ。 人生就是這樣。	人生 名 人生
★★ 試験に落ちちゃった。 我沒考上。 ① それは残念だね。 那真是遺憾啊！ ② お気の毒に！ 那真是可憐！	試験に落ちる 慣 落榜 残念 形動 遺憾 気の毒 形動 可憐
☆★ もうおしまいだ！ 我完蛋了！	しまい 名 結束
★ 絶望的だね。 有夠絕望的！	絶望的 形動 絕望的
★ 絶望のどん底だよ。 我絕望到了極點。	どん底 名 谷底
★ 自分に意気地がないのが悔しい。 我恨自己不爭氣。	意気地がない 慣 不爭氣
★ もうお先真っ暗。 我的前途一片黑暗。 ＝ もうお先真っ暗になった。 ＝ 将来の見通しが全くつかなくなった。	真っ暗 形動 黑暗 先 名 前途 見通し 名 展望
★ 努力が全て無駄になったよ。 我的努力全都白費了。	無駄 形動 白費
★ 彼が退職したのは残念だ。 他離職了，真是可惜。 ＝ 彼が退職したのを残念に思う。	退職 名 サ 離職 思う 動 認為
★ 日曜も仕事だなんて憂うつだよ。 星期天也要工作，真令人沮喪。 ＝ 日曜も働くなんて気が滅入るよ。 ＝ 日曜も働くなんてがっかりだよ。	日曜 名 週日 憂うつ 形動 憂鬱 気が滅入る 慣 沮喪

（累積單字量 2133 個，慣用語量 106 個）

★ 残念だけど、帰らなきゃ。真是可惜，我不得不回去了。 ＝ 残念だけど、帰らなければならない。	残念 形動 可惜 なければならない 慣 不得不
★ 今朝訳もなく社長に叱られて、本当に悔しい。 今天早上無緣無故被社長罵了一頓，真是委屈。 ＝ 今朝訳もなく社長に叱責されて、本当に悔しい。 ＝ 今朝訳もなく社長に叱責されて、とても悔しい思いをした。	今朝 副 今天早上 社長 名 社長 叱る 動 責罵 叱責 名 サ 斥責
★ 徐先生はもう生徒たちの態度にうんざりしたとおっしゃった。 徐老師說他對學生們的態度已經感到厭煩了。 ① 今の学生は本当に変わったなあ。現在的學生真的都不一樣了。	生徒 名 學生 態度 名 態度 変わる 動 改變
★ 昔の学生は今の学生よりも真剣に勉強していた。 以前的學生比現在的學生用功。	真剣に 副 用功地 勉強 名 サ 讀書
★ 最近の若者は全然本を読まないようだね。 現在的年輕人好像完全不看書了。	若者 名 年輕人 全然 副 完全
★★ 何てことしてくれたんだ！你做了什麼！ ① 本当に申し訳ありませんでした。真的很抱歉！ ② 馬鹿なことをしちゃった。我做了愚蠢的事了。	本当に 副 真的 申し訳 名 抱歉 馬鹿 形動 愚蠢
★ する事、為す事、碌なことにならない。成事不足，敗事有餘。	碌な 連體 恰當
★★ こんなはずじゃあ…。我從沒想過會這樣～。 ＝ こんなはずじゃなかったんだけど。 ＝ こんなことになるなんて考えてもみなかった。	こんな 連體 這樣的 はず 名 應該 考える 動 想
★ 会社にとって大きな損失だよ。這對公司來說是很大的損失。 ① できる限り償います。我會盡量彌補的。 ② あんなことするんじゃなかった。我希望我沒做過那種事。	大きな 形動 重大的 できる限り 慣 盡量 償う 動 補償
★★ 今更悔やんでも遅いよ。現在才後悔已經太晚了。	悔やむ 動 後悔
★ 私としたことが。沒想到我也有這一天。	私 名 我

★ 知っておくべきだった。我應該早知道才對。	知る 動 知道
★★ 何てこと言ってくれたんだ！你說了什麼！ ① 度が過ぎました。是我太過分了。 ② あんなこと言うんじゃなかった。 希望我沒說過那種話。	何て 略 怎樣的 言う 動 說 度が過ぎる 動 過分
★ またいつもの癖が出た。你老毛病又犯了吧！	癖 名 毛病
★★ 急ぐと失敗しちゃうよ。欲速則不達喔！	急ぐ 動 趕忙
★★ 負けちゃったね。輸了！	負ける 動 輸
☆★ 本当に悔しい！真是不甘心！	悔しい 形 不甘心的
★ 勝てなくて悔しいね。沒能贏真不甘心！	勝つ 動 贏
☆★ 最悪だ！糟透了！	最悪 形動 最糟糕
☆★ ひどい目に遭ったよ。真倒楣！	遭う 動 遭遇
☆★ 運が悪かったのさ。我們的運氣不好。	運 名 運氣
☆★ 今日はツイてないなあ。今天運氣不好。	ツイてる 動 走運
★★ もう少しだったのに。就差那麼一點而已。 ① だね。何と言えばいいのやら。是啊！真不知該說些什麼。 ② こんなはずじゃなかったのに。不應該是這樣的。	少し 副 一點點 こんな 連體 這樣的 はず 名 應該
★ あー、ストレス溜まるわ！ 哎呀！壓力好大啊！	溜まる 動 儲存
★ こんなの認めない。我拒絕接受。 ＝ こんなこと認めない。 ＝ こんなの受け入れない。	認める 動 承認 こんな 連體 這樣的 受け入れる 動 接受

（累積單字量2176個，慣用語量108個）

Unit 05 ｜残念、悔しい、後悔、困った、悩み事 可惜、委屈、後悔、困擾、煩惱

★★ 覚えてろよ！ 給我記住！ ＝ 覚えとけよ！ ＝ 覚えておけよ！	覚える【動】記得 よ【終助】表示提醒
★★ 今に見てろ！ 走著瞧吧！	今に【副】不久
★ 次はうまくいくといいね。 下次贏就好了！	次【名】下次
★ 今度こそ！ 下次一定要贏回來！	今度【名】下次
☆☆☆ 大変そうだね。 情況好像很糟糕耶！	大変【形動】嚴重
☆☆☆ 何か困ったことでもあるの？ 你有什麼困擾的事嗎？ ① マジ、やばい！真的，情況很糟！ ② 今人手不足なんだ。目前人手不足。	マジ【形動】認真（真面目的略語） 人手【名】人手
★★ 時間が足りないよ。 我的時間不夠用啊！	足りる【動】足夠
★ ダイエットの効果が出ないの。 我減肥的效果不佳。	効果が出ない【慣】效果不佳
★ 髪が薄くなってきたよ。 我的頭髮越來越薄了。	薄い【形】薄的
★ 隣の部屋の騒音に悩まされているんだ。 我被鄰居的噪音煩死了。	騒音【名】噪音
★ 事件に巻き込まれちゃったよ。 我被牽扯到一個事件當中了。	巻き込む【動】牽扯進
★ 予算繰りが苦しくて。 我籌措預算遇到了困難。 ＝ 予算を集めるのが苦しくて。	予算繰り【名】籌措預算 集める【動】收集
★ 難しすぎて対処できなくなった。 那太困難了，我無法解決。	対処【名】【サ】解決
★★ 彼氏とうまくいってなくて。 我跟男朋友處得不太好。 ＝ 彼氏と仲良くいかなくなってて。 ＝ 彼氏とウマが合わなくなってて。 ① そりゃ困ったね！那可真傷腦筋啊！	彼氏【名】男朋友 うまくいく【慣】合得來 仲良くいく【慣】合得來 ウマが合う【慣】合得來

（累積單字量2192個，慣用語量112個）

☆☆ 困(こま)ったことになったよ。我正在困擾中。 ＝ 困(こま)っているよ。 ＝ 苦(くる)しんでいるよ。	困(こま)る 動 困擾 苦(くる)しむ 動 苦惱 よ 終助 表示告知
★ この男(おとこ)に付(つ)き纏(まと)われているの。我被這男的纏住了。 ① この男(おとこ)がストーカーってこと？你是說他是一個跟蹤狂嗎？	付(つ)き纏(まと)う 動 纏住 ストーカー 名 跟蹤狂
★★ そこまでひどくないけど、困(こま)っているの。 沒那麼嚴重啦！但是還是很煩耶！	ひどい 形 嚴重的 けど 接助 雖然
★ 彼女(かのじょ)と別(わか)れようかと。我在想是否要跟我的女朋友分手。 ＝ 彼女(かのじょ)と別(わか)れようかと思(おも)ってるんだ。 ① とても困(こま)ってるんだね。實在很傷腦筋耶！	彼女(かのじょ) 名 女朋友 別(わか)れる 動 分手 思(おも)う 動 想
★ 途方(とほう)に暮(く)れています。我現在一籌莫展。	途方(とほう)に暮(く)れる 慣 一籌莫展
★ 金欠(きんけつ)で困(こま)ってるんだ。我為了缺錢而煩惱著。 ＝ お金(かね)が足(た)りなくて困(こま)ってるんだ。 ＝ お金(かね)が不足(ふそく)していて困(こま)ってるんだ。	金欠(きんけつ) 名 サ 缺錢 足(た)りる 動 足夠 不足(ふそく) 形動 不足
★★ 私(わたし)の手(て)に負(お)えなくなりました。那超出我的能力範圍了。 ＝ 私(わたし)の力(ちから)ではどうにもならないです。	手(て)に負(お)えない 慣 無力承擔 力(ちから) 名 力量
☆☆ どうすればいいんでしょうか。該怎麼辦才好呢？ ＝ どうしたらいいんでしょうか。	どう 副 如何 いい 形 好的
★★ 最近(さいきん)母(はは)の具合(ぐあい)が悪(わる)くて…。 最近我母親的身體狀況不大好～。	具合(ぐあい) 名 狀況
★ これが頭痛(ずつう)の種(たね)なんです。 這是我煩惱的根源。 ＝ これが悩(なや)みの種(たね)なんです。 ＝ これにうんざりさせられているんです。	頭痛(ずつう) 名 頭痛 悩(なや)み 名 煩惱 種(たね) 名 根源

☆★ どうしたもの（もん）か。我不知該怎麼辦。

＝ どうすればいいのか分からない。

① 落ち着いて。冷靜下來！

② 君なら必ず対処できるから。你一定能解決的！

分かる 動 知道
落ち着く 動 沉穩
必ず 副 一定
対処 名 サ 解決

★★ 仕事が忙しすぎて何もできないの。我工作太忙了，又不能做什麼。

① 私にできることがあれば、言って下さい。
如果有什麼我能做的，請告訴我。

仕事 名 工作
忙しい 形 忙碌的
言う 動 說

☆★ 頭が痛いよ。我很頭痛。

頭が痛い 慣 頭痛

★ 頭が混乱しちゃった。我腦中一片混亂。

＝ 頭が混乱してしまった。

混乱 名 サ 混亂

★★ あなたなしで何ができるというのですか。
沒有你的話，我不知還能做什麼？

何 名 什麼
できる 動 會，能，可以

★ PC の動きが遅くてイライラするよ。
電腦速度有夠慢的，真令人焦躁。

動き 名 運作
イライラ 副 サ 焦躁

★ そろそろ新しいのを買う時かも。差不多該買新的了。

① だね、でも給料日まで待たなくちゃ。
對啊！但是要等到發薪水那天才行。

そろそろ 副 差不多
給料日 名 發薪日
待つ 動 等待

Unit 06 | 好き、嫌い、迷う、分からない 喜歡、討厭、猶豫、不解

☆★ 私のこと、どう思ってるの？你認為我怎麼樣？

① 興味はあるよ。我對妳有好感。

② 気にかけているよ。我在乎妳。

＝ 大事に思っているよ。

思う 動 認為
興味 名 興趣
気にかける 慣 在乎
大事 形動 重要

★★★ 好きだよ。我喜歡妳。	好き 形動 喜歡
★★★ 大好きだよ。我最喜歡妳。	大好き 形動 最喜歡
★★★ 愛してるよ。我愛妳。	愛する 動 愛
★ すごいタイプだよ。妳是我喜歡的類型。	すごい 形 很棒的
★ 君のような「天然ボケ」の女性が好きだよ。 我喜歡妳這種「天然呆」的女生。	天然ボケ 名 天然呆 女性 名 女性
★ 寝ても覚めても君のことを思っているよ。 我日日夜夜都想著妳。	寝ても覚めても 慣 日日夜夜
★ ドキドキしちゃうよ。妳讓我心跳加速。	ドキドキ 副 サ 心跳加速
★ 君なしでは生きていけない。沒有妳我活不下去。 = 僕は君がいなくては生きていけない。	生きる 動 生存 僕 名 我
★★ お願いだから、付き合って下さい。拜託妳，跟我交往吧！ = 頼むから、付き合ってくれ。	付き合う 動 交往 頼む 動 拜託
★★ 彼女になって。當我的女朋友吧！ = 僕のガールフレンドになって。	彼女 名 女朋友 ガールフレンド 名 女朋友
★★ 僕とデートして。跟我約會吧！ = 僕とデートに行って。	デート 名 サ 約會 デートに行く 慣 去約會
★★ どんな映画が好き？ SF 映画？ 你喜歡怎樣的電影？科幻片嗎？ ① SF 映画はあんまり好きじゃない。我不太喜歡科幻片。 ② SF 映画よりコメディ映画が好き。我喜歡喜劇片勝過科幻片。	映画 名 電影 SF 名 科幻 コメディ 名 喜劇
★ 妻は恋愛映画が一番好きなんだよ。 我老婆最喜歡愛情片了。 = 妻が一番好きな映画は恋愛映画だよ。	妻 名 老婆 恋愛映画 名 愛情片

（累積單字量 2249 個，慣用語量 118 個）

★★ **一番好きな科目は？** 你最喜歡的科目是？

① 一番好きな科目は音楽です。我最喜歡的科目是音樂。

② いつかピアニストになりたいの。我希望有一天能成為鋼琴家。

科目 名 科目
いつか 副 有一天
ピアニスト 名 鋼琴家

★★ **それじゃ、一番嫌いな科目は？** 那你最討厭什麼科目呢？

① 一番嫌いな科目は歴史よ。我最討厭的科目是歷史。

＝ 歴史が一番嫌いな科目よ。

それじゃ 接 那麼
嫌い 形動 討厭
歴史 名 歷史
よ 終助 表示強調

★★ **一番嫌いな人は誰？** 你最討厭的人是誰？

① 楊さんのような自己中心的な人が一番嫌い。
我最討厭像楊先生那種自私的人。

人 名 人
誰 名 誰
自己中心的 形動 自私的

★ **人の好き嫌いが激しい方？** 你對人的好惡很強烈嗎？

① 私はあんまり人の好き嫌いがないよ。我對人的好惡不太明顯。

② 私は人の好き嫌いがはっきりしている。我對人的好惡很強烈。

＝ 私は人の好き嫌いが激しい方よ。

人 名 人
好き嫌い 名 喜好
激しい 形 激烈的
あんまり 副 不太（後接否定）
はっきり 副 サ 清楚地

★ **納豆はどうだった？** 納豆怎麼樣？

① ちょっと気持ち悪かったよ。有點噁心。

② 二度とご免だよ。我不要再吃第二次了。

納豆 名 納豆
二度 名 第二次
ご免 名 抱歉

★ **台湾の臭豆腐はどうだった？** 台灣的臭豆腐怎麼樣？

① 私の口には合わないわ。那不合我的胃口。

② もうたくさん！我再也不敢吃了

＝ もうこりごり！

臭豆腐 名 臭豆腐
口に合う 慣 合口味
たくさん 副 很多
こりごり
副 サ 再也不敢嘗試

★ **ドリアンって食べられる？** 你敢吃榴槤嗎？

① あれっ、最悪！那是最糟的！

食べられる 動 敢吃
最悪 形動 最糟糕

★ **林さんは私のタイプなの！あなたは？**
林先生是我欣賞的類型，你呢？

① いまいち。還差那麼一點。

② 好きじゃないわ。我不喜歡他。

私 名 我
タイプ 名 類型
いまいち 副 差一點
好き 形動 喜歡

☆☆☆ 嫌(きら)いよ。我討厭他。	嫌(きら)い 形動 討厭
☆☆☆ 嫌(いや)だわ。他很討人厭。	嫌(いや) 形動 討厭
★★ 嫌(いや)な奴(やつ)よ。討厭的傢伙。	奴(やつ) 名 傢伙
★★ 見(み)るのも嫌(いや)！看到他就討厭！	見(み)る 動 看見
★ 下劣(げれつ)な男(おとこ)だわ。卑劣的男人。	下劣(げれつ) 形動 卑劣
★★ 好(この)みじゃないわ。不是我欣賞的。	好(この)み 名 喜歡
★ 一番嫌(いちばんきら)いなタイプ。是我最討厭的類型。	タイプ 名 類型
★ 彼(かれ)のような「俺様男(おれさまおとこ)」が大嫌(だいきら)い。我最討厭他那種驕傲自大的男人了。	俺様男(おれさまおとこ) 名 驕傲自大的男人
★ 本当(ほんとう)？いいと思(おも)うんだけど。真的嗎？我覺得他不錯啊！ ① あなたは「枯(か)れ専(せん)」？你是「大叔控」嗎？ ② スポーツマンタイプの方(ほう)がいいわ。我喜歡運動員類型的。	本当(ほんとう) 形動 真的 枯(か)れ専(せん) 名 大叔控 スポーツマン 名 運動員
☆☆☆ 一番嫌(いちばんきら)いなことは何(なに)？你最討厭的事情是什麼？ ① 行列(ぎょうれつ)に並(なら)ぶのが一番嫌(いちばんきら)いなの。我最討厭排隊。	一番(いちばん) 副 最 行列(ぎょうれつ)に並(なら)ぶ 慣 排隊
☆☆☆ 卒業(そつぎょう)したらどうするつもり？你畢業後打算做什麼？ ① まだはっきりとは分(わ)からない。我還不是很清楚。 ② 迷(まよ)っているの。我正在猶豫中。	卒業(そつぎょう) 名 サ 畢業 はっきり 副 サ 清楚地 迷(まよ)う 動 猶豫
★ 卒業後(そつぎょうご)の進路(しんろ)に迷(まよ)っている。我對畢業後的出路感到猶豫。	進路(しんろ) 名 出路
★ 就職(しゅうしょく)か留学(りゅうがく)かで迷(まよ)っているの。我正在猶豫要就業還是留學。 ＝ 就職(しゅうしょく)するか留学(りゅうがく)するかで迷(まよ)っているの。 ① なるようになるさ。順其自然吧！	就職(しゅうしょく) 名 サ 就業 留学(りゅうがく) 名 サ 留學
★ 取(と)り敢(あ)えず食(く)っていかなきゃ。暫時不得不先賺錢。 ＝ 取(と)り敢(あ)えず食(く)っていかなければならない。 ＝ 取(と)り敢(あ)えず生計(せいけい)を立(た)てなければならない。	取(と)り敢(あ)えず 副 暫時，總之 食(く)う 動 賺錢 生計(せいけい)を立(た)てる 慣 謀生

（累積單字量2296個，慣用語量121個）

★ とにかく就職するべきだと思う。我認為無論如何應該就業。	とにかく 副 無論如何
☆☆ どうすればいいと思う？你認為怎麼樣才好？	思う 動 認為
★ 職業相談員に会った？你見過就職輔導員了嗎？ ①それが問題！那就是問題的所在！ ＝ それが問題だ！	職業 名 職業 相談員 名 輔導員 会う 動 見面
★ 職業相談員が提案したのが全て良さそうに思うよ。就職輔導員的每個建議都很好。	提案 名サ 提案 全て 副 全部
★ 転職しようか迷ってるの。我正在猶豫要不要換工作。 ＝ 転職するかどうか迷ってるの。 ①転職したい理由を教えて下さい。告訴我你想換工作的理由。 ＝ 転職したい理由を聞かせて下さい。	転職 名サ 換工作 迷う 動 猶豫 理由 名 理由 教える 動 告訴 聞く 動 聽
★ 給料が安くて…。薪水少～。	給料 名 薪水
★ 同僚とウマが合わないのよ。我跟同事不合。	同僚 名 同事
★ 上司とうまくいってないのよ。我跟上司不合。	上司 名 上司
★ 毎日の残業に飽き飽きしている。我對每天加班感到厭倦。	飽き飽き 名サ 厭倦
★ もう今のつまらない仕事に飽きた。我已經厭倦了目前無聊的工作。	飽きる 動 厭倦
☆☆ よく考えて下さい。請好好考慮。 ①ええ、考えておくよ。嗯！我會考慮的。	よく 副 好好地 考える 動 考慮
☆☆ 考えさせてよ。讓我考慮一下。	させる 動 讓～
★★ 考える時間を下さい。我需要時間考慮。	時間 名 時間
★ 一晩考えさせて下さい。讓我考慮一個晚上。	一晩 副 一個晚上
★ 頭を冷やして考え直さなければ。我需要冷靜下來重新考慮。	考え直す 動 重新思考

（累積單字量2319個，慣用語量121個）

☆★ まだ決(き)めてないよ。我還沒決定。 ＝ まだ決(き)めていないよ。	決(き)める [動] 決定 まだ [副] 還沒
☆★ 今(いま)すぐには決(き)められないなあ。 我現在無法馬上決定。	今(いま) [副] 現在
★★ 決心(けっしん)がつかないわ。我無法下定決心。	決心(けっしん) [名][サ] 決心
★★ まだはっきりした返事(へんじ)はできないんだ。 我還沒辦法給你肯定的答覆。	はっきり [副][サ] 明確 返事(へんじ) [名][サ] 回覆
☆★ 林(りん)さんって今(いま)、何(なに)してんの？小林現在在做什麼？ ① 知(し)らないよ。我不知道耶！ ② はっきり分(わ)からない。我不是很清楚。 ＝ よく分(わ)からない。	何(なに) [名] 什麼 分(わ)かる [動] 了解 分(わ)からない [慣] 不了解
★ 見当(けんとう)もつかないわ。我毫無頭緒。 ＝ 何(なに)が何(なん)だか分(わ)からないよ。	見当(けんとう) [名] 頭緒 何(なに) [名] 什麼
★★ 知(し)るわけないでしょう。我怎麼會知道？	わけ [名] 緣由
☆★ 誰(だれ)も知(し)らないよ。沒人知道啊！	誰(だれ) [名] 誰
☆★ 知(し)ってるわけないよ。我完全不知道。 ＝ 全(まった)く知(し)らないよ。 ＝ 全(まった)く分(わ)からないよ。	知(し)る [動] 知道 全(まった)く [副] 完全
★ 彼(かれ)のことをよく知(し)っていると思(おも)って。 我以為你很了解他的。	思(おも)う [動] 認為
★ 卒業(そつぎょう)以来(いらい)会(あ)っていないよ。畢業後就沒見過他了。 ＝ 卒業(そつぎょう)してから会(あ)っていないよ。	以来(いらい) [名] 以來 会(あ)う [動] 見面
★ 手(て)がかりが見(み)つからない。我找不到線索。 ＝ 糸口(いとぐち)が見(み)つからない。	手(て)がかり [名] 頭緒 糸口(いとぐち) [名] 線索

（累積單字量2338個，慣用語量122個）

☆☆ 私の言っていること分かる？ 你明白我所説的嗎？ ① あなたの言ってること、よく分かるよ。我明白你所説的。 ② 言ってる意味がよく分からないよ。你講的意思我不是很清楚。	言う 動 説 意味 名 意思 分かる 動 了解
☆☆ 私の言っていること理解できる？ 你能理解我所説的嗎？ ＝ 私の言っていること理解してもらえる？ ① ご免、何を言っているのか分からない。抱歉，我不知道你在説什麼。	理解 名 サ 理解 ご免 名 抱歉 何 名 什麼
★ 私の頭ではついていけないよ。 那超越我所能理解的。 ＝ 私の理解能力を超えてるよ。 ＝ 私には理解できないよ。	頭 名 頭腦 理解能力 名 理解能力 超える 動 超越

Unit 07 | 心配、不安、疑わしい、怪しい 擔心、不安、懷疑、可疑

☆☆ 何か心配事でもあるの？ 你有什麼擔心的事嗎？ ① 心配するようなことは何もないよ。我沒什麼好擔心的。 ② 生まれつき心配性なんだ。我生性就是愛操心的。	心配事 名 擔心的事情 生まれつき 名 天生 心配性 名 愛操心
★ 何の心配もない人は少ないでしょう。 什麼都不擔心的人很少吧！	少ない 形 很少的
★ 私は母の病気を心配しているんです。 我擔心著母親的病。 ＝ 私は母の病気に関して不安があるんです。 ＝ 私は母の病気に不安を感じてるんです。	病気 名 生病 関する 動 關於 感じる 動 感覺
★★ よく心配で眠れなかった。 我常常擔心得睡不著覺。	眠る 動 睡覺
★ 私は試験のことを非常に心配している。 我非常擔心考試。 ① 試験のことをあまり心配しすぎないで！別太擔心考試了！	試験 名 サ 考試 あまり 副 不太～

★ 息子が合格するかどうかを心配しているんです。 我擔心兒子能不能過關。 ＝ 息子が合格するかどうか懸念しているんです。	息子 名 兒子 合格 名 サ 過關 懸念 名 サ 掛念
★ 彼が電車に間に合うか心配している。 我擔心他是否趕得上電車。	間に合う 慣 趕上
★ 彼女は息子の試験のことが心配でならない。 她很擔心兒子的考試。	心配でならない 慣 憂心忡忡
★ 彼女は娘の寝不足を心配しています。 她擔心女兒睡眠不足。	寝不足 形動 睡眠不足
★ 台湾の将来が心配です。 我擔心台灣的未來。 ① 何が一番心配？你最擔心的是哪一點？ ＝ 一番心配なのは何？	台湾 名 台灣 将来 名 將來 一番 副 最
★ 出生率の低下に触れざるをえないね。 我不得不提到出生率低落這一點。	出生率 名 出生率 低下 名 サ 低落
★ 繰り返される食の安全問題を心配している。 我擔心接連的食安問題。	繰り返す 動 接連 心配 名 サ 擔心
★ 食の安全問題は人々の心を不安にした。 食安問題造成人心不安。	安全問題 名 安全問題
★ いつか大地震が起きないかと不安だよ。 我擔心不知何時會發生大地震。	大地震 名 大地震 起きる 動 發生
★ 彼からの連絡がいつまで待っても来ないので、不安でした。 一直沒有等到他跟我聯絡，我感到不安。 ① あなたは心配しすぎだよ！你太會擔心了啦！	連絡 名 サ 聯絡 待つ 動 等 来る 動 來
★★ 心配しないで。 請別擔心。	心配 名 サ 擔心
★ 大船に乗った気でいて下さい。 你完全不必擔心。	大船に乗る 慣 非常放心
★ 実は会社を辞めたんだ。 其實我辭職了。 ① 仕事辞めた？大丈夫？辭職了？你不要緊吧？	実 名 事實 大丈夫 形動 不要緊

（累積單字量2377個，慣用語量125個）

★★ 不安だよ。我很不安。 ＝ 落ち着かないよ。	不安 [形動] 不安 落ち着く [動] 沉著
★★ 不安でいっぱいだよ。我內心非常不安。	いっぱい [形動] 滿滿
★ 職探しにとても不安を感じてるよ。 我對找工作感到相當焦慮。	職探し [名] [サ] 找工作
★ 老後が心配だよ。我擔心我的晚年。	老後 [名] 晚年
★ 定年退職後の生活が心配だよ。 我擔心我退休後的生活。	定年退職 [名] [サ] 退休
★ 私は将来に不安を持っている。我對將來感到不安。 ＝ 私には将来の不安がある。 ＝ 私は将来に対して不安を感じている。	将来 [名] 將來 持つ [動] 擁有 不安 [名] 不安
★ 最近黄さんの様子がおかしいんだよ。最近黃小姐的樣子怪怪的。 ① 大丈夫かな？她不要緊吧？	最近 [副] 最近 様子 [名] 樣子
☆★★ 心配だなあ。我很擔心。 ① 私も彼女のことが気掛かりなの。我也一直掛心著她。 ＝ 私も彼女のことを懸念しているの。	彼女 [名] 她 気掛かり [名] 掛心 懸念 [名] [サ] 掛念
☆★★ 何かあったのかなあ。是不是發生什麼事了？ ① 何か苦境に陥ってるのかも。或許她陷入了什麼困境也說不定。	苦境 [名] 困境 陥る [動] 陷入
☆★★ 何でもなければいいんだけど。希望沒發生什麼事才好。 ① うん、元気だといいんだけれど。嗯！希望她好好的。 ＝ うん、元気ならいいと思う。	何 [名] 什麼 元気 [形動] 健康 思う [動] 認為
★★ 病気だったらどうしよう。如果她生病了怎麼辦？ ① 直接聞いてみようか？直接去問她吧？	病気 [名] 生病 直接 [副] 直接

★ あの二人の関係は怪しい。他們倆關係曖昧。

＝ あの二人の仲は怪しい。

① その噂が本当かどうかは疑わしい。我懷疑那傳言是不是真的。

二人【名】兩個人
怪しい【形】怪怪的
噂【名】謠言

★ 今朝、怪しい男がキャンパスに入った。
今天早上有一名可疑的男子進入了校園中。

今朝【副】今天早上
入る【動】進入

★ あの変な男がキャンパス内をふらついていた。
那位奇怪的男子在校園內閒逛。

変【形動】奇怪
ふらつく【動】閒逛

★ 彼が約束を守るかどうかは疑わしい。我懷疑他會不會遵守約定。

約束【名】【サ】約定

★ 彼が明日時間通り来るかどうかは疑わしい。
我懷疑他明天會不會準時來。

＝ 彼が明日時間通り来るかどうかは疑わしいと思う。

疑わしい【形】可疑的
~通り【接尾】按照~
来る【動】來

★ 生徒たちが先生の説明を理解したかどうかは疑わしいと思う。
我懷疑學生們能理解老師的說明嗎？

① きっと理解できると思うよ。我想一定能理解的啦！

生徒【名】學生
先生【名】老師
説明【名】【サ】說明

★ ね、いい儲け話でしょう。對吧？這是個很好的賺錢管道吧！

儲ける【動】儲蓄

★★ 確かなの？你確定嗎？

① 確かだよ。確定啊！

確か【形動】確實，可靠
よ【終助】表示主張

★★ 本当にそれでいい？那樣真的可以嗎？

① 問題ないよ。沒問題的。

本当に【副】真的
問題【名】問題

★ 林さんが大儲けしたんだって。聽說小林大賺了一筆。

① それは誰が言ったの？那是誰說的？

② どういうことか分かった？你搞清楚狀況了嗎？

大儲け【名】【サ】大賺錢
誰【名】誰
分かる【動】了解

★★ そうは思わない。我不那麼認為。

思う【動】認為

（累積單字量 2421 個，慣用語量 125 個）

Unit 07 ｜心配、不安、疑わしい、怪しい 擔心、不安、懷疑、可疑

★★ 怪しいなあ！ 真靠不住！	なあ [終助] 表示感嘆
★ うさんくさい！ 事有蹊蹺！	うさんくさい [形] 有蹊蹺的
★ どうも引っ掛かるなあ。 總覺得那是個圈套。	引っ掛かる [動] 不對勁
★★ それは疑問だなあ。 那真讓人存疑。 = それは疑わしいなあ。 = それはまゆつばものだなあ。	疑問 [名] 疑問 疑わしい [形] 可疑的 まゆつばもの [名] 可疑的事情
★ 私は考えれば考えるほど怪しいと思う。 我愈想愈疑惑。	考える [動] 想
★★ 話がうますぎない？ 你不覺得聽起來太好了嗎？	話 [名] 話題
★ 話がうま過ぎるので、却って何か怪しいと思う。 聽起來太好了，反而令人覺得怪怪的。	うま過ぎる [連] 太美，太漂亮 却って [副] 反而
★ 聞いたことを何でも鵜呑みにしないで。 別聽到什麼就信什麼。	鵜呑みにする [慣] 囫圇吞棗
★ 彼の話は私を不安にさせた。 他的話讓我感到不安。	不安 [名] 不安
★★ うまくいくとは思えないな。 我不認為會那麼順利。	うまくいく [慣] 順利進行
★ 彼って信用できるの？ 他可以信任嗎？	信用 [名] [サ] 信任
★ 彼って怪しくない？ 你不覺得他很可疑嗎？ = 彼って信用置けなくない？ = 彼って疑わしく思わない？	彼 [名] 他 怪しい [形] 可疑的 信用が置ける [慣] 可信任的
★ 彼に直接会ったことあるの？ 你見過他本人嗎？	直接 [副] 直接
★ 彼の話には怪しいところがある。 他的話有可疑之處。	ところ [名] 地方
★ 彼の話をはっきりさせておきたいんだ。 我想弄清楚他的話。	はっきり [副] [サ] 清楚地
★ この情報を確認しておきたいんだ。 我想要確認這個情報。	確認 [名] [サ] 確認

★ 彼の情報の正確さは疑わしいよ。他情報的正確性令人懷疑喔！ ＝ 彼の情報が正しいかどうかは疑わしいよ。 ① 彼の話には少しも疑わしいところがない。他的話毫無可疑之處。	正確さ 名 正確性 情報 名 情報 少し 副 一點點
☆★ 本気で言ってる？你是說真的嗎？	本気 形動 真心
☆★ それは嘘に決まってるよ。那一定是騙人的！ ＝ それが本当のはずはない。	嘘 名 謊言 本当 名 真的
★★ 騙されてない？你沒被騙吧？	騙す 動 欺騙
★★ それはどうかな。我覺得不太牢靠。 ＝ 信用できない。 ＝ そうはならないと思うよ。	それ 名 那個 信用 名 サ 信任 思う 動 認為
★ あまり見込みはないと思うよ。我覺得沒什麼希望。	見込み 名 希望
★ 話半分に聞いておくよ。我會把你說的話打折扣。 ＝ 話を割り引いて聞いておくよ。	半分 名 一半 割り引く 動 打折
★ その会社は本当に信頼できる？那家公司真的可靠嗎？	信頼 名 サ 信賴
★ 詐欺っぽいけどなあ。聽起來就像是詐欺。	詐欺 名 サ 詐欺
★ 彼は騙す、或いは詐欺を働く意図があると思う。 我認為他有欺騙或詐欺的意圖。 ＝ 彼は騙す或いは欺こうと企てていると思う。	意図 名 意圖 欺く 動 欺騙 企てる 動 企圖
☆★ よく考えた方がいいよ。你最好仔細想想。	考える 動 思考
☆★ きっと後悔するよ。你一定會後悔的。	後悔 名 サ 後悔
☆★ 止めた方がいいと思うよ。還是放棄比較好吧！	止める 動 放棄
★ 巻き込まれないで下さい。不要被牽扯進去了。	巻き込む 動 牽扯進去

（累積單字量 2461 個，慣用語量 128 個）

Unit 08 | 恥かしい、緊張、慌てる、自信がない 害羞、緊張、慌張、沒自信

★ 恥かしいことに、寝坊しまして。真的是很丟臉，我睡過頭了。 ① 大丈夫だよ。沒關係的。 ② 恐縮することはないよ。沒什麼不好意思的啦！	恥かしい 形 丟臉的 寝坊 名 サ 早上睡懶覺 恐縮する 動 不好意思
★ 君も踊ったら？你也來跳舞好嗎？ ① 恥かしいわ。我會不好意思啦！ ② 恥かしがり屋なの。我很容易害羞啦！	踊る 動 跳舞 恥かしがり屋 名 容易害羞的人
★ 人前で踊るなんて恥かしいわ。在別人面前跳舞太丟臉了。 ① 一度慣れたら、気にならなくなるよ。一旦習慣了就不會在意了啦！	人前 名 別人面前 慣れる 動 習慣
★ 分かったわ。でもこれ一回だけね。 好啦！但只此一次，下不為例喔！ ① ほら、ダンス上手いじゃない。你看！你很會跳舞不是嗎？	でも 副助 但是 ダンス 名 サ 跳舞 上手い 形 擅長的
☆☆ お世辞が上手ね。你真會說話。 ＝ 口がうまいね。	世辞 名 恭維話 口がうまい 慣 嘴甜，嘴巧
☆☆ よしてよ！別笑我了！	よし 動 作罷
☆☆ 恥かしいじゃないの。你這麼說不是讓我不好意思了嗎？	恥かしい 形 害羞的
★ 大勢の前で上司に厳しい言葉で叱られて、恥かしくてたまらない。在那麼多人面前被上司罵得那麼難聽，真是丟臉死了。 ① よくあることだから、気にしないで。那種事經常發生，別在意了。	大勢 形動 很多人 上司 名 上司 厳しい 形 嚴苛的
☆☆ きまり悪いよ。好丟臉喔！	きまり悪い 慣 丟臉
★★ 消えてしまいたいよ。我好想消失。	消える 動 消失

★ 今回、しくじったよ。這次可栽了跟斗了。	今回【副】這次
★ せっかくの苦労が台無しだ。 我的一番辛苦都白費了。	台無し【名】白費
★ 昨夜はえらく酔っ払ってしまったね。你昨晚喝得好醉啊！ ① ああ、お恥かしい限りだ！哎呀！實在太丟臉了！ ② 我ながら情ないよ。我為自己感到羞恥。	酔っ払う【動】喝醉 我ながら【名】連自己都～ 情【名】同情
★ 穴があったら入りたいわ。真想找個洞鑽進去。 どうか見なかったことに。你可以當作沒看見嗎？ ＝ どうか見なかったことにして。 ＝ どうか見なかったことにしてちょうだい。	穴【名】洞穴 入る【動】進入 見る【動】看見 どうか【副】設法 ちょうだい【動】請～
★ とんだ失態を演じてしまった。我不知做了什麼失態的事了。 ① 恥を知れ！你要知道羞恥！ ＝ 恥を知りなさい！ ＝ 恥かしいことを知れ！	とんだ【連體】意想不到的 演じる【動】演出 恥【名】羞恥 知る【動】知道
★★ 恥かしいと感じない？你不感覺羞恥嗎？ ＝ 恥かしいと思わない？ ＝ 恥かしく思わない？	感じる【動】感覺 思う【動】認為 恥かしい【形】可恥的
★ 本当に死ななきゃ分からない！真是不見棺材不掉淚。 ＝ 本当に死ななければ分からない！	死ぬ【動】死 本当に【副】真的
★ 自分の行為を恥だと思って下さい。你應該為自己的行為感到羞恥。 ＝ 自分の行為を恥かしく思って下さい。	自分【名】自己 行為【名】行為
★★ 心配するな！別擔心！	心配【名】【サ】擔心
★★ 大したことないよ。 沒什麼大事！	大した【連體】重大的

（累積單字量2501個，慣用語量130個）

☆☆ 誰も気にしないよ。沒有人會在意的。 ① ありがとう。しっかり反省します。謝謝！我會好好反省的。 ② 次はもっと注意するよ。下次我會更注意的。	反省 名 サ 反省 次 名 下次 注意 名 サ 注意
★ 記憶力には自信がありません。我對自己的記憶力沒有自信。 = 記憶力には自信がないです。 ① もっと自信を持って。你應該更有自信點。	記憶力 名 記憶力 自信 名 自信 持つ 動 擁有
★ 試験前なんだから、もっと緊張感を持ちなさい。 考試快到了，你應該要更有緊張意識才對。 = 試験が近づいてきたから、もっと緊張感を持って下さい。	試験 名 サ 考試 緊張感 名 緊張感 近づく 動 靠近
★ 今、主人と緊張状態にあるんです。目前跟老公處於緊張狀態中。	主人 名 老公
☆☆ 何かあったんですか。發生什麼事了嗎？ ① 彼の浮気を疑っているんです。我懷疑他有外遇。 = 彼に他に相手がいるんじゃないか疑っています。	浮気 名 外遇 相手 名 對象 疑う 動 懷疑
★ あなたたちはもう駄目だと思うんですか。 妳覺得你們已經不行了嗎？ = あなたたちはもう駄目だと思いますか。 ① たぶん駄目だと思います。我想可能已經不行了。 ② 毎日喧嘩ばかりで疲れます。每天都在吵架，好累。	駄目 形動 不行 思う 動 認為 たぶん 副 大概 喧嘩 名 サ 吵架 疲れる 動 疲倦
★★ いよいよ入学試験の面接ね。你入學考試的面試快到了。 = 入学試験の面接はいよいよだね。 ① ええ、緊張するわ。是啊！我好緊張喔！ ② 非常に慌てている。我非常慌張。	いよいよ 副 終於快～ 面接 名 サ 面試 入学試験 名 入學考試 非常に 副 非常
★★ とても緊張している。我非常緊張。	緊張 名 サ 緊張
★★ 最近は緊張で眠れないよ。我最近緊張得睡不著覺。 = 最近は緊張で不眠状態だよ。 ① 緊張しないで。別緊張。	最近 名 最近 で 格助 因為 不眠 名 失眠

（累積單字量2527個，慣用語量130個）

★★ 慌てるなよ。 別慌張。 ＝ 狼狽えるなよ。	な 終助 表示勸阻 狼狽える 動 慌張失措
★★ 慌てる必要はない。 沒必要慌張。	必要 形動 必要
★★ あまり慌てないで下さい。 請不要過度慌張。	慌てる 動 慌張
★ 普段勉強さえしていれば、試験前に慌てることはないよ。 平常用功的話，考前就不用慌張了。	普段 副 平常 勉強 名 サ 用功
★ 慌てると、事態はもっと悪くなるよ。 慌張的話，會使情況變糟。	事態 名 情況
★★ 自信がないの。 我沒自信。	自信 名 自信
★★ 自分に自信がないんだ。 我對自己沒自信。	自分 名 自己
★★ 顔が赤くなった。 我的臉紅了。	赤い 形 紅色的
★ 顔が引きつってるよ。 我的臉都僵硬了。 ＝ 顔がこわばってるよ。	引きつる 動 僵硬 こわばる 動 僵化
★★ 心臓がバクバクしてる。 我的心撲通撲通地跳著。 ＝ ドキドキしている。	バクバク 副 サ 心跳聲 ドキドキ 副 サ 心跳加速
★ ハラハラしている。 我非常擔心。	ハラハラ 副 サ 非常擔心
★ 頭の中が真っ白。 我的腦中一片空白。 ＝ 頭の中が真っ白になった。 ＝ 頭が空っぽになった。	頭 名 頭腦 中 名 當中 空っぽ 形動 空白
★ 緊張しすぎて転んでしまった。 我因為太緊張而跌倒了。	転ぶ 動 跌倒
★ 緊張のあまり、どもっちゃいそう。 我太緊張了，說話都結巴了。 ＝ 緊張のあまり、口ごもっちゃいそう。 ＝ 緊張のあまり、口ごもってしまいそう。	緊張 名 サ 緊張 どもる 動 口吃 こもる 動 支吾

（累積單字量2549個，慣用語量130個）

★ 自分の舌を噛んでしまった。 我咬到自己的舌頭了。	噛む 動 咬
★ 訳の分からないことを話すようになった。 我不知所云。	話す 動 說話
★ 一言も話せなくなった。 我一句話也說不出口。	一言 名 一句話
★ 大声で叫んだ。 我大吼大叫。	叫ぶ 動 吼叫
★ 手に汗を掻いてしまった。 我流手汗了。	汗を掻く 慣 流汗
★ 冷や汗を掻いてしまった。 我冒冷汗了。	冷や汗 名 冷汗
★★ 汗が止まらないわ。 我的汗流個不停。	止まる 動 停止
★ てんてこ舞いになった。 我忙得不可開交。	てんてこ舞い 名 サ 非常忙碌
★ 足が震えてるわ。 我的腳抖個不停。	震える 動 抖動
★ 体中がコチコチだよ。 我的身體都僵硬了。	コチコチ 副 サ 僵硬地
★ 体が動けなくなった。 我的身體無法動彈。	動く 動 動彈
★★ 逃げ出したい気分だよ。 我好想逃走喔！	逃げ出す 動 逃走
★ どこかに隠れたい気分だよ。 我好想躲起來喔！	隠れる 動 躲藏
★ あなたが代わりにやってくれたらなあ。 如果你能代替我去就好了。 = あなたが代わりにやってくれたらいいのになあ。	あなた 代名 你（妳） 代わり 名 代替 いい 形 好的
★★ うまくいけばいいけど。 我希望面試能順利。 ① 落ち着いて。きっとうまくいくよ。冷靜下來，一定會順利的。 ② あなたなら大丈夫よ。你的話一定沒問題的。	うまい 形 順利的 落ち着く 動 冷靜 大丈夫 形動 沒問題
★ 勉強に集中してみて。 試著專心在課業上吧！ ① 分かった。深呼吸をしてみるよ。知道了，我試著深呼吸看看。	集中 名 サ 專心 深呼吸 名 サ 深呼吸

（累積單字量2569個，慣用語量131個）

Unit 09 ｜驚く、びっくり、恐い、気持ち悪い 驚訝、驚嚇、可怕、噁心

★★ これを聞いたら、驚くと思うけど。 你聽了會嚇到的。

聞く 動 聽

★ 昨夜、隣の王さんが死んだ。 昨晚隔壁的老王死了。

① ええっ？何だって？ 啥？你説什麼？

② うわ！本当に驚いた。 啊！太讓人驚訝了！

昨夜 副 昨晚
死ぬ 動 死

★★ 何でそんなことになってしまったの？ 為什麼會發生這種事？

＝ 何故そんなことになってしまったの？

＝ どうしてそんなことになってしまったの？

① 交通事故で亡くなったんだよ。 他出車禍死了。

何故 副 為什麼
どうして 副 為什麼
交通事故 名 車禍
亡くなる 動 去世

★★ 私もその知らせを聞いてびっくりしたよ。
聽到那個消息我也嚇了一跳。

① なんてことだ！ 天啊！

② それは怖いなあ。 真可怕！

知らせ 名 消息
びっくり 名 サ 嚇到
怖い 形 可怕的

★ 彼のお父さんはショックで、脳卒中を起こしてしまったんだ。 他父親因為過於驚訝而中風了。

① 本当？まさか！ 真的嗎？不會吧！

② そりゃひどい話だ。 那未免太慘了吧！

脳卒中 名 中風
起こす 動 引起
まさか 副 怎麼會
ひどい 形 殘酷，太過分

★★ 全く思いもしなかったよ。 真令人意想不到。

＝ 考えてもみなかったよ。

全く 副 完全
思いもしない 名 意料之外

★★ 驚きで言葉も出ないよ。 我驚訝得説不出話來。

言葉 名 話語

★ 固まっちゃったよ。 我被嚇得不知所措。

＝ 頭の中が真っ白になったよ。

＝ 思考が停止したよ。

固まる 動 愣住
真っ白 形動 純白
思考 名 サ 思考

（累積單字量 2589 個，慣用語量 131 個）

☆ 何と言えばいいのか。不知該說什麼才好。	言う 動 說
★ 実は兄、会社を辞めたんだ。其實哥哥已經辭職了。 ① そんな、まさか！那怎麼可能！	会社 名 公司 辞める 動 辭職
☆ またまた〜。冗談でしょう。別鬧了！你在開玩笑吧？！ ① 冗談じゃない、大真面目だよ。不是開玩笑，我是說真的。	冗談 名 サ 開玩笑 大真面目 形動 非常認真
☆ 信じられない。我真不敢相信！	信じる 動 相信
★ 耳を疑ったよ。我不相信我所聽到的。	疑う 動 懷疑
★ 彼はそんなことよくできたね！他怎麼能做出那種事？！ = 彼はどうしてそんなことできたの？！	彼 名 他 そんな 連體 那樣的
★★ 彼は馬鹿じゃない？他是笨蛋嗎？	馬鹿 形動 笨蛋
☆ そんなことはありえないよ！那種事絕對不行！ = それはありえないことだよ。 = それは絶対駄目だよ！	ありえない 慣 不可能 絶対 副 絕對 駄目 形動 不行
★ その職場を気に入ってると言ってたんじゃないの？ 他之前不是一直說很喜歡那個工作環境嗎？ = その職場が好きだと言ってたんじゃないの？	職場 名 職場 気に入る 慣 喜歡 好き 形動 喜歡
★ 来月リリアンと結婚するよ。我下個月要跟莉莉安結婚了。 ① いい加減にしてよ！你少騙人了！ ② 驚かせないでよ。別嚇我了！ = びっくりさせないでよ。	来月 副 下個月 結婚 名 サ 結婚 いい加減にする 慣 適可而止 驚かす 動 使〜驚訝
☆ びっくりするじゃないか。你嚇到我了。 ① びっくりさせてご免なさい。抱歉嚇到你了。	びっくり 副 サ 嚇一跳 ご免なさい 慣 抱歉
☆ 頭おかしいんじゃない？你頭腦有問題嗎？ = 気が狂ったんじゃない？	気 名 精神 狂う 動 錯亂，發瘋

（累積單字量2609個，慣用語量135個）

☆☆ 急にどうしたの？為什麼那麼突然？ ＝ 突然どうしたの？ ① どうしてそんなに驚くの？你為什麼那麼驚訝？ ② そんなに驚くのはおかしいよ。你那麼驚訝很奇怪。	急に 副 突然地 突然 副 突然 驚く 動 驚訝 そんなに 副 那麼地 おかしい 形 奇怪的
★★ 驚いて当たり前だよ。這是應該驚訝的事啊！	当たり前 名 理所當然，應該
★ 恋愛は簡単だが、結婚生活は難しいよ。 戀愛很簡單，結婚過日子可不容易。	簡単 形動 簡單 難しい 形 困難的
☆☆ 本気なの？你是認真的嗎？	本気 形動 真心
☆☆ 本気じゃないだろう。你不是認真的吧！	だろう 助動 表示推測
★ よりによって何でこの女なの？千挑百選，為什麼偏偏是這個女人？ 彼女は外国人だよ。她可是個外國人。 ① 愛に国境なんかないんだよ。愛是不分國境的。	女 名 女人 外国人 名 外國人 国境 名 國境
★ 僕は彼女を失うのが恐い。我怕會失去她。 ＝ 僕は彼女を失うことが恐い。	失う 動 失去 恐い 形 害怕的
★ ずっと前から彼女と結婚したいと思っていたんだ。 我從很久以前就想跟她結婚了。	前 名 之前 結婚 名 サ 結婚
★ 夕刊の記事を見て驚いた。看到晚報的報導我嚇了一跳。 ＝ 夕刊の記事を見てびっくりした。 ＝ 夕刊の記事を見てショックだった！	夕刊 名 晚報 記事 名 報導 ショック 名 打擊
★ 目を疑ったよ。我不相信我所看到的。 ① どんな記事？怎樣的報導？ ＝ どんな記事が出ていたの？ ＝ どんな記事が載っていたの？	目 名 眼睛 疑う 動 懷疑 出る 動 出現 載る 動 刊載
★ 江蕙が来年引退するそうだよ。聽說江蕙明年要引退了。	引退 名 サ 引退

（累積單字量2634個，慣用語量135個）

★ 引退前、最後の公演のコンサートチケットが発売された。 引退前最後公演的演唱會門票開始販售了。 ＝ 引退前、最後の公演のコンサートチケットが販売し始めた。	公演 名 サ 公演 最後 名 最後 販売し始める 動 開始販賣
★ コンサートのチケットはすぐに売り切れたそうだ。 聽說演唱會的門票馬上就賣光了。	コンサート 名 演唱會 売り切れる 動 賣光
★ 彼女の突然の引退発表に驚いた。 我對她突然發表引退感到驚訝。 ＝ 彼女が突然、引退を発表したことに驚いた。	発表 名 サ 發表 驚く 動 驚訝
★ 彼女の歌声は驚くほど綺麗だね。 她的歌聲令人驚訝的美。 ① そうなんだよ。「台湾語歌謡の女王」と言われているんだよ。 是啊！她被稱為「台語天后」。	歌声 名 歌聲 綺麗 形動 美麗 言われる 動 稱作
★ 彼が失敗したのは驚くことではない。 他的失敗並不讓人驚訝。 ＝ 彼が失敗したのは不思議ではない。 ＝ 彼が失敗したのは当たり前だ。	失敗 名 サ 失敗 不思議 形動 不可思議 当たり前 形動 理所當然
★ あそこに人影が！ 那裡有人影！ ＝ あそこに人影がある！ ① げっ！恐い。 唉呦～好可怕！ ② 驚かさないでよ。 別嚇我了！	あそこ 名 那裡 人影 名 人影 げっ 感 唉呦～ 恐い 形 可怕的 よ 終助 表示請求
★★ 不気味だ！ 真令人毛骨悚然！ ① 何か恐いものでも見たの？ 你有看到什麼可怕的東西嗎？ ＝ 何か恐ろしいものでも見たの？	不気味 形動 令人不愉快 見る 動 看到 恐ろしい 形 可怕的
★★ 何を怖がってるの？ 你怕什麼？ ＝ 何を恐れてるの？	怖がる 動 害怕 恐れる 動 恐懼
★★ 何も恐れることはないよ。 沒什麼好怕的。 ＝ 恐れることは何もないよ。	何 名 什麼 ない 形 沒有的
★★★ 私がいるよ、心配しないで。 有我在呢！不用擔心！	心配 名 サ 擔心

（累積單字量2660個，慣用語量135個）

★ ただの猫かなんかじゃないか。可能只是貓或什麼的吧！ ① 猫があんなに背が高いわけない！貓沒那麼高啦！	ただ 副 只是 あんなに 副 那樣地
★ 鳥肌立ったよ。我起雞皮疙瘩了。	鳥肌 名 雞皮疙瘩
★ ぞっとしたよ。我打冷顫了。	ぞっと 副 サ 打冷顫
★ 体が震えてるよ。我身體在發抖。	震える 動 發抖
★ 私は恐怖のあまり震えた。我因為太害怕而發抖了。	恐怖 名 恐怖
★ 冷や汗が出たよ。我出冷汗了。	冷や汗 名 冷汗
★ 血の気が引いたよ。我嚇得面無血色。	血の気 名 血色
★ 吐きそう…。我快吐了…。 ＝ 嘔吐しそう…。	吐く 動 嘔吐 嘔吐 名 サ 嘔吐
★ 出た！ゴキブリ！出現了！蟑螂！ ① あっち行け！走開！ ② キモい！噁心！ ＝ 気持ち悪い！	ゴキブリ 名 蟑螂 あっち 名 那邊 行く 動 去 キモい 慣 気持ち悪い的略語 気持ち悪い 慣 噁心
★ 殺虫剤をスプレーした方がいいわよ。用殺蟲劑噴比較好吧！ ① もちろんそうするつもりよ。我當然也打算那麼做。	殺虫剤 名 殺蟲劑 スプレー 名 サ 噴灑
★★ 本当に怖がりね。你真的很容易被嚇到。	怖がり 名 容易受到驚嚇的人
★★ 訳もなく怖いものはある？你有沒有不知原因就害怕的東西？ ＝ 理由もなく怖いものはある？ ＝ 理由が分からないけど怖いものはある？	訳 名 原因 怖い 形 害怕的 理由 名 理由
★★ 何か怖いものはある？你有沒有什麼害怕的東西？ ① お化けが恐い。我怕鬼。	何 名 什麼 お化け 名 鬼

（累積單字量 2681 個，慣用語量 137 個）

★★ 一番怖いものは何？ 你最害怕的是什麼？ ① 蜘蛛なんか，私は見ただけでぞっとする。 蜘蛛這種東西，我一看見就發毛。	一番 副 最 なんか 名 那種東西 ぞっと 副 サ 打冷顫
★ 蜘蛛は不気味なものだ。 蜘蛛真是令人毛骨悚然的東西！	不気味 形動 令人不愉快
★ 彼女はゴキブリが恐い。 她怕蟑螂。 ＝ 彼女はゴキブリを恐がる。 ＝ 彼女はゴキブリを恐れる。	恐い 形 害怕的 恐がる 動 恐懼 恐れる 動 懼怕
★ この子は地震をひどく恐れる。 這個孩子非常怕地震。	地震 名 地震
★ うちの子は暗闇が恐いんだ。 我的孩子怕黑。	暗闇 名 黑暗
★ 彼は恐いものは、何もない。 他沒有怕的東西。 ＝ 彼は恐いもの知らずなんだ。	もの 名 東西 知る 動 知道
★ 大抵の人は死を恐れる。 大部分的人都畏懼死亡。	死 名 死亡

Unit 10 | 悲しい、寂しい、憂鬱、かわいそう 悲傷、寂寞、憂鬱、可憐

★ 愛犬のルキが死んだんだって？ 聽說你的愛犬魯奇死了？ ① ええ、悲しいわ。 嗯，我好難過喔！	愛犬 名 愛犬 死ぬ 動 死亡
★★ 何歳だったの？ 牠幾歲了？ ① 十二歳になったところだったの。 剛要十二歲。	～歳 名 ～歲 ところ 名 正當～的時候

例句	單字
★ あれはとても悲(かな)しいことだった。那是非常傷心的事。 ① 虚(むな)しいよ。我心裡好空虛啊！ ② こんなことになるなんて。沒想到會這樣。 ＝ こんなことになるなんて思(おも)わなかった。	とても【副】非常 虚(むな)しい【形】空虛的 こんな【連體】這樣的 なんて【副助】表示評論 思(おも)う【動】想
★ ルキがいなくなって寂(さび)しいよ。魯奇不在我好寂寞啊！ ＝ ルキがいなくなって寂(さび)しく思(おも)うよ。	寂(さび)しい【形】寂寞的 いる【動】在
★★ もう涙(なみだ)が止(と)まらないよ。我哭個不停。	止(と)まる【動】停止
★ 一日中涙(いちにちじゅうなみだ)で顔(かお)を濡(ぬ)らしている。整天以淚洗面。	濡(ぬ)らす【動】弄濕
★★ あなたの話(はなし)を聞(き)いて、私(わたし)も泣(な)いちゃいそう。 聽你這麼說，我也好想哭。 ＝ あなたの話(はなし)を聞(き)いて、私(わたし)も泣(な)いてしまいそう。 ＝ あなたの話(はなし)を聞(き)いて、私(わたし)も泣(な)きたい気持(きも)ち。	聞(き)く【動】聽 泣(な)く【動】哭 話(はなし)【名】話語 気持(きも)ち【名】心情
★ ルキのことを想(おも)っている。我好想念魯奇。	想(おも)う【動】想念
★★ 思(おも)いもよらなかったよ。我實在無法想像。 ＝ 想像(そうぞう)もつかなかったよ。 ＝ 想像(そうぞう)もできなかったよ。	思(おも)い【名】想像 想像(そうぞう)【名】【サ】想像 も【副助】也
★★ 到底(とうてい)受(う)け入(い)れられないよ。我實在無法接受。	到底(とうてい)【副】無論如何也～
★ こんなに悲(かな)しい（憂鬱(ゆううつ)な）気持(きも)ちは初(はじ)めて。 我不曾這麼傷心（憂鬱）過。 ＝ 今(いま)までこんなに悲(かな)しい（憂鬱(ゆううつ)な）ことはない。	悲(かな)しい【形】悲傷的 初(はじ)めて【名】第一次 憂鬱(ゆううつ)【形動】憂鬱
★★ 心(こころ)が痛(いた)い。我的心好痛。	痛(いた)い【形】痛的
★ 胸(むね)が張(は)り裂(さ)けそう。我的心好像要碎了。	張(は)り裂(さ)ける【動】破碎
★ 立(た)ち直(なお)れないよ。我無法振作起來。 ＝ 立(た)ち直(なお)ることができないよ。	立(た)ち直(なお)る【動】振作 できる【動】能夠

（累積單字量 2722 個，慣用語量 137 個）

例句	單字
★ 楽しくなんてできない。我根本無法快樂起來。	楽しい 形 開心的
☆★ これからどうすりゃいいんだ。我該怎麼辦才好？ ＝ これからどうすればいいのか。	これ 代名 現在 から 格助 開始
☆★ くよくよするな。你要想開一點啊！ ① ええ、何とかして元気を出さなくちゃ。嗯，我需要幫自己打打氣才行。	くよくよ 副 サ 想不開 何とかして 慣 設法
★ 私は人里離れた小さな村に住んでいる。我住在一個荒無人煙的小村莊。 ① 寂しいんじゃない？那不是很寂寞嗎？ ② 寂しく感じる？你感到寂寞（孤獨）嗎？ ＝ 孤独を感じる？	人里 名 村落 離れる 動 離開 村 名 村子 孤独 形動 孤獨 感じる 動 感覺
★ 寂しいに違いないよ。毫無疑問是很寂寞的。 ＝ 寂しいに決まっているよ。	違う 動 錯誤 決まる 動 當然
★ なんだか少し寂しい気分だ。總是感覺有點寂寞（孤獨）。 ＝ なんだか少し孤独な気分だ。	なんだか 副 總覺得 気分 名 感覺
★ 一人で生活するのはとても寂しい。一個人生活相當寂寞。 ＝ 一人の生活はとても寂しい。 ＝ 一人暮らしはとても寂しい。	生活 名 サ 生活 一人 名 一個人 暮らし 名 生活
★ 僕はいつも一人ぼっちだ。我總是孤單一人。	一人ぼっち 名 孤單一人
★ 一人ぼっちは寂しいよ。一個人好寂寞啊！	寂しい 形 寂寞的
★ 自分だけの静かな世界に生きている。生存在只有自己的寂靜世界。	静か 形動 寂靜
★ 部屋の中は空っぽだ。屋子裡空蕩蕩的。	空っぽ 形動 空蕩蕩
★ 自分の呼吸音しか聞こえない。只聽見自己的呼吸聲。 ＝ 自分の呼吸音だけ聞こえる。 ＝ 聞こえるのは自分の呼吸音だけ。	呼吸音 名 呼吸聲 だけ 副助 僅僅 聞こえる 動 聽得見

例句	單字
★ 毎日一人で食事をするんだ。每天都一個人吃飯。 ＝ 毎日一人でご飯を食べるんだ。	毎日 副 每天 食事 名 サ 用餐
★ 周りの人とまるで何の関係もないようだよ。 跟周遭的人好像毫無關係似的。	周り 名 周遭 まるで 副 似乎
★ 話し相手がいなくて、よく寂しい思いをしている。 沒有說話對象常常覺得很寂寞。	話し相手 名 聊天夥伴 思いをする 慣 覺得
★ 今日もまた一人で寂しい一日を過ごした。 今天也一個人度過了寂寞的一天。	一日 名 一天 過ごす 動 度過
★★ 何もする気になれないんだ。我什麼事都不想做。	気 名 心情
★★ つまらなかった。很無趣。	つまらない 形 無聊的
★ 退屈で死にそう。無聊得要死。	退屈 名 サ 無聊
★ とても憂鬱になった。我變得很憂鬱。	憂鬱 形動 憂鬱
★★ 家が恋しい？你想家嗎？ ① 毎日とても家が恋しいよ。我每天都很想家。 ② 偲ぶ気持ちは人を寂しくさせる。思慕的心情令人感到寂寞。	恋しい 形 眷戀的 偲ぶ 動 思慕 気持ち 名 心情
★ 家族が側にいてくれないと寂しいなあ。 家人不在我身邊我好寂寞啊！	側 名 身邊 いる 動 在
★ 家族の笑顔が見えないのが寂しい。不能看見家人的笑臉真是寂寞。	笑顔 名 笑臉
★ 家族の温かさを思うと、涙が零れる。 思念起家人的溫暖，我流下眼淚。	温かさ 名 溫暖 涙が零れる 慣 落淚
★ 大晦日にも仕事で家に帰れない。除夕夜也因為工作無法回家。 ＝ 大晦日にも仕事で家に帰ることができない。	大晦日 名 除夕夜 帰る 動 回去
★ 大晦日を家族と共に過ごすことができないのが寂しい。 除夕夜不能跟家人一起過好寂寞啊！	家族 名 家人 共に 副 一起

（累積單字量2767個，慣用語量140個）

★★ お別れするのは寂しいな。 要離別了，感覺好寂寞啊！

= 離れるのは寂しいな。

① うん、でもまたすぐに会えるさ。 嗯，但是很快會再見面的。

別れる [動] 離別
離れる [動] 離別
会える [動] 能見面

★ 分かってるけど、それまで寂しいわ。
知道啦！但是在這之前我會很寂寞的。

分かる [動] 了解
まで [格助] 到～為止

★★ あなたに会えなくて寂しいよ。 不能見到你，好寂寞啊！

= あなたに会えなくなるのが寂しいよ。

あなた [名] 你（妳）
会う [動] 見面

★ 私の悲しい話を聞いて。 聽聽我悲哀的故事吧！

= 私の悲しい話を聞きなさい。

① 今度は何なの？ 這次是怎樣？

悲しい [形] 悲哀，悲傷
聞く [動] 聽
今度 [名] 這次

★ 私は今、とても悲しい状況にある。 我現在的狀況很悲哀。

= 私は今の状況はとても悲しい。

状況 [名] 狀況
今 [名] 現在

★★ 彼女に振られちゃった。 我被她甩了。

= 彼女に振られてしまった。

彼女 [名] 她
振る [動] 甩

★ 他に好きな人ができちゃった！ 她喜歡上別人啦！

① それは悲しいね。 那可真令人傷心！

② それはお気の毒に。 那真是太遺憾了！

他に [副] 其他
悲しい [形] 悲傷的
気の毒 [形動] 遺憾

★ 僕は落ち込んでいるんだ。 我感到沮喪。

① かわいそうに。 好可憐啊！

② 話がしたかったら、側にいるから。 如果你想聊聊的話，我就在這裡。

落ち込む [動] 沮喪
話がする [慣] 聊一聊
側 [名] 身邊

★ 君には僕の気持ちが分からないんだよ。 你不了解我的心情。

① 気持ち分かるよ。 我了解你的心情。

= 気持ち理解できるよ。

② 心から同情してるよ。 我打從心裡同情你。

気持ち [名] 心情
分かる [動] 了解
理解 [名][サ] 理解
心 [名] 心情

★ 彼女に振られた時、僕は本当に悲しかったんだ。 當女友跟我分手時，我感到非常悲傷。	~時 接尾 ~的時候 本当に 副 真的
★ 惨めだなあ！ 我好悲慘啊！	惨め 名 悲慘
★★ 本当に傷ついたよ。 我真的很受傷。	傷つく 動 受傷
★ 絶望的な気分だよ。 我感到絕望。 ① 同情するよ。 我很同情你。	絶望的 形動 絕望的 同情 名 サ 同情
★ 一人で静かに泣いてた。 一個人默默地流著淚。 ① 早く諦めた方がいいよ。 你就死了這條心吧！	静かに 副 安安靜靜地 諦める 動 放棄
★ そういう運命だったのさ。 那就是命運吧！	運命 名 命運
★ いいとこまで行ってたのにね。 你差一點就跟她在一起了。	のに 接助 前後接續兩個意思相反的句子
★ 次があるよ。 你還會遇到別的女生的。	次 名 下次
★ 何故そんなにかわいそうな顔をしているの？ 你為什麼一臉可憐相？ ① 新しい携帯電話を失くしたんだ。 我的新手機掉了。	顔 名 臉 携帯電話 名 手機 失くす 動 遺失
★ 先週買ったばかりじゃないの？ 那不是上星期才買的嗎？ ① うん、大泣きしたいよ。 是啊，我想要大哭一場。	先週 副 上週 大泣き 名 サ 大哭
★ 世界には飢えてかわいそうな子供がいっぱいいるんだよ。 世上有許多飢餓的可憐孩童。	世界 名 世界 飢える 動 飢餓
★ こういうかわいそうな子供を思うと、悲しいよ。 想起這些可憐的孩童，我就感到悲傷。	子供 名 孩童 悲しい 形 悲傷的
☆★ それはしょうがないよ。 那也是沒有辦法的事。 ＝ それは仕方がないよ。	しょうがない 慣 沒辦法 仕方がない 慣 沒辦法
☆★ 考え過ぎないで、リラックスして。 不要想太多了，放輕鬆！	リラックス 名 サ 放輕鬆

（累積單字量2811個，慣用語量143個）

Unit 11 |つまらない、疲れた、うんざり、倦怠 無聊、疲倦、厭倦、倦怠

例句	單字
☆★★ このドラマ、どう？ 這部戲如何？ ① よくありがちな恋愛ドラマだね。跟預料一樣的戀愛劇。 ＝ 予想通りの恋愛ドラマだね。 ＝ 意外性のない恋愛ドラマだね。	ドラマ [名] 戲劇 ありがち [形動] 常見 予想 [名][サ] 預料 ～通り [接尾] 跟～一樣 意外性 [名] 意外性質
★★ お勧めできないね。我不建議你看。	勧める [動] 建議
☆★★ つまらないね。很無聊。 ＝ 退屈だね。 ＝ うんざりだね。	つまらない [形] 無聊的 退屈 [名][サ] 無聊 うんざり [副][サ] 厭煩
★★ 欠伸が出るよ。我都打呵欠了。	欠伸が出る [慣] 打呵欠
★★ 眠くなって来たよ。我看了打瞌睡。	眠い [形] 想睡的
★★ 今まででで最低のドラマだよ。是我到目前為止看過最糟的戲劇。 ＝ 今までに見た最悪のドラマだよ。	最低 [形動] 最糟 最悪 [形動] 最差勁
☆★ 同感。我有同感。	同感 [名][サ] 同感
★ 評論家が絶賛したのが理解できない。 無法理解評論家為何給那麼高的評價。	評論家 [名] 評論家 絶賛 [名][サ] 盛讚
☆★ がっかり！我很失望！ ＝ がっかりした！ ＝ 失望した！	がっかり [副][サ] 失望 失望 [名][サ] 失望
★★ 期待外れ！不是我所預期的！	外れる [動] 背離

★ 何（なに）があなたを失望（しつぼう）させたの？ 什麼讓你失望了？ ① ストーリーに失望（しつぼう）した。 我對劇情感到失望。	何（なに）名 什麼 ストーリー 名 劇情
★ 時間（じかん）の無駄（むだ）だったよ！ 浪費時間！ ＝ 時間（じかん）の浪費（ろうひ）だったよ！	無駄（むだ）形動 浪費 浪費（ろうひ）名 サ 浪費
★ 退屈（たいくつ）な時間（じかん）を紛（まぎ）らすことはできない。 無法打發無聊的時間。 ＝ 退屈（たいくつ）な時間（じかん）を凌（しの）ぐことはできない。	紛（まぎ）らす 動 排遣 凌（しの）ぐ 動 凌駕，熬過
★ もう外（ほか）のことしよう。 還是去做點別的事吧！	外（ほか）名 其他
★ 君（きみ）の愚（おろ）かさにはうんざりだ。 我受夠了你的愚蠢。	愚（おろ）かさ 名 愚蠢
★ しょうもない噂（うわさ）は信（しん）じない！ 我不信這種空穴來風的謠言！ ① つまらない話（はなし）をしてすみません。 抱歉跟你說這麼無聊的事。	噂（うわさ）名 謠言 話（はなし）名 話題
★★ つまらないことで喧嘩（けんか）するな！ 不要為了無聊的事爭吵！ ① お前（まえ）には関係（かんけい）ないだろ！ 這不關你的事吧！ ＝ 余計（よけい）なお世話（せわ）だ！	喧嘩（けんか）名 サ 吵架 お前（まえ）名 你（妳） 余計（よけい）形動 多餘
★★ 迷惑（めいわく）だから、止（や）めて！ 會打擾到我，別吵了！	迷惑（めいわく）形動 打擾
★★ 今（いま）の仕事（しごと）はつまらない。 我目前的工作很無聊。	今（いま）名 目前
★ 今（いま）の仕事（しごと）にはうんざりしている。 我對目前的工作感到厭倦。 ＝ 今（いま）の仕事（しごと）に倦怠感（けんたいかん）を感（かん）じている。 ＝ 今（いま）の仕事（しごと）に疲（つか）れている。	倦怠感（けんたいかん）名 倦怠感 感（かん）じる 動 感覺 疲（つか）れる 動 疲倦
★ 決（き）まりきったつまらない生活（せいかつ）には、もううんざりした。 我已經厭倦了一成不變的無聊生活。 ＝ 決（き）まりきったつまらない生活（せいかつ）には、もう飽（あ）き飽（あ）きした。	決（き）まり 名 規則 生活（せいかつ）名 サ 生活 飽（あ）き飽（あ）き 名 サ 厭倦
★★ 彼女（かのじょ）はつまらない女（おんな）だ。 她是一個很無聊的女生。 ＝ 彼女（かのじょ）は退屈（たいくつ）な女（おんな）だ。	彼女（かのじょ）名 她 退屈（たいくつ）名 サ 無聊

（累積單字量 2852 個，慣用語量 144 個）

例句	單字
★ 彼女との付き合いに疲れた。我對於跟她交往已經感到疲倦。	付き合い 名 交往
★ 彼女にはもううんざりした。我已經對她感到厭倦了。	うんざり 副 サ 厭煩
★★ 彼の話はつまらなかった。他說的話很無聊。 ＝ 彼の話は退屈だった。	話 名 話語 つまらない 形 無聊的
★ 彼はつまらないギャグばかり言うんだ。他老說一些無聊的哏。	ギャグ 名 噱頭，橋段
★ 彼が話せば話すほど、私はますます退屈になった。 他愈說我愈覺得無聊。	話す 動 說話 ますます 副 愈來愈～
★ あなたの遅刻の言い訳にはうんざりだ。 我對你的遲到的藉口感到很厭倦。	遅刻 名 サ 遲到 言い訳 名 藉口
★ この仕事にはもううんざりだ。我對這個工作已經很厭煩了。 ① また始まった。你又來了。 ② 何か外の新しい仕事を始めるべきだよ。你應該嘗試別的新工作。	また 副 又 始まる 動 開始 新しい 形 新的
★★ 調子悪そうだね。你看起來不太舒服。 ＝ 調子が悪そうだね。 ① 歩き疲れたわ。我走累了。 ② 私は歩くとすぐに疲れるんだよ。我只要一走路就馬上會累。	調子 名 狀況 悪い 形 不好的 歩き疲れる 動 走累了 歩く 動 走路
★ 長い時間ハイヒールで歩くのは疲れるよ。 長時間穿高跟鞋走路很累。 ＝ ハイヒールで長時間歩くのは疲れるよ。 ① 足が棒になったよ。我的腳都失去知覺了啦！	長い 形 長的 時間 名 時間 ハイヒール 名 高跟鞋 棒になる 慣 失去知覺
★★ タクシー拾わない？要不要攔計程車？ ① それが一番だね！那最好了！ ＝ それが一番いい方法だね！	タクシーを拾う 慣 叫計程車 一番 副 最 方法 名 方法
★★ 仕事で疲れちゃった。我工作太累了。	仕事 名 工作

★ 君は休暇がたくさん残ってたよね？你不是還有很多假可以休嗎？ ＝ 君は休暇をたくさん残してたじゃないか？	休暇 名 休假 残す 動 剩餘
★★ 旅行にでも行こうか。去旅行什麼的吧！ ① うん、何日か休めるように上司を説得してみるよ。 嗯，我要來試著説服我的上司讓我休幾天假。	旅行 名 サ 旅行 上司 名 上司 説得 名 サ 説服
★ うん、旅行に行くことに決めた。嗯，我決定去旅行。 ＝ うん、旅に出ることに決めた。	旅行に行く 慣 去旅行 旅に出る 慣 去旅行
★★ 疲れてるんだ。我很疲倦。	疲れる 動 疲倦
★★ 少し疲れ気味なんだ。我有點疲倦。	～気味 接尾 感覺～
★ 疲れて死にそうだよ。我快累死了。	死ぬ 動 死亡
★ もうグッタリ。我精疲力竭。 ＝ 疲れ果てたよ。 ＝ 疲れ切ったよ。	グッタリ 副 サ 精疲力竭 疲れ果てる 動 疲憊不堪 疲れ切る 動 疲憊不堪
★ 疲れて体が動かないよ。我累得身體無法動彈了。	動く 動 動作
★ 目が疲れてるんだ。我的眼睛疲勞。	目 名 眼睛
★ 精神的に疲れちゃった。我的精神疲勞。	精神的 形動 精神的
★ 心身ともに疲れたよ。我的身心都很疲倦。 ＝ 体も心も疲れたよ。	心身 名 身心 心 名 心理
★ 疲れてフラフラするよ。我累得意識模糊了。 ＝ 疲れて気が遠くなって来るよ。 ＝ 疲れて元気も出ないよ。	フラフラ 副 サ 恍恍惚惚 気が遠くなる 慣 失去意識 元気 形動 精神
★★ 頭がおかしくなりそうだよ。我好像快被逼瘋了。	おかしい 形 怪異的

（累積單字量2893個，慣用語量148個）

★ 疲れて目まいがした。 我累得頭暈目眩。

＝ 疲れて目まいを起こした。

- 目まい 名 サ 暈眩
- 起こす 動 產生

★★ もう何も考えたくないよ。 已經什麼都不想去想了。

- 考える 動 思考

★ 精神的倦怠感は体を休めても治らない。
精神上的倦怠感就算休息也無法消除。

＝ 精神的倦怠感は休むことでは治らない。

- 倦怠感 名 倦怠感
- 休める 動 讓～休息
- 治る 動 平復

★ 最近疲れやすくなった。 最近變得容易疲倦。

- 最近 副 最近

★ 昨夜は死んだように眠ったよ。 昨晚睡死了。

＝ 昨夜は泥のように眠ったよ。

- 死ぬ 動 死亡
- 泥 名 泥土

★ 寝ても疲れが取れないんだ。 就算睡覺也無法消除疲勞。

- 寝る 動 睡覺

★ いくら休んでも体が怠い。
無論怎麼休息身體還是很疲倦。

- 怠い 形動 疲倦

★★ スッキリしたいよ。 我想放鬆一下。

＝ リラックスしたいよ。

- スッキリ 副 サ 放輕鬆
- リラックス 副 サ 放輕鬆

★★ ちょっと休みたいよ。 我想休息一下。

① あなたは休む必要があると思う。 我認為你有必要休息一下。

② しっかり休むことは大切だ。 充分的休息是很重要的。

- 必要 形動 必要
- しっかり 副 サ 充分地
- 大切 形動 重要

★ もう夏の暑さに倦怠感を感じているよ。
我已經對夏天的炎熱感到倦怠了。

＝ もう夏の暑さに怠さを感じているよ。

- 暑さ 名 炎熱
- 感じる 動 感覺
- 怠さ 名 倦怠

★ 夏バテしてるんだよ。 我因為暑熱而感到疲乏。

① 鰻は夏バテに効くそうだ。
聽說鰻魚飯對暑熱所造成的疲乏很有幫助。

＝ 鰻は夏バテに効くと言われている。

- 夏バテ 名 因暑熱感到疲乏
- 鰻 名 鰻魚
- 効く 動 有效

★ 今日も非常に気温が高くて、ひどく疲れている。 今天氣溫也非常高，令人相當疲倦。 = 今日も非常に気温が高いから、ひどく疲れている。 = 今日も非常に気温が高いので、ひどく疲れている。	非常に 副 非常地 から 接助 因為 ので 接助 因為 ひどく 副 相當地
★ 倦怠感を解消するために、泳ぐことに決めた。 為了消除倦怠感，我決定去游泳。 = 倦怠感を解消するために、水泳をすることに決めた。	解消 名 サ 消除 泳ぐ 動 游泳 水泳 名 サ 游泳

Unit 12 | 相談する、アドバイスする 商量、建議

★★ 相談に乗ってくれる？ 可以跟你商量嗎？ = 相談してもいい？ ① 何か悩みでもあるの？ 你有什麼困擾嗎？	相談に乗る 慣 商量 何 名 什麼 悩み 名 煩惱
★★ 相談があるんだけど。 我有事想跟你商量。 = 相談したいことがあるんだけど。	相談がある 慣 商量 相談 名 サ 商量
★★ あなたはどう思いますか。 你覺得如何？	思う 動 認為
★★ こうしたらどうですか。 這樣做如何？	こう 副 這樣
★★ 君の意見が聞きたいんだ。 我想聽聽你的意見。	意見 名 意見
★★ 君の意見を聞かせてよ。 告訴我你的意見。	聞く 動 聽
★★ 思っていることを聞かせて。 告訴我你心裡是怎麼想的。	こと 名 此處表示所想的內容
★★ 正直に意見を言ってほしいんだ。 我需要你的直言。	正直に 副 老實地
★★ 何かアドバイスしてもらえませんか。 你可以給我一些忠告嗎？	アドバイス 名 サ 忠告

（累積單字量 2932 個，慣用語量 150 個）

★★ 助言をいただけませんか。 你可以給我一些建議嗎？	助言 名 サ 建議
★★ 困っています。 我很困擾。	困る 動 困擾
★★ 誰に話せばいいのでしょうか。 我不知道該跟誰說？	誰 代名 誰
★★ 助けてくれますか。 你可以幫我嗎？	助ける 動 幫助
★★ 誰に相談したらいいか、分からないんだ。 我不知道該找誰商量。	分かる 動 知道
★ ご両親には相談したの？ 跟父母商量過了嗎？ ① いや、どう言っていいか分からなくて。 沒有，我不知道該怎麼跟他們說。	両親 名 父母親 どう 副 如何 言う 動 說
★ 私で良かったら、相談に乗るよ。 如果你想找人商量，可以來找我。 ① 相談できるのは君だけなんだよ。 你是我唯一可以商量的人。	私 名 我 君 代名 你（妳）
★★ 話してみて。 說說看。	話す 動 說
★ 転職しようと思うんだけど、どう思う？ 我想換工作，你認為呢？	転職 名 サ 換工作
★★ あなただったら、どうする？ 如果是你會怎麼做？ ＝ もしあなたが私だったら、どうする？	あなた 名 你（妳） もし 副 如果
★★ このことについて相談しよう。 我們來討論這件事。	相談 名 サ 討論
★ 仕事を換える気なの？ 你又想換工作了嗎？	換える 動 轉換
★ 仕事で壁にぶつかったの？ 你工作遇到瓶頸了嗎？ ＝ 仕事で壁にぶち当たったの？	ぶつかる 動 碰撞 ぶち当たる 動 碰撞
★ 上司は酷いね。 我的上司太過分了。	酷い 形 很過分的
★ 彼の私に対する態度、頭に来るよ。 他對我的態度讓我生氣。	頭に来る 慣 生氣
★ 何でも私にやらせる。 他什麼都要我做。	私 名 我

（累積單字量2952個，慣用語量150個）

★ すごく忙(いそが)しくて、毎日(まいにち)帰(かえ)りが遅(おそ)いんだ。我每天都忙到很晚才回家。	帰(かえ)り [名] 回家
★★ 毎日(まいにち)残業(ざんぎょう)でもう嫌(いや)になった。我已經厭倦天天加班了。	残業(ざんぎょう) [名] [サ] 加班
★★ この仕事(しごと)、もう諦(あきら)めるよ。我想放棄這個工作了。	諦(あきら)める [動] 放棄
★ もう良(い)いじゃないか。算了吧！	良(い)い [形] 好的
★ そんなにむきになるなよ。別那麼生氣！	むきになる [慣] 太認真
★ 気(き)を悪(わる)くしないで聞(き)いてよ。你先平心靜氣聽我説。	気(き) [名] 心情
★ 馬鹿(ばか)な真似(まね)は止(や)めなよ。別做蠢事！	馬鹿(ばか) [形動] 愚蠢
★★ 提案(ていあん)したいことがあります。我有個建議。	提案(ていあん) [名] [サ] 提案
★ 口(くち)を慎(つつし)みなさい。謹慎發言！	慎(つつし)む [動] 謹慎
☆★ 油断(ゆだん)するなよ。不要大意！	油断(ゆだん) [名] [サ] 粗心
☆★ 一言(ひとこと)言(い)わせて下(くだ)さい。我想説句話。 ＝ ちょっと言(い)わせてもらいたいんだけど。	一言(ひとこと) [名] 一句話 ちょっと [副] 有點
☆★ 今(いま)諦(あきら)めたら、後(あと)で後悔(こうかい)するよ。現在決定放棄的話，以後你會後悔的。	後悔(こうかい) [名] [サ] 後悔
☆★ 一(ひと)つ注意(ちゅうい)しておきたいんだけど。讓我提醒你。	注意(ちゅうい) [名] [サ] 注意
☆★ 私(わたし)の忠告(ちゅうこく)を聞(き)けよ。接受我的勸告吧！	忠告(ちゅうこく) [名] [サ] 忠告
☆★ 真面目(まじめ)にやってよ。認真點！	真面目(まじめ)に [副] 認真地
☆★ いい考(かんが)えがありますよ。我有個好點子。	考(かんが)え [名] 主意
☆★ よく覚(おぼ)えておいてね。請好好記住！	覚(おぼ)える [動] 記住
★★ 最後(さいご)までやるべきだよ。你應該堅持到底。	べき [助動] 應該
★ 言(い)っておくけどね。我跟你説喔！	言(い)う [動] 説

（累積單字量2971個，慣用語量151個）

★★ 考えてもみろよ。你好好想一想。	考える 動 思考
★★ あなたを非難するつもりはないのよ。我不是要責怪你。	非難 名サ 責備
★★ 君のためを思って言っているんだ。我說這些是為了你好。	君 名 你（妳）
★★ 友達だから言うんだよ。因為是朋友才說這些。	友達 名 朋友
★★ 君はそのうち分かるよ。你遲早會了解的。 ＝ 君はいつかは分かるよ。 ＝ 君は遅かれ早かれ分かるよ。	そのうち 副 過些日子 いつか 副 日後 遅かれ早かれ 副 遲早
★★ 私のアドバイスが役に立つといいんだけど。 希望我的建議對你有幫助。	アドバイス 名サ 建議 役に立つ 慣 有幫助
★★ 相談してくれて嬉しいよ。我很高興你找我商量。	嬉しい 形 高興的
★★ いつでも相談に乗るよ。你隨時都可以來找我商量喔！ ① ありがとう。少し気が楽になったよ。謝謝，我感覺輕鬆多了。	気 名 感覺 楽に 副 輕鬆地
★★ これは二人だけの秘密だよ。這是我們之間的祕密喔！	二人 名 兩個人
★★ ここだけの話なんだけど…。這是只在這裡才說的。 ＝ 内緒の話なんだけど…。 ＝ 秘密の話なんだけど…。	内緒 名サ 祕密 秘密 名 祕密 話 名 談話
★★ まだ誰にも言っていないんだけど。我還沒告訴過任何人。	まだ 副 還沒
★★ 人に漏らしては駄目だよ。不可以洩漏給任何人喔！	漏らす 動 洩漏
★★ 誰にも言わないって約束できる？你可以保證不跟任何人說嗎？ ① 分かった。了解。	約束 名サ 約定 分かる 動 了解
★ 妻はどうやら浮気をしているようだ。我老婆好像有外遇了。	浮気 名サ 外遇
★★ 誰にも言わないでほしいんだけど…。希望你不要跟別人說～。	誰 代名 誰

（累積單字量 2992 個，慣用語量 152 個）

☆★ 何？怎麼了？ ＝ 何かあったのですか。 ① リストラされたんだ。我被裁員了。 ＝ リストラに遭ったんだ。	何 名 什麼 か 終助 表示疑問 ある 動 有 リストラ 名 サ 裁員 遭う 動 遭遇
☆★ どうしたの？發生什麼事了？ ＝ どうしたんですか。 ① 彼女と別れた方がいいかな？我跟她分手會比較好嗎？ ② 課長の役職を手に入れたいんだ。我想得到課長的職位。	彼女 名 她 別れる 動 分手 役職 名 職位 手に入れる 慣 得到
★★ 秘密を守れよ！要保密喔！	守る 動 保守
★ 美華には内緒にしておこう。不要跟美華説。	に 格助 表示對象
★ 彼女って、口が軽いのよ。她口風很鬆的。	口が軽い 慣 嘴巴不牢靠
★ つい口を滑らせるかも。或許會不小心説溜嘴。 ① 秘密は守るよ。我會保守秘密的。	つい 副 無意中 口を滑らす 慣 説溜嘴 かも 副助 或許
★★ 内密に相談があるんだけど。我想跟你私下談談。 ＝ あなたと秘密に話し合いたいんだけど。 ＝ あなたと内々で相談したいんだけど。	内密に 副 私下 秘密に 副 祕密地 内々で 副 私下地，祕密地
☆★ 私で良ければ。我很樂意幫忙。 ＝ 私で良ければ喜んで手伝うよ。	喜ぶ 動 樂意 手伝う 動 幫忙
★★ いいアドバイスができればいいんだけど。 希望能給你一些好的建議。	いい 形 好的 アドバイス 名 サ 建議
☆★ 実は…。事實上～。 ＝ 実を言うと…。	実 名 事實 言う 動 説
★ 癌に罹ったんだ。我得了癌症。 ＝ 癌になったんだ。	癌 名 癌症 罹る 動 罹患

（累積單字量 3015 個，慣用語量 152 個）

☆★ 困ったなあ！ 真傷腦筋啊！ ＝ まいったなあ！	困る 動 困擾 まいる 動 煩惱，認輸
☆★ 本当に厄介な問題だなあ。 這真是個棘手的問題。 ＝ 本当に大変な問題だなあ。	厄介 形動 棘手 大変 形動 麻煩
★★ 今まで黙っていてご免ね。 很抱歉我一直沒告訴你。	黙る 動 沉默
☆★ 一体どうすればいいでしょうか。 我到底該怎麼辦？ ① 私に何ができるか考えさせて下さい。 讓我想想我可以幫你做什麼。 ② 癌治療の名医を紹介するよ。 幫你介紹治療癌症的名醫吧！	一体 副 到底 治療 名 サ 治療 紹介 名 サ 介紹
★ 人伝に聞いた話なんだけど、癌に効く食べ物がいくつかあるよ。 我是聽人說的，有好幾種對癌症有幫助的食物。	人伝 名 傳聞 食べ物 名 食物
☆★ 力になるよ。 我會盡力幫你的。 ＝ あなたのために全力を尽くしましょう。	力になる 慣 幫上忙 全力を尽くす 慣 盡全力
☆★ 内緒にして下さい。 請幫我保密。	内緒 名 サ 祕密
☆★ これは絶対に秘密だよ。 這絕對要保密喔！ ① 絶対に言わないよ。 我絕對不會說的。	秘密 名 祕密 絶対に 副 絕對地

Unit 13 | 賛成する、反対する 贊成、反對

★ 我が社のサイトを更新すべきです。 我們公司的網站應該要更新了。 ① その通りだ。 你說的對！ ＝ 君の言う通りだ。 ＝ 君の言うことは最もだ。	サイト 名 網站 更新 名 サ 更新 べき 助動 應該 通り 接尾 按照 最も 副 至極

★☆ 私の提案に同意してもらえますか。 你能贊同我的提案嗎？

＝ 私の提案に許可してもらえますか。

① いいよ。 好啊！

＝ オーケーだよ。

提案 [名][サ] 提案
許可 [名][サ] 許可
いい [形] 好的
オーケー [名][サ] OK

★☆ あなたに同意を求めたいんです。 我想尋求你的同意。

① 全く賛成です。 我完全贊同。

＝ 全く同感です。

＝ 完全に同意します。

あなた [代名] 你（妳）
求める [動] 尋求
全く [副] 完全
同感 [名][サ] 同感
完全に [副] 完全地

★☆ そう思いませんか。 你不這麼認為嗎？

① あなたの言いたいことは分かります。 我知道你的意思。

② それで結構です。 那樣就行了。

＝ それでいいです。

思う [動] 認為
たい [助動] 想～
分かる [動] 知道
結構 [形動] 足夠

★☆ あなたの意見はどうですか。 你的意見如何？

① 賛成です。 我贊成。

＝ 賛成します。

＝ 同意します。

意見 [名] 意見
どう [副] 如何
か [終助] 表示疑問
賛成 [名][サ] 贊成
同意 [名][サ] 同意

★☆ あなたはどう思いますか。 你認為怎麼樣？

① あなたと同意見です。 我跟你的意見相同。

＝ あなたの意見と同じです。

＝ あなたの意見と一致します。

と [格助] 跟
同意見 [名] 意見相同
の [格助] ～的
一致 [名][サ] 一致

★☆ この提案に賛成ですか、反対ですか。 你贊成還是反對這個提案？

＝ この提案に賛成ですか、それとも反対ですか。

① 大賛成です。 我大大地贊成。

② 私もちょうどそう思っていたんです。 我正好也這麼想。

反対 [名][サ] 反對
それとも [接] 還是
大賛成 [名][サ] 大大地贊成
ちょうど [副] 正好

★★ 確かに。 的確。

＝ 確かにそうだね。

確かに [副] 確實地
そう [名] 那樣

（累積單字量3061個，慣用語量154個）

★ それは尤(もっと)もだね。 那是當然的。	尤(もっと)も 副 當然
★★★ いい考(かんが)えだね。 很好的想法。	考(かんが)え 名 想法
★★★ 全(まった)く同感(どうかん)です。 我深有同感。	同感(どうかん) 名 サ 同感
★★★ 私(わたし)もそう思(おも)う。 我也這麼認為。	私(わたし) 名 我
★★★ 異議(いぎ)はありません。 我沒有異議。	異議(いぎ) 名 異議
★★ この考(かんが)えに賛成(さんせい)です。 我贊成這個想法。	賛成(さんせい) 名 サ 贊成
★★★ なるほど。 沒錯。	なるほど 副 的確
★★★ それは良(よ)さそうだね。 那聽起來還不錯。	そうだ 助動 好像
★ 是非(ぜひ)そうしよう。 那是一定要的！	是非(ぜひ) 副 一定
★★ この意見(いけん)に賛成(さんせい)です。 我贊成這個意見。	に 格助 表示對象
★★ 徐(じょ)さんと同(おな)じ意見(いけん)です。 我跟徐先生的意見相同。	同(おな)じ 形動 相同
★★ 彼(かれ)の意見(いけん)は正(ただ)しいと思(おも)う。 我認為他的意見是對的。 ＝ 彼(かれ)の意見(いけん)は正(ただ)しいように思(おも)う。 ＝ 彼(かれ)の意見(いけん)は正(ただ)しいような気(き)がする。	正(ただ)しい 形 正確的 思(おも)う 動 認為 気(き)がする 慣 感覺
★★★ 最後(さいご)まで言(い)わせて下(くだ)さいよ。 請讓我把話說完。	最後(さいご) 名 最後
★★★ はっきり言(い)っておきましょう。 讓我把話說清楚吧！	はっきり 副 サ 清楚地
★★ やってみるべきだと思(おも)いますよ。 我認為我們應該試試看。	べき 助動 應該
★★ この点(てん)については賛成(さんせい)です。 在這一點上我贊成你。	点(てん) 名 點，論點，觀點
★ 賛成(さんせい)は賛成(さんせい)ですが、条件付(じょうけんつ)きで賛成(さんせい)です。 我贊成，但有附帶條件。	条件付(じょうけんつ)き 慣 附帶條件

（累積單字量3078個，慣用語量156個）

☆☆ どうすればいいのですか。 我們該怎麼做比較好呢？

① 更新の具体的な提案をしたいのですが。 我想提出更新的具體方案。

更新 [名][サ] 更新
提案 [名][サ] 提案

★★ もっとよく話しましょう。 我們更進一步來討論吧！

① はい。明日早々に会議をしましょう。 好的，我們明天就盡早開會討論。

＝ はい。明日早々に会議を開きましょう。

もっと [副] 更
よく [副] 好好地
会議をする [慣] 開會
会議を開く [慣] 開會

★ 今晩は先に話し合う問題点のリストを作ります。
我今晚會將要討論的問題點先製作成表格。

① では、明日この問題についてもっと話し合いましょう。
那麼我們明天就針對這個問題，更進一步地好好談談吧！

先に [副] 事先
問題点 [名] 問題點
リスト [名] 表格
作る [動] 製作

★ その話題は確かに話し合う価値があるよ。
這個話題確實有討論的價值。

話題 [名] 話題
価値 [名] 價值

★ 実は私たちはもっと早くそれを話し合うべきだった。
其實我們應該早一點討論才對。

実 [名] 事實
話し合う [動] 商量

★ 我が社の製品は世界市場へ進出すべきです。
我們公司的產品應該走向世界市場。

① 残念ですが、それは無理だと思います。 真遺憾，我認為那是不可能的。
② 全然根拠がありません。 根本毫無根據。

進出 [名][サ] 走進
無理 [形動] 不可能
全然 [副] 完全
根拠 [名] 根據

★ 世界市場は我が社の製品を受け入れる状況が整っています。 世界市場已經接受我們公司的產品了。

① それを裏付けるデータは？ 有什麼資料可以證明這一點嗎？

受け入れる [動] 接受
整る [動] 整頓
裏付ける [動] 證明

★ もちろん新たなマーケットへ進出する前に、充分なフィジビリティスタディが不可欠だと思います。
當然在打入新的市場前，充分的可行性研究是不可或缺的。

フィジビリティスタディ [名] 可行性研究
不可欠 [形動] 不可或缺

☆☆ では、あなたに任せますよ。 那麼，這件事就交給你了。

① 畏まりました。 遵命！

では [接] 那麼
任せる [動] 交付

☆☆ 反対ですよ。 我反對！

＝ 反対しますよ。

反対 [名][サ] 反對
よ [終助] 表示強調

（累積單字量 3103 個，慣用語量 158 個）

★ 強く反対します。 我強烈反對！ ＝ 断固反対します。	強く 副 強烈地 断固 副 堅決
☆★ 絶対に駄目！ 絕對不行！	駄目 形動 不行
★★ 全く反対です。 我完全反對！ ＝ 一切反対です。	全く 副 完全 一切 副 全部，完全
☆★ 賛成しません。 我不贊成！ ＝ 不賛成です。	賛成 名 サ 贊成 不賛成 名 サ 不贊成
☆★ 賛成できません。 我無法同意！ ＝ 同意できません。	できる 動 能夠 同意 名 サ 同意
★ 大反対です。 我大大地反對！	大反対 名 サ 大大地反對
★★ 私は違う意見だ。 我有不同的意見。 ＝ 私は違う意見を持っている。 ＝ 意見が合わない。	違う 動 不同 持つ 動 持有 合う 動 一致
★★ それについては確かではありません。 關於這一點我不確定。	確か 形動 確實
★ 私としては賛成できないよ。 我個人並不贊成這個意見。	よ 終助 表示主張
☆★ 私はそうは思わない。 我不這麼認為。	私 代名 我
☆★ そうは思えないよ。 我無法那樣認為。	思える 動 能認為
☆★ そうではありません。 不是那樣的。	そう 副 那樣
☆★ そうじゃないと思うよ。 我認為不是那樣。 ＝ そうではないと思うよ。	思う 動 認為 と 格助 此處表示所想的內容
★★ 本当のはずがありません。 那應該不是真的。	本当 名 真的
☆★ とんでもないよ。 沒那回事！	とんでもない 慣 一點也不

2 意思と気持ちを伝える 表達意思跟情緒

☆☆ うまくいかないと思(おも)うよ。我不認為這樣可行。	うまい 形 順利的
☆☆ いい考(かんが)えだとは思(おも)えないね。那不是個好主意。	考(かんが)え 名 主意
★★ それは勧(すす)められないな。我不建議你這麼做。	勧(すす)める 動 建議
★ それは問題外(もんだいがい)だ。那不是問題所在。 ① 何(なに)が問題(もんだい)なのですか。問題出在哪裡？	問題外(もんだいがい) 名 形動 離題 問題(もんだい) 名 問題
★ 君(きみ)は楽観的(らっかんてき)過(す)ぎるよ。你太樂觀了。	楽観的(らっかんてき) 形動 樂觀的
★ もっと現実的(げんじつてき)に考(かんが)えろよ。現實一點吧！	現実的(げんじつてき)に 副 現實的
☆☆ あなたは間違(まちが)っています。你錯了。	間違(まちが)う 動 錯誤
☆☆ それは違(ちが)います。那是不對的。	違(ちが)う 動 錯誤
☆☆ 全然違(ぜんぜんちが)います。完全錯了。	全然(ぜんぜん) 副 完全
★ そんなこと、ばかげているよ。那是沒有意義的。	ばかげる 動 荒唐
☆☆ 冗談(じょうだん)でしょう？你在開玩笑吧？	冗談(じょうだん) 名 サ 玩笑話
☆☆ 冗談(じょうだん)を言(い)っているに決(き)まってる。你一定是在開玩笑。	冗談(じょうだん)を言(い)う 慣 開玩笑
★★ ご冗談(じょうだん)もほどほどに。開玩笑也得有個限度。	ほどほど 副 恰當地
☆☆ そうできればいいんですが。如果可以的話就好了。	できる 動 能夠
☆☆ 無理(むり)だろう。不可能吧！	無理(むり) 形動 不可能
☆☆ 馬鹿(ばか)なことを言(い)わないでよ。別說傻話了。 ① そんなに無理(むり)を言(い)わないでよ。別那麼不講理。 ② 何故駄目(なぜだめ)なんですか。為什麼行不通？	馬鹿(ばか) 形動 愚蠢 そんなに 副 那麼地 何故(なぜ) 名 為什麼
★★ 私(わたし)たちは話(はな)し合(あ)う必要(ひつよう)があると思(おも)う。我認為我們必須談談。	話(はな)し合(あ)う 動 談談

（累積單字量3143個，慣用語量160個）

★ お互いに理解を深めるためにもっと話し合うべきです。 為了加深彼此的了解，我們應該更進一步地談談。	お互いに 副 互相 深める 動 加深
★ 私のやり方が分かってもらえるかもしれません。 或許你會了解我的做法。	やり方 名 做法

Unit 14 | 励まし、褒める、慰める 鼓勵、讚美、安慰

★ 近頃売り上げは大分減っている。 最近銷售正大幅滑落。 ＝ 近頃売り上げは大幅に落ちている。 ① それはお気の毒ですね！ 那真是遺憾！ ② それはひどいですね！那可真糟糕！	大分 副 相當地 大幅に 副 大幅地 落ちる 動 滑落 気の毒 形動 遺憾
☆☆ それはいけませんね！ 那可不行啊！	いける 動 能夠
☆☆ がっかりするなよ。 別沮喪！	がっかり 副 サ 沮喪
★★ 君のせいじゃないよ。元気出して！ 那不是你的錯，打起精神來！ ＝ 君の責任じゃないよ。元気出して！	元気を出す 慣 打起精神 責任 名 責任
★★ そんなに落ち込まないで。 情緒別那麼低落！	落ち込む 動 低落
★★ 気楽にね。 放輕鬆！ ＝ 気楽にやってね。	気楽 形動 輕鬆 やる 動 做
★★ くよくよするな。 別再悶悶不樂了！	くよくよ 副 サ 悶悶不樂
★ でも今回は本当に深刻なの。 但是這次情況真的很糟糕。 ① 挫けないで、頑張れ！不要氣餒，加油！ ② 気を落とさないで！不要沮喪！	深刻 形動 嚴重 挫ける 動 氣餒 気を落とす 慣 沮喪

★★ 頑張って！ 加油！	頑張る 動 加油
★★ 運が悪かっただけよ。 不過是運氣不好罷了！	運が悪い 慣 運氣不好
★ もうそんなに悪い事態にはならないと思う。 我想情況不會再那麼糟了。 ① そう言ってくれて嬉しいよ。 你這麼說我真的很高興。 ② あなたの言葉は私を励ましてくれた。 你的話鼓勵了我。	事態 名 情況 言葉 名 話語 励ます 動 鼓勵
★★ 私たち、いい友達でしょ？ 我們不是好朋友嗎？	友達 名 朋友
★ 私たちはお互いを励まし合おう。 我們互相鼓勵吧！	励まし合う 慣 互相鼓勵
★★ 諦めるな！ 別放棄！ ＝ 諦めたら駄目よ。	諦める 動 放棄 駄目 形動 不行
★★ 何とかなるよ！ 總會有辦法的！	何とか 副 好歹
★★ やるしかないよ。 只能做了！	やる 動 做
★ イチかバチかやってみるべきだよ。 你應該放手一試。	イチかバチか 慣 孤注一擲
★ 挑戦し続けなくちゃ。 必須繼續挑戰。	続ける 動 繼續
★ ベストを尽くすよ。 我會盡我最大的努力。 ① その意気だよ。 就是要有這種氣勢！ ② 幸運を祈ってるよ。 祝你好運！	ベストを尽くす 慣 盡全力 意気 名 氣勢 祈る 動 祈求
★★ 本当に大変だね。 你真的辛苦了。	大変 形動 辛苦
★★ あと少しだよ。 就差一點了。	あと 副 再
★★ きっとうまくやれるよ。 你一定可以做得很好的。	きっと 副 一定
★ 何とか乗り切れるよう、頑張ってみて。 試著努力度過難關吧！	乗り切る 動 度過

（累積單字量 3175 個，慣用語量 165 個）

★ 仕事でへましちゃった。我把工作搞砸了。 ① 心配ないよ！別擔心！ ② 誰にだってミスはあるよ。每個人都會犯錯的。	仕事 名 工作 へまをする 慣 誤事 ミス 名 錯誤
★★ そんなふうに自分を責めないで。別太自責了。	責める 動 責備
★★ よくある間違いだよ。這是個很常有的失誤。	間違い 名 錯誤
★ そんなに深刻に考えることないよ。不用想得太嚴重了。 ① でも本当にどうしようもないよ。但是真的已經沒救了。 ＝ でも本当に仕方ないよ。	深刻に 副 嚴重地 でも 副助 但是 どう 副 怎麼 仕方がない 慣 沒辦法
★ 弱音を吐くな！別說喪氣話！	弱音を吐く 慣 說喪氣話
★★★ 落ち着いて。沉穩下來！ ＝ 落ち着いて下さい。	落ち着く 動 沉穩 下さい 補動 請～
★★★ 失敗は成功のもとだよ。失敗為成功之母。	成功 名 サ 成功
★★★ 自信を持って。你要有自信。	自信 名 自信
★ 気持ちを強く持つんだ。你要堅強。	持つ 動 擁有
★ この世の終わりってわけじゃない。這並不是世界末日。	終わり 名 終結
★★★ 忘れなよ！忘了吧！	忘れる 動 忘記
★★ 時間が解決するよ。時間會解決一切的。 ① そう言ってくれてありがとう。謝謝你這麼說。 ② 私はもう大丈夫です。我不要緊了。	時間 名 時間 解決 名 サ 解決 大丈夫 形動 不要緊
★★★ 心配して下さってありがとう。謝謝您的關心。	心配 名 サ 擔心
★ 私を励ましてくれてありがとう。謝謝你的鼓勵。	励ます 動 鼓勵
★★★ 心配掛けてすみません。不好意思讓你擔心了。	心配を掛ける 慣 擔心

（累積單字量3194個，慣用語量169個）

★★ よくなるといいですね。 希望你有感覺好一點了。	よくなる 慣 變好
☆★ 君の気持ち、分かるよ。 我了解你的感受。 ＝ お気持ちはよく分かるよ。	君 名 你（妳） 気持ち 名 感覺
★★ 事がうまくいくといいですね。 希望事情能好轉。	うまくいく 慣 順利
★★ 私は君の味方だよ。 我站在你這一邊。	味方 名 擁護者
★★ 私はいつでもあなたの味方だよ。 我會永遠支持你的！	いつ 名 何時
☆★ 何かお手伝いできることはありませんか。 有什麼我可以幫你做的嗎？	何 代名 什麼 手伝う 動 幫忙
☆★ お手伝いできることがあれば教えて下さい。 有我能幫忙的請告訴我。	教える 動 告知 下さい 補動 請～
★ 運動会の百メートル競走で優勝した。 我在運動會的一百公尺競賽獲得優勝。 ① 良かったね！太好了！ ② やったね！你辦到了！	運動会 名 運動會 百メートル 名 一百公尺 競走 名 サ 賽跑 優勝 名 サ 獲勝
★ 何という奴だ。 好傢伙！	奴 名 傢伙
★ いいぞ！ 很好啊！	いい 形 很好的
☆★ すごいね！ 你真厲害！	すごい 形 厲害的
☆★ よくやった！ 做得好！ ＝ よくできた！ ＝ よくできたじゃない！	やる 動 做 できる 動 能夠 よく 副 很棒地
★ 大したやつだ！ 你這個了不起的傢伙！	大した 連體 了不起的
★★ それは大したものだ！ 那真是太了不起了！	それ 名 那
★ 君を誇りに思うよ。 我為你感到驕傲。	誇り 名 驕傲

（累積單字量 3215 個，慣用語量 172 個）

★★ それすごくない？ 那不是太厲害了嗎？	すごい 形 很棒的
★★ 自慢できるね。 你應該感到驕傲。	自慢 名 サ 得意
★ 私も鼻が高いよ。 我也感到驕傲。	鼻が高い 慣 驕傲，得意
★ 私ってどう見られてるの？ 人們是怎麼看我的？ ① なんて魅力的なんだ！ 你超有魅力的！ ② 負けず嫌いの性格が好きだって。 他們喜歡你不服輸的個性。 ＝ 競争心のある性格が好きだって。	魅力的 形動 有魅力的 負けず嫌い 名 不服輸 競争心 名 競爭心 性格 名 個性
★ 天才だって。 他們說你是個天才。	天才 名 天才
★ 頼りになるって。 他們說你很可靠。	頼りになる 慣 可靠
★ 根性あるって。 他們說你很有毅力。	根性ある 慣 有毅力
★ てきぱきしてるって。 他們說你很乾脆。	てきぱき 副 サ 乾脆
★ 人気者だよ。 你相當受歡迎喔！	人気者 名 受歡迎的人
★ 元気で活発な女性だよ。 妳是很開朗活潑的女性。	活発 形動 活潑
★ 大人しくて内向的な女性だねって。 他們說妳是很文靜內向的女性。	大人しい 形 文靜的
★ イケメンだって。 他們說你很帥。 ＝ 恰好いいって。	イケメン 名 帥哥 恰好いい 慣 好看的
★ 誰もが尊敬してるよ。 大家都很尊敬你。	尊敬 名 サ 尊敬
★ 着こなしが上手だねって。 他們說妳很會穿衣服。	着こなし 名 穿著
★ 趣味がいいね。 你很有品味。 ＝ センスがいいね。 ＝ 好みがいいね。	趣味 名 品味 センス 名 眼光 好み 名 愛好

（累積單字量3232個，慣用語量172個）

☆★ 本当にそう思ってる？ 你真的這麼認為嗎？

① 信じて。相信我。
② 間違いないよ。沒錯。

本当に 副 真的
信じる 動 相信
間違う 動 錯誤

Unit 15 ｜感謝する、お礼を言う、お祝いを言う 感謝、道謝、祝賀

☆★ もう大丈夫そうですね。 你看起來好像無大礙了。

① あなたのお蔭で、もう大丈夫です。多虧了你，我已經不要緊了。
② ご面倒をお掛けしました。給你添麻煩了。

大丈夫 形動 不要緊
蔭 名 庇蔭
面倒 形動 麻煩

☆★ ありがとう（ございます）。 謝謝你。

＝ どうもありがとうございます。
① どういたしまして。不客氣。

ありがとう 感 謝謝
どうも 副 實在
どういたしまして 感 不客氣

☆★ 色々とありがとう。 謝謝你所做的一切。

色々と 副 種種地

★★ 心から感謝します。 我打從心底感謝你。

① これも仕事のうちですから。這是我份內的工作。

心 名 心
仕事 名 工作

☆★ 本当にありがとう。 非常謝謝你。

＝ とても感謝します。
＝ 大変ありがとう。

本当に 副 真的
感謝 名 サ 感謝
大変 副 相當地

☆★ 本当にありがとうございます。 真的很謝謝你。

加上ございます更為有禮貌。

☆★ 先日は色々ありがとう。 前幾天真謝謝你了。

先日 名 前幾天

☆★ 大変助かりました。 你幫了大忙。

① お役に立ててよかった。能幫得上忙真是太好了。
② 私も嬉しいです。我也樂在其中。

助かる 動 得救
役に立つ 慣 有幫助
嬉しい 形 高興的

（累積單字量3250個，慣用語量173個）

☆★ お手伝いありがとう。 謝謝您的幫忙。 ＝ 手伝ってくれてありがとう。 ＝ 助けてくれてありがとう。 ① お役に立てて嬉しいです。 很高興我能幫得上忙。	お 接頭 表示禮貌 手伝う 動 幫忙 助ける 動 幫忙 くれる 補動 給 嬉しい 形 高興的
★ 借りができたね。 我欠了你一個人情。 ① そんなこと、おっしゃらないで下さい。 別這麼說。 ② お安い御用です。 不過是舉手之勞而已。	借りる 動 借（入） おっしゃる 動 説 安い 形 廉價的
★ お礼の言葉もありません。 真不知該如何謝謝你才好。 ＝ 何とお礼を言ったらいいものか。 ① 礼には及ばないよ。 不必謝我啦！ ＝ 私に感謝する必要はないよ。	礼 名 道謝 言葉 名 話語 言う 動 説 及ぶ 動 達到 必要 形動 必要
☆★ ともかくありがとう。 無論如何謝謝你。	ともかく 副 無論如何
★ 恩に着るよ。 我很感激你。 ① 大したことじゃないよ。 又不是什麼了不得的事！	恩に着る 慣 感恩 大した 連體 了不得的
★ そこまでして下さらなくてもよかったのに。 你不須為我做這麼多的。	そこ 名 那裡 まで 格助 到～為止
★ 君は最高の友達だよ。 你是個很棒的朋友。 ① あなたもよ！ 你也是啊！ ② いつでも喜んでお手伝いしますよ。 我隨時都很樂意幫忙的。	最高 名 很棒 いつ 名 何時 喜ぶ 動 樂意
★★ 手伝いが必要な時は、遠慮なく言ってね。 需要幫忙的時候，不必客氣喔！	手伝い 名 幫助 遠慮 名 サ 客氣
☆★ いつでもどうぞ。 歡迎隨時來找我。 ＝ いつだって私のことを頼りにしてくれていいよ。	いつでも 慣 隨時 頼り 名 依靠

☆☆ 參加してくれてありがとう。謝謝您的參加。 ① お誘いありがとう。謝謝您的邀請。 ② 参加させてもらえて嬉しいです。謝謝您讓我參加。 ＝ 参加させてもらえることに感謝いたします。	参加 名 サ 參加 誘う 動 邀請 もらう 補動 接受 感謝 名 サ 感謝
☆☆ 招待してくれてありがとう。謝謝您的招待。 ① こちらこそ。来てくれて嬉しいわ。我才要道謝，很高興你能來。 ② また来てくれてありがとう。謝謝您再度光臨。	招待 名 サ 招待 こちら 名 這邊 こそ 副助 表示強調
★ こんな悪天候の中お越しいただきありがとうございます。 謝謝您在如此惡劣的天氣中前來。	悪天候 名 惡劣的天氣 中 名 當中
★ こんな大雨の中お越しいただきありがとうございます。 謝謝您在如此的大雨當中前來。	大雨 名 大雨 越す 動 前來
★ こんな大雪の中お越しいただきありがとうございます。 謝謝您在如此的大雪當中前來。	大雪 名 大雪 いただく 補動 接受～
★ わざわざこちらまでお越しいただきありがとうございます。謝謝您特地大老遠跑來。	わざわざ 副 特意 まで 格助 到～為止
★★ お気遣いありがとう。謝謝您的關心。 ＝ ご心配ありがとう。 ＝ ご関心ありがとう。	気遣い 名 サ 擔憂 心配 名 サ 擔心 関心 名 サ 關心
★ 暖かい心遣いありがとうございます。謝謝您溫暖的關懷。	心遣い 名 サ 關懷
★★ お手紙ありがとう。謝謝您的來信。 ＝ 手紙をくれてありがとう。 ① お返事ありがとう。謝謝您的回覆。	手紙 名 信 くれる 補動 給 返事 名 サ 回覆
☆☆ 電話してくれてありがとう。謝謝您的來電。 ＝ お電話ありがとう。	電話 名 サ 電話 お 接頭 表示禮貌
★★ ご注文ありがとうございます。謝謝您的訂購。	注文 名 サ 訂購

（累積單字量 3298 個，慣用語量 175 個）

★★★ ご親切ありがとう。謝謝您的親切。 ＝ 親切に（してくれて）ありがとう。	親切 [形動] 親切 する [動] 做
★★★ 優しくしてくれてありがとう。謝謝您對我這麼好。	優しい [形] 溫和的
★★ ご指摘ありがとう。謝謝您的指正。	指摘 [名] [サ] 指正
★★ ご指導下さり、ありがとうございます。謝謝您的教導。 ＝ 教えてくれてありがとう。	指導 [名] [サ] 指導 教える [動] 教導
★★ いいアドバイスをしてくれてありがとう。 謝謝你給我良好的建議。	いい [形] 好的 アドバイス [名] [サ] 建議
★★ ご協力ありがとう。謝謝您的合作。 ＝ ご協力に感謝します。	協力 [名] [サ] 合作 感謝 [名] [サ] 感謝
★★ ご清聴ありがとうございました。謝謝您的傾聽。	清聴 [名] [サ] 傾聽
★ 私の長い話を聞いてくれてありがとう。謝謝您聽我說那麼多。	長い [形] 冗長的
★ 最後まで私の話を聞いてくれてありがとう。謝謝您聽我說完。	最後 [名] 最後
★★ お時間をいただき、ありがとうございました。 謝謝你所花費的時間。	時間 [名] 時間 いただく [動] 領受，得到
★ お骨折りありがとうございました。謝謝您的辛勞。	骨折り [名] [サ] 辛勞，盡力
★★ お褒めに預かり、ありがとうございます。謝謝您的讚美。	褒める [動] 讚美
★ ご忠告本当にありがとうございます。謝謝您的忠告。	忠告 [名] [サ] 忠告
★★ 待っててくれてありがとう。謝謝您的等待。	待つ [動] 等待
★ お見舞いありがとう。謝謝您的探望。	見舞う [動] 探望
★ 本を貸して下さって、ありがとうございます。謝謝你借我書。	貸す [動] 借（出）

★ ご支援いただき、ありがとうございました。謝謝您的支援。 ＝ 力になってくれてありがとう。	支援 名 サ 支援 力になる 慣 幫上忙
★★ お知らせありがとう。謝謝您通知我。	知らせる 動 告知
★★ 連絡（してくれて）ありがとう。謝謝您跟我聯絡。	連絡 名 サ 聯絡
★★ 話してくれてありがとう。謝謝您跟我説。	話す 動 説
★ 彼にお礼を言うべきだ。我應該跟他道謝。	礼を言う 慣 道謝
★ 彼にお礼を言うために電話をした。為了跟他道謝而打了電話。 ＝ 彼にお礼を言うために電話を掛けた。	ため 名 為了～ 電話 名 サ 電話
★ お礼を言うのが遅くなって、申し訳ありませんでした。 真是抱歉，我太晚來跟您道謝了。 ① そんなことないよ。一番大切なのは感謝する気持ちだと思うよ。 沒那回事，我認為最重要的是感謝的心意。	遅い 形 很晚的 一番 副 最 大切 形動 重要 気持ち 名 心意
★ 感謝を表するために贈り物をした。為了表示感謝，送了禮物。 ＝ 感謝を表すために贈り物をした。	表する 動 表示 表す 動 表示
★ 私は今まで出会った全ての人に感謝します。 我感謝到目前為止所有相逢過的人。	出会う 動 相逢，遇見 全て 副 全部
☆★ おめでとう！恭喜！ ＝ おめでとうございます。	加上ございます更為有禮貌。
☆★ ご婚約おめでとう！恭喜你訂婚了！ ＝ ご婚約おめでとう、心からお祝い申し上げます！	婚約 名 サ 訂婚 祝う 動 祝福
★ ご結婚されるそうですね！聽説你要結婚了！ ＝ ご結婚なさると伺いましたね！	そうだ 助動 好像 伺う 動 聽説
☆★ ご結婚おめでとう！恭喜你結婚了！	結婚 名 サ 結婚

（累積單字量 3338 個，慣用語量 175 個）

★★ どうぞお幸（しあわ）せに！ 祝你幸福！	幸（しあわ）せ 名 幸福
★★ ご卒業（そつぎょう）おめでとう。 恭喜你畢業了！	卒業（そつぎょう） 名 サ 畢業
★★ ご就職（しゅうしょく）おめでとう。 恭喜你就職了！	就職（しゅうしょく） 名 サ 就職
★★ ご昇進（しょうしん）おめでとう。 恭喜你升職了！	昇進（しょうしん） 名 サ 升職
★★ 入試（にゅうし）の合格（ごうかく）おめでとう。 恭喜你考試合格！	入試（にゅうし） 名 サ 入學考試
★★ ご出産（しゅっさん）おめでとう。 恭喜妳生寶寶了！	出産（しゅっさん） 名 サ 生產
★★ 嬉（うれ）しいでしょうね！ 你一定很開心吧！	嬉（うれ）しい 形 高興的
★★ 私（わたし）も嬉（うれ）しいよ！ 我也很開心唷！	私（わたし） 名 我

Unit 16 ｜依頼（いらい）する、受（う）ける、断（ことわ）る 請求、接受、拒絕

★★ どうしたの？ 怎麼了？ ① お願（ねが）いがあるんだけど。 我有事情要拜託你。 ＝ あなたにお願（ねが）いしたいことがあるんだけど。	どう 名 如何 願（ねが）う 動 拜託 こと 名 事情
★★ 何（なん）ですか？ 什麼事？ ① 明日（あした）、空港（くうこう）まで車（くるま）で送（おく）ってほしいの。 我想拜託你明天開車送我去機場。	何（なん） 名 什麼 空港（くうこう） 名 機場
★★ お願（ねが）いよ。 求你了！ ① ご免（めん）、明日（あした）は無理（むり）なんだ。 抱歉，明天我沒辦法。 ② 明日（あした）、君（きみ）の手伝（てつだ）いはできないよ。 我明天沒辦法幫你忙。	無理（むり） 形動 不可能 明日（あした） 名 抱歉 手伝（てつだ）い 名 幫忙
★★ どうして駄目（だめ）なの？ 為什麼沒辦法？ ① 明日（あした）は仕事（しごと）で忙（いそが）しいんだよ。 我明天工作很忙。	駄目（だめ） 形動 不行 忙（いそが）しい 形 忙碌的

★ それじゃ、このお願いはキャンセルして下さい。 那麼，請取消這個請求。 ① 外の人に頼んで下さい。請找別人幫忙吧！	それじゃ 接 那麼 キャンセル 名 サ 取消 外の人 慣 其他人
★ 誰に依頼すれば良いんだろう。我要拜託誰比較合適呢？	依頼 名 サ 拜託
★ 私は林さんに明日空港まで車で送るようお願いした。 我拜託小林明天開車載我去機場。	明日 名 明天 まで 格助 到～為止
☆★ ちょっとお願いがあるんだけど。我有點事情要拜託你。 ＝ ちょっとお願いしたいんだけど。 ① それが何かによるね。那要看是什麼事情。 ② 取り敢えず話してみて。你先說說看。	願いがある 慣 有事拜託 よる 動 依據 取り敢えず 副 暫時，姑且 話す 動 說
★ 五万円を貸して？你可以借我五萬日幣嗎？ ＝ 五万円貸してもらえない？ ＝ 五万円貸してちょうだい。 ① またですか。又來了？	～万 名 ～萬 貸す 動 借貸 ちょうだい 補動 請～ また 副 又
☆★ 頼むよ！拜託啦！	頼む 動 拜託
★ 一生のお願い！求求你！ ① 突然の話に当惑したんだ。突然聽到這我很為難。 ② ちょっと考えさせて。請讓我考慮一下。	一生 名 一輩子 突然 副 突然 当惑 形動 為難
★ 面倒だとは思うんだけど。我知道這給你添麻煩了。	面倒 形動 麻煩
★ でも本当に君の助けが必要なんだ。但是我真的需要你的幫忙。 ① しょうがないなあ。真拿你沒辦法。 ② これが最後よ。這是最後一次喔！	助ける 動 幫助 しょうがない 慣 沒辦法 最後 名 最後
☆★ お願い（します）。拜託！	願う 動 拜託
☆★ お願いしてもいいかな。可以拜託你嗎？ ＝ 頼んでもいいですか。	いい 形 可以的

（累積單字量 3377 個，慣用語量 178 個）

★★★ 何？什麼事？ ① ドアを開けて。幫我開窗戶。	何 名 什麼 開ける 動 打開
★★★ 喜んで。我很樂意幫你。 ＝ 喜んで手伝うよ。	喜ぶ 動 樂意 手伝う 動 幫助
★★★ 手を貸してもらえない？可以幫我一個忙嗎？ ＝ 手伝ってくれない？ ① 何をしてほしいの？你想要我做什麼？ ② 何をすればいいの？我要怎麼幫你？	手を貸す 慣 幫忙 もらう 補動 接受 くれる 補動 給予 ほしい 形 想要
★★★ 遠慮しないで言ってよ。不要客氣，你儘管開口。	遠慮 名 サ 客氣
★★★ できることなら、何でもするよ。只要我做得到的話，什麼都可以。	できる 動 能夠
★ 飛行機の予約をしておいてくれる？你可以幫我預訂機位嗎？ ① 私に任せて。交給我吧！	予約 名 サ 預約 任せる 動 交付
★ この包みを郵便で送ってもらえる？可不可以幫我寄這個包裹？ ① もちろん。當然！	包み 名 包裹 郵便 名 郵件
★ 明日の朝、六時に起こしてくれる？明天早上六點叫我起床可以嗎？ ① 君の言う通りにするよ。就照你說的。	朝 名 早上 起こす 動 叫醒
★ この書類をコピーしてくれる？你可以幫我影印這份文件嗎？ ① 簡単なことだよ。這很簡單。	書類 名 文件 簡単 形動 簡單
★ この荷物を運んでちょうだい。請幫我搬這個行李。 ① もちろんいいよ。當然可以囉！	荷物 名 行李 運ぶ 動 搬運
★ テレビの音を小さくして下さい。請把電視音量關小一點。 ① オーケー。OK ！	音 名 聲音 小さい 形 小的

（累積單字量3398個，慣用語量179個）

★ 午後、電話をいただきたいのですが。下午可以打電話給我嗎？ ① 全く構わないよ。完全沒問題。	午後 副 下午 構う 動 在意
★ このビデオ、返しに行ってくれる？你可以幫我還這錄影帶嗎？ ① 私がやっておくよ。我會處理。	返す 動 歸還 行く 動 去
★ 僕の代わりにこの仕事をやってくれる？你可以幫我做這個工作嗎？ ① 残念だけど、それはできないよ。真遺憾，我恐怕沒辦法。 ② 私の立場を分かってほしいのよ。希望你能了解我的立場。	代わり 名 代替 残念 形動 遺憾 立場 名 立場
★ 取引先に謝りに行ってくれる？你可不可以去跟客戶道歉？ ① 勘弁してよ！饒了我吧！ ② そんなに困らせないでよ。別讓我那麼為難！	取引先 名 客戶 謝る 動 道歉 勘弁 名 サ 饒恕
★ 私の代わりに報告書を書いてくれる？你可以幫我寫報告嗎？ ① それは私の仕事じゃないよ。那不是我的工作。 ② やりたくないよ。我不想做。	報告書 名 報告 書く 動 寫 仕事 名 工作
★ 私の部屋の模様替えを手伝ってくれる？可以幫我重新布置房間嗎？ ① 悪いけど、力になれないよ。很抱歉，我幫不上忙。 ② 私に頼むのは間違いだ。你拜託錯人了。	模様替え 名 サ 重新布置 力になる 慣 幫上忙 間違い 名 錯誤
★ 家まで車で送ってくれる？你可以開車載我回家嗎？ ① お役に立ちたいのですが、できないよ。我很想幫忙，但是沒辦法。	送る 動 送 役に立つ 慣 有幫助
★★ 嫌だって言っただろう。我説過我不要吧！	嫌 形動 討厭
★ こちらの身にもなってよ。請設身處地為我想一想。	身 名 立場
★ 議論の余地はないね。沒有商量的餘地。	余地 名 餘地
★★ しつこいな。別再纏我了！	しつこい 形 糾纏不休的
★★ いい加減にしろよ！別太過分了！	~加減 接尾 ~程度

（累積單字量3419個，慣用語量180個）

★★ 駄目だって言ったでしょう。 我不是已經説過不行了嗎？	言う 動 説
★★ 駄目なものは駄目だね！ 不行就是不行！	駄目 形動 不行
★☆ 絶対に嫌！ 絕對不行！	絶対に 副 絕對地
★☆ 一つ聞いてもいいですか。 我可以問你一個問題嗎？ ① 何か質問がありますか。 你有什麼問題嗎？	一つ 名 一個 聞く 動 詢問
★★ タバコを吸ってもいいですか。 你介意我抽菸嗎？ ① 構わないよ。 我不介意。 ② できれば止めてほしいのですが。 可能的話，最好不要抽。	タバコを吸う 慣 抽菸 構う 動 在意 止める 動 停止
★☆ ちょっと見てもいいですか。 我可以看看嗎？	見る 動 看
★☆ 入ってもいいですか。 我可以進來嗎？	入る 動 進入
★★ お手洗いをお借りできますか。 我可以借用洗手間嗎？	お手洗い 名 洗手間
★★ この本を借りてもいい？ 我可以借這本書嗎？	借りる 動 借（入）
★★ 隣に座ってもいいですか。 我可以坐在你旁邊嗎？	座る 動 坐
★★ ここに駐車してもいいですか。 這裡可以停車嗎？	駐車 名 サ 停車
★★ ここで写真を撮ってもいいですか。 可以在這裡拍照嗎？	写真を撮る 慣 拍照
★☆ 少しお時間をいただけますか。 可以耽誤你一點時間嗎？ ＝ ちょっとお時間をいただけますか。	少し 副 一點點 時間 名 時間
★☆ 聞いてもいいですか。 我可以問你問題嗎？ ＝ 質問（を）してもいいですか。	聞く 動 請教 質問 名 問題
★☆ 私と話をしてもらえない？ 可以跟我談一談嗎？	話 名 談話

★★ 質問があるのですが。 我有問題想要問你。 ＝ 質問したいことがありますが。 ＝ お聞きしたいことがあるんですが。	質問がある 慣 有問題要問 質問したい 慣 想請教問題 お聞きしたい 慣 想請教
★★ 質問させて下さい。 請讓我問你問題。 ① 何でも質問して下さい。 你可以問任何問題。	質問 名 サ 提問 何 名 什麼
★ 会議を来週に延期したいのですが。 我想將會議延到下週可以嗎？ ① この質問はどういう意味ですか。 這個問題是什麼意思？	延期 名 サ 延期 意味 名 意思
☆☆ 一緒に行ってもいいですか。 我可以跟你一起去嗎？ ① それはいい質問ですね。 那真是個好問題。 ② いいですよ。 好啊！	一緒に 副 一起 行く 動 去 いい 形 可以的
★ 差し支えなければ、これで失礼したいのですが。 若是無妨，我想走了。 ① それはあんまりだ。 那太過分了。	差し支える 動 妨礙 失礼 名 サ 失禮，失陪 あんまり 副 太～
★ 明後日、休ませてもらいたいのですが。 我後天想休息一天。 ① それは困った質問だなあ。 那真是個傷腦筋的問題啊！	明後日 名 後天 困る 動 傷腦筋
★★ 私の質問に答えてください。 請回答我的問題。 ＝ 私の質問に回答して下さい。	答える 動 回答 回答 名 サ 回答
☆☆ 絶対に無理！ 絕對不可能！	無理 形動 不可能
★★ それについては力になれないよ。 關於那個我幫不上忙啦！	力になる 慣 幫上忙
★★ やってあげたいけど、できない。 我想幫你，可是沒辦法。	できる 動 能夠

（累積單字量3453個，慣用語量186個）

Unit 17 | 謝る、許す 道歉、原諒

★ さっきは少し言い過ぎたみたい。我剛剛好像説得太過分了。 ① いや、全然気にしてないから。不會啦！我沒放在心上。	言い過ぎる 動 言過其實 気にする 慣 在意
★★ そう？本当にご免なさい。是嗎？真的非常抱歉！ ① うん、いいよ。別に。嗯，沒關係的，那沒什麼。	ご免なさい 慣 抱歉 別に 副 特別地
★★ 何するのよ！你在做什麼？ ① ただの冗談のつもりだったんだ。我只是開個玩笑。	ただ 名 僅僅 冗談 名 サ 玩笑話
★★ それって失礼よ。那很沒禮貌。	失礼 名 サ 失禮
★ もし謝るなら許してやるよ。如果你道歉的話，我就原諒你。 ① 気を悪くしたなら、ご免なさい。如果讓你感覺不舒服的話，我很抱歉。 ＝ 気を悪くされたのでしたら、申し訳ありませんでした。	もし 副 如果 謝る 動 道歉 なら 助動 ～的話
★ この間貸した資料、そろそろ返して欲しいんだけど。 上次借給你的資料，是不是差不多可以還我了呢？ ① あ、そうですね。啊！對耶！ ② すっかり忘れてました。すみません。我完全忘了！真是抱歉！	貸す 動 借（出） そろそろ 副 差不多 返す 動 歸還 忘れる 動 忘記
★ そんなに急がなくてもいいんだけど。其實也沒那麼急啦！ ① 分かりました。すぐに返します。どうもすみません。 知道了！我馬上還給你，真是抱歉！	そんなに 副 那麼地 急ぐ 動 著急 すぐに 副 馬上
★ 御不便をお掛けしたことを謝ります。抱歉造成您的不便。	不便 形動 不方便
★★ また遅刻だね。你又遲到了。 ① 遅れてすみません。抱歉我遲到了。 ＝ 遅れてご免なさい。 ＝ ご免、長いこと待たせてね。	遅刻 名 サ 遲到 遅れる 動 遲到 長い 形 長時間的 待つ 動 等待

★ 四十分以上待っているのですが…。 我等了四十分鐘以上。 ① お待たせしてしまい申し訳ございません。 對不起，讓您久等了。 ② 寝過してしまって。すみません。 我睡過頭了，對不起。	以上 [名] 以上 申し訳 [名] 抱歉 寝過す [動] 睡過頭
★★★ すみません。 抱歉！	すみません [感] 抱歉
★★★ 本当にすみません。 真的很抱歉！	本当に [副] 真正地
★★★ ご免ね。 對不起！ ＝ ご免なさい。	ご免 [名] 抱歉 なさる [補動] する的尊敬語
★★ お詫び致します。 我道歉！ ＝ 謝罪致します。 ＝ 謝ります。	詫びる [動] 道歉 謝罪 [名] [サ] 道歉 謝る [動] 道歉
★★ そんなつもりではなかったのですが。 那並非我的本意。	そんな [連體] 那樣的
★★★ 大変失礼致しました。 非常抱歉。 ＝ 申し訳ございません。 ＝ 申し訳ありません。	大変 [副] 非常地 失礼 [名] [サ] 失禮 申し訳 [名] 抱歉
★★★ 間違えてしまってすみません。 我為這樣的錯誤感到抱歉。	間違える [動] 錯誤
★★ それについて何も知りませんでした。 關於那件事我什麼都不知道。 ① 私どもの説明が不十分だったようで申し訳ございません。 是我們的說明不夠充分，非常抱歉。	～ついて [連] 關於～ 私ども [名] 我們 不十分 [形動] 不夠充分
★★★ ご迷惑をお掛けしてすみません。 抱歉造成你的困擾。	迷惑 [形動] 困擾
★ ご迷惑をお掛けすることを心からお詫び申し上げます。 對於造成您的困擾，內心深感抱歉。	心 [名] 內心 から [格助] 從～
★★ ご免なさい、忘れていたわ。 抱歉我忘記了。	忘れる [動] 忘記
★ へまをしちゃったよ。 我搞砸了。	へまをする [慣] 搞砸了

（累積單字量 3459 個，慣用語量 189 個）

★ 全（すべ）て私（わたし）の責任（せきにん）です。這一切都是我的責任。	責任（せきにん） 名 責任
★ あんなことしてご免（めん）ね。對不起我做了那樣的事情。	あんな 連體 那樣的
★★ それはどうもすみませんでした。關於那件事我很抱歉。	どうも 副 實在
★ そのことはすまないと思（おも）っているよ。我對那件事感到過意不去。	思（おも）う 動 認為
★ 私（わたし）の不徳（ふとく）の致（いた）すところでございます。是我的無能。	不徳（ふとく） 形動 無能
★★ お役（やく）に立（た）てず申（もう）し訳（わけ）ございません。抱歉沒能幫上忙。	役（やく）に立（た）つ 慣 有幫助
★★ 申（もう）し訳（わけ）ございませんが、これが精一杯（せいいっぱい）です。 抱歉，我真的已經盡力了。	精一杯（せいいっぱい） 形動 竭盡全力
★★ 私（わたし）が悪（わる）かったんです。是我不好。	悪（わる）い 形 不好的
★★ 私（わたし）のせいです。是我的錯。	せい 名 表示原因或理由
★★ お許（ゆる）し下（くだ）さい。請原諒我！ ＝ 許（ゆる）して下（くだ）さい。	許（ゆる）す 動 原諒 下（くだ）さい 補動 請～
★★ 許（ゆる）してくれない？能原諒我嗎？	くれる 補動 給予
★★ ご勘弁（かんべん）をいただきたいと思（おも）います。我想得到你的原諒。 ＝ お許（ゆる）しいただきたいと思（おも）います。	勘弁（かんべん） 名 サ 饒恕 思（おも）う 動 想
★★ 今度（こんど）だけ勘弁（かんべん）して下（くだ）さい。你就饒了我這一次吧！ ＝ 今度（こんど）だけご勘弁（かんべん）をお願（ねが）いします。	今度（こんど） 名 這次 だけ 副助 僅有
★★ もう二度（にど）と致（いた）しません。我不會再犯了。 ＝ もう二度（にど）と同（おな）じ間違（まちが）いは致（いた）しません。	二度（にど） 名 再度 同（おな）じ 形動 同樣
★★ いい加減（かげん）に勘弁（かんべん）してよ。你就饒了我吧！	～加減（かげん） 接尾 ～程度

（累積單字量3513個，慣用語量190個）

★ うかつでした。是我疏忽了。 ＝ 不注意でした。 ＝ 軽率でした。	うかつ 形動 疏忽 不注意 形動 不注意 軽率 形動 輕忽
☆☆ 私を許して頂けますか。可以原諒我嗎？	許す 動 原諒
☆☆ 私を許すと言ってくれませんか。你可以説聲原諒我嗎？ ① そんなふうに言わないで下さい。請別這麼説。 ＝ そんなふうにおっしゃらないで下さい。 ② あなたのせいじゃないよ。那不是你的錯。	私 名 我 言う 動 説 そんな 連體 那樣的 あなた 名 你（妳） よ 終助 表示自我的主張
☆☆ それは仕方がないよ。那是沒辦法的事。	仕方がない 慣 沒辦法
☆☆ いいよ。沒關係啦！ ＝ いいんですよ。	いい 形 沒關係的 よ 終助 表示強調
☆☆ 気にしないで。別介意！	気にする 慣 在意
★★ 今度は勘弁してやるよ。這次就原諒你。	今度 名 這次
★ 今度からもう少し注意してね。以後稍微注意一下。 ① そうします。我會的。	から 格助 從～開始 少し 副 稍微
☆☆ 大丈夫です。不要緊的。 ＝ 構いません。	大丈夫 形動 不要緊 構う 動 在意
★ あなたの過ちを許した。我原諒了你的過失。 ＝ あなたのミスを許した。	過ち 名 過失 ミス 名 錯誤
★ もっと注意するべきでした。我應該更注意才對。	べき 助動 應該
★ 今後このようなことのないよう、厳重に注意致します。 我以後會特別注意，避免再犯這樣的錯。 ＝ 今後同じことが起こらないよう十分配慮致します。	厳重に 副 鄭重地 同じ 形動 同樣 配慮 名 サ 顧慮

（累積單字量 3535 個，慣用語量 192 個）

Chapter 3

個人に関する情報

個人相關資訊

Chapter 3 個人に関する情報 個人相關資訊

Unit 01 ｜自分と家族について 說說自己和家人

★★ あなたの家族について教えて下さい。 聊聊你的家人吧！

① うちは大家族なんですよ。 我們是一大家子。

② うちは三世帯家族です。 我家三代同堂。

～ついて 連 關於～
うち 名 我家
三世帯 名 三代同堂

★★ 何人家族ですか。 你家有幾個人？

＝ ご家族は何人ですか。

① 四人家族です。 我家有四個人。

＝ 家族は四人います。

何人 名 幾個人
か 終助 表示疑問
四人 名 四個人
いる 動 有

★ 六人家族ですが、今は一人暮らしです。
有六個人，但是我現在一個人住。

今 名 副 現在
一人 名 一個人

★ あなたのうちの家族構成を教えて下さい。 你有哪些家庭成員？

① 両親と妹、それに私です。 父母，妹妹跟我。

② 父と母と妹がいます。 家中有家父，家母，跟妹妹。

構成 名 サ 組成
両親 名 父母親
父 名 家父

★★ ご兄弟はいますか。 你有兄弟姊妹嗎？

① 兄弟姉妹がたくさんいます。 我有很多兄弟姊妹。

② 五人兄弟の長男です。 我是五個兄弟姊妹當中的長男。

＝ 五人兄弟の一番上です。

兄弟 名 兄弟姊妹
長男 名 長男
一番 副 最
上 名 年長

★★ 何人兄弟ですか。 你有幾個兄弟姊妹？

① 兄が四人います。 我有四個哥哥。

② 私は妹が一人いるだけです。 我只有一個妹妹。

兄 名 哥哥
妹 名 妹妹
だけ 副助 只有

★ 私の家には、私を含めて子供が三人います。
包括我，我家有三個小孩。

含める 動 包括
子供 名 小孩

★★ 私は一人っ子です。 我是獨子。

一人っ子 名 獨子

★★ 私は一人娘です。 我是獨生女。

一人娘 名 獨生女

（累積單字量 3558 個，慣用語量 197 個）

☆★★ 私は一番上です。 我是老大。	上 [名] 年長
☆★★ 私は二番目です。 我排行第二。	～目 [名] 第～
☆★★ 私は末っ子です。 我是老么。 ＝ 私は一番下です。	末っ子 [名] 老么 下 [名] 年幼
★★ 私は兄ととても仲がいいです。 我跟哥哥感情很好。	仲がいい [慣] 感情好
★★ 兄はよく私の面倒を見てくれます。 哥哥很照顧我。	面倒を見る [慣] 照顧
★ 私は兄とはよく連絡を取り合っています。 我跟哥哥經常聯絡。	連絡 [名] [サ] 聯絡
★ 私は兄とはいつもお互いに助け合っています。 我跟哥哥總是互相幫忙。	兄 [名] 哥哥 助け合う [動] 互相幫忙
★ 私には、双子の姉がいます。 我有一個雙胞胎姊姊。	双子 [名] 雙胞胎
★ 私と姉は双子です。 我跟姊姊是雙胞胎。	姉 [名] 姊姊
★ 私と姉はそっくりで普通の人は見分けがつきません。 我跟姊姊太像了，一般人根本無法分辨。	普通 [形動] 普通 見分け [名] 區別
★ 私と姉は心が通じ合っています。 我跟姊姊有心電感應。	通じ合う [動] 相通
★ 私は姉と何でも話します。 我跟姊姊無話不談。	話す [動] 說
★ 私は姉とは全く性格が違います。 我跟姊姊的個性截然不同。	性格 [名] 個性
★ 私は姉とは好みが違います。 我跟姊姊的喜好截然不同。	好み [名] 喜好
★ 私と姉は違う職業に就いています。 我跟姊姊從事不同的行業。	職業 [名] 職業
★ 私は家族で一番可愛がられています。 我是全家最受寵的。	可愛がる [動] 疼愛
★ 私は甘えん坊です。 我很會撒嬌。	甘えん坊 [名] 會撒嬌的人

☆☆ 結婚(けっこん)していますか。你結婚了嗎？ ① はい、結婚(けっこん)しています。是的，我結婚了。 ② いいえ、独身(どくしん)です。不，我單身。	はい 感 表示肯定 いいえ 感 表示否定 独身(どくしん) 名 單身
★★ 私(わたし)は彼氏(かれし)と別(わか)れたばかりです。我跟男朋友剛分手。	別(わか)れる 動 分手
★★ 私(わたし)は今(いま)、彼氏(かれし)がいません。我目前沒有男朋友。	彼氏(かれし) 名 男朋友
★ 私(わたし)はもう何年(なんねん)も彼氏(かれし)がいません。我已經好幾年沒有交男朋友了。	何年(なんねん) 名 好幾年
★ 私(わたし)は全(まった)く結婚(けっこん)したいと思(おも)いません。我完全不想結婚。	全(まった)く 副 完全
★ 私(わたし)は結婚(けっこん)に向(む)いていないと思(おも)います。我認為我不適合婚姻。	向(む)く 動 適合
★ 婚約中(こんやくちゅう)です。我已經訂婚了。	婚約(こんやく) 名 サ 訂婚
★ 私(わたし)は今年(ことし)の六月(ろくがつ)に結婚(けっこん)します。我今年六月要結婚。	今年(ことし) 名 今年
★ 主人(しゅじん)と大学(だいがく)で知(し)り合(あ)いました。我跟老公是在大學認識的。	知(し)り合(あ)う 動 認識
★ 主人(しゅじん)は大学(だいがく)の先輩(せんぱい)です。我老公是我大學的學長。	先輩(せんぱい) 名 學長（姊）
★★ 結婚(けっこん)して二年(にねん)になります。我已經結婚兩年了。	結婚(けっこん) 名 サ 結婚
★ 主人(しゅじん)とお見合(みあ)いで結婚(けっこん)しました。我跟老公是相親結婚的。	見合(みあ)い 名 相親
★ 主人(しゅじん)は家事(かじ)を手伝(てつだ)ってくれます。老公會分擔家務。	家事(かじ) 名 家事
★ これは私(わたし)の二度目(にどめ)の結婚(けっこん)です。這是我的第二次婚姻。	二度目(にどめ) 名 第二次
★ 私(わたし)たちの結婚生活(けっこんせいかつ)はとても幸(しあわ)せです。我們的婚姻生活非常幸福。	幸(しあわ)せ 形動 幸福
★ 私(わたし)は結婚(けっこん)は愛情(あいじょう)の墓場(はかば)だとは思(おも)いません。 我不認為結婚是愛情的墳墓。	愛情(あいじょう) 名 愛情 墓場(はかば) 名 墳墓
★ 私(わたし)は夫(おっと)の両親(りょうしん)と一緒(いっしょ)に住(す)んでいます。我跟公婆一起住。	夫(おっと) 名 老公
★ 私(わたし)は 姑(しゅうとめ) とうまくいっています。我跟婆婆相處得很好。	姑(しゅうとめ) 名 婆婆

（累積單字量3597個，慣用語量199個）

★ 私と夫の両親との関係はとてもいいです。 我跟公婆的關係非常好。	関係 名 關係 とても 副 相當
★★ 私は離婚しました。 我已經離婚了。	離婚 名 サ 離婚
★ 私は再婚することはありません。 我不可能再婚。	再婚 名 サ 再婚
☆★ お子さんはいますか。 你有小孩嗎？ ① 子供はいません。 我沒有小孩。 ② 息子が二人と娘が一人います。 我有兩個兒子跟一個女兒。	お子さん 名 尊稱對方小孩 息子 名 兒子 娘 名 女兒
★★ 私は妊娠しました。 我懷孕了。	妊娠 名 サ 懷孕
★ もうすぐ子供が生まれるんです。 我的小孩就快出生了。	生まれる 動 出生
★ 二月に生まれる予定です。 預產期在二月。	予定 名 サ 預計
★ 私は、父親になったばかりです。 我剛當了爸爸。	父親 名 父親
★ 妻と子供が二人います。 我跟老婆有兩個孩子。	妻 名 老婆
☆★ お子さんはいくつですか。 你的小孩多大了？ ① 息子は高校三年生です。 我兒子高中三年級。 ② 娘は十三歳です。 我女兒十三歲。	高校 名 高中 ~年生 名 ~年級 ~歳 名 ~歲
★ 息子は大学に入ったばかりです。 我兒子剛進大學。 = 息子は大学生になったばかりです。	入る 動 進入 大学生 名 大學生
★ 高校生の息子と小学生の娘がいます。 我有一個念高中的兒子，跟一個念小學的女兒。	高校生 名 高中生 小学生 名 小學生
★ 主人は子供に厳しく、私は子供に優しくします。 對小孩，老公扮黑臉，我扮白臉。	厳しい 形 嚴格的 優しい 形 溫和的
★ 私たちは子供をとても愛しています。 我們很愛小孩。	愛する 動 愛
★ 私たちは、子供たちの考えを尊重します。 我們會尊重孩子們的想法。	考え 名 想法 尊重 名 サ 尊重

（累積單字量3621個，慣用語量199個）

★ 子供たちとは、まるで友達みたいなんですよ。 我跟孩子們就像朋友一樣。	まるで 副 好像 友達 名 朋友
★ 私たちは、決して子供たちをよその家の子供と比べません。 我們從不拿孩子們跟別人的孩子做比較。	決して 副 絕對 比べる 動 比較
★★ お父さんはお元気ですか。令尊還好嗎？ ① 父は元気にしています。家父很好。 ② 父は体が良くないです。家父身體不好。	お父さん 名 令尊 元気 形動 有精神 体 名 身體
★ 父は中国大陸に単身赴任中です。家父一個人在大陸工作。 ＝ 父は一人で中国大陸で働いています。	単身赴任 名 サ 單身赴任 一人 名 一個人
★ 父は私に対してとても厳しいです。家父對我很嚴格。	対する 動 對
★ 父は一昨年、定年退職しました。家父前年退休了。	定年退職 名 サ 退休
★ 父は再婚しました。家父再婚了。	再婚 名 サ 再婚
★★ 父は去年亡くなりました。家父去年過世了。	亡くなる 動 死亡
★★ 母は専業主婦です。家母是專職主婦。	主婦 名 主婦
★ 私にとって、母は友達みたいです。 對我而言，母親就像朋友。	母 名 母親
★ 皆、私の性格は母に似ていると言います。 大家都說我的個性像母親。	似る 動 像
★ 私は、よく母に似ていると言われています。 我經常被說長得像母親。	よく 副 經常 言われる 動 被說
★ お母様は仕事していたんですか。令堂以前有在工作嗎？ ① 覚えている限りではないですね。我沒有印象耶！ ② 両親は共働きです。我的父母都有工作。	仕事 名 工作 覚える 動 記得 共働き 名 サ 都上班
★ 両親は男尊女卑的な考え方を持っていません。 父母親沒有重男輕女的觀念。	男尊女卑的 形動 重男輕女的 考え方 名 觀念

（累積單字量 3644 個，慣用語量 199 個）

★ 両親はいつも私のことを気にかけています。 父母親總是很關心我。	両親 名 父母親 気にかける 慣 關心
★ 私はよく自分のことを両親に話します。 我常跟父母親談自己的事。	自分 名 自己 話す 動 説
★ 両親は離婚しました。 我的父母離婚了。	離婚 名 サ 離婚
★ 両親は二年前から別居しています。 我的父母分居了。	別居 名 サ 分居
★★ ペットを飼っていますか。 你有養寵物嗎？ ① はい、家では犬を二匹飼っています。 有，我家養了兩隻狗。 ② いいえ、私のアパートではペットを飼うことはできません。 沒有，我住的公寓不准飼養寵物。	ペット 名 寵物 犬 名 狗 アパート 名 公寓 飼う 動 飼養

Unit 02 ｜見掛け 外表

★★ 身長はいくつですか。 你身高多少？ ① 百六十三センチです。 我身高 163 公分。 ② 五フィート四インチです。 我身高五呎四吋。	センチ 名 公分 フィート 名 呎 インチ 名 吋
★ 私はのっぽです。 我是高個子。 ＝ 私は背が高いです。	のっぽ 名 高個子 背が高い 名 高個子
★ 私の身長は、中ぐらいです。 我的身高中等。	中 名 中等
★★ 私は背が低いです。 我很矮。	低い 形 矮的
★ もう少し背が高いといいのですが。 我希望我可以再高一點。	少し 副 稍微
★ 少し太り過ぎなんです。 我有一點過重。	～過ぎ 接尾 過於～

☆★ 体重(たいじゅう)はどれぐらいですか。 你體重大約多少？ ① 五十四(ごじゅうよん)キロぐらいです。 我大約 54 公斤。 ② 百二十(ひゃくにじゅう)ポンドぐらいです。 我大約 120 磅。	体重(たいじゅう) 名 體重 キロ 名 公斤 ポンド 名 磅
★ もっとほっそりした体型(たいけい)になりたいです。 我希望我再苗條一點。 ① いいえ、ちょうどいいと思(おも)いますよ。 不，我認為你這樣剛剛好。	ほっそり 副 サ 苗條 体型(たいけい) 名 體型
★ 最近(さいきん)、めっきり白髪(しらが)が増(ふ)えました。 我最近白髮明顯變多了。	めっきり 副 明顯地
★ 私(わたし)はどちらかと言(い)えば母(はは)に似(に)ています。 我長得比較像媽媽。 ＝ 私(わたし)はどちらかと言(い)うと母(はは)に似(に)ています。	どちらかと言(い)えば 慣 說起來 どちらかと言(い)うと 慣 說起來
☆★ 近視(きんし)です。 我近視。	近視(きんし) 名 近視
☆★ いつも眼鏡(めがね)を掛(か)けています。 我總是戴著眼鏡。	眼鏡(めがね) 名 眼鏡
☆★ コンタクトレンズを使(つか)っています。 我戴隱形眼鏡。	コンタクトレンズ 名 隱形眼鏡
★ 車(くるま)を運転(うんてん)する時(とき)だけ眼鏡(めがね)を掛(か)けます。 我只有在開車時戴眼鏡。 ＝ 車(くるま)を運転(うんてん)する時(とき)しか眼鏡(めがね)を掛(か)けません。	だけ 副助 只有 しか 副助 只有
★ 徐(じょ)さんって見(み)た目(め)はどんな感(かん)じですか。 徐小姐看起來如何？ ① 彼女(かのじょ)は最近(さいきん)太(ふと)ってきています。 她最近胖了。	見(み)た目(め) 名 外觀 感(かん)じ 名 感覺
★★ 彼女(かのじょ)は太(ふと)っています。 她很胖。	太(ふと)る 動 胖
★ 彼女(かのじょ)は八十(はちじゅっ)キロくらいありそうです。 她好像有八十公斤。	くらい 副助 左右
★ 彼女(かのじょ)は「ぷに子(こ)」です。 她是個「肉肉女」。	ぷに子(こ) 名 肉肉女
★ 彼女(かのじょ)の頬(ほお)は、ぽっちゃりしています。 她的臉頰肉肉的。	ぽっちゃり 副 サ 胖嘟嘟地
★ 彼女(かのじょ)の腕(うで)はむちむちしています。 她的手臂肉肉的。	腕(うで) 名 手臂

（累積單字量 3680 個，慣用語量 202 個）

★ 彼女はグラマーです。她很豐滿。 ＝ 彼女はむちむちしています。	グラマー 形動 豐滿 むちむち 副 サ 豐腴地
★ 彼女は中肉中背です。她是中等身材。	中肉中背 名 中等身材
★ 彼女はスタイルの均整が取れています。她的身材很勻稱。	均整 名 勻稱
★ 彼女はスリムです。她很苗條。	スリム 形動 苗條
★ 彼女は贅肉が全くなさそうです。她完全沒有贅肉。	贅肉 名 贅肉
★ 彼女はガリガリに痩せています。她骨瘦如柴。	ガリガリに 副 精瘦地
★ 彼女はすらりとした体つきです。她身材修長。 ＝ 彼女は体つきがすらっとしています。	すらりと 副 サ 身材修長地 体つき 名 體格
★★ 彼女は私より背が高いです。她比我高。	背が高い 慣 高個子
★ 彼女は台湾人では背が高い方です。她在台灣人裡面算高的了。	台湾人 名 台灣人
★ 彼女は百七十センチ以上あると思います。 我認為她有 170 公分以上。	以上 名 以上 思う 動 認為
★ 彼女は天然パーマです。她的頭髮是自然捲。	天然パーマ 名 自然捲
★★ 彼女は髪が長いです。她頭髮很長。 ＝ 彼女は長い髪です。	髪 名 頭髮 長い 形 很長的
★ 彼女の髪は腰まで届きます。她的頭髮及腰。	届く 動 到達
★ 彼女は髪を茶色に染めています。她的頭髮染成茶褐色的。	染める 動 染
★ 彼女は黒くて健康的です。她皮膚黝黑，很健康。	健康的 形動 健康的
★ 彼女は小麦色の肌をしています。她有著小麥色的肌膚。	小麦色 名 小麥色
★ 彼女は目鼻立ちが、はっきりしています。她的五官很立體。	目鼻立ち 名 五官

（累積單字量 3700 個，慣用語量 203 個）

★ 彼女は顔の彫りが深いです。 她的輪廓很深。	彫り [名] 輪廓
★ 彼女は目がパッチリしています。 她有一雙水汪汪的大眼睛。 ＝ 彼女はパッチリとした大きな目をしています。	パッチリ [副] [サ] 眼睛睜大地 大きな [連體] 大的
★ 彼女は、彫りの深い目をしています。 她的眼睛很深邃。	深い [形] 深邃的
★ 彼女は細目の典型みたいな顔です。 她是典型的瞇瞇眼。	細目 [名] 瞇瞇眼
★ 彼女は顔にソバカスができています。 她臉上長著雀斑。 ＝ 彼女は顔にソバカスがあります。	ソバカス [名] 雀斑 顔 [名] 臉
★ 彼女は鼻筋が通っています。 她的鼻子很挺。	鼻筋が通る [名] 鼻樑高
★ 彼女は色白の顔をしています。 她有著白皙的臉蛋。	色白 [名] 白皙
★ 彼女は色白で柔らかで小さな顔をしています。 她有著柔嫩白皙的小臉。	柔らか [形動] 柔嫩 小さな [形動] 小的
★ 彼女の肌は白くて、透き通っています。 她的皮膚白皙透明。	透き通る [動] 透明
★ 彼女の顔は、青白いです。 她的臉色蒼白。	青白い [形] 蒼白的
★ 彼女は可愛いえくぼがあります。 她有可愛的酒窩。	えくぼ [名] 酒窩
★★ 彼女はジョリン・ツァイに似ています。 她很像蔡依林。 ＝ 彼女はジョリン・ツァイにそっくりです。 ＝ 彼女はジョリン・ツァイみたいです。	似る [動] 相似 そっくり [副] [サ] 相像 みたい [助動] 看起來
★ 彼女は外見が母親似です。 她的外表跟她母親很像。 ＝ 彼女は外見が母親に似ています。 ＝ 彼女は母親と外見が似ています。	彼女 [代名] 她 母親 [名] 母親 外見 [名] 外表
★ 彼女は足がすらっと長いです。 她的腿很長。	足 [名] 腳

（累積單字量3721個，慣用語量203個）

★ 彼女の力強さは優しい外見で隠されています。 她的氣勢被溫柔的外表掩蓋了。 ＝ 彼女の力強さは優しい外見で蔽われています。 ＝ 彼女の力強さは優しい外見の裏に潜んでいます。	優しい 形 溫柔的 隠す 動 隱藏 蔽う 動 覆蓋 潜む 動 潛伏
★ 彼女は猫背で姿勢が悪いです。 她駝背，姿勢不良。 ＝ 彼女は姿勢が悪く、猫背です。	猫背 名 駝背 姿勢 名 姿勢
★ 彼女は童顔です。 她是娃娃臉。	童顔 名 娃娃臉
★ 彼女は容姿が整っています。 她長得很標緻。	整う 動 端正
★ 彼女は外見がモデルのようです。 她外表像個模特兒。	モデル 名 模特兒
★ 彼は外見に気を遣う男性です。 他是一個講究外表的男性。 ＝ 彼は外観に気を遣う男性です。 ＝ 彼は見掛けに気を遣う男性です。	気を遣う 慣 講究 外観 名 外觀 見掛け 名 外表
★ 彼女は外見に気を配る女性です。 她是一個在意外表的女性。	気を配る 慣 在意
★ 彼女は外見以外の全てがルーズです。 她除了外表以外，全都吊兒郎當的。 ＝ 彼女は外見以外の全てがだらしないです。 ＝ 彼女は外見以外の全てが散漫です。	全て 名 全部 ルーズ 形動 吊兒郎當 だらしない 形 邋遢的 散漫 形動 散漫
★ 彼女の外見に騙されました。 我被她的外表給矇騙了。 ＝ 彼女の外見にごまかされました。 ＝ 彼女の外見に惑わされました。	騙す 動 欺騙 ごまかす 動 蒙蔽 惑わす 動 迷惑
★ 彼女は年の割に若く見えます。 她看起來比實際年齡年輕。 ＝ 彼女は実際の年より若く見えます。	若い 形 年輕的 実際 名 實際
★★ 彼女はもうすぐ五十歳だなんて信じられません。 真不敢相信她已經快五十歲了。	もうすぐ 副 馬上 信じる 動 相信

（累積單字量3743個，慣用語量205個）

★ 彼女の外見から推測される大よその年齢は四十歳です。 從她的外表推測，年齡大約是四十歲。 ＝ 彼女の外見から推測される凡その年齢は四十歳です。 ＝ 彼女の外見から推測される大体の年齢は四十歳です。	推測 [名][サ] 推測 大よそ [名] 大概 凡そ [名] 大概 大体 [名] 大概
★★ 彼女は見掛けほど実際には若くありません。 她實際上不像外表看起來那麼年輕。	彼女 [名] 她 実際に [副] 實際上
★ 化粧品は外見を美しくすることができます。 化妝品可以美化外表。 ＝ 化粧品は外見を綺麗に見せてくれます。	化粧品 [名] 化妝品 美しくする [慣] 美化 外見 [名] 外表
★★ 彼ってどう見えますか？ 他看起來如何？ ① 彼は若い色白の男です。他是個年輕白淨的男生。 ② 彼の顔は、血色がよく、艶々しています。他的臉色紅潤有光澤。	若い [形] 年輕的 血色 [名] 臉色 艶々 [副][サ] 晶瑩發亮
★ 彼は容姿がすらっとしています。他相貌堂堂。	容姿 [名] 相貌
★ 彼は年の割に老けて見えます。他看起來比實際年齡老。	老ける [動] 上年紀
★ 彼はずいぶん外見が変わりました。他的外表改變了很多。	変わる [動] 改變
★ 彼の外見は穏やかに見えます。他看起來很穩重。	穏やか [形動] 穩重
★ 彼は、怖そうに見えます。他看起來很兇。	怖い [形] 恐怖的
★ 彼は目つきがすごく鋭いです。他的眼神很銳利。	鋭い [形] 銳利的
★ 彼は最近めっきり老け込みました。他最近很明顯地老了。 ＝ 彼は最近めっきり年を取りました。	老け込む [動] 顯老 年を取る [慣] 上年紀
★ 彼はビール腹です。他有啤酒肚。	ビール腹 [名] 啤酒肚
★ 彼は六十歳見当です。他有六十歲的模樣。	見当 [接尾] 端倪
★ 彼は白髪があります。他有白髮。	白髪 [名] 白髮

（累積單字量3764個，慣用語量207個）

★ 彼は白髪頭になりました。 他的頭髮全白了。	白髪頭 [名] 白頭
★ 彼は生え際が後退しています。 他的髮線很高。	後退 [名][サ] 後退
★ 彼はもうすぐ禿げそうです。 他快禿頭了。	禿げる [動] 禿頭
★ 彼は、目の下にクマがあります。 他有黑眼圈。	クマ [名] 黑眼圈
★ 彼は口ひげを生やしています。 他嘴上有蓄鬍。	口ひげ [名] 嘴上的鬍鬚
★ 彼はあごひげを生やしています。 他下巴有留鬍子。	あごひげ [名] 下巴的鬍鬚
★ 彼はがっしりした体格です。 他的體格很結實。 ＝ 彼は体格ががっしりしています。	がっしり [副][サ] 結實 体格 [名] 體格
★ 彼は筋肉質でスポーツマンタイプです。 他是肌肉發達的運動員類型。 ＝ 彼は筋肉の発達したスポーツマンタイプです。	筋肉質 [名] 肌肉發達的體質 発達 [名][サ] 發達 スポーツマン [名] 運動員
★ 彼は「佐川男子」のタイプです。 他是「佐川男子」類型。	佐川男子 [名] 佐川男子
★ 色黒が印象的です。 印象最深的是他膚色很黑。 ＝ 色黒が人目を引きます。 ＝ 色黒が目立ちます。	印象的 [形動] 印象深刻的 人目を引く [慣] 引人注目 目立つ [動] 醒目
★ 彼はブロンズ色の肌をしています。 他有著古銅色的肌膚。	ブロンズ色 [名] 古銅色
★ 外見から判断して、彼は金持ちに違いない。 從外表判斷，他肯定是個有錢人。	金持ち [名] 有錢人 違いない [慣] 無疑的
★ 私は外見で判断されたくないです。 我不想讓人用外表來判斷我。	判断 [名][サ] 判斷
★ 私の外見だけではなく中身を見て下さい。 請看我的內在，不要看我的外表。	中身 [名] 內在 見る [動] 看
★ 私は人の外見には重要性を感じません。 我不看重人的外表。 ＝ 私は人の外見には重きを置きません。	重要性 [名] 重要性 置く [動] 放置

（累積單字量3785個，慣用語量209個）

★ 人を見掛けで判断してはいけません。 我們不能用外表來判斷人。 ＝ 見掛けによって人を判断してはいけません。	見掛け 名 外表 よる 動 依據
★ 外見を適当に飾るのはマナーです。 適當地修飾外表是禮貌。	飾る 動 裝飾，修飾
★ 性格が外見に出ることはよくあると言われます。 據說性格常常表現在外貌上。	出る 動 顯現 言われる 動 據說
★ 外見上の様子で、人の地位や職業を推測できます。 外表的樣子可以推測人的地位或職業。	様子 名 樣子 推測 名 サ 推測
★ 人の良さは外見では分かりません。 人的好壞無法用外表來判斷。 ＝ 外見で、善人と悪人を区別することはできません。	善人 名 好人 悪人 名 壞人
★ 外見ではなく、行動で人を判断しなさい。 請用行動來判斷人，不要用外表。	行動 名 サ 行動 人 名 人

Unit 03 ｜性格 個性

☆★ あなたはどのような性格ですか。 你的個性如何？ ＝ あなたはどんな性格ですか。 ＝ あなたの性格はどうですか。	どのような 連體 怎樣的 性格 名 個性 どんな 連體 怎樣的
★★ 明るいです。 我很開朗。	明るい 形 開朗的
★ 独立心が強いです。 我很獨立。	独立心 名 獨立心
★ 人見知りします。 我很怕生。	人見知り 名 サ 怕生
★ 大人しい方です。 我比較文靜。	大人しい 形 文靜的

（累積單字量 3803 個，慣用語量 209 個）

★ 完璧主義者です。我是個完美主義者。 ＝ 完全主義者です。	完璧主義者 名 完美主義者 完全主義者 名 完美主義者
★ 自分にとても自信があります。我很有自信。	自信 名 自信
★ 粘り強い性格です。我的意志堅定。	粘り強い 形 堅韌的
★ 時間を守る人です。我是很守時的人。	守る 動 遵守
★ 人に会うことが好きです。我喜歡認識人。	会う 動 見面
★ 基本的には楽天家です。基本上我是樂天派的。	楽天家 名 樂天派
★ 考え方が柔軟です。我的思考很有彈性。	柔軟 形動 柔軟
★ 周りの人にどう思われているかが気になります。 我在意周遭的人對我的感覺。	周り 名 周遭 気になる 慣 在意
★ 打ち解けるのに時間が掛かるんです。要跟我混熟得花一點時間。	打ち解ける 動 混熟
★ 以前に比べれば、随分社交的になりました。 我比以前善於交際了。	比べる 動 比起 随分 副 相當
★★ 王さんってどんな性格？王先生的個性如何？ ① 彼は努力家です。他是一個很努力的人。 ② 彼はいつも積極的です。他一直都很積極。	彼 代名 他 努力家 名 很努力的人 積極的 形動 積極的
★ 彼はいつも冷静沈着です。他總是很冷靜沉著。 ＝ 彼はいつも落ち着いています。	沈着 形動 沉著 落ち着く 動 沉穩
★★ 彼はとても頭がいいのよ。他非常聰明。	頭がいい 慣 聰明
★ 彼は頭が切れるんだよ。他非常精明。	頭が切れる 慣 精明
★ 彼は誠実な人です。他是個誠實的人。	誠実 形動 誠實
★ 彼は尊敬できる人です。他是個值得尊敬的人。	尊敬 名 サ 尊敬

（累積單字量3822個，慣用語量212個）

★ 彼は信頼できる人です。他是個可以信任的人。 ＝ 彼は頼りになる人です。	信頼 名 サ 信任 頼りになる 慣 可以信任的
★ 彼は礼儀正しい人です。他是個有禮貌的人。	礼儀正しい 形 有禮貌的
★ 彼は要領がいい人です。他是個機靈的人。	要領がいい 慣 注重細節的
★ 彼は細かいところに注意を払う人です。他是個注重細節的人。	細かい 形 細微的
★ 短気なところが玉に瑕です。他美中不足的地方是脾氣不太好。 ＝ 彼は短気です。それがなければ完璧です。	玉に瑕 慣 美中不足 短気 形動 脾氣壞
★ 彼は「俺様男」です。他是一個驕傲自大的男人。	俺様男 名 驕傲自大的男人
★ 彼は自信過剰です。他對自己太有自信了。	自信過剰 形動 太過有自信
☆☆ 彼女の性格はどうですか。她的個性如何？ ① 彼女はつかみどころがない人です。她對我來説是個謎。 ＝ 彼女は謎の人です。 ＝ 彼女は不可解な人です。	つかみどころがない 慣 毫無頭緒 謎 名 謎 不可解 形動 難以理解 人 名 人
☆☆ どういうこと？怎麼説呢？ ① 彼女の考えていることは見当がつかない。她的想法難以捉摸。 ② 彼女は内気な方です。她比較內向。	見当 名 端倪 つく 動 掌握 内気 形動 內向
★ 彼女は退屈な人です。她是個很無趣的人。	退屈 形動 無趣
★ 彼女はあまり自分に自信がありません。她對自己沒什麼自信。	あまり 副 不太～
★ 彼女は誰にも心を開かないんだよ。她不對任何人敞開心胸的。	心を開く 慣 敞開心胸
★ 彼女は優柔不断なところがあります。她有時候會優柔寡斷。	優柔不断 形動 優柔寡斷
★ 彼女は良く言えば慎重、悪く言えば神経質です。 她説好聽一點是很謹慎，説難聽一點是神經質。	慎重 形動 慎重 神経質 形動 神經質
★ 彼女はのんびりしています。她很懶散。	のんびり 副 サ 鬆散

（累積單字量 3840 個，慣用語量 217 個）

★ 彼女はそそっかしい人です。她是個輕率冒失的人。	そそっかしい 形 冒失的
★ 彼女は注意力散漫な人です。她是個注意力散漫的人。	散漫 形動 散漫
★ 彼女はとても消極的な人です。她是個相當消極的人。	消極的 形動 消極的
★ 彼女はもう少し積極的になった方がいいと思います。 我認為她應該稍微積極一點。	少し 副 稍微 積極的 形動 積極的
★ 彼女は時間にルーズです。她沒什麼時間觀念。 ＝ 彼女は時間に几帳面ではありません。	ルーズ 形動 邋遢 几帳面 形動 認真
★ 彼女は不器用な人です。她是個不太靈活的人。	不器用 形動 不靈活
★ 彼女の短所は嫌味なところです。她的缺點是很喜歡挖苦人。	嫌味 形動 刺耳
★ 彼女は言い方がきついです。她説話很尖鋭。	言い方 名 説法
★ 彼女は詮索好きなんです。她很喜歡問東問西。	詮索 名 サ 窮究
★ 彼女は人の噂話ばかりしています。她很八卦。	噂話 名 風聲
★★ 陳さんはどんな人ですか。陳小姐是一個怎樣的人？ ① 彼女はわがままです。她很任性。 ② 彼女は子供っぽいです。她很孩子氣。	どんな 連體 怎樣的 わがまま 形動 任性 っぽい 接尾 像～似的
★ 彼女は自惚れていますよ。她很自戀。	自惚れる 動 自戀
★ 彼女は心が狭いです。她心胸狹窄。	狭い 形 狹窄的
★ 彼女は常識が欠けています。她很沒常識。	欠ける 動 欠缺
★ 彼女は「天然ボケ」ですよ。她是一個「天然呆」。	天然ボケ 名 天然呆
★ 彼女は「養殖女」ですよ。她是一個「故作天真的女生」。 ＝ 彼女は「天然ぶっている女子」ですよ。	養殖女 名 故作天真的女生 ぶる 動 裝模作樣
★★ 彼女は少し気が短いです。她性子有點急躁。	気が短い 慣 急躁的

（累積單字量3861個，慣用語量218個）

★★ 彼女はケチです。她很吝嗇。	ケチ 形動 吝嗇
★ 彼女は頑固な人です。她是個很頑固的人。	頑固 形動 頑固
★ 彼女は見栄っ張りな人です。她是個愛慕虛榮的人。	見栄っ張り 形動 愛慕虛榮
★ 彼女は自己中心的です。她是個以自我為中心的人。	自己中心的 形動 以自我為中心的
★ 彼女は自意識過剰ですよ。她自我意識太強了。	自意識過剰 形動 自我意識太強
★ 彼女はすぐ感情的になる人です。她是個情緒化的人。	感情的 形動 情緒化
★ 彼女は感情をすぐ顔に出す人です。她是個喜怒形於色的人。	顔に出す 名 表現在臉上
★ 彼女はあまり社交的ではありません。她不是個善於交際的人。	社交的 形動 愛交際的
★★ 彼女のこと、どう思う？你認為她怎麼樣？ ① 彼女は愛嬌があります。她很可愛。 ② 彼女は思いやりがあるのよ。她很體貼。	思う 動 認為 愛嬌がある 慣 很可愛 思いやりがある 慣 體貼的
★★ 彼女は愛想がいいです。她很和藹可親。	愛想がいい 慣 和藹的
★ 彼女は世話好きです。她喜歡照顧人。	世話好き 形動 喜歡照顧人
★ 彼女は思い切りがいい方です。她比較乾脆。	思い切りがいい 慣 乾脆的
★★ 彼女は優しい人です。她很一個很溫柔的人。	優しい 形 溫柔的
★★ 彼女は誰にでも親切です。她對每個人都很親切。	親切 形動 親切
★ 彼女は気さくな人です。她是一個很隨和的人。	気さく 形動 隨和
★★ 彼女は付き合いやすい人です。她是一個很好相處的人。	付き合う 動 相處
★★ 彼女は魅力的です。她很有魅力。	魅力的 形動 有魅力的
★ 彼女は大らかな人です。她是一個心胸開闊的人。	大らかな 形動 心胸開闊

（累積單字量 3877 個，慣用語量 222 個）

★ 彼女は心が温かい人です。 她是一個慈悲為懷的人。	温かい 形 溫暖的
★ 彼女は陽気で、お喋りです。 她很開朗健談。 ＝ 彼女は陽気で、口数が多いです。 ＝ 彼女は陽気で、話好きです。	お喋り 名 サ 健談 口数が多い 慣 話多的 話好き 形動 話多
★★ ユーモアのセンスがあります。 她很有幽默感。	ユーモア 名 幽默
★★ 彼女は人気者です。 她很受歡迎。	人気者 名 受歡迎的人
★ 彼女は社交的です。 她善於交際。	社交的 形動 善交際
★ 彼女は顔が広いです。 她人面很廣。	顔が広い 慣 人面廣
★ 彼女は誰とでも気軽に話をします。 她跟任何人都可以輕鬆地交談。	気軽に 副 輕鬆地
★ 彼女は子煩悩なんですよ。 她很疼愛孩子。	子煩悩 形動 疼愛孩子

Unit 04 ｜出身地、住まい 出身地、住處

☆★ 出身地はどちら？ 你是哪裡人？ ＝ どちらのご出身ですか。 ＝ ご出身はどちらですか。	出身地 名 出身地 出身 名 出身 どちら 代名 哪裡
☆★ どちらからいらっしゃったんですか。 您最初是從哪兒來的？	もともと 副 原本 いらっしゃる 動 來
☆★ ご実家はどちらですか。 您老家在哪？ ＝ 古里はどちらですか。	実家 名 老家 古里 名 故鄉

★ 桃園の出身です。 我在桃園出生。 ＝ 生まれは桃園です。 ＝ 私の出身地は桃園です。	桃園 名 桃園 生まれ 名 出生 私 代名 我
★ 桃園県の中壢市という町です。 我來自桃園縣中壢市這個城市。	町 名 城市
★ 中壢で育ったのですか。 你是在中壢長大的嗎？ ① はい、生まれも育ちも中壢です。 是的，我在中壢出生，也在中壢長大。 ＝ はい、中壢で生まれ育ちました。	育つ 動 成長 育ち 名 成長 生まれ育つ 動 出生成長
★ 高校までは中壢に住んでいました。 一直到唸高中為止，我都住在中壢。	高校 名 高中 住む 動 住
★ 生まれたのは中壢ですが、その後は、あちこち色々な場所に住みました。 我在中壢出生，不過之後我住過許多地方。	色々 形動 各種 場所 名 地方
★ 台北で生まれ、新竹で育ちました。 我在台北出生，在新竹長大。	生まれる 動 出生
★ どこかほかの場所に引っ越したいんです。 我想要搬到別的地方。	引っ越す 動 搬遷
★ 台東の池上という、米で有名なところです。 台東池上這個以米聞名的地方。	米 名 米 ところ 名 地方
★ 宜蘭の礁溪という温泉で有名なところです。 宜蘭礁溪這個以溫泉聞名的地方。	温泉 名 溫泉 有名 形動 有名
★ それなら、よく温泉を楽しんでるんでしょうね。 那你常常享受泡溫泉的樂趣吧！ ① ええ、よく家族と一緒に温泉に行ってるんです。 是啊！我常常跟家人一起去泡溫泉。	よく 副 經常 楽しむ 動 享受 一緒に 副 一起 行く 動 去
★★ どんなところに住んでいるの？ 你住在什麼地方？ ＝ お住まいはどちらですか。 ＝ どちらにお住まいですか。	どんな 連體 怎樣的 住まい 名 住處 どちら 代名 哪邊
★★ 住所をお尋ねしてもいいですか。 我可以問一下你的地址嗎？	尋ねる 動 詢問

（累積單字量 3917 個，慣用語量 224 個）

☆☆ 住所を教えて下さい。請告訴我你的地址。 ① 台中です。我住在台中。 ＝ 台中に住んでいます。	住所 名 住址 教える 動 告知 住む 動 住
☆☆ 台中にはどれぐらいお住まいなのですか。你在台中住多久了？ ① 生まれてから、ずっと台中に住んでいます。我一出生就住在台中了。 ② 台中に住んで十年になります。我住在台中十年了。	どれぐらい 名 多久 生まれる 動 出生 ずっと 副 一直
☆☆ 台中のどこにお住まいですか。你住在台中的哪裡？ ① 街の中心部に住んでいます。我住在市區。 ② 郊外に住んでいます。我住在郊區。	街 名 街道 中心部 名 中央 郊外 名 郊外
☆ 郊外に引っ越して来たばかりです。我剛搬到郊區沒多久。	ばかり 副助 剛剛
☆ 田舎住まいです。我住在鄉下。	田舎 名 鄉下
☆ 家は住宅地にあります。我家在住宅區。	住宅地 名 住宅區
☆ 家は商業地域にあります。我家在商業區。	商業地域 名 商業區
☆ 家は、ＭＲＴ駅に近いです。我家靠近捷運站。 ＝ 家は、ＭＲＴ駅の近くです。	ＭＲＴ 名 捷運 近く 名 附近
☆ 家は、駅から歩いて十五分ぐらいです。 從我家走路到車站約十五分鐘。	駅 名 車站 歩く 動 走路
☆ 家は、駅から自転車で五分ぐらいです。 從我家騎腳踏到車站約五分鐘。	家 名 家 自転車 名 腳踏車
☆ 家は大通り沿いにあります。我住在大馬路旁。	～沿い 接尾 ～旁邊
☆ 家は狭い路地にあります。我住在小巷子裡。	路地 名 小巷
☆☆ ご家族と住んでいるのですか。你跟家人一起住嗎？ ① はい、家族と住んでいます。是的，我跟家人一起住。 ② いいえ、一人暮らしです。不，我一個人住。	家族 名 家人 と 格助 跟 一人暮らし 名 一個人生活

（累積單字量3941個，慣用語量224個）

★ 一人住まいに慣れています。 我一個人住習慣了。	一人住まい 名 一個人住
★★ 両親と住んでいます。 我跟父母同住。	両親 名 父母
★ 今は、家族と離れて台中に単身赴任中です。 我現在跟家人分開，一個人在台中任職。	今 名 現在 離れる 動 分開
★★ 一人で家を借りて住んでいます。 我自己一個人租房子住。 ＝ 一人で借家しています。	一人 名 一個人 借家 名 サ 租房子
★ 仮住まいしています。 我住在臨時的地方。 ＝ 仮住まいの所に住んでいます。	仮住まい 名 臨時住所 所 名 地方
★ 叔母さんの家に寄宿しています。 我借住嬸嬸家中。 ＝ 叔母さんの家に下宿しています。 ＝ 叔母の家に身を寄せています。	寄宿 名 サ 借住 下宿 名 サ 借住 身を寄せる 慣 寄居
★★ 住まいはどのような場所ですか。 你住的是怎樣的地方？ ① トイレ・バス付きの部屋に住んでいます。 我住套房。 ② アパートで一人暮らしです。 我一個人住在公寓。 ＝ 一人でアパートに住んでいます。	場所 名 地方 部屋 名 房間 で 格助 在～ アパート 名 公寓
★ 寝室が二つあるアパートに住んでいます。 我住在有兩個房間的公寓。	寝室 名 寢室 二つ 名 兩個
★ 妻とマンション住まいです。 我跟老婆住在電梯大樓。 ＝ 妻とマンションに住んでいます。	マンション 名 電梯大樓 妻 名 老婆
★ 今住んでいる家は購入したものですか。 目前住的房子是買的嗎？ ① はい、購入したものです。 是的，是買的。 ② いいえ、今住んでいる家は賃貸です。 不是，目前住的房子是租的。 ＝ いいえ、今住んでいる家は借りています。	購入 名 サ 購入 今 副 目前 賃貸 名 サ 租貸 借りる 動 租借
★ 私はローンを組んで家を買いました。 我貸款買了房子。	ローンを組む 慣 貸款
★ 私は住宅ローンが払えません。 我繳不起房貸。	住宅ローン 名 房貸

（累積單字量 3964 個，慣用語量 226 個）

★ 最近、大家さんは家賃を値上げすると言いました。 最近房東說要漲房租。	家賃 名 房租 値上げ 名 サ 漲價
★ 私は家を買おうと思っています。 我打算買房子。 ＝ 私は家を買うつもりです。	買う 動 買 つもり 名 打算
★ 社宅に住んでいます。 我住在公司宿舍。	社宅 名 公司宿舍
★ 三階に住んでいます。 我住在三樓。	「三階（さんかい）」也寫成「三階（さんがい）」
★ 木造の日本家屋です。 是木造的日式房子。	日本家屋 名 日式房子
★ 家は三階建ての一軒家です。 我家是一棟三層樓的透天厝。 ＝ 家は三階の一戸建てです。	一軒家 名 透天厝 一戸建て 名 透天厝
★ この辺りが気に入っているんです。 我喜歡這一帶的環境。	気に入る 慣 喜歡
★ 子供の時に家族で基隆に引っ越しました。 我們家在我小時候搬到基隆。 ＝ 子供の時に家族で基隆に移り住みました。	子供の時 慣 小時候 引っ越す 動 搬家 移り住む 動 移居
★ 以前は基隆に住んでいました。 我以前住在基隆。	以前 名 以前
★ 小さい頃、花蓮の郊外に住んでいました。 我小時候住在花蓮的郊外。	小さい頃 慣 小時候 郊外 名 郊外
★ 家は築五十年です。 我們的房子屋齡五十年。	築 名 築造
★★ 広さはどれくらいですか。 房子多大？ ① 六部屋あります。 有六個房間。	広さ 名 寬度 部屋 名 房間
★ 畳の部屋はありますか。 有榻榻米的房間嗎？ ① 両親の部屋は畳の部屋です。 父母親的房間是榻榻米的房間。	畳 名 榻榻米 両親 名 父母親
★ 両親は今も花蓮に住んでいます。 我的父母現在還是住在花蓮。	住む 動 住

（累積單字量3982個，慣用語量229個）

★ 親戚の殆どは今も花蓮に住んでいます。 我大部分的親戚現在還是住在花蓮。 ＝ 親戚は殆どが今も花蓮に住んでいます。	親戚 名 親戚 殆ど 副 大部分 住む 動 住
★ 私はよく実家に帰ります。 我常常回去看看老家。	実家 名 老家
★ 家の建て直しを考えています。 我們正在考慮重蓋房子。	建て直し 名 重蓋
★ 妻と僕は同郷なんです。 我跟我老婆是同鄉。	同郷 名 同鄉
★ 毎年、正月休みには帰省します。 每年的新年我都會回家鄉。	帰省 名 サ 回家鄉
★ 時々花蓮に墓参りに行きます。 我有時候會回花蓮掃墓。	墓参り 名 サ 掃墓
★ 花蓮には今も友達が大勢いるんです。 我在花蓮還有很多朋友。	大勢 副 很多
★ 引退後は、花蓮に戻りたいです。 退休之後我想回去花蓮。 ＝ 定年になったら、花蓮に戻りたいです。	引退 名 サ 退休 戻る 動 回去
★★ そこはどんなところ？ 那是怎樣的地方？ ① 自然豊かな田舎です。是個充滿大自然的鄉下地方。 ② 静かな住宅街です。是一條安靜的住宅街道。	豊か 形動 豐富 田舎 名 鄉下 静か 形動 安靜
★ 大都会です。 是大都市。	大都会 名 大都市
★ 観光地として人気があります。 以觀光區來說，相當受歡迎。 ＝ 観光で人気が高いです。	人気がある 慣 受歡迎 人気が高い 慣 很受歡迎
★ その近くに観光夜市があって、夜になるととても賑やかです。 那附近有觀光夜市，到了晚上相當熱鬧。	観光夜市 名 觀光夜市 賑やか 形動 熱鬧

（累積單字量 3999 個，慣用語量 231 個）

Unit 05 ｜体調、健康について 身體、健康狀況

☆☆ 体調は如何ですか？ 你的身體狀況如何？ ① すごく健康だよ。 我非常健康。 ② 健康には自信がある。 我對自己的健康有信心。	如何 副 如何 健康 形動 健康 自信 名 自信
☆☆ 体調はどう？ 你的身體狀況如何？ ① 私はとても体調がいい。 我的身體狀況很好。 ② 最近、体力の衰えを感じる。 我最近感覺體力衰退。	体調 名 身體狀況 衰え 名 衰退 感じる 動 感覺
☆☆ 私は最近あまり体調が良くない。 我最近身體狀況不太好。 ＝ 私は最近体調が悪い。 ＝ 私は最近体調を崩している。	悪い 形 不好的 最近 副 最近 崩す 動 敗壞
★ 低血圧で朝はいつも顔色が悪いよ。 我因為低血壓早上臉色總是不太好。	朝 名 副 早上 顔色 名 臉色
★★ 私の体質は弱い。 我的體質虛弱。 ＝ 私の体質は虚弱だ。 ＝ 私は虚弱体質だ。	体質 名 體質 弱い 形 虛弱的 虚弱 形動 虛弱
★★ 私はアレルギー体質だ。 我是過敏體質。	アレルギー 名 過敏
★ 私の体質は貧血を起こしやすい。 我的體質很容易引起貧血。	貧血 名 貧血
★ 私の体質は皮膚病に罹りやすい。 我的體質很容易罹患皮膚病。 ＝ 私の体質は皮膚病に罹患しやすい。	罹る 動 罹患 罹患 名 サ 罹患
★ メタボリックじゃないかと思う。 我認為我可能有代謝症候群。	メタボリック 名 代謝症候群
★★ 体調が悪くて、山登りに行けない。 我身體狀況不好，無法去爬山。 ＝ 体調が悪くて、山登りに行くことができない。 ＝ 体調が悪くて、山を登ることができない。	山登り 名 サ 爬山 山登りに行く 慣 去爬山 山を登る 慣 爬山

3 個人に関する情報 個人相關資訊

（累積單字量4019個，慣用語量233個）

★ 体調不良のため、明日会社を休むつもりだ。
因為身體狀況不好，我打算明天請假不去上班。

＝ 体の具合が悪いため、明日会社を休むつもりだ。
＝ 体調が優れないため、明日会社を休むつもりだ。

ため [名] 為了～
会社を休む [慣] 不上班
優れる [動] 優異
つもり [名] 打算

★ 今晩はどうも体調が優れないので、何も食べられそうもない。
今晚總覺得不舒服，什麼都吃不下。

今晩 [名] 今晚
食べる [動] 吃

★ 体調を改善しなければならない。 得改善身體狀況才行。

改善 [名][サ] 改善

☆★ 体の具合が悪そうだ。 你身體狀況似乎不太好。

① 体調を崩して、今日は学校を休んでいる。
我不舒服，今天沒去上學。

具合 [名] 狀況
学校を休む [慣] 不上學

☆★ 風邪に罹った。 我感冒了。

＝ 風邪を引いた。

風邪 [名] 感冒
風邪を引く [慣] 感冒

★ 授業に出席するには体調が悪過ぎる。
我太不舒服了，沒辦法去上課。

＝ 体調が悪過ぎて、授業に出席できない。
＝ 体調が悪過ぎたから、授業を欠席した。

授業 [名][サ] 上課
出席 [名][サ] 出席
体調 [名] 身體狀況
欠席 [名][サ] 缺席

★ 体の具合がよくないので、部屋で寝ている。
我不舒服，所以在房間睡覺。

部屋 [名] 房間
寝る [動] 睡覺

★ この数日ですっかり体調を崩した。 我這幾天身體完全搞垮了。

＝ この数日で完全に体調を崩した。
＝ この数日で全く体調を崩した。

この数日 [副] 這幾天
すっかり [副] 完全地
全く [副] 完全地

★ 不眠症で悩んでいる。 我因失眠而困擾。

＝ 不眠症で困っている。

不眠症 [名] 失眠
悩む [動] 煩惱

★ よく眠れば、体調は最もよい状態に回復できる。
能好好睡一覺的話，身體狀況就可以恢復到最佳狀態。

状態 [名] 狀態
回復 [名][サ] 恢復

★ よく眠った後は、体調は最もよい状態になれる。
好好睡一覺後，身體就能處於最佳狀態。

眠る [動] 睡眠
最も [副] 最

（累積單字量4042個，慣用語量236個）

★ 健康のために，一日最低七時間は睡眠を取って下さい。 為了健康，一天最少請睡七個小時。 ＝ 健康のために，一日最低七時間は寝て下さい。 ＝ 健康のために，一日少なくとも七時間は寝て下さい。	最低 名 最少 睡眠 名 睡眠 寝る 動 睡覺 少なくとも 副 至少
☆ お父さんはお元気？ 令尊好嗎？ ① 父はこの数年間ずっと体の具合が良くない。 父親這幾年身體一直不太好。	元気 形動 有精神 この数年間 副 這幾年 ずっと 副 一直
★★ 父の体の具合をとても心配している。 我很擔心父親的身體狀況。 ＝ 父の体の具合がとても心配だ。	体 名 身體 とても 副 相當 心配 名 サ 擔心
★★ 父は年を取って、体の具合が良くなくなった。 父親上了年紀，身體狀況變差了。	年を取る 慣 上年紀
★★ 父はどんなに体の具合が悪くても、いつも働いていた。 父親以前無論身體怎麼不舒服，都總是在工作。 ＝ 父はどんなに体の具合が悪くても、いつも仕事をしていた。	どんなに 副 怎樣地 働く 動 工作 仕事 名 工作
★★ 父は手術をした。 父親動了手術。 ＝ 父は手術を受けた。	手術 名 サ 手術 手術を受ける 慣 接受手術
★★ 父の回復を祈っている。 我祈禱父親身體康復。	祈る 動 祈禱
★ 医者は父の病気を治療した。 醫生將父親的病給治好了。 ＝ 医者は父の病気を治した。	治療 名 サ 治癒 治す 動 治癒
★ 父の病気が癒えた。 父親的病好了。 ＝ 父の病気が治った。 ＝ 父の病気が治癒した。	癒える 動 治癒 治る 動 治癒 治癒 名 サ 治癒
★ 父は体調を整えている。 父親正在調身體。 ＝ 父は養生している。	整える 動 調整 養生 名 サ 養生
★★ 父は少しずつ回復している。 父親一點一點地康復了。	回復 名 サ 恢復

（累積單字量4065個，慣用語量238個）

★★ 父の体調は少しずつよくなっている。 父親的身體慢慢好起來了。 ＝ 父の体調は段々よくなっている。 ＝ 父の体調は段々上り調子になっている。	段々 副 慢慢地 上る 動 上升 調子 名 狀況
★ お父さんはこの前会った時より今日の方が体調が良さそうだ。 令尊的身體看起來比我上次看到他時要來得好多了。 ① 心配してくれてありがとう。謝謝關心。 ② 父は完全に健康を回復した。父親完全恢復健康了。	前 名 之前 会う 動 碰面 体調 名 身體狀況 完全に 副 完全地
★ 今、父は体調がいいから旅行に行ける。 現在父親身體狀況良好，可以去旅行了。 ＝ 今、父は体調がいいから旅行に行くことができる。 ＝ 今、父は体調がいいから旅行することができる。	今 副 現在 父 名 父親 旅行 名 サ 旅行 いい 形 好的
☆★ 体調には気を付けて下さい。請注意身體狀況。 ＝ 健康に気を付けて下さい。	健康 形動 健康 気を付ける 慣 注意
★ 幸福は健康にある。幸福在於健康。 ＝ 幸福は健康に宿る。	幸福 名 幸福 宿る 動 蘊藏
★ 健康は富貴に勝る。健康勝過財富。 ＝ 健康は富に勝る。	富 名 財富 勝る 動 勝過
★★ 健康が第一だ。健康才是第一。 ＝ 健康が一番だ。	第一 名 第一 一番 名 第一名
★ 健康ほどいいものはない。沒有比健康更好的了。	健康 名 形動 健康
★ 健康が私たちの資本だ。健康就是我們的資本。	資本 名 資本
★ 私たちは自分の体調を正確に把握するべきだ。 我們應該正確地掌握自己的身體狀況。 ＝ 私たちは自分の体調を正しく掌握するべきだ。	把握 名 サ 把握 正しい 形 正確的 掌握 名 サ 掌握

★ 健康（けんこう）には気（き）を付（つ）けている。我有在注意健康。 ① 体調（たいちょう）を保（たも）つために何（なに）をしていますか。 為了保持身體健康，你都做些什麼？ ＝ 体調（たいちょう）を維持（いじ）するために何（なに）をしていますか。 ＝ 体調（たいちょう）をキープするために何（なに）をしていますか。	保（たも）つ 動 保持 維持（いじ） 名 サ 維持 キープ 名 サ 保持 何（なに） 名 什麼
★★ 毎朝（まいあさ）ジョギングをしている。我每天早上慢跑。	毎朝（まいあさ） 名 每天早上
★★ 運動（うんどう）のために毎日（まいにち）散歩（さんぽ）をしている。我每天散步當作是運動。	散歩（さんぽ） 名 サ 散步
★★ 週（しゅう）に一度（いちど）テニスをやっている。我每個禮拜打一次網球。	テニス 名 網球
★ 年（ねん）に一度（いちど）検診（けんしん）を受（う）ける。我一年做一次健康檢查。 ＝ 年（ねん）に一度（いちど）健康診断（けんこうしんだん）を受（う）ける。 ＝ 一年（いちねん）に一回（いっかい）健康診断（けんこうしんだん）を受（う）ける。	検診（けんしん） 名 健康檢查 健康診断（けんこうしんだん） 名 健康檢查 受（う）ける 動 接受
★ 毎日（まいにち）の食事（しょくじ）に十分（じゅうぶん）気（き）を付（つ）けている。我很注意每天的飲食。	食事（しょくじ） 名 サ 飲食
★ バランスの取（と）れた食事（しょくじ）を心掛（こころが）けている。我注意均衡的飲食。	心掛（こころが）ける 動 注意
★ 体（からだ）にいい食（た）べ物（もの）を取（と）るようにしている。 我盡量吃對身體有益的食物。 ＝ 体（からだ）にいい食（た）べ物（もの）を食（た）べるようにしている。 ＝ 体（からだ）にいい食（た）べ物（もの）を摂取（せっしゅ）するようにしている。	食（た）べ物（もの） 名 食物 取（と）る 動 攝取 食（た）べる 動 吃 摂取（せっしゅ） 名 サ 攝取
★ 体（からだ）に悪（わる）い食（た）べ物（もの）を避（さ）けるようにしている。 我盡量避免對身體有害的食物。	～に悪（わる）い 慣 對～有害 避（さ）ける 動 避免
★ 脂（あぶら）っこいものは避（さ）けるようにしている。我避開油膩的東西。	脂（あぶら）っこい 形 油膩的
★ 野菜（やさい）と肉類（にくるい）のバランスに気（き）を配（くば）っている。 我留心蔬菜跟肉類的均衡。	バランス 名 均衡 気（き）を配（くば）る 慣 留心
★ 野菜（やさい）をたっぷり取（と）るように気（き）を付（つ）けている。 我注意攝取足夠的蔬菜。	野菜（やさい） 名 蔬菜 たっぷり 副 サ 充足
★ 最近（さいきん）は野菜中心（やさいちゅうしん）の食事（しょくじ）にしている。最近的飲食都以蔬菜為主。	最近（さいきん） 名 最近

3 個人（こじん）に関（かん）する情報（じょうほう） 個人相關資訊

（累積單字量4110個，慣用語量241個）

★ 夜八時以降(よるはちじいこう)の食事(しょくじ)は取(と)らないようにしている。 我晚上八點以後就不進食了。	夜(よる) 名 副 晚上 以降(いこう) 名 以後
★ どんなに美味(おい)しくても満腹(まんぷく)になるまでは食(た)べないようにしている。 無論多美味，我都不吃到飽。	美味(おい)しい 形 美味的 満腹(まんぷく) 形動 飽腹感
★ 腹七分(はらしちぶ)の食事(しょくじ)を心掛(こころが)けている。 我注意只吃七分飽。	腹七分(はらしちぶ) 名 七分飽
★ 運動(うんどう)は健康(けんこう)を促進(そくしん)させる。 運動可以促進健康。 ＝ 運動(うんどう)で健康(けんこう)を増進(ぞうしん)できる。 ＝ 運動(うんどう)で健康(けんこう)になれる。	運動(うんどう) 名 サ 運動 促進(そくしん) 名 サ 促進 増進(ぞうしん) 名 サ 增進
★ できるだけ運動(うんどう)をするように心掛(こころが)けている。 我盡量留意多做運動。	できるだけ 慣 儘量 運動(うんどう) 名 サ 運動
★ できるだけ歩(ある)くように心掛(こころが)けている。 我盡量留意多走路。	歩(ある)く 動 走路
★ 酒(さけ)を減(へ)らそうと心掛(こころが)けている。 我盡量留意少喝酒。	減(へ)らす 動 減少
★ 喫煙(きつえん)は健康(けんこう)に悪(わる)い。 抽菸有害健康。 ＝ 喫煙(きつえん)は健康(けんこう)を害(がい)する。 ＝ 喫煙(きつえん)は健康(けんこう)を損(そこな)う。	喫煙(きつえん) 名 サ 抽菸 害(がい)する 動 危害 損(そこな)う 動 損害
★ もう禁煙(きんえん)した。 我已經戒菸了。 ＝ もうタバコを吸(す)わない。 ＝ もうタバコを止(や)めた。	禁煙(きんえん) 名 サ 戒菸 タバコを吸(す)う 慣 抽菸 止(や)める 動 停止
★★ 今(いま)、ダイエットをしている。 我正在節食。	ダイエット 名 サ 節食
★ 体質改善(たいしつかいぜん)のために、漢方薬(かんぽうやく)を飲(の)んでいる。 我吃中藥改善體質。 ＝ 体質(たいしつ)を改善(かいぜん)するために、漢方薬(かんぽうやく)を飲(の)んでいる。	改善(かいぜん) 名 サ 改善 漢方薬(かんぽうやく) 名 中藥
★ 毎日(まいにち)ビタミンCを飲(の)んでいる。 我每天吃維他命C。	ビタミンC 名 維他命C
★ 規則正(きそくただ)しい生活(せいかつ)を心掛(こころが)けている。 我有在注意過著規律的生活。	規則(きそく) 名 規則
★ 早寝早起(はやねはやお)きは健康(けんこう)にいい。 早睡早起有益健康。	早寝早起(はやねはやお)き 名 サ 早睡早起

（累積單字量4132個，慣用語量243個）

★ いつも早寝早起きをしている。 我總是早睡早起。	いつも 副 總是
★ 睡眠を十分に取るよう心掛けている。 我注意讓睡眠充足。	十分に 副 充分地
★ どんなに忙しくても六時間の睡眠は確保している。 再怎麼忙，都確保有六個鐘頭的睡眠。	忙しい 形 忙碌的 確保 名 サ 確保
★ 新鮮な空気は健康にいい。 新鮮的空氣有益健康。	新鮮 形動 新鮮
★ よく郊外に新鮮な空気を吸いに行く。 我常常去郊外呼吸新鮮空氣。	吸う 動 呼吸

Unit 06 | 興味、趣味、コレクション 興趣、嗜好、收藏

★ 趣味が私たちの生活に潤いを与えます。 興趣可以滋潤我們的生活。	潤い 名 滋潤 与える 動 給予
★ 共通の趣味を媒介にして、人々の絆を深めることができます。 以共通的興趣為媒介，可以加深人們的感情。	共通 形動 共通 媒介 名 媒介
☆ 何か趣味はありますか。 你有什麼興趣嗎？ ① これといった趣味はありません。 我沒有什麼特別的興趣。 ② 色々な趣味があります。 我有很多興趣。	趣味 名 興趣 これといった 慣 特別的 色々 形動 各種
☆ あなたの趣味は何ですか。 你的興趣是什麼？ = お好きなことは何ですか。	あなた 代名 你（妳） 好き 形動 喜歡
☆ 何に興味がありますか。 你對什麼有興趣？ = どんなことに興味を持っていますか。	興味 名 嗜好 持つ 動 擁有
★★ 魚釣りです。 釣魚。 = 釣りをすることです。 = 釣りです。	魚釣り 名 釣魚 こと 名 此處指釣魚這件事 釣り 名 釣魚

★☆ 水泳（すいえい）です。（我喜歡）游泳。	水泳（すいえい） 名 サ 游泳
★☆ 茶道（ちゃどう）です。（我喜歡）茶道。	「茶道（ちゃどう）」也寫成「茶道（さどう）」。
★ 読書（どくしょ）です。（我喜歡）讀書。 ＝ 本（ほん）を読（よ）むことです。	読書（どくしょ） 名 サ 讀書 読（よ）む 動 閱讀
★★ 歌（うた）うことです。（我喜歡）唱歌。	歌（うた）う 動 唱歌
★★ 踊（おど）ることです。（我喜歡）跳舞。 ＝ ダンスです。	踊（おど）る 動 跳舞 ダンス 名 サ 跳舞
★ 観劇（かんげき）です。（我喜歡）看戲。	観劇（かんげき） 名 サ 看戲
★ 博物館巡（はくぶつかんめぐ）りです。（我喜歡）參觀博物館。	巡（めぐ）り 名 巡視
★☆ 小説（しょうせつ）を読（よ）むことです。（我喜歡）看小說。	小説（しょうせつ） 名 小說
★☆ 映画（えいが）を見（み）ることです。（我喜歡）看電影。 ＝ 映画鑑賞（えいがかんしょう）です。	映画（えいが） 名 電影 鑑賞（かんしょう） 名 サ 鑑賞
★☆ 漫画（まんが）を見（み）ることです。（我喜歡）看漫畫。	漫画（まんが） 名 漫畫
★☆ アニメを見（み）ることです。（我喜歡）看動畫。	アニメ 名 動畫
★☆ ギターを弾（ひ）くことです。（我喜歡）彈吉他。	弾（ひ）く 動 彈奏
★ ウクレレを弾（ひ）くことです。（我喜歡）彈烏克麗麗。	ウクレレ 名 烏克麗麗
★ フルートを吹（ふ）くことです。（我喜歡）吹長笛。	吹（ふ）く 動 吹奏
★☆ キャンプをすることです。（我喜歡）露營。	キャンプ 名 サ 露營
★ 将棋（しょうぎ）をすることです。（我喜歡）下棋。	将棋（しょうぎ） 名 將棋
★ 編（あ）み物（もの）です。（我喜歡）編織。	編（あ）み物（もの） 名 編織

（累積單字量4170個，慣用語量244個）

☆☆ 生け花です。（我喜歡）插花。 ＝ 生け花をすることです。	生け花 名 插花 興味 名 興趣 持つ 動 擁有
☆ 刺繍です。（我喜歡）刺繡。	刺繍 名 刺繡
☆ ビーズで花を作ることです。（我喜歡）用珠子做花。	作る 動 做
☆ ペーパークラフトを作ることです。（我喜歡）做紙製手工藝品。	ペーパークラフト 名 紙製手工藝品
☆ 模型飛行機を作ることです。（我喜歡）做模型飛機。	模型飛行機 名 模型飛機
☆ 園芸です。（我喜歡）園藝。 ＝ ガーデニングです。	園芸 名 園藝 ガーデニング 名 園藝
☆ 家庭菜園を作ることが好きです。我喜歡種菜。	家庭菜園 名 家庭菜園
☆ バラを栽培することです。（我喜歡）栽培玫瑰。	栽培 名 サ 栽培
☆ 昆虫を育てることです。（我喜歡）養昆蟲。	育てる 動 養育
☆ 昆虫を採集することです。（我喜歡）採集昆蟲。	採集 名 サ 採集
☆☆ スポーツ観戦が好きです。我喜歡看運動競賽。	スポーツ 名 運動
☆☆ 野球の試合を見るのが好きです。我喜歡看棒球比賽。 ＝ 野球観戦が好きです。	野球 名 棒球 試合 名 サ 比賽
☆☆ サッカーの試合を見ることです。（我喜歡）看足球比賽。	見る 動 看
☆ 相撲の競技を見ることです。（我喜歡）看相撲競技。	競技 名 競技
☆☆ 野球中継を見ることです。（我喜歡）看棒球轉播。	中継 名 サ 轉播
☆ テレビで大リーグの試合を見るのを楽しんでいます。 我喜歡看電視轉播的大聯盟棒球賽。	大リーグ 名 大聯盟 楽しむ 動 享受

3 個人に関する情報 個人相關資訊

☆★ ジョギングです。（我喜歡）慢跑。	ジョギング 名 サ 慢跑
☆★ 登山（とざん）です。（我喜歡）爬山。 ＝ 山登り（やまのぼり）です。	登山（とざん） 名 サ 爬山 山登り（やまのぼり） 名 サ 爬山
☆★ ジムに行く（い）ことです。（我喜歡）上健身房。	ジムに行く（い） 慣 上健身房
☆★ 自転車（じてんしゃ）に乗る（の）ことです。（我喜歡）騎腳踏車。 ＝ サイクリングすることです。 ＝ サイクリングです。	自転車（じてんしゃ） 名 腳踏車 乗る（の） 動 騎 サイクリング 名 サ 騎腳踏車
☆★ 料理（りょうり）をすることです。（我喜歡）下廚。	料理（りょうり） 名 サ 下廚
☆★ デザートを作る（つく）ことです。（我喜歡）做甜點。	デザート 名 甜點
☆★ 美味しい（おいしい）食べ物（たべもの）を食べる（た）ことです。（我喜歡）吃美食。	美味しい（おいしい） 形 美味的
☆★ 絵（え）を描く（か）ことが好き（す）です。我喜歡畫畫。 ＝ 絵（え）を描く（か）のが好き（す）です。	絵（え） 名 圖 描く（か） 動 畫圖
☆★ ショッピングです。（我喜歡）逛街。	ショッピング 名 サ 逛街
★ 野鳥観察（やちょうかんさつ）です。（我喜歡）觀察野鳥。	野鳥（やちょう） 名 野鳥
★ 人（ひと）を観察（かんさつ）するのが趣味（しゅみ）です。我的興趣是觀察人。	観察（かんさつ） 名 サ 觀察
☆★ 暇（ひま）なときは何（なに）をしていますか。 你空閒的時候都做些什麼？ ＝ 空いた（あ）時間（じかん）に何（なに）をしますか。	暇（ひま） 名 空閒 空く（あ） 動 空閒
☆★ 休み（やす）の時（とき）は何（なに）をしますか。你放假時做些什麼？	休み（やす） 名 休假
★ 食べ歩き（たべあるき）が大好き（だいすき）です。我最喜歡到各地吃東西。	食べ歩き（たべあるき） 名 サ 到各地吃東西
☆★ インターネットをすることが好き（す）です。我喜歡上網。	インターネット 名 網路

（累積單字量4210個，慣用語量245個）

★ 鳥類の写真を撮るのが私の趣味です。我的嗜好是拍鳥類的照片。 ＝ 私の趣味は鳥類の写真を撮ることです。	鳥類 名 鳥類 写真を撮る 慣 拍照
★★ 旅行が好きです。我喜歡旅遊。 ＝ 旅行をすることが好きです。	旅行 名 サ 旅行 好き 形動 喜歡
★ 毎年のように海外旅行に行くんですよ。 我幾乎每年都去海外旅遊。	毎年 名 副 每年 海外旅行 名 海外旅遊
★ 夏休みに必ず海外旅行をします。我暑假一定去海外旅遊。	夏休み 名 暑假
★ 冬休みに必ず温泉旅行をします。我寒假一定去溫泉旅遊。	冬休み 名 寒假
★ 今年はオーストラリア旅行を計画しています。 我計畫今年去澳洲旅遊。	オーストラリア 名 澳洲 計画 名 サ 計畫
★★ よくカラオケには行きます。我經常去唱卡拉 OK。	カラオケ 名 卡拉 OK
★ 私は音楽のこととなると夢中です。我對音樂瘋狂。	夢中 形動 沉迷
★ ダイビングが好きです。我喜歡潛水。	ダイビング 名 サ 潛水
★ 夏はサーフィン三昧です。我夏天都在衝浪。 ＝ 夏はサーフィンばかりしています。	サーフィン 名 サ 衝浪 ばかり 副助 光是
★ 新しいことを学ぶのは楽しい。學習新的事物很有趣。 ＝ 今まで知らなかったことを覚えるのは楽しい。	学ぶ 動 學習 覚える 動 學會
★ 彼女はアロマセラピーにハマっています。她對精油療法很沉迷。 ＝ 彼女はアロマセラピーに没頭しています。 ＝ 彼女はアロマセラピーにのめり込んでいます。	ハマる 動 沉溺 没頭 名 サ 專心致志 のめり込む 動 熱衷
★ 以前はスキーをしていました。我以前會去滑雪。 ＝ 昔はスキーをしていました。	以前 名 以前 昔 名 以前
★★ よく温泉に行きます。我經常去泡溫泉。	温泉 名 溫泉

3 個人に関する情報 個人相關資訊

（累積單字量 4232 個，慣用語量 246 個）

★ 毎日ヨガは欠かしません。我每天都會做瑜珈。 ＝ ヨガを一日も欠かしません。 ＝ 毎日必ずヨガをします。	欠かす 動 欠缺 一日 名 一天 毎日 副 每天
★ 陳さんは毎日自転車に乗ります。陳先生每天騎腳踏車。	自転車 名 腳踏車
★ 曽さんは毎日パチンコをしています。曾先生每天打小鋼珠。	パチンコ 名 小鋼珠
★ 彼は週三回スポーツジムに通っています。他每週去三次健身房。	スポーツジム 名 健身房
★ 母はボランティア活動に参加しています。媽媽參加義工活動。	参加 名 サ 參加
★ 具体的には何をしているのですか。具體來説是在做什麼呢？ ① 週に一回コミュニティーの活動センターを掃除しています。 每週打掃一次社區活動中心。	具体的に 副 具體來説 コミュニティー 名 社區 掃除 名 サ 打掃
★★ 何か習い事はしていますか。你有在學什麼嗎？ ① 私は生け花を習うつもりです。我打算去學插花。 ② スペイン語を習おうかと思っています。 我在想是否要去學西班牙語。 ＝ スペイン語を習おうかと考えています。	習い事 名 學習技能 生け花 名 插花 習う 動 學習 スペイン語 名 西班牙語
★ 最近ブログを書き始めました。我最近開始寫部落格了。	ブログ 名 部落格
★ 父は毎朝水泳をしています。我爸爸每天晨泳。	水泳 名 サ 游泳
★ 母はガーデニングに凝っています。我媽媽沉浸在園藝中。	凝る 動 凝聚
★ 叔母さんは社交ダンスを習っています。嬸嬸在學社交舞。	社交ダンス 名 社交舞
★ 兄は毎朝ジョギングをしています。我哥哥每天早上慢跑。	ジョギング 名 サ 慢跑
★ このステレオセットは私のコレクションです。 這套立體音響是我的收藏品。	ステレオセット 名 立體音響 コレクション 名 サ 收藏
★ これらは父が買ってくれたんです。 這些是父親買給我的。	父 名 父親

（累積單字量4254個，慣用語量246個）

☆★ どんなものをコレクションしていますか。 你有收藏任何東西嗎？ ＝ どんなものを集(あつ)めていますか。 ① 葉書(はがき)を集(あつ)めています。我在收集明信片。	どんな 連體 怎樣的 もの 名 東西 葉書(はがき) 名 明信片
★ 何枚(なんまい)持(も)っていますか。你收集多少張明信片了？ ① 五百枚(ごひゃくまい)持(も)っています。我有五百張明信片了。	～枚(まい) 名 ～張 持(も)つ 動 擁有
☆★ 見(み)せてくれますか。可以讓我看一下嗎？ ① もちろん、何時(いつ)か来(き)て下(くだ)さい。當然，改天來看看吧！	見(み)せる 動 讓～看 何時(いつ)か 副 改天
★ あなたのコレクションに寄付(きふ)しましょう。 我也來贊助你幾張明信片吧！ ① ありがとう、それは素晴(すば)らしい！謝謝！那太好了！	寄付(きふ) 名 サ 贊助 素晴(すば)らしい 形 很棒的
☆★ この趣味(しゅみ)をなさってどれぐらいですか。你這個嗜好持續多久了？ ① もう二十年(にじゅうねん)です。已經二十年了。 ＝ もう二十年(にじゅうねん)になりました。	趣味(しゅみ) 名 嗜好 どれぐらい 名 多久 もう 副 已經 ～年(ねん) 名 ～年
★ 漫画(まんが)を集(あつ)めています。我在收集漫畫。 ＝ 漫画(まんが)を収集(しゅうしゅう)しています。	集(あつ)める 動 收集 収集(しゅうしゅう) 名 サ 收集
★ 古銭(こせん)のコレクションがあります。我有收藏古錢。	古銭(こせん) 名 古錢
★ 骨董屋(こっとうや)で手(て)に入(い)れたんです。是從骨董店得來的。	骨董屋(こっとうや) 名 骨董店
★ 骨董屋(こっとうや)を見(み)て回(まわ)ることが好(す)きです。我喜歡逛骨董店。	見(み)て回(まわ)る 動 逛逛
★ 家(うち)には陶芸品(とうげいひん)がたくさんあります。我家有很多陶藝品。	陶芸品(とうげいひん) 名 陶藝品
★ 子供(こども)の頃(ころ)から切手(きって)を集(あつ)めています。我從小就開始集郵。	子供(こども) 名 小孩子
★ 私(わたし)の切手(きって)コレクションを見(み)たいですか。你想看我的郵票收藏嗎？	切手(きって) 名 郵票
★ 父(ちち)は芸術品(げいじゅつひん)コレクションが好(す)きです。父親喜歡收藏藝術品。	芸術品(げいじゅつひん) 名 藝術品

★ 父はコレクションにお金を使い過ぎます。
父親在收藏上花太多錢了。

お金【名】金錢
使い過ぎる【動】過度使用

★ 母は手工芸品が大好きです。
母親非常喜歡手工藝品。

手工芸品【名】手工藝品

★ 母は趣味に多くの時間を掛けています。
母親花許多時間在興趣上。

多く【名】很多
時間を掛ける【慣】花時間

Unit 07｜学校生活 學校生活

☆★ 何年生ですか。你幾年級？

① 高校三年です。高中三年級。
② 大学四年です。大學四年級。

何年生【名】幾年級
高校【名】高中
大学【名】大學

★ 短大の二年です。短大二年級。

短大【名】短期大學

★ 大学院生です。我是研究所的學生。

大学院生【名】研究生

★ 専門学校に通っています。我念專科學校。

専門学校【名】專科學校

★ 来年卒業します。我明年畢業。

卒業【名】【サ】畢業

★ 大学の受験勉強中です。我正準備考大學。

受験【名】【サ】考試

★ 大学院への進学を考えています。我正考慮進研究所。

進学【名】【サ】升學

★ 日本留学を計画しています。
我正計畫到日本留學。

留学【名】【サ】留學

★ 教員の資格を取るための勉強をしています。
我正在念書，以取得教師資格。

資格【名】資格
勉強【名】【サ】讀書

（累積單字量 4292 個，慣用語量 247 個）

☆☆ 学校はどちらですか。你讀哪個學校？

= どちらの学校に行っているのですか。

① 東呉大学へ行っています。我就讀於東吳大學。

学校 名 學校
どちら 代名 哪邊
行く 動 去
へ 格助 表示方向

☆☆ そこにどれぐらい通っていますか。你念多久了？

① 今年で三年目です。今年是第三年。

② 私は東呉大学の三年生です。我是東吳大學三年級的學生。

どれぐらい 名 多久
通う 動 來往，往返
今年 名 今年

☆☆ 出身大学はどちらですか。你以前讀哪個大學？

① 台湾大学出身です。我以前就讀於台灣大學。

出身 名 出身
大学 名 大學

☆☆ どの学校を卒業しましたか。
你畢業於哪所大學？

① 政治大学卒です。我畢業於政治大學。

= 政治大学を卒業しました。

= 政治大学の卒業生です。

どの 連體 哪個
卒業 名 サ 畢業
～卒 名 ～畢業
卒業生 名 畢業生

★ 学歴を教えて下さい。請告訴我您的學歷。

① 中央大学で修士号を取りました。我在中央大學取得碩士學位。

② 師範大学で博士号を取りました。我在師範大學取得博士學位。

学歴 名 學歷
修士号 名 碩士學位
博士号 名 博士學位

☆☆ ご専攻は何ですか。你專攻什麼？

= 何を専攻していますか。

= 学校で何を勉強しているのですか。

専攻 名 サ 專攻
何 名 什麼
勉強 名 サ 學習

☆☆ 私の専攻は言語学です。我專攻語言學。

= 私の専攻科目は言語学です。

= 私は言語学を専攻しています。

私 名 我
言語学 名 語言學
科目 名 科目

★ 統計学を勉強しています。我在唸統計學。

統計学 名 統計學

★★ 得意な科目は何ですか。你最擅長的科目是什麼？

① 歴史は私の最も得意な科目です。歷史是我最擅長的科目。

得意 形動 擅長
最も 副 最

★ あらゆる科目の中で歴史が一番好きです。
所有的科目當中，我最喜歡歷史。

- 中 名 當中
- 一番 副 最

★ 日本の社会はあまりにも学歴を重視し過ぎると思う。
我認為日本社會太偏重學歷了。

- 社会 名 社會
- 重視 名 サ 重視

★ 学校生活について教えて。
聊聊你的學校生活吧！

- 学校生活 名 學校生活
- 教える 動 告知

★ 授業、週に何コマ取ってる？ 你一週有幾堂課？

① 十六コマもあるよ。 我有十六堂課。
② 一週間に十八時間授業がある。 我一週有十八小時的課。

- 週に 副 一週
- ～時間 名 ～小時

★ 週に何日授業に出る？ 你一週上幾天的課？

① 週に三日授業に出る。 我一週上三天的課。

- 何日 名 幾天
- 三日 名 三天

★ 今日は授業いくつあるの？ 你今天有幾堂課？

① 午前中に一つあるだけだよ。 我上午只有一堂課。
② 今日は一日中授業だよ。 我今天整天課滿滿的。

- いくつ 名 幾堂
- 午前中 名 上午
- だけ 副助 僅僅

★ 明日は授業はありません。 我明天沒課。

- 明日 名 明天

★ 今度は好きな授業だ。 下一堂是我喜歡的課。

- 今度 名 下次

★ 文法の先生は面白いんだ。 文法的老師很有趣。

- 先生 名 老師

★ 林先生の文法の授業取ってたっけ？ 你有選林老師的文法課嗎？

① うん。とってるけど。有上啊。
② 必修だから、取らなきゃいけないんだよ。 是必修課，不上不行啊！
＝ 必修だから、取らなければいけないんだよ。

- 文法 名 文法
- 授業 名 サ 課堂，課業
- 必修 名 必修
- 取る 動 選取

★ 林先生の授業出てる？ 你有去上林老師的課嗎？

① うん。出てるよ。先生は授業の度に出席を取るよ。
有去上啊！老師每次上課都會點名喔！

- 出る 動 出席
- 度に 副 每次
- 出席を取る 慣 點名

★ 林先生の話は、僕は殆ど理解できる。
林老師說的話，我大部分都能理解。

- 僕 代名 我（男性用語）
- 殆ど 副 大部分

（累積單字量4341個，慣用語量248個）

★★ 林先生の授業はどう？ 林老師的課如何？ ① 面白いよ。很有趣。 ② 難しいけど楽しいよ。很難但是很開心。	面白い 形 有趣的 難しい 形 困難的 楽しい 形 開心的
★ 林先生は分かりやすく説明してくれるから好きだな。 我喜歡林老師上課講解得很容易懂。	分かる 動 了解 説明 名 サ 說明
★ 来週の林先生の授業って休講なの？ 下禮拜林老師的課停課是嗎？ ① うん。林先生がアメリカへ行くって話だよ。 對啊！聽說林老師要去美國。 ② うん。林先生は国際学会に招待されたんだって。 對啊！聽說林老師被招待去參加國際學會。	来週 名 下週 休講 名 サ 停課 話 名 傳聞 国際学会 名 國際學會 招待 名 サ 招待
★★ 王先生はどう？ 王老師怎麼樣？ ① 説明の仕方が下手なんだ。說明的方式很差。 ② 声が小さくて、よく聞こえない。聲音很小，聽不太清楚。	仕方 名 方式 下手 形動 差勁 聞こえる 動 聽得見
★★ 先生の授業について意見がありますか。 你們對老師的授課有什麼意見嗎？ ① 私たちには、授業のスピードが速すぎると思います。 我們認為老師上課的速度太快。 ② 先生の説明はあまりよく分かっていない気がします。 覺得不太懂老師的說明。	意見 名 意見 私たち 代名 我們 スピード 名 速度 速すぎる 動 太快 あまり 副 不太～ 気がする 慣 感覺
★ 先生の使う用語が難しすぎる。老師的用語太艱深了。	用語 名 用語
★ 講義が理解できなかった。我無法理解課程的內容。	講義 名 サ 課程
★ 先生の話、殆ど理解できない。老師的話我大部分都不懂。	理解 名 サ 理解
★ 教師が何言ってるのか全然分からなかった。 我完全聽不懂老師在說什麼。	教師 名 教師 全然 副 完全
★ 今日は宿題がある。今天有作業。	宿題 名 作業
★ 先生が宿題を出した。老師出了作業。	宿題を出す 慣 出作業
★ 毎日、色んな科目の宿題が出る。每天都有很多科目有作業。	科目 名 科目

（累積單字量4366個，慣用語量249個）

★ この先生の宿題がどっさりある。這老師作業超多的。	どっさり 副 超多
★ 数学の先生は毎週、難しい宿題を出す。 數學老師每週都出很難的作業。	先生 名 老師 毎週 副 每週
★★ 宿題が多くて大変です。作業很多很辛苦。	大変 形動 辛苦
★★ 数学が苦手です。數學對我來說太難了。 ＝ 私にとって数学は難しいです。	苦手 形動 不擅長 難しい 形 困難的
★ 稲田先生は宿題を出さないから好きだ。 稻田老師不出作業，所以我最喜歡他了。	から 接助 因為 好き 形動 喜歡
★ 宿題の提出締切まで二日しかない。作業必須兩天內繳交。	提出 名 サ 繳交
★ 三角関数についてのレポートを書く。要寫關於三角函數的報告。	三角関数 名 三角函數
★ 宿題のために、図書館へ資料を捜しに行く。 為了作業，我到圖書館找資料。	図書館 名 圖書館 捜す 動 尋找
★ 宿題をするために、友達と一緒にインターネットで調べる。 為了做作業，我跟朋友一起上網查詢。	一緒に 副 一起 調べる 動 查詢
★ クラスメートのレポートをまる写しした。 我完全抄襲同學的報告。	レポート 名 報告 まる写し 名 サ 抄襲
★ 宿題は嫌いだな。我討厭作業。	嫌い 形動 討厭
★ 宿題はやりたくない。不想做作業。	やる 動 做
★ 毎日、宿題があるので嫌になる。每天有作業，真討厭。	毎日 副 每天
★ 数学の先生は宿題を出すのが趣味だからな。 數學老師以出作業為樂。	の 格助 ～的 趣味 名 樂趣
★ 宿題が出るたびに、数学が嫌いになる。 每次出作業時，我就更討厭數學。	数学 名 數學 嫌いになる 慣 變得討厭
★ 宿題のない世界へ行きたいよ。我想到沒有作業的世界去。	世界 名 世界

（累積單字量4389個，慣用語量251個）

★★ レポートの締め切りはいつですか？ 報告的繳交期限是什麼時候？ ① 十五日までに出さなければならない。必須在十五號以前繳交。 ② レポートの提出日は明後日だ。報告的繳交日是後天。	締め切り 名 期限 提出日 名 繳交日 明後日 名 後天
★ 日本文化についてのレポートを書いた。 我寫了關於日本文化的報告。	日本文化 名 日本文化 書く 動 寫
★ 地理のレポートでAをもらいました。 地理的報告我得了A。	地理 名 地理
★ 彼は他人のレポートをまる写ししたから、不合格だった。 他的報告全部是抄襲別人的，所以不及格。	他人 名 別人 不合格 形動 不及格
★ 卒論を書くので大忙しです。 我忙著寫畢業論文。 ＝ 卒業論文を書くのでとても忙しいです。	卒論 名 畢業論文 卒業論文 名 畢業論文
★ スピーチコンテストの準備でとても忙しいです。 我忙著準備演講比賽。 ＝ スピーチコンテストを準備するのでとても忙しいです。	スピーチコンテスト 名 演講比賽 忙しい 形 忙碌的
★★ アルバイトはしていますか。你有打工嗎？ ① ええ、小学生の家庭教師をしています。 有，我當小學生的家教。 ② バイトに明け暮れています。我的時間都用來打工。 ＝ アルバイトをして過ごしています。	アルバイト 名 サ 打工 家庭教師 名 家教 明け暮れる 動 專心致志 過ごす 動 度過
★ 野球サークルがとても楽しいです。棒球隊非常好玩。	野球サークル 名 棒球隊
★ 夏休みが二カ月あります。暑假有兩個月。	夏休み 名 暑假
★ 冬休みが一ケ月ぐらいあります。 寒假大概一個月左右。	冬休み 名 寒假

Unit 08 | 授業 上課

★ 学校に到着した。 我到學校了。	到着 名 サ 到達
★ 教室を探している。 我在找教室。	教室 名 教室
★ 教室に入った。 我走進教室。	入る 動 進入
★ 教室を間違えた。 我弄錯教室了。	間違える 動 弄錯
★ 一時限目の授業にどうにか間に合った。 我總算趕上第一堂課了。	間に合う 慣 來得及
★ もう少しで遅刻するところだったよ。 。差一點就遲到了。	少し 副 一點點
☆★ まずい！遅刻だ！ 糟了！遲到了！	まずい 形 糟糕的
★ 授業に五分ほど遅刻した。 我上課遲到了五分鐘左右。	ほど 副助 左右
★ 今朝、授業に遅刻して先生に叱られた。 我今天早上上課遲到被老師罵。	今朝 名 副 今天早上 叱る 動 責罵
★ 遅刻の理由を聞かれた。 老師問我遲到的理由。	聞く 動 詢問
☆★ 何故遅れたんだ？ 為什麼遲到呢？ ＝ 遅れた理由は何だ？	何故 副 為什麼 遅れる 動 遲到
★ 何て言おうかな。 我該說什麼好呢？	言う 動 說
★ 適当な理由を言っちゃおう。 說個適當的理由吧！	適当 形動 適當
★ 遅刻の理由を言った。 我說明遲到的理由。	理由 名 理由
★ 遅刻の理由をでっち上げた。 我捏造遲到的理由。	でっち上げる 動 捏造
★ 遅刻を電車のせいにした。 我把遲到歸咎於電車。	遅刻 名 サ 遲到

（累積單字量4425個，慣用語量252個）

★ 電車が遅れたことにした。決定是電車誤點。	電車 名 電車
★ もっともらしい遅刻の理由が思い浮かばないよ。 我找不到更冠冕堂皇的理由了。	もっともらしい 形 冠冕堂皇的
★ 今度は気を付けるように先生が言った。老師要我下次多注意。	気を付ける 慣 注意
★ この先生はいつも時間通りに授業を始める。 這老師總是按照時間上課。	～通り 接尾 按照～ 始める 動 開始
★ まだ先生は出席を取っていないだろうな。 老師可能還沒點名吧！	まだ 副 還沒 出席を取る 慣 點名
★ この授業の先生は出席を取らないから大丈夫だ。 這堂課的老師不點名，不要緊的。	先生 名 老師 大丈夫 形動 不要緊
★ この授業は本当に面白いな。這堂課真的很有趣。	本当に 副 真的
★ この講義は将来、役に立ちそうだ。聽說這堂課對將來很有幫助。	役に立つ 慣 有幫助
★ 真面目に授業を受けた。我上課很認真。	授業を受ける 慣 上課
★ 先生の説明に耳を傾けた。我注意聽老師的說明。	耳を傾ける 慣 注意聽
★ 講義のメモを取った。我將上課內容做成筆記。	メモを取る 慣 做成筆記
★ 教師が黒板に書いたことをノートに書き写した。 我將老師寫在黑板上的內容抄寫在筆記裡。	黒板 名 黑板 書き写す 動 抄寫
★ 授業の内容をまとめた。我整理了上課的內容。	まとめる 動 整理
★ この授業は本当にためになる。這個課程真的對我很有幫助。	ためになる 慣 有幫助
★ 三限目は私の苦手な科目だ。第三堂課是我不擅長的科目。	～限目 名 第～堂課
★ この授業の内容が難しくて、分からなかった。 這個課程的內容很難，我聽不懂。	内容 名 內容 分かる 動 了解
★ 講義の一部を聞き逃した。我漏聽了一部份的課程。	聞き逃す 動 漏聽

（累積單字量4440個，慣用語量252個）

★ 先生の説明を聞き逃した。我漏聽了老師的説明。	説明 名 サ 説明
★ 私は手を挙げて質問した。我舉手發問。	手を挙げる 慣 舉手
★ 先生が質問をした。老師問我們問題。	質問 名 サ 問問題
★ 質問の意味が分からなくて、どう答えてよいか分からないから、黙っていた。我不了解問題的意思，不知該如何回答，所以保持沉默。	意味 名 意思 黙る 動 沉默
★ そんな質問するなんて。怎麼會問那種問題呢？	そんな 連體 那樣的
★ この先生、よく私を当てるんだから。這老師常常點到我。	当てる 動 選中
★ 私は当てられないように下を向いた。我頭低低的怕被點到。	下を向く 慣 低頭
★ 授業中、私は先生の目を見ないようにした。 我上課時避免跟老師目光交會。	授業中 副 上課中 目 名 眼睛
★ 私を当てないで。拜託不要點到我。	私 代名 我
★ もう私には質問しないでほしいよ。希望他不要再問我問題了。	もう 副 再
★ 当てられなくてよかった。沒點到我，太好了。	よかった 慣 太好了
★ まずい！先生と目が合っちゃった。糟了！我跟老師目光交會了！	目が合う 慣 目光交會
★ 先生が私を当てた。老師點到我了。	先生 名 老師
★ 私は先生の質問に答えた。我回答了老師的問題。	答える 動 回答
★ 答えが合っててよかった。還好我答對了。	答えが合う 慣 答對
★ 間違った答えを言った。我説了錯誤的答案。	間違う 動 錯誤
★ トンチンカンな答えをして、クラスメートに笑われた。 我回答得牛頭不對馬嘴，被同學嘲笑了。	トンチンカン 形動 牛頭不對馬嘴
★ 途中で講義に飽きてくる。我在上課當中對課程感到厭倦。	飽きる 動 厭倦

（累積單字量 4455 個，慣用語量 257 個）

★ この授業、退屈だなあ。這課程好無聊喔！	退屈 形動 無聊
★ 授業中、眠くなる。我上課上到想睡了。	眠い 形 想睡的
★ 教師の話し方が単調過ぎて、眠くなる。 老師說話的方式太單調，我想睡覺了。	話し方 名 說話方式 単調 形動 單調
★ 周りの生徒たちがお喋りを止めないので、集中できなかった。 周遭的學生們一直聊天，害我無法集中精神。	お喋り 名 サ 聊天 集中 名 サ 集中精神
★ この生徒たち、授業中だってことを忘れてるんじゃないの？ 這些學生是不是忘了現在正在上課啊？	生徒 名 學生 忘れる 動 忘記
★ 横の生徒がお喋りをしていたので、腹が立った。 我旁邊的同學一直講話，我很生氣。	横 名 旁邊 腹が立つ 慣 生氣
★ この連中、煩いな。這些同學好吵啊！	連中 名 夥伴
★ 何で先生はお喋りしている人たちを注意しないんだ。 為什麼老師沒發現在講話的人呢？	人たち 名 人們 注意 名 サ 注意
★ この人たちを叱って下さいよ。請罵罵這些人吧！	叱る 動 責罵
★ この授業、早く終わってくれないかな。 這課程能不能早點結束啊？	早く 副 早點 終わる 動 結束
★ 授業が終わるのが待ち遠しい。我迫切地等待課程結束。	待ち遠しい 形 迫切等待的
★ 授業終了まであと十分。課程還有十分鐘就結束了。	終了 名 サ 結束
★ 授業終了のベルが鳴った。下課鐘響了。	鳴る 動 響
★ すぐ席を立った。我立即從座位上站起來。	席 名 座位
★ 教室を出た。走出了教室。	出る 動 出去
★ 級友からノートを借りた。我跟同學借了筆記。	借りる 動 借（入）
★ 級友にノートを貸してくれと頼まれた。同學跟我借了筆記。	貸す 動 借（出）

（累積單字量4477個，慣用語量258個）

★ 林先生の授業って、テストいつだか分かる？ 你知道林老師什麼時候考試嗎？ ＝ 林先生の授業は、テストいつだか分かる？ ① 分からないよ。不知道耶！ ② 分かるよ。一月十四日にあるよ。知道啊！一月十四日。	授業 名 サ 課堂 テスト 名 サ 測驗 いつ 名 何時 分かる 動 知道 ～にある 慣 在～
★ 陳さんは、授業休んでたけど、どうしたのか知ってる？ 今天陳同學沒來上課，你知道他怎麼了嗎？ ① うん。風邪を引いたって聞いてるけど。嗯。我聽說他感冒了。 ② 彼は授業をサボっただけ。他只是翹課而已。	授業を休む 慣 沒上課 風邪を引く 慣 感冒 聞く 動 聽 授業をサボる 動 翹課
★ 来週、小テストがあるらしいよ。下禮拜好像有小考喔！ ① え？再来週じゃないの？什麼？不是下下禮拜嗎？ ② えー、マジで。勉強しなきゃ駄目だ。咦～真的嗎？不趕快念書不行了！	来週 副 下週 小テスト 名 小考 再来週 名 下下週
★★ 昨日受けたテストどうだった？你昨天的考試如何？ ① いやあ、全然できなかったよ。哎呀！我完全不會。 ② うん、九十％以上できたと思うよ。嗯，我認為我百分之九十以上都會。	昨日 副 昨天 全然 副 完全 思う 動 認為
★★ どのぐらいできたと思う？你認為你考得如何？ ① まだ分からないよ。還不知道啊！ ② 昨年よりはマシなはず。應該比去年好。	どのぐらい 名 多少 昨年 名 去年 はず 名 應該
★ 今週は中間試験が行われる。這週舉行期中考。	行う 動 舉行
★ 月曜日から土曜日までは試験期間です。週一到週六是考試期間。 ＝ 試験は月曜日から土曜日まで行われる。	月曜日 名 週一 土曜日 名 週六
★ 五科目試験がある。要考五個科目。	科目 名 科目
★ 今度の試験は頑張らないといけないな。這次的考試不努力不行。	頑張る 動 加油
★ 特に数学の試験は頑張らないとね。尤其是數學不加油不行。	特に 副 尤其
★ 前回の数学の試験は散々だったから。因為上次數學考得很淒慘。	前回 名 上次

（累積單字量4499個，慣用語量261個）

★ 試験の準備はしっかりできているよ。我考試已經完全準備好了。	しっかり 副 サ 完全地
★ 今学期はオールAを目指すよ。這學期以每一科都拿到A為目標。	目指す 動 以～為目標
★★ 試験を受けた。我參加了考試。	試験を受ける 慣 參加考試
★ 試験中、机の物を全て引き出しに入れた。考試時，桌上的東西都放進抽屜裡。	引き出し 名 抽屜 入れる 動 放進
★ 机の上には筆記用具だけ出した。桌上只拿出書寫用具。	筆記用具 名 書寫用具
★ 携帯電話は電源を切って、鞄に入れた。手機關機，放進包包裡。	電源を切る 慣 關機
★ 鉛筆で書いて下さい。請用鉛筆作答。	鉛筆 名 鉛筆
★ 間違えた答えを消しゴムで消した。寫錯的答案用橡皮擦擦掉。	消しゴム 名 橡皮擦
★ 文字を書く時、下敷きを使う必要がある。寫字時，必須使用墊板。	下敷き 名 墊板
★ 全ての質問に答えることができた。我能回答所有的問題。	答える 動 回答
★ この試験では90％はできたと思う。我認為我90%都會。	％ 名 百分比
★ 最後の質問は分からなかった。我不會最後一題。	最後 名 最後
★ どの質問も全く分からなかった。我每一題都不會。	全く 副 完全
★★ 成績はどうだった？你考得如何？ ① 良い成績を取った。我考得很好。 ② 成績が良くなかった。我考得不好。	成績 名 成績 良い 形 好的 取る 動 獲取
★★ 試験の結果はどうだった？考試結果如何？ ① 試験の結果は上々だ。考試結果超好的。 ② 試験の結果は散々だ。考試結果很淒慘。	結果 名 結果 上々 形動 卓越 散々 形動 狼狽
★ 期末試験は頑張りました。期末考我已經盡力了。	期末試験 名 期末考
★★ 英語の試験で満点を取った。我英語考了滿分。	満点 名 滿分

（累積單字量4519個，慣用語量263個）

★★ クラスで一番を取った。我考了全班第一名。	一番 名 第一名

Unit 09 ｜仕事、職業 工作、職業

★★ お仕事は何ですか。你從事什麼工作？ ＝ 何の仕事をしていますか。 ＝ どのような仕事をしていますか。	仕事 名 工作 の 格助 ～的 どのような 連體 怎樣的
★★ どういった方面の仕事をしていますか。 你從事哪一方面的工作？ ＝ どんな種類のお仕事ですか。 ＝ どんな仕事をなさっていますか。	方面 名 方面 どんな 連體 怎樣的 なさる 動 する的尊敬語
★★ どこで働いていますか。你在哪裡工作？ ＝ どこに勤めていますか。	働く 動 工作 勤める 動 上班
★★ どちらの会社に勤めていますか。你在哪一家公司上班？	会社 名 公司
★★ 何で生計を立てていますか。你靠什麼維生？ ＝ どうやって生計を立てているんですか。 ＝ どういうことをなさっていますか。	生計を立てる 慣 謀生 どうやって 副 如何 どういう 連體 怎樣的
★ 私の仕事は全然人気がありません。我從事的工作很冷門。	人気がない 慣 很冷門
★ 私の仕事はとても人気があります。我從事的工作很熱門。	人気がある 慣 很熱門
★ 大学生です。我是大學生。	大学生 名 大學生
★ 学校の教師です。我是學校的老師。	学校 名 學校
★ 退職しました。我退休了。	退職 名 サ 退休

（累積單字量 4534 個，慣用語量 266 個）

★ 三ヶ月前に解雇されました。我三個月前被解雇了。 ＝ 三ヶ月前にレイオフされました。	解雇 名 サ 解雇 レイオフ 名 サ 解雇
★★ 先月リストラされたんだ。我上個月被裁員了。	リストラ 名 サ 裁員
★★ 今、働いていません。我目前沒有在工作。	今 副 目前
★★ 今、失業中です。我目前待業中。	失業 名 サ 失業
★ 今、研修中です。我目前在研修中。	研修 名 サ 研修
★ 今、求職中です。我目前在找工作。 ＝ 今、仕事を捜しています。	求職 名 サ 求職 捜す 動 找
★ 出版業界で仕事がしたいんです。我想在出版業工作。	出版業界 名 出版業
★ アメリカの会社に就職したいです。我想在美商公司上班。	就職 名 サ 就職
★ 外国で働きたいんです。我想到國外工作。	外国 名 外國
★★ 公務員です。我是公務員。	公務員 名 公務員
★★ 主婦です。我是家庭主婦。	主婦 名 主婦
★ 自宅で子供の面倒を見ています。我在家帶小孩。	面倒を見る 慣 照顧
★ 家で仕事をしています。我在家工作。	家 名 家裡
★ 在宅で仕事をしています。我在自己家裡工作。	在宅 名 サ 在家
★ 家業を手伝っています。我幫忙做家裡的生意。	家業 名 家裡的生意
★ 看護士の訓練を受けています。我正在接受護理師的訓練。	看護士 名 護理師
★★ 私は医者です。我是醫生。 ＝ 私は医者として働いています。	医者 名 醫生 働く 動 工作

★ 自営業(じえいぎょう)です。我自己做生意。 ＝ 自分(じぶん)でビジネスをしています。	自営業(じえいぎょう) 名 自營業 自分(じぶん) 名 自己
★★ 会社(かいしゃ)を経営(けいえい)しています。我在經營公司。	経営(けいえい) 名 サ 經營
★ 広告業界(こうこくぎょうかい)で働(はたら)いています。我從事廣告業。	広告業界(こうこくぎょうかい) 名 廣告業
★★ フリーで仕事(しごと)をしています。我從事自由業。	フリー 名 形動 自由
★ 芸能界(げいのうかい)で仕事(しごと)をしています。我在演藝界工作。	芸能界(げいのうかい) 名 演藝界
★ 私(わたし)は会社(かいしゃ)を辞(や)めて、本(ほん)を書(か)き始(はじ)めた。我從公司退職，開始寫書。	辞(や)める 動 退職
★ 通信会社(つうしんがいしゃ)で働(はたら)いています。我在通訊公司上班。 ＝ 通信会社(つうしんがいしゃ)に勤(つと)めています。 ＝ 通信会社(つうしんがいしゃ)の会社員(かいしゃいん)です。	通信会社(つうしんがいしゃ) 名 通訊公司 勤(つと)める 動 上班 会社員(かいしゃいん) 名 員工
★ コンピューター関係(かんけい)の仕事(しごと)についています。 我從事跟電腦有關的工作。	コンピューター 名 電腦 仕事(しごと) 名 工作
★ ソフトウェアの会社(かいしゃ)に勤(つと)めています。我在電腦軟體公司上班。	ソフトウェア 名 軟體
★ コンピューター技術者(ぎじゅつしゃ)です。我是電腦工程師。	技術者(ぎじゅつしゃ) 名 工程師
★★ サービス業(ぎょう)です。我是服務業。	サービス業(ぎょう) 名 服務業
★ スーパーのマネージャーです。我在超市當經理。	マネージャー 名 經理
★ 商社(しょうしゃ)の社員(しゃいん)です。我是貿易公司的職員。	社員(しゃいん) 名 職員
★ この工場(こうじょう)で顧問(こもん)をしています。我擔任這家工廠的顧問。 ＝ この工場(こうじょう)で顧問(こもん)として勤(つと)めています。	工場(こうじょう) 名 工廠 顧問(こもん) 名 顧問
★ 半導体(はんどうたい)メーカーの営業(えいぎょう)マンです。 我是半導體製造商的業務。 ＝ 半導体(はんどうたい)メーカーの営業(えいぎょう)をしています。	営業(えいぎょう)マン 名 業務 メーカー 名 製造商

（累積單字量 4574 個，慣用語量 267 個）

★ 電子関係(でんしかんけい)の会社(かいしゃ)で一般事務(いっぱんじむ)をしています。 我在電子公司負責行政工作。	会社(がいしゃ) 名 公司 事務(じむ) 名 事務，行政
★ 法律事務所(ほうりつじむしょ)をパートナーと共同(きょうどう)でやっています。 我跟人合夥開法律事務所。	パートナー 名 合夥人 共同(きょうどう) 名 共同
★★ 今(いま)はフリーターです。 我目前在打工。 ＝ 今(いま)はアルバイトをしています。 ＝ アルバイトとして働(はたら)いています。	今(いま) 名 目前 フリーター 名 自由兼職者，也稱為「飛特族」 アルバイト 名 サ 打工
★★ 今(いま)はパートタイムで働(はたら)いています。 我現在做兼職的工作。	パートタイム 名 兼職
★★ 今(いま)はフルタイムで働(はたら)いています。 我現在做全職的工作。	フルタイム 名 全職
★★ 今(いま)は派遣(はけん)で働(はたら)いています。 我目前從事派遣性質的工作。	派遣(はけん) 名 サ 派遣
★ 正社員(せいしゃいん)で働(はたら)きたいのですが。 我很想當正式員工。	正社員(せいしゃいん) 名 正式員工
★ 正社員(せいしゃいん)として働(はたら)いています。 我現在是正式員工。	働(はたら)く 動 上班
★ 出版社(しゅっぱんしゃ)で働(はたら)き始(はじ)めたところです。 我剛開始在出版社上班。	出版社(しゅっぱんしゃ) 名 出版社
★ ボランティアの仕事(しごと)についています。 我當義工。	ボランティア 名 義工
★ 主人(しゅじん)は会社(かいしゃ)で副社長(ふくしゃちょう)の役職(やくしょく)を務(つと)めている。 我先生在公司擔任副社長。	役職(やくしょく) 名 職務 務(つと)める 動 任職
★ 姉(あね)は病院(びょういん)で働(はたら)いています。 我姐姐在醫院上班。	病院(びょういん) 名 醫院
★ 兄(あに)は建設会社(けんせつがいしゃ)で働(はたら)いています。 我哥哥在建設公司上班。	建設会社(けんせつがいしゃ) 名 建設公司
★ 弟(おとうと)は工場(こうじょう)で実習(じっしゅう)しています。 我弟弟在工廠實習。 ＝ 弟(おとうと)は工場(こうじょう)の実習生(じっしゅうせい)です。	実習(じっしゅう) 名 サ 實習 実習生(じっしゅうせい) 名 實習生
★ おじさんは区役所(くやくしょ)の課長(かちょう)です。 我舅舅是區公所的課長。	区役所(くやくしょ) 名 區公所
★ 妹(いもうと)は去年(きょねん)、外交官(がいこうかん)になって、外交部(がいこうぶ)に勤(つと)めています。 我妹妹去年當了外交官，在外交部任職。	外交官(がいこうかん) 名 外交官 外交部(がいこうぶ) 名 外交部

★ 彼は料理屋をやっている。 他在經營餐館。	料理屋 名 餐館
★★ 会社はどうなの？ 你的公司怎麼樣？ ① うまく行っています。 發展得還不錯！ ② 職場の雰囲気はいいよ。 我們辦公室的氣氛很好喔！	会社 名 公司 職場 名 職場 雰囲気 名 氣氛
★ 業績は好調だよ。 我們的業績還不錯喔！	好調 形動 狀況佳
★★ よく残業をします。 我經常加班。	残業 名 サ 加班
★ 御社の企業規模はどのぐらいですか。 貴公司規模多大？ ① 中小企業です。 是中小企業。	御社 名 貴公司 規模 名 規模
★★ どちらの部門で働いていますか。 你在哪一個部門工作？ ① 宣伝部で働いています。 我在宣傳部工作。 ② 人事部で働いています。 我在人事部工作。	部門 名 部門 宣伝部 名 宣傳部 人事部 名 人事部
★ 売り上げが落ちてきているんだ。 最近銷售額一直滑落。	売り上げ 名 銷售額
★ そんなに深刻なの？ 那麼嚴重嗎？ ① もしかしたら倒産するかも。 說不定會倒閉。	深刻 形動 嚴重 倒産 名 サ 倒閉
★★ 今の会社ではどのくらい働いていますか。 你在目前這家公司待多久了？	どのくらい 名 多久 働く 動 工作
★★ この仕事に就いてどれぐらいですか。 你這個工作做多久了？ ① 二十年になります。 要二十年了。 ② 今年の三月、入社したばかりです。 我今年三月剛進公司的。	就く 動 從事 今年 名 今年 入社 名 サ 進公司
★ 私は会社で平社員から始めました。 我從公司基層做起。	平社員 名 基層員工
★ 二十年頑張って、やっと今の地位に就けました。 熬了二十年才爬到目前的職位。	頑張る 動 努力 地位 名 地位
★ 長いですね。そろそろ転職しようかと。 好久喔，我想差不多要換公司了。	そろそろ 副 差不多

（累積單字量4620個，慣用語量267個）

★ あと数年で定年です。我再過幾年就要退休了。	定年 [名] 退休年齡
★★ 今の仕事が好きです。我喜歡現在的工作。 ＝ 今の仕事は気に入っています。 ＝ 今の仕事は楽しいです。	仕事 [名] 工作 好き [形動] 喜歡 楽しい [形] 開心的
★ 転職を考えています。我正考慮換工作。 ＝ 仕事を変えたいのです。 ＝ 他の仕事に就こうと考えています。	転職 [名] [サ] 轉職 変える [動] 變換 他 [名] 其他
★★ 今の仕事は好きでないのですか。你不喜歡你現在的工作嗎？ ① 別に。還好。 ② 今の仕事は気に入らないんです。我不喜歡現在的工作。	今 [名] 現在 別に [副] 還好 気に入る [慣] 喜歡
★ 職場の人とうまくいってないのですか。 你跟職場上的人處不來嗎？	職場 [名] 職場 人 [名] 人
★ あなたの上司は物分りがよくないのですか。 你的上司不善解人意嗎？	上司 [名] 上司 物分り [名] 善解人意
★ 問題は遠過ぎることなんです。問題在於工作場所太遠了。	遠過ぎる [動] 太遠
★ もっと家の近くで仕事を見つけたいのです。 我想找離家近一點的工作。	近く [名] 附近 見つける [動] 找到
☆★ 会社はどこですか。你的公司在哪裡？ ＝ 会社はどこにあるのですか。 ＝ 会社はどこにありますか。 ① 新竹サイエンスパークにあります。在新竹科學工業園區。	会社 [名] 公司 どこ [名] 哪裡 新竹 [名] 新竹 サイエンスパーク [名] 科學工業園區
★ 会社は桃園駅の近くです。我們公司在桃園車站附近。	駅 [名] 車站
★ 台中の中心部で働いています。我在台中市中心上班。	中心部 [名] 中心
☆★ 通勤にどれくらい掛かるのですか。通勤時間要多久？ ① 一時間ぐらいです。一個小時左右。	通勤 [名] [サ] 通勤 時間 [名] 時間

☆★ どんな仕事(しごと)がしたいのですか。 你想做怎樣的工作呢？ ① 竹南(ちくなん)サイエンスパークで働(はたら)きたいのですが。 我想在竹南科學園區工作。	どんな 連體 怎樣的 働(はたら)く 動 工作
★ 働(はたら)き口(ぐち)を知(し)っています。 我知道哪裡有缺人。	働(はたら)き口(ぐち) 名 工作場所
★ 私(わたし)の仕事(しごと)はつまらないです。 我的工作很無聊。	つまらない 形 無聊的
★ 私(わたし)の仕事(しごと)はとても面倒(めんどう)です。 我的工作很繁瑣。	面倒(めんどう) 形動 繁瑣
★ 私(わたし)の仕事(しごと)には挑戦(ちょうせん)するものがありません。 我的工作缺乏挑戰性。	挑戦(ちょうせん) 名 サ 挑戰
★ 私(わたし)の仕事内容(しごとないよう)は、全(まった)く変化(へんか)がありません。 我的工作內容一成不變。	全(まった)く 副 完全 変化(へんか) 名 サ 變化
★ 勤務時間(きんむじかん)も長(なが)いし、ストレスも強(つよ)いです。 工作時間過長，而且壓力太大。	ストレス 名 壓力 も 副助 也
★ もっと挑戦性(ちょうせんせい)のある仕事(しごと)を捜(さが)したいです。 我想找更有挑戰性的工作。	もっと 副 更 挑戦性(ちょうせんせい) 名 挑戰性

Unit 10 ｜恋愛生活(れんあいせいかつ) 戀愛生活

☆★ もう恋人(こいびと)ができた？ 你有戀人了嗎？	恋人(こいびと) 名 戀人
☆★ もう彼女(かのじょ)ができた？ 你有女朋友了嗎？	彼女(かのじょ) 名 女朋友
☆★ 好(す)きな人(ひと)ができたよ。 我有喜歡的人了。	好(す)き 形動 喜歡
★ 彼女(かのじょ)に電話(でんわ)したよ。 我打電話給她了。	電話(でんわ) 名 サ 電話
★ 彼女(かのじょ)をデートに誘(さそ)ったよ。 我邀她約會。	誘(さそ)う 動 邀約

（累積單字量4661個，慣用語量268個）

★★ 恋をしたことがある？ 你談過戀愛嗎？ ① 「遠距離恋愛」をしたことがあるよ。我談過「遠距離戀愛」。 ＝ 「遠恋」をしたことがあるよ。	恋 名 サ 戀愛 遠距離恋愛 名 遠距離戀愛 遠恋 名 遠距離戀愛
★ 二年前からずっと恋愛していない。 兩年前開始，我就一直沒有談戀愛。 ＝ 二年前からずっと恋（を）していない。	から 格助 從～開始 恋愛 名 サ 戀愛 ずっと 副 一直
★ もう恋愛をすることはないと考えていた。 我本來以為我不會再談戀愛了。 ① あなたは彼女を作った方がいいと思う。我認為你交個女朋友會比較好。	もう 副 已經 考える 動 認為 思う 動 認為
★ 私はデートに行く予定なんだ。 我要去約會。	予定 名 サ 預定
★ 明日は彼女と初めてのデートなんだ。 明天是跟她的第一次約會。	初めて 名 初次
★★ 待ち切れないよ。 我等不及了！	待ち切れない 慣 等不及的
★ 早く明日が来ないかな。 明天怎麼不快點來呢？	早く 副 早點
★ デートには何を着て行こうかな。 該穿什麼去約會好？	着る 動 穿
★ 久し振りのデートだから、お洒落をしよう。 久違的約會，好好打扮一下。	久し振り 名 久違 洒落 名 打扮
★ 彼女を映画に誘った。 我邀她看電影。	彼女 代名 她
★ どんな映画を見ようかな。 該看怎麼樣的電影呢？	映画 名 電影
★ 彼女、どんな映画が好きなの？ 她喜歡看什麼電影呢？	好き 形動 喜歡
★ 今、どんな映画をやっているのか、インターネットでチェックしてみよう。 上網查查看現在有什麼電影。	インターネット 名 網路 チェック 名 サ 查詢
★ どこか、ロマンチックな映画をやっているところはないかな。 有沒有播放浪漫電影的地方呢？	ロマンチック 形動 浪漫 ところ 名 地方

（累積單字量4683個，慣用語量269個）

★★ ネットでチケットを予約(よやく)した。 我上網訂了票。	予約(よやく) 名 サ 預約
★★ 二人分(ふたりぶん)のチケットを買(か)った。 我買了兩張票。	チケット 名 票
★★ 待(ま)ち合(あ)わせ時間(じかん)を決(き)めた。 我們決定了碰面的時間。	時間(じかん) 名 時間
★★ 待(ま)ち合(あ)わせ場所(ばしょ)を決(き)めた。 我們決定了碰面的地方。	場所(ばしょ) 名 地方
★★ 彼女(かのじょ)と駅前(えきまえ)で待(ま)ち合(あ)わせをした。 我跟她約在車站前。	待(ま)ち合(あ)わせ 名 サ 碰面
★ 約束(やくそく)の時間(じかん)より少(すこ)し早(はや)めに待(ま)ち合(あ)わせ場所(ばしょ)へ行(い)った。 我比約定的時間早了點到碰面的地方。	約束(やくそく) 名 サ 約定 早(はや)めに 副 早早地
★ 映画館(えいがかん)の入口(いりぐち)で彼女(かのじょ)を待(ま)った。 我在電影院的入口等她。	映画館(えいがかん) 名 電影院
★ 待(ま)ち合(あ)わせ場所(ばしょ)で彼女(かのじょ)を十分(じゅっぷん)待(ま)った。 我在碰面的地方等了她十分鐘。	彼女(かのじょ) 代名 她 待(ま)つ 動 等候
★ 今度(こんど)は彼女(かのじょ)を家(うち)まで迎(むか)えに行(い)く。 我下次要去她家裡接她。	迎(むか)える 動 接
★ 彼女(かのじょ)は今日(きょう)、すごく輝(かがや)いて見(み)えた。 她今天看起來很耀眼。	輝(かがや)く 動 閃耀
★★ 彼女(かのじょ)の写真(しゃしん)を撮(と)った。 我幫她拍了照。	写真(しゃしん)を撮(と)る 慣 拍照
★ 近(ちか)くにいた人(ひと)に私(わたし)たちの写真(しゃしん)を撮(と)ってもらった。 我拜託附近的人幫我們拍照。	近(ちか)く 名 附近 私(わたし)たち 代名 我們
★ 彼女(かのじょ)に惚(ほ)れたよ。 我愛上她了。	惚(ほ)れる 動 迷戀
★ 彼女(かのじょ)を深(ふか)く愛(あい)するようになった。 我深深地愛上她了。	深(ふか)く 副 深深地
★ 彼女(かのじょ)に愛(あい)を告白(こくはく)した。 我向她告白了。 ＝ 彼女(かのじょ)に愛(あい)をコクった。	告白(こくはく) 名 サ 告白 コクる 動 告白
★ 「私(わたし)の彼女(かのじょ)になってくれませんか。」と言(い)った。 我說：「妳可以當我的女朋友嗎？」	彼女(かのじょ) 名 女朋友 言(い)う 動 說
★ 彼女(かのじょ)に自分(じぶん)の気持(きも)ちを伝(つた)えた。 我對她說出自己的心情。	気持(きも)ち 名 心情

（累積單字量4704個，慣用語量270個）

★ 彼女に交際を申し込んだ。我要求跟她交往。	交際 名 サ 交往
★ 彼女に指輪を差し出した。我給了她戒指。	指輪 名 戒指
★ 彼女の手を握った。我握了她的手。	手を握る 慣 握手
★ 彼女と手を繋いだ。我跟她手牽手。	手を繋ぐ 慣 牽手
★ 彼女の体に腕を回した。我摟了她。	腕を回す 慣 摟抱
★ 彼女にキスをした。我吻了她。	キス 名 サ 親吻
★★ 彼とデートをした。我跟他約會了。 ＝ 彼とデートに出掛けた。	彼 名 他 デート 名 サ 約會
★ 彼、今日はキマッてるわね。他今天好酷。	キマる 動 得體
★ 彼、今日は優しいわ。他今天好溫柔。	優しい 形 溫柔的
★ 私は恋愛の経験がない。我沒有戀愛經驗。 ＝ 私は恋愛を経験したことがない。 ＝ 私は恋をしたことがない。	恋愛 名 サ 戀愛 経験 名 經驗 恋 名 サ 戀愛
★ 私は恋愛に憧れる。我憧憬戀愛。	憧れる 動 憧憬
★ 私は恋愛の話を聞くことが好き。我喜歡聽戀愛故事。	話 名 故事
★ 彼を受け入れた。我接受他了。	受け入れる 動 接受
★ 彼の手を握り返した。我回握他的手。	握り返す 動 回握
★ 彼と上手くいっています。我跟他相處得很好。	上手い 形動 順利
★ 彼には欠点がありますが、私は彼を愛する。 雖然他有缺點，我還是愛他。	欠点 名 缺點 愛する 動 愛
★ 私は恋に落ちた。彼と恋人になった。 我戀愛了。我跟他變成戀人了。	恋に落ちる 慣 戀愛 恋人 名 戀人

★ 私(わたし)たちはお互(たが)いを愛(あい)するようになった。我們彼此相愛了。	お互(たが)い 名 彼此
★ 彼氏(かれし)ができた。彼(かれ)は私(わたし)の本命(ほんめい)です。我有男朋友了，他是我的真命天子。 = ボーイフレンドができた。彼(かれ)は私(わたし)の本命(ほんめい)です。	彼氏(かれし) 名 男朋友 本命(ほんめい) 名 真命天子
★ これは私(わたし)の初(はじ)めての恋(こい)だ。這是我的初戀。 = これは私(わたし)の初恋(はつこい)だ。	初(はじ)めて 名 初次 初恋(はつこい) 名 初戀
★ 彼(かれ)にメロメロ。我愛他愛得神魂顛倒。	メロメロ 形動 迷戀
★ 私(わたし)は彼氏(かれし)を沢山(たくさん)の人に会(あ)わせたい。 我想讓許多人見見我男朋友。	沢山(たくさん) 副 很多 会(あ)う 動 碰面
★ 彼(かれ)を拒絶(きょぜつ)した。我拒絕他了。	拒絶(きょぜつ) 名 サ 拒絕
★ 彼(かれ)の手(て)を振(ふ)り払(はら)った。我甩開他的手。	振(ふ)り払(はら)う 動 甩開
★ 彼(かれ)に返事(へんじ)をしなかった。我沒有回應他。	返事(へんじ) 名 サ 回應
★ 彼(かれ)に考(かんが)える時間(じかん)が欲(ほ)しいと伝(つた)えた。我跟他說我需要時間考慮。	考(かんが)える 動 考慮
★ 彼女(かのじょ)はいつもと違(ちが)うぞ。她有點反常。	違(ちが)う 動 不同
★ デートするたびに、口喧嘩(くちげんか)だ。每次約會都吵架。	口喧嘩(くちげんか) 名 サ 吵架
★ 何(なに)をしても面白(おもしろ)くない。做什麼事情都沒意思。	面白(おもしろ)い 形 有趣的
★ 彼(かれ)は恋愛(れんあい)は恋愛(れんあい)、結婚(けっこん)は結婚(けっこん)と割(わ)り切(き)っているんだ。 他認為戀愛是戀愛，結婚是結婚，劃分得很清楚。	結婚(けっこん) 名 サ 結婚 割(わ)り切(き)る 動 切割
★ 彼(かれ)は過去(かこ)の恋愛(れんあい)を引(ひ)きずっている。他被過去的戀愛所牽絆。	引(ひ)きずる 動 牽絆
★ 彼(かれ)は同時(どうじ)に二人(ふたり)と恋愛関係(れんあいかんけい)を続(つづ)けている。他劈腿。	二人(ふたり) 名 兩個人
★ 彼(かれ)はどうして二股(ふたまた)をかけているの。他為什麼要劈腿呢？	二股(ふたまた)をかける 慣 劈腿
★ 彼(かれ)は何人(なんにん)もガールフレンドがいるのかな。他有很多女朋友嗎？	ガールフレンド 名 女朋友

（累積單字量4743個，慣用語量274個）

★ 私の彼を愛する気持ちは誰にも負けない。 我愛他的心不輸任何人。	負ける 動 輸
★ 私は自分が愛する人を奪われたくない。 我不想要所愛的人被搶走。	奪う 動 奪走
★ 彼は私しか愛さないことを誓った。 他曾發誓只愛我一個。	誓う 動 發誓
★ 私はもう彼を愛することができない。 我已經無法再愛他了。	愛する 動 愛
★ 私は彼を愛するために生まれたんじゃない。 我不是為了愛他才出生的。	彼 代名 他 生まれる 動 出生
★ 私と彼氏はもう仲直りしないだろう。 我跟他可能不會和好了。 ＝ 私と彼氏はもう和解しないだろう。	仲直り 名 サ 和好 和解 名 サ 和解
★ 別れる決意をした。 我決定要跟他分手。	決意 名 サ 決心
★ 彼に別れを告げた。 我對他提出分手。	告げる 動 宣告
★★ 彼氏と別れた。 我跟男朋友分手了。	別れる 動 分手
★★ 私は今、彼氏はいない。 我現在沒有男朋友。	彼氏 名 男朋友
★ 二人の関係も、もう終わりかな。 我們兩個人的關係已經結束了吧！	終わり 名 結束
★★ 私は彼女に振られた。 我被她甩了。	振る 動 甩掉
★ 実は、私が彼女を愛する気持ちに変わりはない。 其實，我對她的愛並沒有改變。	実 名 其實 変わり 名 改變
★ 彼女のお蔭で私は愛することの大切さが分かった。 因為她，我了解了愛的重要。	愛する 動 愛 大切さ 名 重要性
★ もうこの失恋の痛みに堪えることができない。 我已經無法忍受這種失戀的痛苦。	痛み 名 痛苦 堪える 動 忍耐
★ 失恋して悶々とした日々を送っている。 失戀之後每天過著苦悶的日子。	悶々 副 苦悶 送る 動 度過
★ 私はもう恋愛したくない。 我已經不想戀愛了。	恋愛 名 サ 戀愛

★★ 彼女をとても愛している。 我很愛她。	愛する【動】愛
★★ 彼女と付き合ってもう三年になった。 我已經跟她交往三年了。	付き合う【動】交往
★ 毎日、彼女と一緒にいったんだ。 我每天跟她黏在一起。	一緒に【副】一起
★★ 私たち、色々なことがあったのよ。 我們之間經歷過許許多多。	色々【形動】種種
★★ 彼女のことが忘れられない。 我忘不了她。	忘れる【動】忘記
★★ 今ではいい思い出。 現在都變成了美好的回憶。	思い出【名】回憶
★ 彼女を失ってから、他人に対して恋愛感情を持ったことがない。 自從失去她之後，我對別人不曾有過戀愛的感覺。	失う【動】失去 他人【名】別人
★ 現実の恋よりも恋愛小説に興味を持っている。 相較於現實的戀愛，我對戀愛小說較有興趣。	現実【名】現實 恋愛小説【名】戀愛小說
★ 私は台湾と日本を比べて、恋愛の価値観が違うことが分かった。 我比較過台灣跟日本，發現戀愛的價值觀是不同的。	比べる【動】比較 価値観【名】價值觀

Chapter 4

日常生活の色々

日常生活瑣事

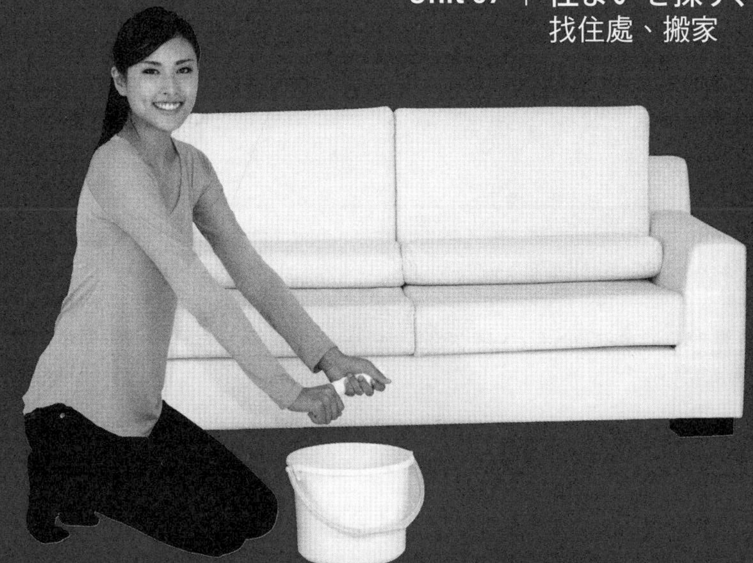

Chapter 4 日常生活(にちじょうせいかつ)の色々(いろいろ) 日常生活瑣事

Unit 01 | 家(いえ)の修繕(しゅうぜん)、家掃除(いえそうじ)、駆虫(くちゅう)する 房屋修繕、家務打掃、驅蟲

★ 部屋(へや)の模様替(もようが)えをしよう。 我們來改變房間的擺設吧！	模様替(もようが)え [名][サ] 改變布局
★ この部屋(へや)、どう配置(はいち)したい？ 你想怎樣布置這間房間？	配置(はいち) [名][サ] 布置
★ ベッドを窓際(まどぎわ)に移動(いどう)させよう。 把床移到窗戶旁邊如何？ ① だね。これで部屋(へや)がより広(ひろ)く見(み)える。 好啊！那樣的話房間看起來寬一點。	窓際(まどぎわ) [名] 窗邊 移動(いどう) [名][サ] 移動 見(み)える [動] 看起來
★ ソファーを壁(かべ)に寄(よ)せよう。 把沙發移到靠牆吧！	寄(よ)せる [動] 靠近
★ タンスは部屋(へや)の隅(すみ)に置(お)いて。 把櫃子放在房間的角落。	隅(すみ) [名] 角落
★ 絵(え)はこの壁(かべ)に掛(か)けて。 把畫掛在這面牆壁上。	壁(かべ) [名] 牆壁
★ この絨毯(じゅうたん)はちょっと貧乏臭(びんぼうくさ)いよ。 這地毯看起來有點寒酸。	貧乏臭(びんぼうくさ)い [形] 寒酸的
★ 壁(かべ)にひび割(わ)れがある。 牆壁上有裂縫。	ひび割(わ)れ [名] 裂縫
★ 部屋(へや)の壁(かべ)はペンキが剥(は)げてる。 房間牆壁的油漆剝落了。	剥(は)げる [動] 剝落
★ 部屋(へや)の壁(かべ)は塗(ぬ)り直(なお)さなければならない。 房間牆壁的油漆不重新塗過不行。	なければならない [慣] 不得不
★ 部屋(へや)の壁(かべ)は何色(なにいろ)を塗(ぬ)ったらいいかな。 房間的牆壁該漆什麼色？	塗(ぬ)る [動] 上油漆
★ 台所(だいどころ)の窓(まど)が割(わ)れてる。 廚房的窗戶破了。	割(わ)れる [動] 破裂
★ 洗濯機(せんたくき)が故障(こしょう)してる。 洗衣機故障了。	故障(こしょう) [名][サ] 故障
★ 蛍光灯(けいこうとう)を入(い)れ替(か)えて。 幫我換個日光燈。	蛍光灯(けいこうとう) [名] 日光燈
★ 電球(でんきゅう)が切(き)れたから、新(あたら)しいものと交換(こうかん)しなきゃ。 燈泡燒掉了，得換新的。	電球(でんきゅう) [名] 燈泡 交換(こうかん) [名][サ] 更換
★ 網戸(あみど)も修理(しゅうり)しなくちゃ。 紗窗也得修一修。	網戸(あみど) [名] 紗窗

（累積單字量4796個，慣用語量275個）

★ 雨漏りがする。漏雨了。	雨漏り 名 サ 漏雨
★ 屋根の穴は塞がないといけないね。 屋頂的洞需要補平。	塞ぐ 動 填補
★ シンクから水が漏れてる。水槽漏水。	漏れる 動 滲漏
★ 床が水だらけだ。地板上到處都是水。	床 名 地板
★ この家は大修理しなくちゃいけないと思う。 我認為這房子需要大修。 ＝ この家は大修理が必要だと思う。	大修理 名 サ 大修理 必要 形動 需要 思う 動 認為
★ 配管工を呼ぶことにする。我決定要來找水電工人。	配管工 名 水電工人
★ 修理に誰か寄こして下さい。請派人來修理。 ＝ 修繕に誰か寄こして下さい。	修理 名 サ 修理 修繕 名 サ 修繕
★ 修理しなければならないところが沢山あります。 有好多地方要修理。	ところ 名 地方 沢山 副 很多
★ 配管工は何時頃来るんですか。水電工人什麼時後會到？	何時 代名 何時
★ このパーツは取り換えた方がいいです。這個零件最好更換掉。	取り換える 動 更換
★ これ、どのぐらいで修理が終わりますか。這多久可以修好？	終わる 動 完成
★ 修理費用を見積もりして下さい。請估算一下修理費用。	見積もり 名 估算
★★ 家を掃除したい。我想打掃房子。 ＝ 家の掃除をしたい。 ＝ 家を片付けたい。	家 名 房子 掃除 名 サ 打掃 片付ける 動 整理
★★ 掃除、手伝うよ。我來幫你打掃。	手伝う 動 幫忙
★★ 掃除機を掛けてくれる？你來用吸塵器吧！ ＝ 掃除機掛けてくれない？	掃除機を掛ける 慣 用吸塵器吸

★ 客間と台所のほこりを掃除機で吸い取って。 客廳和廚房的灰塵用吸塵器吸一吸。	台所 名 廚房 吸い取る 動 吸
★ 部屋はロボット掃除機で掃除すればいい。 房間用機器人吸塵器打掃就好了。	部屋 名 房間 ロボット 名 機器人
★ 客間が散らかっているなあ。 客廳好亂喔！	散らかう 動 散亂
★★ 客間を片付けなさい。 把客廳整理好。	客間 名 客廳
★ 床が埃っぽいなあ。 地板有很多灰塵。	埃 名 灰塵
★ 雑巾がけをしよう。 我要用抹布擦地板。	雑巾がけ 名 用抹布擦
★ 箒で庭の落ち葉を掃除して。 你用掃箒把院子的落葉掃一掃。	箒 名 掃帚
★ 窓拭いてくれる？ 幫我擦窗戶好嗎？ ＝ 窓ガラス拭いてくれる？	窓 名 窗戶 窓ガラス 名 窗戶
★ トイレを掃除して。 你去洗廁所吧！ ＝ トイレ掃除してちょうだい。 ＝ トイレを綺麗にして、お願い。	トイレ 名 廁所 綺麗 形動 乾淨 願う 動 拜託
★ 網戸が汚いよ。 紗窗很髒了。	網戸 名 紗窗
★ 最後に洗ったのは何時？ 最後一次洗是什麼時候？ ① 思い出せないわ。 我想不起來了。	洗う 動 洗 思い出す 動 想起
★ お風呂のかびがひどいの。 浴室好多黴菌喔！	お風呂 名 浴室
★ お風呂の掃除は重労働だなあ。 清洗浴室是件大工程。	重労働 名 大工程
★ もっと強力な洗剤が必要だなあ。 需要更強力的清潔劑。	洗剤 名 清潔劑
★ 洗剤が足りないの。買ってきて。 清潔劑沒有了，去買來。	足りる 動 足夠
★ 棚を水拭きしてくれる？ 你用濕抹布把架子擦一擦好嗎？	水拭き 名 サ 用濕抹布擦拭

（累積單字量4838個，慣用語量276個）

Unit 01 ｜家の修繕、家掃除、駆虫する 房屋修繕、家務打掃、驅蟲

★ 雑巾でテーブルを拭いた。 我用抹布擦拭桌子。	雑巾 名 抹布
★ 雑巾をバケツの水に浸した。 我將抹布浸泡在水桶的水中。	浸す 動 浸泡
★ 濡れた雑巾を絞った。 我將濕抹布擰乾。	絞る 動 擰乾
★ 使い終わった雑巾を洗って乾かした。 我將用好的抹布洗過晾乾。	乾かす 動 晾乾
★ 洗剤で食器を洗った。 我用洗碗精洗碗盤。	食器 名 餐具
★ 自動食器洗い機で食器を洗った。 我用自動洗碗機洗碗盤。	食器洗い機 名 洗碗機
★ タンスのほこりを払った。 我拂拭櫃子的灰塵。	払う 動 拂拭
★ コンピューターのスクリーンを拭いた。 我擦電腦的螢幕。	スクリーン 名 螢幕
★ 床をモップで拭いた。 我擦地板。	拭く 動 擦拭
★ 床をワックスで磨いた。 我將地板打蠟。 ＝ 床にワックスを掛けた。	床 名 地板 ワックスを掛ける 慣 打蠟
★ ワックス掛けした床を、乾いた後、雑巾で軽く拭いた。 打好臘的地板乾後，我用抹布輕輕擦拭。	乾く 動 乾燥 軽い 形 輕輕的
★ 畳に掃除機を掛けた。 我用吸塵器吸榻榻米。	畳 名 榻榻米
★ 浴槽を洗った。 我清洗浴缸。	浴槽 名 浴缸
★ 浴槽にカビ取りスプレーを掛けて、スポンジで擦った。 我在浴缸噴了除黴噴霧，再用海綿搓洗。	カビ取りスプレー 名 除黴噴霧
★ 浴槽を磨いた。 我刷浴缸。	磨く 動 刷
★ 鏡に附いた水垢を擦って落とした。 我擦掉鏡子所附著的水垢。	水垢 名 水垢
★ 掃除をした後、すごく気持ちがいいね。 房子打掃過後感覺真好！	気持ちがいい 慣 感覺好

★ ゴミの出し方を教えていただきたいんです。 想向您請教垃圾處理方法。 ① ゴミは分別して出して下さい。垃圾請分類丟。 ② 燃えるゴミ、燃えないゴミと資源ゴミは別にした方がいいですね。 可燃垃圾、不可燃垃圾跟資源回收垃圾最好分開放。	出し方 名（垃圾）處理方法 教える 動 教導 燃えるゴミ 名 可燃垃圾 燃えないゴミ 名 不可燃垃圾
★ 燃えるゴミというのは何ですか。所謂的可燃垃圾是什麼？ ① 燃えるゴミは食べ物の殘りかすや紙などです。 可燃垃圾是指食物殘渣和紙張等。	食べ物 名 食物 殘りかす 名 殘渣 紙 名 紙張
★ 燃えないゴミというのは何ですか。所謂的不可燃垃圾是什麼呢？ ① 燃えないゴミって、瓶とか缶とかのことです。 不可燃垃圾是指瓶、罐一類的東西。 ② ビニールは燃えないゴミです。塑膠是不可燃垃圾。	何 代名 什麼 瓶 名 瓶子 缶 名 罐子 ビニール 名 塑膠
★ 資源ゴミというのは何ですか。所謂的資源回收垃圾是什麼呢？ ① 新聞とペットボトルなどは資源ゴミです。 報紙跟寶特瓶等是資源回收垃圾。	新聞 名 報紙 ペットボトル 名 寶特瓶 など 副助 等等
★ 薬の瓶は資源ゴミですか。藥瓶是資源回收垃圾嗎？ ① 薬の瓶は資源ゴミではありません。藥瓶不是資源垃圾。	薬 名 藥 資源ゴミ 名 資源垃圾
★ ゴミを掃いて集めた。我將垃圾掃好集中。	掃く 動 掃
★ ゴミをゴミ袋に入れた。我將垃圾放進垃圾袋中。	ゴミ袋 名 垃圾袋
★ ゴミを分別した。我將垃圾分類。	分別 名 サ 分類
★ 燃やせるゴミと燃やせないゴミを分けた。 我將垃圾分為可燃跟不可燃。	と 格助 跟 分ける 動 分開
★ 新聞と雑誌は他のゴミと区別した。報紙、雜誌跟其他的垃圾分開。	区別 名 サ 區別
★ ゴミ収集日を確認したい。我想確認收垃圾的時間。	確認 名 サ 確認
★★ ごみを出す日が違うんでしょうか。倒垃圾的時間不一樣嗎？	違う 動 不同

（累積單字量4879個，慣用語量278個）

★★ どのようにして出(だ)すんですか。 垃圾要怎麼倒呢？	出(だ)す 動 倒（垃圾）
★ 地下室(ちかしつ)にゴミの置(お)き場(ば)があります。 地下室有放垃圾的地方。	置(お)き場(ば) 名 放置場
★ 燃(も)えるゴミは火(か)、金(きん)、燃(も)えないゴミは水曜日(すいようび)に出(だ)して下(くだ)さい。 可燃垃圾請在星期二、五拿去放，不可燃垃圾請在星期三拿去放。	火(か)、金(きん) 名 週二、五 水曜日(すいようび) 名 週三
★★ いつ頃(ごろ)出(だ)せばいいですか。 大概什麼時候拿出去呢？ ① なるべく朝(あさ)出(だ)して下(くだ)さい。請盡量在早上拿出去。 ② 九時頃(くじごろ)でいいと思(おも)います。我想九點左右就可以了。	頃(ごろ) 名 左右 なるべく 副 盡量 思(おも)う 動 認為
★ ゴミ袋(ぶくろ)に入(い)れて、朝十時(あさじゅうじ)までに出(だ)して下(くだ)さい。 請裝在垃圾袋裡，在早上十點以前拿去。	入(い)れる 動 放入 朝(あさ) 名 早上
★ 粗大(そだい)ごみを捨(す)てるには市役所(しやくしょ)に申(もう)し込(こ)みが必要(ひつよう)です。 丟棄大型垃圾必須向區公所提出申請。	粗大(そだい)ごみ 名 大型垃圾 捨(す)てる 動 丟棄
★★ 今日(きょう)はゴミの回収日(かいしゅうび)だわ。 今天是收垃圾的日子。	回収日(かいしゅうび) 名 回收日
★★ ゴミを出(だ)してきてくれない？ 你可以幫我倒垃圾嗎？	ゴミを出(だ)す 慣 倒垃圾
★ ゴミを指定(してい)の場所(ばしょ)へ持(も)って行(い)ってちょうだい。 幫我將垃圾拿到指定的場所。	指定(してい) 名 サ 指定 持(も)つ 動 拿
★ 使(つか)わなくなったコンピューターをリサイクルに出(だ)そう。 將廢棄的電腦拿去回收吧！ ＝ 廃棄(はいき)するコンピューターをリサイクルに出(だ)そう。	使(つか)う 動 使用 廃棄(はいき) 名 サ 廢棄 リサイクル 名 サ 回收
★ 部屋(へや)に蝿(はえ)が入(はい)って来(き)た。 有蒼蠅跑進房間。	蝿(はえ) 名 蒼蠅
★ 蝿(はえ)が部屋(へや)の中(なか)で飛(と)び回(まわ)っていた。 蒼蠅在房間裡飛來飛去。	飛(と)び回(まわ)る 動 飛來飛去
★ 蝿(はえ)が壁(かべ)に止(と)まっていた。 蒼蠅停在牆上。	止(と)まる 動 停止
★ 蝿(はえ)が食(た)べ物(もの)に止(と)まっていた。 蒼蠅停在食物上。	食(た)べ物(もの) 名 食物
★ 蝿(はえ)を叩(たた)いた。 我打蒼蠅。	叩(たた)く 動 打

★ 机の下にゴキブリがいた。桌子下有蟑螂。	机 名 桌子
★ ゴキブリを追い掛けた。我追趕蟑螂。	追い掛ける 動 追趕
★ ゴキブリを部屋の片隅に追い詰めた。我把蟑螂逼到房間的角落。	追い詰める 動 追逼
★ 手元にあった本をゴキブリに投げ付けた。我拿手上的書丟蟑螂。	投げ付ける 動 丟
★ 窓を開けた瞬間に蚊が入って来た。窗戶打開的瞬間蚊子飛進來了。	瞬間 名 瞬間
★ 蚊に腕を刺された。蚊子叮我的手臂。	蚊 名 蚊子
★ 防虫スプレーを探した。我找防蟲噴霧。	防虫スプレー 名 防蟲噴霧
★ 蚊の駆除剤を掛けた。我噴蚊子的驅除劑。	駆除剤 名 驅除劑
★ 蚊に刺されたところに薬を塗った。我在蚊子咬的地方塗藥。	薬を塗る 慣 塗藥
★ かゆみ止めの薬を塗った。我塗抹止癢的藥。	かゆみ止め 名 止癢

Unit 02 ｜庭掃除、洗濯する、ペットの世話 庭院打掃、洗衣、照顧寵物

★ 庭は掃除をしないから草茫々だ。院子沒有打掃都雜草叢生了。 ＝ 庭は掃除をしないから雑草だらけだ。	茫々 形動 蓬亂 雑草 名 雜草
★ 庭を掃除しよう。來打掃院子吧！	庭 名 庭院
★ 箒で庭を掃いた。用掃帚掃了院子。	掃く 動 掃
★ 庭の落ち葉を拾い集めた。院子的落葉撿拾在一起。	拾い集める 動 撿拾
★ 芝生を刈った。我推剪了草坪。	芝生 名 草坪

（累積單字量4916個，慣用語量280個）

★ 庭に雑草が沢山生えているな。院子裡長了很多雜草。	生える 動 生長
★ 春はすぐ色んな雑草が生えてくる。春天很快就長出了各種雜草。	色んな 形動 各種
★ 芝生の雑草を抜いた。我拔去草坪的雜草。	抜く 動 拔除
★ 草取りをした。我除了草。	草取り 名 サ 除草
★ 雑草が多すぎて取り切れない。雜草太多了除也除不完。	取り切る 動 除盡
★ 雑草に除草剤を撒いた。我在雜草上噴撒除草劑。	撒く 動 噴撒
★ 庭は落ち葉一枚残さないように掃除されている。 院子被打掃得連一片葉子也沒有。	残す 動 殘留 掃除 名 サ 打掃
★ 庭に花を植えた。我在院子裡種了花。	植える 動 種植
★ 庭で季節の花を育てた。我在院子裡栽種了當季的花。	育てる 動 培育
★ 庭の植物に肥料をやった。我幫院子裡的植物施了肥。	肥料をやる 慣 施肥
★ 鉢植えの花にも肥料をやった。我也幫盆栽的花施了肥。	鉢植え 名 盆栽
★ 庭の花に水をやった。我幫院子裡的花澆了水。	水をやる 慣 澆水
★ この花、元気がないな。這花不太有精神。	元気がない 慣 沒精神
★ 昨日は元気だったのに、今日は萎れている。 昨天還好好的，今天就枯萎了。	元気 形動 有精神 萎れる 動 枯萎
★ 花に毛虫が付いていた。花上有毛蟲。	毛虫 名 毛蟲
★ この毛虫を退治しないと駄目だ。這毛蟲得消滅才行。 ＝ この毛虫を駆除しないと駄目だ。	退治 名 サ 消滅 駆除 名 サ 驅除
★ 花が台無しになったのは、この虫が原因だな。 這花長得不好，就是這蟲害的吧！	台無し 名 糟蹋 原因 名 原因
★ 花に防虫スプレーを掛けた。我在花上噴了防蟲噴霧。	防虫スプレー 名 防蟲噴霧

（累積單字量4935個，慣用語量283個）

★ バラの蕾に附いたアブラムシを駆除した。 我驅除了蓄薇花苞上的蚜蟲。	バラ 名 蓄薇 蕾 名 花苞
★ このバラ、明日は咲きそうだ。 這蓄薇看來明天會開了。	咲く 動 綻放
★ 椿は今日綺麗に咲いている。 茶花今天開得很美。	綺麗 形動 美麗
★ 庭の松の木を剪定した。 我修剪了庭院的松木。	剪定 名 サ 修剪
★ この枝を切り取ろう。 將這樹枝剪掉吧！ ＝ この枝を切り落そう。 ＝ この枝をカットしよう。	枝 名 樹枝 切り取る 動 剪掉 切り落す 動 剪掉
★ 木の新芽が出ている。 樹木長新芽了。 ＝ 木の若芽が出ている。	新芽 名 新芽 若芽 名 嫩芽
★ 椿も剪定した。 我也修剪了茶花。	椿 名 茶花
★ チューリップの球根を植えた。 我種鬱金香的球根。	球根 名 球根
★ 桜の木を植えるために、スコップで庭に穴を掘った。 為了種櫻花樹，我用鏟子在院子裡挖洞。	木を植える 慣 種樹 穴を掘る 慣 挖洞
★ 穴に堆肥を入れた。 我在洞中放入堆肥。	堆肥 名 堆肥
★ 庭の中央に紅葉の木を植えた。 我在院子中央種了楓樹。	紅葉 名 楓葉
★ 庭の片隅に植えている玉ねぎを収穫した。 院子角落栽種的洋蔥收成了。	片隅 名 角落 玉ねぎ 名 洋蔥
★ ブルーベリーの実を収穫した。 藍莓的果實收成了。	収穫 名 サ 收成
★ 庭の花を摘んだ。 我摘了庭院的花。	摘む 動 摘下
★ 花を花瓶に活けた。 我將花插在花瓶。	活ける 動 插花
★ 花を生けるために、百合の花を三本切った。 為了插花，我剪了三朵百合花。	百合の花 名 百合花 切る 動 剪

（累積單字量4956個，慣用語量285個）

★ 昨日、水をやったから、今日はいいか。 昨天澆過水了，今天不用澆水了吧！	昨日 名 副 明天 水をやる 慣 澆水
★★ 今日は洗濯をしなくちゃ。 我今天得洗衣服了。	今日 名 今天
★ 洗濯物が随分溜まっちゃったなあ。 要洗的衣服已經累積很多了。	溜まる 動 堆積，累積
★ 洗濯物を仕分けた。 我將要洗的衣物分類了。 ＝ 洗濯物を区分した。	仕分ける 動 分類 区分 名 サ 區分
★ 青いシャツと一緒に洗ったら、少し青くなるかもしれないから。 跟藍色襯衫一起洗的話，可能會染到一點藍色。	青い 形 藍色的 一緒に 副 一起
★ 色のついたものと白の衣服を分けた。 我將有色衣物跟白色衣物分開了。 ＝ 色物と白い物を分けた。	衣服 名 衣服 色物 名 有色衣物 分ける 動 分開
★ 洗濯物を洗濯機の中に入れておいてね。 幫我把要洗的衣服放進洗衣機裡。	洗濯物 名 要洗的衣服 入れる 動 放進
★ 洗濯物に液体洗剤を入れて。 在洗衣機裡倒入洗衣精。	液体洗剤 名 洗衣精
★ 柔軟剤を入れて。 倒入柔軟精。	柔軟剤 名 柔軟精
★ 洗濯機のスイッチを入れて。 按下洗衣機的開關。	洗濯機 名 洗衣機
★ 洗濯機の「洗濯」のボタンを押して。 按下「洗衣」的按鍵。	洗濯 名 サ 洗衣服
★★ 洗濯物を干してちょうだい。 去幫我晾衣服。	干す 動 晾
★ 今日は洗濯日和だね。 今天天氣很適合洗曬東西。	日和 名 適合～的天氣
★★ すごい量だね。 好多啊！	量 名 份量
★ 洗濯バサミはどこかな。 曬衣夾在哪裡？ ① 庭の棚の上だよ。 在院子的架上。	洗濯バサミ 名 曬衣夾 棚 名 架子
★ 布団も干そうか。 棉被要不要曬一曬？	布団 名 棉被

（累積單字量4978個，慣用語量286個）

★ 干す場所が足りないよ。沒地方曬啊！	場所 名 地方
★ 二階のテラスに干そう。曬在二樓的陽台吧！	テラス 名 陽台
★ 部屋のカーテンも洗ったら？房間的窗簾要不要洗一洗？	カーテン 名 窗簾
★ 畳も日干ししたら？榻榻米要不要曬一曬？	日干し 名 サ 曬
★ 湿気が多いから乾かないかなあ。濕氣那麼重可能不會乾。	湿気 名 濕氣
★★ 乾いた洗濯物を取り入れて。幫我將乾的衣物拿進來。	取り入れる 動 拿進來
★★ まだ乾かないよ。還沒乾耶！	乾く 動 乾燥
★★ 洗濯物を乾燥機で乾かそう。用烘乾機把衣服烘乾吧！	乾かす 動 弄乾
★ このシャツは乾燥機で乾かしては駄目だよ。 這件襯衫不能用烘乾機烘乾。	乾燥機 名 烘乾機 駄目 形動 不行
★★ 洗濯物を乾燥機から出して、畳んでちょうだい。 幫我把衣服從烘乾機裡拿出來摺好。	出す 動 拿出 畳む 動 摺疊
★ 湿気で衣服がカビだらけになっている。 因為濕氣的緣故，衣服都發霉了。	衣服 名 衣服 ～だらけ 接尾 都是～
★ お気に入りのドレスにカビが生えている。我喜歡的洋裝發霉了。	カビが生える 慣 發霉
★ このスカートにシミが付いている。這裙子有污漬。	付く 動 沾附
★ このシミ、目立つな。這污漬好明顯喔！	目立つ 動 明顯
★ この服、少し色が落ちたみたいだ。這衣服有點褪色了。	色が落ちる 慣 褪色
★ コートが虫に食われた。我的外套被蟲咬了。	虫 名 蟲子
★ これじゃあ、もう着られないよ。這樣不能再穿了。	着る 動 穿
★ 防虫剤が無くなっていたんだ。防蟲劑沒有了。	無い 形 沒有的

（累積單字量4997個，慣用語量288個）

★ 防虫剤を入れておけばよかった。 我應該早點放進防蟲劑的。	入れる 動 放進
★ 早速防虫剤を買いに行かないと駄目だな。 我要趕快去買防蟲劑了。	早速 副 趕快 防虫剤 名 防蟲劑
★ これらのコートを虫干ししよう。 把這些外套拿去曬太陽防蟲吧！	虫干し 名 サ 曬太陽防蟲
★★ 靴下が破れてしまった。 我的襪子破了。 ＝ 靴下に穴が開いてしまった。	破れる 動 破 穴が開く 慣 破洞
★ この靴下を繕って下さい。 請幫我補這隻襪子。	繕う 動 縫補
★ このシャツのボタンが落ちた。 這件襯衫的扣子掉了。	落ちる 動 掉落
★ このボタンをつけてもらえますか。 你可以幫我加上扣子嗎？	ボタンをつける 慣 加上扣子
★ シーツを取り換えた。 我換好了床單。 ＝ シーツを交換した。	取り換える 動 替換 交換 名 サ 替換
★ 布団カバーを付けた。 我裝好了被套。	布団カバー 名 被套
★ 障子を張り替えた。 我換貼了拉門。 ＝ 障子の張り替えをした。	障子 名 拉門 張り替え 名 サ 換貼
★ アイロンを掛けなければいけない服が沢山あるわね。 我有許多衣服要燙。	服 名 衣服 沢山 副 很多
★ アイロン掛けって時間が掛かるわ。 燙衣服很花時間。	時間が掛かる 慣 花時間
★ アイロンを掛けて、シャツの皺を伸ばそう。 我要把襯衫的皺褶燙平。	シャツ 名 襯衫 皺を伸ばす 慣 燙平皺褶
★ このコートは縮みやすいんだ。 這件外套很容易縮水。	縮む 動 縮水
★ このコートを洗濯して下さい。 請幫我洗這件外套。	洗濯 名 サ 洗衣服

（累積單字量5015個，慣用語量292個）

★ このコートはクリーニング屋に持っていこう。 把這件外套送去洗衣店洗吧！ = このコートは洗濯屋に持っていこう。 = このコートはクリーニングに出そう。	クリーニング屋 名 洗衣店 持つ 動 拿 洗濯屋 名 洗衣店 クリーニングに出す 慣 送洗
★ ついでに私のスーツを引き取って来てちょうだい。 順便把我的套裝拿回來。	スーツ 名 套裝 引き取る 動 領取
★★ このコートをドライクリーニングして下さい。 請幫我乾洗這件外套。	この 連體 這～ コート 名 外套
★ このシャツにアイロンを掛けて下さい。 請幫我燙這件襯衫。	アイロンを掛ける 慣 熨燙衣服
★★ 明日必要なんですが。 我明天要穿。	必要 形動 需要
★★ できるだけ早くやってもらいたいんですが。 希望您能盡快幫我處理。	できるだけ 慣 盡量 早く 副 快速地
★ このしみを抜いてもらえますか。 可以幫我去除這塊污漬嗎？	しみを抜く 慣 去除污漬
★★ 何時に取りに来ればいいですか。 我幾點可以來拿？	何時 代名 幾點
★ 小犬が餌を欲しがる。 小狗想吃飼料。	小犬 名 小狗
★ 小犬に餌をやる。 我給小狗飼料。	餌 名 飼料
★ 小犬が鳴く。 小狗叫。	鳴く 動 鳴叫
★ 小犬を抱く。 我抱小狗。	抱く 動 抱
★ 小犬の頭を撫でる。 我摸小狗的頭。	撫でる 動 摸
★ 小犬がボール遊びをしている。 小狗在玩球。	ボール遊び 名 玩球
★ 小犬が散歩に行きたがる。 小狗想去散步。	散歩 名 サ 散步
★ 小犬を散歩に連れて行く。 我帶小狗去散步。	連れる 動 帶

（累積單字量 5033 個，慣用語量 296 個）

★ 帰宅すると、すぐに愛犬を連れて散歩に出掛ける。 我一回到家，立刻帶愛犬去散步。	帰宅 名 サ 回家 出掛ける 動 外出
★ いつものルートを散歩する。 我們走一樣的路線散步。	ルート 名 路線
★ 小犬が私の言うことを聞かない。 小狗不聽我的話。	聞く 動 聽
★ 小犬が私の命令を無視する。 小狗無視於我的命令。	無視 名 サ 無視
★ 小犬の糞を始末する。 我處理狗的糞便。 ＝ 小犬の糞を処理する。 ＝ 小犬の糞を後片付けする。	始末 名 サ 收拾 処理 名 サ 處理 後片付け 名 サ 善後

Unit 03 | ものの修理、車の修理 修理東西、修車

★ ハイヒールの踵がとれてしまいました。 我高跟鞋的鞋跟脫落了。	踵 名 鞋跟
★ ハイヒールの踵が折れてしまいました。 我高跟鞋的鞋跟斷了。	折れる 動 斷裂
★ 新しい踵に替えて下さい。 請幫我換新的鞋跟。	替える 動 換
★ 新しい靴底に替えて下さい。 請幫我換新的鞋底。	靴底 名 鞋底
★ 待っている間に、直してもらえますか。 你可以在我等的時候幫我修嗎？	待つ 動 等待 間 名 期間
★ この靴を直して下さい。 請幫我修這雙鞋。	直す 動 修理
★ 靴を磨いておいてもらえますか。 可以幫我擦鞋嗎？	磨く 動 擦
★★ いつできますか。 什麼時候可以弄好？	いつ 代名 何時
★ この時計用の電池が欲しいのですが。 我想要這個手錶用的電池。	電池 名 電池

（累積單字量5051個，慣用語量296個）

例句	單字
★ ちょっとこの腕時計を見て下さい。請看一下這手錶。	腕時計 名 手錶
★ この時計を直してもらえますか。你可以幫我修這個時鐘嗎？	時計 名 時鐘
☆☆ どこが悪いか見てもらえますか。您可以幫我看一下哪裡壞了嗎？	悪い 形 壞的
★ 落としてしまいました。我摔到它了。	落とす 動 掉落
☆☆ 調子が良くないんです。它有點不對勁。	調子 名 狀況
★ 動きません。它不動了。	動く 動 動
★ 遅れがちです。它常常走太慢。	がち 接尾 容易～，常常～
★ 進みがちです。它常常走太快。	進む 動 快
★ 進んだり遅れたりしてどうも不正確です。 它有時快，有時慢，一點都不準確。	遅れる 動 慢 不正確 形動 不準確
★ 一日にどのぐらい違いますか。一天差多少？ ① それは決まっていないんです。那不一定。 ② 今日は十分も進んだかと思うと、次の日は五分も遅れたりします。 今天快十分，明天又慢五分。	一日 名 一天 違う 動 錯誤 決まる 動 決定 次 名 下次
★ 分解掃除をするとよくなります。拆開來清理一下就會好的。	分解 名 サ 分解
★ 掃除してもらえますか。你可以幫我清理嗎？	掃除 名 サ 清理
★ ガラス蓋を付けて下さい。請幫我加上玻璃蓋。	ガラス蓋 名 玻璃蓋
★ 時針を付けて下さい。請幫我加上時針（短針）。 ＝ 短針を付けて下さい。	時針 名 時針 短針 名 短針
★ 分針を付けて下さい。請幫我加上分針（長針）。 ＝ 長針を付けて下さい。	分針 名 分針 長針 名 長針
★ 秒針を付けて下さい。請幫我加上秒針。	秒針 名 秒針

（累積單字量5073個，慣用語量296個）

例句	單字
★ 発条を付けて下さい。請幫我加上發條。 ＝ バネを付けて下さい。	発条 [名] 發條 付ける [動] 加上
★★ 金曜日においで下さい。請在星期五來拿。	金曜日 [名] 週五
☆★★ もっと早くできますか。能再快一點嗎？ ① 大急ぎで間に合わせましょう。我幫你趕工一下吧！	大急ぎ [名] 緊急 間に合う [慣] 來得及
☆★★ 見て下さいませんか。幫我看一下好嗎？	見る [動] 看
★ ちょっと鍵の調子が悪いんです。鎖有點不好用。 ① 取り換えた方がいいですね。該換一把新的了。 ② 夕方までにはできますよ。傍晚之前可以換好。	調子が悪い [慣] 狀況差 取り換える [動] 更換 夕方 [名] 傍晚
★★ 四時頃取りに来て下さい。請在四點前後來取。	頃 [名] 左右
★ 鍵はできていますか。鑰匙換好了嗎？	鍵 [名] 鑰匙
★ このボタンを押しながら、鍵を入れて下さい。 請按著這個按鈕上鎖。	押す [動] 按壓 鍵を入れる [慣] 上鎖
★★ ちょっとやってみましょう。讓我試一下。	ちょっと [副] 一下
★ テープレコーダーが故障したらしいんです。 錄音機好像出了毛病。	故障 [名][サ] 故障 らしい [助動] 好像
☆★★ 修理をお願いしたいんです。請幫我修理一下。	修理 [名][サ] 修理
★★ 來週の水曜日に取りに來て下さい。請在下星期三來拿。	水曜日 [名] 週三
★ カメラの調子が悪いのですが。照相機有點不對勁。	カメラ [名] 照相機
★ 露出計がおかしいのですが。照度計（曝光計）怪怪的。	露出計 [名] 曝光計
★ 距離計がおかしいのですが。測距儀怪怪的。	距離計 [名] 測距儀
★ シャッターがおかしいのですが。快門怪怪的。	シャッター [名] 快門

★★ 直(なお)してもらえますか。可以幫我修理嗎？	直(なお)す 動 修理
★★ 修理(しゅうり)にはいくら掛(か)かりますか。修理要多少錢？	掛(か)かる 動 花費
★★ できるだけ早(はや)く直(なお)してもらいたいのですが。我希望能盡快修好。	早(はや)く 副 快點
★★ 領収書(りょうしゅうしょ)をお願(ねが)いします。請給我收據。	領収書(りょうしゅうしょ) 名 收據
★★ 助(たす)けてもらえますか。可以幫我個忙嗎？ = 手(て)を貸(か)してもらえますか。	助(たす)ける 動 幫助 手(て)を貸(か)す 慣 幫忙
★ パンクしました。爆胎了。	パンク 名 サ 爆胎
★ パンクを修理(しゅうり)してもらえますか。您可以幫我修理爆胎嗎？	修理(しゅうり) 名 サ 修理
★ タイヤを替(か)えるのを手伝(てつだ)ってもらえますか。 您可以幫我換輪胎嗎？	替(か)える 動 更換 手伝(てつだ)う 動 幫忙
★ ガソリンがゼロに近付(ちかづ)くと、エンプティランプが点灯(てんとう)します。 快沒汽油的時候，油表燈會亮。	近付(ちかづ)く 動 靠近 点灯(てんとう) 名 サ 點燈
★ ガス欠(けつ)です。沒油了。	ガス欠(けつ) 慣 沒油了
★ ガソリンを少(すこ)し、分(わ)けてもらえますか。您可以分一點油給我嗎？	分(わ)ける 動 分
★ オーバーヒートです。車子過熱了。	オーバーヒート 名 過熱
★ 水(みず)を少(すこ)しもらえますか。可以給我一點水嗎？	水(みず) 名 水
★ 車(くるま)が泥濘(ぬかるみ)に嵌(はま)って、出(で)られません。車子陷在泥沼中，出不來了。	泥濘(ぬかるみ) 名 泥沼
★ 車(くるま)が溝(みぞ)に嵌(はま)って、出(で)られません。車子陷在水溝中，出不來了。	溝(みぞ) 名 水溝
★ 押(お)してもらえますか。可以幫我推嗎？	押(お)す 動 推
★ 引(ひ)っ張(ぱ)ってもらえますか。可以幫我拉嗎？	引(ひ)っ張(ぱ)る 動 拉
★ バッテリーが上(あ)がってしまいました。電瓶沒電了。	上(あ)がる 動 結束

（累積單字量 5111 個，慣用語量 301 個）

例句	單字
★ ジャンパー（＝ジャンパーケーブル）をお持ちですか。 您有跨接線嗎？	ジャンパー（＝ジャンパーケーブル）名 跨接線
★ ラジエーターが漏れています。水箱漏了。	漏れる 動 滲漏
★ 鍵を車の中に残したまま、ドアをロックしてしまいました。 我把鑰匙鎖在車內了。	車 名 車子 残す 動 留下
★ 修理道具は持っていません。我沒有帶修理工具。	道具 名 工具
★ 懐中電灯を貸してもらえますか。可以借我手電筒嗎？	懐中電灯 名 手電筒
★ ハンマーを貸してもらえますか。可以借我榔頭嗎？	ハンマー 名 榔頭
★ ジャッキを貸してもらえますか。可以借我千斤頂嗎？	ジャッキ 名 千斤頂
★ モンキーレンチを貸してもらえますか。可以借我板手嗎？	モンキーレンチ 名 板手
★ ペンチを貸してもらえますか。可以借我老虎鉗嗎？	ペンチ 名 老虎鉗
★ ドライバーを貸してもらえますか。可以借我螺絲起子嗎？	ドライバー 名 螺絲起子
★ 車が故障してしまいました。我的車子故障了。	故障 名 サ 故障
★★ エンジンが掛かりません。引擎發不動。	掛かる 動 運作
★★ 車が動きません。車子不動了。	動く 動 動
★ 車の整備士がいないと。我需要修車師傅。	整備士 名 修車師傅
★ レッカー車が必要です。我需要拖吊車。	レッカー車 名 拖吊車
★ この近くに修理工場がありますか。這附近有修車廠嗎？	修理工場 名 修車廠
★ 近くの修理工場の電話番号をご存知ですか。 您知道附近修車廠的電話嗎？	電話番号 名 電話號碼 存知 名 知道
★ 修理できる人を寄こしてもらえますか。可以叫修車師傅來嗎？	修理 名 サ 修理

★ レッカー車(しゃ)を寄(よ)こしてもらえますか。可以叫拖吊車來嗎？	寄(よ)こす 動 派來
★★ 車(くるま)の調子(ちょうし)がよくないのですが。我的車子有點問題。	調子(ちょうし)がよくない 名 有狀況
★★ どこが悪(わる)いのか、分(わ)かりません。我不知道哪裡有問題。	分(わ)かる 動 知道
★ バッテリーがよくないみたいです。好像是電瓶有問題。	バッテリー 名 電瓶
★ ブレーキがよくないみたいです。好像是煞車有問題。	ブレーキ 名 煞車
★ クラッチがよくないみたいです。好像是離合器有問題。	クラッチ 名 離合器
★ 電気装置(でんきそうち)がよくないみたいです。好像是電氣系統有問題。	電気装置(でんきそうち) 名 電氣系統
★ エンジンがよくないみたいです。好像是引擎有問題。	エンジン 名 引擎
★ ファンベルトがよくないみたいです。好像是風扇皮帶有問題。	ファンベルト 名 風扇皮帶
★ ガソリンポンプがよくないみたいです。好像是汽油幫浦有問題。	ガソリンポンプ 名 汽油幫浦
★ ギヤがよくないみたいです。好像是排檔有問題。	ギヤ 名 排檔
★ 点火装置(てんかそうち)がよくないみたいです。好像是點火系統有問題。	点火装置(てんかそうち) 名 點火系統
★ スターターがよくないみたいです。好像是啟動器有問題。	スターター 名 啟動器
★ ハンドルがよくないみたいです。好像是方向盤有問題。	ハンドル 名 方向盤
★ サスペンションがよくないみたいです。好像是懸吊系統有問題。	サスペンション 名 懸吊系統
★ トランスミッションがよくないみたいです。 好像是變速器有問題。	トランスミッション 名 變速器
★ ウォーターポンプがよくないみたいです。好像是抽水幫浦有問題。	ウォーターポンプ 名 抽水幫浦
★ キャブレターをチェックしてもらえますか。 可以幫我檢查一下化油器嗎？	キャブレター 名 化油器 チェック 名 サ 檢查

（累積單字量5150個，慣用語量301個）

★ ディストリビューターをチェックしてもらえますか。 可以幫我檢查一下配電盤嗎？	ディストリビューター 名 配電盤
★ ギヤボックスをチェックしてもらえますか。 可以幫我檢查一下變速箱嗎？	ギヤボックス 名 變速箱 もらう 補動 接受～
★ イグニッションコイルをチェックしてもらえますか。 可以幫我檢查一下點火線圈嗎？	イグニッションコイル 名 點火線圈
★ サーモスタットをチェックしてもらえますか。 可以幫我檢查一下恆溫器嗎？	サーモスタット 名 恆溫器 か 終助 表示疑問
★ タイヤを調べて下さい。請幫我檢查輪胎。	タイヤ 名 輪胎
★ タイヤの空気圧を調べて下さい。請幫我檢查胎壓。	タイヤの空気圧 名 胎壓
★ バッテリーを調べて下さい。請幫我檢查電瓶。	調べる 動 檢查
★ ラジエーターの水を調べて下さい。請幫我檢查水箱的水。	ラジエーター 名 水箱
★ エンジンオイルを調べて下さい。請幫我檢查機油。	エンジンオイル 名 機油
★ ブレーキオイルを調べて下さい。請幫我檢查剎車油。	ブレーキオイル 名 剎車油
★ クラッチオイルを調べて下さい。請幫我檢查離合器油。	クラッチオイル 名 離合器油
★ スパークプラグを調べて下さい。請幫我檢查火星塞。	スパークプラグ 名 火星塞
★★ エンジンオイルを一リットル足して下さい。 請幫我加一公升的機油。	リットル 名 公升 足す 動 添加，補上
★ バッテリーに蒸留水を入れて下さい。請幫我的電瓶加蒸餾水。	蒸留水 名 蒸餾水
★ バッテリーを充電して下さい。請幫我的電瓶充電。	充電 名 サ 充電
★★ このタイヤを替えて下さい。請換掉這個輪胎。	替える 動 換掉
★ ラジエーターに水を入れて下さい。請幫我的水箱加水。	入れる 動 加入

★ ファンベルトを締(し)めて下(くだ)さい。請幫我拴緊風扇皮帶。	締(し)める 動 拴緊
★ フロントグラスを替(か)えて下(くだ)さい。請幫我換擋風玻璃。	フロントグラス 名 擋風玻璃
☆☆ どこがよくないですか。問題出在哪裡？	どこ 代名 哪裡
☆☆ 直(なお)りますか。能修好嗎？	直(なお)る 動 修好
★★ 必要(ひつよう)な部品(ぶひん)がありますか。有需要的零件嗎？ = 必要(ひつよう)なパーツがありますか。有需要的零件嗎？	部品(ぶひん) 名 零件 パーツ 名 零件
☆☆ 今直(いまなお)してもらえるでしょうか。現在可以修好嗎？	今(いま) 副 現在
☆☆ 今日中(きょうじゅう)に直(なお)してもらえるでしょうか。今天可以修好嗎？	今日中(きょうじゅう)に 副 今天當中
☆☆ 修理(しゅうり)にはどのぐらい時間(じかん)が掛(か)かりますか。修理要花多久的時間？	時間(じかん)が掛(か)かる 慣 花時間
★ 仮(かり)の修理(しゅうり)をしてもらえますか。可以暫時稍微修理一下嗎？	仮(かり) 名 暫時
★★ 修理(しゅうり)の見積(みつも)りを教(おし)えて下(くだ)さい。請給我修理的估價單。	見積(みつも)り 名 估價
☆☆ 明細書(めいさいしょ)と領収書(りょうしゅうしょ)をお願(ねが)いします。請給我明細表跟收據。	領収書(りょうしゅうしょ) 名 收據
☆☆ お蔭(かげ)で本当(ほんとう)に助(たす)かりました。真的很感謝您的幫忙。	助(たす)かる 動 得救

Unit 04 ｜銀行(ぎんこう)で 在銀行

☆☆ 銀行(ぎんこう)は何時(なんじ)に開(あ)きますか。銀行幾點開門？	開(あ)く 動 開門營業
★★ 番号(ばんごう)カードを引(ひ)いて下(くだ)さい。請您抽號碼牌。	引(ひ)く 動 抽取
★ 九十二番(きゅうじゅうにばん)の方(かた)、四番(よんばん)の窓口(まどぐち)へどうぞ。九十二號請到四號窗口。	窓口(まどぐち) 名 窗口

（累積單字量5185個，慣用語量303個）

★ これは番号札です。這是號碼牌。 ＝ これは整理券です。	番号札 名 號碼牌 整理券 名 號碼牌
★★ お待たせしました。讓您久等了。	待つ 動 等候
★★ 本日は、どういった御用件でしょうか。 您今天要辦理什麼業務呢？	本日 名 副 今天 用件 名 代辦事項
★ 預金口座を作りたいのですが。我想開存款帳戶。 ＝ 預金口座を開きたいんです。	預金口座 名 存款帳戶 開く 動 開
★ 新規に口座を開かれるのですね。您要開新的帳戶是嗎？ ① はい、そうです。是的。	新規に 副 重新 口座 名 帳戶
★ 普通口座と総合口座がございますが、どちらになさいますか。 有普通帳戶與綜合帳戶，請問您要申請哪一種呢？ ① 普通口座でいいです。普通帳戶就可以了。	普通口座 名 普通帳戶 総合口座 名 綜合帳戶 ござる 動 ある的尊敬語 どちら 代名 哪個
★ では、こちらの用紙にお名前と生年月日、ご住所、電話番号をご記入下さい。 那麼，請在這裡寫下您的姓名、出生年月日、地址，跟電話號碼。 ① ここに書けばいいんですね。寫在這裡就可以了嗎？	生年月日 名 出生年月日 住所 名 地址 電話番号 名 電話號碼 記入 名 サ 寫下
★ はい、こちらです。是的，寫在這裡。 ① はい、書きました。好了，寫好了。	こちら 代名 這裡 書く 動 寫
★★ 本日は、印鑑はお持ちでしょうか。請問您今天有帶印章來嗎？ ① はい、持ってます。これです。有，就是這個。	印鑑 名 印章 持つ 動 帶
★ では、こちらとこちらに印鑑をお願い致します。 那麼，請您在這裡跟這裡蓋上印章。	では 接 那麼 願う 動 拜託
★ 二カ所ですね。這兩個地方嗎？ ① はい、そうです。是的。	二カ所 名 兩個地方 そうです 慣 是的

（累積單字量5209個，慣用語量304個）

★ はい、押しましたが。好了，蓋好了。	押す 動 蓋
★ それでは、失礼ですが、身分証明できるものをお願い致します。那麼，不好意思，請問能不能出示能夠證明身分的證件呢？	身分 名 身分 証明 名 サ 證明
★ 運転免許証でいいですか。用駕照可以嗎？ ① はい、結構です。可以的。	運転免許証 名 駕照 結構 形動 可以
★ 保険証も身分証明書として使えます。健保卡也可以當身分證件。	保険証 名 健保卡
★ ちょっと待って下さい。はい、これですが。稍等一下，就是這個。 ① はい、それではお預かり致します。好，那麼先跟您收下了。	待つ 動 等候 預かる 動 收存
★ ただ今、通帳をお作りします。現在就做存摺。	ただ今 副 現在
★ 手続きを致しますので、後ろの椅子でお待ち下さい。 手續會花點時間，請您在後方的椅子稍作等待。 ① はい、お願いします。好的，麻煩你了。	手続き 名 手續 後ろ 名 後方 椅子 名 椅子
★ 通帳ができました。存摺做好了。	通帳 名 存摺
★★ お金を預けたいんですが。我要存錢。 ＝ 貯金したいんですが。 ＝ 預金したいんですが。	お金を預ける 慣 存款 貯金 名 サ 存款 預金 名 サ 存款
★★ ご入金はおいくらでしょうか。您要存多少錢？ ① 五萬円でお願いします。我要存五萬日圓。 ② 二十萬円を貯金します。我要存二十萬日圓。	入金 名 サ 入賬 願う 動 拜託 ～円 名 ～日圓
★ 普通預金の利息はいくらですか。普通存款利息是多少？ ① 利息は年利率 1.13 % です。利息是年利率百分之 1.13。	利息 名 利息 年利率 名 年利率
★ 預金はいつでも引き出せますか。存款什麼時候都可以領嗎？	引き出す 動 領出
★ キャッシュカードはお使いになりますか。您要用提款卡嗎？	使う 動 使用

（累積單字量 5231 個，慣用語量 305 個）

★ 銀行でお金を下ろす場合、通帳のほか、印鑑が必要です。 在銀行領錢時，除了存摺之外還需要印章。	銀行 名 銀行 ～場合 名 ～的時候
★ キャッシュカードで、コンビニのATMでも引き出せます。 用提款卡也可以在便利商店的自動提款機領錢。	キャッシュカード 名 提款卡 引き出す 動 領出
★ この用紙にお書き下さい。 請填寫這張申請表。	用紙 名 紙張
☆★★ これでいいですか。 這樣可以嗎？	これ 代名 這樣
★ こちらに数字を四つ書いていただけませんか。 請您在這裡填上四個數字好嗎？	数字 名 數字 書く 動 寫
★ これは暗証番号といいます。 這是密碼。	暗証番号 名 密碼
★ カードをお使いになるときに必要ですから。 您使用金融卡時一定會用到的。	使う 動 使用 必要 形動 需要
★ 暗証番號四桁は後で変更できます。 四位數的密碼之後也可以更改。	～桁 名 ～位數
★ カードは一週間ぐらいで御自宅に郵送致します。 金融卡會在一個星期左右寄到府上。	自宅 名 自己家裡 郵送 名 サ 郵寄
★ 銀行へお金を下ろしに行く。 我要到銀行去領錢。	行く 動 去
★★ 口座から、少しお金を引き出したいのです。 我想從戶口領一點錢。 ＝ 口座から、少しお金を下ろしたいのです。	口座 名 戶口 お金を引き出す 慣 領錢 お金を下ろし 慣 領錢
★★ 通帳を持っていらっしゃいますか。 您帶存摺了嗎？	通帳 名 存摺
★★ 金額はいかほどですか。 您要領多少錢？	金額 名 金額
★ お金と通帳でございます。 這是您的錢和存摺。	お金 名 錢
★★ お確かめ下さい。 請您點一下。	確かめる 動 確認
★★ ATMでお金を下ろしたいんです。 我想用自動提款機領錢。	ATM 名 自動提款機

★ ATM(エーティーエム)の使(つか)い方(かた)を教(おし)えていただけませんか。 請教我一下自動提款機的用法好嗎？ ＝ 現金自動預(げんきんじどうあず)け払(ばら)い機(き)の使(つか)い方(かた)を教(おし)えていただけませんか。 ＝ 自動支払機(じどうしはらいき)の使(つか)い方(かた)を教(おし)えていただけませんか。	使(つか)い方(かた) 名 用法 現金自動預(げんきんじどうあず)け払(ばら)い機(き) 名 自動提款機 教(おし)える 動 教導
★ 向(む)こうのATM(エーティーエム)が空(す)いています。 對面那台自動提款機空著。	向(む)こう 名 對面
★ キャッシュカードと通帳(つうちょう)とどちらを使(つか)ってもいいですか。 使用提款卡或是存摺都可以嗎？	と 格助 跟 どちら 代名 哪個
★「カードをお入(い)れ下(くだ)さい」という表示(ひょうじ)が出(で)ました。 「請插入卡片」的指示燈亮了。	入(い)れる 動 插入 出(で)る 動 出現
★ 指(ゆび)で「お引(ひ)き出(だ)し」表示(ひょうじ)ランプを押(お)します。 請用手指按「領錢」的指示燈。	指(ゆび) 名 手指 表示(ひょうじ)ランプ 名 指示燈
★ 暗証番号(あんしょうばんごう)と金額(きんがく)を押(お)して下(くだ)さい。 請按密碼和金額。	押(お)す 動 按壓
★ 今(いま)、「五萬円(ごまんえん)」と表示(ひょうじ)されました。 現在顯示出「五萬日圓」的字樣。	表示(ひょうじ) 名 サ 顯示
★ もし数字(すうじ)を押(お)し間違(まちが)えたら、「取(と)り消(け)し」のボタンを押(お)してやり直(なお)せば大丈夫(だいじょうぶ)です。 如果數字按錯了，只要按一下「取消鍵」，再重新按就可以了。	押(お)し間違(まちが)える 動 按錯 取(と)り消(け)し 名 取消 大丈夫(だいじょうぶ) 形動 不要緊
★ この「殘高照会(ざんだかしょうかい)」ボタンは何(なん)ですか。 這個「餘額查詢」按鍵是什麼？ ① 預金(よきん)の殘高(ざんだか)を知(し)りたい時(とき)、このボタンで照会(しょうかい)します。 當您想知道帳戶餘額時，可以按這個按鍵查詢。	この 連體 這～ 照会(しょうかい) 名 サ 查詢 ボタン 名 按鍵
★ 自動支払機(じどうしはらいき)から三万円(さんまんえん)を引(ひ)き出(だ)した。 我從自動提款機領了三萬日圓。	自動支払機(じどうしはらいき) 名 自動提款機 引(ひ)き出(だ)す 動 提領
★ 口座(こうざ)の残高(ざんだか)をチェックした。 我查了一下戶口的餘額。	残高(ざんだか) 名 餘額
★ 口座(こうざ)には十万円(じゅうまんえん)しか残(のこ)ってないので、ショックを受(う)けた。 戶口只剩下十萬日圓，我嚇了一跳。	残(のこ)る 動 剩下 ショックを受(う)ける 慣 嚇一跳
★ 自動支払機(じどうしはらいき)で五万円(ごまんえん)預金(よきん)した。 我在自動提款機存了五萬日圓。	預金(よきん) 名 サ 存款

（累積單字量5275個，慣用語量308個）

★★ お金を送りたいんです。 我想匯款。	お金を送る【慣】匯款
★ 私は一度も銀行振り込みを使ったことがないです。 我從來沒有在銀行匯款過。	一度【名】【副】一次 振り込み【名】匯款
★ 口座にお振り込みですか。 是轉帳到對方的戶頭嗎？ ① はい、振り込みで代金を払います。 是的，我用轉帳付貨款。 ＝ はい、振り込みで代金を支払いします。	代金【名】貨款 払う【動】支付 支払い【名】【サ】支付
★ この振込依頼書をお書き下さい。 請填寫這張匯款申請單。	依頼書【名】申請單
★ お振り込みの金額を書いて下さい。 請填寫匯款金額。	金額【名】金額
★★ お金を両替したいのですが。 我想換錢。	お金【名】錢
★ 外貨両替はどこでできますか。 哪裡可以兌換外幣？ ① 外国為替窓口一番へおいで下さい。 請到兌換外幣的一號窗口。	外貨【名】外幣 為替【名】兌換
★ 両替ですか。 您要換錢是嗎？ ① はい、両替したいのですが。 是的，我想換錢。	両替【名】【サ】匯兌 か【終助】表示疑問
★ この小切手を現金にしたいのですが。 我想把這張支票換成現金。 ＝ この小切手を現金に替えたいのですが。 ＝ この小切手を換金したいのですが。	小切手【名】支票 換金【名】【サ】換成現金 たい【助動】想～
★ ドルを円に替えたいのですが。 我想把美金換成日幣。	～円【名】～日圓
★★ 今日のレートはいくらですか。 今天的匯率是多少？ ① 本日の為替レートは九十三円でございます。 今天的匯率是九十三日圓。 ② 一ドルが九十三円でございます。 一元美金換九十三日圓。	今日【名】今天 本日【名】今天 為替レート【名】匯率
★ ちょっと下がっていますね。 有點下降耶！	下がる【動】下降
★ でも替えておこう。 不過還是換吧！	替える【動】更換
★ 二百ドルだけ円に変えて下さい。 只換兩百美元的日圓。	変える【動】更換

（累積單字量5297個，慣用語量309個）

★ 現金(げんきん)にして下(くだ)さい。 請給我現金。	現金(げんきん) 名 現金
★ これを細(こま)かくして下(くだ)さい。 請將這換成零錢。	細(こま)かい 形動 微細的
★ 千円札三十枚(せんえんさつさんじゅうまい)にして下(くだ)さい。 請給我三十張一千日圓的紙鈔。	札(さつ) 名 紙鈔
★ 千円札(せんえんさつ)と五千円札(ごせんえんさつ)も混(ま)ぜて下(くだ)さい。 也請給我一千日圓跟五千日圓的紙鈔。 ＝ 千円札(せんえんさつ)と五千円札(ごせんえんさつ)も入(い)れて下(くだ)さい。	混(ま)ぜる 動 混入 も 副助 也 入(い)れる 動 加入
★ 細(こま)かい金額(きんがく)の紙幣(しへい)にして下(くだ)さい。 請把這些換成小額的紙鈔。	紙幣(しへい) 名 紙幣
★ 計算(けいさん)が違(ちが)っていませんか。 是不是有算錯？	計算(けいさん) 名 サ 計算
★ 計算書(けいさんしょ)を下(くだ)さい。 請給我收據。	計算書(けいさんしょ) 名 收據
★ 小切手(こぎって)で銀行口座(ぎんこうこうざ)に入金(にゅうきん)します。 將支票存到銀行戶頭。	銀行口座(ぎんこうこうざ) 名 銀行戶頭
★ 銀行(ぎんこう)からお金(かね)を借(か)りたいんですが。 我想跟銀行借錢。 ＝ 銀行(ぎんこう)でキャッシングしたいんですが。	お金(かね)を借(か)りる 慣 借錢 キャッシング 名 サ 借錢

Unit 05 ｜郵便局(ゆうびんきょく)で **在郵局**

★ 郵便局(ゆうびんきょく)はどこですか。 郵局在哪裡？	郵便局(ゆうびんきょく) 名 郵局
★ 郵便局(ゆうびんきょく)へ手紙(てがみ)を出(だ)しに行(い)きましょう。 我要去郵局寄信。	手紙(てがみ)を出(だ)す 慣 寄信
★ 切手(きって)の窓口(まどぐち)はどこですか。 賣郵票的窗口在哪裡？	窓口(まどぐち) 名 窗口
★★ こちらでお願(ねが)いできますか。 我能拜託您嗎？	願(ねが)う 動 拜託
★ 八十円切手(はちじゅうえんきって)を二枚(にまい)お願(ねが)いします。 請給我八十日圓的郵票兩張。	切手(きって) 名 郵票

（累積單字量5312個，慣用語量311個）

★ 航空書簡を三枚下さい。 請給我三張航空郵簡。 ＝ エアログラムを三枚下さい。	航空書簡 名 航空郵簡 エアログラム 名 航空郵簡
★ 六十円の切手を三枚と三十五円の葉書を五枚下さい。 請給我六十日圓的郵票三張，三十五日圓的明信片五張。 ① 三十五円の葉書はもう売り切れなんですが。 三十五日圓的明信片已經賣完了。	の 格助 ～的 と 格助 跟 葉書 名 明信片 売り切れ 名 賣完
★ では、四十円のを下さい。 那請給我四十日圓的吧！	下さい 動 給
★ 四十円のを五枚ですね。 四十日圓的五張，對嗎？ ① はい、いくら掛かりますか。 是的，請問要多少錢？	ね 終助 表示確認 掛かる 動 花費
★ 綺麗な切手を下さい。 請給我漂亮的郵票。	綺麗 形動 漂亮
★ 記念切手はありますか。 有沒有紀念郵票？ ① はい、「北海道新幹線開業記念切手」を販売しております 有啊！現在有販售「北海道新幹線開業紀念郵票」。	記念 名 サ 紀念 切手 名 郵票 販売 名 サ 販賣
★ この絵葉書は一枚いくらですか。 這種風景明信片一張多少？ ① 七十二円です。七十二日圓。	絵葉書 名 風景明信片 いくら 名 多少
★ この絵葉書を六枚下さい。 請給我這種風景明信片六張。 ① はい、四百三十二円です。好的，四百三十二日圓。	～枚 名 ～張 ～円 名 ～日圓
★★ こちらは控えです。 這是收據。	控え 名 收據
★★ この手紙を出したいのですが。 我想寄這封信。	手紙を出す 慣 寄信
★★ 速達で送って下さい。 請用限時專送寄出。	速達 名 限時專送
★★ 書留で送って下さい。 請用掛號寄出。	書留 名 掛號
★★ 書留速達で送って下さい。 請用限時掛號寄出。	書留速達 名 限時掛號
★ 速達は休日でも配達しますか。 限時專送假日也有投遞嗎？	配達 名 サ 投遞

★ 葉書を大阪に出したいのですが。 我想寄明信片到大阪。	出す 動 寄出
★ 大阪への葉書はいくらですか。 寄明信片到大阪要多少錢？	葉書 名 明信片
★ 郵便番号を書いて下さい。 請寫上郵遞區號。	郵便番号 名 郵遞區號
★ 葉書はどこに入れますか。 明信片要投入什麼地方？	入れる 動 投入
★ 葉書は外のポストに入れて下さい。 明信片請投入外面的郵筒。	外 名 外面
★ 郵便ポストに入れれば郵送されます。 如果投入郵筒，就能寄出去。	郵便ポスト 名 郵筒
★ この手紙を航空便でお願いします。 這封信請寄航空。 ＝ この手紙をエアメールでお願いします。	航空便 名 航空信 エアメール 名 航空信
★ ヨーロッパへの手紙はいくらですか。 寄信到歐洲要多少錢？	手紙 名 信
★ 台湾まで航空便でいくらですか。 寄航空信到台灣要多少錢？ ① 百六十円です。一百六十日圓。	台湾 名 台灣 ～円 名 ～日圓
★ 印刷小包ですと、値段が半分以下になります。 如果是寄印刷品包裹的話，郵資會少於一半。	印刷 名 サ 印刷 小包 名 包裹
★ 中国大陸への航空便は何日で届きますか。 寄到中國大陸的航空信要幾天才能到？	何日 名 幾天 届く 動 送達
★ 早いところは四日間、遠いところは一週間ぐらい掛かります。 快的話要四天，慢的話要一個禮拜左右。	早い 形 快的 遠い 形 遠的
★ 四日間から一週間ぐらいです。 要四天到一個禮拜左右。	一週間 名 一週
★ 中国大陸への速達をお願いします。 我要寄限時專送到中國大陸。	速達 名 限時專送
★ 手紙は少しオーバーしているようなんで、量って下さい。 信好像有點超重，請幫我秤一下。	少し 副 有點 量る 動 測量
★★ 郵便料金はいくらですか。 郵資是多少錢？	郵便料金 名 郵資

（累積單字量 5356 個，慣用語量 312 個）

★ 十グラム以下の手紙は九十円の切手を貼って下さい。 十克以下的信請貼九十日圓的郵票。	以下 名 以下 貼る 動 貼
★ 切手を貼りました。 郵票貼好了。	切手 名 郵票
★ 大阪に小包を送りたいんですが。 我想寄包裹到大阪。	小包 名 包裹
★ 小包の箱はありますか。 有寄包裹的箱子嗎？ ① 箱は有料ですが、宜しいですか。 箱子要收費，沒問題嗎？	箱 名 箱子 有料 名 要收費
★ 宅急便で出したいんですが。 我想用快遞寄。 ① はい、宅急便を取り扱っております。 好的，為您辦理快遞。	宅急便 名 快遞 取り扱う 動 辦理
★ 宅急便の料金はどうなっていますか。 快遞的費用怎麼算？ ① 一キロまで千二百円です。 一公斤以內一千兩百日圓。 ② これから一キロ毎に八十円ずつ増えます。 每超過一公斤加收八十日圓。	料金 名 費用 毎に 副 每～ 増える 動 增加
★ この小包を出したいのですが。 我想寄這個包裹。	出す 動 寄出
★ アメリカまでお願いします。 麻煩寄到美國。	願う 動 拜託
★ 船便にしますか。 寄海運嗎？ ① 航空便で送りたいのですが。 我想寄空運。	船便 名 海運 航空便 名 空運
★★ 何日ぐらい掛かりますか。 要幾天才能寄到？ ＝ 何日ぐらいで着きますか。 ① 二週間で着くはずです。 應該要兩個星期。	何日 名 幾天 掛かる 動 花費 着く 動 到達
★ 速達で何日ぐらい掛かりますか。 寄限時專送大概幾天會到？ ＝ 速達だと何日ぐらいで届きますか。 ① はっきりしたことは言えません。 無法準確地抓時間。 ② 五日で着くはずです。 應該是五天會到。	速達 名 限時專送 届く 動 送達 言える 動 能說 五日 名 五天
★★ 郵送料はいくら必要ですか。 郵資需要多少呢？ ① 三千三百円です。 三千三百日圓。	郵送料 名 郵資 必要 形動 需要

★ そんなに高(たか)いんですか。那麼貴嗎？ ① 船便(ふなびん)で送(おく)ったほうが安(やす)いです。用海運比較便宜。 ② 航空便(こうくうびん)と船便(ふなびん)では、値段(ねだん)にかなりの差(さ)があります。 用空運跟用海運價差很大。	高(たか)い 形 貴的 安(やす)い 形 便宜的 値段(ねだん) 名 價錢 差(さ)がある 慣 有差別
★ 船便(ふなびん)で何日(なんにち)ぐらい掛(か)かりますか。寄海運大概要幾天才會到？ ① 一(いっ)ケ月間(げつかん)掛(か)かります。要一個月。	船便(ふなびん) 名 海運 一(いっ)ケ月間(げつかん) 名 一個月
★ では、普通(ふつう)の航空便(こうくうびん)でいいです。那寄普通的航空包裹就好。	普通(ふつう) 名 普通
★ 次回(じかい)は、EMS(イーエムエス)をお勧(すす)めします。下次我推薦您寄 EMS。	次回(じかい) 名 下次
★ EMS(イーエムエス)って何(なん)ですか。EMS 是什麼？ ① EMS(イーエムエス)は国際(こくさい)スピード郵便(ゆうびん)です。EMS 是國際快捷。	EMS(イーエムエス)【= 国際(こくさい)スピード郵便(ゆうびん)】 名 國際快捷
★ 三十(さんじゅっ)キロまでの書類(しょるい)、お荷物(にもつ)などを送(おく)れます。 可以寄送三十公斤以內的書籍或行李等。	書類(しょるい) 名 文件 荷物(にもつ) 名 行李
★ 国際郵便(こくさいゆうびん)の最速(さいそく)のサービスです。是國際郵件中最快速的。	最速(さいそく) 名 最快速
★ 郵送料(ゆうそうりょう)はどうやって調(しら)べましたか。運費是怎麼查的？ ① ネットで調(しら)べました。在網路查的。	調(しら)べる 動 查詢 ネット 名 網路
★ 中身(なかみ)は何(なん)ですか。裡面是什麼？ ① これは壊(こわ)れ物(もの)です。這是易碎品。	中身(なかみ) 名 裡面 壊(こわ)れ物(もの) 名 易碎品
★ 小包(こづつみ)は重(おも)さとサイズの制限(せいげん)があります。 包裹有重量跟尺寸的限制。	重(おも)さ 名 重量 制限(せいげん)がある 慣 有限制
★ ちょっと量(はか)ります。我量一下。	量(はか)る 動 測量
★ 一(いち)キロぐらいです。大概是一公斤。	ぐらい 副助 大約
★ 手紙(てがみ)は入(はい)っていますか。裡面有信嗎？ ① はい、手紙(てがみ)も一緒(いっしょ)に入(はい)っています。有的，裡面也有信。	入(はい)る 動 放入 一緒(いっしょ)に 副 一起

（累積單字量 5400 個，慣用語量 314 個）

★ 小包の中に手紙を入れることはできません。 包裹中不能夾帶信件。	小包 名 包裹 入れる 動 放入
★ 税関の申告書に記入して下さい。 請填寫海關申報書。	税関 名 海關
★ ここに受取人の氏名と連絡先を書いて下さい。 請在這裡收件人的姓名、通訊處跟電話號碼。	受取人 名 收件人 氏名 名 姓名
★ ここに差出人の氏名と連絡先を書いて下さい。 請在這裡寄件人的姓名、通訊處跟電話號碼。	差出人 名 寄件人 連絡先 名 通訊處
★ ここに品物の名前と大体の金額を書いて下さい。 請在這裡寫上物品的名稱跟大致的金額。	品物 名 物品 大体 名 大致
★ 電話料金を支払いたいのですが。 我要繳電話費。 ① はい、水道料金とガス料金も郵便局で支払えますよ。 好的，也可以在郵局繳水費跟瓦斯費喔！	電話料金 名 電話費 水道料金 名 水費 ガス料金 名 瓦斯費
★ 小包はどこで受け取りますか。 請問包裹要在哪裡領呢？ ① 七番の窓口で受け取って下さい。請在七號窗口領取。	受け取る 動 領取 窓口 名 窗口
★ 身分証明書をお持ちですか。 您帶身分證了嗎？ ① 学生証を持っています。 我帶了學生證。	身分証明書 名 身分證 学生証 名 學生證
★ この通知書にサインして下さい。 請在這張通知書上簽名。	通知書 名 通知書
★ 保管期間が三日間過ぎています。 保管期間超過三天。	過ぎる 動 超過
★ 超過料金として三百円いただきます。 收您逾期保管費三百日圓。	超過料金 名 逾期費用

Unit 06 | 在留カード、マイナンバー、色々な料金
居留卡、My number、各種費用

★ 市役所に行かなければならない。我必須去一趟區公所。	市役所 名 區公所
★「外国人登録」のために行く必要がある。 我必須去辦理「外國人登記」。	外国人 名 外國人 必要 形動 必須
★「外国人登録」って何？「外國人登記」是什麼？ ① 「外国人登録証明書」とは日本に在留する外国人に交付された証明書だ。「外國人登記證明書」是給居留在日本的外國人的證明書。	日本 名 日本 在留 名 サ 居留 交付 名 サ 交付
★「外国人登録証明書」は、運転免許証のようなもので、身分証明書の役割がある。 「外國人登記證明書」就像駕照一樣，具有身分證的功用。	運転免許証 名 駕照 身分証明書 名 身分證 役割 名 功用
★「外国人登録証明書」と「在留カード」とは違うの？ 「外國人登記證明書」跟「居留卡」不同嗎？ ① 「在留カード」は、従来の「外国人登録証明書」とは違う。 「居留卡」有別於以往的「外國人登記證明書」。	証明書 名 證明書 在留カード 名 居留卡 違う 動 不同 従来 名 以往
★「在留カード」は、証明書の役割を果たすカードだ。 「居留卡」是有證明書功用的卡片。	役割を果たす 動 起～功用 カード 名 卡片
★「在留カード」は、三か月以上滞在をする外国人にだけ発給される。 「居留卡」只發給居留三個月以上的外國人。	滞在 名 サ 居留 発給 名 サ 發給
★「在留カード」は、短期滞在の在留資格の外国人には発給されない。「居留卡」不發給只有短期居留日本資格的外國人。	短期 名 短期 資格 名 資格
★「在留カード」は、観光や興行などで、三か月以内滞在する人には、発行されない。 「居留卡」不發給來觀光或演出，只在三個月以內居留的人。	観光 名 サ 觀光 興行 名 サ 演出 発行 名 サ 發行

（累積單字量 5441 個，慣用語量 314 個）

★ その大きな利点は、再入国の手続きをしなくても一年以内であれば、日本に戻ってくることができる。 它的最大優點，是在一年內，可以無須再辦理入境手續回到日本。	利点 名 優點 手続き 名 手續 以内 名 以內
★ 市役所へ行く道を教えていただけますか。 可以告訴我怎麼去區公所嗎？	道 名 道路 教える 動 告知
★ 市役所は市の中央にあります。 區公所在市中心。	中央 名 中央
★☆ 受け付けは何時からですか。 幾點開始受理？ ① 九時からです。 九點開始。	受け付け 名 受理 何時 名 幾點
★ 「外国人登録」をしたいんですが。 我想辦理「外國人登記」。 ① 平成二十四年から「外国人登録制度」が廃止されました。 「外國人登記制度」在平成二十四年廢止了。	登録 名 サ 登記 制度 名 制度 廃止 名 サ 廢止
★ 今、新しい「在留管理制度」を実施しています。 現在實施新的「居留管理制度」。 ＝ 今、新しい「在留管理制度」が実施されています。	新しい 形 新的 管理 名 サ 管理 実施 名 サ 實施
★ 中長期在留する外国人については、「在留カード」が交付されます。 發給中長期居留在日本的外國人「居留卡」。	中長期 名 中長期 交付 名 サ 交付
★ 特別永住者の外国人については、「特別永住者証明書」が交付されます。 發給特別永久居留在日本的外國人「特別永住者證明書」。	特別 形動 特別 永住者 名 永久居留者
★ 分かりました。「在留カード」を申請します。 了解了，我要申請「居留卡」。 ＝ 分かりました。「在留カード」を申し込みます。	分かる 動 了解 申請 名 サ 申請 申し込む 動 申請
★★ どちらの方ですか。 請問您是哪國人？	方 名 人
★★ パスポートはお持ちですか。 請問您有帶護照嗎？	持つ 動 帶
★ 写真が三枚必要です。 需要三張照片。	必要 形動 需要
★ この写真の大きさが合いませんね。 這張照片的尺寸不合喔！	大きさ 名 尺寸

（累積單字量5466個，慣用語量314個）

★ スピード写真(しゃしん)は二階(にかい)にあります。快拍照相在二樓。	写真(しゃしん) 名 照片
★★ 手数料(てすうりょう)はいくらですか。手續費要多少？ ① 千三百円(せんさんびゃくえん)です。一千三百日圓。	手数料(てすうりょう) 名 手續費
★ 三番(さんばん)の窓口(まどぐち)で払(はら)って下(くだ)さい。請在三號窗口付費。	払(はら)う 動 支付
★ 「在留(ざいりゅう)カード」も三番(さんばん)の窓口(まどぐち)でお渡(わた)しします。 「居留卡」也在三號窗口領取。	窓口(まどぐち) 名 窗口 渡(わた)す 動 遞交
★ これは「在留(ざいりゅう)カード」です。這是您要的「居留卡」。	在留(ざいりゅう)カード 名 居留卡
★ 「住民票(じゅうみんひょう)」って何(なん)ですか。「住民票」是什麼？ ① 「住民票(じゅうみんひょう)」とは、市町村(しちょうそん)と特別区(とくべつく)で作成(さくせい)される住民(じゅうみん)に関(かん)する記録(きろく)です。 「住民票」是市、鎮、鄉村與特別區，所製成的關於住民的紀錄。	市町村(しちょうそん) 名 市、鎮、鄉村 関(かん)する 動 關於 記録(きろく) 名 サ 紀錄
★ 平成二十四年(へいせいにじゅうよねん)から、外国人(がいこくじん)にも「住民票(じゅうみんひょう)」が作成(さくせい)されます。 從平成二十四年開始，外國人也可以辦理「住民票」。	外国人(がいこくじん) 名 外國人 作成(さくせい) 名 サ 製作
★ 「国民健康保険(こくみんけんこうほけん)」とは疾病(しっぺい)、負傷(ふしょう)などに関(かん)して、必要(ひつよう)な保険給付(ほけんきゅうふ)を行(おこな)う医療保険(いりょうほけん)です。國民健保，是施行疾病、受傷等相關必要保險給付的醫療保險。	疾病(しっぺい) 名 疾病 負傷(ふしょう) 名 サ 受傷 行(おこな)う 動 施行
★ 「戸籍謄本(こせきとうほん)」とは国民個人(こくみんこじん)の身分(みぶん)に関(かん)する事項(じこう)を転写(てんしゃ)したものです。「戶籍謄本」是國民個人身分相關事項的抄寫本。	事項(じこう) 名 事項 転写(てんしゃ) 名 サ 抄寫
★ 「印鑑登録(いんかんとうろく)」とは、印鑑(いんかん)により個人及(こじんおよ)び法人(ほうじん)を証明(しょうめい)する制度(せいど)です。「印鑑登記」，是依據印鑑證明個人及法人的制度。	印鑑(いんかん) 名 印鑑 証明(しょうめい) 名 サ 證明
★ 「印鑑(いんかん)」とは、登録(とうろく)された印章(いんしょう)です。 所謂的「印鑑」就是登記的印章。	登録(とうろく) 名 サ 登記 印章(いんしょう) 名 印章
★ 「住民票(じゅうみんひょう)」はどこですか。「住民票」在哪裡辦理？	住民票(じゅうみんひょう) 名 住民票
★ 「国民健康保険(こくみんけんこうほけん)」はどこですか。「國民健保」在哪裡辦理？	健康保険(けんこうほけん) 名 健保
★ 今日(きょう)、市役所(しやくしょ)に「転居手続(てんきょてつづ)き」に行(い)くつもりだ。 今天打算去區公所辦理「搬遷手續」。	市役所(しやくしょ) 名 區公所 転居手続(てんきょてつづ)き 名 搬遷手續

（累積單字量5490個，慣用語量314個）

★ すみません、「転出届け」の用紙を下さい。 麻煩給我「遷出申報」的表格。	転出届け 名 遷出手續 下さい 動 給
★ すみません、「転入届け」の用紙を下さい。 麻煩給我「遷入申報」的表格。	転入届け 名 遷入手續 用紙 名 紙張，表格
★ 「出生届け」提出のために、必要な書類は何ですか。 提出「出生申報」的必要文件是那些？	出生届け 名 出生申報 提出 名 サ 提出
★ 「結婚届け」提出のために、必要な書類は何ですか。 提出「結婚申報」的必要文件是那些？	結婚届け 名 結婚申報 必要 形動 需要
★ 「パスポート」を申請するために、必要な書類は何ですか。 提出「護照」申請的必要文件是那些？	申請 名 サ 申請 書類 名 文件
★ 「出生届け」は一週間ぐらいで郵送します。 「出生證明」一週內會寄給您。	一週間 名 一週
★ 封筒は三番の窓口で販売しています。 信封在三號窗口販售。	販売 名 サ 販賣
★ 市役所に長男の「出生届け」を出した。 向區公所提出長男的「出生證明」。	長男 名 長男 出す 動 提出
★ パスポートを申請するために、戸籍謄本を市役所にもらいに来た。 為了申請護照，將戶籍謄本帶來區公所。	戸籍謄本 名 戶籍謄本 来る 動 來
★ 「マイナンバー」制度って何？「My number」制度是什麼？ ① 「マイナンバー」制度は日本が 2016 年度から導入する制度名だ。 「My number」（社會保障與納稅人識別號碼）制度是日本於 2016 年度導入的制度名。 ＝ 「マイナンバー」制度は日本が 2016 年度から導き入れる制度名だ。	何 名 什麼 日本 名 日本 ~年度 名 ~年度 導入 名 サ 導入 導き入れる 動 導入
★ 一般的には「国民総背番号制」と呼ばれる。 一般稱為「國民總背號制」。 ＝ 一般的には「国民総背番号制」と称される。	一般的に 副 一般來說 呼ばれる 動 稱為 称される 動 稱作
★ 2015 年から「マイナンバー通知カード」が郵送され始めた。 2015 年開始寄發「My number 通知卡」。	通知 名 サ 通知 郵送 名 サ 寄送

4 日常生活の色々 日常生活瑣事

★ 平成二十八年一月から「マイナンバー制度」が開始された。 平成二十八年一月開始實施「My number」制度。 ＝ 平成二十八年一月より「マイナンバー制度」が始まった。	制度 名 制度 開始 名 サ 開始 始まる 動 開始
★ 日本に住む一人一人に十二桁の番号が割り振られた。 每個日本人都會分配到專屬於自己的十二位數編號。 ＝ 日本に住む一人一人に十二桁の番号が付けられた。	番号 名 號碼 割り振る 動 分配 付ける 動 獲得
★ 日本人の生活や職場に、色々な変化が起こった。 這對於日本人的生活跟職場，起了種種變化。	色々 形動 各種 変化が起こる 慣 起變化
★ これまでは公的機関はそれぞれで独自の方法で個人情報を管理していた。到目前為止，公家機關管理個人資訊都各有其獨自的方法。 ＝ これまでは公的機関はそれぞれで独自の方法で個人情報を取り締まっていた。	独自 形動 獨自 情報 名 資訊 管理 名 サ 管理 取り締まる 動 管理
★ 「マイナンバー」を導入することで、こういったお役所間で個人情報を遣り取りしやすくなる。 導入「My number」之後，各公所間可以很方便地互換個人資訊。	導入 名 サ 導入 遣り取り 名 サ 互換
★ 「マイポータル」は「マイナンバー」と一緒に導入されて、自分で自分の個人情報を調べるのに供される。 「My portal」與「My number」一起導入，供個人查詢個人資訊所用。	一緒に 副 一起 調べる 動 查詢 供する 動 提供
★ 「マイナンバー」が届いたら大切に保管しなければならない。收到「My number」之後必須妥善保管。	届く 動 送達 保管 名 サ 保管
★ マイナンバーを忘れてしまった場合、問い合わせは有料だ。 如果忘記「My number」的話，必須付費查詢。	忘れる 動 忘記 問い合わせ 名 查詢
★ マイナンバーは重要な個人情報なので、人に教えてはいけない。「My number」是重要的個人資訊，不可以告訴別人。	重要 形動 重要 教える 動 告知
★ 通販（＝通信販売）で買った商品の代金を支払うためにコンビニへ行く。我要到便利商店去繳郵購商品的費用。	通販 名 郵購 通信販売 名 郵購
★ ガス代を払うために銀行へ行く。我要到銀行去繳瓦斯費。	ガス代 名 瓦斯費

（累積單字量 5541 個，慣用語量 314 個）

★ 新聞代を集金員に払う。我要將報費付給收費員。	新聞代 名 報費
★ ATM で家賃を払う。我要用自動櫃員機付房租。	家賃 名 房租
★ 自動引き落としで水道代を払う。我用自動轉帳付水費。	自動引き落とし 名 自動轉帳
★ 送られて来た請求書に目を通した。我看了一下帳單。	目を通す 慣 過目
★ 今月の電気代は高いな。這個月的電費好貴喔！	電気代 名 電費
★ 七月から、電気代が上がるのか。從七月份開始電費上漲了。	上がる 動 上漲
★ 今月は冠婚葬祭が続いたので、かなり出費した。 這個月婚喪喜慶接連著來，花了很多錢。	冠婚葬祭 名 婚喪喜慶 続く 動 連續
★ 給料が少ないので、毎日の遣り繰りが大変だ。 我的薪水很少，每天手頭都很緊。	遣り繰り 名 籌畫 大変 形動 困窘
★ 手元に三千円しかない。我手頭只剩下三千日圓了。	手元 名 手頭
★ 毎日、お金が出ていく。每天都要花錢。	お金が出る 慣 花錢
★ 今月はあと五千円で生活しなきゃいけないんだ。 我這個月只剩下五千日圓可以花用了。	今月 名 這個月 生活 名 サ 生活
★ 宝くじでも買うとするか。或許我該買個彩券吧！	宝くじ 名 彩券
★ 一等が当たれば、一億円だ。中頭獎的話，就有一億日圓。	一等 名 頭獎
★ 一億円の宝くじが当たらないかな。希望我能中個一億日圓。	当たる 動 中獎
★ もっと節約したい。我想要更節省一點。	節約 名 サ 節省
★ 無駄な出費を抑えたい。我想要抑制不必要的花費。 ＝ 無駄な出費を減らしたい。	抑える 動 抑制 減らす 動 減少
★ 来月は水道代を節約しないといけないな。下個月得節省水費了。 ＝ 来月は水道代を節約しないと駄目だな。	来月 名 下個月 水道代 名 水費

（累積單字量5561個，慣用語量316個）

★ 来月から新聞の購読は止めよう。 下個月開始不訂報紙了。	購読 [名][サ] 訂閱
★ ニュースはインターネットで見ればいい。 新聞在網路上看就可以了。	ニュース [名] 新聞 見る [動] 看
★ 今すぐ必要でないものは極力、買わないようにする。 不是現在馬上需要的東西，盡量不要購買。 ＝ 今すぐ必要でないものはできる限り、買わないようにする。	極力 [副] 極力 できる限り [慣] 儘量 買う [動] 買
★ 毎日家計簿を付ける。 我每天記帳。	家計簿を付ける [慣] 記帳
★ 節水に努力しよう。 努力省水吧！	節水 [名][サ] 省水
★ 節電に努力しよう。 努力省電吧！ ＝ 節電に頑張ろう。	節電 [名][サ] 省電 努力 [名][サ] 努力
★ 家中をオール電化にして失敗した。 讓家中電氣化真是一大敗筆。	失敗 [名][サ] 失敗
★ 太陽電池装置を付けようかな。 裝設太陽能電池裝置吧！	太陽電池 [名] 太陽能電池
★ エアコンに代えて、扇風機を使う。 不開空調，使用電扇。	扇風機 [名] 電扇
★ テレビは一日三時間に制限する。 電視一天限制只能看三小時。	制限 [名][サ] 限制
★ 一ケ月の小遣いを減らす。 減少整個月的零用金。	小遣い [名] 零用錢
★ 小遣いを六万円から四万円に減額する。 將零用金從六萬日圓減為四萬日圓。	から [格助] 從～ 減額 [名][サ] 減額

Unit 07 ｜住まいを探す、引っ越し 找住處、搬家

★★ 部屋を探しているんです。 我正在找房子。	探す [動] 找

（累積單字量5577個，慣用語量316個）

★★ 部屋を借りたいのです。 我想租房子。 ＝ 下宿をしたいんです。	借りる 動 租借 下宿 名 サ 租房子
★★ 何か心当たりはありませんか。 你有線索嗎？ ① いい不動屋さんを知っています。 我認識還不錯的房屋仲介。 ② 友達にも聞いてみてあげましょう。 我幫你問問看朋友。	心当たり 名 線索 不動屋 名 房屋仲介 友達 名 朋友
★★ どんなところを探していますか。 您想要找怎樣的房子呢？ ＝ どのようなお部屋をお探しですか。 ① 私たちは夜も學校へ行って遅くなるので、アパートがいいんです。 我們晚上也要去學校，回來很晚，所以最好是公寓。	部屋 名 房間 夜 名 晚上 學校 名 學校 遅い 形 很晚的
★ 一軒屋がいいんです。 最好是透天厝。	一軒屋 名 透天厝
★ コーポがいいんです。 最好是組合式公寓。	コーポ 名 組合式公寓
★ マンションがいいんです。 最好是公寓大樓。	マンション 名 公寓大樓
★ 私と妹は、今寝室が一つのアパートに住んでいます。 我跟妹妹現在住的是只有一個臥室的公寓。 ＝ 私と妹は、今ワンルームのアパートに住んでいます。	妹 名 妹妹 寝室 名 臥室 一つ 名 一個
★ もっと広いところを探しています。 我想找大一點的地方。	広い 形 寬闊的
★ どれぐらいの大きさのアパートを探していますか。 您在找大概多大的房子呢？ ① 四畳半のアパートを探しています。 我在找有四疊半榻榻米房間的公寓。	大きさ 名 大小 ～畳 名 ～疊 アパート 名 公寓
★★ どこに住みたいですか。 您想住在哪裡？ ① 学校の近くがいいのですが。 希望能在學校附近。 ＝ 學校に近いところがいいです。	住む 動 住 近く 名 附近 近い 形 近的
★ 今、家賃はいくらですか。 您目前的房租是多少？ ① 十五万円です。 日幣十五萬。	今 副 現在 家賃 名 房租

★ 家賃はどれぐらい払えますか。 您能負擔多少房租？ ① 二十万円以下であれば払えます。日幣二十萬以下。 ＝ 二十万円ぐらいまでにしたいんですが。	払える 動 能支付 以下 名 以下
★ 何部屋必要ですか。 您需要幾個房間？ ＝ 部屋数はどうですか。 ① 二部屋あればいいと思います。 我希望能有兩個房間。 ② 二人住めるアパートを紹介して下さい。 請介紹能住兩個人的出租房。	何部屋 名 幾個房間 数 名 數目 思う 動 認為 紹介 名 サ 介紹
★ 和室でもいいですか。 日本式的房子也可以嗎？ ① もちろんいいです。當然可以。	和室 名 日式房屋 もちろん 副 當然
★ では、探してみましょう。 那我幫你找找看吧！ ① なるべく安い方がいいのですが。 希望能盡量便宜一點的。 ② なるべく明るい方がいいのですが。 希望能盡量明亮一點的。	探す 動 找 安い 形 便宜的 明るい 形 明亮的
★ このアパートは如何ですか。 這間公寓如何？	如何 副 如何
★ 南向きのお部屋です。 是向南的房子。	南 名 南方
★ このアパートはどのような間取りですか。 這間公寓的格局如何？ ① 3LDK です。三房兩廳。 ② 六畳に台所とトイレが付いています。六疊，有廚房跟廁所。	間取り 名 格局 台所 名 廚房 付く 動 附加
★ 六坪です。 六坪。	坪 名 坪
★ 二十平方メートルです。 二十平方公尺。	平方メートル 名 平方公尺
★ 家具が付いていますか。 有附家具嗎？ ① 家具は付いていません。沒有附家具。 ② テレビ、クーラーと電話が付いています。有附電視、冷氣跟電話。	家具 名 家具 テレビ 名 電視 クーラー 名 冷氣
★ 家賃はいくらですか。 房租是多少錢？ ① 一部屋一ケ月十八萬円です。 一個房間一個月日幣十八萬。	一部屋 名 一個房間 一ケ月 名 一個月

★ 家賃が高いですね。 房租很貴耶！	家賃 [名] 房租
★ 場所はいいですよ。 地段很好喔！	場所 [名] 地方
★ 近くにスーパーがありますか。 附近有超市嗎？ ① スーパーもコンビニもあります。有超市也有便利商店。 ② 買い物に便利ですね。 買東西很方便。	スーパー [名] 超市 買い物 [名][サ] 買東西 便利 [形動] 方便
★ すぐそばにクリーニングや郵便局があります。 郵局跟洗衣店就在附近。	クリーニング [名] 洗衣店 郵便局 [名] 郵局
★ 日当たりがいいです。 採光不錯。	日当たり [名] 採光
★ それに随分静かなところですね。 而且是個相當安靜的地方。	静か [形動] 安靜
★ 私はこの部屋がとても気に入りました。 我很喜歡這個房間。	気に入る [慣] 喜歡
★★ これに決めます。 我決定要這間。	決める [動] 決定
★ 駐車場は必要ですか。 您需要停車場嗎？ ① 駐車場は要りません。不需要。	必要 [形動] 需要 駐車場 [名] 停車場
★ 何時、引っ越ししたいですか。 您們想要幾時搬進去？ ① 何時、引っ越せますか。我們幾時能搬進去呢？	何時 [名] 何時 引っ越し [名][サ] 搬遷
★ 最低契約期間はどのくらいですか。 最少要簽約多久？ ① 少なくとも二年です。最少要兩年。	契約 [名] 契約 少なくとも [副] 至少
★ 家賃はいつ払いますか。 房租什麼時候付呢？	払う [動] 支付
★ 家賃は銀行振り込みでお願いします。 房租麻煩用銀行轉帳。	銀行振り込み [名] 銀行轉帳
★ 電気代、水道料金とガス代は別に払います。 電費、水費跟瓦斯費另付。	ガス代 [名] 瓦斯費 別に [副] 另外
★ 火災保険にも入って下さい。 麻煩也保火災險。	火災保険 [名] 火災險

★ コンビニで電話代を払うことができますよ。 電話費可以在超商繳納。	コンビニ 名 便利商店 電話代 名 電話費
★ 保証金は必要ですか。要付保證金嗎？ ① 保証金は二十万円です。保證金是日幣二十萬。 ② 敷金が一ケ月分要ります。要交相當於一個月房租的押金。	保証金 名 保證金 敷金 名 押金 要る 動 要
★ 敷金は後で返って来ます。押金以後會退回來。	返る 動 退回
★ 管理費は要りますか。需要管理費嗎？ ① 管理費は平均毎月一万円ぐらいです。管理費平均每個月日幣一萬。	管理費 名 管理費 平均 名 サ 平均
★ 公共料金は要りますか。需要公共費用嗎？ ① 公共料金は平均毎月五千円ぐらいです。公共費用平均每個月日幣五千。	公共料金 名 公共費用 毎月 名 每個月
★ 修理は誰の責任ですか。誰負擔維修的費用？ ① 自然故障であれば、設備機器の修理は大家が負担します。 如果是自然故障，設備機器的維修由房東負擔。	責任 名 責任 大家 名 房東 負担 名 サ 負擔
★ 故意であれば、自費負担で修理することになります。 如果是人為所造成的，則房客必須自行付擔維修費用。	故意 名 蓄意 修理 名 サ 修理
★★ ペットは飼っても大丈夫ですか。可以養寵物嗎？ ① ペットは禁止です。禁止養寵物。	飼う 動 飼養 禁止 名 サ 禁止
★ 契約書をどうぞ。請簽契約。	契約書 名 契約書
★ ここにお名前、生年月日と連絡先を書いて下さい。 請在這裡寫上姓名、出生年月日跟通訊處。	生年月日 名 出生年月日 連絡先 名 通訊處
★ 下に印鑑をお願いします。請在下面蓋章。	印鑑 名 印鑑
★ 幸い、いいマンションがありましてね。幸好找了間好大樓。	幸い 形動 幸好
★ とても気に入ってるんです。我還蠻喜歡的。	気に入る 慣 喜歡
★★ 一度ぜひ遊びに来て下さい。請一定要過來玩。	遊ぶ 動 玩

（累積單字量5668個，慣用語量317個）

★ 引っ越しは大嫌いだよ。 我非常討厭搬家。	大嫌い 形動 非常討厭
★ 梱包するものはたくさんあるよ。 我有很多東西要打包。	梱包 名 サ 打包
★ 引っ越しの荷造りはとても大変だよ。 搬家的打包非常麻煩。	荷造り 名 サ 打包
★ 荷物を梱包するのが大嫌いです。 我最討厭打包東西了。	荷物 名 東西，行李
★ 荷物が沢山あって、どこから梱包したらいいか分からない。 東西很多，不知該從哪兒打包起。	沢山 副 很多 どこ 代名 哪裡
★ 昨日荷造りをするために、徹夜した。 我昨天為了打包行李，一整夜都沒睡。	昨日 名 副 昨天 徹夜 名 サ 熬夜
★ 個人のものは、全部箱に入れておく。 把個人的東西全部放入箱子裡。	全部 副 全部 入れる 動 放入
★ 箱に何を入れたのを書いておく。 在箱子上註明裡面放什麼。	箱 名 箱子
★ これらの箱を全部重ねて置く。 把這些箱子全部疊在一起。	重ねる 動 重疊
★ 引っ越そうと思っています。 我想搬家。 ＝ 引っ越したいと思ってるんです。	引っ越す 動 搬家 思う 動 想
★ 引越し屋さんに電話していただけませんか。 請您給搬家公司打個電話好嗎？	引越し屋 名 搬家公司
★ いくら掛かるか聞いていただけませんか。 幫我問一下要多少錢好嗎？	掛かる 動 花費 聞く 動 問
★ 今から電話しましょうか。 現在打電話嗎？ ① はい、お願いします。是的，麻煩你了。	今 名 現在 電話 名 サ 電話
★ どこへ引っ越すつもりですか。 你打算搬到哪兒？ ① これが今の住所と新しい住所です。 這是舊地址和新地址。	住所 名 地址 新しい 形 新的

★ 荷物(にもつ)はどのぐらいですか。 有多少行李？ ① 大(おお)きいものはたんすが一(ひと)つ、食器棚(しょっきだな)、それにテレビ、冷蔵庫(れいぞうこ)です。 大件的有衣櫃一個、廚櫃，還有電視機和冰箱。 ② 後(あと)は段(だん)ボール箱(ばこ)は十個(じゅっこ)です。 再就是十個紙箱。	荷物(にもつ) 名 行李 食器棚(しょっきだな) 名 櫥櫃 冷蔵庫(れいぞうこ) 名 冰箱 段(だん)ボール箱(ばこ) 名 瓦楞紙箱
★ 五月三日(ごがつみっか)の朝(あさ)でいいですね。 五月三號的早上好嗎？	朝(あさ) 名 早上
★ 引(ひ)っ越(こ)しトラックを借(か)りた。 我租了搬運貨車。	引(ひ)っ越(こ)しトラック 名 搬家車
★ 荷物(にもつ)をトラックに載(の)せて下(くだ)さい。 請把東西搬到貨車上。	載(の)せる 動 裝載
★ どの荷物(にもつ)も運(はこ)ぶ時(とき)は、気(き)を付(つ)けて下(くだ)さい。 搬每樣東西請要小心。	運(はこ)ぶ 動 搬運
★ 重(おも)い荷物(にもつ)は、引(ひ)っ越(こ)し屋(や)に任(まか)せて。 把重的東西交給搬運工。	重(おも)い 形 重的
★ トラックにまだスペースがあります。 貨車上還有空間。	トラック 名 貨車
★ 漏(も)れがないように確(たし)かめてちょうだい。 確定不要漏掉任何東西。	漏(も)れがない 慣 沒有遺漏
★ 私(わたし)は、今度六号室(こんどろくごうしつ)に越(こ)して来(き)ました徐(じょ)と申(もう)します。 我姓徐，是剛搬到六號房的。 ① どうぞ困(こま)ったことがあったら、何(なん)でもおっしゃって下(くだ)さい。 如果有什麼困難請儘管跟我說。	越(こ)す 動 搬進 申(もう)す 動 叫做 困(こま)る 動 困擾 おっしゃる 動 說

（累積單字量5703個，慣用語量317個）

Chapter 5

健全な職場生活

健全的職場生活

Chapter 5 健全な職場生活健全的職場生活

Unit 01 | 求職、応募、面接 求職、應徵、面試

★★ ご用件は何でしょうか。請問您有什麼事嗎？

① 御社の求人についてお伺いしたいのですが。我想詢問貴公司徵人的事。

② まだ募集していますか。請問還在徵人嗎？

用件 名 代辦事項
御社 名 貴公司
伺う 動 詢問

★ 御社の求人に応募したいのですが。我想應徵貴公司的職缺。

求人 名 徵人

★ どの職種へのお問い合わせですか。您想詢問哪一個職務？

① 広報の職に興味があるのですが。我對公關的工作有興趣。

② 総務の職に応募したいのですが。我想應徵總務的職務。

広報 名 公關
総務 名 總務
職 名 職務

★ エンジニアの職に空きはありますか。
請問貴公司有工程師的職缺嗎？

エンジニア 名 工程師
空き 名 空缺

★ どんな職種に空きがありますか。請問貴公司還有哪些職缺？

① 今は秘書を募集しています。我們正在徵祕書。

職種 名 職缺
秘書 名 祕書

★ この職種の経験が必要ですか。這個職務需要有相關經驗嗎？

① 経験は問いません。經驗不拘。

② 三年以上の実務経験が必要です。必須有三年以上的實務經驗。

経験 名 サ 經驗
問わない 慣 不管，不問
必要 形動 需要

★ 応募する最低年齢の制限はありますか。
請問有最低的應徵年齡限制嗎？

① はい、二十二歳以上である必要があります。
有的，必須是二十二歲以上。

最低 名 最低
年齢 名 年齡
制限 名 限制
以上 名 以上

★ 四十歳を過ぎていますが、応募できますか。
請問年過四十可以應徵嗎？

① はい、応募できます。可以應徵。

過ぎる 動 超過
か 終助 表示疑問
応募 名 サ 應徵

★ 中国語と日本語の履歴書が必要ですか。
請問需要中文和日文履歷嗎？

と 格助 和
履歴書 名 履歷表

（累積單字量5725個，慣用語量318個）

★ 応募するためにどうすればいいのですか。 請問要怎麼應徵這個工作？ ① まず写真を貼った履歴書を送って下さい。 請先寄送貼上照片的履歷表來。	写真 名 照片 貼る 動 貼 送る 動 寄送
★ Eメールで履歴書を受け付けていますか。 您們接受用電子郵件寄送履歷表嗎？	Eメール 名 電子郵件 受け付ける 動 接受
★ 応募の条件は何ですか。 應徵（錄取）的條件是什麼？ ＝ 採用の条件は何ですか。 ① 日本語がスムーズにしゃべれることが必要です。必須會說流利的日語。 ② 4年生大学卒業の学歴が必要です。必須具備大學學歷。	条件 名 條件 採用 名 サ 錄用 卒業 名 サ 畢業 学歴 名 學歷
★ パソコンの基本操作ができることが必要です。 必須會電腦的基本操作。	パソコン 名 電腦 操作 名 サ 操作
★ 人事、総務、広報などの実務経験が必要です。 必須有人事、總務、公關等的實務經驗。	広報 名 公關 実務 名 實務
★ 会社を見学できますか。 我可以參觀公司嗎？ ① できます。可以的。	会社 名 公司 見学 名 サ 參觀
★ 事前にお知らせ下さい。 麻煩您要參觀前先通知。 ① 早ければ早いほどいいのですが。對我來說愈快愈好。	事前に 副 事前 早ければ早いほど 慣 愈快愈～
★ 面接の機会をいただきたいのですが。 我希望能有面試的機會。	機会 名 機會
★ 何時面接しますか。 請問什麼時候面試？ ＝ 面接は何時ですか。	面接 名 サ 面試 何時 代名 何時
★ 面接の予約をしたいのですが。 我想預約面試的時間。	予約 名 サ 預約
★ お会いする方はどなたですか。 請問面談的人是哪位？ ① 人事部の徐さんです。是人事部的徐先生。	方 名 人 人事部 名 人事部
★ 来週の水曜日に面接することになると通知されました。 我被通知下週三要面試。	水曜日 名 週三 通知 名 サ 通知

★ 面接の様子を頭に浮かべて、練習していました。 我模擬面試的情景做了練習。	様子 名 情景 練習 名 サ 練習
★ 人事部の徐さんにお会いしたいのですが。 我想見人事部的徐先生。	人事部 名 人事部 会う 動 會見
★ 面接に伺いました。 我來面試。 ① 面接に来ていただき、ありがとうございます。 謝謝您來面試。	伺う 動 前來 来る 動 來
☆★ 簡単に自己紹介をしていただけますか。 可否做個簡單的自我介紹？	簡単 形動 簡單 自己紹介 名 サ 自我介紹
★ 大学では会計学を専攻していました。 我在大學主修會計學。	専攻 名 サ 專攻
★ 会計士の資格を持っています。 我具備會計師的資格。	会計士 名 會計師
★ 秘書の経験があります。 我有祕書的經驗。	経験 名 サ 經驗
★ 学生生活で力を入れたことは何ですか？ 您在學生生活中對哪方面下了功夫？ ① 私は四年間学業にひたすら打ち込みました。 我四年間都全神貫注在課業上。 ＝ 私は四年間学業に一心に打ち込みました。 ＝ 私は四年間学業に情熱を込めて打ち込みました。	で 格助 表示範圍 力を入れる 慣 下功夫 ひたすら 副 一個勁兒地 一心に 副 一心一意地 情熱 名 熱情 打ち込む 動 攻研
★ 私はリスニングの訓練を積み、TOEIC のスコアを大幅にアップさせせました。 我累積了聽力訓練，將 TOEIC 的成績大幅提升。	訓練 名 訓練 積む 動 累積 大幅に 副 大幅地
☆★ 自己ＰＲをして下さい。 請自我宣傳一下。	自己ＰＲ 名 サ 自我宣傳
★ 私はどんな仕事でも責任を持って必ず最後までやり遂げます。 我無論任何事情，都能負責任，貫徹到最後一刻。	必ず 副 一定 やり遂げる 動 做完
★ 私はどんなことも恐れず積極的に行動します。 我積極行動，不畏懼任何事情。	積極的に 副 積極地

（累積單字量 5772 個，慣用語量 319 個）

★ 私は接客でお客様を満足させる自信があります。 我在接待客戶這方面，有信心能讓客戶滿意。	接客 名 サ 接待客戶 満足 名 サ 滿足
★ 目標に向かって努力し続けられることが私の強みです。 我的強項是能朝向目標持續努力。	努力 名 サ 努力 強み 名 強項
★ 私はグループが円滑に活動できるよう調整することが得意です。 我擅長協調，讓團隊圓滑地運作。	円滑に 副 圓滑地 調整 名 サ 協調
★ 限られた時間内でも優れた結果を出すのが私の長所です。 我的優點是即使在有限的時間內，也能展現優異的成果。	結果を出す 慣 展現成果 長所 名 優點
★ 問題に対して、自分から積極的に立ち向かいます。 我能主動積極地面對問題。	自分 代名 自己 立ち向かう 動 面對
★ 私は仲間と協力して、問題に取り組むことが得意です。 我擅長跟同事合作處理問題。	仲間 名 同事 取り組む 動 處理
★ 私は常に問題意識を持ち、改善に向けて行動することができます。 我能經常保持問題意識，朝改善方向行動。	改善 名 サ 改善 行動 名 サ 行動
★ 現在のお仕事について伺いたいのですが。 我想了解一下您目前的工作。	現在 名 現在，目前 仕事 名 工作
★★ 現在の仕事についてお話し下さい。 請說說關於您目前的工作。 ① 今は家電メーカーで営業のアシスタントをしています。 我現在在家電製造商擔任業務助理。	話す 動 說 営業 名 サ 營業 アシスタント 名 助理
★★ 今の会社では、どのぐらい働いていますか。 您在目前的公司待多久了？ ① 三年ほど働いています。 大約三年了。	会社 名 公司 働く 動 工作 ほど 副助 左右
★ 仕事の実績を教えて下さい。 說說您工作上的實際成效。 ① 二十人の部下を取りまとめるプロジェクトリーダーとして、新型扇風機の開発に携わりました。 身為整合二十個部下的專案領導人，從事新型電風扇的開發。	実績 名 實際成績 扇風機 名 電風扇 開発 名 サ 開發 携わる 動 從事
★ 新型扇風機の売上高は十億円以上に達しました。 新型電風扇的銷售額達到十億日圓以上。	売上高 名 銷售額 達する 動 達到

（累積單字量5799個，慣用語量320個）

★★ 転職を考えているのは何故ですか。 您為什麼想換工作？

① もっと責任のある仕事がしたいのです。
我想要一個承擔更多責任的工作。

- 転職 名 サ 換工作
- 考える 動 想
- もっと 副 更

★ 自分のコミュニケーション能力を活かして、御社のセールスマンとして働き、さらにキャリアアップしたいと考えたからです。
我想要活用自己的溝通能力，藉由當貴公司的業務，更進一步地提高自身經歷。

- 自分 名 自己
- 能力 名 能力
- 活かす 動 活用
- セールスマン 名 業務員

★★ 何故この仕事を選んだのですか。 您為什麼選擇這項工作？

① 御社への就職を希望しています。 我想到貴公司上班。

② この仕事で、私の能力を活用できると思います。
我認為我的能力可以運用在這個工作上。

- 何故 副 為什麼
- 選ぶ 動 選擇
- 就職 名 サ 就職
- 活用 名 サ 活用

★ 何故弊社を希望していらっしゃるのですか。
您為什麼想到敝公司來上班？

① 御社が金融システム開発に大きな実績があるからです。
因為貴公司對金融系統的開發有很大的實際成效。

- 弊社 名 敝公司
- 希望 名 サ 希望
- 御社 名 貴公司
- 金融システム 名 金融系統

★ 御社の組織と経営理念に魅力を感じています。
我感受到貴公司在組織跟經營理念上的魅力。

- 組織 名 組織
- 魅力 名 魅力

★ この職種を志望した理由は何ですか。 您為什麼應徵這項職務？

① もっとお客様と接触する機会のある仕事に携わりたいのです。
我想要有更多接觸客戶機會的工作。

- 志望 名 サ 志願
- 理由 名 理由
- 接触 名 サ 接觸

★ 総合職を選んだ理由は何ですか？ 您為何選擇綜合職務呢？

① 総合職という成果が求められる舞台で、自分の可能性に挑戦したいのです。
我想在綜合職務這個講求成效的舞台，挑戰自我的可能性。

- 成果 名 成果
- 舞台 名 舞台
- 挑戦 名 サ 挑戰

★ 責任の大きな仕事も任せていただけるよう、精一杯努力致します。 我會竭盡全力去努力，希望能有被委託重任的一天。

- 責任 名 責任
- 精一杯 副 竭盡全力

★ 管理職になる自信はありますか？ 您有當管理階層的自信嗎？

① まずは、積極的に仕事に取り組み、成果を出せるよう努力致します。
我會先積極地盡力工作，努力展現成果。

- 自信 名 自信
- 取り組む 動 處理
- 努力 名 サ 努力

（累積單字量 5827 個，慣用語量 320 個）

★ 私に十分な実力が備わった時に、機会があれば、ぜひ取り組みたいと思います。
等到我具備充分的實力時，如果有機會，一定全力以赴。

実力 名 實力
備わる 動 具備
機会 名 機會

★ この仕事には、優れた日本語力が求められます。
這個工作需要優異的日語能力。

優れる 動 優異
求める 動 要求

★★ 日本語力はどれぐらいですか。 您的日文程度如何？

① 日本語能力試験の一級に合格しました。 我通過日語檢定考的一級。
② 日本語を話すことに大きな問題はありません。
用日語溝通沒什麼大問題。

合格 名 サ 合格
話す 動 說
大きな 形動 大的
問題 名 問題

★ 面接の後に簡単な日本語ペーパーテストを行います。
面試後會進行簡單的日語書面考試。

簡単 形動 簡單
行う 動 進行

★★ 現在の給料はいくらですか。 您目前的薪資是多少？

① 税込みで年収台湾ドル八十万です。 我的年收入含稅是台幣八十萬。

税込み 名 含稅
年収 名 年收入

★★ 給料はどのくらい欲しいですか。
您希望的待遇是多少？

＝ 給料の希望はどれくらいですか。

① 八十万あれば嬉しいです。 如果能有八十萬就很開心了。
② できたら九十万欲しいんです。 如果可能的話，希望是九十萬。

給料 名 薪水
希望 名 サ 希望
嬉しい 形 開心的
欲しい 形 想要的

★ 勤務地について特に希望がありますか。
對上班地點您有沒有特別的期望？

① できれば、新竹支店を希望します。
如果可以的話，我希望在新竹分店工作。
② 希望としては台中の営業所に勤めたいと思っています。
我希望在台中營業處服務。

勤務地 名 上班地點
特に 副 特別地
営業所 名 營業處
勤める 動 工作
思う 動 想

★★ 何で通勤しますか。 您用什麼交通工具上下班？

＝ 何で通いますか。

① 高速鉄道で通勤します。 我搭高鐵上下班。
② 車で通勤します。 我開車上下班。

通勤 名 サ 上下班
通う 動 通勤
高速鉄道 名 高鐵
車 名 車子

★★ 残業できますか。 您可以加班嗎？ ① できます。問題ありません。 可以的，沒有問題。	残業 名 サ 加班 問題 名 問題
★ 会社の事情で転勤してもらうかもしれませんが、いいですか。 因應公司的狀況，說不定會要您調職，您願意嗎？ ① はい、かまいません。喜んでお受けします。 沒關係的，我很樂意接受。	転勤 名 サ 調職 喜ぶ 動 樂意 受ける 動 接受
★ 仕事の都合で、海外赴任も考えられますが、どうでしょうか。 因為工作的關係，也有可能到外國赴任，您覺得如何？ ① 喜んで行かせていただきます。 我會很樂意去的。	都合 名 情況 海外 名 海外 赴任 名 サ 赴任
★★ 独身ですか。 您單身嗎？ ① はい、そうです。是的。 ② いいえ、結婚しています。不，我結婚了。	独身 名 單身 そうです 慣 是的 結婚 名 サ 結婚
★ 結婚したら、仕事はどうしますか。 結婚之後工作怎麼辦？ ① できれば、結婚後もずっと仕事を続けたいと思っています。 如果可以的話，我希望結婚後也一直繼續工作。	仕事 名 工作 続ける 動 繼續 思う 動 想
★ 仕事と家庭を両立させることができますか。 您能夠兼顧家庭與工作嗎？ ① そう簡単にはいかないと思いますが、頑張って何とか熟したいと思っています。 雖然我覺得沒那麼簡單，但是我想努力去經營。	家庭 名 家庭 両立 名 サ 兼顧 頑張る 動 努力 熟す 動 掌握，運用自如
★★ お酒は飲めますか。 您會喝酒嗎？ ① 飲めます。でも付き合い程度です。 我會喝，但只是交際性質而已。 ② あまり飲めません。でもお付き合いは好きな方です。 我不太會喝，但樂意奉陪。	飲める 動 會喝酒 程度 名 程度 でも 接 但是 付き合い 名 應酬
★★ お尋ねの件は何でしょうか。 您有什麼想問的嗎？ ① いつ頃お返事をいただけますか。 我大概什麼時候可以得到答覆呢？ ② 結果を教えていただけませんか。 可以告訴我面試結果嗎？	尋ねる 動 詢問 返事 名 サ 回覆 教える 動 告知

（累積單字量5877個，慣用語量321個）

★ 結果はどのような形でお知らせいただけますか。 面試結果會以什麼方式通知呢？ ① Eメールでご連絡します。我們會用 Email 跟您聯絡。 ② 電話でご連絡します。我們會用電話跟您聯絡。	結果 名 結果 形 名 形式 知らせる 動 通知 連絡 名 サ 聯絡
★ 採用が決定したのでお知らせします。我們要通知您已經被錄取了。 ① 大変光栄に思います。我感到很榮幸。	採用 名 サ 錄用 決定 名 サ 決定
★ ぜひ我が社で働いていただきたいと思います。 我們很希望您到我們公司來上班。 ① こんな嬉しいことはありません。我實在太高興了。	我が社 名 我們公司 働く 動 工作 嬉しい 形 高興的
★ 候補者の中であなたがこの職に最適任でした。 在所有候選人當中，您最適合這項職務。	候補者 名 候選人 最適任 形動 最適任
★ あなたの経歴はこの仕事にぴったりです。 您的經歷很符合這項工作。 ① チャンスを下さったことに感謝しています。謝謝您們給我機會。	経歴 名 經歷 チャンス 名 機會 感謝 名 サ 感謝
★ 最初の三カ月は試用期間です。最初的三個月是試用期。	試用期間 名 試用期
★ 就業時間は月曜日から金曜日の九時から六時までです。 上班時間是週一到週五的上午九點到下午六點。	就業 名 サ 上班 時間 名 時間
★ あなたの肩書きは業務副課長です。您的職稱是業務副課長。	肩書き 名 職稱
★ 直属の上司は営業課長になります。您的直屬上司是業務課長。	直属 名 サ 直屬
★ 何時から仕事を始められますか。您什麼時候可以開始上班？ ＝ 何時から働けますか。 ① すぐに始められます。我可以立即開始上班。	何時 代名 何時 始める 動 開始 働ける 動 可以上班 すぐに 副 立即，馬上
★ 明日からいらして下さい。請您明天開始來上班。 ① これからも宜しくお願い致します。今後也請多多指教。	明日 名 明天 願う 動 拜託

★ 結果はどうですか。面試結果如何？ ① 今回は残念ですが…。這次很遺憾。 ② 改めてご連絡致します。我們會再跟您聯絡。	今回 名 這次 残念 形動 遺憾 改めて 副 再次

Unit 02 | 給料、昇給、ボーナス 薪水、加薪、紅利

★ 給料日は毎月何日ですか。你每個月幾號領薪水？ ① 毎月、月初めに給料をもらいます。我每個月的月初領薪水。 ② 毎月、月中に給料をもらいます。我每個月的月中領薪水。	給料日 名 發薪日 月初め 名 月初 月中 名 月中
★ 毎月、月末に給料をもらいます。我每個月的月底領薪水。	月末 名 月末
★ 私の給料は、半月ごとに払われます。 我的薪水是每半個月給付一次。	半月 名 半個月 払う 動 支付
★ 私の給料は週給です。我的薪水是週薪。	週給 名 週薪
★ 私の給料は時間制で払われます。我的薪水是鐘點制。	時間制 名 鐘點制
★ 今月の給料をまだ手にしていません。我還沒有收到這個月的薪水。 ＝ 今月の給料をまだもらっていません。 ＝ 今月の給料をまだ受け取っていません。	今月 名 這個月 手にする 慣 拿到 受け取る 動 領取
★ 給料をもらいました。我領薪水了。	給料 名 薪水
★ 今日、今月の給料を受け取りました。我今天收到了這個月的薪水。	今日 副 今天
★ 給料が銀行振り込みなのは便利だと思います。 我認為薪水用銀行轉帳很方便。	振り込み 名 轉帳 便利 形動 方便
★ 給料が銀行の口座に振り込まれました。薪水匯入了銀行的帳戶。	口座 名 戶頭

（累積單字量 5920 個，慣用語量 322 個）

★ 給料の明細を受け取りました。 我收到了薪水的明細表。

明細 名 明細表

★ 銀行に振り込まれた今月の給料の額を見て、ショックを受けました。
我看了這個月匯入銀行的薪水金額，嚇到了。

＝ 銀行に振り込まれた今月の給料の額を見て、衝撃を受けました。
＝ 銀行に振り込まれた今月の給料の額を見て、ひどく驚きました。

振り込む 動 匯款
ショックを受ける 慣 受到驚嚇
衝撃を受ける 慣 受到衝擊
ひどく驚く 慣 嚇一大跳

★ 今日は給料日なので、同僚と飲みに行きました。
今天是發薪日，我跟同事去喝酒了。

同僚 名 同事
飲み 名 喝酒

★ 給料が少ないので、友人たちとお茶で乾杯しました。
我的薪水不多，所以以茶代酒和朋友們乾杯。

少ない 形 很少的
乾杯 名 サ 舉杯喝酒

★ 同僚と一人千円で飲み放題、食べ放題の店へ行きました。
我跟同事去了每人一千日圓，可以喝到飽、吃到飽的店。

飲み放題 名 喝到飽
食べ放題 名 吃到飽

★ 私の給料は安いです。 我的薪水很低。

＝ 私の給料は低いです。
＝ 私の給料は少ないです。

安い 形 低廉的
低い 形 低的
少ない 形 少的

★ 私の給料は張さんより三万円ほど安いです。
我的薪水比張先生少了三千日圓。

私 名 我
～円 名 ～日圓

★ 私の一ケ月の給料は僅か二十万円です。
我一個月的薪水只有二十萬日圓。

僅か 副 僅僅

★ 私たちの業界は給料が安いです。 我們業界的薪水很低。

業界 名 業界

★ 我が社の給料は高くも安くもありません。
我們公司的薪水不高也不低。

我が社 名 我們公司
も 副助 也

★ 我が社は給料が高いので有名です。 我們公司以薪水高聞名。

有名 形動 有名

★ 私の給料は同じ年齢の全国平均より五万円も高いです。
我的薪水比同年齡的全國平均要高出五萬日圓。

同じ 形動 相同
年齢 名 年齡

例句	單字
★ 今の給料に満足しています。 我對我目前的薪水感到滿意。 ＝ 今の給料に何も不服はありません。	満足 名 サ 滿意 不服 名 不服氣
★ 私の給料は高い方だと思います。 我認為我的薪水算高的。 ＝ 私の給料は多い方だと思います。 ＝ 私は高い給料をもらっていると思います。	高い 形 高的 多い 形 多的 思う 動 認為
★ 私の給料は大学の同級生たちと比べて、三万円高いです。 我的薪水跟大學同屆的比起來，高了三萬日圓。	同級生 名 同屆同學 比べる 動 比較
★ 私は三十歳で、年収は大体一千万円です。 我三十歲，年收入大約一千萬日圓。	年収 名 年收入 大体 副 大概
★ 私の給料は平均すると一ケ月八十万円ぐらいです。 我的薪水平均一個月八十萬日圓左右。	平均 名 サ 平均 一ケ月 名 一個月
★ 私の給料はちょうど全国平均です。 我的薪水剛好是全國平均。	全国 名 全國
★ 私の年齢の平均的な給料は一ケ月三十万前後です。 我的年齡的平均薪水是一個月三十萬日圓左右。	平均的 形動 平均的 前後 名 前後
★ 日本の会社は通例六月と十二月の年二回ボーナスを支給します。 日本公司通常在六月跟十二月發放一年兩次的紅利。	通例 名 副 通常 支給 名 サ 發放
★ 我が社は五月にボーナスを支給する予定です。 我們公司預定在五月發放紅利。	五月 名 五月 予定 名 サ 預定
★ 今日はボーナスの支給日です。 今天是發放紅利的日子。	支給日 名 發放日
★ 高額のボーナスを受け取りました。 我領了高額的紅利。	高額 名 高額
★ 臨時ボーナスが入ったので、皆に奢りました。 我收到了額外的獎金，所以請了大家。	臨時 名 臨時 奢る 動 請客
★ 夜遅くまでどんちゃん騒ぎをしました。 我們狂歡到很晚。 ＝ 夜遅くまでらんちき騒ぎをしました。	どんちゃん騒ぎ 名 喧鬧 らんちき騒ぎ 名 狂歡
★ 皆で酒を飲んで大騒ぎをしました。 大家喝酒鬧翻天了。	大騒ぎ 名 大聲喧鬧

（累積單字量 5965 個，慣用語量 325 個）

★ ボーナスは年に二回出ます。一年發兩次分紅。	～回 名 ～次
★ 夏のボーナスは一ケ月の給料の一点五倍です。 夏天的分紅是一個月薪水的一點五倍。	夏 名 夏天 ～倍 名 ～倍
★ 冬のボーナスは一ケ月の給料の二倍です。 冬天的分紅是一個月薪水的兩倍。	冬 名 冬天 給料 名 薪水
★ 我が社は能力主義なので、成果を上げた人にはボーナスが非常に多く出ます。我們公司是能力主義，有績效的人紅利非常多。 = 我が社は能力主義なので、成果を上げた人にはボーナスが沢山出ます。 = 我が社は能力主義なので、成果を上げた人にはボーナスがどっさり出ます。	能力主義 名 能力主義 非常に 副 非常地 沢山 副 很多 ボーナス 名 紅利 どっさり 副 一大堆
★ 給料六カ月分のボーナスを受け取った社員もいます。 也有領到六個月份薪水當紅利的員工。	受け取る 動 領取 社員 名 員工
★ ボーナスがいつもより少なかったのでがっかりしました。 我的紅利較往年少，我很沮喪。	いつも 副 往常 がっかり 副 サ 沮喪
★ 不景気なので、我が社では夏のボーナスが出ません。 因為不景氣，我們公司夏天沒有發紅利。	不景気 形動 不景氣 出る 動 發
★ 昨年の夏はボーナスが出ましたが、今年は出ません。 去年夏天有發紅利，今年沒有。	昨年 名 去年 今年 名 今年
★ 今は冬のボーナスアップを狙っています。 我現在以提高冬天的紅利為目標。 = 今は冬のボーナスアップを目指しています。 = 今は冬のボーナスアップを目標にします。	アップ 名 サ 提高 狙う 動 瞄準 目指す 動 以～為目標 目標にする 慣 以～為目標
★ ボーナスは月々の収入とは別枠にして使い道を考えています。 紅利跟每個月的薪水用在不同的用途上。 = ボーナスは毎月の収入とは別枠にして使い道を考えています。 = ボーナスは月ごとの収入とは別枠にして使い道を考えています。	月々 名 每個月 毎月 名 每個月 月ごと 名 每個月 別枠 名 不同範圍
★ 去年のボーナスの全部を旅行に使ってしまいました。 去年的紅利都用在旅行上了。	全部 名 全部 使う 動 使用

例句	單字
★ ボーナスから三十万円を家族旅行に使い、後は全部貯金しようと思います。 我打算從紅利中拿出三十萬日圓來當作家族旅遊的費用，剩下的全部存起來。	家族旅行 名 家族旅遊 貯金 名 サ 存錢
★ 給料、安すぎますよ。 薪水太少了。	安すぎる 動 太低廉
★ こんなに働いて、一ケ月たった十五万ですか。 這麼辛苦工作，一個月只有十五萬日圓嗎？ ＝ こんなに働いて、一ケ月ただ十五万ですか。 ＝ こんなに働いて、一ケ月ほんの十五万ですか。	こんなに 副 這樣地 たった 副 僅僅 働く 動 工作 ただ 副 僅僅 ほんの 連體 一點點的
★ 給料に不満を感じています。 我對薪水感到不滿。 ＝ 給料に不満を抱いています。	感じる 動 感覺 抱く 動 抱持
★ もっと給料が欲しいですね。 我想要多一點薪水。	欲しい 形 想要的
★ 給料が上がることを望んでいます。 我希望能加薪。	望む 動 希望
★ 給料を上げてくれないでしょうね。 他們不會幫我加薪吧！	上げる 動 提高
★ 昨年より給料が上がったんじゃないですか。 你的薪水不是比去年多了嗎？ ＝ 昨年より給料が多かったんじゃないですか。	昨年 名 去年 上がる 動 提高 多い 形 多的
★ 過去二年間、私の給料は上がっていません。 過去兩年我都沒有加薪。	過去 副 過去 の 格助 ～的
★ ボーナスが出ないなんて、信じられません。 我真不敢相信我沒有分紅。	出る 動 發放 信じる 動 相信
★ ボーナスが待ち遠しかったです。 我一直急切盼望著分紅。	待ち遠しい 形 急切盼望的
★ 他の会社ではボーナスが月給の三倍だっていうのにさ。 別家公司的紅利可是月薪的三倍耶！	他 名 其他 月給 名 月薪
★ 年収がこんなに少ないと、結婚もできませんよ。 年收入這麼少，連結婚都沒辦法。	年収 名 年收入 結婚 名 サ 結婚

（累積單字量 6017 個，慣用語量 326 個）

例句	單字
★ この金額じゃ、家族を養ってなんかいけません。 這個金額是沒辦法養家的。 ＝ この金額じゃ、家族を支えるのに十分ではありません。	養う 動 扶養 支える 動 支撐 十分 形動 足夠
★ 家族を養えるだけの給料が欲しいです。 我只想要足以養家的薪水。	養える 動 能夠扶養 欲しい 形 想要的
★ 少ない給料で家計の遣り繰りをするのは難しいです。 用微薄的薪水來維持家計是很困難的。	家計 名 家計 難しい 形 困難的
★ 出費は給料に釣り合わせなければなりません。 支出必須與薪水達成平衡。 ＝ 出費は給料に均衡させなければなりません。 ＝ 出費は給料にバランスを取らなければなりません。	釣り合う 動 調和 均衡 名 サ 均衡 バランスを取る 慣 達成平衡
★ こればかりの給料で暮らせるものですか。 這點薪水要怎麼過活啊？ ＝ こればかりの給料で暮らして行けるものですか。	ばかり 副助 光是 暮らす 動 過日子 行ける 動 能滿足
★ 一月分の給料を前払いしていただけませんか。 我能預支一個月的薪水嗎？ ＝ 一月分の給料を先払いしていただけませんか。	～分 接尾 ～份 前払い 名 サ 預支 先払い 名 サ 預支
★ 上司に昇給を申し出ました。我向上司提出加薪申請了。	申し出る 動 申請
★ 昇給を要求しました。我要求加薪了。	要求 名 サ 要求
★ 来月から昇給するだろうと当てにしているんです。 我對下個月加薪抱著期望。 ＝ 来月から昇給するだろうと期待を抱いています。 ＝ 来月から昇給するだろうと待ち望んでいます。	来月 名 下個月 昇給 名 サ 加薪 期待を抱く 慣 抱著期望 待ち望む 動 盼望
★ 大抵の労働者は毎年、自動的に昇給します。 大部分的勞工每年都會自動加薪。	大抵 名 大部分 自動的に 副 自動地
★ 我が社は年齢給です。我們公司是按照年齡給薪水。	年齢給 名 按年齡給薪水

（累積單字量6040個，慣用語量328個）

★ 生産力が落ちたので、労働者のボーナスも少なくなるでしょう。 生產力低落，勞工的紅利也因此變少了吧！ ＝ 生産力が落ちた。従って労働者のボーナスも少なくなるでしょう。	生産力 名 生產力 労働者 名 勞工 従って 接 因此
★ 我が社では昇給は定期的に行われます。 在我們公司，加薪是定期進行的。 ＝ 我が社では定期昇給を行います。 ＝ 我が社では定昇を行います。	定期的に 副 定期地 定期昇給 名 定期加薪 定昇 名 定期加薪
★ 我が社では年に一度、昇給があります。 在我們公司，一年加薪一次。 ＝ 我が社では年に一度、昇給します。 ＝ 我が社では年に一度、昇給を受けます。	我が社 名 我們公司 年に 副 每年 一度 名 一次 受ける 動 領受
★ 弊社は「年俸制」です。我們公司是採用「年薪制」。 ＝ 弊社は「年俸制」を採用します。 ＝ 弊社は「年俸制」を取り入れます。	弊社 名 敝公司 採用 名 サ 採用 取り入れる 動 採取
★ 「年俸制」って何ですか。「年薪制」是什麼？ ① 「年俸制」とは成果に基づき、社員の年給を決定する制度です。 「年薪制」是以成果為基準，決定員工年薪的制度。	年給 名 年薪 決定 名 サ 決定 制度 名 制度
★ 社員が目標を設定し、上司がその達成度を評価し、翌年の年給を取り決める方法です。 由員工設定目標，上司評估其達成度，來決定下一年年薪的方法。	評価 名 サ 評估 翌年 名 下一年 取り決める 動 決定
★ 賃金は勤続年数に応じて上がります。工資會隨著工齡遞增。	賃金 名 工資
★ 一歳年を取るごとに、三千円給料が上がります。 每增加一歲，薪水就多三千日圓。	年を取る 慣 上年紀 給料 名 薪水
★ 我が社は能力給です。我們公司是按照能力給薪水。	能力給 名 按能力給薪水
★ 我が社の給料は社員の能力次第です。 我們公司是按照社員的能力給薪水。	社員 名 社員 次第 名 憑靠

（累積單字量6064個，慣用語量329個）

★ 業績を上げなければ給料は上がりません。 業績沒上漲，薪水就沒上漲。	業績 名 業績 上がる 動 提高
★ 近頃昇給したばかりです。 我最近剛剛加薪。	近頃 副 最近
★ 私は七月に昇給しました。 我七月時加薪了。	昇給 名 サ 加薪
★ 私の給料はほんの少し上げられました。 我的薪水稍微調漲了。	少し 副 稍微
★ 今年は一ケ月の給料の 2 % の昇給があります。 今年加薪加了月薪的 2%。	今年 名 今年 一ケ月 名 一個月
★ 私の給料が 2 % アップしました。 我的薪水增加了 2%。 = 私の給料が 2 % 増えました。 = 私は 2 % の昇給を受けました。	アップ 名 サ 提高 増える 動 增加 受ける 動 接受
★ 私は毎月給料の一部を銀行に貯金します。 我把每個月薪水的一部分存在銀行裡。	一部 名 一部分 貯金 名 サ 存錢

Unit 03 ｜電話対応をする 電話應對

★★ 電話が鳴っていますよ。 電話響了。	鳴る 動 響
★★ 私は今、出られないんですよ。 我現在沒辦法接聽。	今 副 現在
★★ 出てくれませんか？ 你可以接聽嗎？ ① はい、私が出ますよ。 好的，我來接聽。	出る 動 接聽 私 名 我
☆★ はい、井本商事でございます。 您好！這裡是井本商業公司。	商事 名 商業公司
★★ 徐さんのオフィスですか。 請問是徐先生的辦公室嗎？	オフィス 名 辦公室

例句	單字
☆★★ ご用件をどうぞ。請問有什麼需要為您服務的嗎？ ＝ ご用件をお伺い致します。 ① お世話になっております。承蒙關照。	用件【名】代辦事項 伺う【動】詢問 世話【名】關照
★★ 徐さんはいらっしゃいますか。請問徐先生在嗎？	いらっしゃる【動】在
★★ 徐さんと連絡を取りたいのですが。我想跟徐先生講電話。	連絡【名】【サ】聯絡
☆★★ 失礼ですが、どちら様でしょうか。不好意思，請問您是哪一位？	失礼【名】【サ】失禮
☆★★ 失礼ですが、お名前をお伺いしても宜しいでしょうか。 不好意思，能請教您尊姓大名嗎？ ① 三菱電機の陳東陽と申します。我是三菱電機的陳東陽。 ＝ こちらは三菱電機の陳東陽です。	名前【名】名字 伺う【動】詢問 宜しい【形】可以的 申す【動】叫做
☆★★ 恐れ入りますが、もう一度お名前をお願いできますか。 非常抱歉，能麻煩您再說一次您的大名嗎？ ② 陳東陽でございます。我是陳東陽。	恐れ入る【動】惶恐 一度【名】一次 願う【動】拜託
★★ 陳様ですね。いつもお世話になっております。 是陳先生啊！感謝您一直以來的關照。	ね【終助】表示確認 いつも【副】總是
★★ 申し訳ありませんが、徐はまだ出社しておりません。 非常抱歉，徐先生還沒進辦公室。	申し訳【名】抱歉 出社【名】【サ】進公司
★★ 何時頃出社されますか。請問他大概幾點會進辦公室？ ① 十時までには来るはずです。應該十點前會進辦公室才對。	何時【代名】幾點 来る【動】來
★★ 後ほど、また掛け直します。那我待會兒再打來。	後ほど【副】待會兒
★ では十時過ぎに掛け直します。那我十點以後再打來。	掛け直す【動】重打
★★ その頃に改めてお電話させていただきます。 我到那時再打電話過來。	改めて【副】重新
★★ 徐はただ今、打ち合わせ中でございます。 徐先生正在和別人談事情。	ただ今【副】現在 打ち合わせ【名】商談

（累積單字量6106個，慣用語量329個）

★★ 午後四時頃には終了するかと思いますが。 我想下午四點左右應該會結束。	午後 名 下午 終了 名 サ 結束
☆★ ご用件を伺えますか。 可以請問有什麼事嗎？	用件 名 代辦事項
★ あいにく徐は外出しておりますが。 真不巧，徐先生外出了。	外出 名 サ 外出
☆★ ご用件を 承 りましょうか。 有什麼需要我幫忙的嗎？ ＝ 私で宜しければ、ご用件を伺いますが。	承る 動 承接 伺う 動 詢問
★★ 何時頃お戻りでしょうか？ 大概幾點會回來呢？ ＝ 何時頃戻られますか。 ① もうすぐ戻るはずです。 應該很快就會回來了。	頃 名 左右 もうすぐ 副 馬上 戻る 動 回來 はず 名 應該
★★ 一時間ほどで戻るはずです。 應該一個小時左右就會回來了。	～時間 名 ～小時
★★ 四時頃には戻るはずです。 應該四點左右就會回來了。	～時 名 ～點鐘
★★ 本日は戻らない予定になっておりますが。 他今天預計不會再進辦公室了。	本日 名 今天 予定 名 サ 預定
☆★ 林さんはいらっしゃいますか。 請問林小姐在嗎？ ① 林は二人おりますが、林美玲の方で宜しいですか。 有兩位林小姐，您是要找林美玲小姐嗎？	二人 名 兩個人 方 名 方面 宜しい 形 好的
☆★ すみませんが、ただ今、話し中です。 不好意思，她現在在線上。 ① 待たせてもらっていいですか。 我可以在線上等候嗎？	話し中 名 講話中 待たせる 動 讓～等候
☆★ すみませんが、ただ今、手が離せないようなのですが。 抱歉，她現在抽不出空來。	手が離す 慣 抽空
☆★ このままお待ちになりますか。 您要在線上等候嗎？ ① 分かりました。待つことにします。 好的，我等。	待つ 動 等待 分かる 動 知道

☆☆ 川崎さんをお願いしたいのですが。我想找川崎小姐。 ① そのような名前の者はおりませんが。這裡沒有這個人。 ② すみませんが、当社には川崎という者はおりませんが。 抱歉，我們公司沒有叫川崎的人。	そのような 連體 那樣的 名前 名 名字 者 名 人 当社 名 本公司
☆☆ 何番にお掛けですか。請問您打幾號？	何番 代名 幾號
☆☆ 番号をお間違えですよ。你撥錯號碼了。 ① すみません、間違えました。抱歉，我撥錯號碼了。	番号 名 號碼 間違える 動 弄錯
☆☆ 酒井さんをお願いできますか。我想找酒井小姐。 ① すみませんが、土曜日まで出張です。不好意思，她到這週六都出差。	願う 動 拜託 出張 名 サ 出差
★ そうですか…。彼女は今日御出張ですか。 這樣啊！她今天出差嗎？ ① 明日は八時半に出社しておりますので。她明天八點半會進辦公室。	明日 名 明天 出社 名 サ 進公司
★★ 私で宜しければ伺いますが。我能幫得上忙嗎？ ① 私が先週お送りした請求書についてなのですが。 是關於我上週送的申請書。	先週 副 上週 送る 動 遞送 請求書 名 申請書
★★ 長々とすみませんでした。抱歉打擾您那麼久。	長々 副 長久地
★★ 話せて良かったです。能跟您談話實在太好了！ ① 何かあれば、いつでもお電話下さい。 您有任何事情，隨時都可以打電話給我。	話す 動 說 何 代名 什麼 いつでも 慣 隨時
★★ ご助力に感謝致します。感謝您的幫忙。 ① どういたしまして。ではまた。不客氣，下次再聊。	助力 名 サ 助力 感謝 名 サ 感謝
☆☆ ではまた電話致します。我會再打電話來。	電話 名 サ 電話
☆☆ 岩垂さまにお取り次ぎいただきたいのですが。 可以幫我轉接岩垂先生嗎？ ① 申し訳ありませんが、ただ今、来客中です。不好意思，他現在有訪客。 ② 申し訳ありませんが、本日は帰宅しました。不好意思，他今天回去了。	取り次ぐ 動 轉接 来客中 名 有訪客 本日 名 今天 帰宅 名 サ 回家

（累積單字量6151個，慣用語量331個）

☆★ お急ぎですか。 很緊急嗎？

急ぐ 動 緊急

★★ 携帯なら通じると思いますが。
您可以打他的手機。

通じる 動 接通

★★ では結構です。急ぎではありませんので。
那沒關係，沒有什麼急事。

では 接 那麼
結構 形動 不用了，沒關係

★★ では、メールを送っておきます。 那我傳電子郵件給他好了。

送る 動 傳送

★★ 石田の身内の者ですが、電話を繋いでいただけますか。
我是石田的家人，能幫我轉接給他嗎？

① すみませんが、ただ今会議中なのですが。 抱歉，他現在正在開會。

② すみませんが、ただ今、ほかの電話に出ておりますが。
抱歉，他在講別的電話。

身内 名 眷屬
繋ぐ 動 轉接
会議中 名 開會中
電話に出る 慣 接電話

★★ 折り返し電話をさせましょうか？ 要請他回電嗎？

折り返し電話 名 回電

★★ 鈴木の娘でございますが、父はおりますか。
我是鈴木的女兒，請問家父在嗎？

① すみません。今、席を外していらっしゃいます。
不好意思，他現在不在座位上。

娘 名 女兒
おる 動 在
席を外す 慣 離開座位

★★ 社内のはずですが、席を離れていらっしゃいます。
他應該在公司裡面，不過不在座位上。

＝ 社内だと思いますが、席にいらっしゃいません。

社内 名 公司內
席を離れる 慣 離開座位
思う 動 認為

☆★ 江川さまをお願いできますか。 能幫我請江川小姐聽電話嗎？

① 恐れ入りますが、彼女は先月退職しました。
不好意思，她上個月離職了。

② すみませんが、本日は風邪でお休みをいただいております。
不好意思，她今天感冒所以請假了。

先月 名 副 上個月
退職 名 サ 離職
本日 名 副 今天
風邪 名 感冒

★★ 申し訳ありませんが、今週は休暇となっております。
不好意思，她這週休假。

＝ すみませんが、今週は休暇を取らせて頂いております。

＝ あいにくで申し訳ありませんが、今週は休ませていただいております。

今週 名 副 這週
休暇 名 休假
休暇を取る 動 休假
休む 動 休息

★ そうですか。留守中にお電話をいただきましたので。 這樣啊！我不在時，她打了電話給我。	留守中 名 不在家
★★ 彼女に至急、連絡を取りたいのですが。我必須馬上連絡到她。	至急 副 緊急
★★ 何とか連絡する方法はありませんか。 有沒有什麼辦法可以聯絡到她？	方法 名 方法
★★ 彼女の携帯番号を教えてもらうことは可能ですか。 是否能告訴我她的手機號碼？ ① 確認します。十分後にお掛け直し下さい。 我確認一下，請您十分鐘後再來電。	可能 形動 可能 確認 名 サ 確認 掛け直す 動 重打
☆★ 謝さんはいらっしゃいますか。請問謝小姐在嗎？ ① すみませんが、ただ今、外出中です。不好意思，她現在外出中。 ② すみませんが、ただ今、昼食に出ております。 不好意思，她出去用餐了。	ただ今 副 現在 外出中 名 外出中 昼食 名 午餐 出る 動 出去
★★ 戻り次第、こちらからお電話を差し上げるように致しましょうか。等她回來以後，請她打電話給您好嗎？	～次第 接尾 一～就～ 差し上げる 動 給
★★ お手数をお掛けしますが。給您添麻煩了。	手数 名 麻煩
☆★ お忙しい中、ありがとうございました。 多謝您百忙之中抽空招呼我。 = お忙しいところ、ありがとうございました。	忙しい 形 忙碌的 中 名 當中 ～ところ 動 ～的時候
☆★ お電話ありがとうございました。謝謝您的來電。	電話 名 サ 電話
★ 私、王曉恵が承りました。よろしくお願い致します。 本次電話由我王曉惠接聽，請多多關照。	承る 動 承接 願う 動 拜託
☆★ 失礼致します。再見。	失礼 名 サ 失禮
★ 謝さんはお戻りでしょうか。請問謝小姐回來了嗎？ ① はい、すぐお繋ぎします。回來了，我馬上為您轉接。 ② はい、何度もお電話いただきありがとうございます。 回來了，謝謝您多次來電。	戻る 動 回來 繋ぐ 動 轉接 何度 名 幾次

（累積單字量6195個，慣用語量334個）

★ 代わりました、謝昀蓁です。喂，我是謝昀蓁。	代わる 動 替換
★★ お話しさせていただいても宜しいでしょうか。 請問現在我能跟您談一談嗎？ ① 大変申し訳ないのですが、ただ今、取り込んでおりまして。 不好意思，我現在在忙。	話す 動 說 宜しい 形 妥當的，合宜的 大変 形動 非常 取り込む 動 處理
★★ 何時頃、掛け直せば宜しいですか。 我什麼時候方便再打電話給您呢？	何時 代名 何時 掛け直す 動 重打
★ 詳しくはメールでお送りします。細節我再用電子郵件傳送。	詳しい 形 詳細的
★★ お返事なるべく早くお願いできませんでしょうか。 希望能盡早得到您的回覆。	返事 名 サ 回覆
☆★ それではまた、ご連絡致します。那我再跟您聯絡。	連絡 名 サ 聯絡
☆★ また時間を改めてご連絡差し上げます。我改天再跟您聯絡。	改める 動 時間

5 健全な職場生活 健全的職場生活

Unit 04 | 電話を繋ぐ、伝言 電話轉接、留言

☆★ 林様をお願いできますか。能請林小姐聽電話嗎？ ① 林でございますね。少々お待ちいただけますか。 您要找林小姐吧！可以請您稍等一下嗎？	～様 名 ～先生（小姐） 少々 副 稍微 待つ 動 等候
☆★ 1023 に繋いで下さい。請幫我轉接 1023。 ① 畏まりました。1023 の総務の陳でございますね。 好的，1023 總務陳小姐吧！ ② 1023 にお繋ぎ致しますので、少々お待ち下さい。 為您轉接 1023，請稍等。	繋ぐ 動 轉接 畏まる 動 遵命 総務 名 總務 下さい 補動 請～
☆★ もしもし、人事部の佐藤です。喂！我是人事部的佐藤。	もしもし 感 喂！

★ 採用についてお電話したのですが。 我打電話來詢問我有沒有被錄用。 ① 人事部にお繋ぎします。我為您轉接人事部。 ② 電話をお回しします。我為您轉接電話。	採用 名 サ 錄用 電話 名 サ 電話 人事部 名 人事部 回す 動 轉接
★★ お仕事中、申し訳ございません。 打擾到您上班，真是抱歉。	仕事中 名 副 工作中
★ 本日は配達の件でお電話致しました。 今天是為了配送的事宜致電打擾。 = 本日は配達についてお電話致しました。	本日 名 今天 配達 名 サ 配送 ~について 慣 關於~
★ 配達についての問い合わせは、この番号で宜しいですか。 請問詢問配送事宜是打這支電話嗎？	問い合わせ 名 查詢 宜しい 形 可以的
★ 配達については、営業部にお掛け下さい。配送事宜請找營業部。	営業部 名 營業部
★ 営業部は番号が別になっております。營業部要打另外一支電話。	別 名 其他
★ 番号を申し上げます。我給您電話號碼。	番号 名 號碼
★ 一度電話を切って、その番号にお掛け直し下さい。 請先掛斷電話，改打這支電話。	一度 名 一次 電話を切る 慣 掛電話
★ 御社からの請求書について伺いたいのですが。 我想請教有關貴公司送來的請款單一事。 ① 担当の者に代わります。我為您轉接負責人。 ② 内線 314 にお繋ぎします。為您轉接分機 314。	御社 名 貴公司 請求書 名 申請書 担当 名 サ 負責 内線 名 分機
★★ 尾形さんはお手すきでいらっしゃいますか。 請問尾形先生方便接電話嗎？ ① 申し訳ありませんが、尾形は外出しておりますが。 非常抱歉，尾形先生不在。	手すき 名 空閒 申し訳 名 抱歉 外出 名 サ 外出
★★ どちら様ですか。請問您哪位？ ① 私は稲田健次郎と申します。我是稻田健次郎。	どちら様 代名 哪位 申す 動 叫做

（累積單字量6236個，慣用語量336個）

☆★ 何かご伝言はおありでしょうか。 您要留言嗎？ = ご伝言をお預かりしましょうか。 = ご伝言を承りましょうか。	伝言 名 サ 留言 預かる 動 寄存 承る 動 承接
★★ 伝言を伺っておくよう言われております。 他要我幫他留言。	言う 動 說
☆★ すみませんが、もう一度お名前をいただけますか。 不好意思，可以再說一次您的大名嗎？	一度 名 一次 名前 名 名字
★★ 折り返し電話するよう伝えます。 我再請他回電給您。	折り返し電話 名 回電
☆★ 恐れ入りますが、お伝えいただけますか。 不好意思，我可以留言嗎？ = 恐れ入りますが、伝言をお願いできますか。 = 恐れ入りますが、伝言を残したいのですが。	恐れ入る 動 惶恐 願う 動 拜託 残す 動 留下
★★ 稲田から電話があったことをお伝え下さい。 麻煩您跟他說稲田打過電話來。 = 稲田から電話があったことと伝えて下さい。 = 稲田から電話があったとお伝えいただけますか。 = 稲田から電話があった旨だけお伝えいただけますか。	電話 名 サ 電話 下さい 補動 請～ 伝える 動 傳達 から 格助 來自 旨 名 意旨
★★ 恐れ入りますが、戻られましたら、折り返しお電話をいただけますか。 不好意思，他回來的話，可以請他回電嗎？ ① 戻りましたら、折り返しご連絡差し上げます。 他回來的話，我請他跟您聯絡。 ② 戻り次第、電話をさせます。 他一回來，我就請他回電話給您。	戻る 動 回來 折り返し 副 折回 連絡 名 サ 聯絡 差し上げる 動 あげる的尊敬語 ～次第 接尾 一～就～
★★ 稲田様の連絡先はどちらでしょうか？ 要怎麼跟稲田先生您聯絡呢？ ① 私の携帯に電話を下さるようお伝え下さい。 麻煩您請他打我的手機好嗎？	連絡先 名 聯絡處 携帯 名 手機 下さる 動 給
★★ ご伝言は必ずお伝え致します。 我一定會幫您轉達。	必ず 副 一定
★★ 電話があったことを伝えておきます。 我會告訴他您來過電話。	電話があった 慣 有來電

★★ 彼は稲田様の携帯番号を存じ上げていますか。
他知道稲田先生的手機號碼嗎？

携帯番号 名 手機號碼
存じ上げる 動 知道

★★ 念のため、電話番号を教えていただけますか。
為了保險起見，可以留下您的電話號碼嗎？

= 念のため、電話番号をいただけますか。

① 私の電話番号は 0955 の 280 の 061 です。
我的手機號碼是 0955-280-061。

念のため 慣 為了保險起見
教える 動 告知
電話番号 名 電話號碼
私 名 我

★★ 確認のため繰り返します。為了確認，我重複一次。

= 確認のため復唱致します。

繰り返す 動 重複
復唱 名 サ 複誦

★ 0955280061 ですね？ 0955280061，對嗎？

① はい、尾形さんにはできるだけ早く電話を下さるようにお願いします。
是的，請尾形先生盡早回電給我。

早く 副 快點
下さる 動 給
願う 動 拜託

★ 会議中に電話はありましたか。我在開會時有人打電話給我嗎？

① 電話は何件かありました。有幾通電話。

会議中 名 開會中
何件 代名 幾通

★ 稲田さんからの電話を待っているんだけど。
我在等稲田先生的電話。

① 稲田様から電話がありました。稲田先生有打電話給您。

待つ 動 等候
～様 名 ～先生（小姐）

★★ 何か言ってましたか。他有留言嗎？

① 伝言をお預かりしています。他有留話給您。

= メッセージを残されましたよ。

② 机の上にメモを置いておきました。我把留言放在你桌上了。

言う 動 説
伝言 名 サ 留言
メッセージ 名 留言
机の上 名 桌上
置く 動 放置

★★ また電話するとおっしゃっていました。他説晚一點再打來。

また 副 再

★★ 電話が欲しいとおっしゃっていました。他要您回電。

欲しい 形 想要的

★★ 携帯に連絡してほしいとのことです。他要您打他的手機。

連絡 名 サ 聯絡

（累積單字量 6282 個，慣用語量 338 個）

★ 彼の携帯の番号は知らないんだ。 我不知道他的手機號碼。 ① 番号はこちらです。 這是他的手機號碼。	知る 動 知道 番号 名 號碼
★ 緊急の用件だそうです。 他說有急事。	緊急 形動 緊急
★ 今日中に話がしたいそうです。 他說想在今天跟您談一談。	今日中 名 今天當中
★ あちらの秘書に連絡してほしいとのことです。 他要您打電話給他的祕書。	あちら 代名 那邊 秘書 名 祕書
★ 明日のお約束の確認のお電話でした。 他打電話來確認明天跟您的會面。	約束 名 サ 約會 確認 名 サ 確認
★★ 稲田様の携帯ですか。 請問是稻田先生的手機嗎？ ① ええ、どちら様でしょうか？是的，請問您是～？ ② 張さんですね？您是張先生吧？	携帯 名 手機 どちら様 代名 哪位 ね 終助 表示確認
★★ お忙しいところ失礼致します。 白忙之中，抱歉打擾您了。 ＝ お忙しいところ申し訳ございません。	忙しい 形 忙碌的 失礼 名 サ 失禮
★ 外出先までお電話してしまい、申し訳ありません。 您外出我還來打擾，真是抱歉。	外出先 名 外出地點 申し訳 名 抱歉
★★ こんなに遅く電話して大変申し訳ありません。 很抱歉這麼晚打電話給您。	遅い 形 很晚的 大変 副 非常
★★ ご迷惑じゃなかったでしょうか。 希望沒有打擾您。 ① いいえ、構いませんよ。不會，沒關係的。 ② 電話を待っていましたよ。我正在等您的電話。	迷惑 形動 打擾 構う 形 在意 待つ 動 等候
★★ 今、お話ししても宜しいですか。 請問現在方便說話嗎？ ＝ お時間宜しいでしょうか。 ＝ お時間をいただいても宜しいでしょうか。 ① 大丈夫です。沒問題。	話す 動 說話 時間 名 時間 宜しい 形 可以的 大丈夫 形動 不要緊
★★ すみません、あまりよく聞こえないのですが。 抱歉，我聽不太清楚。	あまり 副 不太～ 聞こえる 動 聽得見

（累積單字量6308個，慣用語量338個）

★ 雑音が入りましたよ。線上有雜音。	雑音 [名] 雜音
★ どこから掛けていますか。您從哪裡打來的？	掛ける [動] 打電話
★ 私の声、聞こえますか？您聽得清楚我的聲音嗎？	声 [名] 聲音
★★ 申し訳ございません。少々お電話が遠いようですが。 對不起，電話收訊好像不太好。	少々 [副] 稍微 電話が遠い [慣] 收訊不好
★ 受話器を近付けて話していただけますか？ 您可以靠近話筒說話嗎？	受話器 [名] 話筒 近付ける [動] 靠近
★ 接続がよくないみたいですね。線路好像有點問題。	接続 [名][サ] 連接
★ 失礼しました、さっき電話が切れてしまいました。 抱歉，剛剛電話斷訊了。	さっき [副] 剛剛 電話が切れる [慣] 斷訊
★ 話をするのは久しぶりですね。好久沒有跟您說話了。 ① そうですね、お元気でしたか？是啊！您好嗎？	久しぶり [名] 許久 元気 [形動] 有精神
★ メッセージを受け取りましたよ。我收到您的留言了。	受け取る [動] 收到
★ お電話いただいたようなので、折り返しご連絡を致しました。 因為您有來電，所以我來回覆您。	折り返し [副] 折回 連絡 [名][サ] 聯絡
★ 先ほどお問い合わせいただいた件でご連絡致しました。 我來回覆您稍早的詢問。	先ほど [副] 稍早 問い合わせる [動] 詢問
★ 明日のお約束の件でお電話しているんですが。 我來電是為了明天跟您會面一事。	約束 [名][サ] 約會 件 [名] 事情
★ 予約の確認でお電話致しました。我是想確認一下您的預約。	予約 [名][サ] 預約
★ 明日は、どうぞ宜しくお願いします。 請不要忘了我們明天會面一事。	明日 [名] 明天 どうぞ [副] 請
★★ わざわざお電話をいただき、ありがとうございました。 謝謝您特地回我電話。 ① 電話できてよかったです。很高興跟您講電話。	わざわざ [副] 特意 電話 [名][サ] 電話 ありがとう [感] 謝謝

（累積單字量6331個，慣用語量340個）

Unit 05｜スマートフォン、ファックス、コピー、郵送する、書類 手機、傳真、影印、寄信、文件

★ 携帯電話をかばんに入れた。 我將手機放進包包裡。	携帯電話 名 手機
★ バッグから携帯電話を取り出した。 我從包包裡拿出手機。	取り出す 動 拿出
★ 携帯電話のスイッチを入れた。 我將手機開機。	スイッチを入れる 慣 開機
★ 携帯電話の電源が切れた。 手機沒電了。	電源 名 電源
★ 携帯電話を充電した。 我將手機充電。	充電 名 サ 充電
★ 事務室では携帯電話は使用禁止だ。 我們辦公室禁止使用手機。	事務室 名 辦公室
★ 仕事中、携帯電話をマナーモードにした。 上班時，我將手機轉為震動模式。	仕事中 名 副 工作中 マナーモード 名 震動模式
★ スマートフォンでグーグル検索した。 我用智慧型手機搜尋 Google。	グーグル 名 Google 検索 名 サ 搜尋
★ スマートフォンで目的地の所在を調べた。 我用智慧型手機查詢目的地的所在。	目的地 名 目的地 調べる 動 查詢
★ 目的地に最も近いルートを調べた。 我查詢到目的地最近的路徑。	最も 副 最
★ 目的地までの交通費を調べた。 我查詢到目的地的交通費。	交通費 名 交通費
★ 単語の意味を調べた。 我查詢單字的意思。	意味 名 意思
★ 日本語表現を中国語に翻訳した。 我將日語的表現翻譯成中文。	翻訳 名 サ 翻譯
★ 文字が小さいので拡大した。 文字太小了，我將它放大。	拡大 名 サ 放大
★ 画面を縮小した。 我將畫面縮小。	縮小 名 サ 縮小
★ 次のページに移った。 我滑到下一頁。	移る 動 滑動

★ 会議中、携帯電話をマナーモードにした。 開會時，我將手機轉為震動模式。	会議中【名】【副】開會中 携帯電話【名】手機
★ スマートフォンで会議の模様を録音した。 我用智慧型手機錄下會議情況。	模様【名】情況 録音【名】【サ】錄音
★ この場所はスマートフォンが使えない。這地方無法使用手機。	場所【名】地方
★ 電波が弱いのかもしれない。或許訊號太弱了。	弱い【形】微弱的
★ 電波が来てないんだな。沒有訊號。	電波【名】訊號
★ この書類を川上電器までファックスして下さい。 請將這份文件傳真到川上電器。	書類【名】文件 まで【格助】到～
★★ 至急にこの書類をファックスして下さい。請盡早傳真這份文件。 ＝ 大急ぎでこの書類をファックスして下さい。 ＝ できるだけ早くこの書類をファックスして下さい。	至急に【副】緊急的 大急ぎ【名】緊急 できるだけ早く【慣】盡早
★ この書類は川上電器にファックスしたいです。 我想將這份文件傳真到川上電器。 ＝ この書類は川上電器にファックスを送りたいです。 ＝ この書類は川上電器にファックスで送信したいです。	この【連體】這～ ファックス【名】【サ】傳真 ファックスを送る【慣】傳真 ファックスで送信する【慣】傳真
★ 川上電器のファックスの番号を教えていただけますか。 可以告訴我川上電器的電話號碼嗎？ ① はい、この番号にファックスして下さい。好的，請傳真到這個號碼。	番号【名】號碼 教える【動】告知 下さい【補動】請～
★ 用紙カセットにファックス用紙をセットした。 我在紙匣中放入傳真紙。	用紙カセット【名】紙匣 セット【名】【サ】放置
★ ファックス番号を押した。我按傳真號碼。	押す【動】按，壓
★ ファックスを送った。我傳真了。	送る【動】傳送
★ 稲田さんからファックスを六枚受け取った。 我收到稲田先生的六張傳真。	～枚【名】～張 受け取る【動】收到

（累積單字量6371個，慣用語量344個）

★ ファックスからプリントアウトした。我用傳真機印出來。	プリントアウト 名 サ 列印
★ ファックスに用紙(ようし)を補給(ほきゅう)した。我補充傳真紙。	補給(ほきゅう) 名 サ 補充
★ ファックスが詰(つ)まったので、用紙(ようし)を引(ひ)き出(だ)した。 傳真機塞爆了，我把傳真紙抽出來。	詰(つ)まる 動 塞滿 引(ひ)き出(だ)す 動 抽出
★ ファックスが送(おく)れない。無法傳真。	送(おく)れない 慣 無法傳送
★ また送信(そうしん)エラーだ。又是傳送錯誤。	送信(そうしん)エラー 名 傳送錯誤
★★ 私(わたし)が送(おく)ったファックスは無事(ぶじ)に届(とど)きましたか。 請問我的傳真順利收到了嗎？	送(おく)る 動 傳送 無事(ぶじ)に 副 順利的
★★ 私(わたし)が送(おく)ったファックスが届(とど)いたか調(しら)べて下(くだ)さい。 請查一下有沒有收到我的傳真？	ファックス 名 サ 傳真 調(しら)べる 動 查詢
★ 貴社(きしゃ)のファックスはまだうちには届(とど)いていません。 貴公司的傳真還沒傳送到我們這裡。	貴社(きしゃ) 名 貴公司 届(とど)く 動 送達
★ ファックスの文字(もじ)がぼやけて読(よ)めないですね。 傳真的文字模糊了，看不清楚。	文字(もじ) 名 文字 ぼやける 動 模糊
★★ コピーを取(と)って下(くだ)さい。請幫我影印。 ＝ コピーして下(くだ)さい。	コピーを取(と)る 慣 影印 下(くだ)さい 補動 請～
★ コピー機(き)を立(た)ち上(あ)げた。我打開了影印機。	立(た)ち上(あ)げる 動 開機
★ 書類(しょるい)をコピーした。我影印了文件。	書類(しょるい) 名 文件
★ データをコピーした。我影印了資料。	データ 名 資料
★ 手紙(てがみ)を複数(ふくすう)コピーした。我將信件影印了好幾份。	手紙(てがみ) 名 信件
★ 契約書(けいやくしょ)を三部(さんぶ)コピーした。我將契約書影印了三份。	契約書(けいやくしょ) 名 契約書
★ 拡大(かくだい)コピーした。我放大影印。	拡大(かくだい)コピー 名 サ 放大影印
★ 縮小(しゅくしょう)コピーした。我縮小影印。	縮小(しゅくしょう)コピー 名 サ 縮小影印

（累積單字量6392個，慣用語量345個）

★ 両面コピーをした。我用雙面影印。	両面コピー 名 サ 雙面影印
★ カラーコピーを取った。我用彩色影印。	カラーコピー 名 サ 彩色影印
★ 書類は文字だけだから、モノクロコピーにした。 文件只有文字，所以我用單色影印。	モノクロコピー 名 サ 單色影印
★ B5 の用紙がないじゃないか。B5 的紙不是沒有了嗎？	用紙 名 紙張
★ コピー機に A4 の用紙を補給した。我補充 A4 的影印紙。	A4 の用紙 名 A4 影印紙
★ コピー機のガラス面をきれいにした。我清潔影印機的玻璃表面。	ガラス面 名 玻璃表面
★ また紙詰まりだ。又卡紙了。	紙詰まり 名 卡紙
★ 誰だ、紙を詰まらせたのは？是誰造成卡紙的？	紙 名 紙
★ ちゃんと直しとけよ。好好修理一下吧！	直す 動 修理
★ コピー機をリセットした。我重開影印機。	コピー機 名 影印機
★ このコピー機は作動が遅いな。這影印機有夠慢的。	作動 名 サ 運作
★ コピー機の調子が悪い。影印機的狀況不好。	調子が悪い 慣 狀況差
★ コピーが遅い。印得很慢。	遅い 形 慢的
★ コピー機がよく詰まる。影印機常常卡紙。	詰まる 動 堵塞
★ トナーが切れている。碳粉沒了。	切れる 動 用完
★ コピー機が故障している。影印機故障了。	故障 名 サ 故障
★ コピー機が壊れて困っている。影印機壞了，真傷腦筋。	壊れる 動 損壞
★ コピー機を修理してもらいたい。我想將影印機送修。	修理 名 サ 修理
★ 新製品に代えて欲しいよ。我想要換新的機型。	新製品 名 新產品

（累積單字量 6410 個，慣用語量 346 個）

Unit 05｜スマートフォン、ファックス、コピー、郵送する、書類 手機、傳真、影印、寄信、文件

★ 指定用紙に必要事項を記入した。 我將必要事項記載在指定用紙上。	記入 名 サ 寫下
★ 書類を封筒に入れた。 我將文件放入信封中。	封筒 名 信封
★ 書類を郵便で送った。 我寄出文件。 ＝ 書類を郵便で発送した。	郵便 名 郵件 発送 名 サ 寄出
★ 川上電器に重要書類を書留郵便で送った。 我將重要文件用掛號寄到川上電器。	書留郵便 名 掛號信 送る 動 寄送
★ 書類を宅急便で送った。 我用宅急便寄送文件。	宅急便 名 宅急便
★ 手紙を普通郵便で送った。 我將信用平信寄出。	普通郵便 名 平信
★ 封筒に百円切手を貼った。 信封上貼上一百日圓的郵票。	切手 名 郵票
★ 郵便物に保険を掛けた。 我為郵件投了保。	郵便物 名 郵件
★ 配達時間を指定した。 我指定了配送的時間。	配達時間 名 配送時間
★ 配達時間を「午前中」に指定した。 我將配送的時間指定為「上午時段」。	午前中 名 上午時段 指定 名 サ 指定
★ 川上電器の書類が今日届いた。 川上電器的文件今天送達了。	届く 動 送達
★ これらの書類はとても重要だ。 這些文件相當重要。	重要 形動 重要
★ これらの書類を整理した。 我整理了這些文件。	整理 名 サ 整理
★ これらの書類を審査した。 我審查了這些文件。	審査 名 サ 審查
★ これらの書類はもう調査済みだ。 這些文件已經調查完畢。	調査 名 サ 調查
★ 過去の書類を捜索した。 我搜索了過去的文件。	捜索 名 サ 搜索
★ これらの書類は同様の事例に関する書類に入れた。 我將這些文件歸檔在相同事例的相關文件當中。	同様 形動 同樣 事例 名 事例
★ 会議に関する書類を用意した。 我準備會議的相關文件。	用意 名 サ 準備

★ 新しい書類を作成した。 我製作新的文件。	作成 [名][サ] 製作
★ この新しい書類を添削した。 我修改這份新的文件。	添削 [名][サ] 修改
★ 書類に署名した。 我在文件上簽名。	署名 [名][サ] 簽名
★ 必要書類が全て揃った。 必要的文件都齊全了。	揃う [動] 備齊
★ 書類をぱらぱらと捲った。 我大略地翻了翻文件。	捲る [動] 翻，掀
★ 書類をクリップでとめた。 我用迴紋針固定文件。	書類 [名] 文件
★ クリップで書類をほかの書類にくっつけた。 我用迴紋針將文件跟其他文件夾在一起。	クリップ [名] 迴紋針 くっつける [動] 夾
★ 書類を配った。 我分發文件。 ＝ 書類を配布した。	配る [形動] 分發 配布 [名][サ] 分發
★ 書類を手配した。 我發布文件。	手配 [名][サ] 發布

Unit 06 ｜コンピューター、アプリ、ネット、メール 電腦、應用程式、網路、郵件

★ コンピューターの電源を入れた。 我打開電腦的電源。	電源 [名] 電源
★ パソコンにパスワードを入れた。 我輸入密碼。	入れる [動] 輸入
★ パソコンを立ち上げた。 我啟動電腦。	立ち上げる [動] 開機
★ パソコンを再起動した。 我重新啟動電腦。	再起動 [名][サ] 重新開機
★ コンピューターでデータを調べた。 我用電腦查資料。	調べる [動] 查詢

（累積單字量6448個，慣用語量346個）

★ インターネットを閲覧(えつらん)した。我上網。	閲覧(えつらん) [名][サ] 閱覽
★ インターネットで情報(じょうほう)を検索(けんさく)した。我用網路搜索資訊。	情報(じょうほう) [名] 資訊
★ グーグルで大統領選挙(だいとうりょうせんきょ)を検索(けんさく)した。我用 Google 搜尋總統選舉。	検索(けんさく) [名][サ] 搜尋
★ よくグルメ情報(じょうほう)についてググる。我常常搜尋關於美食的資訊。	ググる [動] 上網搜尋
★ キーボードを叩(たた)いて文字(もじ)を入力(にゅうりょく)した。我敲鍵盤輸入關鍵字。	叩(たた)く [動] 敲打
★ データを入力(にゅうりょく)した。我輸入資料。	入力(にゅうりょく) [名][サ] 輸入
★ 書類(しょるい)をダウンロードした。我下載文件。	ダウンロード [名][サ] 下載
★ ワードで文書(ぶんしょ)を作成(さくせい)した。我用 Word 程式製作文件。	作成(さくせい) [名][サ] 製作
★ 最初(さいしょ)の文章(ぶんしょう)を削除(さくじょ)した。我刪除了最一開始的文章。	削除(さくじょ) [名][サ] 刪除
★ 最後(さいご)にワンセンテンスを付(つ)け加(くわ)えた。我在最後加上了一段句子。	付(つ)け加(くわ)える [動] 加上
★ 書類(しょるい)のバックアップコピーを取(と)った。我將文件複製備份。	コピーを取(と)る [慣] 影印
★ 作成(さくせい)した文書(ぶんしょ)をサーバーにアップロードした。 我將製作的文件上傳到伺服器中。	文書(ぶんしょ) [名] 文件 サーバー [名] 伺服器
★ コンピューターでお気(き)に入(い)りのCDを開(ひら)いた(＝再生(さいせい)した)。 我在電腦上播放我最喜歡的 CD。	気(き)に入(い)る [慣] 喜歡 開(ひら)く [動] 播放
★ コンピューターで CD をコピーした。我在電腦上複製了 CD。	コピー [名][サ] 複製
★ コンピューターで映像(えいぞう)を編集(へんしゅう)した。我用電腦編輯影像。	編集(へんしゅう) [名][サ] 編輯
★ 映像(えいぞう)を DVD に保存(ほぞん)した。我將影片儲存在 DVD 中。	映像(えいぞう) [名] 指動畫
★ コンピューターで画像処理(がぞうしょり)をした。我用電腦處理影像。	画像(がぞう) [名] 指靜態影像
★ 画像(がぞう)をパソコンに取(と)り込(こ)んだ。我將影像掃描在電腦中。	取(と)り込(こ)む [動] 處理
★ 画像(がぞう)を加工処理(かこうしょり)した。我將影像加工處理。	加工処理(かこうしょり) [名][サ] 加工處理

（累積單字量6467個，慣用語量348個）

★ OS(オペレーティングシステム)をアップデートした。我升級了作業系統。	OS(オペレーティングシステム) [名] 作業系統
★ OS(オペレーティングシステム)(＝OS(オーエス))を入(い)れ替(か)えた。我更換了作業系統。	入(い)れ替(か)える [動] 更換
★ コンピューターを初期化(しょきか)した。我將電腦初始化。	初期化(しょきか) [名][サ] 初始化
★ ハードディスクを初期化(しょきか)した。我將硬碟初期化。	ハードディスク [名] 硬碟
★ この初期化(しょきか)には時間(じかん)が掛(か)かった。這初期化很花時間。	時間(じかん)が掛(か)かる [慣] 花時間
★ 初期化(しょきか)したら中身(なかみ)が全部(ぜんぶ)消(き)えた。初期化之後，內容全部消失了。	中身(なかみ) [名] 內容
★ コンピューターで使(つか)いたいアプリを選(えら)んだ。 我在電腦上選擇我想用的應用程式。	コンピューター [名] 電腦 選(えら)ぶ [動] 選擇
★ コンピューター画面(がめん)のアイコンをクリックして選(えら)んだ。 我點選電腦螢幕上的圖標。	画面(がめん) [名] 螢幕 アイコン [名] 圖標
★ アプリを開(ひら)いた。我打開應用程式。	開(ひら)く [動] 打開
★ サイトからアプリをダウンロードした。 我從網站上下載應用程式。	サイト [名] 網站 ダウンロード [名][サ] 下載
★ 新(あたら)しいソフトをインストールした。 我安裝了新的軟體。 ＝ 新(あたら)しいソフトを入(い)れた。	ソフト [名] 軟體 インストール [名][サ] 安裝 新(あたら)しい [形] 新的
★ 新(あたら)しいソフトを立(た)ち上(あ)げた。我啟用新的軟體。	立(た)ち上(あ)げる [動] 啟用
★ ソフトをアップグレードした。我將軟體升級了。	アップグレード [名][サ] 升級
★ 新(あたら)しいアプリでファイルを作成(さくせい)した。 我用新的應用程式製作了檔案。	アプリ [名] 應用程式 作成(さくせい) [名][サ] 製作
★ ソフトをインストールして不具合(ふぐあい)が生(しょう)じた。我安裝軟體失靈了。	不具合(ふぐあい)が生(しょう)じる [慣] 失靈
★ アプリをバージョンアップした。 我將應用程式的版本升級了。	バージョンアップ [名][サ] 升級版本

★ アプリを最新（さいしん）のバージョンにした。 我將應用程式變成最新的版本了。	最新（さいしん） 名 最新 バージョン 名 版本
★ 無料（むりょう）でソフトのバージョンアップをした。 我將軟體的版本免費升級了。	無料（むりょう） 名 免費 の 格助 ～的
★ アイコンをクリックした。 我點擊圖標。	クリック 名 サ 點擊
★ アイコンをダブルクリックした。 我點擊圖標兩次。	ダブルクリック 名 サ 點擊兩次
★ アイコンをドラッグした。 我拖曳圖標。	ドラッグ 名 サ 拖曳
★ アイコンをドラッグしてフォルダーの上（うえ）に重（かさ）ねた。 我拖曳圖標，將它放在資料夾上。	フォルダー 名 資料夾 重（かさ）ねる 動 重疊
★ 顔文字（かおもじ）をコピペした。 我把表情符號複製再貼上。	顔文字（かおもじ） 名 表情符號
★ 画面（がめん）をスクロールした。 我滑動螢幕。	スクロール 名 サ 滑動
★ 画面（がめん）をスクロールして、続（つづ）きを見（み）た。 我滑動螢幕，接著往下看。	続（つづ）き 名 後續
★ マウスをダブルクリックした。 我點擊滑鼠兩次。	マウス 名 滑鼠
★ パソコンとプリンターを USB ケーブルで接続（せつぞく）した。 我用 USB 傳輸線連結了電腦跟印表機。	パソコン 名 電腦 接続（せつぞく） 名 サ 連接
★ コンピューターとプリンターを無線（むせん）ランで接続（せつぞく）した。 我用無線區域網路連結了電腦跟印表機。	プリンター 名 印表機 無線（むせん）ラン 名 無線區域網路
★ パソコンにプリンタードライバーをインストールした。 我在電腦上安裝印表機驅動程式。	ドライバー 名 驅動程式 インストール 名 サ 安裝
★ プリンターにインクカートリッジを入（い）れた。 我將墨水匣放入印表機。	入（い）れる 動 放入
★ プリンターのインクカートリッジを交換（こうかん）した。 我更換印表機的墨水匣。	交換（こうかん） 名 サ 更換

★ パソコン使(つか)いたいんだけど、まだ時間(じかん)かかる？ 我想用電腦，你還要很久嗎？ ① 先(さき)に使(つか)っていいよ。你可以先用。 ② あと五分(ごふん)ぐらいで終(お)わるよ。我再五分鐘就結束了。	使(つか)う [動] 使用 まだ [副] 還 先(さき)に [副] 先 終(お)わる [動] 結束
★ 今(いま)、ブログを書(か)いているから。我現在正在寫部落格。	書(か)く [動] 寫
★ どんなブログ？何(なに)について？ 怎樣的部落格？關於什麼的？ ① オーストラリア旅行(りょこう)のことだよ。是我的澳洲之行。	どんな [連體] 怎樣的 何(なに) [代名] 什麼 オーストラリア [名] 澳洲
★ ブログを始(はじ)めたばかりだ。我剛開始寫部落格。	ブログ [名] 部落格
★ ブログにコメントを書(か)く。我在部落格寫評論。	コメント [名] 評論
★ 毎日(まいにち)ブログを更新(こうしん)する。我每天更新部落格。	更新(こうしん) [名] [サ] 更新
★★ 旅行(りょこう)の写真(しゃしん)をアップしているんだ。我正在上傳旅行的照片。 ＝ 旅行(りょこう)の写真(しゃしん)をアップロードしているんだ。	旅行(りょこう) [名] [サ] 旅行 写真(しゃしん) [名] 照片
★ 画像(がぞう)のダウンロードに時間(じかん)かかっちゃって。 下載圖片很花時間。	画像(がぞう) [名] 指靜態影像
★ 明日(あした)のランチの場所(ばしょ)を調(しら)べてるだけだから。 我只是在查詢明天午餐的場地。	ランチ [名] 午餐 場所(ばしょ) [名] 地方
★ あの場所(ばしょ)に関(かん)する情報(じょうほう)は、インターネットで集(あつ)めたんです。 我從網路上收集到關於那場地的資訊。	情報(じょうほう) [名] 資訊 集(あつ)める [動] 收集
★ 今(いま)、ウィルススキャン中(ちゅう)だよ。 我現在正在掃描病毒。	スキャン中(ちゅう) [名] 掃描中
★ コンピューターがウイルスに感染(かんせん)することを予防(よぼう)する。 預防電腦被病毒感染。	感染(かんせん) [名] [サ] 感染 予防(よぼう) [名] [サ] 預防
★ 知(し)らない人からのメールは開(ひら)かない方(ほう)がいいよ。 最好不要打開陌生人寄來的郵件喔！	知(し)らない人 [名] 陌生人 開(ひら)く [動] 打開

（累積單字量6531個，慣用語量350個）

★★ 彼に土曜日の件、E メール送った？ 你用電子郵件通知他週六的事情了嗎？ ① メールは携帯の方に送っておいたよ。我傳送到他的手機了。 ② ごめん、忘れてた！すぐ送るよ。抱歉，我忘了！現在馬上傳。	土曜日 名 週六 E メール 名 電子郵件 携帯 名 手機 送る 動 傳送
★★ 間に合うといいけど。希望能來得及。 ① 大丈夫だよ。あいつは、しょっちゅうメールチェックしているから。 沒問題的，他都隨時檢查他的信箱。	間に合う 慣 來得及 しょっちゅう 副 隨時，經常 チェック 名 サ 檢查
★ パソコンで手紙を書いた。我用電腦寫了信。	手紙 名 信件
★ 地図も添付しておいたよ。我還附上了地圖喔！	添付 名 サ 附加
★ アドレス帳を開いた。我打開了通訊錄。	アドレス帳 名 通訊錄
★ 送信先を選んでメールを送った。我點選了收件人然後寄出了郵件。	送信先 名 收件人
★ 文書を校正しないで送った。我沒有校對文件就寄出去了。	校正 名 サ 校對
★ 取引先の会社にメールを送った。我將郵件寄到客戶的公司了。	取引先 名 客戶
★ メールで添付ファイルを送った。我用郵件寄了附件。	添付ファイル 名 附件
★ 会社のメールアドレスに送ったけど、返事はまだだ。 我寄到他公司的信箱地址了，但是還沒有回覆。 ＝ 会社のメアドに送ったけど、返事はまだだ。	会社 名 公司 メールアドレス（＝メアド）名 信箱地址 返事 名 サ 回覆
★ メールをチェックした。我檢查了我的信箱。	メール 名 信箱
★ メールの調子が悪くて。信箱的狀況不好。	調子が悪い 慣 狀況不好
★ 送った電子メールが戻ってきちゃって。 我傳的電子郵件被退回了。	電子メール 名 電子郵件 戻る 動 退回
★ 彼の会社では私用メールは禁止だ。他的公司禁止收發私人郵件。	禁止 名 サ 禁止
★ そのメールはすぐに削除されたかもしれない。 那郵件或許立刻被刪除了也說不定。	すぐに 副 馬上 削除 名 サ 刪除

★ 彼の私用メールに送るべきだ。你應該傳送到他的私人郵件。	私用メール 名 私人郵件
★ さっき、チャットしたら OK だってさ。 我剛剛跟他在線上聊天，他說 OK 啊！	さっき 副 剛剛 チャット 名 サ 聊天
★ メールが溜まってパンパンだ。郵件塞爆了。	溜まる 動 堆積
★ 迷惑メールを開けた。我打開了垃圾信。	迷惑メール 名 垃圾信
★ メールが文字化けしている。郵件都是亂碼。	文字化け 名 サ 亂碼
★ メールのウイルスチェックをした。我檢查了郵件有沒有中毒。	メール 名 信箱
★ 添付ファイルを開きたい。我想打開附件。	開く 動 打開
★ 川上電器が送ってきたファイルが開けられない。 川上電器寄來的檔案無法打開。	送る 動 傳送 開ける 動 打開
★ このファイルはワードで作ったんじゃないな。 這個檔案並不是用 Word 程式做的。 ① このファイルは別のアプリで作成されていた。 這檔案是用其他程式做的。 ② 彼はこの書類をバージョンの違うアプリで作っていた。 他這文件是用不同版本的應用程式做的。	作る 動 做 別 名 其他 作成 名 サ 製作 書類 名 文件 バージョン 名 版本 違う 動 不同
★ 容量が大き過ぎて、添付ファイルが開けない。 容量太大了，附件無法打開。	容量 名 容量 添付ファイル 名 附件
★ このソフトは互換性に問題がある。這軟體有相容性的問題。	問題 名 問題
★ このソフトは私のパソコンと互換性がない。 這軟體跟我的電腦不相容。	私 名 我 ない 形 沒有的
★ ワード 2016 とワード 2010 には互換性の問題がある。 Word 2016 跟 Word 2010 有相容性的問題。	互換性 名 相容性 問題がある 慣 有問題
★ 返信メールを送った。我寄了回覆的郵件。	返信メール 名 回覆郵件
★ 間違えて送信ボタンを押した。我錯按了寄件的按鍵。	送信ボタン 名 寄件按鍵

（累積單字量 6577 個，慣用語量 353 個）

★ 送信先を間違えた。 我弄錯收件人了。	送信先 名 收件人
★★ コンピューターの操作は得意ですか。 你很會操作電腦嗎？ ① はい、事務用の主なソフトは、大抵操作できます。 是啊！辦公室的主要軟體我幾乎都會使用。	操作 名 サ 操作 得意 形動 擅長 大抵 副 大部分
★★ コンピューターは苦手だな。 我很不會操作電腦。	苦手 形動 不擅長
★ 私はアナログ人間だ。 我跟不上時代了。 ＝ 私は時代遅れだ。	アナログ人間 名 落伍的人 時代遅れ 形動 過時
★ 新しい技術にはついていけないな。 我必須學習新的技術才行。	技術 名 技術
★ このソフトウェアの使い方を教えてくれない？ 你可以教我怎麼使用這個軟體嗎？ ① いいよ。でもこのソフトウェア、少し複雑だよ。 好啊！不過這個軟體有點複雑。	使い方 名 用法 でも 接 但是 少し 副 稍微 複雑 形動 複雜
★ パスワードは持っている？ 你有密碼嗎？	持つ 動 擁有
★ このソフトを使うのにパスワードが必要だよ。 要有密碼才能使用這個軟體。	パスワード 名 密碼 必要 形動 需要
★ このソフトは便利な機能がたくさんあるよ。 這個軟體有很多方便的功能。	便利 形動 方便 機能 名 功能
★★ 慣れれば問題ないと思うよ。 等你習慣了就不會有問題了。	慣れる 動 習慣
★ あれ、コンピューターがフリーズしちゃった。 糟糕，電腦當機了。 ① 再起動するしかないよ。 你只能重新開機了。	あれ 感 表示驚訝 フリーズ 名 サ 當機 再起動 名 サ 重新開機
★ 再起動すれば、データは全部なくなってしまうよ。 如果我重新開機的話，所有的資料都會流失。 ① まめに保存しておかなければいけないのよ。 你應該要時時儲存。	データ 名 資料 まめに 副 勤勉地 保存 名 サ 保存
★ このコンピューターは本当に遅いな。 這台電腦真的很慢。	遅い 形 很慢的

（累積單字量6602個，慣用語量353個）

★ 処理速度が遅い。處理的速度很慢。	速度 名 速度
★ ウェブサイトに繋がらないな。我無法連結網站。	繋がる 動 連結
★ データが重過ぎるのかな。是資料太多了嗎？	重過ぎる 動 太多
★ コンピューターの空き容量がない。電腦沒有可用空間了。	空き容量 名 可用空間
★ パソコンのメモリを増設した。我加載了電腦的記憶體。	増設 名 サ 加載
★ メモリを一ギガバイト増設した。我將記憶體加載了 1GB。	一ギガバイト 名 1GB
★ パソコンがウイルスに感染した。電腦感染了病毒。	感染 名 サ 感染
★ 画面がフリーズした。螢幕當機了。	画面 名 螢幕
★ パソコンのデータが消えた。 電腦的資料消失了。	消える 動 消失
★ 重要なデータの修復ができない。 重要的資料無法修復。	修復 名 サ 修復
★ メールサーバーがダウンした。 郵件伺服器掛了。	ダウン 名 サ 當機
★★ コンピューターのシステムに不具合が生じた。 電腦系統失靈了。 ＝ コンピューターのシステムに問題が生じた。 ＝ コンピューターのシステムに問題が起きた。	システム 名 系統 不具合が生じる 慣 失靈 問題が生じる（起きる） 慣 產生問題
★ パソコンが壊れた。電腦壞了。	壊れる 動 壞掉
★ パソコンを修理してもらおう。我要將電腦送修。	修理 名 サ 修理
★ 長い時間キーボードを打っていたので、肩が凝った。 長時間敲鍵盤，肩膀都僵硬了。	打つ 動 敲打 凝る 動 僵硬

（累積單字量 6618 個，慣用語量 355 個）

Unit 07 ｜会社案内、企画、会議、プレゼンテーション 介紹公司、企劃、會議、簡報

★★ 明日の九時に伺います。 明天我九點會到。 ① 受付で私を呼んで下さい。 請到櫃檯找我。	伺う 動 前往 受付 名 櫃台
☆☆ どういうご用件でしょうか。 請問有什麼事嗎？ ① 私は稲田と申します。 我是稻田。 ② 徐さんと九時にお会いすることになっているんですが。 我跟徐先生約好九點見。	用件 名 代辦事項 申す 動 叫做 と 格助 跟 会う 動 見面
☆☆ 私がご案内しましょう。 我來帶您到處看看。	案内 名 サ 引導
☆☆ こちらへどうぞ。 請往這邊走。	こちら 名 這邊
★ 本社は一階が製造工場です。 本公司的一樓是製造工廠。	工場 名 工廠
★ 二階がオフィスとなっています。 二樓是辦公室。	～階 名 ～樓
★ 会議室はここです。 會議室在這裡。	会議室 名 會議室
★ トイレはその角です。 洗手間在那個角落。	角 名 角落
★ この階は禁煙です。 這層樓禁菸。	禁煙 名 サ 禁菸
★ エレベーターはこの廊下の突き当たりです。 電扶梯在走廊的盡頭。	廊下 名 走廊 突き当たり 名 盡頭
★ 階下に自動販売機があります。 樓下有自動販賣機。	階下 名 樓下
★ 企画部のデスクは二階にあります。 企劃部的辦公桌在二樓。	企画部 名 企劃部
★ これが私の机です。 這是我的辦公桌。	机 名 桌子
★ 企画を立てた。 我訂了企劃。	企画 名 サ 企劃

★ 企画書を上司に提出した。 我向上司提出了企劃書。 ＝ 企画書を上司に提案した。 ＝ 企画書を上司に差し出した。	企画書 名 企劃書 提案 名 サ 提案 差し出す 動 提出
★ 企画の長所を説明した。 我說明企劃的優點。 ＝ 企画の利点を説明した。 ＝ 企画のメリットを説明した。	長所 名 優點 利点 名 優點 メリット 名 優點
★ 今後の方針について説明した。 我說明了關於今後的方針。	説明 名 サ 說明
★ 上司は企画書の不備を指摘した。 上司指出了企劃書的不備之處。 ＝ 上司は企画書の不備を見つけ出した。 ＝ 上司は企画書の不備を指し示した。	指摘 名 サ 指出 見つけ出す 動 找出 指し示す 動 指示
★ 上司は企画の短所について質問した。 上司對企劃的缺點提出質疑。 ＝ 上司は企画の欠点について質問した。 ＝ 上司は企画のデメリットについて質問した。	短所 名 缺點 欠点 名 缺點 デメリット 名 缺點
★ 上司に報告した。 我向上司做報告。	報告 名 サ 報告
★ 上司に報告書を提出した。 我向上司提出了報告書。	提出 名 サ 提出
★ 上司からの指示を仰いだ。 我請求上司的指示。 ＝ 上司からの指示を求めた。 ＝ 上司からの指示を請求した。	仰ぐ 動 仰賴 求める 動 尋求 請求 名 サ 請求
★ 上司からアドバイスを受けた。 我接受上司的建議。 ＝ 上司から助言を受けた。	アドバイス 名 サ 建議 助言 名 サ 建議
★ 上司に今後の手続きについて尋ねた。 我詢問上司今後的程序。 ＝ 上司に今後のプロセスについて尋ねた。 ＝ 上司に今後の手順について尋ねた。	手続き 名 程序 プロセス 名 程序 手順 名 程序
★ 上司は企画に賛成した。 上司贊成我的企劃。	賛成 名 サ 贊成

（累積單字量 6661 個，慣用語量 355 個）

★ 上司は企画に反対した。上司反對我的企劃。	反対 名 サ 反對
★ 来週は会議を開く。下週要召開會議。	会議を開く 慣 開會
★ 会議のための出席者を決めた。我決定了會議的出席者。	出席者 名 出席者
★ 会議の開催日を決めた。我決定了開會的日期。	開催日 名 開會日期
★ 会議の開催時間を確認した。我確認了開會的時間。	確認 名 サ 確認
★ 私自身も、この議題についてはよく分からないんだ。 我本身對這個議題也不是很了解。	議題 名 議題 分かる 動 了解
★ 会議の準備をした。我為會議做了準備。	準備 名 サ 準備
★ まずグループで根回しをしておいて，それから会議で討議する。先小組醞釀，之後再由會議討論。	根回し 名 サ 醞釀 討議 名 サ 討論
★ 会議報告書を作成した。我製作了會議報告書。	報告書 名 報告書
★ パソコンでパワーポイントを使った。 我在電腦上使用 PowerPoint 程式。	パソコン 名 電腦 使う 動 使用
★ パワーポイントでプレゼンテーションの書類を作成した。 我用 PowerPoint 程式製作簡報的文件。	書類 名 文件 作成 名 サ 製作
★ エクセルで表を作った。我用 Excel 程式製作表格。	表を作る 慣 製作表格
★ エクセルでグラフを作成した。我用 Excel 程式製作圖表。	グラフ 名 圖表
★ 作成した資料を保存した。我將製作的資料儲存下來。	資料 名 資料
★ データを USB メモリに保存した。 我將資料儲存在隨身碟的記憶體中。	データ 名 資料 保存 名 サ 保存
★ 文書をハードディスクに保存した。我將文件儲存在硬碟中。	文書 名 文件
★ 来週は会議で三十分間のプレゼンテーションをする予定です。 我預定在下週的會議中作三十分鐘的簡報。	～分間 名 ～分鐘 予定 名 サ 預定

（累積單字量 6682 個，慣用語量 357 個）

★ 来週のプレゼンテーションがうまくいくように頑張ります。 我努力讓下週的簡報進行順利。	来週 名 下週 頑張る 動 努力
★ 会議にノートパソコンを持参した。 我將筆記型電腦帶去開會。	会議 名 會議
★ 会議に USB メモリーを持参した。 我將隨身碟帶去開會。	持参 名 サ 帶
★ パワーポイントを使って、プレゼンをしたい。 我想用 PowerPoint 程式做簡報。	パワーポイント 名 PowerPoint
★★ 今日は会議がありますよね？ 今天要開會對嗎？	今日 名 今天
★★ 会議はどこで行われますか。 要在哪裡開會呢？ ＝ 会議はどこで開催されますか。 ① 二階の会議室です。二樓的會議室。	行う 動 舉行 開催 名 サ 舉行 会議室 名 會議室
★ 狭い部屋ですね。全員入れますか。 那個房間很小耶！容納得下全部的人嗎？	狭い 形 狹窄的 全員 名 全員
★★ 今日の議題は何ですか。 今天的議題是什麼？	議題 名 議題
★★ 前以って打ち合わせしておきましょう。 我們預先討論一下吧！	前以って 副 預先
★ みんな会議に出席した。 大家都出席了會議。	出席 名 サ 出席
★ 全員揃ったようです。 似乎全員到齊了。	全員 名 全員
★ 会議を始めても宜しいですか。 會議可以開始了嗎？	宜しい 形 可以的
★ 会議を始めます。 開始開會。	始める 動 開始
★ 会議の目的について説明させていただきます。 我先説明會議的目的。	目的 名 目的 説明 名 サ 説明
★ さっそく、本日の議題に入ります。 我們立刻進入今天的議題吧！ ＝ さっそく、本日の議題に取り掛かります。	入る 動 進入 取り掛かる 動 著手處理
★ 会議を進めて下さい。 請進行會議。	進める 動 進行

（累積單字量 6704 個，慣用語量 357 個）

★ 会議の概略を申し上げます。 我來說一下會議的重點。	概略 名 概略
★ 今朝討論した件も含まれていますか。 這包含了我們今天早上所討論的項目嗎？ ① はい、すぐその件に取り掛かります。有，我們馬上著手處理那個項目。	討論 名 サ 討論 含む 動 包含 すぐ 副 馬上
★ 出席者全員に資料を配布した。 我將資料發給全體出席者。	配布 名 サ 分發
★ 資料について説明した。 我對資料提出說明。	資料 名 資料
★ 今日の議題は説明しにくいな。 今天的議題說明相當困難。	今日 名 今天
★ この出席者たちは技術者じゃないから、説明するのが難しいよ。 這些與會者不是技術人員，所以說明起來相當困難。	技術者 名 技術人員 難しい 形 困難的
★ うまく説明しないとな。 我必須好好說明才行。	説明 名 サ 說明
★ プロジェクターとパソコンを接続した。 我將投影機連結在電腦上。	と 格助 跟 接続 名 サ 連接
★ プロジェクターを使ってプレゼンをした。 我用投影機做簡報。	使う 動 使用
★ 私は出席者全員にプレゼンテーションを行った。 我對全體出席者做簡報。	出席者 名 出席者 行う 動 進行
★ それでは、プレゼンテーションを始めたいと思います。 那麼，我要開始做簡報了。	始める 動 開始 思う 動 想
★ プレゼンテーションに、三十分お時間を下さい。 請給我三十分鐘做簡報。	時間 名 時間 下さい 動 給
★ 今日は私の提案をプレゼンテーションさせていただきたいと思います。 今天想為我的提案進行簡報。	私 名 我 提案 名 サ 提案
★ お手元の会議事項をご覧下さい。 請看一下您手中的會議事項。	手元 名 手頭
★ あいつ、本当によく喋るな。 那傢伙講了好久喔！	喋る 動 講話

★ いい加減、喋るのは止めろよ。 該適可而止，別再講了吧！	加減 名 程度
★ 彼はプレゼンテーションを行うのが苦手だと思う。 我認為他不擅長做簡報。 ＝ 彼はプレゼンテーションを行うのが不得意だと思う。	苦手 形動 不擅長 不得意 形動 不擅長
★ プレゼンテーションは簡潔で明確であるべきだ。 簡報應該簡潔明確才對。	簡潔 形動 簡潔 明確 形動 明確
★ この会議は長いな。 這會議開好久喔！	長い 形 冗長的
★ この会議は無駄だよ。 這會議真是浪費時間。	無駄 形動 浪費
★ どうせ何も決まらないんだから。 終究什麼都沒有決定。	決まる 動 決定
★ この会議、早く終わって欲しいよ。 真希望會議早點結束。	終わる 動 結束
★ 彼のプレゼンテーションはとても面白かったと思う。 我認為他的簡報很有趣啊！	とても 副 相當 面白い 形 有趣的
★ 彼のプレゼンテーションの技術は素晴らしかったと思う。 我認為他做簡報的技術很棒。	技術 名 技術 素晴らしい 形 很棒的
★★ この件に関して意見はありますか。 關於這個項目大家有什麼意見嗎？ ① これはうまくいきそうですね。 這看來會順利進行。 ② 決定は後日ということで如何でしょうか。 這個項目留待日後決定如何？	意見 名 意見 決定 名 サ 決定 後日 名 日後 如何 副 如何
★★ 異議はございませんか。 有人反對嗎？	異議 名 異議
★ 本件は、今回は保留と致します。 那這個項目就暫時保留。	保留 名 サ 保留
★ 何もなければ閉会としましょう。 如果沒有問題的話就散會吧！	閉会 名 サ 散會

Unit 08 ｜社員の評価、業績 員工的評估、業績

★★ 彼の評判はどうですか。 一般人對他的評價如何？ ① とても有能な社員です。 他是非常有能力的員工。 ② 彼は責任感が強いです。 他的責任感很強。	評判 名 評價 有能 形動 有能力 責任感 名 責任感
★ なかなかやり手のようです。 他似乎很有才華。 ＝ なかなか腕利きのようです。 ＝ なかなか切れるようです。	やり手 名 能手 腕利き 名 好手 切れる 動 能幹
★ 彼は勤勉です。 他很勤勉。	勤勉 形動 勤勉
★ 彼はよく働きます。 他很努力工作。	働く 動 工作
★ 彼は真面目です。 他很認真。	真面目 形動 認真
★ 彼は包容力があります。 他很有包容力。	包容力 名 包容力
★ 彼は柔軟性があります。 他的身段很柔軟。	柔軟性 名 柔軟性
★ 長所の一つは仕事が早いことです。 他的優點之一是工作效率很高。	長所 名 優點
★ 彼は人当たりがいいです。 他對人很周到。 ＝ 彼は人当たりが柔らかいです。	人当たりがいい 慣 很周到 人当たりが柔らかい 慣 很周到
★ 彼は部下から慕われています。 他受到部下的景仰。 ＝ 彼は部下から尊敬されています。 ＝ 彼は部下からの信望が厚いです。	慕う 動 仰慕 尊敬 名 サ 尊敬 信望が厚い 慣 信譽高
★ 彼は勇気と決断力があります。 他有勇氣跟決斷力。	決斷力 名 決斷力
★ 彼は何事においても慎重です。 他對什麼事都很慎重。	慎重 形動 慎重
★ 彼はなかなか仕事ができます。 他的工作能力很強。	仕事 名 工作

（累積單字量 6764 個，慣用語量 360 個）

★ 彼は今の時代にマッチした人物です。 他是相當符合這個時代的人物。 = 彼は今の時代に相応した人物です。 = 彼は今の時代に適した人物です。	マッチ 名 サ 相稱 人物 名 人物 相応する 動 相應 適する 動 適合
★★ 彼はセンスがあります。 他很有品味。 = 彼はセンスがいいです。	センスがある 慣 有品味 センスがいい 慣 有品味
★ 彼は飲み込みが早いです。 他領悟力強。 = 彼は物分りが早いです。 = 彼は物分りがいいです。	飲み込みが早い 慣 領悟力強 物分りが早い 慣 領悟力強 物分りがいい 慣 領悟力強
★ 彼はよく勉強しています。 他很好學。 = 彼は勉強家です。	勉強 名 サ 學習 勉強家 名 好學的人
★★ 彼はハンサムで頭もいいです。 他長得帥，頭腦又好。	頭がいい 慣 聰明
★★ 彼はコンピューターについては実に詳しいです。 他對電腦很熟悉。	実に 副 相當地 詳しい 形 詳細的
★★ この仕事は彼に任せられます。 這件事情可以託付給他。	任せる 動 託付
★ 例の件については彼に任せておけば大丈夫です。 那件事交給他就沒問題了。	件 名 事項 大丈夫 形動 不要緊
★ 大変な実績の持ち主です。 他的業績好得不得了。 = 信じられない実績の持ち主です。 = とてつもない実績の持ち主です。	大変 形動 厲害 とてつもない 形 難以置信的 持ち主 名 持有者
★ 彼は業績があるので、尊敬されています。 他的業績很好，所以受人尊敬。	業績 名 業績 尊敬 名 サ 尊敬
★ とても魅力的な人物だと聞いています。 聽說他很有魅力。 = すごくチャーミングな人物だと聞いています。	魅力的 形動 有魅力的 チャーミング 形動 有魅力的
★ 人柄は申し分ないそうです。 聽說他的人品沒得挑剔。	人柄 名 人品

（累積單字量6783個，慣用語量366個）

★ あまりよい評判を聞きません。 他的風評不太好。	評判 名 評價
★★ 何が問題だと思われますか。 問題出在哪裡？ ① 部下には厳しいようです。 他似乎對部屬很嚴厲。 ② 彼は上司の顔色ばかり窺っています。 他只看上司的臉色。	厳しい 形 嚴厲的 顔色 名 臉色 窺う 動 窺視
★ 彼は怠け者です。 他很懶惰。 ＝ 彼は横着者です。	怠け者 名 懶惰的人 横着者 名 懶惰的人
★ 彼は全く働きません。 他完全不工作。	全く 副 完全
★ 彼は軽率な人物です。 他是一個輕率的人。	軽率 形動 輕率
★ 彼はゴマすり野郎です。 他是個馬屁精。	ゴマすり野郎 名 馬屁精
★ 彼はほら吹きです。 他是個吹牛皮的人。 ＝ 彼は大ぼら吹きです。 ＝ 彼は大袈裟な話をする人です。	ほら吹き 名 吹牛 大ぼら吹き 名 吹牛 大袈裟 形動 誇大
★ 彼は嘘つきです。 他是個騙子。 ＝ 彼は嘘をつく人です。	嘘つき 名 騙子 嘘をつく 慣 說謊
★ 彼は頭が悪いです。 他很笨。	頭が悪い 慣 頭腦差
★ 彼はいつもボーっとしています。 他總是放空。 ＝ 彼はいつもぼんやりしています。 ＝ 彼はいつも放心状態になっています。	ボーっと 副 サ 癡呆 ぼんやり 副 サ 發呆 放心 名 サ 放空 状態 名 狀態
★ 彼は無能です。 他很沒用。	無能 形動 無能
★ 彼には何も任せられません。 無法交付他任何事情。	何 代名 什麼
★ 彼は責任を負いたがらないのです。 他不太想承擔責任。	責任を負う 慣 承擔責任

★★ 彼は責任感が全くないんです。 他完全沒有責任感。

= 彼は実に無責任な男です。
= 彼は非常に無責任な男です。

実に 副 實在
無責任 形動 沒責任感
非常に 副 非常地

★★ 彼は全く頼りになりません。 他完全不能信賴。

= 彼は全然信頼できません。
= 彼は全然信頼できない人です。

頼りになる 慣 能信賴
全然 副 完全
信頼 名 サ 信賴

★ あんな男、早くこの会社を辞めてもらいたいです。
我希望那種男人趕快辭職離開公司。

早く 副 早點
会社を辞める 慣 辭職

★ 部下の業績を測定する際にはプロセス評価が重要です。
判斷部下的業績時，過程的評估是很重要的。

部下 名 部下
測定 名 サ 評估

★ 我が社は業績を上げるため、能力主義人事制度を取り入れています。
我們公司為了提升業績，導入了能力主義人事制度。

= 我が社は業績を上げるため、能力主義人事制度を導入します。

上げる 動 提升
取り入れる 動 導入
導入 名 サ 導入

★ 我が社は業績が順調ですか。 我們公司的業績還好嗎？

① 今季は業績が悪いかもしれないが、来季は多分大丈夫でしょう。
這一季的業績或許不太好，但是下一季大概沒問題吧！

順調 形動 順利
来季 名 下一季
多分 副 大概

★ 震災のため、今年度の業績は期待外れです。
因為地震的災害，今年度的業績不如預期。

震災 名 地震災害
期待外れ 名 不如預期

★ 不況のため、我が社の業績が悪くなりました。
因為不景氣，我們公司的業績變差了。

= 不況のため、我が社の業績が不振になりました。
= 不況のため、我が社の業績が悪化しました。

不況 名 不景氣
悪くなる 慣 變差
不振になる 慣 蕭條
悪化 名 サ 惡化

★ 我が社の業績は低迷が続いています。
我們公司的業績持續低迷。

= 我が社の業績は停滞が続いています。

低迷 名 サ 低迷
停滞 名 サ 停滯

（累積單字量6822個，慣用語量373個）

★ 近頃、我が社の業績は進歩と後退の間を揺れ動いています。
近來，我們公司的業績在進步與退步間搖擺著。

＝ 近頃、我が社の業績は進歩と後退の間を行ったり来たりしています。
＝ 近頃、我が社の業績は進歩と後退の間で変動しています。

揺れ動く 動 搖擺
進歩 名 サ 進步
後退 名 サ 退步
変動 名 サ 變動

★ 今年の業績は昨年に比べて、大きな成果がありました。
今年的業績跟去年相較，有很大的成果。

今年 名 今年
昨年 名 去年

★ 同業他社に比べて、業績がずっと良かったです。
跟其他同業公司相較起來，業績好太多了。

同業 名 同業
比べる 動 比較

★ 彼は我が社の業績の拡大に大きな貢献をしました。
他對我們公司業績的擴展有很大的貢獻。

＝ 彼は我が社の業績の拡大に多大な貢献をしました。
＝ 彼は我が社の業績の拡大に甚大な貢献をしました。

大きな 形動 大的
多大な 形動 很大的
甚大な 形動 極大的
貢献 名 サ 貢獻

★ 彼の業績は劇的に伸びました。 他的業績有戲劇性的增長。

＝ 彼は業績を劇的に伸ばしました。
＝ 彼の業績は劇的に大きくアップしました。

伸びる 動 伸展
伸ばす 動 伸展
劇的に 副 戲劇性地

★ 彼は顧客開発で目立った業績を上げました。
他在客戶開發上有醒目的業績。

＝ 彼は顧客開発で著しい業績を残しました。
＝ 彼は顧客開発で注目に値する業績を示しました。

目立つ 動 醒目
著しい 形 醒目的
注目に値する 慣 值得注目
業績 名 業績

★ 彼の業績には頭が下がります。 我對他的業績感到欽佩。

＝ 彼の業績には感心します。
＝ 彼の業績には感服します。

頭が下がる 慣 欽佩
感心 名 サ 佩服
感服 名 サ 佩服

★ 彼は自分の業績を自慢しません。 他對自己的業績不感到驕傲。

＝ 彼は自分の業績に謙虚です。
＝ 彼は自分の業績を誇りに思っています。

自慢 名 サ 自傲
謙虚 形動 謙虛
誇りに思う 慣 驕傲

★ 彼の業績は管理職への昇進基準を満たしました。
他的業績達到了晉升管理階層的基準。

＝ 彼の業績は管理職への昇進基準に達しました。

管理職 名 管理職務
満たす 動 達到
達する 動 達到

（累積單字量6847個，慣用語量376個）

Unit 09 | スケジュール、アポを取る、製品の紹介、売り込み 行程、預約、介紹產品、推銷

★ 顧客とお会いする約束をしたい。 我想約見顧客。	約束 名 サ 約會
★ 顧客に新商品を売り込みたい。 我想向顧客推銷新商品。	売り込む 動 推銷
★ 顧客に新商品の説明をしたい。 我想向顧客做新商品的說明。	説明 名 サ 說明
★ 顧客からの要望を聞きたい。 我想聽聽顧客的要求。	要望 名 サ 要求
★ 担当者と商談をしたい。 我想跟負責人商談。 ＝ 担当者と協議をしたい。 ＝ 担当者と話し合いたい。	商談 名 サ 商談 協議 名 サ 協議 話し合う 動 商量
★ 担当者に電話をした。 我給負責人打了電話。	担当者 名 負責人
☆ 何かご用でしょうか。 請問有什麼事嗎？ ① お時間があれば、明日お会いしたいのですが。 如果您明天有空，我想跟您碰面。 ② お話したいことがあるんですが。 我想跟您討論一些事情。	時間 名 時間 明日 名 副 明天 話す 動 說 ある 動 有
★★ 明日の朝八時は如何でしょうか。 明天早上八點可以嗎？ ① 明日は時間が取れません。 我明天沒有時間。	朝 名 早上 如何 副 如何
★ ぜひお会いしましょう。 我們務必要碰面。	会う 動 碰面
★★ 至急徐さんにお会いしたいのですが。 我想盡快跟徐先生碰面。	至急 副 緊急
☆ いつが一番宜しいでしょうか。 請問您什麼時候最方便呢？ ① スケジュールを確認させて下さい。 我確認一下我的行程。	一番 副 最 確認 名 サ 確認

（累積單字量6865個，慣用語量376個）

★★ 今週はお忙しいですか。 您這週很忙嗎？ ① 今週は時間が取れません。 我這週沒有時間。 ＝ 今週は時間がありません。 ＝ 今週は時間が空きません。	忙しい 形 忙碌的 時間が取れない 慣 沒時間 時間がない 慣 沒時間 時間が空かない 慣 沒時間
★★ では、いつが宜しいですか。 那您什麼時候方便？ ① 来週の方が都合いいですね。 下週會比較好。	来週 名 下週 都合がいい 慣 方便
★★ 分かりました。来週またご連絡します。 我知道了，我下週再跟您聯絡。	分かる 動 知道 連絡 名 サ 聯絡
★★ 木曜日にアポを取れないでしょうか。 我可以跟您約星期四嗎？ ① 午前中は予定が詰まっています。 那天早上我的行程已經排滿了。 ② 三十分でしたら、時間が作れます。 如果是半個小時的話，我可以挪出時間來。	木曜日 名 週四 アポを取る 慣 訂約會 詰まる 動 塞滿 時間を作る 慣 挪時間
★ 九時から九時半まで空いています。 我九點到九點半有空。	空く 動 空閒
★ 九時にオフィスでお会いしましょう。 九點在我辦公室見吧！	～時 名 ～點鐘
★★ ご都合は如何でしょうか。 您方便嗎？ ① 大丈夫です。 沒問題的。 ② 結構です。 可以的。	都合 名 情況 如何 副 如何 結構 形動 可以
★★ いつでも大丈夫です。 我隨時都可以。	大丈夫 形動 不要緊
★★ そちらのご都合に合わせます。 我配合您的時間。	合わせる 動 配合
★ それでは、木曜日の朝九時に御社にお伺いします。 那麼我星期四上午九點會到貴公司。	木曜日 名 週四 御社 名 貴公司
★ 顧客から電話があった。 顧客來電了。	顧客 名 顧客
★★ どうかなさいましたか。 怎麼了嗎？ ① アポをキャンセルさせて下さい。 我想取消跟您的預約。 ② 予定を延期させていただけませんか。 預約可以延期嗎？	アポ 名 預約 キャンセル 名 サ 取消 延期 名 サ 延期

（累積單字量6884個，慣用語量382個）

☆☆ どうしてですか。為什麼？ ① どうしても伺えなくなりました。我沒辦法跟您碰面了。 ② 日時を間違えていました。我搞錯日期跟時間了。	伺う 動 前往 日時 名 日期跟時間 間違える 動 弄錯
★ 約束を忘れておりました。我忘記約會了。	忘れる 動 忘記
★ 約束の時間を間違えました。我弄錯了約會的時間。	時間 名 時間
★ 約束の場所を間違えました。我弄錯了約會的地方。	場所 名 地方
★ 約束の時間に遅れました。我約會遲到了。	遅れる 動 遲到
★ 金曜日に変更していただけますか。可以改成星期五嗎？ ① 分かりました。好的。	金曜日 名 週五 変更 名 サ 變更
★ 金曜日の何時にしましょうか。改成星期五幾點呢？ ① 午前なら空いています。上午的話我就有空。	何時 代名 幾點 午前 名 上午
★ 顧客と会う約束をしました。我跟顧客約好要碰面。	会う 動 碰面
★ 顧客と会議室で会います。我跟顧客約在會議室碰面。	会議室 名 會議室
★ 部下の陳君を同伴します。我帶部下小陳一起去。 ＝ 部下の陳君が同行します。 ＝ 部下の陳君を連れて行きます。	同伴 名 サ 同伴 同行 名 サ 同行 連れる 動 帶
★ 鷹律商事に出掛けます。我要到鷹律商業公司去。	出掛ける 動 出去
★ 鷹律商事の担当者と顔合わせします。 我要跟鷹律商業公司的負責人碰面。 ＝ 鷹律商事の担当者と対面します。 ＝ 鷹律商事の担当者と面会します。	担当者 名 負責人 顔合わせ 名 サ 碰面 対面 名 サ 見面 面会 名 サ 會面
★ お早うございます。三菱会社の岩垂と申します。 早安！我是三菱公司的岩垂。	の 格助 ～的 申す 動 叫做

（累積單字量6907個，慣用語量382個）

★ 営業部の徐さんにお会いしたいのですが。 我想見營業部的徐先生。	営業部 名 營業部 に 格助 表示對象
★★ お約束はされていますか。 您有先約嗎？ ① あります。徐さんと八時にお約束しています。 有的，我跟徐先生約八點見面。	約束 名 サ 約會 と 格助 跟 ～時 名 ～點鐘
★ 岩垂さんがいらっしゃったことを伝えます。 我來轉告他岩垂先生來了。	いらっしゃる 動 來 伝える 動 傳達
★★ すぐに参ります。 他馬上就來。	参る 動 來
★★ 少しお待ちいただけますか。 您可以等一會兒嗎？ ① 分かりました。好的。	少し 副 稍微 待つ 動 等候
★ 担当者と互いに自己紹介しました。 我跟負責人互相自我介紹。	互いに 副 互相地
★ 自分が名刺を持っているか確認しました。 我確認了自己是否有帶名片。	名刺 名 名片
★ しまった。名刺を忘れました。 完蛋了，我忘了帶名片了。	忘れる 動 忘記
★ 名刺が切れそうです。 我的名片快用完了。	切れる 動 用完
★ 名刺が三枚しかありません。 名片只剩下三張了。	～枚 名 ～張
★ 名刺を作らないといけませんな。 我必須做名片了。	作る 動 製作
★ 古い名刺を持って来てしまいました。 我帶成舊名片了。	古い 形 舊的
★ この名刺に書かれている役職は古いんです。 這張名片上的職稱是舊的。	役職 名 職稱
★ 担当者と名刺を交換しました。 我跟負責人交換名片。	交換 名 サ 交換
★ 自分の名刺を差し出しました。 我遞出自己的名片。	差し出す 動 遞出
★ 相手からの名刺を受け取りました。 我收下對方的名片。	受け取る 動 收下

（累積單字量6928個，慣用語量382個）

★★ それでは、仕事の話に入りましょうか。那麼我們進入正題吧！	話 名 話題
★ 恐らく、当社の商品はお聞きになったことがあると思いますが。想必您已經聽說過我們公司的商品。	恐らく 副 大概 聞く 動 聽
★ 今日は当社の新商品をご紹介したいと思います。 今天想向您介紹我們的新商品。	当社 名 本公司 紹介 名 サ 介紹
★ これが当社の最新の商品です。這是我們公司最新的商品。	最新 名 最新
★ 今年、発売されたばかりです。今年才開始販售。	発売 名 サ 開始販售
★ 販売に最も力を入れている商品です。是我們力推的商品。	力を入れる 動 使勁
★ 今、最も売れている商品です。是目前賣得最好的商品。	売れる 動 賣得好
★ こちらが新商品のカタログです。這就是我們新產品的型錄。	カタログ 名 型錄
★ どんな商品ですか。這是怎麼樣的商品？	商品 名 商品
★ 旧型との違いは何ですか。跟舊型的有何不同？ ① 効率が格段に良くなりました。效率變得非常好。 ② 旧型より小型化されています。比舊型的來得小。	旧型 名 舊型 効率 名 效率 格段に 副 非常地
★ この新商品の特徴について、もう少し詳しく説明して下さい。 請再詳細說明這項新商品的特色。	特徴 名 特徵 説明 名 サ 說明
★ この新商品は最先端の技術を取り入れています。 這項新商品採用最先進的技術。	最先端 名 最先進 技術 名 技術
★ 処理能力が 30 % ぐらいアップしています。 大約可以提升 30%的處理能力。	処理能力 名 處理能力 アップ 名 サ 提升
★ この新商品を使えば、御社の生産効率が向上できます。 使用這項新商品，可以提升貴公司的生產效率。	生産効率 名 生產效率 向上 名 サ 提升
★ コスト削減に役立ちます。對降低成本很有幫助。 ＝ コストを削減するのに役立ちます。	削減 名 サ 降低 役立つ 動 有幫助

（累積單字量 6952 個，慣用語量 382 個）

★ この新商品は御社のニーズを満たすものを確信しています。 相信這新商品能夠滿足貴公司的需求。 ＝ この新商品は御社のニーズにご満足いただけると確信しています。 ＝ この新商品は御社のニーズにぴったりだと確信しています。	この 連體 這～ 満たす 動 滿足 確信 名 サ 確信 満足 名 サ 滿足 ぴったり 副 正合適
★ これを証明できるデータはありますか。 您有任何資料可以證明嗎？ ① はい、このチャートを見て下さい。有的，請看這張圖表。	証明 名 サ 證明 チャート 名 圖表 見る 動 看
★ アフターサービスも充実しています。 售後服務也很完善。	充実 名 サ 充實
★ アフターサービスはどうなっていますか。 您們提供怎樣的售後服務？ ① 保証は納品後三年間とします。保固期間是出貨後三年。	どう 副 如何 保証 名 サ 保證 納品 名 サ 出貨

Unit 10 | 交渉、契約、クレーム、問い合わせ 交涉、契約、申訴、諮詢

★ 顧客と新商品の値段交渉に入りたい。 我想跟顧客進行新商品價格的交涉。	顧客 名 顧客 交渉 名 サ 交涉
★ 顧客と契約の交渉をしたい。 我想跟顧客進行契約的交涉。	契約 名 サ 契約
★★ そちらの条件はどうなっていますか。 您們提供怎樣的條件？	条件 名 條件
★ 単価はいくらですか。 單價是多少？	単価 名 單價
★ 一台当たり八十万円で如何でしょうか。 一台八十萬日幣如何？ ① この価格ではお受けできません。這樣的價格我們無法接受。 ② この条件は受け入れられません。這樣的條件我們無法接受。	如何 副 如何 価格 名 價格 受け入れる 動 接受

（累積單字量6972個，慣用語量382個）

★★ 予算を少しオーバーしています。 有點超出預算了。

① 分かりました。本社に問い合わせてみます。
知道了，我再詢問一下公司。

予算 名 サ 預算
オーバー 名 サ 超過
問い合わせる 動 詢問

★★ 値引をお願いします。 請給我們折扣。

① 五台以上のご注文であれば、10 % 値引きします。
如果您訂購五台以上的話，可以打九折。

値引 名 サ 打折
以上 名 以上
注文 名 サ 訂購

★ これが弊社の提供できる精一杯の価格です。
這是我們公司所能提供的最好價格了。

提供 名 サ 提供
精一杯 副 竭盡全力

★★ お支払い方法は如何致しましょう？ 付費方式如何？

方法 名 方法

★★ 配送料はどちらの負担になりますか。 運費由哪邊負擔？

① メーカーが負担するべきです。 應該由製造商負擔。

配送料 名 運費
負担 名 サ 負擔

★★ 見積もりを出させて下さい。 我可以幫您做一份報價單。

① はい、見積書を作って下さい。 好的，請做一份報價單。

見積もり 名 報價單
作る 動 製作

★★ 納品は何時になりますか。 什麼時候出貨？

① 二週間以内に納品できます。 兩週內可以出貨。

納品 名 サ 出貨
以内 名 以內

★ 納品日を少し早めていただきたいのですが。
出貨日期可以提早嗎？

① 十台でしたら、すぐにご用意できます。
如果您訂購十台的話，我們可以馬上提供。

納品日 名 出貨日
早める 動 加速
すぐに 副 馬上
用意 名 サ 準備

★ 十五台あると、なお良いのですが。
如果可以的話，我想訂購個十五台。

① お時間いただければ確認します。 給我一點時間確認一下。
② 在庫を確認させて下さい。 我確認一下庫存。

~台 名 ～台
確認 名 サ 確認
在庫 名 庫存

★ 期日指定はございますか。 您有截止期限嗎？

① 今月中にご決断いただけると助かります。
如果您能在這個月之內決定的話，就是幫了我大忙了。

期日指定 名 截止日期
決断 名 サ 決定
助かる 動 得到幫助

（累積單字量6997個，慣用語量382個）

★★★ 少し考えさせていただけますか。 可以讓我考慮一下嗎？ ① ぜひご検討下さい。 請務必納入考量。 ② プレゼンの機会をいただけませんか。 可以給我展示商品的機會嗎？	考える 動 考慮 検討 名 サ 檢討 機会 名 機會
★★ 来週までにご連絡します。 我下週之內跟您聯絡。 ① それまでに質問がありましたら、お知らせ下さい。 在那之前如果有任何問題，請通知我。	連絡 名 サ 聯絡 質問 名 サ 問題 知らせる 動 通知
★★★ どんな状況ですか。 進展得如何？ ① 順調です。 很順利。 ② もうすぐ終わりそうです。 好像快要達成了。	状況 名 狀況 順調 形動 順利 終わる 動 結束
★★ まだ暫く掛かりそうです。 好像還需要一段時間。	暫く 副 一會兒
★★★ まだ何とも言えません。 我還不確定。 ＝ まだ確かに言えません。 ＝ まだはっきりと言えません。	まだ 副 還 確かに 副 確定地 はっきり 副 サ 確切地 言える 動 能斷言
★ 今日の結果しだいです。 要看今天的情況而定。	結果 名 結果
★ もう契約書にサインできると思います。 我想我們可以簽約了。	契約書 名 契約書
★ 契約の詳細について話し合いましょう。 我們來討論合約細節。	詳細 名 細節
★ 契約の内容については、どうお考えですか。 關於合約的內容，您有什麼看法？ ① 契約内容を確認させて下さい。 我確認一下合約的內容。	契約 名 サ 契約 ～ついて 連 關於～ 内容 名 內容
★★★ 何か問題がありますか。 有沒有什麼問題呢？ ① 合意したことを確認させて下さい。 我確認一下我們協議的地方。	問題 名 問題 合意 名 サ 協議
★ この契約の有効期間はどれぐらいでしょうか。 這份合約的有效期限是多久？ ① この契約五年間有効です。 這份合約的有效期限是五年。	有効期間 名 有效期限 どれぐらい 慣 多久 有効 形動 有效

（累積單字量7021個，慣用語量383個）

★ 契約の発効日は何時ですか。這份合約幾時開始生效？ ① サインすれば、すぐ発効になります。簽約後即開始生效。	発効日 名 生效日 発効 名 サ 生效
★ 合意した内容にはご満足ですか。您滿意我們協議的內容嗎？ ① ご提示の条件は了解しました。您所提出的條件我都了解了。 ② 機密保持に関する規定を付け加えたいのです。我想要加上保密條款。	条件 名 條件 了解 名 サ 了解 付け加える 動 附加
★ 御社と契約ができて、とても嬉しいです。 很高興可以跟貴公司簽約。	契約 名 サ 契約 嬉しい 副 高興的
★ 今後、御社との関係がうまく発展していくことを願っています。 希望我們未來的關係發展順利。	今後 副 今後 発展 名 サ 發展
★ 鷹律商事との商談をまとめた。我跟鷹律商業公司的商談完成。	商談 名 サ 商談
★ 担当者と互いに談笑した。我跟負責人相互談笑。	談笑 名 サ 談笑
★ 鷹律商事から新商品の注文を受けた。 我接到鷹律商業公司新商品的訂單。 ＝ 鷹律商事から新商品のオーダーを受けた。 ＝ 鷹律商事から新商品の注文が入った。	注文を受ける 慣 接到訂單 オーダーを受ける 慣 接到訂單 注文が入る 慣 接到訂單
★ 鷹律商事と契約を結んだ。我跟鷹律商業公司訂了契約。 ＝ 鷹律商事と契約を締結した。	結ぶ 動 締結 締結 名 サ 締結
★ 鷹律商事の契約を破棄した。我解除了跟鷹律商業公司的契約。 ＝ 鷹律商事との契約を解除した。 ＝ 鷹律商事との契約を取り消した。	破棄 名 サ 撤銷 解除 名 サ 解除 取り消す 動 取消
★ 鷹律商事との契約が流れた。跟鷹律商業公司的契約解除了。 ＝ 鷹律商事との契約が解除された。 ＝ 鷹律商事との契約が取り消された。	流れる 動 流逝，作罷 解除される 動 被解除 取り消される 動 被取消
★ 顧客からクレームを受けた。我收到顧客的申訴。	クレームを受ける 慣 收到申訴

（累積單字量 7040 個，慣用語量 387 個）

★ 顧客からの要求に対応した。我處理顧客的申訴。 ＝ 顧客からの要求に対処した。 ＝ 顧客からの要求を処理した。	対応 名 サ 處理 対処 名 サ 處理 処理 名 サ 處理
★ 商品について鷹律商事にクレームをつけた。 我向鷹律商業公司申訴商品的問題。	クレームをつける 慣 提出申訴
★ 社員の対応について鷹律商事にクレームをつけた。 我向鷹律商業公司申訴其員工的應對。	社員 名 員工 商事 名 商社
★★ クレームがあるのですが。我想要申訴。	クレームがある 慣 申訴
★★ クレームを扱っているのはどなたですか。誰負責受理申訴？	扱う 動 處理
★ 責任者と話をしたいのですが。我想跟負責人說話。	責任者 名 負責人
★★ 何か不都合な点がございましたか。請問有什麼狀況嗎？ ① 見積もりと違っています。商品跟估價單所寫的不同。 ② 注文したものと違っていました。商品跟我們所訂購的不同。	不都合 形動 有狀況 見積もり 名 估價單 注文 名 サ 訂購
★ 商品が破損していました。商品損壞了。	破損 名 サ 損壞
★ 商品の保証期間はどれぐらいですか。商品的保證期間是多久？	保証期間 名 保證期間
★ 不良品が納品されました。送來的商品是瑕疵品。	不良品 名 瑕疵品
★ 返品は可能ですか。可以退貨嗎？	返品 名 サ 退貨
★ 新品に交換したいのですが。我想換新貨。	新品 名 新貨
★ 先月注文した商品がまだ届きません。 上個月訂購的商品到現在都還沒收到。	商品 名 商品 届く 動 送達
★ 何かの間違いではないかと思います。 想必是出了什麼差錯。	間違い 名 差錯
★ 納品書を確認します。我確認一下出貨單。	納品書 名 出貨單

★★ お調べして、折り返しご連絡致します。
我調查過之後，立刻跟您聯絡。

① ありがとう。謝謝！
② 急いで下さい。請盡快！

調べる [動] 調查
折り返し [副] 折返
連絡 [名][サ] 聯絡
急ぐ [動] 趕快

★★ すぐそちらに伺います。 我馬上到貴公司去。

伺う [動] 前往

★★ 何でこんなことが起きたのかを説明して下さい。
請說明為什麼會發生這種事。

① メーカーが新商品の在庫が切れていると返事しました。
製造商回覆說新商品已經沒有庫存了。

起きる [動] 發生
説明 [名][サ] 說明
切れる [動] 斷貨
返事 [名][サ] 回覆

★★ 至急対応して下さい。 請你們立刻處理。

① 畏まりました。すぐにそう致します。是，我們會立刻處理。

対応 [名][サ] 處理
致す [動] 做

★★ 何時入荷しますか。 貨什麼時候會到？

① 今日中には入荷する予定です。 預計今天就會到貨。

入荷 [名][サ] 進貨
予定 [名][サ] 預定

★★ できるだけ早く必要なのですが。 我們希望盡快拿到貨。

① 素早く対応致します。 我們會盡快處理。

早く [副] 快點
素早く [副] 快點

★★ 送料はどちらの負担ですか。 請問運費由誰負擔？

① もちろん弊社が負担致します。 當然應該由我們公司負擔。

送料 [名] 運費
負担 [名][サ] 負擔

★ 最初の入荷でこのようなまずいことが起こりましたので，當然今後の入荷に不安を感じます。
首次進貨就發生如此不愉快的事，當然會令人擔憂今後的進貨。

最初 [名] 最初
不安 [形動] 不安
感じる [動] 感覺

★ 手違いをお詫び申し上げます。 我為這次的失誤道歉。

手違い [名] 失誤

★ この度は、全く當社の手落ちによるものです。
此次完全是敝公司失誤所致。

全く [副] 完全
手落ち [名] 失誤

★ 全て私どもの責任です。 完全是我們的責任。

責任 [名] 責任

★ その問題は、私どもで処理致します。 我們會負責處理這個問題。

私ども [名] 我們

★ 損害を賠償して下さい。 請賠償我們的損失。 ① はい、違約金を支払わなければなりません。 是的，我們必須支付違約金。 ② できるだけのことをさせていただきます。 我們會盡力補償。	損害 名 損失 賠償 名 サ 賠償 違約金 名 違約金 支払う 動 支付
★ 今後このようなことはないようにして下さい。 以後請不要再發生這種事了。 ① 御社にご迷惑をお掛けして、申し訳ありませんでした。 造成貴公司的不便真是抱歉。	今後 副 今後 御社 名 貴公司 迷惑 名 困擾 申し訳 名 抱歉
★ 今回のことで、雙方の友好関係に影響が出ないようにと望んでおります。 希望不要因此次事件而影響雙方的友好關係。	影響 名 サ 影響 望む 動 希望
★ これからもお取り引きをさせて頂ければ有り難く存じます。 今後也希望能跟貴公司有生意上的往來。	これから 慣 今後 取り引き 名 往來
★ なお、今後とも以前と変わらずお引き立てのほど、お願い申し上げます。 尚請今後一如既往倍加惠顧。	以前 名 以往 引き立て 名 提拔，照顧

Unit 11 | 勤務、退社、残業、出張 上班、下班、加班、出差

★ 鷹律商事で毎日八時間勤務しています。 我在鷹律商業公司每天上班八小時。	で 格助 在～ 毎日 副 每天
★ 午前九時から午後五時まで勤務します。 我上午九點到下午五點上班。	～時 名 ～點鐘 勤務 名 サ 上班
★ 毎朝九時から働き始めます。 我每天早上九點開始上班。	働き始める 動 開始上班
★ 八時半にオフィスビルに到着した。 我八點半到辦公大樓。	到着 名 サ 到達
★ エントランスカードを使ってゲートを入った。 我用門禁卡進入大門。	ゲート 名 大門 入る 動 進入

★ 会社に到着した。我到公司。	会社 名 公司
★ 守衛に挨拶した。我跟守衛打了招呼。	守衛 名 守衛
★ エレベーターに乗った。我搭電梯。	乗る 動 搭乘
★ エレベーターで三階に行った。我搭電梯到三樓。	行く 動 去
★ タイムカードをタイムレコーダーに通した。我打了卡。 ＝ タイムカードを押した。	通す 動 通過，過卡 押す 動 按壓
★ 同僚に挨拶した。我跟同事打了招呼。	同僚 名 同事
★ 笑顔で同僚に挨拶を返した。我用笑臉回應同事跟我打招呼。	笑顔 名 笑臉
★ 自分の職場に到着した。我到自己的工作場所。	職場 名 職場
★ 自分の席に着いた。我到自己的座位。	席 名 座位
★ 朝礼をした。我們開朝會。	朝礼 名 朝會
★ 部下に関連事項を伝えた。我告知部下相關事項。	伝える 動 傳達
★ 部下に指示を出した。我對部下提出指示。	指示 名 サ 指示
★ 部下から報告を受けた。我接受部下的報告。	報告 名 サ 報告
★ 机の上の書類に目を通した。我將桌上的文件過目一遍。	目を通す 動 過目
★ 机の引き出しを開けた。我打開抽屜。	引き出し 名 抽屜
★ 引き出しから書類と筆記用具を取り出した。 我從抽屜取出文件跟筆記用具。	書類 名 文件 取り出す 動 取出
★ 今日のスケジュールをチェックした。我檢查今天的行程。	スケジュール 名 行程
★ 会議のための書類を作成した。我為會議製作文件。	作成 名 サ 製作

（累積單字量 7125 個，慣用語量 390 個）

★ 書類に必要事項を書き込んだ。我在文件上寫上必要事項。	書き込む 動 寫上
★ 書き込んだ内容を確認した。我確認所寫上的內容。	確認 名 サ 確認
★ 誤字や脱字をチェックした。我檢查有沒有錯字跟漏字。	脱字 名 漏字
★ 書類に印鑑を押した。我在文件上蓋章。	印鑑を押す 慣 蓋章
★ 書類を上司に提出した。我向上司提出文件。	提出 名 サ 提出
★ 書類に上司の印鑑をもらった。上司在文件上蓋章。	上司 名 上司
★ 契約書にサインした。我在契約書上簽名。	契約書 名 契約書
★ 午後五時になると、仕事を終えます。我在下午五點結束工作。	終える 動 結束
★ 五時になると、すぐに退社します。一到五點我馬上離開公司。	退社 名 サ 離開公司
★ 退社はいつも八時を過ぎる。我通常下班都超過八點了。	過ぎる 動 超過
★ いつも仕事が忙しくて、毎日、退社は十時前後だ。 我一直都很忙，下班時間在十點左右。	忙しい 形 忙碌的 前後 名 前後
★ 省エネのため、従業員全員が六時までには退社する。 為了節省能源，所有員工都六點下班。	省エネ 名 節省能源 従業員 名 從業員
★ たまには早く退社したい。我偶爾想早點下班。	早く 副 快點
★ 早く退社して家族のもとへ帰りたい。 我想早點下班回到家人身邊。	帰る 動 回家
★ 伊呂波会社で夜間勤務します。我在伊呂波公司上晚班。	夜間勤務 名 サ 上晚班
★ 私は仕事の鬼です。我是個工作狂。 ＝ 私は仕事の虫です。 ＝ 私はワーカホリックです。	仕事の鬼 名 工作狂 仕事の虫 名 工作狂 ワーカホリック 名 工作狂
★ 仕事を熟しています。我能勝任工作。	熟す 動 掌握，運用自如

（累積單字量7145個，慣用語量391個）

★ 真面目に仕事をしています。 我認真地工作著。	真面目に 副 認真地
★ マイペースで仕事を熟しています。 我用自己的步調處理工作。	マイペース 名 自己的步調
★ エネルギッシュに仕事を熟しています。 我精力充沛地處理工作。	エネルギッシュに 副 精力充沛地
★ 勤務成績は良いです。 我的工作表現良好。	成績 名 成績
★ 仕事が楽しいです。 我工作很開心。	仕事 名 工作
★ この仕事は楽しいです。 這個工作很開心。	楽しい 形 開心的
★ 私がやりたかったのはこの仕事です。 我想要做的就是這個工作。	私 名 我
★ これは実にやり甲斐のある仕事です。 這真是個很有意義的工作。 = これは実にやり甲斐を感じられる仕事です。 = これは実に手応えがある仕事です。	甲斐のある 慣 有意義 甲斐を感じる 慣 有意義 手応えがある 慣 有意義
★ いい加減に仕事をしています。 我漫不經心地工作著。	加減 名 程度
★ さぼりながら仕事をしています。 我工作都在摸魚。	さぼる 動 翹班，摸魚
★ 仕事なんてしたくないです。 我不想工作。	仕事 名 工作
★ この仕事は嫌です。 我討厭這個工作。	嫌 形動 討厭
★ もうこの仕事には飽きましたよ。 我已經厭倦了這個工作。	飽きる 動 厭倦
★ こんな仕事、いつでも辞めてやるよ。 這樣的工作，我隨時都可以辭職。	いつでも 慣 隨時 辞める 動 辭職
★ 仕事をしないで生きていける方法はないかな。 有沒有不工作就能生存的方法呢？	生きる 動 生存 方法 名 方法
★ 遊んで暮らせる方法なんて、ないかな。 有沒有光玩就可以度日的方法？	遊ぶ 動 玩耍 暮らす 動 過日子
★ 早く誰かに養ってもらいたいです。 我想趕快找個人來養我。	養う 動 扶養

★ 早くいい人を見付けて結婚しよう。趕快找個人結婚吧！	見付ける【動】找到
★ 親のすねでも齧ろうかな。或許我會當啃老族吧！	親【名】父母
★ 毎日、残業なんて嫌になった。我已經厭倦每天加班了。	毎日【副】每天
★ 営業部の連中は早く帰れて羨ましい。 我羨慕業務部的同事可以早早下班。	連中【名】同事 羨ましい【形】令人羨慕的
★★ 今日は残業ですか。今天要加班嗎？ ＝ 今日は残業しますか。 ① いいえ、今日はもう帰ります。沒有，我要回去了。 ② はい、今日も残業です。要，我今天也要加班。	今日【名】今天 残業【名】【サ】加班 もう【副】已經 帰る【動】回家 も【副助】也
☆☆ お先に失礼します。我先走囉！ ① どうぞお先に帰って下さい。您先回去吧！ ② まだ仕事が終わりません。我的工作還沒做完。	失礼【名】【サ】失禮 先に【副】先 終わる【動】結束
★ まだやらなければならない仕事があります。 我還有要做的工作。	仕事【名】工作
★ 仕事が忙しいので、毎日残業します。 我工作很忙，所以每天要加班。	忙しい【形】忙碌的 毎日【名】【副】每天
★ 一日三時間残業します。 我每天加班三小時。	一日【副】一天
★ 毎日午前様です。 我每天都到半夜。	午前様 【名】夜貓子，凌晨回家的人
★ この仕事は今日中に終えなければなりません。 這工作必須今天完成。	今日中【名】今天當中 終える【動】結束
★ 連日、仕事に追われています。我日日被工作追著跑。	連日【副】連日
★ やらなければいけない仕事が多くて大変です。 必須做的工作很多，很辛苦。	多い【形】很多的 大変【形動】辛苦

5 健全な職場生活 健全的職場生活

（累積單字量7186個，慣用語量395個）

★ この調子だと、とても今日中には終えられません。 照這個情況，今天是無法完成了。 ＝ この調子だと、とても今日の間には終えられません。 ＝ この調子だと、とても明日までには終えられません。	調子 名 情況 今日 名 今天 間 名 期間 明日 名 明天
★ これだけの仕事、とても一人ではやり切れませんよ。 這樣的工作一個人負荷不了。 ＝ これだけの仕事、とても一人ではやり遂げられません。 ＝ これだけの仕事、とても一人ではやり遂げることができません。	一人 名 一個人 やり切れる 動 做完 やり遂げる 動 完成
★★ 私はよく出張します。 我常常出差。	出張 名 サ 出差
★ 一ケ月に二回出張します。 我一個月出差兩次。	一ケ月 名 一個月
★ 来週の火曜日にシンガポールへ出張します。 我下週二要到新加坡出差。	来週 名 下週 火曜日 名 週二
★ 明日、香港支店へ出張します。 我明天要到香港分店出差。	明日 名 副 明天
★ たまには私も香港支店へ出張したいですな。 我也想偶爾到香港分店出差。	たまに 副 偶爾 支店 名 分店
★ 私の部署では出張が多いです。 我的工作崗位需要常常出差。	部署 名 工作崗位
★ 仕事の関係で、中国大陸への出張が多いです。 因為工作的關係，我常常出差到大陸。	関係 名 關係 多い 形 多的
★ 出張が多くて嫌になります。 出差很多很討厭。	嫌になる 慣 討厭
★ 一週間のうち、自宅で過ごすのは二日間だけです。 一週裡面只有兩天待在家裡。	二日間 名 兩天
★ やれやれ、明日もまた日本へ出張です。 喔！不！明天又要去日本出差了。	また 副 又 日本 名 日本
★ 台南の工場へ日帰りで出張だなんて、疲れますよね。 出差到台南工廠一天來回，實在很累啊！	日帰り 名 一天來回 疲れる 動 疲倦

（累積單字量7028個，慣用語量396個）

★ 明日から、一週間ほど海外へ出張です。 從明天開始，一週左右到海外出差。	一週間 名 一週 海外 名 海外
★ 私の部署では全く出張がありません。我的工作崗位完全不必出差。	全く 副 完全
★ 私は一度も出張したことがありません。我不曾出差過。	一度 名 一次

Unit 12 ｜休憩、休暇、昇進、異動、退職
休息、休假、升遷、異動、離職

★★ 休憩が取れますか。有沒有休息的時間？ ① お昼に一時間の休憩があります。午休是一個小時。 ② 午前中に二十分ほど休憩します。上午休息二十分鐘左右。	休憩 名 サ 休息 お昼 名 中午 ～時間 名 ～小時
★ 仕事の合間に休憩します。我在工作的空檔間休息。	合間 名 空檔
★ 一時間のうち、十分間休憩します。一小時休息十分鐘。	十分間 名 十分鐘
★ 午後三時に二十分の休憩があります。下午三點時休息二十分鐘。	午後 名 副 下午
★ 午後三時に二十分間コーヒーブレイクを取ります。 下午三點時休息二十分鐘喝咖啡。	コーヒーブレイクを取る 慣 喝咖啡休息
★ 仕事の能率を上げるために、疲れた時には休憩します。 為了提高工作效率，疲倦時休息一下。	能率を上げる 慣 提高效率 疲れる 動 疲倦
★ 周りの人が皆熱心に仕事をしているので、私も休憩は取りません。我周遭的人都全神貫注地在工作，所以我也不休息。 ＝ 周りの人が皆一生懸命に仕事をしているので、私も休憩は取りません。 ＝ 周りの人が皆情熱を注いで仕事をしているので、私も休憩は取りません。	周り 名 周遭 皆 名 大家 熱心に 副 熱心地 一生懸命に 副 拼命地 情熱を注ぐ 慣 投注熱情
★ 休憩は取りません。沒有休息。	休憩を取る 慣 休息

★ 午前中は休憩を取りません。上午沒有休息。	午前中 名 上午
★ 休憩が欲しいです。我好想休息喔！	欲しい 形 想要的
★ 早く休憩がしたいです。我好想早點休息喔！	早く 副 快點
★ うちのボスは私たちが休憩を取ると、いい顔しないんですよ。 老闆看到我們休息，都沒有好臉色。	私たち 名 我們 顔 名 臉色
★ 疲れましたよ、もう何時間も働きづくめです。 好累啊！已經完全沒有休息的工作了好幾個小時。 ＝ 疲れましたよ、もう何時間も休みなく働いています。	疲れる 動 疲倦 働きづくめ 慣 無休地工作 何時間 名 幾個小時
★ ずっと座っているので、腰が痛いです。一直坐著，我的腰好痛。	座る 動 坐
★ 何時間もコンピューターを使っているので、肩が凝ります。 使用了好幾個小時的電腦，肩膀僵硬。	使う 動 使用 凝る 動 僵硬
★ 毎日、コンピューター画面の小さな文字ばかり見ているので、目が疲れます。每天光盯著電腦畫面的小字，眼睛很疲倦。	小さな 形動 小的 目 名 眼睛
★ 私は立ち仕事なので、足が怠いです。 我是站著工作的，我的腳很酸痛。	足 名 腳 怠い 形 酸痛的
★ 接客業なので、神経が疲れます。 我是接待客戶的服務業，精神很疲勞。	神経 名 神經，精神 疲れる 動 疲倦
★ 喋る仕事なので、喉が痛いです。我的工作需要講話，我的喉嚨好痛。	喋る 動 講話
★ 肉体労働なので、体中が痛いです。我的工作需要勞力，全身都很痛。	体中 名 全身
★ 休暇はどのようになっているのでしょうか。 我們的休假是什麼情形？ ① 我が社は休みが多いです。我們公司休假很多。 ② 年に百日間ぐらいの休みがあります。 一年當中的休假大約是一百天左右。	休暇 名 休假 休み 名 休假 年に 副 一年當中 ぐらい 副助 左右
★ 長い休暇は取りません。我們沒有長假。	長い 形 長的

（累積單字量 7246 個，慣用語量 401 個）

★ 夏には比較的長い休暇が取れます。 夏天的休假比較多天。	夏 名 夏天
★★ 何日ぐらい休めますか。 大概可以休幾天？ ① 一週間〜十日間の人が殆どです。 大部分的人都是一週到十天。	十日間 名 十天 殆ど 副 大部分
★ 当分休暇を取れそうにありません。 我恐怕暫時無法休假。 = 多分休暇は取れそうにありません。 = 恐らく休暇は取れそうにありません。	当分 副 八成 多分 副 大概 恐らく 副 恐怕
★ 有給休暇を三十日まで貯められます。 帶薪假期可以積存三十天。 = 有給休暇を三十日まで蓄積できます。	貯める 動 積存 蓄積 名 サ 儲蓄
★ 我が社では誰もが一年に一カ月間、休暇を取ることができます。 在我們公司，任何人都可以一年休假一個月。	誰 代名 誰 一カ月間 名 一個月
★ 我が社では年に四十日ほど休みがあります。 在我們公司，一年有四十天的休假。	我が社 名 我們公司 ほど 副助 左右
★ 我が社は休みが少ないです。 我們公司休假很少。	少ない 形 少的
★ 我が社では休みが取りづらいです。 在我們公司很難休假。	休み 名 休假
★ 我が社では休みが全く取れません。 在我們公司完全沒有休假。	全く 副 完全
★ 誰も休暇を取らないから、私も取りにくいです。 沒人休假，所以我也很難休假。	休暇 名 休假 私 名 我
★ 休みを取ると、昇進に影響しそうです。 休假似乎會影響升遷。	昇進 名 サ 升遷
★ 有給を消化できる人は稀です。 很少人能消掉帶薪假期。 = 有給を消化できる人は殆どいません。 = 有給を使い切れる人は殆どいません。	稀 形動 稀少 消化 名 サ 消化 使い切れる 動 用完
★★ 休みを取りたいです。 我想休個假。	休みを取る 慣 休息
★★ 来週は休みを取りましょう。 下週來休個假吧！	来週 名 下週

★ 偶の休みぐらい一日中のんびりと家で過ごしたいですね。 難得的休假，我只想一整天在家中悠閒度過。	一日中 名副 一整天 過ごす 動 度過
★ 今度の夏は二週間ほど休みを取りましょう。 這個夏天來休個兩週假左右吧！	今度 名 這次 夏 名 夏天
★ 休みを取って、家庭サービスをしましょう。 休個假來家庭活動吧！	家庭サービス 名 家庭活動
★ この正月は休みを取って、妻と一週間ほど北海道へ行こう。 這個新年來休假一週，跟老婆去北海道吧！	正月 名 新年 妻 名 老婆
★ 来月の連休には子供たちを連れてシンガポールへ行くつもりです。 下個月的連休，我打算帶孩子們去新加坡。	連休 名 連休 連れる 動 帶
★ 給料や地位はどうやって上がりますか。 加薪跟升遷是怎麼評估的？ ① 基本的に終身雇用です。 基本上是終身雇用制度。 ② 能力や実績によって決まります。 依據能力跟經驗來決定。	終身雇用 名 終身雇用 能力 名 能力 実績 名 實際績效 決まる 動 決定
★ 勤務態度が評価の基準になることもあります。 工作態度也是評估的基準。	評価 名サ 評價 基準 名 基準
★ では遅刻は許さないですか。 所以遲到是無法容忍的？ ① そうですね。時間厳守が日本では重要です。 是啊！守時在日本是相當重要的。	遅刻 名サ 遲到 重要 形動 重要
★ 昇進はどのように決まりますか。 升遷是怎麼決定的？ ① 弊社は実力主義です。 我們公司是看實力。 ② 年功序列型が一般的です。 一般都是以年資制度為基礎。 ＝ 年功序列型に基づいています。	昇進 名サ 升遷 実力 名 實力 一般的 形動 一般的 基づく 動 以～為基礎
★ 勤続年数によって段階的に昇進します。 依據工作年份階段性地升遷。 ＝ 勤続年数に応じて段階的に昇進します。	勤続年数 名 工作年份 よる 動 依據 段階的に 副 階段性地
★ 異動の申請をしました。 我申請了轉調。	申請 名サ 申請

（累積單字量7293個，慣用語量402個）

★ 何部門へ異動したいですか。你希望調到什麼部門？ ① 営業部へ異動したいです。我希望被調到營業部。 ② 海外拠点への異動を希望します。我希望被調到海外的據點。	何部門 名 什麼部門 営業部 名 營業部 海外拠点 名 海外據點
★ どこの拠点に興味がありますか。你對哪個據點有興趣？ ① シンガポールの支社が好きです。我喜歡新加坡的分公司。	興味がある 慣 有興趣 支社 名 分公司
★ 最近は転職する人が増えました。最近轉調的人增加了。	最近 名 副 最近
★ 明日、人事異動が発表されます。明天會發表人事的異動。	発表 名 サ 發表
★ 次はどこの配置になるか知ってる？你知道下次會發配到哪裡嗎？ ① 分かりませんが、シンガポールへの希望を出しています。 不知道，但是我已經申請轉調到新加坡了。	次 名 下次 配置 名 サ 發配 希望 名 サ 希望
★ 異動が決まったのですか。人事異動決定了嗎？ ① 五月一日付けでシンガポールに転勤することになりました。 我將於五月一日調職到新加坡。 ② 来月、台中支社に転勤します。我下個月將被調到台中的分公司。	異動 名 サ 異動 決まる 動 決定 転勤 名 サ 調職 来月 名 副 下個月
★ 今年、本社から異動してきたばかりです。 我今年剛從總公司被調到分公司。	今年 名 副 今年 ばかり 副助 剛剛
★ 私は副課長に昇進しましたよ。我升為副課長了。 ① ご昇進おめでとうございます。恭喜您高升。	副課長 名 副課長 昇進 名 サ 升遷
★ 最近退職者が増えたね。最近退休的人增加了。	増える 動 增加
★ 私は六十歳の定年までいるよ。我會在這裡一直待到六十歲才退休。	定年 名 退休
★ 終身雇用に拘らない人も増えたね。 不拘泥於終身雇用制度的人也增加了。	終身雇用 名 終身雇用制度 拘る 動 拘泥
★ リストラをされる人も少なくありません。被解雇的人也不少。	少ない 形 少的
★ 結婚後も働き続ける女性が増えました。 結婚後繼續工作的女性增加了。	結婚後 慣 婚後 女性 名 女性

（累積單字量7316個，慣用語量404個）

★ 岩垂さんは来月退職するそうです。岩垂先生下個月好像要退休了。	来月 名 副 下個月
★ 彼の会社の定年も六十歳です。他們公司的退休年齡也是六十歲。	会社 名 公司
★ 彼は定年後も非常勤で仕事を続けるつもりです。 他退休後仍打算繼續做兼職的工作。	非常勤 名 兼職 続ける 動 繼續
★ 林さんはライバル会社に引き抜かれました。 林小姐被挖角到競爭對手的公司。	ライバル 名 競爭對手 引き抜く 動 挖角
★ 張さんは退職することにしました。張先生決定離職了。	退職 名 サ 離職
★ 彼は来年退職します。他將於明年離職。	来年 名 副 明年
★ 彼の退職はやむを得ないようです。他似乎不得不離職了。	やむを得ない 慣 不得不
★ 彼の退職の理由は何ですか。他離職的原因是什麼？ ① 彼は癌に罹ったそうです。聽說他得了癌症。 ② 彼は田舎の支店に飛ばされたから、退職を申し出たんです。 他因為被貶到鄉下的分公司，所以提出了離職的申請。	理由 名 理由 癌 名 癌症 罹る 動 罹患 田舎 名 鄉下
★★ 王さんはクビになったよ。王先生被炒魷魚了。	クビになる 慣 被炒魷魚
★★ 彼は何故クビになったの？他為什麼被炒魷魚？ ① 川上電器の契約が纏まらなかったからだよ。 因為他沒拿到川上電器的合約。	何故 副 為什麼 契約 名 サ 契約 纏まる 動 談妥

（累積單字量7331個，慣用語量406個）

Chapter 6

飲食について

關於飲食

Unit 01 | レストランを選ぶ 選擇餐廳

Unit 02 | 事前に予約する、出前の注文
事前訂位、叫外送

Unit 03 | 現場で予約する 現場訂位

Unit 04 | 注文する 點餐

Unit 05 | レストランで 在餐廳用餐

Unit 06 | レストランへの称賛と批判
對餐廳的讚美和批評

Unit 07 | ファーストフード店、コンビニ
速食店、便利商店

Unit 08 | 家でご馳走する① 在家請客①

Unit 09 | 家でご馳走する② 在家請客②

Unit 10 | 肉類、シーフード、
野菜、デザート、果物
肉類、海鮮、蔬菜、甜點、水果

Unit 11 | 飲み物 飲料

Unit 12 | お酒 酒

Unit 13 | 勘定する 買單

Chapter 6 飲食について 關於飲食

Unit 01 ｜レストランを選ぶ 選擇餐廳

★☆ 食事をしましたか。吃過飯了沒？

＝ ご飯は済みましたか。

＝ もうご飯を食べましたか。

食事 名 サ 用餐
ご飯 名 米飯
済む 動 結束

★☆ まだです。還沒。

① まだだったら、一緒に食べませんか。
還沒吃的話，要不要一起吃？

一緒に 副 一起
食べる 動 吃

★☆ お腹が減った。我肚子餓了。

＝ お腹が空いた。

＝ お腹がぺこぺこだ。

お腹 名 肚子
空く 動 空缺
ぺこぺこ 形動 凹陷，肚子餓

★ お腹が減って、ぺこぺこです。我快餓昏了。

減る 動 減少，肚子餓

★ お腹が空きませんか。你不餓嗎？

① あまりお腹が空いていないんです。我還不太餓。

が 格助 當主詞
あまり 副 不太～

★☆ 何か食べませんか。要不要吃點什麼？

＝ 何か食べましょう。

① お腹の調子が悪いんです。我肚子不太舒服。

② 何も食べたくないです。我什麼都不想吃。

調子 名 狀況
悪い 形 不好的
何 名 什麼
も 副助 也

★☆ 何か食べに行きませんか。要不要去吃點什麼？

① あんまり食べたくないんです。我不太想吃。

② あんまり食欲がないです。我沒什麼食慾。

に 格助 表示目的
行く 動 去
食欲 名 食慾
ない 形 沒有的

★★ 昼食はどこで食べたいですか。你想在哪裡吃午餐？

① いつものレストランへ行こう。去常去的那家餐廳吧！

② ガイドブックでいいレストランを見付けよう。
從指南找一家好餐廳吧！

昼食 名 午餐
いつも 副 總是
ガイドブック 名 指南
見付ける 動 找到

★★ 晩ご飯に出掛けませんか。要不要到外面吃晚餐？ ① いいですよ。西洋料理をご馳走しましょう。好啊！我請你吃西餐吧！ ② いいよ。今日は安い店に行こう。好啊！今天去便宜的店吧！	晩ご飯 名 晚餐 出掛ける 動 外出 馳走 名 サ 請客
★ 夜食を食べませんか。要不要吃宵夜？ ① いいよ。私の行き付けの焼肉屋に行かない？ 好啊！去我常去的燒烤店如何？ ② 宅配ピザを取ろうよ。叫外送披薩吧！	夜食 名 消夜 行き付け 名 常去 宅配 名 サ 宅配
★★ どこか行きたい店はある？有沒有特別想去的店？ ① 会社の近くの中華料理店に、ラーメン定食を食べに行きたい。 我想去公司附近的中華料理店吃拉麵。	会社 名 公司 近く 名 附近 中華料理店 名 中華料理店
★ 今日のディナー、イタリア料理のレストランに連れて行ってあげるよ。今天晚餐帶你去義大利餐廳吃吧！ ① いいね！リゾットが最高だよ。好啊！燉飯最棒了！ ② あそこは騒がしすぎるわ。那裡太吵了。	ディナー 名 晚餐 イタリア料理 名 義大利菜 連れる 動 帶 リゾット 名 燉飯 騒がしい 形 吵雜的
★ イタリアンはどこも賑やかだよ。義式料理每家都很熱鬧。	賑やか 形動 熱鬧
★ もっと静かなところに行きたいな。我想去安靜一點的地方。	静か 形動 安靜
★ 今日は定休日じゃなかった？今天不是公休嗎？	定休日 名 公休日
★ 今からだと予約が取れないと思うよ。我想現在訂位可能來不及了。	予約 名 サ 預約
☆☆ もう沢山食べました。我已經吃飽了。 ＝ もう十分です。 ＝ もうお腹がいっぱいです。	沢山 副 很多 十分 副 充分 いっぱい 形動 很多
★ 満腹です。我肚子飽飽的。	満腹 名 吃飽
★ 最近は全然、食欲が湧かない。我最近完全沒食慾。	湧く 動 湧現
★ なんだか全然お腹が空いてないよ。不知道為什麼我完全不會餓耶！	なんだか 副 不知為何

☆★ 私(わたし)は結構(けっこう)です。我不用了。	結構(けっこう) 形動 不用了
★★ もういいです、食(た)べ過(す)ぎました。 不用了，我已經吃太多了。	食(た)べ過(す)ぎる 動 吃過量
★ さっき食(た)べたばかりだから、入(はい)りません。 我剛剛才吃過，所以吃不下。	さっき 副 剛才 ばかり 副助 剛剛
☆★ 何(なに)を食(た)べたいですか。你想吃什麼？ ① お任(まか)せしますよ。由你決定吧！	を 格助 表示動作的對象 任(まか)せる 動 託付
★ ベトナム料理(りょうり)はどうですか。越南菜怎麼樣？ ① 何(なん)でもいいですよ。隨便都可以啊！	ベトナム料理(りょうり) 名 越南菜 どう 副 如何
★ タイ料理(りょうり)にしますか、それとも西洋料理(せいようりょうり)にしますか。 要吃泰國菜還是西餐？ ① 昨日(きのう)はタイ料理(りょうり)だったから、今日(きょう)は西洋料理(せいようりょうり)にしよう。 昨天吃過泰國菜了，今天改吃西餐吧！	タイ料理(りょうり) 名 泰國菜 それとも 接 還是 昨日(きのう) 名 昨天 から 接助 因為
★ タイ料理(りょうり)より、西洋料理(せいようりょうり)の方(ほう)が好(す)きです。 我喜歡西餐勝過泰國菜。	より 格助 比起～ 西洋料理(せいようりょうり) 名 西餐
☆★ 何(なに)か食(た)べたいものはありますか。有沒有什麼想吃的東西？ ① 今日(きょう)は中華(ちゅうか)の気分(きぶん)だな。今天想吃中國菜。 ② 和食(わしょく)が食(た)べたいです。我想吃和食。	もの 名 東西 気分(きぶん) 名 感覺 和食(わしょく) 名 和食
★ 私(わたし)はカツ丼(どん)と味噌汁(みそしる)が食(た)べたいです。 我想吃豬排飯跟味噌湯。	カツ丼(どん) 名 豬排飯
★ フランス料理(りょうり)を食(た)べてみたいです。我想吃吃看法國菜。	フランス料理(りょうり) 名 法國菜
☆★ どんな料理(りょうり)が好(す)きですか。你喜歡吃什麼料理？ ① 私(わたし)は日本料理(にほんりょうり)が好(す)きです。我喜歡吃日本料理。	料理(りょうり) 名 サ 料理 日本料理(にほんりょうり) 名 日本料理
☆★ 食(た)べ物(もの)の好(す)き嫌(きら)いがありますか。你對食物有沒有什麼偏好？ ① イタリアンが一番(いちばん)好(す)きです。我最喜歡的是義式料理。	食(た)べ物(もの) 名 食物 好(す)き嫌(きら)い 名 喜好

（累積單字量7401個，慣用語量406個）

☆★ どんな食べ物が好きですか。你喜歡吃怎樣的食物呢？ = 好きな食べ物は何ですか。 ① ヘルシーな食べ物が好きです。我喜歡有益健康的食物。 ② 殆ど何でも食べます。我幾乎什麼都吃。	どんな 連體 怎樣的 何 名 什麼 ヘルシー 形動 健康的 殆ど 副 大部分 食べる 動 吃
☆★ 何でも。我什麼都喜歡。 = 何でも好きです。	何 代名 什麼 好き 形動 喜歡
★ 好き嫌いが多いんです。我很挑食。 = 好みがうるさいんです。	多い 形 多的 好み 名 愛好
★ 肉料理が好きです。我喜歡吃肉。	肉 名 肉
★ 魚料理が好きです。我喜歡吃魚。	魚 名 魚
★ 魚介類の料理が好きです。我喜歡吃海鮮。	魚介類 名 海鮮
★ 辛い料理が大好きです。我超愛吃辣的。	辛い 形 辣的
★ さっぱりしたものが好きです。我喜歡口味清爽的東西。	さっぱり 副 サ 清爽
☆★ 日本料理を食べたことがありますか。你吃過日本料理嗎？ ① はい、あります。是的，我吃過。 ② いいえ、これまで食べたことがありません。不，我不曾吃過日本料理。 = いいえ、一度も食べたことがありません。	日本料理 名 日本料理 これ 名 現在 まで 格助 到～為止 一度 名 一次 も 副助 也
★ ぜひ日本料理を食べてみて下さい。請你一定要嚐嚐看日本料理。	下さい 補動 請～
☆★ 食べられない物はありますか。你有沒有吃不來的食物？ = 何か苦手な食べ物がありますか。 ① 生物は苦手です。我怕生的東西。 ② 生の魚が食べられません。我不敢吃生魚。	物 名 東西 苦手 形動 不擅長 生物 名 生的東西 生 名 不熟 魚 名 魚
★ 刺身以外なら、何でも食べられます。除了生魚片，我什麼都能吃。	刺身 名 生魚片

6 飲食について 關於飲食

★ 甲殼類は食べられないんです。 我不敢吃甲殼類的東西。

甲殼類 [名] 甲殼類

★ 嫌いな食べ物は何ですか。 你不喜歡吃的食物是什麼？

① いいえ、別にありません。沒有，我沒有特別不喜歡的。
② 塩辛い物が嫌いです。 我不喜歡很鹹的東西。

嫌い [形動] 討厭
別に [副] 特別地
塩辛い [形] 鹹的

★ 私は食べず嫌いです。
我有些連吃都沒吃過就不喜歡的東西。

食べず嫌い [慣] 指連吃都沒吃過就不喜歡的東西

★★ 何か食べられないものがありますか。
您在飲食上有沒有什麼禁忌？

① いいえ、何でも食べられます。沒有，我什麼都能吃。
② 納豆が大嫌いです。 我最討厭納豆了。

何 [名] 什麼
何でも [慣] 什麼都～
納豆 [名] 納豆
大嫌い [形動] 非常討厭

★ 匂いのきついものが苦手です。 我怕口味太重的東西。

匂い [名] 味道

★ 脂っこいものは胃がもたれます。
吃太油我的胃會不舒服。

脂っこい [形] 油膩的

★ できるだけ高カロリーのものは避けています。
我盡量避免高熱量的東西。

カロリー [名] 卡路里
避ける [動] 避免

★★ 食べ物アレルギーはありませんか。
您有沒有食物過敏？

① 蝦アレルギーです。 我對蝦過敏。
② 卵アレルギーなんです。 我對蛋過敏。

＝ 卵にアレルギーがあります。

食べ物 [名] 食物
アレルギー [名] 過敏
蝦 [名] 蝦子
卵 [名] 蛋
ある [動] 有

★ 豚肉や鶏肉は食べるの？ 你吃豬肉跟雞肉那些嗎？

① ええ、牛肉以外だったら、何でも食べる。
吃啊！除了牛肉以外，我什麼都吃。

豚肉 [名] 豬肉
鶏肉 [名] 雞肉
牛肉 [名] 牛肉

★★ あなたはベジタリアンですか。 你吃素嗎？

＝ あなたは菜食主義者ですか。

① ええ、ベジタリアンなので、肉類は食べません。
是啊！我吃素，所以不吃肉類。

ベジタリアン（＝菜食主義者）[名] 素食主義者
ので [格助] 因為

（累積單字量7448個，慣用語量408個）

★ このタイ料理のお店、行ったことある？ 你去過這家泰式料理店嗎？ ① ないけど、落ち着いた雰囲気で良さそうだね。 沒有，可是氣氛沉靜，感覺不錯。 ② いや、場所が不便だからな。不，那個地方交通不便。	行く 動 去 落ち着く 動 沉靜 雰囲気 名 氣氛 場所 名 地方 不便 形動 不方便
★ タクシーで行けばいいじゃない？ 坐計程車去不就好了嗎？ ① それだけの価値があるのかどうか…。 有那個價值嗎？	タクシー 名 計程車 だけ 副助 僅僅
★★ いいレストランを知っていますか。 你知道什麼好的餐廳嗎？ ① このアメリカンレストランがお勧めです。 我推薦這家美式餐廳。	レストラン 名 餐廳 勧める 動 推薦
★ この近くで、まだ開いているレストランはありますか。 這附近有餐廳還開著嗎？ ① あの開店したばかりのレストランはどうですか。 去那家新開的餐廳如何？	近く 名 附近 開く 動 開 開店 名 サ 開店
★ あのレストランはいつできましたか。 那家餐廳什麼時候開幕的？ ① 先月オープンしました。 上個月開幕的。	先月 副 上個月 オープン 名 サ 開幕
★ この付近に美味しい日本料理店はありますか。 這附近有好吃的日本料理餐廳嗎？ ① この間、すごく美味しい寿司屋へ行ったんだ。 我前陣子去過一家不錯的壽司店。	付近 名 附近 美味しい 形 美味的 この間 副 前陣子 寿司屋 名 壽司店
★★ 美味しいレストランを教えて下さい。 請告訴我好吃的餐廳。	教える 動 告知
★★ この辺にいいレストランはありますか。 這附近有沒有好一點的餐廳？ ① 角に新しいフランス料理の店があります。 街角有新開的法國餐廳。	この辺 慣 這附近 角 名 角落 新しい 形 新的
★ あの店には行ってみるべきですよ。 你應該試試那家店。	べき 助動 應該
★ あの店では、本格的なフランス料理を出しますよ。 那家店的法國菜很道地。	本格的 形動 道地的

★ フランス料理を好きになって欲しいんです。 我希望你會喜歡上法國菜。	欲しい 形 想要的
★ その店の営業時間をご存知ですか。你知道那家店的營業時間嗎？	営業 名 サ 營業
★ 試食してもいいですか。可以試吃嗎？	試食 名 サ 試吃
★ その店の電話番号を下さい。請給我那家店的電話。	電話番号 名 電話號碼
★ その店の住所を教えて下さい。請給我那家店的地址。	住所 名 住址
★ 地図をファックスして下さい。請傳真地圖給我。	ファックス 名 サ 傳真

Unit 02 ｜事前に予約する、出前の注文 事先訂位、叫外送

★ あのレストラン、予約が必要ですか。這家餐廳需要先訂位嗎？ ＝ あのレストラン、予約がいりますか。 ① あのレストランはいつもとても込んでいます。那家餐廳總是很多人。 ② 予約をした方がいいですよ。先訂位比較好。	あの 連體 那～ いつも 副 總是 とても 副 相當 込む 動 擁擠
★ 私が予約しておくよ。我會先訂好位。	私 名 我
★ 電話で予約できますか。可以用電話訂位嗎？ ① ええ、できます。可以啊！ ② インターネットで予約することもできます。也可以用網路預約。	電話 名 サ 電話 インターネット 名 網路 も 副助 也
☆☆ お電話ありがとうございます。ご用件をどうぞ。 謝謝您的來電！請問有什麼事嗎？ ① 予約を受け付けていますか。你們接受訂位嗎？	お 接頭 表示禮貌 用件 名 代辦事項 受け付ける 動 接受
☆☆ 予約されますか。您要訂位嗎？ ① はい、予約を入れます。是的，我要訂位。	予約 名 サ 預約 予約を入れる 慣 訂位

（累積單字量7489個，慣用語量410個）

★ **営業時間について教えていただきたいのですが。**
我想問關於你們的營業時間。

① 二十四時間営業しております。我們是二十四小時營業。
② 営業時間は午前十時から午後十時までです。
營業時間是上午十點到下午十點。

- 教える 動 告知
- 営業 名 サ 營業
- 時間 名 時間
- 午前 副 上午
- 午後 副 下午

★ **月曜日のみ午後四時半開店です。**
只有週一是下午四點半開店。

- 開店 名 サ 開店

★ **ランチは何時から何時までですか。**
午餐是幾點到幾點？

① ランチは午前十一時から午後三時までです。
午餐是上午十一點到下午三點。

- ランチ 名 午餐
- から 格助 從～開始
- まで 格助 到～為止

★ **ディナーのラストオーダーはいつですか。**
晚餐最晚幾點還可以點餐？

① ラストオーダーは、十時でございます。最後點餐到十點。
② お飲み物は十一時半まででございます。點飲料到十一點半。

- ディナー 名 晚餐
- ラストオーダー 名 最後點餐
- 飲み物 名 飲料

★ **定休日は何時ですか。** 你們什麼時候公休？

① 年中無休で営業しております。我們全年無休。
② 定休日は毎月第二と第四水曜日となっております。
我們的公休日是每個月的第二跟第四個星期三。

- 定休日 名 公休日
- 年中無休 名 全年無休
- 毎月 副 每個月
- 水曜日 名 週三

★ **明後日は臨時休業致します。** 後天臨時休業一天。

- 明後日 名 後天

★ **店内リニューアルのため、来週は休業致します。**
下週店面要重新改裝，所以休息一週。

- 店内 名 店內
- リニューアル 名 サ 改裝

★ **上着とネクタイは必要ですか。** 需要穿西裝打領帶嗎？

① はい、ドレスコードがあります。需要，因為服裝有規定。
② いいえ、ドレスコードはありませんが、ラフな格好はご遠慮下さい。
不需要，沒有服裝規定，但是請不要穿著太隨便。

- 上着 名 外衣
- ネクタイ 名 領帶
- ラフ 形動 邋遢
- 格好 名 樣子

★★ **大体一人、いくらぐらいですか。** 一個人大約多少錢呢？

① 当店は食べ放題になっています。一人は七百元です。
本店是吃到飽餐廳，一個人七百元。

- 大体 副 大約
- 当店 名 本店
- 食べ放題 名 吃到飽

★ そちらへ行く道順をお聞きしたいのですが。 我想請教如何到你們那裡。	道順 [名] 路線 聞く [動] 詢問
★ 記念日のディナーを予約したいのですが。 我想預約紀念日的晚餐。	記念日 [名] 紀念日 予約 [名][サ] 預約
★★ 今晚二名で予約できますか。 今天晚上兩個人，有空位嗎？ ① はい、ご用意できます。 好的，我們會為您保留位子。	今晚 [副] 今晚 用意 [名][サ] 準備
★ 失礼ですが、どういった記念日ですか。 請問是怎樣的紀念日呢？ ① 彼女の誕生日です。 是我女朋友的生日。	失礼 [名][サ] 失禮 誕生日 [名] 生日
★ 夜景の綺麗なテラス席をご用意致します。 為您準備可以欣賞美麗夜景的露天座位。	夜景 [名] 夜景 テラス席 [名] 露天座位
★ ケーキを用意できますか。 可以幫我準備蛋糕嗎？ ① できます。ケーキを用意致します。 可以啊！我們會準備好蛋糕。	ケーキ [名] 蛋糕 致す [動] する的謙讓語
★ その外、お手伝いできることはございますか。 還有其他什麼我可以為您服務的嗎？	その外 [副] 此外 手伝う [動] 幫忙
★ プレゼントを預かってもらえますか。 可以寄放禮物嗎？ ① もちろんです。事前にお持ち下さい。 當然可以，請您事先拿過來。	預かる [動] 存放 事前に [副] 事前
★★ 今夜の予約をお願いします。 我要預約今天晚上。 = 今夜の予約をしたいのですが。	今夜 [名] 今晚 予約 [名][サ] 預約
☆★ 何時のご予約をご希望ですか。 您想預約幾點呢？ ① 七時にお願いしたいのですが。 我想預約七點。	何時 [名] 幾點 希望 [名][サ] 希望
☆★ 何名様でいらっしゃいますか。 有幾個人呢？ ① 六人です。 六個人。	いらっしゃる [動] 有 ~人 [名] ～人
★ 空席状況を確認致します。 我幫您確認一下有沒有空位。	空席 [名] 空位

（累積單字量7538個，慣用語量410個）

★★ 七時に六人分の席は空いていますか？
請問七點時有六個人的座位嗎？

= 七時に空いている六人席ありますか。
= 六人ですが、七時に予約できますか。

- ～人分 名 ～人份
- 席 名 座位
- 空く 動 空缺
- に 格助 表示時間

★☆ お調べ致します。 我幫您查一下。

- 調べる 動 查詢

★☆ 少々お待ちいただけますか。 您可以等一下嗎？

- 少々 副 稍微

★★ すみません、七時は満席になっております。
抱歉，七點的座位都已經被訂走了。

= すみません、七時の予約は埋まっております。

- 満席 名 客滿
- の 格助 ～的
- 埋まる 動 占滿

★★ 何時なら空いていますか。 什麼時候會有空位？

① 大変申し訳ございません、今晩は満室でございます。
非常抱歉，今晚全部客滿了。

- 大変 副 非常地
- 申し訳 名 抱歉
- 満室 名 客滿

★★ 今夜の七時に五人お願いします。
我想訂位，今天晚上，五個人。

= 今夜の七時に五人の席を予約したいです。
= 今夜の七時に五名で予約をしたいのですが。

- 今夜 名 今天晚上
- ～人 名 ～人
- ～名 名 ～位

★ 屋外と室内、どちらの席が宜しいですか。
您要屋外還是室內的座位呢？

① できれば、テラスの席をお願いします。
如果可以的話，我想訂外面的露天座位。
② 眺めのいい席をお願いします。
請安排可以看風景的位子。

- 屋外 名 屋外
- 室内 名 屋內
- どちら 名 哪個
- テラス 名 露天陽台
- 眺め 名 景觀

★★ 窓際の席がいいです。 我想要窗旁的座位。

= 窓際の席にして下さい。

- 窓際 名 窗旁
- いい 形 好的

★★ 隅のテーブルにして下さい。
請安排角落的座位。

= 隅のテーブルにしてもらえますか。

- 隅 名 角落
- 下さい 補動 請～

★★ お名前とお電話番号をお伺いして宜しいですか。 可以留下您的姓名跟電話嗎？ ＝ お名前とお電話番号を頂戴できますか。 ＝ お名前とお電話番号を教えていただけますか。	名前 名 名字 電話番号 名 電話號碼 伺う 動 請示 頂戴 名 サ 得到
★ それでは、確認させていただきます。 那麼，請讓我確認一下。	確認 名 サ 確認
★ 五日の七時に五名様でございますね。 五號的七點，五個人對嗎？	五日 名 五號
★ 七時十五分を過ぎると、予約がキャンセルになる場合がございますので、お気を付け下さい。 座位只幫您保留到七點十五分，請注意喔！	過ぎる 動 超過 ので 接助 因為 気を付ける 慣 小心
★★ ご予約を 承 りました。ありがとうございます。 您的預約已經登記了，謝謝您。	予約 名 サ 預約 承 る 動 承接
★ 今晩お待ちしております。 期待您今晚的光臨。	待つ 動 等候
★ ご予約をキャンセルする場合は、お電話にてご連絡下さい。 如果要取消預約，請先來電告知。	場合 名 狀況 連絡 名 サ 聯絡
★ 予約を変えることは可能ですか。 我的預約可以改一下嗎？	変える 動 更改
★ 予約を変更したいんですが。 我想要改一下我的預約。	変更 名 サ 變更
★ 七日の予約を八日に変更したいです。 我想把七號的預約，改成八號。	七日 名 七號 八日 名 八號
★ 予約の人数を五人から六人に変更したいのです。 我想把預約的人數，從五個人改成六個人。 ① 畏まりました。六人に変更致します。好的，幫您改成六個人。 ② 当日の人数変更はお控え下さい。 當天出席的人數請不要變更。	人数 名 人數 畏まる 動 遵命 当日 名 當天 控える 動 控制
★★ 席を換えていただけませんか。 我能換個座位嗎？	換える 動 更換
★ 予約を取り消してもらいたいです。 我想取消我的預約。 ＝ 予約をキャンセルしたいのです。	取り消す 動 取消 キャンセル 名 サ 取消

（累積單字量 7586 個，慣用語量 411 個）

★ 予約をキャンセルできますか。 可以取消預約嗎？ ① 承知しました。またのご予約をお待ちしております。 可以的，期待您的再次預約。	承知 名 サ 了解 また 副 再次 待つ 動 等待
★ キャンセルの場合、予約金の払い戻しはできますか。 取消時，可以退還訂金嗎？ ① キャンセルなさる場合は、一週間前までにご連絡いただければ、予約金の払い戻しはできます。 取消預約時，如果在一週前告知，可以退還訂金。	払い戻し 名 退還 一週間 名 一週內 前 名 之前 連絡 名 サ 聯絡 予約金 名 訂金
★ 昼食を作らないで、出前を取りたいです。 午餐不做了，我想叫外送。	昼食 名 午餐 作る 動 做
★ 豚の生姜焼き定食の出前をお願いします。 我想叫薑汁燒肉定食外送。	定食 名 套餐 出前 名 サ 外送
★ 寿司屋は出前もあります。 壽司店也有幫人外送的。 ＝ 寿司屋は出前をすることもあります。 ＝ 寿司屋は出前を行なうこともあります。	寿司屋 名 壽司店 出前をする 慣 外送 出前を行なう 慣 外送
★ 寿司の出前を頼むことにしましょう。 我們來叫壽司外送吧！ ＝ 寿司の出前を取ることにしましょう。 ＝ 寿司の出前を注文することにしましょう。	出前を頼む 慣 叫外送 出前を取る 慣 叫外送 出前を注文する 慣 叫外送
★ 出前の場合には、寿司桶と呼ばれる、縁の低い桶に盛り込みます。 外送時，將壽司裝入稱為壽司桶的，邊緣低的桶子中。 ＝ 出前の場合には、飯台（または飯切り）と呼ばれる、縁の低い桶に盛り込みます。	寿司桶 名 壽司桶 縁 名 邊緣 飯台 名 壽司桶 飯切り 名 壽司桶
★ 寿司桶は使用後に、店舗が出前先を再訪し回収します。 壽司桶使用後，店家會再到外送處回收。	再訪 名 サ 再訪 回収 名 サ 回收
★ 私はピザの宅配を取りたいです。 我想叫披薩的外送。	ピザ 名 披薩
★ ピザの宅配を注文したら、チップを払わないといけませんか。 如果我叫披薩外送的話，是不是一定要付小費？	注文 名 サ 訂購 払う 動 支付

★ 宅配の寿司を取りました。 我訂了宅配的壽司。	宅配 名 サ 宅配
★ 電話でピザを注文しました。 我打電話訂了披薩。	電話 名 サ 電話

Unit 03 ｜現場で予約する 現場訂位

★★★ ご予約をなさいましたか。 請問您有訂位嗎？ ＝ ご予約していらっしゃいますか。 ＝ ご予約の方ですか。	なさる 動 する的尊敬語 いらっしゃる 動 いる的尊敬語
★★ 予約している佐竹ですが。 我們有訂位，我的名字是佐竹。	予約 名 サ 預約
★★ 五人で予約したんですが。 我們預約了五個人。	～人 名 ～人
★★ 隅の席をお願いしたんですが。 我們預約了角落的位置。	隅 名 角落
★★★ お調べします。 我來確認一下。	調べる 動 查詢
★★ 佐竹様ですね。 您是佐竹先生嗎？	～様 名 ～先生（小姐）
★★★ ご予約 承 っております。 確定有您的訂位。	承 る 動 承接
★★★ 奥にございます。 裡面請。	奥 名 裡面
★★★ ご案内します。 我來帶位。	案内 名 サ 引導
★★★ こちらへどうぞ。 這邊請。	へ 格助 表示方向
★ 眺めのいいお席をご用意しております。 我們幫您預備了視野很好的座位。	眺め 名 景觀 用意 名 サ 準備
★ お連れ様が中でお待ちです。 您的朋友在裡面等您。	中 名 裡面

（累積單字量7624個，慣用語量416個）

★ 予約はしていませんが。我們沒有訂位。	予約 名 サ 訂位
☆☆ ご一緒ですか。請問是一起來的嗎？	一緒 名 一起
☆☆ 何名様でしょうか。請問幾位？ ① 大人二人と子供二人です。兩個大人，兩個小孩。 ② 六人ですが、一人は遅れて来ます。六個人，有一個會晚點到。	大人 名 大人 子供 名 小孩 遅れる 動 遲到
★ ただ今混み合っておりますので、先にお席をお取り下さいますか。 現在很多人，請您先找位子再點餐好嗎？	混み合う 動 擁擠 先に 副 首先
★ お好きな席にお座り下さい。請自己找位子坐。 ＝ お好きなお席にお掛け下さい。	座る 動 坐下 好き 形動 喜歡
★ すみません、四名で座るテーブルをお願いします。 請幫我安排四個人的座位。 ① あちらの席で宜しいですか。那個座位可以嗎？ ええ、大丈夫です。嗯，可以啊！ ① すぐに席をご用意しますので、少々お待ち下さい。 馬上幫您安排，請稍候。	テーブル 名 桌子 あちら 名 那個 大丈夫 形動 不要緊 すぐに 副 馬上 ので 接助 因為 少々 副 稍微
★★ お客様のお席がご用意できましたので、どうぞこちらへ。 您的座位準備好了，請往這邊走。	用意 名 サ 準備 こちら 名 這邊
★★ すみません、八人入れる個室がありますか。 請問有可以容納八個人的包廂嗎？ ① はい、個室も用意できます。有的，我們也可以幫您準備包廂。 ② すみません、ただ今満席です。不好意思，現在客滿了。 ＝ すみません、ただ今満席状態です。	入れる 動 能進入 個室 名 包廂 満席 名 客滿 状態 名 狀態
★ カウンター席なら空いています。吧檯還有空位。	カウンター席 名 吧檯座位
★ カウンター席で宜しければ、すぐにご案内できます。 吧檯的話，馬上就能入座。	宜しい 形 可以的 案内 名 サ 引導

（累積單字量7648個，慣用語量416個）

★ カウンター席でも宜しいでしょうか。 您介意坐吧檯嗎？ ① はい、分かりました。 好吧！ ② いいえ、テーブル席を待ちます。 不，我們還是等餐桌的位子。	分かる 動 了解 テーブル席 名 餐桌座位 待つ 動 等候
★ お席が別々になってしまいますが、宜しいでしょうか。 分開坐的話可以嗎？ ＝ 別々の席になってしまいますが、宜しいでしょうか。	別々に 副 分別地 別々 形動 個別 席 名 座位
★ 相席でも宜しいでしょうか。 跟其他客人併桌可以嗎？ ＝ 他のお客様と同じテーブルでも宜しいでしょうか？ ① 相席は嫌だね。 我討厭跟人併桌。 ② 彼女と二人だけで座りたいんだ。 我想跟她兩個人坐就好了。	相席 名 サ 併桌 他 名 其他 同じ 形動 同樣 嫌 形動 討厭
★ 同席させていただいても宜しいでしょうか。 我們可以跟你們一起坐嗎？ ① いいですよ。どうぞ。 可以啊！請坐。	同席 名 サ 一起坐 か 終助 表示疑問 どうぞ 副 請
★ カウンター席とテーブル席があります。 我們有吧檯席、跟餐桌席。	と 格助 跟
★★ お席のご希望はございますか。 您有想要坐在哪裡嗎？	希望 名 サ 希望
★ 座席は掘り炬燵式ですか。 和式桌的位子是暖爐桌那種嗎？ ① はい。 是的。	座席 名 座位 掘り炬燵 名 暖爐桌
★ いいですよ。なるべく奥の席を下さい。 好的，盡量給我們裡面一點的位子。	なるべく 副 盡量 奥 名 裡面
★ 喫煙席と禁煙席がございますが。 我們有吸菸區跟禁菸區。	ござる 動 有
★★ 喫煙席、禁煙席のどちらが宜しいですか。 您要吸菸區，還是禁菸區？	喫煙席 名 吸菸區 禁煙席 名 禁菸區
★ 喫煙席でしたらすぐご用意できます。 吸菸區的話，馬上就有座位。	すぐ 副 馬上

（累積單字量7671個，慣用語量416個）

★ 喫煙席でしたらご用意ができますが宜しいですか。 為您安排在吸菸區可以嗎？ ① 分かりました。では、喫煙席でいいです。 了解了，那請給我吸菸區的座位吧！ ② 禁煙席をお願いできますか。能安排在禁菸區嗎？	用意 [名][サ] 安排 分かる [動] 了解 では [接] 那麼 いい [形] 可以的 願う [動] 拜託
★ それでは、お待ちいただくことになります。那麼可能要等了。	それでは [接] 那麼
★★ お席が空くまで暫くお待ちいただけますか？ 您可以稍候，等有位子空出來嗎？	暫く [副] 暫時 待つ [動] 等候
★★ 列に並んでお待ち下さいますか。可以請您排隊等候嗎？	列に並ぶ [慣] 排隊
★★ 少々お時間が掛かりますが、宜しいですか。 會等一些時間，您沒問題嗎？	少々 [副] 稍微 時間が掛かる [慣] 花時間
★★ お名前と携帯の番号をお伺いしても宜しいですか。 麻煩告訴我您的大名跟電話。 ① 徐です。携帯番号は 0955280061 です。 我姓徐，手機號碼是 0955280061。	有的店家是在櫃台直接幫客人登記的。 伺う [動] 請示 携帯番号 [名] 手機號碼
★ こちらに名前を書いて、お待ちいただけますか。 請在這裡寫上名字等候。	有的店家請顧客自己填寫相關資料。
★ こちらのリストに携帯の番号と人数をご記入下さい。 請在這張表中填上手機號碼跟人數。	人数 [名] 人數 記入 [名][サ] 填寫
★ こちらの番号札を持ってお席でお待ち下さい。 請拿這張號碼牌在座位上等候。	番号札 [名] 號碼牌 持つ [動] 拿
★ お名前をお呼びするまで、こちらの椅子に掛けてお待ち下さい。 在叫到名字之前，請在這裡坐著等候。	名前 [名] 名字 呼ぶ [動] 呼叫
★★ どのぐらい、待ちますか。要等多久呢？ ＝ どのぐらい、待たねばなりませんか。 ＝ どのぐらい、待たなくてはなりませんか。	どのぐらい [名] 多久 待つ [動] 等待 か [終助] 表示疑問

★★ 待(ま)ち時間(じかん)は四十分(よんじゅっぷん)ぐらいだと思(おも)いますが。 大概要等個四十分鐘左右。 ＝ 待(ま)ち時間(じかん)は四十分(よんじゅっぷん)ほどになります。 ＝ 約四十分(やくよんじゅっぷん)待(ま)ちですが。	時間(じかん) [名] 時間 ぐらい [副助] 左右 思(おも)う [動] 認為 ほど [副助] 左右
☆★ 宜(よろ)しいでしょうか。 可以嗎？ ① 構(かま)いません。 沒關係。 ② 分(わ)かりました。待(ま)ちます。 知道了，我們要等。	宜(よろ)しい [形] 可以的 構(かま)う [動] 在意 分(わ)かる [動] 知道
☆★ 恐(おそ)れ入(い)りますが、こちらで暫(しばら)くお待(ま)ち下(くだ)さい。 抱歉，請在這裡稍候。	恐(おそ)れ入(い)る [動] 惶恐 暫(しばら)く [副] 暫時
★ 順番(じゅんばん)にお呼(よ)びいたします。 我們會按照號碼順序叫您。	順番(じゅんばん)に [副] 順序地
★ お待(ま)ちの間(あいだ)、メニューをご覧(らん)になりますか。 等候時，您要看一下菜單嗎？	間(あいだ) [名] 期間 ご覧(らん)になる [慣] 看
★ 前(まえ)には何組(なんくみ)待(ま)っていますか。 我們前面有幾組在等？ ① 六組(ろっくみ)待(ま)っているんです。 有六組在等。	前(まえ) [名] 前面 ～組(くみ) [名] ～組
★ 待(ま)っている人(ひと)が随分(ずいぶん)いるね。 好多人在候位喔！	随分(ずいぶん) [副] 非常地
☆★ お腹(なか)が空(す)いた。 我肚子餓了。	お腹(なか)が空(す)く [慣] 肚子餓
★ 今日(きょう)はたくさん食(た)べるぞ。 今天要多吃一點。	たくさん [副] 很多
★ デラックスランチを二人前(ににんまえ)だって食(た)べられるぞ。 我可以吃下兩份豪華大餐。	二人前(ににんまえ) [名] 兩人份 食(た)べられる [動] 能吃
★ たまには高(たか)いものを食(た)べたいな。 偶爾也想吃吃昂貴的東西。	たまに [副] 偶爾
★ 一(いっ)ケ月(げつ)に一度(いちど)は高級(こうきゅう)レストランで食事(しょくじ)をする。 一個月在高級餐廳用餐一次。	一(いっ)ケ月(げつ) [名] 一個月 食事(しょくじ) [名][サ] 用餐
★ 今日(きょう)は持(も)ち合(あ)わせが十分(じゅうぶん)ある。 我今天帶了很多錢。	持(も)ち合(あ)わせ [名] 現款

（累積單字量 7712 個，慣用語量 420 個）

★ 今日は思い切って、六千円以上のランチにする。 今天決心吃六千日圓以上的晚餐。 ＝ 今日は六千円以上のランチにすることにする。	思い切る 動 決心 以上 名 以上 今日 名 今天
★ 今日は持ち合わせが少ない。 今天帶的錢很少。	少ない 形 很少的
★ 財布には二千円しか入っていない。 錢包裡只有兩千日圓。	財布 名 錢包
★ 今日のランチ代は千円以下にする。 今天的午餐費要控制在一千日圓以下。 ＝ 今日のランチ代は千円以上は使えない。	今日 名 今天 ランチ代 名 午餐費 使う 動 使用
★ 今日は九百円前後のランチにしよう。 今天就吃九百日圓左右的晚餐吧！	前後 接尾 前後 ランチ 名 午餐
★ 色んな料理を注文したら、予算をオーバーするかもしれない。 點太多菜的話，或許會超出預算。 ＝ 色んな料理を注文すれば、予算をオーバーするかもしれない。	色んな 形動 各種 予算 名 預算 料理 名 サ 菜
★ 三番の方、お待たせしました。どうぞ。 三號，讓您久等了，請進。	～番 名 ～號
★ 四名様でお待ちの徐様、お待たせいたしました。どうぞ。 徐先生一行四位，讓您久等了，請進。	～様 名 ～先生（小姐） 待つ 動 等候
☆☆ お席までご案内致します。 我帶您到座位上。	案内 名 サ 引導
★ 友達が来るのですが、ちょっとここで待っていてもいいですか。 我有朋友要來，我可以在這裡等一下嗎？ ① もちろんです。 當然可以。	友達 名 朋友 来る 動 來 ちょっと 副 稍微 もちろん 副 當然
★ こんなに混んでいるとは思わなかったな。 沒想到這裡人這麼多。 ① 最近、こういうレストランは人気があるからね。 因為最近這類餐廳很受歡迎。 ② この時間はいつも満席だ。 這個時間總是客滿。	こんなに 副 這麼地 混む 動 擁擠 最近 副 最近 いつも 副 總是
★ この店はいつ来てもお客でいっぱいだ。 這家店無論幾時來都是客人滿滿的。	いつ 名 何時 いっぱい 形動 滿滿

★ 残念(ざんねん)ですが、またにします。真抱歉，我們下次再來。 ① またのご来店(らいてん)をお待(ま)ちしております。期待您的再度光臨。	残念(ざんねん) 形動 抱歉 来店(らいてん) 名 サ 光臨

Unit 04 ｜注文(ちゅうもん)する 點餐

☆★ すみません。不好意思！ ① はい、すぐに伺(うかが)います。是的，我馬上來！	すぐに 副 馬上 伺(うかが)う 動 前往
☆★ ご注文(ちゅうもん)はお済(す)みですか。請問您點菜了嗎？ ＝ もう注文(ちゅうもん)なさいましたか。 ＝ もうオーダーなさいましたか。	注文(ちゅうもん) 名 サ 點菜 済(す)む 動 完成 オーダー 名 サ 點菜
★ ガイドブックを拝見(はいけん)させていただけますか。 可以讓我看一下指南手冊嗎？	拝見(はいけん) 名 サ 看
★ ガイドブックで見(み)たメニューを探(さが)しているのですが。 我在找指南手冊上看到的菜單。 ① こちらでしたら、このメニューでございます。這菜單就是這一份。	ガイドブック 名 指南手冊 探(さが)す 動 找 こちら 名 這份
☆★ 何(なん)でしょう。請問有什麼吩咐嗎？ ① メニューを下(くだ)さい。請給我菜單。 ② メニューを見(み)せて下(くだ)さい。請讓我看一下菜單。	何(なん) 名 什麼 下(くだ)さい 動 給 見(み)せる 動 讓～看
☆★ これがメニューです。這是菜單。 ① 中国語(ちゅうごくご)のメニューはありますか。請問有中文菜單嗎？	これ 名 這個 中国語(ちゅうごくご) 名 中文
☆★ お決(き)まりですか。您要點餐了嗎？ ＝ ご注文(ちゅうもん)はお決(き)まりですか。 ＝ ご注文(ちゅうもん)をお伺(うかが)いして宜(よろ)しいですか。 ① まだ決(き)めていません。還沒決定好。	決(き)まる 動 決定 か 終助 表示疑問 まだ 副 還沒 決(き)める 動 決定

★ 決めるまでもう少し時間を下さい。 我還需要一點時間來決定。	時間 名 時間
★ どれも美味しそうでなかなか決められません。 每樣看起來都很好吃，實在很難決定。 ① ご注文がお決まりのころ、お伺い致します。 等您決定好了，我再來幫您填單子。	どれ 代名 哪個 も 副助 也 美味しい 形動 好吃的 なかなか 副 相當
★ ご注文がお決まりになりましたら、お知らせ下さい。 等您決定好了，請告訴我。	決まる 動 決定 知らせる 動 通知
★ ご注文がお決まりになりましたら、ベルでお呼び下さい。 等您決定好了，請按鈴。	ベル 名 鈴 呼ぶ 動 呼叫
★ ご注文がお決まりになりましたら、このボタンを押して下さい。 等您決定好了，請按這個按鈕。 ① はい、決まったら呼びます。好的，我決定好了再叫你。	たら 助動 ～的話 この 連體 這～ ボタン 名 按鈕 押す 動 按壓
☆★ 注文したいんですが。 我要點菜。 ＝ 注文をお願いします。 ＝ 注文してもいいですか。	たい 助動 想要 願う 動 拜託 ても 接助 即使～也 いい 形 可以的
☆★ 注文する料理が決まりました。 我準備好要點菜了。 ① ご注文をどうぞ。請點菜。	料理 名 サ 菜 どうぞ 副 請
☆★ 何にしますか。 您要點些什麼？ ＝ 何になさいますか。 ＝ ご注文は何ですか。 ＝ 何をご注文になりますか。	何 名 什麼 する 動 做 に 格助 此處指決定的內容 注文 名 サ 點餐 を 格助 此處指要點的菜
☆★ 先にこちらのメニューにご記入下さい。 請先填寫在這張點菜單上。	先に 副 首先 記入 名 サ 填寫
★ お料理について、何かご質問がございますか。 您對菜單有什麼不了解的嗎？ ① どのメニューが人気がありますか。大部分的人都點什麼呢？	質問 名 サ 詢問 メニュー 名 菜單 人気がある 慣 受歡迎

☆☆ お勧め品はありますか。 有沒有什麼推薦的菜？

= お勧め料理は何ですか。

= 何かお勧めはありますか。

勧める 動 推薦
品 名 東西
何 代名 什麼

☆☆ 今日は何が美味しいですか。 今天有什麼好吃的？

① 今日は寒いので、野菜カレーがお勧めです。
今天很冷，我推薦您吃蔬菜咖哩。

美味しい 形 好吃的
寒い 形 寒冷的
野菜 名 蔬菜

★ カレーにはパンかライスが付きますが、どちらになさいますか。 咖哩有附麵包或是米飯，您要哪一種？

① パンを下さい。 請給我麵包。

パン 名 麵包
ライス 名 米飯
付く 動 附加

★ どんなセットメニューがありますか。 你們有什麼套餐嗎？

① 当店では様々なセットメニューをご用意しております。
本店提供多樣的套餐。

② こちらは展示品です。 這是展示品。

どんな 連體 怎樣的
当店 名 本店
様々 形動 多樣
展示品 名 展示品

★ 単品ですか。それともセットになさいますか。
請問要單點還是套餐？

① このコース料理にします。 我要這個套餐。

= この定食にします。

= このセットにします。

単品 名 單點
それとも 接 還是
コース 名 套餐
定食 名 套餐
セット 名 套餐

★ セットの主食は麺かライスをお選びいただけます。どちらになさいますか。 套餐的主食可以選麵或白飯，您要哪一種？

① ライスにします。大盛りにして下さい。 我要白飯，大碗的。

主食 名 主食
麺 名 麵
選ぶ 動 選擇
大盛り 名 大碗

★ 調味料はどちらになさいますか。 您的調味料要哪一種？

① マヨネーズにします。 我要美乃滋。

② マスタードを下さい。 請給我黃芥末。

調味料 名 調味料
マヨネーズ 名 美乃滋
マスタード 名 黃芥末

★ サラダのドレッシングは和風とシーザーと中華ゴマがございますが。
沙拉沾醬有和風、凱撒，跟中華芝麻醬。

サラダ 名 沙拉
ドレッシング 名 沙拉沾醬
ゴマ 名 芝麻

（累積單字量7814個，慣用語量421個）

★ ドレッシングは如何なさいますか。 您的沙拉沾醬要哪一種？ ① 和風ドレッシングにします。 我要和風沙拉醬。 ② シーザードレッシングを下さい。 請給我凱撒沙拉醬。	如何 副 如何 和風 名 和風 シーザー 名 凱撒
★ セットにスープは付いていますか。 請問餐點有附湯嗎？ ① このセットメニューにはスープが付いています。 這套餐有附湯。 ② 申し訳ございません、スープは付いておりませんので、別にご注文下さい。 不好意思，沒有附湯，湯要另外點。	スープ 名 湯 この 連體 這～ 申し訳 名 抱歉 ので 接助 因為 別に 副 另外
★ このセットメニューにはスープかサラダのどちらか一品付きます。どちらが宜しいですか。 這套餐有附湯或是沙拉，您要哪一種？	一品 名 一種 どちら 名 哪種 宜しい 形 好的
★ 今日はどんなスープがありますか。 今天是什麼湯？ ＝ 今日のスープは何ですか。 ① オニオンスープです。 今天的湯是洋蔥湯。 ② あちらにございますので、ご自由にお召し上がり下さい。 在那裡，請自行取用。	今日 名 今天 どんな 連體 怎樣的 オニオン 名 洋蔥 自由 形動 自由 召し上がる 動 取用
☆☆ 今日のシェフのお勧め料理は何ですか。 今天的主廚菜單是什麼？	シェフ 名 主廚
☆☆ シェフのお勧めコースの内容を教えて下さい。 請介紹我們主廚所推薦的套餐。	内容 名 內容 教える 動 告知
☆☆ 今日の特別料理は何ですか。 今天的特餐是什麼？ ① えび天です。 是炸蝦天婦羅。	特別料理 名 特餐 えび天 名 炸蝦天婦羅
☆☆ スペシャルメニューは何ですか。 你們的特別菜單是什麼？ ① 寿司と刺身は好評をいただいております。 壽司和生魚片很獲好評。 ② どちらもお勧めですので、ぜひお試し下さい。 這兩樣我都推薦，請您務必嚐嚐看。	スペシャル 名 特別 寿司 名 壽司 刺身 名 生魚片 好評 名 好評
★ こちらの地元ならではの料理はありますか。 有沒有本地的特色料理？	地元 名 本地
★ すぐにできる料理はありますか。 有沒有能快一點吃到的餐點？	できる 動 做好

（累積單字量7841個，慣用語量421個）

★★ ベジタリアンミールはありますか。 請問有素食餐點嗎？ ① サラダや特製の豆腐料理などをご用意しております。 我們準備了沙拉跟特製的豆腐料理等。	ベジタリアン 名 素食 ミール 名 餐點 特製 名 特製
★ あのボードに書いてあるメインはどんな料理ですか。 那塊板子上寫的主菜是什麼？ ① そちらは当店のいち押しです。 那是本店的招牌菜。	ボード 名 板子 メイン 名 主菜 いち押し 名 招牌菜
★ 辛いのがお好きな方にお勧めです。 推薦給喜歡吃辣的客人。 ＝ 辛いのがお好きな方にお勧めします。 ＝ 辛いのがお好きな方に推薦します。 ① あまり辛くない料理はありませんか。 有沒有什麼比較不辣的菜呢？	辛い 形 辣的 推薦 名 サ 推薦 あまり 副 不太～ 料理 名 サ 菜
★ 前菜を注文したいと思います。 我們想點些開胃菜。	注文 名 サ 點
★ どんな前菜がありますか。 有沒有什麼開胃菜？	どんな 連體 怎樣的
★ 前菜はどれがお勧めですか。 開胃菜您推薦哪一種？	勧める 動 推薦
★ 私は前菜はいりません。 我不要開胃菜。	前菜 名 開胃菜
★★ 何かアレルギーがありますか。 請問您對什麼過敏嗎？ ① ピーナッツアレルギーです。 我對花生過敏。	何 名 什麼 アレルギー 名 過敏 ピーナッツ 名 花生
★ こちらにはピーナッツは入っておりませんので大丈夫です。 這道菜沒有花生，沒問題的。 ＝ こちらにはピーナッツは含まれておりませんので、大丈夫です。	入る 動 放入 大丈夫 形動 不要緊 含む 動 包含
★ 内容を変えてお料理をお出し致します。 我們會為您更改配料的。	変える 動 更換
★ ピーナッツの代わりにシリアルをお出し致します。 我們會為您將花生換成穀片的。 ① では、それでお願いします。 那我要點那個。	代わり 名 替代 シリアル 名 穀片 それ 名 那個

（累積單字量7865個，慣用語量421個）

★★★ これを下さい。我要這個。 ＝ 私はこれにします。 ＝ これをお願いします。	下さい 動 給 私 名 我 願う 動 拜託
★★ こちらは一人前でよろしいですか。這個要來一人份是嗎？ ① いいえ、二人前お願いします。不，要兩人份。 ② 取り分けますので。我們要分著吃。 ＝ 皆で分けて食べたいのですが。	一人前 名 一人分 取り分ける 動 分著吃 皆 名 大家 分ける 動 分
★ 一皿の量はどのぐらいですか。一盤的份量大概多少？ ① 沢山ありますよ。份量很多喔！	量 名 份量 沢山 副 很多
★ では、一皿だけ注文します。那麼，請來一盤就好。	一皿 名 一盤
★ 何か、おつまみを持って来て下さい。 請拿點下酒菜來。	おつまみ 名 下酒菜
★ 初めに、お通し（＝突き出し）を三つお願いします。 請先來三碟小菜。	お通し（＝突き出し） 名 小菜
★ ラーメンは後でお願いします。拉麵請待會兒再上。	後 名 之後
★ あちらのテーブルの方が食べている料理は何ですか。 那張桌的客人吃的是什麼？ ① そちらは限定セットでございます。那是我們的限量套餐。	テーブル 名 桌子 限定 名 サ 限定 セット 名 套餐
★ 私はあなたと同じものを注文します。我要點跟你一樣的。	あなた 代名 你（妳）
★★ 同じものでいいです。請給我一樣的。 ＝ 同じものにしましょう。 ＝ 同じものを下さい。	同じ 形動 一樣 もの 名 東西 下さい 動 給
★ 今日のパスタは何ですか。今天的義大利麵是什麼？	今日 名 今天
★ パスタは三種類の中から選べます。義大利麵可以三選一。 ① ペンネでお願いします。我要筆管麵。	パスタ 名 義大利麵 ペンネ 名 筆管麵

★★ ご注文を確認させていただきます。 幫您確認一下菜單。	確認 [名][サ] 確認
★★ 注文は以上で宜しいでしょうか。 以上點的菜就好了嗎？ ＝ 他にご注文はありますか。以上でしょうか。 ＝ これで全部ですか。 ① ええ、全部です。是的，我們點好了。	以上 [名] 以上 宜しい [形] 好的 他に [副] 其他 全部 [名] 全部
★★ もう少し何か頼みましょうか。 要不要再點些什麼呢？ ＝ もっと注文しようか。 ① いいえ、結構です。不要了，夠了。	もう少し [副] 再一點 頼む [動] 點餐 もっと [副] 更 結構 [形動] 足夠
★ ラストオーダーは何時ですか。 最後的點餐時間是幾點？ ① ラストオーダーは十時です。最後的點餐時間是十點。	ラストオーダー [名] 最後點餐 何時 [名] 幾點
★ ラストオーダーですが、他に何かご注文はございますか。 到了最後的點餐時間了，請問有要加點的嗎？ ＝ ラストオーダーになりますが、追加のご注文はございますか。	注文 [名][サ] 點餐 ござる [動] ある的尊敬語 追加 [名][サ] 追加
★ 間もなく閉店しますが、他に何かご注文はございますか。 快打烊了，有要加點嗎？ ① いいえ、結構です。不，謝了。	間もなく [副] 即將 閉店 [名][サ] 打烊 他 [名] 其他
★★ 追加注文したいんですが。 我要加點。 ＝ 追加をお願いします。 ① はい、少々お待ち下さい。ただ今参ります。好的，稍等一下，我馬上來。	少々 [副] 稍微 ただ今 [副] 現在 参る [動] 來
★★ ご飯お代わり。 我還要一碗飯。	ご飯 [名] 米飯
★ 大盛りにしてね。 要大碗的喔！	大盛り [名] 大碗
★★ 肉をもう一人前お願いします。 請再給我一人份的肉。 ＝ 肉をもう一人前追加します。	肉 [名] 肉 一人前 [名] 一人份
★★ これ、もう一皿お願いします。 這個再一盤。	一皿 [名] 一盤

（累積單字量 7912 個，慣用語量 421 個）

★ 餃子をもう一つ追加します。再追加一份餃子。	餃子 名 餃子
★ 味噌汁をもう少し下さい。請再給我一些味噌湯。	味噌汁 名 味噌湯
★ パンをもっといただけますか。請再多給我一些麵包好嗎？	パン 名 麵包

Unit 05 | レストランで 在餐廳用餐

★★ こちらのお席です。您的座位在這兒。 ① ありがとうございます。もう一人後から来ます。 謝謝，還有一個人待會兒會來。	一人 名 一個人 後 名 之後 来る 動 來
★ すみません、席を移りたいんですが。不好意思，我們想換位子。	移る 動 移動
★ 静かな席に移動できませんか。我們可以換到比較安靜的座位嗎？ ＝ 静かな席に変えていただけますか。	静か 形動 安靜 移動 名 サ 移動
★ ご不快な思いをさせてしまい大変申し訳ございません。 非常抱歉造成您們的不愉快。	不快 形動 不愉快 大変 副 非常
★ お席があるか確認してまいります。我幫您們確認一下有沒有空位。	確認 名 サ 確認
★ 空いておりますので、ご案内させていただきます。 還有空位，我帶您們去。 ① お願いします。ありがとうございます。麻煩您了，謝謝！	空く 動 空缺 案内 名 サ 引導 願う 動 拜託
★ 子供用の椅子はありますか。有兒童用的座椅嗎？ ① もちろんございます。すぐにお持ちします。當然有，我馬上為您拿來。	子供 名 兒童 もちろん 副 當然
☆☆ よかった。ありがとうございます。太好了！謝謝！	よかった 慣 太好了
★ 子供用の食器を下さい。請給我兒童用的餐具。	食器 名 餐具

★ ストローも下さい。也請給我吸管。	ストロー 名 吸管
★ エアコンを弱めていただけますか。空調可以調小嗎？	弱める 動 調弱
★ おしぼりです。どうぞ。這是濕巾，請用。 ＝ お手拭きです。どうぞ。	おしぼり 名 濕巾 お手拭き 名 濕巾
★ テーブルがベタベタするので拭いてもらえますか。 桌子黏答答的，可以幫我們擦嗎？ ① すぐに綺麗に致します。我馬上幫您擦乾淨。	ベタベタ 副 サ 黏答答 拭く 動 擦拭 綺麗 形動 乾淨
★ 新しいお箸を一膳もらえますか。能要雙乾淨的筷子嗎？	～膳 名 ～雙
★ 取り皿をいただけますか。可以給我小碟子嗎？ ＝ 小皿を持って来てもらえますか。 ① お皿とお箸は台の下の方にございます。碟子跟筷子在餐檯的下方。	取り皿 名 小碟子 小皿 名 小盤子 台 名 餐檯
★ フォークが見当たりません。沒有叉子。	見当たる 動 看見
★ ナイフが汚れているので、綺麗な物に取り換えてもらえますか。刀子髒髒的，可以給我乾淨的嗎？	汚れる 動 弄髒 取り換える 動 更換
★ スプーンを落としてしまったので、もう一本下さい。 湯匙掉了，能再給我一根湯匙嗎？ ① すぐに新しいものをお持ちします。我馬上幫您換新的。	スプーン 名 湯匙 落とす 動 掉落 持つ 動 拿
★★ これはどうやって食べるんですか。這個怎麼吃呢？ ① 醤油を付けて食べます。沾醬油吃。 醤油はどこですか。醬油在哪裡？ ① テーブルの上にございます。ご自由にお取り下さい。 在桌上，請自行取用。	醤油 名 醬油 付ける 動 沾 どこ 名 哪裡 テーブル 名 桌子 取る 動 取用
★ ご飯はありますか。有米飯嗎？	ご飯 名 米飯
★ しゃぶしゃぶのたれを、もう少しお願いします。 請再給我一些涮涮鍋的沾醬。	しゃぶしゃぶ 名 涮涮鍋 たれ 名 沾醬

（累積單字量7955個，慣用語量422個）

★ これ、食べやすいよう、小さく切ってもらえますか。 為了方便吃，可以幫我把這個切小塊一點嗎？	小さい 形 小的 切る 動 切
★★ お願いした料理がまだ来ていません。 我點的菜還沒來。	料理 名 菜
★★ 私の注文した料理、まだですか？ 我點的菜還沒好嗎？	注文 名 サ 點餐
★ 暫く前に注文したのですが。 我很早就點了。	暫く 副 一會兒
★ 料理が出てくるのをもうだいぶ待っているんですが。 我等上菜很久了。	出る 動 出菜 だいぶ 副 相當
★ もう四十分も待っているんですが。 我們已經等了四十分鐘了。	待つ 動 等待
★ 隣の席の人達より前に来たんですが。 我們比隔壁桌的早來的喔！	隣 名 隔壁
★ 私たちより後に来た人の注文が先に来ているんですけど。 比我們晚到的人餐點卻先到。	後 名 後 先 名 先
★★ すみません、急いでいるんですが。 不好意思，我們趕時間。 ① すぐに確認してまいります。 我馬上幫您確認。	急ぐ 動 趕忙 確認 名 サ 確認
★ 申し訳ございません。注文が通っておりませんでした。 抱歉，菜單沒有傳達好。	注文 名 サ 點菜 通る 動 傳達
★★ 間もなくご用意できるはずです。 菜應該馬上就好了。	間もなく 副 即將
★ あと五分ほどで料理をお持ち致します。 菜再五分鐘左右就幫您送過來。 ① 十分前にもそう言いましたよね？ 你十分鐘前不就這麼說了嗎？	ほど 副助 左右 そう 副 那樣地 言う 動 說
★★ すぐにお持ち致します。 我馬上幫您上菜。 ＝ すぐにご注文されたものをお持ち致します。 ＝ すぐにご注文のお料理をお持ち致します。	持つ 動 拿 料理 名 サ 菜
★★ ご迷惑をお掛けして本当に申し訳ありません。 真的非常抱歉造成您的困擾。	迷惑 名 サ 困擾

6 飲食について 關於飲食

★ 注文を換えてもいいですか。 點的菜可以更換嗎？ ① 結構です。何になさいますか。 可以的，您要什麼呢？	換える 動 更換 結構 形動 可以 何 代名 什麼
★ AをBに換えられますか。 A可以換成B嗎？ ＝ AをBに変更できますか。 ＝ Aの代わりに、Bをもらえますか。	変更 名 サ 變更 代わり 名 替代 もらえる 動 能領受
★ ポークチョップの代わりにステーキを下さい。 請將豬排換成牛排。 ＝ ポークチョップをステーキに変更して下さい。	ポークチョップ 名 豬排 ステーキ 名 牛排 下さい 動 給
★ それはもう来ましたけど。 那道菜已經上過了。	来る 動 來
★ これは、私が注文したものと違います。 這和我點的不一樣。 ＝ これは、私がお願いしたものと違います。 ＝ これは、私が頼んだものと違います。	もの 名 東西 違う 動 不一樣 と 格助 此處指想的內容
★ あなたの聞き間違いだと思います。 我想你聽錯了。	聞き間違い 名 聽錯
★ ご注文はカレーライスではございませんでしたか。 您點的不是咖哩飯嗎？ ① カレーライスでなく、チャーハンを頼みました。 我點的是炒飯，不是咖哩飯 ＝ 私が頼んだのはカレーライスでなく、チャーハンです。	カレーライス 名 咖哩飯 チャーハン 名 炒飯 頼む 動 點 の 格助 此處為點的東西
★ これは、私が注文したものではありません。 這個不是我點的。 ＝ これは、頼んでいません。	私 名 我 注文 名 サ 點餐
★ 私は野菜サラダを注文していませんが。 我並沒有叫生菜沙拉啊！ ① 野菜サラダはサービスです。 生菜沙拉是免費招待的。 ② よくかき混ぜてからお召し上がり下さい。 請充分攪拌後再吃。	サービス 名 サ 招待 よく 副 充分地 かき混ぜる 動 攪拌 召し上がる 動 吃

（累積單字量8001個，慣用語量422個）

★ これを、二人前頼んだのですが。這個我們是叫兩人份。 ① 申し訳ございません。私どもの間違いでした。對不起，是我們弄錯了。 ② 申し訳ございません。数を間違えておりました。 對不起，我們把數量搞錯了。	二人前 名 兩人份 間違い 名 錯誤 数 名 數量
★ この料理はたぶん間違って運ばれてきたんだと思いますよ。 我想你送錯餐了唷！ ① 別のお客様のものと間違えてしまいました。 我們把別桌的菜跟您的弄錯了。 ② 他のお客様の料理を持って来てしまいました。 我們把別桌的菜送來這裡了。	運ぶ 動 運送 別 名 另外 間違える 動 弄錯 他 名 其他 お客様 名 客人 持っ 動 拿，端
★ お皿を替えていただけますか？請幫我們換盤子。	替える 動 替換
★★ お料理は全部揃いましたか。請問您的菜都到齊了嗎？ ＝ ご注文の品は揃いましたか。 ＝ ご注文の品は全てお揃いでしょうか。	揃う 動 到齊 品 名 東西 全て 副 全部
★ このサラダはメニューの写真と全然違います。 這沙拉跟菜單上的照片差太多了。	写真 名 照片 全然 副 完全
★ このメニューでは、サラダにチーズが入っていると書かれているのに、チーズが入っていませんよ。 菜單上寫著這沙拉有加起司，但是並沒有起司啊！ ① どうなっているか調べてまいります。我幫您查查看是怎麼一回事。	サラダ 名 沙拉 チーズ 名 起司 入る 動 放入 書く 動 寫 調べる 動 調查
★ すぐ確認して新しい物をお持ち致します。 我馬上確認後再幫您重新上過。	新しい 形 新的 持つ 動 拿
★ すぐに作り直します。我們馬上重做。	作り直す 動 重做
★ お詫びにデザートをサービスさせて下さい。 為了表示歉意，請讓我們贈送甜點作為補償。	お詫び 名 道歉 デザート 名 甜點
★ 大変申し訳ございません、次回から改善させていただきます。 真的非常抱歉，下次我們會改進的。	次回 名 下次 改善 名 サ 改善

★ すみません、飲み物を溢してしまいました。
不好意思，我的飲料弄翻了。

①テーブルクロスを取り換えましょう。我來換桌巾。

すみません 感 抱歉
溢す 動 打翻
テーブルクロス 名 桌巾

★★ 失礼致します。お食事はお済みですか。
不好意思，請問您用餐完畢了嗎？

①いいえ、まだ済んでいません。還沒。

②はい、済みました。我們吃完了。

失礼 名 サ 失禮
食事 名 サ 用餐
済む 動 結束

★★ お下げしても宜しいですか。可以幫您整理桌面嗎？

①お皿を下げて下さい。請把盤子收走。

＝ お皿を下げてもらえますか。

下げる 動 撤走
宜しい 形 可以的
皿 名 盤子

★★ デザートをお出ししても宜しいでしょうか。
請問可以上甜點了嗎？

出す 動 端出

★★ 灰皿はありますか。請問有菸灰缸嗎？

①ございます。いくつお持ちしますか。有的，請問您要幾個？

灰皿 名 菸灰缸
いくつ 名 幾個

★ 量が多いので、全部食べられません。分量太多了，無法全部吃完。

量 名 份量

★ 全部は食べられなかったので、持ち帰り用に包んでもらえますか。吃不完能打包嗎？

＝ 全部は食べられなかったので、持ち帰ってもいいですか。

＝ 全部は食べられなかったので、持ち帰れますか。

全部 名 全部
包む 動 打包
ので 接助 因為
持ち帰る 動 外帶

★ 残りのお料理はテイクアウトに致します。
好的，為您打包剩下的菜。

＝ 残りのお料理はお包み致します。

残り 名 剩下
テイクアウト 名 サ 外帶
包む 動 打包

★ テイクアウト用の袋がないので、アルミホイルでお包みして宜しいでしょうか。外帶用的袋子沒有了，用鋁箔紙幫您打包好嗎？

①大丈夫です。沒關係的。

袋 名 袋子
ので 接助 因為
アルミホイル 名 鋁箔紙
大丈夫 形動 不要緊

★ こちらはお客様のテイクアウトです。這是您打包的東西。

お客様 名 顧客

（累積單字量8053個，慣用語量422個）

★ 今晩中にお召し上がり下さい。建議您在今天晚上吃完。	今晩中 名 今晚中
★ こちらはお客様の明細書です。這是您的消費明細表。	明細書 名 明細表
★ お支払いの際に、レジにお持ち下さい。結帳時，請拿到收銀台。	支払い 名 支付
★ お戻りの際、スタッフに声をお掛け下さい。 要離開時請叫一下服務人員。	戻る 動 回家 際 名 時候
★ お会計はテーブル席で精算致します。我們會在餐桌前幫您買單。 ① はい、分かりました。了解了。	精算 名 サ 核對 分かる 動 了解
★★ お呼びですか。要我為您服務嗎？ ① そろそろ出ますので、お会計して下さい。 我們要離開了，請幫我們結帳。	呼ぶ 動 叫 出る 動 離開 会計 名 結帳

Unit 06 ｜レストランへの称賛と批判 對餐廳的讚美和批評

★★ この料理はどうですか？這道菜怎麼樣？	料理 名 サ 菜
★★ どんな味？味道如何？ ＝ 味はどう？	どんな 連體 怎樣的 味 名 味道
☆☆ お口に合いますか。合口味嗎？	口に合う 慣 合胃口
☆☆ 美味しそうだね。看起來很好吃耶！	美味しい 形 美味的
★ 見た目通り美味しい？跟看起來一樣好吃嗎？	～通り 接尾 按照～
★ 一口もらってもいい？我可以吃一口嗎？	一口 名 一口
★ 悪くない。還不錯。	悪い 形 不好的

★ まずくはない。不太難吃。	まずい 形 難吃的
☆ うまい。好吃。	うまい 形 好吃的
☆ とても美味しい。非常好吃。 ＝ すごく美味しい。 ＝ 大変美味しい。	とても 副 相當 すごく 副 非常地 大変 副 非常地
★ 台湾人の口に合う。很合台灣人的胃口。	台湾人 名 台灣人
★★ さっぱりしている。口味清爽。	さっぱり 副 サ 清爽
★ 濃厚な味わいだ。滋味濃厚。	味わい 名 口味
★ マイルドな味だ。口味溫潤。 ＝ 味がマイルドだ。	マイルド 形動 溫潤
★ 確かに推薦通りで、美味しいね。確實如您所推薦的，很好吃啊！	推薦 名 サ 推薦
★ すごく柔らかくてジューシーだよ。非常鮮嫩多汁。	柔らかい 形 柔嫩的
★ こんな珍しいものは口にしたことがない。 我沒吃過這麼特別的東西。	珍しい 形 稀奇的 口にする 慣 品嘗
★ 平凡な味だよ。吃起來沒什麼特別的。 ＝ 別にどうってことのない味だよ。	平凡 形動 平凡 別に 副 特別地
★ これ、まずい。這很難吃。	まずい 形 難吃的
★ ひどくまずい。非常難吃。	ひどい 形動 極端
★ こんなまずい料理を食べたことがない。沒吃過這麼難吃的菜。	料理 名 菜
☆ 何か問題がありますか？有什麼問題嗎？ ① すごく塩辛い。很鹹。 ② 油っこい。很油膩。	問題 名 問題 塩辛い 形 很鹹的 油っこい 形 油膩的

（累積單字量 8090 個，慣用語量 424 個）

★ この料理、味が変だよ。 這道菜的味道很怪。 ＝ この料理、変わった味がするよ。	変 形動 奇怪 変わる 動 變化
★ 味が濃い。 口味很重。 ＝ 濃い味だ。	味 名 口味 濃い 形 濃厚的
★ チキンリゾットのはずなのに、チキンが見当たらないんだ。 應該是雞肉燉飯，卻沒看到雞肉。	はず 名 應該 チキン 名 雞肉
★ このスープ、薄すぎない？ 湯會不會太淡了？	薄い 形 清淡的
★ もう少し塩を入れた方がいいと思う。 我覺得再鹹一點比較好。	塩 名 鹽
★ もっと辛い方がいいと思う。 我覺得再辣一點比較好。	辛い 形 辣的
★ もっと甘い方がいいと思う。 我覺得再甜一點比較好。	甘い 形 甜的
★ もっと胡椒を振った方がいいと思う。 我覺得多撒一點胡椒比較好。	胡椒 名 胡椒
★ この蝦はあまり新鮮ではないよ。 這蝦不太新鮮喔！	新鮮 形動 新鮮
★ この肉はとても硬い。 這塊肉很硬。	硬い 形 很硬的
★ この肉は焼きが足りない。 這塊肉沒煎熟。	足りる 動 足夠
★ この肉団子、中がまだ冷たい。 這肉丸子裡面還是冷的。	肉団子 名 肉丸子
★ スープが冷めてしまった。 湯已經冷掉了。	冷める 動 變冷
★ この料理、中に蚊が入っている。 這道菜裡有蚊子。	蚊 名 蚊子
★ この料理、中に髪の毛が入っている。 這道菜裡有頭髮。	髪の毛 名 頭髮
★ このチーズケーキは失敗作だ。 這個起司蛋糕做失敗了。	失敗作 名 失敗作品
★ うわ！こんなに辛いと思わなかった。 哇！沒想到會這麼辣。	思わなかった 慣 沒想到
★ タイ料理は味が酸っぱくて辛い。 泰國菜吃起來酸酸辣辣的。	酸っぱい 形 酸的

★ このミートソース、もう少し塩を加えた方がいい。 這義大利肉醬再多加點鹽巴會更好。	ミートソース 名 義大利肉醬
★ このグラスはきれいではないね。 這玻璃杯不乾淨喔！ ＝ このグラスは汚いね。 ＝ このグラスは汚れている。	グラス 名 玻璃杯 汚い 形 髒的 汚れる 動 變髒
★ このグラスはちゃんと洗わなきゃいけない。 這玻璃杯一定要好好地洗一洗。	ちゃんと 副 好好地 洗う 動 洗
★ この皿、汚れが付いている。 這個盤子上有污漬。	汚れ 名 污漬
★ このコップは欠けている。 這個杯子有缺口。	欠ける 動 有缺口
★ この茶碗にはひびが入っている。 這個碗有裂痕。	ひび 名 裂痕
★★ この料理、口当りはどう？ 這道菜口感如何？	口当り 名 口感
★ 予想していたのと同じ？ 跟你預想的一樣嗎？	予想 名 サ 預想
★ 期待していたのと同じ？ 跟你期待的一樣嗎？	期待 名 サ 期待
★ とても歯応えがある。 很有嚼勁。	歯応え 名 嚼勁
★ 滑らかな口当りだ。 口感滑嫩。	滑らか 形動 滑嫩
★ 柔らかな口当りだ。 口感柔嫩。	柔らか 形動 柔嫩
★ 口の中で溶けていく感じ。 感覺要在口中融化了。	溶ける 動 融化
★ 酒の肴にいいね。 這個當下酒菜可真不錯！	肴 名 菜餚
★★ こんな美味しいものを食べたことないよ。 沒吃過這麼好吃的東西。 ＝ こんな美味しいものを食べた経験ないよ。	美味しい 形 美味的 こと 名 經驗
★★ 食べて見ない？ 你要不要吃吃看？	食べる 動 吃

（累積單字量8130個，慣用語量425個）

★ こんな美味しいラーメンは初めてだ。第一次吃到這麼好吃的拉麵。	初めて 名 初次
★ このサラダドレッシングは本当に美味しい。 這沙拉醬汁嚐起來真棒！	本当に 副 真的 美味しい 形 美味的
★ このステーキは傑作だね！這牛排真是傑作！	傑作 名 傑作
★ 私もそっちを頼めばよかった。我剛剛要是也點那個就好了。	頼む 動 點
★ 贅沢なランチだね！真豪華的午餐！ ＝ 素晴らしいランチだね！	贅沢 形動 豪華 素晴らしい 形 很棒的
★ 本当に人を楽しませてくれるランチだね！ 真是一頓令人開心的午餐！	楽しむ 動 享受 ランチ 名 午餐
★ これは、ほかの店では味わえない。這是在別家店吃不到的。	味わう 動 品嘗
★ これは、家ではなかなか作れない。這是在家裡無法做出來的。	作る 動 做
★ あの店より、この店の方が美味しい。這家店比那家店好吃。	店 名 店
★ この寿司屋、ネタがすごく新鮮だ。這家壽司店的食材很新鮮。	ネタ 名 食材
★ この店はサービスがいいね。這家店服務不錯耶！	サービス 名 サ 服務
★ ボーイの態度が良い。服務生的態度很好。	態度 名 態度
★ ウェイトレスがとても親切だ。女服務生相當親切。	ウェイトレス 名 女服務生
★ 雰囲気の良いお店だね。這家店氣氛不錯耶！	雰囲気 名 氣氛
★ この店は高級感に溢れている。這家店充滿了高級感。	溢れる 動 充滿
★ 私はここの寛いだ雰囲気が大好きだ。我喜歡這裡輕鬆自在的氣氛。	寛ぐ 動 放鬆
★ このレストランはとてもユニークだね。這家餐廳真是獨特。 ＝ このレストランはとても独特だね。 ＝ このレストランはとても変わってるね。	ユニーク 形動 特殊 独特 形動 獨特 変わる 動 變化

（累積單字量8152個，慣用語量425個）

★ 家の付近で、こんなに美味しいレストランを見付けるのは難しい。在我家附近很難找到這麼棒的餐廳。	付近 名 附近 見付ける 動 找到
★ このレストランは穴場だね。這家餐廳真是個鮮為人知的好去處。	穴場 名 鮮為人知的好去處
★ こんな美味しい店に連れて来てくれてありがとう。 真謝謝你帶我來這麼好吃的店。	連れる 動 帶 来る 動 來
★ 私は満足していない。我沒有很滿意。	満足 名 サ 滿意
★ この店、雰囲気が良くないね。這家店的氣氛不好。	雰囲気 名 氣氛
★ この店、雰囲気が安っぽい。這家店的氣氛很庸俗。	安っぽい 形 廉價的
★ 感じの悪い店だ。這是一間感覺很差的店。	感じ 名 感覺
★ 全くひどい店だ。這是一間很差勁的店。	全く 副 完全地
★ この店の料理は味が落ちたよ。這家店的菜比以前差。	落ちる 動 墮落，變差
★ このレストランは期待外れだった。我認為這家餐廳沒有預期的好。 ＝ このレストランは思惑外れだった。 ＝ このレストランは思ったほどじゃなかった。	期待 名 サ 期待 思惑 名 預想 外れ 名 落空
★ この店の料理はあまり美味しくないと思うよ。 我覺得這家店的菜沒有很好吃。	あまり 副 不太～ 思う 動 認為
★ もっと美味しい料理を食べたことがある。我吃過更好吃的料理。	もっと 副 更
★ ここは高いわりに量が少なすぎるよ。 這裡很貴，而且份量也太少了。	わりに 副 意外地 少ない 形 很少的
★ 味は悪くないけど、サービスが悪い。味道還不錯，可是服務差。 ＝ 味は悪くないけど、対応が悪い。	サービス 名 サ 服務 対応 名 サ 應對
★ 従業員のマナーが悪い。員工很沒禮貌。	従業員 名 員工
★ 店員の態度が最低だね。店員的態度最差勁了。	最低 名 最差勁

（累積單字量8175個，慣用語量425個）

★ この店のサービスがこんなに悪いとは思わなかった。 我沒想到這家店的服務那麼差。	こんなに 副 這麼地 悪い 形 惡劣的
★ 二度とこの店には来ない！ 我再也不會來這家店了！ ① こんなひどい店に連れて来て申し訳ない。 真抱歉帶你來這麼差勁的店。	二度 名 第二次 連れる 動 帶

Unit 07 ｜ファーストフード店、コンビニ 速食店、便利商店

★★ 次の方、どうぞ。 下一位！ ① A コースをお願いします。 我要 A 餐。 ② B セットで、飲み物はコーラの S でお願いします。 我要 B 餐，飲料要小杯的可樂。	次 名 其次 コース 名 套餐 セット 名 套餐 飲み物 名 飲料
★★ 3 番のセットメニューを一つ下さい。 我要一份 3 號餐。	一つ 名 一份
★★ エスプレッソを持ち帰りでお願いします。 我要外帶一杯濃縮咖啡。	エスプレッソ 名 濃縮咖啡 持ち帰り 名 外帶
★ バーガー二つとポテトの L を一つ下さい。 請給我兩個漢堡跟一份大的薯條。	バーガー 名 漢堡 ポテト 名 薯條
★ セットですか、ハンバーガー単品ですか。 您要套餐還是單點漢堡就好？ ① セットにします。套餐好了。	セット 名 套餐 単品 名 單點 か 終助 表示疑問
★ どのハンバーガーになさいますか。 您要什麼漢堡？ ① ダブルチーズバーガーを下さい。請給我雙層起司漢堡。	ハンバーガー 名 漢堡 なさる 動 する的尊敬語
★ ソースはチリソースで。 沾醬請給我辣醬。	チリソース 名 辣醬

（累積單字量 8194 個，慣用語量 425 個）

★ コーラにはS、M、Lの三サイズございますが、どれに致しますか。可樂有小杯、中杯、大杯三種，您要哪一種？ ① Lサイズのコーラにします。我要大杯的可樂。 ② Sサイズの炭酸飲料を氷抜きでお願いします。我要小杯汽水，去冰，謝謝！	サイズ [名] 尺寸 ござる [動] ある的尊敬語 どれ [名] 哪種 氷抜き [名] 去冰
★ パンの種類は白とライ麦のどちらにいたしますか？麵包的種類您是要白吐司還是裸麥吐司？ ① ライ麦で。それとマスタードは抜きでお願いします。裸麥吐司，不加黃芥末。	パン [名] 麵包 種類 [名] 種類 ライ麦 [名] 裸麥 マスタード [名] 黃芥末
★ 何をお付けしましょうか。您要加什麼配料呢？ ① マスタードを隣に加えてもらえますか。可以幫我在旁邊加點黃芥末嗎？ ② 山葵抜きにして下さい。請不要放芥末。	隣 [名] 旁邊 加える [動] 加上 山葵 [名] 芥末
★ 野菜は全部入れていいですか。蔬菜都放可以嗎？ ① 玉葱は入れないで下さい。請不要放洋蔥。 ② 玉葱を多めにして下さい。洋蔥請放多一點。	野菜 [名] 蔬菜 玉葱 [名] 洋蔥 多めに [副] 多一些
★ トマトは如何しましょう？番茄呢？ ① トマトは入れておいて下さい。請放番茄。 ② トマトは少なめにして下さい。番茄放一點點就好。	如何 [副] 如何 入れる [動] 放入 少なめに [副] 少一些
★ もっと胡椒を振り掛けた方が美味しいです。胡椒撒多一點比較好吃。	胡椒 [名] 胡椒 振り掛ける [動] 撒
★★ ケチャップを下さいませんか。能給我一些番茄醬嗎？	ケチャップ [名] 番茄醬
★★ 砂糖をもう一つ下さい。請再給我一個糖包。	砂糖 [名] 糖
☆★ こちらでお召し上がりですか、お持ち帰りですか。要在這裡吃還是帶走？ ① ここで食べます。在這裡吃。	召し上がる [動] 吃 ここ [代名] 這裡 食べる [動] 吃
☆★ 店内で召し上がりますか。內用嗎？ ① 店内で食べます。我要在店裡吃。	店内 [名] 店內 で [格助] 在～

（累積單字量8220個，慣用語量425個）

★ お料理はお席までお持ち致します。 我再幫您拿到座位上。	席 名 座位
☆★★ テイクアウトします。 我要外帶。 ＝ 持ち帰ります。 ＝ 持ち帰りでお願いします。 ① はい、こちらになります。 好的，這是您的餐點。	テイクアウト 名 サ 外帶 持ち帰る 動 外帶 で 格助 表示狀態 こちら 名 這個
★ コーラは S じゃなくて、L サイズを頼んだんですが。 我的可樂不是小杯的，是大杯的。	サイズ 名 尺寸 頼む 動 點
★ 台湾にはコンビニが沢山あります。 台灣有非常多的便利商店。	沢山 副 很多
★ コンビニでは色々なサービスを提供しています。 便利商店為我們提供著種種服務。	色々 形動 種種 提供 名 サ 提供
★ 私はいつもコンビニの ATM でお金を下ろします。 我總是用便利商店的自動櫃員機提款。	ATM 名 自動櫃員機 お金を下ろす 慣 提款
★ 私はいつもコンビニで公共料金を払います。 我總是在便利商店繳公共事業費。	いつも 副 總是 払う 動 支付
★ 私は毎朝コンビニで新聞を買います。 我每天早上在便利商店買報紙。	新聞 名 報紙 買う 動 買
★ 私は時々コンビニでコピーします。 我偶爾在便利商店影印。	コピー 名 サ 影印
★ 私はよくコンビニの FAX を利用します。 我常常在便利商店傳真。	利用 名 サ 利用
★ コンビニで USB メモリーから資料を印刷できます。 我們可以在便利商店將隨身碟記憶體的資料印刷出來。	資料 名 資料 印刷 名 サ 印刷
★ 私は時々コンビニで商品を受け取ります。 我偶爾在便利商店取貨。	商品 名 商品 受け取る 動 收取
★ 私は時々コンビニで宅配サービスを利用します。 我偶爾利用便利商店的宅配服務。	時々 副 偶爾 宅配サービス 名 宅配服務
★ 私はよくコンビニで三食を済ませます。 我常常在便利商店解決三餐。	コンビニ 名 便利商店 三食 名 三餐

★ コンビニのレトルト食品はとても便利だと思う。 我認為便利商店的微波食品很方便。	レトルト食品 名 微波食品 便利 形動 方便
★ 私はよくコンビニの出来合いコーナーを利用します。 我經常利用便利商店的熟食區。	出来合いコーナー 名 熟食區
★ 私のお気に入りはおでんです。 關東煮是我的最愛。	おでん 名 關東煮
★ 私はコンビニの茶葉蛋が大好きです。 我超愛吃便利商店的茶葉蛋。	茶葉蛋 名 茶葉蛋
★ この焼き芋を温めてもらえませんか。 可以幫我把這個烤地瓜加熱嗎？	焼き芋 名 烤番薯 温める 動 加熱
★ 焼き芋がありませんが、何時入荷しますか。 烤地瓜沒有了，什時候會補貨呢？	何時 代名 何時 入荷 名 サ 進貨
★ コンビニの弁当を食べたことがありますか。 你吃過便利商店的便當嗎？ ① いいえ、私もコンビニの弁当を食べてみたいです。 沒有，我也想吃吃看便利商店的便當。	弁当 名 便當 こと 名 經驗 も 副助 也 食べる 動 吃
★ とんかつ弁当がいいかな、それともうな丼弁当がいいかな。 炸豬排便當還是鰻魚便當好呢？	とんかつ 名 炸豬排 それとも 接 還是
★ 友達がこの弁当を勧めてました。 朋友推薦我吃這種便當。	勧める 動 推薦
★ 弁当はキャンペーン中ですか。 便當正在促銷嗎？	キャンペーン中 名 宣傳中
★★ 弁当は温めましょうか。 請問便當需要加熱嗎？ ① はい、温めて下さい。 要，請幫我加熱。 ② この弁当は何分ぐらい温めますか。 請問這個便當需要加熱幾分鐘？	この 連體 這～ 何分 名 幾分鐘 ぐらい 名 左右
★ この弁当の賞味期限は今日の夕方だ。 這個便當的賞味期限到今天傍晚。	弁当 名 便當 夕方 名 傍晚
★ この冷やし中華の賞味期限は明日の朝だ。 這個涼麵的賞味期限到明天早上。	冷やし中華 名 涼麵 朝 名 早上

（累積單字量8269個，慣用語量426個）

★ 賞味期限が近いものは買わないでね。 不要買太靠近賞味期限的東西喔！	賞味期限 名 賞味期限 近い 形 靠近的
★ インスタントラーメンを買って、今日の昼食にしよう。 買個泡麵當今天的午餐吧！	インスタントラーメン 名 泡麵
★★ 何をお探しですか。您在找什麼呢？ ① お湯ってありますか。請問有熱開水嗎？	何 代名 什麼 探す 動 找
★ お湯をもらえますか。可以給我熱開水嗎？ ① お湯はこちらです。熱開水在這裡。	お湯 名 熱水 こちら 名 這裡
★ 割り箸はいりますか。您需要免洗筷嗎？ ＝ 割り箸をお付けしましょうか。 ① はい、スプーンも下さい。要，也請給我湯匙。	割り箸 名 免洗筷 付ける 動 附加 スプーン 名 湯匙
★ 割り箸は何膳必要でしょうか。您需要幾雙筷子？ ① お箸を二膳お願いします。請給我兩雙筷子。	必要 形動 需要 お箸 名 筷子
★ どのヨーグルトを食べようかな。我在想要吃哪一種優酪乳。	ヨーグルト 名 優酪乳
★ ついでにプリンも買って、子供のおやつにしよう。 順便買個布丁當孩子的點心。	プリン 名 布丁 おやつ 名 點心
★ 飲み物の種類が多いです。飲料的種類很多。	種類 名 種類
★ すみませんが、冷やしていない飲み物はありますか。 請問有不冰的飲料嗎？	冷やす 動 冰鎮 飲み物 名 飲料
★ この野菜ジュース、ぜひ飲んでみようと思います。 我一定要喝喝看這款果菜汁。	ジュース 名 果汁 ぜひ 副 務必
★ どのコンビニも入れ立てのコーヒーを売っています。 每家便利商店都有賣現煮咖啡。	入れ立て 名 現煮 売る 動 賣
★ 入れ立てのコーヒーは、二つ買うと二つ目が半額になります。 現煮咖啡買兩杯的話，第二杯半價。	買う 動 買 半額 名 半價

（累積單字量 8293 個，慣用語量 426 個）

★★ ホットカフェラテを一つ、砂糖なしでお願いします。
我要一杯熱拿鐵，不加糖。

カフェラテ 名 拿鐵
で 格助 表示狀態

★★ 袋はいりますか。 您要提袋嗎？

① 袋はいりません。 不要提袋，謝謝！
② はい、袋に入れていただけますか。
要，可以幫我放進袋子裡嗎？

袋 名 提袋
いる 動 需要
入れる 動 放進

★★ 袋は別々に分けましょうか。 要幫您分開裝嗎？

① 惣菜と飲み物は分けて入れて下さい。
請幫我將熱食跟飲料分開裝。

別々に 副 分開地
分ける 動 分開

★★ このクーポンは使えますか。 這張折價券可以用嗎？

① このクーポンは使用できます。 這張折價券可以使用。
② 申し訳ございません。このクーポンはもう期限切れです。
不好意思，這張折價券已經過期了

クーポン 名 折價券
使う 動 使用
使用 名 サ 使用
もう 副 已經
期限 名 期限

★ 宅急便を出したいんですけど。
我想寄宅急便。

宅急便 名 宅急便

★ 着払いでお願いしたいんですけど。
用貨到付款的方式。

着払い 名 貨到付款

★ コピー機の使い方を教えてもらえますか。
可以教我怎麼使用影印機嗎？

コピー機 名 影印機
使い方 名 用法

★ 申し訳ありませんが、外貨は扱っておりません。
抱歉，我們不收外國的錢。

① 私は電子マネーを持っています。 我有電子錢包。
② 電子マネーは利用できますか。 我可以用電子錢包嗎？

外貨 名 外幣
扱う 動 處理
電子マネー 名 電子錢包
利用 名 サ 利用

★ 電子マネーでお会計ができますか。 我可以用電子錢包結帳嗎？

① はい、カードをこちらに置いて下さい。 可以，請將卡片放在這裡。
② 金額をご確認になって、タッチして下さい。 請確認金額，再碰觸一下。

会計 名 結帳
カード 名 卡片
タッチ 名 サ 碰觸

Unit 08 | 家でご馳走する① 在家請客①

☆★ お邪魔します。打擾了！ ① お待ちしておりました。我們一直在等你。	邪魔 名 サ 打擾 待つ 動 等候
☆★ お待ち遠様でした。讓你久等了！	遲到時表示歉意。
☆★ 遅れてすみません。抱歉，我遲到了。	遅れる 動 遲到
★ タクシーがつかまらなかったんです。 我招不到計程車。	つかまる 動 捕捉，招車
☆★ 気にしないで下さい。別在意！	気にする 慣 在意
★ まだ他の人たちもいらしていません。其他人也還沒來。	他の人 名 其他人
☆★ さあ、どうぞ。請進！ ＝ さあ、どうぞお入り下さい。 ＝ さあ、どうぞお上がり下さい。	さあ 感 催促聲 入る 動 進入 上がる 動 上來
★ 靴を脱いで下さい。請脫鞋子。	靴を脱ぐ 慣 脫鞋子
★ どうぞ、こちらです。請往這邊走。	こちら 名 這邊
☆★ ご自由にお座り下さい。請隨便坐。	自由 形動 自由
☆★ 寛いで下さい。放輕鬆一點！	寛ぐ 動 放鬆
★ 気楽になさって下さいね。請當成自己家吧！ ＝ 自分の家だと思って好きにして下さいね。	気楽 形動 輕鬆 自分 名 自己
☆★ かばんをお預かりしましょうか。要幫您放包包嗎？	預かる 動 存放
★ 上着はここに掛けて下さいね。外套請掛在這裡喔！	上着 名 外套

（累積單字量8331個，慣用語量428個）

★★ 誘ってくれてありがとうございます。謝謝你邀請我。 ＝ お招きありがとうございます。	誘う 動 邀請 招く 動 邀請
★★ 今日を楽しみにしていたんです。我一直很期待今天呢！	楽しみ 名 期待
★★ よくいらっしゃいました。你能來真好！	いらっしゃる 動 來
★★ 来てくれてありがとう。謝謝你來。	来る 動 來
★ 主人は仕事で来られなくなっちゃったんです。 我老公要工作沒辦法來。 ① 日曜日も仕事なんですか？星期日也要工作嗎？	主人 名 老公 日曜日 名 週日
★ 普段は違うんだけど、来週の重要なプレゼンの準備をしているところです。平常不用，今天是為了準備下週的簡報。	普段 名 平常 プレゼン 名 簡報
★ ここはすぐに分かりましたか？我們家好找嗎？ ① ええ、問題なくここまで来られました。好找啊！一路上都什麼沒問題。	すぐに 副 馬上 問題 名 問題
★★ これ、つまらないものですが。這是我一點小小的心意。 ① 贈り物をありがとう。謝謝你的禮物。 ＝ わざわざすみません。 ② 今、開けてもいいですか？我現在可以打開嗎？	これ 名 這個 つまらない 形 微不足道的 贈り物 名 禮物 わざわざ 副 特意 開ける 動 打開
★ わあ！こんな湯呑茶碗セットが欲しいと思っていたんですよ。 哇！我早就想要這樣的茶杯組了。 ① 気に入ってもらえて嬉しいです。真高興你喜歡。	湯呑茶碗 名 茶杯 欲しい 形 想要的 嬉しい 形 高興的
★ 中を案内していただけますか？可以帶我們參觀一下嗎？ ① いいですよ。家の中をお見せしましょう。好啊！我帶你們參觀一下吧！	案内 名 サ 引導 見せる 動 讓～看
★ この家は寛げますね。好舒適的房子啊！ ① そういってもらえると、嬉しいです。你這麼說真令人高興。	家 名 房子 寛げる 動 使～舒暢

（累積單字量8354個，慣用語量428個）

★★ いいお住まいですね。 你住的地方真不錯耶！ ① ありがとうございます。謝謝你。	いい 形 很好的 住まい 名 住處
★ 素敵な客間ですね！ 好棒的客廳啊！ ① リビングは主人が飾り付けたんですよ。這客廳是我老公布置的。	客間 名 客廳 飾り付ける 動 布置
★ ここは主人の書斎です。 這是我老公的書房。 ① 壁紙の色がすごく落ち着いていて、いいですね。壁紙的顏色相當沉穩。	書斎 名 書房 壁紙 名 壁紙
★ キッチンは最近リフォームしたんです。 廚房最近整修過。 ① 家もこういうすっきりしたキッチンにしたいな。 我家也想來弄個這麼整潔的廚房。	キッチン 名 廚房 リフォーム 名 サ 整修 すっきり 副 サ 整潔
★ ベランダも広くて羨ましいですね。 陽台也很寬，好羨慕啊！	羨ましい 形 令人羨慕的
★ ここから東京タワーが見えるんですよ。 從這裡可以看到東京鐵塔耶！	見える 動 看得見 よ 終助 表示強調
★ 高級住宅街なんですね、この辺りは。 這一帶是高級住宅區耶！	この辺り 名 這一帶
★ 見晴らしが最高ですね！ 好棒的景觀！ ① それがここへ引っ越す決め手だったんです。 那就是我決定搬來這裡的原因。	見晴らし 名 景觀 最高 形動 最棒 決め手 名 決定關鍵
★ 私も高層マンションに引っ越ししたくなるな。 我也想搬到高一點的樓層。	高層 名 高層 引っ越し 名 サ 搬遷
★ キッチンと浴室は二階なんです。 廚房跟浴室在二樓。	浴室 名 浴室
★ 寝室は三階で、三つあります。 寢室在三樓，有三間。	寝室 名 房間
★ 畳の部屋はありますか。 有榻榻米的房間嗎？ ① 畳の部屋はありません。沒有榻榻米的房間。	畳 名 榻榻米 部屋 名 房間
★ 廊下の突き当たりが寝室です。 走廊的最後面是我的房間。	廊下 名 走廊
★ 散かっててご免なさい。 抱歉，房間很亂。	散かる 動 散亂

★ 片付けるから、ちょっと待ってて。請稍等，我收拾一下。	片付ける 動 整理
★ ここが娘の部屋で、そっちは息子のです。 這是我女兒的房間，那是我兒子的。	娘 名 女兒 息子 名 兒子
★ そこの天井の上に屋根裏があるんですよ。那邊的頂棚上有閣樓。	屋根裏 名 閣樓
★ この階段から地下に行けるんですよ。這樓梯可以通到地下室。 ＝ この階段は地下に通じているんですよ。	地下 名 地下室 通じる 動 通往
★★ トイレをお借りできますか。可以借一下廁所嗎？ ① どうぞ、右側の二つ目のドアです。請用，右邊第二個門就是。	借りる 動 借用 右側 名 右邊
★ 今日は何人集まるんですか？今天會來多少人呢？	集まる 動 聚集
★ 私の外に誰が来るんですか？除了我，還有誰會來？ ① 美弘、淑芬と鳳嬌も誘ったんです。我也邀了美弘、淑芬跟鳳嬌。	外 名 之外 誘う 動 邀請
★ たまには皆で集まるのもいいよね。大家偶爾聚聚也不錯。	皆 名 大家
★ 彼女たちは何時来るの？她們幾時來呢？ ① 美弘はあと十五分ぐらいで着くよ。美弘再十五分會到。 ② 淑芬と鳳嬌もすぐに来るはずだよ。淑芬跟鳳嬌應該也快到了。	何時 代名 幾時 着く 動 到達 はず 名 應該
★ 何か飲みながら、待つことにしよう。 我們邊喝東西邊等她們吧！	待つ 動 等待
★ 駅から迷ってしまって、遅くなっちゃった。 我從車站開始找不到路，所以遲到了。	駅 名 車站 迷う 動 迷路
★ 途中でワイン買ってきたよ。我中途去買酒了。	途中 名 中途
★ これ、シャンパンよ。冷やしておいてね。 這是香檳，要冰喔！ ① すごい！ワインをすぐに冷やしてくれる機械があるよ。 太棒了！我有器具可以迅速冰酒。	シャンパン 名 香檳 冷やす 動 冰鎮 ね 終助 表示提醒

（累積單字量8400個，慣用語量428個）

★ まだ何も準備していないのよ。 我什麼飯菜都還沒準備好呢！ ① まだ時間はたっぷりあるから、大丈夫だ。 時間還很充足，不要緊的。 ② 話しながら、ゆっくり準備しようよ。 一邊聊天，一邊慢慢地準備吧！	まだ 副 還沒 たっぷり 副 サ 充足地 ゆっくり 副 サ 慢慢地
★ 必要なものを買ってこようか。 要我去幫你買什麼回來嗎？ ① 飲み物が足りなそうです。 飲料好像不夠。 ② 紙皿と紙コップを買ってきて下さい。 請幫我買紙盤跟紙杯回來。	足りる 動 足夠 紙皿 名 紙盤 紙コップ 名 紙杯
★ テーブルをセットするよ。 我來擺餐桌。	セット 名 サ 擺放
★ お皿とグラスを出すよ。 我來擺盤子跟杯子。	お皿 名 盤子
★ 椅子を運んで来るよ。 我來搬椅子過來。	運ぶ 動 搬運
★ この花瓶はテーブルの上に置けばいい？ 這個花瓶可以擺在餐桌上嗎？	テーブル 名 桌子 置く 動 擺放
★★ キッチンでお手伝いしましょうか。 你廚房需要人幫忙嗎？ ① 私が料理をする時は、台所に入らないで。 我做菜時請不要進廚房。	台所 名 廚房 入る 動 進入
★ これは典型的な台湾の家庭料理よ。 這是典型的台灣家常菜。 ① 美味しそうだね。 看起來好好吃喔！ ② 美味しそうな匂いだね。 聞起來好香喔！	家庭料理 名 家常菜 そうだ 助動 看起來 匂い 名 味道
★ どれも手が込んでるなあ。 每道菜都好用心喔！	手が込む 慣 用心思
★ これだけ作るのは大変だったでしょう。 做這些菜很費心吧！	大変 形動 麻煩
★ どれから食べようかな。 從哪道菜開始吃好呢？ ① この料理を召し上がって下さい。 請您嚐嚐這道菜吧！ ② 生ハムサラダを前菜にと思って。 我是想以生火腿沙拉當前菜。	から 格助 從～開始 生ハム 名 生火腿 サラダ 名 沙拉
★ すごい！それからいただくわ。 太棒了！就從那道開始吃吧！ ① 生ハムサラダは軽くかき混ぜてから食べて下さい。 生火腿沙拉請輕輕攪拌後再吃。	いただく 動 吃 軽く 副 輕輕地 かき混ぜる 動 攪拌

（累積單字量8423個，慣用語量429個）

★ このドレッシング、美味しいね。どうやって作るの？ 這沾醬很好吃，怎麼做的？ ① 味噌を隠し味に使っているの。秘訣在於放了味噌。 ② 実は既製品なの。其實我是買現成的。	味噌 名 味噌 隠し味 名 獨特調味 実 名 其實，事實 既製品 名 製成品

Unit 09 ｜家でご馳走する② 在家請客②

★ 作り方を教えてあげる。我教你怎麼做吧！	作り方 名 做法
★ 作り方を書いてあげよう。我把作法寫給你吧！	書く 動 寫
★ 親しくしているシェフの直伝よ。是一位很熟的廚師親自傳授給我的。	直伝 名 サ 親自傳授
★ 調味料を合わせただけよ。我只是將調味料拌在一起而已喔！	調味料 名 調味料
★ 簡単よ。レシピをメールで送るね。很簡單喔！我再寄食譜給你。	送る 動 寄送
★ コリアンダーはどこで買えるのかな。哪裡可以買到香菜呢？ ① 大抵のスーパーにあるよ。大部分的超市都可以買到。	コリアンダー 名 香菜 大抵 副 大部分
★ これ、食べてもいい？我可以吃一些這個嗎？ ① どうぞ、召し上がって。請用。 ② セルフサービスでお願い致します。請自行取用。	これ 名 這個 食べる 動 吃 セルフサービス 名 自行取用
☆ ご自由にどうぞ。請隨便用。	自由 形動 自由
☆ 遠慮しないで下さい。請不要客氣。	遠慮 名 サ 客氣
☆ ゆっくり召し上がって下さい。請慢慢用。	召し上がる 動 吃
☆ 楽になさって下さい。放輕鬆點。	楽 形動 輕鬆

（累積單字量8441個，慣用語量429個）

★★ 遠慮しないで取ってちょうだい。不要客氣，請自己取用。	取る 動 拿
★ このご飯、美味しい！這飯真好吃！ ① 熱いうちにどうぞ。請趁熱用。 ＝ どうぞ、冷めないうちに召し上がって下さい。	美味しい 形 美味的 熱い 形 熱的 冷める 動 變冷
★ 炊き立てのほかほかよ。剛煮好還熱呼呼的。 ① とても熱いので、気を付けて下さい。因為很燙，請小心。	炊き立て 名 剛煮好 ほかほか 形動 熱呼呼
★ あなたが一番得意な料理は何ですか。你最拿手的一道菜是什麼？ ① これが私の自慢料理です。這就是我的拿手菜。	得意 形動 得意 自慢料理 名 拿手菜
★☆ この料理、美味しいね。這道菜很好吃。 ① そう。鶏肉を蒸して、タレを掛けただけだけど。 真的嗎？只是將雞肉蒸過，淋上醬汁而已。	鶏肉 名 雞肉 蒸す 動 蒸煮 タレを掛ける 慣 淋上醬汁
★ あ、蒸してあるんだ。茹でたのかと思った。 喔，原來是用蒸的啊！我以為是用燙的。 ① うん。お酒を振ってから蒸してあるんだよ。嗯，先撒點酒再蒸。	茹でる 動 川燙 お酒 名 酒 振る 動 撒
★ 茹でるより蒸した方がいいの？用蒸的比燙的好嗎？ ① 蒸した方が柔らかくなると思うよ。我覺得用蒸的肉質會變得比較軟。	柔らかい 形 柔軟的 思う 動 認為
★ そうなんだ。あんまり料理しないから分からないけど。 這樣啊！我不常做菜，所以不懂。	料理 名サ 做菜 分かる 動 了解
★ よく自分で料理をしますか。你常自己下廚嗎？ ① はい、私は料理を作るのが好きです。是的，我喜歡下廚。 ② いいえ、私は料理を作るのがあまり好きじゃありません。 不，我不太喜歡下廚。	よく 副 常常 自分 名 自己 作る 動 做 好き 形動 喜歡
★ 面倒くさいから、あんまり好きじゃありません。 下廚很麻煩，我不太喜歡。	面倒くさい 形 麻煩的 あんまり 副 不太～
★ 料理を作るのが下手です。我不太會做菜。	下手 形動 不擅長

★ 最近ちっとも料理してないわ。 最近完全沒下廚。 ① 私も。毎日惣菜買ってきちゃうもの。 我也是，每天都買現成的。 ② 美味しく食べてくれる人がいないとね。 煮的菜沒人欣賞又何必做白工呢？	ちっとも 副 一點也～ も 格助 也 惣菜 名 熟食 人 名 人
★ 私は今料理を勉強中だよ。一緒にやってみる？ 我正在學習做菜呢！你要不要跟我一起做做看？ ① うん。でも、料理って難しそうだ。 好啊！可是做菜好像很難。	勉強中 名 學習中 一緒に 副 一起 難しい 形 困難的
★ 大丈夫だよ。全然難しくないよ。 沒問題的。一點都不難喔！	全然 副 完全
★ やっぱり、料理は上手な方がいいでしょう。 畢竟還是會做菜比較好吧！ ① そうだね。上手い方がいいよね。 也對，會做菜比較好。	やっぱり 副 畢竟 上手 形動 擅長 上手い 形 擅長的
★★★ もっとどうぞ。 請再多用點。 ＝ どうぞもっと召し上がって下さい。	もっと 副 更 召し上がる 動 吃
★★ お代わりあるからね。 還有喔！再裝一碗吧！	お代わり 名 替代
★★ これ、もっと如何？ 這個要不要多吃一些？ ① ええ、いただきます。 好啊！我要吃了。 ② いいえ、もう結構です。 不，已經夠了。	これ 名 這個 如何 副 如何 結構 形動 足夠
★★★ もっとお取り下さい。 再多拿一點。 ① もらうよ。いくらでも食べられちゃうね。 好啊！再多我也吃得下。 ② デザートのためにやめておきます。 我要留肚子吃甜點。	取る 動 拿 いくら 名 多少 ため 名 為了～
★ スープをもう一杯いただけますか。 我可以再喝一碗湯嗎？	一杯 名 一碗
★ 胡椒を取って下さい。 請把胡椒遞給我。	取る 動 拿
★★★ ご飯のお代わりは如何ですか。 要不要再添一碗飯？	ご飯 名 米飯

（累積單字量8488個，慣用語量430個）

★★ お口(くち)に合(あ)えば、お代(か)わりして下(した)さい。 如果合你的胃口，請再來一碗吧！ ① 食(た)べたいけど、もう満腹(まんぷく)です。 很想再吃，可是實在很飽了。	口(くち)に合(あ)う 慣 合胃口 代(か)わる 動 替換 満腹(まんぷく) 名 飽足感
★ どれもすごく美味(おい)しいね。 每道菜都好好吃喔！ ① お口(くち)に合(あ)ったようで嬉(うれ)しいです。 真高興合您的口味。	すごく 副 非常地 嬉(うれ)しい 形 高興的
★ ほかの人(ひと)はもういいの？ 其他人還要嗎？ ① 充分(じゅうぶん)いただきました。ごちそうさま。 我已經吃很多了，謝謝！ ② どうぞおかまいなく。 請別費心招待我。	ほかの人(ひと) 名 其他人 いい 形 好的 充分(じゅうぶん) 副 充分地
★ 今(いま)、デザートとコーヒーを出(だ)すから。 我現在去端甜點跟咖啡出來。	デザート 名 甜點 コーヒー 名 咖啡
★ これは焼(や)き立(た)てのケーキとクッキーだよ。 這是剛烤好的蛋糕跟餅乾。	焼(や)き立(た)て 名 剛烤好 クッキー 名 餅乾
★ シャンパン持(も)ってきたから開(あ)けない？ 我帶香檳來了，要開來喝嗎？	持(も)つ 動 帶，拿 開(あ)ける 動 開
★ このワイン、栓抜(せんぬ)きで開(あ)けて下(くだ)さい。 請用開瓶器將這瓶紅酒打開。 ① 栓抜(せんぬ)きをどこに置(お)いたか忘(わす)れてしまった。 我忘了我把開瓶器放在哪裡了。	栓抜(せんぬ)き 名 開瓶器 置(お)く 動 放置 忘(わす)れる 動 忘記
★ 残念(ざんねん)だけど、飲(の)めないのよ。 可惜我不會喝酒。 ① アルコールの入(はい)っていない飲(の)み物(もの)もあるわよ。 也有不含酒精的飲料喔！	残念(ざんねん) 形動 可惜 アルコール 名 酒精 飲(の)み物(もの) 名 飲料
★ 飲(の)み物(もの)は自由(じゆう)に冷蔵庫(れいぞうこ)から取(と)って下(くだ)さいね。 冰箱裡有飲料，自己來喔！ ① ありがとう。自分(じぶん)でやるからいいよ。 謝謝！我自己來吧！	冷蔵庫(れいぞうこ) 名 冰箱 取(と)る 動 拿 自分(じぶん) 名 自己
★★ 十分(じゅうぶん)に食(た)べた？ 你有吃飽嗎？ ① うん、お腹(なか)いっぱいだよ。 嗯，吃得好飽喔！	十分(じゅうぶん) 副 充分地 お腹(なか) 名 肚子

（累積單字量8512個，慣用語量431個）

★ よかったら、残(のこ)った料理(りょうり)を持(も)って帰(かえ)らない？ 要不要帶一些沒吃完的菜回去？ ① そうしようかな。そうしたら明日(あした)、夕食(ゆうしょく)作(つく)らなくていいし。 也好！那我明天晚上就不用煮了。 ② ありがとう。ソースも取(と)ってくれる？ 謝謝！那也給我沾醬好嗎？	残(のこ)る 動 剩下 帰(かえ)る 動 回去 明日(あした) 名 副 明天 夕食(ゆうしょく) 名 晚餐 ソース 名 沾醬
★★ いつの間(ま)にかこんな時間(じかん)に。不知不覺這麼晚了。	いつの間(ま)にか 副 不知不覺地
☆☆ そろそろ失礼(しつれい)しますね。我們差不多該回去了。 = そろそろ失礼(しつれい)しなければなりませんね。	そろそろ 副 差不多 失礼(しつれい) 名 サ 失陪
☆☆ 遅(おそ)くまでありがとう。抱歉待到這麼晚。	遅(おそ)い 形 很晚的
★ 本当(ほんとう)にもう帰(かえ)るの？真的要走了嗎？	本当(ほんとう)に 副 真的
★ 本当(ほんとう)にそんなに早(はや)くお帰(かえ)りですか。真的非那麼早回去不可嗎？ = 本当(ほんとう)にそんなに早(はや)く帰(かえ)らないと駄目(だめ)ですか。	早(はや)い 形 很早的 駄目(だめ) 形動 不行
★ まだいいじゃない。還沒吧！	まだ 副 還沒
☆☆ もっとゆっくりしていって。再待一會兒吧！ = もう少(すこ)しゆっくりしていらして下(くだ)さい。	もっと 副 更 ゆっくり 副 サ 慢慢地
★ もっと長(なが)くいられたらいいのだけど。我也希望可以待久一點。	長(なが)い 形 長久的
★ でも明日(あした)の朝早(あさはや)く約束(やくそく)があるんです。不過明天早上還有約。	約束(やくそく) 名 サ 約會
☆☆ 今日(きょう)はとても楽(たの)しかったよ。今天真的很開心！	楽(たの)しい 形 開心的
★★ 素晴(すば)らしいお食事(しょくじ)でした！很棒的餐點！	素晴(すば)らしい 形 很棒的
★★ 話(はなし)ができて楽(たの)しかったよ。跟你聊天很愉快。	話(はなし) 名 談話
☆☆ ご馳走(ちそう)さまでした。謝謝招待。 = ご馳走(ちそう)していただいて、ありがとうございます。	ご 接頭 表示禮貌 馳走(ちそう) 名 サ 請客

（累積單字量8534個，慣用語量431個）

★ 楽しい夜を過ごさせていただいて、ありがとうございました。 謝謝你讓我度過這愉快的一晚。	夜 名 晚上 過ごす 動 度過
☆ ご歓待にあずかり、ありがとうございました。 謝謝你的熱情款待。 = 親切なおもてなしにあずかり、ありがとうございました。 = 親切なおもてなしをいただいて、ありがとうございました。	歓待 名 サ 款待 親切 形動 親切 おもてなし 名 招待 いただく 動 領受
☆ またいらして下さい。 要再來玩喔！	また 副 再次
☆ また何時でも来てね。 隨時再來喔！	何時 代名 何時
★ 今度はボーイフレンドも連れて来てね。 下次帶男朋友來吧！	今度 名 下次
★ 片付けを手伝えなくてごめんね。 抱歉無法幫你收拾了。	片付け 名 整理
★★ 次のお誘い楽しみにしてるわ。 期待你下次再邀我喔！	次 名 下次
☆ 今度はぜひ私の家にも来て下さいね。 下次一定要來我家坐坐喔！ ① ありがとう。そうさせてもらうわ。謝謝，我會的。	家 名 家裡 来る 動 來

Unit 10 ｜肉類、シーフード、野菜、デザート、果物 肉類、海鮮、蔬菜、甜點、水果

★ この店で一番有名なのはサーロインステーキです。 這家店最有名的就是沙朗牛排了。	店 名 店 有名 形動 有名
★ サーロインステーキを下さい。 我要沙朗牛排。 ① ステーキの焼き加減は？牛排要幾分熟？ = お肉の焼き具合はどう致しましょうか。 = お肉の焼き加減は如何致しますか。	ステーキ 名 牛排 ～加減 接尾 ～程度 具合 名 狀況 どう 副 如何 如何 副 如何

★★ レアをお願いします。要一分熟。	レア 名 一分熟
★★ ミディアムにして下さい。要五分熟。 ＝ 中ぐらいにして下さい。	ミディアム 名 五分熟 ぐらい 名 左右
★★ ミディアム・レアにして下さい。要三分熟。	ミディアム・レア 名 三分熟
★★ ミディアム・ウェルでベークドポテトも付けて下さい。 要七分熟，以及烤馬鈴薯。	ミディアム・ウェル 名 七分熟
★★ ステーキはウェルダンで。我的牛排要全熟的。 ＝ ステーキはウェルダンでお願いします。 ＝ ステーキはよく焼いて下さい。	で 格助 表示狀態 ウェルダン 名 全熟 焼く 動 煎
★ 私はテンダーロインを。我要里肌肉。	テンダーロイン 名 里肌肉
★ チキンステーキを。我要雞排。	チキンステーキ 名 雞排
★ Tボーンステーキのお客様は？丁骨牛排是哪一位的？	Tボーンステーキ 名 丁骨牛排
★ リブステーキとおっしゃっていたと思いますが。 我以為您點的是牛小排。	リブステーキ 名 牛小排 おっしゃる 動 説
★ 脂身ばっかりだ。都是肥肉。	脂身 名 肥肉
★ 肉が焼けてませんよ。肉沒煎熟耶！	肉 名 肉
★ お肉にもう少し火を通していただけますか。 肉可以再煎一下嗎？	少し 副 稍微 火を通す 慣 弄熟
★ 肉が焼け過ぎです。肉煎得過熟了。	焼ける 動 煎
★ 肉が焦げてますね。肉燒焦囉！	焦げる 動 燒焦
★ 肉が硬くて噛み切れない。肉太硬了咬不動。	噛む 動 咬
★ 今日はすき焼きにしようかな。今天來吃壽喜燒吧！	すき焼き 名 壽喜燒

（累積單字量 8574 個，慣用語量 432 個）

★ 凍った牛肉を冷凍室から取り出して解凍する。 將冷凍的牛肉從冷凍庫拿出來解凍。	冷凍室 名 冷凍庫 取り出す 動 拿出
★ このイカは、生ですか。這花枝是生的嗎？ ① 料理してあります。煮好的。	イカ 名 花枝 生 名 生的
★ それは、どんな風に料理しますか。那是怎麼煮的呢？	料理 名 サ 料理
★ ミートローフの作り方を知っていますか。你知道肉捲的做法嗎？	作り方 名 做法
★ 魚を見ていてくれない？ 可以幫我看著魚嗎？ ① 魚はどう調理されますか。魚是怎麼料理的？ ② 魚の調理方法を教えてもらえますか。可以教我怎麼料理魚嗎？	見る 動 看 調理 名 サ 調理 方法 名 方法
★ もう焼けていると思うけど。我想應該快煎好了。	焼ける 動 煎好
★ 焼いた魚をフライ返しで鍋から取り出す。 用鍋鏟把煎好的魚從鍋裡拿出來。	焼く 動 煎 フライ返し 名 鍋鏟
★ 魚を皿に盛り、くし形に切ったレモンを添える。 將魚裝盤，再用切成梳子狀的檸檬做裝飾。	皿 名 盤子 くし形 名 梳子狀
★ 焼いた魚に塩胡椒をふりかける。在烤好的魚上面撒上胡椒鹽。	塩胡椒 名 胡椒鹽
★ 魚を焦がしてしまった。魚燒焦了。	焦がす 動 燒焦
★ この蟹はどうやって食べるのですか。這個螃蟹要怎麼吃？ ① このように蟹の鋏を捩って取って下さい。像這樣將螃蟹鉗給扭轉拔開。	鋏 名 鉗子 捩る 動 扭轉
★ 蟹は私の大好物です。螃蟹是我的最愛。	大好物 名 最愛的東西
★ この蟹はよだれが出るぐらい美味しそうです。 這螃蟹真叫人垂涎三尺。	蟹 名 螃蟹 よだれが出る 慣 流口水
★ 中に沢山身が入ってるわ。裡面好多蟹肉喔！	沢山 副 很多
★ 今、旬だからね。現在正是螃蟹的盛產期。	旬 名 盛產期

★ 高かったですか。很貴嗎？ ① うん、でもそれだけのことあるね！嗯，但是值得啊！	高い 形 很貴的 でも 副助 但是
★ 今、クルマエビをオーブンで焼いているところです。 烤箱裡烤著大明蝦。	クルマエビ 名 大明蝦 オーブン 名 烤箱
★ オーブン手袋を使って、オーブンからクルマエビを出して。 請用隔熱手套把大明蝦從烤箱中取出來。	オーブン手袋 名 隔熱手套 使う 動 使用
★ 蝦は美味しいと思いますか。你認為蝦子好吃嗎？ ① 美味しいけど、殻を剥くのが嫌いだ。好吃，可是我不喜歡剝蝦。	殻を剥く 慣 剝殼 嫌い 形動 討厭
★ 日本には旬の食材が豊富です。日本有豐富的當季食材。	食材 名 食材
★ 筍は今が一番美味しい季節です。現在正是竹筍最好吃的季節。	筍 名 竹筍
★ アスパラガスとパプリカでサラダを作った。 我用蘆筍和甜椒做了沙拉。 ① サラダにプチトマトをいくつか入れましょう。在沙拉裡放些小番茄吧！	アスパラガス 名 蘆筍 パプリカ 名 甜椒 プチトマト 名 小番茄 いくつ 名 幾個
★ この料理にはオーガニックの野菜を使っています。 這道菜裡使用了有機蔬菜。	この 連體 這～ オーガニック 名 有機
★ にんにく、ねぎと生姜は中華料理によく使われます。 很多中國菜都會用到蒜頭、葱，跟薑。	ねぎ 名 蔥 生姜 名 薑
★ このセロリは茹でてから炒めたものです。 這芹菜是川燙過後再炒的。	茹でる 動 川燙 炒める 動 炒
★ このスープには、ほたての貝柱が入れてある。 這湯裡有放帆立扇干貝。	貝柱 名 干貝
★ このブロッコリーは小房に分け、衣をつけて、油で揚げたものです。這青花菜是分成小塊，裹上粉用油炸的。	小房 名 小塊 揚げる 動 炸
★ このさつま芋はおろし金で摩り下ろしてから揚げたものです。這地瓜是用刨具刨成絲後炸的。	おろし金 名 刨具 摩り下ろす 動 刨絲

（累積單字量 8620 個，慣用語量 434 個）

★ 天ぷらの揚げ方を教えて下さい。 請教我天婦羅的炸法。	揚げ方 名 炸法
★★ デザートでも取りましょうか。 要不要叫個甜點什麼的？ ① いいですね。私、甘党なんです。 好啊！我是甜食的擁護者。 ② 軽い物だったら、食べられます。 簡單的就吃得下。	甘党 名 甜食擁護者 軽い 形 簡單的 食べられる 動 能吃
★ やっぱりデザートは別腹だね。 甜點的話，就算肚子再撐也吃得下。 ＝ デザートは別腹だから大丈夫です。	別腹 名 同父異母，不同的胃 大丈夫 形動 不要緊
★★ デザートは何がありますか。 你們有哪些甜點？ ① ケーキ、パン、プリン、アイスクリームなど、色んなデザートを用意しております。 我們準備了蛋糕、麵包、布丁、冰淇淋等，各式各樣的甜點。	プリン 名 布丁 アイスクリーム 名 冰淇淋 用意 名 サ 準備
★★ デザートのメニューを見せて下さい。 請讓我看一下甜點的菜單。	メニュー 名 菜單
★★ デザートのメニューを持ってきていただけますか。 請給我一份甜點的菜單。	デザート 名 甜點 持つ 動 拿
★ パフェと餡蜜を下さい。 請給我聖代跟紅豆蜜。	餡蜜 名 紅豆蜜
★ 桜餅を下さい。 請給我日式櫻花糕餅。	桜餅 名 櫻花糕餅
★ 三色御萩を下さい。 請給我三色豆沙糯米丸。	三色御萩 名 三色豆沙糯米丸
★ シュークリームと羊羹を食べたいです。 我想吃泡芙跟羊羹。	羊羹 名 羊羹
★ グレーズドーナッツが三つ欲しいです。 我想要三個糖霜甜甜圈。	グレーズドーナッツ 名 糖霜甜甜圈
★ チョコレートのデザートが好きです。 我喜歡巧克力甜點。	チョコレート 名 巧克力
★ 持ち帰り用の特製プリンを三つ下さい。 我要外帶三個特製布丁。	持ち帰り 名 外帶
★ この店は焼き立てのケーキを売っています。 這家店有賣現烤的蛋糕。	焼き立て 名 現烤 売る 動 賣

★ このケーキは低脂肪ミルクを使用しています。 這蛋糕使用低脂鮮乳。 ＝ このケーキは低脂肪乳を使っています。	低脂肪ミルク 名 低脂鮮乳 使用 名 サ 使用 低脂肪乳 名 低脂鮮乳
★ このケーキは添加物は一切使っていません。 這蛋糕完全沒有使用添加物。	添加物 名 添加物 一切 副 完全
★ 日本の人々は、このケーキが大好きです。日本人很喜歡這蛋糕。	人々 名 人們
★ ケーキセットは如何ですか。蛋糕套餐如何？	ケーキセット 名 蛋糕套餐
★ 二百円プラスすると当店のケーキセットがご利用できますが、如何でしょうか。 再加兩百日圓就可以享用我們店裡的蛋糕套餐，您需要嗎？ ① はい、お願いします。好，我要。	プラス 名 サ 加上 当店 名 本店 利用 名 サ 利用 如何 副 如何
★ どんなケーキがありますか。有什麼蛋糕？ ① 本日のケーキはこちらです。今天的蛋糕在這裡。 ② 本日はチェリーパイ、ティラミス、シュークリーム、ショートケーキです。 今天有櫻桃派、提拉米蘇、泡芙，以及奶油水果蛋糕。	チェリーパイ 名 櫻桃派 ティラミス 名 提拉米蘇 シュークリーム 名 泡芙 ショートケーキ 名 奶油水果蛋糕
★ ショーケースの中からお好きなケーキをお選び下さい。 請在展示櫃中選您喜歡的蛋糕。 ① ガラスケースの中のケーキは美味しそうです。 冰櫃裡的蛋糕看起來很好吃。	ショーケース 名 展示櫃 中 名 裡面 選ぶ 動 選擇 ガラスケース 名 冰櫃
★ この店で一番美味しいのはバウムクーヘンです。 這家店最好吃的就是年輪蛋糕。	バウムクーヘン 名 年輪蛋糕
★ 私はショートケーキの誘惑に勝てません。 我無法抗拒奶油水果蛋糕的誘惑。	誘惑 名 サ 誘惑 勝つ 動 戰勝
★ どんな種類のパンがありますか。有什麼種類的麵包呢？ ① 食パン、小麦、ハニーオート、イタリアンハーブとチーズ、ガーリックトーストがあります。 我們有白吐司、小麥、蜂蜜燕麥、義大利香草起司，以及烤大蒜麵包。	ハニーオート 名 蜂蜜燕麥 イタリアンハーブ 名 義大利香草 チーズ 名 起司

（累積單字量8666個，慣用語量434個）

★ 一番人気のあるパンはどれですか。 最受歡迎的麵包是哪一種？ ① ガーリックトーストです。烤大蒜麵包。	一番 副 最 人気のある 慣 受歡迎
★ 焼きますか。要烤嗎？ ① はい、焼いて下さい。要，請幫我烤。	焼く 動 烤 下さい 補動 請～
★ こちらはガーリックトーストでございます。 這是烤大蒜麵包。	ガーリックトースト 名 烤大蒜麵包
★ お皿が熱くなっていますので、お気を付け下さい。 盤子很燙，請小心。	熱い 形 燙的 気を付ける 慣 小心
★ 食後のデザートにアイスクリームは如何ですか。 飯後的甜點吃冰淇淋如何？ ① いいですね、いただきます。好的，我要吃。	食後 名 飯後 アイスクリーム 名 冰淇淋 いただく 動 吃
★★ どのアイスクリームにしますか。你要什麼口味的？ ＝ どのような味にしましょうか。 ① バニラの方が好きです。我比較喜歡香草口味的。	どの 連體 哪一～ 味 名 味道 好き 形動 喜歡
★ あなたの子供はグレープフルーツを食べますか。 你的小孩吃葡萄柚嗎？	あなた 代名 你（妳） 子供 名 小孩
★ これは日本でとても有名なりんごです。 這是日本相當有名的蘋果。	とても 副 相當 りんご 名 蘋果

Unit 11 ｜飲み物 飲料

★ 喉がカラカラです。我口渴了。 ＝ 喉が乾いています。	カラカラ 形動 枯竭 喉が乾く 慣 口渴

☆☆ 何か飲みますか。要喝點什麼嗎？ ＝ 何か飲み物は如何ですか。 ＝ 何か飲み物でも如何ですか。	何 【名】什麼 飲む 【動】喝 飲み物 【名】飲料
☆☆ どんな飲み物がありますか。有沒有什麼喝的？ ① 飲み物はどうなさいますか。您要喝什麼？ ＝ 何をお飲みになりますか。 ＝ お飲み物は如何なさいますか。	どんな 【連體】怎樣的 なさる 【動】する的尊敬語 を 【格助】表示動作的對象 如何 【副】如何
☆ お冷を人数分下さい。麻煩給我們每個人一杯冰開水。 ① ほかに何かお飲み物は如何ですか。您還要喝點其他什麼嗎？	お冷 【名】冰開水 人数 【名】人數
☆ 私は何か飲み物が欲しいです。我想要喝點飲料。 ① お飲み物はセルフサービスでございます。飲料請自行取用。	欲しい 【形】想要 セルフサービス 【名】自行取用
☆ 何か飲み物を持ってきましょうか。要不要我去拿點喝的？ ① ええ、お願いします。好啊！麻煩你了！ ② どうぞおかまいなく。すぐ失礼します。別麻煩了，我只待一下下。	持つ 【動】拿 願う 【動】拜託 失礼 【名】【サ】失禮
☆☆ いいえ、結構です。不用了。	結構 【形動】不用了
☆☆ また後で。等一下再喝吧！	後 【名】之後
☆ 今はいいです、後でお願いします。現在不要，待會兒吧！	今 【名】現在
☆ お水は如何ですか。您要喝水嗎？ ① お冷を下さい。請給我冰開水。	水 【名】水 下さい 【動】給
☆ 食事の前に飲み物はどうですか？飯前要不要來點飲料？ ① 紅茶をお願いします。麻煩給我紅茶。	食事 【名】【サ】用餐 紅茶 【名】紅茶
☆ 最初に紅茶を注文しよう。我先點紅茶吧！ ＝ 初めに紅茶を注文しよう。 ＝ まずは紅茶を注文しよう。	最初に 【副】最初 初めに 【副】一開始 まず 【副】首先

★ 飲み物では紅茶が一番好きです。 飲料當中，我最喜歡紅茶。	一番 副 最
★ コーヒーではなく、紅茶を頼みました。 我點的是紅茶，不是咖啡。	頼む 動 點
★★ 飲み物のメニューを見たいのですが。 我想看一下飲料的項目表。 ＝ ドリンクメニューを見たいのですが。	の 格助 ～的 メニュー 名 菜單
⁂ 何が人気ですか？ 什麼最受歡迎？	人気 名 人氣
★ ドリンクメニューを見せてくれませんか。 請給我飲料的項目表好嗎？ ① こちらは飲み放題のメニューです。 這是隨意喝到飽的飲料單。 ② ドリンクは下記からお選びいただけます。飲料您可以選擇下列這幾種。	ドリンク 名 飲料 飲み放題 名 喝到爽 下記 名 下列 選ぶ 動 選擇
⁂ 何でもいいよ。 喝什麼都好啊！	何 代名 什麼
★ 温かい飲み物が欲しいです。 我想要溫的飲料。	温かい 形 溫的
★ 私は熱い飲み物を頼んだ。 我點了熱飲。	熱い 形 熱的
★ 冷たい飲み物を希望します。 我想要冷飲。	冷たい 形 冷的
★ 麦茶を飲みたいです。 我想喝麥茶。	麦茶 名 麥茶
★ ウーロン茶をもらおうかな。 我想我喝烏龍茶好了。	ウーロン茶 名 烏龍茶
★ 甘い飲み物を飲みたいです。 我想喝甜的飲料。	甘い 形 甜的
★ ジュースを飲みたいです。 我想喝果汁。	ジュース 名 果汁
⁂ お茶でもどうですか。 喝杯茶如何？ ＝ お茶でも如何ですか。	どう 副 如何 でも 副助 表示列舉
★★ 一休みしてお茶にしましょう。 我們休息一下喝杯茶吧！	一休み 名 サ 稍微休息
★ 今日はコーヒーを飲みたい気分だ。 我今天想喝咖啡。	気分 名 心情

★ 私は紅茶よりコーヒーが好きです。我喜歡咖啡勝過紅茶。 ＝ 私は紅茶よりコーヒーの方が好きです。	より 格助 比起 好き 形動 喜歡
★★ コーヒーはどのようにしますか。您想喝怎樣的咖啡？ ① コーヒーをブラックで。我要黑咖啡。 ＝ ブラックにして下さい。	どのように 副 怎樣地 で 格助 表示狀態 ブラック 名 黑咖啡
★ コーヒーはアイスとホットがございますが、どちらになさいますか。咖啡有熱的跟冰的，您要哪一種？ ① アイスコーヒーを下さい。請給我冰咖啡。 ② コーヒーのホットとアイスを一つずつお願いします。冰的、熱的各一杯。	コーヒー 名 咖啡 アイス 名 冰的 ホット 名 熱的 一つ 名 一杯 ずつ 副助 個別
★ エスプレッソは濃すぎるので、カフェラテにする。濃縮咖啡太濃了，我要拿鐵。	エスプレッソ 名 濃縮咖啡 カフェラテ 名 拿鐵
★ 今日はブルーマウンテンを飲もう。我今天喝藍山咖啡吧！	ブルーマウンテン 名 藍山咖啡
★★ 砂糖とミルクはどうなさいますか。您要糖跟鮮奶嗎？ ① 砂糖とミルクを入れて下さい。請放糖跟鮮奶。	砂糖 名 糖 入れる 動 放入
★★ クリームとお砂糖は必要でしょうか。您要奶精跟糖嗎？ ① いいえ、何もいりません。不，什麼都不要。	クリーム 名 奶精 必要 形動 需要
★ 角砂糖を二個入れて下さい。請放兩顆方糖。	角砂糖 名 方糖
★ 砂糖を少しだけ入れて下さい。只要一點點糖。	少し 副 一點點
★ ミルクはいりません。不要鮮奶。	いる 動 需要
★ シロップを一つ下さい。請給我一個糖漿。	シロップ 名 糖漿
★ ミルクだけでいいです。只要鮮奶就好。	だけ 副助 僅僅
★ クリームをたっぷりお願いします。請幫我加多一點奶精。	たっぷり 副 サ 滿滿地

（累積單字量 8750 個，慣用語量 437 個）

★ クリームでなく、ミルクを下さい。我不要奶精，請幫我加鮮奶。	下さい 動 給
★ コーヒーフレッシュを二つ下さい。請給我兩個奶精球。	コーヒーフレッシュ 名 奶精球
★ コーヒーは食事と一緒ですか、食後ですか。 咖啡要在用餐時喝，還是飯後喝？ ① 食事と一緒にお願いします。請跟餐點一起上。	食事 名 サ 用餐 食後 名 飯後 一緒に 副 一起
★★ コーヒーはスプーンでよくかき混ぜてから飲んで下さい。 咖啡請用湯匙仔細攪拌後再喝。	かき混ぜる 動 攪拌 飲む 動 喝
★ ストローを使ってアイスコーヒーを飲む。 我用吸管喝冰咖啡。	ストロー 名 吸管
★ このコーヒーは美味しいな。這咖啡超好喝的。	美味しい 形 美味的
★ このコーヒーは超まずいな。這咖啡超難喝的。	超 副 超級
★ このコーヒーは濃すぎる。這咖啡太濃了。	濃い 形 濃的
★ もう少し薄いコーヒーがいいな。淡一點的咖啡比較好。	薄い 形 淡的
★ このコーヒー、熱い。這咖啡好燙。	熱い 形 熱的
★ このコーヒー、生温い。這咖啡溫溫的。	生温い 形 溫的
★ このコーヒー、冷めちゃってるよ。這咖啡冷掉了。	冷める 動 變冷
★ セットメニューにはドリンクが付いていますが、どうなさいますか。 套餐所附的飲料，您要哪一種呢？ ① ジンジャエールを下さい。請給我薑汁汽水。 ② カシスジュースをお願いします。請給我黑醋栗汁。	セット 名 套餐 付く 動 附加 ジンジャエール 名 薑汁汽水 カシス 名 黑醋栗
★★ 飲み物は何時お持ち致しましょうか。 請問飲料要什麼時候上？	何時 代名 何時

6 飲食について 關於飲食

★★ 食前でしょうか。それとも食後が宜しいでしょうか。 要飯前還是飯後上呢？ ① 喉が乾いているから、先に持って来て下さい。我口很渴，請先上飲料。 ② 食後にお願いします。麻煩您飯後再上飲料。	それとも 接 還是 宜しい 形 好的 喉が乾く 慣 口渴 から 接助 因為
★★ 飲み物を持って来て下さい。請幫我們上飲料。	持つ 動 拿
★ ウェイトレスは飲み物を皆に手渡した。 女服務生把飲料遞給了大家。	皆 名 大家 手渡す 動 遞給
★ 紅茶をコップに注ぐ。我將紅茶倒入杯子中。	紅茶 名 紅茶
★ 彼のコップに紅茶を注ぐ。我在他的杯子中倒入紅茶。	注ぐ 動 斟入
★ このミルクティーは甘すぎる。這奶茶太甜了。	甘い 形 甜的
★ アルコールが入っていますが、宜しいですか。 這有加酒精，沒關係嗎？ ① アルコール分のない飲み物がありますか。 有沒有什麼不含酒精的飲料？	アルコール 名 酒精 入る 動 加入 ある 動 有
★ ノンアルコールのドリンクは何がありますか。 不含酒精的飲料有哪些？ ＝ ソフトドリンクは何がありますか。	ノンアルコール 名 無酒精飲料 ドリンク 名 飲料
★ ソフトドリンクを下さい。請給我不含酒精的飲料。 ＝ ノンアルコールドリンクを下さい。	ソフトドリンク 名 無酒精飲料
★★ お飲み物のお代わりは如何ですか。 要不要再來點飲料？	如何 副 如何
★★ お茶のお代わりは無料です。茶的續杯是免費的。 ① すみません、お代わりをもらえますか。麻煩你，我可以續杯嗎？ ② お茶の代わりを下さい。我還要一杯茶。	お茶 名 茶 無料 名 免費 もらう 動 領受

（累積單字量 8789 個，慣用語量 438 個）

★★ ホットコーヒーもお代わりできますが、如何でしょうか。
熱咖啡也能續杯，您需要嗎？

① いいえ、結構です。不，謝了。

② はい、いただきます。好，那我要續杯。

ホットコーヒー 名 熱咖啡
代わり 名 續杯
できる 補動 能夠
結構 形動 不用了

Unit 12 | お酒 酒

☆★ お酒は飲みますか。你喝酒嗎？

① 毎日、晩酌をするんですよ。我每晚都會小酌一番。

② 夕食にワインを一杯飲みます。我會在晚餐時喝一杯紅酒。

お酒 名 酒
晩酌 名 サ 晚餐時小酌
夕食 名 晚餐

☆★ 一杯奢りましょう。我請你喝一杯吧！

＝ 奢るから、お酒を飲みに行きませんか。

一杯 名 一杯
奢る 動 請客

☆★ 一杯飲みに行きませんか。
去喝一杯如何？

飲み 名 喝

☆★ 久しぶりに一杯どうですか。
久未小酌，來喝一杯如何？

久しぶり 名 久違

★ 気分転換にビールでも飲みに行きませんか？
要不要去喝個啤酒轉換心情？

① 一杯飲みたいですね。我想喝一杯。

② あんまり飲みたくないです。我不太想喝。

気分転換 名 轉換心情
ビール 名 啤酒
行く 動 去
あんまり 副 不太～

★ 夕食の前に景気づけのアルコールを飲もうと思います。
晚餐前想喝點提神的酒。

前 名 之前
景気づけ 慣 提神

★★ 少しワインを飲みましょう。我們來喝點紅酒吧！

少し 副 一點

★ ちょっと飲んだら、気分がよくなりますよ。
喝點酒吧！心情會變好喔！

ちょっと 副 一點
気分 名 心情

6 飲食について 關於飲食

（累積單字量8808個，慣用語量439個）

★★ ワインリストはありますか。你們有酒的項目表嗎？ ① こちらはワインリストでございます。這是酒的項目表。 ② アルコール飲料は取り扱っておりません。我們不提供含酒精的飲料。	ワインリスト 名 酒的項目表 取り扱う 動 經售
★ ワインリストを見てもよく分からないんです…。 酒的項目表我看都看不懂～。 ① 予算をおっしゃっていただければ、お選びします。 請告訴我預算，我幫您選。	見る 動 看 分かる 動 知道 予算 名 預算 選ぶ 動 選擇
★ 千円で、美味しいワインはいただけますか。 一千日幣可以買到好喝的酒嗎？ ① はい、素晴らしい白がいくつかあります。 可以的，有幾瓶還不錯的白酒。	素晴らしい 形 很棒的 白 名 此處指白酒 いくつ 名 幾個
★★ どんなお酒が一番好きですか。你最喜歡喝哪一種酒？ ① 家ではビールか白ワインを飲みますね。我在家都喝啤酒或白酒。 ② 私は毎晩ワインを一杯飲みます。我每天晚上都喝一杯紅酒。	一番 副 最 家 名 家裡 毎晩 副 每天晚上
★★ 白と赤、どちらがお好みですか。白酒跟紅酒，您喜歡哪一種？ ① 白ワインの方が好きです。我喜歡白酒。 ② さっぱりした味わいのワインが飲みたいです。 我想要喝起來比較爽口的紅酒。	どちら 名 哪～ 好き 形動 喜歡 さっぱり 副 サ 清淡爽口 味わい 名 味道
★ 白のグラスワインを一杯下さい。請給我一杯白酒。	一杯 名 一杯
★ いいワインを選んでもらえますか。可以幫我選好的紅酒嗎？	選ぶ 動 選擇
★ ここには、どんなカクテルがありますか。這裡有幾種調酒？ ① カクテルの種類は沢山あります。調酒的種類有很多。	カクテル 名 調酒 沢山 副 很多
★ 女性に人気のカクテルは何ですか。最受女生歡迎的調酒是什麼？	女性 名 女性
★ まずは焼酎を下さい。請先給我燒酒。	まず 副 首先
★ 焼酎をもう一杯下さい。請再給我一杯燒酒。	焼酎 名 燒酒
★ 梅酎ハイを下さい。請給我摻燒酒的碳酸梅酒。	梅酎ハイ 名 碳酸梅酒

（累積單字量 8832 個，慣用語量 439 個）

★ 梅酒(うめしゅ)のソーダ割(わ)りを下(くだ)さい。請給我加蘇打水的梅酒。	梅酒(うめしゅ) 名 梅酒
★ 日本酒(にほんしゅ)は熱燗(あつかん)にしますか、冷酒(れいしゅ)にしますか。 日本酒要熱酒還是冷酒呢？ ① 日本酒(にほんしゅ)を熱燗(あつかん)で下(くだ)さい。請將日本酒加熱。 ＝ 日本酒(にほんしゅ)をお燗(かん)して下(くだ)さい。	日本酒(にほんしゅ) 名 日本酒 冷酒(れいしゅ) 名 冷酒 熱燗(あつかん) 名 熱酒 燗(かん) 名 サ 熱酒
★★ 氷(こおり)を下(くだ)さい。請給我冰塊。	氷(こおり) 名 冰塊
★ すみません、氷入(こおりい)れを一(ひと)つ下(くだ)さい。請給我一個冰桶。 ＝ すみません、アイスペールを一(ひと)つ下(くだ)さい。	氷入(こおりい)れ 名 冰桶 アイスペール 名 冰桶
★ ウイスキーのオンザロックを下(くだ)さい。請給我加冰塊的威士忌。 ＝ ウイスキーをロックでお願(ねが)いします。	ロック完整的說法是オンザロック。
★★ ウイスキーの水割(みずわ)りを下(くだ)さい。請給我加冰塊跟水的威士忌。 ＝ ウイスキーを水割(みずわ)りでお願(ねが)いします。	ウイスキー 名 威士忌 水割(みずわ)り 名 加冰塊跟水
★★ ストレートでいいです。請不要在酒裡加任何東西。	ストレート 名 純酒
★ グラスを四(よっ)つ持(も)って来(き)て下(くだ)さい。請拿四個杯子來。	持(も)つ 動 拿
★★ ビールはありますか。有啤酒嗎？ ① はい、どのビールにしますか。有，請問要哪種啤酒？	ビール 名 啤酒 どの 連體 哪～
★ ビールはどの銘柄(めいがら)がありますか。有什麼牌子的啤酒呢？ ① 台湾(たいわん)と日本(にほん)の銘柄(めいがら)は殆(ほとん)どあります。日本跟台灣的牌子我們幾乎都有。	銘柄(めいがら) 名 牌子 台湾(たいわん) 名 台灣
★★ 生(なま)を下(くだ)さい。請給我生啤酒。 ＝ 生(なま)ビールを下(くだ)さい。	下(くだ)さい 動 給 生(なま)ビール 名 生啤酒
★ 瓶(びん)ビールを下(くだ)さい。請給我瓶裝的啤酒。	瓶(びん)ビール 名 瓶裝啤酒
★ 大(だい)ジョッキを三杯(さんばい)下(くだ)さい。請給我三大杯生啤酒。	大(だい)ジョッキ 名 大杯

★ ハイネケンをお願いします。請給我海尼根啤酒。	ハイネケン 名 海尼根啤酒
★ キリンビールの大瓶を二本下さい。請給我兩瓶大瓶的麒麟啤酒。	大瓶 名 大瓶
★ 台湾ビールの中瓶を一本下さい。請給我一瓶中瓶的台灣啤酒。	中瓶 名 中瓶
★ 朝日ビールの小瓶を三本下さい。請給我三瓶小瓶的朝日啤酒。	小瓶 名 小瓶
★ 私が注ぎましょう。我來斟酒吧！	注ぐ 動 斟入
★★ 乾杯。乾杯吧！ ＝ 乾杯しましょう。	日文的「乾杯」是「大家一起舉杯」的意思。
★★ よく飲みますか。常喝酒嗎？ ① 時々。有時候。 ② たまに。偶爾。 ③ あんまり。很少。	よく 副 常常 時々 副 有時候 たまに 副 偶爾 あんまり 副 不太～
★ いける口ですか。你會喝酒嗎？ ＝ お酒は飲めますか。 ＝ お酒の方はどうですか。	いける口 名 會喝酒的人 お酒 名 酒 方 名 方面
★ かなり飲めそうだね。你看起來很會喝酒的樣子。	かなり 副 相當
★★ お酒は強いですか。你的酒量好嗎？ ① 上戸です。我很會喝酒。 ＝ お酒に強いです。 ＝ 大酒飲みです。	お 接頭 表示禮貌 上戸 名 會喝酒的人 に 格助 在～方面 大酒飲み 名 酒鬼
★ かなりいける方ですが、深酒はしません。 我酒量還算不錯，但不會喝過量。	深酒 名 サ 飲酒過量
★ ビール三本ぐらいが限度です。啤酒的話，頂多只能喝三瓶左右。	限度 名 限度
★ サワーなら、少し飲めます。沙瓦的話，能喝一點。	なら 助動 ～的話

★ お酒は飲めないです。我不會喝酒。 ＝ お酒は飲めません。	は 副助 表示主詞 飲める 動 能喝
★ 殆ど飲めません。我幾乎不會喝酒。	殆ど 副 幾乎
★ お酒は全然駄目です。喝酒我完全不行。	駄目 形動 不行
★ 下戸です。我不太會喝酒。 ＝ お酒は弱いです。	下戸 名 不會喝酒的人 弱い 形 不擅長的
★ お酒は飲みません。我不喝酒。	飲む 動 喝
★ お酒はやりません。我不碰酒。	やる 動 做
★ よく外へ飲みに行きますか。你常去外面喝酒嗎？ ① 週に二晩か三晩行きます。一週兩到三個晚上。	外 名 外面 週に 副 一週
★ そのうち一緒に飲みましょう。近期內我們一起去喝吧！	一緒に 副 一起
★ 酒豪ですね。你很會喝嘛！ ＝ とても強いですね。	酒豪 名 海量 強い 形 強的
★ このお酒は弱いですね。這酒蠻淡的。	お酒 名 酒
★ もっと強いのはありませんか。有沒有強一點的酒？	もっと 副 更
★ このお酒は強いですね。這酒蠻強的。	この 連體 這～
★ もっと弱いのはありませんか。有沒有淡一點的酒？	の 格助 此處指酒
★ ワインをもう少し如何ですか。要不要再來一點酒？ ① いいえ、結構です。不，不用了。	少し 副 一點 結構 形動 不用了
★★ お代わりは如何ですか。再來一杯如何？ ① 飲み過ぎたよ。我喝太多了吧！ ② 飲み過ぎたみたいだ。我好像喝太多了。	代わり 名 替代 如何 副 如何 飲み過ぎる 動 喝太多

★ もう一軒行こう。我們再續攤！	一軒 名 一家
★ 梯子酒しましょう。我們來個不醉不歸吧！	梯子酒 名 變換場地喝酒
★ あなたは酔ったことがありますか。 你曾經喝醉嗎？	酔う 動 喝醉
★ 酔っ払わないで下さいね。別喝醉耶！	酔っ払う 動 喝醉
★ 二日酔いは辛いですよ。 宿醉可是很痛苦喔！	二日酔い 名 宿醉
★ チャンポンは止めた方がいいですよ。 酒最好不要混著喝！	止める 動 停止
★ 酔いが回ってきた。我有點醉了。 ＝ ほろ酔いだ。	酔い 名 醉意 ほろ酔い 名 微醉
★ 少し酔ったみたいです。 我好像有點醉了。	少し 副 稍微
★★ もう酔った。我已經醉了。 ＝ もう酔っ払った。 ＝ もう酔っ払っちゃった。	もう 副 已經 酔っ払う 動 喝醉
★ これ以上飲めません。我不能再喝了。	以上 名 以上
★ 彼は大酒を飲んだ。他酗酒了。	大酒 名 大量的酒
★ あいつ、べろんべろんだ。他醉死了。	べろんべろん 形動 酩酊大醉
★ 誰かあいつを家まで送ってやれよ。 得找個人送他回家。	送る 動 送

Unit 13 | 勘定(かんじょう)する 買單

★★ 今回は私に奢らせて下さい。這次讓我請吧！ = 今回は私に払わせて下さい。 = 今回は私の奢りです。	今回 名 這次 奢る 動 請客 払う 動 付費
★ お昼をご馳走させて下さい。讓我請你吃午餐吧！ = お昼をご馳走しましょう。 ① ご馳走して下さいよ。這次就讓你請了！ ② 今度奢りますね。下次請你喔！	お昼 名 午餐 ご 接頭 表示禮貌 馳走 名 サ 請客 今度 副 下次
★ 今回は彼に勘定を払わせましょう。這次讓他請吧！	今回 名 這次
★ 次の店は私が出しますよ。下一攤換我請吧！	次 名 其次
★ 会社で支払います。簽公司的帳。	会社 名 公司
★★ 割り勘でいきましょう。均攤附錢吧！ = 割り勘にしましょうか。	割り勘 名 均攤付錢 で 格助 表示方式
★★ お会計をお持ちしても宜しいですか。您要買單了嗎？ ① 勘定して下さい。我要買單！ = お勘定をお願いします。 = お会計をお願いします。	会計 名 結帳 持つ 動 拿 宜しい 形 可以的 勘定 名 サ 結帳
★★ 勘定はどこでしますか。請問在哪裡付帳？ = どこで支払えばいいのですか。 ① お支払いは出口でお願い致します。請到出口處付帳。 ② お支払いはフロントでお願い致します。請到服務台付帳。	どこ 名 哪裡 で 格助 在～ 出口 名 出口 フロント 名 服務台
★★ ここで支払えますか。可以在這裡付帳嗎？ ① こちらでお会計致します。這裡可以結帳。 ② カウンターでお支払い下さい。請到櫃檯付帳。	こちら 名 這裡 カウンター 名 櫃檯 支払う 動 支付

★★ レジはどこですか。收銀台在哪裡？

① レジにご案内します。我帶您去收銀台。

レジ 名 收銀台
案内 名 サ 引導

★★ 列に並んでお待ち下さい。請排隊等候。

列に並ぶ 慣 排隊

★★ 次にお待ちの方、どうぞ。下一位。

次に 副 接著

★★ ご一緒にお支払いされますか。要一起結帳嗎？

= ご一緒で宜しいですか。

① 一緒でお願いします。請一起結帳。

② 勘定書を分けてもらえますか。可以個別買單嗎？

一緒に 副 一起
で 格助 表示方式
勘定書 名 帳單
分ける 動 分開

★★ 別々のお支払いでしょうか。您需要分開結帳嗎？

= お会計は別々ですか。

= お支払いは別々で宜しいですか。

の 格助 ～的
別々 形動 分開
お支払い 名 支付

★ 別々に支払いたいのですが。我們想要各付各的。

別々に 副 分開地

★ 別々に清算して下さい。請分開結帳。

= 別々でお願いします。

清算 名 サ 核算
願う 動 拜託

★ 自分の分は払います。我付自己的一份。

自分 名 自己

★ 私の分はいくらですか。我那一份多少錢？

= 私が払うのはいくらですか。

分 名 部分
いくら 名 多少錢

★ こちらはお客様の伝票です。這是您的帳單。

① これは私たちの伝票ではありません。這不是我們的帳單。

伝票 名 帳單
私たち 代名 我們

★ 勘定書に間違いがあるようですが。帳單好像錯了。

= お勘定に、間違いがあるようです。

= 清算書が間違っているようです。

間違い 名 錯誤
清算書 名 帳單
間違う 動 錯誤

★ 明細書を見せてもらえますか。請讓我看一下消費明細表。

明細書 名 明細表

（累積單字量8953個，慣用語量440個）

★ 計算が少しおかしいですね。 你算得好像不太對喔！	計算 [名][サ] 計算
★ 明細書に注文していない料理が書いてあります。 消費明細表上有我沒點的菜。	注文 [名][サ] 點 書く [動] 寫
★ これは何の料金ですか。 這是哪一筆費用？	料金 [名] 費用
★ 計算が間違っていますね。 你算錯帳了喔！ ① 申し訳ございません。計算を間違えました。不好意思，我算錯帳了。	申し訳ない [慣] 抱歉 間違える [動] 錯誤
★★ サービス料がいりますか。 需要服務費嗎？ ① 当店はサービス料金 10 % をいただいております。 本店有收一成的服務費。	いる [動] 需要 当店 [名] 本店 % [名] 百分比
★★ サービス料金はありますか。 有服務費嗎？	サービス料金 [名] 服務費
★ サービス料は含まれていますか。 服務費算進去了嗎？	含む [動] 包含
★★★ 全部でいくらですか。 總共是多少錢？	全部 [名] 全部
★ 一緒にご確認いただけますか。 跟您核對一下。	確認 [名][サ] 確認
★ 合計は五千八百円でございます。 總共是五千八百日幣。 ＝ 合計は五千八百円になります。	合計 [名][サ] 合計 ～円 [名] ～日圓
★ この金額には消費税が含まれています。 這個費用包含消費稅。	消費税 [名] 消費稅
★ チップはいくら払ったらいいですか。 小費要給多少？ ① 普通は代金の 10 % です。一般是帳單總額的百分之十。	チップ [名] 小費 代金 [名] 價錢
★ 引換券があります。 我有兌換券。	引換券 [名] 兌換券
★ 引換券が使用できますか。 可以使用兌換券嗎？ ① 引換券が使用できます。可以使用兌換券。	使用 [名][サ] 使用 できる [動] 能夠
★ 一回のお食事につき、引換券の使用は一枚だけです。 一次消費只能使用一張兌換券。	一回 [名] 一次 だけ [副] 僅僅

★ この割引券は使えますか。 這張折價券可以使用嗎？

① 申し訳ございません。この割引券はもう期限切れです。
不好意思，這張折價券已經過期了。

＝ 申し訳ございません。この割引券は有効期限が切れています。

割引券 名 折價券
申し訳 名 抱歉
期限切れ 慣 過期
切れる 動 過期

★ クーポン券を提示し忘れたんですが、割引は効きますか。
我忘了拿出優惠券，還可以打折嗎？

① 申し訳ございません。クーポン券は会計する前に提示しなければならないんです。 非常抱歉，優惠券必須在結帳前拿出。

クーポン券 名 優惠券
提示 名 サ 出示
忘れる 動 忘記
割引 名 サ 打折

★ これを私の勘定に入れて下さい。 請把這個加在我的帳單上。

勘定 名 サ 帳單

★ 現金のみですか。 只接受現金嗎？

のみ 副助 僅僅

★★ クレジットカードでもいいですか。 可以刷卡嗎？

クレジットカード 名 信用卡

★★ クレジットカードは使えますか。 可以使用信用卡嗎？

① 現金とカードでお支払いできます。 您可以付現或是刷卡。

② 申し訳ございませんが、クレジットカードはご利用いただけません。
非常抱歉，不能使用信用卡。

使う 動 使用
と 格助 跟
申し訳 名 抱歉
ご 接頭 表示禮貌

★★ カードですか。それとも現金でお支払いになりますか。
請問要刷卡還是付現？

＝ カードでお支払いなさいますか。それとも現金で？

① カードで。 刷卡，麻煩你了。

か 終助 表示疑問
支払う 動 支付
で 格助 表示方法
それとも 接 還是

★★ 現金で。 付現，麻煩你了。

＝ 現金でお願いします。

現金 名 現金
願う 動 拜託

★ すみませんが、こちらにATMはありますか。
請問一下，這裡有提款機嗎？

ATM 名 提款機

★ どんなクレジットカードが利用できますか？
你們這裡能用哪種信用卡？

① 殆どのカードはお使いになれます。 大部分的信用卡都能使用。

② カードはどれでもお使いになれます。 任何信用卡都可以使用。

どんな 連體 怎樣的
殆ど 副 大部分
の 格助 ～的
どれ 名 哪～

（累積單字量9000個，慣用語量442個）

★★ カードをお預かりして宜しいですか。 我可以借一下您的信用卡嗎？	宜しい 形 可以的
★★ カードをお預かりします。 收您信用卡。	預かる 動 收取
★ 申し訳ございませんが、こちらのカードは、お取り扱いしておりません。 非常抱歉，這張信用卡這裡無法使用。	こちら 名 這 取り扱う 動 辦理
★ ほかのカードをご提出いただけますか。 請問您還有別張信用卡嗎？	カード 名 信用卡 提出 名 サ 提出
★ こちらのカードであればご利用いただけます。 這張信用卡可以使用。	利用 名 サ 利用，使用
★★ お支払い回数は何回ですか。 請問要分幾次付款？ ① 一括でお願いします。 我要一次付清。 ② 六回でお願いします。 請分六次。	回数 名 次數 一括 名 サ 一次 ～回 名 ～次
★★ ここにサインして下さい。 麻煩您在這裡簽名。	サイン 名 サ 簽名
★★ この欄にサインをお願いします。 麻煩您在這一欄簽名。	欄 名 欄位
★★ カードと控えをお返し致します。 歸還您的信用卡跟刷卡單據。	控え 名 單據
★ 一万円お預かりいたします。 收您日幣一萬。	預かる 動 收存
★ 先に大きい方から、四千円のお返しになります。 先找您日幣四千大鈔。	お返し 名 找的錢
★ そして二百円のお釣りです。 再找您日幣兩百的零錢。	そして 接 接下來
★★ どうぞご確認下さい。ありがとうございました。 麻煩您確認一下，謝謝。	確認 名 サ 確認
★ 申し訳ございません。細かいお金がございますか。 不好意思，請問您有零錢嗎？ ① お釣りは結構です。 零錢不用找了。 ＝ お釣りは取っておいて下さい。	細かい 形 維繫的 お金 名 錢 結構 形動 不用了 取る 動 拿

（累積單字量9021個，慣用語量442個）

★ まだお釣りをもらっていません。還沒有找錢。	もらう 動 收取
★ お釣りをもらえますか。可以找零錢給我嗎？	お釣り 名 零錢
★ 別々にお釣りをもらえますか。可以分別找零錢給我們嗎？	別々に 副 分別地
★ お釣りが間違っていますけど…。你找錯錢了。 ＝ お釣りが違うと思うんですけど…。	間違う 動 錯誤 違う 動 錯誤
★★ レシートが必要でしょうか。您需要發票嗎？ ① ええ、レシートを下さい。嗯，請給我發票。	必要 形動 需要 ええ 感 嗯
★★ こちらはお客様のレシートです。這是您的發票。	レシート 名 發票
★★ 領収書をご利用ですか。您需要收據嗎？ ① 領収書を下さい。請給我收據。 ＝ 領収書を切って下さい。 ＝ 領収書を書いて下さい。	領収書 名 收據 下さい 動 給 切る 動 開收據（支票） 書く 動 寫
★★ こちらはお客様の領収書です。這是您的收據。	お客様 名 顧客
★ こちらは割引券になっておりますので、またご利用下さい。 這是折價券，歡迎您再度光臨。	割引券 名 折價券 また 副 再次
★★ どうぞ、また次回来て下さいね。歡迎下次再來！ ＝ どうぞ、また次回お越し下さいね。 ＝ どうぞ、また次回ご利用下さいね。 ① また来ますね。下次會再來的！	次回 副 下次 越す 動 光臨 利用 名 サ 利用 来る 動 來

（累積單字量9040個，慣用語量442個）

Chapter 7

楽(たの)しい旅行(りょこう)

愉快的旅行

Chapter 7 楽しい旅行 愉快的旅行

Unit 01 | 旅行の準備 安排行程

★ 私はこの夏休みに三泊四日で東京旅行に行きたいです。
這個暑假我想去東京旅行個四天三夜。

= 私はこの夏休みに東京に三泊四日の旅行をしたいです。

① 私は東京へ三回行ったことがあります。東京我去過三次了。

この 連體 這～
三泊四日 名 四天三夜
旅行 名 サ 旅行
夏休み 名 暑假

★★ どうでしたか。那裡怎麼樣呢？

① 素晴らしい景色でした。景色很棒。
=景色が素晴らしかったです。

どう 副 如何
素晴らしい 形 很棒的
景色 名 景色

★★ 交通はとても便利です。交通很方便。

便利 形動 方便

★ 現地の人はとても親切でした。當地的人很親切。

現地 名 當地

★ 日本の文化は私たちの文化と大変似ています。
日本的文化跟我們很相似。

私たち 名 我們
似る 動 相似

★ 東京行きの航空券を予約したいのですが。
我想訂到東京的機票。

= 東京行きの予約をお願いします。
= 台北発東京行きの便を予約したいのですが。

航空券 名 機票
予約 名 サ 訂位
便 名 航班

★ 東京行きの便で一番早いのは何時の便ですか。
到東京最早的班機是幾點？

一番 副 最
早い 形 早的

★ 現在優待プランがありますか。
現在訂票有優惠嗎？

優待プラン 名 優待規劃

★ 何日の便ですか。您要哪一天的？

① 八月五日です。八月五日。

= 八月五日発の便です。
= 八月五日出発の便です。

何日 名 幾號
五日 名 五號
～発 名 ～出發
の 格助 ～的

（累積單字量 9061 個，慣用語量 442 個）

★ 申し訳ありませんが、明後日の便は全部満席です。
抱歉，後天班機已經全部客滿了。

① キャンセル待ちをしたいのですが。我想要排候補。
② 他の旅行社に聞いてみます。我再問問其他的旅行社。

明後日 名 後天
満席 名 客滿
キャンセル待ち 名 候補
旅行社 名 旅行社

★ お電話ありがとうございます。全国トラベルです。
謝謝您來電，這裡是全國旅行社。

① 国際線の航空券を予約したいんですが。我想訂國際線的機票。
② 航空券の予約手順を教えてもらえますか。可以請你説明訂票的流程嗎？

国際線 名 國際線
航空券 名 機票
手順 名 程序
教える 動 告知

★★ 片道ですか、往復ですか。請問您要單程票還是來回票？

① 往復でお願いします。我要來回票。

片道 名 單程票
往復 名 サ 來回票

★★ ビジネスですか、エコノミーですか。您要商務艙，還是經濟艙？

① エコノミーを二枚下さい。請給我兩張經濟艙的。

ビジネス 名 商務艙
エコノミー 名 經濟艙

★ では、ご出発とお帰りの日にちをお願い致します。
那麼、麻煩您告知出國與回國的日期。

① 八月五日から八月九日までのが欲しいんですけど。
我預計 8 月 5 日出發，8 月 9 日回國。

帰り 名 回來
から 格助 從～開始
まで 格助 到～為止

★ 八月五日ご出発、八月九日ご帰国でございますね。
是 8 月 5 日出發、8 月 9 日回國是嗎？

① はい、そうです。是的。

出発 名 サ 出發
帰国 名 サ 回國
ね 終助 表示確認

★ では、目的地をお願い致します。那麼、請告知您的目的地。

① はい、台湾から成田までです。好的，我要從台灣到成田。

では 接 那麼
目的地 名 目的地

★ 航空会社のご指定などはございますか？
有特別想要指定的航空公司嗎？

① 特にありません。沒有。

航空会社 名 航空公司
指定 名 サ 指定
特に 副 特別地

★ 往路は午前便と午後便のどちらでもお取りできますが、どちらになさいますか？
去程的機票有上午跟下午的班機，請問您選擇哪個時段呢？

① じゃあ、午前便でお願いします。那麼、麻煩給我上午的班機。

往路 名 去程
どちら 名 哪個
取る 動 取得
じゃあ 接 那麼

（累積單字量 9088 個，慣用語量 442 個）

★ 午前便ですと、桃園国際空港九時二十分発、成田空港十一時十分到着となりますが。

上午的班機、9點20分從桃園國際機場起飛，抵達成田機場的時間為11點10分。

① はい、それでいいです。好的。那樣就可以了。

桃園国際空港 名 桃園國際機場
成田空港 名 成田機場
到着 名 サ 到達

★ お帰りの便ですが、午後便か最終便となりますが。

至於回程的班機，只剩下午與末班班機。

① そうですか、あんまり遅いのは困るんですけど。
這樣啊！假如太晚的話會有點困擾。

最終便 名 末班班機
あんまり 副 太～
遅い 形 晚的
困る 動 困擾

★ 午後便ですと、十五時十分成田空港発、桃園国際空港には二十時十分到着となりますが。

下午的班機是15點10分由成田機場起飛、抵達桃園國際機場時間為20點10分。

① それくらいなら大丈夫です。那樣子的話倒是沒有問題。

午後便 名 下午的航班
に 格助 表示場所
それくらい 名 那樣子
大丈夫 形動 不要緊

★ 航空券はいくらですか。機票多少錢？

① 三万二千台湾ドルになります。三萬兩千台幣。

航空券 名 機票
台湾ドル 名 台幣

★ では、ご出発日が八月五日九時二十分、ご帰国日が八月九日十五時十分で宜しいでしょうか。

那麼，去的班機是8月5日的9點20分，回程是8月9曰的15點10分，可以嗎？

① はい、それでいいです。是的，就那樣。

出発日 名 出發日
帰国日 名 回國日
宜しい 形 可以的
それで 接 那樣

★ 往路、復路ともお座席に空きがございますが、このままご予約なさいますか？

去程、回程都有空位，就這樣直接訂票嗎？

① はい、予約して下さい。好的、請幫我預約。

座席 名 座位
空く 動 空位
予約 名 サ 預約

★★ 機内食はベジタリアンミールでお願いします。

我的機上餐點要素食餐。

① はい、分かりました。好的。

機内食 名 機上餐點
ベジタリアンミール 名 素食餐

★★ 子供の食事を頼みたいのですが。我要訂兒童餐。

子供 名 兒童

（累積單字量9111個，慣用語量442個）

★ ご予約後の変更や取消は、規定の手数料が掛かりますが宜しいですか？
預約後的變更或取消，會收取規定的手續費，這樣可以嗎？

① はい、構いません。好的。沒有問題。

変更 名 サ 變更
取消 名 サ 取消
手数料 名 手續費

★ では、お名前をパスポート通りの綴りでお願い致します。
那麼、麻煩將名字依護照上面的英文字母順序告訴我。

① はい、CHEN　BIKA です。好的，CHEN　BIKA。

名前 名 名字
～通り 接尾 按照～
綴り 名 拼寫

★ パスポート番号をお願い致します。請給我您的護照號碼。

① TW9876543 です。TW9876543。

パスポート 名 護照
番号 名 號碼

★ 発行日と有効期限をお願い致します。請給我發照日期跟有效期限。

① 発行日は 2013 年 3 月 8 日、有効期限は 2023 年 3 月 8 日です。
發照日期為 2013 年 3 月 8 日，有効期限為 2023 年 3 月 8 日。

と 格助 跟
発行日 名 發照日期
有効期限 名 有效期限

★ 次の番号が、陳様のご予約番号となります。
接下來要唸的是陳小姐您的預約號碼。

① ちょっと待って下さい。メモを取りますので。
請稍等一下，我要記一下。

次 名 下個
予約番号 名 預約號碼
待つ 動 等待
メモを取る 慣 紀錄

★ はい、どうぞ。好的，您請！

① はい、お願いします。好了，麻煩妳了。

どうぞ 副 請
願う 動 拜託

★ 宜しいでしょうか。ご予約番号は AF563 でございます。
可以了嗎？您的預約號碼是 AF563。

① AF563 ですね。是 AF563 嗎？

宜しい 形 可以的
ござる 動 ある的尊敬語
ね 終助 表示確認

★ はい、そうです。ご予約の確認や変更の際に必要となります。
是的，如果您要確認或變更訂票時會用到的。

① 分かりました。我知道了。

確認 名 サ 確認
際 名 時候
必要 形動 必要

★ チケットのほうは空港渡しで宜しいでしょうか。
機票到了機場再拿給您可以嗎？

① はい、それでいいです。好的。那樣就可以了。

チケット 名 票
空港 名 機場
渡す 動 交付

★ では、国際線出発ロビー、Fカウンターの31から35番で、先ほどのご予約番号をお伝え下さい。
那麼、請到國際線出境大廳、F櫃檯的31到35號、告知剛才説的訂票號碼。

① はい、分かりました。好的。我知道了。

国際線 名 國際線
出発ロビー 名 出境大廳
先ほど 名 副 剛剛
伝える 動 傳達

★ 私は担当の王美恵と申します。ご予約ありがとうございました。我是此次為您服務的王美惠，謝謝您的訂票。

担当 名 サ 負責
申す 動 叫做

★ いらっしゃいませ。プリンスホテルでございます。ご用件を承ります。您好！這裡是王子飯店，很高興為您服務。

① 宿泊の予約をお願いしたいんですが。我想預約住宿。

= 部屋の予約をしたいのですが。

用件 名 必辦事項
承る 動 承接
宿泊 形動 住宿
予約 名 サ 預約

★ 宿泊予約係にお繋ぎします。好的，我為您轉接客房預約部。

= 宿泊予約係に代わります。

繋ぐ 動 接通
代わる 動 替換

★★ しばらくお待ち下さいませ。請您稍等。

しばらく 副 暫時

★★ お電話かわりました。予約係でございます。
您好！我是預約住宿的負責人。

① すみません。空いている部屋はありますか。
請問一下，有空的房間嗎？

電話 名 サ 電話
空く 動 閒置
部屋 名 房間

★★ いつのご予約でございますか。請問要預約何時呢？

① 八月五日からの予約を取りたいのですが。我想預約8月5日開始住宿。

いつ 名 何時
から 格助 從～開始

★ 申し訳ございません。あいにく予約が埋まっております。
非常抱歉，真不巧預約已經滿了。

あいにく 副 不湊巧
埋まる 動 占滿

★ 八月六日からでしたら、お部屋をお取りすることができます。
如果是8月6號開始的話，就有空房間了。

① 分かりました。八月六日で予約を取ります。
了解，那我預約8月6日開始住宿。

から 格助 從～開始
できる 動 能夠
分かる 動 了解
予約を取る 慣 預約

★★ 何泊なさいますか。您要住幾天？

① 三泊です。三天。

何泊 名 住幾天
三泊 名 住三天

（累積單字量9161個，慣用語量444個）

★★ 部屋代はいくらですか。 房間的費用是多少？ ＝ お部屋の料金はいくらですか。 ① お部屋のタイプによって決まります。 按照房間的類型來決定。	部屋代 名 房間費用 料金 名 費用 決まる 動 決定
★ 当ホテルにはスタンダード、デラックス、スイートの三部屋ございます。 我們有標準房，豪華房，跟頂級套房三種房間。	スタンダード 名 標準房 デラックス 名 豪華房 スイート 名 頂級套房
★ お部屋のタイプはどちらになさいますか。 您要哪一種房間？ ① デラックスルーム、ダブルでお願いします。 請給我一間豪華雙人房。	タイプ 名 類型 ダブル 名 雙人房
★ 畏まりました。では、ご到着日と出発日を頂戴できますか。 好的，請告知您抵達跟離開的日期。 ① 八月六日到着で九日出発です。 8 月 6 日抵達，9 日離開。	畏まる 動 遵命 到着日 名 抵達日期 出発日 名 出發日期
★★ ご到着は何時頃のご予定ですか。 您抵達的時間大約是幾點？ ① 午後二時頃です。 下午兩點左右。	頃 名 左右 予定 名 サ 預定
★★ 一泊おいくらですか。 住一晚的費用是多少？ ① 一泊につき、消費税、サービス料込みで五万円でございます。 住一晚的費用，包含消費稅跟服務費，總共是五萬日幣。 ② この金額には、朝食代も含まれております。 這金額也包含早餐費。	一泊 名 住一晚 消費税 名 消費稅 サービス料 名 服務費 朝食 名 早餐

7 楽しい旅行 愉快的旅行

Unit 02 | 空港へ、空港で、機内で 去機場、在機場、在飛機上

★★ 空港はどこにありますか。 請問機場在哪裡？	どこ 名 哪裡
★ 空港まで遠いですか。 請問到機場很遠嗎？	遠い 形 很遠的
★★ 空港へはどう行ったらいいですか。 請問怎麼到機場？	どう 副 怎麼

★★ 空港(くうこう)まで電車(でんしゃ)がありますか。 請問有到機場的電車嗎？	電車(でんしゃ) 名 電車
★ 空港(くうこう)まで電車(でんしゃ)でいくら掛(か)かりますか。 請問坐電車到機場要多少錢？	掛(か)かる 動 花費
★ 空港(くうこう)まで電車(でんしゃ)だとどのぐらい時間(じかん)が掛(か)かりますか。 請問坐電車到機場要多久？	空港(くうこう) 名 機場 どのぐらい 名 多久
★ 電車(でんしゃ)以外(いがい)で行(い)く方法(ほうほう)はありますか。 除了電車以外，有沒有其他到機場的方法？	以外(いがい) 名 以外 方法(ほうほう) 名 方法
★★ 空港(くうこう)まで地下鉄(ちかてつ)がありますか。 請問有到機場的地鐵嗎？	地下鉄(ちかてつ) 名 地下鐵
★★ 空港(くうこう)までタクシーでいくら掛(か)かりますか。 請問坐計程車到機場要多少錢？	タクシー 名 計程車 いくら 名 多少
★★ 空港(くうこう)からホテルまで行(い)くバスがありますか。 請問有機場到飯店的巴士嗎？ ① 空港(くうこう)へのリムジンバスを運行(うんこう)しています。 飯店有到機場的接駁巴士。	ホテル 名 飯店 リムジンバス 名 接駁巴士 運行(うんこう) 名 サ 運行
★ 出発(しゅっぱつ)ロビーはどこですか。 出境大廳在哪裡？	出発(しゅっぱつ)ロビー 名 出境大廳
★ どこに外貨(がいか)両替所(りょうがえじょ)があるのか聞(き)きたいんです。 請問外幣兌換處在哪裡？ ① 両替(りょうがえ)はあちらの窓口(まどぐち)になります。 在那邊的窗口兌換。	外貨(がいか) 名 外幣 両替(りょうがえ) 名 サ 兌換 窓口(まどぐち) 名 窗口
★★ 台湾(たいわん)ドルを日本円(にほんえん)に替(か)えられますか。 能幫我把台幣兌換成日幣嗎？ ＝ 台湾(たいわん)ドルから日本円(にほんえん)に両替(りょうがえ)してもらえますか。 ① 台湾(たいわん)ドルから日本円(にほんえん)への両替(りょうがえ)をご希望(きぼう)ですか。 您想將台幣兌換成日幣嗎？	台湾(たいわん)ドル 名 台幣 替(か)える 動 兌換 日本円(にほんえん) 名 日幣 希望(きぼう) 名 サ 希望
★★ 今日(きょう)の為替(かわせ)レートはいくらですか。 今天的匯率是多少？	為替(かわせ)レート 名 匯率
★★ どのように両替(りょうがえ)いたしますか。 您想要怎麼換錢呢？ ① この百(ひゃく)ドル札(さつ)を崩(くず)してもらえますか。 能幫我把這一百元美金找開嗎？	どのように 副 如何地 この 連體 這～ ドル 名 美金

★★ どのように崩しますか。 您想要怎麼換呢？ ① 五十ドル札二枚にして下さい。 請給我兩張面額五十元美金的鈔票。 ② 五十ドル札一枚と十ドル札五枚にして下さい。 請給我一張五十元美金跟五張十元美金的鈔票。	崩す 動 換錢 ～枚 名 ～張 札 名 紙鈔 下さい 補動 請～
★★ これを細かくしてもらえますか。 可以將這個找開嗎？	細かい 形 細小的
★★ 小銭も混ぜて下さい。 也請給我一些零錢。 ＝ 小銭も入れて下さい。	小銭 名 零錢 混ぜる 動 混入
★★ 手数料はいくらですか。 手續費是多少？	手数料 名 手續費
★ 免税店で化粧品、タバコとお酒を買いました。 在免稅店買了化粧品、香菸跟酒。	免税店 名 免稅店 化粧品 名 化妝品
★★ 聯合航空のカウンターはどこですか。 請問聯合航空的櫃台在哪裡？	カウンター 名 櫃台 どこ 名 哪裡
☆★★ 何かご用でしょうか。 有什麼可以為您服務的嗎？ ＝ お手伝いいたしましょうか。 ① 搭乗手続きはここでできますか。 我可以在這裡辦理登機手續嗎？ ② ここに並べばいいですか。 我可以在這裡排隊嗎？	手伝う 動 幫忙 搭乗手続き 名 登機手續 ここ 名 這裡 並べる 動 排列
☆★★ 搭乗手続きをお願いします。 麻煩幫我辦理登機手續。	願う 動 拜託
☆★★ パスポートと航空券です。 這是我的護照跟機票。	航空券 名 機票
★ ビジネスクラスですか。 是商務艙嗎？ ① いいえ、エコノミークラスです。 不是，是經濟艙。	ビジネスクラス 名 商務艙 エコノミークラス 名 經濟艙
★ 窓側と通路側、どちらが宜しいですか。 您要靠窗還是靠走道的座位呢？ ① 窓際の席にしてもらいたいのですが。 我想要靠窗的位子。 ＝ 窓側の席をお願いします。 ② 通路側の席をお願いします。 麻煩給我靠走道的座位。	窓側 名 窗戶旁邊 通路側 名 走道旁邊 窓際 名 窗戶旁邊 席 名 位子 の 格助 ～的

★ 前の方の席がいいのですが。 我想要前面一點的座位。	前 名 前面
★ 隣同士で座りたいのですが。 我們想要坐在一起。	座る 動 坐
★ 家族と一緒に座りたいのですが。 我想跟我的家人坐在一起。	一緒に 副 一起
★ 友人の隣がいいのですが。 我可以坐在我的朋友旁邊嗎？	隣 名 旁邊
★★ 預ける荷物はありますか。 有要託運的行李嗎？ ① 預ける荷物はありません。沒有要託運的行李。 ② はい、預ける荷物はこれ一つです。有，要託運的行李就這一件。	預ける 動 託管 荷物 名 行李 一つ 名 一個
★★ このかばんは機内に持ち込めますか。 我可以帶這個包包上飛機嗎？ ① 機内に持ち込むには大き過ぎます。這太大了，不能帶進飛機。	かばん 名 包包 持ち込む 動 帶入
★★ 預ける荷物は二つです。 我要託運兩件行李。	二つ 名 兩個，兩件
★ 預ける荷物はこれで全部です。 我要託運的行李就是這些。	全部 名 全部
★ これは割れ物です。 這是易碎品。	割れ物 名 易碎品
★★ これも預けたいのですが。 這個也想託運。 ① 申し訳ございませんが、搭乗者一名様につき荷物は二つまでとなっております。非常抱歉，每個人的托運行李最多兩件。	申し訳 名 抱歉 搭乗者 名 搭乘者
★ では、小さい方は機内に持ち込みます。 那麼小件的行李我就手提到飛機上吧！	小さい 形 小的 機内 名 飛機上
★★ この手荷物は機内に持ち込みます。 這件隨身行李我要手提到飛機上。	手荷物 名 隨身行李 に 格助 表示方向
★ 最終目的地まで預けます。 行李將托運到旅途的最終點。	最終 名 最終
★ お荷物の控えはこちらに貼っておきます。 行李的存根我貼在這裡。	控え 名 存根 貼る 動 貼
★ これは搭乗券でございます。 這是您的登機證。	搭乗券 名 登機證

★★ 搭乗開始は何時からですか。 幾點開始登機？	搭乗開始 名 サ 開始登機
★★ 出発ゲートは何番ですか。 登機門是幾號？	出発ゲート 名 登機門
★ この便は定刻に出発しますか。 這個航班會準時起飛嗎？ ＝ この便は予定時刻通りに出発しますか。 ① はい、定刻に出発します。是的，會準時起飛。	定刻 名 準時 出発 名 サ 出發 ～通り 接尾 按照～
★ 申し訳ありませんが、この便は遅れます。 非常抱歉，這個航班會延後起飛。 ① 何時発ですか。 幾點起飛呢？	申し訳 名 抱歉 遅れる 動 延遲 何時 名 幾點
★ どれぐらい遅れるのですか。 班機會延後多久？ ① 四十分か一時間以上遅れるかもしれません。 或許會延後四十分鐘或一小時以上。	どれぐらい 名 多久 以上 名 以上 かもしれない 副助 或許
★ 東京で乗り継ぐのですが。 我要在東京轉機。	乗り継ぐ 動 轉機
★ 乗り継ぎ便に間に合いますか。 我趕得上要轉的飛機嗎？ ① 間に合うと思います。 我認為您趕得上。 ② ちょっと無理です。次の便に乗れるように手配しましょう。 恐怕不行，我們會幫您安排下一班飛機。	乗り継ぎ便 名 轉機航班 間に合う 慣 趕上 無理 形動 勉強 手配 名 サ 安排
★★ どうなさいましたか。 （空服員）需要我為您服務嗎？ ① F 列はどこですか。 請問 F 排在哪裡？	～列 名 ～排 どこ 名 哪裡
★ F 列は向こうの通路です。 F 排在另一側的走道。	向こう 名 對面
★★ すみません、通して下さい。 不好意思，借過一下。	通す 動 通過
★★ 席を換わってもいいですか。 我可以換座位嗎？ ① すみません、この便は満席です。 抱歉，這個班機都坐滿了。	換わる 動 換 満席 名 客滿
★ 私の席にほかの人が座っているようです。 我的座位好像有人坐了。	人 名 人 座る 動 坐

★ 私のかばん、荷物棚に入りません。 我沒辦法把我的包包放進置物架。	かばん 名 包包 荷物棚 名 置物架
★ もうほかの人の荷物でいっぱいです。裡面已經放滿了別人的行李。	いっぱい 形動 滿滿
★ 飛行機は後五分で離陸します。飛機再五分鐘就要起飛了。	飛行機 名 飛機
★ 離陸の前に、飛行機での安全事項についてよくご覧になって下さい。 在飛機起飛前，請注意看一段關於飛機內的安全事項。	離陸 名 サ 起飛 安全事項 名 安全事項
★ コートをお願いします。請幫我掛外套。	コート 名 外套
★★ 日本の新聞はありますか。請問有日本的報紙嗎？ ① はい、ございます。お持ち致します。有日本的報紙，我去幫您拿來。	新聞 名 報紙 持つ 動 拿
★★ 毛布を下さい。請給我毛毯。	毛布 名 毛毯
★ 枕を下さい。請給我枕頭。	枕 名 枕頭
★★ 入国カードを下さい。請給我入境申請單。	入国カード 名 入境申請單
★ 席を倒してもいいですか。我可以將椅背倒下嗎？	倒す 動 倒下
★ この書類の書き方が分かりません。我不知道這張表格要怎麼填寫。 ① すぐそちらに参ります。（空服員）我馬上過去。	書類 名 文件 書き方 名 寫法
★ イヤホンの調子が悪いようです。耳機好像不能用。	調子 名 狀況
★ このリモコンは壊れているようです。這個遙控器好像壞掉了。	壊れる 動 損壞
★ 気分が悪いのですが。我不太舒服。	気分 名 感覺
★ 痛み止めの薬がありますか。請問有止痛藥嗎？	痛み止め 名 止痛
★ 薬を飲みますから、お水を一杯下さい。我要吃藥，請給我一杯水。	薬 名 藥

☆★★ お飲み物は如何ですか。 您要喝飲料嗎？

① トマトジュースを下さい。 請給我番茄汁。

② リンゴジュースを氷抜きで下さい。 請給我蘋果汁，不要加冰塊。

③ 甘くない飲み物はありますか。 有沒有不甜的飲料？

トマト 名 番茄
リンゴ 名 蘋果
氷抜き 名 去冰
甘い 形 甜的

★★ 紅茶かコーヒーは如何ですか。 您要來杯紅茶或是咖啡嗎？

① コーヒーを下さい。 請給我咖啡。

紅茶 名 紅茶
如何 副 如何

★★ コーヒーはホットとアイス、どちらになさいますか。
咖啡您要熱的還是冰的？

① ホットにします。 我要熱的。

ホット 形 熱的
アイス 形 冰的
どちら 名 哪個

★ 昼食は何時ごろ出るのですか。 請問幾點開始供應午餐？

① 十一時から昼食を出します。 十一點開始供應午餐。

昼食 名 午餐
何時 代名 幾點

★★ 豚肉がいいですか、それとも牛肉がいいですか。
您要豬肉還是牛肉？

① 牛肉を下さい。 請給我牛肉。

豚肉 名 豬肉
それとも 接 還是
牛肉 名 牛肉

★ 肉料理でないものが欲しいのですが。 我想要沒有肉的餐點。

欲しい 形 想要的

★ 彼には、後で食事を下さい。 他的餐點請稍後再上。

食事 名 サ 用餐

★ 食事をもらい損ねました。 我沒有拿到我的餐點。

もらい損ねる 動 沒拿到

★ おぼん(＝トレー)を下げてもらえますか。可以幫我把托盤收走嗎？

① 畏まりました。 好的。

おぼん(＝トレー) 名 托盤
下げる 動 撤下

★★ 白ワインをもう少し下さいませんか。 可以再給我一些白酒嗎？

白ワイン 名 白酒

★★ 免税品の販売はありますか。 請問有賣免稅品嗎？

販売 名 サ 販賣

★ ちょっと寒いのですが、エアコンを弱くしてくれませんか。
有點冷，能將空調調弱嗎？

① すぐに設定を調整致します。 我馬上去調整溫度的設定。

エアコン 名 空調
弱い 形 微弱的
調整 名 サ 調整

★ 申し訳ございません。あいにくこれが最高温度の設定です。 不好意思，已經設定在最高溫了。	あいにく 副 不巧地 温度 名 溫度
★ ブランケットをお持ちしますので、お使い下さい。 我拿毛毯給您，請使用。	ブランケット 名 毛毯 使う 動 使用
★ 携帯電話のご使用はお控え下さい。 請不要使用手機。	携帯電話 名 手機
★ 当機はただ今、気流の悪いところを通過しております。 飛機現在正通過亂流。	気流 名 氣流 通過 名 サ 通過
★ お座席にお戻り下さい。 請您回到座位上。	戻る 動 回到
★ いつ到着しますか。 幾時抵達？ ＝ いつ着きますか。 ＝ 到着はいつですか。 ① あと十五分です。再十五分鐘。	いつ 名 幾時 着く 動 到達 到着 名 サ 到達 あと 名 之後
★ シートベルトをしっかり締めて、テーブルを片付けて、椅子を戻して下さい。 請繫緊安全帶，收起餐桌，並豎直椅背。	シートベルト 名 安全帶 しっかり 副 サ 好好地
★ ただ今、シートベルト着用サインが消えました。 現在繫安全帶的燈號已經熄滅。	ただ今 副 現在 消える 動 消失
★ 化粧室のご利用は今のうちにお済ませ下さい。 請要使用化妝室的旅客盡快利用。	化粧室 名 化妝室 済む 動 結束

Unit 03 ｜出国、入国、乗り継ぎ、出迎え 出入境、轉機、迎接

★ 東京へようこそ！ 歡迎您來到東京！	東京 名 東京
☆★ どちらからいらっしゃったんですか。 您從哪兒來的？ ① 台湾からです。我從台灣來的。	どちら 名 哪裡 から 格助 從～

★★★ 日本は初めてですか。第一次到日本來嗎？ ① はい、初めてです。是的，第一次到日本來。 ② いいえ、今度で二度目の訪問です。不是，這是我第二次到日本來。	初めて 名 初次 今度 名 這次 二度目 名 第二次
★★ 入国の目的は何ですか。您到日本來的目的是什麼？ = 来日の目的は何ですか。 = 訪問の目的は何ですか。	入国 名 サ 入境 来日 名 サ 來日本 訪問 名 サ 訪問
★ 観光です。我來觀光。 = 観光で来ました。	観光 名 サ 觀光 来る 動 來
★ 知人訪問です。我來探訪朋友。	知人 名 熟人
★ 親族訪問です。我來探親。	親族 名 親屬
★ 勉強です。我來讀書。	勉強 名 サ 讀書
★ 留学に来ました。我來留學。	留学 名 サ 留學
★ 出張です。我來出差。	出張 名 サ 出差
★ 仕事です。我來工作。	仕事 名 工作
★ 商用です。我來洽公。 = ビジネスです。	商用 名 商務 ビジネス 名 商業
★ 会議です。我來開會。	会議 名 會議
★ 一人で旅行しています。我一個人旅行。	旅行 名 サ 旅行
★ 主人と旅行に来ました。我跟老公來旅行。	主人 名 老公
★ 家内と旅行に来ました。我跟老婆來旅行。	家内 名 老婆
★ 家族で旅行に来ました。全家到日本來旅行。	家族 名 家人

★★ 滞在期間はどのぐらいですか。大約停留多久的時間？ ＝ どれぐらい日本に滞在されるのですか。 ① 約三日間の予定です。預計大約三天。 ＝ 約三日間ここにいるつもりです。	期間 名 期間 どのぐらい 名 多久 三日間 名 三天 ここ 名 這裡 つもり 名 打算
★★ 何日間滞在する予定ですか。您預計停留幾天？ ① 一週間です。預計停留一個禮拜。 ＝ 一週間滞在します。 ＝ 一週間滞在の予定です。	何日間 名 幾天 一週間 名 一週 滞在 名 サ 停留 予定 名 サ 預定
★ 十日間です。十天。	十日間 名 十天
★ 約二カ月です。大約兩個月。	約 副 大約
★ もっと長くいられたらいいのに。我希望我可以待久一點。	長い 形 長久的
★ 乗り継ぎするだけです。我只是在日本轉機而已。	乗り継ぎ 名 サ 轉機
★★ 宿泊先はどこですか。您要住在哪裡？ ＝ どこに滞在しますか。 ① プリンスホテルです。王子飯店。 ② 大学の寮に住みます。將住在大學的宿舍。	宿泊先 名 住宿處 大学 名 大學 寮 名 宿舍 住む 動 住
★ 同僚の家です。同事的家。	同僚 名 同事
★ 民宿に宿泊します。住在民宿。	民宿 名 民宿
★ 妹の家に滞在するつもりです。 打算住在妹妹家。	妹 名 妹妹
★ 東京にいる友人の家に泊まります。 我會住在東京的朋友家裡。	泊まる 動 住宿
★★ 東京をいつ出発ですか。您幾時離開東京？ ① 八月九日出発です。八月九號。	東京 名 東京 出発 名 サ 出發

（累積單字量9384個，慣用語量445個）

★★ 帰りの航空券は持っていますか。 您有回程的機票嗎？ ① はい、これです。 有，在這裡。 ② 台湾へ帰国する時の飛行機のチケットです。 這是我返回台灣的機票。	帰り 名 回去 帰国 名 サ 回國 飛行機 名 飛機
★★ 申告するものはありますか。 請問您有要申報的東西嗎？ ① ありません。 沒有。 ② 紹興酒を二本持っています。 我帶了兩瓶紹興酒。	申告 名 サ 申報 紹興酒 名 紹興酒 ～本 名 ～瓶
★ 贈答用ですか、自分用ですか。 要送禮的，還是自用的？ ① 贈答用です。 要送禮的。	贈答 名 サ 送禮 自分 名 自己
★★ パスポートと税関申告書を下さい。 請給我您的護照跟海關申報表。	税関申告書 名 海關申報表
☆★★ これは何ですか。 這是什麼？ ① 全て個人用です。 都是一些私人用品。 ② これは妹への化粧品です。 這是要給妹妹的化粧品。	全て 副 全部 個人 名 個人 化粧品 名 化妝品
★ これは社長へのお土産です。 這是要給社長的禮物。	お土産 名 禮物
★ 自分用のタバコを一箱持っています。 我帶了一條自己要抽的香菸。	～箱 名 ～條
★ 開けて下さい。 請打開來。	開ける 動 打開
★ 出して下さい。 請拿出來。	出す 動 拿出
★ 見せて下さい。 請讓我看一下。	見る 動 看
★ スーツケースを閉めて下さい。 請關上行李箱。	閉める 動 關上
☆★★ 何か問題がありますか。 有什麼問題嗎？ ① 乗り継ぎ便に乗り遅れそうです。 我好像趕不上我要轉的班機了。 ② 乗り継ぎ便に間に合わなくなったんですが。 我趕不上我要轉的班機了。	乗り継ぎ便 名 轉機航班 乗り遅れる 動 誤時沒搭上 間に合う 動 趕得上

7 楽しい旅行 愉快的旅行

（累積單字量9405個，慣用語量445個）

★ お客様の荷物がどうかしましたか。您的行李有什麼問題嗎？ ① 私のスーツケースが壊れています。我的行李箱損壞了。 ② スーツケースの鍵が壊されたようです。我行李箱的鎖似乎被弄壞了。	荷物 名 行李 壊れる 動 損壞 壊す 動 損壞
★ 私の荷物が見当たりません。我找不到我的行李。	見当たる 動 找到
★ 誰かが間違えて持って行ったようです。似乎有人拿錯了。	間違える 動 弄錯
★ 私の荷物を捜して下さい。請幫我找一下我的行李。	捜す 動 找
★ 大型のスーツケースで、色はグレーです。 那是一個大型的灰色行李箱。	スーツケース 名 行李箱 グレー 名 灰色
★ 名札が付けてあります。上面有我的名牌。	名札 名 名牌
★ すぐに調べて下さい。請立刻查一下。 = 至急調べて下さい。	調べる 動 調查 至急 副 趕快
★ 見つかったら、私に連絡して下さい。 找到的話，請馬上跟我聯絡。 ① パスポートと荷物の引換券を下さい。 請給我您的護照跟行李兑換券。 ② 見つかり次第、お客様のホテルに届けます。 找到的話，會盡快送到您的飯店。	連絡 名 サ 聯絡 引換券 名 兑換券 ~次第 接尾 一~就~ 届ける 動 送達
★ 見つからなかったらどうなりますか。找不到的話，該怎麼處理？	見つかる 動 找到
★ 弁償してもらえるのでしょうか。可以請求賠償嗎？ ① 見つかるまでに買った生活必需品の代金は請求できます。 可以申請行李找到之前生活必需品的購買費用。	弁償 名 サ 賠償 代金 名 費用 請求 名 サ 申請
★ テレホンカードを一枚下さい。請給我一張電話卡。	~枚 名 ~張
★ もしもし、台湾の徐です。喂！我是台灣的徐先生。	もしもし 感 喂
★ 恵里佳さんはいらっしゃいますか。恵里佳小姐在嗎？	いらっしゃる 動 在

（累積單字量 9427 個，慣用語量 445 個）

★★ もしもし、今、どこにいますか。 喂！您現在在哪裡？ ① ただ今、日本に着きました。 我剛到日本。 ② 成田のバスターミナルにいます。 我在成田的巴士總站。	ただ今 副 現在 着く 動 到達 ターミナル 名 總站
★ 成田エクスプレスで行きます。 我會搭成田 Express 去。	行く 動 去
★ 六番のバス停にいます。 我在六號公車站。 ① では、東京駅で会いましょう。 那麼就在東京車站碰面吧！	バス停 名 公車站 会う 動 碰面
★ 駅のどこで会いましょうか。 在車站的哪裡碰面呢？ ① 東口は分かりますか。 您知道東邊出口在哪裡嗎？	駅 名 車站 東口 名 東邊出口
★ ＪＲ の改札口で待っています。 我在 JR 的剪票口等您。 ① 分かりました。では、また後で。 知道了。那麼，待會見。	改札口 名 剪票口 待つ 動 等待
★ もしもし、もう駅に着きましたか。 喂！請問您到車站了嗎？ ① いいえ、まだです。 還沒有。	もう 副 已經 まだ 副 還
★ すみません、十分ぐらい遅れます。 很抱歉，我會遲到十分鐘左右。 ① 分かりました。改札口で待っていますよ。 了解，我在剪票口等您喔！	遅れる 動 遲到 で 格助 在～

Unit 04 | ホテルを探す 找飯店

★★ ホテルをお探しですか。 您在找飯店嗎？ ① この近くのホテルを探しています。 我在找這附近的飯店。 ② 何か提案はありますか。 你有什麼提案嗎？	探す 動 找 近く 名 附近 提案 名 サ 提案
★★ どこかいいホテルを知っていますか。 你知道哪裡有什麼好的飯店嗎？ = どこかいいホテルをご存知ですか。	知る 動 知道 ホテル 名 飯店 存知 名 サ 知道

★ あまり高(たか)くないホテルを紹介(しょうかい)して下(くだ)さい。 請介紹我不太貴的飯店。	高(たか)い 形 昂貴的 紹介(しょうかい) 名 サ 介紹
★ 池袋(いけぶくろ)にある、手頃(てごろ)な値段(ねだん)のホテルを探(さが)して下(くだ)さい。 請找池袋價格合理的飯店。	手頃(てごろ) 名 サ 合適 値段(ねだん) 名 價錢
★ 地下鉄(ちかてつ)に近(ちか)いホテルがいいのですが。 我想找離地鐵較近的飯店。 ＝ 地下鉄(ちかてつ)の近(ちか)くにあるホテルを探(さが)したいのですが。	近(ちか)い 形 近的 近(ちか)く 名 附近
★ 池袋(いけぶくろ)のホテルはどこがいいですか。 池袋哪家飯店好呢？ ① ホテルメトロポリタンはどうですか。 大都會飯店（Metropolitan Hotel）如何？ ② このホテルはとても人気(にんき)があります。 這飯店非常受歡迎。	池袋(いけぶくろ) 名 池袋 どう 副 怎樣 とても 副 相當 人気(にんき) 名 人氣
★ ホテルメトロポリタンはどこですか。 大都會飯店（Metropolitan Hotel）在哪裡？ ① 池袋駅(いけぶくろえき)の近(ちか)くです。 在池袋車站附近。	メトロポリタン 名 大都會 どこ 名 哪裡 の 格助 ～的
★★ このホテルまでどうやって行(い)けばいいですか。 要怎麼到這家飯店？ ① 空港(くうこう)へのリムジンバスに乗(の)れます。 您可以搭乘飯店到機場的接駁巴士。	空港(くうこう) 名 機場 リムジンバス 名 接駁巴士 乗(の)る 動 搭乘
★★ このホテルまでどのぐらい掛(か)かりますか。 到這家飯店要多久的時間？ ① 池袋駅(いけぶくろえき)の西口(にしぐち)から徒歩(とほ)で三分(さんぷん)ほどです。 從池袋車站走路大約三分鐘左右。	どのぐらい 名 多久 掛(か)かる 動 花費 徒歩(とほ) 名 サ 走路 ほど 副助 左右
★ 部屋(へや)は広(ひろ)いですか。 房間寬敞嗎？ ① お部屋(へや)は少(すこ)し狭(せま)く感(かん)じますよ。 房間感覺有點狹小喔！	広(ひろ)い 形 寬敞的 狭(せま)い 形 狹小的
★ でも景色(けしき)は綺麗(きれい)で、東京(とうきょう)タワーが見(み)えますよ。 但是景色很美，可以看到東京鐵塔耶！	でも 副助 但是 東京(とうきょう)タワー 名 東京鐵塔
★ それに多彩(たさい)なお食事(しょくじ)を味(あじ)わえます。 而且可以品嚐豐富多彩的餐點。	味(あじ)わう 動 品嚐
★ きっと気(き)に入(い)ると思(おも)います。 我想您一定會喜歡的。	気(き)に入(い)る 慣 喜歡

（累積單字量9472個，慣用語量446個）

★ ここで予約(よやく)できますか。可以在這裡訂房嗎？ ① できますよ。可以啊！	ここ [名] 這裡 予約(よやく) [名][サ] 預約
★★ ご予約(よやく)ですか。您要訂房嗎？ ① 部屋(へや)は空(あ)いていますか。有空房間嗎？	部屋(へや) [名] 房間 空(あ)く [動] 閒置
★★ 何泊(なんぱく)お泊(とま)りになりますか。您要住幾個晚上？ ① 今晩一泊(こんばんいっぱく)だけしたいのですが。我只住今天晚上。 ＝ 今晩(こんばん)だけ泊(と)まります。	何泊(なんぱく) [名] 住幾天 今晩(こんばん) [名][副] 今晚 一泊(いっぱく) [名] 住一天
★ 二泊(にはく)したいのですが。我要住兩個晚上。	二泊(にはく) [名] 住兩天
★ 五泊(ごはく)です。我要住五天。 ＝ 五泊(ごはく)します。 ＝ 五日間(いつかかん)泊(と)まります。	五泊(ごはく) [名] 住五天 五日(いつか) [名] 五天 泊(と)まる [動] 住宿
★ 数日(すうじつ)泊(と)まります。我要住個幾天。	数日(すうじつ) [副] 幾天
★ 少(すく)なくとも一週間(いっしゅうかん)泊(と)まります。至少住一個禮拜。	少(すく)なくとも [副] 至少
★ 何日(なんにち)泊(と)まるかまだ分(わ)かりません。我還不知道要住幾天。	分(わ)かる [動] 知道
★★ ご要望(ようぼう)はありますか。您有想要怎樣的房間嗎？ ＝ 何(なに)か部屋(へや)の希望(きぼう)はありますか。 ① 眺(なが)めのいい部屋(へや)がいいのですが。我想要景觀好的房間。 ② 街(まち)を眺(なが)められる部屋(へや)がいいのですが。我想要可以眺望街景的房間。	要望(ようぼう) [名][サ] 要求 希望(きぼう) [名][サ] 希望 眺(なが)め [名] 景觀 眺(なが)める [動] 眺望
★ 山(やま)が見(み)える部屋(へや)がいいのですが。我想要面向山的房間。	山(やま) [名] 山
★ 海(うみ)が見(み)える部屋(へや)がいいのですが。我想要面向海的房間。	海(うみ) [名] 海
★ 通(とお)りに面(めん)した部屋(へや)がいいのですが。我想要面向街道的房間。	通(とお)り [名] 街道
★ 中庭(なかにわ)に面(めん)した部屋(へや)がいいのですが。我想要面向中庭的房間。	面(めん)する [動] 面向

★ このホテルは料金が高いですね。 這家飯店的住宿費很貴耶！	高い 形 貴的
★ もう少し手頃な部屋がいいんですが。 有沒有不那麼貴的房間？	少し 副 稍微
★ もっと安い部屋がいいんですが。 我想要便宜一點的房間。	安い 形 便宜的
★ 予算は一泊二万円ぐらいです。 我的預算是一晚兩萬日幣左右。	予算 名 預算
★ 一泊二万円以下のホテルはありますか。 有沒有兩萬日幣以下的飯店？	以下 名 以下 ある 動 有
★ バス付きのシングルルームはいくらですか。 有浴室的單人房費用是多少？ = バス付きのシングルの部屋はいくらですか。 = バス付きのシングルはいくらですか。 ① 一泊一万八千円です。住一晚一萬八千日幣。	バス 名 浴室 シングル 名 單人 部屋 名 房間 付き 名 備有，附有 いくら 名 多少
★★ 朝食付きの料金ですか。 這個費用有附早餐嗎？ = 料金は朝食込みですか。 ① はい、朝食付きです。是的，有附早餐。	朝食 名 早餐 料金 名 費用 込み 名 附加
★★ 税金とサービス料は入っていますか。 有包含稅金跟服務費嗎？ ① いいえ、税金とサービス料は別に加算されます。 沒有，稅金跟服務費都另外計算。	税金 名 稅金 サービス料 名 服務費 加算 名 サ 另計
★ もう少しほかを当たってみます。 我再找一下別的飯店。	当たる 動 打聽
★★ 一人部屋はありますか。 請問有單人房嗎？ = シングルルームはありますか。 = 個室はありますか。	一人部屋 名 單人房 シングルルーム 名 單人房 個室 名 單人房
★ すみませんが、シングルルームは満室です。 抱歉，單人房都已經被訂光了。 ① それなら、ダブルルームでもいいです。那麼，雙人房也可以。	満室 名 客滿 それなら 接 那麼 ダブルルーム 名 雙人房

★★ ツインルームが一部屋空いています。 還有一間雙人房。 ＝ ダブルルームが一部屋空いています。 ＝ 二人部屋が一つ空いています。 ① それにします。 那就那一間吧！	ツインルーム 名 雙人房 空く 動 閒置 二人部屋 名 雙人房 それ 名 那間
★★ どんな部屋ですか。 那是怎樣的房間？ ① 広くて居心地のいい部屋です。 很寬敞，住起來很舒服的大房間。 ② 眺めの素晴らしい部屋です。 是間景觀非常棒的房間。	どんな 連體 怎樣的 居心地 名 感覺 素晴らしい 形 很棒的
★ 最上階のお部屋ですので、東京の夜景を一望いただけます。 因為是最高層的房間，所以可以眺望東京的夜景。 ① 部屋は何階ですか。 房間在幾樓？	最上階 名 最高層 夜景 名 夜景 一望 名 サ 眺望
★★ ドミトリーはありますか。 請問有日式大通鋪嗎？	ドミトリー 名 日式大通鋪
★ ツインベッドの部屋をお願いします。 請給我有兩張床的房間。	ツインベッド 名 兩張床
★ 上の方の階の部屋をお願いします。 我想要較高樓層的房間。	上 名 高
★ 下の方の階の部屋をお願いします。 我想要較低樓層的房間。 ＝ 下の階の部屋をお願いします。	下 名 低 ～階 名 ～樓層
★ 三人一部屋でいいですか。 三個人可以住同一間房間嗎？	三人 名 三個人
★ 子供の割引きはありますか。 請問小孩子有打折嗎？	割引き 名 サ 打折
★ 赤ちゃんにも料金が掛かりますか。 請問嬰兒要收費嗎？	赤ちゃん 名 嬰兒
★ ベビーベッドが欲しいのですが。 我想要嬰兒床。	ベビーベッド 名 嬰兒床
★ 禁煙の階にして下さい。 請給我禁菸樓層的房間。	禁煙 名 サ 禁菸
★ この部屋はちょっと大き過ぎるようです。 這房間好像有點太大了。	この 連體 這～ 大きい 形 大的
★ この部屋はちょっと小さ過ぎるようです。 這房間好像有點太小了。	部屋 名 房間 小さい 形 小的

★ この部屋はちょっと暗過ぎるようです。 這房間好像有點太暗了。	暗い 形 暗的
★ この部屋はちょっと騒がし過ぎるようです。 這房間好像有點太吵了。	騒がしい 形 吵雜的 ~過ぎる 接尾 過於~
★★ 部屋を換えてもらえますか。 可以幫我換房間嗎？	換える 動 換
★ もう少し大きい部屋に換えて下さい。 請幫我換大一點的房間。	もう少し 副 再稍微
★ もう少しいい部屋に換えて下さい。 請幫我換好一點的房間。	いい 形 好的
★ もう少し静かな部屋がありますか。 有沒有安靜一點的房間？	静か 形動 安靜
★ もう少し明るい部屋がありますか。 有沒有明亮一點的房間？	明るい 形 明亮的
☆☆ チェックインは何時からできますか。 幾點可以登記入住？ ① 午後二時からでございます。 下午兩點開始。 ② 午後二時より前にご到着された場合には、チェックインまでお荷物をお預かりできます。 如果在下午兩點以前抵達，可以先寄放行李。	チェックイン 名 サ 登記入住 午後 名 下午 到着 名 サ 抵達 預かる 動 寄放
☆☆ 何時までにチェックアウトしなければなりませんか。 必須在幾點以前退房呢？ ① チェックアウトは正午までとなっております。 在中午以前。	何時 名 幾點 チェックアウト 名 サ 退房 正午 名 中午
★ 夜のフライトで発つので、午後六時まで部屋を使いたいのですが。 我是晚上的班機，所以我想在房間待到下午六點。 ① 延長でのご利用は、追加料金が一時間ごとに三千円掛かります。 延長使用時間的話，一小時追加三千日幣的費用。	発つ 動 出發 延長 名 サ 延長 追加料金 名 追加費用 掛かる 動 花費
★ 清掃が不要な場合は、ドアノブにカードを掛けておいて下さい。 不需要打掃的話，請在門把掛上卡片。	清掃 名 サ 打掃 ドアノブ 名 門把
★ 売店には日用品をはじめ、お菓子、お土産などを取り揃えております。 販賣部裡備有日用品、點心，跟紀念品。	売店 名 販賣部 取り揃える 動 備齊

（累積單字量9565個，慣用語量446個）

Unit 05 ｜チェックイン、チェックアウト 入住、退房

☆★ 何かございますか。 請問有什麼需要嗎？	何 名 什麼
☆★ 如何致しましょうか。 請問有什麼可以為您服務的嗎？ ＝ 何かお役に立てますか。	如何 副 如何 役に立つ 慣 有幫助
☆★ チェックインですね。 您要登記入住嗎？ ① はい、チェックインをお願いします。是的，我要登記入住。	チェックイン 名 サ 登記入住 ね 終助 表示確認
☆★ ご予約なさいましたか。 您有訂房嗎？ ① 予約してあります。我訂房了。 ② 台湾で予約しました。我在台灣訂房了。	ご 接頭 表示禮貌 予約 名 サ 訂房 で 格助 在～
★ 旅行会社を通して予約しました。 我是透過旅行社訂房的。	通す 動 透過
★★ これが予約確認書です。 這是我的訂房單據。	確認書 名 單據
★ デラックスルームをご予約頂いておりますが、本日はスイートルームを一室特別にご利用頂けます。 您訂了豪華套房，但是今天我們可以特別提供您一間頂級套房。	一室 名 一個房間 特別に 副 特別地 利用 名 サ 使用
★ こちらのお部屋の方が広く、十分なデスクスペースとジャグジーバスがご利用頂けます。 這間套房較寬敞，有一張工作桌跟泡澡浴缸。	こちら 名 這間 広い 形 寬敞的 十分 形動 充分
★ 本日でしたら、一泊当たり、プラス三千円でお部屋のグレードアップが可能でございます。 本日的話，可以加三千日幣升級入住一晚。	プラス 名 サ 加上 グレードアップ 名 サ 升級 可能 形動 可能
★★ 前金は必要ですか。 要付訂金嗎？ ① はい、前金が必要です。是的，必須先付訂金。	前金 名 訂金 必要 形動 必要

★ お支払いの方法は…？ 您的付款方式是～？ ① カードでお願いします。我要刷卡。 ② 現金で払います。我要付現。	方法 名 方法 現金 名 現金 払う 動 付款
★ 連泊すると割引がありますか。多住幾天的話有沒有優待？ ① 連泊すると二割引できます。多住幾天的話可以打八折。	連泊 名 サ 連住幾天 割引 名 サ 打折
★ もう一泊したいのですが。我想多住一天。 ① 三泊で宜しいですね。您要住三天是嗎？	一泊 名 住一天 宜しい 形 好的
★ こちらはお客様のルームキーです。這是您的房間鑰匙。	ルームキー 名 房間鑰匙
★ こちらはお客様のカードキーです。這是您的房卡。	カードキー 名 房卡
★ 良い一日をお過ごし下さい。祝您有愉快的一天。	過ごす 動 度過
★ 素敵なご滞在を。祝您在日本玩得愉快。	滞在 名 サ 停留
★ 部屋にセーフティーボックスはありますか。 房間裡有保險箱嗎？ ① はい、クローゼットの中にございます。有的，在櫃子裡。	セーフティーボックス 名 保險箱 クローゼット 名 櫃子
★★ 朝食は付いていますか。有附早餐嗎？ ① はい、こちらはお客様の朝食券です。有的，這是您的早餐券。	付く 動 附加 朝食券 名 早餐券
★★ 朝食は何時からですか。早餐幾點開始提供？ ① 朝食は朝六時半からです。早餐從早上六點半開始提供。	朝食 名 早餐 から 格助 從～開始
★★ 朝食は何時までですか。早餐提供到幾點？ ① 朝食は十時までです。早餐供應到早上十點。	何時 名 幾點 まで 格助 到～為止
★★ 朝食はどこで食べられますか。早餐在哪裡吃？ ① 十二階のコーヒーショップで食べられます。在十二樓的咖啡廳。 ② 朝食は三階のレストランで午前七時よりお召し上がれます。 早餐早上七點開始在三樓的餐廳提供。	どこ 名 哪裡 レストラン 名 餐廳 午前 名 早上 召し上がる 動 用餐

（累積單字量 9608 個，慣用語量 447 個）

★ 屋内プールは何時まで利用できますか。 請問室內游泳池開放到幾點？ ① 屋内プールは夜九時までご利用頂けます。室內游泳池開放到晚上九點。	屋内プール 名 室內泳池 夜 名 晚上 まで 格助 到～為止
★ 大浴場はどこにありますか。大浴場在哪裡？ ① 大浴場は九階にございます。大浴場在九樓。	大浴場 名 大浴場 に 格助 在～
★ 製氷機がありますか。有製冰機嗎？ ① はい、製氷機は五階にございます。有的，製冰機在五樓。	製氷機 名 製冰機 ござる 動 ある的尊敬語
★ 自動販売機がありますか。有自動販賣機嗎？ ① はい、自動販売機は各階にございます。有的，自動販賣機各層樓都有。	自動販売機 名 自動販賣機 各階 名 各樓層
★★ wi-fi が使えますか。請問網路可以使用嗎？ = インターネットは使えますか。 ① お使いになれます。こちらがパスワードになります。可以的，這是密碼。	wi-fi 名 WiFi（無線網路） インターネット 名 網路 パスワード 名 密碼
★ 夕食の予約をしたいのですが。我想預約晚餐。	夕食 名 晚餐
★ お食事はどうなさいますか。您要在哪兒用餐？ ① 部屋で夕食を取りたいのですが。我想在房間用晚餐。	食事 名 サ 用餐 部屋 名 房間
★ この辺に美味しいレストランはありますか。 這附近有沒有什麼好吃的餐廳？ ① 三階に日本料理店があります。三樓有一家日本料理店。 ② 十二階にはフランス料理のレストランがあります。 十二樓有一家法國餐廳。	この辺 名 這一帶 美味しい 形 好吃的 レストラン 名 餐廳 日本料理店 名 日本料理店 フランス料理 名 法國菜
★ 何時になさいますか。請問要幾點呢？ ① 七時に三名でお願いします。七點，三位，謝謝！	何時 名 幾點 ～名 名 ～位
★ 落ち着いて飲める場所はありますか。 有沒有可以好好地喝一杯的地方？ ① 最上階には深夜も営業しているバーがございます。 頂樓有營業到深夜的酒吧。	場所 名 地方 深夜 名 深夜 営業 名 サ 營業 バー 名 酒吧

★ ほかに何かお役に立てることはございますか。 還有什麼其他可以為您服務的嗎？ ① この荷物を部屋まで運んで下さい。請幫我把這個行李拿到房間。 ② この書類をコピーしてもらえますか。可以幫我影印這份文件嗎？	荷物 名 行李 運ぶ 動 搬運 書類 名 文件
★ ファクシミリはありますか。請問有提供傳真的服務嗎？	ファクシミリ 名 傳真
★ 私宛てに伝言が届いてませんか。請問有沒有要給我的留言？	伝言 名 留言
★ この手紙を出したいのですが。可以幫我寄這封信嗎？	手紙を出す 慣 寄信
★ 荷物を預かって欲しいのですが。我想要寄放行李。	預かる 動 寄放
★ 貴重品を預けたいのですが。我想寄放貴重物品。	貴重品 名 貴重物品
★ この小包を台湾に送りたいのですが。我想寄這個包裹到台灣。	小包 名 包裹
★ 空港まで何分ぐらい掛かりますか。請問從這裡到機場大約幾分鐘？	空港 名 機場
★ 博物館へはどうやって行けばいいのですか。 請問要怎麼到博物館？	博物館 名 博物館 行く 動 去
★★ この辺にコンビニはありますか。請問這附近有沒有便利商店？	コンビニ 名 便利商店
★ この辺にスーパーはありますか。請問這附近有沒有超市？	スーパー 名 超市
★ 最寄りの地下鉄の駅は何という所ですか。 請問最近的地鐵車站在哪裡？	最寄り 名 最近 地下鉄 名 地鐵
★ 地下鉄の路線図はありますか。請問有沒有地下鐵的路線圖？	路線図 名 路線圖
★ すみません。ここから一番近いデパートを教えていただけますか。請問最近的百貨公司是哪一間？ ① 三越デパートです。是三越百貨。	一番 副 最 近い 形 近的 デパート 名 百貨公司
★★ ここで両替できますか。請問這裡可以換錢嗎？ ① ここでは両替できません。這裡無法換錢。	ここ 名 這裡 両替 名 サ 兌換 で 格助 在～

（累積單字量9656個，慣用語量448個）

★★ どこで両替できますか。請問哪裡可以換日幣？ ① 駅前の銀行で両替できます。車站前面的銀行可以換日幣。	駅前 名 車站前面 銀行 名 銀行
★ コインランドリーはありますか。請問有提供自助洗衣嗎？ ① 五階にコインランドリーがございます。五樓有自助洗衣。	コインランドリー 名 自助洗衣
★ カードキーを下さい。請給我房卡。 ① お名前と部屋番号を教えて下さい。請告知您的大名跟房間號碼。 ＝ お名前とルームナンバーを教えて下さい。	名前 名 名字 部屋番号【＝ルームナンバー】 名 房間號碼
★★ どうなさいましたか。請問有什麼問題嗎？ ① 朝食を食べるレストランが分からないのですが。我不知道用早餐的餐廳在哪裡。	朝食 名 早餐 食べる 動 吃 分かる 動 知道
★★ ご案内致します。我帶您去。	案内 名 サ 引導
★★ 付いて来て下さい。請跟我來。 ① 助かります。ありがとう。謝謝您的幫忙。	付く 動 跟隨 助かる 動 得到幫助
★★ お帰りですか。您要退房了嗎？ ① はい、チェックアウトをお願いします。是的，我要退房。 ② 一日早く発ちたいのですが。我想提早一天退房。	帰る 動 回去 チェックアウト 名 サ 退房 発つ 動 出發
★ ミニバーのご利用はございましたか。您有使用迷你酒吧嗎？ ① はい、冷蔵庫のビールを一本飲みました。有，我喝了一瓶冷藏庫的啤酒。 ② いいえ、使いませんでした。沒有。	ミニバー 名 迷你酒吧 冷蔵庫 名 冰箱 飲む 動 喝
★ ご滞在は如何でしたか。住得還可以嗎？ ① とても快適でした。非常舒適。 ② 楽しみました。ありがとうございました。很開心。謝謝！	如何 名 如何 快適 形 舒適 楽しむ 動 享受
★ 料金の方は宜しいですか。費用對嗎？ ① 全部込みですか。這包含所有的費用嗎？ ② 言われた料金と違うんですが。費用跟一開始説的不一樣。	全部 名 副 全部 料金 名 費用 違う 動 不一樣

★ 計算（けいさん）が違（ちが）っているようですが。費用好像算錯了。	計算（けいさん）名サ 計算
★ 預（あず）けていた貴重品（きちょうひん）を取（と）りに来（き）ました。我要拿回我寄放的貴重物品。	貴重品（きちょうひん）名 貴重
★ これをこの住所（じゅうしょ）に送（おく）って下（くだ）さい。請把這個送到這個地址。	住所（じゅうしょ）名 住址
★ 荷物（にもつ）をロビーまで運（はこ）んでほしいのですが。 想請你幫我把行李拿到大廳。 ① 宜（よろ）しければ出発（しゅっぱつ）までお荷物（にもつ）をお預（あず）かりしましょうか。 行李要寄放到您離開嗎？	ロビー 名 大廳 出発（しゅっぱつ）名サ 出發 預（あず）かる 動 寄放
★★ 荷物（にもつ）を午後三時（ごごさんじ）まで預（あず）かってほしいのですが。 我的行李能寄放到下午三點嗎？ ① 畏（かしこ）まりました。こちらが引換券（ひきかえけん）でございます。 好的，這是您的行李兌換券。	荷物（にもつ）名 行李 午後（ごご）名 下午 まで 格助 到～為止 引換券（ひきかえけん）名 兑換券
★★ タクシーをお呼（よ）びしましょうか。要幫您叫計程車嗎？ ① タクシーを呼（よ）んで下（くだ）さい。請幫我叫計程車。	呼（よ）ぶ 動 叫 タクシー 名 計程車
★ こちらでお待（ま）ち頂（いただ）けますか。タクシーは三分（さんぷん）ほどで参（まい）ります。 麻煩您在這裡等一下，計程車三分鐘左右後到。	待（ま）つ 動 等待 ほど 副助 左右
★ 荷物（にもつ）をタクシーまで運（はこ）んで下さい。請幫我把行李拿到計程車上。	運（はこ）ぶ 動 搬運
★★ お忘（わす）れ物（もの）はございませんか。有東西忘記帶嗎？ ① しまった！部屋（へや）に忘（わす）れ物（もの）をしました。糟了！我把東西忘在房間裡了。	忘（わす）れ物（もの）名 忘記的東西 しまった 動 糟糕了
★ お客様（きゃくさま）、お待（ま）ち下（くだ）さい。携帯（けいたい）をお忘（わす）れですよ。 客人，請等一下，您的手機忘了喔！	携帯（けいたい）名 手機 忘（わす）れる 動 忘記
★ こちらの携帯（けいたい）はお客様（きゃくさま）のものでしょうか。這是客人您的手機嗎？	お客様（きゃくさま）名 客人
★ ホテルでは素敵（すてき）な時間（じかん）を過（す）ごせました。 我在這家飯店住得很開心。 ① ご滞在（たいざい）をお楽（たの）しみいただけたようで光栄（こうえい）です。真高興您住得開心。	素敵（すてき）形動 很棒的 過（す）ごす 動 度過 滞在（たいざい）名サ 逗留
★★ お気（き）をつけてお帰（かえ）り下（くだ）さい。一路上請小心。	帰（かえ）る 動 回家

（累積單字量9703個，慣用語量448個）

☆★ またぜひお越(こ)し下(くだ)さい。期待您的再度光臨。 ① また来(き)ます。我會再來的。	また 副 再 ぜひ 副 務必

Unit 06 ｜ホテルで 在飯店

☆★ どうすればいいのでしょう。我該怎麼做呢？ ① 靴(くつ)は、玄関(げんかん)でお脱(ぬ)ぎ下(くだ)さい。請在玄關處脱下鞋子。 ② スリッパで畳(たたみ)の部屋(へや)に入(はい)らないで下(くだ)さい。請不要穿拖鞋進榻榻米房間。	靴(くつ) 名 鞋子 玄関(げんかん) 名 玄關 畳(たたみ) 名 榻榻米
★ この部屋(へや)、気(き)に入(い)りましたか。您喜歡這個房間嗎？ ① ええ、素敵(すてき)なところですね！嗯！好棒的地方啊！	気(き)に入(い)る 慣 喜歡 ところ 名 地方
★ 庭(にわ)を見(み)に行(い)ってみませんか？要不要去看看庭院？	庭(にわ) 名 庭院
★ あれが富士山(ふじさん)です。那就是富士山。	あれ 名 那個
★ この辺(あた)りは桜(さくら)が有名(ゆうめい)です。這一帶的櫻花相當有名。	有名(ゆうめい) 形動 有名
★ 晴(は)れればもっと綺麗(きれい)です。晴天的話會更漂亮。	綺麗(きれい) 形動 漂亮
☆★ どうすればいいか教(おし)えてくれませんか。可以告訴我要怎麼做嗎？ ① この浴衣(ゆかた)に着替(きが)えましょう。換上這個浴衣吧！ ② 浴衣(ゆかた)で部屋(へや)から出(で)てもいいのですよ。穿浴衣出房間也可以喔！	浴衣(ゆかた) 名 浴衣 着替(きが)える 動 換穿 出(で)る 動 出
★ ポットとお茶(ちゃ)がお部屋(へや)に用意(ようい)してあります。ご自由(じゆう)にお飲(の)み下(くだ)さい。我們在房間內準備了熱水瓶跟茶，請自行取用。	ポット 名 熱水瓶 用意(ようい) 名 サ 準備
★ お菓子(かし)と果物(くだもの)は如何(いかが)でしょうか。要不要吃點點心跟水果？	果物(くだもの) 名 水果
★ 布団(ふとん)は後(あと)で係(かかり)の人(ひと)が敷(し)いてくれます。 待會兒我們的員工會來幫您鋪床。	布団(ふとん) 名 棉被 敷(し)く 動 鋪

（累積單字量9721個，慣用語量449個）

★ 夕食は、夜の七時にご用意致します。晚餐會在上七點時準備好。	用意 名 サ 準備
★ 時間になりましたら、食堂までお越し下さい。 到時候請到餐廳來用餐。 ① 分かりました。好的。	食堂 名 餐廳 越す 動 來 分かる 動 知道
★ 夕食は部屋で取る決まりです。慣例上晚餐是在房間用餐。 ＝ 通例は夕食は部屋で取ります。 ＝ 一般的には夕食は部屋で取ります。	決まり 名 慣例 通例 名 慣例 一般的に 副 一般來説
★ 部屋食で提供致します。我們提供在房間內使用的套餐。	提供 名 サ 提供
★ 夕食は何時がいいですか。請問您要幾點用晚餐？ ① 七時がいいです。七點好了。	夕食 名 晚餐 何時 名 幾點
★ 夜の七時にお部屋にお持ち致します。 晚餐會在晚上七點時送到您的房間。	夜 名 晚上 部屋 名 房間
★ 夕食までおくつろぎ下さい。您可以在晚餐前先稍微休息。	くつろぐ 動 放鬆
★ この間は露天風呂で旅の疲れを癒していただくことができます。 這段期間您也可以先去泡露天温泉消除旅途的疲勞。 ① ありがとう、そうします。謝謝，我會的。	この間 名 這段期間 疲れ 名 疲勞 癒す 動 療癒
★★ お部屋にお持ちするものはございますか。 還有什麼要為您送到房間去的嗎？ ① アイロンを持って来て下さい。請幫我送熨斗來。 ② 変圧器を借りたいです。我想借變壓器。	アイロン 名 熨斗 下さい 補動 請～ 変圧器 名 變壓器 借りる 動 借用
★ 夕食がご用意できました。晚餐已經準備好了。	用意 名 サ 準備
★ テーブルを移動させていただいても宜しいでしょうか。 我能移動一下桌子嗎？ ① はい、お願いします。好的，麻煩你了。	テーブル 名 桌子 移動 名 サ 移動 宜しい 形 可以的

★ こちらはお客様(きゃくさま)がご注文(ちゅうもん)された「酢豚定食(すぶたていしょく)」でございます。 這是您點的「糖醋里肌定食」。	注文(ちゅうもん) 名 サ 點 酢豚(すぶた) 名 糖醋里肌
★ タレと七味唐辛子(しちみとうがらし)はこちらに置(お)きます。 沾醬跟七味粉我放在這裡。	七味唐辛子(しちみとうがらし) 名 七味粉 置(お)く 動 放
★★★ では、どうぞゆっくりお召(め)し上(あ)がり下(くだ)さい。 請慢用。	では 接 那麼
★ 後(あと)でお布団(ふとん)を敷(し)きに参(まい)ります。 待會兒我會去幫您鋪床。	布団(ふとん) 名 鋪墊
★ 失礼(しつれい)します。お布団(ふとん)を敷(し)きにまいりました。 打擾了，我來幫您鋪床了。	失礼(しつれい) 名 サ 失禮 敷(し)く 動 鋪
★ 明日(あした)の朝(あさ)は九時(くじ)にお布団(ふとん)を上(あ)げにまいります。 我明天早上九點會來幫您收疊棉被。	朝(あさ) 名 早上 上(あ)げる 動 收疊
★ 宿泊客(しゅくはくきゃく)の徐家宏(じょかこう)さんに繋(つな)いで下(くだ)さい。 我想找在這裡住宿的徐家宏先生。 ① フロントにお繋(つな)ぎ致(いた)しますので、このまま少々(しょうしょう)お待(ま)ち下(くだ)さい。 為您轉接服務台，請不要掛斷電話。	宿泊客(しゅくはくきゃく) 名 住宿客 フロント 名 服務台 繋(つな)ぐ 動 接通 このまま 副 這樣子
★ 徐家宏様(じょかこうさま)はお話(はな)し中(ちゅう)です。 徐家宏先生現在通話中。	お話(はな)し中(ちゅう) 名 通話中
★ このままお待(ま)ちになりますか。 您要在線上等候嗎？	待(ま)つ 動 等待
★ 伝言(でんごん)をお残(のこ)しになりますか。 您要留言嗎？	残(のこ)す 動 留下
★ 徐家宏様(じょかこうさま)のお名前(なまえ)が見付(みつ)からないのですが…。 我沒有找到徐家宏先生的名字。	名前(なまえ) 名 名字 見付(みつ)かる 動 找到
★ 徐家宏様(じょかこうさま)は明日(あした)到着(とうちゃく)の予定(よてい)です。 徐家宏先生預定明天入住。	到着(とうちゃく) 名 サ 到達
★ クリーニングをお願(ねが)いしたいのですが。 我想要送洗衣物。	クリーニング 名 サ 送洗衣物
★ 明日(あした)の朝十時(あさじゅうじ)までにできますか。 明天早上十點前可以洗好嗎？ ① 今晩中(こんばんちゅう)にお届(とど)けします。今天晚上會送過來。	今晩中(こんばんちゅう) 名 今晚當中 届(とど)ける 動 送達
★ 服(ふく)にアイロンをかけてほしいのですが。 請問有提供熨燙衣服的服務嗎？	服(ふく) 名 衣服 アイロン 名 熨斗

7 楽(たの)しい旅行(りょこう) 愉快的旅行

（累積單字量9770個，慣用語量449個）

★	コートをドライクリーニングしていただきたいのですが。 我想要乾洗外套。	ドライクリーニング 名 サ 乾洗
★	何時頃仕上がりますか。什麼時候可以洗好？ ① 明日の朝には仕上がります。明天早上可以洗好。	何時 名 何時 仕上がる 動 完成
★★	それではお願いします。那麻煩您了！ ① 係の者がお部屋まで取りに伺います。我會請人去您房間拿衣服。 ② お部屋番号を頂戴できますか。請告訴我您的房間號碼。	係の者 名 負責人 伺う 動 前往 部屋番号 名 房間號碼
★★	ルームサービスをお願いします。我要叫客房服務。 ① 何をご注文なさいますか。您要點些什麼？ ＝ ご注文は何になさいますか。	ルームサービス 名 客房服務 注文 名 サ 點 何 名 什麼
★	寿司の盛り合わせとビールをお願いします。 我要壽司拼盤跟啤酒。	寿司 名 壽司 盛り合わせ 名 拼盤
★★	急いで持って来て下さい。請盡快送來。	急ぐ 動 盡快
★	コーヒーをポットに入れて持って来て下さい。 請幫我拿一壺咖啡來。	コーヒー 名 咖啡 ポット 名 水壺
★	ドライヤーを借りたいのですが。我想借一下吹風機。	借りる 動 借用
★	こちらは 316 号室です。部屋を掃除して下さい。 這裡是 316 號房，請幫我打掃房間。	こちら 名 這裡 掃除 名 サ 打掃
★	明朝八時に朝食をお願いします。 請在明天早上八點送早餐來。 ＝ 朝食は明日の朝八時に持って来て下さい。	明朝 名 明天早上 朝食 名 早餐
★	明日の朝食は何になさいますか。明天早餐您要點些什麼？ ① トーストと目玉焼きをお願いします。我要吐司跟荷包蛋。 ② トーストはよく焼いて下さい。吐司請烤焦一點。	トースト 名 吐司 目玉焼き 名 荷包蛋 焼く 動 烤
★	飲み物はアイスミルクにして下さい。飲料要冰牛奶。	飲み物 名 飲料

（累積單字量 9793 個，慣用語量 449 個）

★ 牛乳と低脂肪乳のどちらですか。 您要全脂牛奶還是低脂牛奶？ ① 低脂肪乳でお願いします。 我要低脂牛奶。	牛乳 名 牛奶 低脂肪乳 名 低脂牛奶
★ まだ届かないですが。 東西還沒送來耶！	届く 動 送達
★ 頼んだものと違うようですが。 這好像和我點的不一樣。	頼む 動 點
★ 何か問題でもございますか。 請問有什麼問題嗎？	問題 名 問題
★ 思っていたより部屋が汚れているので、換えてほしいのですが。 房間比我預期的髒，我想換房間。 ① 畏まりました。少々お待ち下さいませ。 好的，請稍候。	思う 動 想 汚れる 動 髒汚 換える 動 更換
★ ご利用いただけるお部屋が一部屋ございます。 只剩下一個房間可以更換。	利用 名 サ 利用 一部屋 名 一個房間
★ 昨年改装されたばかりのお部屋です。 是去年剛改裝整修過的房間。 ＝ 昨年リフォームされたばかりのお部屋です。	改装 名 サ 改裝 リフォーム 名 サ 改裝
★ お荷物の移動のお手伝いと、新しいお部屋の鍵をお届けするために、スタッフを一人そちらに伺わせます。 我會派一名員工拿房間鑰匙去給您並幫您搬行李。	鍵 名 鑰匙 届ける 動 送達 スタッフ 名 員工
★ 部屋に入りたいのですが、カードキーが作動しません。 我想進房間，可是房卡無法感應。 ① 申し訳ございません。お部屋番号を教えていただけますか。 抱歉，請告訴我您的房間號碼。	入る 動 進入 作動 名 サ 運作 申し訳 名 抱歉 部屋番号 名 房間號碼
★ スタッフがすぐに参ります。 我們的服務人員馬上過去。	すぐに 副 馬上
★ ご不便をおかけしてしまい、本当に申し訳ございません。 真的很抱歉造成您的不便。	不便 形動 不方便 本当に 副 真的
★ 隣の部屋がうるさくて困っているのですが。 我的隔壁房間很吵。 ① 申し訳ございません。すぐに対応致します。 非常抱歉，我馬上幫您處理。	隣 名 隔壁 対応 名 サ 處理
★ 外に電話を掛けたいのですが。 我想打電話到外面。	外 名 外面

★ どう掛けたらいいのか分かりません。不知道要怎麼撥打。 ① 0を押した後に、番号を押して下さい。請先按 0，再撥號碼。 ② 市外局番の最初の 0 は押さないで下さい。 撥打市外電話時請不要按最開始的 0。	どう 副 怎麼 分かる 動 知道 押す 動 按 最初 名 最初
★★ 国際電話は、どうやって掛けたらいいですか。 國際電話要怎麼打？ ① 初めに 9 を押して、それから 001、次に国番号、そして相手の電話番号を押して下さい。 首先按 9，接下來撥 001，然後國碼，再撥對方的電話號碼。	国際電話 名 國際電話 初めに 副 首先 次に 副 接著 そして 接 然後 相手 名 對方
★★ 冷蔵庫の中の飲み物は有料ですか。冰箱裡的飲料要付費嗎？ ① 冷蔵庫の中の飲み物はご自由にお飲み頂けます。 冰箱裡的飲料可以隨意飲用。	冷蔵庫 名 冰箱 中 名 裡面 ご自由に 副 隨意地
★★ 申し訳ございません。冷蔵庫の中の飲み物は有料です。 抱歉，冰箱裡的飲料要付費。	飲み物 名 飲料 有料 名 要付費
★★ 何かお部屋に必要なものはございますか。 您的房間還需要什麼東西嗎？	必要 形動 需要 もの 名 東西
★ 足りないものがございましたら、フロントまでお知らせ下さい。 如果有什麼欠缺的東西，請告訴服務台。	足りる 動 足夠 フロント 名 服務台
★ タオルをもう一枚いただけますか。 可以再給我一條毛巾嗎？ ① 畏まりました。好的。	タオル 名 毛巾 もう 副 再
★ お部屋の番号を教えていただけますか。請告訴我您的房間號碼。 ① 316 です。我這裡是 316 號房。	番号 名 號碼 教える 動 告知
★ すぐに係の者を向かわせます。我馬上派人送去。	向かう 動 前往
★ お待たせ致しました。どうぞお使い下さい。 讓您久等了，這是您的毛巾，請使用。	待つ 動 等候 使う 動 使用

（累積單字量 9843 個，慣用語量 449 個）

★ お部屋に関して何か問題はございませんか。 您的房間有沒有什麼問題？ ① インターネットの接続ができないのですが。 網路無法連線。	関する 動 關於 インターネット 名 無線網路 接続 名 サ 連線
★ 不具合が生じたのは今回が初めてでしょうか。 這種不良情況是第一次發生嗎？ ① はい、今までは大丈夫でした。 是的，在這之前都沒問題。	不具合 名 不良狀況 生じる 動 發生 大丈夫 形動 沒問題
★ 畏まりました。すぐに担当の者をお部屋に向かわせます。 好的，我馬上派人去。	すぐに 副 馬上 担当 名 サ 負責
★ もし修理に手間取るようでしたら、ビジネスセンターで、お客様のお手伝いをさせていただくように手配致します。 如果維修的時間過長，可以先安排您到我們的商務中心。	修理 名 サ 修理 手間を取る 慣 費時間 手配 名 サ 安排
★ テレビが壊れているようです。 電視好像壞了。	テレビ 名 電視
★ 電気スタンドが壊れています。 檯燈壞了。	電気スタンド 名 檯燈
★ 窓が開きません。 窗戶開不了。	開く 動 打開
★ 窓が閉まりません。 窗戶關不上。	閉まる 動 關上
★ エアコンはどうやって使いますか。 空調要怎麼使用？	使う 動 使用
★ エアコンが効かないようです。 空調不能用。	効く 動 生效
★ エアコンが壊れています。 空調壞了。	壊れる 動 損壞
★ ドライヤーの調子が悪いんです。 吹風機不能用。	調子 名 狀況
★ 洗面台が詰まっています。 洗臉台塞住了。	詰まる 動 塞住
★ トイレの水が流れないのですが。 馬桶無法沖水。	流れる 動 沖走
★ お風呂の排水がよくありません。 浴室的排水不佳。	排水 名 サ 排水
★ お風呂のお湯が出ません。 浴室沒有熱水。	お湯 名 熱水

★ お湯(ゆ)が十分(じゅうぶん)に熱(あつ)くなりません。洗澡水不夠熱。	十分(じゅうぶん)に 副 充分地
★ 浴槽(よくそう)からお湯(ゆ)が溢(あふ)れてしまいました。浴缸的水滿出來了。	溢(あふ)れる 動 溢出
★ 誰(だれ)か部屋(へや)へ伺(うかが)わせましょうか。要讓誰去房間看看嗎？ ① ボーイを一人(ひとり)寄(よ)こして下(くだ)さい。請叫一個服務生過來。 ② 修理(しゅうり)の人(ひと)に来(き)ていただけますか。可以請人來修理嗎？	誰(だれ) 名 誰 伺(うかが)う 動 前往 寄(よ)こす 動 派來
★ すぐに掃除(そうじ)の人(ひと)を呼(よ)んで下(くだ)さいませんか。拜託快一點叫人來打掃。 ① 担当(たんとう)の者(もの)に見(み)に行(い)かせます。我請負責的人去看。 ＝ 係(かかり)の者(もの)がお伺(うかが)い致(いた)します。	掃除(そうじ) 名 サ 打掃 呼(よ)ぶ 動 叫 見(み)る 動 看
★ いつ来(き)てもらえますか。負責的人幾時可以來？	いつ 名 幾時
★ 責任者(せきにんしゃ)と話(はなし)をしたいのですが。我可以跟負責的人說話嗎？	話(はなし) 名 サ 說話
★ 非常口(ひじょうぐち)はどこですか。逃生口在哪裡？	非常口(ひじょうぐち) 名 逃生口
★ 締(し)め出(だ)されてしまったんです。我被鎖在門外了。	締(し)め出(だ)す 動 拒之門外
★ 大丈夫(だいじょうぶ)ですか。您不要緊吧？ ① 大変(たいへん)なんです。急病人(きゅうびょうにん)です。不得了了！有緊急病患。	大丈夫(だいじょうぶ) 形動 不要緊 急病人(きゅうびょうにん) 名 緊急病患
★ どんな症状(しょうじょう)ですか。什麼症狀？ ① 突然(とつぜん)気絶(きぜつ)したのです。忽然昏過去了。 ② すぐに医者(いしゃ)を呼(よ)んで下(くだ)さい。拜託快一點叫醫生來。	症状(しょうじょう) 名 症狀 突然(とつぜん) 副 突然 気絶(きぜつ) 名 サ 昏厥

Unit 07 ｜シャトルバス、タクシー、レンタカー 接駁車、計程車、租車

★★ 空港(くうこう)へのシャトルバスはありますか。請問有機場接駁車嗎？	空港(くうこう) 名 機場

（累積單字量9883個，慣用語量450個）

★★ シャトルバスは朝、何時からありますか。接駁車從早上幾點開始？ ① 最初のバスは七時にここを出ます。第一班接駁車在早上七點出發。	朝 名 早上 出る 動 出發
★ 移動手段は何をお考えですか。您想要怎麼去？ ＝ 何で行かれるご予定ですか。 ① タクシーで行きたいです。我想搭計程車去。	移動 名 サ 移動 手段 名 方法 考える 動 想
★ タクシーですか。您要坐計程車嗎？ ① タクシー乗り場はどこですか。是的，請問搭計程車的地方在哪兒？	タクシー乗り場 名 計程車乘車處
★ 流しのタクシーは走っていますか。街上有流動的計程車可以招嗎？ ① この通りで簡単に見つかるよ。這條路上很容易叫到計程車啊！	流し 名 流動 走る 動 行駛
★ この通りには空車が走っていませんよ。這條街上沒有空計程車喔！	通り 名 街道
★ ここでタクシーはつかまりませんよ。在這裡招不到計程車的啦！	つかまる 動 抓住，招車
★ どこでタクシーをつかまえられますか。哪裡可以招到計程車呢？ ＝ タクシーはどこで拾えますか。 ＝ タクシーはどこから乗れますか。 ① 向こうにタクシー乗り場があります。對面有計程車乘車處。	拾う 動 攔車 どこ 名 哪裡 乗る 動 搭乘 向こう 名 對面
★★ どちらへおいでになりたいのですか。您想去哪裡？	おいでになる 慣 去
★★ どちらまでですか。您要去哪裡？ ＝ どこまで行きますか。 ＝ どこまでですか。	まで 格助 到～為止 行く 動 去 か 終助 表示疑問
★ 観光案内所へ行きたいです。我想去旅遊服務中心。	観光案内所 名 旅遊服務中心
★ 料金はメーター制ですか。車資是用跳錶的嗎？	メーター制 名 跳表制度
★ ここから観光案内所までの運賃はいくらですか。 從這裡到旅遊服務中心的車資多少？ ＝ 観光案内所までいくらですか。	ここ 名 這裡 運賃 名 車資 いくら 名 多少

7 楽しい旅行 愉快的旅行

★ 距離(きょり)はどのぐらいありますか。 距離大約有多遠？	距離(きょり) 名 距離
★ 観光案内所(かんこうあんないしょ)まで何分(なんぷん)ぐらい掛(か)かりますか。 到旅遊服務中心要多久時間？ ① 一時間(いちじかん)ぐらいです。 要一個小時左右。	掛(か)かる 動 花費 ～時間(じかん) 名 ～小時 ぐらい 副助 左右
★ 約束(やくそく)があるので、急(いそ)いでいただけませんか。 我跟人約好了，可以快一點嗎？	約束(やくそく) 名 サ 約會 急(いそ)ぐ 動 趕快
★ 四十分(よんじゅっぷん)までに、着(つ)けますか。 四十分鐘之內可以到嗎？	着(つ)ける 動 能到達
★ タクシーより電車(でんしゃ)に乗(の)ったほうがいいですよ。 您搭電車去比較好喔！	電車(でんしゃ) 名 電車 乗(の)る 動 搭乘
★ そのほうが早(はや)いでしょう。 那樣會比較快。	早(はや)い 形 快速的
★ 今(いま)、道路(どうろ)はとても込(こ)んでいます。 因為現在路上嚴重塞車。	込(こ)む 動 壅塞
★ ミュージカルのチケットを取(と)りたいのですが。 我想去拿歌舞劇的票。	ミュージカル 名 音樂劇 チケット 名 票
★ 上野(うえの)動物園(どうぶつえん)へ行(い)きたいのです。 我想去上野動物園。	動物園(どうぶつえん) 名 動物園
★★ 空港(くうこう)までお願(ねが)いします。 請到機場。	空港(くうこう) 名 機場
★ この住所(じゅうしょ)がどこか分(わ)かりますか。 您知道這個地址在哪嗎？	分(わ)かる 動 知道
★★ この住所(じゅうしょ)まで行(い)って下(くだ)さい。 請到這個地址。 ＝ この住所(じゅうしょ)までお願(ねが)いします。 ＝ この住所(じゅうしょ)のところへ行(い)きたいのですが。	住所(じゅうしょ) 名 住址 行(い)く 動 去 この 連體 這～
★ 窓(まど)を開(あ)けてもいいですか。 可以開窗戶嗎？ ① どうぞ、暑(あつ)いですよね。 可以啊！實在是太熱了！	窓(まど) 名 窗戶 暑(あつ)い 形 炎熱的
★★ 何(なに)かお手伝(てつだ)いしましょうか。 要我幫什麼忙嗎？ ① 荷物(にもつ)を運(はこ)ぶのを手伝(てつだ)ってもらえますか。 可以幫我搬一下行李嗎？ ② 荷物(にもつ)をトランクに入(い)れて下(くだ)さい。 請幫我把行李搬到後車廂。	手伝(てつだ)う 動 幫忙 運(はこ)ぶ 動 搬運 トランク 名 後車廂

（累積單字量 9929 個，慣用語量 451 個）

★ 町の中を一周してほしいのですが。 可以載我在街上繞一圈嗎？	一周 名 サ 繞一圈
★ 急がなくても結構です。 不用趕時間。	急ぐ 動 趕快
★ 次の角を右に曲がって下さい。 請在下一個街角右轉。	曲がる 動 轉彎
★ 急いでいるので、近道をして下さい。 我很急，請抄近路。	近道 名 近路
★★ 後どれぐらい掛かりますか。 還要多久呢？	どれぐらい 名 多久
★★ もうすぐ着きますか。 馬上就到了嗎？ ① もう少し先です。 就在前面了。	もうすぐ 副 馬上 先 名 前面
★ 着きました。 到了。	着く 動 到達
★ どの辺で止めますか。 要停在哪裡呢？ ① ここで止まって下さい。 請在這裡停車。 ＝ ここで止めて下さい。	どの辺 名 哪一帶 止める 動 停車 止まる 動 停車
★ この辺でいいですか。 停在這附近就好嗎？ ① ここで降ります。 我要在這裡下車。	この辺 慣 這附近 降りる 動 下車
★★ ここで降ろして下さい。 請在這裡讓我下車。 ① はい、結構です。 好的，沒問題。	降ろす 動 放下 結構 形動 可以
★ トランクを開けて下さい。 請打開後車廂。	開ける 動 打開
★★ ここでちょっと待っていて下さい。 請在這裡等我一下。	ちょっと 副 一下
★★ すぐに戻ります。 我馬上回來。	戻る 動 回來
★★ 料金はおいくらですか。 多少錢呢？ ① 七百二十円です。 七百二十日幣。	料金 名 費用 いくら 名 多少
★ 料金がメーターと違いますが。 費用和跳錶的不一樣！	違う 動 不一樣

（累積單字量 9949 個，慣用語量 452 個）

★ 細かいお金がないのですが。 我沒有零錢。	細かい 形 零碎的
★ 一万円からお釣りがありますか。 一萬日幣找得開嗎？	から 格助 從～開始
★ 二百円だけお釣りを下さい。 找我兩百日幣就好了。	だけ 副助 僅僅
★★ お釣りは取っておいて下さい。 零錢不用找了。 ＝ お釣りはいりません。 ＝ お釣りは結構です。	お釣り 名 找的錢 取る 動 拿取 結構 形動 不用
★ どこで車が借りられますか。 請問哪裡可以借車？	借りる 動 租借
★ レンタカーを借りたいのですが。 我想租車。 ＝ 車を借りたいのですが。 ＝ 車をレンタルしたいのですが。	レンタカー 名 租車 車 名 車子 レンタル 名 サ 租借
★ 予約をしてあります。 我有預約了。	予約 名 サ 預約
★ こちら予約確認書です。 這是預約單據。	確認書 名 單據
★ どんな車種がありますか。 有哪些車種呢？	車種 名 車種
★ 小さい車がありますか。 請問有小車嗎？	小さい 形 小的
★ 中型車がありますか。 請問有中型車嗎？	中型車 名 中型車
★ 大型車がありますか。 請問有大型車嗎？	大型車 名 大型車
★ スポーツカーがありますか。 請問有跑車嗎？	スポーツカー 名 跑車
★ 安くて運転しやすい車がありますか。 有沒有便宜又好開的車？	運転 名 サ 駕駛
★ オートマ車がいいですか、それともマニュアル車がいいですか。 您要自排車還是手排車？ ① 小型のオートマ車が欲しいのですが。 我想要小型的自排車。	オートマ車 名 自排車 マニュアル車 名 手排車 小型 名 小型
★ ほかの車に換えて欲しいのですが。 我想換別輛車子。	欲しい 形 想要的

（累積單字量 9971 個，慣用語量 452 個）

★ 自動変速（じどうへんそく）の車（くるま）が欲（ほ）しいのですが。我想要自動變速的車。	自動変速（じどうへんそく） 名 自動變速
★ 運転免許証（うんてんめんきょしょう）とパスポートを拝見（はいけん）します。 請讓我看您的駕照跟護照。 ① 台湾（たいわん）の免許証（めんきょしょう）で乗（の）れますか。可以使用台灣的駕照嗎？	運転免許証（うんてんめんきょしょう） 名 駕照 拝見（はいけん） 名 サ 看
★ 免許証（めんきょしょう）の日本語訳（にほんごやく）を持（も）っていますか。你有日語翻譯的駕照嗎？ ① これが私（わたし）の国際免許書（こくさいめんきょしょ）です。這是我的國際駕照。	日本語訳（にほんごやく） 名 日語翻譯 国際免許書（こくさいめんきょしょ） 名 國際駕照
★ 十日（とおか）間（かん）借（か）りたいのですが。我想租十天。	十日（とおか） 名 十天
★ 一日（いちにち）当（あ）たりの料金（りょうきん）はいくらですか。一天的租金是多少？ ＝ 一日（いちにち）の料金（りょうきん）はいくらですか。 ① 二万円（にまんえん）と、税金（ぜいきん）が別（べつ）に掛（か）かります。兩萬日幣，税金另計。	一日（いちにち） 名 一天 料金（りょうきん） 名 費用 税金（ぜいきん） 名 税金
★ 料金表（りょうきんひょう）を見（み）せて下（くだ）さい。請讓我看一下價目表。	料金表（りょうきんひょう） 名 價目表
★ ガソリン代込（だいこ）みですか。有包含油錢嗎？ ＝ ガソリン代（だい）も入（はい）っていますか。	ガソリン代（だい） 名 油錢 込（こ）む 動 包含
★ キロ数（すう）も入（はい）っていますか。有包含里程數嗎？	キロ数（すう） 名 里程數
★ 保険（ほけん）も入（はい）っていますか。也包含保險嗎？ ① すみません、入（はい）っていません。抱歉，不含保險。	も 副助 也 入（はい）る 動 加入
★ 保険（ほけん）を全（すべ）てかけたいのですが。我要保全險。	保険（ほけん） 名 保險
★ 保険（ほけん）はいくらですか。保費要多少錢。	いくら 名 多少
★ 保険（ほけん）を全（すべ）てかけたら、追加（ついか）で六百円（ろっぴゃくえん）掛（か）かりますが。 保全險的話，要加六百日幣。 ① 構（かま）いません。沒關係。	追加（ついか） 名 サ 追加 ～円（えん） 名 ～日圓 構（かま）う 動 在意
★ 保証金（ほしょうきん）が必要（ひつよう）ですか。需要保證金嗎？	必要（ひつよう） 形動 需要
★ 保証金（ほしょうきん）はいくらですか。保證金多少？	保証金（ほしょうきん） 名 保證金

7 楽（たの）しい旅行（りょこう） 愉快的旅行

★ 走行距離は無制限ですか。 開車里程數沒有限制嗎？	走行 名 サ 行駛
★ 市内の地図が欲しいのですが。 我想要市內地圖。	地図 名 地圖
★ 車はどこに返せばいいのでしょうか。 我要在哪裡還車？	返す 動 歸還
★ 乗り捨てられますか。 可以就地還車嗎？	乗り捨てる 動 就地還車
★ 空港で車を返したいのですが。 我想在機場還車。	空港 名 機場
★ 乗り捨て料金はいくらですか。 就地還車的費用是多少？	料金 名 費用
★ 緊急の場合に呼べる電話番号を教えて下さい。 請給我緊急時的聯絡電話。	緊急 名 緊急 電話番号 名 電話號碼
★ 事故を起こしてしまった時の連絡先を教えて下さい。 請告知出意外時要跟誰聯絡。 ＝ 事故の場合は、何処に連絡すればいいのですか。	事故 名 事故 起こす 動 發生 連絡先 名 聯絡處
★ ガソリンを満タンにして返すのですか。 還車時是否要將油加滿？	満タン 名 加滿油箱
★ 車を私のホテルまで届けてもらえますか。 可以將車子送到我的飯店來嗎？	車 名 車子 私 名 我
★ 車をこの住所まで届けてもらえますか。 可以將車子送到這個地址來嗎？	住所 名 地址 届ける 動 送到
★ ここに駐車できますか。 請問這裡可以停車嗎？	駐車 名 サ 停車
★ ここは駐車禁止ですか。 請問這裡禁止停車嗎？	禁止 名 サ 禁止
★ 近くに、路上駐車できる場所がありますか。 請問附近有可以路邊停車的地方嗎？	近く 名 附近 場所 名 地方
★ 近くに、駐車場がありますか。 請問這附近有停車場嗎？	駐車場 名 停車場
★ 駐車場は、何時に開きますか。 請問停車場幾點開？	開く 動 開
★ 駐車料金はいくらですか。 請問停車費多少？	駐車料金 名 停車費

（累積單字量 10016 個，慣用語量 452 個）

★ 一時間駐車したいのですが。我想停一個小時。	~時間 名 ～小時
★ 昼まで駐車したいのですが。我想停到中午。	昼 名 中午
★ 四時まで駐車したいのですが。我想停到四點。	~時 名 ～點鐘
★ 一晩駐車したいのですが。我想停一個晚上。	一晩 名 副 一晚
★ 二日駐車したいのですが。我想停兩天。	二日 名 副 兩天
★ 鍵は車に残しますか。鑰匙要放在車上嗎？	鍵 名 鑰匙

Unit 08 ｜バス、電車、新幹線 公車、電車、新幹線

★★★ 東京駅へ行きたいのですが。我想到東京車站。 ① どうやって行くつもりですか。請問您打算怎麼去呢？	どう 副 怎麼 つもり 名 打算
★ バスで行けますか。搭公車可以到嗎？	バス 名 公車
★ バスと地下鉄なら、どっちが速いですか。 請問搭公車跟搭地鐵哪個快呢？	地下鉄 名 地下鐵 速い 形 快速的
★ 始発バスに乗りたいのですが。我想搭第一班公車。	始発 名 サ 首發
★★ 東京駅へのバスはどこで乗ることができますか。 請問到東京車站的公車在哪裡搭乘？ ＝ 東京駅へ行くバスはどこで乗れますか。	東京駅 名 東京車站 どこ 名 哪裡 乗る 動 搭乘
★★ 東京駅行きのバス停はどこですか。 到東京車站的公車站牌在哪裡？	バス停 名 公車站牌
★ 一番近いバス停はどこにありますか。最近的公車站牌在哪裡？ ＝ 最寄りのバス停はどこにありますか。	一番 副 最 最寄り 名 最近

7 楽しい旅行 愉快的旅行

★ バスの路線図はありますか。 有公車路線圖嗎？	路線図 名 路線圖
★ どのバスに乗ればいいですか。 請問要搭哪一輛公車呢？	どの 連體 哪一～
★ 東京駅へ行くバスはどれですか。 到東京車站的公車是哪一班？ ＝ 東京駅まで行くバスはどれですか。	どれ 名 哪一（班） まで 格助 到～為止
★ 東京駅行きは何番線ですか。 到東京車站的是幾號路線？ ① 十八番です。十八號車。	行き 名 去 何番線 名 幾號路線
★ このバスは東京駅に行きますか。 這公車有到東京車站嗎？ ① 東京駅行きのバスは出たばかりです。到東京車站的公車剛剛開走。	出る 動 出發 ばかり 副助 剛剛
★ バスはどれぐらいおきに出ますか。 公車多久來一班？ ① バスは十分おきに出ます。公車每十分鐘來一班。 ＝ バスは十分ごとに出ます。 ＝ バスは十分間隔で運行しております。	～おき 接尾 每隔～ ～ごと 接尾 每隔～ 間隔 名 間隔 運行 名 サ 行駛
★ 次のバスはいつ来ますか。 下一班車何時會來？ ① こちらが時刻表です。這是時刻表。	次 名 下次 時刻表 名 時刻表
★★ ここから東京駅までどのぐらい時間が掛かりますか。 從這裡到東京車站大約要多久？ ① 四十分ぐらいです。四十分鐘左右。	から 格助 從～開始 時間が掛かる 慣 花費時間 ぐらい 副助 左右
★★ 東京駅までいくらですか。 到東京車站要多少錢？ ① 三百五十円です。三百五十日圓。	いくら 名 多少 ～円 名 ～日圓
★ 料金はちょうどで払わなければなりませんか。 車錢必須付得剛剛好嗎？	ちょうど 副 剛剛好 払う 動 付款
★ お釣りがもらえますか。 可以找零嗎？	お釣り 名 找的錢

（累積單字量 10055 個，慣用語量 453 個）

★ 料金はどこに入れますか。 車錢要放進哪裡？ ① 運賃箱に入れて下さい。請放進投幣箱。	料金 名 費用 運賃箱 名 投幣箱
★ 先に乗車券を買ってもいいです。 您也可以先賣車票。	先に 副 事先
★ 乗車券はどこで買いますか。 哪裡可以買到車票？ ＝ 切符はどこで買うのですか。 ① 自動販売機で買えます。在自動販賣機可以買到。	乗車券 名 車票 切符 名 票 自動販売機 名 自動販賣機
★ その販売機でお札は使えますか。 那販賣機可以使用鈔票嗎？ ① ええ、千円札が使えます。可以的，可以使用千元鈔票。	お札 名 紙鈔 使う 動 使用
★ 切符をお買い求めですか。 您想買車票是嗎？ ① 東京駅まで欲しいのですが。我想買到東京車站的票。	買い求める 動 購買 欲しい 形 想要的
★ 千円札をここに入れて下さい。 請把千元鈔放進這裡。	千円札 名 千元鈔
★ お釣りが出ます。 找的零錢就會出來。	出る 動 出來
★ 子供はいくらですか。 小孩多少錢？ ① 子供は半額で、端数は切り上げになります。小孩半價，尾數四捨五入。	半額 名 半價 端数 名 尾數
★ 東京駅はいくつ目ですか。 東京車站是第幾站？ ① 四つか五つ目だと思います。第四或第五站。 ② 確かではありません。我不太確定。 ③ 運転手に聞いたほうがいいでしょう。你問司機比較好吧！	思う 動 想 確か 形動 確定 運転手 名 司機 聞く 動 問
★ このバスは東京駅に行きますか。 這公車有到東京車站嗎？ ＝ 東京駅へはこのバスでいいのですか。 ① そうです。チケットを見せて下さい。是的，請讓我看一下車票。	バス 名 公車 チケット 名 票 見せる 動 讓～看
★ 間もなく出発しますよ。 車子就要開了喔！	間もなく 副 不久
★ お掴まり下さい。 請抓好。	掴まる 動 抓緊

★ 次は東京駅に到着しますか。 下一站到東京車站嗎？ ① 次が東京駅です。 嗯，下一站就是東京車站了。	駅 名 車站 到着 名 サ 到達
★ そのブザーを押して下さい。 請按那個下車鈴。	押す 動 按
★ バスが停車してから、席をお立ち下さい。 車子停穩之後，再從座位上站起來。	停車 名 サ 停車 立つ 動 站立
★ 違いますよ。東京駅には行きませんよ。 沒有耶！沒有到東京車站喔！	違う 動 不對 行く 動 去
★ 次の停留所で降りたほうたいいですよ。 您最好在下一站下車喔！	降りる 動 下車
★ 一番近い地下鉄の駅はどこですか。 最近的地鐵站在哪裡？	駅 名 車站
★ 地下鉄の路線図を下さい。 請給我地鐵路線圖。	路線図 名 路線圖
★ 神田へは地下鉄で行けますか。 搭地鐵可以到神田嗎？	へ 格助 表示方向
★ 神田に行くにはどうすればいいですか。 請問要怎麼到神田？ ① 神田はここから三つ目の駅です。 神田距離這裡三站。 ② 山の手線に乗って三つ目の駅です。 搭乘山手線的第三站。	行く 動 去 ～目 接尾 第～ 乗る 動 搭乘
★ 電車の時刻を調べてもらえませんか。 可以幫我查一下電車的時刻嗎？	時刻 名 時刻 調べる 動 查詢
★★ 神田行きの次の電車は何時に出ますか。 下一班往神田什麼時候發車？	次 名 下次 電車 名 電車
★★ 次の神田行きの電車に空席はありますか。 下一班往神田的電車還有座位嗎？	の 格助 ～的 空席 名 空位
★ 急行は神田に停まりますか。 快車在神田有停嗎？ ① いいえ、各駅停車に乗らなければなりません。 沒有，您必須搭普通車。	急行 名 快車 停まる 動 停止
★ この電車は急行ですか、各駅停車ですか。 這輛電車是快車還是普通車？ ① 各駅停車です。 是普通車。	電車 名 電車 各駅停車 名 普通車

（累積單字量 10102 個，慣用語量 453 個）

★ 神田に行くには乗り換えがありますか。 到神田要換車嗎？ ① 乗り換えはありません。不用換車。	に [格助] 表示方向 乗り換え [名] 換車
★★ 神田までおいくらですか。 到神田要多少錢？ ① 片道は二百円です。單程是兩百日圓。	片道 [名] 單程 ～円 [名] ～日圓
★★ 往復切符だとどうですか。 來回票的話，多少錢？ ① 往復切符は三百八十円です。來回票是三百八十日圓。	往復 [名] [サ] 來回 切符 [名] 票
★ 往復切符が欲しいのですが。 我想買來回票。	欲しい [形] 想要的
★ 神田まで往復を一枚下さい。 請給我一張到神田的來回票。	下さい [動] 給
★ 禁煙車をお願いします。 麻煩要禁菸車廂。	禁煙車 [名] 禁菸車廂
★ 喫煙車をお願いします。 麻煩要吸菸車廂。	喫煙車 [名] 吸菸車廂
★ 電車はどれぐらいの間隔で来るのですか。 電車多久來一班？ ① 十五分おきに来ます。每十五分鐘一班。	間隔 [名] 間隔 来る [動] 來
★ 次の各駅停車は何時出発ですか。 下一班普通車幾點開？ ① 十時半に出ます。十點半開。	出発 [名] [サ] 出發 出る [動] 出發
★ 電車は何番ホームから出るのですか。 電車從哪一個月台出發？ ＝ 電車はどのホームから出ますか。 ＝ 何番線ですか。	何番 [名] 幾號 ホーム [名] 月台 どの [連體] 哪～
★ 六番ホームから出発します。 從第六月台出發。 ＝ 六番ホームから発車します。 ＝ 六番線です。	から [格助] 從～開始 発車 [名] [サ] 發車
★ 階段を上って六番ホームから乗って下さい。 請上樓梯到第六月台搭乘。	階段 [名] 樓梯 乗る [動] 搭乘
★ 緑の線の入った銀色の電車です。 是銀色有綠線的電車。	緑 [名] 綠色

☆☆ 分かりました。ありがとうございました。 我知道了，謝謝您！ ① どういたしまして。 不客氣。	分かる【動】知道 ありがとう【感】謝謝
★★ 荷物を預けたいのですが。 我想寄放行李。 ① あそこのコインロッカーを使って下さい。 請利用那裡的投幣式保管箱。	コインロッカー 【名】投幣式保管箱
★ まずお金を入れて下さい。 請先投錢。	まず【副】首先
★ それから、暗証番号を入力して下さい。 然後按密碼。	暗証番号【名】密碼
★ この電車はいつもとても込んでいます。 這班電車總是很多人。	込む【動】擁塞
★★ 足元に気を付けて下さい。 小心不要被踩到了。	足元【名】腳下
★ かばんは見えるところに置いて下さい。 請看好自己的包包。	置く【動】放置
★ すりに注意して下さい。 小心扒手。	注意【名】【サ】小心
☆☆ 何かお困りですか。 怎麼了？ ① この電車はどこへ行きですか。 這電車是往哪裡的？ ＝ この電車はどこへ行きますか。	何【名】什麼 困る【動】困擾 どこ【名】哪裡
★ この電車は神田に行きますか。 這電車是往神田的嗎？ ＝ 神田にはこの電車でいいのですか。 ＝ 神田へはこの電車で合っていますか。 ① いいえ、逆の方向です。 不是，是反方向。	いい【形】可以的 合う【動】符合，一致 逆【形動】相反 方向【名】方向
★ 電車に乗り間違えました。 我搭錯車了。 ＝ 電車の乗り間違いをしました。 ＝ 間違った電車に乗ってしまいました。	乗り間違える【動】搭錯 乗り間違い【名】搭錯 間違う【動】錯誤
★ 次の駅まで行って下さい。 請坐到下一站。	次【名】下個
★ 反対ホームの電車に乗ります。 搭乘對面月台的電車。	反対ホーム【名】【サ】對面月台

（累積單字量 10145 個，慣用語量 453 個）

★ 東京駅で乗り換えてもいいです。你也可以在東京車站換車。	乗り換える 動 換車
★ 東京駅で降りて下さい。請在東京車站下車。	降りる 動 下車
★ 三番ホームまでエスカレーターに乗ります。 搭乘電扶梯到第三月台搭乘。	まで 格助 到～為止 エスカレーター 名 電扶梯
★★ 神田までどのぐらい掛かりますか。到神田大約要多久呢？ ① 大体十分ぐらいです。大約十分鐘左右。	掛かる 動 花費 大体 副 大致
★ 終点、神田です。終點站神田到了。	終点 名 終點
★ 乗り遅れてしまいました。我沒趕上車。	乗り遅れる 動 誤時沒搭上
★ 切符をなくしてしまいました。我的車票遺失了。	切符 名 票
★ 電車の中に忘れ物をしてしまいました。我把東西忘在電車上了。	忘れ物 名 忘記的東西
★ 乗り過ごしてしまったようです。我好像坐過站了。	乗り過ごす 動 坐過站
★ お金を入れたのに切符が出てきません。 我放了錢可是車票沒有出來。	入れる 動 放入 出る 動 出來
★ 新幹線の切符はどこで買えますか。哪裡可以買到新幹線的車票？	新幹線 名 新幹線
★ 箱根行きの列車は何線ですか。到箱根的車是幾號車？	列車 名 列車
★ 鎌倉行きの列車はどの駅から出ますか。 到鎌倉的車從哪個車站出發？	駅 名 車站 出る 動 出發
★★ 切符売り場はどこですか。售票口在哪裡？	切符売り場 名 售票口
★ 前売り券の窓口はどこですか。預售票的窗口在哪裡？	窓口 名 窗口
★ 当日券の窓口はどこですか。當日票的窗口在哪裡？	どこ 名 哪裡
★ 前売り券が買えますか。可以買預售票嗎？	前売り券 名 預售票
★ 当日券はありますか。有當日票嗎？	当日券 名 當日票

★ グリーン車(しゃ)でお願(ねが)いします。 請給我綠色車廂的座位。	グリーン車(しゃ) 名 綠色車廂
★ 指定席(していせき)でお願(ねが)いします。 請給我指定席。	指定席(していせき) 名 指定席
★ 自由席(じゆうせき)でお願(ねが)いします。 請給我自由席。	自由席(じゆうせき) 名 自由席

Unit 09 ｜現地(げんち)のコースを選(えら)ぶ 選擇當地行程

★★ 観光案内所(かんこうあんないしょ)はどこですか。 旅遊服務中心在哪裡？	観光案内所(かんこうあんないしょ) 名 旅遊服務中心
★★ 何(なに)がお望(のぞ)みですか。 您有什麼需要的嗎？ ① 今日(きょう)は大阪(おおさか)の観光(かんこう)に行(い)こうと思(おも)いますが。 我今天想去大阪觀光。 ＝ 今日(きょう)は大阪(おおさか)の観光(かんこう)に行(い)きたいのですが。	望(のぞ)み 名 需求 思(おも)う 動 想 観光(かんこう) 名 サ 觀光
★★ どのような場所(ばしょ)をご希望(きぼう)ですか。 您想去怎樣的地方？ ＝ どのような場所(ばしょ)へ行(い)かれたいのですか。 ① お祭(まつ)りを見(み)たいのですが。 我想看祭典。 ② 今日(きょう)はどこかでお祭(まつ)りがありますか。 今天哪裡有祭典？	場所(ばしょ) 名 地方 お祭(まつ)り 名 祭典 見(み)る 動 看 今日(きょう) 名 今天
★★ お勧(すす)めの場所(ばしょ)はありますか。 您有什麼推薦的景點嗎？ ＝ どこがお勧(すす)めですか。 ＝ どこがいいか教(おし)えてくれますか。	勧(すす)める 動 推薦 教(おし)える 動 告知 くれる 補動 給
★ ぶらぶらするのにいい場所(ばしょ)はありますか。 有沒有可以隨便逛逛的地方？ ① 心斎橋(しんさいばし)は如何(いかが)ですか。 心齋橋怎麼樣？	ぶらぶら 副 サ 閒逛 いい 形 可以的 如何(いかが) 副 如何
★ ここから近(ちか)いですし、賑(にぎ)やかです。 離這裡很近，也很熱鬧。 ① よさそうなところですね！聽來是個不錯的地方！ ② ありがとう。そこに行(い)きます。 謝謝，我就去那裡。	近(ちか)い 形 近的 賑(にぎ)やか 形動 熱鬧 そこ 名 那裡

（累積單字量 10187 個，慣用語量 453 個）

★ 大阪市でお勧めのお土産店はどこですか。 大阪市有什麼推薦的禮品特產店？ ① 大阪駅のお土産店は観光客の方々に人気があります。 大阪車站的禮品特產店相當受觀光客歡迎。	お土産店 名 禮品特產店 観光客 名 觀光客 方々 名 人們 人気 名 人氣
★★ 観光案内のパンフレットが欲しいのですが。 我想要觀光指南手冊。	パンフレット 名 指南手冊 欲しい 形 想要的
★ 中国語の観光案内はありますか。 有沒有中文版的觀光介紹？	中国語 名 サ 中文
★ この町の見所を紹介して下さい。 請介紹我這條街的有趣景點。	見所 名 景點
★ 訪れるとしたら、どこがいいでしょう。 有沒有什麼好玩的景點？	訪れる 動 參訪
★ 自分で一日見物するにはどんな所へ行けばいいでしょう。 自己一個人的話，可以去哪裡參觀？	自分 名 自己 見物 名 サ 參觀
★★ ご要望は？ 請問您有什麼需求嗎？ ① 伝統的な建築を見たいのですが。 我想看傳統建築。 ② 美術に興味があります。 我對美術有興趣。	要望 名 サ 需求 建築 名 建築 美術 名 美術
★ 骨董品に興味があります。 我對骨董有興趣。	骨董品 名 骨董
★ 古いお寺に興味があるのですが。 我對古老的寺廟有興趣。	興味がある 慣 有興趣
★ 古いお寺はどこで見られますか。 哪裡可以看到古老的寺廟？ ① 明治神宮は如何でしょうか。 明治神宮如何？	古い 形 古老的 お寺 名 寺廟
★ そこには、簡単に行けますか。 要去那裡很簡單嗎？ ① 歩いて行けますよ。 走路可以到喔！ ② 二十分ぐらい掛かります。 大約二十分鐘左右。	簡単に 副 簡單地 歩く 動 走路 掛かる 動 花費
★ 綺麗な景色が見たいです。 我想看漂亮的風景。 ① 原宿駅からだと徒歩十分くらいで、とても美しい公園がございます。 從原宿車站走路約十分鐘左右，有著非常漂亮的公園。	綺麗 形動 漂亮 徒歩 名 サ 走路 美しい 形 漂亮的

★ 京都は日本文化の発祥地ですので、お勧めします。 京都是日本文化的發祥地，推薦給您。	日本文化 名 日本文化 発祥地 名 發祥地
★ 京都までは東京から新幹線で二時間半ぐらいです。 從東京搭新幹線到京都兩個半小時左右。	新幹線 名 新幹線 ぐらい 副助 左右
★★ 京都の有名なスポットを紹介して下さい。 請介紹我京都有名的景點。 ① 京都には古いお寺がたくさんあります。京都有很多古老的寺廟。 ② 清水寺・金閣寺・嵐山など、見所いっぱいで満喫できます。 清水寺、金閣寺、嵐山等，很多景點可以一飽眼福。	スポット 名 景點 紹介 名 サ 介紹 たくさん 副 很多 見所 名 景點 満喫 名 サ 一飽眼福
★ 竜安寺は石庭でよく知られています。龍安寺以其石造庭園聞名。 ① 日本庭園に興味があります。我對日本庭園有興趣。	石庭 名 石造庭園 知られる 動 聞名
★★ この近くに名所はありますか。這附近有沒有名勝？ ① 芝公園に増上寺があります。芝公園有增上寺。	近く 名 附近 名所 名 名勝
★ 増上寺では主に、何が見られますか。增上寺主要可以看什麼？	主に 副 主要地
★ 増上寺は見に行く価値がありますか。增上寺有去看的價值嗎？	価値 名 價值
★ 他に何かありますか。還有其他地方嗎？ ① 東京タワーはどうですか。東京鐵塔怎麼樣？	他 名 其他 東京タワー 名 東京鐵塔
★ 東京タワーに行ったことはありますか。您去過東京鐵塔嗎？ ① 私は一度も行ったことがありません。我不曾去過那裏。	私 名 我 一度 名 一次
★ 東京タワーは東京を代表する建物の一つです。 東京鐵塔是代表東京的建築物之一。	代表 名 サ 代表 建物 名 建築物
★ 景色が綺麗ですよ。風景很美喔！	景色 名 景色
★ 少なくとも一度は行っておくといいですよ。至少要去個一次。	少なくとも 副 至少
★ あなたのいるホテルの近くにあります。就在你住的飯店附近。	ホテル 名 飯店

（累積單字量 10234 個，慣用語量 454 個）

★ 行き方をお教えしましょう。我跟您說怎麼去吧！	行き方 名 去的方法
★ 電車を使うのがお勧めです。建議您搭電車去。	使う 動 使用
★ 無料の市内地図はありますか。有沒有免費的市內地圖？ ① 宜しければ市内地図をお出ししましょうか。 有需要的話我可以給您市內地圖。 ② 宜しければ経路を紙に書きましょうか。要我把路線畫在紙上嗎？	無料 名 免費 経路 名 路線 紙 名 紙 書く 動 畫
★ 市内観光バスがありますか。有沒有市內觀光巴士？	市内 名 市內
★ 市内観光バスに乗りたいのですが。我想搭市內觀光巴士。	観光バス 名 觀光巴士
★ 市内観光バスがどこを走っているかを知りたいのですが。 我想了解市內觀光巴士的路線。 ① 観光マップです。無料です。這是觀光地圖，是免費的。 ② この地図に書いてあります。這份地圖上有標示。	どこ 名 哪裡 走る 動 行駛 マップ 名 地圖 地図 名 地圖 書く 動 寫
★ 観光ツアーは如何ですか。觀光行程如何？	如何 副 如何
★ どんなツアーがありますか。有什麼類型的行程？ ① 選べるツアーがいくつかあります。有好幾個行程可以選。	どんな 連體 怎樣的 選ぶ 動 選擇
★ ツアーにご参加ですか。您要參加行程嗎？ ① ええ、ツアーを予約したいのですが。嗯！我想預約行程。 ② ツアーのパンフレットを下さい。請給我行程的手冊。	ツアー 名 旅程 参加 名 サ 參加 予約 名 サ 預約
★★ 何がお勧めですか。您推薦哪一個行程？ ① ナイトツアーで宜しいですね？晚上的行程好嗎？ ＝ 夜のコースで宜しいですね？	ナイトツアー 名 夜晚的行程 宜しい 形 好的 夜 名 晚上 コース 名 行程
★ 半日コースはありますか。有沒有半天的行程？	半日 名 半天
★ 日帰りツアーはありますか。有沒有當天來回的行程？	日帰り 名 當天來回
★ 一泊二日のコースはありますか。有沒有兩天一夜的行程？	一泊二日 名 兩天一夜

（累積單字量10260個，慣用語量454個）

★ 二泊三日のコースはありますか。 有沒有三天兩夜的行程？	二泊三日 名 三天兩夜
★ 箱根に行けるツアーはありますか。 有沒有能到箱根的行程？	行ける 動 能去
★ 九州へのグループツアーがありますか。 有到九州的團體行程嗎？	グループツアー 名 團體行程
★ 議事堂見学のツアーがありますか。 有參觀議事堂的行程嗎？	見学 名 サ 參觀
★★ 詳しく説明していただきたいのですが。 您可以詳細說明嗎？	詳しい 形 詳細的
★ このツアーではどこを回るのですか。 這個行程會去參觀那些地方？ ① 三つの観光地へ行きます。去三個景點。 ② 郊外の観光地の殆どへ行きます。郊外的景點大部分都會去。	回る 動 巡迴 三つ 名 三個 殆ど 副 大部分
★ ツアーは何時間掛かりますか。 行程要幾個小時？	掛かる 動 花費
★ ツアーの料金はいくらですか。 行程的費用是多少？	料金 名 費用
★ ツアーに昼食は含まれますか。 行程有包含午餐嗎？ ＝ ランチはツアーの料金に入っていますか。	昼食 名 午餐 含む 動 包含
★ 食事は付いていますか。 請問有附餐點嗎？ ① はい、付いています。有，有附餐點。	食事 名 餐點 付く 動 附加
★ 観光ガイドが雇えますか。 可以雇用觀光導遊嗎？	雇う 動 雇用
★ ガイドを手配してもらえますか。 可以安排導遊嗎？	手配 名 サ 安排
★ 信用できるガイドを紹介して下さい。 請介紹我可以信任的導遊。	信用 名 サ 信任
★ ガイドの料金は一時間いくらですか。 導遊的費用一小時多少？	一時間 名 一小時
★ 中国語が話せるガイドがいますか。 有沒有會說中文的導遊？	中国語 名 中文
★ 中国語のガイドが付くツアーがいいのですが。 最好是有中文導遊跟著的行程。	ガイド 名 導遊

★ 中国語が話せるガイドを半日頼みたいのですが。 我想要請會說中文的導遊半天。	半日 [名] 半天 頼む [動] 雇請
★★ 何かご質問はありますか。 您有什麼要問的嗎？ ① 集合場所はどこですか。請問在哪裡集合？ ② 集合時間は何時ですか。請問幾點集合？	質問 [名][サ] 問題 集合 [名][サ] 集合 場所 [名] 地方
★ 何時にバスに戻ればいいのでしょうか。 請問幾點要回到車上？	戻る [動] 回到
★ 途中で降ろしてもらえますか。 可以在中途放我下車嗎？	降ろす [動] 放下
★ お土産を買う時間はありますか。 有沒有買伴手禮的時間？	買う [動] 買
★ ショッピングのために、自由時間がありますか。 有沒有購物的自由時間？	ショッピング [名][サ] 購物 時間 [名] 時間
★ あとどれぐらいで神戸に着きますか。 還要多久才到神戶？ ① 半時間以内に着きます。半個小時內會到。	着く [動] 到達 以内に [副] 以內
★ 思ったより遠いですね。 比想像的還要遠。	遠い [形] 很遠的

Unit 10 | 観光地で 在觀光景點

★★ 何かお困りですか。 您有什麼需要幫忙的地方嗎？	困る [動] 困擾
★ あの建物は何ですか。 那棟建築物是什麼？ ① スカイツリーです。那是晴空塔。	建物 [名] 建築物 スカイツリー [名] 晴空塔
★ いつ建てられたのですか。 什麼時候蓋的？ ① 2012 年に完成しました。2012 年完工的。	建てる [動] 建造 完成 [名][サ] 完成
★ 建築家は誰ですか。 建築師是誰？	建築家 [名] 建築師

★ 完成までに、どのぐらい時間が掛かりましたか。 花了多久時間完成？	どのぐらい 名 多久 時間が掛かる 動 花費時間
★ あの城は何という名前ですか。 那座城堡叫什麼名字？ ① 大阪城です。 大阪城。	城 名 城堡 名前 名 名字
★ 誰のお城ですか。 那是誰的城堡？ ① 豊臣秀吉によって築かれました。 由豐臣秀吉所建。 ② その後、徳川幕府によって再建されました。 其後由德川幕府所改建。	築く 動 建築 その後 副 其後 再建 名 サ 改建
★ いつ頃の遺跡ですか。 那大概是什麼時候的遺跡？ ① 江戸時代の遺跡です。 江戶時代的遺跡。	頃 名 左右 遺跡 名 遺跡
★ 「金閣寺」について、何かご存知ですか。 關於金閣寺，您知道些什麼？ ① 調べておきます。 我查一下。 ② 「金閣寺」は、1397年に建てられました。「金閣寺」，是1397年所建的。	金閣寺 名 金閣寺 存知 名 サ 知道 調べる 動 查詢 に 格助 表示時間
★ 「金閣寺」は、世界文化遺産の一つです。 「金閣寺」是世界文化遺產之一。	世界文化遺産 名 世界文化遺產
★ その正式名称を「鹿苑寺」といいます。它的正式名稱是「鹿苑寺」。	正式名称 名 正式名稱
★ 皇居の広さはどのぐらいですか。 皇居有大約多大？ ① 大きさは約115万平方メートルです。 大約115萬平方公尺。	広さ 名 幅度 大きさ 名 大小
★ 皇居は天皇とご家族の主な住まいですか。 皇居是天皇跟家人的主要住所嗎？ ① 皇居には天皇皇后両陛下だけです。 皇居只有天皇跟皇后兩位陛下而已。	天皇 名 天皇 主な 形動 主要 住まい 名 住所
★ 歴代の天皇はみんなここに住んでいたんですか。 歷代的天皇都住在這裡嗎？ ① 明治天皇からここに住んでいます。 從明治天皇開始住在這裡。	歴代 名 歷代 から 格助 從～開始 住む 動 住
★ 皇居はいつ建造されましたか。 皇居是何時建造的？ ＝ 皇居はいつ建てられましたか。	皇居 名 皇居 建造 名 サ 建造

（累積單字量10324個，慣用語量454個）

★ 八幡宮には何が祭られていますか。 八幡宮是祭拜什麼的？ ① 八幡大菩薩が祭られています。 祭拜八幡大菩薩。	何 名 什麼 祭る 動 祭拜
★ 八幡宮はどのぐらい古いものですか。 八幡宮大約有多古老？	古い 形 古老的
★ 神社で神道の儀式を見る機会がありますか。 有機會在神社見到神道儀式嗎？	神社 名 神社 儀式 名 儀式
★ 正しいお祈りの仕方がありますか。 有正確的祭拜方式嗎？	仕方 名 方式
★ おみくじを引いて見てもいいですか。 我可以抽個籤試試嗎？	おみくじ 名 籤
★ お祈りする時、お賽銭をあげるべきですか。 祭拜時應該給香油錢嗎？	お賽銭 名 香油錢 あげる 動 給
★ 口を漱いだり、手を洗ったりする意味は何ですか。 漱口跟洗手的意義是什麼？	漱ぐ 動 漱口 意味 名 意義
★ それは宗教の儀式ですか。 那是宗教儀式嗎？	宗教 名 宗教
★ それは宗教の目的で使われるものですか。 那是用在宗教的目的上嗎？	目的 名 目的
★ 神社の中で、写真を撮っても構いませんか。 可以在神社內拍照嗎？	中 名 裡面 写真を撮る 慣 拍照
★ 神社に入る時、靴を脱がなければなりませんか。 進神社必須脱鞋嗎？ ① 一般的に「土足禁止」になっているのです。一般都「禁止穿鞋子進入」。	入る 動 進入 靴 名 鞋子 脱ぐ 動 脱
★ 「鳥居」って何ですか。 「鳥居」是什麼？ ① 「鳥居」とは、神域と俗界を区画するもので、神域への入口を示すものです。 「鳥居」是劃分神的領域跟塵世，表示神域入口的東西。	神域 名 神的領域 俗界 名 塵世 区画 名 サ 劃分
★ 銀座の店は夜も開いていますか。 銀座的店晚上也有開嗎？	夜 名 晚上
★ 銀座は他のショッピング街と比べて高いですか。 銀座跟其他商店街比起來比較貴嗎？	ショッピング街 名 商店街 比べる 動 比較

★ 築地の魚市場は銀座から歩いて行けますか。 可以從銀座走到築地的魚市場嗎？	魚市場 名 魚市場 行ける 動 能到
★ 「歌舞伎座」は銀座から歩いて行けますか。 可以從銀座走到「歌舞伎座」嗎？	歌舞伎座 名 歌舞伎劇場 歩く 動 走路
★ 鎌倉大仏の高さはどのぐらいですか。 鎌倉大佛的高度大約是多少？ ① 台座を含めると 13.35 メートルです。包含底座是 13.35 公尺。	高さ 名 高度 台座 名 底座
★ 鎌倉が首都だったのはいつ頃ですか。 鎌倉什麼時候曾經是首都呢？	首都 名 首都
★ 鎌倉には何か手工芸品がありますか。 鎌倉有什麼手工藝品？	手工芸品 名 手工藝品
★ それは誰が作りましたか。 那是誰做的？	作る 動 做
★ 材料は何ですか。 材料是什麼？	材料 名 材料
★ それはどんな方法で作られましたか。 那是用什麼方法做的？	方法 名 方法
★ それは何のために使われましたか。 那是用來做什麼的？	ため 名 為了～
★ それは毎日使われるものですか。 那是每天都要用的嗎？	毎日 副 每天
★ 横浜のショッピング街はどこですか。 橫濱的商店街在哪裡？	ショッピング街 名 商店街
★ 横浜の名物と言えば何ですか。 說起來，橫濱的名產是什麼呢？	名物 名 名產
★ 横浜のレストラン街はどこですか。 橫濱的美食街在哪裡？	レストラン街 名 美食街
★ あの記念碑は何ですか。 那個紀念碑是什麼？	記念碑 名 紀念碑
★ 記念碑を建てる目的は何ですか。 蓋紀念碑的目的是什麼？	建てる 動 建造
★ 彫刻家は誰ですか。 雕刻家是誰？	彫刻家 名 雕刻家
★★ ギフトショップはどこですか。 禮品店在哪裡？	ギフトショップ 名 禮品店
★★ お土産を買いたいのですが。 我想買伴手禮。	お土産 名 伴手禮

（累積單字量 10368 個，慣用語量 455 個）

★ 営業(えいぎょう)時間(じかん)を教(おし)えて下(くだ)さい。 請問營業到幾點？	営業(えいぎょう) 名 サ 營業
★ 園内(えんない)ツアーはありますか。 請問有沒有園內的行程？	園内(えんない) 名 園內
★ 中国語(ちゅうごくご)の案内書(あんないしょ)が欲(ほ)しいのですが。 我想要中文版的介紹書。	案内書(あんないしょ) 名 介紹書
★ 十時(じゅうじ)までにぜひここに集合(しゅうごう)するようにお願(ねが)い致(いた)します。 請大家務必在十點以前到這裡集合。	ぜひ 副 務必 集合(しゅうごう) 名 サ 集合
★ 心(こころ)が広(ひろ)くなりますね。 真令人心胸開闊啊！	心(こころ) 名 心胸
★ そこが私(わたし)たちの目指(めざ)すところです。 那裡就是我們的目的地。	目指(めざ)す 動 以～為目標
★ 時間(じかん)は大丈夫(だいじょうぶ)ですから、ゆっくり登(のぼ)りましょう。 有的是時間，我們慢慢往上爬吧！	大丈夫(だいじょうぶ) 形動 不要緊 ゆっくり 副 サ 慢慢地
★ もうすぐ頂上(ちょうじょう)でしょうか。 快到山頂峰吧？ ① 私(わたし)たちはまだやっと半分(はんぶん)登(のぼ)っただけです。 我們好不容易才爬到一半而已。	もうすぐ 副 眼看 やっと 副 好不容易地 半分(はんぶん) 副 一半
★ 足(あし)が痛(いた)くてたまらないんです。 我的腳痛得受不了啦！ ① ちょっと休(やす)んだらどう？ 稍微休息一下好嗎？	痛(いた)い 形 很痛的 休(やす)む 動 休息
★★ 元気(げんき)が出(で)た？ 有精神了嗎？	元気(げんき) 名 有精神
★ 頂上(ちょうじょう)まで行(い)きましょう。 我們一起爬到山頂吧！	頂上(ちょうじょう) 名 頂峰
★★ ここで写真(しゃしん)を撮(と)ってもいいですか。 可以在這裡拍照嗎？ ① はい、でもフラッシュは禁止(きんし)です。 可以，但是禁止使用閃光燈。 ② 写真撮影(しゃしんさつえい)はご遠慮下(えんりょくだ)さい。 請不要拍照攝影。	でも 副助 但是 禁止(きんし) 名 サ 禁止 写真撮影(しゃしんさつえい) 名 拍照攝影
★ 外(そと)は撮(と)ってもいいですが、中(なか)ではご遠慮下(えんりょくだ)さい。 外面可以拍照，裡面請不要拍照。	外(そと) 名 外面 中(なか) 名 裡面
★ 自撮(じど)り棒(ぼう)はご遠慮(えんりょ)いただいております。 請勿使用自拍棒。	遠慮(えんりょ) 名 サ 謝絕

★ ここはセルフィースティックは使えません。 這裡不能使用自拍棒。 ＝ ここはセルフィー棒は使えません。 ＝ ここは自撮り棒は使えません。	セルフィースティック 名 自拍棒 セルフィー棒 名 自拍棒 自撮り棒 名 自拍棒
★ この辺で写真を撮るのは構いませんか。 那一帶可以拍照嗎？ ① どうぞお撮り下さい。 你拍吧！	この辺 名 這一帶 構う 動 在意
★ どこを背景にしたらいいでしょうかね。 以什麼當背景好呢？ ① お寺を背景にして、寫真を撮りましょう。 以寺廟當背景照張相吧！	背景 名 背景 お寺 名 寺廟
★★ 写真をお撮りしましょうか。 我來幫你拍張照吧！	写真 名 照片
★ 皆の写真を撮ってあげよう。 我幫大家拍張照。	皆 名 大家
★ フラッシュをたいてもいいですか。 我可以用閃光燈嗎？	フラッシュ 名 閃光燈
★ 三脚を使ってもいいですか。 可以用腳架嗎？	三脚 名 腳架
★★ 写真を撮ってくれませんか。 可以幫我們拍照嗎？ ＝ 写真を撮ってもらえませんか。	くれる 補動 給 もらう 補動 接受
★ どうやって撮るのですか。 要怎麼拍？ ① シャッターを押すだけです。 只要按下快門就可以了。 ② このボタンを押すだけです。 只要按下這個按鈕就可以了。 ③ フラッシュも自動的にたけます。 閃光燈也會自動閃。	シャッター 名 快門 押す 動 按 ボタン 名 按鈕 自動的 形動 自動的
★ 一緒に写真に入って下さい。 請跟我們一起拍照。 ＝ 一緒に写真に入ってもらえますか。	一緒に 副 一起 入る 動 加入
★ そこに立って下さい。 請站在那邊。	立つ 動 站
★ 動かないで。 不要動喔！	動く 動 動
★ 笑って。 笑一個。	笑う 動 笑

（累積單字量10412個，慣用語量455個）

★ はい、終(お)わりました。拍好了。	終(お)わる 動 結束
★ もう一枚(いちまい)お願(ねが)いします。請再拍一張。	もう 副 再
★ スカイツリーも入(い)れて下(くだ)さい。晴空塔也請拍進去。	入(い)れる 動 放入

Unit 11 | 道(みち)を尋(たず)ねる、落(お)とし物(もの)、迷子(まいご) 問路、重要物品遺失、小孩走失

★★★ お困(こま)りですか。您需要幫忙嗎？	困(こま)る 動 困擾
★★★ お手伝(てつだ)いしましょうか。需要幫忙嗎？ = 手(て)をお貸(か)ししましょうか。	手伝(てつだ)う 動 幫助 手(て)を貸(か)す 慣 幫助
★★★ 迷(まよ)われたのですか。您迷路了嗎？ ① 迷(まよ)われたようです。我好像迷路了。	迷(まよ)う 動 迷路 ようだ 助動 好像
★★★ 日本(にほん)は初(はじ)めて？您第一次到日本來嗎？ ① はい、日本(にほん)に来(く)るのは初(はじ)めてです。 是啊！我第一次到日本來。	初(はじ)めて 名 初次 来(く)る 動 來
★★ 道(みち)に迷(まよ)ってしまいました。我迷路了。 ① お役(やく)に立(た)てるかもしれません。或許我能幫得上忙。 ② 何(なに)かできることはないですか。我能為您做些什麼嗎？	道(みち) 名 道路 役(やく)に立(た)つ 慣 有幫助 何(なに) 名 什麼
★ 道路地図(どうろちず)がありますが。請問您有道路地圖嗎？ ① 簡単(かんたん)な道路地図(どうろちず)なら、コンビニで買(か)えます。 簡單的道路地圖可以在便利商店買到。	道路(どうろ) 名 道路 簡単(かんたん) 形動 簡單 コンビニ 名 便利商店
★ 今(いま)どこにいるか地図(ちず)で教(おし)えて下(くだ)さい。 請用地圖告知我在哪裡。	今(いま) 副 現在 教(おし)える 動 告知

7 楽(たの)しい旅行(りょこう) 愉快的旅行

★ 今いるところはこの地図のどこですか。 現在位置在這張地圖的哪裡？ ＝ 今いるところはこの地図のどの位置にいるんですか。	地図 名 地圖 どこ 代名 哪裡 位置 名 位置
★ どこに行こうかな…。我不知道要往哪裡去了～。 ① どんなところに行きたいですか。您想去怎麼樣的地方呢？	どんな 連體 怎樣的 行く 動 去
★★ 道をお尋ねしたいのですが。可以請問一下路嗎？ ＝ 道をお尋ねしてもいいですか。 ① いいですよ。どこへ行きたいのですか。可以啊！你要到哪裡？	道 名 道路 尋ねる 動 詢問 いい 形 可以的
★ 清水寺はどこですか。請問清水寺在哪裡？ ① 清水寺へ行くなら、二回乗り換えなければなりません。 要到清水寺可能要換兩次車才能到。	清水寺 名 清水寺 二回 名 副 兩次 乗り換える 動 換車
★ ガソリンスタンドはどこですか。請問加油站在哪裡？ ① ここからまっすぐ行くと見えます。從這裡直走就會看到。	ガソリンスタンド 名 加油站 見える 動 看得見
★ 高速道路への入口はどこですか。請問高速公路的入口在哪裡？ ① 行き過ぎですよ。私が連れて行きましょう。 您走過頭了，我帶您過去吧！	高速道路 名 高速高路 行き過ぎ 名 走過頭 連れる 動 帶，指引
★★ ディズニーランドへはどうやって行くのですか。 我要怎麼到迪士尼樂園？ ＝ ディズニーランドへはどうやって行けばいいのですか。 ＝ ディズニーランドへはどうやって行けますか。 ① あそこに観光パンフレットがあります。那裡有觀光手冊。	ディズニーランド 名 迪士尼樂園 どう 副 如何 あそこ 名 那裡 観光 名 サ 觀光
★ 歩くには遠すぎます。走路去太遠了。	歩く 動 走路
★ 電車に乗るといいですよ。你應該搭電車去。	乗る 動 搭乘
★ 電車で何分ぐらいですか。搭電車去要多久？ ① 十五分ぐらいです。大約十五分鐘。	電車 名 電車 ～分 名 ～分鐘

（累積單字量 10452 個，慣用語量 457 個）

★★ 心斎橋への道をご存知ですか。 您知道心齋橋在哪裡嗎？ ＝ 心斎橋はどこにあるかご存知ですか。 ① すみませんが、分かりません。不好意思，我不知道。 ② お巡りさんに聞いてみたらどうですか。要不要問問看警察？	存知 名 サ 知道 分かる 動 知道 お巡りさん 名 警察 聞く 動 問
★★ 新宿御苑への行き方を教えて下さい。 可以告訴我怎麼到新宿御苑嗎？ ＝ 新宿御苑への道を教えて下さい。 ＝ 新宿御苑はどこにあるか教えて下さい。	行き方 名 去的方法 どこにあるか 慣 在哪裡 教える 動 告知
★ ホームページで詳しい地図をご覧いただけます。 從網頁可以看到詳細的地圖。	ホームページ 名 網頁
★ それが一番分かりやすいと思います。 那是最清楚不過的了。	一番 副 最
★ 宜しければ、メールで地図を送付致しましょうか。 要不要我傳送地圖到您的信箱？	地図 名 地圖 送付 名 サ 傳送
★ メールアドレスを教えていただけますか。 可以給我您的郵件地址嗎？	メールアドレス 名 郵件地址
★ そうですね。いいですか。 聽起來不錯，這樣好嗎？ ① もちろんです。沒問題的。 ② すぐにお送り致します。我馬上傳給您。	もちろん 名 副 當然 すぐに 副 馬上 送る 動 傳送
★★ すみませんが、この辺りは何というところですか。 請問這一帶是哪裡？ ① 日比谷です。日比谷。	この辺り 名 這一帶 何 名 什麼 ところ 名 地方
★ 銀座には遠いのですか。 離銀座很遠嗎？ ① いいえ、近いですよ。不會，很近啊！	遠い 形 很遠的 近い 形 很近的
★ 銀座のどこに行くのですか。 您要到銀座的哪裡？ ① 本屋です。書局。	行く 動 去 本屋 名 書局
★ 歩いて行けますよ。 走路可以到喔！	行ける 動 能到

★★ ご案内(あんない)しましょう。我跟您說怎麼去吧！ ① ありがとう。とても助(たす)かりました。 謝謝您，您幫了我一個大忙。	案内(あんない) 名 サ 引導 助(たす)かる 動 得到幫助
★ 心斎橋(しんさいばし)がどこかこの地図(ちず)で教(おし)えて下(くだ)さい。 請用這張地圖告訴我心齋橋在哪裡。 ① この辺(あた)りはよく知(し)りません。這一帶我不是很清楚。 ＝ この辺(あた)りは詳(くわ)しくありません。	地図(ちず) 名 地圖 よく 副 很 知(し)る 動 了解 詳(くわ)しい 形 詳細的
★ あの警官(けいかん)に聞(き)いたらどうですか。要不要問問那個警察？	警官(けいかん) 名 警察
★★ すみませんが、急(いそ)いでいます。非常抱歉，我在趕時間。	急(いそ)ぐ 動 趕緊
★ 誰(だれ)か他(ほか)の人(ひと)に聞(き)いてみましょう。要不要問問其他的人？ ＝ 誰(だれ)か他(ほか)の人(ひと)に聞(き)いてくださいませんか。	誰(だれ) 名 誰 他(ほか) 名 其他
★ この街(まち)の名前(なまえ)は何(なん)ですか。請問這條街叫什麼名字？	名前(なまえ) 名 名字
★ 次(つぎ)の街(まち)は遠(とお)いですか。請問下一條街會很遠嗎？	街(まち) 名 街
★★ 本屋(ほんや)さんを捜(さが)しています。我在找書局。	捜(さが)す 動 找
★★ 本屋(ほんや)さんはどこですか。請問書局在哪裡？	どこ 名 哪裡
★ 本屋(ほんや)さんへ行(い)く道(みち)はどれですか。請問到書局的路是哪一條？	どれ 代名 哪一～
★ 本屋(ほんや)さんへ行(い)くにはこの道(みち)ですか。請問到書局是走這條路嗎？	道(みち) 名 道路
★ これが一番(いちばん)速(はや)い行(い)き方(かた)ですか。請問這是最快的路嗎？	速(はや)い 形 快速的
★ まっすぐ行(い)くのですか。請問是直走嗎？	まっすぐ 副 筆直地
★ 右(みぎ)に曲(ま)がるのですか。請問是向右轉嗎？	曲(ま)がる 動 轉彎
★ 本屋(ほんや)さんへは、どのぐらい距離(きょり)がありますか。 請問到書局還有多遠？	どのぐらい 慣 多遠 距離(きょり) 名 距離

（累積單字量 10494 個，慣用語量 459 個）

★ 本屋さんまで、どのぐらい時間が掛かりますか。 請問到書局還要多久？ ① 池袋駅から徒歩十分ぐらいです。 從池袋車站走路大約十分鐘。 ＝ 池袋駅から歩いて十分ほどです。	本屋 名 書局 徒歩 名 サ 走路 歩く 動 走路 ほど 副助 左右
★ 道は分かりやすいですか。 道路容易辨認嗎？ ① B6 出口から出て下さい。 請從 B6 出口出去。 ② まっすぐ二ブロック進んで右に曲がって下さい。 直走兩個街區後向右轉。	～やすい 接尾 容易～ 出口 名 出口 ブロック 名 街區 進む 動 前進
★ そして、まっすぐ進んで二つ目の信号を右に曲がって下さい。 接著直走，在第二個紅綠燈右轉。	そして 接 接著 信号 名 紅綠燈
★ 一番分かりやすい建物はデパートです。 最醒目的建築物就是百貨公司。 ＝ 目印になるものはデパートです。	一番 副 最 建物 名 建築物 目印 名 目標，標的物
★ 通りを渡って下さい。 請穿越馬路。	渡る 動 穿越
★ デパートの向い側にあります。 書局在百貨公司的對面。	向い側 名 對面
★ 本屋さんはビルの二階になります。 書局在大樓的二樓。 ① その本屋さんは分かりにくいですよ。 那書局可真難找啊！	ビル 名 大樓 ～にくい 接尾 很難～
★★ すみませんが、この近くに郵便局はありますか。 請問這附近有郵局嗎？ ① 私もちょうど郵便局へ行きます。 我也恰好要去郵局。 ② そちらへお連れしましょう。 我帶你去吧！ ③ どうぞついて来て下さい。 請跟我來。	郵便局 名 郵局 も 接助 也 ちょうど 副 恰好 連れる 動 帶 来る 動 來
★ 部屋に忘れ物をしたのですが、取りに行ってもいいですか。 我把東西忘在房間裡了，我可以去拿嗎？ ① お部屋の番号は何番ですか。 您的房間號碼是幾號？	忘れ物 名 忘記 取る 動 拿取 番号 名 號碼

★★ 調べていただけますか。 請幫我查一下。 ① すぐにお調べ致します。 我馬上幫您查一下。	調べる 動 查詢 致す 補動 する的謙讓語
★★ 遺失物取扱所はどこですか。 請問失物招領處在哪裡？	取扱所 名 招領處
★ このお財布が落ちていました。 我撿到了這個錢包。 ① お届け下さり、ありがとうございます。 謝謝您送過來。 ② こちらの用紙にお名前をいただけるでしょうか。 請在這張紙上寫下您的大名好嗎？	財布 名 錢包 落ちる 動 掉落 届ける 動 送來 用紙 名 紙張
★ どこで拾われましたか。 您是在哪裡撿到的呢？ ① 二階のお手洗いで拾ったんです。 我是在二樓的洗手間撿到的。	拾う 動 撿到 手洗い 名 洗手間
★ お客様にご案内申し上げます。 各位來賓請注意。	案内 名 サ 引導
★ ご来場のお客様に落とし物のお知らせを致します。 請問有遺失物品的來賓嗎？	来場 名 サ 到場 落とし物 名 遺失物品
★ お財布をお預かりしております。 有人送來了一個錢包。	預かる 動 保管
★ お心当たりの方は、一階のインフォメーションまでお越し下さい。 如果有在找錢包的來賓，請您到一樓服務台來。	心当たり 名 頭緒，苗頭 インフォメーション 名 服務台
★ 先ほどお財布をお買い求めのお客様、レジにお戻り下さいませ。 剛剛買了錢包的顧客，請到櫃台來。	先ほど 副 剛剛 戻る 動 回到
★ 何か失くされましたか。 您遺失了什麼東西嗎？ ① スマートフォンを忘れたと思うのですが。 我的手機掉了。	スマートフォン 名 智慧型手機
★★ どのようなものでしたか。 是怎樣的手機呢？ ① 銀色のケースで、青いストラップがついています。 銀色外殼，有藍色吊飾。	どのような 連體 怎樣的 ケース 名 外殼 ストラップ 名 吊飾

★★ いつのことでしょうか。 是什麼時候掉的？ ① 昨日の夜頃のことだったでしょう。 我想大概是昨天晚上掉的吧！ ② お手洗いにスマートフォンを忘れたと思うのですが。 我想手機是掉在洗手間裡了。	いつ 名 何時 昨日 名 昨天 夜 名 晚上 頃 名 左右
★★ 確認してまいります。少々お待ち下さい。 我幫您確認一下，請稍待。	確認 名 サ 確認
★ 商品をお預かりしています。 您的手機在這裡。	商品 名 商品
★ こちらでお間違いないですか。 這是您的手機沒錯吧？ ① これです。ありがとうございます。 是我的手機沒錯，謝謝！	こちら 名 這個 間違う 動 錯誤
★ あいにくですが、そのような落とし物はございませんでした。 真抱歉，我們沒有拾獲那樣的手機。	あいにく 形動 抱歉 そのような 連體 那樣的
★ 届け出があり次第、ご連絡致します。 如果有人送過來，我們馬上通知您。	届け出 名 提交 連絡 名 サ 聯絡
★★ バッグを電車の中に忘れました。 我的包包掉在電車上了。 ① 三階に落とし物お預かり所がございます。 三樓有遺失物品的保管處。	～階 名 ～樓 預かり所 名 保管處
★ 子供が見当たらないのですが…。 我找不到我的小孩～。 ① 迷子をお探しの場合は迷子センターまでお越し下さい。 要找遺失的孩童，麻煩您到我們的兒童協尋中心。	見当たる 動 找到 迷子センター 名 兒童協尋中心
★ お子様のお名前、年齢、服装を教えていただけますか。 可以告訴我您小孩的姓名、年齡跟所穿著的服裝嗎？ ① 陳宜良という七才の子供で、黄色いTシャツを着ています。 他叫陳宜良，七歲，穿著一件黃色的T恤。	年齢 名 年齡 服装 名 服裝 黄色い 形 黃色的 着る 動 穿
★ すぐに係の者が呼び出します。 我們馬上幫您廣播。	呼び出す 動 呼叫
★ 放送は十五分間隔で流れます。 這廣播會每隔十五分鐘播放一次。	流れる 動 播放
★★ 見付かったら、連絡します。 找到後我們會聯絡您。	連絡 名 サ 聯絡
★ お子様が見付かりました。 您的小孩找到了。	見付かる 動 找到

★ うちの社員がお子様を発見しました。
某位員工發現了您的小孩。

社員 名 員工

★ どこで発見しましたか。 在哪裡發現的呢？

① 二階のエスカレーターの近くで発見しました。
在二樓的電扶梯附近發現的。

発見 名 サ 發現
エスカレーター 名 電扶梯
近く 名 附近

★ お子様を今、迷子センターでお預かりしております。
您的小孩目前暫時安置在兒童協尋中心。

今 名 副 目前
預かる 動 安置，寄放

★ お子様でしたら、先ほど迷子センターへお連れ致しました。
我剛剛已經將您的小孩帶到兒童協尋中心了。

先ほど 副 剛剛
連れる 動 帶

★ 一階のカウンターまでお子様を迎えにいらして下さい。
請到一樓櫃台接您的小孩。

① 見付かってよかった。ありがとうございます。
真高興找到他了，謝謝您！

カウンター 名 櫃台
お子様 名 您的小孩
迎える 動 接

★ 二度と迷子にならないように、お母さんにしっかり付いていて下さい。
你要緊跟着媽媽，不要再次走丟了喔！

しっかり 副 サ 牢靠地
付く 動 跟著

（累積單字量 10577 個，慣用語量 459 個）

Chapter 8

ショッピングについて

關於購物

Chapter 8 ショッピングについて 關於購物

Unit 01 ｜尋ねる 詢問

★☆ いらっしゃいませ。ようこそお越し下さいました。 歡迎光臨！歡迎到我們店裡來！	いらっしゃい 感 歡迎 ようこそ 感 歡迎
★☆ ご用件を承ります。有什麼可以為您服務的嗎？ ＝ ご用件を伺います。	承る 動 承接 用件 名 代辦事項
★☆ ご用があれば、お声をお掛け下さい。 有什麼可以為您服務的，請告訴我。 ＝ 何かございましたら、お知らせ下さい。	声を掛ける 慣 叫 知らせる 動 通知
★ 当店は初めてですか。您第一次到我們的店來嗎？	初めて 名 初次
★☆ どうぞごゆっくりご覧下さい。請您慢慢看。	ゆっくり 副 慢慢地
★☆ ご希望をお伺いしても宜しいですか。可以告訴我您的需求嗎？	希望 名 サ 希望
★☆ 何かお探しでしょうか。您在找什麼嗎？ ① 見ているだけです。我只是看看。 ② ジーンズを探しています。我在找牛仔褲。	探す 動 找 だけ 副助 僅僅 ジーンズ 名 牛仔褲
★★ どのような服をお探しでしょうか。您在找怎樣的衣服呢？ ① ワンピースを探しています。我在找連身裙。 ② ブラウスを探しています。我在找女用襯衫。	どのような 連體 怎樣的 ワンピース 名 連身裙 ブラウス 名 女用襯衫
★ スカートを探しています。我在找裙子。	スカート 名 裙子
★ ベストを探しています。我在找無袖背心。	ベスト 名 無袖背心
★☆ どういったものがお好みですか。您喜歡怎樣的？ ① デザインがシンプルなものがよいです。我喜歡樣式簡單的。	好み 名 喜歡 シンプル 形動 簡單
★★ ご希望のメーカーはございますか。有您想要的牌子嗎？	メーカー 名 廠商

（累積單字量 10596 個，慣用語量 460 個）

★★ どちらの製品(せいひん)がご希望(きぼう)でしょうか。 您想要哪裡做的東西？ ① 日本製(にほんせい)のものがよいですね。 我想要日本製的。	製品(せいひん) [名] 產品 よい [形] 好的
★ そちらでしたら多数(たすう)揃(そろ)えております。 那樣的我們有很多。	多数(たすう) [名] 許多
☆★★ ご案内(あんない)致(いた)します。 為您介紹。	案内(あんない) [名][サ] 引導
★ あなたのお気(き)に入(い)りのデザイナーは誰(だれ)ですか。 妳最喜歡的設計師是誰？ ① 川久保玲(かわくぼれい)です。 我最喜歡的是川久保玲。	気(き)に入(い)る [慣] 喜歡 デザイナー [名] 設計師 誰(だれ) [代名] 誰
★ どういったデザインのものをお探(さが)しですか。 您想要找什麼款式的？ ① 少(すこ)しカジュアルな感(かん)じがよいです。 我想要帶點休閒風的。	少(すこ)し [副] 稍微 カジュアル [形動] 休閒 感(かん)じ [名] 感覺
☆★★ お勧(すす)めは何(なん)ですか。 您有什麼推薦的嗎？ ① 私(わたし)どものお勧(すす)めはこちらです。 這是我們的推薦商品。 ② こちらは最新(さいしん)です。 這是最新的。	勧(すす)める [動] 推薦 私(わたし)ども [名] 我們 最新(さいしん) [名] 最新
★★ こちらは人気(にんき)ブランドです。 這件是受歡迎的品牌。	ブランド [名] 牌子
★★ こちらはとても人気(にんき)です。 這件賣得很好。	人気(にんき) [名] 人氣
★ 私(わたし)もこれを買(か)ったので、お勧(すす)めですよ。 這件我也有買，推薦給您。	買(か)う [動] 買
★ このシリーズは台湾(たいわん)から来(き)たお客様(きゃくさま)に人気(にんき)ですよ。 這系列很受台灣觀光客歡迎。	シリーズ [名] 系列 お客様(きゃくさま) [名] 顧客
★ このシリーズは多(おお)くの方(かた)にお喜(よろこ)び頂(いただ)いています。 這系列相當多人喜歡。	多(おお)く [名] 許多 喜(よろこ)ぶ [動] 喜歡
★ このシリーズは雑誌(ざっし)でも話題(わだい)になりました。 這系列在雜誌上也是熱門話題。	雑誌(ざっし) [名] 雜誌 話題(わだい) [名] 話題
★ このシリーズは期間限定(きかんげんてい)です。 這系列是限定商品。	限定(げんてい) [名][サ] 限定
★★ 何時(いつ)まで取(と)り扱(あつか)ってますか。 到什麼時候？ ① 今週(こんしゅう)の週末(しゅうまつ)まで取(と)り扱(あつか)っております。 到這週週末。	取(と)り扱(あつか)う [動] 辦理 週末(しゅうまつ) [名] 週末

（累積單字量10620個，慣用語量461個）

★★ こちらが一番人気です。 這是賣得最好的。 ＝ こちらが一番売れています。	一番 副 最 売れる 動 賣得好
★ 何故そちらが人気なのですか。 為什麼賣得最好？ ① 人気の理由は素材が良いし、安いからです。因為材質好又便宜。	何故 副 為什麼 素材 名 材質
★ こちらは一点ものになります。 這只有一件。	~点 名 ~件
★★ こちらが最後の一点です。 這是最後一件了。	最後 名 最後
★ ワゴンの中は全てセール品です。 推車內的全部都是拍賣品。	セール品 名 拍賣品
★ この中からお選び頂けます。 您可以從這當中挑選。	選ぶ 動 挑選
★ まとめてご購入される場合は値引き致します。 一起買的話會打折。	購入 名 サ 購入 値引き 名 サ 打折
★ どれでも三点で二千円です。 任選三件兩千日圓。	~円 名 ~日圓
★ セールは明日までとなっております。 拍賣到明天為止。	明日 名 明天
★ 大量購入の場合は割引致します。 大量購買的話會有折扣。	割引 名 サ 打折
☆☆ 気になるものはございましたか。 有沒有喜歡的？	気になる 慣 喜歡
☆☆ どちらがお好みですか。 您喜歡哪一件？ ① このデザインが好きです。我喜歡這個款式。	好む 名 喜歡 デザイン 名 設計
★★ このデザインは私に合いますか。 這個款式適合我嗎？ ① きっとお客様にお似合いです。這一定適合您的。	合う 動 適合 似合う 動 適合
☆☆ お気に召しましたか。 您喜歡嗎？ ① 地味過ぎますか。會不會太素了？	気に召す 慣 喜歡 地味 形動 樸素
★ 派手過ぎますか。 會不會太花俏了？ ① ええ、私も派手過ぎると思います。嗯！我也認為太花俏了。	派手 形動 花俏 思う 動 認為

（累積單字量 10640 個，慣用語量 463 個）

★ シャツを探しているのですが。 我在找襯衫。 ① お好みの素材はございますか。 有您喜歡的材質嗎？ ② デザインと素材ではどちらを重視されますか。 您重視款式還是材質？	シャツ 名 襯衫 素材 名 材質 重視 名 サ 重視
★★ このシャツを見せて下さい。 請讓我看一下這件襯衫。 ① 畏まりました。どうぞ。 當然可以，請看。	見せる 動 讓～看 畏まる 動 遵命
★★ この素材は何ですか。 這是什麼材質的？ ① シルク 100 % でございます。 這是百分之百純絲的。	シルク 名 絲 100 % 名 百分之百
★ 洗濯機で洗えますか。 可以用洗衣機洗嗎？ ① お洗濯される際は、手洗いをお勧め致します。 清洗時，建議您用手洗。	洗濯機 名 洗衣機 手洗い 名 サ 手洗
★★ お好みの柄はございますか。 有您喜歡的花樣嗎？ ① 可愛いデザインのものが好きです。 我喜歡可愛的款式。	柄 名 花樣 可愛い 形 可愛的
★★ こちらは如何でしょう。 這件怎麼樣？ ① ちょっと考えてみます。 我考慮一下。 ② もっと華やかなものがいいですね。 我想要更華麗的。	ちょっと 副 一下子 考える 動 考慮 華やか 形動 華麗
★ このセーターは如何でしょう。 這件毛衣怎麼樣？	如何 副 如何
★ こちらはモンゴル産のカシミアを使用しております。 這毛衣使用蒙古的喀什米爾羊毛。	モンゴル産 名 蒙古產 使用 名 サ 使用
★ 別の色がありますか。 這有其他顏色嗎？ ＝ 他の色がありますか。	別 名 其他 他 名 其他
★ ピンク色は私に似合わないと思いますね。 我認為粉紅色不適合我。	ピンク色 名 粉紅色 似合う 動 適合
★ 色違いをご覧になりますか。 要看看其他顏色嗎？	色違い 名 不同顏色
★ もっと暗い色のほうがお好きですか。 您喜歡暗沉一點的顏色嗎？	暗い 形 暗沉的
★★ お好みの色はございますか。 有您喜歡的顏色嗎？	色 名 顏色

8 ショッピングについて 關於購物

（累積單字量 10664 個，慣用語量 463 個）

★ もっと鮮やかな色が宜しいですか。鮮豔一點的顏色如何？ ① 赤色がいいですね。我喜歡紅色。	鮮やか 形動 鮮豔 宜しい 形 可以的
★ 在庫を確認してまいります。我幫您確認一下還有沒有庫存。	確認 名 サ 確認
★★ すぐに戻ります。我馬上回來。	戻る 動 回來
★ 赤色の商品でしたら、在庫がございます。紅色的話，還有庫存。	商品 名 商品
★★ もう少しで完売になります。就快賣完了。 ＝ まもなく品切れです。	もう少し 副 再稍微 完売 名 サ 賣完
★ 在庫が一枚しかありません。庫存只剩下一件了。	～枚 名 ～件
★★ すぐにお持ち致します。我馬上幫您拿紅色的來。 ＝ すぐに同じセーターの赤をお持ち致します。	同じ 形動 一樣的 赤 名 紅色
★★ 申し訳ございませんが、当店では取り扱っておりません。 非常抱歉，本店沒有賣紅色的。	申し訳 名 抱歉 当店 名 本店
★★ 申し訳ございません。赤色の商品は品切れでございます。 抱歉，紅色的已經賣完了。	赤色 名 紅色 品切れ 名 斷貨
★ 似ている商品ならございますが、如何ですか。 有類似的商品，您要參考看看嗎？	似る 動 類似 如何 副 如何
★ 何日かお待ちいただければ、お取り寄せが可能です。 不急的話，我們可以幫您訂貨。	取り寄せ 名 訂貨 可能 形動 可能
★ 今週の金曜日には入荷が可能です。這週五有可能會到貨。	金曜日 名 週五
★ 入荷次第、すぐにお届け致しましょうか。 到貨的話，馬上寄給您好嗎？	入荷 名 サ 進貨 届ける 動 送達
★ 他店に在庫を問い合わせてみます。我幫您詢問其他店有沒有庫存。 ① ぜひお願いします。麻煩您了。	他店 名 其他店 問い合わせる 動 查詢
★ 忠孝店に在庫がございました。忠孝店還有庫存。	在庫 名 庫存

（累積單字量 10688 個，慣用語量 463 個）

★ こちらは在庫が切れていますが、ネットショップでご購入できます。 本店已經沒有庫存了，您可以上網購買。	切れる 動 斷貨 ネットショップ 名 網路店
★ 宜しければ、ほかのものもご案内させていただきます。 我可以推薦您其他的商品嗎？	宜しい 形 可以的 案内 名 サ 引導
★ こちらもお客様のご希望にぴったりですよ。 這也符合您的需求喔！	希望 名 サ 希望 ぴったり 副 恰好
★ こちらでしたら大丈夫だと思います。 我想這件應該沒問題的。	大丈夫 形動 不要緊
★ そちらより、こちらをお勧めします。 比起那件，我更推薦這件。	勧める 動 推薦
★★ こちらのほうがお買い得です。 這件很划算喔！ ＝ こちらのほうがお買い得品です。	買い得 名 划算 買い得品 名 划算的東西
★ コートで違う形のものはありますか。 外套有沒有不同款式的？	形 名 款式
★ どのようなコートをお探しでいらっしゃいますか。 您要找怎樣的外套呢？ ① 少しフォーマルな感じがいいです。 最好是有點正式的款式。	どのような 連體 怎樣的 コート 名 外套 フォーマル 形動 正式
★★ それでは、こちらは如何でしょう。 那這件怎麼樣？	それでは 接 那麼
★ お客様にお似合いになると思います。 我認為這件很適合您。	似合い 名 適合
★★ それはよさそうですね。 看起來很不錯耶！	そうだ 助動 看起來
★★ ありがとうございます。これにします。 謝謝！我要這件。	ありがとう 感 謝謝
★ ドライクリーニングしなければなりませんか。 需要乾洗嗎？ ① お洗濯される際は、ドライクリーニングするようにして下さい。 清洗時請用乾洗。	ドライクリーニング 名 サ 乾洗 洗濯 名 サ 洗衣服

Unit 02｜試着 試穿

★★ 一度ご覧になりますか。 您要看一下嗎？

一度 名 副 一次

★ ぜひお手に取って、ご覧下さい。 請您拿起來看看。

取る 動 拿

★ このジャケット、ちょっと羽織ってみてもいいですか。
這件夾克可以套套看嗎？

① どうぞ、羽織ってみて下さい。
可以，請您務必試套一下。

ジャケット 名 夾克
ちょっと 副 一下子
羽織る 動 披上

★ この帽子、ちょっと被ってみてもいいですか。
這個帽子可以戴戴看嗎？

① はい、どうぞ被ってみて下さい。可以，請您務必試戴一下。

帽子 名 帽子
被る 動 戴
下さい 補動 請～

★ このネックレス、ちょっとつけてみてもいいですか。
這個項鍊可以配戴看看嗎？

① はい、どうぞつけてみて下さい。可以，請您務必試戴一下。

ネックレス 名 項鍊
ちょっと 副 稍微
つける 動 配戴

★ このセーター、ちょっと触ってみてもいいですか。
這件毛衣可以摸摸看嗎？

① はい、どうぞ触ってみて下さい。可以，請您務必試摸一下。

セーター 名 毛衣
触る 動 摸

☆☆ これ、試着できますか。 這可以試穿嗎？

① もちろんです。どうぞお試し下さい。
當然可以，請您務必試穿一下。

② 申し訳ございません。白いＴシャツのご試着はご遠慮下さい。
不好意思，白色Ｔ恤不能試穿。

もちろん 副 當然
試す 動 嘗試
Ｔシャツ 名 Ｔ恤
遠慮 名 サ 謝絕

★★ 私に合うサイズはありますか。 有我的尺寸嗎？

① サイズは三種類ございます。 有三種尺寸。

② どのぐらいのサイズをご希望ですか。 您想要什麼尺寸？

＝ 大きさはどのぐらいをご希望ですか。

私 名 我
合う 動 適合
種類 名 種類
大きさ 名 大小

（累積單字量 10729 個，慣用語量 463 個）

★★ サイズを伺(うかが)っても宜(よろ)しいでしょうか。 請問您穿什麼尺寸？ ① サイズはMだと思(おも)います。 我認為我的尺寸是M號。 ② 正確(せいかく)なサイズが分(わ)かりません。 我不清楚正確的尺寸。	伺(うかが)う 動 詢問 正確(せいかく) 形動 正確 分(わ)かる 動 知道
★★ サイズを測(はか)りましょうか。 要幫您量尺寸嗎？ ① はい、お願(ねが)いします。 好的，麻煩您了。	測(はか)る 動 測量 願(ねが)う 動 拜託
★ 黒(くろ)いのはありませんか。 有黑色的嗎？ ① 白(しろ)、赤(あか)、黒(くろ)の三色(さんしょく)ございます。 有白、紅、黑三種顏色。 ① 申(もう)し訳(わけ)ありません。この色(いろ)だけです。 很抱歉，只有這種顏色。	黒(くろ)い 形 黑色的 白(しろ) 名 白色 黒(くろ) 名 黑色
☆☆ ご試着(しちゃく)なさいますか。 您要試穿嗎？ ＝ お試(ため)しになりますか。	試着(しちゃく) 名 サ 試穿 なさる 動 する的尊敬語
☆☆ 試着室(しちゃくしつ)はどこですか。 試衣間在哪裡？ ① 試着室(しちゃくしつ)はあちらです。 試衣間在那邊。 ② あちらでお試(ため)しいただけます。 可以在那邊試穿。	試着室(しちゃくしつ) 名 試衣間 あちら 名 那裡 で 格助 在～
★ 試着室(しちゃくしつ)には三点(さんてん)まで持(も)って入(はい)れます。 一次最多可以試穿三件。	入(はい)れる 動 能進入
☆☆ どうぞお試(ため)し下(くだ)さい。 請試穿。 ＝ どうぞ試着(しちゃく)して下(くだ)さい。	試(ため)す 動 嘗試 下(くだ)さい 補動 請～
☆☆ ごゆっくりどうぞ。 請慢慢來。	ゆっくり 副 慢慢地
★ 鏡(かがみ)をお使(つか)い下(くだ)さい。 請照鏡子。 ＝ 鏡(かがみ)の前(まえ)で合(あ)わせて見(み)て下(くだ)さい。	鏡(かがみ) 名 鏡子 前(まえ) 名 前面
☆☆ 如何(いかが)でしょうか。 穿起來如何？ ① ちょうどいいです。 尺寸剛剛好。 ② 大丈夫(だいじょうぶ)だと思(おも)います。 我想應該沒問題。	ちょうどいい 慣 剛剛好 大丈夫(だいじょうぶ) 形動 不要緊 思(おも)う 動 認為
★★ サイズが合(あ)いません。 尺寸不合。	合(あ)う 動 符合
★ 私(わたし)には大(おお)き過(す)ぎます。 對我來說太大了。	大(おお)きい 形 大的

8 ショッピングについて 關於購物

★ 私には小さ過ぎます。對我來說太小了。	小さい 形 小的
★ 私には長過ぎます。對我來說太長了。	長い 形 長的
★ 私には短過ぎます。對我來說太短了。	短い 形 短的
★★ 他のサイズはありますか。有其他尺寸的嗎？ ① このサイズしかありません。我們只有這個尺寸。 ② 他のサイズもございます。我們還有其他的尺寸。	他 名 其他 しか 副助 僅僅 も 副助 也
★★ もっと大きいサイズはありますか。有大一號的嗎？ ① サイズはＭしか残っておりません。只剩下Ｍ號的了。 ② こちらは大きなサイズもございます。這件我們還有較大的尺寸。	サイズ 名 尺寸 残る 動 剩餘 大きな 形動 大的
★ 今店頭に出ているだけになります。我們有的都在架上了。	店頭 名 門市
★★ 申し訳ありません。こちらの商品は売り切れております。 抱歉，這件已經賣完了。	商品 名 商品 売り切れる 動 賣完
★ サイズはＳからＬまでございます。尺寸從Ｓ到Ｌ都有。	から 格助 從～開始
★★ もう一つ上のサイズをお持ち致しましょうか。 要幫您拿大一號的來嗎？	一つ 名 一個 持つ 動 拿
★ 今Ｌサイズをお探し致しますので、少々お待ちいただけますか。我去幫您找一下Ｌ號，請您稍等一下好嗎？	今 副 現在 探す 動 找
★★ サイズを直してもらえますか。大小可以修改嗎？ ① はい、どのように直しましょうか。可以，您要怎麼改？	直す 動 修改 どのように 副 怎樣地
★★ 丈を直していただけますか。長度可以改嗎？ ① はい、お直しできますよ。可以，長度可以修改。	丈 名 長度 よ 終助 表示強調
★ 丈を詰められますか。長度可以改短一點嗎？	詰める 動 縮短
★ 長さを少し短くして下さい。請把長度改短一點。	長さ 名 長度

（累積單字量 10775 個，慣用語量 464 個）

★ 袖の長さを直してほしいです。 請幫我改一下袖子的長度。	袖 [名] 袖子
★★ 何時出来ますか。 什麼時候可以改好？ ① 一時間以内に出来ると思います。 我想一個小時之內可以改好。 ② お直しは来週の月曜日にできます。 下週一可以改好。	以内 [名] 以內 出来る [動] 完成 来週 [名] 下週
★★ ほかのデザインのものはないですか。 沒有其他款式嗎？ ① それでは、こちらは如何でしょうか。 那這件如何？	ほか [名] 其他 それでは [接] 那麼
★★ こちらも人気ですよ。 這件也賣得很好喔！ ① この商品が欲しいのですが。 嗯！我想要這一件。	人気 [名] 人氣 欲しい [形] 想要的
★ どんな靴が宜しいでしょう。 您想要怎麼樣的鞋子？ ① 丈夫なのがいいです。 我要堅固的。 ② ぴかぴかのがいいです。 我要亮面的。	靴 [名] 鞋子 丈夫 [形動] 堅固 ぴかぴか [形動] 閃亮
★ ヒールが高いのがいいです。 我要鞋跟高的。	高い [形] 高的
★ ヒールが低いのがいいです。 我要鞋跟低的。	低い [形] 低的
★ 白いのがいいです。 我要白色的。	白い [形] 白的
★ 黒いのがいいです。 我要黑色的。	黒い [形] 黑的
★ 茶色いのがいいです。 我要咖啡色的。	茶色い [形] 咖啡色的
☆☆ どちらをご覧になりますか。 您想看哪一雙？ ① あの靴を試したいのですが。 我想試穿那雙鞋子。 ② あの靴を試着してもいいですか。 我可以試穿那雙鞋子嗎？	ご覧になる [慣] 看 あの [連體] 那～ たい [助動] 想～
☆☆ サイズはおいくつですか。 請問您穿幾號？ ① 五と二分の一です。 五號半。 ② 日本のサイズでは二十三センチです。 日本尺寸的 23 公分。	いくつ [名] 幾號 二分の一 [名] 二分之一 センチ [名] 公分

8 ショッピングについて 關於購物

（累積單字量 10796 個，慣用語量 465 個）

★ サイズを見(み)るため、こちらをお試(ため)しになっていただけますか。 請您試穿這雙，看看尺寸是否合適？	見(み)る 動 看 ~ため 名 為了~
★★ サイズは大丈夫(だいじょうぶ)ですか。大小可以嗎？	大丈夫(だいじょうぶ) 形動 不要緊
★ ちょっと緩(ゆる)いです。有點鬆。	緩(ゆる)い 形 鬆的
★ 私(わたし)には緩過(ゆるす)ぎます。對我來説太鬆了。 ① 中敷(なかじ)きを入(い)れましょうか。要不要放入鞋墊？	私(わたし) 名 我 中敷(なかじ)き 名 鞋墊
★ ちょっときついです。有點緊。	きつい 形 緊的
★ 私(わたし)にはきつ過(す)ぎます。對我來説太緊了。	~過(す)ぎる 接尾 過於~
★ ここがちょっと当(あ)たります。這裡會頂到。 ① 二十三点五(にじゅうさんてんご)センチのをお試(ため)しになりますか。 要不要試試二十三號半的？	ここ 名 這裡 当(あ)たる 動 撞上 か 終助 表示疑問
★ もう少(すこ)し柔(やわ)らかいのはないですか。有沒有軟一點的？	柔(やわ)らかい 形 柔軟的
★ ヒールが高過(たかす)ぎます。鞋跟太高了。	高過(たかす)ぎる 動 太高
★ ヒールが低過(ひくす)ぎます。鞋跟太低了。	低過(ひくす)ぎる 動 太低
★ こちらは二十三点五(にじゅうさんてんご)センチのです。どうぞ履(は)いてみて下(くだ)さい。 這是二十三號半的，請試穿看看。	履(は)く 動 穿 下(くだ)さい 補動 請~
★ ちょっと歩(ある)いてみて下(くだ)さい。請走走看。 ① ちょうどいい感(かん)じです。穿起來感覺剛剛好。 ② 歩(ある)きやすいですね。蠻好走的嘛！	歩(ある)く 動 走路 感(かん)じ 名 感覺 ~やすい 接尾 容易~
★ とてもエレガントですね！看起來好優雅喔！	エレガント 形動 優雅
★ これは本当(ほんとう)に軽(かる)いですね。這鞋真的很輕耶！	本当(ほんとう)に 副 真的
★ 丈夫(じょうぶ)そうですね！蠻耐穿的樣子嘛！	丈夫(じょうぶ) 形動 耐穿

（累積單字量 10818 個，慣用語量 465 個）

★★ これに決めました。我決定買這一雙。	決める 動 決定

Unit 03 ｜価格の交渉、配送 殺價、配送

★★ いま安売をしていますか。現在是否在大拍賣呢？ ＝ いま特売ですか。	安売 名 サ 拍賣 特売 名 サ 特賣
★★ 割引はありますか。有打折嗎？	割引 名 サ 打折
★★ 値引してもらえませんか。可以幫我打折嗎？ ① はい、いいですよ。好的。 ② 難しいですね。恐怕不行。	値引 名 サ 打折 もらえる 動 能領受 難しい 形 困難的
★ 一割引きだけですか。只有打九折嗎？	一割引き 名 サ 打九折
★★ もう少し安いものはありますか。還有更便宜的嗎？ ① これでぎりぎりの値段なんですよ。這是最低的價格了。	ぎりぎり 形動 極限 値段 名 價錢
★★ 二つ買ったら、割引してもらえますか。 買兩個的話，可以打折嗎？ ① 申し訳ございませんが、これ以上は値引きできません。 非常抱歉，這已經是最優惠的價格了。	二つ 名 兩個 買う 動 買 以上 名 以上
★ これは 10 ％ 引かれた後の値段ですか。 這是打九折之後的價錢嗎？	引く 動 減去 後 名 之後
★★ この商品の特価セールはいつまでですか。 這個商品的特價拍賣到什麼時候為止？	特価セール 名 特價拍賣 いつ 名 何時
★ 五つ買ったら、いくらになりますか。 如果買五個的話，可以算我多少？ ① 五つ買うと、二割引きになります。買五個的話，可以打八折。	いくら 名 多少 五つ 名 五個 二割引き 名 サ 打八折

★★ とってもお買い得ですよ。很划算的價格喔！	買い得 名 划算
★★ 今買うと、お得です。現在買很划算。	お得 形動 划算
★ 免税で買えますか。我可以用免稅的價格買嗎？ ① 申し訳ございませんが、当店では免税は出来ません。 非常抱歉，本店無法免稅。	免税 名 免稅 買える 動 能買 当店 名 本店
☆ おまけして下さい。請算我便宜。 ① 会員カードはお持ちですか。您有會員卡嗎？	まける 動 少算 会員カード 名 會員卡
☆ 少しまけて欲しいんですが。希望你算我便宜一點。 ① 無理です。既に割引になっていますから。沒辦法，這已經打折了。	無理 形動 勉強 既に 副 已經
☆ もう少しまけてもらえませんか。不能算便宜一點嗎？ = もう少し安くしてもらえませんか。 = もう少し安くなりませんか。 ① 申し訳ございませんが、致しかねます。 非常抱歉，實在沒辦法。	もう 副 再 安い 形 便宜的 少し 副 稍微 致しかねる 動 為難
★ それなら、いりません。那麼就不需要了。	それなら 接 那麼
★ 予算が足りません。預算不足。	足りる 動 足夠
★ 予算オーバーです。超出預算了。 = 予算を超えてしまいました。	オーバー 名 サ 超過 超える 動 超過
★★ 少し高いです。有一點貴。 = ちょっと高いです。	高い 形 貴的 ちょっと 副 有點
★ 手が出ません。買不下手。	手が出る 慣 下手
★ 高過ぎるので、やめておきます。太貴了，我不買了。	やめる 動 放棄
★ 私には高過ぎます。對我來說太貴了。	高過ぎる 動 太貴

（累積單字量 10859 個，慣用語量 466 個）

★★ 予算はどれぐらいですか。 您的預算是多少？ ① 二万円なら買います。 兩萬日圓就買。 ② 二万円以内の物がいいです。 最好是兩萬日圓以內的東西。	予算 名 サ 預算 買う 動 買 以内 名 以內
★ もう少しお手頃なものが宜しいですか。 要不要看看不那麼高價的？	宜しい 形 可以的
★ バーゲンまで待ちます。 我要等到拍賣。	バーゲン 名 サ 拍賣
★★ また来ます。 我會再來。	来る 動 來
★★ 分かりました。勉強させていただきます。 好啦！那就算便宜一點給你啦！	分かる 動 了解 勉強 名 サ 虧本賣，便宜賣
★ 値段が手頃ですか。 價錢合理嗎？ ① 手頃な値段ですね。 很合理的價錢。 ＝ 丁度いい値段ですね。 ② 予算の範囲内です。 在我的預算內。	値段 名 價錢 手頃 形動 合理 丁度 副 剛好 範囲 名 範圍
★ この中は冷凍品です。 這裡面是冷凍品。 ① 郵送はできますか。 可以幫我寄送嗎？ ＝ 郵送していただけますか。 ② この住所に配送してもらえますか。 可以送到這個地址嗎？	中 名 裡面 冷凍品 名 冷凍品 郵送 名 サ 郵寄 住所 名 地址
★★ 家まで届けていただけますか。 能幫我送到家嗎？ ＝ 自宅まで届けてもらえますか。 ① 畏まりました。市内は無料で配送できます。 當然可以，市內幫您免費配送。	家 名 家裡 届ける 動 送達 自宅 名 自己家 市内 名 市內
★ 市外への配送は有料でございます。 配送到市外的話，要收費。	有料 名 要收費
★ 配送サービスはございません。 我們沒有配送服務。	配送サービス 名 配送服務
★ 台湾へ送ってもらうことはできますか。 可以寄到台灣嗎？ ① 海外への配送は致しかねます。 無法寄送到海外。	送る 動 寄送 海外 名 海外

（累積單字量 10833 個，慣用語量 466 個）

★ 郵送はいつになりますか。什麼時候會配送？ ＝ いつ発送していただけますか。 ① 配達希望の時間帯はありますか。您有希望的送達時間嗎？	発送 名 サ 配送 配達 名 サ 配送 時間帯 名 時間帯
★ 何日ぐらい掛かりますか。大概要幾天左右？ ① 三日ぐらい掛かります。大概要花三天的時間。	何日 名 幾天 掛かる 動 花費
★ 時間指定ができますか。可以指定時間嗎？ ① はい、指定できます。可以指定時間。	時間 名 時間 指定 名 サ 指定
★ 配送日のご指定はございますか。您要指定收到的日期嗎？ ① 二月二十二日に配送してほしいです。我希望在二月二十二日收到。	配送日 名 配送日 配送 名 サ 配送
★★ 郵送料はいくらですか。運費是多少？ ① 郵送料をお調べ致します。我幫您查一下運費。 ② 郵送料は三千円です。運費是三千日幣。	郵送料 名 運費 調べる 動 查詢 ～円 名 ～日圓
★★ 代金着払いでお願いします。請用貨到付款。	着払い 名 貨到付款
★ お客様のお名前、ご住所、お電話番号をお教えいただけますか。請告知您的姓名、住址跟電話。	名前 名 名字 電話番号 名 電話號碼
★ こちらがお客様の伝票の控えです。這是您的單據。	控え 名 單據
★ 配送前にお電話を差し上げます。送達之前會致電給您。 ① 分かりました。ありがとうございました。了解了，謝謝！	電話 名 サ 電話 差し上げる 動 給
★★ 全部でおいくらですか。全部加起來多少錢？ ① 三万円に税金が付きます。含稅三萬元。	全部 名 全部 税金 名 税金
★★ 内税ですか。含稅嗎？ ＝ 税込みですか。 ＝ 税金は含まれていますか。	内税 名 含稅 税込み 名 含稅 含む 動 包含

（累積單字量10906個，慣用語量466個）

★ 税別(ぜいべつ)ですか。 税另計嗎？	税別(ぜいべつ) 名 不含税
★ お支払(しはら)いはどうなさいますか。 您要怎麼付款？ = お支払(しはら)い方法(ほうほう)は如何(いかが)致(いた)しますか。	支払(しはら)い 名 支付 方法(ほうほう) 名 方法
★ お支払(しはら)いは現金(げんきん)ですか、クレジットカードですか。 您要付現還是刷卡？ ① 現金(げんきん)で払(はら)います。付現金。 ② クレジットカードでお願(ねが)いします。我要用信用卡付款。	現金(げんきん) 名 現金 払(はら)う 動 支付 クレジットカード 名 信用卡
★ 台湾(たいわん)ドルの現金(げんきん)があと少(すこ)ししかありません。 我的台幣剩下不多了。	台湾(たいわん)ドル 名 台幣 少(すこ)し 副 一點點
★ 台湾(たいわん)ドルの現金(げんきん)は殆(ほとん)ど使(つか)ってしまいました。 我的台幣差不多都花完了。	殆(ほとん)ど 副 大部分 使(つか)う 動 使用
★ ドルで支払(しはら)えますか。 可以付美金嗎？	支払(しはら)える 動 支付
★ このカードは使(つか)えますか。 可以使用這張卡嗎？	使(つか)える 動 能使用
★★ 分割(ぶんかつ)で払(はら)うことができますか。 能分期付款嗎？ = 分割払(ぶんかつばら)いでお願(ねが)いできますか。 ① 申(もう)し訳(わけ)ありません。分割払(ぶんかつばら)いはしておりません。 非常抱歉，我們沒有用分期付款的。	分割(ぶんかつ) 名 分期付款 できる 動 能夠 で 格助 表示方法 願(ねが)う 動 拜託 申(もう)し訳(わけ) 名 抱歉
★ 分割払(ぶんかつばら)いもございます。 也可以分期付款。	分割払(ぶんかつばら)い 名 分期付款
★ 一括払(いっかつばら)いしかできません。 只能一次付清。	一括払(いっかつばら)い 名 一次付清
★ 一括(いっかつ)でお願(ねが)いします。 麻煩您一次付清。	一括(いっかつ) 名 一次付清
★★ レシートはありますか。 有收據嗎？	レシート 名 收據
★★ 領収書(りょうしゅうしょ)をいただけますか。 可以給我收據嗎？	領収書(りょうしゅうしょ) 名 收據
★ 宛名(あてな)は何(なん)とお書(か)き致(いた)しましょうか。請問收據抬頭要寫上什麼大名呢？ ① 川上美弘(かわかみみひろ)でお願(ねが)いします。請寫上川上美弘。	宛名(あてな) 名 收據抬頭 書(か)く 動 寫

（累積單字量 10930 個，慣用語量 466 個）

★ 綴りを確認するために、こちらに書いていただけますか。 為了確認拼音，麻煩您寫在這裡好嗎？	綴り 名 拼音 確認 名 サ 確認
★ 領収書に何か但し書きは必要ですか。 收據上要特別註明什麼嗎？ ＝ 但し書きは何に致しますか。 ① 品代でお願いします。 請寫上商品費。 ② 備品でお願いします。 請寫上辦公配備。	必要 形動 需要 但し書き 名 但書 品代 名 商品費 備品 名 辦公配備
★★ これがレシートでございます。 這是您的收據。 ＝ こちらが領収書でございます。	レシート 名 收據 こちら 名 這個
★★ こちらが保証書でございます。 這是您的保證書。	保証書 名 保證書
★ 税金払い戻しの手続きを教えて下さい。 請教我如何辦理退稅。	手続き 名 手續
★ 税金払い戻しのための書類を作って下さい。 請幫我做退稅文件。	書類 名 文件

Unit 04 ｜スーパーで 在超市

★ 食料品を買いに行かなくちゃ。 我得去買一些食品雜貨。	食料品 名 食品雜貨
★ 普段、どこで食料品を買いますか。 你平常都在哪裡買？ ① 大抵スーパーへ行きます。 我幾乎都去超市買。 ② 家の近くの売店で買います。 我在住家附近的小商店買。	普段 副 平常 大抵 副 大部分 売店 名 小商店
★ 週に二回スーパーへ行きます。 我一週去兩次超市。 ＝ スーパーへ行くのは週に二回です。	週に 副 一週 行く 動 去
★ 週末に一週間分の食料品を買います。 我在週末採買一週份量的食品雜貨。	週末 名 週末 一週間分 慣 一週份量

（累積單字量 10948 個，慣用語量 467 個）

★ 買い物かごを持ってスーパーの中をゆっくり歩いて見て回る。 我拿著購物籃在超市慢慢逛。	買い物かご 名 購物籃 持つ 動 拿
★ どのスーパーもオリジナル商品があります。 每家超市都有獨特商品。	どの 連體 哪～ オリジナル 形動 獨特
★ このスーパーは品数がとても豊富だ。 這家超市的商品數量很豐富。	品数 名 商品數量
★ このスーパーでは、とても新鮮な野菜と果物を取り扱っています。 這家超市供應很新鮮的蔬菜水果。	新鮮 形動 新鮮 野菜 名 蔬菜
★★ すみません…。 請問～。 ① はい、何でしょうか。是的，有什麼我可以為您服務的嗎？ ＝ はい、何かご用でしょうか。	すみません 感 抱歉 何 名 什麼 ご用 名 代辦事項
★★ 果物が欲しいんですが、今何が美味しいですか。 我想買水果，現在有什麼好吃的嗎？ ① スターフルーツはどうですか。 楊桃怎麼樣？	果物 名 水果 欲しい 形 想要的 美味しい 形 好吃的
★★ どんな味ですか。 吃起來是什麼味道呢？ ① ちょっと酸っぱくて、サクサクして、香りもいいですよ。 有點酸酸脆脆的，味道也很香喔！	味 名 味道 酸っぱい 形 酸的 香り 名 香味
★ そうですか。じゃあ、ちょっと食べてみます。 這樣啊！那我就吃吃看吧！	じゃあ 接 那麼 食べる 動 吃
★ 五つ下さい。 請給我五顆。 ① はい、毎度ありがとうございます。 好的，謝謝您常來光顧。 ② ここにかごがあります。ご利用下さい。 這裡有籃子，請多加利用。	五つ 名 五顆 毎度 副 每次 利用 名 サ 利用
★★ 今日は何が特売なのかしら？ 今天的特價品是什麼？ ① 肉類は今、タイムサービスよ。 肉類現在在限時特賣中啊！	特売 名 サ 特賣 肉類 名 肉類
★ 今日は何でも安いですよ。 今天什麼都很便宜喔！	今日 名 今天
★ 広告をチェックしよう。 看看傳單吧！	広告 名 廣告

（累積單字量10973個，慣用語量467個）

★★ 肉売り場はどこですか。請問肉品部門在哪裡？ ① 四番通路にあります。在第四條走道上。	売り場 名 賣場 通路 名 走道
★ このソーセージ、割引はありますか。這香腸有打折嗎？ ① このソーセージは四割引きだ。這香腸打六折。	割引 名 サ 打折 四割引 名 サ 打六折
★ このソーセージは何時までもちますか。這香腸可以放多久？ ① 二カ月間もちますよ。可以放兩個月喔！ ② 冷凍室で保存して下さい。請放在冰庫內保存。	何時 名 何時 冷凍室 名 冰庫 保存 名 サ 保存
★ 豚ロースの塊りを下さい。請給我一塊里肌肉。	豚ロース 名 里肌肉
★ スモークハムを一本下さい。我要一條煙燻火腿。	～本 名 ～條
★ 合いびき肉を五百グラムお願いします。 我要五百克的（豬跟牛的）混和絞肉。	合いびき肉 名 絞肉 グラム 名 公克
★ 煮込み用の牛肉を六百グラム下さい。我要六百克燉煮用的牛肉。	煮込み 名 燉煮
★ 鶏むね肉一ポンド下さい。我要一磅的雞胸肉。	鶏むね肉 名 雞胸肉
★ 骨と皮は取って下さい。請將皮和骨頭去除。	骨 名 骨頭
★ バラ肉はありませんか。沒有五花肉嗎？ ① 少々お待ち下さい。在庫を調べてきます。請等一下，我查一下庫存。	バラ肉 名 五花肉 在庫 名 庫存
★★ すみません、もう売り切れです。不好意思，已經賣完了。 ＝ すみません、もう売り切れました。	売り切れ 名 賣完 売り切れる 動 賣完
★★ すみません、今切らしてます。不好意思，現在缺貨中。 ＝ すみません、今品切れです。	切らす 動 斷貨 品切れ 名 斷貨
★★ いつ入荷しますか。什麼時候進貨？ ① 明日入荷します。明天會進貨。	入荷 名 サ 進貨 明日 名 副 明天

（累積單字量 10997 個，慣用語量 467 個）

★ 蝦はありますか。你們有賣蝦嗎？ ① 今日はちょうど蝦の特売日です。今天正好是蝦的特賣日。	蝦 名 蝦子 特売日 名 特賣日
★ この蝦はどこで採れたのですか。這個蝦是在哪裡抓的呢？ ① 養殖場から直送ですから、新鮮ですよ。 直接由養殖場送來的，所以很新鮮喲！	採る 動 抓 養殖場 名 養殖場 直送 名 サ 直接送來
★★ ちょっと出して見せてもらえませんか。 可以拿出來讓我看一下嗎？	出す 動 拿出
★★ どのぐらい持ちますか。可以保鮮多久？ ① 本日中です。只到今天。 ② 冷凍するなら、一週間もちます。冷凍的話，可以保鮮一個星期。	本日 名 今天 冷凍 名 サ 冷凍 一週間 名 一週
★ この蝦の賞味期限が近くなっております。 這蝦已經接近賞味期限了。	賞味期限 名 賞味期限 近くなる 慣 靠近
★★ なるべく早めに食べ切るようにして下さい。最好盡快吃完。	食べ切る 動 吃完
★★ もっと新鮮なのはありませんか。沒有更新鮮的嗎？	新鮮 形動 新鮮
★ とにかく新鮮なものを選ばないとね。無論如何都要選新鮮的。	選ぶ 動 選擇
★ 包装の上に賞味期限が記載されています。 包裝上記載著賞味期限。	包装 名 サ 包裝 記載 名 サ 記載
★ 買う時に、ラベルの日付を見て下さい。 買的時候，請看標籤上的日期。	ラベル 名 標籤 日付 名 日期
★ 野菜コーナーへ行こう。我們去蔬菜區吧！	野菜コーナー 名 蔬菜區
★★ 菊菜はどこにありますか。茼蒿在哪裡？ ① 左奥にあります。在左邊的最裡面。 ② 右の真ん中にあります。在右邊的正中間。	左奥 名 左邊最裡面 右 名 右邊 真ん中 名 正中間
★ 隣りの通路にあります。在隔壁走道上。	通路 名 走道
★ 一番端の列にあります。在最遠的那條走道上。	端 名 末梢

（累積單字量11020個，慣用語量468個）

★ この通路の突き当たりにあります。在這條走道的盡頭。	突き当たり【名】盡頭
★ この菊菜は新鮮じゃなさそうです。這茼蒿看起來不新鮮。	菊菜【名】茼蒿
★ にんじんは置いてありますか。這裡有賣紅蘿蔔嗎？ ① はい、こちらは産地直送です。有的，這紅蘿蔔是直接由產地送來的。	置く【動】放置 産地【名】產地
★ 今日は新鮮なほうれん草がありますか。今天有新鮮的菠菜嗎？ ① ええ、ありますよ。とても新鮮ですよ。有啊！非常新鮮喔！	今日【名】今天 ほうれん草【名】菠菜
★ では、三束いただきましょう。那給我三把吧！	～束【名】～把
★ 玉ねぎを一山下さい。請給我一堆洋蔥。	～山【名】～堆
★ レタスも二玉下さい。萵苣也給我兩顆。	～玉【名】～顆
★ それに、じゃが芋も一袋下さい。再給我一袋馬鈴薯。	～袋【名】～袋
★ マナガツオを一匹下さい。我要一條翎鯧魚。 ① はい、どれにしますか。可以，您要哪一條？ ② これらは全部本日取れたてのお魚です。這些魚都是今天剛捕獲的。	～匹【名】～條 全部【副】全部 魚【名】魚
★ この魚を捌いてもらえますか。能幫我把這魚處理一下嗎？	捌く【動】處理
★ 魚を下ろしてもらえますか。可以將魚去骨切片嗎？	下ろす【動】去骨切片
★ この浅蜊は冷凍できますか。這海瓜子可以冷凍嗎？ ① 冷凍できますよ。可以冷凍喔！ ② 砂を吐かせてから冷凍して下さい。請讓它吐沙後再冷凍。	浅蜊【名】海瓜子 冷凍【名】【サ】冷凍 砂を吐く【慣】吐沙
★ 今は蟹が旬だね。現在正是螃蟹的產季喔！ ① これより大きい蟹はありますか。你有比這大一點的螃蟹嗎？	旬【名】產季 蟹【名】螃蟹
★ この牛乳は賞味期限が切れている。這牛奶已經過了賞味期限。	牛乳【名】牛奶
★ この牛乳が悪くなっていると思う。我認為這牛奶壞了。	悪い【形】壞掉的

（累積單字量 11041 個，慣用語量 469 個）

★ このパンは古くて新鮮ではないです。 這個麵包放久了不新鮮。	古い 形 放久了的
★ この卵、だめになってしまったみたいです。 這蛋看起來壞了。	卵 名 蛋
★ お酒はありますか。 有酒嗎？ ① アルコール飲料は売っていません。 我們沒有賣含酒精的飲料。 ② ワインとビールしか置いていません。 我們只有紅酒跟啤酒。	酒 名 酒 飲料 名 飲料 売る 動 賣
★ 朝日ビールが見付からないのですが。 我找不到朝日啤酒。 ① この店にはその銘柄は置いていません。 我們沒有賣那個牌子的。 ② 他の銘柄ならあります。他の銘柄では如何ですか。 有其他牌子的，其他牌子的好嗎？	見付かる 動 找到 店 名 店 置く 動 放置 銘柄 名 牌子
★ この銘柄は一番売れてますよ。 這個牌子賣得最好喔！ ① では、ハイネケンビールを六缶下さい。 那請給我六罐海尼根啤酒。	一番 副 最 売れる 動 賣得好
★ ソーダも六缶下さい。 汽水也給我六罐。	～缶 名 ～罐
★ それに、ジュースも一本下さい。 以及一瓶果汁。	それに 接 而且
★ アイスクリームはいりますか。 需要冰淇淋嗎？ ① 結構です。昨日買いました。 不用了，我昨天買了。	昨日 副 昨天 買う 動 買
★★ お惣菜コーナーはどこですか。 熟食區在哪裡？	惣菜 名 熟食
★ 紙袋にしますか、ポリ袋にしますか。 請問您需要紙袋或是塑膠袋？ ① ポリ袋を頂けますか。 可以給我一個塑膠袋嗎？	紙袋 名 紙袋 ポリ袋 名 塑膠袋 頂く 動 給
★ おサイフケータイで支払います。 我要用電子錢包結帳。	支払う 動 支付

Unit 05 | デパートで 在百貨公司

★★ ウィンドーショッピングに行かない？ 要不要去逛街？ ① ショッピング街はどこですか。購物街在哪裡？	行く 動 去 ショッピング街 名 購物街
★★ デパートへ買い物に行こうよ。去百貨公司購物吧！	買い物 名 サ 買東西
★ 近くに新しいデパートができて、便利になりました。 附近開了家新百貨公司，變方便了。	新しい 形 新的 便利 形動 方便的
★ このデパートは何時に開店ですか。這家百貨公司幾點開門？	開店 名 サ 開店
★ このデパートは何時に閉店ですか。這家百貨公司幾點打烊？ ＝ このデパートは何時まで開いていますか。	閉店 名 サ 打烊 開く 動 開店
★★ このデパートはすごく込んでいるなあ。 這家百貨公司非常多人耶！ ① ええ、もうすぐクリスマスですからね。是啊！因為聖誕節快到了。 ② このデパートでバーゲンがあります。這家百貨公司正在大拍賣。	込む 動 人多 もうすぐ 副 即將 クリスマス 名 聖誕節 バーゲン 名 拍賣
★ よくデパ地下で惣菜を買います。 我常在百貨公司的地下街買熟食。	デパ地下 名 百貨公司地下街
★ デパ地下の惣菜は安くて美味しいです。 百貨公司地下街的熟食便宜又好吃。	安い 形 便宜的 美味しい 形 好吃的
★ 毎日午後五時半からタイムサービスがあります。 每天下午五點半有限時特賣。	タイムサービス 名 限時特賣
★ 新しい靴が必要なんです。我需要買雙新鞋子。	必要 形動 需要
★★ 靴売り場はどこですか。鞋子賣場在哪裡？ ① 靴売り場は二階のバッグ売り場の向い側です。 鞋子部門在二樓包包賣場的對面。 ② 右手のエレベーターをご利用下さい。請利用右手邊的電梯。	売り場 名 賣場 向い側 名 對面 右手 名 右手 利用 名 サ 利用

（累積單字量 11080 個，慣用語量 469 個）

★ フォーマルな靴(くつ)を見(み)たいのですが。 我想看看正式場合的鞋子。	靴(くつ) 名 鞋子
★ 革靴(かわぐつ)を見(み)たいのですが。 我想看看皮鞋。	革靴(かわぐつ) 名 皮鞋
★ ハイヒールを見(み)たいのですが。 我想看看高跟鞋。	ハイヒール 名 高跟鞋
★ ハイカットを見(み)たいのですが。 我想看看高筒靴。	ハイカット 名 高筒靴
★ ブーツを見(み)たいのですが。 我想看看馬靴。	ブーツ 名 馬靴
★ パンプスを見(み)たいのですが。 我想看看低跟鞋。 ＝ ローヒールを見(み)たいのですが。	パンプス【＝ローヒール】 名 矮跟鞋，無帶淺口有跟女鞋
★ フラットシューズを見(み)たいのですが。 我想看看平底鞋。	フラットシューズ 名 平底鞋
★ サンダルを見(み)たいのですが。 我想看看涼鞋。 ＝ ミュールを見(み)たいのですが。	サンダル【＝ミュール】 名 涼鞋 見(み)る 動 看
★ ゴム靴(ぐつ)を見(み)たいのですが。 我想看看橡膠鞋。	ゴム靴(ぐつ) 名 橡膠鞋
★ ウォーキングシューズを見(み)たいのですが。 我想看看休閒鞋。	ウォーキングシューズ 名 休閒鞋
★ 厚底靴(あつぞこぐつ)を見(み)たいのですが。 我想看看楔型厚底鞋。	厚底靴(あつぞこぐつ) 名 楔型厚底鞋
★ こちらはイタリア製(せい)です。 這是義大利製的。	イタリア製(せい) 名 義大利製
★ この飾(かざ)りは取(と)り外(はず)せます。 這個裝飾可以拆下來。	取(と)り外(はず)す 動 拆除
★ 紐(ひも)を調整(ちょうせい)できます。 鞋帶可以調整的。	紐(ひも) 名 鞋帶
★ おしゃれな洋服(ようふく)を見(み)たいわ。 我想看看流行服飾。	洋服(ようふく) 名 服裝
★★ 婦人服(ふじんふく)売(う)り場(ば)はどこですか。 婦女服飾賣場在哪裡？	婦人服(ふじんふく) 名 婦女服裝
★ ここの洋服(ようふく)、すごく素敵(すてき)だわ。 這裡的衣服都好漂亮。	素敵(すてき) 形動 很棒

（累積單字量 11098 個，慣用語量 469 個）

★★ ショーウィンドーの中にある洋服を見せてもらえますか。
我可以看看櫥窗裡的衣服嗎？

① いいですよ。可以啊！
② 試着してみて下さい。請試穿看看吧！

ショーウィンドー 名 櫥窗
中 名 裡面
見せる 動 讓～看
試着 名 サ 試穿

★★ 今、何が流行っているのですか。 現在流行什麼？

① 今はこれらが流行です。這些是現在流行的款式。

流行る 動 流行
流行 名 流行

★★ これが流行っているのですか。 這很流行嗎？

① これがこの冬はやるでしょう。這在今年冬天會流行吧！

この 連體 這～
冬 名 冬天

★ 私は流行を追いません。 我不追求流行。

追う 動 追求

★ 実用的な服が好きです。 我喜歡實用的衣服。

実用的 形動 實用的

★ 着心地がよい服が好きです。 我喜歡穿起來舒適的衣服。

着心地 名 穿衣服的感覺

★★ どちらにしようかな。 我不知該選哪一件。

かな 終助 表示疑惑

★★ どちらがいいと思う？ 你覺得哪一件好？

思う 動 認為

★★ 何色がお好きですか。 您喜歡什麼顏色？

① 明るい色が好きです。我喜歡明亮色系。

明るい 形 明亮的
色 名 顏色

★ ファッション・デザイナーは、今年の春はピンク色が流行るだろうと言っている。 服裝設計師說今年春天可能會流行粉紅色。

① じゃあ、このピンク色のセーターにしよう。
那就選這件粉紅色毛衣吧！

ファッション・デザイナー 名 服裝設計師
今年 名 今年
ピンク色 名 粉紅色

★ これは流行遅れです。 這已經落伍了。

遅れる 動 遲到

★ 紳士服ではどんなものが人気ですか。
男生的衣服什麼比較受歡迎？

紳士服 名 男性服飾
どんな 連體 怎樣的

★ アクセサリーを買いたいのですが。 我想買飾品。

① どんなアクセサリーですか。什麼樣的飾品呢？

アクセサリー 名 飾品
買う 動 買

（累積單字量 11121 個，慣用語量 469 個）

★ イヤリングを探しています。 我在找耳環。 ① アクセサリー類は三階にあります。 飾品類在三樓。	～類 名 ～類 ～階 名 ～樓
★ エスカレーターに乗ろうよ。 搭電扶梯吧！	エスカレーター 名 電扶梯
★ すみませんが、今、イヤリングは置いていません。 抱歉，我們現在沒有賣耳環。	今 副 現在 置く 動 放置
★ 他の店に行ってみるといいでしょう。 您可能要去別家店找找。	店 名 店
★★ 化粧品を買いたいわ。 我想買化妝品。	化粧品 名 化妝品
★ 化粧品売り場はどこですか。 化妝品部門在哪裡？ ① 化粧品売り場は一階に移動致しました。 化妝品部門移到一樓去了。	売り場 名 賣場 移動 名 サ 移動
★ 母のためにかばんを買いたいんです。 我想買個包包給我媽。	母 名 母親
★ 店員に聞いてみましょう。 我來問問店員吧！	店員 名 店員
★★★ 何をお探しですか。 請問您在找什麼呢？ ① かばんを探しているんです。 我在找包包。 ② 黒い、小型のかばんがありますか。 有沒有黑色的小型包包？	何 名 什麼 探す 動 找 小型 名 小型
★★ 普段使うものですか。 是平常用的嗎？ ＝ 普段使いのものをお探しですか。	使う 動 使用 普段 副 平常
★★ 値段はどれぐらいをお考えですか。 您的預算大約是多少？ ① 予算は一万台湾ドルぐらいです。 我的預算大約是一萬台幣。	考える 動 考慮 台湾ドル 名 台幣
★ こちらは日本の高級ブランドですので、お勧めです。 這是日本高級品牌，推薦給您。	高級 形動 高級 勧める 動 推薦
★ このバッグは新製品になります。 這包包是新產品。	新製品 名 新產品

8 ショッピングについて 關於購物

（累積單字量 11142 個，慣用語量 469 個）

★★ どこが違うのですか。這包包有什麼特別嗎？ ① 素材が丈夫ですから、長持ちします。材質堅固，可以用很久。 ② このバッグは一生ものです。這個包包可以用一輩子。	素材 名 材質 長持ち 名 サ 耐用 一生 名 一輩子
★ 軽いので持ち運びに便利です。很輕所以很方便手提。 ＝ 軽いので持ち運び易いです。	持ち運び 名 搬運 便利 形動 方便
★ ハンドバッグ、ショルダーバッグのツーウェイでお使いいただけます。您可以選擇當成手提包、或是肩背包兩種用途。	ハンドバッグ 名 手提包 ツーウェイ 名 兩種方式
★ こちらはイットバッグでございます。這是必備包款。	イットバッグ 名 必備包款
★★ 完売していたのですが、昨日入荷致しました。 本來已經賣完了，昨天才進貨的。	完売 名 サ 賣完 入荷 名 サ 進貨
★★ このかばんは何でできているんですか。這包包是什麼材質做的？ ① 革製です。這是皮製的。 ② 本革なので、使うほどに味わいが出てきます。 這是真皮的，越用越有風味。	革製 名 皮製 本革 名 真皮 味わい 名 風味 出る 動 產生
★ このかばんは防水加工になっています。這包包有做防水加工。	防水加工 名 防水加工
★ 革製なら、水洗いできないでしょう。皮製的話不能水洗吧？ ① はい、ドライクリーニングが必要です。是的，必須乾洗。	水洗い 名 サ 水洗 必要 形動 需要
★★ このかばん、母にぴったりです。這個包包非常適合我母親。	ぴったり 副 サ 正合適
★★ このかばんにしよう。就選這個包包吧！	かばん 名 包包
★★ ご自分用ですか。贈り物ですか。要自己用還是送人？ ＝ こちらは自分用ですか、それとも贈り物ですか。 ＝ こちらは自分用ですか、どなたかに贈り物ですか。	自分用 名 自己用 どなた 代名 誰 贈り物 名 贈品
★★ 贈り物です。ラッピングして下さい。要送人的，請幫我包裝。 ＝ プレゼントです。プレゼント用に包んで下さい。	ラッピング 名 サ 包裝 包む 動 包裝

（累積單字量 11166 個，慣用語量 469 個）

★ プレゼント用の包装には代金が掛かりますか。 禮品包裝需要錢嗎？ ① いいえ、無料です。不需要，是免費的。	プレゼント 名 禮物 代金 名 費用 無料 名 免費
★ 綺麗に包んで下さい。請包漂亮一點。	綺麗 形動 漂亮
★ かばんは箱に入れて下さい。請用盒子裝包包。 ① 承知致しました。これが見本の箱です。好的，這是包裝盒的樣品。 ② お箱代は有料になりますが、それで宜しいでしょうか。 包裝盒要收費，這樣可以嗎？	箱 名 箱子 入れる 動 放進 見本 名 樣品 有料 名 要付費
★ リボンをお掛けしましょうか。要綁上緞帶嗎？ ① リボンを付けて包装して下さい。請綁上緞帶。	リボンを掛ける 慣 綁緞帶 包装 名 サ 包裝
★ 青、赤、ピンクのリボンがございます。何色が宜しいでしょうか。我們有藍色、紅色，粉紅色的緞帶，請問您要哪個顏色？ ① 青でお願いします。我要藍色的。	何色 名 什麼顏色 宜しい 形 好的 青 名 藍色

Unit 06 | 本屋で 在書局

★ よく家へ帰る途中、本屋さんへ行きます。 我經常在回家途中順便去書局。	帰る 動 回家 本屋 名 書局
★ 本屋で一人で静かに本を読むのが好きです。 我喜歡一個人在書局裡靜靜地看書。	静か 形動 安靜 読む 動 閱讀
★★ どこの本屋に行きますか。你要去哪一家書店？ ① 遠東書店が一番良いものが揃っていると思います。 我認為遠東書局有最齊全最好的書籍。	一番 副 最 揃う 動 備齊 思う 動 認為
★ この本屋はこの街の中で一番大きな本屋です。 這家書店是這條街上最大的書店。	街 名 街道 中 名 當中

（累積單字量11187個，慣用語量470個）

★ 本屋には様々な新刊書が置いてあります。 書店裡放置著各種新書。	様々 形動 各式各樣 新刊書 名 新書
★ 何人かの人が本屋の中で立ち読みしています。 有好幾個人在書店裡站著看書。	何人かの人 慣 好幾個人 立ち読み 名 サ 站著看書
★ 日本文学の本はどちらにありますか。 請問日本文學方面的書在哪裡？	日本文学 名 日本文學 どちら 代名 哪裡
★ 三島由紀夫の本を探しているのですが。 我在找三島由紀夫的書。	探す 動 找
★★ 本の題名は知っていますか。 您知道書名嗎？ ① 本の題名は「金閣寺」です。 書名是「金閣寺」。 ② 本の題名は知りません。 我不知道書名。	題名 名 標題 の 格助 ～的 知る 動 知道
★ 谷崎潤一郎の本がありますか。 請問有谷崎潤一郎的書嗎？	ある 動 有
★ 日本の古典の中国語訳本がありますか。 請問有日本古典的中譯本嗎？	古典 名 古典 中国語 名 中文
★ 川端康成の小説の中国語訳本を探しているのですが。 我在找川端康成小說的中譯本。	小説 名 小說 訳本 名 譯本
★ 韓国語の本がありますか。 請問有韓文的書嗎？	韓国語 名 韓文
★ フランス語の本がありますか。 請問有法文的書嗎？	フランス語 名 法文
★ ドイツ語の本がありますか。 請問有德文的書嗎？	ドイツ語 名 德文
★ ポルトガル語の本がありますか。 請問有葡萄牙文的書嗎？	ポルトガル語 名 葡萄牙文
★ スペイン語の本がありますか。 請問有西班牙文的書嗎？ ① すみません、うちでは置いてないんですよ。 不好意思，我們沒有賣喔！	スペイン語 名 西班牙文 うち 名 我們 置く 動 放置
★ 英語の本がありますか。 請問有英文的書嗎？	英語 名 英文
★ 英語の本はどこにありますか。 請問英文的書放在哪裡？	本 名 書

★ 教科書は売っていますか。 請問有賣教科書嗎？	教科書 名 教科書
★ 漫画は売っていますか。 請問有賣漫畫嗎？	漫画 名 漫畫
★ 日本語を習うための本はどこにありますか。 請問日語學習的書在哪裡？	日本語 名 日語 習う 動 學習
★ 日本の地図が欲しいのですが。 我想要日本地圖。	地図 名 地圖
★ この都市の地図が欲しいのですが。 我想要這個都市的地圖。	都市 名 都市
★ ガイドブックが欲しいのですが。 我想要旅行指南。	欲しい 形 想要的
★ ポケット版の字典が欲しいのですが。 我想要口袋版的字典。	ポケット版 名 口袋版
★ いい日中辞典が欲しいのですが。 我想要好一點的日中辭典。	日中辞典 名 日中辭典
★ 辞書のコーナーはどこですか。 字典區在哪兒？ ① そちらの棚にあります。 在那邊的架子上。	辞書 名 字典 棚 名 架子
★ 歴史の本はどこにありますか。 請問歷史的書在哪裡？	歴史 名 歷史
★ 探偵小説はどこにありますか。 請問偵探小説在哪裡？	探偵小説 名 偵探小説
★ 短編小説はどこにありますか。 請問短篇小説在哪裡？	短編小説 名 短篇小説
★ 日本の近代小説を探しているのですが。 我在找近代日本小説。	近代小説 名 近代小説
★ 日本の現代小説を探しているのですが。 我在找現代日本小説。	現代小説 名 現代小説
★★ 著者は知っていますか。 您知道作者是誰嗎？ ① 著者は尾崎真理子です。 作者是尾崎真理子。 ② 小説の著者は知りません。 我不知道作者是誰。	著者 名 作者 小説 名 小説 知る 動 知道
★ ノートを探しているのですが。 我想找筆記本。 ① すみません、ノートはちょっと置いていません。 抱歉，沒有賣筆記本。	ノート 名 筆記本 探す 動 找

（累積單字量 11231 個，慣用語量 471 個）

★★ 最近出版された本を紹介してくれませんか。 能介紹一下最近出版的書嗎？ ① お客様に推薦します。 我向您推薦一下。 ② 村上春樹が新しい本を出しました。 村上春樹的新書出版了。 ＝ 村上春樹の新しい本が出版されました。	紹介 名 サ 介紹 推薦 名 サ 推薦 新しい 形 新的 出す 動 出版 出版 名 サ 出版
★★ これは出たばかりです。 這是剛出版的。	出る 動 出版
★★ これはセットになっています。 這是成套的。	セット 名 一套
★ このセットは厚くて重いです。 這套書又厚又重。	厚い 形 厚的
★ 上、中、下三冊になっています。 上、中、下三冊一套。	～冊 名 ～冊
★★ このセットを読んでみて下さい。 請閱讀看看這套書。	読む 動 閱讀
★ 学生に役立つことが書いてあると思います。 我認為這裡面寫了對學生有幫助的內容。	学生 名 學生 役立つ 動 有幫助
★ 本屋に雑誌が氾濫しています。 書店的雜誌氾濫。	氾濫 名 サ 氾濫
★ 本屋には色々な雑誌が並んでいます。 書店裡陳列著各種雜誌。	並ぶ 動 陳列
★ この中に読みたい雑誌はありますか。 這些雜誌當中，有沒有你想看的呢？ ① この雑誌が読みたいです。 我想看這本雜誌。	中 名 當中 雑誌 名 雜誌 読みたい 慣 想看
★★ これは何という雑誌ですか。 這是什麼雜誌？ ① 「地球村生活日本語」という雑誌です。 這叫「地球村生活日語」雜誌。 ② この雑誌は毎週水曜日に発売されます。 這本雜誌每週三上架販售。	毎週 副 每週 水曜日 名 週三 発売 名 サ 販售
★★ この雑誌は面白いですか。 這本雜誌有趣嗎？ ① うん、これは学生向きの本です。 嗯，這是適合學生看的書。	面白い 形 有趣的 ～向き 接尾 適合～

（累積單字量 11252 個，慣用語量 472 個）

★ とても読みやすいと思います。我認為很容易看懂。 ① これは私にはちょっと難し過ぎです。這對我來說有點太難了。 ② 難しくて何回読んでも分かりません。太難了，無論看幾次還是看不懂。	とても【副】相當 難しい【形】困難的 何回【副】幾次
★ 「ステップ日本語」は絶版です。《階梯日本語雜誌》是絕版書。	絶版【名】絕版
★ 本屋でこの雑誌はないか尋ねました。 我到書店詢問過有沒有這本雜誌。	で【格助】在 尋ねる【動】詢問
★ この雑誌はもう停刊になりました。這本雜誌已經停刊了。	停刊【名】停刊
★ どの本屋でも手に入りません。無論哪一家書店也買不到。	手に入る【慣】得到
★ これは口語体で書いてあります。這是用口語體寫的。	口語体【名】口語體
★ とても人気があるそうです。聽説很受歡迎。	人気がある【慣】受歡迎
★ なかなか評判がいいです。評價很高。	評判【名】評價
★ この三冊の本をお願いします。我要這三本。 ① 他の本は如何ですか。其它的書怎麼樣？	～冊【名】～本 他【名】其他
★★ 今日はもう結構です。今天已經夠了。 ① 分かりました。こちらが新書のチラシです。好的，這是新書的宣傳單。	結構【形動】足夠 新書【名】新書
★★ ポイントカードはお持ちですか。您有集點卡嗎？ ① はい、ポイントカードを持っています。嗯，我有集點卡。	ポイントカード【名】集點卡 持つ【動】擁有
★ 毎朝、駅の書店で新聞を買います。我每天都在車站的書店買報紙。	新聞【名】報紙
★ 先週も雨が降り出したので、この本屋さんに飛び込みました。 上週也因為下雨而跑到這家書店。	降り出す【動】下起 飛び込み【動】突然闖入
★ 昨日もこの本屋で本を三冊購入しました。 昨天也在這家書店買了三本書。	昨日【名】昨天 購入【名】【サ】購入

★ 会社からの帰りに本屋に立ち寄ったところ、前々から探していた本を偶然見付けました。 下班回家途中順便到書店，發現了很久以前就一直在找的書。	立ち寄る 動 順路到 前々 名 很久以前 見付ける 動 找到
★ 弟の誕生日に本を贈りました。我送了一本書給弟弟當作生日禮物。	贈る 動 贈送
★ 電話で本を予約購入したいのです。我想用電話預購書。	予約購入 名 サ 預購
★★ お電話ありがとうございます。謝謝您的來電。	電話 名 サ 電話
★ 紀伊国屋書店でございます。這裡是紀伊國屋書店。	書店 名 書店
★★ 本を探しているのですが。我在找一本書。 ① どういった商品でしょうか。是哪一本書呢？	探す 動 找 商品 名 商品
★ 村上春樹の小説「ノルウェイの森」です。 村上春樹的小說《挪威的森林》。 ① そちらでしたら、当店にございます。那本書店裡有。 ② 申し訳ございませんが、当店には置いておりません。 非常抱歉，那本書店裡沒有。	小説 名 小說 そちら 名 那～ 当店 名 本店 申し訳 名 抱歉 置く 動 放置
★★ 取り置いていただくことはできますか。可以幫我保留嗎？ ① 畏まりました。お名前とお電話番号を頂戴いただけますか。 好的，請留下您的姓名跟電話。	取り置く 動 保留 名前 名 名字 電話番号 名 電話號碼
★ お取り置き期間は一週間になります。我們可以幫您保留一個星期。	期間 名 期限
★ ご来店お待ちしております。等您到店裡來拿。	来店 名 サ 到店裡來
★ こちらは在庫が切れていますが。那本書店裡已經沒有庫存了。	在庫 名 庫存
★ 次の入荷は来週になります。下次進貨是在下個星期。	入荷 名 サ 進貨
★ 入荷次第、お知らせ致しましょうか。到貨的話，再通知您好嗎？	次第 名 一～就～
★ 申し訳ございませんが、このアイテムの再入荷予定はありません。非常抱歉，那本書沒有預定要再進貨。	再入荷 名 サ 再進貨 予定 名 サ 預定

（累積單字量 11296 個，慣用語量 474 個）

★ 商品のお取り置き期間が過ぎたため、ご連絡差し上げました。 我打電話來通知您，您的書保留期限已經過了。	過ぎる 動 超過 連絡 名 サ 聯絡
★ お取り置きを延長なさいますか。 要延長保留的時間嗎？ ① あと一週間延長してもらえると助かります。 如果能再延長一週的話就太感謝了。	延長 名 サ 延長 一週間 名 一週 助かる 動 得到幫助

Unit 07 | 電気屋で 在電器店

★★ カメラ売り場はどこですか。 相機部門在哪裡？ ① 売り場までご案内致します。 我帶您去相機部門。 ② 係りの者がご案内致します。 讓我們的服務人員帶您去。	売り場 名 賣場 案内 名 サ 引導 係り 名 負責人
★★ デジタルカメラを探しています。 我在找數位相機。	探す 動 找
★ デジタルカメラはありますか。 請問有數位相機嗎？ ① はい、ございます。 有的。	デジタルカメラ 名 數位相機 ござる 動 有，ある的尊敬語
★ どういった用途でお使いになりますか。 請問您的用途是？ ① 撮影で使います。 我要用來攝影。	用途 名 用途 撮影 名 サ 攝影
★★ どんな機能が必要ですか。 您需要什麼功能呢？ ① 長時間使うので、長持ちするものがよいです。 必須長時間使用，所以最好是耐用的。 ② バッテリーが長持ちするものがよいです。 最好是電池的壽命較長的。	必要 形動 需要 長時間 名 長時間 バッテリー 名 電池 長持ち 名 サ 耐用
★ このデジタルカメラは最新の機能が附いています。 這台數位相機有最新的功能。	機能 名 機能 附く 動 附加
★ このデジタルカメラは充電式です。 這台數位相機是充電式的。	充電式 名 充電式

8 ショッピングについて 關於購物

（累積單字量 11361 個，慣用語量 474 個）

★ 付属の充電器をお使い下さい。請使用它所附送的充電器。	付属 名 サ 附屬
★ 海外使用のモデルはあちらにあります。國外使用的機型在那邊。	海外 名 海外
★ これは高品質の商品です。這是高品質的商品。	高品質 名 高品質
★★ とても使いやすいですよ。非常好用喔！	使う 動 使用
★ 別売りのアダプタを使えば、更に長く使うことができます。 如果用額外買的變壓器，可以使用更長的時間。	別売り 名 額外買 更に 副 更
★ 本日はちょうどデジカメの特別セールを行っております。 今天剛好有數位相機的特別促銷。	特別セール 名 特別促銷 行う 動 進行
★★ 本当ですか。どのぐらい割引になっていますか。 真的嗎？打幾折？ ① 商品によって、20~30 % 引きとなっております。 依商品的不同，打七到八折。 ② 表示価格から全て 10 % 引きです。全部商品都以標示價格打九折。	本当 形動 真的 割引 名 サ 打折 表示価格 名 標示價格 全て 副 全部 引く 動 減去
★ 露出計が欲しいのですが。我想要照度計（曝光計）。	露出計 名 曝光計
★ 距離計が欲しいのですが。我想要測距儀。	距離計 名 測距儀
★ シャッターが欲しいのですが。我想要快門。	シャッター 名 快門
★ フラッシュバルブが欲しいのですが。我想要閃光燈。	フラッシュバルブ 名 閃光燈
★ レンズが欲しいのですが。我想要鏡頭。	レンズ 名 鏡頭
★ レンズクリーナーが欲しいのですが。我想要鏡頭清潔液。	クリーナー 名 清潔液
★ レンズキャップが欲しいのですが。我想要鏡頭蓋。	レンズキャップ 名 鏡頭蓋
★ ズームレンズが欲しいのですが。我想要變焦鏡頭。	ズームレンズ 名 變焦鏡頭
★ 望遠レンズが欲しいのですが。我想要望遠鏡頭。	望遠レンズ 名 望遠鏡頭

★ 広角レンズが欲しいのですが。 我想要廣角鏡頭。	広角レンズ 名 廣角鏡頭
★ フィルターが欲しいのですが。 我想要濾鏡。	フィルター 名 濾鏡
★ 三脚が欲しいのですが。 我想要三腳架。	三脚 名 三腳架
★★ コンピューターの売り場はどこですか。 電腦部門在哪裡？ ① 地下一階にございます。 在地下一樓。	コンピューター 名 電腦 地下 名 地下
★ 洗濯機売り場を通り抜け、右に行って下さい。 經過洗衣機部門，往右走。	通り抜ける 動 經過 右 名 右邊
★★ パソコンを買いたいのですが。 我想買個人電腦。	買う 動 買
★★ どんなパソコンをお探しですか。 您在找怎樣的電腦呢？ ① ノートパソコンを探しています。 我在找筆記型電腦。	ノートパソコン 名 筆記型電腦
★ ソニーのノートパソコンは如何でしょう。 Sony 的筆記型電腦如何？	ソニー 名 Sony 如何 副 如何
★ 使い方はお分かりでしょうか。 您知道使用方法嗎？ ① 使い方はあまり分かりません。 我不太了解使用方法。	使い方 名 使用方法 あまり 副 不太～
★ このようにお使いいただけます。お試し下さい。 您可以這樣使用，您試試看。	試す 動 嘗試
★ 詳細は説明書に記載してあります。 細節記載在説明書上。	記載 名 サ 記載
★ 中国語の説明書にお目通し下さい。 請您過目一下中文説明書。	目通す 動 過目
★★ 何かお分かりにならない点はございますか。 有什麼不清楚的地方嗎？	分かる 動 了解 点 名 地方
★★ 操作はどうするのですか。 這要怎麼操作？	操作 名 サ 操作
★ こちらはタッチパネルで操作が可能です。 這可以用觸控面板操作。	タッチパネル 名 觸控面板 可能 形動 可能

★ 設定でメニュー画面を中国語に変更できます。
您可以將主畫面設定成中文。

- メニュー画面 名 主畫面
- 変更 名 サ 變更

★ 分からないことがあれば、お申し付け下さい。
如果有不清楚的地方，請告訴我們。

- 分かる 動 了解
- 申し付ける 動 吩咐

★ 後ほど担当の者から説明させていただきます。
待會兒會有負責的人員來為您說明。

- 後ほど 副 待會兒
- 担当 名 サ 負責

★★ こちらの保証期間は一年間となっております。
這有一年的保固期間。

= こちらは一年間の保証が付いております。

- 期間 名 期間
- 一年間 名 一年期間
- 保証 名 サ 保證

★ 保証は日本国内のみ適用です。 保固僅適用於日本國內。

- 適用 名 サ 適用

★ 保証書は失くさないよう大切に保存して下さい。
保證書請妥善保存。

- 大切 形動 珍惜
- 保存 名 サ 保存

★ プラス千円で保証の内容をグレードアップすることができます。
加一千日幣可以升級保固內容。

- 内容 名 內容
- グレードアップ 名 サ 升級

★ スマートフォンのアクセサリーはどこに売っていますか。
請問哪裡有賣手機吊飾？

① スマートフォン売り場に売っております。手機部門有賣。

- スマートフォン 名 智慧型手機
- アクセサリー 名 吊飾

★★ スマートフォン売り場はどこですか。 手機部門在哪裡？

① 左手、テレビ売り場の隣です。 左手邊，電視部門的旁邊。

- 左手 名 左手
- 隣 名 旁邊

★ このスマートフォンのアクセサリーは当店のみの先行販売です。
這種手機吊飾只在本店先行販售。

- 先行 名 サ 先行
- 販売 名 サ 販售

★★ いらっしゃいませ。本日は、何をお求めですか。
歡迎光臨，請問今天要找什麼？

① テレビを買い替えようと思いますけど。 我想買過新的電視。

- 本日 名 今天
- 求める 動 尋求
- 買い替える 動 買過

（累積單字量 11382 個，慣用語量 474 個）

★ テレビでございますね。こちらの液晶テレビは如何でしょうか。電視是嗎？這邊的液晶電視如何？ ① ちょっと高いな。もう少し安いのがあれば買いますけどね。 有點太貴了，如果便宜一點的話我就會買。	液晶テレビ 名 液晶電視 高い 形 貴的 少し 副 稍微 安い 形 便宜的
☆ では、こちらは如何でしょうか。那麼這款如何？	如何 副 如何
★ 定価の 40 % 引きになっておりますが。這款現在打六折。 ① それは安いですね。その機能を詳しく説明してもらえますか。 那很便宜。可以詳細説明它的功能嗎？	定価 名 定價 詳しい 形 詳細的 説明 名 サ 説明
★ 炊飯器を探しています。我在找電鍋。	炊飯器 名 電鍋
☆ どんな種類の製品をお探しですか。您想找什麼種類的產品呢？ ① 丈夫な製品を探しています。我想找耐用的產品。 ② 最新の製品を探しています。我想找最新的產品。	種類 名 種類 丈夫 形動 耐用 最新 名 最新
★ この炊飯器は変圧器がなくても海外で使用できますか。 這種電鍋沒有變壓器的話，在國外可以使用嗎？ ① はい、使用できます。可以的。	変圧器 名 變壓器 海外 名 海外 使用 名 サ 使用
★ この商品の電圧は日本専用となっております。 這種電鍋本身的電壓只能在日本使用。	電圧 名 電壓 専用 名 サ 專用
★ 使い方は難しいですか。使用方法很複雜嗎？ ① いいえ、結構簡単です。不會的，相當簡單。	難しい 形 困難的 簡単 形動 簡單
★ 電池を買いたいのですが。我想買電池。	電池 名 電池
★ ミキサーを買いたいのですが。 我想買攪拌器。	ミキサー 名 攪拌器
★ 電気カミソリ（＝電気シェーバー）を買いたいのですが。 我想買電動刮鬍刀。	電気カミソリ（＝電気シェーバー）名 電動刮鬍刀
★ ヘアドライヤーを買いたいのですが。我想買吹風機。	ヘアドライヤー 名 吹風機

（累積單字量 11405 個，慣用語量 474 個）

★ トースターを買いたいのですが。 我想買烤麵包機。	トースター 名 烤麵包機
★ 電気ポットを買いたいのですが。 我想買電熱水壺。	電気ポット 名 電熱水壺
★ フライパンを買いたいのですが。 我想買平底鍋。	フライパン 名 平底鍋
★ フライ返しを買いたいのですが。 我想買鍋鏟。	フライ返し 名 鍋鏟
★ ミルク鍋を買いたいのですが。 我想買牛奶鍋。	ミルク鍋 名 牛奶鍋
★ 中華鍋を買いたいのですが。 我想買炒鍋。	中華鍋 名 炒鍋
★ 圧力鍋を買いたいのですが。 我想買壓力鍋。	圧力鍋 名 壓力鍋
★ 真空保温調理器を買いたいのですが。 我想買燜燒鍋。	真空保温調理器 名 燜燒鍋
★ ノンフライヤーを買いたいのですが。 我想買氣炸鍋。	ノンフライヤー 名 氣炸鍋
★ ホーロー鍋を買いたいのですが。 我想買琺瑯鍋。	ホーロー鍋 名 琺瑯鍋
★ 電動フードナイフを買いたいのですが。 我想買電動食物刀。	フードナイフ 名 食物刀
★ ジューサーを買いたいのですが。 我想買果汁機。	ジューサー 名 果汁機
★ コーヒーメーカーを買いたいのですが。 我想買咖啡機。	コーヒーメーカー 名 咖啡機
★ （コーヒー）ミルを買いたいのですが。 我想買磨豆機。	（コーヒー）ミル 名 磨豆機
★ 電気アイロンを買いたいのですが。 我想買電熨斗。	電気アイロン 名 電熨斗
★ お勧めの電子レンジはどれですか。 您推薦哪一家的微波爐。	電子レンジ 名 微波爐
★ お勧めのホットプレートはどれですか。 您推薦哪一家的電磁爐？	ホットプレート 名 電磁爐
★ お勧めのオーブンはどれですか。 您推薦哪一家的烤箱。	オーブン 名 烤箱
★ お勧めの冷蔵庫はどれですか。 您推薦哪一家的冰箱？	冷蔵庫 名 冰箱

（累積單字量 11424 個，慣用語量 474 個）

★ お勧めのエアコンはどれですか。您推薦哪一家的冷氣？	エアコン 名 冷氣
★ お勧めのフードプロセッサーはどれですか。 您推薦哪一家的食物處理機？	フードプロセッサー 名 食物處理機

Unit 08 ｜お土産店で 在禮品店

★ 友達にお土産を送りたいです。我想送朋友伴手禮。	友達 名 朋友
★ 台湾に帰国する前に、お土産を買うつもりです。 我打算回台灣前去買伴手禮。	帰国 名 サ 回國 お土産 名 伴手禮
★ 品質の良い物を置いている店へ行きたいです。 我想去有好產品的店。	品質 名 品質 置く 動 放置
★ 駅前の商店街へ行って、お土産店を探していました。 我到車站前的商店街找禮品店。	駅前 名 車站前 商店街 名 商店街
★ 商品の豊富な大型店を見付けました。 我找到一家商品豐富的大型商店。	豊富 形動 豐富 見付ける 動 找到
★ この店ではお土産がたくさん売っています。 這家店賣很多伴手禮。	店 名 店 たくさん 副 很多
☆★ いらっしゃいませ。何をお見せしましょう。 歡迎光臨！讓我拿個什麼給您看看吧！ ① お土産を探しています。我在找伴手禮。 ② お土産を見てみたいのですが。我想看看伴手禮。	何 名 什麼 探す 動 找 見る 動 看
☆★ どんなお土産がいいですか。您想要怎麼樣的伴手禮？ = どんな種類のお土産がいいですか。 ① 何かいいものはありますか。有什麼好東西嗎？	お土産 名 伴手禮 種類 名 種類 もの 名 東西

（累積單字量11443個，慣用語量474個）

★ 香水は如何ですか。 香水如何？ ① それはいいですね。 那是個好主意。 = それはいいアイディアですね。	香水 名 香水 それ 名 那個 アイディア 名 主意
★★ いくつか見せてくれますか。 你可以拿幾瓶可我看看嗎？ ① 分かりました。好的。	見せる 動 讓～看 分かる 動 知道
★★ こちらなんか如何でしょう。 您看這瓶怎麼樣？ ① 素敵ですね！不錯耶！	如何 副 如何 素敵 形動 很棒
★ でも、他のも見せて下さい。 但是其他幾瓶也請讓我看看。	他 名 其他
★★ どのお土産が一番人気ですか。 最受歡迎的伴手禮是什麼？ = どのお土産が一番人気がありますか。 = 一番人気のお土産はどれですか。 ① 風呂敷がここ数年人気ですよ。 大包巾近幾年很受歡迎喔！	一番 副 最 人気 名 人氣 風呂敷 名 大包巾 ここ数年 副 這幾年
★ では、風呂敷もちょっと見せて下さい。 那麼，大包巾也請讓我看一下。	では 接 那麼 ちょっと 副 一下子
★ あの赤い風呂敷を見てもいいですか。 我可以看看那條紅色的大包巾嗎？	あの 連體 那～ 赤い 形 紅色的
★ 浴衣セットは売っていますか。 請問有賣浴衣組嗎？ ① はい、こちらにあります。有的，在這裡。	浴衣 名 浴衣 売る 動 賣
★ 若い女の子に大変人気ですよ。 這是年輕女孩最喜歡的。	女の子 名 女孩
★ サイズも四種類ありますよ。 尺寸也分成四種喔！	種類 名 種類
★★ 着てみたらどうですか。 要不要試穿看看？ = 試着してみたらどうですか。	着る 動 穿 試着 名 サ 試穿
★ 日本でしか買えないものが欲しいのですが…。 我想買只有在日本才買得到的東西。 ① 茶の湯セットがお勧めです。 我建議您買一套茶道道具。	欲しい 形 想要的 茶の湯 名 茶道道具 勧める 動 推薦

（累積單字量 11468 個，慣用語量 474 個）

★ 緑茶はビタミンCが多く含まれていて健康にいいです。 綠茶含有豐富的維他命C，對健康很有幫助。	緑茶 名 綠茶 含む 動 含有
★ これらの湯呑みは全部伝統的な和柄です。 這些茶杯都是傳統的花色。	伝統的 形動 傳統的 和柄 名 花色
★ この中からお好きなものをお選び下さい。 請在這當中挑選您所喜歡的。	この中 慣 這當中 選ぶ 動 挑選
★★ 何を差し上げましょう。 您想要什麼？ ① 取引先への手土産を探しています。 我在找送客戶的伴手禮。	差し上げる 動 給 取引先 名 客戶
★ 何名分、ご入り用ですか。 要給多少人的？ ① 八人ほどです。 八個人左右。	～名分 名 ～人份 入り用 形動 必用
★★ 予算はおいくらですか。 您的預算是多少？ ① 予算は四千円です。 我的預算是四千日圓。	予算 名 サ 預算 ～円 名 ～日圓
★ それでしたら、こちらの箱菓子をお勧め致します。 那我推薦您這盒裝的點心。	こちら 代名 這邊 箱菓子 名 盒裝點心
★ 日持ちするので、お土産に最適です。 這很耐放，當伴手禮最適合了。	日持ち 名 サ 耐放 最適 形動 最適合
★ このお菓子は美味しそうです。 這點心看起來很好吃。	美味しい 形 好吃的
★★ お持ち帰りのお時間はどのぐらいですか。 您拿回去的時間有多久？ ① 一時間半ぐらいです。 大約一個半小時左右。	持ち帰り 名 拿回去 時間 名 時間 一時間半 名 一小時半
★ 保冷剤をお入れしますか。 要放入保冷劑嗎？ ① はい、お願いします。 好，麻煩你了。	保冷剤 名 保冷劑 入れる 動 放入
★★ 何か食べてみたいものはありますか。 您有沒有什麼想吃吃看的東西？	食べる 動 吃 もの 名 東西

（累積單字量11491個，慣用語量475個）

☆☆ これは何(なん)ですか。這是什麼？ ① それは米菓(べいか)と言(い)います。那叫米果。 ② 日本(にほん)の伝統的(でんとうてき)な食(た)べ物(もの)です。是日本的傳統食物。	米菓(べいか) 名 米果 言(い)う 動 叫做 食(た)べ物(もの) 名 食物
★ 米(こめ)から作(つく)られています。是用米做的。	米(こめ) 名 米
☆☆ ぜひ試(ため)してみて下(くだ)さい。請您一定要試試看。	試(ため)す 動 嘗試
★ これを五(いつ)つ下(くだ)さい。這個請給我五盒。	五(いつ)つ 名 五盒
★ 分(わ)けて包(つつ)んでくれますか。可以幫我一盒一盒包裝嗎？	包(つつ)む 動 包裝
★ 二千円以下(にせんえんいか)のものが欲(ほ)しいのですが。我想要兩千日圓以下的東西。	以下(いか) 名 以下
★ お土産(みやげ)にいいのはありますか。有沒有適合送人的禮物？	お土産(みやげ) 名 禮物
★ 小(ちい)さなお土産(みやげ)がありますか。有沒有小的紀念品？	小(ちい)さな 形動 小的
☆☆ 何(なに)がいいでしょうか。什麼比較好呢？	何(なに) 名 什麼
★ 竹篭(たけかご)を見(み)せて下(くだ)さい。請讓我看一下竹籠。	竹篭(たけかご) 名 竹籠
★ 彫刻品(ちょうこくひん)を見(み)せて下(くだ)さい。請讓我看一下雕刻品。	彫刻品(ちょうこくひん) 名 雕刻品
★ 陶器(とうき)を見(み)せて下(くだ)さい。請讓我看一下陶瓷器。	陶器(とうき) 名 陶器
★ 磁器(じき)を見(み)せて下(くだ)さい。請讓我看一下瓷器。	磁器(じき) 名 瓷器
★ 漆器(しっき)を見(み)せて下(くだ)さい。請讓我看一下漆器。 ＝ 塗(ぬ)り物(もの)を見(み)せて下(くだ)さい。	漆器(しっき) 名 漆器 塗(ぬ)り物(もの) 名 漆器
★ 口吹(くちぶ)きガラスを見(み)せて下(くだ)さい。請讓我看一下吹製的玻璃製品。	口吹(くちぶ)きガラス 名 吹製玻璃
★ 張(は)り子細工(こざいく)を見(み)せて下(くだ)さい。請讓我看一下紙製的手工藝品。	細工(さいく) 名 手工藝品
★ とっくりを見(み)せて下(くだ)さい。請讓我看一下酒壺。	とっくり 名 酒壺

（累積單字量 11511 個，慣用語量 475 個）

★ 盃を見せて下さい。請讓我看一下酒杯。	盃 名 酒杯
★ 急須を見せて下さい。請讓我看一下小茶壺。	急須 名 小茶壺
★ 土瓶を見せて下さい。請讓我看一下土瓶。	土瓶 名 土瓶
★ 扇子を見せて下さい。請讓我看一下扇子。 ＝ 扇を見せて下さい。	扇子 名 扇子 扇 名 扇子
★ 掛け軸を見せて下さい。請讓我看一下掛軸。	掛け軸 名 掛軸
★ 版画を見せて下さい。請讓我看一下版畫。 ＝ エッチングを見せて下さい。	版画 名 版畫 エッチング 名 銅版畫
★ 着物を見せて下さい。請讓我看一下和服。	着物 名 和服
★ 布を見せて下さい。請讓我看一下布。 ＝ 生地を見せて下さい。	布 名 布 生地 名 布
★ 箸を見せて下さい。請讓我看一下筷子。	箸 名 筷子
★ 提灯を見せて下さい。請讓我看一下燈籠。	提灯 名 燈籠
★ 七宝焼きを見せて下さい。請讓我看一下七寶燒。	七宝焼き 名 七寶燒，又稱為「日本的景泰藍」
★ 日本人形を見せて下さい。請讓我看一下日本娃娃。	日本人形 名 日本娃娃
★ お面を見せて下さい。請讓我看一下面具。	お面 名 面具
★ 玩具を見せて下さい。請讓我看一下玩具。	玩具 名 玩具
★ 折り紙を見せて下さい。請讓我看一下摺紙。	折り紙 名 摺紙
★ 凧を見せて下さい。請讓我看一下風箏。	凧 名 風箏
★ 日本刀を見せて下さい。請讓我看一下武士刀。	日本刀 名 武士刀

★★ これは手作(てづく)りですか。這是手工製的嗎？	手作(てづく)り 名 手工製
★★ どの地方(ちほう)のお土産(みやげ)ですか。這是哪個地方產的？ ① 京都(きょうと)のお土産(みやげ)です。這是京都產的。	地方(ちほう) 名 地方 京都(きょうと) 名 京都
☆★ レジはどこですか。收銀台在哪裡？ ① 階段(かいだん)の側(そば)にあります。在樓梯旁。	階段(かいだん) 名 樓梯 側(そば) 名 旁邊
★ どちらにお運(はこ)びしますか。要幫您拿到哪裡？ ① 出口(でぐち)までお願(ねが)いします。請幫我拿到出口處。	運(はこ)ぶ 動 搬運 出口(でぐち) 名 出口
★ お車(くるま)までお運(はこ)びしますか。要幫您拿到車上嗎？ ① いいえ、結構(けっこう)です。不用了。	車(くるま) 名 車子 結構(けっこう) 形動 不用
☆★ またどうぞお越(こ)し下(くだ)さい。歡迎您再度光臨。	越(こ)す 動 前來
★ 私(わたし)は友達(ともだち)のために、沢山(たくさん)のお土産(みやげ)を買(か)いました。 我幫朋友買了很多伴手禮。	友達(ともだち) 名 朋友 沢山(たくさん) 副 很多

Unit 09 ｜免税店(めんぜいてん)、予約購入(よやくこうにゅう)、ネットショップ、支店(してん)
免稅店、訂購、網路商店、分店

★ 海外旅行(かいがいりょこう)といえば、免税店(めんぜいてん)でのショッピングも楽(たの)しみの一(ひと)つですよね。說起海外旅行，在免稅店購物也是一大樂趣。	海外旅行(かいがいりょこう) 名 海外旅行 楽(たの)しみ 名 樂趣
★ 日本(にほん)にも、「duty-free」と、「tax-free」の二種類(にしゅるい)の「免税店(めんぜいてん)」が存在(そんざい)しています。 日本也存在著「保稅免稅店」跟「消費稅免稅店」兩種類型的「免稅店」。	も 副助 也 種類(しゅるい) 名 種類 存在(そんざい) 名 サ 存在
★ 「デューティフリーショップ」とは、「保税免税店(ほぜいめんぜいてん)」です。 「duty-free」就是「保稅免稅店」。	保税免税店(ほぜいめんぜいてん) 名 保稅免稅店

（累積單字量 11549 個，慣用語量 475 個）

★「タックスフリーショップ」とは、「消費税免税店」です。 「tax-free」就是「消費稅免稅店」。	消費税免税店 名 消費稅免稅店
★「duty-free」は、関税、タバコ税、酒税などまで免税になる店です。「保稅免稅店」就是連關稅、菸稅，酒稅都免稅的商店。	関税 名 關稅 タバコ税 名 菸稅
★「tax-free」は、消費税だけが免税になる店です。 「消費稅免稅店」是只有消費稅免稅的商店。	消費税 名 消費稅 免税 名 免稅
★免税店で買い物をする時は、パスポートが必要です。 在免稅店購買東西時，需要用到護照。	買い物 名 サ 買東西 必要 形動 需要
★私は免税店でタバコとお酒を買う予定です。 我預定在免稅店買菸酒。	お酒 名 酒 予定 名 サ 預定
★私は免税店で化粧品を買いたいです。我想在免稅店買化妝品。	化粧品 名 化妝品
★私は免税店でかばんが買いたいです。我想要免稅店的包包。	免税店 名 免稅店
★私は免税店で母への贈り物を探したいです。 我想在免稅店找要送給母親的禮物。	母 名 母親 贈り物 名 禮物
★ネクタイとブローチを見せて下さい。請讓我看一下領帶跟胸針。	ブローチ 名 胸針
★腕時計とバンドを見せて下さい。請讓我看一下手錶跟錶帶。	腕時計 名 手錶
★バッグと財布を見せて下さい。請讓我看一下包包跟錢包。	財布 名 錢包
★これは本革ですか。人工皮革ですか。這是真皮的，還是人造皮的？	本革 名 真皮
★カシミヤセーターを見せて下さい。請讓我看一下喀什米爾毛衣。	セーター 名 毛衣
★あの青いストラップを見せて下さい。 請讓我看一下那個藍色的手機吊飾。 ＝ あの青いデコでんを見せて下さい。	青い 形 藍色的 ストラップ 名 手機吊飾 デコでん 名 手機裝飾品（包含手機殼）
★このサングラスを見せて下さい。請讓我看一下這墨鏡。 ＝ このグラサンを見せて下さい。	サングラス 名 墨鏡 グラサン 名 墨鏡

★ 髪止め（かみど）とカチューシャを見（み）せて下（くだ）さい。 請讓我看一下髮夾跟髮箍。	髪止め（かみど） 名 髮夾 見（み）せる 動 讓～看
★ ブレスレットを見（み）せて下（くだ）さい。 請讓我看一下手鐲。	ブレスレット 名 手鐲
★ 鎖（くさり）を見（み）せて下（くだ）さい。 請讓我看一下鍊子。 ＝ チェーンを見（み）せて下（くだ）さい。	鎖（くさり） 名 鍊子 チェーン 名 鍊子
★ 指輪（ゆびわ）を見（み）せて下（くだ）さい。 請讓我看一下戒指。	指輪（ゆびわ） 名 戒指
★ ネックレスとイヤリングを見（み）せて下（くだ）さい。 請讓我看一下項鍊跟耳環。	ネックレス 名 項鍊 イヤリング 名 耳環
★ ペンダントを見（み）せて下（くだ）さい。 請讓我看一下墜子。	ペンダント 名 墜子
★ ピアスを見（み）せて下（くだ）さい。 請讓我看一下穿孔式的耳環。	ピアス 名 穿孔式
★ これは金（きん）ですか。 這是金的嗎？ ① こちらは１８金（じゅうはちきん）でございます。 這是 18K 金的。	金（きん） 名 金 １８金（じゅうはちきん） 名 18K 金
★ これは純金（じゅんきん）ですか。金（きん）メッキですか。 這是純金的，還是鍍金的？	純金（じゅんきん） 名 純金
★ これはプラチナですか。ステンレスですか。 這是白金的，還是不鏽鋼的？	プラチナ 名 白金 ステンレス 名 不鏽鋼
★ 銀（ぎん）のイヤリングはありますか。 有沒有銀的耳環？	銀（ぎん） 名 銀
★ その石（いし）は何（なん）ですか。 那塊石子是什麼？ ① こちらは象牙（ぞうげ）でございます。 這是象牙。	石（いし） 名 石子 象牙（ぞうげ） 名 象牙
★ アクアマリンかアメジストが欲（ほ）しいのですが。 我想要藍水晶或是紫水晶。	アクアマリン 名 藍水晶 アメジスト 名 紫水晶
★ サファイアかルビーを見（み）たいのですが。 我想看藍寶石或是紅寶石。	ルビー 名 紅寶石
★ エメラルドかトパーズを見（み）たいのですが。 我想看綠寶石或是黃寶石。	エメラルド 名 綠寶石 トパーズ 名 黃寶石

（累積單字量 11595 個，慣用語量 475 個）

★ 石榴石を見たいのですが。 我想看石榴石。	石榴石 名 石榴石
★ トルコ石を見たいのですが。 我想看土耳其石。	トルコ石 名 土耳其石
★ ダイヤが欲しいのですが。 我想要鑽石。	ダイヤ 名 鑽石
★ 珊瑚を見たいのですが。 我想看珊瑚。	珊瑚 名 珊瑚
★ 琥珀を見たいのですが。 我想看琥珀。	琥珀 名 琥珀
★ 翡翠を見たいのですが。 我想看翡翠。	翡翠 名 翡翠
★ 瑪瑙を見たいのですが。 我想看瑪瑙。	瑪瑙 名 瑪瑙
★ 真珠が欲しいのですが。 我想要珍珠。 ＝ パールが欲しいのですが。	真珠 名 珍珠 パール 名 珍珠
★ これは日本の真珠ですか。 這是日本的珍珠嗎？	日本 名 日本
★ 天然真珠ですか。養殖真珠ですか。 這是天然珍珠，還是養殖珍珠？	養殖 名 サ 養殖
★ 光沢が綺麗ですね！ 好美麗的光澤啊！	光沢 名 光澤
★ 形が変わったものが好きなんですが。 我喜歡形狀不規則的。	形 名 形狀
★ 丸い形が好きなんですが。 我喜歡圓形的。	丸い 形 圓形的
★★ 手入れの仕方を教えて下さい。 請告訴我要怎麼保養它。	手入れ 名 サ 保養
★ こちらの商品は免税の対象となっております。 這是免稅品。 ＝ こちらは免税品です。	商品 名 商品 対象 名 對象
★ 免税をご希望の方は、販売員までお申し出下さい。 需要免稅服務的人，可以找售貨員。	販売員 名 售貨員 申し出 名 提出
★ あと三百円のお買い物で免税になります。 只要再加購三百元，您就可以免稅。	買い物 名 サ 購物 免税 名 免稅

（累積單字量 11616 個，慣用語量 475 個）

★ ご購入品の免税手続きをなさいますか。 您要辦理免稅手續嗎？	手続き 名 手續
★ 税金還付の申告書を下さい。 請給我退稅的申請書。	申告書 名 申請書
★ 免税品は、購入した後すぐに受け取ることはできません。 免稅品無法在購賣後立即帶走。	購入 名 サ 購入 受け取る 動 領取
★ 空港の出国ロビーの免税店ならすぐ商品をくれます。 如果是機場的出境大廳的免稅店會立即給商品。	空港 名 機場 出国ロビー 名 出境大廳
★ 日本国内の免税店で商品を買うと、帰国時まで受け取れません。 在日本國內的免稅店購買商品，必須回國時才能領取。	国内 名 國內 帰国 名 サ 回國
★ 商品を買うと、交換券を渡されます。 購買商品後會拿到購買憑證。	交換券 名 購買憑證
★ これを持って、空 港の引き渡しカウンターで受け取って下さい。 請拿這張憑證去機場的提領櫃台領取。	引き渡し 名 提領 カウンター 名 櫃台
★ 免税店では、購入した商品の価格はその日のレートで計算します。 在免稅店，購買商品的價格，是按照當日的匯率來計價。	価格 名 價格 計算 名 サ 計算
★ 帰国便を免税店スタッフに伝えて下さい。 請將回國的班機告知免稅店的店員。	帰国便 名 回國班機 伝える 動 傳達
★ 免税店でとても人気があるのは、化粧品と香水です。 免稅店相當受歡迎的是化妝品跟香水。 ＝ 化粧品と香水は免税店でとても人気があります。	化粧品 名 化妝品 香水 名 香水 人気 名 人氣
★ タバコを買う人も少なくないです。 買香菸的人也不少。	少ない 形 少的
★ これらは関税率がとても高いので、免税店で買えば日本国内価格より２０～４０%も安いのです。 這些東西的稅率都很高，在免稅店買可以比日本國內價格便宜 20 ～ 40%。	関税率 名 稅率 高い 形 高的 買える 動 能買到
★ アメリカブランドに限らず、日本ブランドも免税店限定アイテムや期間限定セットを出しています。 不侷限於美國品牌，日本品牌也有免稅店的限定商品或是限期推出的套裝組。	限る 動 侷限 ブランド 名 品牌 限定 名 サ 限定

★ やっぱり特別なお買い物ですね。 是很特別的購買選項喔！	特別 形動 特別
★ 免税店も普通の店と同じようにセールをします。 免稅店也像一般的商店一樣有拍賣。	普通 形動 普通 同じ 形動 同樣
★ いつもなら絶対に値引きしない高級ブランドが、大幅にプライスダウンすることもあります。 一般絕對不打折的高級品牌，也有大幅降價的時候。	絶対に 副 絕對地 値引き 名 サ 打折 大幅に 副 大幅地
★ 免税だからと買い過ぎると、免税対象にならないこともあります。 因為免稅而買太多的話，也有可能無法免稅。	だから 接 因為 ～過ぎる 接尾 過於～
★ 購入した商品が免税範囲を超えれば、課税されます。 購買的商品超過免稅範圍的話，就會被課稅。 ＝ 購入した商品が免税範囲を超えると、税金を課せられます。	範囲 名 範圍 課税 名 サ 課稅 超える 動 超過
★ 免税の範囲は個人で使用する量と決まっています。 每個人的免稅有一定的範圍。	個人 名 個人 使用 名 サ 使用
★ ビジネス用に大量に持ち込むことはできません。 商業性質的大量採購是不行的。	大量に 副 大量地 持ち込む 動 採購
★★ パスポートを見せていただけますか。 請讓我看一下您的護照。	見せる 動 讓～看
★ 免税品は、これからその国から出国する人だけが購入できる商品です。 免稅品是只有即將出國的人才能購買的商品。	国 名 國家 出国 名 サ 出國
★ そのため免税品の購入時には、出国の予定があるという証拠を見せる必要があります。 因此在購買免稅品時，必須出示即將出國的憑證。	購入 名 サ 購買 予定 名 サ 預定 証拠 名 憑證
★ 免税で購入するには、店頭でパスポートの提示が必要です。 購買免稅品時，必須向店家出示護照。	提示 名 サ 出示 必要 形動 需要
★ パスポートを持って再度お越しいただけますか。 您可以帶護照再過來嗎？	再度 副 再度 越す 動 來

★ 下記内容を確認の上、購入者誓約書にサインをして下さい。 請在確認過以下內容之後，在契約書上簽名。	確認 名 サ 確認 誓約書 名 契約書
★ パスポートに購入記録票を貼り付けました。 我已經在護照上貼上您的購買憑證。	記録票 名 購買憑證 貼り付ける 動 貼上
★ 購入記録票は剥がしたり、失くしたりしないで下さい。 購買憑證請不要撕掉或遺失。	剥がす 動 撕除 失くす 動 遺失
★ それは、出国時に税関に提出して下さい。 請在離境時向海關出示購買憑證。	出国 名 サ 出國 提出 名 サ 出示
★ ホームページの URL を教えて下さい。 請告訴我你們的網址。	教える 動 告知
★ こちらのカードに記載しております。お持ち下さい。 請拿這張卡片，網址登載在上面。	記載 名 サ 記載 持つ 動 拿
★ ホームページでは毎日、最新の情報をご案内しております。 網頁每天介紹最新的情報。	情報 名 資訊 案内 名 サ 引導
★ ネット限定のものもございます。ぜひご覧下さい。 也有網路限定商品，請您務必看看。	限定 名 サ 限定 ご覧 名 看
★ 通信販売もしています。 我們也有郵購。	通信販売 名 サ 郵購
★ この商品は通信販売でしか買えません。 這項商品只能用網購才能買到。	商品 名 商品 買える 動 買得到
★ 通販のカタログを見て、ものを買う人がますます増えている。 看網購目錄購買東西的人愈來愈多了。	カタログ 名 目錄 増える 動 增加
★ 色々な商品がインターネット通販で販売されている。 各種商品靠著網購被販售著。	色々 形動 各種 商品 名 商品
★ 田舎暮らしだと、買い物に出掛けるのって大変だからさ。 如果你住在鄉下，外出採購東西相當麻煩。 ＝ 田舎で生活していたら、買い物に出掛けるのは大変だからね。	出掛ける 動 外出 田舎 名 鄉下 生活 名 サ 生活
★ ネット通販はいつでも注文できるから便利だ。 網購的話，隨時都可以訂東西，很方便。	注文 名 サ 訂購 便利 形動 方便

（累積單字量 11693 個，慣用語量 475 個）

Unit 09 | 免税店、予約購入、ネットショップ、支店 免稅店、訂購、網路商店、分店

★ 真夜中にでも注文できる。就算在半夜也可以訂東西。 ＝ 深夜でも注文できる。	真夜中 名 半夜 深夜 名 深夜
★ ネットでの買い物は時間が節約できる。用網路購物很節省時間。	節約 名 サ 節省
★ ネットでの買い物は忙しい人にピッタリだ。 用網路購物很適合忙碌的人。 ＝ ネットでの買い物は忙しい人に相応しい。 ＝ ネットでの買い物は忙しい人に向いている。	忙しい 形 忙碌的 ピッタリ 副 恰好 相応しい 形 適合的 向く 動 適合
★ ネットだと、どんなものでも簡単に探せるしね。 而且網路上什麼東西都很容易找到。	簡単に 副 簡單地 探せる 動 能找到
★ 今日注文したら、明日には自宅に品物が届くよ。 今天訂貨的話，明天就可以收到喔！	自宅 名 自己家裡 届く 動 送達
★ ネットだと、値段の比較ができる。在網路上還可以比價。	値段 名 價錢
★ 私もよくネットの通販で本や飲み物などを買う。 我也常常用網購買書或飲料。	本 名 書 飲み物 名 飲料
★ 昨日もまた、ネットで本を注文した。我昨天又在網路上訂書了。	昨日 名 昨天
★ アマゾンコムで、トム・クルーズ主演の映画の DVD を注文した。我在亞馬遜網站訂購了湯姆克魯斯主演的電影 DVD。	主演 名 サ 主演 映画 名 電影
★ 友人は子供向けのパーティー用品を販売する通信販売業を営んでいる。朋友經營的網購販賣業販賣以小孩子為對象的派對用品。	販売 名 サ 販售 営む 動 經營
★ インターネットによる駅弁の通販を取り扱っている業者もある。也有靠網路的網購販售鐵路便當的業者。	駅弁 名 鐵路便當 業者 名 業者
★ こちらは本店です。這裡是總店。	本店 名 總店
★ 姉妹店が新宿にございます。我們在新宿有姊妹店。	姉妹店 名 姊妹店
★ 新宿店の地図はこちらです。這是新宿店的地圖。	地図 名 地圖

★ 期間限定で大阪に出店しています。 我們也於限定期間內在大阪開店。	出店 名 サ 開店
★ 支店は全国に散布しています。 分店散布全國。 ＝ 支店は全国各地に広がっています。	散布 名 サ 散布 広がる 動 擴展
★ 全国の主要都市に支店があります。 全國各主要城市都有分店。	支店 名 分店
★ 台湾にも店舗を構えております。 我們在台灣也有店舗。	店舗 名 店舗

Unit 10 ｜取り換え、返品 更換、退費

★ 新しく買ったシャツのサイズを間違えたので、店に取り換えに行くわ。 新買的襯衫弄錯尺寸了，我要到店裡去換。	新しい 形 新的 行く 動 去
★★ これを取り換えたいのですが。 我想換這個。 ① 何故取り換えたいのですか。 您為什麼要換？ ＝ 取り換えの理由は何ですか。 ＝ 取り換えの理由を教えて下さい。	取り換える 動 換貨 理由 名 理由 何 名 什麼 教える 動 告知
★★ サイズを間違えたんです。 我買錯尺寸了。	間違える 動 弄錯
★★ L サイズに取り換えて下さい。 請幫我換 L 號。 ＝ L サイズに取り換えてもらえますか。	下さい 補動 請～ サイズ 名 尺寸
★ ここに染みがあるのに気付いたんです。 我發現這裡有污漬。	染み 名 污漬
★★ 何時お買いになったんですか。 請問您是什麼時候買的？ ＝ 何時お買い求めになりましたか。 ① 三日前買ったんです。 三天前買的。	何時 名 何時 買い求める 動 購買 三日前 慣 三天前

★★ ただ今確認致します。 我馬上幫您確認一下。 ＝ ただ今お調べ致します。	ただ今 副 現在 調べる 動 查詢
★★ どのように交換すればいいか教えて下さい。 請教我如何辦理換貨。	どのように 慣 如何 交換 名 サ 交換
★★ 交換の手続きを教えて下さい。 請告訴我換貨的手續。	手続き 名 手續
★★ 担当の者が参りますので、少々お待ち下さい。 負責的人馬上就來了，請稍等。	担当 名 サ 負責 参る 動 來，来る的謙讓語
★★ お待たせして申し訳ありません。 真抱歉，讓您久等了。	待つ 動 等候
★★ すぐに手配致します。 馬上幫您處理。 ＝ すぐに処置致します。 ＝ すぐに処理致します。	手配 名 サ 安排 処置 名 サ 處置 処理 名 サ 處理
★ 申し訳ございませんが、別の商品とは交換できません。 非常抱歉，這無法更換別的商品。	別 名 其他 商品 名 商品
★ 申し訳ございませんが、セール商品はお取り換えは致しかねます。 非常抱歉，拍賣品無法更換。	セール商品 名 拍賣品 致しかねる 動 為難
★★ すみませんが、レシートはお持ちですか。 請問您有帶收據來嗎？ ① レシートはこちらです。 收據在這裡。	レシート 名 收據 こちら 名 這裡
★★ すぐ確認して新しい物をお持ち致します。 我馬上確認後幫您拿新的來。	確認 名 サ 確認 持つ 動 帶
★★ あいにくレシートがないとお取り換えできません。 很抱歉，沒有收據的話，無法更換。	あいにく 副 抱歉 取り換える 動 換貨
★ 申し訳ございませんが、ご希望に添いかねます。 非常抱歉，無法如您所願。	希望 名 サ 希望 添う 動 滿足，符合
★ ぼられました。 被敲竹槓了！	ぼる 動 敲竹槓

★ 新しく買ったデジカメが欠陥品だったので、店に返品しに行くわ。新買的數位相機是瑕疵品，我要到店裡去退貨。	買う 動 買 店 名 商店
★★ すみませんが、これを返品したいのですが。 不好意思，我想退這個。 ① 何故返品したいのですか。您為什麼要退？	返品 名 サ 退貨 何故 副 為什麼 たい 助動 想～
★★ 何か問題がございましたか。有什麼問題嗎？	問題 名 問題
★ 商品がイメージと違っています。商品跟我預期的不同。 ① 商品のイメージ違いによる返品はお断りします。 商品跟預期不同的理由無法退貨。	違う 動 不同 違い 名 不同 断る 動 拒絕
★ このデジカメは全く動かないのです。這台數位相機完全不能用。	動く 動 動
★★ ここが壊れています。這裡壞掉了。	壊れる 動 壞掉
★★ これは不良品だと思います。這是瑕疵品。 = これは欠陥品だと思います。	不良品 名 瑕疵品 欠陥品 名 瑕疵品
★ 全然動かないんです。這完全不能用。	全然 副 完全
★ 一回使っただけで、壊れてしまいました。我只用一次就壞掉了。	一回 名 一次
★★ どこか故障しているようです。似乎是哪裡故障了。 = どこかに故障があるようです。 = どこかに故障が生じているようです。	故障 名 サ 故障 故障がある 慣 有故障 故障が生じる 慣 產生故障
★★ ご迷惑をお掛けして申し訳ございません。很抱歉造成您的困擾。	迷惑を掛ける 慣 造成困擾
★★ 見ても宜しいでしょうか。可以讓我看一下嗎？	見る 動 看
★ サポートセンターで確認致します。我們會送到支援中心檢查。	サポート 名 サ 支援
★ 商品を数日お預かりして宜しいでしょうか。 可以放在這裡幾天嗎？	預かる 動 存放

（累積單字量 11776 個，慣用語量 480 個）

★ 修理には一週間掛かります。 修理需要一週的時間。	修理 名 サ 修理
★ 修理代をお見積り後に、お知らせ致します。 估算出修理費用後會通知您。	見積り 名 估算 知らせる 動 告知
★ 修理代は新しいのを購入するのと同じぐらい掛かるでしょう。 修理費差不多跟買一台新的一樣吧！	修理代 名 修理費 購入 名 サ 購入
★ これを返品するので、返金して欲しいです。 這個我想要退貨退錢。	欲しい 形 想要的
★★ 返金してもらえますか。 能退錢嗎？ ＝ 返金していただけますか。 ＝ 返金していただけるでしょうか。	返金 名 サ 退錢 もらえる 動 能領受 いただける 動 能領受
★★ 返品可能ですか。 能退貨嗎？ ＝ 返品できますか。 ＝ 返品することはできますか。	可能 形動 可能 返品 名 サ 退貨 できる 動 能夠
★★ レシートはお持ちですか。 請問您有帶收據來嗎？	持つ 動 帶
★ レシートがあれば、この商品は返品可能です。 有收據的話，這商品可以退貨。	レシート 名 收據 商品 名 商品
★ すみませんが、パッケージを開封なさいましたか。 請問您拆開包裝了嗎？	パッケージ 名 サ 包裝 開封 名 サ 拆封
★ 未開封なら、返品を受け付けます。 未拆封的商品可以退。	未開封 名 サ 未拆封
★ 未開封の商品だけ、返品を受け付けます。 只有未拆封的商品可以退。	だけ 副助 僅僅 受け付ける 動 受理
★ 未開封の状態で返品頂いた場合は全額返金します。 未拆封狀態的商品可以全額退費。	状態 名 狀態 全額 名 全額

8 ショッピングについて 關於購物

（累積單字量 11798 個，慣用語量 480 個）

★ 未開封なら、ご購入後三十日以内なら返品に応じます。 未拆封的商品，在購買後的三十天內都可以退貨。 = 未開封なら、ご購入後三十日以内なら返品を受けます。 = 未開封なら、ご購入後三十日以内なら返品を受け入れます。	以内 名 以內 応じる 動 回應 受ける 動 承接 受け入れる 動 接受
★ 一度開封したものは返品できません。商品一旦拆開包裝就無法退。	一度 副 一旦
★ 商品の外箱をなくされた場合、本体を使用していなくても返品できません。 商品的外裝箱如果遺失，就算商品本身並未使用也無法退貨。	外箱 名 外裝箱 本体 名 本體 使用 名 サ 使用
★★ どのように返品すればいいか教えて下さい。 請教我如何辦理退貨。	返品 名 サ 退貨 教える 動 告知
★★ 返品の手続きを教えて下さい。請告訴我退貨的手續。	手続き 名 手續
★ 返品や交換する時、納品書が必要になります。 退貨或換貨時，必須有購貨清單。	納品書 名 購物清單 必要 形動 需要
★ 納品書がご購入の証明となります。購物清單是您購貨的證明。	証明 名 サ 證明
★ こちら保証書はお持ちですか。請問您有帶保證書來嗎？	保証書 名 保證書
★ 保証書がない場合は、返品、交換をお受けすることができません。沒有保證書的話，無法受理退貨跟換貨。	場合 名 ～的時候 交換 名 サ 換貨
★ 保証期間内ですので、無料で修理させていただけます。 還在保固期間內，可以幫您免費維修。	無料 名 免費 修理 名 サ 修理
★ 返品の処理を取らせていただきます。讓我為您辦理退貨。 = 返品の処理を行わせていただきます。 = 返品の処理をさせていただきます。	処理を取る 慣 辦理 処理を行う 慣 辦理 処理 名 サ 辦理
★ 代金の払い戻しを致します。我們會退錢給您。	代金 名 款項
★ 申し訳ございませんが、払い戻しは致しかねます。 非常抱歉，這無法退錢。	申し訳 名 抱歉 払い戻し 名 退錢

（累積單字量 11821 個，慣用語量 482 個）

★ 間違った使用方法により破損した商品のお取り換えは致しかねます。因為使用方法錯誤所造成的損壞，我們無法退換。	使用方法 名 使用方法 破損 名 サ 損壞
★ カードでの決済をキャンセルいたします。 我們會取消您的這項信用卡交易。	決済 名 サ 結帳 キャンセル 名 サ 取消
★ お客様のクレジットカードでは返金処理ができません。 我們無法處理您的信用卡退費。	お客様 名 顧客 クレジットカード 名 信用卡
★ 現金でお返しさせていただいても宜しいですか。 退還您現金可以嗎？	現金 名 現金 返す 動 歸還
★ 返品した品物の代金を私の口座に振り込んでいただけますか。 物品退貨的貨款，可以匯到我的戶頭嗎？	口座 名 戶頭 振り込む 動 匯款
★ 何時返金されますか。什麼時候可以退錢？ ＝ 何時返金できますか。	何時 代名 何時 返金 名 サ 退錢
★ 商品を受け取ったらすぐに返金できるはずです。 我認為你們收了商品就應該要馬上退錢才對。	受け取る 動 收取 はず 名 應該
★ 返金の手続きには、一週間ほど掛かります。 退款手續需要一週的時間。	一週間 名 一週 掛かる 動 花費
★ 二週間前に返品致しましたが、まだ口座に返金されていないようです。兩週前退貨的貨款，似乎還沒匯進我的戶頭。	まだ 副 還沒 ようだ 助動 似乎
★★ どのような状況か教えていただけますか。 可以請教一下是什麼情況嗎？	どのような 慣 怎樣的 状況 名 情況
★ スタッフの対応が悪いのですが。你們員工的服務態度不好。	悪い 形 不好的
★ 責任者を呼んで下さい。請幫我叫一下負責人。	責任者 名 負責人
★ 申し訳ございません。どのような対応でしたか。 真是抱歉，可以告訴我們發生什麼事了嗎？	申し訳 名 抱歉 対応 名 サ 應對
★ 本人にもよく言い聞かせます。我會請他注意的。	本人 名 本人

（累積單字量11845個，慣用語量483個）

★ 今後このようなことがないよう、気を付けてまいります。 我們會注意不要再讓這樣的事情發生。	今後 副 今後 気を付ける 慣 注意
★ マネージャーが謝罪に伺います。我們經理來向您致歉。 ＝ マネージャーが謝りに伺います。	謝罪 名 サ 謝罪 謝る 名 道歉
★★ お詫びに伺いたいのですが。我想向您致歉。	お詫び 名 致歉
お客様のご不満をよく理解しておりました。 我非常了解您的不滿。	不満 形動 不滿 理解 名 サ 理解
★ どのように穴埋めさせていただけますか。 我們該怎麼補償您好呢？	どのように 慣 怎樣地 穴埋め 名 サ 補償
★★ この件につきまして、確認させていただきますから、少々お待ち下さいませ。有關這件事，請容我進行確認，敬請稍後。	確認 名 サ 確認 少々 副 稍微
★ 事情を確認するために、少し時間をいただけませんか。 為了確認情況，能否請您給我一些時間？	事情 名 情況 少し 副 一些
★ 返金処理には時間が掛かる場合がございますので、予めご理解下さいませ。在退款處理上，有時相當花時間，這點請事先理解。	処理 名 サ 處理 予め 副 事先
★ お申し込み順で、返金の処理となっております。 按照申請的順序，進行退款的處理。	申し込み 名 申請 順 名 順序
★ クレジットカード会社を通じて、ご返金の手続きをさせていただきます。將透過信用卡公司辦理退款手續。	通じる 動 透過 手続き 名 サ 手續
★★ 大変ご迷惑をお掛けしております。很抱歉造成您非常大的困擾。	迷惑 形動 名 サ 困擾

（累積單字量 11863 個，慣用語量 485 個）

Chapter 9

レジャー、イベント
休閒、節目

Chapter 9 レジャー、イベント 休閒、節目

Unit 01 | 休みの計画を立てる、誘う 休假的安排、邀約

★★ 今年はどこへ旅行しますか。 你今年有要去哪裡旅行嗎？ ① フランスへ行く計画があります。 我計畫去法國。	今年 [名] 今年 計画 [名][サ] 計畫
★★ フランスのどこへ行きたいのですか。 你想去法國的哪裡？ ① パリへ行きたいです。 我想去巴黎。	フランス [名] 法國 パリ [名] 巴黎
★ 私はフランスへ行ったことがありません。 我不曾去過法國。	私 [名] 我
★ 私も何時かそこへ行きたいです。 我希望有一天我也能去。	何時 [代名] 何時
★★ 冬休みは何か計画がありますか。 你寒假有沒有什麼計畫？ ① 海外旅行に行きたいです。 我想去海外旅行。	冬休み [名] 寒假 海外旅行 [名] 海外旅行
☆☆ どこへ行きたいのですか。 你想去哪裡？ ① 韓国へ行こうと思っています。 我想去韓國。 ② 北海道へスキーに行こうと思います。 我想去北海道滑雪。	韓国 [名] 韓國 北海道 [名] 北海道 思う [動] 想
★ 旅行をお楽しみ下さい。 好好享受你的旅行！	楽しむ [動] 享受
★ どうぞよいご旅行を！ 祝你旅途愉快！	旅行 [名][サ] 旅行
★ 近々どこかへ行く予定は？ 你近期有沒有計畫要去哪裡？ ① まだ決めていない。 我還沒決定。 ② タイに行くか、マカオに行くか迷っている。 我在猶豫要去泰國還是澳門。 ＝ タイかマカオか、どちらに行くか迷っている。	近々 [副] 近期 予定 [名][サ] 預定 決める [動] 決定 タイ [名] 泰國 マカオ [名] 澳門 迷う [動] 猶豫
★ 二泊三日の旅行をしたいのですが、どこがお勧めですか。 我想來旅行個三天兩夜，你建議我去哪裡呢？ ① 香港がお勧めです。 我建議你去香港。	二泊三日 [名] 三天兩夜 勧める [動] 推薦 香港 [名] 香港

（累積單字量 11885 個，慣用語量 485 個）

★★ 何故ですか。為什麼？ ① 香港は台湾に近いから、飛行機に乗れば速いです。 香港離台灣很近，搭飛機很快。 ② 香港は、魅力たっぷりの都市です。 香港的是個充滿魅力的城市。	近い 形 近的 速い 形 快的 魅力 名 魅力 都市 名 都市
★ 食べ物もおいしいし、観光もいいし、ショッピングにもいいです。 美食佳、觀光佳、購物也佳。	食べ物 名 食物 観光 名 サ 觀光
★ それに、地下鉄やバスなどが発達しているので、観光名所に行きやすいです。 而且它的地鐵跟公車都很發達，到各觀光名勝都很容易。	地下鉄 名 地鐵 発達 名 サ 發達 観光名所 名 觀光名勝
★★ この週末はどこか行きますか。 你這週末有要去哪裡嗎？ ① 晴れれば山登りに行くつもりですけど。天氣好的話，想去爬山。	週末 名 週末 晴れる 動 晴朗
★ 山登りですか。健康的ですね。 爬山喔！很健康喔！ ① 偶には新鮮な空気も吸わないと。偶爾也要呼吸一下新鮮空氣。	山登り 名 サ 登山 健康的 形動 健康的
★ 今週の週末に家族で大湖へイチゴ狩りに行く予定だ。 這週末我們全家要去大湖採草莓。 ＝ 今週の週末に家族で大湖へイチゴ狩りに行く計画を立てている。	家族 名 家族 イチゴ狩り 名 採草莓 計画を立てる 慣 計畫
★ どうぞ楽しい休暇を！ 祝你有個愉快的假期！	休暇 名 假期
★★ 休みはどうでしたか。 你的休假如何？ ① とても楽しかったわ！非常開心喔！	休み 名 休假 楽しい 形 開心的
★ どうだったか聞かせて下さい。 玩得如何，可以說來聽聽嗎？	聞かせる 動 讓～聽
★ 今度の土曜日、お忙しいですか。 你這個週六忙嗎？	忙しい 形 忙碌的
★★ 何か予定がありますか。 有沒有預定要做什麼？ ① 何の計画も立てていません。 我沒有任何計畫。 ＝ 何の計画もありません。 ＝ 何も予定がありません。	何 代名 什麼 予定 名 サ 預定 計画 名 サ 計畫 も 副助 也

★ セミナーがあるのですが。有一個研討會。	セミナー 名 研討會
★ どんなセミナーですか。是怎樣的研討會？ ① パソコンについてです。跟電腦有關的。	パソコン 名 電腦 ～ついて 連 關於～
★ どこですか。在哪裡？ ① 世界貿易センタービルであります。在世貿大樓。	貿易 名 サ 貿易 ビル 名 大樓
★ セミナーは何時から何時までですか。研討會是幾點到幾點？ ① 午後二時から五時までです。下午兩點到五點。	何時 代名 幾點 午後 副 下午
★ 出席しますか。你要參加嗎？ ① はい、出席しますよ。要，我要參加。	出席 名 サ 出席 はい 感 表示肯定
★ そこで会いましょう。我們在那裡碰面吧！	会う 動 碰面
★ 他の人にも知らせて下さい。也通知其他人吧！ ① はい、分かりました。好的。	知らせる 動 通知 分かる 動 了解
★ 今度の週末、テニスをしようよ。 這個週末去打網球吧！ ① 予定があるんだよ。我已經有別的計畫了。 ② 誘ってくれてありがとう。でも、先約があって、行けません。 謝謝邀請，我已經有約了，沒辦法去。	今度 名 這次 週末 名 週末 誘う 動 邀請 先約 名 既定約會
☆☆ また次の機会に、お願いします。 下次有機會請再邀我喔！ ＝ またの機会に、是非お願いします。 ＝ また次の機会に誘ってくれませんか。	次 名 下次 機会 名 機會 是非 副 務必
★ 泳ぎに行きませんか。要去游泳嗎？ ① いいですよ。好啊！ ② 他の約束があります。我另外有約了。	泳ぐ 動 游泳 他 名 其他 約束 名 サ 約會

（累積單字量 11931 個，慣用語量 486 個）

★★ ドライブに行きませんか。要去兜風嗎？ ① 残念ですが、都合が悪いです。很遺憾，但我湊巧有事。 ＝ 残念ですが、都合がつきません。	残念 形動 遺憾 都合が悪い 慣 不方便 都合がつく 慣 方便
★ ピクニックに行きましょうか。我們去野餐吧！ ① ええ、喜んで。好啊，我很樂意。 ② 他の計画があります。我另外有計畫了。	ピクニックに行く 慣 去野餐 喜ぶ 動 樂意 計画 名 サ 計畫
★★ 一緒に外で食事をしましょうか。一起去外面吃飯吧！ ① また今度。下次吧！ ＝ また今度、伺います。	一緒に 副 一起 外 名 外面 食事 名 サ 用餐
★ 土曜日に新しいフランス料理のレストランに行ってみようよ。 週六我們去新的法國餐廳吃吃看吧！ ① うん、それはいいね。嗯，那很好啊！ ② せっかくだけど、駄目なんだ。多謝好意，但我不行。	土曜日 名 週六 新しい 形 新的 フランス料理 名 法國料理 駄目 形動 不行
★★ 明日、一緒に映画を見に行かない？明天要不要一起去看電影？ ＝ 明日、私と映画に行かない？ ① またの機会にするよ。改天吧！	明日 副 明天 映画 名 電影 機会 名 機會
★ 今度の日曜日、カラオケへ行って楽しくやろうよ。 這個禮拜天去卡拉 OK 找樂子吧！ ① いい考えだね。好主意。 ② 今回は止めておくわ。我這次不行。	日曜日 名 週日 楽しい 形 開心的 今回 名 這次 止める 動 作罷
★ 来週の土曜日、皆でバーベキューをしようか。 下週六大家來烤肉吧！ ① もちろん。當然好啊！ ② 私も入れて。算我一份。	来週 名 下週 皆 名 大家 バーベキュー 名 サ 烤肉 入れる 動 加入
★ 庭でバーベキューしようと思ってるの。 我想在院子裡烤肉。	庭 名 院子

9 レジャー、イベント 休閒、節目

★ ちょっとした友人の気軽な集まりだよ。 是個朋友間的小型輕鬆聚會。 ＝ ちょっとした友人のくだけた集まりだよ。 ＝ ちょっとした友人のカジュアルな集まりだよ。	気軽 形動 輕鬆 友人 名 朋友 カジュアル 形動 輕鬆 集まり 名 聚會
★★★ 遠慮しないで。請不要客氣。	遠慮 名 サ 客氣
★ 皆、普段着で来てね。大家穿便服來就可以了。	普段着 名 便服
★ 皆、午後五時に会社の近くで待ち合わせをしよう。 大家下午五點在公司附近集合吧！ ① じゃあ、その時に会おう。那麼，到時候見。	会社 名 公司 待ち合わせ 名 サ 碰面 会う 動 碰面
★ 遅れないでね。不要遲到喔！ ① できるだけ努力するよ。我盡量。	遅れる 動 遲到 努力 名 サ 努力
★ 何か持って行くものはありますか。我要帶些什麼去嗎？ ① 贈り物を交換する予定です。我們說好要交換禮物。	贈り物 名 禮物 交換 名 サ 交換
★ それを持って行きます。我會帶那個去。	持つ 動 帶
★★ 来週の土曜日は空いていますか。你下週六有空嗎？ ① ご免なさい。予定がいっぱいです。抱歉，那天我的行程很滿。	来週 名 下週 空く 動 空閒
★★ 何をするのですか。你要做什麼？ ① 午前中彼氏とボーリングに行く予定です。 我預定上午跟男朋友去打保齡球。	午前中 副 上午 彼氏 名 男朋友 ボーリング 名 保齡球
★ 午後はどうですか。那下午呢？ ① その日はとても忙しいのです。我那天很忙。	午後 名 下午 忙しい 形 忙碌的
★ 私たちはぜひあなたに来ていただきたいのです。 我們真的很希望你能來。 ① ご免なさい。行けないのです。 抱歉，我沒辦法去。	ぜひ 副 務必 来る 動 來 ご免 名 抱歉

（累積單字量 11977 個，慣用語量 489 個）

★ 皆会いたがってるよ。大家都很想見到你耶！ ① ご一緒できればいいんだけど。我也很希望我可以參加。	皆 名 大家 会う 動 見面
★ 分かりました。我了解了。 ① 別の日でもいいですよ。改天也可以喔！	分かる 動 了解 別の日 名 改天
★★ 何時、ご都合が宜しいですか。那你什麼時候方便呢？ ① また連絡します。我再跟你聯絡。	何時 代名 何時 連絡 名 サ 聯絡
★ ランチにご家族ご一緒で如何？我想請您全家一起到我家吃午飯。 ① ありがとう。ぜひ伺います。謝謝！我們一定會去打擾。	如何 副 如何 伺う 動 前往
★ 土曜日の夜、私の家で一緒に食事をしませんか。 週六晚上到我家一起吃飯好嗎？ = 土曜日の夜、家に夕食に来られませんか。 = 土曜日の夜、家に食事に来ませんか。	夜 名 晚上 家 名 家裡 夕食 名 晚餐 食事 名 サ 用餐
★ 偶には料理でもしようと思って。我偶爾也想做做菜。	料理 名 サ 做菜
★ 食事の後に、DVD を見ない？吃完飯後，看 DVD 如何？	後 名 之後
★ 泊まりに来なよ。來住我家吧！	泊まり 名 住宿
★ 子供たちは夏の間いないから、スペースは十分あるの。 孩子們夏天不在家，空間很足夠的。	子供 名 小孩 十分 形動 副 充分
★ その夜、家で語り明かそうよ。那天晚上我們就聊到天亮吧！ = その夜、家で一晩中語ろうよ。 = その夜、家で徹夜で語ろうよ。	語り明かす 動 聊通宵 一晩中 副 整晚 徹夜 名 サ 整夜
★ 十代の時以来そんなことしてないわ。 自從我十幾歲後就沒做過那樣的事了。 ① 私もよ！我也是啊！	十代 名 十幾歲 以来 名 以來 そんな 連體 那樣的
★★ 来てくれたら、嬉しいんだけど。如果你能來，我會很高興的。	嬉しい 形 高興的

☆★ まだ分(わ)かりません。我還不知道。	分(わ)かる 動 知道
☆★ 考(かんが)えさせて下(くだ)さい。讓我考慮一下。	考(かんが)える 動 考慮
☆★ 明日(あした)、連絡(れんらく)します。我明天再跟你聯絡。	連絡(れんらく) 名 サ 聯絡
☆★ いいえ、無理(むり)です。不，我沒辦法去。 ＝ いいえ、できません。 ＝ いいえ、お伺(うかが)いできません。	いいえ 感 表示否定 無理(むり) 形動 勉強 伺(うかが)う 動 前往
★★ お声(こえ)を掛(か)けて下(くだ)さってありがとう。謝謝你邀我。	声(こえ)を掛(か)ける 慣 叫，邀請
★ たぶん行(い)けないと思(おも)います。我想我們恐怕不能去。	思(おも)う 動 想
☆★ 用事(ようじ)があるから、出席(しゅっせき)できません。我有事，無法出席。	出席(しゅっせき) 名 サ 出席
☆★ せっかくですけど、ご免(めん)なさい。不好意思，辜負您的好意。	せっかく 副 刻意，專程
★★ 本当(ほんとう)に行(い)ければいいのですが。我真的希望我能去。	本当(ほんとう)に 副 真的
☆★ とにかくありがとう。無論如何，謝謝你。	とにかく 副 無論如何
☆★ 楽(たの)しんで下(くだ)さい！祝你們玩得愉快！	楽(たの)しむ 動 享受
☆★ また誘(さそ)って下(くだ)さいね。再邀我喔！ ＝ また今度(こんど)誘(さそ)って下(くだ)さいね。	誘(さそ)う 動 邀請 今度(こんど) 副 下次

Unit 02 ｜パーティー、二次会(にじかい) 派對、續攤

★★ 今度(こんど)の土曜日(どようび)、空(あ)いていますか。你這個週六有空嗎？ ① 午前中(ごぜんちゅう)は予定(よてい)がありますが。我週六上午有事。	空(あ)く 動 空閒 午前中(ごぜんちゅう) 名 上午

（累積單字量 12017 個，慣用語量 490 個）

★ 家でパーティーを開くのです。 我要在家舉行派對。	開く 動 舉行
★ 家にあなたを招待したいのですが。 想邀你到我家來。	招待 名 サ 招待
★★ パーティーに参加できますか。 你能參加派對嗎？ ＝ パーティーに来られるでしょうか。 ＝ パーティーにいらっしゃいませんか。	参加 名 サ 參加 パーティー 名 派對 いらっしゃる 動 來
★ どんなパーティーですか。 是怎樣的派對呢？ ① 父の誕生日会です。是我父親的生日派對。	父 名 父親 誕生日会 名 生日會
★ 何時に始まりますか。 幾點開始？ ① 五時半頃です。五點半左右。	始まる 動 開始 頃 名 左右
★★ できたらいらして下さい。 希望你能來。 ① 行きます。我會去的。	下さい 補動 請～ 行く 動 去
★ 何時に伺えばいいですか。 我要幾點到？ ① 五時前に来て下さい。請在五點以前到。	何時 名 幾點 伺う 動 前往
★★ お招きいただいてありがとう。 謝謝你邀請我。	招く 動 邀約
★ 宜しければ、家族も連れていらして下さいね。 最好帶家人一起來喔！ ① それはいいですね。那真是太棒了！	宜しい 形 可以的 家族 名 家人 連れる 動 帶
★ 何か持って行こうか。 我帶點東西去吧？ ① 手ぶらで来てね。你空手來就好啦！ ② ワインを一本持って来て。帶一瓶紅酒來好了。	持つ 動 帶 行く 動 去 手ぶら 名 空手
★ 五時を忘れないでね。 不要忘了五點喔！	忘れる 動 忘記
★ お住まいはどちらか教えて下さい。 請告訴我你家在哪裡。	住まい 名 住處

★ 六本木の辺りはよくご存知ですか。 你熟悉六本木一帶嗎？ ① いいえ、よく分かりません。 不，不太熟悉。	辺り [名] 一帶 存知 [名][サ] 知道
★ 駅からの地図を書きましょう。 我畫從車站到我家的地圖給你吧！ ① これに書いて下さい。 請畫在這上面。	地図 [名] 地圖 書く [動] 寫
★★★ これでいいでしょうか。 這樣可以嗎？ ① それで結構です。 那樣就可以了。	これでいい [慣] 這樣就可以 結構 [形動] 足夠
★ 見付けられると思います。 我想我找得到。	見付ける [動] 找到
★★ もし迷ったら、電話して下さい。 找不到再打電話給我。	電話 [名][サ] 電話
★ 迎えに行きます。 我去接你。	迎える [動] 接
★ 駅で待ち合わせてもいいですよ。 在車站碰面也可以啊！	駅 [名] 車站
★★★ 明日は何か予定がある？ 你明天有什麼行程嗎？ ① 特に予定はないけど、どうして？ 沒有什麼特定的行程，怎麼了？	明日 [名] 明天 特に [副] 特別地
★ パーティーにお招きしたいのですが、お時間宜しいでしょうか。 我想邀請你參加派對，你有空嗎？	招く [動] 邀請
★ 家で「持ち寄りパーティー」をしようと思って。 我想在家舉行「一人一菜派對」。	持ち寄り [名] 一人一菜 思う [動] 想，打算
★★ 徐さん、お疲れさま。 徐先生，您辛苦了。 ① お疲れさまです。 您也辛苦了。	お疲れさま [慣] 慰勞別人結束一天的工作或勞動
★ やっと一次会終わったね。 終於結束了聚會呢！ ① そうですね。長かったですね。 就是說啊！可真久呢！	終わる [動] 結束 長い [形] 長久的
★ 結構食べたよね。 吃了好多喔！ ① 食べたし、飲んだよ。 不只吃了很多，也喝了很多啊！	食べる [動] 吃 飲む [動] 喝
★★★ うん。お腹いっぱいだ。 對啊！肚子好飽啊！	お腹 [名] 肚子

（累積單字量 12058 個，慣用語量 492 個）

★ 二次会に行く？ 你要不要去續攤啊？	二次会 名 續攤
★ 今から二次会があるんですか。 現在要去續攤嗎？ ① そんなことは当たり前でしょ。這種事情是理所當然的啊！	今 名 現在 当たり前 形動 當然
★ 二次会って、カラオケですか。飲み会ですか。 續攤是指卡拉 OK 嗎？還是要喝酒呢？ ① 飲み会ですよ。まだまだ飲むんですよ。 那當然是要喝酒啦！還要再繼續喝呢！	カラオケ 名 卡拉 OK 飲み会 名 酒會 まだまだ 副 還要 飲む 動 喝
★ 飲み会ですか。カラオケよりはいいんですけど。 要喝酒啊？是比卡拉 OK 還好啦！ ① じゃあ、行こう。那就去吧！	より 格助 比 いい 形 好的 行く 動 去
★ でも、何時になるかわからないです。 但是，也不確定是幾點結束。 ① 頃合いを見計らって帰ればいいんだよ。看時機差不多就可以走了。	頃合い 名 時機 見計らう 動 斟酌
★ 一応行っといて。 起碼先出席嘛！	一応 副 姑且
★ みんな盛り上がっていて、一人だけ抜けるのも悪いでしょう。 大家正熱絡時只有我一個人先走也不太好意思吧？ ① いや、そっと抜ければ分からない。 不會啦！偷偷地走大家也不會發現啦！	盛り上がる 動 蓬勃，熱絡 抜ける 動 溜走 悪い 形 不好意思 そっと 副 悄悄地
★ 今帰るよりそっちの方がいいよ。 會比現在先走還好的多呢！ ① でも…。但是～。	今 名 現在 帰る 動 回家
★ 今帰るとみんなにいろいろ言われるよ。 你現在回去的話會被大家説話喔！ ① 何人くらい行くのかな。有多少人會去啊？	言われる 動 被説 何人 名 幾個人 くらい 副助 左右
★ 結構行くって言ってるよ。 聽説有蠻多人要去的。 ① どうしようかな。該怎麼辦好呢？	結構 形動 相當 どうしよう 慣 怎麼辦

★ 何(なに)かあるの。你有其他的事情嗎？ ① いや、別(べつ)に何(なに)があるっていうわけじゃないんだけどね。 沒有，沒什麼特別的事啦！	何(なに) 代名 什麼 別(べつ)に 副 其他的
★ まあ、行(い)こうよ。皆(みんな)行(い)くって言(い)ってるし。 那就去嘛！大家都說要去了。	行(い)く 動 去 言(い)う 動 說
★ 皆(みんな)行(い)くの？大家都要去嗎？ ① うん、行(い)くよ。嗯，都會去啊！	皆(みんな) 名 大家 の 終助 表示疑問
★ 結構(けっこう)帰(かえ)るんじゃないの。不是很多人都要回去了嗎？ ① いや、行(い)くって言(い)ってた。沒有啦！大家都說會去呢！	結構(けっこう) 形動 相當 じゃない 慣 不是～
★ 本当(ほんとう)に？皆(みんな)帰(かえ)らないの？真的嗎？大家都沒有要回去嗎？ ① そうよ。雪子(ゆきこ)も、幸子(さちこ)も、美紀(みき)も行(い)くって。 是啊！像雪子、幸子、美紀他們都說要去呢！	本当(ほんとう)に 副 真的 そう 副 就是 も 副助 也
★ もしかして、一人(ひとり)だけ行(い)かないなんて言(い)わないわよね。 該不會只有你一個人說不去吧！	もしかして 慣 該不會 一人(ひとり) 名 一個人
★ 寂(さみ)しいよ、今(いま)帰(かえ)ったら。現在回去的話，會很寂寞喔！	寂(さみ)しい 形 寂寞的
★ ここで行(い)かなかったら、和(わ)を乱(みだ)すことになるよ。 這時候不去的話，會被認為是不團結喔！ ① そうかもね。也許吧！	ここで 慣 此時 和(わ)を乱(みだ)す 慣 擾亂和諧 かも 副助 或許～也說不定
★ 行(い)こう、行(い)こう。二次会(にじかい)終(お)わったら帰(かえ)ればいいんだよ。 走啦！走啦！續攤完再回去就好了。 ① じゃあ、行(い)くだけ行(い)ってみようかな。好啦！那我會去的。	二次会(にじかい) 名 續攤 終(お)わる 動 結束 帰(かえ)る 動 回去
★ でも、どれくらい掛(か)かるのかな。但是大概會花多少錢啊？ ① 分(わ)からないけど、大丈夫(だいじょうぶ)じゃない。 我不太清楚，應該不會很貴吧！ ② 二次会(にじかい)のお金(かね)も会費(かいひ)に入(はい)ってるらしいよ。 續攤的錢好像也包含在會費裡的樣子。	掛(か)かる 動 花費 大丈夫(だいじょうぶ) 形動 不要緊 会費(かいひ) 名 會費 入(はい)る 動 包含

★ 一次会だけじゃないの？ 不是只有剛剛聚餐時的費用嗎？ ① 違う、二次会の分も入ってるって、さっき秘書が言ってた。 不是，剛剛祕書說也有包含續攤的費用呢！	違う 動 不對 入る 動 包含 秘書 名 祕書
☆☆ 本当に？ 真的嗎？	本当に 副 真的
★ 皆どしどし参加してくださいって言ってたよ。 她還說請大家踴躍參加呢！ ① じゃあ、行くだけ行ってみるよ。 那我會去的。	参加 名 サ 參加 言う 動 說 だけ 副助 僅僅
★ 陳君、二次会に行く？ 小陳，你要不要去續攤啊？ ① いや、ちょっと。明日早いんで。 不太好吧！明天還得早起呢！	明日 副 明天 早い 形 早一點
★ 行きたくない？ 你不想去嗎？ ① ええ、レポートはまだ終わってないので。 是啊！因為報告還沒有做完。	レポート 名 報告 まだ 副 還沒
★ いや、一回くらい出さなくても大丈夫だよ。 一次不交而已不會怎樣啦！ ① いや、もう帰ります。 不，我要回去了。	～回 名 ～次 出す 動 繳交 大丈夫 形動 不要緊
☆☆ 行こうよ。 一起去啦！ ① いや、最初から行かないつもりだったから。 不了，一開始就沒有要去續攤的打算了。	よ 終助 表示主張 最初 名 最初 つもり 名 打算
☆☆ ぜひ行こうよ。 一定要去啦！ ① ちょっと考えさせて下さい。 讓我想一下啦！	考える 動 考慮 下さい 補動 請～
★ 年に一度だけの忘年会だからね。 一年只有一次的尾牙喔！ ① じゃあ、ちょっとだけなら。 好吧！如果只去一下子的話。	一度 名 一次 忘年会 名 尾牙
★ よし、決定！ 好，就這麼決定了！ ① うん、じゃあ、行くよ。 嗯。那就決定去了。	決定 名 サ 決定 行く 動 去
★ ということで、早く行こう。もう遅れちゃうからね。 既然如此，那就趕快出發吧。不然要遲到了呢！	早く 副 趕快 遅れる 動 遲到

Unit 03 | 魚釣、キャンプする、スキーする 釣魚、露營、滑雪

★★ この週末の計画は立てましたか。 你這個週末有什麼計畫嗎？ ① 釣りに行くつもりです。 我打算去釣魚。 = 釣りに行く計画があります。 = 釣りに行く計画を立てました。	週末 名 週末 行く 動 去 計画がある 慣 計劃 計画を立てる 慣 訂定計畫
★ 釣りが好きですか。 你喜歡釣魚嗎？	好き 形動 喜歡
★ どんな釣りが好きですか。 你喜歡怎麼釣魚？ ① 川釣りが好きです。 我喜歡溪釣。 ② 海釣りが好きです。 我喜歡海釣。	釣り 名 釣魚 川釣り 名 溪釣 海釣り 名 海釣
★ 沖釣りが好きです。 我喜歡船釣。	沖釣り 名 船釣
★ 底釣りが好きです。 我喜歡底釣。	底釣り 名 釣底棲的魚
★ 磯釣りが好きです。 我喜歡磯釣。	磯釣り 名 釣磯沿海岸的魚
★ 陸釣りが好きです。 我喜歡在岸上釣魚。	陸釣り 名 在岸上釣魚
★ この近くの釣り場はどこにありますか。 這附近的釣魚場在哪裡？	釣り場 名 釣魚場
★ どこへ釣りに行きますか。 你要去哪裡釣魚？ = どこで釣りをしますか。 = どこで釣りをやりますか。 ① 南寮漁港へ釣りに行きます。 我要去南寮漁港釣魚。	釣りに行く 慣 釣魚 釣りをする 慣 釣魚 釣りをやる 慣 釣魚 漁港 名 漁港
★ そこまでどう行けばいいですか。 要怎麼去？	行く 動 去
★ そこまでどのぐらい時間が掛かりますか。 到那裡要多久？	時間が掛かる 慣 花時間
★ 今、何が釣れますか。 現在可以釣到什麼？	何 名 什麼

（累積單字量 12141 個，慣用語量 502 個）

Unit 03 | 魚釣、キャンプする、スキーする 釣魚、露營、滑雪

★ どんな釣り道具を使いますか。你用什麼釣具？	道具 [名] 道具
★ 釣り道具はどこで借りられますか。哪裡可以借到釣具？	借りる [動] 借（入）
★ 釣り道具はどこで買えますか。哪裡可以買到釣具？	買う [動] 買
★ 釣り船はどこから乗れますか。哪裡可以坐釣船？	乗る [動] 乘坐
★ 釣り船は何時に出ますか。釣船幾點出發？ ① 朝七時に出ます。早上七點出發。	釣り船 [名] 釣船 出る [動] 出發
★ 何時家を出発するのですか。你要幾點從家裡出發？ ① 明後日の朝五時です。後天早上五點。 ＝ 明後日の朝五時に出発します。	家 [名] 家裡 明後日 [名] 後天 出発 [名][サ] 出發
★ 釣り船は何時に戻りますか。釣船幾點回來？	戻る [動] 回來
★★ 予約の必要がありますか。需要預約嗎？	必要 [形動] 需要
★★ 料金はいくらですか。費用是多少？	料金 [名] 費用
★ 食べ物と飲み物は持参する必要がありますか。 需要自己帶食物跟飲料嗎？	持参 [名][サ] 帶 必要 [形動] 需要
★ 餌は買えますか。可以買到魚餌嗎？	餌 [名] 魚餌
★ どんな種類の餌ですか。是什麼種類的魚餌？	種類 [名] 種類
★ 入漁料がいりますか。有捕魚費嗎？	入漁料 [名] 捕魚費
★ そこへ行くのが待ち切れない！我等不及要去了。	待ち切れない [慣] 等不及
★ どうだったか聞かせて下さい。再告訴我釣魚釣得如何。	聞く [動] 聽
★ どうぞよい週末を！ 祝你有個愉快的週末！	週末 [名] 週末

★ この近くに、キャンプ場がありますか。 這附近有沒有露營的場地？ ① この辺ではキャンプはできません。這附近不准許露營。	近く 名 附近 キャンプ場 名 露營場地 キャンプ 名 サ 露營
★ キャンプをするのに、好都合な場所を知っていますか。 你知道適合露營的地方嗎？ ① キャンプするのによい場所はいくらでもあります。 適合露營的地方有很多。	好都合 形動 合適 知る 動 知道 場所 名 地方 いくら 副 好幾個
★ どのキャンプ場がいいか、教えて下さい。 你可以告訴我哪個露營場地好嗎？	どの 連體 哪一～ 教える 動 告知
★ 湖の側のキャンプ場が好きです。我喜歡湖邊的露營場地。	湖 名 湖
★ 山の側のキャンプ場が好きです。我喜歡山邊的露營場地。	山 名 山
★ 海岸の側のキャンプ場が好きです。我喜歡海岸邊的露營場地。	海岸 名 海岸
★ 私は彼らと一緒に、キャンプに行くつもりです。 我打算跟他們一起去露營。	彼ら 名 他們 つもり 名 打算
★ 私たちは水際でキャンプをする予定です。我們預定在水邊露營。	水際 名 水邊
★ 一日滞在の予定です。我們打算待一天。	滞在 名 サ 逗留
★ 二日滞在の予定です。我們打算待兩天。	二日 名 兩天
★ 三日滞在の予定です。我們打算待三天。	三日 名 三天
★★ そこまでどう行けばいいでしょう。要怎麼去那裡？	そこ 名 那裡
★ そこは、地図のどこにありますか。那裡在地圖的哪裡？	地図 名 地圖
★ このキャンプに参加することができて、とても嬉しいです。 我很高興能參加這次露營。	参加 名 サ 參加 嬉しい 形 高興的
★ 私たちはここで一晩キャンプできますか。 我們可以在這裡露營一個晚上嗎？	私たち 代名 我們 一晩 副 一晚

（累積單字量 12184 個，慣用語量 503 個）

★ どこに泊まれますか。 我們可以在哪裡紮營呢？	泊まる 動 住宿
★ 飲める水がありますか。 有飲用水嗎？	水 名 水
★ 水道がありますか。 有自來水嗎？	水道 名 自來水
★ ガスがありますか。 有瓦斯嗎？	ガス 名 瓦斯
★ 電気がありますか。 有電嗎？	電気 名 電
★ 子供の遊び場がありますか。 有小孩子的遊樂場嗎？	遊び場 名 遊戲場所
★ 食料品店がありますか。 有雜貨店嗎？	食料品店 名 雜貨店
★ トイレがありますか。 有廁所嗎？	トイレ 名 廁所
★ お風呂がありますか。 有浴室嗎？	お風呂 名 浴室
★ シャワー室がありますか。 有淋浴間嗎？	シャワー室 名 淋浴間
★ 料理の設備がありますか。 有烹調設備嗎？	設備 名 設備
★ テントがありますか。 有帳棚嗎？	テント 名 帳篷
★ 寝袋が借りられますか。 可以借到睡袋嗎？	寝袋 名 睡袋
★ 炊事用具が借りられますか。 可以借到煮飯用具嗎？	炊事用具 名 煮飯用具
★ 毛布が借りられますか。 可以借到毯子嗎？	毛布 名 毯子
★ ランプが借りられますか。 可以借到燈嗎？	借りる 動 借（入）
★ テントが借りられますか。 可以借到帳棚嗎？	借りられる 動 能借到
★ 料金は一人一日いくらですか。 一個人一天的費用是多少？	料金 名 費用
★ そこでテニスができますか。 那裡可以打網球嗎？	テニス 名 網球

★ そこでバスケットボールができますか。 那裡可以打籃球嗎？	バスケットボール 名 籃球
★ そこでバドミントンができますか。 那裡可以打羽毛球嗎？	バドミントン 名 羽毛球
★ そこでバレーボールができますか。 那裡可以打排球嗎？	バレーボール 名 排球
★ 釣（つ）りに行（い）けますか。 可以去釣魚嗎？	釣（つ）り 名 釣魚
★ 泳（およ）ぎに行（い）けますか。 可以去游泳嗎？	泳（およ）ぎ 名 游泳
★ サイクリングに行（い）けますか。 可以去騎自行車嗎？	サイクリング 名 騎自行車
★ この道（みち）はどこへ行（い）きますか。 那條路是要到哪裡的？	道（みち） 名 道路
★ 近（ちか）くにハイキングコースがありますか。 附近有健行步道嗎？	近（ちか）く 名 附近
★ ハイキングコースの地図（ちず）がありますか。 有健行步道的地圖嗎？	地図（ちず） 名 地圖
★★ 素晴（すば）らしい景色（けしき）ですね。 好棒的風景啊！	景色（けしき） 名 風景
★ あの納屋（なや）を見（み）てご覧（らん）なさい。 看看那間倉庫。	納屋（なや） 名 倉庫
★ 今（いま）はスキーシーズンです。 現在是適合滑雪的季節。	スキーシーズン 名 適合滑雪的季節
★ 今（いま）、どこでスキーができますか。 現在哪裡可以滑雪呢？	今（いま） 副 現在
★ この近（ちか）くのスキー場（じょう）はどこにありますか。 這附近的滑雪場在哪裡？	スキー場（じょう） 名 滑雪場
★ どこへスキーをしに行（い）きますか。 你要去哪裡滑雪呢？	スキー 名 滑雪
★ スキー場（じょう）は込（こ）んでいますか。 滑雪場很多人嗎？	込（こ）む 動 擁擠
★ 雪質（ゆきしつ）はどうですか。 雪質如何？	雪質（ゆきしつ） 名 雪質
★ 雪（ゆき）は粉雪（こなゆき）ですか。 是很細的雪。	粉雪（こなゆき） 名 細雪
★ 雪（ゆき）は湿（しめ）っていますか。 雪是濕的嗎？	湿（しめ）る 動 潮濕

（累積單字量 12222 個，慣用語量 503 個）

★ 積雪(せきせつ)はどのぐらいですか。 積雪有多高？	積雪(せきせつ) 名 積雪
★ リフトがありますか。 有滑雪電纜車嗎？	リフト 名 吊椅式的升降纜車
★ ロープウェーがありますか。 有空中纜索嗎？	ロープウェー 名 空中纜索
★ ゴンドラがありますか。 有纜車嗎？ ＝ ケーブルカーがありますか。	ゴンドラ 名 纜車 ケーブルカー 名 纜車
★★ どのぐらい待(ま)たなければなりませんか。 大概要等多久呢？	待(ま)つ 動 等待

Unit 04 | 結婚式(けっこんしき)、誕生日(たんじょうび)パーティー、葬式(そうしき) 婚禮、生日派對、喪禮

★★ あなたの誕生日(たんじょうび)はいつ？ 你什麼時候生日？	誕生日(たんじょうび) 名 生日
★ 今日(きょう)は、私(わたし)の誕生日(たんじょうび)なの。 今天是我的生日。 ① すみません。すっかり忘(わす)れてた。 不好意思！我完全忘了。	今日(きょう) 名 今天 忘(わす)れる 動 忘記
★ 私(わたし)の妹(いもうと)も同(おな)じ日(ひ)よ。 我妹妹也同一天生日喔！	同(おな)じ 形動 相同
★★ 何歳(なんさい)になった？ 你幾歲了？	何歳(なんさい) 名 幾歲
★ 十八歳(じゅうはっさい)だっけ？ 你十八歲是吧？ ① もう二十歳(はたち)かな。 已經二十歲了吧！	もう 副 已經 かな 終助 表示不確定
★ 二十歳(はたち)になった気分(きぶん)はどう？ 二十歲了感覺如何？	気分(きぶん) 名 感覺
★ 三十(さんじゅう)になったよ。 我已經三十了喔！ ① 二十五歳以上(にじゅうごさいいじょう)には見(み)えないわ。 你看起來不超過二十五歲呢！	以上(いじょう) 名 以上 見(み)える 動 看起來

★ いくつになっても若(わか)いね！ 妳無論幾歲都是那麼年輕耶！	若(わか)い 形 年輕的
★ いい一年(いちねん)になるといいね。 希望你未來的一年會很好。	一年(いちねん) 名 一年
★ 誕生日(たんじょうび)パーティーはしないの？ 你不開生日派對嗎？ ① 誕生日(たんじょうび)パーティーをする必要(ひつよう)がないでしょう。 沒必要開生日派對吧！	パーティー 名 派對 の 終 表示疑問
★ 徐(じょ)さんの二十歳(はたち)を祝(いわ)って、サプライズパーティーをしよう。 慶祝徐同學二十歲生日，舉行驚喜派對吧！	二十歳(はたち) 名 二十歲 祝(いわ)う 動 慶祝
★ 誕生日(たんじょうび)プレゼントは何(なに)がいい？ 你想要什麼生日禮物？	プレゼント 名 禮物
★ どんな誕生日(たんじょうび)プレゼントが欲(ほ)しい？ 你想要怎樣的生日禮物？	欲(ほ)しい 形 想要的
★ プレゼントに何(なに)をもらったの？ 你收到什麼生日禮物？	何(なに) 代名 什麼
★★ お誕生日(たんじょうび)おめでとう！ 生日快樂！	おめでとう 慣 恭喜
★ いい誕生日(たんじょうび)になるといいね。 祝你生日快樂！	誕生日(たんじょうび) 名 生日
★ 遅(おく)れちゃったけど誕生日(たんじょうび)おめでとう。 雖然遲了，還是祝你生日快樂！	遅(おく)れる 動 遲到
★ 願(ねが)い事(ごと)をして、蝋燭(ろうそく)を消(け)して。 許願後，將蠟燭吹熄吧！	願(ねが)い事(ごと) 名 許願
★★ あなたへのプレゼントよ。 這是給你的生日禮物喔！	あなた 代名 你（妳）
★★ これはつまらないものだけど。 這只是我的一點小心意。	つまらない 形 微不足道的
★ 奮発(ふんぱつ)しちゃったよ。 我可是下了本錢的喔！	奮発(ふんぱつ) 名 サ 花大錢
★ あなたが欲(ほ)しがっていたものよ。 是你一直想要的喔！	欲(ほ)しがる 動 想要
★ 欲(ほ)しい物(もの)とは違(ちが)うかもしれないけど。 或許不是你所想要的。	違(ちが)う 動 不一樣
★ どれにするか迷(まよ)ったんだけど。 我一直猶豫該送你什麼。	迷(まよ)う 動 猶豫
★ 姉(あね)に選(えら)んでもらったの。 我請姊姊幫我選的。	選(えら)ぶ 動 選擇

（累積單字量 12257 個，慣用語量 504 個）

★★ 気に入ってくれるといいんだけど。希望你會喜歡。	気に入る 慣 喜歡
★★ あなたにぴったりだと思う。我認為這很適合你。	思う 動 認為
★★ ありがとう。開けてもいい？謝謝！我可以拆開禮物嗎？	開ける 動 拆開
★★ これ、欲しかったの！這就是我想要的！	欲しかった 慣 一直想要的
★ 何で欲しい物が分かったの？你怎麼知道我想要什麼？	何で 慣 為什麼
★ プレゼントを気に入ってもらえてよかったです。 真高興你喜歡這個禮物。	プレゼント 名 禮物 よかった 慣 太好了
★★ パーティーに来てくれてありがとう。謝謝你來參加我的生日派對。	来る 動 來
★ 誕生日覚えていてくれてたのね！你竟然還記得我的生日！	覚える 動 記得
★ どんな結婚式にしたい？你想要怎樣的婚禮？ ① 二人だけの挙式にしたいな。我想要一個只有我們兩個人的婚禮。 ＝ 二人だけの挙式にして欲しいな。	結婚式 名 婚禮 二人 名 兩個人 挙式 名 結婚儀式
★ ジミ婚でいいよ。簡單樸素的婚禮就好了。 ＝ 簡単で質素な結婚式でいいよ。	ジミ婚 名 簡樸的婚禮 質素 形動 樸素
★ どうせだから盛大に！既然要辦，就盛大地辦吧！	盛大 形動 盛大
★ ゴンドラで登場するとか？比如說坐吊籃出場？ ① それはやり過ぎたよ！那就太誇張了！	登場 名 サ 出場 やり過ぎる 動 太過分
★ やっぱり海外挙式！還是海外婚禮好！	海外挙式 名 海外婚禮
★ 教会で結婚式を挙げたい！我想在教堂舉行婚禮！	教会 名 教會
★ 料理には拘りたいな。我希望婚禮的餐點能講究一點。	拘る 動 執著
★ 少なくとも二回はお色直ししたいな。我希望至少能換兩套衣服。	色直し 名 サ 換衣服

★ アットホームな披露宴(ひろうえん)にしたいね。 我想要一個親密、輕鬆而自在的婚宴。 ＝ 親(した)しみがあって、寛(くつろ)げる披露宴(ひろうえん)にしたいね。	披露宴(ひろうえん) 名 婚宴 親(した)しみ 名 親密 寛(くつろ)げる 動 舒適放鬆
★ 誰(だれ)を呼(よ)ぶかが悩(なや)みどころね。我在煩惱賓客的名單。 ＝ 誰(だれ)を招待(しょうたい)するかが悩(なや)みどころね。	呼(よ)ぶ 動 叫，邀請 招待(しょうたい) 名 サ 招待
★ 引(ひ)き出物(でもの)は何(なに)にしよう。要送賓客什麼紀念品好呢？	引(ひ)き出物(でもの) 名 紀念品
★ 誰(だれ)にスピーチしてもらおうかな。要請誰致詞好呢？	誰(だれ) 代名 誰
★ もうすぐ陳(ちん)さんの結婚式(けっこんしき)ね。小陳的婚禮快到了耶！	結婚式(けっこんしき) 名 婚禮
★ ご祝儀(しゅうぎ)はいくらにする？紅包要包多少呢？	祝儀(しゅうぎ) 名 紅包
★ 相場(そうば)はどのぐらい？現在的行情如何？	相場(そうば) 名 行情
★ 友人(ゆうじん)なら普通(ふつう)三万円(さんまんえん)ぐらいだよ。朋友的話，一般是三萬日圓。	友人(ゆうじん) 名 朋友
★ 二次会(にじかい)にも参加(さんか)する？你也會參加續攤嗎？	二次会(にじかい) 名 續攤
★ 出席(しゅっせき)してくれてありがとう。謝謝你來參加我們的婚禮。	出席(しゅっせき) 名 サ 出席
★★ おめでとう！恭喜你們！	おめでとう 慣 恭喜
★★ 結婚(けっこん)おめでとう！恭喜你們結婚了！	結婚(けっこん) 名 サ 結婚
★ 心(こころ)から祝福(しゅくふく)するよ。我打從心裡祝福你們。	祝福(しゅくふく) 名 サ 祝福
★ 次(つぎ)はあなたね？下一個輪到你了吧？ ① 出来(でき)たらね！可以就好啊！	次(つぎ) 名 下次 出来(でき)る 動 能夠
★ 好(い)い人(ひと)が見付(みつ)かって良(よ)かったね。真高興你能找到這麼好的對象。	見付(みつ)かる 動 找到
★ 素敵(すてき)なお嫁(よめ)さんで羨(うらや)ましいな。 真羨慕你找到這麼好的老婆。	羨(うらや)ましい 形 令人羨慕的

（累積單字量 12293 個，慣用語量 509 個）

★ 自分の事みたいに嬉しいよ！ 我就像是自己的事情一樣高興！ ＝ まるで自分の事のように嬉しいよ！	自分 名 自己 事 名 事情
★ この幸せ者！ 你這個幸運的傢伙！	幸せ 形動 幸運
★ あなた達、お似合いよ。 你們真的很相配。	似合い 名 相配
★ お二人の愛が永遠に続きますように。 希望你們的愛持續到永遠！	続く 動 持續
★ 結婚を祝して乾杯！ 我們大家向新娘新郎敬酒！	祝する 動 祝福
★ 素晴らしい式で感動したわ。 很棒的婚禮，真令人感動！	感動 名 サ 感動
★ 早く元気な子供ができますように！ 祝你們早生貴子！	子供 名 小孩
★ 新婚旅行はどこ行くの？ 你們蜜月旅行要去哪裡？ ① ハワイに行きます。 我們要去夏威夷。	新婚旅行 名 蜜月旅行 行く 動 去
★ ブーケは私の方に投げてね！ 把捧花丟過來我這邊！	投げる 動 丟
★ どういう意味か知ってる？ 你知道那表示什麼嗎？ ① うん！私、徐さんと婚約したとこなのよ。 知道啊！我跟徐先生才剛訂婚呦！	意味 名 意思 知る 動 知道 婚約 名 サ 訂婚
★ ガーターは俺が取るぞ！ 我搶到襪帶了。	俺 名 我，男性自稱
★ ジョニーが来られないって残念がってたわ。 強尼不能來真可惜！	来られない 慣 不能來 残念がる 動 感到可惜
★ 葬式は、人の死を弔うために行われる儀式だ。 葬禮是為了憑弔人死而舉行的祭儀。 ＝ 葬式は、人の死を悼むために行われる祭儀だ。 ＝ 葬式は、人の死を追悼するために行われる祭儀だ。	弔う 動 憑弔 悼む 動 悼念 追悼 名 サ 追悼 祭儀 名 祭祀儀式
★ 日本のお葬式はどんな感じなの？ 日本的喪禮是怎樣的呢？ ① みんな黒い服を着て参列する。 大家穿著黑色的衣服參加喪禮。 ＝ みんな黒い服を着て出席する。	感じ 名 感覺 参列 名 サ 參加 出席 名 サ 出席

9 レジャー、イベント 休閒、節目

★ お葬式の時，人々は黒で正装する。 葬禮時，人們穿著黑色的正式服裝。	人々 名 人們 正装 名 サ 正式服裝
★ 葬式には黒い服を着るのが慣例だ。在葬禮穿著黑色服裝是慣例。 ＝ 慣例で葬式では黒い服を着ることになっている。	葬式 名 葬禮 慣例 名 慣例
★ 近年、葬式の下準備という考え方が広まっている。 近年來，事先準備葬禮的想法廣為流傳。 ＝ ここ数年、葬式の下準備という考え方が広まっている。 ＝ 最近の数年間、葬式の下準備という考え方が広まっている。	近年 副 近年 ここ数年 副 這幾年 最近の数年間 副 近幾年 下準備 名 サ 事先準備
★ 日本の葬儀の大部分は仏式で行われている。 日本的葬禮大部分用佛教葬禮來舉行。 ＝ 日本の葬儀の大部分は仏教葬式で行われている。	仏式 名 佛教葬禮 仏教葬式 名 佛教葬禮 行う 動 舉行
★ 仏教葬式とは、葬式や法事を仏教の儀式で執り行うことをいう。所謂的佛教葬禮，就是葬禮或法事用佛教的儀式來執行。 ＝ 仏教葬式とは、葬式や法事を仏教の儀式で執行することだ。	仏教 名 佛教 執り行う 動 執行 執行 名 サ 執行
★ 葬式の前に、親族や知人たちが死者の側に集まって一晩を過ごす。葬禮前，親戚朋友們聚集在死者身旁，共度一晚。	知人 名 朋友 集まる 動 聚集
★ 遺体は火葬される。遺體用火葬。	火葬 名 サ 火葬
★ お香典を贈る習慣がある。有致贈奠儀的習慣。	香典 名 奠儀
★ お香典に新札を使ってはいけない。奠儀不能使用新鈔。	新札 名 新鈔
★★ どうして駄目なの？為什麼不能？ ① 死を予想していたみたいだからだよ。 那似乎表示你事先預測到那個人會死一樣。	駄目 形動 不行 死 名 死亡 予想 名 サ 預測
★ 今まで、葬式に出たことがあるか？你到目前為止參加過葬禮嗎？	今まで 慣 到目前為止
★ 父が亡くなりました。家父過世了。	亡くなる 動 過世

（累積單字量 12339 個，慣用語量 511 個）

★ 父の葬式の準備をしています。 我正在準備家父的葬禮。	準備 名 サ 準備
★ 来週の日曜日に父の葬式を行います。 家父的葬禮下週日舉行。 ＝ 父の葬式は来週の日曜日に行います。	来週 名 下週 日曜日 名 週日
★ 長年付き合っていた友人の葬式に行く。 我要去參加長年往來的友人的葬禮。	長年 名 副 長年 付き合う 動 來往
★ 私は彼の葬式に出た。 我出席了他的葬禮。 ＝ 私は彼の葬式に参列した。 ＝ 私は彼の葬式に出席した。	葬式に出る 慣 出席葬禮 葬式に参列（出席）する 慣 出席葬禮
★ 彼の葬式には大勢の人が参列した。 很多人出席了他的葬禮。	大勢 形動 很多人
★ 仏式で行われる葬式だった。 是以佛教儀式舉行的葬禮。 ＝ 仏教の儀式による葬式だった。	行う 動 舉行 儀式 名 儀式
★ 葬式は、然るべき厳粛さで行われた。 葬禮以應有的嚴肅舉行了。	厳粛さ 名 嚴肅
★ ご愁傷様です。 真令人難過。	人死時，對死者親屬所説的安慰話。
★ 心からお悔やみ申し上げます。 衷心表示哀悼。	悔やむ 動 哀悼
★ 父とはどういったご関係で？ 請問您跟家父是怎麼認識的？ ① 仕事で大変お世話になりまして。我在工作上承蒙他很多幫助。	関係 名 關係 仕事 名 工作
★ もう会えないと思うと寂しいですね。 一想到無法再見到他了就很傷心。	会える 動 能碰面 寂しい 形 寂寞的
★ お父様は素晴らしい方でした。 令尊是非常了不起的人。	素晴らしい 形 很棒的
★ 惜しい人を亡くしました。 他的過世真是一大損失。	惜しい 形 可惜的
★★ 色々と大変でしたね！ 真是辛苦你了！	大変 形動 辛苦

★ 何と申し上げてよいものか。 我不知該說什麼才好。 ＝ 何と申し上げるべきか。	何 名 什麼 申し上げる 動 說
★ ただただ驚いています。 我一直處於驚訝狀態中。 ＝ ただただショック状態です。 ＝ 全く驚いています。	驚く 動 驚訝 ショック状態 名 驚訝狀態 全く 副 完全
★ 先日お会いしたときは元気そうでしたのに。 前幾天我遇到他的時候還好好的。	先日 副 前幾天 元気 形動 有精神
★ ご病気ということは伺っていましたが。 我有聽說他生病了。	病気 名 生病
★ ひどい事故でしたね。 是很嚴重的事故呢！	事故 名 事故
★ まだショックで。 我還是很震驚！	ショック 名 サ 驚訝
★★ 私に何かできることがあったら言って下さい。 如果有什麼我能做的，請告訴我。	できる 動 能做 言う 動 說
★ 亡くなるには早過ぎました。 他走得太早了。	早過ぎる 動 太早
★ お母様は大丈夫ですか。 令堂還好嗎？	大丈夫 形動 不要緊
★ ご家族の皆様にもお悔やみ申し上げます。 請代我向您的家人致哀。	皆様 名 大家 悔やむ 動 致哀，弔唁

Unit 05 ｜音楽、楽器、コンサート 音樂、樂器、音樂會

★★ 音楽を聞くのがとても好きです。 我非常喜歡聽音樂。 ＝ 音楽鑑賞がとても好きです。	音楽を聞く 慣 聽音樂 音楽鑑賞 名 音樂鑑賞

★ 子供の頃から音楽が大好きです。 我從小就喜歡音樂。 ＝ 小さい頃から音楽が大好きです。	子供の頃 慣 小時候 小さい頃 慣 小時候
★ 家にいる時は、よく音楽を聞いています。 我在家時常常聽音樂。	～時 接尾 ～的時候
★★ どんな音楽が好きですか。 你喜歡怎樣的音樂？ ＝ 好きな音楽のジャンルは何ですか。 ① ジャズが一番好きです。 我最喜歡爵士樂。 ② あらゆる種類の音楽が好きです。 我喜歡所有類型的音樂。	音楽 名 音樂 何 代名 什麼 一番 副 最 種類 名 種類
★ クラシック音楽のほうが好きです。 我比較喜歡古典音樂。 ＝ クラシックミュージックのほうが好きです。	クラシックミュージック 名 古典音樂
★ よくクラシック音楽を聞いています。 我常常聽古典音樂。	聞く 動 聽
★ シンフォニーが好きです。 我喜歡交響樂。	シンフォニー 名 交響樂
★ カントリーミュージックが好きです。 我喜歡鄉村音樂。	カントリーミュージック 名 鄉村音樂
★ ロックンロールがすごく好きです。 我非常喜歡搖滾樂。	ロックンロール 名 搖滾樂
★ 特に七十年代のイギリスのロックが好きです。 尤其喜歡七〇年代英國的搖滾樂。	特に 副 尤其 イギリス 名 英國
★ 何でも聞くね。 什麼都聽。 ＝ ジャンルは問わず聞くね。	何でも 副 什麼都 問わず 慣 不問
★ クラシック以外なら。 古典音樂以外都喜歡。	以外 名 以外
★ どうして嫌いなの？ 你為什麼不喜歡？ ① 歌がないと眠くなるのよ。 沒有歌曲的話我會想睡。	嫌い 形 討厭的 眠い 形 想睡的
★ ポピュラー音楽が好きですか。 你喜歡流行音樂嗎？ ① J-pop ばかり聞いていますよ。 我只聽日本的流行音樂。	ポピュラー 名 流行 J-pop 名 日本流行音樂

★ 最近はケルト音楽にハマっています。我最近沉迷於凱爾特音樂。	最近 名 最近
★ テクノなどのクラブミュージックが好きです。 我喜歡像電子合成音樂那一類的舞蹈音樂。 ＝ テクノのようなクラブミュージックが好きです。	テクノ 名 電子合成音樂 クラブミュージック 名 舞蹈音樂
★ あなたの好きなグループはだれですか。你喜歡哪個團體？	グループ 名 團體
★ あなたの好きな歌は何ですか。你喜歡哪一首歌？	歌 名 歌曲
★★ 何か楽器を弾きますか。你會彈奏樂器嗎？ ＝ 何か楽器を演奏しますか。 ＝ 何か楽器をやりますか。 ① いいえ、聞くのが専門です。沒有，我只會聽而已。	楽器 名 樂器 弾く 動 彈奏 演奏 名 サ 演奏 専門 名 專業
★ ピアノを弾きます。我會彈鋼琴。	ピアノを弾く 慣 彈鋼琴
★ 私には音楽の才能がありません。我沒有音樂的才華。	才能 名 才能
★ 昔ドラムをやっていましたけど。我以前會打鼓。	昔 副 以前
★ フルートには自信がありますよ。我對吹長笛有自信。	自信 名 自信
★ フルートはかなり上手な方だと思います。 我覺得我的長笛吹得很好喔！	上手 形動 厲害
★ 今、サクソフォーンを習っています。我現在在學薩克斯風。	習う 動 學習
★ 今年からバイオリンを習い始めました。我今年開始學小提琴了。	今年 名 今年
★ 週に一度、お稽古があります。每個星期上一次課。	稽古 名 課程
★ 下手ですけど、バイオリンを少々。 我會一點小提琴，雖然程度還很差。 ＝ あまり上手ではないけど、バイオリンを少々。	下手 形動 不擅長 バイオリン 名 小提琴 少々 副 一點

（累積單字量 12410 個，慣用語量 518 個）

★ バイオリンが好きですか。你喜歡小提琴嗎？ ① 大好きです。非常喜歡。 ② もっと早く始めるべきだったよ。我應該早點開始學的。	大好き 形動 最喜歡 早く 副 早點 始める 動 開始
★ ギターを弾くよ。我會彈吉他。	ギターを弾く 慣 彈吉他
★ バンドを組んでるの？你有組樂團嗎？ ① うん。今度ライブやるんだ。嗯，下次要做現場表演。	バンドを組む 慣 組樂團 今度 副 下次
★ 妹は子供の頃からピアノを習っています。 妹妹從小就開始學鋼琴。	妹 名 妹妹 子供の頃 慣 小時候
★ コンサートを聞きに行きたいのですが。我想去聽演唱會。	聞く 動 聽
★ コンサートへよく行きますか。你常去聽演唱會嗎？ ① 機会があるときはいつでも。只要有機會我都會去。 ＝ 機会があるときはいつでも行きます。	よく 副 常常 行く 動 去 機会 名 機會
★ もっとよく行けるといいのですが。 我希望我能更常去。	行ける 動 能去
★ 今、コンサートをやっていますか。現在有音樂（演奏）會嗎？ ＝ 今、音楽会をやっていますか。 ＝ 今、演奏会をやっていますか。	今 副 現在 音楽会 名 音樂會 演奏会 名 演奏會
★ 今、リサイタルをやっていますか。現在有獨奏（唱）會嗎？ ＝ 今、独奏会をやっていますか。 ＝ 今、独唱会をやっていますか。 ① 今、クラシック音楽のコンサートをやっています。現在有古典音樂會。	リサイタル 名 獨奏會 独奏会 名 獨奏會 独唱会 名 獨唱會 コンサート 名 音樂會
★ このコンサートは聞く価値があります。這音樂會有去聽的價值。	価値 名 價值
★ コンサートのチケットを手に入れました。 我買到音樂會的票。	手に入れる 慣 買到

★ コンサートはどこで行われますか。音樂會在哪裡舉行？ ＝ コンサートはどこで催されますか。 ＝ コンサートはどこで開かれますか。 ① 国家音楽庁で行われます。在國家音樂廳舉行。	行う 動 舉行 催す 動 舉行 開く 動 舉行 音楽庁 名 音樂廳
★ コンサートは何時に始まりますか。音樂會幾點開始？ ① コンサートは七時に始まります。 ＝ コンサートのスタートは七時です。	何時 代名 幾點 始まる 動 開始 スタート 名 サ 開始
★ 何を演奏していますか。在演奏什麼呢？	何 代名 什麼
★ 誰が演奏していますか。是誰在演奏呢？	誰 代名 誰
★ 誰が指揮していますか。是誰在指揮呢？	指揮 名 サ 指揮
★ どのグループが演奏していますか。是哪一個團體在演奏呢？	演奏 名 サ 演奏
★ どの管弦楽団が演奏していますか。是哪一個管弦樂團在演奏呢？	管弦楽団 名 管絃樂團
★ それは日本の管弦楽団ですか。那是日本的管弦樂團嗎？	日本 名 日本
★ どの交響楽団が演奏していますか。是哪一個交響樂團在演奏呢？	交響楽団 名 交響樂團
★ それは外国の交響楽団ですか。那是外國的交響樂團嗎？	外国 名 外國
★ どの国から来ましたか。是來自哪一國的呢？	国 名 國家
★ このバンドはとても人気があります。這個樂團很受歡迎。 ＝ この楽団はとても人気があります。	人気がある 慣 受歡迎 楽団 名 樂團
★ 作曲家は誰ですか。作曲家是誰？	作曲家 名 作曲家
★ ピアニストは誰ですか。鋼琴家是誰？ ① ラン・ランです。是郎朗。	ピアニスト 名 鋼琴家 ラン・ラン 名 郎朗（鋼琴家）
★ バイオリニストは誰ですか。小提琴家是誰？	バイオリニスト 名 小提琴家

（累積單字量 12449 個，慣用語量 523 個）

★ 室内楽が好きです。 我喜歡室內音樂。	室内楽 名 室內音樂
★★ 切符売り場はどこですか。 售票處在哪裡？	切符売り場 名 售票處
★ コンサートの聴衆は多い。 演奏會的聽眾很多。	聴衆 名 聽眾
★ コンサート会場には三万人が集まった。 演奏會的會場聚集了三萬人。	会場 名 會場 集まる 動 聚集
★ コンサートは何時間も続いた。 演奏會持續了好幾個小時。	続く 動 持續
★ 彼らの演奏はすごいね！ 他們彈奏得太好了！ ＝ 彼らはとても上手に演奏しているね！ ① うん、とても感動しました。 是啊！太叫人感動了。 ② やっぱり生演奏はいいね！ 還是看現場表演的比較好！	彼ら 名 他們 上手に 副 厲害地 感動 名 サ 感動 生演奏 名 サ 現場演奏
★ 音が大きすぎて、耳が痛いわ。 音量太大了，耳朵好痛。 ① それも楽しさの一部じゃないか。 那不也是享受的一部份嗎？	痛い 形 痛的 楽しさ 名 享受
★ そうは思わないわ。 我可不這麼認為。	思う 動 認為
★ 音楽が分からないので、コンサートが好きになれない。 我不懂音樂，所以不喜歡演奏會。	分かる 動 了解 好き 形動 喜歡
★ 次の曲は何かしら。 下一首曲子是什麼？	次 名 下次
★ 「千年の愛」は演奏するかな。 會演奏「千年之愛」嗎？	演奏 名 サ 演奏
★ この曲大好きなの！ 我好愛這首曲子！	曲 名 曲子
★ この曲でコンサートは終わりとなった。 這首曲子是演唱會的最後一首了。 ＝ この曲でコンサートは幕を閉じた。	この 連體 這～ 終わり 名 結束 幕を閉じる 慣 閉幕
★ このコンサートは最高だった。 這場演奏會太棒了！	最高 形動 最棒

★ このコンサートは大当(おおあ)たりだった。這場演奏會非常成功。 ＝ このコンサートは大成功(だいせいこう)だった。 ＝ このコンサートは大成功(だいせいこう)を収(おさ)めた。	大当(おおあ)たり 名 サ 非常成功 大成功(だいせいこう) 名 サ 非常成功 収(おさ)める 動 取得
★ このコンサートは生中継(なまちゅうけい)された。這場演奏會被實況轉播了。	生中継(なまちゅうけい) 名 サ 實況轉播

Unit 06 ｜オペラ、劇(げき)、ミュージカル、バレエ 歌劇、戲劇、音樂劇、芭蕾舞

★ 国家音楽庁(こっかおんがくちょう)は今(いま)、何(なに)をやっていますか。 國家音樂廳現在有什麼表演？ ＝ メインコンサート・ホールは今(いま)、何(なに)をやっていますか。 ① オペラをやっています。有歌劇表演。	音楽庁(おんがくちょう) 名 音樂廳 今(いま) 副 現在 何(なに) 代名 什麼 を 格助 表示動作的內容
★ オペラを見(み)に行(い)ったことがありますか。你看過歌劇嗎？ ① 数(かぞ)えられないくらい、オペラを見(み)に行(い)きました。 我不知看過多少次歌劇了。 ② 見(み)に行(い)ったことがありません。我沒去看過。	オペラ 名 歌劇 見(み)る 動 看 数(かぞ)えられない 慣 數不清 ある 動 有
★ オペラを見(み)に行(い)きたいのですが。我想去看歌劇。	行(い)く 動 去
★ 私(わたし)はオペラ狂(きょう)です。我是歌劇狂。	オペラ狂(きょう) 名 歌劇狂
★ どの歌劇団(かげきだん)が上演(じょうえん)していますか。是哪一個歌劇團表演？	上演(じょうえん) 名 サ 上演
★ それは外国(がいこく)の歌劇団(かげきだん)ですか。那是外國的歌劇團嗎？ ① ドイツの歌劇団(かげきだん)です。是德國的歌劇團。	外国(がいこく) 名 外國 歌劇団(かげきだん) 名 歌劇團
★ オペラ劇場(げきじょう)はどこにありますか。歌劇劇場在哪裡？	オペラ劇場(げきじょう) 名 歌劇團
★ オペラのチケットはどうしたら手(て)に入(はい)りますか。 要怎麼買到歌劇的票？	どう 副 如何 手(て)に入(はい)る 慣 買到

（累積單字量 12488 個，慣用語量 526 個）

★ オペラのチケットを手に入れることができます。 我可以買到歌劇的票。	チケット 名 票 できる 動 能夠
★ このオペラのチケットが欲しくてたまらなかった。 我太想要這部歌劇的票了。	欲しい 形 想要的 たまらない 慣 受不了
★ オペラのチケットを一枚手に入れてくれませんか。 你可以幫我買一張歌劇的票嗎？	～枚 名 ～張 くれる 補動 幫我～
★ このオペラは何時までやっていますか。 這部歌劇公演到何時？ ＝ このオペラは何時まで公演されていますか。 ① このオペラは八月末までに公演されています。這部歌劇公演到八月底。	何時 代名 何時 公演 名 サ 公演 末 名 末期
★ このオペラの開演時間は何時ですか。 這部歌劇幾點開演？ ＝ このオペラは何時から始まりますか。 ＝ このオペラは何時に始まりますか。 ① このオペラの上演時間は七時から九時までです。 這歌劇上映時間是七點到九點。	開演 名 サ 開演 時間 名 時間 何時 慣 幾點 始まる 動 開始 上演 名 サ 上演
★ 途中で休憩がありますか。 中間有休息嗎？ ① 途中で、十五分の休憩がございます。中間有十五分鐘的休息時間。	途中 名 中途 休憩 名 休息
★ 誰が出演していますか。 有誰參加演出？	出演 名 サ 演出
★ 今、何のミュージカルをやっていますか。 現在有什麼音樂劇嗎？	何 代名 什麼
★ コンサートホールはどこにありますか。 音樂廳在哪裡？	コンサートホール 名 音樂廳
★ 今、人気のミュージカルは何ですか。 現在受歡迎的音樂劇有哪些？	ミュージカル 名 音樂劇
★ そのロックフェスティバルには誰が出演しますか。 有誰參加搖滾音樂祭的演出？	ロックフェスティバル 名 搖滾音樂祭
★ バレエを見に行きたいのですが。 我想去看芭蕾舞表演。	バレエ 名 芭蕾
★ お勧めのバレエはありますか。 你有推薦的芭蕾舞表演嗎？	勧める 動 推薦
★ 今、バレエをやっていますか。 現在有芭蕾舞表演嗎？	今 副 現在

★ 何を上演していますか。現在在表演什麼呢？	上演 名 サ 上演
★ どのバレエ団が上演していますか。是哪一個芭蕾舞團表演？	バレエ団 名 芭蕾舞團
★ 誰が踊っていますか。是誰在跳舞呢？	踊る 動 跳舞
★ 主演のダンサーは誰ですか。主演的舞者是誰？	主演 名 サ 主演
★ それは日本のバレエ団ですか。那是日本的芭蕾舞團嗎？	日本 名 日本
★ バレエ劇場はどこにありますか。芭蕾劇場在哪裡？	バレエ劇場 名 芭蕾劇場
★ 古典バレエが好きです。我喜歡古典芭蕾。	古典バレエ 名 古典芭蕾
★ モダンバレエが好きです。我喜歡現代芭蕾。	モダンバレエ 名 現代芭蕾
★★ 何を着たらいいでしょう。我要穿什麼好呢？	着る 動 穿
★★ 正装の必要がありますか。我必須穿正式服裝嗎？	正装 名 サ 正式服裝
★★ 普段着でも大丈夫ですか。我可以穿便服嗎？	普段着 名 便服
★ 何時のチケットならありますか。有什麼場次的票？	何時 代名 何時
★ 前売り券を買うべきですか。我應該買預售票嗎？	前売り券 名 預售票
★ 昼の公演は今から見られますか。我還可以看到白天的場次嗎？ ① 完売です。白天的場次已經賣完了。 ＝ 売り切れです。	公演 名 サ 公演 完売 名 サ 賣完 売り切れ 名 賣完
★ では、夜の公演にします。那我看晚上的場次吧！	夜 名 晚上
★ 今晩の券は売り切れですか。今晚的票賣完了嗎？	今晩 名 今晚
★ 今晩の券はまだありますか。今晚的票還有嗎？	券 名 票
★ 立見席はありますか。有站票嗎？	立見席 名 站票

（累積單字量 12530 個，慣用語量 528 個）

★ いい席が欲しいのですが。 我想要好一點的席次。	席 名 席次
★ 一番いい席はいくらですか。 最好的席次要多少錢？	一番 副 最
★ もう少し前の席がありますか。 有前面一點的席次嗎？	前 名 前面
★ もう少し後ろの席がありますか。 有後面一點的席次嗎？	後ろ 名 後面
★ もう少し中央寄りの席がありますか。 有靠近中間一點的席次嗎？	中央寄り 名 靠近中間
★ 舞台に近い席がありますか。 有靠近舞台的席次嗎？	舞台 名 舞台
★ 張り出し席はいくらですか。 樓座區要多少錢？	張り出し席 名 樓座區
★ 天井桟敷はいくらですか。 最高層後排的席次要多少錢？	天井桟敷 名 最高層後排
★ 二階席はいくらですか。 二樓的席次要多少錢？	二階席 名 二樓的席次
★ 前列の席はいくらですか。 前排的席次要多少錢？ ＝ 前の列の席はいくらですか。	前列 名 前排 前 名 前面
★ 前の列のチケットが欲しいのですが。 我想要前排的票。	欲しい 形 想要的
★ すみません。前の列は満席です。 不好意思，前排都客滿了。	満席 名 客滿
★ 後ろの席ならございます。 後排的話還有位子。 ＝ 後席の席ならございます。	なら 助動 ～的話 後席 名 後排
★ 学生割引はありますか。 學生有打折嗎？ ① 学生証をお見せ下さい。請讓我看一下學生證。	割引 名 サ 打折 学生証 名 學生證
★ 一番安い券はいくらですか。 最便宜的票多少錢？	安い 形 便宜的
★ どの席でもいいから下さい。 給我任何座位都可以。	下さい 動 給
★ 座席表で席がどこか教えて下さい。 請用席次表告訴我座位在哪裡。	座席表 名 席次表
★ そこから、よく見えますか。 從那裡看得清楚嗎？	見える 動 看得見

★ そこから、よく聞(き)こえますか。從那裡聽得清楚嗎？	聞(き)こえる 動 聽得見
★ 私(わたし)の席(せき)まで、案内(あんない)してくれますか。可以帶我到座位上嗎？	案内(あんない) 名 サ 引導
★ このミュージカルは観衆(かんしゅう)が多(おお)い。這部音樂劇的觀眾很多。 ＝このミュージカルは観衆(かんしゅう)が大勢(おおぜい)いる。 ①ええ、超満員(ちょうまんいん)だね。是啊！大爆滿呢！	観衆(かんしゅう) 名 觀眾 大勢(おおぜい) 形動 很多人 超満員(ちょうまんいん) 名 超客滿
★ コンサート・ホールはファンで溢(あふ)れていた。音樂廳擠滿了粉絲。 ＝ コンサート・ホールはファンがいっぱいになっていた。 ＝ コンサート・ホールにはすごい数(かず)のファンが集(あつ)まった。	溢(あふ)れる 動 充滿 数(かず) 名 數目 集(あつ)まる 動 聚集
★★ 本当(ほんとう)に素晴(すば)らしい！真是太棒了！	素晴(すば)らしい 形 很棒的
★ やっぱり生(なま)のパフォーマンスはいいね！ 還是看現場表演的比較好！	生(なま) 名 現場 パフォーマンス 名 表演
★ 声量(せいりょう)があって美(うつく)しいね。她的聲音渾厚甜美。	声量(せいりょう) 名 聲量
★ 今日(きょう)は声(こえ)の調子(ちょうし)が悪(わる)そうね。她今天的聲音狀況好像不大好。	調子(ちょうし)が悪(わる)い 慣 狀況不好
★ 本場(ほんば)のミュージカルは違(ちが)うね！正宗的音樂劇就是不一樣！ ＝ 本場(ほんば)のミュージカルは別世界(べつせかい)だね！	本場(ほんば) 名 道地，正宗 別世界(べつせかい) 名 不同世界
★ 決(けっ)して忘(わす)れられないミュージカルだ。 這是讓人絕對忘不了的音樂劇！ ＝ 絶対(ぜったい)に忘(わす)れられないミュージカルだ。	決(けっ)して 副 絕對 絶対(ぜったい)に 副 絕對 忘(わす)れる 動 忘記
★ 衣装(いしょう)とメークが独特(どくとく)だね。衣服跟化妝都很獨特。	独特(どくとく) 形動 獨特
★ 主役(しゅやく)の踊(おど)りはさすがね！主角跳得就是那麼好！	主役(しゅやく) 名 主角
★ ミュージカルの最中(さいちゅう)に喋(しゃべ)るのは無作法(ぶさほう)だ。 在看音樂劇時講話是沒禮貌的。 ＝ ミュージカルの進行中(しんこうちゅう)に喋(しゃべ)るのは無作法(ぶさほう)だ。	最中(さいちゅう)に 副 在～當中 進行中(しんこうちゅう)に 副 進行中 無作法(ぶさほう) 形動 沒禮貌

（累積單字量 12573 個，慣用語量 529 個）

★ 英語の台詞が聞き取れないわ。我聽不太懂英文的台詞。	台詞 名 台詞
★ 歌やダンスだけでも楽しみましょう。 至少可以欣賞歌曲跟舞蹈啊！	楽しむ 動 欣賞
★ ストーリーを頭に入れておくべきだったわ。 我應該事先讀過劇情才對。	頭に入れる 慣 預覽 べき 助動 應該
★ ブラボー！好極了！	ブラボー是義大利語，意即棒極了。
★ アンコール！安可！	表演結束後，觀眾拍手希望表演者再次表演。
★★ 来てよかったわ。還好我有來。	来る 動 來
★★ もっと見たかったな。我還想再看！	見る 動 看
★ ミュージカルで楽しい時間を過ごした。 我在音樂劇中度過了愉快的時光。	ミュージカル 名 音樂劇 過ごす 動 度過
★ ミュージカルの余韻に浸っていた。我沉浸在音樂劇的餘韻當中。	余韻 名 餘韻
★ このミュージカルは大変な評判を巻き起こしている。 這部音樂劇引起很大的迴響。 ＝ このミュージカルはかなりの評判を巻き起こしている。	大変 形動 盛大 評判 名 評判 巻き起こす 動 引起

Unit 07 | 読書、図書館、碁 讀書、圖書館、下棋

★ 最近ずっと本を読んでいるね。你最近一直在看書耶！	最近 副 最近
★★ 何を読んでいるの？你在看什麼書啊？ ① 古竜の武侠小説よ。我在看古龍的武俠小說。	何 代名 什麼 武侠小説 名 武俠小說

★ 話題の小説よ。是大家都在談論的小説喔！	話題 名 話題
★ もうすぐ上巻が終るわ。上集快看完了。	上巻 名 上集
★ 早く結末が知りたくてね。想早一點知道結局。	結末 名 結局
★ 古竜に夢中なの。我迷上古龍了。	夢中 形動 著迷
★ こんなに素晴らしい小説見たことない。沒看過這麼棒的小説。	素晴らしい 形 很棒的
★ 時間つぶしにはもってこいよ。用來打發時間最適合不過的了。	時間つぶし 慣 打發時間
★ 終わったら、貸してあげる。我看完再借你看。	貸す 動 借（出）
★ 琦君のエッセイよ。我在看琦君的散文。	エッセイ 名 散文
★ クラスメートに借りたの。我跟同學借的。	借りる 動 借（入）
★ 久々に良い本に出合ったわ。很久沒有碰到這麼好的書了。	出合う 動 碰到
★ この作家、聞いたことないなあ。我沒聽過這位作家。	作家 名 作家
★ ほんとう？とても有名よ。真的嗎？她很有名。	有名 形動 有名
★★ 本はよく読みますか。你經常看書嗎？ ① ええ、読書が大好きです。是的，我很喜歡看書。	本 名 書 読書 名 サ 讀書
★★ どんな本を読むのが好きですか。你喜歡看怎樣的書？ ① サスペンス小説を読むのが好きです。我喜歡看懸疑小説。 ② なんでも読みます。我什麼都看。	好き 形動 喜歡 サスペンス小説 名 懸疑小説 読む 動 閱讀
★ 小説を読むと、すぐに何時間も過ぎてしまいます。 一看小説，幾個小時瞬間就過了。	何時間 慣 幾個小時 過ぎる 動 度過
★ でも、ちょっと目が疲れちゃった。 不過眼睛有點累。	疲れる 動 疲倦

（累積單字量 12605 個，慣用語量 532 個）

★★ 最近どんな本を読みますか。你最近都看些什麼書？ ① 最近探偵小説を読むのが好きです。我最近喜歡看偵探小說。	最近 副 最近 探偵小説 名 偵探小說
★★ 一番好きな作家は誰ですか。你最喜歡哪一位作家？ ① 私の一番好きな作家は張愛玲です。張愛玲是我最喜歡的作家。 ＝ 私は張愛玲が一番好きです。 ＝ 張愛玲が私の一番好きな作家です。	一番 副 最 作家 名 作家 誰 代名 誰 私 名 我 好き 形動 喜歡
★ 彼女の最も有名な本は何ですか。她最有名的書是哪一本？ ① 「赤い薔薇と白い薔薇」です。是《紅玫瑰與白玫瑰》。	彼女 名 她 最も 副 最
★★ どんな話ですか。那本書寫些什麼？ ① 恋愛小説です。是一本愛情小說。	話 名 故事 恋愛小説 名 戀愛小說
★★ あなたの好きな本は何ですか。你喜歡哪一本書？ ① 川端康成の「雪国」です。我喜歡川端康成的《雪國》。	本 名 書 何 代名 什麼
★ 「ハリー・ポッター」は読みましたか。《哈利波特》你看了嗎？ ① ええ、とてもわくわくしました。有啊！很刺激。	とても 副 相當 わくわく 副 サ 興奮
★ 中国語版を読みました。我看的是中文翻譯版的。	中国語版 名 中文版
★ 英語版を読みたいです。我想看英文版的。	英語版 名 英文版
★★ とても面白かったです。非常有趣。	面白い 形 有趣的
★ 途中で止めることができませんでした。 我一看就沒辦法把書放下了。	途中 名 中途 止める 動 停止
★ 休むことなく読み終えました。我沒有休息，一口氣看完了。	読み終える 動 看完
★ 二日間で読み終えました。我兩天就看完了。	二日間 名 兩天
★ 読む価値がありますよ。很值得一讀。	価値 名 價值
★★ 退屈でした。很無聊。	退屈 名 サ 無聊

9 レジャー、イベント 休閒、節目

★ 話が長過ぎます。故事太長了。	長過ぎる 動 太長
★ 短編小説のほうが好きです。我比較喜歡短篇小説。	短編小説 名 短篇小説
★ 私は小説はあまり読みません。よく随筆を読みます。 我不太看小說，總是看隨筆。	よく 副 經常 随筆 名 隨筆
★ 私は明日図書館へ行きます。我明天要去圖書館。	明日 副 明天
★ 図書館に本を借りに行きたいです。我想去圖書館借書。	図書館 名 圖書館
★ 図書館に本を返しに行きたいです。我想去圖書館還書。	返し 名 歸還
★ よく友達と一緒に図書館で勉強します。 我常跟朋友一起在圖書館讀書。	図書館 名 圖書館 勉強 名 サ 讀書
★ 図書館内は飲食禁止です。圖書館內禁止飲食。	禁止 名 サ 禁止
★ 図書館で本を捜しています。我在圖書館找書。	捜す 動 找
★ この本は図書館にあるでしょう。這本書圖書館應該有吧！	本 名 書
★ すみません、「氷点」という本はありますか。 請問有沒有《冰點》這本書？ ① 少々お待ち下さい。調べて致します。請稍候，我幫您查一下。	少々 副 稍微 待つ 動 等候 調べる 動 查詢
★ すみません、他の人が借りています。不好意思，被其他人借走了。 ① では、戻って来ましたら、知らせて下さい。 那麼，如果書歸還了請通知我。	借りる 動 借（入） 戻る 動 回來 知らせる 動 通知
★ 貸し出しカードを申し込みたいんですが。我想申請借書證。 ① はい、身分証明書をコピーさせてもらえますか。 好的，身分證請借我影印一下。	申し込む 動 申請 身分証明書 名 身分證 コピー 名 サ 影印
★ ここに名前などを書いて下さい。請在這裡寫上您的姓名等。	名前 名 名字
★ ただ今、貸し出しカードをお作りします。現在製作借書證。	ただ今 副 現在

（累積單字量 12652 個，慣用語量 532 個）

★ これが貸し出しカードです。這是您的借書證。	貸し出しカード 名 借書證
★ 使い方は分かりますか。您知道用法嗎？ ① あまりよく分かりませんが、教えて下さい。我不太清楚，請教我用法。	使い方 名 用法 教える 動 告知
★ 借りたい本はそちらのコンピューターで探して下さい。 請用那邊的電腦查詢您想借閱的書籍。	本 名 書 探す 動 找
★ CD も借りることができますよ。也可以借 CD 喔！	借りる 動 借（入）
★ ビデオも借りることができますか。錄影帶也可以借嗎？ ① はい、ビデオも借りることができます。可以的，錄影帶也可以借。	も 副助 也 ビデオ 名 錄影帶
★ 一人何冊まで借りることができますか。 一個人最多可以借幾本書呢？ ① 一人五冊までです。一個人最多可以借五本。	何冊 代名 幾本 できる 動 能夠 一人 名 一個人
★ 雑誌も借りることができますか。雜誌也可以借嗎？ ① 雑誌は図書館の中で読んで下さい。雜誌請在圖書館裡看。	雑誌 名 雜誌 図書館 名 圖書館
★ 貸し出し中の本を予約したいのですが。我想預約外借中的書。	予約 名 サ 預約
★ 当館にはありませんが、本館にあります。 這本書本館沒有，總館裡有。	当館 名 本館 本館 名 總館
★ 囲碁を打ちますか。你下圍棋嗎？	囲碁 名 圍棋
★ 囲碁の打ち方を知りません。我不知道下圍棋的方法。 ＝ 囲碁のやり方を知りません。 ＝ 囲碁の遊び方を知りません。	打ち方 名 打法 やり方 名 下法 遊び方 名 玩法
★ 私は今まで囲碁をやったことがありません。 我不曾下過圍棋。	今まで 慣 到目前為止
★ 囲碁を打つのが祖父の唯一の娯楽です。 下圍棋是爺爺唯一的娛樂。	唯一 名 唯一 娯楽 名 娛樂

（累積單字量 12674 個，慣用語量 533 個）

★ お爺さんにとって、囲碁を打つのは一番楽しいことだそうです。據說下圍棋是爺爺最開心的事了。	囲碁を打つ 慣 下圍棋 楽しい 形 開心的
★ 僕には囲碁の面白さがまだよく分かりません。 我還不太了解下圍棋的樂趣。	僕 代名 我（男性自稱） 面白さ 名 樂趣
★ 囲碁のお相手をお願いできますか。你可以當我下圍棋的對手嗎？	相手 名 對手
★ 囲碁の打ち方が下手です。我的圍棋下得很差。	下手 形動 差勁
★ 囲碁の遊び方を教えて下さい。請教我圍棋的玩法。	教える 動 教導
★ 囲碁は碁盤の上に白と黒の石を置いて争うゲームです。 圍棋是在棋盤上擺上黑白棋子競爭的遊戲。	置く 動 放置 争う 動 競爭
★ 囲碁を勉強したいです。我想學圍棋。	勉強 名 サ 學習
★ 囲碁を習うのは難しいですか。學下圍棋很難嗎？	難しい 形 困難的
★ 相手の石はどうやって取りますか。要怎麼吃對方的棋子？	石 名 棋子
★ 碁盤と碁石をお持ちですか。你有圍棋盤跟圍棋嗎？	碁盤 名 圍棋盤
★ 将棋を指します。我下將棋。	将棋 名 將棋
★ 将棋の指し方を知っています。我知道將棋的下法。 ＝ 将棋のやり方を知っています。 ＝ 将棋の遊び方を知っています。	指し方 名 下法 やり方 名 下法 遊び方 名 玩法
★ 将棋は古代インドが起源と言われています。 將棋據說起源於印度古代。	古代インド 名 古印度 起源 名 起源
★ 私は将棋の初心者です。我是將棋的初學者。 ＝ 私は将棋を習い始めたばかりです。	初心者 名 初學者 習い始める 動 開始學
★ 将棋はチェスに似た伝統的なゲームです。 日本將棋是類似西洋棋的傳統遊戲。	チェス 名 西洋棋 伝統的 形動 傳統的

（累積單字量 12696 個，慣用語量 534 個）

★ チェスとどう違うの？跟西洋棋有何不同？ ① 取った駒を使えるのが大きな違いだね。 最大差別就在於贏來的棋子可以再次使用。	違う 動 不同 駒 名 棋子 違い 名 差別
★ 将棋盤と駒をお持ちですか。你有將棋盤跟將棋嗎？	将棋盤 名 將棋盤
★ 相手の駒はどうやって取りますか。要怎麼吃對方的將棋？	相手 名 對方
★ 勝ち負けはどうやって決めますか。勝負是怎麼決定的？	勝ち負け 名 勝負

Unit 08 | 映画、劇、マージャン 電影、戲劇、麻將

★★ 映画を見るのが好きです。我喜歡看電影。 ＝ 映画が好きです。 ＝ 映画を見るのを楽しんでいます。	見る 動 看 映画 名 電影 楽しむ 動 享受
★★ どんな映画が好きですか。你喜歡怎樣的電影？ ① 戦争映画が好きです。我喜歡戰爭片。 ② 恋愛映画より SF 映画が好きです。我喜歡科幻片勝過文藝片。	戦争映画 名 戰爭片 恋愛映画 名 戀愛片 SF 映画 名 科幻片
★ 私はコメディものが好きです。我喜歡看喜劇片。 ① 私はそういうのはあまり見ません。我不太看喜劇片。	好き 形動 喜歡 見る 動 看
★ ラブコメディが一番。我最喜歡文藝喜劇片了。	一番 副 最
★ 単純に楽しめるのがいいね。我喜歡簡單，讓人愉快的電影。	単純に 副 單純地
★ 泣ける映画が好き。我喜歡能讓人落淚的電影。	泣く 動 哭
★ 取り敢えずヒットしているのは見るよ。總之我會看熱門片的。	取り敢えず 副 總之

★ デヴィッド・リンチ（David Lynch）監督の映画が好きなの。我喜歡大衛．林奇導演的電影。 ＝ デヴィッド・リンチ（David Lynch）監督する映画が好きなの。	監督 名 サ 監督 映画 名 電影 の 終助 委婉地強調
★ ホラーが苦手。我不太敢看恐怖片。	苦手 形動 不擅長
★ ハリーポッターシリーズは見逃せないね。 哈里波特系列我絕不會漏看。	シリーズ 名 系列 見逃す 動 漏看
★ ハリウッド映画はもう飽き飽き。我已經看膩了好來塢電影了。	飽き飽き 名 サ 厭倦
★ 最近は韓国映画に注目してるよ。我最近都關注韓國電影。 ＝ 最近は韓国映画に関心を抱いてる。 ＝ 最近は韓国映画に視線を注いでる。	注目 名 サ 注目 関心を抱く 慣 關心 視線を注ぐ 慣 關注
★★ 映画を見に行かない？要不要去看電影？ ① 何かいい映画をやっていますか。最近有什麼好電影嗎？	映画を見る 慣 看電影 何 代名 什麼
★★ 今、何が上映されてる？現在上映的是什麼？	上映 名 サ 上映
★★ どれにしようか。要看哪一部好呢？ ① 「London Has Fallen」を見るといいですよ。你應該看看《倫敦救援》。	どれ 代名 哪一部 見る 動 看
★★ それはどんな映画ですか。那是怎麼樣的電影？ ① スリラーだと思います。我覺得很驚悚。	どんな 連體 怎樣的 スリラー 名 驚悚
★★ あなたの一番好きな俳優は誰ですか。你最喜歡的演員是誰？ ① トム・ハンクスが大好きです。我最喜歡湯姆．漢克斯。	俳優 名 演員 誰 代名 誰
★ トム・ハンクス主演の映画は殆ど見たわ。 湯姆．漢克斯主演的電影我幾乎都有看。	殆ど 副 大部分 わ 終助 表示告知
★ 「フィラデルフィア」は見た？你看過《費城旅遊》嗎？ ① もちろん！一見の価値があるよね。當然啊！很值得一看。	一見 名 サ 一看 価値 名 價值

★ 映画監督は誰ですか。 電影導演是誰？	映画監督 名 電影導演
★★ どんなあら筋ですか。 劇情如何？	あら筋 名 劇情
★★ 誰が主演していますか。 是誰主演的？	主演 名 サ 主演
★ 原語で上演しますか。 是以原聲上映嗎？	原語 名 原文
★ 中国語に吹き替えられていますか。 有中文配音嗎？	吹き替える 動 配音
★ 中国語の字幕がありますか。 有中文字幕嗎？	字幕 名 字幕
★ 脚本がいいね。 劇本不錯耶！	脚本 名 劇本
★ アカデミー賞は確実だね。 難怪會得奧斯卡獎。	アカデミー賞 名 奧斯卡獎
★★ この芝居を見たいのですが。 我想看這部戲。	芝居 名 戲劇
★★ これはもう上演されてる？ 這部戲已經上演了嗎？ ① いや、まだだよ。 還沒。	上演 名 サ 上演 まだ 副 還沒
★ 封切りは何時？ 什麼時候首映？ ① 来週の火曜日だよ。 下週二。	封切り 名 首映 火曜日 名 週二
★ これを見たいと思っていたの。 我老早就想看這部戲了。	思う 動 想
★★ どうしてですか。 為什麼？ ① この芝居はとても人気があります。 這部戲很受歡迎。 ② この芝居の主役は素晴らしい役者ですよ。 這部戲的主角是很棒的演員喔！	どうして 副 為什麼 主役 名 主角 素晴らしい 形 很棒的 役者 名 演員
★ 私がチケットの手配をしましょう。 那我來想辦法買票。	手配 名 サ 安排
★ そのチケットは手に入らないかも知れません。 或許會買不到票也說不定。 ① 立ち見でもかまいませんよ。 站著看也沒關係喔！	手に入る 慣 買到 かも知れない 慣 ～也說不定 立ち見 名 サ 站著看

（累積單字量 12754 個，慣用語量 539 個）

★★★ チケットはどこで買えますか。在哪裡買票？ ① あちらの窓口で。在那邊的窗口。	買える 動 能買到 窓口 名 窗口
★★ 大人を二枚下さい。我要兩張全票。 ＝大人のを二枚下さい。	大人 名 成人，此指全票
★ 何日がいいですか。您想要哪一天的票？ ① 三月八日の夜はどうでしょう。三月八號晚上的可以嗎？	何日 代名 哪一天 八日 名 八號
★ どこの席がいいですか。您要什麼座位的？	席 名 席次
★ C 席はいくらですか。C 排的多少錢？ ① C 席は全部売り切れです。C 排的已經全部賣完了。	全部 副 全部 売り切れ 名 賣完
★ 空いているのはどの席ですか。那還剩下什麼位置的？ ① B 席しか空いていません。只剩下 B 排了。	空く 動 空缺 どの席 名 哪個席次
★ B 席はいくらですか。B 排的多少錢？ ① 一枚九千円です。一張九千日幣。	～枚 名 ～張 ～円 名 ～日圓
★ B 席を二枚下さい。那請給我兩張 B 排的。	下さい 動 給
★ 劇場はどこにありますか。劇院在哪裡？ ① そこから真っすぐ行って、右に曲がって下さい。請從那邊直走右轉。	劇場 名 劇院 真っすぐ 副 直直地
★ 何分前から入れますか。幾分鐘前可以進場？	入る 動 進入
★ 中でジュースを飲んでもいいですか。館內可以喝飲料嗎？	飲む 動 喝
★ ホール内でのご飲食はご遠慮下さい。館內請勿飲食。	遠慮 名 サ 謝絕
★★ この映画、どう？你認為這部電影怎麼樣？ ① ストーリーが平凡だね。劇情很平凡。 ② この物語は実に感動的だ。這個故事真的很令人感動。	平凡 形動 平凡 物語 名 故事 感動的 形動 感動的

（累積單字量 12775 個，慣用語量 539 個）

★ このストーリーは、余りにも悲しすぎる。 這劇情太過悲傷了。	悲しい 形 悲傷的
★ このドラマは涙無くしてはとても見られない。 這部戲我看了一直哭個不停，真的沒辦法看。	ドラマ 名 戲劇 涙 名 眼淚
★ 俳優、演技、物語のどれを取っても、全て最高だね。 無論是演員、演技、劇情，都是一時之選喔！	俳優 名 演員 全て 名 副 全部
★ 何度見てもこの映画は素晴らしい。 這部電影無論看幾次都覺得很棒。	何度 副 幾次 素晴らしい 形 很棒的
★ このドラマの続きを早く見たい。 我想快點看到這部戲的續集。	続き 名 續集
★ 人間関係が複雑過ぎて…。 劇中的人際關係太過複雜了～。	人間関係 名 人際關係
★ この主役、好きだな。 我喜歡這個主角。	好き 形動 喜歡
★ 主役の演技が抜群だね。 主角的演技超棒的。 ＝ 主役の演技が素晴らしいね。 ＝ 主役の演技がうまいね。	主役 名 主角 抜群 形動 拔群 演技 名 演技
★ 彼にはこの役がピッタリだ。 他很適合這個角色。	役 名 角色
★ 警察の役をやらせたら彼は実に素晴らしい。 他將警察這個角色扮演得很好。	警察 名 警察 実に 副 相當
★ 彼の演技には説得力がある。 他的演技很有説服力。	説得力 名 説服力
★ 彼はいつ見ても恰好いい。 不論何時看到他都很帥。	恰好いい 慣 帥的
★ 脇役も豪華ね。 配角也很出色。	脇役 名 配角
★ 彼女は大根役者だよ。 她的演技有夠差的。 ＝ 彼女は演技が下手だよ。	大根役者 名 演技差的演員 下手 形動 差勁
★ 彼女はただセリフを読んでいるだけみたいだ。 她看起來好像只是照著台詞唸而已。	彼女 名 她 セリフ 名 台詞

9 レジャー、イベント 休閒、節目

（累積單字量 12797 個，慣用語量 540 個）

★ 彼女に悪役は似合わないわ。 她不適合演反派的。 ＝ 彼女に悪役は相応しくないわ。	似合う 動 適合 悪役 名 反派
★ 小説と全然違うわ。 跟小說完全不一樣。 ＝ 小説と全く違うわ。 ＝ 小説と完全に違うわ。	全然 副 完全 全く 副 完全 完全に 副 完全
★★ どうだった？ 那部戲如何？ ① ラストシーンが最高！ 最後一幕最好看了！	ラストシーン 名 最後一幕 最高 形動 最棒
★ 予想外の展開だったよね。 出乎意料之外的發展。 ① うん、ハッピーエンドでよかった。 嗯，幸好是好結局。	予想外 形動 意料之外 展開 名 サ 展開
★ あんなどんでん返しがあるとは！ 我沒想到是這種大逆轉的結局！ ＝ あんなどんでん返しがあるとは思わなかった！	どんでん返し 名 大逆轉 思わなかった 慣 沒想到
★ パート１よりマシかな。 比第一集好看些吧！ ＝ パート１より少し良いかな。	パート１ 名 第一集 少し 副 稍微
★ 二時間が短く感じたわ。 兩個小時很快就過了。 ＝ 二時間があっという間に過ぎたわ。	短い 形 短的 あっという間に 形動 瞬間
★ 三時間は長過ぎ！ 三個小時實在太長了！	長過ぎる 動 太長
★ 映画チャンネルで十時から「マイ・インターン（The Intern）」のロードショーがあるよ。 十點在電影台有《高年級實習生》的首播。	映画チャンネル 名 電影台 ～時 名 ～點 ロードショー 名 首映
★ アン・ハサウェイはものすごく綺麗だ。 安海・瑟威超美的。	綺麗 形動 漂亮
★ 彼女は超個性派女優だと思う。 我認為她是超級個性派的女演員。	女優 名 女演員

（累積單字量 12817 個，慣用語量 541 個）

★ ロバート・デ・ニーロは演技が上手いよ。 勞勃狄尼洛的演技超好的。 ＝ ロバート・デ・ニーロは超演技派だよ。 ＝ ロバート・デ・ニーロは圧巻の演技力を持っているよ。	超演技派 名 超演技派 圧巻 名 最優異 演技力 名 演技 持つ 動 擁有
★ 彼が主演の映画は脚光を浴びた。 他主演的電影非常受歡迎。 ＝ 彼が主演の映画は随分人気がある。	脚光を浴びる 慣 受歡迎 人気がある 慣 受歡迎
★ お茶を飲みながら、この映画を見よう。 一邊喝茶一邊看這部電影吧！	お茶 名 茶 飲む 動 喝
★ 液晶大画面で見たいなあ。 真想用液晶的大螢幕看啊！	液晶 名 液晶
★ 麻雀って何ですか。 麻將是什麼？ ① 麻雀とは中国を起源とするテーブルゲームです。 麻將是起源於中國的桌上遊戲。	中国 名 中國 起源 名 起源 ゲーム 名 遊戲
★ 一般的には四人のプレイヤーがテーブルを囲んで行うゲームです。 一般是四個玩家圍著桌子進行的遊戲。	一般的に 副 一般地 囲む 動 圍繞
★ 麻雀卓はマージャンを行うための正方形のテーブルです。 麻將桌是用來打麻將的正方形桌子。	麻雀卓 名 麻將桌 正方形 名 正方形
★ 麻雀は世界中で親しまれています。 麻將為世人所熟知。	親しむ 動 熟悉
★ 麻雀をしたことがありますか。 你打過麻將嗎？ ① 一度もマージャンをしたことがありません。我一次也沒打過。	麻雀をする 慣 打麻將 一度 名 一次
★ 麻雀の仕方を知っていますか。 你知道麻將要怎麼打嗎？ ① 麻雀の仕方を知りません。我不知道麻將要怎麼打。	仕方 名 方法 知る 動 知道
★ 麻雀の仕方を習いたいのですが。 我想學打麻將。	習う 動 學習
★ 麻雀を習うのは難しいですか。 學打麻將很困難嗎？	難しい 形 困難的
★ あと二人集めることができると思いますか。 你可以再找兩個人嗎？	二人 名 兩個人 集める 動 聚集

★ 麻雀セットをお持ちですか。 你有麻將牌組嗎？	麻雀セット 名 麻將牌組
★ 麻雀の基本的なルールはどうなっていますか。 麻將的基本規則是什麼？ ① 麻雀ゲームのルールは非常に複雑です。 麻將遊戲的規則非常複雜。	基本的 形動 基本的 非常に 副 非常地 複雑 形動 複雜
★ 台湾の麻雀と日本の麻雀とでは大きく違っています。 台灣麻將跟日本麻將有很大的不同。	台湾 名 台灣 日本 名 日本
★ 日本人で初めて麻雀に言及したのは恐らく夏目漱石でしょう。 日本人首次提及麻將的大概是夏目漱石吧！	言及 名 サ 提及 恐らく 副 大概
★ 2002 年、東京で「2002 世界麻雀選手権大会」が開催されました。 2002 年在東京舉行了「2002 世界麻將選手權大會」。	東京 名 東京 開催 名 サ 舉行

Unit 09 ｜芸術、撮影、博物館、美術館
藝術、拍照、博物館、美術館

★★ 美術に興味はある？ 你對美術有興趣嗎？ ① ええ、よく美術館へ行くよ。 有啊！我常常去美術館。	美術 名 美術 美術館 名 美術館
★★ どの美術館へ行く？ 你去哪一個美術館？ ① 東京都美術館へよく行く。 我常常去東京都美術館。 ＝ しばしば東京都美術館へ行く。 ＝ たびたび東京都美術館へ行く。	どの 連體 哪一～ よく 副 經常 しばしば 副 每每 たびたび 副 屢屢
★★ あなたの好きな画家は誰？ 你喜歡的畫家是誰？ ① ポール・ゴーギャンの絵がとても好き。 我相當喜歡保羅 · 高更的畫。	画家 名 畫家 絵 名 畫
★ 彼は印象派の画家だ。 他是印象派的畫家。	彼 名 他

（累積單字量 12858 個，慣用語量 544 個）

★ 印象派の絵は日本で人気がある。 印象派在日本相當受歡迎。	日本 名 日本
★ モネなどの印象派ね。 我喜歡莫內這一類的印象派畫家。	印象派 名 印象派
★★ どんなアートが好きなの？ 你喜歡怎樣的藝術品？ ① 風景画が好き。 我喜歡風景畫。 ② どちらかと言えば、人物画が好き。 我比較喜歡人物畫。	風景画 名 風景畫 言う 動 說 人物画 名 人物畫
★ ゴッホの絵が好きなの。 我喜歡梵谷的畫。	好き 形動 喜歡
★ ピカソの絵には衝撃を受けたわ。 我受畢卡索的畫衝擊很大。	衝撃を受ける 慣 受衝擊
★ シュールなものに興味あるの。 我對超現實派的東西有興趣。	興味ある 慣 有興趣
★ ダリとか？ 比如說達利嗎？ ① うん、想像力を描き立てられるよね。 嗯，他激發出我的想像力。	想像力 名 想像力 描き立てる 動 激發
★ 写実的な絵画が好き。 我喜歡寫實的畫作。	写実的 形動 寫實的
★ ギリシャ彫刻を生で見てみたいわ。 我想親眼目睹希臘的雕刻。	彫刻 名 サ 雕刻
★ 古代エジプトに興味あるの。 我對古埃及很感興趣。	古代エジプト 名 古埃及
★ 大英博物館に行くといいよ。 那你應該去大英博物館。 ① 行きたいと思っていたのよ。 我早就想去了。	博物館 名 博物館 行く 動 去
★ よく風景写真集を見るよ。 我常常看風景攝影集。	写真集 名 攝影集
★ インスタレーションは体験的でワクワクするわ。 可以體驗裝置藝術，我想你一定很興奮吧！	インスタレーション 名 裝置藝術
★ 水墨画には独特の美しさがあるよね。 水墨畫有其獨特的美。	水墨画 名 水墨畫
★ 専門的なことはよく分からないの。 太專門的東西我不太懂。	専門的 形動 專門的
★ 弟は子供の頃からスケッチを習っています。 弟弟從小就開始學素描。	弟 名 弟弟 スケッチ 名 サ 素描

★ 彼は挿絵画家です。 他是一個插畫家。	挿絵画家 名 插畫家
★ 油絵を習う予定です。 我打算去學油畫。	油絵 名 油畫
★ 水彩画は私も描くよ。 我也畫水彩畫喔！	水彩画 名 水彩畫
★ これ有名な絵だよ。 這是名畫啊！	有名 形動 有名
★ 作者は誰？ 作者是誰？	作者 名 作者
★ 何時ごろ描かれたの？ 大概是什麼時候畫的？	描く 動 畫
★ この絵のタイトルは何？ 這幅畫的名稱是什麼？ ＝ この絵は何と呼ばれている？	タイトル 名 標題 呼ばれる 動 被叫做
★★ あ、これ見たことある。 啊！我看過這幅畫。	見たことある 慣 看過
★ モネの絵だよ。 這是莫內的畫。	絵 名 畫
★ 美術の教科書に載ってたかも。 或許刊載在美術教科書上了。	教科書 名 教科書
★ この絵の魅力って何？ 這幅畫的魅力在哪裡？ ＝ 何がこの絵を魅力的にしているの？	魅力 名 魅力 魅力的 形動 魅力的
★ この絵のどこがいいの？ 這幅畫好在哪裡？	いい 形 好的
★ 何を表現してるのかしら。 這幅畫想要表現些什麼？	表現 名 サ 表現
★ どんなメッセージが込められているの？ 藏了什麼訊息在裡面？	込める 動 蘊藏
★ あの絵と同じ画家とは思えないわ。 真不敢相信這跟那幅畫是同一個畫家的作品。	同じ 形動 相同 画家 名 畫家
★ 素敵！レプリカでいいから欲しいわ。 真是漂亮！複製品也無所謂，我想要！ ＝ 素敵！複製品でいいから欲しいわ。	素敵 形動 很棒 レプリカ 名 複製品 複製品 名 複製品

（累積單字量 12897 個，慣用語量 547 個）

★ 色彩豊かな絵ね！真是色彩豐富的畫啊！ ① 浮世絵から影響を受けているんだって。我聽說它受了浮世繪的影響。	豊か 形動 豐富 影響を受ける 慣 受影響
★ 色使いが大胆ね！用色很大膽！	大胆 形動 大膽
★ タッチが繊細ね！筆觸很纖細！	繊細 形動 纖細
★ 暗くて重苦しい雰囲気だわ。這幅畫充滿了暗沉陰鬱的感覺。 ＝ 暗くて陰気な雰囲気だわ。	重苦しい 形 陰鬱的 陰気 形動 陰鬱
★ 抽象的な絵だね！很抽象的畫！	抽象的 形動 抽象的
★ 構図が斬新ね！很嶄新的構圖！ ＝ 斬新な構図ね！	構図 名 構圖 斬新 形動 嶄新
★★ とても素敵な写真ですね。這照片拍得可真好啊！	写真 名 照片
★★ 誰が撮ったのですか。是誰拍的啊？ ① 私です。是我拍的。	撮る 動 拍攝 私 名 我
★★ 何時撮ったのですか。你什麼時候拍的？ ① 去年の冬に撮りました。我去年冬天拍的。	去年 名 去年 冬 名 冬天
★ もっと見ますか。你要多看幾張嗎？ ① ええ、見せて下さい。好啊！讓我看看。	見る 動 看 見せる 動 讓～看
★ 写真撮影は私の趣味です。拍照是我的興趣。 ＝ 写真を撮るのは私の趣味です。	写真撮影 名 拍照 趣味 名 興趣
★ 庭で咲いている花の写真を撮った。我拍庭院裡盛開的花。	咲く 動 開
★ 庭に止まっている蝶々の写真を撮った。我拍停在花上的蝴蝶。	蝶々 名 蝴蝶
★ 近所の公園へ行って、野鳥の写真を撮った。 我到附近的公園拍野鳥的照片。	近所 名 附近 野鳥 名 野鳥

★ 写真をコンピューターに取り込んだ。我將照片儲存在電腦上。	取り込む 動 儲存
★ 撮った花の写真をコンピューターで編集した。 我將拍攝的花的照片用電腦編輯。	コンピューター 名 電腦 編集 名 サ 編輯
★ 私の写真を撮ってくれますか。你可以幫我拍照嗎？	写真を撮る 慣 拍照
★ 彼女はいつも写真写りがいいです。她拍照總是很上相。	写真写りがいい 慣 很上相
★ 「蜷川実花展覧会」が台北當代芸術館（MOCA）で開催されています。「蜷川實花展覽會」已經在台北當代藝術館開展了。	芸術館 名 藝術館 開催 名 サ 舉行
★ 彼女の撮影した写真がたくさん展示されています。 展覽會中展示多幅她拍的照片	たくさん 副 很多 展示 名 サ 展示
★★ 見学ですか。您要參觀嗎？ ① はい、入場料はいくらですか。是的，入場費多少？	見学 名 サ 參觀 入場料 名 入場費
★ 当日券が欲しいのですが。我要當日票（一票玩到底）。	当日券 名 當日票
★★ 何名様ですか。請問有幾位？ ① 四人です。四個人。	何名様 名 幾位 四人 名 四個人
★ 大人三枚と学生を一枚下さい。三張全票，一張學生票。	学生 名 學生
★ カメラを持ち込めません。照相機不能帶進去。	持ち込む 動 帶進
★ 荷物はどこに預けるのですか。行李可以寄放在哪裡？	荷物 名 行李
★ カメラを預けたいのですが。我要寄放相機。	預ける 動 寄放
★ 見学者用の入口はどこですか。參觀者的入口在哪裡？ ① 入口は左側でございます。入口在左側。	入口 名 入口 左側 名 左側
★ 一階にインフォメーションセンターがございます。 一樓有服務中心。	インフォメーションセンター 名 服務中心

（累積單字量 12937 個，慣用語量 550 個）

★ あちらの案内図をご覧下さい。請看一下那邊的導覽圖。	案内図 名 導覽圖
★ こちらはフロアマップです。宜しければお使い下さい。 這是各樓層的地圖，請參考。	マップ 名 地圖 使う 動 使用
★ あちらに案内板がございます。那裡有介紹的看板。	案内板 名 介紹看板
★ 貴重品はロッカーにお預け下さい。貴重物品請存放在寄物櫃。	貴重品 名 貴重物品
★ 恐れ入ります。こちらでの喫煙はお控え下さい。 真的很抱歉，這裡不能抽菸。	恐れ入る 動 惶恐 控える 動 抑制
★ どこなら喫煙できますか。哪裡可以抽菸呢？ ① あちらのスペースでお願いします。麻煩您到那個空間。 ② 全館禁煙となっております。本館全館禁菸。	喫煙 名 サ 抽菸 全館 名 全館 禁煙 名 サ 禁菸
★ 通話はご遠慮いただいております。這裡不能使用手機。 ＝ 携帯電話のご使用はご遠慮下さい。	通話 名 サ 通話 使用 名 サ 使用
★ 携帯電話はマナーモードにして下さい。請把手機調到震動模式。	携帯電話 名 手機
★ 撮影はお断りしております。謝絕拍照。	断る 動 拒絕
★ 床が滑りやすいので、お気を付け下さい。地板很滑，請小心。	床 名 動 地板
★ 危険ですので、走らないで下さい。很危險，請不要跑步。	走る 動 跑步
★ お客様、恐れ入りますが、声を少し落としていただけますか。 真不好意思，能請您稍微降低說話的音量嗎？	声を落とす 慣 降低聲音 少し 副 稍微
★ 他のお客様のご迷惑になりますので、ご遠慮下さい。 因為會造成其他客人的困擾，請注意！	迷惑 名 サ 困擾 遠慮 名 サ 注意，留心
☆★ すみません、気を付けます。抱歉，我會注意的。 ① ご協力ありがとうございます。謝謝您的合作。	気を付ける 慣 注意 協力 名 サ 合作
☆★ お手洗いはどこですか。洗手間在哪裡？	お手洗い 名 洗手間

★ 通路突き当りの右側です。在通道盡頭的右側。	突き当り 名 盡頭
★ 通路の左手になります。在通道的左手邊。	左手 名 左手
★ お手洗いは外にございます。洗手間在外面。	外 名 外面
★ 各階の階段の横にございます。在各樓層的樓梯口。	横 名 側面
★ 非常口は各階の両端にございます。逃生門在各樓層的兩邊。	両端 名 兩邊
★ 右手のエレベーターをご利用下さい。請使用右手邊的電梯。	右手 名 右手
★ エレベーターはございませんので、階段をお使い下さい。 沒有電梯，請走樓梯。	エレベーター 名 電梯 階段 名 樓梯

Unit 10 ｜運動① 運動①

★★ 何かスポーツはなさいますか。你有在做什麼運動嗎？ ① 毎朝ジョギングをします。我每天早上慢跑。 ② 毎週の土曜日にバレーボールをします。我每週六打排球。	毎朝 副 每天早上 毎週 名 每週 土曜日 名 週六
★ 私は高校からバスケットボールをやっています。 我從高中開始打籃球。	高校 名 高中 バスケットボール 名 籃球
★ 運動神経が鈍いです。我的運動神經很遲鈍。	鈍い 形 遲鈍的
★ スポーツはあまり得意ではありません。我不擅長運動。	得意 形動 擅長
★ スポーツは全然駄目です。我運動完全不行。 ＝ スポーツはまるで駄目です。	全然 副 完全 駄目 形動 不行
★ 格闘技を見るのが好きです。我喜歡看搏擊比賽。	格闘技 名 搏擊比賽

（累積單字量 12976 個，慣用語量 552 個）

★ 国技の相撲が大好きです。 我很喜歡日本的國家運動相撲。	相撲 名 相撲
★ どんなスポーツですか。 那是怎樣的運動？ ① 廻しだけの男性がぶつかり合います。 只穿著兜檔布的男生互相搏鬥。	廻し 名 兜檔布 男性 名 男性
★★ 何かお稽古をしていますか。 你有在學什麼技藝嗎？ ＝ 何かお稽古をやっていますか。 ① エアロビクスをやってみたいです。 我想試試看有氧運動。	何 代名 什麼 稽古 名 技藝 エアロビクス 名 有氧運動
★★ 何か習い事をしていますか。 你有在學什麼嗎？ ① 柔道のレッスンを受け始めたばかりです。 我剛剛開始參加柔道課程。 ② 剣道を習っています。 我在學劍道。	習い事 名 學習技藝 柔道 名 柔道 剣道 名 劍道
★ 柔道の実演がありますか。 有柔道的表演嗎？	実演 名 サ 示範表演
★ 実演は何曜日ですか。 表演在星期幾？	何曜日 代名 星期幾
★ 今、剣道のトーナメントが行われていますか。 現在有舉辦劍道的淘汰賽嗎？	トーナメント 名 淘汰賽 行う 動 舉行
★ どんな種類のトーナメントですか。 是哪一種淘汰賽？	種類 名 種類
★★ 入場券はどこで買えますか。 哪裡可以買到入場券？	入場券 名 入場券
★ 空手のお稽古はどこで見られますか。 哪裡可以參觀空手道的課程？	空手 名 空手道 見られる 動 能看到
★ 空手のお稽古に参加できますか。 我可以參加空手道的課程嗎？	参加 名 サ 參加
★ あの選手は何段ですか。 那個選手是幾段的？	選手 名 選手
★★ どんなスポーツがお好きですか。 你喜歡什麼運動？ ＝ 好きなスポーツは何ですか。 ① テニスをするのが好きです。 我喜歡打網球。	スポーツ 名 運動 好き 形動 喜歡 テニス 名 網球

★ 中学校のときからテニスをやっています。我從國中開始打網球。 ① とてもいい運動になります。那是很好的運動。	中学校 名 國中 運動 名 サ 運動
★ どこでされるのですか。你在哪裡打網球？ ① 会社のテニスコートでします。我在公司的網球場打。	会社 名 公司 テニスコート 名 網球場
★ どれぐらいの頻度でしますか。你多久打一次網球？ ① 週に二回やります。我一週打兩次。	頻度 名 頻率 週に 副 一週
★ 公共のテニスコートがありますか。有公共網球場嗎？	公共 名 公共
★ 公共のテニスコートを予約するのは難しいですか。 公共網球場很難預約嗎？	予約 名 サ 預約 難しい 形 困難的
★ 料金は時間制ですか。租金是按照鐘點來計算嗎？	時間制 名 鐘點制
★ ラケットが借りられますか。可以租到球拍嗎？	借りる 動 租借
★ 屋外のスポーツのほうが好きです。我喜歡戶外運動。	屋外 名 戶外
★ どんな屋外のスポーツが好きですか。你喜歡什麼戶外運動呢？ ① 山登りが好きです。我喜歡爬山。 ② 自転車が大好きです。我很喜歡騎自行車。	好き 形動 喜歡 山登り 名 サ 登山 自転車 名 自行車
★ 自転車はどこで借りられますか。哪裡可以租到自行車？	で 格助 在～
★ 十段変速の自転車が借りられますか。 可以租到十段變速的自行車嗎？	変速 名 サ 變速 自転車 名 自行車
★★ 料金はいくらですか。租金是多少？	料金 名 費用
★ ヘルメットを被らなければならないという法律がありますか。 法律有規定騎自行車要戴安全帽嗎？	被る 動 戴 法律 名 法律
★ この近くに、サイクリングコースがありますか。 這附近有騎自行車的路線嗎？	近く 名 附近 コース 名 行程，路線

（累積單字量 13021 個，慣用語量 552 個）

★★ ゴルフをしますか。 你打高爾夫球嗎？	ゴルフをする 慣 打高爾夫球
★★ ゴルフはどこでしますか。 你在哪裡打高爾夫球？	ゴルフ 名 高爾夫
★ 公共(こうきょう)のゴルフ場(じょう)がありますか。 有沒有公共的高爾夫球場？	ゴルフ場(じょう) 名 高爾夫球場
★ 今日(きょう)予約(よやく)を申(もう)し込(こ)んだら、いつゴルフができますか。 今天預約的話，什麼時候可以打高爾夫球？	今日(きょう) 副 今天 申(もう)し込(こ)む 動 申請
★ グリーンフィーはいくらですか。 果嶺費多少？	フィー 名 費用
★ クラブハウスの施設(しせつ)が使(つか)えますか。 我可以使用俱樂部會所的設施嗎？	施設(しせつ) 名 設施 使(つか)える 動 能使用
★ ゴルフクラブが借(か)りられますか。 可以租到高爾夫球桿嗎？	ゴルフクラブ 名 高爾夫球桿
★ ゴルフカートが借(か)りられますか。 可以租到高爾夫球車嗎？	ゴルフカート 名 高爾夫球車
★ キャディーは雇(やと)わなければなりませんか。 必須雇用球童嗎？	雇(やと)う 動 雇用
★ キャディーは一(いち)ラウンドいくらしますか。 球童一局要多少錢？	一(いち)ラウンド 名 一局
★ このコースは難(むずか)しいですか。 這行程很困難嗎？	難(むずか)しい 形 困難的
★ このコースは易(やさ)しいですか。 這行程很簡單嗎？	易(やさ)しい 形 簡單的
★ パーはいくつですか。 標準桿是幾桿？	パー 名 標準桿
★ 室内(しつない)のスポーツのほうが好(す)きです。 我喜歡室內運動。	室内(しつない) 名 室內
★ どんな室内(しつない)のスポーツが好(す)きですか。 你喜歡什麼室內運動呢？ ① ボウリングが大好(だいす)きです。我非常喜歡保齡球。 ② ピンポンが一番(いちばん)好(す)きです。我最喜歡乒乓球。	ボウリング 名 保齡球 大好(だいす)き 形動 很喜歡 ピンポン 名 乒乓球
★ 海(うみ)のスポーツが大好(だいす)きです。 我很喜歡海上的運動。	海(うみ) 名 海

（累積單字量13040個，慣用語量553個）

★ どんな海のスポーツが好きですか。 你喜歡什麼海上的運動呢？ ① ダイビングが好きです。 我喜歡潛水。	どんな 連體 怎樣的 スポーツ 名 運動
★ 私は大学時代からダイビングをやっています。 我從大學時期開始潛水。	大学時代 名 大學時代 ダイビング 名 サ 潛水
★ 私はダイビングが上手です。 我很擅長潛水。 ＝ 私はダイビングが得意です。	上手 形動 擅長 得意 形動 擅長
★ 冬のスポーツが大好きです。 我很喜歡冬天的運動。	大好き 形動 很喜歡
★ どんな冬のスポーツが好きですか。 你喜歡什麼冬天的運動呢？ ① スキーが好きです。 我喜歡滑雪。	冬 名 冬天 スキー 名 滑雪
★ アイススケートをしたことがありますか。 你溜過冰嗎？ ① アイススケートはしたことがありません。 我沒有溜過冰。	アイススケート 名 サ 溜冰 こと 名 經驗
★ マラソンが好きです。 我喜歡跑馬拉松。	マラソン 名 馬拉松
★★ 泳ぐのが好きです。 我喜歡游泳。	泳ぐ 動 游泳
★ どこへ泳ぎに行きますか。 你去哪裡游泳？	泳ぎに行く 慣 去游泳
★ この近くにプールがありますか。 這附近有游泳池嗎？	近く 名 附近
★ それは公共プールですか。 那是公共游泳池嗎？	公共プール 名 公共游泳池
★ プールは何時から何時までですか。 游泳池是幾點開放到幾點？	何時 代名 幾點
★ 水は冷たいですか。 水很冰冷嗎？ ① 温水プールです。 是溫水游泳池。	冷たい 形 冰冷的 温水プール 名 溫水游泳池
★ 水は綺麗ですか。 水乾淨嗎？	水 名 水
★ この近くにいい海岸がありますか。 附近有好的海邊嗎？	海岸 名 海岸
★ この近くに綺麗な海岸がありますか。 附近有漂亮的海邊嗎？	綺麗 形動 漂亮

（累積單字量 13061 個，慣用語量 554 個）

★ 海岸は砂浜ですか。 海邊是沙灘嗎？ ＝ 海辺は砂浜ですか。	海岸 名 海岸 海辺 名 海邊
★ 大きな波がありますか。 有大波浪嗎？	波 名 波浪
★ 子供たちにも安全ですか。 孩子們去也很安全嗎？	安全 形動 安全
★ 監視がいますか。 有安全崗哨嗎？	監視 名 サ 崗哨
★ 水母がいますか。 有水母嗎？	水母 名 水母
★ ビーチチェアが借りられますか。 可以租到海灘椅嗎？	ビーチチェア 名 海灘椅
★ ビーチタオルが借りられますか。 可以租到海灘毛巾嗎？	ビーチタオル 名 海灘毛巾
★ ビーチパラソルが借りられますか。 可以租到海灘遮陽傘嗎？	パラソル 名 遮陽傘
★ ボートが借りられますか。 可以租到小船嗎？	ボート 名 小船
★ モーターボートが借りられますか。 可以租到汽艇嗎？	モーターボート 名 汽艇
★ ヨットが借りられますか。 可以租到遊艇嗎？	ヨット 名 遊艇
★ 浮き袋が借りられますか。 可以租到救生圈嗎？	浮き袋 名 救生圈
★ 水上スキーが借りられますか。 可以租到滑水板嗎？	水上スキー 名 滑水板
★ ダイビング用具が借りられますか。 可以租到潛水用具嗎？	用具 名 用具
★★ 一時間いくらですか。 一小時多少？	一時間 名 一小時
★★ 保証金が要りますか。 需要押金嗎？	要る 動 需要
★★ 保証金はいくらですか。 押金要多少？	保証金 名 押金

（累積單字量13079個，慣用語量554個）

Unit 11 ｜運動② 運動②

★★ スポーツを見るのが好きですか。 你喜歡看運動比賽嗎？ ① ええ、野球がとても好きだ。 嗯，我很喜歡看棒球。 ② ラグビーを見るのが好きだ。 我喜歡看橄欖球。	スポーツ 名 運動 野球 名 棒球 ラグビー 名 橄欖球
★ 見るのは野球、するのは水泳だね。 我喜歡看的是棒球，喜歡做的是游泳。	する 動 做 水泳 名 サ 游泳
★ ゴルフは見るのもするのも好きだよ。 高爾夫球我喜歡看也喜歡打。	見る 動 看
★ スポーツは苦手ですが、見るのは好きです。 我拙於運動，可是我喜歡看運動比賽。	苦手 形動 不擅長 好き 形動 喜歡
★ 見るだけなら何でも好きだ。 我什麼運動都喜歡看。 ＝ スポーツは全部見るのが好きだ。	何でも 副 什麼都 全部 副 全部
★★ 相撲に興味がありますか。 你對相撲有興趣嗎？	興味がある 慣 有興趣
★ 相撲の生中継があるのは何チャンネルですか。 相撲的現場轉播在哪一台？	生中継 名 サ 現場轉播 チャンネル 名 頻道
★ 相撲を見に行きたいのですが。 我想去看相撲。	見に行く 慣 去看
★ 今、相撲をやっていますか。 現在有相撲比賽嗎？	今 副 現在
★ 今、相撲はどこでやっていますか。 現在相撲比賽在那裡舉行？	相撲 名 相撲
★ 相撲の次の場所はどこですか。 下一場相撲比賽在那裡舉行？	場所 名 地方
★ 相撲の券を買うのは難しいですか。 相撲的票很難買嗎？	買う 動 買
★ 相撲の券はどこで買えますか。 相撲的票在哪裡買？	券 名 票
★ 幕内力士の取り組みはいつ始まりますか。 高級相撲力士的對打幾時開始？	幕内力士 名 高級相撲力士 始まる 動 開始

（累積單字量 13098 個，慣用語量 556 個）

★ 幕内力士の取り組みはいつ終わりますか。 高級相撲力士的對打幾時結束？	取り組み 名 對打 終わる 動 結束
★ 相撲のいい席が欲しいのですが。 我想要看相撲的好位子。	欲しい 形 想要的
★ いい席はいくらしますか。 好的位子要多少錢？	席 名 席次
★ そこへは何時頃行くのがいいですか。 幾點左右到那裡好呢？	頃 名 左右
★ あの力士の名前は何ですか。 那個力士的名字是什麼？	名前 名 名字
★ 体重はどのぐらいありますか。 他的體重大約多少？	体重 名 體重
★ 背の高さはどのぐらいですか。 他的身高大約多少？	背の高さ 慣 身高
★ フットボールの試合を放送するのはどのチャンネルですか。 橄欖球比賽在哪一台轉播？	フットボール 名 橄欖球 放送 名 サ 播放
★★ プロ野球に夢中だ。 我很瘋職業棒球。	夢中 副 著迷
★ オリンピックの間はいつも寝不足だね。 在奧林匹克期間我總是睡眠不足。	オリンピック 名 奥林匹克 寝不足 副 睡眠不足
★ 日本代表の試合なら見るよ。 只要有日本選手出場的比賽我就會看。	試合 名 サ 比賽
★★ 好きなチームはどこ？ 你喜歡哪一個球隊？ ① ニューヨーク・ヤンキースが好きだ。 我喜歡紐約洋基隊。 ② 地元、浦和レッズの熱狂的なファンだ。 我是日本當地浦和紅鑽隊的瘋狂球迷。	チーム 名 隊伍 地元 名 當地 熱狂的 形動 狂熱的 ファン 名 球迷
★ 昔はヤンキースだけど、今はレッドソックスだ。 我以前喜歡洋基隊，現在喜歡紅襪隊。	昔 名 副 以前 今 名 副 現在
★ 日本の野球よりメジャーが好きだ。 我喜歡美國職業棒球勝過日本棒球。	野球 名 棒球 メジャー 名 MLB
★ 攻撃型のチームが好きだね。 我喜歡攻擊型的球隊。	攻撃型 名 攻擊型
★ 野球は、今シーズン中です。 現在正是棒球的球季。	シーズン中 名 球季中

★ プロ野球(やきゅう)の試合(しあい)ですか。是職業棒球比賽嗎？	プロ野球(やきゅう) 名 職業棒球
★ プロ野球(やきゅう)の試合(しあい)テレビ中継(ちゅうけい)されますか。 職業棒球比賽會在電視轉播嗎？	テレビ 名 電視 中継(ちゅうけい) 名 サ 轉播
★ プロ野球(やきゅう)の試合(しあい)を放送(ほうそう)するのはどのチャンネルですか。 職業棒球比賽在哪一台轉播？	放送(ほうそう) 名 サ 播放 チャンネル 名 頻道
★ 今季(こんき)はどこが優勝(ゆうしょう)すると思(おも)う？你認為這一季哪一隊會贏？ ① 言(い)うまでもないでしょう。那還用說嗎？	今季(こんき) 名 這一季 優勝(ゆうしょう) 名 サ 獲勝
★★ 好(す)きな選手(せんしゅ)は誰(だれ)？你喜歡哪一個選手？ ① 鈴木一郎(すずきいちろう)が好(す)きだ。我喜歡鈴木一朗。	選手(せんしゅ) 名 選手 誰(だれ) 代名 誰
★ 一郎選手(いちろうせんしゅ)は 2001 年(ねん)にマリナーズでメジャーリーグの経歴(けいれき)をスタートさせた。 一朗選手於 2001 年在馬林魚隊開始他的美國職業大聯盟生涯。	～年(ねん) 名 ～年 経歴(けいれき) 名 經歷 スタート 名 サ 開始
★ 彼(かれ)は 2001 年(ねん)から三年間(さんねんかん)メジャーリーグでプレーした。 他從 2001 年開始在美國職業大聯盟效力三年。	彼(かれ) 名 他 ～年間(ねんかん) 名 ～年之間
★ 2004 年(ねん)に日本(にほん)でプレーするために戻(もど)ってきた。 他於 2004 年的球季回到日本。	プレーする 動 打球 戻(もど)る 動 回來
★★ 昨夜(ゆうべ)の野球中継(やきゅうちゅうけい)を見(み)た？你有看昨晚的棒球轉播嗎？ ① ええ、見(み)た。有啊！我看了。	昨夜(ゆうべ) 名 昨晚 見(み)る 動 看
★★ どっちが勝(か)ったの？哪一隊贏了？ ① うちのチームが勝(か)った。我們這一隊贏了。 ② 敵(てき)のチームが勝(か)った。對方贏了。	勝(か)つ 動 贏 うち 名 我們 敵(てき) 名 敵方
★★ スコアはどうだった？比數如何？ ① 六対四(ろくたいよん)だった。六比四。	スコア 名 比數 ～対(たい)～ 名 ～比～
★★ 野球(やきゅう)の試合(しあい)を見(み)に行(い)きたいです。我想去看棒球比賽。	野球(やきゅう) 名 棒球

（累積單字量 13145 個，慣用語量 557 個）

★ 今度(こんど)の日曜日(にちようび)に野球(やきゅう)の試合(しあい)がありますか。 這個週日有棒球比賽嗎？	今度(こんど) 名 這次
★ 今度(こんど)の日曜日(にちようび)に野球(やきゅう)の試合(しあい)をしよう。 我們這週日來比賽棒球吧！	日曜日(にちようび) 名 週日
★ 野球(やきゅう)の試合(しあい)をかなりよく見(み)に行(い)くよ。 我蠻常去看棒球比賽的。	見(み)に行(い)く 慣 去看
★ そのうちに東京(とうきょう)ドームへ行(い)こう。 我們改天去東京巨蛋看吧！	東京(とうきょう)ドーム 名 東京巨蛋
★ 試合(しあい)の日(ひ)に、野球場(やきゅうじょう)で券(けん)を買(か)えますか。 比賽當天在棒球場買得到票嗎？	野球場(やきゅうじょう) 名 棒球場 券(けん) 名 票
★★ 今日(きょう)は、野球(やきゅう)の試合(しあい)がありますか。 今天有棒球比賽嗎？	今日(きょう) 名 今天
★ 対戦相手(たいせんあいて)はどこですか。 比賽對手是誰？	対戦相手(たいせんあいて) 名 比賽對手
★★ どことどこの試合(しあい)ですか。 是哪一隊跟哪一隊的比賽呢？ ＝ どのチームが試合(しあい)しますか。 ① 読売(よみうり)ジャイアンツと阪神(はんしん)タイガースの試合(しあい)です。 是讀賣巨人隊跟阪神虎隊的比賽。	と 格助 跟 どの 連體 哪一～ チーム 名 隊伍 試合(しあい) 名 サ 比賽
★ 試合(しあい)はどこで行(おこな)われますか。 比賽在哪裡舉行？ ＝ 試合(しあい)はどこで開催(かいさい)されますか。	行(おこな)う 動 舉行 開催(かいさい) 名 サ 舉行
★ 試合(しあい)は昼間(ひるま)の試合(しあい)ですか、ナイターですか。 比賽是白天還是晚上？	昼間(ひるま) 名 白天 ナイター 名 晚場
★ 試合(しあい)は何時(なんじ)からですか。 比賽幾點開始？ ＝ 試合(しあい)は何時(なんじ)に始(はじ)まりますか。	何時(なんじ) 代名 幾點 始(はじ)まる 動 開始
★ 野球場(やきゅうじょう)はどこにありますか。 棒球場在哪裡？	野球場(やきゅうじょう) 名 棒球場
★ 野球(やきゅう)の券(けん)はどこで買(か)えますか。 棒球比賽的票在哪裡買？	買(か)える 動 能買到
★ 沢山(たくさん)の人(ひと)が並(なら)んでいるな。 好多人在排隊喔！	並(なら)ぶ 動 排列
★ 長(なが)い列(れつ)だな。 好長的隊伍啊！	列(れつ) 名 隊伍

★ これじゃ、チケットを買うだけで一時間も掛かっちゃうよ。 這樣光是買票就要一個鐘頭了。	一時間 名 一小時 掛かる 動 花費
★ もっと早くしてくれないかな。 他們不能動作快一點嗎？	早く 副 快點
★ あの男、割り込みをしようとしている。 那個男的想插隊。	割り込み 名 插隊
★ 今晩のチケットはまだありますか。 今天晚上的票還有嗎？	今晩 名 今晚
★ チケットを二枚お願いします。 請給我兩張票。	願う 動 拜託
★ ネットでチケットを予約しました。 我在網路上訂票了。	予約 名 サ 預約
★ 払い戻せますか。 可以退票嗎？	払い戻す 動 退票
★ なるべく前の席がいいのですが。 我想要盡量前面一點的位子。	前 名 前面
★ ネット裏の席を下さい。 請給我本壘板後方的位子。	ネット裏 名 本壘板後方
★ 一塁側の内野席はありますか。 內野有靠近一壘的位子嗎？ ① 外野席しか残っていません。只剩下外野的位子了。	內野 名 內野 外野 名 外野
★ 左翼の外野席を下さい。 請給我左外野的位子。	左翼 名 左翼
★ 右翼の外野席を下さい。 請給我右外野的位子。	右翼 名 右翼
★ では、できるだけ前の方で。 那盡量給我前面一點的位子吧！	方 名 方面
★ チケットを買うために、列に並んでいた。 我為了買票排隊。	列に並ぶ 慣 排隊
★ 列の最後尾に立っていた。 我排在最後面。	立つ 動 站
★ 一時間並んで、やっとチケットを手に入れた。 我排了一小時，終於買到票了。	やっと 副 終於 手に入れる 慣 買到
★ 二人分のチケットを買った。 我買了兩個人的票。	二人分 名 兩人份
★ 家族全員の入場券を買った。 我買了全家人的入場券。	家族全員 名 全家人

（累積單字量 13185 個，慣用語量 560 個）

★ どのゲートから入れぱいいですか。請問要從哪一個門進場？ ＝ どのゲートから入場すればいいですか。	入れる 動 進入 入場 名 サ 入場
★ 席はどこですか。請問我的座位在哪裡？	席 名 席次
★ 食べ物はどこで買えますか。請問在哪裡可以買到吃的？	食べ物 名 食物
★ 応援グッズはどこで買えますか。請問在哪裡可以買到加油道具？	応援グッズ 名 加油道具
★ 選手のサインはもらえますか。我可以請選手幫我簽名嗎？	選手 名 選手
★ 最前列に行けばもらえるかもしれません。 您到最前排去或許能要到簽名。 ① ありがとう。行ってみます。謝謝！我會去試試看。	最前列 名 最前排 かもしれない 副助 或許～也説不定
★★ 試合はどう？戰況如何？	試合 名 サ 比賽
★ どっちが勝ってるの？目前誰贏？ ① 読売ジャイアンツが一点差で負けているよ。讀賣巨人隊以一分落後。	一点差 名 一分之差 負ける 動 輸
★ さっきまで勝ってたのに。剛剛明明還是領先的。 ① 二ランを打たれたんだ。剛被對手得了兩分。	勝つ 動 贏 打つ 動 打
★ 阪神タイガースが先制したよ。阪神虎隊先馳得點了。	先制 名 サ 先馳得點
★ 接戦だね。比數很接近。	接戦 名 勝負難分的比賽
★ まだ同点だよ。目前還是同分。	同点 名 同分
★ 延長戦になりそうだね。似乎要進行延長賽了。	延長戦 名 延長賽
★ 三回表満塁だよ。現在是第三局上半場滿壘的局面。	表 名 上半場
★ 先発ピッチャーは誰？先發投手是誰？	ピッチャー 名 投手
★ 彼はどんなタイプの選手？他是哪一類型的選手？	タイプ 名 類型

★ 素晴（すば）らしい投球（とうきゅう）ですね！投得真好啊！	投球（とうきゅう）名 サ 投球
★ ナイスヒット！打得好！	ナイスヒット 慣 打得好
★ ホームランになりました！全壘打！	ホームラン 名 全壘打
★ よく守（まも）った！防守得好！	守（まも）る 動 防守
☆★ やった！太棒了！	やった 慣 太棒了
★ 打（う）たれた！被打到了！	打（う）つ 動 打
★ 惜（お）しい！太可惜了！	惜（お）しい 形 可惜的
★ ピッチャー交代（こうたい）しろ！換投手啦！	交代（こうたい）名 サ 更換
★ 読売（よみうり）ジャイアンツが逆転（ぎゃくてん）したよ。讀賣巨人隊逆轉情勢了。	逆転（ぎゃくてん）名 サ 逆轉
★ 最後（さいご）は五対四（ごたいよん）で勝（か）ったよ。最後以五比四獲勝了。	勝（か）つ 動 贏
★ 完封勝（かんぷうが）ちだよ。取得完封勝了。 ＝ 完封勝利（かんぷうしょうり）だよ。	完封（かんぷう）名 サ 完封 勝利（しょうり）名 サ 勝利

Unit 12 ｜ 温泉（おんせん）、花道（かどう）、茶道（ちゃどう）、パチンコ
溫泉、花道、茶道、小鋼珠

☆★ 寒（さむ）いよねえ。好冷啊！ ① うん、随分寒（ずいぶんさむ）いねえ。嗯，好冷啊！	寒（さむ）い 形 寒冷的 随分（ずいぶん）副 相當
★ あったかい温泉（おんせん）に入（はい）りたいなあ。我想泡暖呼呼的溫泉。 ① うん、私（わたし）も。嗯，我也是。	温泉（おんせん）に入（はい）る 慣 泡溫泉 私（わたし）名 我

（累積單字量 13218 個，慣用語量 563 個）

★ 日本人は温泉が大好きです。 日本人最喜歡溫泉。	日本人 名 日本人
★★ 温泉は気に入りましたか。 你喜歡溫泉嗎？ ① 温泉に行ったことはありません。我沒有泡過溫泉。	気に入る 慣 喜歡 温泉に行く 慣 去泡溫泉
★ 温泉はいいよ。 溫泉最好了。	温泉 名 溫泉
★ 疲れは取れるし、肌にもいいし、景色もいいよ。 既可以消除疲勞，對皮膚又好，而且風景又漂亮。	肌 名 肌膚 景色 名 風景
★ もうすぐ冬休みだから、温泉に行かない？ 寒假快到了，要不要去泡溫泉？ ① 行きたい！想去啊！	もうすぐ 慣 馬上，很快 冬休み 名 寒假 行きたい 慣 想去
★ 温泉に行こうよ！ 我們去泡溫泉吧！ ① でも、まだ冬休みの予定がはっきりしないんだよね。 但是寒假的行程還不確定耶！	でも 副助 但是 予定 名 サ 預定 はっきり 副 サ 確定地
★ 予定がはっきりしたら、連絡するよ。 行程確定了，我再跟你聯絡。 ① 分かった。じゃあ、予定分かったら教えて。 知道了，行程確定了再跟我說。	連絡 名 サ 聯絡 じゃあ 接 那麼 教える 動 告知
★ この温泉について教えてくれませんか。 請告訴我跟這溫泉有關的資訊。 ① 天然温泉です。這是天然溫泉。 ② 硫黄が含まれています。溫泉中含有硫磺。	～について 慣 關於～ 天然温泉 名 天然溫泉 硫黄 名 硫磺 含む 動 含有
★ 関節痛に効くんですよ。 對治療關節痛很有效喔！ ① 今度は両親を連れて来なくちゃ！下次一定要帶我的父母親來！	関節痛 名 關節痛 効く 動 有效
★ 腰痛に効き目があるそうです。 對腰痛好像也很有幫助。	効き目がある 慣 有效
★ 肌が美しくなると言われています。 據說也可以讓肌膚變美。	美しい 形 美麗的

★ 大浴場は朝六時から夜十時まで開いております。 大浴場的開放時間是早上六點到晚上十點。 ＝ 大浴場の開く時間は朝六時から夜十時までです。	大浴場 名 大浴場 開く 動 開放 時間 名 時間
★ 大浴場の脱衣所には貴重品を持って行かないで下さい。 貴重物品請不要帶到更衣室。	脱衣所 名 更衣室 貴重品 名 貴重物品
★ 大浴場にシャンプー、リンス、石鹸があります。 大浴場備有洗髮精、潤絲精、香皂。	シャンプー 名 洗髮精 石鹸 名 香皂
★ 大浴場に行くときは、バスタオルとタオルを持参して下さい。 到大浴場去時，請攜帶浴巾跟毛巾。	バスタオル 名 浴巾 タオル 名 毛巾
★ 男湯と女湯に分かれています。 大浴場分為男湯跟女湯。	分かれる 動 分為
★ 男湯のマークはこれです。 男湯的符號是這個。	男湯 名 男湯
★ 女湯のマークはこれです。 女湯的符號是這個。	女湯 名 女湯
★★ どうすればいいのですか。 告訴我該怎麼做。 ① ここに脱いだものを入れます。 將脱下來的衣物放進這裡。 ② このタオルを持って大浴場へ行きます。 拿著這毛巾進入大浴場。	脱ぐ 動 脱 入れる 動 放入 持つ 動 拿
★ 入る前にご注意下さい。 進入浴池前請注意。	注意 名 サ 注意
★ 湯船にタオルを入れてはいけません。 毛巾不可以放進浴池。	湯船 名 浴池
★ 浴槽に、タオルを入れないで下さい。 請不要將毛巾放進浴池。	浴槽 名 浴池
★ どうやって入るのですか。 要怎麼進浴池呢？ ① 体を洗ってから湯船に浸かります。 請洗好身體後再進入浴池。 ＝ 浴槽には、身体を洗ってから入って下さい。	体 名 身體 浸かる 動 浸泡 身体 名 身體
★ 湯船で体を洗ってはいけません。 不可以在浴池內清洗身體。	洗う 動 清洗
★ この椅子を使って。 使用這張椅子。	椅子 名 椅子

（累積單字量 13258 個，慣用語量 569 個）

★ 座ってシャワーをします。坐在上面淋浴。	座る 動 坐
★ このタオルで軽く体を拭くのが礼儀です。 用這毛巾輕輕地擦拭身體是一種禮儀。	拭く 動 擦拭 礼儀 名 禮儀
★ 入浴後、浴衣をご着用いただけます。入浴後，可以穿著浴衣。	着用 名 サ 穿著
★ 浴衣は室内着、またはパジャマとしてご利用下さい。 浴衣可以當成室內服裝，或是睡衣來使用。	浴衣 名 浴衣 室内着 名 室內服裝
★ 浴衣姿で部屋の外を歩いてもかまいません。 穿著浴衣在房間外面走動也沒關係。	部屋 名 房間 外 名 外面
★ 浴衣姿で夕食をお召し上がりになってもかまいません。 穿著浴衣吃晚餐也沒關係。	夕食 名 晚餐 召し上がる 動 吃
★ 浴衣の着付けをお教えしましょうか。要跟您說浴衣的穿法嗎？	着付け 名 穿法
★ 今、「華道」と言えば、「生け花」のことを指すことが多いです。現在，說起「花道」，多半是指「插花」。	華道 名 花道 生け花 名 插花
★ 「華道」は植物だけ、或いは植物と様々な材料を組み合わせて構成し鑑賞する芸術です。 「花道」是只用植物，或是用植物組合其他各種材料，所構成的觀賞藝術。	植物 名 植物 組み合わせる 動 組合 構成 名 サ 構成
★ 「華道」は日本発祥の芸術です。 「花道」是在日本發祥的藝術。	芸術 名 藝術
★ 現代では国際的に拡がってきています。現在已經擴展到國際。	拡がる 動 擴展
★ 「華道」には様々な流派があります。「花道」有各種流派。	流派 名 流派
★ 各流派によって、様式と技法は異なります。 各流派的樣式跟技法不同。	様式 名 樣式 異なる 動 相異
★ 「生け花」に使う道具は花器、花鋏、花留めなどあります。 「插花」的道具有花器、花剪、劍山等。	花鋏 名 花剪 花留め 名 劍山
★ 花器は材質も形も色々あります。花器的材質跟形狀也形形色色。	花器 名 花器

（累積單字量13282個，慣用語量569個）

★ 私はたまに生け花の展示会を見に行きます。 我偶爾會去看插花的展示會。	展示会 名 展示會
★ 茶道は日本の伝統文化です。 茶道是日本的傳統文化。	伝統文化 名 傳統文化
★ お茶を通して知識を高め、礼儀を学ぶ。 透過茶道可以豐富知識，並學習禮儀。	通しる 動 透過 高める 動 提高
★ 茶道には日本の芸術や文化が盛り込まれている。 茶道中蘊含了日本的藝術與文化。 ＝ 茶道には日本の芸術や文化が組み入れられる。 ＝ 茶道には日本の芸術や文化が含まれる。	芸術 名 藝術 盛り込む 動 添加 組み入れる 動 納入 含む 動 蘊含
★ 茶道に大変興味を持っています。 我對茶道非常有興趣。	興味を持つ 慣 有興趣
★ 小さい頃から、茶道を習い始めました。 我從小就開始學茶道。	茶道 名 茶道
★ 茶道を始めた理由は着物が大好きだからです。 我開始學茶道是因為非常喜歡和服。	理由 名 理由 着物 名 和服
★ 長い間茶道を学んでいます。 我學茶道學了好長一段時間。	長い間 名 長時間
★ 茶道について多くのことを学びました。 學習到許多跟茶道有關的事情。	多く 名 很多 学ぶ 動 學習
★ 先生は私に茶道に関するものを沢山見せてくれました。 老師讓我看了很多跟茶道有關的東西。	先生 名 老師 関する 動 關於
★ 茶道を通じて、色々なことを習いました。 透過茶道，我學到各種事情。	色々 形動 各種 習う 動 學習
★ 茶道の歴史について紹介をしようと思います。 我想為您們介紹茶道的歷史。	歴史 名 歷史 紹介 名 サ 介紹
★ 茶道では、季節に応じて様々な茶碗を用います。 在茶道中，配合季節使用各種茶杯。 ＝ 茶道では、季節に合わせて様々な茶碗を用います。 ＝ 茶道では、季節によって様々な茶碗を用います。	応じる 動 順應 合わせる 動 配合 よる 動 按照 茶碗 名 茶杯

（累積單字量13306個，慣用語量570個）

★ 華道を見るには、どこへ行けばいいですか。哪裡可以看插花？	華道 [名] 花道
★ 茶道を見るには、どこへ行けばいいですか。哪裡可以看茶道？	茶道 [名] 茶道
★ 華道の実演も注目されています。插花的示範演出也受到關注。 ＝ 華道の実演も注目を集めています。 ＝ 華道の実演も注目を浴びています。	注目 [名][サ] 注目 注目を集める [慣] 關注 注目を浴びる [慣] 關注
★ どの流派が実演しますか。是哪一個流派示範演出的？	流派 [名] 流派
★ お花の実演に参加できますか。我可以參加插花的示範演出嗎？	実演 [名][サ] 示範演出
★ お茶の実演に参加できますか。我可以參加茶道的示範演出嗎？	参加 [名][サ] 參加
★ 実演は毎日ありますか。每天都有示範演出嗎？	毎日 [副] 每天
★ 実演は何曜日にありますか。星期幾有示範演出？	何曜日 [代名] 星期幾
★ 実演は何時に始まりますか。示範演出幾點開始？	何時 [代名] 幾點
★ 実演はどのぐらい続きますか。示範演出的時間多長？	続く [動] 持續
★ 見学料が必要ですか。需要參觀費嗎？ ＝ 見学料がいりますか。	必要 [形動] 需要 見学料 [名] 參觀費
★ 見学料はいくらですか。 參觀費多少？	いくら [名] 多少
★ 簡単なお稽古を受けることできますか。 我可以上簡單的課程嗎？	簡単 [形動] 簡單
★ 前以って予約する必要がありますか。 我必須事先預約嗎？	前以って [副] 事先
★ どのぐらい前に予約しなければなりませんか。 必須多久以前預約呢？	前 [名] 之前 予約 [名][サ] 預約

★ ギャンブルといえば、外国にはカジノというのがある。 說起賭博，外國有所謂的賭場。	外国 名 外國 カジノ 名 賭博
★ 「パチンコ」は既に日本だけのものとなりつつある。 「小鋼珠」已經逐漸變成日本獨有的東西了。 ＝「パチンコ」はもはや日本だけのものとなりつつある。 ＝「パチンコ」はとっくに日本だけのものとなっている。	既に 副 已然 なりつつある 慣 逐漸變成 もはや 副 已經 とっくに 副 早已
★ 海外にあるパチンコ屋は「日本人のためにある」と言われるほど、日本人はパチンコ好きと思われている。在海外的「小鋼珠店」甚至被說是「為了日本人而開的」，日本人喜歡「小鋼珠」深植人心。	海外 名 海外 ため 名 為了 思われる 動 被認為
★★ パチンコをしますか。你打小鋼珠嗎？ ＝ パチンコを打ちますか。	パチンコをする 慣 打小鋼珠 パチンコを打つ 慣 打小鋼珠
★ パチンコをやってみたいです。我想試試看小鋼珠。	みたい 助動 試試看
★ パチンコ屋へ連れて行ってくれませんか。 你可以帶我去小鋼珠店嗎？	パチンコ屋 名 小鋼珠店 連れる 動 帶
★ 玉はどこで買いますか。小鋼珠在哪裡買？	買う 動 買
★ 玉はいくら買ったらいいですか。小鋼珠要買多少呢？	玉 名 小鋼珠
★ どの機械を使ったらいいですか。要用哪一台機器打好呢？	機械 名 機器
★ 玉の打ち方にコツがありますか。打鋼珠有什麼訣竅嗎？	打ち方 名 打法
★ 景品をもらうには、玉がいくつ必要ですか。 要多少小鋼珠才可以換贈品？	いくつ 名 多少 必要 形動 需要
★ どんな景品がありますか。有些什麼贈品？ ①タバコやお菓子、ネクタイ、ハンカチ、化粧品、食料品など様々でございます。有香菸、點心、領帶、手帕、化妝品、食品等各種贈品。	景品 名 贈品 ネクタイ 名 領帶 食料品 名 食品
★ どこで玉を景品に替えますか。鋼珠可以在哪裡換贈品？	替える 動 換

（累積單字量 13344 個，慣用語量 575 個）

Unit 13 | ナイトクラブ、キャバレー、スナックバー、カラオケ 夜店、歌舞廳、酒吧、卡拉 OK

★★ ナイトクラブへ行ったことがありますか。 你去過夜店嗎？ ① 夜になると、よくナイトクラブに出掛けます。 到了晚上，我常常去夜店。 ② 行ったことがありません。 我沒去過夜店。	夜 名 晚上 よく 副 常常 出掛ける 動 外出 行く 動 去
★ ナイトクラブへ行って見たいのですが。 我想去夜店看看。	見る 動 看
★ どんなナイトクラブに行きたいですか。 你想去怎樣的夜店？ ① 小規模なナイトクラブに行きたいです。 我想去小規模的夜店。 ② とても賑やかなナイトクラブに行きたいです。 我想去很熱鬧的夜店。	どんな 連體 怎樣的 小規模 形動 小規模 賑やか 形動 熱鬧
★★ 一人当たりいくら掛かりますか。 一個人要多少錢？	掛かる 動 花費
★ いいナイトクラブをご存知ですか。 你知道什麼好的夜店嗎？	存知 名 サ 知道
★ 豪華なナイトクラブを知っていますか。 你知道什麼豪華的夜店嗎？	豪華 形動 豪華 知る 動 知道
★ 居心地のいいナイトクラブをご存知ですか。 你知道什麼感覺不錯的夜店嗎？	居心地のいい 慣 感覺好 ナイトクラブ 名 夜店
★ 手頃な値段のナイトクラブを教えてくれませんか。 可以告訴我價格合適的夜店嗎？	手頃 形動 划算 値段 名 價格
★ そこで食事もできますか。 那裡可以用餐嗎？	食事 名 サ 用餐
★ ホステス料はいくらですか。 女招待的費用怎麼算？	ホステス料 名 女招待費
★ ホステス料は時間制ですか。 女招待的費用是算鐘點費嗎？	時間制 名 鐘點制
★ カップルでも歓迎されますか。 情侶也可以去嗎？	歓迎 名 サ 歡迎
★ キャバレーで踊りたいのですが。 想去歌舞廳跳舞。	踊る 動 跳舞

（累積單字量 13364 個，慣用語量 576 個）

★ キャバレーはとても高(たか)いですか。歌舞廳很貴嗎？	高(たか)い 形 貴的
★ 安(やす)いキャバレーをご存知(ぞんじ)ですか。你知道什麼便宜的歌舞廳嗎？	安(やす)い 形 便宜的
★ 小(ちい)さいキャバレーを知(し)っていますか。你知道什麼小歌舞廳嗎？	小(ちい)さい 形 小的
★ 一(ひと)つ推薦(すいせん)してもらえますか。你可以推薦一家嗎？	推薦(すいせん) 名 サ 推薦
★★ 予約(よやく)の必要(ひつよう)がありますか。要訂位嗎？ ① 予約(よやく)をしたほうがいいですよ。先訂位比較好。	必要(ひつよう) 形動 需要 予約(よやく) 名 サ 預約
★ カバーチャージがありますか。要服務費嗎？	カバーチャージ 名 服務費
★ フロアショーがありますか。有歌舞表演嗎？	フロアショー 名 歌舞秀
★ フロアショーは何時(なんじ)に始(はじ)まりますか。歌舞表演幾點開始？	始(はじ)まる 動 開始
★ どんな種類(しゅるい)のフロアショーですか。是怎樣的歌舞表演？	種類(しゅるい) 名 種類
★ 踊(おど)るのに、いいバンドが入(はい)っていますか。 跳舞時有好的樂團伴奏嗎？	バンド 名 樂團 入(はい)る 動 加入
★ バンドはどんな曲(きょく)を演奏(えんそう)しますか。樂團演奏怎樣的曲子？	演奏(えんそう) 名 サ 演奏
★ どんな服装(ふくそう)をするべきですか。該穿怎樣的衣服呢？	服装(ふくそう) 名 服裝
★ バーに行(い)きたいのですが。我想去酒吧。	行(い)く 動 去
★ 評判(ひょうばん)のいいバーをご存知(ぞんじ)ですか。你知道什麼評價好的酒吧嗎？	評判(ひょうばん) 名 評價
★ いい雰囲気(ふんいき)のバーをご存知(ぞんじ)ですか。你知道什麼氣氛好的酒吧嗎？	雰囲気(ふんいき) 名 氣氛
★ ホステスのいないバーをご存知(ぞんじ)ですか。 你知道什麼沒有女招待的酒吧嗎？	ホステス 名 女招待 存知(ぞんじ) 名 サ 知道
★ 値段(ねだん)のはっきりしたバーをご存知(ぞんじ)ですか。 你知道什麼價格標示清楚的酒吧嗎？	値段(ねだん) 名 價錢 バー 名 酒吧

（累積單字量 13385 個，慣用語量 576 個）

例句	單字
★ 若い人に人気のあるバーはどこにありますか。 受年輕人歡迎的酒吧在哪裡？	若い 形 年輕的 人気のある 慣 有人氣
★ 学生に人気のあるバーはどこにありますか。 受學生歡迎的酒吧在哪裡？	学生 名 學生 どこ 代名 哪裡
★ 女性に人気のあるバーはどこにありますか。 受女性歡迎的酒吧在哪裡？	女性 名 女性 か 終助 表示疑問
★ サラリーマンに人気のあるバーはどこにありますか。 受上班族歡迎的酒吧在哪裡？	サラリーマン 名 上班族 バー 名 酒吧
★ お勘定を心配しないで行けるバーがありますか。 有沒有不需要擔心付帳的酒吧？	勘定 名 サ 付帳 心配 名 サ 擔心
★★ どのバーに行ったらいいか教えて下さい。 請告訴我去哪家酒吧好。	どの 連體 哪一～ 教える 動 告知
★★ 行き付けのバーがありますか。 你有常去的酒吧嗎？	行き付け 名 經常光顧
★ この近くに、いいスナックバーがありますか。 這附近有好的酒吧嗎？	近く 名 附近 いい 形 好的
★ この近くに、面白いスナックバーがありますか。 這附近有好玩的酒吧嗎？	この 連體 這～ 面白い 形 有趣的
★ この近くに、安いスナックバーがありますか。 這附近有便宜的酒吧嗎？	に 格助 在 安い 形 便宜的
★ この近くに、静かなスナックバーがありますか。 這附近有安靜的酒吧嗎？	静かな 形動 安靜 か 終助 表示疑問
★ 今流行っているスナックバーはどれですか。 現在受歡迎的酒吧是哪一家？	流行る 動 流行 どれ 代名 哪一～
★ そのスナックバーはどこにありますか。 那家酒吧在哪裡？	スナックバー 名 酒吧
★ そのスナックバーの名前は何ですか。 那家酒吧叫什麼名字？	名前 名 名字
★ そのスナックバーは今、開いていますか。 那家酒吧現在有開嗎？	今 副 現在

★ そのスナックバーは何時に開きますか。那家酒吧幾點開？	開く 動 開
★ そのスナックバーは何時まで開いていますか。 那家酒吧開到幾點？	その 連體 那一～ 何時 代名 幾點
★★ 入場料がありますか。有入場費嗎？	入場料 名 入場費
★★ 入場料はいくらですか。入場費多少？	いくら 名 多少
★★ 最低料金がありますか。有最低消費嗎？	最低料金 名 最低消費
★ 振りの客でも構いませんか。過路客也可以嗎？	振りの客 名 過路客
★ ホステスの飲み代を払わなければなりませんか。 我必須付女招待的飲料費嗎？	飲み代 名 飲料費 払う 動 支付
★ ランチタイムも開いていますか。午餐時間有開嗎？	ランチタイム 名 午餐時間
★ 何か食べ物がありますか。有什麼吃的嗎？	何 代名 什麼
★ どんな食べ物がありますか。有些什麼吃的？	食べ物 名 食物
★ どんな飲み物がありますか。有些什麼喝的？	飲み物 名 飲料
★ 食べ物を注文する必要がありますか。我一定要點食物嗎？	注文 名 サ 點餐
★ 軽い食事ができますか。可不可以來點簡單的餐點？	軽い 形 簡單的
★ 飲むだけでもいいですか。可以只喝飲料嗎？	飲む 動 喝
★ 飲み物は一杯いくらしますか。飲料一杯多少？	一杯 名 一杯
★ そこは、ビール一本いくらぐらいでしょうか。 那裡一瓶啤酒大約多少？	一本 名 一瓶 ぐらい 副助 左右
★ そこは、ウイスキー一杯いくらぐらいでしょうか。 那裡一杯威士忌大約多少？	そこ 代名 那裡 ウイスキー 名 威士忌

例句	單字
★ そこは、一人(ひとり)一万円(いちまんえん)あれば足(た)りますか。 去那裡一個人準備一萬日圓夠嗎？	一人(ひとり) [名] 一個人 足(た)りる [動] 足夠
★ あるのはビールだけですか。 只有啤酒而已嗎？	ビール [名] 啤酒
★ ビールの外(ほか)に、何(なに)か飲(の)み物(もの)がありますか。 除了啤酒之外，還有什麼喝的嗎？	外(ほか) [名] 其他 飲(の)み物(もの) [名] 飲料
★ エールがありますか。 有沒有艾爾啤酒？	エール [名] 艾爾啤酒
★ スタウトがありますか。 有沒有濃烈的黑啤酒？	スタウト [名] 思陶特啤酒
★★ 値段(ねだん)は手頃(てごろ)ですか。 價格划算嗎？	値段(ねだん) [名] 價格
★ 1980 年代半(ねんだいなか)ば、カラオケボックスが誕生(たんじょう)しました。 1980 年代後半，卡拉 OK 包廂誕生。 = 1980 年代半(ねんだいなか)ば、カラオケボックスが生(う)まれました。	半(なか)ば [名] 後半，中間 誕生(たんじょう) [名][サ] 誕生 生(う)まれる [動] 誕生
★ その後(あと)、自宅(じたく)でもカラオケができるようになりました。 之後，也演變成可以在自己家裡唱卡拉 OK。	その後(あと) [副] 之後 自宅(じたく) [名] 自己家裡
★ カラオケはもう大衆文化(たいしゅうぶんか)の一(ひと)つになりました。 卡拉 OK 已經變成大眾文化之一了。	大衆文化(たいしゅうぶんか) [名] 大眾文化 一(ひと)つ [名] 一個，一種
★ カラオケはどの世代(せだい)にも人気(にんき)だ。 無論任何年齡階層的人都很喜歡卡拉 OK。 = カラオケはどの世代(せだい)の人々(ひとびと)にも人気(にんき)だ。 = カラオケはどの世代(せだい)の人々(ひとびと)にも人気(にんき)がある。	世代(せだい) [名] 世代 人々(ひとびと) [名] 人們 も [副助] 也 人気(にんき)がある [慣] 受歡迎
★ どうしてカラオケがこんなに人気(にんき)があるんですか。 為什麼卡拉 OK 這麼受歡迎呢？ ① カラオケはストレス解消(かいしょう)にいいですから。因為卡拉 OK 可以消除壓力。	どうして [副] 為什麼 こんなに [副] 這麼地 解消(かいしょう) [名][サ] 消除
★★ どれくらいの頻度(ひんど)でカラオケに行(い)くのですか。 你多久去一次卡拉 OK ？	どれくらい [慣] 多久 頻度(ひんど) [名] 頻率
★ 私(わたし)は三(さん)カ月(げつ)ぐらいカラオケに行(い)っていません。 我已經三個月沒去卡拉 OK 了。	私(わたし) [名] 我 三(さん)カ月(げつ) [名] 三個月

（累積單字量 13455 個，慣用語量 579 個）

例句	單字
★★ 私はカラオケが苦手です。我不擅長唱卡拉 OK。	苦手 形動 不擅長
★ 私は音痴です。我是個音痴。	音痴 名 音痴
★★ 今まで、カラオケに行ったことがありますか。 你到目前為止去過卡拉 OK 嗎？	今まで 慣 到目前為止 カラオケ 名 卡拉 OK
★ 私は余りカラオケに行きません。我不太常去卡拉 OK。 ＝ 私は滅多にカラオケに行きません。	余り 副 不太～ 滅多に 副 稀有地
★ 私はカラオケに行くつもりです。我打算去卡拉 OK。	つもり 名 打算
★ 今晩、皆で一緒にカラオケに行く予定です。 今晚大家預定一起去卡拉 OK。	皆 名 大家 予定 名 サ 預定
★ 私たちと一緒にカラオケに行きましょうか。 跟我們一起去卡拉 OK 吧！	私たち 代名 我們 一緒に 副 一起
★ カラオケには何人くらいで行きますか。 你們大約都幾個人去卡拉 OK 呢？ ① 私たちは大抵二人から六人ぐらいで行きます。 我們大約都是二到六個人去。	何人 代名 幾個人 大抵 副 大約 二人 名 兩個人 で 格助 表示狀態
★ 私たちは一晩中カラオケにいました。我們一整晚都在卡拉 OK。 ＝ 私たちは徹夜でカラオケにいました。 ＝ 私たちは夜通しカラオケにいました。	一晩中 副 一整晚 徹夜 名 サ 徹夜 夜通し 名 サ 徹夜
★ 私たちはカラオケを楽しみました。我們享受了卡拉 OK。	楽しむ 動 享受
★ 私はカラオケで沢山歌いました。我在卡拉 OK 唱了很多歌。	沢山 副 很多
★ 私はカラオケで大きな声で歌うことが好きです。 我喜歡在卡拉 OK 大聲唱歌。	大きな 形動 大的 声 名 聲音
★ カラオケでどんな歌を歌いましたか。你在卡拉 OK 唱了怎樣的歌？ ① 今流行の歌をカラオケで歌いました。我在卡拉 OK 唱了現在流行的歌。 ② 定番曲を歌いました。我在卡拉 OK 唱了經典（必點）歌曲。	流行 名 流行 歌う 動 唱歌 定番曲 名 經典（必點）歌曲

（累積單字量 13479 個，慣用語量 580 個）

★ 最近、カラオケの行き過ぎで喉が痛いです。 最近去太多次卡拉 OK，喉嚨很痛。	行き過ぎる [動] 去太多 喉が痛い [慣] 喉嚨痛

Unit 14 | ドライブ、給油する 兜風、加油

★ ドライブが好きだ。我喜歡兜風。	好き [形動] 喜歡
★ ドライブは爽快だ。兜風真爽快。	爽快 [形動] 爽快
★ ドライブは休日のいい気晴らしだ。兜風是休假時最好的消遣。 = ドライブするのは休日のいい気晴らしになる。	休日 [名] 休假 気晴らし [名][サ] 消遣
★ ドライブ日和だね！今天真是適合兜風的好天氣！	日和 [名] 適合～的天氣
★★ ドライブはどう？要去兜風嗎？ = ドライブするのはどう？ = ドライブに行くのはどう？	ドライブ [名][サ] 兜風 ドライブする [動] 兜風 ドライブに行く [慣] 去兜風
★★ どこまでドライブに行くの？要去到哪裡兜風？ ① 田舎までドライブしよう。到鄉下去兜風吧！	まで [格助] 到～為止 田舎 [名] 鄉下
★ 子供を連れて、車でドライブをしている。我帶著孩子開車兜風。	車 [名] 車子
★ 私たちはドライブを楽しんでいる。我們享受著兜風。	楽しむ [動] 享受
★ 何か音楽かけようよ。我們來點音樂吧！	音楽 [名] 音樂
★ 窓開けていい？可以開窗戶嗎？ = 窓を開けてもいい？	窓 [名] 窗戶 開ける [動] 開
★ クーラー入れようよ。我們來開空調吧！	入れる [動] 輸入，開

★ ごめん、壊れてるんだ。抱歉！空調壞了。 ① 冗談でしょ！別開玩笑了！ ② クーラーなしじゃ丸焼けになっちゃうよ！ 沒有空調不是像被火烤一樣嗎？	壊れる 動 壞掉 冗談 名 サ 開玩笑 クーラー 名 空調 丸焼け 名 火烤
★ ここんとこ週末は、ずっと天気悪かったもんね。 最近的週末天氣一直都不太好。 ＝ ここのところ週末は、ずっと天気悪かったもんね。 ＝ この最近週末は、ずっと天気悪かったもんね。	ここんとこ 副 最近 ここのところ 副 最近 この最近 副 最近 週末 名 週末
★ 飛ばし過ぎないでよ。不要飆太快！ ＝ スピードを出し過ぎないでよ。 ＝ スピードを出し過ぎないで下さいよ。	飛ばし過ぎる 動 飆太快 スピード 名 速度 出し過ぎる 動 飆太快
★ 眠くなったら運転代わるからね。如果想睡的話，就換我來開。	運転 名 サ 開車
★ 道がこのままだといいけど。我希望一路都能這麼順暢。 ＝ 道がこのままだと空いてるといいけど。	道 名 道路 空く 動 空閒，清空，淨空
★ 見て！いい景色じゃない？你看！這風景很棒不是嗎？	景色 名 風景
★ 絶景ね！好棒的風景啊！ ＝ 景色が綺麗ね！ ＝ 眺めがいいね！	絶景 名 絕妙的景色 綺麗 形動 漂亮 眺め 名 景觀
★ 見とれちゃうわ。我完全被它給吸引了。 ＝ 見ほれちゃうわ。 ＝ うっとりしちゃうわ。	見とれる 動 吸引，迷住 見ほれる 動 吸引，迷住 うっとり 副 サ 入迷，陶醉
★ この道、違うんじゃない？走這條路不對吧？ ① あれ、迷っちゃったな。咦！我們迷路了！ ＝ あれ、道に迷っちゃったな。	違う 動 錯誤 あれ 感 表示驚訝 迷う 動 迷失
★ さっきの道を右に曲がるんだったのよ。 我們應該在剛才那條路右轉才對。	さっき 名 副 剛剛 曲がる 動 轉彎

（累積單字量 13521 個，慣用語量 582 個）

★ 地図見てくれる？ 你可以看一下地圖嗎？	地図 名 地圖
★ 見て！五キロ前で曲がり損ねたよ！ 你看！我們應該在五公里前轉彎才對！	キロ 名 公里 損ねる 動 損失
★ どこかでＵターンしないと。 現在只好找個地方來個Ｕ形迴轉了。	Ｕターン 名 Ｕ形迴轉
★ 合ってるよ。 我們沒走錯喔！	合う 動 合乎
★ カーナビがこっちだって。 導航說是這條路。 ＝ カーナビゲーションシステムがこっちだって。	カーナビ 名 導航 システム 名 系統
★★ ガソリンがなくなってしまいました。 車子沒油了。	ガソリン 名 汽油
★★ 一番近いガソリンスタンドはどこですか。 最近的加油站在哪裡？	近い 形 近的
★★ こちらの列にどうぞ！ 車子請開到這一列來！ ＝ 車をこちらの列にどうぞ！	列 名 列 車 名 車子
★★ レギュラー満タンで！ 請幫我加滿油！ ＝ 満タンにして下さい。 ＝ レギュラーを満タンにして下さい。	レギュラー 名 普通汽油 下さい 補動 請～ 満タン 名 加滿油箱
★ ハイオク、二十リットル。 98，加二十公升。 ＝ ハイオクガソリン、二十リットル。	ハイオク 名 98 汽油 リットル 名 公升
★ 無鉛ガソリンを十リットル下さい。 請給我十公升的無鉛汽油。	無鉛ガソリン 名 無鉛汽油
★ ディーゼルを三十リットル下さい。 請給我三十公升的柴油。	ディーゼル 名 柴油
★ スーパーは、一リットルいくらですか。 超級汽油一公升多少錢？	スーパー 名 超級汽油
★ スーパーを三千円分下さい。 請幫我加三千日圓的超級汽油。	～円 名 ～日圓
★ 洗車を水洗いだけでお願いします。 洗車，請幫我水洗就好。	水洗い 名 水洗
★ ワックス洗車をお願いします。 請幫我水洗跟打蠟。	ワックス洗車 名 水洗打蠟

★ 車内(しゃない)の清掃(せいそう)が本日(ほんじつ) 10 %(じゅっパーセント) 引(び)きですが。 今天車內清潔打九折喔！ ① 結構(けっこう)です。外側(そとがわ)だけして下(くだ)さい。不用了，只要車外就好。	車内(しゃない) 名 車內 外側(そとがわ) 名 外側
★ 給油口(きゅうゆぐち)を開(あ)けるレバーはどれだったかな。 加油孔的控制桿是哪個？ ＝ ガソリンタンクを開(あ)けるレバーはどれだったかな。	給油口(きゅうゆぐち) 名 加油孔 レバー 名 控制桿 開(あ)ける 動 打開
★ オイル交換(こうかん)をお願(ねが)いします。 我要換機油。	オイル交換(こうかん) 名 換機油
★ 空気圧(くうきあつ)も見(み)てもらえますか。 可以幫我看一下胎壓嗎？	空気圧(くうきあつ) 名 胎壓
★ 窓拭(まどふ)きをお願(ねが)いします。 請幫我擦一下車窗。 ① はい、フロントのワイパーを交換(こうかん)する必要(ひつよう)がありそうですが。 好的，您的前雨刷似乎該換新的了。	窓拭(まどふ)き 名 サ 擦窗戶 交換(こうかん) 名 サ 更換 必要(ひつよう) 形動 需要
★ これはレンタカーなので、返却(へんきゃく)する時(とき)に伝(つた)えておきます。 我這車是租來的，還車時我會轉達。	返却(へんきゃく) 名 サ 歸還 伝(つた)える 動 傳達
★ 灰皿(はいざら)のゴミを捨(す)ててもらえますか。 可以幫我倒一下菸灰缸嗎？	灰皿(はいざら) 名 菸灰缸
★ ここはセルフ式(しき)のガソリンスタンドですか？ 這裡是自助式的加油站嗎？ ＝ ここはセルフサービスのガソリンスタンドですか？	セルフ式(しき) 名 自助式 セルフサービス 名 自助式 ガソリンスタンド 名 加油站
★★ 使(つか)い方(かた)を教(おし)えてもらえませんか。 可以教我怎麼使用嗎？	使(つか)い方(かた) 名 用法
★ まず、支払方法(しはらいほうほう)とガソリンの種類(しゅるい)を選(えら)びます。 首先，選擇付費方式與油種。	支払方法(しはらいほうほう) 名 付費方式 種類(しゅるい) 名 種類
★ 入(い)れたいガソリンの量(りょう)を入力(にゅうりょく)して下(くだ)さい。 在按鍵輸入您想加的油量。	量(りょう) 名 份量 入力(にゅうりょく) 名 サ 輸入
★ レバーを引(ひ)くと注入(ちゅうにゅう)されます。 放進加油桿，它會自動加油。	注入(ちゅうにゅう) 名 サ 注入
★ 入(い)れ終(お)わるとカチッと音(おと)がします。 加好油後，它會發出「喀嚓」的聲音。	入(い)れ終(お)わる 動 加好油 音(おと)がする 慣 發出聲音

★★ ああ、渋滞だ。 啊～塞車了。 ＝ ああ、渋滞にはまった。 ＝ 渋滞に巻き込まれた。 ① ええ、ひどい渋滞だね。 是啊！塞得好嚴重哪！	渋滞 [名][サ] 塞車 渋滞にはまる [慣] 陷入塞車狀態 巻き込む [動] 捲入 ひどい [形] 嚴重的
★ 赤い光が点滅するのが見えるよ。 我看見紅光在閃。 ① 事故かしら。 是車禍嗎？	点滅 [名][サ] 閃滅 事故 [名] 事故
★ この先に救急車が来てるみたいだね。 前面好像有救護車。	救急車 [名] 救護車
★ ここから十キロって出ているわ。 從這裡開始塞了十公里以上。	出る [動] 有～範圍
★ 一体何時に帰れることやら。 我們到底幾點才到得了家啊？ ＝ とにかく何時に帰れることやら。 ＝ いずれにしても何時に帰れることやら。 ① 疲れたよ。早く家へ帰りたいな。 好累喔！我想早一點回到家！	一体 [副] 究竟 とにかく [副] 到底 いずれにしても [副] 總之 早く [副] 早一點
★ ノロノロでも走ればいいけど。 就算是慢吞吞的，只要還能前進就無所謂。	ノロノロ [形動] [副][サ] 慢吞吞
★ 一般道に降りた方がいいかな。 下高速公路比較好吧？ ＝ 高速道路を降りた方がいいかな。 ① うん、しょうがないから。 嗯，沒辦法了。	一般道 [名] 一般道路 高速道路 [名] 高速公路 しょうがない [慣] 沒辦法
★ 次のドライブインで休憩しよう。 在下一個休息站休息吧！ ① ええ、お手洗いに行きたい。 嗯，我想去洗手間。 ② コーヒーを飲みたい。 我想喝咖啡。	休憩 [名] 休息 お手洗い [名] 洗手間 飲む [動] 喝
★ 右の列の方が動いてるよ。 右線車道的車在動了。 ① よかったよ！ 太好了！	動く [動] 移動 よかった [慣] 太好了
★★ さっきから何をやっているの？ 你從剛剛開始在做什麼？ ① ギアがドライブに入らないんだ。 我沒辦法換檔。 ② エンジンが掛からない。 引擎發不動。	さっきから [慣] 從剛剛開始 ギア [名] 齒輪，排檔 エンジン [名] 引擎

9 レジャー、イベント 休閒、節目

（累積單字量 13566 個，慣用語量 583 個）

★ 車内（しゃない）ランプがつかないんだよ。車內的燈不會亮了。 ＝ 車内（しゃない）ランプがどうしてもつかないんだよ。 ① どこか半（はん）ドアみたいだ。可能有哪裡的車門沒關好。 ＝ ドアがどこかきちんと閉（し）まっていないみたいだ。	車内（しゃない）名 車內 ランプ 名 燈 半（はん）ドア 名 門微開 みたい 助動 似乎 閉（し）まる 動 關
★ 窓（まど）が開（あ）かない。ロックがかかっているよ。 車窗無法搖下來，被鎖上了。	窓（まど）名 窗戶 ロック 名 サ 鎖
☆☆ 何（なに）、一体（いったい）どうしたの？究竟怎麼了？ ① パンクした！爆胎了！	一体（いったい）副 究竟 パンク 名 サ 爆胎
★ バッテリーが上（あ）がっちゃった！電瓶壞掉了！	上（あ）がる 動 結束，完蛋
☆☆ どうしようか。那怎麼辦？ ① 後（うし）ろにブースターコードがあるよ。後面有跨接電纜線。	ブースターコード 名 跨接電纜線
★ 自動車（じどうしゃ）を定期的（ていきてき）にメンテナンスする必要（ひつよう）があると思（おも）う。 我認為汽車必須定期保養。	定期的（ていきてき）形動 定期的 メンテナンス 名 サ 保養
★ 定期的（ていきてき）にメンテナンスしなかったから、今日（きょう）は道（みち）で故障（こしょう）した。 因為沒有定期保養，所以今天在路上故障了。	道（みち）名 道路 故障（こしょう）名 サ 故障

（累積單字量 13586 個，慣用語量 587 個）

Chapter 10

健康(けんこう)とケア

健康與保養

Chapter 10 健康とケア 健康與保養

Unit 01 | スキンケア、エステサロンで 護膚、在護膚沙龍

★ エステとは、痩身や脱毛、美白を始めとした、全身の美容術を言います。全身美容是指以瘦身、除毛、美白為首的全身美容術。	痩身 名 サ 瘦身 美白 名 サ 美白
★ 指圧はどこで受けられますか。哪裡有幫人做指壓的呢？	指圧 名 サ 指壓
★ 上手な指圧師を知っていますか。你認識厲害的指壓師傅嗎？	指圧師 名 指壓師傅
★ 上手な鍼灸師を知っていますか。你認識厲害的針灸師傅嗎？	鍼灸師 名 針灸師傅
★ 美容サロンに行く予定です。我打算去美容沙龍。	美容 名 美容
★ 私はネイルサロンに行くつもりです。我打算去美甲沙龍。	ネイル 名 指甲
★ 私は脱毛サロンに行きたいです。我想去除毛沙龍。	脱毛 名 サ 除毛
★ 私は日焼けサロンに行く計画があります。我計劃去曬黑沙龍。	日焼け 名 サ 曬黑
★ 私の所へ来てくれますか。您要到我店裡來嗎？	所 名 地方
★ 今週の木曜日の朝九時に私のサロンに来て下さい。 請您這禮拜四早上九點到我的沙龍來。	今週 名 這週 木曜日 名 週四
★ 落ち着いた雰囲気のサロンでゆったりとした時間を楽しめますよ。 可以在氣氛安定的沙龍享受舒適的時光喔！	雰囲気 名 氣氛 ゆったり(と) 副 サ 舒適
★★ どのぐらい掛かりますか。大約要多久？ ① 一時間半ぐらいです。大約要一個半小時。	どのぐらい 名 多久 ぐらい 名 左右
★★ 予約するべきですか。我應該要預約嗎？	予約 名 サ 預約
★ エステサロンを予約しました。我預約了護膚沙龍。	エステサロン 名 護膚沙龍

（累積單字量 13619 個，慣用語量 587 個）

★★★ どこの具合(ぐあい)がよくないですか。 您哪裡不舒服呢？ ① ここの具合(ぐあい)がよくありません。 我這裡不舒服。 ② 首(くび)が凝(こ)っています。 我的脖子僵硬。	具合(ぐあい) 名 狀況 首(くび) 名 脖子 凝(こ)る 動 僵硬
★ 肩(かた)が凝(こ)っています。 我的肩膀僵硬。	肩(かた) 名 肩膀
★ 肩凝(かたこ)りがひどいです。 我的肩膀很僵硬。	肩凝(かたこ)り 名 肩膀僵硬
★★ 背中(せなか)が痛(いた)いです。 我的背痛。	痛(いた)い 形 痛的
★ 背中(せなか)が凝(こ)っています。 我的背僵硬。	背中(せなか) 名 背
★★★ 頭(あたま)が痛(いた)いんです。 我頭痛。	頭(あたま) 名 頭
★ 腕(うで)が痛(いた)いんです。 我手臂痛。	腕(うで) 名 手臂
★ 手(て)がずっと痺(しび)れています。 我的手一直很麻。	ずっと 副 一直
★ 手(て)が麻痺(まひ)しています。 我的手麻痺了。	麻痺(まひ) 名 サ 麻痺，癱瘓
★★ 胃(い)が痛(いた)いんです。 我胃痛。	胃(い) 名 胃
★ 腰(こし)が痛(いた)いんです。 我腰痛。	腰(こし) 名 腰
★ 足(あし)が痛(いた)いんです。 我腳痛。	足(あし) 名 腳
★ 消化不良(しょうかふりょう)なんです。 我消化不良。	不良(ふりょう) 形動 不良
★ 肝臓(かんぞう)が悪(わる)いんです。 我的肝臟不好。	肝臓(かんぞう) 名 肝臟
★ 腎臓(じんぞう)が悪(わる)いんです。 我的腎臟不好。	腎臓(じんぞう) 名 腎臟
★ 生理痛(せいりつう)がひどいんです。 我生理痛很嚴重。	生理痛(せいりつう) 名 生理痛
★ 冷(ひ)え性(しょう)なんです。 我很怕冷。	冷(ひ)え性(しょう) 名 冷底
★ 血行(けっこう)が悪(わる)いんです。 我的血液循環不佳。	血行(けっこう) 名 血液循環

★ 手足がむくみやすくて。我的手腳容易浮腫。 ＝ 手足にむくみが出やすくて。	手足 名 手腳 むくみが出る 動 浮腫
★ 便秘がちなんです。我很容易便秘。	便秘 名 サ 便祕
★ 体臭が気になって。我在意我的體臭。	体臭 名 體臭
★★ どんなところが気になりますか。什麼地方困擾您？ ① ニキビができやすくて。我很容易長痘痘。 ② 目じりのシワが気になります。我在意我眼角的皺紋。	どんな 連體 怎樣的 目じり 名 眼角 シワ 名 皺紋
★ 肌のくすみが気になって。我在意我的膚色黯沉。	肌 名 肌膚
★ 顔のシミを取りたいんです。我想去除我臉上的斑點。	取る 動 除去
★ 乾燥肌で困っています。我對我的乾燥肌膚感到困擾。	乾燥肌 名 乾燥肌膚
★ 最近、肌に張りがないんです。最近，我的肌膚都沒有彈性了。	張りがない 慣 沒有彈性
★ 毛穴を目立たなくしたいんです。我希望我的毛細孔不要那麼明顯。	毛穴 名 毛孔
★ 小顔にできますか。可以讓我的臉看起來小一點嗎？ ＝ 私の顔をもっと小さく見えるようにさせられますか。	小顔 名 小臉 見える 動 看起來
★ 美顔術をして下さい。請幫我做臉部按摩。	美顔術 名 臉部按摩
★ マニキュアをして下さい。請幫我擦指甲油。	マニキュア 名 指甲油
★ 足を脱毛したいのですが。我想去除腳上的毛。	脱毛 名 サ 除毛
★ 美肌作りには、毎日のスキンケアが欠かせません。 為了美麗肌膚，每天的護膚是不可或缺的。	スキンケア 名 護膚 欠く 動 欠缺
★★ 普段はどのようなケアを？您平常有在做什麼保養嗎？ ① 洗顔するくらいですね。只有洗洗臉而已。	普段 名 平常 洗顔 名 サ 洗臉

（累積單字量 13660 個，慣用語量 588 個）

★ 本エステサロンはスキンケア化粧品を提供します。 我們護膚沙龍提供護膚化妝品。	化粧品 名 化妝品 提供 名 サ 提供
★ 気候の変化に応じて肌が受ける影響に対し、スキンケアを行います。 因應氣候變化，針對肌膚受的影響來進行肌膚保養。	変化 名 サ 變化 影響 名 サ 影響
★ 皺を減らしたり、肌を柔らかくしたりするスキンケア製品に用いられている。 使用減少皺紋、柔軟肌膚的護膚產品。	減らす 動 減少 用いる 動 使用
★ 高いスキンケアと皮膚老化防止効果があります。 有高效護膚跟防止皮膚老化的效果。	防止 名 サ 防止 効果 名 效果
★ 顔のマッサージを行ないながらスキンケア液を肌に浸透させます。 邊按摩邊讓護膚液滲透進肌膚。	マッサージ 名 サ 按摩 スキンケア液 名 護膚液
★ 保湿液は、スキンケア化粧水として最適です。 保濕液當成護膚化妝水最適合了。 ＝ 保湿液は、スキンケア化粧水として一番適しています。	最適 形動 最適合 一番 副 最 適する 動 適合
★ 「肌は内臓の鏡」と言われます。有「肌膚是內臟的鏡子」這種說法。 ＝ 「肌は内臓の鏡」と評されます。 ＝ 「肌は内臓の鏡」という言い方があります。	言われる 動 被說 評する 動 評價 言い方 名 說法
★ バランスの悪い食生活で内臓が弱ったり血行が悪くなったりします。 不均衡的飲食生活會讓內臟衰弱，並讓血液循環不良。	食生活 名 飲食生活 弱い 形 衰弱
★ その不調はすぐに肌に現れて来ます。 這種不協調會馬上表現在肌膚上。	不調 名 サ 不協調 すぐに 副 馬上
★ 美肌のためには、バランスの良い食生活が大切です。 為了美麗的肌膚，均衡的飲食生活非常重要。	美肌 名 美麗肌膚 大切 形動 重要
★ 食生活が乱れると肌のトラブルだけでなく、肥満も引き起こします。 飲食生活紊亂不但會引起肌膚問題，還會導致肥胖。 ＝ 食生活が乱れると肌のトラブルだけでなく、肥満も招きます。 ＝ 食生活が乱れると肌のトラブルだけでなく、肥満も生じさせます。	乱れる 動 紊亂 引き起こす 動 導致 招く 動 導致 生じる 動 產生

★ 体を冷やす食べ物は肌トラブルを招き、肌トラブルの回復を遅らせます。讓身體變冷的食物會導致肌膚問題，讓肌膚問題的恢復變慢。	冷やす 動 使其變冷 回復 名 サ 恢復
★ 美しい肌のための体内環境作りを心掛けて下さい。 為了養成美麗肌膚，請注重體內環境的打造。	環境作り 名 塑造環境 心掛ける 動 留心
★ 入浴剤を添加した湯に体を浸すと、スキンケア効果が得られます。添加入浴劑在熱水中浸泡身體，有護膚的功效。 ＝ 入浴剤を添加した湯に体を浸すと、スキンケア効果を得ます。 ＝ 入浴剤を添加した湯に体を浸すと、スキンケア効果を持ちます。	入浴剤 名 入浴劑 浸す 動 浸泡 体 名 身體 添加 名 サ 添加
★ お風呂に入ることで血行改善とスキンケアの効き目が現れます。泡澡有改善血液循環跟護膚的效果。 ＝ お風呂に入ることは血行改善とスキンケア効き目があります。	風呂 名 泡澡 効き目 名 效果 改善 名 サ 改善
★ 当サロンでどんなサービスがご希望ですか。 您希望我們在本沙龍為您提供什麼服務？ ① マッサージをお願いします。請幫我按摩。 ② 体の歪みを矯正したいのですが。我想要矯正我身體的姿勢。	希望 名 サ 希望 マッサージ 名 サ 按摩 歪み 名 歪曲 矯正 名 サ 矯正
★ 下半身のたるみを何とかしたいんですが。 我希望能消除我下半身的鬆弛。	下半身 名 下半身 たるみ 名 鬆弛
★ おなかを引っ込めたいんです。我希望我的小腹能縮小。	引っ込む 動 縮小
★★ 何かあったら言って下さい。有什麼狀況的話請跟我說。 ① コンタクトは外しますか。要把隱形眼鏡摘下來嗎？	言う 動 説 外す 動 摘下
★★ 念のため、そうして下さい。為了安全起見，最好是摘下來。 ① はい、少し待って下さい。好，等我一下。	念のため 慣 慎重起見 少し 副 一下子
★ うつ伏せになりますか。我要趴著嗎？	うつ伏せ 名 趴著
★ 起き上がりますか。我要站起來嗎？	起き上がる 動 站（或爬）起來

（累積單字量 13709 個，慣用語量 589 個）

★ 仰向けのままでもいいですか。 我可以躺著嗎？	仰向け [名] 躺著
★ マッサージの強さはどうですか。 按摩的力道還可以嗎？ ① ちょうどいいです。 很剛好。 ② 強過ぎます。 力道太強了。	強さ [名] 力道 ちょうど [副] 剛好 ～過ぎる [接尾] 過於～
★★ このぐらいで如何ですか。 這樣可以嗎？ ① それで結構です。 這樣可以。 ② 気持ちいいです。 很舒服。	如何 [副] 如何 結構 [形動] 可以 気持ちいい [慣] 舒服
★ もうちょっと強くてもいいですか。 我可以稍微按用力一點嗎？ ① 強く押しても大丈夫です。 按用力一點沒關係。 ② くすぐったいです。 這樣我會癢。 ＝ むずむずします。	押す [動] 按壓 大丈夫 [形動] 沒關係 くすぐったい [形] 發癢的 むずむず [副] [サ] 發癢
★ 少し弱めに揉んでくれますか。 可以稍微輕一點嗎？ ＝ 少し弱くして下さい。	弱めに [副] 輕輕地 揉む [動] 按摩
★ 息が苦しいです。 我快不能呼吸了。	息が苦しい [慣] 呼吸困難
★ 体がポカポカしてきました。 身體開始感到暖和了。 ＝ 体が温かく感じ始めています。	ポカポカ [副] [サ] 暖和 感じ始める [動] 開始感覺
★ このタオルは熱過ぎます。 這毛巾太燙了。	熱過ぎる [動] 太燙
★ 揉み返しは来ますか。 按摩完之後會痛嗎？ ＝ マッサージで後から痛くなりますか。	揉み返し [名] 反痛期 マッサージ [名] [サ] 按摩
★ 何か後遺症は出ませんか。 會不會出現什麼後遺症？	後遺症 [名] 後遺症
★ 効果はどのぐらい持ちますか。 效果可以持續多久？	持つ [動] 持續

★ 痩身したいです。我想要減重。 = 減量したいです。 ① BMI が 18.5 以上、25 未満であれば、特には痩身を行う必要はない。BMI 在 18.5 以上，未滿 25 的話，沒有特別瘦身的必要。	痩身 名 サ 瘦身 減量 名 サ 減重 未満 名 未滿 行う 動 施行
★ 痩身の基本は、あくまでもダイエットと運動です。 瘦身的基本，終究還是節食與運動。	あくまでも 副 終究 ダイエット 名 サ 節食
★ 体が消費するカロリーを大きくしようとするのがスポーツをすることです。要提高身體消耗的卡路里要靠運動。 = 体が消費するカロリーを大きくしようとするのがエクササイズです。 = 体が消費するカロリーを大きくしようとするのが運動です。	消費 名 サ 消費 カロリー 名 卡路里 スポーツ 名 サ 運動 エクササイズ 名 サ 運動 運動 名 サ 運動
★ 運動には筋肉量を増やす効果があります。 運動有增加肌肉量的效果。 = 運動によって筋肉量を増やすことができます。 = 運動の効果は筋肉量が増えることです。	筋肉量 名 肌肉量 効果 名 效果 増やす 動 增加 増える 動 增加
★ 運動によって基礎代謝量が増える効果もじわじわと出て来ます。運動也有一點一點地增加基礎代謝量的效果。	代謝量 名 代謝量 じわじわと 副 一點一點地
★ 痩身目的で運動する人には、低強度から中強度の運動を勧めます。建議以瘦身為目的而運動的人，從低強度運動開始進展到中強度。	低強度 名 低強度 中強度 名 中強度
★ 体型や運動経験によって、適する運動量は異なります。 適合的運動量依據體型跟運動經驗而有所不同。 = 体型や運動経験によって、相応しい運動量は違います。	適する 動 適合 異なる 動 不同 相応しい 形 適合的
★ 普段は座って動かない生活をしている人は、運動しなくても、家事を増やしたり散歩に出掛けたりするだけでも効果があります。 日常生活都坐著不動的人，就算不運動，只增加做家事跟外出散步也會有效果。	座る 動 坐 増やす 動 增加 散歩 名 サ 散步
★ 自宅の近所の道や公園でジョギングをしたり、プールで水泳するだけでも効果が出て来ます。 在自家附近的路或公園散步或去泳池游泳也有效果。	自宅 名 自己家裡 近所 名 附近 水泳 名 サ 游泳

（累積單字量 13756 個，慣用語量 591 個）

★ 運動後に体を冷やさないようにするとカロリー消費が増やせます。 運動後保持身體暖和，可以提高卡路里的消耗。 ＝ 運動後に体を温めるようにするとカロリー消費を増やせます。 ＝ 運動後に体を温かくしておくとカロリー消費を増やされます。	冷やす 動 使其變冷 消費 名 サ 消耗 温める 動 使其溫暖 温い 形 溫暖的
★ 運動をするにしても、ダイエットをするにしても並行的に行う必要があります。 不論運動或節食，都必須雙管齊下地進行。 ＝ 運動をするにしても、ダイエットをするにしても同時に（＝同時並行で）行う必要があります。	運動 名 サ 運動 並行的に 副 並行地 同時に 副 同時地 必要 形動 必要
★ あくまでも、「ダイエット」が最重要です。 終究，「節食」是最重要的。 ＝ あくまで、「ダイエット」が一番大切です。	あくまでも 副 終究 最重要 形動 最重要 ダイエット 名 サ 節食

Unit 02 | 美容院で、床屋で 在美容院、在理髮廳

★★ この近くに、美容院がありますか。 這附近有沒有美容院？	美容院 名 美容院
★ 上手な美容院はありますか。 有什麼技術好的美容院嗎？	上手 形動 厲害
★ 何時から何時までやっていますか。 那家美容院從幾點開到幾點？	何時 名 幾點
★ その美容院は高いですか。 那家美容院貴嗎？	高い 形 貴的
★ 上手な床屋はありますか。 有什麼技術好的理髮院嗎？	床屋 名 理髮院
★ 大分待たなければなりませんか。 我必須等很久嗎？	大分 名 形動 非常
★★ あまり時間がありません。 我趕時間。	時間 名 時間
★★ 誰の番ですか。 輪到誰了？	番 名 輪到的人

★★ 散髪(さんぱつ)はいくらしますか。理髮要多少錢？	散髪(さんぱつ) 名 サ 理髮
★★ シャンプーするのはいくらですか。請問洗頭多少錢？	シャンプー 名 サ 洗頭
★★ パーマを掛(か)けるのはいくらですか。請問燙頭髮多少錢？	パーマを掛(か)ける 慣 燙頭髮
★ シャンプー無(な)しでカットだけなら、いくらですか。 我只剪髮不洗頭的話，要多少錢呢？	無(な)し 名 沒有 カット 名 サ 剪髮
★★★ 今日(きょう)はどう致(いた)しましょうか。您頭髮今天要怎麼弄呢？ ① シャンプーをして下さい。請幫我洗頭。 ② カットをして下さい。請幫我剪髮。	今日(きょう) 名 今天 致(いた)す 動 する的謙讓語 カット 名 サ 剪頭髮
★ トリートメントして下さい。請幫我護髮。	トリートメント 名 サ 護髮
★ セットをして下(くだ)さい。我想做造型。	セット 名 サ 做造型
★★ ヘアスタイルはどのようにしましょうか。您要燙怎樣的髮型？ ① 前(まえ)だけパーマして下(くだ)さい。只要燙前面就好。 ② この歌手(かしゅ)のようにして下(くだ)さい。我要燙像這位歌手。	ヘアスタイル 名 髮型 どのように 副 怎樣地 前(まえ) 名 前面 歌手(かしゅ) 名 歌手
★ ウエーブ（＝ウェーブ）をかけて下さい。請幫我燙成波浪。	ウエーブ 名 波浪
★ パーマは強(つよ)くかけないで下さい。請不要燙太捲。	強(つよ)い 形 強烈的
★ これと同(おな)じようにお願(ねが)いします。請燙跟這一樣的。	同(おな)じ 形動 一樣的
★★ 髪(かみ)の毛(け)をお染(そ)めになりますか。您要染髮嗎？ ＝ 毛染(けぞ)めなさいますか。 ① カラーリンスをして下さい。請幫我用泡泡染。 ② 黒(くろ)く染(そ)めて下(くだ)さい。請幫我染成黑色。	髪(かみ)の毛(け) 名 頭髮 染(そ)める 動 染髮 毛染(けぞ)め 名 染髮 カラーリンス 名 サ 泡泡染 黒(くろ)い 形 黑色的
★ カードを見(み)せて下(くだ)さい。請讓我看一下色卡。	見(み)せる 動 給～看
★ とび色(いろ)をお願(ねが)いします。請幫我染紅褐（古銅）色。	とび色(いろ) 名 紅褐色
★ ブロンドをお願(ねが)いします。請幫我染金色。	ブロンド 名 金色

（累積單字量 13799 個，慣用語量 592 個）

★ ブルネットをお願いします。 請幫我染黑褐色。	ブルネット 名 黑褐色
★ 同じ色でお願いします。 請幫我染一樣的顏色。	色 名 顏色
★ もっと濃い色でお願いします。 請幫我染深一點的顏色。	濃い 形 深的
★ もっと薄い色でお願いします。 請幫我染淺一點的顏色。	薄い 形 淺的
★ 前髪を下げて下さい。 請幫我把瀏海放下來。 ① 前髪が少し長過ぎませんか。 瀏海不會有點太長嗎？	前髪 名 瀏海 長過ぎる 動 太長
★ 少し短くした方がいいですよ。 剪短一點比較好喔！	短い 形 短的
★ あまり短くカットしないで下さい。 請不要剪太短。 ＝ あまり短くしないで下さい。	カット 名 サ 剪髮 あまり 副 不太～
★ 髪の毛が多いですね。 您的髮量很多耶！	多い 形 多的
★ 髪がずいぶん伸びていますね。 您的頭髮長好長了耶！ ＝ 髪が大分長くなりましたね。	伸びる 動 變長 大分 名 形動 非常
★★ 今日はどうなさいますか。 今天您的頭髮要怎麼弄？ ① 散髪して下さい。 請幫我理一理。	今日 名 今天 散髪 名 サ 理頭髮
★★ どのように切りますか。 請問您想怎麼理呢？ ＝ どういうふうにお切りしましょうか。 ① カットだけで結構です。 剪一剪就可以了。 ② はさみだけで、切って下さい。 請用剪刀剪就好。	どのように 副 怎樣地 どういうふうに 副 怎樣地 はさみ 名 剪刀 で 格助 用
★★ カットはどんな感じにしますか。 您要剪怎麼樣的感覺？ ① 三センチくらい切って下さい。 請幫我剪短三公分左右。 ② 真っ直ぐに揃えて下さい。 請剪齊。	どんな 連體 怎樣的 感じ 名 感覺 真っ直ぐに 副 直直地

★ ヘアスタイルは元のままで宜しいですね。
保持原來的髮型對吧？

① 今と同じ形で少し短くして下さい。 照原來的髮型稍微理短一點。
② この写真のようにして下さい。請照這張照片剪。

元のまま 名 保持原狀
宜しい 形 適當的
形 名 形狀
写真 名 照片

★ この辺りを少しすいても宜しいですか。
這裡打薄一點好嗎？

① 全体、長めのままでいいです。請保持整個長度。
② 形を整えるだけでいいです。只要修一修就可以了。

辺り 名 一帶
少し 副 稍微
長め 名 長度
整える 動 修整

★ 前をちょっと切って下さい。 前面請稍微修一下。

切る 動 理頭髮

★ てっぺんをちょっと切って下さい。 頭頂請稍微修一下。

てっぺん 名 頭頂

★ かなり短めにして下さい。 請剪得短一點。

短めに 副 短短地

★ 少し長めに切って下さい。 請稍微理多一點。

長めに 副 長長地

★ 前は長め、後ろは短めにして。 前面留多一點，後面剪多一點。

前 名 前面

★ 後ろは短く、前は少し長く切って下さい。
後面請理少一點，前面稍微理多一點。

短い 形 短的
長い 形 長的

★★ シャンプーされましたか。 您洗過頭了嗎？

シャンプー 名 サ 洗髮

★ お洗い致しましょう。 我幫您洗一洗吧！

① はい、シャンプーをお願いします。 好的，請幫我洗頭。

洗う 動 洗
致す 動 する的謙讓語

★ 髪が大分パサついています。 您的頭髮太乾澀了。

① リンスをお願いします。 請幫我潤絲。

パサつく 動 乾澀
リンス 名 サ 潤絲

★ 耳は少し出しますか。 耳朵要露出來嗎？

① 耳が出るようにして下さい。 請剪到耳上。
② 耳が出ないようにして下さい。 請剪到耳下。

耳 名 耳朵
出す 動 露出
出る 動 露出

★ 後ろは切りますか。後面要剪嗎？ ① 後ろをちょっと切って下さい。後面稍微修一下。 ② 後ろは刈り上げて下さい。後面請剪短。	後ろ 名 後面 切る 動 剪 刈り上げる 動 剪掉，推高
★ 短く切りますか。要剪短嗎？ ① 両側をちょっと切って下さい。兩邊稍微修一下。 ② ここをもうちょっと切って下さい。這邊稍微再修一下。	短い 副 短的 両側 名 兩邊 ちょっと 副 稍微
★ 分け目はどこですか。您頭髮的分線在哪邊？ ① 分け目は左側です。我頭髮的分線在左邊。 ② 分け目は真中です。我頭髮的分線在中間。 ③ 分け目は右側です。我頭髮的分線在右邊。	分け目 名 分線 左側 名 左邊 真中 名 中間 右側 名 右邊
★ オールバックにして下さい。請將頭髮往後梳。	オールバック 名 往後梳，油頭
★ 髪はいつも真っ直ぐ後ろへ梳かしています。 我頭髮一直是直直的往後梳。	梳かす 動 梳頭髮
★★ 如何ですか。您覺得怎麼樣？ ① これで十分です。這樣就可以了。 = これで結構です。	如何 名 如何 十分 形動 可以，足夠 結構 形動 可以
★ ブローはしませんね。不用吹髮型嗎？ ① ブローしないで結構です。不用吹髮型。 ② ドライヤーをお願いします。請幫我吹乾。	ブロー 名 サ 吹出髮型 ドライヤー 名 吹乾 願う 動 拜託
★ 前髪は上げて下さい。瀏海請往上吹。	前髪 名 瀏海
★ 巻き毛にして下さい。請幫我上捲子。 = カーリーにして下さい。	巻き毛 名 捲髮 カーリー 名 上捲子
★ シニョンスタイルにして下さい。請幫我梳成髮髻。	シニョン 名 髮髻
★ ヘアートニックは付けないで下さい。請不要噴養髮液。	ヘアートニック 名 養髮液

（累積單字量13866個，慣用語量592個）

★ ヘアーオイルは使(つか)わないで下(くだ)さい。請不要用髮油。	ヘアーオイル 名 髮油
★ ヘアースプレーは使(つか)わないで下(くだ)さい。請不要噴定型液。	使(つか)う 動 使用
★ ヘアースプレーはあまりかけないで下(くだ)さい。 請不要噴太多定型液。	ヘアースプレー 名 定型液 あまり 副 太～
★ おひげを切(き)りましょうか。您要刮鬍子嗎？ ① ひげを剃(そ)って下(くだ)さい。請幫我刮鬍子。 ② あごひげを整(ととの)えて下(くだ)さい。請幫我修一修下巴的鬍鬚。	剃(そ)る 動 刮鬍子 あごひげ 名 下巴的鬍鬚 整(ととの)える 動 修掉
★ 口(くち)ひげを整(ととの)えて下(くだ)さい。請幫我修一修嘴邊的鬍鬚。	口(くち)ひげ 名 嘴邊的鬍鬚
★ もみあげを整(ととの)えて下(くだ)さい。請幫我修一修鬢角。	もみあげ 名 鬢角
★ 顔(かお)を剃(そ)りましょうか。您要刮臉嗎？ ① 顔剃(かおそ)りはいりません。不用刮臉。	顔(かお) 名 臉 顔剃(かおそ)り 名 刮臉
☆☆ 終(お)わりましたか。好了嗎？	終(お)わる 動 結束
☆☆ おいくらですか。多少錢？	いくら 名 多少

Unit 03 ｜病院(びょういん)で 在醫院

★ 具合(ぐあい)が悪(わる)いのですが、休(やす)める場所(ばしょ)はありますか。 我身體不太舒服，有可以休息的地方嗎？ ① 診療室(しんりょうしつ)にご案内致(あんないいた)します。我帶您去醫護室。	休(やす)む 動 休息 診療室(しんりょうしつ) 名 醫護室 案内(あんない) 名 サ 帶領
★ ちょっと坐(すわ)りたいのですが。我想要坐一下。 ① こちらで横(よこ)になって下(くだ)さい。請在這裡躺下。	坐(すわ)る 動 坐 横(よこ)になる 慣 躺下
★ 宜(よろ)しければ、こちらの水(みず)をお飲(の)みになって下(くだ)さい。 可以的話，請喝點這裡的水。	飲(の)む 動 喝

（累積單字量 13884 個，慣用語量 593 個）

★★ 医者に見せたほうがいいですよ。你最好看一下醫生。	医者 名 醫生
★ 病院へ行く手はずを整えましょうか。我要安排您到醫院去嗎？	手はずを整える 慣 安排
★ 検査のために、病院へ行って下さい。請到醫院去做檢查。	検査 名 サ 檢查
★ 治療のために、病院へ行って下さい。請到醫院去治療。	治療 名 サ 治療
★ 手術のために、病院へ行って下さい。請到醫院去做手術。	手術 名 サ 手術
★ 専門医の所へ、行ってもらいます。我要送您到專門的醫生那裡。 ① 内科に行きたいのですが。我想看內科。 ② 外科に行きたいのですが。我想看外科。	専門医 名 專門醫生 内科 名 內科 外科 名 外科
★ 皮膚科に行きたいのですが。我想看皮膚科。	皮膚科 名 皮膚科
★ 産婦人科に行きたいのですが。我想看婦產科。	産婦人科 名 婦產科
★ 耳鼻咽喉科に行きたいのですが。我想看耳鼻喉科。	耳鼻咽喉科 名 耳鼻喉科
★ 診療時間は何時から何時までですか。 診療時間是幾點到幾點？	診療 名 サ 診療
★★ 予約の必要がありますか。要預約嗎？	必要 形動 必要
★★ 予約なしに、行けますか。沒有預約可以去嗎？	予約 名 サ 預約
★★ 先生を呼んでまいります。我去叫醫生來。 ① どうしたの？你怎麼了？	先生 名 醫生 呼ぶ 動 叫
★ どこか体の具合が悪いんですか。 你身體有什麼地方不舒服的地方嗎？	体 名 身體 具合 名 狀況
★★ 大丈夫ですか。您不要緊吧？ ① 気分が悪いんです。我不太舒服。 ② 胃がむかむかするんです。我反胃。	大丈夫 形動 不要緊 悪い 形 不好的 むかむか 副 サ 作嘔

★★ 気分が優れないのですが…。 我覺得不太舒服～。 ＝ 気分がよくないのですが…。	気分 名 感覺 優れる 動 優異
★★ ここに来るのは、初めてですか。 您第一次到這裡來嗎？ ① はい、そうですが。 是的。	来る 名 來 初めて 名 初次
★ でしたら、こちらの用紙に記入して下さい。 那麼請在這張紙上登記一下。 ① はい、分かりました。 好的。	用紙 名 紙張 記入 名 サ 登記 分かる 動 了解
★ 診察券を作りますので、保険証をお願いします。 我要做診斷單，麻煩給我您的健保卡。 ① 外国人なので、保険証はないのですが。 我是外國人，沒有健保卡。	診察券 名 診斷單 保険証 名 健保卡 外国人 名 外國人
★ 全額自費になりますが、いいですか。 那您必須全額自費可以嗎？ ① はい、構いません。 好，沒關係的。	全額 名 全額 自費 名 サ 自費
★★ 今日はどうなさいましたか。 您今天怎麼了？ ＝ 今日はどうしましたか。 ＝ 今日はどうされましたか。 ① 唇を切ってしまったんです。 我割到嘴唇了。	今日 名 今天 なさる 動 する的尊敬語 どう 名 如何 唇 名 嘴唇 切る 動 割到
★ 耳鳴りがするんです。 我耳鳴。	耳鳴り 名 耳鳴
★ 貧血気味なんです。 我覺得我貧血。	～気味 接尾 感覺～
★ お腹に鈍い痛みがあるんです。 我的肚子隱隱作痛。	鈍い 形 隱約的
★★ 腹痛がひどいんです。 我的肚子很痛。 ＝ お腹がひどく痛いんです。 ＝ お腹が激しく痛むんです。	腹痛 名 肚子痛 お腹 名 肚子 激しい 形 激烈的
★★ お腹が痛いんです。 我肚子痛。 ＝ お腹に痛みがあるんです。	痛い 形 痛的 痛み 名 疼痛

（累積單字量 13929 個，慣用語量 640 個）

★★ 食欲はありますか。你吃得下嗎？ ① 食欲がありません。我沒有食慾。	食欲 名 食慾 食欲がない 慣 沒食慾
★★ 診てみましょう。我幫你看一下吧！	診る 動 看診
★ 上着を脱いで下さい。請脱掉上衣。	上着 名 上衣
★ 袖を捲って下さい。請把袖子捲起來。	捲る 動 捲起
★ 熱を測りましょう。量一下體溫吧！	熱を測る 慣 量體溫
★ 血圧を測りましょう。量一下血壓吧！	血圧 名 血壓
★ 目を見せて下さい。請讓我看一下眼睛。	目 名 眼睛
★ 口を開けて下さい。請張開嘴巴。	開ける 動 張開
★ 舌を出して下さい。請伸出舌頭。	舌 名 舌頭
★ 胸の音を聞かせて下さい。請讓我聽一下胸口的聲音。	胸 名 胸部
★ 深呼吸をして下さい。請深呼吸。 ＝ 深く息を吸って下さい。	深呼吸 名 サ 深呼吸 息を吸う 慣 呼吸
★ 咳をして下さい。請咳一下。	咳 名 咳嗽
★ ここを押すと、痛みますか。壓這裡會痛嗎？	押す 動 按壓
★ ここは、感覚が鈍いですか。這裡不太有感覺嗎？	鈍い 形 遲鈍的
★ 日本に来る前は、どこにいましたか。 到日本來之前，你在哪裡？	日本 名 日本 来る 動 來
★★ 今日は何を食べましたか。你今天吃了什麼？	何 名 什麼
★ 前、こんなふうになったことがありますか。你之前有過這種情況嗎？	前 名 之前
★ 立って下さい。請站起來。	立つ 動 站

（累積單字量13947個，慣用語量597個）

★ 服を着て下さい。請穿上衣服。	服を着る 慣 穿衣服
★ 胃潰瘍でしょうか。是胃潰瘍嗎？ ① 普通の風邪だと思います。我認為是普通的感冒。	胃潰瘍 名 胃潰瘍 風邪 名 感冒
★ 薬をあげます。我開一些藥給你。 = 薬を出します。	薬 名 藥 出す 動 開
★ 処方箋がいりますか。需要處方籤嗎？ ① 処方箋を書きましょう。我來寫個處方籤吧！	処方箋 名 處方籤 書く 動 寫
★ 何か薬物アレルギーがありますか。你有什麼藥物過敏嗎？ = アレルギー反応のある薬がありますか。 ① 抗生物質にアレルギーがあります。我對抗生素過敏。 ② アスピリンにアレルギーがあります。我對阿斯匹靈過敏。	薬物 名 藥物 反応 名 サ 反應 抗生物質 名 抗生素 アスピリン 名 阿斯匹靈
★ ペニシリンにアレルギーがあります。 我對盤尼西林（青黴素）過敏。 = ペニシリンにアレルギー体質です。	ペニシリン 名 盤尼西林 アレルギー 名 過敏 体質 名 體質
★ どんな種類の薬ですか。這是哪一種藥？ ① この薬は痛みを和らげます。這藥可以緩解疼痛。 ② この薬は食物の消化を促します。這藥可以促進食物的消化。	種類 名 種類 和らげる 動 緩解 促す 動 促進
★ この薬は炎症を抑えます。這藥可以消炎。	炎症 名 發炎
★ この薬は痒みを止めます。這藥可以止癢。	痒み 名 癢
★ この薬は血管を広げ、血の流れをよくします。 這藥可以擴張血管，改善血液的流動。	血管 名 血管 広げる 動 擴張
★ この薬は咳を止めます。這藥可以止咳。	咳を止める 慣 止咳
★ この薬は痰を切ります。這藥可以祛痰。	痰を切る 慣 祛痰
★ この薬は熱を下げます。這藥可以退燒。	熱を下げる 慣 退燒

（累積單字量 13967 個，慣用語量 601 個）

★ この薬(くすり)は下痢(げり)を止(と)めます。這藥可以止瀉。	下痢(げり) 名 サ 拉肚子
★ この薬(くすり)は排便(はいべん)を促(うなが)します。這藥可以促進排便。	排便(はいべん) 名 サ 排便
★ この薬(くすり)は吐(は)き気(け)を抑(おさ)えます。這藥可以抑制噁心。	吐(は)き気(け) 名 噁心
★ この薬(くすり)は血圧(けつあつ)を下(さ)げます。這藥可以降低血壓。	下(さ)げる 動 降低
★ この薬(くすり)はイライラや興奮(こうふん)を鎮(しず)めます。 這藥可以鎮定焦慮興奮的情緒。	イライラ 副 サ 焦慮 鎮(しず)める 動 鎮定
★ これは抗生物質(こうせいぶっしつ)です。這是抗生素。	抗生物質(こうせいぶっしつ) 名 抗生素
★ これはビタミン剤(ざい)です。這是維生素劑。	ビタミン剤(ざい) 名 維生素劑
★ これは抗(こう)ウィルス剤(ざい)です。這是抗病毒劑。	抗(こう)ウィルス剤(ざい) 名 抗病毒劑
★ これは抗(こう)リウマチ薬(やく)です。這是抗風濕的藥。	抗(こう)リウマチ薬(やく) 名 抗風濕藥
★ これは喘息(ぜんそく)のお薬(くすり)です。這是哮喘藥。	喘息(ぜんそく) 名 哮喘
★ これは痛風(つうふう)のお薬(くすり)です。這是痛風藥。	痛風(つうふう) 名 痛風
★ これは痔(じ)のお薬(くすり)です。這是痔瘡的藥。	痔(じ) 名 痔瘡
★ これは水虫(みずむし)のお薬(くすり)です。這是香港腳的藥。	水虫(みずむし) 名 香港腳
★ これは糖尿病(とうにょうびょう)のお薬(くすり)です。這是糖尿病的藥。	糖尿病(とうにょうびょう) 名 糖尿病
★ 薬(くすり)を三日(みっか)分(ぶん)出(だ)します。我開三天份的藥。	分(ぶん) 名 份量
★ この処方箋(しょほうせん)で薬局(やっきょく)へ行(い)って、薬(くすり)を受(う)け取(と)って下(くだ)さい。 請用這處方籤去藥局拿藥。	処方箋(しょほうせん) 名 處方籤 受(う)け取(と)る 動 拿
★★ 暫(しばら)く休(やす)んで下(くだ)さい。請休息一陣子。	暫(しばら)く 副 暫時
★ 三日(みっか)経(た)ったら、また来(き)て下(くだ)さい。請您三天之後再來複診。	経(た)つ 動 經過

Unit 04 | 緊急事態 緊急狀況

★★ 家内が怪我をしてしまいました。 我老婆受傷了。	怪我 名 サ 受傷
★ 切り傷です。 她割傷了。	切り傷 名 割傷
★ 彼女は指を切りました。 她切到手了。	指 名 手指
★★ 彼女は転んでしまいました。 她跌倒了。	転ぶ 動 跌倒
★ 彼女は突き倒されました。 她被撞倒了。	突き倒す 動 撞倒
★ 彼女は心臓病の発作を起こしました。 她心臟病發作了。 ＝ 彼女は心臓病の発作が起こりました。	起こす 動 發生，引起 起こる 動 發作，出現
★★ 彼女は出血しています。 她在流血。	出血 名 サ 流血
★ 彼女はかなり出血しました。 她流了好多血。 ① 早く手を頭の上に挙げて。出血を止められるよ。 快把手舉到頭的上面，可以止血喔！	かなり 副 相當 挙げる 動 舉起 止める 動 止住
★ 彼女は火傷しました。 她燙傷了。	火傷 名 燙傷
★ 彼女は手首を捻挫しました。 她的手腕扭到了。	手首 名 手腕
★ 彼女は腕が動かせません。 她的手臂不能動。	腕 名 手臂
★ 彼女は肘が曲がりません。 她的手肘不能彎。	曲がる 動 彎曲
★ 彼女は足を捻挫しました。 她的腳（踝）扭到了。 ＝ 彼女は足を捻りました。 ＝ 彼女は足首を捻挫しました。	足 名 腳 捻る 動 扭到 足首 名 腳踝
★ 彼女は足を折りました。 她的腳斷了。	折る 動 斷

★ 蜂に刺されました。我被蜜蜂叮了。	蜂 名 蜜蜂
★ 虫に刺されました。我被蟲咬了。	刺す 動 叮咬
★ 急に胸が痛くなります。我的胸口忽然疼痛起來了。 ＝ 急に胸が痛み出します。	急に 副 忽然 胸 名 胸口
★ 突き指しました。我的手指挫傷了。 （廣義上包含跌打損傷、脱臼、骨折等）	突き指 名 サ 手指挫傷
★ 指を捻挫しました。我的手指扭傷了。	捻挫 名 サ 扭到
★ 顎を打ちました。我撞到下巴了。	打つ 動 撞到
★ ももにあざが出来ました。我的腿瘀青了。	あざ 名 瘀青
★ 体にしこりがあります。我身上有腫塊。	しこり 名 腫塊
★ 膝が腫れています。我的膝蓋腫起來了。	腫れる 動 腫起
★ 腰痛がします。我腰痛。	腰痛 名 腰痛
★ 腰がずきずき痛むんです。我的腰抽痛著。	ずきずき 副 抽痛
★ 腰を打ったみたいなんです。我好像撞到腰了。	打つ 動 撞到
★ 前に屈んだり、後に反ったりすると痛くてたまりません。 向前屈或向後彎都痛得受不了。	屈む 動 屈身 反る 動 彎曲
★ 心臓が悪いんです。我的心臟不好。	心臓 名 心臟
★ 息切れがします。我喘不過氣來。	息切れ 名 サ 上氣不接下氣
★ 動悸が激しい気がします。我覺得心悸很嚴重。 ＝ 動悸がひどい気がします。	動悸 名 心悸 気がする 慣 感覺
★ 腫れ物ができました。我長膿瘡了。	腫れ物 名 膿瘡

★ 傷口が膿んでいます。 我的傷口化膿了。 = 傷口が化膿しています。	膿む 動 化膿 化膿 名 サ 化膿
★ 打撲傷です。 我擦傷了。	打撲傷 名 擦傷
★ 肩を擦り剥いちゃって。 我的肩膀擦傷了。	擦り剥く 慣 擦傷
★ 骨が折れたようです。 我好像骨折了。	骨 名 骨頭
★ 脱臼したようです。 我好像脱臼了。	脱臼 名 サ 脱臼
★ 近くの病院をお調べ致します。 我查一下附近的醫院。 ① 病院は近くにありますか。 醫院在附近嗎？	病院 名 醫院 近く 名 附近
★ 車で五分ほどの場所にあります。 從這裡開車大約五分鐘的車程。	ほど 副助 大約
★★ 救急車を呼んで下さい。 請叫救護車。 ① すぐに救急車をお呼び致します。 我馬上叫救護車。	救急車 名 救護車 呼ぶ 動 叫
★ もしもし。緊急事態です。 喂！這是緊急狀況。	事態 名 狀況
★ 大至急、救急車をよこして下さい。 可以緊急派救護車來嗎？	大至急 副 非常緊急
★ 場所は、景美村 111 号です。 我們住在景美村 111 號。	場所 名 地點
★ 同行者の方の携帯番号を教えて下さいますか。 可以給我陪同去醫院的人的手機號碼嗎？	同行者 名 陪同前去的人 携帯番号 名 手機號碼
★★ 誰か、助けてくれますか。 有人可以幫我嗎？	助ける 動 幫助
★★ すぐ医者を呼んで下さい。 請馬上叫醫生來。	医者 名 醫生
★★ どこが痛みますか。 您有哪裡痛嗎？ ① 足がひどく痛みます。 我的腳很痛。 ② 膝がひどく痛いです。 我的膝蓋很痛。	痛む 動 疼痛 ひどい 形 嚴重的 膝 名 膝蓋

★ 階段から落ちて、足を骨折しました。 我從樓梯上摔下來，所以我的腳骨折了。 ① 応急処置が必要です。這必須緊急處理。	落ちる 動 掉落，摔下來 骨折 名 サ 骨折 処置 名 サ 處理
★ 血液の検査をします。去驗個血。	検査 名 サ 檢查
★ レントゲンを撮りましょう。去照個 X 光。	レントゲンを撮る 慣 照 X 光
★ お小水を取って来て下さい。請去取一下小便。	小水 名 小便
★ 尿の検査をします。去做個尿液檢查。	尿 名 尿液
★ 便の検査をします。去做個糞便檢查。	便 名 糞便
★ 今まで大きな病気をしたことがありますか。 到目前為止有沒有生過什麼大病？ ① 三年前、心臓病の発作がありました。我三年前心臟病發作過。	大きな 形動 重大的 病気 名 疾病 発作 名 サ 發作
★ 持病はありますか。您本身有沒有什麼疾病？ ① 糖尿病です。我有糖尿病。 ＝ 私には、糖尿病があります。	持病 名 宿疾 ある 動 有 糖尿病 名 糖尿病
★ 血圧が高いです。我血壓偏高。 ＝ 高血圧です。	高い 形 高的 高血圧 名 高血壓
★ 血圧が低いです。我血壓偏低。 ＝ 低血圧です。	低い 形 低的 低血圧 名 低血壓
★ ご家族には糖尿病の病歴がありますか。 您家族有糖尿病的疾病史嗎？ ① 家族歴には糖尿病があります。我的家族有糖尿病的疾病史。	病歴 名 病史 家族歴 名 家人的病史
★★ どんな治療を受けていますか。您有在接受什麼治療嗎？	治療 名 サ 治療
★★ 注射ですか、飲み薬ですか。是打針還是吃藥呢？	注射 名 サ 打針

★★ どんな薬(くすり)を使(つか)っていますか。您有在用什麼藥嗎？ ① インシュリンを使(つか)っています。我有在用胰島素。	薬(くすり) 名 藥物 インシュリン 名 胰島素
★ インシュリンの使用量(しようりょう)は、一回(いっかい)どのぐらいですか。 您胰島素一次的使用量是多少？	使用量(しようりょう) 名 使用量 一回(いっかい) 名 一次
★★ どこが悪(わる)いですか。我哪裡不對勁嗎？ ① 大(たい)したことありません。沒什麼大礙。 ② 脱臼(だっきゅう)しています。脱臼了。	悪(わる)い 形 不對勁的 大(たい)した 連體 重大的 脱臼(だっきゅう) 名 サ 脱臼
★ 炎症(えんしょう)を起(お)こしています。發炎了。	炎症(えんしょう) 名 發炎
★ 細菌性炎症(さいきんせいえんしょう)だと思(おも)います。我認為是細菌性發炎。	細菌性(さいきんせい) 名 細菌感染
★ 破傷風(はしょうふう)の予防注射(よぼうちゅうしゃ)は、何時(いつ)しましたか。 你破傷風的針是什麼時候打的？	破傷風(はしょうふう) 名 破傷風 何時(いつ) 代名 何時
★ 膀胱炎(ぼうこうえん)だと思(おも)います。我認為是膀胱發炎。	膀胱炎(ぼうこうえん) 名 膀胱炎
★ 胃腸炎(いちょうえん)だと思(おも)います。我認為是腸胃炎。	胃腸炎(いちょうえん) 名 腸胃炎
★ 肝炎(かんえん)だと思(おも)います。我認為是肝炎。	肝炎(かんえん) 名 肝炎
★ 肺炎(はいえん)だと思(おも)います。我認為是肺炎。	肺炎(はいえん) 名 肺炎
★ 尿道炎(にょうどうえん)だと思(おも)います。我認為是尿道炎。	尿道炎(にょうどうえん) 名 尿道炎
★ 気管支炎(きかんしえん)だと思(おも)います。我認為是支氣管發炎。	気管支炎(きかんしえん) 名 支氣管炎
★ 軽(かる)い心臓発作(しんぞうほっさ)です。是輕微的心臟病發作。	心臓発作(しんぞうほっさ) 名 心臟病發作
★★ 食当(しょくあ)たりです。是食物中毒。	食当(しょくあ)たり 名 食物中毒
★ 化膿(かのう)しています。化膿了。	化膿(かのう) 名 サ 化膿
★ 捻挫(ねんざ)しています。扭傷了。	捻挫(ねんざ) 名 サ 扭傷
★ 折(お)れています。斷了。	折(お)れる 動 斷裂

（累積單字量 14088 個，慣用語量 604 個）

★★ 注射をしましょう。打個針吧！	注射 名 サ 打針
★ 抗生物質を処方します。我要給您抗生素。	処方 名 サ 處方
★ ペニシリンの注射をします。我要幫您注射盤尼西林。	ペニシリン 名 盤尼西林
★ 薬を塗りましょう。塗抹上藥膏吧！	塗る 動 塗抹
★★ 重いですか。很嚴重嗎？	重い 形 嚴重的
★ 移る恐れがありますか。會轉移嗎？ ① 入院しないといけません。您必須住院。 ② 手術の必要があります。您必須動手術。	移る 動 轉移 恐れ 名 恐懼 入院 名 サ 住院
★ ここは縫わなければなりません。這裡必須縫合。	縫う 動 縫合
★ ここは切開しなければなりません。這裡必須割開。	切開 名 サ 割開
★ ここはテープで固定しなければなりません。 這裡必須用膠帶固定。	テープ 名 膠帶 固定 名 サ 固定
★ 寝ていなければなりませんか。必須臥床嗎？	なければならない 慣 不得不
★ どのぐらい、寝ていなければなりませんか。必須臥床多久？	寝る 動 臥床
★ いつから旅行を続けられますか。我什麼時候可以開始繼續旅行？ ① 旅行は一週間は控えて下さい。一週內不能旅行。	続ける 動 繼續 控える 動 抑制

Unit 05 | 薬局で 在藥房

★★ 一番近い薬屋は、どこにありますか。最近的藥房在哪裡？ ① 薬屋はこの道の突き当たりにあります。藥房在這條路的盡頭。	道 名 道路 突き当たり 名 盡頭

★ その薬屋は、何時に開きますか。 那家藥房幾點開？	開く 動 開店
★ その薬屋は、何時まで開いていますか。 那家藥房開到幾點？	薬屋 名 藥房
★ 終夜営業の薬屋がありますか。 有沒有整晚開著的藥房？	終夜 名 整晚
★ 終夜営業の薬屋は、どこにありますか。 整晚開著的藥房在哪裡？	営業 名 サ 營業
★ 日本製品を売っている薬屋がありますか。 有沒有販售日本製品的藥房？	日本製品 名 日本製品 売る 動 賣
★ 私は処方箋を持って薬屋に行きます。 我拿著處方籤到藥房去。	持つ 動 拿
★ 薬屋で薬を受け取りたいです。 我想在藥房拿藥。	受け取る 動 領取
★★ いらっしゃいませ。 歡迎光臨。 ① 処方箋の薬を、今もらえますか。我可以拿處方籤的藥嗎？ ② この処方箋で薬を下さい。請按照這處方籤給我藥。	処方箋 名 處方籤 今 名 現在 下さい 動 給
★ この調剤薬局は初めてですか。 您是第一次到我們調劑藥局來嗎？	調剤薬局 名 調劑藥局
★ この問診票に必要なことを記入して下さい。 請在這張問診單上填寫必要事項。	問診票 名 問診單 記入 名 サ 填寫
★★ 健康保険証をお持ちですか。 您帶健保卡了嗎？	健康保険証 名 健保卡
★ 保険証をお持ちでないと自費になります。 帶健保卡，費用需自行負擔。 ＝ 保険証をお持ちでないと自腹になります。 ＝ 保険証をお持ちでないと自己負担になります。	持つ 動 攜帶 自費 名 サ 自費 自腹 名 サ 自費 負担 名 サ 負擔
★ 処方箋をこの箱にお入れ下さい。 請將處方籤放進這個箱子裡。	箱 名 箱子
★ 診察券をこの箱にお入れ下さい。 請將診察卡放進這個箱子裡。	診察券 名 診察卡
★★ お名前が呼ばれるまで、こちらでお待ち下さい。 在叫到您的名字之前，請在這裡等候。	名前 名 名字 呼ぶ 動 叫

（累積單字量 14128 個，慣用語量 605 個）

☆☆ 今、込んでいますので、暫くお待ち下さい。 現在人很多，請您稍候。	込む 動 人多 暫く 副 暫時
★ お待ちいただいている間に気分が悪くなりましたら、すぐにおっしゃって下さい。在您等候期間如果感覺不舒服，請立即告訴我們。	気分 名 感覺 おっしゃる 動 說，告訴
★ 薬をもらうのに、どのぐらい時間が掛かりますか。 領藥要等多久？	薬 名 藥物 時間が掛かる 慣 花時間
★ いつ取りに来たらいいですか。我何時可以來拿？ ① 二十分ぐらい待っていて下さい。請等大約二十分鐘左右。	取る 動 拿 待つ 動 等候
★ 薬剤師は処方箋通りに調合してくれた。 藥劑師按照處方籤幫我配藥。 ＝ 薬剤師は処方箋に従って、調剤してくれた。	薬剤師 名 藥劑師 調合 名 サ 配藥 調剤 名 サ 配藥
★★ どれぐらいおきにこれを飲めばいいですか。 這藥我要多久吃一次呢？ ① 六時間おきです。間隔六個小時。 ＝ 六時間毎に、飲んで下さい。	どれぐらい 名 多久 飲む 動 吃藥 おき 接尾 間隔 毎に 副 每
★ 服用した後、次の使用まで六時間空けて下さい。 服用之後，須間隔六小時之後再服用。	使用 名 サ 使用 空ける 動 間隔
★★ この薬は、一日何回飲むのですか。這藥一天要吃幾次？ ① 一日三回です。一天吃三次。 ＝ 一日に三回、飲んで下さい。 ＝ 一日に三回、服用して下さい。	一日 名 一天 ～回 名 ～次 服用 名 サ 服用
★ 朝、昼、晩に飲んで下さい。請在早、中、晚吃藥。	朝、昼、晩 名 早、中、晚
★ 食前に飲んで下さい。請在飯前吃。	食前 名 飯前
★ 食後に飲んで下さい。請在飯後吃。	食後 名 飯後
★ 食後三十分後飲んで下さい。請在飯後三十分鐘吃。	後 名 之後

★ 一時間毎に薬を飲んで下さい。請每個小時吃一次。	毎に 副 每
★ 朝飲んで下さい。請在早上吃。	朝 名 早上
★ 夜飲んで下さい。請在晚上吃。	夜 名 晚上
★ 朝晩に飲んで下さい。請在早上跟晚上吃。	朝晩 名 早晚
★ 寝る前に飲んで下さい。請在睡前吃。	寝る 動 睡覺
★ 熱が出たら飲んで下さい。發燒時，請吃這包藥。	熱が出る 慣 發燒
★ 温湿布を当てて下さい。請用熱敷。	温湿布を当てる 慣 熱敷
★ 氷嚢を当てて下さい。請用冰敷。	氷嚢 名 冰敷
★ 毎食後に二錠飲んで下さい。請在每餐飯後吃兩顆。	錠 名 錠劑
★ 服用の上限は一日四回です。最多服用次數是一天四次。	上限 名 上限
★ 朝、昼、晩、寝る前に飲んで下さい。請在早、中、晚跟睡前吃藥。	前 名 之前
★ 水薬を一度にさじ二杯飲んで下さい。藥水請一次吃兩湯匙。	一度 副 一次
★ このお薬は三日以内に服用し切って下さい。 這藥請在三天以內服用完畢。	三日 名 三天 服用 名 サ 服用
★ お渡ししましたお薬の「効果」と「ご注意」は、チェックを入れましたので、ご確認下さい。 交給您的藥物，已經在「效果」和「注意事項」上打勾，請確認。	渡す 動 交付 確認 名 サ 確認
★ 各お薬の用法、用量は、チェックを入れました。 已經在各種藥物的用法、用量上打勾了。	用法 名 用法 用量 名 用量
★ それに従って正しく服用、使用して下さい。 請遵照打勾處，正確地服用或使用。	従う 動 按照 正しい 形 正確的
★ お薬の服用、使用方法は、薬袋の中にそれぞれ入っています。 藥的服用、使用方法，分別放在藥袋中。	使用 名 サ 使用 薬袋 名 藥袋

（累積單字量 14171 個，慣用語量 608 個）

☆☆ ご質問(しつもん)があれば、遠慮(えんりょ)なくお尋(たず)ね下(くだ)さい。 若有疑問請向我們詢問，不必客氣。	遠慮(えんりょ) 名 サ 客氣 尋(たず)ねる 動 詢問
★★ この薬(くすり)を飲(の)むと、眠(ねむ)くなりますか。 吃了這藥會想睡嗎？ ① 眠(ねむ)くなることがあります。吃了藥可能會想睡。 ② 車(くるま)の運転(うんてん)などの機械操作(きかいそうさ)はしないで下(くだ)さい。 請不要開車或操作機械。	眠(ねむ)い 形 想睡的 運転(うんてん) 名 サ 開車 機械(きかい) 名 機械 操作(そうさ) 名 サ 操作
★ お酒(さけ)と一緒(いっしょ)に飲(の)むと薬(くすり)の作用(さよう)が強(つよ)く現(あらわ)れることがあります。 若與酒一起飲用的話，可能會加強藥效。	作用(さよう) 名 サ 作用 現(あらわ)れる 動 出現
★ 飲酒(いんしゅ)は控(ひか)えて下(くだ)さい。 請節制飲酒。	控(ひか)える 動 節制
★ この薬(くすり)を飲(の)んでいる間(あいだ)、アルコールを飲(の)むのは避(さ)けた方(ほう)がいいです。 在吃藥期間，應該避免喝酒。	間(あいだ) 名 期間 避(さ)ける 動 避免
★ ジュース、ミルク、お茶(ちゃ)は、服用後二時間(ふくようごにじかん)くらいは飲(の)まないで下(くだ)さい。 服藥後兩小時左右，請不要飲用果汁、牛奶或是茶。	ジュース 名 果汁 ミルク 名 牛奶 飲(の)む 動 飲用
★ 尿(にょう)の色(いろ)が変(か)わることがありますが、心配(しんぱい)ありません。 服藥後，尿液的顏色可能會產生變化，無須擔心。	尿(にょう) 名 尿 心配(しんぱい) 名 サ 擔心
★ 症状(しょうじょう)が消(き)えても治(なお)ったと勝手(かって)に判断(はんだん)しないで下(くだ)さい。 即使症狀消失，也不要擅自地認為病已經好了。	消(き)える 動 消失 勝手(かって)に 副 擅自地
★ 薬(くすり)を最後(さいご)まで飲(の)んで下(くだ)さい。 請把藥都吃完。 ＝ 薬(くすり)を飲(の)み切(き)って下(くだ)さい。 ＝ 薬(くすり)を飲(の)み尽(つ)くして下(くだ)さい。	最後(さいご) 名 最後 飲(の)み切(き)る 動 吃完 飲(の)み尽(つ)くす 動 吃完
★ 別(べつ)の病気(びょうき)などで医療機関(いりょうきかん)で受診(じゅしん)される時(とき)は、この薬(くすり)が処方(しょほう)されていることを伝(つた)えて下(くだ)さい。 若因其它疾病等在醫療機構接受診斷時，請將此藥告知該醫療機構。	別(べつ) 名 其他 受診(じゅしん) 名 サ 受診 処方(しょほう) 名 サ 處方
★ 薬(くすり)を飲(の)んで以下(いか)の症状(しょうじょう)が出(で)たり、体(からだ)の調子(ちょうし)がおかしい時(とき)は、服用(ふくよう)を中止(ちゅうし)して下(くだ)さい。 若服藥有以下的症狀或身體狀況異常時，請停止服用。	症状(しょうじょう) 名 症狀 調子(ちょうし) 名 狀況 中止(ちゅうし) 名 サ 中止

★ 医師又は薬剤師に相談して下さい。請向醫師或藥劑師諮詢。	薬剤師 名 藥劑師
★ ただ、使用方法を守って服用して下さい。請遵照使用方法服用。	守る 動 遵照
★ 水に溶かして服用して下さい。請溶化於水中後服用。	溶かす 動 溶化
★ お湯に溶かして服用して下さい。請溶化於開水中後服用。	湯 名 開水
★ よく振ってから服用して下さい。請充分搖勻後服用。	振る 動 搖晃
★ 患部にスプレーして下さい。請噴灑於患部。	患部 名 患部
★ 鼻の中に噴霧して下さい。請噴灑在鼻子中。	噴霧 名 サ 噴灑
★ 点鼻薬を使う時は、鼻をかんでから、薬剤をスプレーして下さい。使用點鼻藥時，請先擤鼻涕再噴灑藥劑。	点鼻薬 名 點鼻藥 薬剤 名 藥劑
★ 鼻から吸い込んで下さい。請用鼻子吸入。 ＝ 鼻から吸入して下さい。	吸い込む 動 吸入 吸入 名 サ 吸入
★ 点耳薬を使う時、綿棒で耳掃除をしたあと使用して下さい。 使用點耳藥時，請先用棉花棒清除耳垢後再使用。	点耳薬 名 點耳藥 耳掃除 名 サ 清除耳垢
★ よく振ってから使用して下さい。請充分搖勻後再使用。	使用 名 サ 使用
★ 患部に塗って下さい。請塗抹在患部。	塗る 動 塗抹
★ 脱脂綿などに浸して塗って下さい。請沾在脫脂棉等上面進行塗抹。	浸す 動 浸泡
★ 綿棒などにつけて塗って下さい。請沾在棉花棒等上面進行塗抹。	綿棒 名 棉花棒
★ この軟膏を傷に塗って下さい。請將這個軟膏塗抹在傷口上。	軟膏 名 軟膏
★ よく擦り込んで下さい。請仔細塗抹。	擦り込む 動 擦上
★ 湿気を避け、涼しい場所で保存して下さい。 為了防潮，請保存在陰涼處。	湿気 名 濕氣 涼しい 形 陰涼的

（累積單字量 14219 個，慣用語量 608 個）

★ 子供の手の届かないところに保存して下さい。 請保存在孩童觸摸不到的地方。	届く 動 到達 保存 名 サ 保存
★ 室温保存して下さい。 請保存在室溫中。	室温 名 室溫
★ 冷蔵庫の中で保存して下さい。 請保存在冷藏室。	冷蔵庫 名 冷藏室
★ 冷凍庫に入れないで下さい。 請不要放入冷凍庫。	冷凍庫 名 冷凍庫
★★★ 気を付けて。 請小心。	気を付ける 慣 小心
★★★ お大事に。 請多保重。 = お大事になさって下さい。	大事 形動 重要 なさる 動 する的尊敬語
★★★ 早くよくなって下さい。 祝您早日康復。 = 早く元気になって下さい。 = 早くご回復下さい。	早く 副 早日 元気に 副 健康地 回復 名 サ 恢復

Unit 06 | ドラッグストアで 在藥妝店

★ 街で、意外と多く見掛けるのが、ドラッグストアだ。 在街上出乎意料地常見的就是藥妝店。 = 街で、予想外に多く見掛けるのが、ドラッグストアだ。 = 街で、想像以上に多く見掛けるのが、ドラッグストアだ。	意外と 副 意外地 見掛ける 動 見到 予想外に 副 出乎意料地 想像 名 サ 想像
★ ドラッグストアは日本でセブン - イレブンと同等の店舗数がある。 藥妝店在日本跟 7-11 的店舗數相同。 = ドラッグストアは日本でセブン - イレブンと同じくらいの店舗数がある。	ドラッグストア 名 藥妝店 同等 名 相同 店舗 名 店鋪 セブン - イレブン 名 7-11

★ 医薬品、化粧品を中心とした健康と美容に関する商品を売っている。 藥妝店販售著以醫藥品、化妝品為中心的健康與美容相關商品。	医薬品 名 醫藥品 化粧品 名 化妝品
★ 最近はドラッグストアで何でも買えるよ。 最近在藥妝店什麼都可以買到。	最近 名 副 最近 買える 動 買得到
★ 薬の受け取りのついでに食品も買える。 拿藥時也可以順便購買食品。 ＝ 薬の受け取りのついでに食品も購入可能だ。 ＝ 薬の受け取りのついでに食品も購入できる。	受け取り 名 領取 食品 名 食品 可能 形動 可能 購入 名 サ 購買
★ 家庭用品、日用品なども売っている。 藥妝店也賣家庭用品跟日用品。	日用品 名 日用品 売る 動 賣
★ ドラッグストアは「セルフサービス」方式で経営している。 藥妝店以「自助」方式經營著。 ＝ ドラッグストアは「セルフサービス」方式で営んでいる。 ＝ ドラッグストアは「セルフサービス」方式で営業している。	経営 名 サ 經營 方式 名 方式 営む 動 經營 営業 名 サ 營業
★ 店舗によって売り場作りがガラリと変わる。 賣場擺設依據店鋪而有很大的變化。 ＝ 店舗によって売り場作りがぱっと変わる。 ＝ 店舗によって売り場作りが大きく変化する。	売り場 名 賣場 ガラリと 副 豁然 ぱっと 副 豁然 変化 名 サ 變化
★ 各社が売場面積や商圏に合わせて、柔軟に対応している。 各公司配合賣場面積與商圈，彈性地對應著。 ＝ 各社が売場面積や商圏に適応して、柔軟に対応している。	商圏 名 商圈 合わせる 動 配合 適応 名 サ 適應
★ 例えば、病院の近くのドラッグストアなら、大きな調剤コーナーも併設されている。 例如醫院附近的藥妝店，就同時設置大型的藥劑調配專櫃。	病院 名 醫院 近く 名 附近 併設 名 サ 並設
★ 都心の小型店では若い女性向けの美容商品を十分に揃えている。 市中心的小型店則備齊適合年輕女性的美容商品。 ＝ 都心の小型店では若い女性向けの美容商品が充実している。	都心 名 市中心 揃える 動 備齊 充実 名 サ 充實

（累積單字量14264個，慣用語量609個）

★ オフィス街なら、コンビニ的な品揃えが豊かだ。 如果店鋪在辦公街區的話，則是便利商店式的貨品備貨豐富。 ＝ オフィス街なら、コンビニ的な品揃えが豊富だ。	オフィス街 名 辦公街區 品揃え 名 備貨 豊富 形動 豐富
★ 郊外店なら、ペットフードの売り場を広げている。 如果是郊外店的話，就擴大寵物食品的賣場。 ＝ 郊外店なら、ペットフードの売り場を拡張させている。	広げる 動 擴大 売り場 名 賣場 拡張 名 サ 擴大
★ ドラッグストアというと、一番売れているものは医薬品と考えるのが普通だ。 說起藥妝店，通常會認為賣得最好的是醫藥品。	一番 副 最 考える 動 認為
★★ 実はそうではない。 事實上並非如此。	実 名 事實
★ 最も売り上げが多いのは食品だ。 銷售額最高的是食品。 ＝ 最も売上高が高いのは食品だ。 ＝ 最も売上金額が高いのは食品だ。	売り上げ 名 銷售額 売上高 名 銷售額 売上金額 名 銷售額
★ ドラッグストアでの食品の取り扱い数は、年々拡大傾向にある。 藥妝店的食品販售數量，有逐年擴大的傾向。 ＝ ドラッグストアでの食品の販売数は、年々拡大傾向にある。	取り扱う 動 販售 年々 副 逐年 拡大 名 サ 擴大
★ 都心の店舗でも、飲み物やお菓子などを購入しているビジネスマンを見掛ける。 在市中心的店鋪也可以看到購買飲料跟零食等的商業人士。	飲み物 名 飲料 お菓子 名 零食 購入 名 サ 購買
★ 郊外の店舗であれば、売り場はお菓子やカップ麺などを中心とした食品売り場という店も少なくない。 郊外的店鋪的話，賣場以零食或是杯麵為中心的食品賣場也不少。	郊外 名 郊外 カップ麺 名 杯麵 少ない 形 少的
★ あの、蕁麻疹の薬はどこにありますか。 請問蕁麻疹的藥在哪裡呢？ ① それでしたら、この辺りになりますが。 蕁麻疹的藥在這一帶。	蕁麻疹 名 蕁麻疹 どこ 代名 哪裡 辺り 名 一帶

10 健康とケア 健康與保養

★ 軽い蕁麻疹なんですが、どの薬がいいでしょうか。
是很輕微的蕁麻疹、用哪種藥會比較好呢？

① 顔なんかならこの薬とか、手や足ならこの薬が良く出ますね。
假如是臉的話就用這種，手或腳的話是這款比較暢銷。

軽い 形 輕微的
顔 名 臉
手 名 手
足 名 腳

★ うん。じゃあ、こっちを下さい。 那請給我這種。

① ありがとうございます。謝謝您。

じゃあ 接 那麼
こっち 名 這

★ 不眠症です。 我失眠。

不眠症 名 失眠

★ 睡眠薬を下さい。 請給我安眠藥。

① 睡眠薬には、処方箋が必要です。 購買安眠藥需要處方籤。

= 睡眠薬を購入するには処方箋が必要です。

睡眠薬 名 安眠藥
処方箋 名 處方籤
購入 名 サ 購買

★ コンタクトレンズの手入れ用の品がありますか。
有沒有隱形眼鏡的保養用品？

手入れ 名 サ 保養
品 名 用品

★ コンタクトレンズ用の目薬が欲しいんですけど。
我想要隱形眼鏡專用的眼藥水。

目薬 名 眼藥水
欲しい 形 想要的

★ ハードレンズをお使いですか。ソフトレンズをお使いですか。
請問您是使用硬式還是軟式隱形眼鏡？

① 使い捨てのやつなんですけど。 我是使用拋棄式的。

ハードレンズ 名 硬式鏡片
ソフトレンズ 名 軟式鏡片
使い捨て 名 拋棄式

★ それでしたら、こちらが宜しいかと思いますが。
那樣的話，這種眼藥水會比較適合。

宜しい 形 適合的
思う 動 認為

★ 装着時にも点眼できます。
在配戴隱形眼鏡時，也可以點的眼藥水。

点眼 名 サ 點眼藥水

★ コンタクトレンズを外して点眼して下さい。
請取下隱形眼鏡再點眼藥水。

外す 動 取下
下さい 補動 請～

★ すみません。酔い止めが欲しいんですが。 我想買暈車藥。

① はい、液体やカプセルなどがございますが。
好的，有液狀的跟膠囊的。

酔い止め 名 暈車藥
液体 名 液狀

★ どちらでもいいんですが、良く効くのを下さい。
都可以，有效的就好。

① それでしたら、こちらが一日効果が続くタイプになりますが。
那樣的話，這是藥效可以持續一整天的。

一日【名】【副】一天
効果【名】效果
続く【動】持續

★ じゃあ、それを三つ下さい。 那請給我三顆。

① 三つですね。ありがとうございます。 三顆是嗎？謝謝您！
② 乗り物に乗る三十分前に服用して下さい。 請在乘坐交通工具前三十分鐘服用。

乗り物【名】交通工具
乗る【動】乘坐
服用【名】【サ】服用

★ お腹が痛いのですが、薬はありますか。 我肚子痛，請問有藥嗎？

① どのような症状か教えて下さいますか。 可以描述一下您的症狀嗎？

症状【名】症狀
教える【動】告知

★ 外に症状はありませんか。例えば下痢をしているとか…。
有沒有其他的症狀？比如說拉肚子什麼的～。

① 外には症状はありません。 沒有其他的症狀。

例えば【副】例如
下痢【名】【サ】拉肚子
外に【副】其他

★ それではこちらのお薬が適していると思います。
那麼這藥很適合。

= それではこちらのお薬がよいと思います。

薬【名】藥
適する【動】適合
よい【形】適合的

★ 食後に二錠服用して下さい。 請在飯後服用兩顆。

食後【名】飯後

★ 症状が重ければこちらのお薬が効きます。
症狀嚴重的話，這藥很有效。

重い【形】嚴重的
効く【動】有效

★★ 何をお探しですか。 請問您要找什麼？

① どんな物があるか、ちょっと見たいんです。 我想看看您們有些什麼。
② 火傷の薬を下さい。 請給我燙傷的藥。

探す【動】找
どんな物【慣】什麼樣的東西
火傷【名】燙傷

★ 風邪の薬を下さい。 請給我感冒藥。

= 感冒薬を下さい。

風邪【名】感冒
感冒薬【名】感冒藥

★ 頭痛薬を下さい。 請給我頭痛藥。

頭痛薬【名】頭痛藥

★ 咳の薬を下さい。 請給我咳嗽藥。

咳【名】咳嗽

★ 咳止めシロップを下さい。請給我止咳糖漿。	シロップ 名 糖漿
★ 咳止めドロップを下さい。請給我止咳糖。	ドロップ 名 水果糖
★ 胃散を下さい。請給我胃散。	胃散 名 胃散
★ 胃薬を下さい。請給我胃藥。	胃薬 名 胃藥
★ 体温計を下さい。請給我體溫計。	体温計 名 體溫計
★ 解熱座薬を下さい。請給我退燒塞劑。	解熱座薬 名 サ 退燒塞劑
★ アスピリンを下さい。請給我阿斯匹靈。	アスピリン 名 阿斯匹靈
★ 便秘の薬を下さい。請給我便秘的藥。	便秘 名 サ 便秘
★ 下剤を下さい。請給我瀉藥。 = 通じ薬を下さい。	下剤 名 瀉藥 通じ薬 名 瀉藥
★ 下痢の薬を下さい。請給我拉肚子的藥。	下痢 名 サ 拉肚子
★ 防虫剤を下さい。請給我驅蟲劑。	防虫剤 名 驅蟲劑
★ トランキライザーを下さい。請給我鎮靜劑。	トランキライザー 名 鎮靜劑
★ アスピリンを含まない鎮痛剤を下さい。 請給我不含阿斯匹靈的鎮痛劑。	含む 動 含有 鎮痛剤 名 鎮痛劑
★ ちり紙を下さい。請給我面紙。 = ティッシュを下さい。	ちり紙 名 面紙 ティッシュ 名 面紙
★ ウェットティッシュを下さい。請給我濕紙巾。	ウェットティッシュ 名 濕紙巾
★ トイレットペーパーを下さい。請給我衛生紙。	トイレットペーパー 名 衛生紙
★ パンパース超薄型のおむつを下さい。 請給我幫寶適超薄型的紙尿布。	おむつ 名 尿布 下さい 動 給

（累積單字量 14356 個，慣用語量 610 個）

★ ベビーパウダーを下さい。請給我爽身粉。	ベビーパウダー 名 爽身粉
★ 生理ナプキンを下さい。請給我衛生棉。	生理ナプキン 名 衛生棉
★ タンポンを下さい。請給我衛生棉條。	タンポン 名 衛生棉條
★ 目薬を下さい。請給我眼藥水。	目薬 名 眼藥水
★ マスクを下さい。請給我口罩。	マスク 名 口罩
★ SPF50の日焼け止めを下さい。 請給我防曬係數50的防曬乳。	日焼け止め 名 防曬乳
★ 消毒薬を下さい。請給我消毒藥水。	消毒薬 名 消毒藥水
★ ヨードチンキを下さい。請給我碘酒。	ヨードチンキ 名 碘酒
★ 消毒用アルコールを下さい。請給我消毒用的酒精。	アルコール 名 酒精
★ 包帯とガーゼを下さい。請給我繃帶跟紗布。	包帯 名 繃帶
★ 絆創膏を下さい。請給我 OK 繃。	絆創膏 名 OK 繃
★ 脱脂綿と綿棒を下さい。請給我脱脂棉跟棉花棒。	綿棒 名 棉花棒
★ 湿布薬を下さい。請給我貼布。	湿布薬 名 貼布
★ 薬面のフィルムを剥がして貼って下さい。 請撕下帶藥一面的薄膜後粘貼。	フィルム 名 薄膜 剥がす 動 撕除
★ ガーゼに延ばしてつけてから、貼って下さい。 請先拉開粘貼在紗布上後再粘貼。	ガーゼ 名 紗布 延ばす 動 拉開
★ 患部に貼って下さい。請粘貼在患部。	貼る 動 黏貼
★ 指示された部位に貼って下さい。 請粘貼在指示的部位。	指示 名 サ 指示

Unit 07 ｜コスメショップで 在化妝品店

★ アメリカの化粧品を売っていますか。 請問有賣美國的化粧品嗎？	アメリカ [名] 美國
★ ヨーロッパの化粧品を売っていますか。 請問有賣歐洲的化粧品嗎？	ヨーロッパ [名] 歐洲 売る [動] 賣
★ 日本の化粧品を買いたいんですが。 我想買日本的化妝品。	買う [動] 買
★ どのブランドの化粧品をお使いですか。 妳用什麼牌子的化妝品？ ① 資生堂の化粧品を使っています。 我用資生堂的化妝品。	資生堂 [名] 資生堂 化粧品 [名] 化妝品
★ 四色パレットのアイシャドーはありますか。 有四色的眼影調色盤嗎？ ① ございます。こちらは秋色限定色でございます。 有的，這是秋季限定色。	パレット [名] 調色盤 アイシャドー [名] 眼影 秋色 [名] 秋天的景色 限定 [名][サ] 限定
★ パウダーファンデーションがありますか。 請問有粉餅嗎？	パウダーファンデーション [名] 粉餅
★ コンパクトがありますか。 請問有帶鏡小粉盒嗎？ ① ございます。こちらは如何でしょうか。 有的，這個好嗎？	コンパクト [名] 帶鏡小粉盒 こちら [名] 這個
★ このパウダーで私のシミを隠すことができますか。 這粉可以遮蓋我的斑點嗎？ ① もちろんです。それに、このパウダーは落ちにくいタイプです。 當然可以。而且這粉餅不容易脱妝。	パウダー [名] 粉 隠す [動] 遮蓋 それに [接] 而且 落ちる [動] 脱落
★ クリームがありますか。 請問有乳液嗎？ ① こちらのクリームは肌荒れを防げます。 這瓶乳液可以防止肌膚乾燥。 ② こちらのクリームはできてしまったシミやソバカスを薄くすることができますので、お勧めです。 這瓶乳液可以讓斑點和雀斑變淡，推薦給您。	肌荒れ [名] 肌膚乾燥 防ぐ [動] 防止 シミ [名] 斑點 ソバカス [名] 雀斑
★ 化粧水（＝ローション）がありますか。 請問有化妝水嗎？ ① ございます。この化粧水は美肌効果が高いですよ。 有的，這瓶化妝水的美肌效果很明顯喔！	化粧水 [名] 化妝水 美肌 [名] 美麗肌膚 高い [形] 高的，明顯的

（累積單字量14399個，慣用語量610個）

★ 肌に潤いを与えるために、ぜひ化粧水をつけて下さい。 為了滋潤肌膚，請一定要擦化妝水。	潤い 名 滋潤 与える 動 給予
★ こちらは脂性肌用です。 這一瓶是油性肌膚使用的。	脂性肌 名 油性肌膚
★ こちらは中性肌用です。 這一瓶是中性肌膚使用的。	中性肌 名 中性肌膚
★ こちらは乾燥肌用です。 這一瓶是乾性肌膚使用的。	乾燥肌 名 乾燥肌膚
★ こちらは敏感肌用です。 這一瓶是敏感肌膚使用的。	敏感肌 名 敏感肌膚
★★ 試してみてもいいですか。 這可以試用嗎？ ① 申し訳ございません。こちらはお試しいただけません。 抱歉，這不能試用。	試す 動 嘗試 申し訳 名 抱歉 こちら 名 這個
★★ サンプルはありますか。 請問有試用品嗎？ ① 申し訳ありませんが、サンプルはございません。 抱歉，沒有試用品。	サンプル 名 試用品 申し訳ない 慣 抱歉
★★ こちらサンプルです。宜しければどうぞ。 這是試用品，請試試看。 ① ありがとう。使ってみますね。 謝謝，我用用看。	宜しい 形 適合的 使う 動 使用
★ 鏡、或いは手鏡がありますか。 請問有鏡子或是小鏡子嗎？	手鏡 名 小鏡子
★ 毛抜きがありますか。 請問有鑷子嗎？	毛抜き 名 鑷子
★ スポンジがありますか。 請問有海綿嗎？	スポンジ 名 海綿
★ 洗顔料がありますか。 請問有洗面乳嗎？	洗顔料 名 洗面乳
★ 洗顔器がありますか。 請問有洗臉機嗎？	洗顔器 名 洗臉機
★ 美顔器がありますか。 請問有美顏按摩器嗎？	美顔器 名 美顏按摩器
★ クレンジングクリーム（=メイク落とし）がありますか。 請問有卸妝乳嗎？ ① ございます。クレンジングを使って化粧をしっかり落として下さい。 有的，請用卸妝乳仔細卸妝。	クレンジングクリーム （=メイク落とし） 名 卸妝乳 しっかり 副 サ 仔細地 落とす 動 卸妝

★ 落(お)としてからぬるま湯(ゆ)で洗顔(せんがん)した方(ほう)がいいです。 卸妝後，再用溫水洗臉較好。	ぬるま湯(ゆ) 名 溫水 洗顔(せんがん) 名 サ 洗臉
★ 下地(したじ)クリームがありますか。請問有隔離霜嗎？	下地(したじ)クリーム 名 隔離霜
★ 美容液(びようえき)がありますか。請問有精華液嗎？	美容液(びようえき) 名 精華液
★ ナイトクリームがありますか。請問有晚霜嗎？	ナイトクリーム 名 晚霜
★ パックがありますか。請問有面膜嗎？	パック 名 面膜
★ 油取(あぶらと)り紙(がみ)がありますか。有吸油面紙嗎？	油取(あぶらと)り紙(がみ) 名 吸油面紙
★ 毛穴(けあな)パックシートがありますか。有妙鼻貼嗎？	毛穴(けあな) 名 毛孔
★ アイシャドーがありますか。請問有眼影嗎？	アイシャドー 名 眼影
★ アイペンシルがありますか。請問有眼線筆嗎？	アイペンシル 名 眼線筆
★ アイライナーがありますか。請問有眼線液嗎？	アイライナー 名 筆狀眼線液
★ 眉墨(まゆずみ)（＝アイブロウペンシル）がありますか。 請問有眉筆嗎？	眉墨(まゆずみ)（＝アイブロウペンシル） 名 眉筆
★ アイラッシュカーラー（＝ビューラー）がありますか。 請問有睫毛夾嗎？	アイラッシュカーラー（＝ビューラー） 名 睫毛夾
★ マスカラがありますか。請問有睫毛膏嗎？	マスカラ 名 睫毛膏
★ 口紅(くちべに)がありますか。請問有口紅嗎？	口紅(くちべに) 名 口紅
★ リップライナーがありますか。請問有唇筆嗎？	リップライナー 名 唇筆
★ グロス（＝リップグロス）がありますか。請問有唇蜜嗎？	グロス 名 唇蜜
★ リップクリームがありますか。請問有護唇膏嗎？	リップクリーム 名 護唇膏
★ リップカラーが欲(ほ)しいんですが。請問有有顏色的護唇膏嗎？	リップカラー 名 有顏色的護唇膏

（累積單字量 14439 個，慣用語量 611 個）

★ パフがありますか。 請問有粉撲嗎？	パフ 名 粉撲
★ ファンデーションがありますか。 請問有粉底嗎？	ファンデーション 名 粉底
★ リキッドファンデーションがありますか。 請問有粉底液嗎？	リキッドファンデーション 名 粉底液
★ パウダー（=フェイスパウダー）を買（か）いたいんですが。 我想買蜜粉。	パウダー 名 蜜粉 フェイスパウダー 名 蜜粉
★ ブラシがありますか。 請問有刷子嗎？	ブラシ 名 刷子
★ ベースメイクを売（う）っていますか。 請問有賣底妝嗎？	ベースメイク 名 底妝
★ フェースカラー（=アクセント）を売（う）っていますか。 請問有賣臉部彩妝嗎？	フェースカラー（=アクセント） 名 臉部彩妝
★ 頬紅（ほおべに）（=チーク=チークカラー）がありますか。 請問有腮紅嗎？	頬紅（ほおべに） 名 腮紅 チーク 名 腮紅
★ 剃刀（かみそり）がありますか。 請問有刮鬍刀嗎？	剃刀（かみそり） 名 刮鬍刀
★ シェービングクリームがありますか。 請問有刮鬍膏嗎？	シェービングクリーム 名 刮鬍膏
★ 剃刀（かみそり）の刃（は）がありますか。 請問有刮鬍刀的刀片嗎？	刃（は） 名 刀片
★ 電気（でんき）シェーバーがありますか。 請問有電動刮鬍刀嗎？ ＝ 電気（でんき）かみそりがありますか。	電気（でんき）シェーバー 名 電動刮鬍刀
★ シェービングクリームがありますか。 請問有刮鬍泡嗎？	シェービングクリーム 名 刮鬍泡
★ アフターシェーブローションがありますか。 請問有鬍後潤膚露嗎？	アフターシェーブローション 名 男性用刮鬍化妝水
★ シャンプーがありますか。 請問有洗髮精嗎？	シャンプー 名 サ 洗髮精
★ ドライヤーがありますか。 請問有吹風機嗎？	ドライヤー 名 吹風機

（累積單字量14457個，慣用語量611個）

★ リンス（＝クリームリンス）を探（さが）しています。 我在找潤絲精。	リンス 名 潤絲精 クリームリンス 名 潤絲精
★ コンディショナーがありますか。請問有護髮素嗎？	コンディショナー 名 護髮素
★ トリートメントがありますか。請問有護髮乳嗎？	トリートメント 名 護髮乳
★ ストレートアイロンがありますか。請問有離子夾嗎？	ストレートアイロン 名 離子夾
★ カールアイロンがありますか。請問有電棒捲嗎？	カールアイロン 名 電棒捲
★★ いい毛染（けぞ）め（＝カラーリング）を紹介（しょうかい）して下（くだ）さい。 請介紹我好的染髮劑。	毛染（けぞ）め 名 染髮劑 紹介（しょうかい） 名 サ 介紹
★ カラーリンスがありますか。請問有泡泡染嗎？	カラーリンス 名 泡泡染
★ セットローションがありますか。請問有燙髮藥水嗎？	セットローション 名 燙髮藥水
★ カーラーがありますか。請問有捲髮夾嗎？	カーラー 名 捲髮夾
★ 櫛（くし）がありますか。請問有梳子嗎？	櫛（くし） 名 梳子
★ ヘアーピンがありますか。請問有髮夾嗎？	ヘアーピン 名 髮夾
★ ヘアジェルがありますか。請問有髮膠嗎？	ヘアジェル 名 髮膠
★ 養毛剤（ようもうざい）がありますか。請問有生髮劑嗎？	養毛剤（ようもうざい） 名 生髮劑
★ ヘアートニックがありますか。請問有養髮液嗎？	ヘアートニック 名 養髮液
★ かつらがありますか。請問有假髮嗎？	かつら 名 假髮
★ ヘアースプレーがありますか。請問有定型液嗎？	ヘアースプレー 名 定型液
★ ヘアムースがありますか。請問有造型慕斯嗎？	ヘアムース 名 造型慕斯
★ いいヘアリキッドがありますか。請問有好的髮妝水嗎？	ヘアリキッド 名 髮妝水

（累積單字量14477個，慣用語量611個）

★ ヘアーオイルとポマードがありますか。 請問有髮油或髮蠟嗎？	ヘアーオイル 名 髮油 ポマード 名 髮蠟
★ 歯(は)ブラシがありますか。 請問有牙刷嗎？	歯(は)ブラシ 名 牙刷
★ 練(ね)り歯磨(はみが)きがありますか。 請問有牙膏嗎？	練(ね)り歯磨(はみが)き 名 牙膏
★ ネイルチップがありますか。 請問有指甲片嗎？	ネイルチップ 名 指甲片
★ 爪(つめ)ブラシがありますか。 請問有指甲刷嗎？	爪(つめ)ブラシ 名 指甲刷
★ 爪切(つめき)りがありますか。 請問有指甲剪嗎？	爪切(つめき)り 名 指甲剪
★ 爪(つめ)やすり（＝爪磨(つめみが)き＝ネイルファイル）がありますか。 請問有指甲銼刀嗎？	爪(つめ)やすり 名 指甲銼刀 爪磨(つめみが)き 名 指甲銼刀
★ マニキュア液(えき)（＝ネイルカラー）がありますか。 請問有指甲油嗎？	マニキュア液(えき) 名 指甲油 ネイルカラー 名 指甲油
★ ハンドローションがありますか。 請問有護手乳嗎？	ハンドローション 名 護手乳
★ ハンドクリームがありますか。 請問有護手霜嗎？	ハンドクリーム 名 護手霜
★ 除光液(じょこうえき)（＝マニキュア落(お)とし＝リムーバー）を見(み)せて下(くだ)さい。 請讓我看一下去光水。	除光液(じょこうえき) 名 去光水 リムーバー 名 去光水
★ 除毛剤(じょもうざい)が欲(ほ)しいですが。 請問有除毛劑嗎？	除毛剤(じょもうざい) 名 除毛劑
★ フットケアが欲(ほ)しいんですが。 我想要美腿護理系列。	フットケア 名 美腿護理系列
★ 石鹸(せっけん)がありますか。 請問有香皂嗎？	石鹸(せっけん) 名 香皂
★ ボディシャンプー（＝ボディ洗浄料(せんじょうりょう)）がありますか。 請問有沐浴乳嗎？	ボディシャンプー 名 沐浴乳 ボディ洗浄料(せんじょうりょう) 名 沐浴乳
★ 入浴剤(にゅうよくざい)がありますか。 請問有泡澡劑嗎？	泡澡劑包含粉末、液體，與錠劑等各種類型。
★ バスオイル、或(ある)いはバスジェルがありますか。 請問有沐浴油或沐浴露嗎？	バスオイル 名 沐浴油 バスジェル 名 沐浴露

★ バスタオルがありますか。請問有浴巾嗎？	バスタオル 名 浴巾
★ フェイスタオルがありますか。請問有洗臉巾嗎？	フェイスタオル 名 洗臉巾
★ 正方形(せいほうけい)のタオルがありますか。請問有正方形的毛巾嗎？	正方形(せいほうけい) 名 正方形
★ ボディローション（＝ボディーローション）がありますか。 請問有潤膚乳液嗎？	ボディローション 名 潤膚乳液
★ ボディクリーム（＝ボディークリーム＝スキンクリーム） がありますか。請問有潤膚乳霜嗎？	ボディクリーム 名 潤膚乳霜
★ このマッサージクリームは高(たか)いですか。請問這按摩膏很貴嗎？	マッサージクリーム 名 按摩膏
★ 香水(こうすい)がありますか。請問有香水嗎？	香水(こうすい) 名 香水
★ オーデコロンがありますか。請問有古龍水嗎？	オーデコロン 名 古龍水
★ 制汗剤(せいかんざい)（＝デオドラント）がありますか。 請問有止汗（體香）劑嗎？	制汗剤(せいかんざい) 名 制汗劑 デオドラント 名 體香劑
★ 日焼(ひや)け止(ど)め（＝サンケア）がありますか。請問有防曬乳嗎？	日焼(ひや)け止(ど)め 名 防曬乳
★ サンタンローションがありますか。請問有助曬劑嗎？	防止曬傷，將膚色曬成古銅色的乳液。

Unit 08 ｜インフルエンザ 流行性感冒

★ 私(わたし)は少(すこ)し風邪(かぜ)気味(ぎみ)です。我覺得我有點感冒了。 ＝ 私(わたし)は少(すこ)し風邪(かぜ)を引(ひ)いた感(かん)じがします。 ＝ 私(わたし)は少(すこ)し風邪(かぜ)っぽいです。	気味(ぎみ) 名 感覺 風邪(かぜ) 名 感冒 感(かん)じ 名 感覺
★★ 体(からだ)が怠(だる)いです。我的身體疲痛。	怠(だる)い 形 疲痛

（累積單字量 14514 個，慣用語量 611 個）

★★★ 頭(あたま)が少(すこ)し痛(いた)いです。我的頭有點痛。 ＝ ちょっと頭(あたま)が痛(いた)いです。	少(すこ)し 副 有點 ちょっと 副 有點
★★★ 頭痛(ずつう)がします。我頭痛。 ＝ 頭(あたま)が痛(いた)いです。	頭痛(ずつう) 名 頭痛 痛(いた)い 形 痛的
★★★ 頭(あたま)がひどく痛(いた)みます。我的頭很痛。 ＝ 頭(あたま)が激(はげ)しく痛(いた)みます。	ひどい 形 嚴重的 激(はげ)しい 形 激烈的
★ 筋肉痛(きんにくつう)です。我的肌肉疼痛。	筋肉痛(きんにくつう) 名 肌肉痛
★ 関節痛(かんせつつう)です。我的關節疼痛。	関節痛(かんせつつう) 名 關節痛
★ 体(からだ)に力(ちから)が入(はい)りません。我全身無力。	力(ちから) 名 力氣
★ 体全体(からだぜんたい)が痛(いた)みます。我全身痛。	全体(ぜんたい) 名 全體
★★ 目(め)まいがします。我感覺頭暈目眩。 ＝ フラフラしています。	目(め)まい 名 サ 暈眩 フラフラ 副 サ 暈眩
★★ 咳(せき)が出(で)ます。我咳嗽。	咳(せき) 名 咳嗽
★★ 咳(せき)が止(と)まらないんです。我咳個不停。	止(と)まる 動 停止
★★ 目(め)が痒(かゆ)いです。我的眼睛很癢。	痒(かゆ)い 形 癢的
★★ 鼻水(はなみず)が出(で)ます。我流鼻水了。	出(で)る 動 出來
★★ 鼻水(はなみず)が止(と)まりません。鼻水流個不停。	鼻水(はなみず) 名 鼻水
★★ 鼻(はな)がひどく詰(つ)まっています。我嚴重鼻塞。 ＝ 鼻詰(はなづ)まりがひどいです。	詰(つ)まる 動 塞住 鼻詰(はなづ)まり 名 鼻塞
★★ くしゃみが出(で)ました。我打噴嚏了。 ＝ くしゃみをしました。	くしゃみが出(で)る 慣 打噴嚏 くしゃみをする 慣 打噴嚏

★★ 喉が痛みます。我喉嚨痛。 ＝ 喉が痛いです。	喉 名 喉嚨 痛む 動 疼痛
★ 喉が腫れました。我喉嚨腫脹。	腫れる 動 腫脹
★ 声が枯れています。我聲音沙啞。 ＝ 声枯れしています。	枯れる 動 枯萎，沙啞 声枯れ 名 聲音沙啞
★ 声が出ないんです。我沒有聲音。	声 名 聲音
★ 耳鳴りがします。我耳鳴。	耳鳴り 名 耳鳴
★★ 眠れないです。我睡不著。	眠る 動 睡覺
★★ 食欲がないです。我沒有食慾。	食欲 名 食慾
★★ 吐き気がします。我想吐。	吐き気 名 作嘔
★ 吐きました。我吐了。	吐く 動 嘔吐
★★ 下痢をしています。我拉肚子。	下痢 名 サ 拉肚子
★ 寒気がします。我覺得很冷。	寒気 名 寒冷
★ 悪寒がします。我打冷顫。	悪寒 名 打冷顫
★★ 風邪を引いたんだと思います。我想我感冒了。	風邪を引く 慣 感冒
★ まさか流感じゃないだろうな。 難道是流行性感冒嗎？ ＝ まさかインフルエンザじゃないだろうな。	まさか 副 難道 インフルエンザ 名 流感
★★ 何時からですか。什麼時候開始的？ ① 二、三日前からです。從兩、三天前開始。	何時 名 何時 から 格助 開始

（累積單字量 14552 個，慣用語量 614 個）

★★ 熱がありますか。熱を計りましたか。你有發燒嗎？ 有量體溫嗎？ ① 熱があります。我發燒了。 ＝ 熱が出ました。 ＝ 発熱しています。	熱がある 慣 發燒 計る 動 測量 熱が出る 慣 發燒 発熱 名 サ 發燒
★★ 少し熱があります。我有點發燒。	少し 副 有點
★ 微熱がずっと続いています。我一直有點發燒。	微熱 名 稍微發燒
★★ 高熱です。我發高燒了。	高熱 名 發高燒
★ 恐らくインフルエンザですね。大概是流行性感冒喔！ ＝ 多分インフルエンザですね。	恐らく 副 恐怕 多分 副 大概
★ インフルエンザの予防接種を受けましたか。 你有接受預防注射嗎？ ① いいえ、受けませんでした。沒有。	予防接種 名 サ 預防注射 受ける 動 接受 か 終助 表示疑問
★★ 熱を計ってみましょう。量一下體溫吧！	熱を計る 慣 量體溫
★ インフルエンザには色々な症状があります。 流行性感冒有各種症狀。	色々 形動 各種 症状 名 症狀
★ 喉の痛みは今度のインフルエンザの前兆です。 喉嚨痛是這次流行性感冒的前兆。 ＝ 喉の痛みは今度のインフルエンザの前触れです。 ＝ 喉の痛みは今度のインフルエンザの兆候です。	痛み 名 疼痛 前兆 名 前兆 前触れ 名 前兆 兆候 名 前兆
★ インフルエンザは高熱を伴うことがしばしばです。 流行性感冒往往伴隨著發高燒。 ＝ インフルエンザは高熱を伴うことがたびたびあります。 ＝ インフルエンザは往々にして高熱を伴います。	伴う 動 伴隨 しばしば 副 每每 たびたび 副 屢屢 往々にして 副 往往
★ 軽い風邪ですか。是輕微的感冒嗎？ ① インフルエンザに罹っています。你罹患了流行性感冒。	軽い 形 輕微的 風邪 名 感冒

10 健康とケア 健康與保養

★ インフルエンザのせいで、発熱しています。 你因為感冒而發燒。 ＝ インフルエンザで、発熱しています。	発熱 [名][サ] 發燒
★ インフルエンザは急に広がりました。 流行性感冒突然蔓延了。 ＝ インフルエンザは突然広がりました。 ＝ インフルエンザはたちまち広がりました。	急に [副] 忽然地 突然 [副] 突然地 たちまち [副] 旋即
★ 今、インフルエンザが流行ってます。 現在流行性感冒很流行。	流行る [動] 流行
★★ 今、インフルエンザに罹っている人が沢山います。 現在罹患流行性感冒的人很多。	罹る [動] 罹患
★ 新型インフルエンザが台湾各地に蔓延しています。 流行性感冒正在台灣各地蔓延。 ＝ 新型インフルエンザが台湾各地に広がっています。 ＝ 新型インフルエンザが台湾各地に拡大しています。	新型 [名] 新型 蔓延 [名][サ] 蔓延 広がる [動] 擴展 拡大 [名][サ] 擴大
★ 今度のインフルエンザはしつこくてなかなか根絶できません。 這次的流行性感冒很煩人，很難根除。	今度 [名] 這次 根絶 [名][サ] 根除
★ インフルエンザから肺炎になる人がいます。 有流行性感冒轉成肺炎的人。	肺炎 [名] 肺炎 いる [動] 有
★ インフルエンザで死ぬ人もいます。 也有因流行性感冒而死的人。	死ぬ [動] 死亡
★★ 何か薬は飲みましたか。 你有吃任何藥了嗎？ ① 薬局で買った風邪薬を飲みました。 我吃了在藥局買的感冒藥。	薬局 [名] 藥局 風邪薬 [名] 感冒藥
★ これはインフルエンザに全く効きません。 這藥對流行性感冒完全無效。 ＝ これはインフルエンザに全く効き目がありません。 ＝ これはインフルエンザに全く効果がありません。	全く [副] 完全 効く [動] 有效 効き目 [名] 效果 効果 [名] 效果
★★ 注射を打ちます。 我會幫你打一針。	注射を打つ [慣] 打針

（累積單字量 14595 個，慣用語量 618 個）

★ 息子はインフルエンザなので、学校へ行けません。 我兒子因為流行性感冒，無法去上學。 = 息子はインフルエンザのために、学校へ行けません。 = 息子はインフルエンザのせいで、学校へ行けません。	息子 名 兒子 ので 接助 因為 ため 名 為了 せい 名 為了
★ 彼はインフルエンザで寝込んでいます。他因為流行性感冒而臥床。 = 彼はインフルエンザで床に臥せています。	寝込む 動 臥床 床に臥せる 慣 臥床
★ 息子の風邪がまだ治らないので困っています。 兒子感冒還沒好，很煩惱。	まだ 副 還沒 困る 動 煩惱
★ 息子の風邪が私に移りました。兒子的感冒傳染給我了。 = 私は息子から風邪を移されました。	移る 動 轉移 移す 動 轉移
★ 私は風邪を引きやすいです。我很容易感冒。	～やすい 接尾 容易～
★ 私はよく風邪を引きます。我常常感冒。	風邪を引く 慣 感冒
★ 両親はインフルエンザの予防接種を受けました。 我父母親接受了流行性感冒的預防注射。 = 両親はインフルエンザの予防接種をしました。	両親 名 父母親 受ける 動 接受 予防接種 名 サ 預防針
★ 夏風邪は治りにくいです。夏天的感冒很難好。 = 夏風邪はなかなか治りません。	夏風邪 名 夏天的感冒 なかなか 副 不容易，怎麼也不～
★ 息子の風邪がやっと治りました。兒子的感冒終於好了。 = 息子の風邪がやっと治まりました。 = 息子の風邪がようやく回復しました。	治る 動 治癒 治まる 動 治癒，恢復 回復 名 サ 恢復
★ 風邪は万病の元と言われています。 感冒被說是萬病的根源。	元 名 根源
★ 風邪を引かないように気を付けて下さい。注意不要感冒了。 = 風邪を引かないように注意して下さい。	気を付ける 慣 小心 注意 名 サ 注意

Unit 09 ｜歯科、眼科、眼鏡屋 牙科、眼科、眼鏡行

★★ 歯が痛いです。我牙齒痛。	歯 名 牙齒
★ 歯が痛むなら、歯医者に掛かるべきです。 牙齒痛的話，應該要看牙醫。 ① 姉も歯医者に行くようにと忠告してくれました。姊姊也勸我去看牙醫。	痛む 動 疼痛 姉 名 姊姊 忠告 名 サ 勸告
★★ 歯がひどく痛みます。我的牙齒非常痛。 ① 歯医者に行った方がいいですよ。你最好去看牙醫。	ひどい 形 嚴重的 歯医者に行く 慣 看牙醫
★★ すぐ歯医者に見てもらいなさい。請你馬上去看牙醫。 ＝ すぐ歯医者に掛かりなさい。	歯医者に見る 慣 看牙醫 歯医者に掛かる 慣 看牙醫
★ 私は特に歯医者が怖いんです。我特別怕牙醫。	怖い 形 害怕的
★ 私は臆病者なので、滅多に歯医者に行きません。 我很膽小，很少去看牙醫。	臆病者 名 膽小鬼 滅多に 副 很少
★ でも、歯医者に行かなければなりません。 但是我非得去看牙醫不可了。	でも 副助 但是 歯医者 名 牙醫
★★ 歯医者に見てもらいたいです。我想看牙醫。	見る 動 看
★ すぐ、歯医者に行きたいのですが。我想馬上去看牙醫。	行く 動 去
★★ 歯医者を紹介してもらえますか。你可以幫我介紹牙醫嗎？	紹介 名 サ 介紹
★★ 歯医者の予約をしたいのですが。我想預約牙醫。 ＝ 歯医者の予約をしようと思います。	予約 名 サ 預約 思う 動 想
★ 私は明日歯医者の予約を入れました。我預約了明天看牙醫。	明日 名 明天
★ 私は歯医者で一時間半も待ちました。我在牙醫等了一個半小時。	待つ 動 等

（累積單字量 14632 個，慣用語量 624 個）

★ 私は歯医者で歯を調べてもらいました。我在牙醫檢查了牙齒。	調べる 動 檢查
★ 私は歯石を取ってもらいたいです。我想要洗牙。 ＝ 私は歯石除去をしてもらいたいです。	歯石 名 牙結石 除去 名 サ 除去
★ 歯茎が痛んでいます。我的牙齦痛。	歯茎 名 牙齦
★ 歯茎が腫れました。我的牙齦腫起來了。	腫れる 動 腫脹
★ 虫歯のようですが。我好像有蛀牙。	虫歯 名 蛀牙
★ 虫歯が出来ました。我蛀牙了。	出来る 動 產生
★ 右下の奥歯が痛いです。我右下的臼齒很痛。	奥歯 名 臼齒
★ 親知らずだと思います。我認為是智齒。	親知らず 名 智齒
★ 歯の詰め物がなくなってしまいました。我補牙的部分不見了。	なくなる 動 不見
★ 詰め物が取れたみたいなんです。好像是補牙脫落了。	取れる 動 脫落
★ 仮の詰め物をしてもらえますか。您可以幫我補暫時性的填充物嗎？	仮 名 暫時性
★ 金の詰め物をしてもらえますか。您可以幫我補金色的嗎？	金 名 金
★ 銀の詰め物をしてもらえますか。您可以幫我補銀色的嗎？	銀 名 銀
★ セラミック製の詰め物をしてもらえますか。 您可以幫我補瓷器製的嗎？	セラミック製 名 瓷器製 詰め物 名 填充物
★ ブリッジを直してもらえますか。您可以幫我修牙橋嗎？	直す 動 修理
★ 歯を折ってしまいました。我的牙齒斷了。	折る 動 斷裂
★ 噛むことができません。我沒辦法咬東西。 ① レントゲンを撮りましょう。照個 X 光吧！	噛む 動 咬 レントゲン 名 X 光
★ どこが悪いか、分かりました。我知道哪裡有問題了。	分かる 動 知道

★ 親知らずの辺りが膿んでいます。智齒周圍化膿了。	膿む 動 化膿
★ 今、抜歯しなければなりません。現在必須拔。	抜歯 名 サ 拔牙
★ 抜かないと駄目ですか。非拔牙不可了嗎？ ① 抜けば帰国するまで大丈夫です。拔掉的話，到您回國之前都無大礙了。	抜く 動 拔除 大丈夫 形動 無大礙
★ 敏感ですか。你很敏感（怕痛）嗎？	敏感 形動 敏感
★ 痛みますか。會痛嗎？ ① ノボカインをしましょう。打麻藥吧！ ＝ 麻酔ガスをしましょう。	ノボカイン 名 novocaine，奴佛卡因（局部麻醉藥） 麻酔ガス 名 麻醉藥
★ 歯医者さんは私の歯茎を切開しました。牙醫師割開了我的牙齦。	切開 名 サ 割開
★ 歯医者さんは私の虫歯を抜きました。牙醫師拔了我的蛀牙。	虫歯 名 蛀牙
★ 歯医者さんが私の歯を治療しました。牙醫師治療了我的牙齒。	治療 名 サ 治療
★ 医者さんは私が歯周病に罹ったと言いました。 醫生說我有牙周病。	歯周病 名 牙周病 罹る 動 罹患
★ 彼は私が甘いものを食べるのに反対しています。 他反對我吃甜食。	甘い 形 甜的 反対 名 サ 反對
★ 彼は私がタバコを吸うことに反対しています。他反對我抽菸。	タバコを吸う 慣 抽菸
★ 彼は一日に二回歯を磨くことを勧めました。 他建議我每天刷兩次牙。	歯を磨く 慣 刷牙 勧める 動 建議
★★ 処方箋をあげましょう。我給您處方籤吧！	処方箋 名 處方籤
★ 七日分の薬を処方しました。我開了七天的藥。	処方 名 サ 處方
★ チェックを入れましたので、それに従って使用して下さい。 請遵照打勾處的規定使用。	チェック 名 サ 打勾 従う 動 遵照
★ これは抗生物質です。這是抗生素。	抗生物質 名 抗生素

（累積單字量 14673 個，慣用語量 626 個）

★ うがいをしてから飲み込んで下さい。請在漱口之後服用。	飲み込む 動 喝下去
★★ これは痛み止めです。這是止痛藥。	痛み止め 名 止痛藥
★ カプセルを一回に一錠飲んで下さい。膠囊一次吃一顆。	カプセル 名 膠囊
★ 錠剤を一回に二錠飲んで下さい。藥錠一次吃兩顆。	一回に 副 一次
★ これはうがい薬です。這是漱口水。	うがい薬 名 漱口水
★ 飲まないようにして下さい。請不要飲用。	飲む 動 喝
★ 一日数回うがいをして下さい。請一天漱口數次。 ＝ 一日数回口を漱いで下さい。	数回 副 數次 漱ぐ 動 漱口
★ 水に溶かして、うがいをして下さい。請溶於水中後漱口。	溶かす 動 溶化
★ コップ 1/2 杯の水に溶かして、うがいをして下さい。 請溶於 1/2 杯水中漱口。	コップ 名 玻璃杯 水 名 水
★ コップ一杯の水に溶かして、うがいをして下さい。 請化於 1 杯水中漱口。	一杯 名 一杯 うがい 名 サ 漱口
★ 私は一日おきに歯医者に通っています。我現在隔天要看牙醫。	通う 動 往來
★ 定期的に歯医者に行くのが一番いいと思います。 我認為定期去看牙醫是最好的。	定期的に 副 定期地 一番 副 最
★★ 目がとても痒いです。我的眼睛很癢。	痒い 形 發癢的
★★ 目がとても痛いです。我的眼睛很痛。	目 名 眼睛
★ 目が腫れました。我的眼睛腫起來了。	腫れる 動 腫脹
★★ 眼科に行きたいのですが。我想看眼科。	眼科 名 眼科
★ 白内障に罹りました。我得了白內障。	白内障 名 白內障
★ 飛蚊症に罹りました。我得了飛蚊症。	飛蚊症 名 飛蚊症

（累積單字量 14695 個，慣用語量 626 個）

★ ドライアイに罹りました。我得了乾眼症。	ドライアイ 名 乾眼症
★ 私は結膜炎で眼科に来ます。我為了結膜炎來看眼科。	結膜炎 名 結膜炎
★ これは結膜炎の目薬です。這是結膜炎的眼藥水。 ＝ これは結膜炎の点眼薬です。	目薬 名 眼藥水 点眼薬 名 眼藥水
★ 目薬を差す前に、まず手を石鹸でよく洗います。 點眼藥水前，請先用香皂洗手。	差す 動 點藥水 石鹸 名 香皂
★ 容器から取り外したキャップを清潔なところに置いて下さい。 請將從容器取下的蓋子放在清潔的地方。	容器 名 容器 清潔 形動 清潔
★ 薬を手のひらで握って少し暖めて下さい。 請用手掌握住藥，讓藥稍微回溫。	手のひら 名 手掌 握る 動 握住
★ 下瞼を軽く引いて、目薬を目の中に入れます。 輕輕地撥開下眼瞼，將眼藥水點入。	下瞼 名 下眼瞼 引く 動 撥開
★ 目薬が流れ出ていかないように、暫く瞼を閉じて下さい。 為了不讓眼藥水流出，請稍微閉一下眼瞼。	流れ出る 動 流出 瞼 名 眼瞼
★ 目の周りに溢れ出た目薬は清潔なガーゼやティッシュで拭き取って下さい。用紗布或面紙擦拭溢出眼周的眼藥水。	溢れ出る 動 溢出 拭き取る 動 擦拭
★ 二種類以上の目薬を差す場合は、暫く間隔をあけて下さい。 要點兩種以上的眼藥水時，請稍微間隔一下。	種類 名 種類 間隔 名 間隔
★ 五分ほどあけることが望ましいと言われています。 據說，希望間隔五分鐘左右。	望ましい 形 希望的 言われる 動 據說
★ 使用後はキャップをしっかり閉めて清潔なところに保管して下さい。使用後請將蓋子確實拴緊，放在乾淨的地方。	キャップ 名 蓋子 保管 名 サ 保管
★ 近視なので眼鏡を掛けなければいけません。 我因為近視不得不戴眼鏡。	近視 名 近視 ので 接助 因為
★★ 私は毎日眼鏡を掛けています。我每天都戴眼鏡。	眼鏡を掛ける 慣 戴眼鏡

（累積單字量 14719 個，慣用語量 627 個）

★ 新しい眼鏡を買う前に眼科検査を受ける必要がありますか。 買新眼鏡前必須接受眼科檢查嗎？	眼科検査 名 眼科檢查 受ける 動 接受
★ レンズを割ってしまいました。 我的鏡片破了。	割る 動 破裂
★ 新しいレンズを入れてもらえますか。 可以幫我換新的鏡片嗎？	入れる 動 放入
★ 眼鏡のフレームが折れてしまいました。 我的鏡框斷了。	折れる 動 斷裂
★ 元々は木製の縁でした。 本來是木框。 ＝ 元々は木製フレームでした。	元々 名 本來 木製フレーム 名 木框
★ 今回は金属の縁を使いたいです。 我這次想用金屬框。 ＝ 今回はメタルフレームを使いたいです。	今回 名 這次 縁 名 框
★ 眼鏡のツルが破損しました。 我眼鏡的耳勾破損了。	ツル 名 耳勾
★ 眼鏡を直してもらえますか。 可以幫我修理眼鏡嗎？	直す 動 修理
★ サングラスは売っていますか。 請問有賣太陽眼鏡嗎？	サングラス 名 太陽眼鏡
★ 新しい眼鏡が欲しいのですが。 我想要新眼鏡。	眼鏡 名 眼鏡
★ 代わりの眼鏡はありません。 我沒有可以替代的眼鏡。	代わり 名 替代
★ 眼鏡をできるだけ早く欲しいのですが。 我想要盡早拿到眼鏡。	早く 副 盡早
★ 度数を測ってもらいたいです。 我想請您幫我測量度數。	度数 名 度數
★ 古いレンズから度を取ってもらえますか。 可以從舊的鏡片測量出度數嗎？	古い 形 舊的 度 名 度數
★ 改めて度数を測ってもらえますか。 可以幫我重新測量度數嗎？ ＝ もう一度度数を測ってもらえますか。	改めて 副 重新 測る 動 測量
★ 枠を壊してしまいました。 我的鏡架壞了。	枠 名 鏡架

（累積單字量 14740 個，慣用語量 627 個）

★ ねじを締めてもらえますか。 可以幫我鎖緊螺絲嗎？	ねじ 名 螺絲
★★ 私は普段コンタクトを付けています。 我平日都戴隱形眼鏡。	付ける 動 戴
★ 私のコンタクトが割れました。 我的隱形眼鏡破了。	割れる 動 破裂
★★ コンタクトレンズは売っていますか。 請問有賣隱形眼鏡嗎？ ＝ コンタクトは売っていますか。	売る 動 賣 コンタクト 名 隱形眼鏡
★★ 使い捨てコンタクトを買いたいんですが。 我想買拋棄式的隱形眼鏡。 ① 一日使い捨てのコンタクトですか。是日拋的隱形眼鏡嗎？	使い捨て 名 拋棄式 買う 動 買 一日使い捨て 名 日拋
★★ 二週間使い捨てのコンタクトです。 雙週拋的隱形眼鏡。	二週間 名 雙週
★ コンタクトの洗浄液を下さい。 請給我隱形眼鏡的清潔液。	洗浄液 名 清潔液
★ コンタクトの保存液を下さい。 請給我隱形眼鏡的保存液。	保存液 名 保存液
★ コンタクト用の目薬を下さい。 請給我隱形眼鏡的眼藥水。	目薬 名 眼藥水
★ コンタクトケースを下さい。 請給我隱形眼鏡盒。	ケース 名 眼鏡盒
★ 私は眼鏡屋でコンタクトレンズをつけることに挑戦した。 我在眼鏡行挑戰戴隱形眼鏡。 ＝ 私は眼鏡屋でコンタクトレンズをつけることにチャレンジした。	眼鏡屋 名 眼鏡行 挑戦 名 サ 挑戰 チャレンジ 名 サ 挑戰
★ コンタクトレンズを取り外す方法も習った。 也學了摘除隱形眼鏡的方法。	取り外す 動 摘除 習う 動 學習

Chapter 11

日本(にほん)について

關於日本

Chapter 11 日本について 關於日本

Unit 01 | 日本の伝統、文化、行事 日本的傳統、文化、活動

★ 私は日本の伝統文化についてよく知らない。 我不太了解日本的傳統文化。	日本 名 日本 ～について 慣 關於～
★★ 日本にはどのような伝統文化があるのだろうか。 日本有些怎樣的傳統文化呢？	どのような 慣 怎樣的 伝統文化 名 傳統文化
★ 若者たちには，日本の伝統文化についてもっと知ってもらいたい。 我想讓年輕人更了解日本的傳統文化。	若者 名 年輕人 知る 動 了解
★★ 日本の伝統文化について教えて。 告訴我一些日本的傳統文化吧！ ① 日本語には三種類の文字がある。 日文有三種文字。 ② 日本語は三種類の文字が使われている唯一の言語だ。 日語是唯一使用三種文字的語言。	種類 名 種類 文字 名 文字 唯一 名 唯一 言語 名 語言
★ 日本語は縦にも横にも書ける。 日文可以直寫也可以橫寫。 ＝ 日本語は垂直にも水平にも書ける。	垂直 形動 垂直 水平 形動 水平
★ 漢字にはそれぞれ意味があるんだ。 每個漢字都有其個別的意義。	意味 名 意義
★ 私の名前を漢字で書いてくれない？ 我的名字可以用漢字來寫嗎？ ① 意味のない言葉になるかもしれないけど。 那或許會變成毫無意義的字。	漢字 名 漢字 言葉 名 字
★ 着付けには様々な方法がある。 和服有各式各樣的穿法。 ＝ 着物を身に着けるには様々なやり方がある。	着付け 名 穿著 様々 形動 各式各樣
★ 振り袖は若い女性が着る着物だ。 長袖和服是年輕女性所穿的和服。 ＝ 若い女性は袖が長い振り袖を着る。	着物 名 和服 振り袖 名 長袖
★ 結婚している女性は短い袖の着物を着る。 已婚女性穿短袖和服。	結婚 名 サ 結婚

（累積單字量 14776 個，慣用語量 629 個）

★ 浴衣を着るのは、主に花火、縁日、盆踊りなどの夏の行事の時だ。 穿浴衣的主要時機是煙火、廟會、盂蘭盆會舞等夏天的活動。 ＝ 浴衣は主に花火、縁日、盆踊りなどの夏の行事の時に着られる。	縁日 名 廟會 浴衣 名 浴衣 行事 名 活動
★ これらの行事は伝統的な装いを楽しむ機会として、女性の関心を引く。 這些活動由於有可以品味傳統服裝的機會，引起了女性的興趣。 ＝ これらの行事は伝統的な装いを楽しむ機会として、女性の注意を引き付ける。	装い 名 服裝 関心を引く 慣 引起興趣 注意を引き付ける 慣 引起興趣
★ 「下駄」は、日本の伝統的な履き物で、木製の板に足を載せ、糸口で固定するものだ。 「木屐」是日本傳統的鞋子，將腳放在木製的板子上再用線頭固定。	下駄 名 木屐 糸口 名 線頭 固定 名 サ 固定
★ 「折り紙」は日本の伝統的な遊びだ。 「摺紙」是日本傳統的遊戲。	折り紙 名 摺紙
★ 日本人は紙を折って動植物の形などを作る。 日本人用紙摺動植物跟其他東西。	動植物 名 動植物 形 名 形狀
★ 例えばどんな折り方があるの？ 比如有些什麼折法？ ① 鶴の折り方なら、日本人ならば誰でも知っていると思うよ。 紙鶴的摺法，每個日本人都知道喔！	例えば 副 例如 折り方 名 摺法 鶴 名 鶴
★ 「日本人形」とは、和服を着て、日本髪を結った、日本の伝統的な人形の総称だ。 「日本娃娃」是指穿著和服，梳著日本髮型，表現日本傳統風俗的娃娃的總稱。	日本人形 名 日本娃娃 和服 名 和服 結う 動 梳，紮，捆
★ 「京人形」とは、伝統的な高級日本人形の総称だ。 「京都娃娃」是傳統高級日本娃娃的總稱。	京人形 名 京都娃娃 伝統的 形動 傳統的
★★ 今の日本文化はどんな感じ？ 現今的日本文化如何？ ① 今の暮らしは西洋とあまり変わらないよ。 現在日本的生活幾乎都跟西方相同了。 ＝ 今の暮らしは西洋と殆ど同じだよ。	日本文化 名 日本文化 暮らし 名 生活 殆ど 副 大部分 同じ 形動 相同

（累積單字量14798個，慣用語量631個）

★ 日本文化と西洋文化とはどんな違いがあるの？
日本文化跟西方文化有何不同？

① 日本文化の源を探ると、多くは西洋文化から起こった。
探索日本文化，有很多源自於西方文化。

違い [名] 不同
源 [名] 根源
探る [動] 探索
起こる [動] 產生

★ 西洋の多くの文化が日本に根付いている。
很多西方文化已經在日本紮根了。

＝ 西洋の多くの文化が日本に定着してきた。

根付く [動] 紮根
多く [名] 很多
定着 [名][サ] 紮根

★ 西洋の生活形式の中には日本ではタブーになるものも多いかもしれない。 西方很多生活形式在日本或許是禁忌也説不定。

西洋 [名] 西洋
形式 [名] 形式

★ 第二次世界大戦後、日本人の生活スタイルも大きく変化した。
第二次世界大戰之後，日本人的生活型態也起了很大的變化。

生活スタイル [名] 生活型態
変化 [名][サ] 變化

★ 食生活の様式も欧米的なものへ移り変わった。
飲食生活的様式也漸漸轉變為歐美的東西。

＝ 食生活の様式も欧米的なものへと変わっていった。

様式 [名] 様式
移り変わる [動] 轉移
変わる [動] 改變

★ 畳の部屋が減ってきている。 榻榻米的房間減少了。

＝ 畳の部屋が減少してきている。

減る [動] 減少
減少 [名][サ] 減少

★ 特別な時にしか着物を着ない。 只有在特別的時候才穿和服。

＝ 特別な場合にしか着物を着ない。

～時 [接尾] ～的時候
場合 [名] 場合

★★ 日本の「お正月」について教えて。 跟我說說日本的「新年」吧！

① 「お正月」は日本人にとって最も大きな行事だ。
「新年」是日本人最盛大的活動。

日本人 [名] 日本人
最も [副] 最
大きな [形動] 盛大

★ 学校や会社は一週間ほど休みになる。
學校跟公司行號都會放假一個星期左右。

一週間 [名] 一週
休み [名] 休假

★ 正月には「明けましておめでとう！」と挨拶する。
新年日本人見面時都會互相道聲「新年快樂！」。

正月 [名] 新年
挨拶 [名][サ] 打招呼

★ 年越し蕎麦とは、日本文化の一つだ。
「跨年蕎麥麵」是日本文化之一。

年越し蕎麦 [名] 跨年蕎麥麵
一つ [名] 一個，一種

（累積單字量 14825 個，慣用語量 631 個）

★ 日本人は大晦日に年越し蕎麦を食べる。
日本人在除夕夜吃「跨年蕎麥麵」。

大晦日 名 除夕夜
食べる 動 吃

★★ どんな意味があるの？ 那有什麼意義存在嗎？

① 長寿を祈る。祈求長壽。
② 蕎麦のように細く長い人生を送れるようにと願うんだ。
祈求人生能像蕎麥麵一樣又細又長。

意味 名 意義
長寿 名 長壽
蕎麦 名 蕎麥麵
人生 名 人生

★ 沖縄県では、以前は年越し蕎麦を食べる習慣はなかったが、近年は食べる人も多くなってきた。
在沖繩縣，以前並沒有吃蕎麥麵的習慣，但是近年來吃的人變多了。

以前 名 以前
習慣 名 習慣
近年 名 近年

★ 汁の中におもちを入れた「雑煮」を食べる。
我們將年糕放進湯中煮成「年糕湯」來吃。

雑煮 名 年糕湯
食べる 動 吃

★ 「おせち」という特別な料理を食べる。 我們吃特別的「年菜」。

特別 形動 特別

★ 「福笑い」とは、よく正月に遊ばれる日本の伝統的な遊びだ。
「矇眼拚像」是日本過年時玩的傳統遊戲。

＝ 「福笑い」とは、よく正月に遊ばれる日本の伝統的なゲームだ。

福笑い 名 矇眼拚像
遊び 名 遊戲
伝統的 形動 傳統的

★ 多くの人が初詣をする。 有很多人去神社做新年的第一次參拜。

初詣 名 新年初次參拜

★ 「初詣」とは、新年に初めて神社やお寺に参拝することだ。
「首次參拜」是指新年第一次到神社或寺廟參拜。

初めて 副 初次
参拝 名サ 參拜

★ 年賀状を書くのは日本人の習慣だ。 寫賀年卡是日本人的習慣。

習慣 名 習慣

★ 日本人は友人や知人に年賀状を送る。
日本人寄賀年卡給朋友跟熟人。

年賀状 名 賀年卡
送る 動 寄送

★ 年賀状にはその年の干支となる動物が描かれている。
賀年卡上畫著該年的動物生肖。

干支 名 生肖
動物 名 動物

★ 毎年違う動物なの？ 每年的動物不同嗎？

① うん、十二年で一周するよ。 嗯，十二年為一輪喔！

違う 動 不同
一周 名サ 一輪

★★ 日本の「お正月」はどんな様子なの？ 日本的「新年」是什麼樣子？ ① 着物を着た人をよく見掛ける。 常常可以見到穿和服的人。 ＝ 着物を着た人を見る機会がたくさんある。	様子 名 樣子 見掛ける 動 見到 機会 名 機會
★「書き初め」は日本の新年の伝統行事だ。 「新年第一次寫書法」是日本新年的傳統活動。	書き初め 名 新年初次寫書法
★ 店では「福袋」が売られる。 店裡有賣「福袋」。	福袋 名 福袋
★「福袋」って何？ 「福袋」是什麼？ ① 小さなプレゼントが詰まった袋だ。 是塞滿小禮物的袋子。	詰まる 動 裝填 袋 名 袋子
★ 帰省する人達で高速道路は渋滞する。 返鄉人潮造成高速公路大塞車。	帰省 名 サ 返鄉 渋滞 名 サ 堵塞，塞車
★ 海外旅行する人も増えてきた。 到海外旅遊的人也增加了。	海外旅行 名 海外旅行
★★ 日本の伝統行事にはどんなものがあるの？ 日本有什麼傳統的活動嗎？	伝統行事 名 傳統活動 どんな 連體 怎樣的
★ 神社の祭りは日本の伝統行事で、以前は年に一度どの村でも行なわれていた。 神社的祭典是日本傳統的活動，以前每個村每年舉行一次。	祭り 名 祭典 村 名 村子 行なう 動 舉行
★ 二月三日「節分」の日に、豆を撒いて悪い「鬼」を追い出す。 二月三日「立春前一天」的日子，拋撒豆子去邪。	節分 名 立春前一天 撒く 動 撒
★ 三月三日は「ひな祭り」だ。 三月三日是「女兒節」。	ひな祭り 名 女兒節
★「ひな祭り」ってどんな祭り？ 「女兒節」是怎樣的節日？ ① 女の子の成長を祝う祭りだ。 是祝賀女孩成長的節日。	成長 名 サ 成長 祝う 動 祝賀
★★ どんなことをするの？ 你們都做些什麼？ ① ひな壇に人形を飾るよ。 在階梯式的展覽台上擺飾人偶。	ひな壇 名 階梯式展覽台 飾る 動 擺飾
★ 家でお友達を招いて、甘酒やひなあられを食べる。 在家招待朋友喝甜酒或吃彩色米餅。	友達 名 朋友 招く 動 招待

（累積單字量 14874 個，慣用語量 631 個）

Unit 01 ｜日本の伝統、文化、行事 日本的傳統、文化、活動

★ 五月五日は子供の日で、国民の休日だ。
五月五日是兒童節，全國放假。

子供の日 名 兒童節
休日 名 休假

★ 元々は「端午の節句」と呼ばれ、男の子のお祭りだった。
原本稱為「端午節」，是男孩的祭典。

元々 副 原本
端午の節句 名 端午節

★ さむらいの人形やかぶとなどを飾る。
以武士人偶或頭盔等當作擺飾。

人形 名 娃娃
かぶと 名 頭盔

★ 家の外に鯉のぼりを飾って、粽を食べる。
在屋外裝飾鯉魚旗，並吃粽子。

鯉のぼり 名 鯉魚旗
粽 名 粽子

★ 七月七日の「七夕」には願い事を短冊に書く。
在七月七日「情人節」時，會將自己的願望寫在長條詩籤上。

願い事 名 願望
短冊 名 長條詩籤

★ 八月半ばの「お盆」とは、死者を供養する行事だ。
八月半的「盂蘭盆節」是供養死者，對死者表示敬意的活動。

＝ 八月半ばの「お盆」とは、死者に敬意を表する行事だ。

供養 名 サ 供養
敬意 名 敬意
表する 動 表示

★ 「お盆」は元々仏教の儀式で、ご先祖の魂が戻ってくると言われている。「盂蘭盆節」原本是佛教儀式，據説祖先的靈魂會回來。

魂 名 靈魂
戻る 動 回來

★ 多くの人が実家に戻り、お墓参りをする。有很多人回家鄉掃墓。

実家 名 家鄉

★ 「お盆」の期間は、仕事をしている人も長い休みがとれる。
在「盂蘭盆節」期間，上班的人也能休個長假。

期間 名 期間
仕事 名 工作

★ この期間は殆どの会社がお休みになる。
這期間大部分的公司都放假。

殆ど 副 大部分
休み 名 休假

★ 日本各地域では盆踊りや屋台が出て、とても賑わう。
有些地區有盂蘭盆會舞跟攤販，十分熱鬧。

＝ 日本各地域で盆踊りや屋台が出て、とても賑やかだ。

屋台 名 攤販
賑わう 動 熱鬧
賑やか 形動 熱鬧

★ 盆踊りは日本の伝統的な踊りだ。盂蘭盆會舞是日本傳統的舞蹈。

踊り 名 舞蹈

★ 九月の半ばに満月の夜「十五夜」を祝う習慣がある。
九月中滿月的晚上有慶祝「十五夜」的習慣。

満月 名 滿月
十五夜 名 十五夜

★「十五夜」は「中秋の名月」又は「芋名月」とも呼ばれる。
「十五夜」又被稱為「中秋明月」或是「芋頭之月」。

中秋 名 中秋
芋名月 名 芋頭之月

★ 里芋や月見団子を飾る。以芋頭跟賞月丸子當做擺飾。

里芋 名 芋頭

★「秋分」の日は、昼と夜の長さが同じになる日だ。
「秋分」這一天，晝夜等長。

秋分 名 秋分
長さ 名 長度

★ この日に家族揃って、お墓参りをし、先祖を敬う習慣がある。當天有全家掃墓敬祖的習慣。

墓参り 名 サ 掃墓
先祖を敬う 慣 敬祖

★ 十一月には「七五三」がある。十一月份有「七五三節」。

七五三 名 七五三節

★「七五三」ってどんな行事？
「七五三節」是怎樣的活動？

① 七才、五才、三才の子供の成長を祝う行事だ。
是祝賀七歲、五歲，三歲孩童成長的活動。

子供 名 孩童
成長 名 サ 成長
祝う 動 祝賀

Unit 02 | 日本の社会、生活、物価 日本的社會、生活、物價

★★ 日本の社会について教えて。跟我聊聊關於日本的社會吧！

① 日本の社会情勢にも不安がある。日本的社會情勢也有著不安。

社会情勢 名 社會情勢
不安 形動 不安

★★ 日本社会では何が問題になってる？日本社會有些什麼問題呢？

① 所得格差の拡大が問題になっている。
貧富所得的差距增大是問題的所在。

② 少子高齢化が進んでいる。往少子高齡化邁進。

所得格差 名 所得差距
拡大 名 サ 擴大
少子高齢化 名 少子高齡化
進む 動 邁進

★ いじめは学校で深刻な問題になっている。
霸凌成為校園中嚴重的問題。

いじめ 名 霸凌
深刻 形動 嚴重

★★ そんなに深刻なの？ 有那麼嚴重嗎？ ① それが原因で自殺する子もいる。 有些孩子甚至因為遭到霸凌而自殺。	原因 名 原因 自殺 名 サ 自殺
★ フリーターやニートが増えている。 打工族跟尼特族也增加了。	ニート 名 尼特族
★ 若者の多くが政治に関心がない。 大部分的年輕人對政治毫不關心。	関心 名 關心
★ 多くの若者が生活の目的もなく、毎日ぶらぶらしている。 很多年輕人沒有生活目的，每天晃來晃去的。	若者 名 年輕人 目的 名 目的
★★ 日本の犯罪について教えて。 跟我聊聊關於日本的犯罪情形吧！ ① 日本は案外治安のいい国だよ。 日本是一個治安出乎意料的好的國家。 ② 日本の犯罪率は低い。 日本的犯罪率很低。	犯罪 名 サ 犯罪 案外 形動 副 出乎意料之外 治安 名 治安
★ 銃は法律で固く禁止されている。 法律嚴格禁止私藏槍械。 ＝ 銃を所有することは法律で厳しく禁止されている。	銃 名 槍械 禁止 名 サ 禁止
★ 犯罪の低年齢化が問題になっている。 犯罪的年齡層低下成為問題的所在。	犯罪 名 サ 犯罪 低年齢化 名 低年齡化
★ 薬物乱用が日本でも増えている。 藥物濫用的情形在日本也持續增加中。	薬物乱用 名 藥物濫用 増える 動 增加
★★ 殆どの日本人はストレスの多い生活をしている。 大部分的日本人過著壓力大的生活。 ＝ 大部分の日本人はストレスの多い生活をしている。	殆ど 名 大部分 大部分 名 大部分 生活 名 サ 生活
★ 先進国の中でも日本は自殺率が高いんだ。 在先進國家當中，日本算自殺率高的。 ＝ 先進国の中でも日本は自殺者が多いんだ。	自殺率 名 自殺率 先進国 名 先進國家 自殺者 名 自殺者
★★ どのぐらい多いの？ 自殺率有多高？ ① 年間三万人ぐらいだよ。 一年大約三萬人左右。	多い 形 多的 年間 名 一年間

例句	單字
★★ 日本の教育はどんな感じ？ 日本的教育如何？ ① 義務教育は小学校六年間と中学校三年間だよ。 義務教育是國小六年，國中三年。 ② 日本は学歴社会の傾向がある。 日本社會有重視學歷的傾向。	感じ 名 感覺 義務教育 名 義務教育 学歴 名 學歷 傾向 名 傾向
★ 多くの学生は学校以外に塾にも通ってるよ。 很多學生除了上學之外還上補習班。	塾 名 補習班 通う 動 上學，通勤
★★ どうして？ 為什麼？ ① 激しい受験競争があるからだよ。 因為升學競爭太激烈了。	激しい 形 激烈的 受験競争 名 升學競爭
★ 日本社会は、高い経済成長を通じて、物質的に豊かな社会を形成した。 日本社會透過高度的經濟成長，形成了物質豐富的社會。	豊か 形動 豐盛 形成 名 サ 形成
★ 今は社会の成熟段階に入って、人々は精神的な充足生活が求められている。 目前已進入社會成熟階段，人們追求著精神充足的生活。	成熟段階 名 成熟階段 精神的 形動 精神的
★★ 日本での生活はどう？ 日本的生活如何？	日本 名 日本
★★ 日本での生活について何か教えてくれない？ 跟我聊聊在日本的生活吧！ ① 日本は交通機関が発達している。 日本的交通機構發達。	生活 名 サ 生活 交通機関 名 交通機構 発達 名 サ 發達
★ バスの運賃の支払いでは、プリペイドカードを利用する人が多い。 利用巴士卡支付公車車資的人很多。 ＝ バスの運賃の支払いでは、バスカードを使う人が多い。	運賃 名 車資 利用 名 サ 利用 使う 動 使用
★ バスカードを使った方が、現金で支払うよりも得だ。 用巴士卡比用現金支付划算。	バスカード 名 巴士卡 得 形動 划算
★ バスカードはバス会社ごとに発売されている。 巴士卡是巴士公司個別發售。	バス会社 名 巴士公司 発売 名 サ 發售
★ バスカードは違うバス会社のバスでは使うことができない。 巴士卡在不同的巴士公司無法使用。	違う 動 不同 使う 動 使用

（累積單字量 14966 個，慣用語量 632 個）

★ バスカードは、バス会社の案内所やバスターミナルなどの自動販売機で買うことができる。 巴士卡可以在巴士公司的服務台或是總站的自動販賣機購買。	案内所 名 服務台 ターミナル 名 總站 自動販売機 名 自動販賣機
★ バスカードは、信号での停車時にバスの運転手から直接買うこともできる。 巴士卡也可以在紅綠燈停車時，向司機直接購買。	信号 名 紅綠燈 運転手 名 司機
★ 日本の鉄道会社はＪＲと私鉄とに分けられる。 日本鐵路公司分為 JR 跟私營鐵路。	鉄道 名 鐵路 分ける 動 劃分
★ ＪＲは旧国鉄を指す。 JR 是指舊國營鐵路。	指す 動 指
★ ＪＲは日本全国で電車を運行している。 JR 在日本全國都有電車通行。	電車 名 電車 運行 名 サ 通行
★ 私鉄は限られた地域だけで電車を運行している。 私營鐵路只在限定地區通行電車。	限る 動 限定 地域 名 地區
★ ＪＲの路線は、在来線と新幹線とに分けられる。 JR 路線分為原有線路跟新幹線。	在来線 名 原有線路 新幹線 名 新幹線
★ ＪＲの駅には、在来線だけが利用できる駅、新幹線だけが利用できる駅、両方とも利用できる駅がある。 JR 的車站，有只能搭原有線路的車站，只能搭新幹線的車站，以及兩者都可以搭乘的車站。	駅 名 車站 利用 名 サ 利用 両方 名 兩者
★ 在来線を走る電車には、普通、快速、急行、特急などの種類がある。 在原有線路通行的電車，有普通、快速、快車與特快車等種類。	走る 動 通行 種類 名 種類
★ 以前、日本では、歩きタバコをする人が少なくなかった。 以前在日本，邊走邊抽菸的人不少。 ＝ 以前、日本では、路上喫煙をする人をよく目にした。	以前 副 以前 歩きタバコ 名 サ 邊走邊抽菸 喫煙 名 サ 抽菸
★ 最近、日本では、歩きタバコは不道徳な行為と見なされるようになってきている。 最近在日本，邊走邊抽菸已經漸漸被視為不道德的行為了。	最近 副 最近 不道徳 形動 不道德 見なす 動 視為
★ 日本では、路上喫煙を禁止する条例が制定された。 在日本，已經制定了禁止路上抽菸的條例。	条例 名 條例 制定 名 サ 制定

（累積單字量 14993 個，慣用語量 632 個）

例句	單字
★ 歩きタバコで罰金をとられることもある。 邊走邊抽菸可能會被罰款。	罰金 名 罰款
★ 日本は、多くの人から、社会の禁煙化がもっとも遅れた先進国だと言われてきた。很多人說日本是禁菸化最遲的先進國家。	禁煙化 名 禁菸化 先進国 名 先進國家
★ 近年では、日本も世界の流れに習い、社会の禁煙化に向けた取り組みが始められている。 近年，日本也學習世界潮流，開始著手展開社會的禁菸化。	近年 名 近年 流れ 名 潮流 取り組み 名 著手
★ 日本は閉鎖的な社会で、外国人が日本で商売するのは難しい。 日本是閉鎖的社會，外國人很難在日本做生意。	閉鎖的 形動 閉鎖的 商売 名 サ 做生意
★ 日本人の平均的な生活空間は狭すぎると思う。 我覺得日本人的平均生活空間太狹窄了。	空間 名 空間 狭い 形 狹窄的
★ アメリカの平均的な生活空間は日本人の二倍広い。 美國人的平均生活空間是日本人的兩倍寬。	平均的 形動 平均的 広い 形 寬闊的
★ 台湾では、シャワーだけで入浴する人が多い。 在台灣，洗澡時只淋浴的人很多。	シャワー 名 サ 淋浴 入浴 名 サ 洗澡
★ アパートや寮、ホテルでもバスタブがない浴室が珍しくない。 公寓、宿舍、旅館等沒有浴缸的也不少。	浴室 名 浴室 珍しい 形 稀有的
★ 同じく、欧米人もシャワーだけを使って、バスタブは使わない人が多いと言われる。 同樣地，據說只淋浴而不泡澡的歐美人士也很多。	同じく 副 同樣地 欧米人 名 歐美人士 バスタブ 名 浴缸
★ 日本人は、湯船に入る浴槽入浴を好む。日本人喜歡進浴缸內泡澡。 ＝ 日本人は、浴槽に浸かる浴槽入浴を好む。	湯船 名 浴缸 浴槽 名 浴缸
★ 日本人は高い温度のお湯に浸かることを好む。 日本人喜歡浸泡在高溫的熱水中。	浸かる 動 浸泡 好む 動 喜歡
★ 欧米人がバスタブを使うときの温度は、高くても体温と同じくらいだ。歐美人士泡澡時最高溫度也不過與體溫差不多。	温度 名 溫度 体温 名 體溫

（累積單字量 15018 個，慣用語量 632 個）

例句	單字
★ 日本人が入るお風呂では 40 ～ 42℃くらいが適温なのだ。 日本人泡澡的溫度在 40 到 42℃左右。	お風呂 名 洗澡水 適温 名 適合的溫度
★ ただ、最近は温めの温度（38℃くらい）を好む人も増えているようだ。 但是，最近偏好洗澡水的溫度微溫（38℃左右）的人似乎也增加了。	ただ 副 但是，唯獨 温め 名 微溫 好む 動 偏好
★ 日本では冬至に柚子の湯に入る習慣がある。 在日本，有冬至時泡柚子澡的習慣。	冬至 名 冬至 柚子 名 柚子
★★ 日本はいつでも新鮮な魚介類が手に入る。 日本經常可以捕捉到新鮮的海鮮。	魚介類 名 海鮮 手に入る 慣 得到
★★ 日本人はよく魚介類を生食する。 日本人經常生吃海鮮。	生食 名 サ 生吃
★ 日本人が長生きなのは魚を含む日本の食生活のお陰だ。 日本人的長壽應歸功於包含魚的日本飲食生活。 ＝ 魚を含む日本の食生活のお陰で、日本人は長生きすることができる。	長生き 名 サ 長壽 含む 動 包含 食生活 名 飲食生活
★ 伝統的な弁当は、ご飯と魚介類や肉などの惣菜を主とし、付け合わせとして梅干しなどの漬物を付ける。 傳統的便當，是以飯、海鮮或魚等熟食為主，再搭配酸梅等醃漬品。	弁当 名 便當 惣菜 名 熟菜 付け合わせ 名 搭配
★ 日本の屋台は祭りの軽食や、夜の酒場といった位置づけになりがちだ。 日本的攤販偏向被定位為祭典的零食，或是夜晚的酒場。	屋台 名 攤販 軽食 名 零食
★ 朝食は、忙しく限られた時間内に取らなければならない。 早餐是在忙亂的有限時間內，所必須攝取的。 ＝ 朝食は、忙しく限られた時間内に取る必要がある。	朝食 名 早餐 忙しい 形 忙碌的 必要 形動 需要
★ 日本人は朝食を三食の中で、最も軽く済ませることが多い。 日本人的早餐多是三餐中最簡單打發的一餐。	三食 名 三餐 軽く 副 簡便地
★ 日本では卵は生食できる食品として認知されている。 在日本，蛋被認為是可以生吃的食品。	卵 名 蛋 認知 名 サ 認知

★ 日本以外の殆どの国では卵を生食することはない。
日本以外大部分的國家都不生吃蛋。

＝ 日本以外の殆どの国では卵を生で食べることはない。

以外 名 以外
国 名 國家
生 名 不熟

★ 日本以外の文化圏の人にとって、生卵を食べるのはカルチャーショックだ。 對於日本以外的文化圈的人而言，吃生蛋是文化衝擊。

文化圏 名 文化圈
生卵 名 生蛋

★ 夏バテを防ぐためにウナギを食べる習慣は、「万葉集」にまでその痕跡を遡る。
為了預防夏天食慾不振而吃鰻魚的習慣，甚至可以追溯到「萬葉集」。

防ぐ 動 預防
痕跡 名 痕跡
遡る 動 追溯

★ 日本酒は、米を発酵させて作った日本の伝統的な酒の一つだ。 「日本酒」是一種用米發酵所製成的日本傳統酒。

日本酒 名 日本酒
発酵 名 サ 發酵

★ 「日本酒」は単なる贅沢品ではなく、体を温めるための生活必需品だ。 「日本酒」不只是奢侈品，也是暖身的生活必需品。

贅沢品 名 奢侈品
体を温める 慣 暖身

★★ 日本の物価はどう？ 日本的物價如何？

① 日本の物価は世界的に見ても高いね。
日本的物價在世界各國中算是高的了。

② 東京の賃貸料は世界有数の高さだ。 東京的租金是世界前幾名的昂貴。

物価 名 物價
賃貸料 名 租金
有数 形動 屈指可數
高さ 名 昂貴

★★ 日本ほど生活費の高い国はない。
沒有像日本生活費那麼高的國家了。

＝ 日本は生活費が一番高い国だ。

生活費 名 生活費
高い 形 高的
国 名 國家

★★ 安売りの店はいつも込んでるよ。 折扣商店總是充滿了人潮。

安売り 名 サ 打折

★★ どこが安い？ 哪裡便宜？

① 全て百円で売ってる店があるよ。 有那種整間店的商品都賣一百日圓的。

安い 形 便宜的
全て 副 全部

★ 日本のスーパーや飲食店では、利用に応じてポイントが貯まるカードを発行しているところが多い。
日本的超市跟飲食店，有很多發行消費集點數的集點卡。

貯まる 動 儲存
発行 名 サ 發行
多い 形 很多的

（累積單字量 15066 個，慣用語量 634 個）

★ 買物や飲食での支払い金額などに応じてポイントが増える。 點數依照買東西或用餐時所支付的金額而增加。 = 買物や飲食での支払い金額などに応じてポイントが増加する。	金額 名 金額 増える 動 增加 増加 名 サ 增加
★ 一定のポイントが貯まると商品券や食事券、割引券などと交換することができる。 儲到一定金額時，可以換商品券、餐券，或是折價券。	食事券 名 餐券 割引券 名 折價券 交換 名 サ 兌換
★ 殆どのポイントカードは無料で作ることができる。 大部分的集點卡能免費申辦。	無料 名 免費 作る 動 製作
★ 消費税も引き上げられた。消費稅也提高了。	引き上げる 動 提高
★ 消費税とはモノやサービスを消費した時に払わなければならない税のことだ。所謂的消費稅，就是消費物品或服務時，必須支付的稅金。	サービス 名 サ 服務 消費 名 サ 消費 払う 動 支付
★ 少子高齢化が進み、増え続ける高齢者の年金や医療費、介護費が不足している。 少子高齡化日益邁進，高齡者的退休金、醫療費、看護費不足。	医療費 名 醫療費 介護費 名 看護費 不足 形動 不足
★ 日本では、2014 年四月から、消費税が 5 % から 8 % に上がった。日本自 2014 年四月開始，將消費稅由 5%提高到 8%。	消費税 名 消費稅 上がる 動 提高
★ しかし、そこには色々な問題が潜んでいる。 但是，其中潛藏著許多問題。 = しかし、そこには色々な問題が潜在している。	色々 形動 各種 潜む 動 潛藏 潜在 名 サ 潛在
★ 税金が高いと嘆く人が多い。很多人抱怨高稅金。 = 税金が高いと慨嘆する人が多い。	嘆く 動 抱怨 慨嘆 名 サ 感嘆
★ 消費税を上げれば、国民がますますモノを買わなくなってしまう。提高消費稅，國民就變得愈不去消費了。	上げる 動 提高 国民 名 國民
★ 景気が更に停滞してしまうのではないかという懸念がある。 令人擔心景氣是否更加停滯不前。	景気 名 景氣 停滞 名 サ 停滯

11 日本について 關於日本

（累積單字量 15092 個，慣用語量 634 個）

Unit 03 | 日本の習慣、マナー、芸能 日本的習慣、禮儀、技藝

★ 西洋と日本の習慣の違いには、どんなところがある？
西方跟日本有些什麼不同的習慣嗎？

① 日本人は挨拶の時、あまり握手しない。
日本人在打招呼時，一般並不握手。

西洋 名 西洋
違い 名 不同
挨拶 名 サ 打招呼
握手 名 サ 握手

★ 言葉を交わすだけ？只是開口問候而已嗎？

① 握手の代わりにお辞儀するよ。用敬禮代替握手。

言葉 名 話語
辞儀 名 サ 敬禮

★ 挨拶の抱擁やキスの習慣はない。打招呼時，沒有擁抱跟親吻的習慣。

抱擁 名 サ 擁抱

★ 日本人ははっきり「ノー」と言えないみたいだ。
日本人似乎無法斷然地說：「No！」

＝ 日本人は率直に「ノー」と言えないみたいだ。

はっきり 副 サ 斷然地
言える 動 能說
率直に 副 率直地

★ 日本の社会ではものをはっきり言うと、不利益になることが多い。在日本社會中，明確表達意見多不利於己。

社会 名 社會
不利益 形動 不利，虧損

★ 日本人は「レディ（＝レディー）ファースト」の習慣はあまりない。日本人不太有「女士優先」的習慣。

＝ 日本人は「レディ（＝レディー）ファースト」の習慣は殆どない。

日本人 名 日本人
習慣 名 習慣
殆ど 副 大部分

★ 日本ではチップは必要ないよ。在日本，沒有給小費的必要。

＝ 日本でチップをやる必要はないよ。

日本 名 日本
必要 形動 需要

★ 「和室」は、伝統的な日本の家屋に特有の畳を敷き詰めた部屋だ。「和室」是傳統日本房屋特有的，鋪上榻榻米的房間。

畳 名 榻榻米
部屋 名 房間

★ 日本人は畳の部屋に布団を敷いて寝る。
日本人在榻榻米的房間鋪上棉被來睡。

＝ 日本人は畳の部屋に布団を広げて寝る。

敷く 動 鋪
布団 名 棉被
広げる 動 擴展，攤開

（累積單字量15114個，慣用語量634個）

★ 日本でもベッドはかなり普及しているが、未だに敷き布団を使って寝ている人が多い。
雖然日本的床也很普及，但是鋪被睡覺的人還是很多。

- 普及【名】【サ】普及
- 未だに【副】現在還是
- 敷き布団【名】鋪被

★ 外国人から見ると、敷き布団は洗濯することが少ないため不衛生だから、今も使い続けられているのが不思議なようだ。
在外國人看來，鋪被很少清洗很不衛生，現在還繼續使用是很不可思議的。

- 洗濯【名】【サ】清洗
- 不衛生【形動】不衛生
- 不思議【形動】不可思議

★ 畳に座るのも日本の伝統的な文化の一形態だ。
跪坐在榻榻米上也是日本傳統文化的形態之一。

- 座る【動】坐
- 形態【名】型態

★ 外国ではどんな道路にも必ず名前が付いている。
在外國，無論什麼道路都一定有名稱。

- 道路【名】道路
- 必ず【副】一定

★ 日本は大通りにしか名前がないから、外国人からすると、不便に感じるそうだ。
日本只有大馬路有名稱，對外國人來説似乎相當不方便。

- 大通り【名】大馬路
- 不便【形動】不方便
- 感じる【動】感覺

★ 路上の自動販売機は大層有名な日本独自のものだ。
路上的自動販賣機是日本相當有名的特有物。

- 大層【副】相當
- 独自【形動】獨有

★ これは日本は海外に比較すれば安全であることの証明でもある。這也是日本較海外來得安全的證據。

- 比較【名】【サ】比較
- 証明【名】【サ】證據

★ 自動販売機の使用に慣れることが、日本の生活に慣れたことを証明するという外国人もいるそうだ。
好像也有外國人把習慣使用自動販賣機作為習慣日本生活的證據。

- 自動販売機【名】自動販賣機
- 慣れる【動】習慣
- 外国人【名】外國人

★ 似たもので野菜などの無人販売所もある。
也有類似的蔬菜等的無人販賣場所。

- 似る【動】類似
- 野菜【名】蔬菜

★ 電車で寝るのも自動販売機と同じく、日本の治安の良さからだ。
在電車上睡覺也跟自動販賣機相同，是因為日本治安良好。

＝ 電車で寝るのも自動販売機と同様に、日本の治安の良さを示すものだ。

- 電車【名】電車
- 同じく【副】同樣地
- 同様に【副】同樣地
- 示す【動】顯示

★ 海外では「深夜の電車には一人で乗ってはいけない」と言われることもある。在海外也有「深夜不能一個人搭乘電車」的說法。 ＝ 海外では「深夜の電車には一人で乗ってはいけない」と言う人もいる。	海外 名 海外 深夜 名 深夜 乗る 動 搭乘 一人 名 一個人
★ 日本人が無防備に寝ている姿に外国人は驚愕する。 外國人對於日本人毫無防備地睡覺的姿態感到驚愕。 ＝ 日本人が無防備に寝ている姿に外国人は非常に驚く。	無防備に 副 毫無防備地 驚愕 名 サ 驚愕 驚く 動 驚訝
★ 外国人は車が全くいない深夜でも信号を律儀に守る日本人に驚くそうだ。 外國人對於日本人在完全沒有車的深夜也規規矩矩地遵守紅綠燈相當驚訝。	信号 名 紅綠燈 律儀に 副 規規矩矩地 守る 動 遵守
★ 外国人は日本人の車がクラクションを滅多に鳴らさないことにも驚くそうだ。外國人對於日本人的車子很少按喇叭也相當驚訝。	滅多に 副 稀少地 鳴らす 動 鳴放，按喇叭
★★ 日本のマナーにはどんなものがある？日本有些什麼禮儀嗎？ ①「屋内では靴を脱ぐ」という生活習慣がある。 有「在屋內脫鞋」的生活習慣。 ＝「部屋では履き物を脱ぐ」という生活習慣がある。	屋内 名 屋內 靴 名 鞋子 履き物 名 鞋子 脱ぐ 動 脫
★ 浴衣はフォーマルな場では着ない。我們不在正式的場合穿浴衣。 ＝ フォーマルな場面合では浴衣は着ない。	浴衣 名 浴衣 着る 動 穿
★ 食事の前に「いただきます」と言う。 用餐前會說：「我要開動了！」。 ＝ 食事を始める時「いただきます」と挨拶する。	食事 名 サ 用餐 言う 動 說 始める 動 開始
★ 食事を終えた時「ごちそうさま」と挨拶する。 用餐結束時會說：「我吃飽了！」。	終える 動 結束 挨拶 名 サ 打招呼
★ バスタブの外で体を洗うんだ。在浴缸外面清洗身體。	外 名 外面
★「正座」は、いくつかの伝統的な日本の茶道、日本舞踊などの芸道では必須の作法だ。 「端正跪坐」是好幾個傳統藝道，如日本茶道、日本舞蹈等的必要禮儀。	茶道 名 茶道 日本舞踊 名 日本舞蹈 作法 名 禮儀

（累積單字量 15167 個，慣用語量 634 個）

★ 日本人は規律と素朴な生活を強調する。 日本人強調自我規律與簡樸的生活。	素朴 形動 樸素 強調 名 サ 強調
★ 日本の社会では恥が道徳的拘束力として機能している。 在日本社會中，知恥有著道德約束力的功能。 ＝ 日本の社会では恥が道徳的拘束力の機能を持っている。	恥 名 恥辱，知恥 機能 名 功能 拘束力 名 約束力
★ 儒教は日本人の精神生活に計りしれない影響を及ぼした。 儒教對日本人的精神生活有著難以計算的影響。 ＝ 儒教は日本人の精神生活に推し量ることができない影響を及ぼした。	儒教 名 儒教 精神生活 名 精神生活 影響を及ぼす 慣 產生影響
★ お歳暮は日本独自の習慣の一つだ。 送年禮是日本獨有的習慣之一。	歳暮 名 年禮
★ 日頃お世話になっている人に贈り物をする。 送東西給平常照顧自己的人。	日頃 名 副 平常 贈り物 名 禮物
★ 贈り物の内容は調味料セット、海苔から産地直送のグルメ食材などである。 禮品的內容從調味料組合、海苔，到產地直送的美食食材等都有。	調味料 名 調味料 海苔 名 海苔 食材 名 食材
★ 毎年、各デパートが目玉商品の開発に力を入れている。 每年各百貨公司都致力於開發主力商品。	目玉商品 名 主力商品 開発 名 サ 開發
★ 日本では、引越しをした時に近所へちょっとした品物を持って行く習慣がある。 在日本，搬家時有送小東西給鄰居的習慣。	引越し 名 サ 搬家 近所 名 鄰居
★ 引越し先で、周りの住人がどんな人なのか気になるので、挨拶に行くわけだ。 由於新家附近的居民，會擔心是搬來怎樣的鄰居，所以應當去打聲招呼。	周り 名 周遭 気になる 慣 在意 挨拶に行く 慣 去打招呼
★ 古くは「引越し蕎麦」といって、蕎麦を配っていた。 以前稱為「喬遷麵」，分送蕎麥麵。	引越し蕎麦 名 喬遷麵 配る 動 分送
★ 今では石鹸やタオルなどを配る人が増えている。 現在送香皂跟毛巾的人變多了。	石鹸 名 香皂 タオル 名 毛巾
★ 最近の若者たちは「引越し蕎麦」の習慣を無視するようになっている。 最近的年輕人變得無視於「喬遷麵」的習慣了。	若者 名 年輕人 無視 名 サ 無視

★ 年配の人たちは、当然のように思っている。
對於年長者而言，這是理所當然的事。

＝ 年配の人たちは、当たり前のように思っている。

年配 名 年長
当然 形動 當然
当たり前 形動 理所當然

★ 面倒な習慣かもしれないが、これが今後、近所付き合いを円滑にする第一歩だ。或許是個很麻煩的習慣，但這卻是今後跟鄰居順利交往的第一步。

面倒 形動 麻煩
付き合い 名 交往
円滑に 副 順暢地

★ 日本では、十二月は一番忙しい月とされている。
在日本，十二月被視為最忙的月份。

忙しい 形 忙碌的
月 名 月份

★ 年の終わりはクリスマス、忘年会、大掃除や新年の準備で忙しくなる。年終為了聖誕節、尾牙、大掃除，以及新年的準備而忙碌起來。

年の終わり 名 年終
大掃除 名 サ 大掃除

★ クリスマスも今では大きなイベントになっており、日本独自のスタイルでクリスマスを祝う。
聖誕節目前在日本也是一個大節日，已經變成日式的聖誕節了。

大きな 形動 大的
独自 形動 獨有
スタイル 名 型態

★ クリスチャンでもないのに、クリスマスを祝う。
雖然不是基督徒，但是慶祝聖誕節。

クリスチャン 名 基督徒
祝う 動 慶祝

★ クリスマスの時期になると、通りはクリスマスのイルミネーションでぴかぴか光り輝いている。
聖誕節時，路上閃爍著為聖誕節而裝飾的燈光。

＝ クリスマスの時期には、通りはクリスマスのイルミネーションできらめている。

通り 名 馬路
ぴかぴか 副 サ 閃爍
光り輝く 動 閃爍
時期 名 時期
きらめる 動 閃耀

★ クリスマスツリーは、沢山のデコレーションやイルミネーションで飾られる。聖誕樹上裝飾了許多吊飾跟彩燈。

沢山 副 很多
飾る 動 裝飾

★ クリスマスソングもあちこちで流れている。
到處都聽得到聖誕歌。

あちこち 代名 到處
流れる 動 播放

★ 人々はプレゼントを交換したり、クリスマスケーキを食べたりする。
人們交換禮物、吃聖誕蛋糕等。

人々 名 人們
交換 名 サ 交換

（累積單字量 15217 個，慣用語量 637 個）

★ イブの日に家族や友達とクリスマスパーティーを開く人が多い。聖誕夜跟家人朋友開聖誕派對的人很多。	イブの日 名 聖誕夜 友達 名 朋友
★ クリスマスのご馳走としては、七面鳥ではなく、鶏肉を食べる。聖誕節吃的並非火雞，而是雞肉。	七面鳥 名 火雞 鶏肉 名 雞肉
★ クリスマスが過ぎると、イルミネーションは正月飾りへと変わる。過了聖誕節，燈飾變成新年的裝飾。	過ぎる 動 度過 変わる 動 改變
★ 十二月は「忘年会」を楽しむ月だ。十二月是享受「尾牙」的月份。	楽しむ 動 享受
★ 「忘年会」とは、その年に起こった嫌なことを忘れるパーティーだ。所謂的「尾牙（忘年會）」是忘記當年所發生的不愉快的聚會。	起こる 動 發生 忘れる 動 忘記
★ 会社やサークル、友達同士などでそれぞれ忘年会をする。 公司、社團，或是朋友等，各自舉辦尾牙。	会社 名 公司 忘年会 名 尾牙
★ そのために、多くのレストランや居酒屋は、十二月はいつも混み合っている。因此，很多餐廳跟居酒屋，在十二月份人總是很多。	居酒屋 名 居酒屋 混み合う 動 擁擠
★ 新年の準備というと、「おせち料理」の準備がまず挙げられる。所謂新年的準備，可以舉「年菜」的準備為例。	新年 名 新年 おせち料理 名 年菜
★ 「おせち料理」は前もって作られ、お正月の最初の三日間に食べる。「年菜」事先做好，在新年的最初三天吃。	前もって 副 事先 最初 名 最初
★ 重箱に、縁起がよいとされる料理を作って綺麗に詰めて、元旦に食卓に並べる。 在多層的漆飯盒中漂亮地裝入象徵吉利的菜，於元旦時擺在餐桌上。	詰める 動 裝填 食卓 名 餐桌 並べる 動 擺放
★ 「大晦日」は、一年の最後の日、つまり十二月三十一日のことだ。「除夕」是一年的最後一天，也就是十二月三十一日。	大晦日 名 除夕 最後 名 最後
★ 新年の準備は「大晦日」までに終わらせる。 新年的準備在「除夕」告一段落。	準備 名 サ 準備 終わる 動 結束

（累積單字量 15241 個，慣用語量 637 個）

★ 大晦日の夜は炬燵で蜜柑を食べ、NHKの紅白歌合戦を見る人が多いようだ。 除夕夜坐在取暖桌旁吃橘子，看紅白歌唱大賽的人似乎很多。	炬燵 [名] 取暖桌 紅白歌合戦 [名] 紅白歌唱大賽
★ 除夜の鐘や年越し蕎麦を食べるのも大切なイベントだ。 除夕夜的鐘聲跟新年蕎麥麵都是重要的節目。	除夜 [名] 除夕 鐘 [名] 鐘
★ 「成人式」は日本ではとても大切な行事とされている。 「成人禮」在日本被視為很重要的活動。	成人式 [名] 成人禮 大切 [形動] 重要
★ 「成人式」は新しく成人になった人のためにお祝いする日だ。「成人禮」是慶賀新成年者的日子。	成人 [名] 成人 日 [名] 日子
★ 2016年七月から、十八歳になると、若者は選挙権を得て、大人として社会に認められる。 2016年七月開始，年輕人年滿十八歲就擁有選舉權，被社會認可為成人。	選挙権 [名] 選舉權 得る [動] 得到 認める [動] 認可
★ 元々「成人の日」は一月十五日だったが、今では一月の第二月曜日となっている。 原本「成年日」是一月十五日，現在變成一月的第二個星期一。	元々 [副] 原本 成人の日 [名] 成年日 今 [名][副] 現在
★ この日は、満二十歳になる男女が区役所などで開かれる「成人式」に出席し、祝ってもらう。 這一天，年滿二十歲的男女出席區公所等所舉辦的「成人儀式」，接受祝福。	区役所 [名] 區公所 開く [動] 舉辦 出席 [名][サ] 出席
★ 「成人の日」には華やかな振袖姿の若い女性が町中に溢れる。「成年日」時滿街都是穿著華麗長袖和服的年輕女性。	華やか [形動] 華麗 若い [形] 年輕的
★ 振袖は大変高価な品物で、女の子を持つ親は、成人式のために着物をレンタルします。 長袖和服是很高價的東西，有女孩的父母親，為女孩的成人禮租借和服。	高価 [形動] 高價 持つ [動] 擁有 レンタル [名][サ] 租借
★★ 日本の伝統芸能にはどんなものがあるの？ 日本有什麼傳統的技藝嗎？ ① 「歌舞伎」と「能」は、代表的な日本の伝統芸能だ。 「歌舞伎」跟「能劇」是代表性的日本傳統技藝。	歌舞伎 [名] 歌舞伎 能 [名] 能劇 代表的 [形動] 代表性的 伝統芸能 [名] 傳統技藝

（累積單字量 15267 個，慣用語量 637 個）

★「歌舞伎」や他の日本の伝統芸能を通じて，心を豊かにすることができる。透過「歌舞伎」或其他的日本技藝，可以豐富心靈。	他 名 其他 通じる 動 透過
★「歌舞伎」は、日本独特の演劇だ。「歌舞伎」是日本獨特的戲劇。	演劇 名 戲劇
★「能」は「狂言」と共に「能楽」と総称される。 「能劇」與「狂言」總稱為「能樂」。	共に 副 共同地 総称 名 サ 總稱
★仮面をつけるのが「能」の大きな特徴だ。 戴面具是「能劇」的一大特徵。	仮面 名 面具 特徴 名 特徵
★「狂言」は喜劇で、日本の古典芸能だ。 「狂言」是喜劇，是日本的古典藝能。	喜劇 名 喜劇 古典 名 古典
★「浄瑠璃」は、日本の伝統的な音楽の一種だ。 「淨琉璃」是日本傳統音樂的一種。	浄瑠璃 名 淨琉璃 一種 名 一種
★「浄瑠璃」は劇場音楽で、三味線を伴奏楽器として、太夫が詞章を語る。 「淨琉璃」是劇場音樂，以三味線為伴奏樂器，大夫吟誦詩歌或文章。	三味線 名 三味線 太夫 名 大夫 語る 動 吟誦
★「三弦」は、日本の伝統楽器である「三味線」の別称だ。 「三弦」是日本傳統樂器「三味線」的別稱。	三弦 名 三弦 別称 名 別稱
★「落語」は語り手が座って面白い話をする古典芸の一つだ。 「落語」是一種表演者跪坐在軟墊上講滑稽故事的古典藝能。	語り手 名 表演者 面白い 形 有趣的
★「俳句」と「短歌」は日本独特のものだ。 「俳句」跟「短歌」是日本特有的技藝。 ＝「俳句」と「短歌」は日本独自のものだ。	俳句 名 俳句 独特 形動 獨特 短歌 名 短歌
★「俳句」は世界で最も短い詩だ。「俳句」是世界上最短的詩。	短い 形 短的
★「短歌」は、韻文で、和歌の形式の一つだ。 短歌是韻文，是和歌的一種形式。	形式 名 形式 一つ 名 一個，一種
★「歌舞伎」はどこで見られますか。在哪裡可以看到「歌舞伎」？	歌舞伎 名 歌舞伎
★「能」はどこで見られますか。在哪裡可以看到「能劇」？	見られる 動 能看到

（累積單字量 15293 個，慣用語量 637 個）

★「文楽」はどこで見られるか。 在哪裡可以看到「文樂」？	文楽 名 文樂
★ 今京都で「歌舞伎」が上演されていますか。 現在京都有上映「歌舞伎」嗎？	今 名 副 現在 京都 名 京都
★ 今東京で「能」が上演されていますか。 現在東京有上映「能劇」嗎？	東京 名 東京 能 名 能劇
★ 今大阪で「文楽」が上演されていますか。 現在大阪有上映「文樂」嗎？	大阪 名 大阪 文楽 名 文樂
★★ 出し物は何ですか。節目是什麼？	出し物 名 節目
★★ 何時に始まりますか。幾點開始？	始まる 動 開始
★★ 何時に終わりますか。幾點結束？	終わる 動 結束
★★ 上演はどのぐらい続きますか。上映時間多長？ = 上演時間はどのぐらいですか。 ① 開演から終演までおよそ三時間掛かります。 從開演到演完大約要三小時。 ② 途中で約三十分の休憩が入ります。 中間大約休息三十分鐘。	上演 名 サ 上映 どのぐらい 慣 多久 開演 名 サ 開演 終演 名 サ 演完 休憩 名 サ 休息
★ 幕間にどこか食べる場所がありますか。 休息時間有沒有吃東西的地方？	幕間 名 幕間休息 場所 名 地方
★ 昼の興行がありますか。有沒有白天的場次？ ① すみません、もう売り切れです。不好意思，已經賣完了。	昼 名 白天 興行 名 演出
★★ 予約券が必要ですか。要有預約票嗎？	予約券 名 預約票
★★ 券はどこで買えますか。哪裡可以買到票？	買える 動 能買到
★★ 券はいくらですか？票價多少？	券 名 票

（累積單字量 15314 個，慣用語量 638 個）

Unit 04 | 日本の四季 日本的四季

★★ 日本には四季がある。日本一年分為四季。 = 日本では一年が四季に分かれている。	一年 名 一年 分かれる 動 分為
★★ 日本は四季がはっきりしている。日本四季分明。	四季 名 四季
★★ 日本人は季節感を大事にしている。日本人很重視季節感。 = 日本人は季節感を大切にしている。	大事にする 慣 重視 大切にする 慣 重視
★ 日本の四季が作る自然美は、長く日本人の生活に根を下ろしてきた。日本的四季所形成的自然美，長久地紮根在日本人的生活中。 = 日本の四季が作る自然美は、長く日本人の生活に染み付いてきた。 = 日本の四季が作る自然美は、長く日本人の生活に浸透してきた。	自然美 名 自然美 根を下ろす 慣 紮根 染み付く 動 滲入 浸透 名 サ 滲透
★ 四季の変化は日本の農業に多大な貢献をしている。 四季的變化對日本的農業有很大的貢獻。	変化 名 サ 變化 貢献 名 サ 貢獻
★ 四季によって、色々な食材が手に入れられる。 因為四季，我們可以得到許多食材。	食材 名 食材 手に入れる 慣 得到
★ ひたすら旬の素材に拘る人も少なくない。 執意講究當季素材的人也不少。	ひたすら 副 一味地 拘る 動 拘泥，講究
★ 四季の中でどの季節が好きですか。四季當中，你喜歡哪一個季節？ ① 四季のうちで秋が一番好きです。四季當中，我最喜歡秋天了。 = 四季の中で秋が一番好きです。 = 四季の中で一番好きなのは秋です。	季節 名 季節 秋 名 秋天 一番 副 最 好き 形動 喜歡
★ 日本は台湾よりも北にあって、冬には雪が降るから、夏でも涼しいと思いがちだ。 日本較台灣位置更北，再加上它冬天會下雪，我們常常會認為它的夏天也很涼爽。	北 名 北部 雪が降る 慣 下雪 涼しい 形 涼爽的
★ 実は、日本も夏にはとても暑くなる。事實上，日本的夏天也很熱。	実 名 事實上

（累積單字量 15332 個，慣用語量 643 個）

★ 日本の夏は台湾より暑いこともある。 日本的夏天也有比台灣熱的時候。	より 格助 比起 暑い 形 炎熱的
★ 日本の気温は「冬は寒く、夏は暑い」のが特徴なのだ。 日本氣溫的特徵是「冬冷夏熱」。 ＝ 日本の気温の特徴は「冬は寒く、夏は暑い」なのだ。	気温 名 氣溫 寒い 形 寒冷的 特徴 名 特徵
★ 冬の最低気温は0℃前後だが、夏の最高気温は30℃以上ある。 冬季最低溫在零度左右，夏季最高溫在三十度以上。	前後 名 前後 以上 名 以上
★★ 日本の春ってどんな感じ？ 日本的春天是什麼樣的感覺？ ① 温暖で過ごしやすい季節だよ。是溫暖舒適的季節。	感じ 名 感覺 温暖 形動 溫暖
★ 三月上旬はまだ寒さも残る。 三月中旬還殘存著涼意。	残る 動 殘存
★ 降雪や積雪といった現象もまだある。 也還有降雪跟積雪的現象。	現象 名 現象
★ 三月中旬、初春と言われる。 三月中旬，是稱為初春的時期。	初春 名 初春
★ 冬の寒さが和らぎ始める。 冬天的寒冷開始緩和。	和らぐ 動 緩和
★ 霜が降りなくなる。 不再降霜。	霜が降りる 慣 降霜
★ 雪が降らなくなる。 不再降雪。	雪が降る 慣 降雪
★ 氷が張らなくなる。 不再結冰。 ＝ 氷結しなくなる。	氷が張る 慣 結冰 氷結 名 サ 結冰
★ 冬の終わりを告げる様々な現象が起きる。 產生告知冬天結束的種種現象。	告げる 動 告知 様々 形動 種種
★ 雪の降る地域では、雪解け水が川に流れる。 降雪的地區，雪融化成水流到河川中。	川 名 河川 流れる 動 流
★ 生き物の活動が活発になり始める。 生物的活動開始變得活躍。	活発 形動 活躍
★ 日差しの温もりと共に花々も芽吹き始める。 繁花也隨著日照的溫暖開始發芽。	温もり 名 溫暖 芽吹き始める 動 開始發芽

（累積單字量 15353 個，慣用語量 646 個）

★ 春と言えば、お花見ね。 說起春天就是賞花了。	春 名 春天
★ 庭に様々な花が咲き乱れている。 庭園中，各式各樣的花朵盛開著。 ＝ 庭に様々な花が咲き誇っている。	咲き乱れる 動 盛開 咲き誇る 動 盛開
★ 庭園は花を絶やさないように作られている。 庭園的花朵盛開不絕。	絶やさないように 慣 不絕地
★ 春は牡丹、夏は蓮、秋は紅葉が美しい。 春天的牡丹花，夏天的蓮花，以及秋天的楓葉都很美。	蓮 名 蓮花 紅葉 名 楓葉
★ 窓から綺麗な花が楽しめる。 從窗戶可以觀賞美麗的花朵。	綺麗 形動 美麗
★ 庭に咲く花が私の目を喜ばせてくれる。 庭院中盛開的花朵讓我的眼睛十分享受。	庭 名 庭院 喜ばせる 動 令人喜悅
★ 三月後半になると桜が咲き始め、「桜前線」が伝えられるようになる。 三月下旬，櫻花開始綻放，人們開始談論「賞櫻前線」。	桜前線 名 賞櫻前線（日本預報全國各地櫻花開花的時間）
★ 最近では異常気象のせいか、季節外れに桜が開花することもある。 可能是最近氣候異常的緣故，也有不按照季節綻放的櫻花。	桜 名 櫻花 開花 名 サ 開花
★★ 日本人は桜が大好きだ。 日本人非常喜歡櫻花。	大好き 形動 非常喜歡
★ 桜の花を楽しむ花見は多くの人に愛される春の行事の一つでもある。 賞櫻是一種眾所喜愛的春天活動。	花見 名 賞花 愛される 動 被喜愛
★★ 桜の花を見に行くのね？ 你會去賞櫻吧？	花を見に行く 慣 去賞花
★ 木の下で宴会までするのよ。 我們甚至在樹下舉辦宴會呢！	宴会 名 宴會
★ 満開の桜の木の下で、ご馳走を食べ、お酒を飲みながらその美しさを楽しむ。 在開滿櫻花的樹下，邊吃東西邊喝酒，邊欣賞美景。	満開 名 サ 開滿 楽しむ 動 欣賞
★ この時期は卒業、入学、入社や人事異動などの時期でもある。 這個時期也是畢業、入學、進公司，或人事異動等的時期。	卒業 名 サ 畢業 時期 名 時期

（累積單字量15372個，慣用語量648個）

★ 五月になると春の花々と共に新緑も芽吹き始める。 到了五月，春天的繁花都開始冒出新芽。	花々 名 繁花 共に 副 共同地
★ この時期は気候が穏やかで、過ごしやすい季節だ。 這個時期氣候很穩定，是很舒服的季節。	気候 名 氣候 穏やか 形動 穩定
★ 五月には「ゴールデンウィーク」があり、連休を楽しむ人も多いようだ。五月有「黃金週」，享受連續假期的人似乎也不少。	連休 名 連休 多い 形 很多的
★ この時期は、田植えも始まり、徐々に初夏へと向かう。 此時也開始插秧，慢慢地進入初夏。	田植え 名 サ 插秧 徐々に 副 慢慢地
★★ 日本の夏ってどんな感じ？日本的夏天如何？ ① 八月は三十度以上で、温度も高いよ。 八月份會到三十度以上，溫度也很高。 ② 基本的には蒸し暑くなるのが特徴だが、北部には涼しい場所もある。 基本上以悶熱為特徵，但是北部也有清涼的地方。	感じ 名 感覺 基本的に 副 基本上 特徴 名 特徵 北部 名 北部 場所 名 地方
★ 日中の気温は 30 ～ 35℃ぐらいだ。白天的溫度大約是 30 ～ 35℃。	日中 名 白天
★ 湿度が高いために、体感温度が気温より高いことが多い。 因為濕度高的緣故，體感溫度常常較氣溫高。	湿度 名 濕度 体感温度 名 體感溫度
★ 地球の温暖化現象により、35℃以上の猛暑日を記録することも多い。因為地球暖化的緣故，35℃以上酷暑日的紀錄也很多。	猛暑日 名 酷暑日 記録 名 サ 紀錄
★ 40℃以上になる地域もある。也有 40℃以上的地區。	地域 名 地區
★ 熱中症が深刻な問題になっている。中暑成為嚴重的問題。	熱中症 名 中暑
★ 夏は、初夏、梅雨、盛夏、晩夏の四つに分けられる。 夏天分為初夏、梅雨、炎夏跟晚夏。	初夏 名 初夏 盛夏 名 炎夏
★★ 六月には梅雨の季節が来るよ。六月份梅雨季節來臨。	梅雨 名 梅雨
★ 梅雨の時期は雨が多く、じめじめした日が続く。 梅雨時期持續多雨潮濕的天氣。	じめじめ 副 サ 潮濕，苦悶 続く 動 持續
★ 黴が繁殖しやすくなる。很容易長黴菌。	黴 名 黴菌

（累積單字量 15398 個，慣用語量 648 個）

★ 盛夏は、海水浴や川遊びを楽しむ人が増える時期でもある。 炎夏也是享受海水浴跟在河邊玩的人增多的時期。	海水浴 名 海水浴 川遊び 名 在河邊玩
★ 暑さを避けるために、クーラーやエアコン、扇風機が活躍する季節だ。為了避暑，是冷氣、空調，跟電風扇活躍的季節。	避ける 動 避開 活躍 名 サ 活躍
☆★ 今日も暑いね。今天也好熱喔！ ① そうだね。もう、汗が止まらないよ。是啊！汗水流個不停耶！	今日 名 今天 汗 名 汗水
★★ 暑い日が続いているね。一直持續熱天氣！	続く 動 持續
★★ 本当に、どうなっているんだろうね。到底怎麼回事啊！	本当に 副 真的
★ もう暑くて嫌になるね。我已經熱得不耐煩了。	嫌 形動 討厭
★★ こんな日は何もしたくないね。這種天氣什麼都不想做了。	何 名 什麼
★ 毎日毎日暑いね。每一天都好熱喔！	毎日 副 每天
★ 毎日エアコンばかり使ってるんで、電気代が怖いよ。 每天光是開空調，電費很嚇人的！	電気代 名 電費 怖い 形 可怕的
★ 最近ではクーラーやエアコン、扇風機の使用を控えるために、「クールビズ（COOL BIZ）」も推奨されている。 最近「清涼商務」也獎勵控制冷氣、空調、電扇的使用。	扇風機 名 電風扇 控える 動 控制 推奨 名 サ 獎勵
★ 「クールビズ（COOL BIZ）」はノーネクタイ、ノー上着を中心とした夏のビジネス用軽装のことだ。 「清涼商務」是不打領帶，不穿外套為中心的夏季商業便裝。	中心 名 中心 ビジネス 名 商業 軽装 名 便裝
★ 「クールビズ（COOL BIZ）」は「ワークスタイルの変革」を呼び掛けたものだ。「清涼商務」呼籲「工作型態的變革」。	変革 名 サ 變革 呼び掛ける 動 呼籲
★ 地球温暖化防止のために、夏のオフィスの冷房設定温度を抑えて、節電するのが狙いだ。 為了防止地球暖化，控制夏天辦公室的冷氣設定溫度，以省電為目標。	防止 名 サ 防止 節電 名 サ 省電 狙い 名 目標

★ スーパークールビズを推進するため、勤務開始時間を早めにする会社もある。也有公司為了推動「超清涼商務」，將上班時間提早。	推進 名 サ 推動 勤務 名 サ 上班
★ 花火大会は多くの人で賑わうよ。煙火大會非常熱鬧。	花火大会 名 煙火大會
★★ 日本の秋について教えてくれる？跟我聊聊日本的秋天吧！ ① 秋には台風がよく来るよ。秋天有很多的颱風。 ② 多くの人が紅葉を見て楽しむんだ。很多人去觀賞楓葉。	教える 動 告知 台風 名 颱風 紅葉 名 楓葉
★ 九月の上旬頃までは、残暑と呼ばれ、夏の暑さが残る時期だ。到九月上旬左右，稱為殘暑，是暑熱殘存的時期。	上旬 名 上旬 残る 動 殘存
★ 九月の中旬頃になると、気温や湿度も下がり始め、秋へと向かい始める。到九月中旬左右，氣溫跟濕度都開始下降，開始邁向秋天。	気温 名 氣溫 向かう 動 邁向
★ 九月は台風が上陸しやすい時期でもある。 九月份也是颱風容易登陸的時期。	上陸 名 サ 登陸 時期 名 時期
★ 九月末から十月の始めにかけては、台風による被害が出やすい時期でもある。九月末到十月初也是容易因颱風而引起災害的時期。	始める 動 初期 被害が出る 慣 引起災害
★ 秋は、涼しく過ごせる季節だ。秋天是涼爽舒適的季節。	涼しい 形 涼爽的
★ この時期は、レジャーや旅行に行く人々も増える。 這個時期休閒跟旅行的人也增多。	レジャー 名 休閒 増える 動 增加
★ この時期は読書を始め、何かをするのに適した時期でもある。此時也是適合讀書等，做些什麼的時期。	読書 名 サ 讀書 適する 動 適合
★ 運動会や文化祭などの行事が盛んだよ。 有很多運動會以及文化祭等的活動。	行事 名 活動 盛ん 形動 興盛
★ 九月から十一月にかけて、各学校で運動会や文化祭が催される。從九月到十一月，各校都舉辦運動會跟文化祭。	運動会 名 運動會 文化祭 名 文化祭
★ 十一月頃になると、朝晩の冷え込みも強くなる。 到了十一月左右，早晚氣溫驟降。	朝晩 名 早晚 冷え込み 名 氣溫驟降

（累積單字量 15446 個，慣用語量 649 個）

★ 紅葉の季節がやってくる。 進入楓葉的季節。	紅葉 名 楓葉
★ 日本の紅葉は赤や黄色など色とりどりの鮮やかさが特徴だ。 日本楓葉的特徵是紅色、黃色等各式各樣的鮮豔色彩。 = 日本の紅葉の特徴は赤や黄色など色とりどりの鮮やかさだ。	鮮やかさ 名 鮮豔 特徴 名 特徵 色とりどり 形動 各式各樣
★ 「紅葉狩り」と呼ばれる紅葉を楽しむ風習もある。 也有所謂的「賞楓」的習俗。	楽しむ 動 欣賞，享受 風習 名 習俗
★ 人々は山へ出掛けて、紅葉を見に行く。 人們到山裡去觀賞楓葉。	出掛ける 動 奔赴
★ 十一月中旬を過ぎると「晩秋」となる。 過了十一月中旬就是「晚秋」了。	中旬 名 中旬 過ぎる 動 過了～
★ 北部は冬の訪れも早く、雪が降る地域もある。 北部冬天較早來，也有下雪的地區。	訪れる 動 來訪 地域 名 地域
★ 動物や虫などが冬眠に入り始める。 動物跟蟲開始進入冬眠。	冬眠 名 冬眠
★ 雪、氷、霜などの現象が見られるようになる。 開始可以見到雪、冰、霜等現象。	現象 名 現象 見られる 動 能見到
★★ 日本の冬ってどんな感じ？ 日本的冬天如何？ ① 地域によっては雪の季節が来る。 雪季因地區的不同而先後來臨了。 ② 気温は下がり、0℃以下の日が多くなる。 氣溫下降，0℃以下的日子變多。	季節 名 季節 下がる 動 下降 以下 名 以下 日 名 日子
★ 雪が二～三メートル積もる地域もある。 也有積雪兩、三公尺的地區。	積もる 動 堆積
★ 雪が降らない地域もある。 也有不下雪的地區。	地域 名 地區
★ 温度もそれほど下がらない地域では、比較的穏やかな冬を過ごすこともできる。 溫度下降不那麼多的地區，可以過比較平穩的冬天。	比較的 形動 比較的 穏やか 形動 平穩 過ごす 動 度過
★ とても寒くて、雪が沢山降るところもあるよ。 有些地方很冷，甚至會下大雪。	とても 副 相當 沢山 副 很多

（累積單字量15471個，慣用語量649個）

★ 東京も寒いけど、雪はあまり降らないよ。 東京也很冷，不過不太下雪。	雪 名 雪
★★ 温暖化の影響かな？ 是暖化的影響吧？ ① そうかもね！昔はもっと降ったんだけどね。 或許吧！以前比較常下雪。	温暖化 名 サ 暖化 影響 名 サ 影響
★ 正月は、帰省ラッシュの時期でもある。 新年也是回家鄉的大塞車時期。	帰省 名 サ 返鄉 ラッシュ 名 壅塞
★ 正月明けから立春までは一年で最も寒い時期と言われる。 新年開始到立春也是一年當中最冷的時期。	立春 名 立春 最も 副 最
★ 日差しも弱いため、晴れても暖かさを感じられない。 由於日照很弱，即使晴天也不感覺暖和。	日差し 名 日照 弱い 形 微弱的
★ 風が吹くと、寒さが身に凍みる時期でもある。 此時也是風一吹就寒氣逼人的時期。	寒さ 名 寒氣 凍みる 動 凍結
★ 二月の立春以降は、冬の終わりだ。 二月立春以後就是冬天結束了。	以降 名 以後
★ この時期になると、寒さも和らぎ、比較的過ごしやすくなってくる。 此時寒氣較和緩，變得比較舒服。	時期 名 時期 和らぐ 動 緩和
★ 暖かくなると、梅の花が咲き始める。 一變暖梅花就開始綻放。	咲き始める 動 開始綻放
★ 春一番が吹き荒れる。 初次刮起冬末初春較強的南風。	吹き荒れる 動 颳起
★ 年を追う毎に四季の移り変わりが変化している。 隨著歲月，四季的轉移也產生著變化。 ＝ 年を追う毎に四季の移り変わりに変化が起きてきている。 ＝ 年を追う毎に四季の移り変わりに変化が生じてきている。	移り変わり 名 轉移 変化 名 サ 變化 変化が起きる 慣 產生變化 変化が生じる 慣 產生變化
★ 今の季節を楽しむのはとても大切なことだと思う。 我認為享受眼前的季節是非常重要的。	季節 名 季節 楽しむ 動 享受

（累積單字量 15491 個，慣用語量 651 個）

Unit 05 ｜日本の人気スポット 日本受歡迎的景點

★★ 日本人に人気のスポットはどこですか？
受日本人歡迎的景點有那些？

① ディズニーランドのようなテーマパークが人気だよ。
像迪士尼樂園那樣的主題樂園很受歡迎。

日本人 名 日本人
ディズニーランド 名 迪士尼樂園
テーマパーク 名 主題樂園

★★ 日本人は温泉に行くのが好きだ。 日本人很喜歡去泡溫泉。

＝ 日本人は温泉リゾートに行くのが好きだ。

温泉に行く 慣 去泡溫泉
リゾート 名 度假區

★ 秋葉原はオタクのメッカだよ。 秋葉原是動漫族的朝聖地。

＝ 秋葉原はオタクの聖地だよ。

オタク（＝アニオタ） 名 動漫族

★ 新しい複合施設も人気だね。 新式的複合設施也很受歡迎。

複合施設 名 複合設施

★ 暇つぶしには「漫画喫茶」が最適だ。
打發時間的話，「漫畫咖啡廳」最為合適。

暇つぶし 慣 打發時間
最適 形動 最合適

★★ どうして？ 為什麼？

① 漫画はもちろん、ネットやテレビも楽しめるからだよ。
除了漫畫之外，還可以上網和看電視。

漫画 名 漫畫
ネット 名 網路
テレビ 名 電視

★ モダンな建築物を見たいのですが。 我想看現代建築。

建築物 名 建築物

★★ 何を見るのがお勧めですか。 您建議我應該看什麼呢？

勧める 動 推薦

★ 「東京スカイツリー」は如何ですか。 「東京晴空塔」如何？

① 「東京スカイツリー」はどんな場所ですか。
「東京晴空塔」是怎樣的地方？

如何 副 如何
どんな 連體 怎樣的
場所 名 地方

★ 「東京スカイツリー」は、カップルに人気のデートスポットです。 「東京晴空塔」是情侶約會的人氣景點。

カップル 名 情侶
デートスポット 名 約會景點

★ 「東京スカイツリー」はテレビ、ラジオ放送のための電波塔です。 「東京晴空塔」是播放電視、收音機的電波塔。

放送 名 サ 播放
電波塔 名 電波塔

★ 「東京スカイツリー」は世界で一番高いタワーです。 「東京晴空塔」是世界第一高塔。	世界 名 世界 一番 副 最
★ 「東京スカイツリー」は世界で二番目に高い建築物です。 「東京晴空塔」是世界第二高的建築物。	二番目 名 第二名 高い 形 高的
★ 二つの展望台では、東京の景色を楽しむことができます。 晴空塔的兩個展望台，可以欣賞東京的景色。	展望台 名 展望台 景色 名 景色
★ 天気のいい日は富士山を見ることができますよ。 天氣好的日子，可以看見富士山。	天気 名 天氣 日 名 日子
★ 銀座の歌舞伎座へ行って、贔屓の役者さんを見付けよう。 到銀座的「歌舞伎座」去找尋自己支持的演員吧！	贔屓 名 偏愛 ，支持 見付ける 動 找尋
★ 「東京都庁展望室」は、東京都内の景色を楽しめる穴場です。 「東京都廳展望室」是可以欣賞東京都內景色鮮為人知的好去處。 ＝「東京都庁展望室」は、東京都内の景色を楽しめるいい所です。	東京都庁 名 東京都廳 穴場 名 鮮為人知的好去處 所 名 場所
★ 「日本橋」は日本の道路の起点です。「日本橋」是日本道路的起點。	起点 名 起點
★ 「東京駅一番街」は東京旅行の帰りにぜひ立ち寄りたいスポットです。「東京車站一番街」是從東京旅行回來務必要順便去的景點。	帰り 名 回來 立ち寄る 動 順便去
★ 「晴海埠頭公園」は、客船ターミナルがシンボルの港の公園です。「晴海埠頭公園」是以客船的埠頭為象徵的港口公園。	港 名 港口 公園 名 公園
★ 「葛西臨海公園」は、東京湾沿いにある都立公園です。 「葛西臨海公園」是在東京灣沿岸的都立公園。	東京湾沿い 名 東京灣沿岸 都立公園 名 都立公園
★ 「井の頭恩賜公園」は、東京都武蔵野市と三鷹市に跨る都立公園です。 「井之頭恩賜公園」是橫跨東京都武藏野市跟三鷹市的都立公園。	東京都 名 東京都 と 格助 跟 跨る 動 橫跨
★ 「新宿御苑」は木々が茂り、いつも違う顔を見せてくれる都会のオアシスです。 「新宿御苑」樹木繁盛，是可以看到不同風貌的都會綠洲。	違う顔 慣 不同風貌 都会 名 都會 オアシス 名 綠洲

（累積單字量 15535 個，慣用語量 654 個）

★「小石川後楽園」には推定樹齢六十年は越すと言われている枝垂れ桜があります。 「小石川後樂園」中有推測樹齡超過六十年的枝垂櫻花。	推定 名 サ 推測 越す 動 超越 枝垂れ桜 名 枝垂櫻花
★「代々木公園」は自然景観に囲まれ、子供連れでも楽しめます。「代代木公園」被自然景色所環繞，帶小孩子去也很好玩。	囲む 動 圍繞 子供連れ 名 帶小孩子
★★「東京タワー」は昔も今も東京のシンボルです。 「東京鐵塔」無論過去或現在都是東京的象徵。	昔 名 過去 今 名 現在
★「浅草寺」は海外の観光客にも人気の東京名所です。 「淺草寺」也是受海外觀光客喜愛的東京著名場所。	海外 名 海外 観光客 名 觀光客
★「雷門」は「浅草の顔」と言われています。 「雷門」被說是「淺草的門面」。 ＝「雷門」は「浅草の顔」と知られています。	浅草 名 淺草 顔 名 臉面 知られる 動 為人所知
★「雷門」は多くの参拝客を迎えます。「雷門」招來許多參拜客。	参拝客 名 參拜客
★「雷門」には多くの参拝客が訪れます。 「雷門」有許多參拜客到訪。 ＝「雷門」には多くの参拝客を訪ねます。	多く 名 很多 訪れる 動 到訪 訪ねる 動 到訪
★「竹下通り」は若者の街の代表です。 「竹下通」是年輕人的街道代表。	若者 名 年輕人 代表 名 サ 代表
★「竹下通り」も修学旅行の定番になっています。 「竹下通」也是修學旅行的熱門景點。	修学旅行 名 修學旅行 定番 名 熱門景點
★「神楽坂通り」は神楽坂の賑やかなメインストリートです。 「神樂坂通」是神樂坂的主要街道。 ＝「神楽坂通り」は神楽坂の賑やかな目抜き通りです。 ＝「神楽坂通り」は神楽坂の賑やかな通り筋です。	メインストリート 名 主要街道 目抜き通り 名 繁華大街 通り筋 名 大道
★池袋の「東京芸術劇場」では、芸術や文化をじっくり味わうことができる。 在池袋的「東京藝術劇場」，可以仔細地品味藝術跟文化。	劇場 名 劇場 じっくり 副 サ 仔細地 味わう 動 品味

（累積單字量15561個，慣用語量654個）

★ 「六義園」は小高い築山と広い池のある園庭で季節によって様々な花が美しく咲く。
「六義園」是有假山跟池塘的庭園，隨著季節綻放著各式各樣的花。

＝「六義園」は築山と池のある園庭で、季節によって様々な花が咲き誇ります。

築山 [名] 假山
池 [名] 池塘
園庭 [名] 庭園
咲き誇る [動] 盛開

★ 「浜離宮公園」は都内では唯一の海水の池があります。
「浜離宮庭園」有東京都內唯一的海水池。

唯一 [名] 唯一
海水 [名] 海水

★ 「浜離宮公園」の池の上空には、カモメの舞う姿が見られます。在「浜離宮庭園」，可以看到海鷗在池的上空飛舞的姿態。

舞う [動] 飛舞
姿 [名] 姿態

★ 「昭和記念館」では昭和天皇のゆかりの資料を展示しています。「昭和天皇紀念館」展示跟昭和天皇有關的資料。

資料 [名] 資料
展示 [名] [サ] 展示

★ 六本木の「国立新美術館」は日本で五館目となる国立美術館です。六本木的「國立新美術館」是日本排名第五的美術館。

日本 [名] 日本
国立美術館 [名] 國立美術館

★ 「潮風公園」は臨海最大の規模の公園で、野外バーベキュー場を備えています。
「潮風公園」是臨海最大規模的公園，備有野外烤肉場。

規模 [名] 規模
バーベキュー場 [名] 烤肉場
備える [動] 具備

★ 「恵比寿ガーデンプレイス」はショッピングから映画まで楽しむことが出来ます。
「恵比壽庭園樂園」可以享受從購物到看電影的樂趣。

ショッピング [名] [サ] 購物
映画 [名] 電影
楽しむ [動] 享受

★ 「上野動物園」と言ったらパンダを思い出します。
說起「上野動物園」就會想起熊貓。

言う [動] 說
思い出す [動] 想起

★ 上野の「国立科学博物館」は日本最大級の総合科学博物館です。上野的「國立科學博物館」是日本最大的綜合科學博物館。

最大級 [名] 規模最大
科学博物館 [名] 科學博物館

★ 「日本科学未来館」は先端の科学技術と人を繋ぐ、新しいコンセプトの科学館です。
「日本科學未來館」將先端的科學技術與人連結，是新觀念的科學館。

先端 [名] 先端
繋ぐ [動] 連結
コンセプト [名] 觀念

（累積單字量15586個，慣用語量654個）

★ 「東京都現代美術館」は様々な個性的な展覧会を楽しめます。
「東京都現代美術館」可以享受種種個性化的展覽會。

様々 形動 種種
個性的 形動 個性化的

★ 「大江戸温泉物語」は日帰り温泉施設です。
「大江戸溫泉物語」是不提供住宿服務的溫泉設施。

日帰り 名 當日來回
施設 名 設施

★ 東京の定番デートスポットの一つと言えば「お台場海浜公園」です。
說到東京的經典約會景點之一，就是「御台場海濱公園」。

東京 名 東京
定番 名 經典

★ 「東京ミッドタウン」は緑豊かな敷地に広がる東京名所です。
「東京中城」是綠地面積寬廣的東京著名場所。

豊か 形動 豐富
敷地 名 占地

★ 「檜町公園」は「東京ミッドタウン」のすぐ側です。
「檜町公園」就在「東京中城」旁邊。

公園 名 公園
側 名 旁邊

★ 「檜町公園」は、まさに都会のオアシスと言うべき公園です。
「檜町公園」真可謂是都會的綠洲公園。

＝ 「檜町公園」は、実に都会のオアシスと言うべき公園です。
＝ 「檜町公園」は、間違いなく都会のオアシスと言うべき公園です。

都会 名 都會
言う 動 說
実に 副 的確
間違いなく 慣 無疑地

★ 「横浜中華街」は日本で一番大きな中華街です。
「橫濱唐人街」是日本最大的唐人街。

＝ 「横浜中華街」は日本で最大の中華街です。
＝ 「横浜中華街」は日本で最も大きい中華街です。

大きな 形動 大的
最大 名 最大
最も大きい 慣 最大的
中華街 名 唐人街

★ 「新横浜ラーメン博物館」では昭和の街並みを楽しむと同時にラーメンを味わえる。
在「新橫濱博物館」可以同時品嘗昭和的街道跟拉麵。

＝ 「新横浜ラーメン博物館」では昭和の街並みを見ながらラーメンを味わえる。
＝ 「新横浜ラーメン博物館」では、昭和の街並みと共にラーメンを味わえる。

昭和 名 昭和
街並み 名 街道
同時に 副 同時地
で 格助 在
ラーメン 名 拉麵
共に 副 共同地
味わえる 動 品嘗

☆☆ どこを訪れるのがいい？ 我應該去參訪哪裡好呢？ ① やっぱり京都は行くべきだね。 應該還是京都吧！ ＝ 恐らく京都は行くべきだね。 ＝ 多分京都は行くべきだね。	訪れる 動 參訪 やっぱり 副 果然 恐らく 副 恐怕 多分 副 大概
★★ 先ずは皇居へ行ってみたら？ 首先去皇居如何？	先ず 副 首先
★★ 温泉を体験してみたら？ 要不要去體驗一下溫泉？ ＝ 温泉を実際に試してみたら？	体験 名 サ 體驗 試す 動 嘗試
★ 電化製品を探すなら日本橋がいいよ。 要找電器產品的話，還是日本橋最好。	大阪的話「にっぽんばし」東京的話「にほんばし」。
★ 「富士山」は世界遺産の一つで、とても人気のある観光スポットです。 「富士山」是世界遺產之一，是非常受歡迎的觀光景點。 ＝ 「富士山」は世界遺産の一つで、大人気の観光スポットです。 ＝ 「富士山」は世界遺産の一つで、大好評の観光スポットです。	世界遺産 名 世界遺產 観光スポット 名 觀光景點 大人気 名 大受歡迎 大好評 名 大受好評
★★ 行かれたことがないのでしたら、ぜひお勧めします。 如果您還沒去過的話，推薦您一定要去。	行く 動 去 勧める 動 推薦
★ 今日は「富士山」が見えるでしょうか。 今天可以看見「富士山」嗎？	今日 名 今天 見える 動 看得見
★ 「富士山」に登るのは難しいですか。 登上「富士山」很困難嗎？	登る 動 攀登
★ 朝の「築地市場」は行ってみる価値があるよ。 早上的「築地市場」有去逛逛的價值。	朝 名 早上 価値 名 價值
★★ 何があるの？ 那裡有些什麼？ ① 新鮮な魚が食べられるよ。 可以吃到新鮮的魚。	新鮮 形動 新鮮 魚 名 魚
★ 「浅草」は江戸情緒が溢れてるよ。 「淺草」充滿了江戶時代的氣氛。 ＝ 「浅草」は江戸情緒でいっぱいだよ。	溢れる 動 滿溢 情緒 名 氣氛

★「清水寺」は京都屈指の観光地です。 「清水寺」是京都首屈一指的觀光勝地。 ＝「清水寺」は京都指折りの観光地です。	屈指 名 首屈一指 指折り 名 首屈一指 観光地 名 觀光勝地
★「金閣寺」は日本人だけでなく、海外の観光客にも人気の観光スポットです。 「金閣寺」不只是對日本人，對海外觀光客而言，也是相當受歡迎的觀光景點。	海外 名 海外 観光客 名 觀光客 観光スポット 名 觀光景點
★「銀閣寺」は京都を訪れる時に欠かせない名スポットです。 「銀閣寺」是探訪京都時不可或缺的著名景點。 ＝「銀閣寺」は京都を訪れるなら欠くことのできない名スポットです。	訪れる 動 探訪 欠く 動 欠缺 名スポット 名 著名景點
★「銀閣寺」では日本の美しさを楽しめる。 在「銀閣寺」可以欣賞日本的美。	美しさ 名 美麗 楽しめる 動 能欣賞
★「二条城」は京都観光の際にはぜひ足を運ぶべき場所です。 「二條城」是京都觀光時務必前往的地方。 ＝「二条城」は京都観光の際にはぜひ出向くべき場所です。	観光 名 サ 觀光 足を運ぶ 慣 邁步 出向く 動 前往
★京都の「上賀茂神社」と「下鴨神社」は世界文化遺産に登録されている。 京都的「上賀茂神社」跟「下鴨神社」被登錄為世界文化遺產。	神社 名 神社 遺産 名 遺產 登録 名 サ 登陸
★「京都御所」と「桂離宮」は宮家ゆかりの地を巡ることができる。「京都御所」跟「桂離宮」是能巡廻官家關聯的地方。 ＝「京都御所」と「桂離宮」では宮家ゆかりの地を巡回できる。 ＝「京都御所」と「桂離宮」など宮家ゆかりの地をあちこち見て回る。	地 名 地方 巡る 動 巡廻 巡回 名 サ 巡廻 見て回る 動 逛
★「錦市場」は「京都の台所」と言われ、お土産を選んだり、食べ歩きを楽しんだりするのにいい。 「錦市場」被稱為「京都的廚房」，可以享受選土產跟邊走邊吃的樂趣。	お土産 名 土產，伴手禮 選ぶ 動 選擇 食べ歩き 名 邊走邊吃
★京都の夏で忘れてはいけないのが、鴨川の河川敷に張り出した「納涼床（＝川床）」です。 京都的夏天不可忘記的是，在鴨川擴展到河川占用地上的「露天座位」。	忘れる 動 忘記 張り出す 動 擴展 納涼床 名 露天座位 川床 名 露天座位

（累積單字量15658個，慣用語量657個）

★ 京都には舞妓や芸子がいる花街が五つあり、「京都五花街」と呼ばれています。
京都有五個有舞妓跟藝伎的花街，被稱為「京都五花街」。

舞妓【名】舞妓
芸子【名】藝妓
呼ばれる【動】被稱為

★ 「八坂神社」は祇園の街のシンボルとして観光客にも人気の高い神社です。
「八坂神社」是祇園街的象徵，也是很受觀光客歡迎的神社。

シンボル【名】符號
観光客【名】觀光客
人気の高い【慣】很受歡迎

★ 「祇園」は京都の代表的な繁華街です。
「祇園」是京都代表性的鬧街。

代表的【形動】代表的
繁華街【名】鬧街

★★ 「京都タワー」は京都観光のシンボルです。
「京都鐵塔」是京都觀光的象徵。

＝ 「京都タワー」は京都観光の象徴です。

京都タワー【名】東京鐵塔
観光【名】【サ】觀光
象徴【名】【サ】象徵

★ ２０１６年オープンの「京都鉄道博物館」は体験型のアミューズメントパークです。
2016 年開幕的「京都鐵路博物館」是體驗型的遊樂園。

＝ ２０１６年オープンの「京都鉄道博物館」は体験型の遊園地です。

オープン【名】【サ】開幕
体験型【名】體驗型
の【格助】的
遊園地【名】遊樂園

★ 東寺は世界文化遺産にも登録され、京都市内でも有数の仏像スポットです。
「東寺」被登錄為世界文化遺產，在東京都內也是屈指可數的佛像景點。

＝ 東寺は世界文化遺産にも登録され、京都市内でも屈指の仏像スポットです。

登録【名】【サ】登錄
有数【形動】屈指可數
屈指【名】首屈一指
仏像【名】佛像

★ 今、外国人に一番人気のある京都の神社は「伏見稲荷大社」です。現在最受外國人歡迎的神社是「伏見稲荷大社」。

今【副】現在
外国人【名】外國人

★ 「京都太秦」は魅力的な映画の街です。
「京都太秦」是具魅力的電影街。

魅力的【形動】魅力的
街【名】街道

★ 「嵐山」は京都の代表的な観光地です。
「嵐山」是京都代表性的觀光勝地。

代表的【形動】代表的
観光地【名】觀光勝地

★ 大阪市の「天王寺動物園」は日本で三番目の動物園です。
大阪市的「天王寺動物園」是日本排行第三的動物園。

日本【名】日本
動物園【名】動物園

★「道頓堀」は、大阪の代表的な繁華街です。 「道頓堀」是大阪代表性的鬧街。	大阪 名 大阪 の 格助 ～的
★「大阪城」は大阪の人気観光スポットで、年間百万以上の人が訪れる。「大阪城」是大阪人氣觀光景點，一年有一百萬人以上參觀。	観光スポット 名 觀光景點 訪れる 動 參訪
★「新世界」は大阪市南部の有名な下町です。 「新世界」是大阪南部有名的平民區。	有名 形動 有名 下町 名 中產階級住宅區
★「通天閣」は、「新世界」界隈に建つ展望塔です。 「通天閣」是蓋在「新世界」旁邊的展望塔。	界隈 名 旁邊 展望塔 名 展望台
★「戎橋」は大阪ミナミの繁華街です。「戎橋」是大阪南部的鬧街。	繁華街 名 鬧街
★「黒門市場」は「大阪の台所」と呼ばれる大市場です。 「黑門市場」是被稱為「大阪的廚房」的大市場。	台所 名 廚房 大市場 名 大市場
★「住吉大社」は、大阪で一番人気の高い神社です。 「住吉大社」是大阪最受歡迎的神社。	一番 副 最 神社 名 神社
★「中之島公園」は大阪市で初めて誕生した公園です。 「中之島公園」是大阪市最早誕生的公園。 ＝「中之島公園」は大阪市で最初に誕生した公園です。	初めて 副 最初 最初に 副 最初 誕生 名 サ 誕生
★「大阪市立科学館」は、「宇宙とエネルギー」をテーマにした科学館です。「大阪市立科學館」是以「宇宙與資源」為主題的科學館。 ＝「大阪市立科学館」は、「宇宙とエネルギー」がテーマの科学館です。	宇宙 名 宇宙 エネルギー 名 資源 テーマ 名 主題 科学館 名 科學館
★大阪市の「天保山大観覧車」は世界最大級の観覧車です。 大阪市的「天保山大觀覽車」是世界規模最大的摩天輪。	最大級 名 規模最大 観覧車 名 摩天輪
★「インスタントラーメン発明記念館」では、インスタントラーメンの歴史を通じて、発明、発見の大切さが学べます。 在「速食麵紀念館」，可以透過速食麵的歷史，學習發明、發現的重要性。	記念館 名 紀念館 歴史 名 歷史 学べる 動 能學到
★「新梅田食堂街」は JR 大阪駅東側にある飲食店街です。 「新梅田食堂街」是位於 JR 大阪車站東側的飲食店街。	東側 名 東側 飲食店街 名 飲食店街

（累積單字量 15711 個，慣用語量 658 個）

★ 大阪市の「海遊館」は世界最大級の水族館です。 大阪市的「海遊館」是世界規模最大的水族館。	世界 名 世界 水族館 名 水族館

Unit 06 ｜日本のグルメ① 日本的美食①

★★ 何を食べるのがお勧め？ 你建議我吃什麼？ ① 外国人には寿司と天ぷらがよく知られている。 壽司、天婦羅對外國人來説很有名。	寿司 名 壽司 天ぷら 名 天婦羅 よく 副 十分
★★ 日本にはお寿司を手で食べる文化があります。 在日本文化中，可以用手拿壽司吃。	手 名 手 文化 名 文化
★★ 一口で食べて下さい。 壽司最好一口吃下一整個。	一口 名 一口
★★ 苦手なネタはありますか。 有沒有您不喜歡的壽司食材？ ① 海胆が苦手です。 我不喜歡海膽。	苦手 形動 不擅長 海胆 名 海膽
★★ お皿の色でお値段が違います。 盤子的顏色不同，價格也不同。	値段 名 價格
★★ 回転寿司に行ってみては？ 要不要試試迴轉壽司？	回転寿司 名 迴轉壽司
★★ 回転寿司って何ですか。 迴轉壽司是什麼？ ① 回転寿司とは、コンベアに乗って回っているお寿司を自分で取って食べる店です。 迴轉壽司是自己取用旋轉在輸送帶上壽司的店。	コンベア 名 輸送帶 自分 名 自己 取る 動 取用 店 名 店
★ これはガリと呼ばれ、しょうがをスライスしたものを酢、砂糖、塩で漬けた食べ物です。 這叫醋漬嫩薑片，是將薑切成薄片，加上醋、糖、鹽所醃漬的食品。	酢 名 醋 砂糖 名 糖 漬ける 動 醃漬
★ とりあえず、茶碗蒸しとあら汁を一つずつお願いします。 先來一份茶碗蒸跟魚湯。	茶碗蒸し 名 茶碗蒸 あら汁 名 魚骨湯

（累積單字量 15732 個，慣用語量 658 個）

★★ 今日のお勧めは何ですか。 今天的推薦是什麼？ ① ホタテはとても新鮮ですよ。 今天的扇貝很新鮮喔！	勧める 動 推薦 新鮮 形動 新鮮
★★ ホタテは食べられません。 我不敢吃扇貝。	食べられる 動 敢吃
★★ トロは食べられますか。 那鮪魚腹肉敢吃嗎？ ① 中トロを一皿下さい。 請給我一盤鮪魚中腹肉。	中トロ 名 鮪魚中腹肉 一皿 名 一盤
★★ お寿司はわさび抜きに致しましょうか。 您的壽司不要放芥末是嗎？ ① わさびは少しだけでいいです。 芥末只要一點點就好。	抜く 動 省略，去除 少し 副 一點點 だけ 副助 僅僅
★ 日本のわさびは海外のわさびと違ってとても辛いです。 日本的芥末跟外國的不同，很辛辣。	違う 動 不同 辛い 形 辛辣的
★★ ご飯と味噌汁が典型的な和食の代表だよ。 白飯跟味噌湯是典型的和食代表。	典型的 形動 典型的 代表 名 サ 代表
★★ ラーメンやカレーもぜひ試して。 你一定要嚐嚐拉麵跟咖哩。	試す 動 嘗試
★ それは和食なの？ 那是和食嗎？ ① 日本流にアレンジされた国民的な食べ物だよ。 那是已經被調整成適合日本人口味的大眾料理了。	和食 名 和食 国民的 形動 國民的 食べ物 名 食物
★★ ラーメンって何ですか。 拉麵是什麼？ ① ラーメンは日本の麺料理です。 拉麵是日本麵料理。	日本 名 日本 麺料理 名 麵料理
★ 券売機を設置しているラーメン屋もあります。 也有設置購票機的拉麵店。	設置 名 サ 設置 ラーメン屋 名 拉麵店
★ 入口に食券販売機があります。 入口有餐券販賣機。	食券販売機 名 餐券販賣機
★ 券売機で食券をご購入下さい。 先在售票機購買餐券。	券売機 名 餐券販賣機
★ 一万円札しか持っていないんですが、両替できますか。 我只有一萬日幣的紙鈔，可以換零錢嗎？ ① はい、両替できます。 可以換零錢。	札 名 紙鈔 持つ 動 有 両替 名 サ 兌換

（累積單字量15757個，慣用語量658個）

★ 購入方法を教えてもらえますか。可以教我怎麼購買嗎？

① もちろんです。當然可以。

購入 名 サ 購買
方法 名 方法

★ ここにお金を入れて下さい。請把錢放進這裡。

入れる 動 放入

★ そしてお客様が食べたい物の写真のついたボタンを押して下さい。接著，按下您想吃的東西的照片按鈕。

写真 名 照片
押す 動 按壓

★ 食券を購入されたら、それをお席でスタッフにお渡し下さい。購買餐券後，請就坐並將餐券拿給員工。

食券 名 餐券
渡す 動 交給

★ 麺は手打ちで作っております。麵是純手工做的。

手打ち 名 手工擀的麵

★★ 麺の硬さは硬め、普通、柔らかめのどれになさいますか。
麵的硬度您要偏硬、普通，或是偏軟呢？

麺 名 麵
普通 形動 普通

★★ ラーメンの硬さはどうなさいますか。拉麵您偏好怎樣的硬度？

① 硬めでお願いします。偏硬，麻煩您。
② 柔らかめでお願いします。偏軟，麻煩您。

硬さ 名 硬度
硬め 形動 偏硬
柔らかめ 形動 偏軟

★★ ラーメンはどの味に致しますか。您的拉麵要什麼口味的？
= ラーメンは何味に致しますか。

① 味噌味にします。我要味噌口味。
② 醤油味が好きです。我喜歡醬油口味。

どの味 名 什麼口味
何味 名 什麼口味
味噌味 名 味噌口味
醤油味 名 醬油口味

★ 油の量は如何致しますか。您的麵要放多少油？

① 少しだけでいいです。一點點就好。

油 名 油
如何 副 如何

★ ラーメンのだしは豚の骨ですか。牛の骨ですか。
您的拉麵要豬骨還是牛骨湯頭？

豚の骨 名 豬骨
牛の骨 名 牛骨

★ スープは少し濃い目になさいますか。您的湯頭要濃一點嗎？

① いいえ、普通でいいです。不用，一般的鹹度就好。

少し 副 稍微
濃い 形 濃的

★ ラーメンには様々なトッピングがあります。
拉麵的配料有很多種。

様々 形動 各種
トッピング 名 配料

（累積單字量 15782 個，慣用語量 658 個）

★ ラーメンに何かトッピングを加えますか。
您的拉麵需要多加配料嗎？

① はい、筍をもう一人前下さい。好的，請多給我一份竹筍。
② 替え玉をもらえますか。我可以多一份麵嗎？

加える 動 加上
筍 名 竹筍
一人前 名 一人分
替え玉 名 替身，加麵

★ 半玉を下さい。我要多半團麵。

半玉 名 半團麵

★★ これはどのように食べればよいのですか。這要怎麼吃？

① 少しの量のおそばを持ち上げて、そばつゆに付けて下さい。
請夾一點麵條，沾上沾醬。

食べる 動 吃
量 名 份量
付ける 動 沾上

★ 残ったつゆにそば湯を入れて、食後に飲むこともできます。
麵吃完後，可以把麵湯倒入沾醬中來喝。

残る 動 剩下
食後 名 吃完後

★ れんげをお持ち致しましょうか。要幫您拿湯匙嗎？

① はい、お願いします。好的，麻煩你了。

れんげ 名 瓷湯匙
願う 動 拜託

★ 葱がなくなりました。入れてもらえませんか。
桌上的蔥沒有了，可以幫我加嗎？

① 申し訳ありません。すぐお持ちします。不好意思，我馬上拿來。

葱 名 蔥
入れる 動 加入
申し訳 名 抱歉

★ マクドナルドでは、日本限定の和風ハンバーガーが食べられるよ。在麥當勞可以吃到日本限定的和風漢堡。

＝ マクドナルドでは、日本限定の和風ハンバーガーが利用できるよ。
＝ マクドナルドでは、日本限定の和風ハンバーガーがあるよ。

限定 名 サ 限定
食べられる 動 能吃到
利用 名 サ 利用
和風 名 和風

★ 焼き鳥と日本酒を試してみては？要不要試試烤雞肉串跟日本酒？

＝ 焼き鳥と日本酒を試してはどうですか。

焼き鳥 名 烤雞肉
試す 動 嘗試

★★ どうやって食べるの？這要怎麼吃？

① 醤油に付けて食べて。要沾醬油吃。
② 箸を使って食べるよ。要用筷子吃。

醤油 名 醬油
箸 名 筷子
使う 動 使用

★ 茶碗やお椀は手で持ち上げます。用手拿飯碗跟湯碗。

手 名 手

★ 大根おろしで食べると美味しいよ。這沾蘿蔔泥很好吃喔！

大根おろし 名 蘿蔔泥

（累積單字量15808個，慣用語量658個）

★ ラーメンやうどんは音を立ててもいいんだ。 吃拉麵跟烏龍麵時，發出聲音也可以。 ＝ ラーメンやうどんは音を立てて食べてもいいんだ。	音を立てる 動 發出聲音 や 格助 表示列舉 食べる 動 吃
★ 箸にはたくさんの作法があります。 用筷子也有很多規矩。	作法 名 規矩
★ 例えば？ 比如說？ ① 箸で食べ物を突き刺すのは駄目です。 不可以用筷子去戳食物。	突き刺す 動 戳 駄目 形動 不行
★★ 丼って何ですか。 蓋飯是什麼？ ① 丼は、ご飯とおかずを一つの丼鉢に盛った日本の料理形式の一つです。 蓋飯是將飯菜盛裝在同一個大陶碗裡的一種日本料理的形式。	丼 名 蓋飯 盛る 動 盛裝 形式 名 形式
★ 鰻丼、牛丼、親子丼、カツ丼、天丼は「日本五大丼」だと言われています。 鰻魚蓋飯、牛肉蓋飯、滑蛋雞肉蓋飯、滑蛋豬排蓋飯、天婦羅蓋飯，被稱為「日本五大蓋飯」。	親子丼 名 滑蛋雞肉蓋飯 カツ丼 名 滑蛋豬排蓋飯 言われる 動 被稱為
★ お店にはどんな丼がありますか。 你們店裡有哪些蓋飯？ ① 牛丼、豚丼、カツ丼、親子丼、天丼など、色んな丼があります。 有牛肉蓋飯、豬肉蓋飯、滑蛋豬排蓋飯、滑蛋雞肉蓋飯，以及天婦羅蓋飯等各種蓋飯。	店 名 店 牛丼 名 牛肉蓋飯 天丼 名 天婦羅蓋飯 色んな 形動 各種
★ 天丼を下さい。 給我一碗天婦羅蓋飯。	下さい 動 給
★ ご飯の量は如何致しますか。 您的飯量要多少？ ① 多めにして下さい。 我的飯盛多一點。	ご飯 名 飯 多めに 副 偏多
★ 天丼一丁！ご飯を多めにして！ 天婦羅蓋飯一份！飯盛多一點！	一丁 名 一份
★ 他人丼って、どんな丼ですか。 他人蓋飯是什麼蓋飯？ ① 卵の親である「鶏」以外の肉を使用した卵とじの丼です。 是使用蛋的母親「雞」以外的肉所做的蛋花蓋飯。	他人丼 名 他人蓋飯 以外 名 以外 卵とじ 名 蛋花
★ 中華丼にはどんな具が入っていますか。 中華蓋飯是放什麼料？ ① 豚肉に玉ねぎと椎茸と木耳です。 豬肉、洋蔥、香菇，跟木耳。	具 名 食材 椎茸 名 香菇

★ じゃ、中華丼の大盛りを二つ下さい。 那請給我兩碗大碗的中華蓋飯。	大盛り 名 大碗 二つ 名 兩個，兩碗
★ 中華丼の大盛り二丁！ 大碗的中華蓋飯兩碗！	中華丼 名 中華蓋飯
★★ 定食って何ですか。 定食是什麼？ ① 定食は、複数の定まった料理を提供する日本の料理形式の一つです。 定食是指提供複數的特定料理一種日本料理的形式。	定食 名 定食 複数 名 複數 提供 名 サ 提供
★★ 定食には何がセットになっていますか。 請問定食裡面包含哪些東西？ ① お好きな組み合わせをお選びいただけます。 您可以任選喜歡的組合。	セット 名 套餐 組み合わせ 名 組合 選ぶ 動 選擇
★ メインをこの五種類の中からお選び下さいますか。 主菜請在這五種當中選一種。	種類 名 種類 中 名 當中
★ メインはステーキにして下さい。 主菜請給我牛排。 ① 畏まりました。好的。	メイン 名 主菜 ステーキ 名 牛排
★ コース料理だと少し多いですね。 套餐的份量有點太多了。 ① こちらのコースのほかに、アラカルトもございます。 除了這些套餐之外，也可以另外單點。	コース料理 名 套餐 少し 副 有點 多い 形 多的
★ ご飯の量は多め、少なめからお選びいただけますが、如何致しますか。 飯要大碗還是小碗呢？ ① 少なめにして下さい。 我的飯盛少一點。	多め 形動 偏多 少なめ 形動 偏少 如何 副 如何
★★ 焼き餃子って何ですか。 煎餃是什麼？	焼き餃子 名 煎餃
★ 餃子には「蒸し餃子」「水餃子」「焼き餃子」の三種類がありますが、日本人はよく「焼き餃子」を食べます。 餃子有蒸餃、水餃及煎餃三種，日本人較常吃的是煎餃。	餃子 名 餃子 蒸し餃子 名 蒸餃 水餃子 名 水餃
★ 焼き餃子一人前は何個入っていますか。 一人份煎餃有幾個？ ① 一口サイズの餃子が七つ入っています。 一口大小的煎餃七個。	一人前 名 一人份 入る 動 包含
★ 焼き餃子を一人前下さい。 請來一人份煎餃。	下さい 動 給

★★ 天ぷらって何ですか。 天婦羅是什麼？

① 天ぷらは魚介類や野菜に衣をつけ、高温の油で揚げたもののことです。天婦羅是將海鮮類或蔬菜裹上粉之後，再用高溫油炸。

天ぷら 名 天婦羅
魚介類 名 海鮮
野菜 名 蔬菜

★ 天ぷらの衣の原料は小麦粉と卵です。
天婦羅裹粉的原料是麵粉跟蛋。

小麦粉 名 麵粉
卵 名 蛋

★ 蝦は塩に付けることをお勧め致します。 蝦子我建議您沾鹽吃。

蝦 名 蝦子

★ 大根おろしと一緒に、天ぷらの露を器に入れて、天ぷらを付けて食べて下さい。
將蘿蔔泥跟天婦羅醬汁一起放入器皿中，沾天婦羅來吃。

大根おろし 名 蘿蔔泥
器 名 器皿
付ける 動 沾上

★ 魚が苦手ですが、お勧めの天ぷらはありますか。
我不愛吃魚，有推薦的天婦羅嗎？

① 野菜の盛り合わせにすることもできますよ。
我們也可以幫您做蔬菜拼盤啊！

魚 名 魚
苦手 形動 不擅長
野菜 名 蔬菜
盛り合わせ 名 拼盤

★ 日本では天ぷらは飲食店だけではなく、一般の家庭料理としても広く親しまれています。
在日本，天婦羅不只出現在飲食店，也廣泛出現在一般家庭料理中。

一般 名 一般
広い 形 廣泛的
親しむ 動 熟悉

Unit 07 | 日本のグルメ② 日本的美食②

★★ 焼き肉って何ですか。 烤肉是什麼？

① 焼き肉は肉や野菜を鉄板や焼き網などで焼く料理方法です。
烤肉是將肉或蔬菜放在鐵板或鐵網上燒烤的烹調方法。

焼き肉 名 烤肉
鉄板 名 鐵板
焼き網 名 烤網

★ 焼き肉の食べ放題を三人前お願いします。
請給我三人份吃到飽的烤肉。

食べ放題 名 吃到飽
三人前 名 三人份

★ 火力はこちらで調整できます。 這裡可以調整火力。

調整 名 サ 調整

（累積單字量 15881 個，慣用語量 658 個）

★ 先にこちらの盛り合わせを用意致しました。 先上店裡準備好的拼盤。	先に 副 首先 用意 名 サ 準備
★★ 追加の際は、お呼び下さい。 要追加時請叫我。	呼ぶ 動 叫
★ これは自分で焼いて食べるのですか。 這是要自己烤來吃的嗎？ ① はい、お客様ご自身でお焼き下さい。是的，請您自己烤來吃。	自分 名 自己 焼く 動 烤
★ 牛肉は生でも大丈夫ですが、豚肉はよく焼いて食べて下さい。 牛肉可以生吃，豬肉最好烤過再吃。	牛肉 名 牛肉 豚肉 名 豬肉
★ 宜しければ焼きましょうか。 要我幫您烤嗎？	宜しい 形 可以的
★★★ これは何に使うのですか。 這是做什麼用的？ ① それはたれです。那是沾醬。	何 代名 什麼 使う 動 使用
★★★ ご自由に使って下さい。 請自行取用。	自由に 副 自由地
★ こちらはコチュジャンです。 這是韓式辣醬。	コチュジャン 名 韓式辣醬
★ お好みで焼いた後に付けて下さい。 東西烤好後可以依自己的喜好沾醬吃。	好み 名 喜好 後 名 之後
★ 網を交換致しましょうか。 換個烤網吧！	交換 名 サ 更換
★★★ すみません。追加をお願いします。 麻煩你，我要追加。	追加 名 サ 追加
★ ロース三人前、地鶏一人前とホルモンを二人前下さい。 三人份的里肌肉、一人份的土雞，以及兩人份的內臟。	地鶏 名 土雞 下さい 動 給
★ 野菜の盛り合わせも二人前下さい。 蔬菜拼盤也請給我兩人份。	野菜 名 蔬菜
★ 一番好きな和食は串焼きです。 我最喜歡的和食是串燒。	串焼き 名 串燒
★★ しゃぶしゃぶって何ですか。 涮涮鍋是什麼？ ① しゃぶしゃぶは日本の鍋料理です。涮涮鍋是日本的鍋物料理。	何 代名 什麼 鍋料理 名 鍋物料理

★ 「二人で堪能コース」をお願いします。 我要點「雙人豐盛套餐」。

① 畏まりました。では先ず鍋のだしをお選び下さい。 好的，請先選湯頭。

堪能 名 サ 形動 心滿意足
先ず 副 首先

★★ お勧めは何ですか。 有什麼推薦的嗎？

① 辛味だしは一番人気があります。 麻辣鍋最受歡迎。
② 二色鍋は如何でしょうか。 來個鴛鴦鍋怎麼樣？

勧める 動 推薦
人気がある 慣 受歡迎
二色鍋 名 鴛鴦鍋

★ 同時に二種類のおだしを味わうことができますよ。
可以同時品嚐兩種湯頭喔！

① いいですね。じゃあ、辛味だしと薬膳だしで。
好啊！那我要麻辣跟藥膳的。

味わう 動 品嘗
辛味 名 麻辣
薬膳 名 藥膳

★ 畏まりました。締めはうどん、雑炊からお選びいただけます。 好的。最後可以煮烏龍麵或是雜燴粥，您選哪一種？

① 雑炊にして下さい。 我要粥。
② 後で決めます。 我待會兒再決定。

締め 名 終結，封籤
雑炊 名 雜燴粥
後 名 之後
決める 動 決定

★★ 食べ方を教えて下さい。 請教我怎麼吃涮涮鍋。

食べ方 名 吃法

★ だしが沸騰した後に、野菜を最初に入れて下さい。
高湯沸騰後，請先放入青菜。

沸騰 名 サ 沸騰
最初に 副 最一開始

★ 牛肉を一枚取り、だしの中で、このようにサッと前後に動かして下さい。 取一片牛肉，像這樣快速地在高湯中前後涮一涮。

前後に 副 前後地
動かす 動 移動

★ お肉の色が変わったら、すぐに食べられます。
肉變色的話，就可以馬上吃了。

色 名 顏色
変わる 動 改變

★ ポン酢はさっぱりとした味です。 橙汁醬油的口味清爽。

ポン酢 名 橙汁醬油

★ ごまだれは濃厚な味です。 芝麻醬汁的口味濃厚。

濃厚 形動 濃厚

★ こちらは薬味です。大根おろし、わけぎ、唐辛子です。
這是調味料。蘿蔔泥、蔥、辣椒。

薬味 名 調味料
唐辛子 名 辣椒

★ お好みで漬け汁に入れて下さい。 請依自己的喜好放入沾醬中。

漬け汁 名 沾醬

★★ すき焼きって何ですか。 壽喜燒是什麼？ ① すき焼きも日本の鍋料理です。 壽喜燒也是日本的鍋物料理。	すき焼き 名 壽喜燒 鍋料理 名 鍋物料理
★ 薄くスライスした肉や他の食材を浅い鉄鍋で焼いたり煮たりして調理する日本の料理です。 是將薄切的肉跟其他食材放進淺鐵鍋中煎或煮來吃的日式料理。	食材 名 食材 鉄鍋 名 鐵鍋 調理 名 サ 烹調
★ 霜降りすき焼きセットを下さい。 我要霜降牛肉壽喜燒套餐。	霜降り 名 霜降牛肉
★ お肉は 150 グラムのコースと 200 グラムのコースがございます。 肉有 150 克的跟 200 克的。	肉 名 肉 グラム 名 公克
★★ どちらになさいますか。 您要哪一種？ ① 150 のコースにして下さい。 我要 150 克的。	コース 名 選項 下さい 補動 請～
★ 締めはうどんとご飯がございますが、どうなさいますか。 最後可以煮烏龍麵或是白飯，您要哪一種？ ① うどんをお願いします。 我要烏龍麵。	締め 名 終結，封緘 ご飯 名 白飯 願う 動 拜託
★★ おでんって何ですか。 關東煮是什麼？ ① おでんも日本の鍋料理の一種です。 關東煮也是日本鍋物料理的一種。	鍋料理 名 鍋物料理 一種 名 一種
★ 醤油などで味付けしたつゆに、大根、蒟蒻など、様々な種を入れて煮込んだ料理です。 是將白蘿蔔、蒟蒻等食材，放入以醬油等調味的高湯所煮的料理。	味付け 名 サ 調味 蒟蒻 名 蒟蒻 煮込む 動 煮
★★ すみません、おでんをお願いします。 麻煩你，我要買關東煮。	おでん 名 關東煮
★ 器のサイズはどちらにしますか。 請問您的容器大小要哪一種？ ① 小さいほうでお願いします。 請給我小的。	器 名 容器 小さい 形 小的
★ 厚揚げを下さい。 我要油豆腐。 ① 申し訳ありません。厚揚げは鍋に入れたばかりなので、まだ十分温まっていません。 不好意思，油豆腐剛剛才下鍋煮，還沒煮熟。	厚揚げ 名 油豆腐 鍋 名 鍋子 十分 副 充分地

★ では、つみれはありますか。那有魚丸嗎？ ① 申し訳ありません。ただ今売り切れています。不好意思，剛剛賣完了。	ただ今 副 現在 売り切れる 動 賣完
★ じゃ、大根一つとロールキャベツ一つと竹輪を二つ下さい。 那我要一個蘿蔔、一個包心菜捲跟兩個竹輪。	大根 名 蘿蔔 竹輪 名 竹輪
★★ 以上で宜しいでしょうか。這樣就好了嗎？ ① はい。是的。	以上 名 以上 宜しい 形 好的
★ だしを入れますか。要放些湯進去嗎？ ① はい、多めに入れて下さい。好請幫我多放一點。	入れる 動 放進 多めに 副 偏多
★ からしはご利用ですか。您要黃芥末嗎？ ① はい、お願いします。要，麻煩你。 ② いいえ、結構です。不用了。	利用 名 サ 利用 願う 動 拜託 結構 形動 不用了
★ 器が熱くなっておりますので、お持ちの際は、気を付けて下さい。容器很燙，拿的時候請小心。	器 名 容器 気を付ける 慣 小心
★★ たこ焼きって何ですか。章魚燒是什麼？ ① たこ焼きは小麦粉の生地の中にたこと薬味を入れて球形に焼き上げた料理です。 章魚燒是在麵粉液中加入章魚跟調味料，燒烤成球形的一種料理。	たこ焼き 名 章魚燒 小麦粉 名 麵粉 薬味 名 調味料 球形 名 球形
★ 葱たこを下さい。請給我蔥花章魚燒。	葱たこ 名 蔥花章魚燒
★ 五個入りのてりたまマヨネーズを下さい。 我要五個裝，加蛋的照燒美乃滋章魚燒。	マヨネーズ 名 美乃滋 下さい 動 給
★ 八個入りの辛子明太子を一舟下さい。 我要一盒八個裝的辣味明太子章魚燒。	辛子明太子 名 辣味明太子 一舟 名 一盒
★★ 店内でお召し上がりですか。在店裡吃嗎？ ① はい。是的。 ② いいえ、持ち帰りです。不，我要帶走。	店内 名 店裡 召し上がる 動 吃 持ち帰る 動 帶走

（累積單字量 15974 個，慣用語量 660 個）

★ 楊枝をもう一本下さい。 請多給我一根竹籤。	楊枝 名 竹籤
★★ お好み焼きって何ですか。 大阪燒是什麼？ ① 小麦粉に卵やそのほかの具を混ぜ、焼いたものが、お好み焼きです。 大阪燒是在麵粉中放入蛋跟其他佐料，攪拌後所煎的東西。	お好み焼き 名 大阪燒 小麦粉 名 麵粉 卵 名 蛋
★ 色々な食材から好きな物を選び、テーブルの上の鉄板で自分で焼いて食べられます。 可以在多樣的食材當中挑選喜歡的東西，放在桌子的鐵板上自己煎來吃。	食材 名 食材 鉄板 名 鐵板
★ まずは油を温めます。 首先將油加熱。	温める 動 加熱
★ お椀の中の具をかき混ぜて、鉄板の上に載せて下さい。 將碗裡的佐料攪拌後，放在鐵板上。	かき混ぜる 動 攪拌 載せる 動 裝載
★ 焼けたら、へらを使ってひっくり返して下さい。 煎好後，用刮刀翻面再煎。	へら 名 刮刀 ひっくり返す 動 翻面
★ お好み焼きの表面にソースを塗って下さい。 在大阪燒的表面塗上醬汁。	表面 名 表面 塗る 動 塗上
★ お好みで青海苔や鰹節やマヨネーズを掛けて下さい。 請依喜好放入海苔、柴魚片，或是美乃滋。	青海苔 名 海苔 鰹節 名 柴魚片
★ ふっくら仕上げるために、焼く時に絶対に種を押し潰さないようにして下さい。 為了要煎出蓬鬆感，在煎的時候請絕對不要將材料壓實。	ふっくら 副 サ 蓬鬆 種 名 材料 押し潰す 動 壓碎
★ 牛肉玉を下さい。 我要牛肉蛋大阪燒。	牛肉 名 牛肉
★ そばの豚玉にイカを下さい。 我要炒麵的烏賊豬肉蛋大阪燒。	玉 名 蛋
★ ダブルそばの豚玉を下さい。 我要雙份炒麵的豬肉蛋大阪燒。	下さい 動 給
★ ホタテをトッピングして下さい。 我的配料要多加帆立貝。	ホタテ 名 帆立貝
★ 鉄板で食べますか、お皿で食べますか。 您要直接在鐵板上吃，還是放在盤子上吃？ ① 鉄板で。 我要在鐵板上吃。	鉄板 名 鐵板 お皿 名 盤子 食べる 動 吃

（累積單字量15999個，慣用語量660個）

★★ 他にご注文はございますか。 還有什麼要點的嗎？ ① 青海苔を下さい。請給我海苔。	他に 副 其他 注文 名 サ 點餐
★★ 居酒屋って何ですか。 居酒屋是什麼？ ① 居酒屋とは日本式のバーのことです。居酒屋是日式酒吧。	居酒屋 名 居酒屋 日本式 名 日式
★ 瓶ビールと生ビールがあります。 我們有瓶裝啤酒跟生啤酒。	瓶ビール 名 瓶裝啤酒
★ 当店では、一名様につき、千円のお席料をいただいております。予めご了承下さい。 要先提醒您，本店的最低消費是每人一千日幣。	お席料 名 入場費 予め 副 預先 了承 名 サ 諒解
★★ お絞りをどうぞ。 請用濕紙巾。	お絞り 名 濕紙巾
★★ こちらお通しです。 這是小菜。	お通し 名 小菜
★★ ビールは何が宜しいですか。 您要喝什麼啤酒？	宜しい 形 好的
★ キリンビール、台湾ビール、朝日ビールがございます。 我們有麒麟啤酒、台灣啤酒跟朝日啤酒。	台湾ビール 名 台灣啤酒 朝日ビール 名 朝日啤酒
★ 日本酒も豊富にご用意しております。 我們也備有豐富的日本酒。	豊富に 副 豐富地
★ せせり二本とハツ二本を下さい。 請給我兩串雞脖子跟兩串雞心。	せせり 名 雞脖子
★ 塩味とタレ味のどちらにしますか。 您要鹽味還是醬味？ ① 両方とも塩味で。兩種都給我鹽味的。	塩味 名 鹽味 タレ味 名 醬味
★ 各タネを塩とタレ一本ずつにして下さい。 每款鹽味跟醬味各來一串。 ① 畏まりました。好的。	タネ 名 材料 一本 名 一串 畏まる 動 遵命
★ 手羽先は一皿何本入っていますか。 雞翅一盤有幾根？ ① 三本です。三根。	手羽先 名 雞翅 一皿 名 一盤
★ じゃ、手羽先二皿とつくねを四本下さい。 那請給我兩盤雞翅膀跟四串雞肉丸。	じゃ 接 那麼 つくね 名 雞肉丸

（累積單字量 16023 個，慣用語量 660 個）

★ ご一緒にサラダは如何ですか。 餐點要不要配上沙拉？	ご一緒に 副 一起

Unit 08 ｜日本のアニメ、漫画、小説 日本的動畫、漫畫、小說

★★ 日本のアニメや漫画事情を教えて。跟我說說日本的動漫跟漫畫吧！ ① 「オタク」と呼ばれる人たちが大勢いる。被稱為「動漫族」的人很多。	漫画 名 漫畫 大勢 副 很多
★★ 「オタク」って何？「動漫族」是什麼？ ① アニメなどに熱中している人だよ。是指沉迷動漫等的人。 ＝ アニメなどに没入している人だよ。 ＝ アニメなどに心を打ち込んでいる人だよ。	アニメ 名 動漫 熱中 名 サ 熱衷 没入 名 サ 投入 心を打ち込む 動 醉心
★ 漫画を集めている人が沢山いる。有很多人收集漫畫。 ＝ 沢山の人が漫画を集めている。	集める 動 收集 沢山 副 很多
★ 通勤電車で漫画を読む大人もいる。 甚至有成人在通勤的電車上看漫畫。 ＝ 通勤電車で漫画を読む大人さえいる。	通勤電車 名 通勤電車 大人 名 成人 さえ 副助 連～
★ 学生たちはいつも漫画を読み耽っている。 學生們總是沉迷於漫畫中。	いつも 副 總是 読み耽る 動 埋頭閱讀
★ 授業中漫画を回し読みする学生がいる。 學生們有時會在上課中傳閱漫畫。 ＝授業中漫画を回覧する学生がいる。 ＝授業中漫画を回読する学生がいる。	授業中 副 上課中 回し読み 名 サ 傳閱 回覧 名 サ 傳閱 回読 名 サ 傳閱
★ 少女たちは漫画の主人公の様な恋がしたい。 少女們想像漫畫主角那樣談戀愛。	少女 名 少女 主人公 名 主角

（累積單字量16043個，慣用語量660個）

★ 彼は漫画がなくては生きることができない。 他沒有漫畫無法生存。 ＝ 彼は漫画がなくては生きられない。	漫画 名 漫畫 生きる 動 生存 彼 名 他
★ 彼は二百冊以上の漫画を持っている。 他擁有兩百本以上的漫畫。	持つ 動 擁有
★ 彼はよく「別冊少年マガジン」を読む。 他常常看《別冊少年雜誌》。	読む 動 閱讀
★ 「別冊少年マガジン」は「別 Maga」と略称する。 《別冊少年雜誌》簡稱為《別 Maga》。	別冊 名 副刊，增刊，附冊 略称 名 サ 簡稱
★ 「別 Maga」は講談社が発行する少年漫画雑誌だ。 《別 Maga》是講談社所發行的少年漫畫雜誌。	発行 名 サ 發行 雑誌 名 雜誌
★ 彼は授業中漫画を読んでいるところを見付かった。 他上課偷看漫畫被發現了。	読む 動 閱讀 見付かる 動 被發現
★ 彼は布団の中で漫画を読んだこともある。 他甚至曾在被窩中看過漫畫。	布団 名 棉被 中 名 裡面
★ 彼の最も好きな漫画は「進撃の巨人」だ。 他最喜歡的漫畫是《進擊的巨人》。	最も 副 最 好き 形動 喜歡
★ 「進撃の巨人」は世界中で大ブレークしている。 《進擊的巨人》在世界大受歡迎。	世界中 名 世界上 大ブレーク 名 サ 大受歡迎
★ 「進撃の巨人」の作者は諫山創と言う。 《進擊的巨人》作者叫做諫山創。	作者 名 作者 言う 動 叫做
★ 諫山創は「漫画界のホープ」と言われている。 諫山創被稱為「漫畫界的希望」。	ホープ 名 希望 言われる 動 被稱為
★ 「進撃の巨人」は人間が巨人に立ち向かうストーリーだ。 《進擊的巨人》是人類正面對抗巨人的故事。 ＝ 「進撃の巨人」は人間が巨人に対抗するストーリーだ。 ＝ 「進撃の巨人」は人間が巨人に抗うストーリーだ。	人間 名 人類 立ち向かう 動 對抗 対抗 名 サ 對抗 抗う 動 對抗

（累積單字量 16068 個，慣用語量 660 個）

★ 巨人に立ち向かう人間は作者自身の願望を投影したものなのだ。 正面對抗巨人的人類正投射了作者本身的願望。 ＝ 巨人に立ち向かう人間は作者自身の願望を投射したものなのだ。	願望 名 サ 願望 投影 名 サ 投影 投射 名 サ 投射
★ 「進撃の巨人」は 2013 年アニメ化された。 《進擊的巨人》已經在 2013 年推出動畫了。	巨人 名 巨人 アニメ化 名 サ 出現動畫版
★ 「進撃の巨人」は実写版映画化も決まっている。 《進擊的巨人》真人版電影也確定上映。	進撃 名 サ 進擊 決まる 動 確定
★★ 私は漫画を見るのが好きだ。 我喜歡看漫畫。	見る 動 看
★★ 今まで多くの種類の漫画を読んだ。 到目前為止，我看過很多種類的漫畫。	今まで 慣 到目前為止 種類 名 種類
★ 特に少女向きに描かれた漫画が好きだ。 我特別喜歡看畫給少女看的漫畫。	~向き 接尾 適合~ 描く 動 畫
★ 今日は漫画を買うために、本屋へ行った。 我今天為了買漫畫去了書店。 ＝ 今日は本屋へ漫画を買いに行った。	買う 動 買 ~ため 名 為了~ 本屋 名 書店
★ 本屋に漫画が氾濫している。 書店裡漫畫氾濫。	氾濫 名 サ 氾濫
★ 漫画を読むことは大抵子供の気晴らしと見られている。 看漫畫大致上被認為是小孩子的消遣。 ＝ 漫画を読むことは普通子供の気晴らしと見られている。 ＝ 漫画を読むことは一般に子供の気晴らしと見られている。	大抵 副 大致上 気晴らし 名 消遣 普通 形動 副 普通 一般に 副 一般地
★ 最近の漫画は暴力や性の描写が多過ぎる。 最近的漫畫，暴力跟性的描寫太多了。 ＝ 最近の漫画は暴力や性の写し表すことが多過ぎる。	暴力 名 暴力 写し表す 動 描寫 多過ぎる 動 過多
★ 人気漫画はドラマ化される。 受歡迎的漫畫被改編成戲劇。 ＝ 人気漫画は劇化される。	ドラマ化 名 サ 改編成戲劇 劇化 名 サ 改編成戲劇

★ 人気漫画はテレビアニメシリーズ化された。 受歡迎的漫畫被改成電視動畫了。	人気 名 人氣 アニメ 名 動畫
★ 日本は世界最大のアニメ生産国なんだ。 日本是世界上最大的動畫生產國。 ＝ 日本は世界最大のアニメーション生産国なんだ。	最大 名 最大 世界 名 世界 生産国 名 生產國
★ 日本の漫画は大規模なブームを起こした。 日本漫畫引起了大規模的熱潮。	大規模 形動 大規模 ブーム 名 熱潮
★ アニメや漫画は代表的な日本文化だ。 動畫跟漫畫是代表性的日本文化。	代表的 形動 代表的 文化 名 文化
★ アニメや漫画は注目に値する日本文化だ。 動畫跟漫畫是值得注目的日本文化。 ＝ アニメや漫画は注目の価値がある日本文化だ。	注目に値する 慣 值得注目 注目の価値がある 慣 值得注目
★ アニメは日本が世界に誇る文化だ。 動畫是日本可以誇耀世界的文化。	日本 名 日本 誇る 動 誇耀
★ 殆どの日本人は日本のアニメを誇りに思っている。 大部分的日本人認為日本動畫是令人驕傲的。	殆ど 名 副 大部分 誇りに思う 慣 感到驕傲
★ 「ワンピース」は日本の子供たちにとても人気のあるアニメだ。《海賊王》是相當受日本小朋友們歡迎的動畫。 ＝ 「ワンピース」は日本の子供たちの間でとても人気のあるアニメだ。	日本 名 日本 子供 名 小朋友 間 名 之間
★ 「ワンピース」は二十年近く放送されている。 《海賊王》已經播放了將近二十年。	近く 副 將近 放送 名 サ 播放
★ 「ワンピース」は台湾でも放送されている。 《海賊王》在台灣也有播放。	台湾 名 台灣
★ 「ドラえもん」はアジア各国でも人気だよ。 《哆啦 A 夢》在亞洲各國也很受歡迎。	アジア各国 名 亞洲各國 人気 名 人氣
★ 「キティちゃん」は女の子にとても人気だ。 《KITTY 貓》很受女孩們的歡迎。	女の子 名 女孩 とても 副 相當

（累積單字量 16113 個，慣用語量 665 個）

★ 「遊戯王」は男の子にとても人気だ。《遊戲王》很受男孩們的歡迎。	男の子 名 男孩
★ 教育目的の漫画もたくさんあるよ。 也有很多以教育為目的的漫畫。	教育 名 教育
★★ どういうこと？怎麼說呢？ ① 例えば、歴史などを漫画で学べるんだ。 例如，我們可以透過漫畫來學歷史。	例えば 副 例如 歴史 名 歷史 学べる 動 能學到
★★ 何故日本のアニメや漫画は人気なの？ 為什麼日本的動畫跟漫畫很受歡迎呢？ ① ストーリーが優れているからかな。 大概是因為劇情都很精采吧！ ② 豊富なキャラクターグッズも理由の一つだ。 有豐富的周邊商品也是理由之一。	何故 副 為什麼 ストーリー 名 劇情 優れる 動 卓越 豊富 形動 豐富 理由 名 理由
★ 優れたアニメ作家がいるから。 因為有優秀的動畫作家。 ＝ 非凡なアニメ創作者がいるから。	非凡 形動 非凡 創作者 名 創作者
★ 私はアニメについて多くのことを知っている。 我了解很多關於動畫的事。	多く 名 副 很多 知る 動 知道
★ アニメのサイトでアニメのことを色々と知った。 我在動畫網站上得知各式各樣動畫的事。 ＝ アニメのサイトでアニメについて色々なことを知った。	アニメ 名 動畫 サイト 名 網站 色々 形動 各式各樣
★★ どんなアニメを見てる？你有在看什麼動畫嗎？	見る 動 看
★★ 日本のアニメを見る？你看日本的動畫嗎？	日本 名 日本
★★ どんなアニメが好き？你喜歡怎樣的動畫？	好き 形動 喜歡
★★ お勧めのアニメは何？你有什麼建議的動畫嗎？	勧める 動 推薦
★ アニメの映画を見るために、映画館に行ったことがある？ 你曾為了看動畫電影去電影院嗎？	映画を見る 慣 看電影 映画館 名 電影院
★ 宮崎駿は有名な日本アニメのクリエーターだ。 宮崎駿是日本有名的動畫創作者。	有名 形動 有名 クリエーター 名 創作者

★ 彼も世界で活躍するアニメーション作家だ。 他也是活躍於世的動畫作家。	活躍 名 サ 活躍 作家 名 作家
★ 宮崎駿はアニメの社会的評価を変えた。 宮崎駿改變了社會對動畫的看法。	評価 名 サ 評價 変える 動 改變
★ 宮崎駿の作品はどれも非常に有名だ。 宮崎駿的每部作品都非常有名。 = 宮崎駿の作品はいずれも非常に有名だ。 = 宮崎駿の作品はみんな非常に有名だ。	作品 名 作品 どれも 慣 每部都～ いずれも 慣 每部都～ 非常に 副 非常地
★★ 私はアニメについてあまり詳しくない。 我對動畫不太了解。	詳しい 形 熟悉的
★★ 日本のアニメについて教えてくれて嬉しい。 很高興你告訴我關於日本動畫的事情。	～について 慣 關於～ 嬉しい 形 高興的
★ 宮崎駿の作品を紹介してくれない？ 請介紹我宮崎駿的作品好嗎？ ① 例えば、「天空の城ラピュタ」「隣のトトロ」「千と千尋の神隠し」などだ。 例如《天空之城》、《龍貓》、《神隱少女》等等。	紹介 名 サ 介紹 天空 名 天空 隣 名 隔壁，鄰居
★ 宮崎駿のアニメから感動が得られる。 從宮崎駿的作品可以得到感動。 = 宮崎駿のアニメから感動を得ることができる。	感動 名 サ 感動 得る 動 得到
★ 宮崎駿のアニメは音楽がかっこいい。 宮崎駿動畫的音樂很酷。	音楽 名 音樂
★ 宮崎駿のアニメの主題歌はなかなか頭を離れないイヤーワームだ。 宮崎駿動畫的主題曲是無法從我腦海中消失的耳蟲。	主題歌 名 主題曲 離れる 動 離開
★ 「宮崎アニメ」を全く見たことがない人はいないだろう。 應該沒有從未看過「宮崎動畫」的人吧！	全く 副 完全 人 名 人
★ 普段アニメはあまり見ないが、「宮崎アニメ」だけは見る人も少なくない。 平時不怎麼看動畫，卻只看「宮崎動畫」的人不少。 = 普段アニメはあまり見ないが、「宮崎アニメ」しか見ない人も多い。	普段 副 平常 少なくない 慣 不少的 多い 形 多的

（累積單字量 16157 個，慣用語量 670 個）

★「宮崎アニメ」は海外でも有名だ。 「宮崎動畫」在海外也相當有名。	も [副助] 也 有名 [形動] 有名
★「宮崎アニメ」は海外にもファンは多い。 「宮崎動畫」海外也有很多粉絲。	海外 [名] 海外 ファン [名] 粉絲
★「宮崎アニメ」は国際的評価も高い。「宮崎動畫」的國際評價也高。	評価 [名] 評價
★「宮崎アニメ」は大人と子供が本当に夢中になれる作品だ。 「宮崎動畫」是令大人跟小朋友深切著迷的作品。	夢中 [形動] 著迷 作品 [名] 作品
★何故「宮崎アニメ」は愛されるのだろうか。 「宮崎動畫」受到喜愛的原因為何呢？ ①「宮崎アニメ」は年齢や民族、文化の違いを超えた。 「宮崎動畫」超越了年齡、民族，與文化。	年齢 [名] 年齡 民族 [名] 民族 文化 [名] 文化 超える [動] 超越
★「宮崎アニメ」は子供だけではなく、大人も楽しめる。 「宮崎動畫」不只是小朋友，連大人也能享受。	子供 [名] 孩童 大人 [名] 成人
★アニメは日本を代表する文化の一つと見なされているが、その最大の功労者が宮崎駿だ。 動畫被認為是日本代表性文化之一，最大的功臣就是宮崎駿。	代表 [名][サ] 代表 見なす [動] 認為 最大 [名] 最大
★アニメは世界に影響し始めた。動畫開始帶給世界影響。 ＝ アニメは世界に影響を与え始めた。 ＝ アニメは世界に影響力を持ち始めた。	影響し始める [動] 開始影響 影響を与え始める（持ち始める）[慣] 開始有影響力
★宮崎駿はもう引退すると宣言した。宮崎駿已經宣布退休了。 ＝ 宮崎駿はもう引退すると宣言を出した。 ＝ 宮崎駿はもう引退すると宣言を示した。	宣言 [名][サ] 宣告 宣言を出す [慣] 宣告 宣言を示す [慣] 宣告
★本当にもう「宮崎アニメ」が見られないの？ 是不是真的再也看不到「宮崎動畫」了？	本当に [副] 真的 もう [副] 已經
★日本の小説は実にジャンルが多様だ。日本的小說真的是類型繁多。 ＝ 日本の小説は本当にジャンルが多様だ。 ＝ 日本の小説は全くジャンルが多様だ。	ジャンル [名] 類型 多様 [形動] 繁多 全く [副] 真的

★ 日本の小説は私小説、経済小説、歴史小説などに分かれている。
日本的小說分為私小說、經濟小說、歷史小說等。

私小説 名 私小說
分かれる 動 分為

★ 「私小説（＝私小説）」は作者が直接に経験した事柄を素材にして書かれた小説を指す。
「私小說」是指以作者直接體驗的事物為素材的小說。

＝「私小説（＝私小説）」は作者の身の回りの出来事をそのまま材料にした小説を指す。

事柄 名 事物
素材 名 素材
身の回り 慣 身邊
出来事 名 事件，事故

★ 「経済小説」は、企業、業界、経済現象、経済事件などを扱う小説の総称だ。
「經濟小說」是涉及企業、業界、經濟現象、經濟事件等小說的總稱。

企業 名 企業
総称 名 總稱

★ ビジネスの知識は「経済小説」で学べる。
商業知識可以在「經濟小說」上學到。

＝ ビジネスの知識は「経済小説」で学習できる。
＝ ビジネスの知識は「経済小説」で勉強できる。

学ぶ 動 學習
学習 名 サ 學習
勉強 名 サ 學習

★ 面白い歴史小説を紹介して下さい。 請介紹我有趣的歷史小說。

① 僕は司馬遼太郎さんの作品が好きだ。我喜歡司馬遼太郎的作品。

面白い 形 有趣的
作品 名 作品

Chapter 12

かんきょう
環境について

關於環境

Chapter 12 環境(かんきょう)について 關於環境

Unit 01 ｜緊急事態(きんきゅうじたい)、交通事故(こうつうじこ)、違反(いはん)、火災(かさい)
緊急情況、車禍、違規、火災

★★ 危険(きけん)！ 危險！ ＝ 危(あぶ)ない！	危険(きけん) [形動] 危險 危(あぶ)ない [形] 危險的
★★ 助(たす)けて！ 救命！	助(たす)ける [動] 幫忙
☆★ 急(いそ)いで！ 快點！	急(いそ)ぐ [動] 趕緊
★★ 緊急(きんきゅう)です！ 很緊急！	緊急(きんきゅう) [形動] 緊急
☆★ 注意(ちゅうい)しろ！ 注意！	注意(ちゅうい) [名] [サ] 注意
☆★ 気(き)を付(つ)けて！ 小心！	気(き)を付(つ)ける [慣] 小心
★★ 慌(あわ)てるな！ 別慌張！	慌(あわ)てる [動] 慌張
★ あの男(おとこ)を追(お)い掛(か)けて！ 追那個男的！	追(お)い掛(か)ける [動] 追
★ すりに遭(あ)いました。 我遇到扒手了。	遭(あ)う [動] 遭遇
★ 財布(さいふ)を盗(ぬす)まれました。 我的錢包被偷了。	盗(ぬす)む [動] 偷
★ パスポートを失(な)くしました。 我的護照掉了。 ① 大使館(たいしかん)に連絡(れんらく)したほうがいいですよ。 您最好跟大使館聯絡一下。	失(な)くす [動] 遺失 大使館(たいしかん) [名] 大使館 連絡(れんらく) [名] [サ] 聯絡
★ 襲撃(しゅうげき)されました。 我被襲擊了。	襲撃(しゅうげき) [名] [サ] 襲擊
★★ 怪我(けが)はありませんか。 您沒有受傷嗎？ ① 怪我(けが)はしていません。 我沒有受傷。 ② 怪我(けが)をしています。 我受傷了。	怪我(けが) [名] [サ] 受傷 怪我(けが)はしない [慣] 沒受傷 怪我(けが)をする [慣] 受傷

（累積單字量 16207 個，慣用語量 677 個）

☆★ 大丈夫ですか。 您不要緊吧？ ① 大丈夫です。不要緊的。 ② 大したことはありません。沒什麼大礙。	大丈夫 形動 不要緊 大した 連體 重大的 こと 名 此處指狀況
★★ 救急車を呼びましょうか。 要叫救護車嗎？ ① 救急車を呼んで！叫救護車！	救急車 名 救護車 呼ぶ 動 叫
★★ 非常口はどこですか。 緊急出口在哪裡？	非常口 名 緊急出口
★★ 緊急病院はどこですか。 急診室在哪裡？	緊急病院 名 急診室
★ 立ち入り禁止！ 禁止進入！	禁止 名 サ 禁止
★★ どいて下さい！ 請讓開！	下さい 補動 請～
★★ 近付くな！ 別靠近！	近付く 動 接近，靠近
★ あれは何と書いてあるのですか。 那寫著什麼？ ① 「火気厳禁」と書いてあります。寫著「嚴禁煙火」。 ② 「手を触れるな」と書いてあります。寫著「請勿觸摸」。	書く 動 寫 厳禁 名 サ 嚴禁 触れる 動 觸摸
★ 二日続けて、交通事故が起こった。 連續兩天發生車禍。	起こる 動 發生
★★ 交通事故に遭った。 我遇到車禍了。 ＝ 交通事故に見舞われた。	交通事故 名 車禍 見舞う 動 遭受
★ 家に帰る途中、交通事故に遭った。 我在回家途中遇到車禍。 ＝ 帰宅する途中で交通事故に遭った。 ＝ 帰宅途中で交通事故に遭った。	家に帰る 慣 回家 帰宅 名 サ 回家 途中 名 途中
★ 交通事故は突然起きた。 突然發生車禍了。	突然 副 突然
★ 高速道路で事故が起きた。 在高速公路上發生了車禍。 ＝ ハイウェイで事故が起きた。	高速道路 名 高速公路 ハイウェイ 名 高速公路
★ ここは交通事故の多発地点だ。 這裡是經常發生車禍的地點。	地点 名 地點

★ 緊急ブレーキはどこですか。緊急煞車在哪裡？	緊急ブレーキ 名 緊急剎車
★ 事故のために交通が妨げられた。車禍妨礙了交通。	妨げる 動 妨礙
★ 事故で交通が混乱した。車禍造成了交通混亂。 ＝ 事故から交通混乱が起こった。	混乱 名 サ 混亂 交通混乱 名 交通混亂
★ 事故で交通は数時間止められた。車禍造成交通中斷數小時。 ＝ 事故で交通は数時間停滞した。	止める 動 停止 停滞 名 サ 停滯
★ 交通が麻痺状態だった。交通呈現麻痺狀態。	麻痺状態 名 麻痺狀態
★ ひどく渋滞していた。塞車非常嚴重。	渋滞 名 サ 交通堵塞
★ 衝突事故で車が壊れた。我的車子因為碰撞而損壞了。	壊れる 動 損壞
★ 事故で車がひどくやられた。我的車子因為車禍而慘兮兮的。	車 名 車子
★ 事故で怪我をした。我因為車禍受傷了。 ＝ 事故で負傷した。	怪我 名 サ 受傷 負傷 名 サ 負傷
★ 事故で軽傷を負った。我因為車禍受了輕傷。	軽傷 名 輕傷
★ 事故で重傷を負った。我因為車禍受了重傷。 ＝ 事故で大けがをした。	重傷 名 重傷 大けが 名 サ 重傷
★ ほんの小さな事故だった。只是一個小小的車禍。	小さな 形動 小小的
★ 多くの人がこの事故を目撃した。很多人目擊了這次車禍。	目撃 名 サ 目擊
★ 私は事故現場の写真を撮った。我拍攝了車禍現場的照片。	現場 名 現場
★★ どうして事故が起こったのか。為什麼會發生車禍呢？	事故 名 事故
★★ 事故はどうやって起こったのか。車禍是怎麼引起的呢？	起こる 動 引起
★ この事故の責任は誰にあるのか。誰該負起這次車禍的責任呢？	誰 代名 誰

（累積單字量 16250 個，慣用語量 678 個）

★ この事故の責任は彼にあると思う。 我認為他該對這個事故負責。 ＝ 彼はこの事故に対して責任があると思う。 ＝ 事故の責任があるのは彼だと思う。	責任 [名] 責任 対する [動] 承擔，面對 彼 [名] 他
★ 交通事故は人為的ミスによるものだった。 車禍是因為人為疏失。	人為的 [形動] 人為的
★ 速度の出し過ぎは事故のもとになる。 速度過快是車禍的根源。	速度 [名] 速度
★ 交通事故の原因は不注意な運転だった。 車禍的原因是因為開車不小心。 ＝ 不注意な運転が交通事故を引き起こした。 ＝ 不注意な運転が交通事故の原因となった。	交通事故 [名] 車禍 原因 [名] 原因 引き起こす [動] 引起 運転 [名] [サ] 駕駛
★ 彼の不注意の結果、事故が生じた。 因為他不小心才會發生車禍。 ＝ 彼の不注意から事故が起きた。	結果 [名] 結果 事故が起きる [慣] 發生車禍
★ 事故はよく不注意から起こるものだ。 車禍常常是不小心所造成的。 ＝ 事故はよく不注意から生じるものだ。	不注意 [形動] 粗心大意 生じる [動] 產生
★★ 警察を呼びましょう。 我們叫警察吧！	呼ぶ [動] 叫
★★ 早く警察を呼んで！ 快叫警察！	早く [副] 快點
★ 警察に電話で連絡した。 我用電話聯絡了警察。	電話 [名] [サ] 電話
★ 事故の後、すぐ警察がやってきた。 車禍發生後，警方馬上趕來。 ＝ 事故が起きた後、すぐ警察がやってきた。	後 [名] 之後 警察 [名] 警察
★ 警察が事故現場に着いた。 警方趕到了車禍現場。	着く [動] 到達
★ 事故を詳細に述べた。 我描述了車禍的詳細經過。	述べる [動] 敘述
★ 前の車に追突した。 我撞到了前面的車。	追突 [名] [サ] 追撞
★ 後続車に追突された。 我被後面的車撞了。	後続車 [名] 後面的車子

★ 自転車と接触事故を起こした。 我跟腳踏車擦撞了。	自転車 名 自行車
★ 事故は半時間前に起こった。 車禍是半小時前發生的。	半時間 名 半小時
★ 警察は事故を処理した。 警方處理了車禍。	事故 名 事故
★ 警察は交通整理をした。 警方整頓了交通。	整理 名 サ 整理
★ 警察は事故の原因を調査した。 警方調查了車禍的原因。 ＝ 警察は事故の原因を調べた。	調査 名 サ 調査 調べる 動 調查
★ 事故の原因はまだ調査中だ。 車禍的原因還在調查當中。	調査中 名 調查中
★ 事故の原因はまだ捜索中だ。 車禍的原因還在搜索當中。	捜索中 名 搜索中
★ これには私の保険が効きます。 這我的保險可以給付。	保険 名 保險
★★ 連絡はどこにすればいいですか。 我要怎麼跟您聯絡？	連絡 名 サ 聯絡
★ もっと気を付けて運転すれば事故を防ぐことができる。 更加小心開車可以防止車禍發生。	気を付ける 慣 小心 防ぐ 動 防止
★ 交通ルールを守って運転して下さい。 開車請遵守交通規則。 ＝ 交通規則を守って運転して下さい。	交通ルール 名 交通規則 交通規則 名 交通規則
★ 違法運転をした。 我違規駕駛。	違法運転 名 サ 違規駕駛
★ 猛スピードで運転した。 我開快車。	猛スピード 名 超快速
★ スピード違反をした。 我超速。	スピード違反 名 超速
★ 二十キロオーバーのスピード違反をした。 我超速二十公里。	オーバー 名 サ 超過
★ 飲酒運転をした。 我酒駕。	飲酒運転 名 サ 酒駕
★ 駐車違反をした。 我違規停車。	駐車違反 名 サ 違規停車
★ 信号無視をした。 我闖紅燈。	信号無視 名 サ 闖紅燈

（累積單字量 16291 個，慣用語量 680 個）

★ ウインカーを出(だ)さないで右折(うせつ)した。我沒有打方向燈就右轉。	右折(うせつ) 名 サ 右轉
★ 一方通行(いっぽうつうこう)を逆走(ぎゃくそう)した。我在單行道逆向行駛。	一方通行(いっぽうつうこう) 名 單行道
★ 「一時停止(いちじていし)」の交通標識(こうつうひょうしき)を無視(むし)した。我不理會「暫停」的交通標誌。	交通標識(こうつうひょうしき) 名 交通標誌
★ 路肩(ろかた)を走(はし)った。我走了路肩。	路肩(ろかた) 名 路肩
★ 警官(けいかん)に捕(つか)まった。我被警察抓了。	捕(つか)まる 動 被抓
★ 警官(けいかん)に違反切符(いはんきっぷ)を切(き)られた。我被警察開罰單了。	違反切符(いはんきっぷ) 名 罰單
★ 火事(かじ)だ！火災！	火事(かじ) 名 火災
★ 火事(かじ)が起(お)こった！發生火災了！	起(お)こる 動 發生
★ 火(ひ)が燃(も)え盛(さか)っている。火勢正旺。	燃(も)え盛(さか)る 動 燒得旺
★ 火事(かじ)は大(おお)きくなりそうだ。火勢變大了。	大(おお)きい 形 盛大的
★ 火事(かじ)がズンズン拡(ひろ)がった。火勢迅速蔓延了。	拡(ひろ)がる 動 擴展
★ 逃(に)げろ！快逃！	逃(に)げる 動 逃脫
★ 家(いえ)は火事(かじ)で焼(や)けた。房子被火燒了。	焼(や)ける 動 燒
★ 消防車(しょうぼうしゃ)が火災現場(かさいげんば)に着(つ)いた。消防車趕到了火災現場。	消防車(しょうぼうしゃ) 名 消防車
★ 警察(けいさつ)は火事(かじ)の原因(げんいん)を調査(ちょうさ)した。警方調查了失火的原因。	原因(げんいん) 名 原因
★ 火事(かじ)は今朝(けさ)起(お)こった。火災是今天早上發生的。	今朝(けさ) 副 今天早上
★ 火事(かじ)の原因(げんいん)は不明(ふめい)だった。火災的原因不明。	不明(ふめい) 形動 不明
★ 火事(かじ)の原因(げんいん)は大体(だいたい)分(わ)かった。火災的原因大致了解了。	大体(だいたい) 副 大致
★ 火事(かじ)の原因(げんいん)は漏電(ろうでん)だった。火災的原因是漏電。	漏電(ろうでん) 名 サ 漏電

（累積單字量16309個，慣用語量681個）

★ 火事の原因はタバコの吸殻だった。火災的原因是菸蒂。	吸殻 名 菸蒂

Unit 02 ｜天気、気候 天氣、氣候

★★ 今日の天気はどう？今天天氣如何？ ① 天気予報を見てみよう。看一下天氣預報。	今日 名 今天 天気 名 天氣
★ 天気予報を見そびれちゃった。我忘了看天氣預報了。 ＝ 天気予報を見るのを忘れちゃった。	天気予報 名 天氣預報 忘れる 動 忘記
★ 天気予報が外れた。天氣預報不準 。	外れる 動 偏離，不準確
★★ 曇りだよ。是陰天。	曇り 名 陰天
★ 天気予報では晴れだといっていました。氣象預報說是晴天。	晴れ 名 晴天
★ 晴れのち曇りだって。據說先放晴然後轉陰天。	晴れのち曇り 慣 晴後陰
★ だんだん曇って来たね。天氣漸漸轉陰了。	曇る 動 陰天
★★ 今日、雨が降るかな？今天會下雨嗎？ ① 降るかもね。或許會下喔！ ② 一雨来そうだよ。好像會有一場雨。	雨が降る 慣 下雨 一雨 名 一場雨 来る 動 來
★ 夕方、ところにより俄雨だって。據說傍晚局部會有陣雨。	俄雨 名 陣雨
★★ 傘を持って行った方がいいと思う？你認為我應該帶傘去嗎？ ① 持って行って悪いことはないでしょう。帶著也沒損失吧！ ② 傘を持って行きなさい。帶傘去吧！	傘 名 傘 思う 動 認為 悪い 形 不好的

（累積單字量 16324 個，慣用語量 683 個）

★ 明日、子供たちを連れて海に行くんですけど、ちょっと天気が心配で。我明天要帶孩子們去海邊，有點擔心天氣。 ① 雨は降らないでしょう。應該不會下雨吧！	子供たち 名 孩子們 連れる 動 帶 心配 名 サ 擔心
★★ 明日は晴れるだろう。明天天氣就會轉晴吧！ ① どうも雲の多い天気になりそうですね。感覺好像是多雲的天氣。	明日 名 明天 雲 名 雲
★ 天気予報が当たれば、晴れなんだけど、あまり当てにならないですからね。天氣預報準確的話，應該是晴天，但是常常不怎麼準確。 ① ええ。折角ですから、からっと晴れるといいですけどね。 是啊！難得的機會，如果來個爽朗的大晴天就好了。	当たる 動 準確 当てにならない 慣 不準確 折角 副 難得 晴れる 動 晴天
☆★ 今日はいい天気だね。今天天氣真好啊！	今日 名 今天
☆★ 何ていい天気なんだろう。多麼好的天氣啊！ ＝ 何ていい日でしょう。	何て 副助 多麼 日 名 日子
★ 今がちょうどいい温度だな。現在的溫度剛剛好。	温度 名 溫度
★ 部屋の温度は二十三度、申し分ないね。 房間的溫度是 23 度，太完美了！	部屋 名 房間 申し分ない 慣 圓滿的
★ 快適な温度だ。很舒服的溫度。	快適 形動 舒適
★ この天気が続くといいね。希望這種天氣可以持續。	続く 動 持續
★ 天気は持つと思います。我認為好天氣會持續下去。	持つ 動 保持，維持
★ 雲一つないね！天空中沒有半朵雲耶！	一つ 名 一朵
★ 風が強いけどね。雖然風很大。 ＝ 風がひどいけどね。	風 名 風 強い 形 強勁的
★ 日に焼けそう。我好像曬黑了。	焼ける 動 曬黑
★ 雨降るって？有說會下雨嗎？	降る 動 下，降

★ 雨にならないといいのにな。希望不會下雨。	雨にならない【慣】不會下雨
★ 今日は降水確率ゼロ％だって。據説降雨機率是百分之零。	降水確率【名】降雨機率
★ 昼過ぎから大雨だってよ。據説中午過後會有大雨。 ＝ 昼過ぎから雨が激しく降るってよ。	昼過ぎ【名】中午過後 大雨【名】大雨
★ 今晩遅くから降り始めるって。據説今天深夜會開始下雨。	降り始める【動】開始下雨
★★ 雨のようです。我覺得會下雨。	雨【名】雨
★ いまにも雨が降り出しそうだ。好像隨時都會下雨。 ① 多分ね。あっちに黒い雲がたくさんある。有可能喔！那邊有很多黑雲。	多分【副】或許 黒い【形】黑色的
★ 台風が近付いているって。據説颱風快要來了。 ① どうかな、大丈夫じゃない？會怎麼樣嗎？ 我想應該不要緊吧？	台風【名】颱風 近付く【動】靠近
★ 今もう霧雨降っているよ。現在已經下著毛毛雨了。	霧雨【名】毛毛雨
★ 雷が嫌いだ！我討厭打雷！	雷【名】雷
★ しまった！傘を持たずに会社に来ちゃった。 真糟糕！我沒帶傘就來上班了。 ① 一本余ってるから、使っていいよ。我有多一把傘，你可以使用。	傘【名】傘 会社【名】公司 余る【動】剩餘
★ 六月を過ぎると、雨がちの天気になる。 六月以後就是多雨的天氣了。	過ぎる【動】經過 雨がち【慣】多雨
★ 今日も雨がちで比較的気温が低かった。 今天也是多雨而氣溫相對地低。	比較的【形動】比較的 低い【形】低的
★ 午後夕立に遭っちゃったよ。我下午碰上一場雷陣雨。	夕立【名】驟雨
★ ひどい雨だったが、濡れなかった？好大的雨啊！你有淋濕嗎？	濡れる【動】淋濕
★ 土砂降りだ！正下著傾盆大雨！	土砂降り【名】傾盆大雨

（累積單字量 16365 個，慣用語量 687 個）

★★ もうじき止むでしょうか。雨應該馬上會停了吧！ ＝ もうすぐ止むでしょうか。	もうじき【副】馬上 もうすぐ【副】馬上
★★ 雨が止んできました。雨停了。	止む【動】停止
★★ 午後は晴れました。午後放晴了。	午後【名】下午
★★ 最近は天気の変化が激しい。最近天氣變化劇烈。	激しい【形】劇烈的
★ 季節の変わり目は天気が不安定だね。 在季節交替時，天氣很不穩定。	変わり目【名】轉折點 不安定【形動】不穩定
★★ 明日の予報はどうですか。明天的天氣預報如何？	予報【名】預報
★★ 冬になると、とても寒くなる。 到了冬天，就變成非常寒冷的天氣了。	冬【名】冬天
★★ 今年の冬は、いつもより寒い。今年冬天比往常還要冷。	今年【名】今年
☆★★ 寒い！好冷啊！	寒い【形】寒冷的
☆★★ とても寒くなってきました。變得好冷啊！	寒くなる【慣】變冷
★ 台湾記録史上で一番寒い冬だって。 據說是台灣有史以來最冷的冬天。	台湾記録史上【名】台灣史上 一番【副】最
★ ここの気候は私には合わない。 這裡的氣候不適合我。	気候【名】氣候
★ 凍えそうに寒いよ。冷得快凍僵了。	凍える【動】凍僵
★ 顔が凍りそう。我的臉好像凍僵了。	凍る【動】凍僵
★ 朝晩は冷えるよね！早晚都好冷喔！	朝晩【名】早晚
★ 温度計で部屋の温度をチェックした。 我用溫度計測量了房間的溫度。	部屋【名】房間 チェック【名】【サ】檢查

★ 気温はどう？ 氣溫多少？ ＝ 気温は、何度ですか？ ① 七度です。 七度。 ＝ 温度計は七度を示しています。	気温 名 氣溫 何度 代名 幾度 温度計 名 溫度計 示す 動 顯示
★ この部屋の温度は七度しかない。 這房間的溫度只有七度。	温度 名 溫度
★ 暖房の温度もっと上げてよ。 請把暖氣的溫度提高。	暖房 名 暖氣
★★ 外出したくないなあ。 真不想外出。 ＝ 外に出たくないなあ。 ＝ 出掛けたくないなあ。	外出 名 サ 外出 外に出る 慣 外出 出掛ける 動 外出
★★ 雨でも晴れても行きます。 無論晴天或是雨天，我們都要去。	雨でも晴れても 慣 無論晴雨
★ 気温が氷点下になることもある。 氣溫有時候會降到零度以下。	氷点下 名 零度以下
★ 雪に変わるかもね。 或許會轉成下雪吧！	雪 名 雪
★★ 雪が降り始めました。 開始下雪了。	降り始める 動 開始下雪
★ この辺りは冬に雪が多いんだ。 這一帶在冬天會下很多雪。	多い 形 很多的
★★ そんな恰好で寒くないの？ 你穿那樣不冷嗎？	恰好 名 樣子
★★ 厚着をしなさい！ 請穿厚一點！	厚着 名 穿著厚衣服
★★ 暖かくしなさいよ！ 請穿暖和一點！	暖かい 形 暖和的
★★ なんて蒸し暑いの！ 怎麼那麼悶熱啊！	蒸し暑い 形 悶熱的
★ 三十五度！ 三十五度！	～度 名 ～度
★ うだるような暑さだ！ 令人喘不過氣的熱啊！	暑さ 名 熱
★ 少し動くだけで汗が出る。 稍微動一下就出汗了。	汗が出る 慣 出汗

（累積單字量 16402 個，慣用語量 691 個）

★ 汗びっしょりだよ。我滿身大汗。	汗びっしょり 慣 汗水濕透
★ 汗で服がびしょびしょになった。汗水濕透了衣服。	服 名 衣服
★ 服がずぶ濡れになった。我的衣服濕透了。 ＝ 服が濡れてびしょびしょになった。	ずぶ濡れ 名 全身濕透 濡れる 動 濕透
★ 台湾の夏はいつもこんなに暑いの？台灣的夏天總是那麼熱嗎？	台湾 名 台灣
★ 最近はね。世界中で気温が上がってるよね？ 最近啦！全世界都氣溫上升不是嗎？	世界中 名 世界中 上がる 動 上升
★ 地球温暖化は世界規模で深刻な問題となっている。 地球暖化已經成為世界性的嚴重問題。	地球温暖化 名 地球暖化 深刻 形動 嚴重
★ 私はもう暑い気候に慣れた。我已經習慣炎熱的氣候了。	慣れる 動 習慣
★ 暑いのは平気なの。我不在乎炎熱的天氣。	平気 形動 不在乎，平靜
★ 暑いのは苦手なの。我受不了炎熱的天氣。	苦手 形動 不擅長
★★ 今日も暑くなりそうだ。今天還是會很熱。	今日 名 今天
★ この暑さには耐えられないよ。這麼熱我受不了。	耐えられない 慣 受不了
★ この暑さは何時まで続くんだろう。這麼熱不知道要持續多久。	続く 動 持續
★ 外国の方にとって台湾の夏は蒸し暑いと思います。 對外國人來說，台灣夏天很悶熱。	外国の方 名 外國人 蒸し暑い 形 悶熱的
★★ 東京はどんな天気ですか。東京的天氣如何？ ① 東京もすごく暑いですね。東京也好熱啊！	東京 名 東京 暑い 形 炎熱的
★★ 嫌な天気ですね！好討厭的天氣啊！	嫌 形動 討厭
★★ 梅雨は何時始まりますか。梅雨季幾時開始？	始まる 動 開始
★★ 梅雨は何時終わりますか。梅雨季幾時結束？	何時 代名 何時

★★ 梅雨(つゆ)に入(はい)りました。梅雨季來了。	梅雨(つゆ) 名 梅雨
★★ 私(わたし)は梅雨(つゆ)が好(す)きではありません。我不喜歡梅雨。	好(す)き 形動 喜歡
★★ 梅雨(つゆ)って大(だい)っ嫌(きら)い！我最討厭梅雨了。 ＝ 私(わたし)は梅雨(つゆ)が大嫌(だいきら)いだ。	大(だい)っ嫌(きら)い 形動 非常討厭 大嫌(だいきら)い 形動 非常討厭
★ 湿度計(しつどけい)を見(み)た。我看了溼度計。	湿度計(しつどけい) 名 溼度計
★ 湿度(しつど)は 70 ％(パーセント) だ。濕度是 70%。	湿度(しつど) 名 濕度
★ 湿度(しつど)が高(たか)すぎて、気持(きも)ちが悪(わる)い。濕度太高了，感覺不舒服。	気持(きも)ちが悪(わる)い 慣 不舒服
★ 梅雨(つゆ)が明(あ)けました。梅雨季結束了。 ＝ 梅雨(つゆ)が終(お)わりました。	明(あ)ける 動 終了 終(お)わる 動 結束
★ 今日(きょう)は少(すこ)し肌寒(はださむ)いね。今天有點涼意。	肌寒(はださむ)い 形 涼颼颼的
★★ 涼(すず)しくなってきて嬉(うれ)しいわ。真高興天氣轉涼了。	嬉(うれ)しい 形 高興的
★ ポカポカで気持(きも)ちいいね。好暖和好舒服喔！	気持(きも)ちいい 慣 很舒服
★ 木陰(こかげ)に入(はい)ると涼(すず)しいね。躲在樹蔭下很涼爽。	木陰(こかげ) 名 樹蔭
★ そよ風(かぜ)が心地(ここち)よい。微風讓人心情舒暢。 ＝ そよそよと吹(ふ)く風(かぜ)が心地(ここち)よい。	心地(ここち)よい 形 心情舒暢 吹(ふ)く 動 吹拂
★ 秋(あき)らしくなりましたね！秋意愈來愈濃了！	秋(あき) 名 秋天
★★ 紅葉(もみじ)はいつ頃(ごろ)ですか。賞楓葉是大約什麼時候？	紅葉(もみじ) 名 楓葉
★★ 秋(あき)の紅葉(もみじ)はご覧(らん)になりましたか。您看過秋天的楓葉嗎？	ご覧(らん)になる 慣 看
★ ここは一年(いちねん)を通(とお)して気候(きこう)が良(い)い。這裡一整年的氣候都良好。	一年(いちねん)を通(とお)す 慣 一整年
★★ 暖(あたた)かくなって来(き)たね。天氣漸漸變暖了。	暖(あたた)かくなる 慣 變暖

（累積單字量16437個，慣用語量698個）

★★ 今日も暖かくていい天気だ。今天也是溫暖的好天氣。	暖かい 形 溫暖的
★★ 春のようです。好像春天一樣。	春 名 春天
★★ もうすぐ春だね。春天就要來臨了。	もうすぐ 副 馬上
★★ もう春ですね！春天來了！	もう 副 已經
★★ 桜はいつ咲きますか。櫻花什麼時候開？	桜 名 櫻花
★ もうすぐ桜が満開ですね。很快就會開滿櫻花了喔！	満開 名 サ 開滿

Unit 03 | 動物 動物

★ 虎は陸生の動物だ。老虎是陸生動物。 ＝ 虎は陸上で生活する動物だ。	陸生 名 陸生 陸上 名 陸地上
★ 魚は水生動物だ。魚是水中動物。 ＝ 魚は水中で生活する動物だ。	水生 名 水生 水中 名 水中
★ 蛙は両生動物だ。青蛙是兩棲動物。 ＝ 蛙は陸上でも水中でも生活できる動物だ。	両生 名 兩棲 生活 名 サ 生活
★ 馬は草食動物だ。馬是草食性動物。 ＝ 馬は主に草を食べる動物だ。	馬 名 馬 主に 副 主要地
★ スプリングボックも草食動物だ。羚羊也是草食性動物。	草食動物 名 草食動物
★ ライオンのように肉を食べる動物もいる。 也有像獅子這樣吃肉的動物。	ライオン 名 獅子 肉 名 肉
★ 狐も肉食動物だ。狐狸也是肉食性動物。	肉食動物 名 肉食動物

12 環境について 關於環境

★ 他の動物を捕食して生きる動物もある。 也有靠捕食其他動物維生的動物。	捕食 [名][サ] 捕食 生きる [動] 生存
★ 熊は肉食動物ではなく、雑食動物だ。 熊不是肉食性動物，是雜食性動物。	熊 [名] 熊 雑食動物 [名] 雜食動物
★ 亀は雑食動物だと言われている。 烏龜被說是雜食性動物。	亀 [名] 烏龜
★ 燕は虫を食べる鳥だ。 燕子是吃蟲的鳥。	燕 [名] 燕子
★ 猿は人間に近い霊長類の動物だ。 猴子是接近人類的靈長類動物。	霊長類 [名] 靈長類
★ 鯨は哺乳動物だ。 鯨魚是哺乳動物。 ＝ クジラは哺乳類に属する。 ＝ クジラは哺乳類に帰属する。	哺乳動物 [名] 哺乳動物 属する [動] 屬於 帰属 [名][サ] 歸屬
★ 蜥蜴は爬虫類だ。 蜥蜴是爬蟲類。	爬虫類 [名] 爬蟲類
★ 蝦は長尾類だ。 蝦子是長尾類。	長尾類 [名] 長尾類
★ 蟹は短尾類だ。 螃蟹是短尾類。	短尾類 [名] 短尾類
★ 蝦と蟹は甲殻類だ。 蝦子跟螃蟹是甲殼類。	甲殻類 [名] 甲殼類
★ 象は一番強い動物だ。 大象是最強壯的動物。 ＝ 象ほど強い動物はいない。	象 [名] 大象 強い [形] 強壯的
★ 象の大きさはどれくらいあるのだろうか。 大象大約有多大呢？	大きさ [名] 大小
★ 鼠は繁殖力の強い動物だ。 老鼠是繁殖力強的動物。	繁殖力 [名] 繁殖力
★ 哺乳類は殆ど胎生だ。 哺乳類大部分是胎生。	胎生 [名] 胎生
★ 哺乳類以外の大部分の動物は卵生だ。 哺乳類以外的大部分動物都是卵生。	哺乳類 [名] 哺乳類 卵生 [名] 卵生
★ 卵生動物には鳥や魚などの動物が含まれる。 卵生動物包括了鳥跟魚。	鳥 [名] 鳥 含む [動] 包含

（累積單字量 16478 個，慣用語量 698 個）

★ 石鰈は保護色を持つ。石蝶魚是有保護色的。	保護色 名 保護色
★ 猫は夜行性の動物だ。貓是夜行性動物。	夜行性 名 夜行性
★ オセロットも夜行性の動物だ。豹貓也是夜行性動物。	動物 名 動物
★ 夜行性動物は夜活発に活動する。夜行性動物晚上很活躍。	活発に 副 活躍地
★ 猫はきれい好きだ。貓是愛乾淨的動物。	きれい好き 慣 愛乾淨
★ 河馬は格好の悪い動物だ。河馬是笨拙的動物。	格好の悪い 慣 笨拙的
★ アフリカには野生の動物がいっぱいだ。非洲有很多野生動物。	野生 名 野生
★ ウォンバットは単独で暮らす動物だ。袋熊是獨居的動物。 = ウォンバットは独居動物だ。	単独 名 單獨 独居動物 名 獨居動物
★★ 私は動物が大好きだ。我很喜歡動物。	大好き 形動 很喜歡
★ 私は全ての動物が好きだ。我喜歡所有的動物。	全て 名 全部
★ 私は全ての動物に興味がある。我對所有的動物都有興趣。	興味がある 慣 有興趣
★ 私は人間より動物が好きだ。我喜歡動物勝過人。	人間 名 人類
★ 私は動物と話してみたい。我想試試看跟動物說話。	話す 動 說話
★ 私はこの動物を知らない。我不知道這是什麼動物。	知る 動 知道
★ 私はこの動物を見たことがない。我不曾看過這種動物。	見たことがない 慣 沒看過
★ 私は動物の雌雄を鑑別することができない。 我無法分辨動物的雌雄。	雌雄 名 雌雄 鑑別 名 サ 鑑別
★ 私は動物が苦手だ。我不太喜歡動物。	苦手 形動 不擅長
★ 私は動物が怖い。我怕動物。	怖い 形 可怕的

★ 私は蛇が怖い。我怕蛇。	蛇 名 蛇
★★ 好きな動物は何？你喜歡什麼動物？ ① 私が一番好きな動物は犬だ。我最喜歡的動物是狗。	何 代名 什麼 犬 名 狗
★ 犬はとても可愛い。狗很可愛。	可愛い 形 可愛的
★ 犬は忠実な動物だ。狗是忠實的動物。	忠実 形動 忠實
★ 馬は役に立つ動物だ。馬是有用的動物。	役に立つ 慣 有幫助
★ 動物を虐待してはならない。不可以虐待動物。 ＝ 動物を虐待するな。	動物 名 動物 虐待 名 サ 虐待
★ 私は動物虐待する人が憎らしい。我憎惡虐待動物的人。	憎らしい 形 憎惡的
★ 私たちは動物を愛している。我們很愛動物。	愛する 動 愛
★ 私の家は動物を飼っている。我家有養動物。	飼う 動 飼養
★ 私の家族はみんな動物に優しい。我們家人都對動物很好。	優しい 形 溫和的
★ 小さい頃から、動物を飼っている。從小開始就飼養動物。	小さい頃 慣 小時候
★ 今も動物を飼い続けている。現在也持續養著動物。	続ける 動 持續
★ 動物の飼育方法を学んでいる。我在學飼養動物的方法。 ＝ 動物を飼う方法を習っている。	学ぶ 動 學習 習う 動 學習
★ 動物には本能がある。動物有自己的本能。 ＝ 動物は本能を持っている。	本能 名 本能 持つ 動 擁有
★ 虎は人や家畜を襲う。老虎會襲擊人跟家畜。	襲う 動 襲擊
★ 赤の他人が近付くと、犬は吠え始める。 陌生人一靠近，狗就開始叫。	赤の他人 名 陌生人 吠える 動 吠叫

（累積單字量16513個，慣用語量704個）

★ 動物（どうぶつ）は火（ひ）を恐（おそ）れる。 動物怕火。	恐（おそ）れる 動 害怕，恐懼
★ 動物（どうぶつ）には理性（りせい）がない。 動物缺乏理性。 ＝ 動物（どうぶつ）は理性（りせい）に乏（とぼ）しい。	理性（りせい）がない 慣 沒有理性 理性（りせい）に乏（とぼ）しい 慣 缺乏理性
★ 動物（どうぶつ）の毛（け）は春（はる）になると生（は）え替（か）わる。 動物春天會換毛。	生（は）え替（か）わる 動 脫落重長
★ 私（わたし）たちは動物園（どうぶつえん）が好（す）きだ。 我們很喜歡動物園。	私（わたし）たち 名 我們
★ 子供（こども）たちは動物園（どうぶつえん）へ行（い）くのが好（す）きだ。 孩子們喜歡去動物園。	子供（こども）たち 名 孩子們
★ 私（わたし）はよく子供（こども）たちを連（つ）れて動物園（どうぶつえん）に行（い）く。 我常帶孩子們去動物園。	連（つ）れる 動 帶 動物園（どうぶつえん） 名 動物園
★ 叔母（おば）は動物園（どうぶつえん）の園長（えんちょう）だ。 嬸嬸是動物園的園長。	園長（えんちょう） 名 園長
★ 動物園（どうぶつえん）ではたくさんの動物（どうぶつ）が飼育（しいく）されている。 動物園飼養著很多動物。	たくさん 副 很多 飼育（しいく） 名 サ 飼養
★ 動物園（どうぶつえん）には色々（いろいろ）な動物（どうぶつ）がいる。 動物園裡有各種動物。 ＝ 動物園（どうぶつえん）には沢山（たくさん）の種類（しゅるい）の動物（どうぶつ）がいる。	色々（いろいろ） 形動 各種 種類（しゅるい） 名 種類
★ コアラはどこで見（み）られますか。 哪裡可以看到無尾熊？	見（み）られる 動 看得到
★ この動物園（どうぶつえん）にはコアラがいますか。 這動物園有無尾熊嗎？	動物園（どうぶつえん） 名 動物園
★ この動物園（どうぶつえん）には変（か）わった動物（どうぶつ）がいる。 這動物園有很奇特的動物。	変（か）わった 慣 奇特的
★ 自然（しぜん）に近（ちか）い環境（かんきょう）で動物（どうぶつ）を飼（か）っている。 在接近自然的環境中飼養著動物。	環境（かんきょう） 名 環境 飼（か）う 動 飼養
★ 動物（どうぶつ）が餌（えさ）を食（た）べる場所（ばしょ）を設置（せっち）してある。 設置了動物吃東西的地方。	餌（えさ） 名 飼料 設置（せっち） 名 サ 設置
★ 動物（どうぶつ）が水（みず）を飲（の）む場所（ばしょ）も設置（せっち）してある。 也設置了動物喝水的地方。	場所（ばしょ） 名 地方
★ 動物（どうぶつ）を檻（おり）に入（い）れることはない。 動物沒有被關在籠子裡。	檻（おり） 名 籠子

★ 倒れ木は小動物の住みかになる。 倒塌的樹木變成小動物的住所。	小動物 [名] 小動物
★ 大草原で羊の群れを放牧している。 大草原上放牧著羊群。	放牧 [名][サ] 放牧
★ 羊は群れを作って生活する。 羊群聚而生活。	群れを作る [慣] 群聚
★ 羊はいつも群れで行動する。 羊總是成群行動。	行動 [名][サ] 行動
★ 羊の群れは、牧草を食べている。 羊群吃著牧草。	牧草 [名] 牧草
★ 羊の群れは自由自在に動いている。 羊群自由自在地移動著。	自由自在に [副] 自由自在地
★ 猿が枝から枝へと飛び移る。 猴子從這根樹枝跳到另一根樹枝。	飛び移る [動] 跳過來跳過去
★ 私たちは動物園で沢山の動物を見て楽しんだ。 我們在動物園看到很多動物很開心。	沢山 [副] 很多 楽しむ [動] 開心
★ 動物に餌を与えないで下さい。 請不要餵食動物。	与える [動] 給予
★ ここは動物保護区域だ。 這裡是動物保護區。	保護区域 [名] 保護區
★ 私は動物の飼育員になりたい。 我想成為動物的飼育員。	飼育員 [名] 飼育員
★ 私は野生動物を飼い馴らす調教師になりたい。 我想成為馴養野生動物的馴獸師。	飼い馴らす [動] 馴養 調教師 [名] 馴獸師
★ 動物学は動物の研究を行う。 動物學是在從事動物的研究。	研究 [名][サ] 研究
★ 動物行動学は動物の行動を研究する学問だ。 動物行動學是研究動物行動的學問。	行動 [名][サ] 行動 学問 [名] 學問
★ 古動物学は古代の動物を研究する学問だ。 古動物學是研究古代動物的學問。	古代 [名] 古代 動物 [名] 動物
★ 動物図書館には動物に関する蔵書が約一万冊ある。 動物圖書館內，跟動物相關的藏書約一萬冊左右。	蔵書 [名] 藏書 約 [副] 約莫
★ 昆虫を研究する動物学者がいる。 有研究昆蟲的動物學家。	昆虫 [名] 昆蟲

（累積單字量 16553 個，慣用語量 708 個）

★ 魚類を研究する動物学者もいる。也有研究魚類的動物學家。	魚類 名 魚類
★ 鳥類の研究をする動物学者が大勢いる。 研究鳥類的動物學家很多。	鳥類 名 鳥類 大勢 副 很多

Unit 04 ｜植物 植物

★ これはアメリカ原産の植物だ。這是美國原產的植物。	原産 名 原產
★ これは装飾用植物だ。這是裝飾用植物。	装飾用 名 裝飾用
★ これは観賞用植物だ。這是觀賞用植物。	観賞用 名 觀賞用
★ 野外で植物を採集する。在野外採集植物。	採集 名 サ 採集
★ 庭に植物の苗を植えた。在院子裡種了植物的苗。	苗 名 苗
★ これは地に生えている植物だ。這是生長在地上的植物。 ＝ これは陸生の植物だ。	生える 動 生長 陸生 名 陸生
★ これは水の中に生えている植物だ。這是生長在水中的植物。	植物 名 植物
★ 植物を観賞するのが好きだ。我喜歡觀賞植物。	観賞 名 サ 觀賞
★ この植物には実がなる。這種植物會結果實。	実がなる 慣 結果實
★ この植物の実は大きい。這種植物所結的果實很大。	実 名 果實
★ この植物の根は食べられる。這種植物的根可以食用。	根 名 根部
★ この植物から油が取れる。這種植物可以萃取油。	油が取る 慣 萃取油
★★ 私は花が好きだ。我喜歡花。	花 名 花

例句	單字
★ 花卉を育てようと思う。我想培育花卉。 ＝ 花卉を育てたいと思う。 ＝ 花卉を栽培したい思う。	草花 名 花卉 育てる 動 培育 栽培 名 サ 栽培
★ 花卉は殆どが一年生の植物だ。花卉多半是一年生的植物。	一年生 名 一年生
★ 庭に花卉を植えよう。在庭院裡種植花卉吧！	庭 名 庭院
★ 一昨年から花卉を植え始めた。我從前年開始種花卉。	一昨年 名 前年
★ 花卉を植え続けている。現在也繼續在種花卉。	植え続ける 動 繼續種植
★ 花卉を庭に沢山植えた。在庭院中種植了大量花卉。	植える 動 種植
★ 花卉を鉢に植えた。將花卉種在花盆裡。	鉢 名 花盆
★ 花卉を長持ちさせる方法を研究している。 我在研究讓花卉長久維持的方法。	長持ち 名 サ 長久維持 方法 名 方法
★ 花卉は培養しないと雑草になる。花卉不培養的話就會變成雜草。	培養 名 サ 培養
★ 花卉についてもっと知りたい。我想更了解花卉。	知る 動 了解
★ 今、庭に様々な花卉がある。現在院子裡有各式各樣的花卉。	様々 形動 各式各樣
★ 花卉は庭の草地を覆った。花卉覆蓋了院子裡的草地。	覆う 動 覆蓋
★ 毎日、花卉に水を撒く。我每天幫花卉灑水。	水を撒く 慣 灑水
★ 毎日、花卉に水をかける。我每天幫花卉澆水。	水をかける 慣 澆水
★★ 今は花の季節だ。現在是花季。	季節 名 季節
★★ 花が咲き出した。花開了。 ＝ 花が開花した。 ＝ 花が咲いた。	咲き出す 動 綻放 開花 名 サ 開花 咲く 動 綻開
★ 庭が花盛りだ。院子裡花朵盛開。	花盛り 名 花朵盛開

（累積單字量 16588 個，慣用語量 712 個）

例句	單字
★ 庭の花が見事に咲き乱れている。 院子裡的花朵全部盛開了。 ＝ 庭の花が残らず咲き乱れている。	見事に 副 全部 残らず 副 全部
★ どの花も綺麗だ。 每一朵花都很美。	綺麗 形動 美麗
★ 蜂が花から花へと飛んでいる。 蜜蜂在花間飛來飛去。	飛ぶ 動 飛舞
★ 花が風に舞い散った。 花被風吹散了。	舞い散る 動 吹散
★ 花を押し花にした。 我把花做成押花。	押し花 名 押花
★ 花で花輪を編んだ。 我將花編成花圈。 ＝ 花を編んで花輪を作った。	花輪 名 花圈 編む 動 編織
★ この花は菊類だ。 這花屬於菊類。 ＝ この花は菊類に属する。	菊類 名 菊花類 属する 動 屬於
★ 花園は花の香りが薫っている。 花園裡飄散著花香。	薫る 動 飄香
★★ 今は花見の季節だ。 現在是賞花的季節。	花見 名 賞花
★★ 明日、陽明山へ花を見に行く。 明天要去陽明山賞花。 ＝ 明日、陽明山へ花見に行く。	花を見に行く 慣 去賞花 花見に行く 慣 去賞花
★ 殆どの花が萼と花弁を備えている。 大部分的花都具備了花萼跟花瓣。	萼 名 花萼 備える 動 具備
★ この花は五つの花弁を持っている。 這花有五片花瓣。	花弁 名 花瓣
★ この花は花弁が何枚も重なって咲いた。 這花的花瓣重疊綻放。	重なる 動 重疊
★ この花は筒形だ。 這花的花瓣開成圓筒狀了。	筒形 名 圓筒狀
★ この花は花弁が十字になっている。 這花的花瓣並列成十字形。	十字 名 十字形
★★ 私は花屋に行って、花を買った。 我去花店買了花。	花屋 名 花店

例句	單字
★ 花屋は素敵な花束を作った。 花店做了很棒的花束。	花束 名 花束
★ 花を摘んだ。 我摘了花。 ＝ 花を摘み取った。	摘む 動 摘 摘み取る 動 摘取
★ 花を花器に挿した。 將花插在花器裡。	花器 名 花器
★ 花を花瓶に飾った。 將花裝飾在花瓶裡。	飾る 動 裝飾
★ 花瓶が花でいっぱいになった。 花瓶裡的花滿滿的。	花瓶 名 花瓶
★ 花瓶の中の花は薔薇だ。 花瓶裡的花是玫瑰。	薔薇 名 玫瑰
★ 薔薇は香りのいい花だ。 玫瑰是很香的花。 ＝ 薔薇はいい香りがする花だ。	香りのいい 慣 很香的 いい香りがする 慣 很香的
★ 花器に珍しい花が飾られている。 花器裡可以見到很珍貴的花。	珍しい 形 珍貴的
★ 花器の中の花は菫だ。 花器裡的花是紫羅蘭。	菫 名 紫羅蘭
★ 菫は優しい花だ。 紫羅蘭是很優雅的花。	優しい 形 優雅的
★ 花は部屋を明るくする。 花讓房間明亮了起來。	明るい 形 明亮的
★ 花瓶に水を注いだ。 我往花瓶倒入水。	注ぐ 動 倒入
★ 花瓶の花が萎れかかっている。 花瓶裡的花開始枯萎了。	萎れかかる 動 枯萎
★ 花が凋んだ。 花凋零（枯萎）了。 ＝ 花が萎れた。	凋む 動 凋零 萎れる 動 枯萎
★★ 花が散った。 花落了。	散る 動 散落
★ 冬には植物が枯れる。 冬天植物會枯萎。	枯れる 動 枯萎
★ あの花はこの花ほど美しくない。 這種花比那種花美。 ＝ この花はあの花より美しい。	あの 連體 那～ この 連體 這～

（累積單字量 16626 個，慣用語量 716 個）

例句	單字
★ 庭には草木が茂っている。 庭院中草木繁盛。	茂る 動 繁盛
★ 雑草が生えた。 雜草長出來了。	生える 動 生長
★ 雑草を刈った。 我除了草。 ＝ 雑草をむしった。	刈る 動 剔除 雑草 名 雜草
★ 今朝、雑草を抜いた。 我今天早上拔了雜草。	抜く 動 拔
★ 雑草を根こそぎにした。 將雜草連根拔除了。	根こそぎ 名 連根拔除
★ 私は有機野菜を好んで使う。 我喜歡用有機蔬菜。	有機 名 有機
★ 私は野菜を育てたい。 我想要種菜。	野菜 名 蔬菜
★ 母はたくさんの野菜を育てている。 母親種了很多菜。	育てる 動 培育
★ 温室で野菜を育てている。 在溫室種菜。	温室 名 溫室
★★ この野菜は生で食べられる。 這種菜可以生吃。	生 名 生的
★ 果物の生産は季節や天気に左右される。 水果的生產受季節與天氣所影響。	生産 名 サ 生產 左右 名 サ 影響，左右
★ 日光で果物が成熟する。 陽光使水果熟成。 ＝ 太陽は、果物を熟させる。	成熟 名 サ 成熟 果物 名 水果
★ この果物は早く熟す。 這種水果很快熟。	熟す 動 成熟
★ この果物には野菜の二倍のビタミンが含まれている。 這種水果蘊含的維他命是蔬菜的兩倍。	～倍 名 ～倍 含む 動 包含
★★ 新鮮な果物は健康にいい。 新鮮水果有益健康。	新鮮 形動 新鮮
★ この果物は汁が多い。 這種水果的果汁很多。 ＝ この果物は果汁が多い。 ＝ この果物は果汁をたくさん含んでいる。	汁 名 果汁 多い 形 多的 果汁 名 果汁

★★ この果物(くだもの)は味(あじ)がいい。這種水果味道很好。	味(あじ)がいい 慣 味道好
★ この果物(くだもの)は面白(おもしろ)い味(あじ)がする。這種水果有一種有趣的味道。	面白(おもしろ)い 形 有趣的
★ この果物(くだもの)は嫌(いや)な匂(にお)いがする。這種水果有一種討人厭的味道。	匂(にお)い 名 味道
★ 果物(くだもの)の中(なか)には酸(す)っぱいものもある。水果中也有酸的。	中(なか) 名 當中
★ レモンやライムは酸(す)っぱい果物(くだもの)である。檸檬跟萊姆是酸的水果。	酸(す)っぱい 形 酸的
★ 果物(くだもの)はあまり長(なが)く置(お)くと傷(いた)む。水果放太久會損傷。	傷(いた)む 動 損傷
★ 果物(くだもの)は腐(くさ)りやすい。水果很容易腐爛。	腐(くさ)る 動 腐爛
★ 果物(くだもの)は日(ひ)に当(あ)たると腐(くさ)りやすい。水果照到太陽很容易腐爛。	日(ひ)に当(あ)たる 慣 照到太陽
★ この果物(くだもの)がまだ十分(じゅうぶん)に熟(じゅく)していない。這水果還沒十分成熟。	十分(じゅうぶん)に 副 充分地
★ 色々(いろいろ)な果物(くだもの)が木(き)に生(は)えている。有各種水果長在樹上。	色々(いろいろ) 形動 各種
★ 果物(くだもの)の汁(しる)は消化(しょうか)を助(たす)ける。水果的果汁可以幫助消化。	消化(しょうか) 名 サ 消化
★★ この果物(くだもの)を今(いま)まで見(み)たことがない。我不曾見過這種水果。	今(いま)まで 慣 到目前為止
★ トマトは果物(くだもの)か、それとも野菜(やさい)か。番茄是水果還是蔬菜？	野菜(やさい) 名 蔬菜
★★ 日本(にほん)ではどんな果物(くだもの)が有名(ゆうめい)ですか？日本什麼水果聞名？ ① 日本(にほん)のりんごは有名(ゆうめい)だと思(おも)う。我認為日本以蘋果聞名。	日本(にほん) 名 日本 有名(ゆうめい) 形動 有名
★ りんごは秋(あき)に熟(じゅく)す果物(くだもの)だ。蘋果是秋天熟成的水果。	秋(あき) 名 秋天
★★ 日本(にほん)で一番(いちばん)美味(おい)しい果物(くだもの)は何(なに)？日本最好吃的水果是什麼？ ① 日本(にほん)で一番(いちばん)美味(おい)しい果物(くだもの)は桃(もも)だと思(おも)う。 我認為日本最好吃的水果是水蜜桃。	美味(おい)しい 形 美味的 果物(くだもの) 名 水果 桃(もも) 名 水蜜桃
★ 桃(もも)の果肉(かにく)が種(たね)に粘着(ねんちゃく)している。水蜜桃的果肉黏在種子上。	粘着(ねんちゃく) 名 サ 黏附
★ 植物学(しょくぶつがく)は植物(しょくぶつ)を研究(けんきゅう)する学問(がくもん)だ。植物學是研究植物的學問。	研究(けんきゅう) 名 サ 研究

（累積單字量 16666 個，慣用語量 719 個）

Unit 05 | 土地、土壌、日光 土地、土壤、陽光

例句	單字
★ 政府は土地を測る計画を立てた。政府訂立了測量土地的計畫。 = 政府は土地を測量する計画を立てた。	測る [動] 測量 測量 [名][サ] 測量
★ 祖父は肥料で土地を肥やした。祖父用肥料使土地肥沃。 = 祖父は肥料で土地を肥沃にした。	肥やす [動] 使其肥沃 肥料 [名] 肥料
★ この土地は肥沃だ。我們的土地很肥沃。 = この土地は肥えている。	肥沃 [形動] 肥沃 肥える [動] 肥沃
★ 私たちは土地を開墾している。我們開墾土地。	開墾 [名][サ] 開墾
★ 私たちは土地を耕している。我們耕作土地。 = 私たちは土地を耕作している。	耕す [動] 耕作 耕作 [名][サ] 耕作
★ 私たちは土壌を用いて、農作物を栽培する。 我們用土壤栽培農作物。	土壌 [名] 土壤 栽培 [名][サ] 栽培
★ 土壌で生活する微生物がたくさんいる。 在土壤中生活的微生物很多。	生活 [名][サ] 生活 微生物 [名] 微生物
★ 農作物は土壌から水分を吸収する。農作物從土壤中攝取水份。	吸収 [名][サ] 吸收
★ この土壌は水を吸いやすい。這土壤很容易吸收水分。	吸う [動] 吸收
★ この土は水分保持力がいい。這土壤的保水分強。 = この土壌は水分を保つ力に優れている。	水分保持力 [名] 保水力 力 [名] 能力
★ その土壌は腐植土に富んでいる。這土壤蘊含豐富的腐植土。	腐植土 [名] 腐植土
★ この土壌は耕作に最も適している。這土壤最適合耕作。	適する [動] 適合
★ 砂を多く含んだ土壌は耕作に適していない。 沙子含量多的土壤不適合耕作。	砂 [名] 沙子 適する [動] 適合

★ 砂は土壌の含水率を低下させる。沙子讓土壤的含水率低下。	含水率 名 含水率
★ この土地は日光が当たらない。這土地照射不到太陽光。	日光 名 陽光
★ みみずも時には土壌に有益だ。蚯蚓有時也對土壤有幫助。	有益 形動 有益處
★ みみずは土壌が豊かに保つ役割を果たしている。 蚯蚓可以保持土壤的豐富性。	保つ 動 保持 役割を果たす 慣 有～作用
★ 土壌学は土壌を研究する学問だ。土壤學是研究土壤的學問。	学問 名 學問
★ 土壌学者は汚染土壌の浄化方法を研究している。 土壤學家正在研究汙染土壤的淨化方法。	浄化 名 サ 淨化 方法 名 方法
★ 今では汚染土壌を効率よく浄化できるようになった。 現在已經可以有效率地淨化汙染土壤了。	汚染 名 サ 汙染 効率よく 慣 有效率地
★ 土壌学者が土壌改良の方法を提供した。 土壤學家提供了土壤改良的方法。	改良 名 サ 改良 提供 名 サ 提供
★ いい土壌の通気排水システムを設立した。 也設立了良好的土壤的通風排水系統。	システム 名 系統 設立 名 サ 設立
★ 植物栽培用土壌に花を植えた方がいい。 最好是用植物栽培用的土壤來種花。	栽培 名 サ 栽培 植える 動 種植
★ 太陽はまだ出ていない。太陽還沒出來。	太陽 名 太陽
★★ 太陽が出てきた。太陽出來了。	出る 動 出現
★ 太陽が輝いている。陽光閃耀著。	輝く 動 閃耀
★★ 日が沈んだ。太陽下山了。 ＝ 太陽は沈んだ。	日 名 太陽 沈む 動 沉落
★ 太陽は東から昇る。太陽從東邊升起。	昇る 動 上升
★ 太陽は地を照らしている。太陽照耀著大地。	照らす 動 照耀
★ 太陽がさっと照り出した。陽光猛然照著。	照り出す 動 照射

（累積單字量16709個，慣用語量721個）

★ 日光がさっと部屋に差し込んできた。陽光猛然照進房間。	差し込む 動 照進
★ 部屋は日光で覆われている。房間覆蓋在陽光下。	覆う 動 覆蓋
★ 太陽が眩しい。陽光很耀眼。	眩しい 形 耀眼的
★ 太陽は西に沈む。太陽從西邊落下。 ＝ 太陽が西に没する。	西 名 西邊 没する 動 沉落
★ 太陽は光と熱を放射している。太陽發射出光與熱。 ＝ 太陽が光と熱を発している。 ＝ 太陽は光と熱を放っている。	放射 名 サ 放射 発する 動 發出 放つ 動 散發
★ 日光は植物の生長に有益だ。陽光對植物的生長有幫助。 ＝ 日光は植物の成長に役立つ。	有益 形動 有益處 役立つ 動 有幫助
★ 植物が日光を浴びて生い茂った。植物因為陽光而繁盛。	生い茂る 動 茂盛，繁茂
★ 日光で果物が成熟した。水果因為陽光而成熟了。	成熟 名 サ 成熟
★ 洗濯物が日光を浴びて自然に乾いた。 洗好的衣服在太陽下自然曬乾了。 ＝ 洗濯物を日に当てて自然に乾燥させた。 ＝ 洗濯物を日に干して自然に乾かした。	乾く 動 乾燥 当てる 動 曬 乾燥 名 サ 乾燥 乾かす 動 弄乾
★ 細菌は日光に弱い。細菌很怕太陽。	細菌 名 細菌
★ 書物を日光に当てた。將書籍拿來曬太陽。	書物 名 書籍
★ まな板を日光で消毒した。將砧板用陽光消毒。 ＝ まな板を日光消毒した。	消毒 名 サ 消毒 日光消毒 名 用陽光消毒
★ 毛布を日に干して下さい。請將毯子拿去曬太陽。	干す 動 晾曬
★ 日差しはまだ穏やかだ。陽光還很溫和。	穏やか 形動 溫和
★ 子犬が日光浴をしている。小狗在做日光浴。	子犬 名 小狗

（累積單字量16732個，慣用語量721個）

例句	單字
★ 私たちも日光浴を楽しんでいる。我們也享受著日光浴。	日光浴 名 日光浴
★ 直射日光を避けて下さい。請避免陽光直射。 ＝ 直射日光を受けないようにして下さい。	避ける 動 避免 受ける 動 接受
★ 日光に曝さないで下さい。請不要暴露在陽光下。	曝す 動 曝露
★ 日光に当たると日焼けする。曬太陽會曬黑。	日焼け 名 サ 曬黑
★ この部屋はあまり日光が当たらない。這房間不太照得到陽光。	部屋 名 房間
★ この部屋は直射日光が当たらない。這房間照不到直射的陽光。	直射日光 名 直射的陽光
★ 屋根の窓は日光を入れるために設置したものだ。 屋頂的窗戶是為了透光而設置的。	屋根 名 屋頂 設置 名 サ 設置
★ カーテンで日光を遮っている。窗簾遮蔽了陽光。	遮る 動 遮蔽
★ 日が当たってカーテンが白くなった。陽光將窗簾給曬白了。	白い 形 白色的
★ 日光で壁紙が変色した。陽光讓壁紙變色了。	変色 名 サ 變色
★ 日光で看板の文字が褪せた。陽光讓招牌上的文字褪色了。	褪せる 動 褪色
★ 日光を遮る木陰がなかった。沒有可以遮蔽陽光的樹蔭。	木陰 名 樹蔭
★ 太陽が雲に覆われた。太陽被雲遮蔽了。 ＝ 雲が太陽を隠した。 ＝ 太陽に雲が懸かった。	覆う 動 覆蓋 隠す 動 隱藏 懸かる 動 籠罩
★ 日光が雲の隙間から差している。陽光從雲間照射著。 ＝ 日光が雲の切れ目から差している。	隙間 名 縫隙 切れ目 名 裂縫
★ 日光が雲の隙間から漏れていた。陽光從雲縫中露出。	漏れる 動 洩漏
★ 日光が木の葉の間から漏れてきた。陽光從葉縫中露出。	木の葉 名 樹葉

（累積單字量 16753 個，慣用語量 721 個）

★ 太陽が雪を溶かした。太陽融化了。	溶かす 動 融化
★ 湖水が日光を照り返している。湖水反射著日光。 ＝ 湖面に日光が反射している。	照り返す 動 反射 反射 名 サ 反射
★ ここは空気が綺麗だ。這裡的空氣很乾淨。	綺麗 形動 乾淨
★ 空気を吸い込む。吸入空氣。	吸い込む 動 吸入
★ 空気を吐き出す。吐出空氣。	吐き出す 動 吐出
★ 排気ガスで空気の質が悪くなった。廢氣讓空氣品質變差。	排気ガス 名 廢氣
★★ ここは空気が汚れている。這裡的空氣很髒。 ＝ ここは空気が濁っている。 ＝ ここは空気が汚い。	汚れる 動 汙穢 濁る 動 汙濁 汚い 形 骯髒的
★ 汚れた空気は健康に悪い。髒空氣對身體健康有害。	健康 形動 健康
★★ 朝は空気が新鮮だ。早晨的空氣很新鮮。	新鮮 形動 新鮮
★ 山の空気は爽やかだ。山上的空氣舒爽。 ＝ 山の空気は爽快だ。	爽やか 形 舒爽 爽快 形動 爽快
★ 高地では空気は薄い。高地的空氣稀薄。 ＝ 高地では空気は希薄だ。	薄い 形 稀薄的 希薄 形動 稀薄
★ 月には空気がない。月球上沒有空氣。	月 名 月亮
★★ 田舎では毎日新鮮な空気が吸える。在鄉下每天都能呼吸到新鮮空氣。	田舎 名 鄉下
★ 空気は音を媒介する。空氣是聲音的媒介。	媒介 名 サ 媒介
★ 空気には水分が含まれる。空氣中有水分。 ＝ 空気は水分を含んでいる。	水分 名 水分 含む 動 含有
★ 空気には湿気が含まれている。空氣中有濕氣。	湿気 名 濕氣

（累積單字量 16775 個，慣用語量 721 個）

★ 冬になると、空気が冷たくなる。 到了冬天，空氣會變冷。	冷たい 形 冰冷的
★ 夏になると空気が熱くなる。 到了夏天，空氣會變熱。	熱い 形 炎熱的
★★ この部屋は空気の通りがよい。 這間房間的空氣流通良好。	通り 名 流通
★ 温度調節器で空気の温度を調節する。 我用溫度調節器調節空氣的溫度。	空気 名 空氣 調節 名 サ 調節
★ 空気浄化器で空気を浄化する。 我用空氣清淨機淨化空氣。 ＝ 空気浄化器で空気をきれいにする。	浄化 名 サ 淨化 空気浄化器 名 空氣淨化機

Unit 06 ｜環境問題 環境問題

★ 近頃、環境問題がよく話題になっている。 近來，環境問題常常成為大家的話題。	近頃 副 近年 話題になる 慣 成為話題
★ この数年、最も注目を集めているのは環境問題だ。 這幾年，最引起大家關注的就是環境問題了。 ＝ この数年、最も注目を浴びているのは環境問題だ。 ＝ この数年、みんなの関心が向けられているのは環境問題だ。	この数年 副 這幾年 注目を集める 慣 引人注目 注目を浴びる 慣 引人注目 関心が向ける 慣 引人關注
★ 今、世界中の人々が環境問題に悩まされている。 現在，地球上的人們因為環境問題而困擾著。	人々 名 人們 悩む 動 煩惱
★ 環境問題はヨーロッパから世界へ広まっていった。 環境問題從歐洲往世界擴展。	ヨーロッパ 名 歐洲 広まる 動 擴展
★ アフリカ諸国にとっても、環境問題は早急に解決しなければならない問題だ。 對於非洲各國來說，環境問題也是無法等待的問題了。 ＝ アフリカ諸国にとっても、環境問題は待ったなしの問題だ。	早急に 副 火急地 解決 名 サ 解決 待ったなし 慣 無法等待

（累積單字量 16790 個，慣用語量 726 個）

★ 熱帯雨林(ねったいうりん)の破壊(はかい)は環境(かんきょう)に悪影響(あくえいきょう)を及(およ)ぼしている。 熱帶雨林的破壞對環境造成了不良影響。	破壊(はかい) 名 サ 破壞 悪影響(あくえいきょう) 名 不良影響
★ 環境破壊(かんきょうはかい)は驚(おどろ)くほど進(すす)んでいる。 環境破壞以驚人的速度進行著。	進(すす)む 動 進行
★ 数多(かずおお)くの雑誌(ざっし)が環境問題(かんきょうもんだい)についての研究(けんきゅう)を掲載(けいさい)している。 許多雜誌也刊載了關於環境問題的研究。 ＝ 多数(たすう)の雑誌(ざっし)が環境問題(かんきょうもんだい)についての研究(けんきゅう)を掲載(けいさい)している。 ＝ 多(おお)くの雑誌(ざっし)が環境問題(かんきょうもんだい)についての研究(けんきゅう)を掲載(けいさい)している。	数多(かずおお)く 名 多數 掲載(けいさい) 名 サ 刊載 多数(たすう) 名 多數 多(おお)く 名 許多
★ 私(わたし)たちは環境問題(かんきょうもんだい)に注意(ちゅうい)を払(はら)わなければならない。 我們不得不關心環境問題了。 ＝ 私(わたし)たちは環境問題(かんきょうもんだい)に注意(ちゅうい)しなければならない。	注意(ちゅうい)を払(はら)う 慣 關注 私(わたし)たち 代名 我們 注意(ちゅうい) 名 サ 注意
★ 今(いま)こそ私(わたし)たちの環境問題(かんきょうもんだい)について考(かんが)えるべき時(とき)かもしれない。 現在或許正是我們思考關於環境問題的時刻。	問題(もんだい) 名 問題 考(かんが)える 動 思考
★ 私(わたし)たちはもっと環境問題(かんきょうもんだい)に関心(かんしん)を持(も)つべきだ。 我們應該更關心環境問題才對。	もっと 副 更 関心(かんしん)を持(も)つ 慣 關心
★ 環境問題(かんきょうもんだい)は早急(そうきゅう)な行動(こうどう)を必要(ひつよう)としている。 環境問題必須採取緊急的行動。	早急(そうきゅう) 形動 緊急 行動(こうどう) 名 サ 行動
★ 私(わたし)たちは環境問題(かんきょうもんだい)から目(め)を逸(そ)らすべきではない。 我們不該將目光從環境問題轉移。	目(め)を逸(そ)らす 慣 轉移目光 べき 助動 應該
★ 先週(せんしゅう)、環境問題(かんきょうもんだい)に関(かん)する会議(かいぎ)に出席(しゅっせき)した。 我上週出席了環境問題的相關會議。	先週(せんしゅう) 副 上週 出席(しゅっせき) 名 サ 出席
★ 会議(かいぎ)で学者(がくしゃ)たちは環境保護(かんきょうほご)について演説(えんぜつ)をした。 在會議中，學者們發表了關於環境保護的演説。	学者(がくしゃ) 名 學者 演説(えんぜつ) 名 サ 演説
★ 彼(かれ)らは、環境保護(かんきょうほご)を強(つよ)く主張(しゅちょう)した。 他們強烈地主張環境保護。	主張(しゅちょう) 名 サ 主張
★ 彼(かれ)らは、環境保護運動(かんきょうほごうんどう)に真剣(しんけん)に取(と)り組(く)んでいる。 他們認真地擁護環境保護運動。	真剣(しんけん)に 副 認真地 取(と)り組(く)む 動 著手
★ 自然環境保護(しぜんかんきょうほご)の法律(ほうりつ)を定(さだ)めなければならないと提案(ていあん)した。 他們提案必須制定自然環境保護的法律。	定(さだ)める 動 制定 提案(ていあん) 名 サ 提案

（累積單字量16814個，慣用語量729個）

★ 私たちは環境問題について学んだり，意見交換したりした。
我們學習了相關的環境問題並交換意見。

- 学ぶ 動 學習
- 意見交換 名 サ 交換意見

★ この会議で私たちは色々な環境問題について話し合った。
在會議中我們探討了有關各種環境問題。

- 色々 形動 各種
- 話し合う 動 討論

★ 私たちは環境問題に関する課題と将来の方向について考えた。 我們思考了跟環境問題有關的課題跟將來的方向。

- 関する 動 關於
- 将来 名 將來

★ 私はこの会議で環境問題について色々学んだ。
我在會議中學到了各種環境問題。

- 会議 名 會議
- 環境 名 環境

★ 今、環境問題に興味を持っている。 我現在對環境問題很感興趣。

- 興味を持つ 慣 感興趣

★ 環境問題について多くの議題を集めている。
我正收集許多關於環境問題的議題。

- 議題 名 議題
- 集める 動 收集

★ 環境問題は一般的にいくつかの要素が重なって起きている。
環境問題通常是好幾個因素所造成的。

- 要素 名 要素
- 重なる 動 重疊

★ 環境問題は国境を越える問題だと思う。
我認為環境問題是跨越國境的問題。

- 国境 名 國境
- 越える 動 超越

★ 都市の環境問題は、貧困問題と密接に関連している。
都市的環境問題，跟貧窮問題有著密切的關係。

- 密接に 副 密切地
- 関連 名 サ 關聯

★ 環境保護は今、最も重要な課題の一つだ。
環境保護是目前最重要的課題之一。

- 重要 形動 重要
- 課題 名 課題

★ 森林の伐採は今深刻な環境問題の一つになっている。
森林的砍伐是目前嚴重的環境問題之一。

- 伐採 名 サ 砍伐
- 深刻 形動 嚴重

★ 森林が過度に伐採されると、環境破壊から食料不足が引き起こされる。 森林如果被過度砍伐，環境破壞會引起食糧不足。

- 過度に 副 過度地
- 引き起こされる 動 引起

★ 深刻な環境問題の一つとして、酸性雨が挙げられる。
另一個嚴重的環境問題，可以舉酸性雨為例。

- 酸性雨 名 酸性雨
- 挙げる 動 列舉

★ 地球温暖化とは、一体どういうことを指すのだろうか。
地球暖化究竟是什麼？

- 一体 副 究竟
- 指す 動 指

（累積單字量16840個，慣用語量730個）

★ 地球温暖化とは、地球の表面温度が上昇することを言う。 地球暖化是指地球表面的溫度上升。	地球 名 地球 上昇 名 サ 上升
★ 地球の温暖化が進むと、私たちの生活にも被害が及ぶ。 地球暖化的進展，也危害我們的生活。	進む 動 進展 被害が及ぶ 慣 危害
★ 地球温暖化は目に見えないため、自分たちがどれだけ危機的な状況になっているのか理解しがたい。 地球暖化是肉眼所看不見的，因此我們無法理解自身已經陷入了危機狀態中。	目に見えない 慣 肉眼看不見的 危機的 形動 危機的
★ 地球温暖化は、将来的にはもっと深刻な問題になっていることは確かだ。 地球暖化將來確實會變成更為嚴重的問題。	将来的 形動 將來的 確か 形動 確實
★ 世界各地で、地球温暖化防止対策の協議が行われている。 世界各國都進行了地球暖化防止對策的協議。	協議 名 協議 行う 動 進行
★ 地球温暖化を防止するための条約も作られている。 也製訂防止地球暖化的條約。 ＝ 地球温暖化を防止するための条約も定められている。	防止 名 サ 防止 条約 名 條約 定める 動 製訂
★ その中で、日本で行われているものとして、「京都議定書」がある。 其中，在日本所制訂的是「京都協議書」。	その中で 慣 其中 日本 名 日本
★ これは、日本の温暖化対策をまとめたものだ。 這是日本暖化政策的整合。	対策 名 對策 まとめる 動 整合
★ 近年、地球温暖化は世界的に問題になっている。 近年，地球暖化已經成為世界性的問題了。	近年 副 近年 世界的 形動 世界性的
★ オゾン層の破壊により地球温暖化が進んだ。 因臭氧層破壞，地球暖化變嚴重。	オゾン層 名 臭氧層 地球温暖化 名 地球暖化
★ オゾン層の破壊は環境に影響を及ぼした。 臭氧層的破壞對環境造成了影響。	破壊 名 サ 破壞 影響を及ぼす 慣 造成影響
★ 地球温暖化は野生動物にも深刻な問題を引き起こした。 地球暖化也對野生動物造成了嚴重問題。	野生動物 名 野生動物 引き起こす 動 引起

（累積單字量 16861 個，慣用語量 734 個）

★ 地球温暖化問題は早急に取り組むべき重要課題だ。 地球暖化問題是我們應該著手的重要課題。	取り組む 動 著手處理 重要課題 名 重要課題
★ 企業にとっても地球温暖化問題への対応は重要な課題の一つとなっている。對企業來說，地球暖化問題的應對是重要的課題之一。	企業 名 企業 対応 名 サ 應對
★ 学者たちは倹約こそ環境保護の最善策であると説いた。 學者們提倡簡約是環境保護的最佳政策。	最善策 名 最佳政策 説く 動 提倡
★ 充電時間が短く、走行距離の長い効率のいい電気自動車の普及が必要だ。充電時間短、行走距離長的高效率電動車普及是必要的。	電気自動車 名 電動車 普及 名 サ 普及
★ 買い物する時は自分で袋を持参し、過剰包装を避けるようにしましょう。購物時隨身攜帶袋子，避免過度包裝的東西。	買い物 名 サ 購物 過剰包装 名 過度包裝
★ 風呂の残り湯を洗濯に使いましょう。洗過澡的水請用來洗衣服。	洗濯 名 サ 洗衣服
★ テレビを見る時間を減らしましょう。請減少看電視的時間。	減らす 動 減少
★ 公共の交通機関を利用しましょう。請利用公共交通系統。	公共 名 公共
★ エアコンの使用を控えて下さい。請節制空調的使用。	控える 動 節制
★ 無駄な荷物を積まないで下さい。請不要堆放無用的物品。	無駄 形動 無用
★ 急ブレーキは止めましょう。請避免緊急煞車。	急ブレーキ 名 緊急煞車
★ 適当な車間距離を保って下さい。請保持適當的車間距離。	適当 形動 適當
★ 容器の再利用を促進して、資源の有効活用を図りましょう。 促進消耗品容器的再利用，謀求資源的有效活用。	資源 名 資源 図る 動 圖謀
★ 木材などの再利用を可能にすれば、自然環境保護に貢献できる。讓木材等有再利用的可能性，對自然環境保護作出貢獻。	木材 名 木材 貢献 名 サ 貢獻
★ 環境保護の取り組みの一環として、空調の温度を1℃上げて下さい。著手環境保護的一個環節，請將空調溫度調高1℃。	一環 名 一環 空調 名 空調

（累積單字量 16884 個，慣用語量 734 個）

★ 環境保護のために、ゴミの分別を心掛けて下さい。 為了環保，請多留心垃圾分類。	分別 名 サ 分類 心掛ける 動 留心
★ 空気清浄装置で室内環境を改善できる。 空氣清淨裝置可以改善室內環境。	室内環境 名 室內環境 改善 名 サ 改善
★ 先週、環境汚染に関する講義を受けた。 我上週上了關於環境汙染的課程。	汚染 名 サ 汙染 講義を受ける 慣 上課
★ 環境汚染問題についてのレポートを書いた。 我寫了關於環境汙染的報告。	レポート 名 報告 書く 動 寫
★ 今、世界各国は環境汚染の問題に直面している。 現在世界各國正面臨著環境汙染的問題。	世界各国 名 世界各國 直面 名 サ 面臨
★ 環境汚染は、異常な気象状況を引き起こしている。 環境污染引起了異常的氣象狀況。	異常 形動 異常 気象 名 氣象
★ 汚染公害は生態環境に壊滅的な影響を与えた。 汙染公害對生態環境造成了毀滅性的影響。	公害 名 公害 壊滅的 形動 毀滅性的
★ 環境汚染の影響は後々の世代まで尾を引く。 環境汙染的影響會延續好幾個世代。 ＝ 環境汚染の影響は後々の世代まで引きずる。	世代 名 世代 尾を引く 慣 留下影響 引きずる 動 拖延
★ 私たちは環境汚染を未然に防止するべきだ。 我們應該防止環境汙染於未然。	未然に 副 未發生前 防止 名 サ 防止
★ 地球環境を改善できれば、人体の健康への悪影響を軽減できる。 如果地球環境可以改善，就可以減輕對人體健康的不良影響。	人体 名 人體 軽減 名 サ 減輕
★ 農薬の使用は環境汚染の恐れがある。 農藥的使用有環境汙染之虞。	恐れがある 慣 有～之虞
★ 農薬に替わる環境汚染のない植物の病害防除法を確立する必要がある。 有必要確立不汙染環境的，可以取代農藥的植物病害防治法。	農薬 名 農藥 確立 名 サ 確立
★ 化学除草剤は生態系を破壊し、環境の悪化を来たした。 化學製的除草劑破壞了生態系，導致環境的惡化。	生態系 名 生態系 破壊 名 サ 破壞

★ 私たちは環境を汚染しないよう最善を尽くすべきだ。 我們應該盡力不去汙染環境。	最善を尽くす 慣 盡最大能力
★ 大気中に存在する環境汚染物質を簡易的に測定できる。 我們可以很簡易地測定出大氣中存在的環境汙染物質。	存在 名 サ 存在 測定 名 サ 測定
★ どうして台湾は公害問題がこれほどひどくなるまで放っておいたのか。為什麼台灣會放任公害問題到如此嚴重的程度呢？	公害問題 名 公害問題 放る 動 放任
★ 産業の発達によって起こる公害が少なくない。 產業發達所引起的公害不少。	発達 名 サ 發達 起こる 動 產生
★ 産業化は往々にして公害を伴うものだ。產業化往往伴隨著公害。	伴う 動 伴隨
★ 開発によって生じる公害も少なくない。 因為開發而引起的公害也不少。	開発 名 サ 開發 少なくない 慣 不少
★ 公害が年々悪化している。公害正逐年惡化中。 ＝ 公害が年々ひどくなっている。 ＝ 公害は年々深刻になってきている。	悪化 名 サ 惡化 年々 副 逐年 深刻になる 慣 變嚴重
★ 人々は公害を無くすための運動を始めた。 人們開始了無公害的運動。	無くす 動 消除 始める 動 開始
★ 学校で、講師が公害問題について講演した。 在學校，講師針對公害問題做了演講。	講師 名 講師 講演 名 サ 演講
★ 講演者は色々な角度から公害問題を説いた。 演講者從各種角度剖析了公害問題。	講演者 名 演講者 説く 動 闡述
★ 学生たちが公害反対運動の先頭に立った。 學生們站在公害反對運動的最前線。	先頭 名 最前線 立つ 動 站
★ 公害を防ぐために、一人一人にできることがあると思う。 我認為為了防止公害，每個人都有自己可以做的事。	防ぐ 動 防止 思う 動 認為
★ 政府も生活環境を改善するための社会的計画を立てた。 政府也制定了改善生活環境的社會性計畫。	政府 名 政府 改善 名 サ 改善

（累積單字量 16929 個，慣用語量 740 個）

★ 政府は公害を除去しようと努めている。政府正努力除去公害中。 ＝ 政府は公害を除去しようと努力している。	努める 動 努力 努力 名 サ 努力
★ 政府と産業界は協力して公害対策を行っている。 政府與產業界合作對抗公害。	産業界 名 產業界 協力 名 サ 合作
★ 環境を汚染する工場が沢山ある。有很多會汙染環境的工廠。	工場 名 工廠
★ 工場の煙突が吐き出す煙が自然環境を汚染した。 工廠煙囪冒出的煙汙染了自然環境。	煙突 名 煙囪 吐き出す 動 冒出
★ 汚染された工場環境を浄化しなければならない。 汙染的工廠環境必須淨化。	汚染 名 サ 汙染 浄化 名 サ 淨化
★ 工場の経営者は自分たちが引き起こした公害に殆ど関心を示さなかった。工廠的經營者對於自身所引起的公害大多不表示關心。	経営者 名 經營者 関心を示す 慣 表示關心
★ 環境汚染現場において、浄化能力を迅速に評価できる。 我們可以在環境汙染的現場迅速地評估淨化能力。	迅速に 副 迅速地 評価 名 評價
★ 汚染環境中に存在する微生物の汚染物質分解能力を判定できる。我們可以判定汙染環境中所存在微生物的汙染分解能力。	存在 名 サ 存在 判定 名 サ 判定
★ 水生環境の化学汚染の規模と重要性がますます明かになっている。水生環境化學汙染的規模與重要性愈來愈明確了。	規模 名 規模 重要性 名 重要性
★ この工場は環境破壊を抑制することができる排水処理システムを設置した。這家工廠設置了抑制環境破壞的排水處理系統。	抑制 名 サ 抑制 設置 名 サ 設置
★ 排水の浄化処理を行うと、環境汚染問題がなくなる。 進行排水的淨化處理，就沒有環境汙染的問題了。	排水 名 サ 排水 行う 動 進行
★ 環境汚染を恐れて、発電所の近くに家を建てるのを思い留まる人が多い。 由於害怕環境汙染，許多人對在發電廠附近蓋房子持保留的態度。	恐れる 動 懼怕 発電所 名 發電廠 思い留まる 動 持保留態度
★ 新しい空港ができれば、環境が汚染されるだろうと人々は反対した。人們認為蓋新機場可能會汙染環境而加以反對。	空港 名 機場 反対 名 サ 反對

（累積單字量16954個，慣用語量741個）

★ 土壌浄化剤は短期間で土壌の汚染物質を除去できる。 土壤淨化劑可以在短時間將土壤的汙染物質除去。	土壌 名 土讓 除去 名 サ 除去
★ 土壌浄化剤は環境汚染のリスクを低減することができる。 土壤淨化劑可以減低環境汙染的風險。	浄化剤 名 淨化劑 低減 名 サ 減低

Unit 07 ｜火山、地震、津波 火山、地震、海嘯

★ 日本は多くの火山があるので、地震が起きやすい。 日本因為有很多火山，所以很容易發生地震。 ＝ 日本は多くの火山があるので、地震が発生しやすい。 ＝ 日本は火山が多いので、地震が起きやすい。	火山 名 火山 起きる 動 引起 発生 名 サ 發生 地震 名 地震
★ 日本国内には活火山が沢山ある。 日本國內有許多活火山。 ＝ 日本国内には活火山が多く存在している。	活火山 名 活火山 存在 名 サ 存在
★ 活火山はいつなんどき爆発するかもしれない。 活火山或許什麼時候會爆發也說不定。	いつなんどき 慣 說不定何時 爆発 名 サ 爆發
★ 火山は何世紀も休眠した後で噴火することがある。 也有火山休眠幾世紀後才爆發。	休眠 名 サ 休眠 噴火 名 サ 噴發
★ 周期的に噴火する活火山もある。 也有週期性地爆發的火山。	周期的に 副 週期性地
★ 火山学は火山を研究する学問だ。 火山學是研究火山的學問。	研究 名 サ 研究
★ 火山学者たちが新たな火山活動を深海で発見した。 火山學家們在深海發現了新的火山活動。	新た 形動 新的 発見 名 サ 發現
★ この火山は再び活動を始めた。 這座火山又再度開始活動了。	再び 副 再度

（累積單字量 16972 個，慣用語量 742 個）

★ 火山の噴火の前には通例地震が起こる。 火山爆發前通常會先發生地震。 ＝ 火山が爆発する前には一般に地震が発生する。	通例 副 通常 一般に 副 一般地
★ 火山学者たちが噴火の日を予測するのに成功した。 火山學家們成功地預測了火山爆發的日子。	予測 名 サ 預測 成功 名 サ 成功
★ 彼らは火山付近の住民に避難するよう勧告した。 他們勸告火山附近的居民避難。	避難 名 サ 避難 勧告 名 サ 勸告
★ 火山学の応用で何千人もの命が救われた。 火山學的應用拯救了數千人的性命。	命 名 性命 救う 動 拯救
★ あの火山は今年二度噴火した。 那座火山今年是第二次爆發了。	二度 名 第二次
★ 火山の爆発は辺りの村を脅かした。 火山的爆發威脅到附近的村子。	辺り 名 附近 脅かす 動 威脅
★ その火山は突然噴火し、多くの人が亡くなった。 那座火山突然爆發，死了很多人。	突然 副 突然 亡くなる 動 死亡
★ 火山は大量の煙を吐き出した。 火山噴出了大量的煙。 ＝ 火山が大量の煙を噴き出した。	吐き出す 動 傾吐出 噴き出す 動 噴出
★ 火山は炎と溶岩を吹き出した。 火山噴出了火焰跟岩漿。	炎 名 火焰
★ 火山から溶岩が噴出した。 火山噴出了岩漿。 ＝ 火山から溶岩が流れ出した。	溶岩 名 岩漿 流れ出す 動 流出
★ 今回の噴火により六千メートルまで火山灰が噴き上がった。 這次的爆發噴出了高達六千公尺的火山灰。	噴火 名 サ 火山爆發 火山灰 名 火山灰
★ 今は火山灰が雪のように降っている。 現在火山灰就如同雪一般地下著。	雪 名 雪 降る 動 降下

★ 火山活動は沈静したが，火山はまだ有毒ガスを放出し続けている。火山活動沉靜下來了，可是火山還持續釋放出有毒氣體。 ＝ 火山活動は落ち着いたが、火山はまだ有毒ガスを噴出し続けている。	有毒ガス 名 有毒氣體 放出 名 サ 釋放出 噴出 名 サ 噴出
★★ 緊急地震速報です。有地震快報。	速報 名 快報
★★ 慌てず落ち着いて下さい。請保持鎮定不要慌亂。	慌てる 動 慌張
★★ ただ今地震が起きました。目前發生地震了。	ただ今 副 現在
★ 窓から離れて下さい。請遠離窗戶邊。	離れる 動 離開
★ 体を低くして、頭を守って下さい。放低身體，保護頭部。	低くする 慣 放低
★ 落下物にご注意下さい。當心物體掉落。	落下物 名 掉落物體
★ 煙を吸わないように気を付けて下さい。當心不要吸到煙霧。	煙 名 煙霧
★ ハンカチで口を覆って下さい。用手帕蒙住嘴巴。	覆う 動 覆蓋
★ 今の場所から動かないで下さい。請留在原地。	動く 動 移動
★ こちらに集まって下さい。請在這裡集合。	集まる 動 集合
★ 非常口に誘導致します。我帶您們到逃生門。	非常口 名 逃生門
★ 避難場所へ誘導致します。我帶您們到避難場所。	誘導 名 サ 誘導
★ エレベーターはお使いにならないで下さい。請不要使用電梯。	使う 動 使用
★ 係員の指示に従って下さい。請聽從相關人員的指示。	従う 動 遵從
★ 危ないので走らないで下さい。很危險，請不要跑。	走る 動 跑
★ 押し合わないで下さい。請不要互相推擠。	押し合う 動 推擠
★ 怪我をされたお客様は係の者にお申し出下さい。 如有受傷請告知相關人員。	怪我 名 サ 受傷 申し出る 動 告知

（累積單字量 17014 個，慣用語量 743 個）

★ 火災報知器が鳴りました。 火災警報器響了。	火災報知器 [名] 火災警報器
★ ただ今確認をしております。 現在正在確認中。	確認 [名][サ] 確認
★ 安全が確認されました。 確認已經安全了。	安全 [形動] 安全
★ 情報が入るまでお待ち下さい。 請等候資訊來臨。	情報 [名] 資訊
★ 先ほどの地震の震源地は南投県、マグニチュードは 3 と推定されます。 剛剛地震的推測，震央在南投，最大震度是三級。	先ほど [副] 剛剛 震源地 [名] 震央
★ 火事は無事に治まりました。 火災已經順利地被撲滅了。	無事に [副] 順利地
★ この地震による土石流の心配はございません。 這次地震並不會引起土石流。	土石流 [名] 土石流 心配 [名][サ] 擔心，疑慮
★ 当館は強い耐震システムを備え付けております。 本館備有強勁的耐震系統。	耐震システム [名] 耐震系統 備え付ける [動] 配置
★★ もう心配ございません。 已經不需要擔心了。	心配 [名][サ] 擔心
★ 安心して引き続き、ごゆっくりお楽しみ下さい。 請您安心地繼續參觀遊覽。	引き続く [動] 繼續
★ 大地震の後、引き続き何度となく余震が発生した。 大地震後，緊接著發生了多次餘震。	余震 [名] 餘震 発生 [名][サ] 發生
★ ここ数年、大地震が発生していない。 這幾年都沒有發生大地震。	ここ数年 [副] 這幾年
★ この度の大地震で、多くの人々が不幸な目に遭った。 這次的大地震有許多人慘遭不幸。	不幸な目に遭う [慣] 遭遇不幸
★ 地震の時によく津波が起きる。 地震時常常引起海嘯。 ＝ 地震でよく津波が起きる。	地震 [名] 地震 津波 [名] 海嘯

★ この地震の後、更に恐ろしい津波が来た。
這次地震之後，恐怖的海嘯來臨。
= この地震が起きた後、更に恐ろしい津波が襲った。
= この地震が起こた後、更に恐ろしい津波が襲来した。

恐ろしい 形 恐怖的
更に 副 更進一步地
襲う 動 侵襲
襲来 名 サ 來襲

★ 幾度か激しい地震があり、そのすぐ後に津波が襲った。
先有好幾次激烈的地震，接著馬上有海嘯侵襲。

幾度 副 好幾次
激しい 形 激烈的

★ この破壊的な津波は地震によって引き起こされた。
這個破壞性海嘯是地震引起的。
= この壊滅的な津波は地震によって引き起こされた。
= この壊滅的な津波は地震によって起きた。

破壊的 形動 破壞性的
引き起こす 動 引起
壊滅的 形動 毀滅性的
起きる 動 引起

★ 大規模な津波を伴い、今までなかった大災害を引き起こした。 伴隨著大規模的海嘯，引起了至今所未曾有的大災害。

伴う 動 伴隨
大災害 名 大災害

★ 津波は地震や噴火などによって起こる自然現象だ。
海嘯是地震或火山爆發等所造成的自然現象。

起こる 動 造成
自然現象 名 自然現象

★ 日本は海に囲まれているので，大きな津波に襲われる可能性がある。 日本環海，所以有被大海嘯侵襲的可能性。

囲む 動 環繞
可能性がある 慣 有可能性

★ 日本は今後も津波を引き起こす大地震に襲われるかもしれない。 日本今後或許也會被海嘯所引起的大地震所侵襲。

今後 名 今後
大地震 名 大地震

★ 日本には早期に津波を検出することができる津波監視装置がある。 日本有早期檢測出海嘯的海嘯監視裝置。

検出 名 サ 檢測出
監視装置 名 監視裝置

★ 日本には津波警戒システムがあり、しばしば津波警報が発布される。 日本有海嘯警戒系統，常常發布海嘯警報。

警戒 名 サ 警戒
警報 名 警報

★ この地域では地震や津波が起こりやすい。
這個地區很容易發生地震跟海嘯。

地域 名 地區
津波 名 海嘯

★ この地域は往々津波に襲われる。 這個地區往往被海嘯所侵襲。

往々 副 往往

（累積單字量 17056 個，慣用語量 745 個）

★ 今朝、この地域に津波警報が出た。 今天早上這個地區發布了海嘯警報。	今朝 副 今天早上 出る 動 出現
★ 私の住んでいる地域も津波警報が発布された。 我住的地方也發布了海嘯警報。	住む 動 住 発布 名 サ 發布
★ 政府が避難できる臨時シェルターを提供した。 政府提供了可以避難的臨時避難所。	臨時シェルター 名 臨時避難所
★ 津波警報が発布された時には、速やかに三階より上へ避難して下さい。 海嘯警報發布時，請迅速地往三樓以上避難。	速やかに 副 迅速地 避難 名 サ 避難
★ 津波はどれくらいの速さで来たのだろうか。 海嘯大約以多快的速度前來呢？	どれくらい 慣 多快 速さ 名 速度
★ 彼らは津波が来ることを全く想定していなかった。 他們完全沒有料想到海嘯會來。	全く 副 完全 想定 名 サ 料想到
★ 彼らは津波の危険性を知らされていなかった。 他們並不了解海嘯的危險。	彼ら 名 他們 危険性 名 危險性
★ その地域で津波が牙を剥くと想像する人はいなかった。 沒有人想到海嘯會對那個地區伸出魔爪。 ＝ その地域で津波が危害を加えると想像する人はいなかった。 ＝ その地域で津波が攻撃すると想像する人はいなかった。	牙を剥く 慣 伸出魔爪 想像 名 サ 想像 危害を加える 慣 加害 攻撃 名 サ 攻擊
★ 地震後の津波予報で住民はパニックに陥った。 地震後的海嘯預報讓居民陷入恐慌。	パニック 名 恐慌 陥る 動 陷入
★ 津波は防潮堤を越えた。 海嘯越過了防坡堤。	防潮堤 名 防波堤
★ 津波で、港のあらゆるボートが水に浸かった。 海嘯將港口所有的船淹沒了。	あらゆる 連體 所有 浸かる 動 浸泡
★ 彼らの家は津波に浸水された。 他們的家被水淹了。 ＝ 彼らの家には津波で水が入り込んだ。 ＝ 彼らの家は津波で水浸しにされた。	浸水 名 サ 浸水 入り込む 動 滲入 水浸し 名 浸水

★ 彼らの家は津波で流された。 他們的房子被海嘯給沖走了。 ＝ 彼らの家が津波に押し流された。	流す 動 使其流走 押し流す 動 沖刷
★ 多くの家が津波で流された。 很多房子都被海嘯沖走了。	多く 名 很多
★ 津波の後、立っている家はなかった。 海嘯之後，所有的房子都不在了。	立つ 動 矗立 家 名 房子
★ 全てが津波に呑まれてしまった。 一切都被海嘯給吞噬了。	呑む 動 吞噬
★ 私は津波で友達を亡くした。 我的朋友在海嘯中喪生了。 ＝ 私の友達は津波で亡くなった。	亡くす 動 喪生 亡くなる 動 死亡
★ 多くの人々が地震や津波で命を失った。 很多人在地震或海嘯中失去了生命。	人々 名 人們 命を失う 慣 失去生命
★ 巨大な津波は数分間で文明を破壊した。 巨大的海嘯在幾分鐘內破壞了文明。	文明 名 文明 破壊 名 サ 破壞
★ 津波警報は解除された。 海嘯警報解除了。	解除 名 サ 解除
★ 私たちの家は山に囲まれ、海が遠いので、津波の心配はない。 我們的房子四周環繞著山，距離海很遠，沒有遇到海嘯的危險性。	遠い 形 遙遠的 心配はない 慣 不必擔心
★ 私たちは直接的には地震や津波の被害を受けなかった。 我們沒有直接受到地震或海嘯的侵害。	直接的に 副 直接地 被害を受ける 慣 受到侵害
★ 明日は、みんなで津波の被災地を車で巡る予定だ。 大家預定明天開車巡視海嘯災區。 ＝ 明日は、みんなで津波で被害を受けた地域を車で巡る予定だ。	被災地 名 災區 巡る 動 巡邏 予定 名 サ 預定
★ 私は絶対に津波の恐怖を忘れることはないだろう。 我絕對忘不了海嘯的恐怖吧！ ＝ 私は決して津波の恐ろしさを忘れることはないだろう。	恐怖 名 恐怖 恐ろしさ 名 恐怖 忘れる 動 忘記
★ 津波の被災地は復興に五から十年を必要とするかもしれない。 復興海嘯的災區或許要五到十年。	復興 名 サ 復興 必要 形動 需要

（累積單字量 17100 個，慣用語量 751 個）

★ 念のため津波に備えておいて下さい。
為了慎重起見，請事先做好海嘯的防備。
＝ 念のため津波に前以って準備しておいて下さい。
＝ 念のため津波が来た時のための心構えをしておいて下さい。

備える 動 防備
前以って 副 事先
準備 名 サ 準備
心構え 名 留心

★ 私は本当に地震と津波が起きないよう心から祈っている。
我真心祈願不要再發生地震跟海嘯。
＝ 私は本当に地震と津波が起きないことを祈っている。
＝ 私は本当に地震と津波が起きないことを願っている。

本当に 副 真的，真心
心 名 心裡
祈る 動 祈禱
願う 動 許願

★ この本は津波の危険性を理解するのに役立つ。
這本書可以幫助讀者們了解海嘯的危險性。

理解 名 サ 理解
役立つ 動 有幫助

★ 津波のような高い波に対抗し得る防波堤を造らなければならない。 必須建造可以對抗像海嘯那麼高的波浪的防坡堤。
＝ 津波のような高い波に対抗できる防波堤を建てなくてはいけない。

対抗し得る 動 能對抗
防波堤 名 防波堤
対抗できる 動 能對抗

Unit 08 ｜台風、雹 颱風、冰雹

★ 台湾は毎年台風に見舞われる。 台灣每年都受到颱風的侵襲。
＝ 台湾は毎年台風に襲われる。
＝ 台湾は毎年台風の襲来を受けている。

見舞われる 動 遭遇
襲われる 動 被襲擊
襲来を受ける 慣 受侵襲

★ 夏場の台湾は台風に見舞われやすい。 夏天的台灣很容易遇到颱風。

夏場 名 暑期，夏季

★ 夏には、台風が頻繁に起きる。 夏天颱風很頻繁。
＝ 夏の間に、台風が頻繁に起こる。
＝ 夏になると、台風が頻繁に起こる。

台風 名 颱風
頻繁に 副 頻繁地
起こる 動 發生

★ 台風は七、八、九月頃襲来する。 颱風在七、八、九月來襲。

襲来 名 サ 來襲

★ 秋にも往々いくつかの台風が台湾を襲う。
秋天往往也有好幾個颱風侵襲台灣。

往々 [副] 往往
襲う [副] 侵襲

★ 私たちは時々台風の打撃を受ける。 我們常常受到颱風的打擊。

打撃 [名][サ] 打擊

★ 私たちは台風に慣れている。 我們已經習慣颱風了。

慣れる [動] 習慣

★★ 今年も台風が多い。 今年的颱風也很多。

今年 [名] 今年

★★ 今、大きな台風が近付いている。 有大颱風靠近中。
= 今、大きな台風が接近中だ。

近付く [動] 靠近
接近中 [名] 接近中

★★ 明日は台風が来るらしい。 明天似乎有颱風會來。

明日 [名] 明天

★★ 台風が上陸した。 颱風登陸了。

上陸 [名][サ] 登陸

★ 台風は台湾を直撃した。 颱風直擊了台灣。

直撃 [名][サ] 直擊

★ 台風が台湾で猛威を振るった。 颱風嚴重地肆虐了台灣。
= 台風が台湾で猖獗を極めた。
= 台風が台湾で大暴れした。

猛威を振るう [慣] 來勢兇猛
猖獗を極める [慣] 極其猖獗
大暴れ [名][サ] 嚴重地肆虐

★ この台風は複雑な進路をとる。 這颱風的行進路線很複雜。
= この台風の進路は複雑だ。

複雑 [形動] 複雜
進路 [名] 行進路線

★ 今後の台風の動向に気を付けて下さい。 請注意今後颱風的動向。

動向 [名] 動向

★ 台風が勢いを増した。 颱風的勢力增強了。
= 台風が勢力を増した。

勢い [名] 勢力
勢力 [名] 勢力

★ 台風の影響で朝から強い風が吹いている。
受到颱風的影響，從早開始吹著強風。
= 台風の影響で朝から風が強い。

風 [名] 風
吹く [動] 吹
強い [形] 強大的

★ 台風で物が飛ばされないように気をつけて下さい。
注意東西不要讓颱風吹走了。

物 [名] 東西
飛ばす [動] 使其飛走

★★ 台風の影響で雨が降っている。 受到颱風的影響，下著雨。	影響 名 サ 影響
★★ 台風は多くの雨をもたらした。 颱風帶來大量的雨。 ＝ 台風は大雨をもたらした。	多く 名 很多 大雨 名 大雨
★★ この台風は間もなく通り過ぎた。 這颱風很快地經過了。	間もなく 副 很快地
★★ とても大きな台風だった。 是個很大的颱風。	大きな 形動 很大的
★ 台風で川が氾濫した。 因為颱風，河川氾濫了。	氾濫 名 サ 氾濫
★ 台風で木の実がすっかり落ちた。 因為颱風，果實都掉落了。	木の実 名 果實
★ 農作物は台風に荒らされた。 農作物因為颱風而面目全非了。	農作物 名 農作物
★ 台風で農作物に深刻な被害が出た。 颱風對農作物造成了大損害。 ＝ 台風は農作物に大きな損害を与えた。 ＝ 台風は農作物に大損害を与えた。	深刻な被害 慣 嚴重災害 大きな損害 慣 大損害 大損害 名 大損害
★ 台風がこの地方の稲作に壊滅的な打撃を与えた。 颱風給了本地的稻作毀滅性的打擊。	稲作 名 稻作 壊滅的 形動 毀滅性的
★ 台風のおかげで家の屋根が吹き飛んだ。 颱風吹走了我家的屋頂。 ＝ 台風で家の屋根を飛ばされた。	吹き飛ぶ 動 吹走 屋根 名 屋頂
★ 台風が多くの家々を破壊して通り過ぎた。 颱風經過之處房子都被損壞了。 ＝ 台風で多くの家々が壊された。	破壊 名 サ 破壞 通り過ぎる 動 經過 壊す 動 損壞
★ 沢山の家が台風で壊れた。 不少房子被颱風毀壞了。	壊れる 動 毀壞
★ 多くの車が台風に倒された。 許多車子因為颱風而翻覆。 ＝ 多くの車が台風で倒された。	車 名 車子 倒す 動 倒塌，翻覆
★ 台風の間、停電になった。 颱風期間停電了。 ＝ 台風の間、電気が止まった。	停電 名 サ 停電 電気が止まる 慣 停電

★ 台風のために、休校になった。 因為颱風，學校停課了。 ＝ 台風のため、学校が休みになった。	休校 名 サ 停課 学校が休む 慣 停課
★ 台風のため、会議は中止になった。 因為颱風，會議取消了。 ＝ 台風の影響により、会議は中止になった。	会議 名 會議 中止 名 サ 中止，取消
★ 台風のため、列車の運行が休止されている。 因為颱風，列車停開了。	運行 名 サ 行駛 休止 名 サ 停歇
★ 台風のために、私の乗った列車は三時間遅れた。 我搭的列車因為颱風慢了三小時。	列車 名 列車 遅れる 動 延遲
★ 台風のために、新幹線が二時間も遅れた。 因為颱風，新幹線慢了兩個小時。	新幹線 名 新幹線 ~時間 名 ~小時
★ 台風のために、港は閉鎖された。 因為颱風，港口封鎖了。	閉鎖 名 サ 閉鎖
★ 台風で、多くの飛行機の便が取り止められた。 因為颱風，許多航班取消了。 ＝ 台風のために、多くの飛行機が飛べなくなった。 ＝ 台風によって、多くの飛行機が出発できなかった。	便 名 班機 取り止める 動 取消 飛ぶ 動 飛行 出発 名 サ 出發
★ 台風のために全便が欠航になった。 因為颱風，全部的航班都停飛了。	全便 名 全部航班 欠航 名 サ 停飛
★ 台風によって、試合は延期になった。 因為颱風，比賽延期了。 ＝ 台風が来て、試合は延期になった。	試合 名 サ 比賽 延期 名 サ 延期
★ 台風のため、旅行は延期になった。 因為颱風，旅行延期了。	旅行 名 サ 旅行
★ 台風で、私たちは外出できなかった。 因為颱風，我們無法外出。	外出 名 サ 外出
★ 台風のために、私たちは台湾へ帰れなかった。 因為颱風，我們無法回台。	帰れる 動 能回去
★ 台湾東部は台風で麻痺状態になった。 台灣東半部因為颱風而呈現麻痺狀態。	麻痺 名 サ 麻痺 状態 名 狀態

（累積單字量 17184 個，慣用語量 758 個）

★ 台風の余波で二日間停電した。 因為颱風的影響，停電停了兩天。 ＝ 台風の影響で二日間停電した。	余波 名 餘波 影響 名 サ 影響
★ 台風の勢いは衰えた。 颱風的勢力減弱了。 ＝ 台風の勢いは弱くなった。	衰える 動 衰弱 弱くなる 慣 變弱
★ 台風が方向を変えて、東に向かっている。 颱風的方向改變了，正往東前進。	方向 名 方向 向かう 動 向著
★ 台風は進路を東に転じつつある。 颱風的行進路線正持續轉向東。	進路 名 行進路線
★ 台風は去ってしまった。 颱風離開了。 ＝ 台風は離れてしまった。	去る 動 離去 離れる 動 離開
★ 首都圏の交通網は台風によって大打撃を受けた。 首都圈的交通網因為颱風受到了很大的打擊。	交通網 名 交通網 大打撃 名 大打擊
★ 台風で、各地に多くの悲惨な事態が生じた。 因為颱風，各地發生了很多悲慘的事。	悲惨 形動 悲慘 事態 名 事態，情況
★ 数県に跨って台風の被害が出た。 颱風的災害橫跨了好幾個縣。 ＝ 台風の被害は数県に跨った。 ＝ 台風の被害は数県に及んでいた。	被害 名 災害 跨る 動 橫跨 及ぶ 動 遍及
★ 私たちも少なからず台風の被害を受けた。 我們也受到不少颱風的災害。 ＝ 台風は私たちにも少なからず被害を与えた。 ＝ 台風は私たちにも甚大な被害を与えた。	少なからず 副 不小 被害を受ける 慣 受到災害 被害を与える 慣 造成災害 甚大 形動 重大
★ 村は台風で手ひどい痛手を負った。 村子因為颱風而重創。 ＝ 村は台風で激しい痛手を負った。 ＝ 村は台風で甚だしい痛手を負った。	手ひどい 形 無情的，嚴重的 激しい 形 激烈的 甚だしい 形 不得了的
★ 台風は毎年災害を引き起こしている。 颱風每年都引起災害。	毎年 副 每年

★ 台風は破壊の爪跡を残した。 颱風留下了破壞的痕跡。 ＝ 台風は破壊の痕跡を残した。 ＝ 台風は破壊の創痕を残した。	爪跡 名 傷痕 痕跡 名 痕跡 創痕 名 創痕
★ この台風が多くの生命を奪った。 這台風奪去了許多生命。	奪う 動 掠奪
★ これは十年ぶりのひどい台風だった。 這是十年未曾出現的嚴重颱風。	～年ぶり 名 睽違～年 ひどい 形 嚴重的
★ この台風は今までで一番大きい。 這颱風是到目前為止最大的。	今まで 慣 到目前為止
★ 台風が来ないことを心から祈っている。 我衷心祈願颱風不要再來了。	心 名 心理 祈る 動 祈願
★ 「雹」って何？ 冰雹是什麼？ ① 雹は直径五ミリ以上の氷の粒または塊だ。 冰雹是直徑五公釐以上的冰粒或冰塊。	雹 名 冰雹 直径 名 直徑 氷の粒 名 冰粒
★ 雹はどうして降るのだろうか。 降冰雹的原因是什麼？ ① 雹が降るのは簡単に言うと上空が冷たく、地表が温かい時だ。 降冰雹的原因簡單來說，就是上空冷而地表暖時。	簡単に 副 簡單地 地表 名 地表 温かい 形 溫暖的
★ 雹が降るのは通常春や秋の割と温暖な気候の時だ。 降冰雹通常在夏秋比較溫暖的氣候時。 ＝ 雹が降るのは通常春や秋の割合に温暖な気候の時だ。 ＝ 雹が降るのは通常春や秋の比較的に温暖な気候の時だ。	通常 副 通常 割と 副 比較地 割合に 副 比較地 比較的に 副 比較地
★ 上昇気流が強ければ強いほど、氷は大きく発達する。 上升的氣流越強，冰雹就愈發達。	上昇気流 名 上升氣流 発達 名 サ 發達
★ 雹は自然現象なので、気を付けるのは難しい。 冰雹是自然的產物，很難防備。	自然現象 名 自然現象 難しい 形 困難的
★ 雹が降ってきた！ 下冰雹了！	雹が降る 慣 下冰雹
★ 大粒の雹が降ってきた！ 下大顆的冰雹了！	大粒 名 大顆
★ 半時間雹が降った。 下了半小時的冰雹。	半時間 名 半小時

（累積單字量 17229 個，慣用語量 763 個）

★ 大きい氷の塊が空から落ちてきたよ。好大的冰塊從空中落下啊！	落ちる [動] 掉落
★ 何だかものすごく恐ろしい雹だった。多麼可怕的冰雹啊！	恐ろしい [形] 可怕的
★ あっという間に、車の上にも、道路の上にも雹が積もった。 一瞬間，車上跟路上都堆滿了冰雹。 ＝ 一瞬で、車の上にも、道路の上にも雹が積もった。 ＝ 迅速に、車の上にも、道路の上にも雹が積もった。	あっという間に [副] 眨眼間 積もる [動] 堆積 一瞬で [副] 一瞬間 迅速に [副] 迅速地
★ 雹が降るのを見たことがある？你看過下冰雹嗎？	見たことがある [慣] 看過
★ 雹がこんなに降るのを見たのは初めてだ。 我第一次看到冰雹這樣下的！	こんなに [副] 這樣地 初めて [名] 初次
★★ ビックリしましたよね！真是嚇死人了！	ビックリ [名][サ] 驚訝
★ 沢山の車が雹で、凹んでしまった。 很多車子因為冰雹而凹陷了。	凹む [動] 凹陷
★★ 皆さんは大丈夫でしたか。大家都沒事嗎？	大丈夫 [形動] 不要緊
★ 外を歩いていった人は大丈夫だった。在外面走動的人也沒事嗎？	歩く [動] 走路
★ 凄い量の雹が降ったようだ。似乎下了相當大量的冰雹。	凄い量 [慣] 相當大量
★ 雹は多くは雷雨を伴って降り、農作物や人畜に被害を与える。冰雹大多伴隨著雷雨降落，對農作物跟人畜造成傷害。	雷雨 [名] 雷雨 人畜 [名] 人畜
★ 雹の嵐は橋を押し流した。 冰雹的暴雨沖走了橋。	押し流す [動] 沖刷
★ 雹が降ったために、大きな災害を受けた。 降冰雹造成了很多災害。	大きな [形動] 很大的 災害 [名] 災害
★ 近年、雹の規模が激しくなってきている気がする。 我感覺近年來，冰雹的規模愈來愈激烈了。	規模 [名] 規模 気がする [慣] 感覺

國家圖書館出版品預行編目（CIP）資料

地表最強日語會話15,000 / 麥美弘 著
. 須永賢一、濱川真由美 審訂. -- 初版.
-- 臺北市：我識, 2017. 06
面； 公分
ISBN 978-986-94501-4-0（平裝附光碟）

1. 日語 2. 會話

803.188 106007115

書名 / 地表最強日語會話15,000
作者 / 麥美弘
審訂 / 須永賢一、濱川真由美
發行人 / 蔣敬祖
出版事業群副總經理 / 廖晏婕
副總編輯 / 劉俐伶
主編 / 謝昀蓁
校對 / 張郁萱、紀珊
視覺指導 / 黃馨儀
美術設計 / 李宜璟
內文排版 / 健呈電腦排版股份有限公司
法律顧問 / 北辰著作權事務所蕭雄淋律師
印製 / 金灒印刷事業有限公司
初版 / 2017年06月
出版單位 / 我識出版集團－我識出版社有限公司
電話 / (02) 2345-7222
傳真 / (02) 2345-5758
地址 / 台北市忠孝東路五段372巷27弄78之1號1樓
郵政劃撥 / 19793190
戶名 / 我識出版社
網址 / www.17buy.com.tw
E-mail / iam.group@17buy.com.tw
facebook網址 / **www.facebook.com/ImPublishing**
定價 / 新台幣 599 元 / 港幣 200 元（附光碟）

總經銷 / 我識出版社有限公司業務部
地址 / 新北市汐止區新台五路一段114號12樓
電話 / (02) 2696-1357 傳真 / (02) 2696-1359

地區經銷 / 易可數位行銷股份有限公司
地址 / 新北市新店區寶橋路235巷6弄3號5樓

港澳總經銷 / 和平圖書有限公司
地址 / 香港柴灣嘉業街12號百樂門大廈17樓
電話 / (852) 2804-6687 傳真 / (852) 2804-6409

2011 不求人文化

2009 懶鬼子英日語

I'm 我識出版集團
I'm Publishing Group
www.17buy.com.tw

2006 意識文化

2005 易富文化

2004 我識地球村

2001 我識出版社

2011 不求人文化

2009 懶鬼子英日語

I'm 我識出版集團
I'm Publishing Group
www.17buy.com.tw

2006 意識文化

2005 易富文化

2004 我識地球村

2001 我識出版社